Die Karte des Himmels

Der Zauber des Engels

W0184686

Die Autorin

Rachel Hore, geboren in Epsom, Surrey, hat lange Zeit in der Londoner Verlagsbranche gearbeitet. Heute lebt sie mit ihrem Mann und ihren drei Söhnen in Norwich. Sie arbeitet als freiberufliche Lektorin und schreibt Rezensionen für den renommierten Guardian.

Besuchen Sie auch ihre Website: www.rachelhore.co.uk

Rachel Hore

Die Karte des Himmels

Der Zauber des Engels

2 Romane in 1 Band

Weltbild

Die englische Originalausgabe von *Die Karte des Himmels*
erschien 2010 unter dem Titel *A Place of Secrets*
bei Pocket Books UK, an imprint of Simon & Schuster UK Ltd.

Die englische Originalausgabe von *Der Zauber des Engels*
erschien 2009 unter dem Titel *The Glass Painter's Daughter*
bei Pocket Books UK, an imprint of Simon & Schuster UK Ltd.

Besuchen Sie uns im Internet:
www.weltbild.de

Genehmigte Lizenzausgabe für Verlagsgruppe Weltbild GmbH,
Steinerne Furt, 86167 Augsburg
Die Karte des Himmels
Copyright der Originalausgabe © 2010 by Rachel Hore
Copyright der deutschsprachigen Ausgabe © 2012 by Bastei Lübbe AG, Köln
Übersetzung: Jutta Nickel
Der Zauber des Engels
Copyright der Originalausgabe © 2009 by Rachel Hore
Copyright der deutschsprachigen Ausgabe © 2011 by Bastei Lübbe AG, Köln
Übersetzung: Barbara Ritterbach
Umschlaggestaltung: *zeichenpool, München
Umschlagmotiv: www.shutterstock.com
Gesamtherstellung: CPI Moravia Books s.r.o., Pohorelice
Printed in the EU
ISBN 978-3-95569-127-1

2017 2016 2015 2014
Die letzte Jahreszahl gibt die aktuelle Lizenzausgabe an.

Rachel Hore

Die Karte des Himmels

Roman

Aus dem Englischen
von Jutta Nickel

Weltbild

Für Jenny, meine Schwester

Sieh zu den Sternen! Sieh, sieh hinauf zum Himmel!
O, sieh nur das feurige Volk in den Lüften!
Die strahlenden Schlösser dort, den Kreis der Zitadellen!

Gerald Manley Hopkins
The Starlight Night

Wenn Sie frohen Sinnes sind und es zu bleiben wünschen, dann kümmern Sie sich besser nicht um die Astronomie. Unter allen Wissenschaften verdient allein sie den Ruf des Schrecklichen ... Sind Sie jedoch unruhig und blicken ängstlich in die Zukunft, dann sollten Sie sich umgehend dem Studium der Astronomie widmen. Das wird Ihre Leiden erstaunlich mindern. Allerdings mindert es sie auf besondere Weise, nämlich indem es die Bedeutung aller Dinge mindert. Deshalb ist diese Wissenschaft immer noch schrecklich, selbst als Wundermittel ... Es ist besser – weitaus besser – für den Menschen, das Universum zu vergessen, als es deutlich im Gedächtnis zu tragen.

Thomas Hardy
Two on a Tower

In der Nacht, bevor alles anfängt, kehrt der Traum zurück.

Sie hat sich verirrt, stolpert durch einen dunklen Wald und ruft nach ihrer Mutter. Immer wacht sie mittendrin auf, sodass sie nie erfährt, ob sie sie am Ende wiederfindet. Alles fühlt sich sehr real an. Sie spürt die lehmige Erde unter ihren Füßen, hört die Zweige knacken, auf die sie tritt, und riecht die satten Düfte des Waldes, die nachts immer am stärksten sind, wenn die Bäume atmen. Es ist kühl. Dorniges Gestrüpp verfängt sich in ihrem Haar. Voller Panik und Verzweiflung versucht sie sich zu ihrem Bewusstsein durchzukämpfen und tastet nach dem Lichtschalter. Dann liegt sie da und wartet darauf, dass ihr Schluchzen aufhört und sich ihr rasendes Herz beruhigt.

Es ist der Albtraum, den sie als Kind hatte. Was ihn jetzt ausgelöst hat, kann sie nicht sagen. Seit sie Mark verloren hat, gab es viele schreckliche Nächte, aber nie hat dieser besondere Traum sie heimgesucht. Und jetzt, gerade als sie glaubt, dass sie ihr Leben wieder in den Griff bekommt, verhöhnt er ihre kläglichen Versuche und reißt sie in die Hilflosigkeit ihrer Kinderzeit zurück.

Einmal hat sie eine Schulfreundin, die sich für Träume interessierte, gefragt, was ihr Traum bedeuten könnte.

»Ein *dichter* Wald, sagst du? Hm.« Sophie zog ein Buch aus dem Regal und blätterte durch die Seiten, bis sie auf das stieß, was sie suchte. »›Geschäftliche Verluste, unglückliche

Einflüsse im Haus und Familienstreitereien.‹ Klingelt da was bei dir?«, fragte sie und sah Jude hoffnungsvoll an.

»Klingt wie ein Zeitschriftenhoroskop«, sagte Jude. »So was passt doch irgendwie immer. Erstens hab ich heute in der Drogerie zu wenig Wechselgeld rausbekommen, und zweitens kriselt es in meiner Familie ständig. Wie in jeder anderen auch.«

»Obwohl deine Familie schon ziemlich merkwürdig ist«, meinte Sophie und klappte das Buch zu.

»Nicht merkwürdiger als deine«, gab Jude zurück.

Und doch – in den Wochen, nachdem ihr Traum zurückgekehrt ist, wird ihr mehr und mehr bewusst, dass Sophie nicht ganz unrecht hatte.

Teil I

1. Kapitel

Juni 2008

Wie unscheinbar und zufällig die Ereignisse doch sind, die unser Schicksal bestimmen!

Am nächsten Morgen auf dem Weg ins Büro hatte Jude ihren Traum fast vergessen. Als sie an der Greenwich Station auf die Bahn wartete, heulte plötzlich ein kleines Kind los, und sofort kehrte die Verzweiflung schemenhaft zurück, aber in der Bond Street war auch das schon wieder von anderen, alltäglichen Sorgen überdeckt. Jude ahnte nicht, dass bald etwas Wichtiges passieren würde, etwas, das an der Oberfläche ziemlich bedeutungslos war.

Es war Freitag um die Mittagszeit in der Abteilung für Bücher und Manuskripte des Auktionshauses »Beecham's« in Mayfair. Jude hatte den ganzen Vormittag am Bildschirm gesessen und seltene Erstausgaben von Dichtern aus dem achtzehnten Jahrhundert für einen bevorstehenden Verkauf katalogisiert. Das war eine mühsame Angelegenheit, denn es hieß, den Inhalt eines jeden schmalen Bändchens zu beschreiben, seinen Zustand und sämtliche Besonderheiten zu erfassen – eine handschriftliche Widmung zum Beispiel oder gekritzelte Randnotizen –, die das Interesse eines potenziellen Käufers wecken könnten. Ärgerlich, wenn dann jemand kam und sie in ihrer Konzentration störte.

»Jude.« Inigo, dessen Schreibtisch in dem offenen Büro

neben ihrem stand, kam herüber, einen unordentlichen Stapel Papier, der mit selbstklebenden Notizzetteln in allen Farben geschmückt war, in den Händen. »Die Korrekturfahnen vom Septemberkatalog. Wo soll ich sie hinlegen?«

»Oh, danke«, murmelte sie, »gib her.« Sie ließ den Stapel auf den überquellenden Ablagekorb neben ihrem Computer fallen und fing an, den nächsten Satz zu tippen. Ein Wink mit dem Zaunpfahl, den Inigo allerdings ignorierte.

»Ich denke wirklich, dass du dir die Bloomsbury-Seiten noch mal anschauen solltest«, sagte er in aufgeblasenem Ton. »Ich hab ein paar Punkte notiert, wenn du vielleicht ...?«

»Inigo«, sagte sie und versuchte vergeblich, ihm auf höfliche Weise zu verstehen zu geben, dass er sich um seine eigenen Angelegenheiten kümmern solle. Die Erstausgaben der Bloomsbury Group gehörten zu ihrem Verantwortungsbereich, und sie musste ihm weder darüber noch über irgendetwas anderes Bericht erstatten. Nur dass ihn das keineswegs daran hinderte, sich einzumischen. »Können wir uns heute Nachmittag darüber unterhalten? Ich *muss* das hier fertigmachen«, sagte sie.

Inigo nickte, ging wieder zu seinem Schreibtisch und zog sich an, um nach draußen zu gehen. Jude konnte nicht anders, als fasziniert zu beobachten, wie er seine Tweedjacke über die passende Weste gleiten ließ, den Füllfederhalter in die Brusttasche steckte, die Seidenkrawatte zurechtrückte und sich mit den Fingern das Haar glatt strich, das noch immer so blond war wie bei einem Schuljungen. Es war eine Art Ritual.

»Was Wichtiges vor, Inigo?«

Er quittierte ihre Frage mit einem zufriedenen Lächeln. »Ich bin mit Lord Madingsfield im *Chez Gerard* verabredet«, flüsterte er und tippte sich an den Nasenflügel, um anzudeuten, dass es sich um vertrauliche Geschäfte handelte.

»Schon wieder Lord Madingsfield?«, fragte sie überrascht. »Na dann, viel Spaß.« Jude wandte sich wieder ihrer Tastatur zu. Seit Monaten bereits kroch Inigo vor dem reichen Sammler auf den Knien herum. Insgeheim war Jude überzeugt, dass der gerissene alte Aristokrat ihn an der Nase herumführte.

»Wir befinden uns gerade in einer ziemlich heiklen Verhandlungsphase«, sagte Inigo und schürzte seine engelsgleichen Lippen, als wäre es unter seiner Würde, an Spaß auch nur zu denken.

Jude wechselte einen ironisch-beeindruckten Blick mit Suri, die ihr am selben Schreibtisch gegenübersaß und als Volontärin in der Katalogerstellung arbeitete. Suri sah rasch wieder auf ihre Arbeit hinunter, aber Jude konnte sehen, wie ihre Schultern vor unterdrücktem Lachen zitterten. Inigo nahm alles im Leben zu ernst, am meisten aber sich selbst. Er schloss die Schubladen seines Schreibtisches ab, griff nach seiner handgefertigten ledernen Aktentasche und machte sich auf den Weg. Die Freigabetaste an der Tür zur Eingangshalle betätigte er mit der üblichen umständlichen Geste. Durch das Glas beobachteten die Frauen, wie er mehrmals heftig auf den Fahrstuhlknopf drückte. Die elegante Erscheinung wirkte so zappelig wie ein Hund mit einem Floh. Erst als der Fahrstuhl ankam und ihn verschluckte, ließen die beiden Frauen ihrem Gelächter freien Lauf.

»Was er wohl sagen würde, wenn er sich in einem Video sehen könnte?«, brachte Suri zwischen ihrem Gekicher hervor. Sie stand auf, rückte die Spange in ihrem glänzenden schwarzen Haar zurecht und schwang sich die Handtasche über die Schulter.

»Der arme Kerl, bestimmt würde er sich verlieben«, sagte Jude, während sie tippte. »Lass es dir schmecken.«

»Soll ich dir was mitbringen?«, fragte Suri. »Ich komme bei ›Clooney's‹ vorbei, falls du ein Sandwich willst.«

»Danke, ich komm schon klar«, erwiderte Jude und lächelte Suri an. »Ich bring den schlimmsten Teil von diesem Manuskript hinter mich, dann schlüpf ich vielleicht selbst noch raus.«

Als Suri weg war, trank Jude einen Schluck Mineralwasser aus der Flasche, die sie unter dem Schreibtisch versteckt hatte. Das Mittagessen musste ausfallen. Es gab zu viel zu tun. Außerdem war ihre neue Hose am Bund zu eng, und sie konnte nicht riskieren, dass die Knöpfe heute beim Abendessen absprangen.

Sie nahm einen muffigen Band vom ersten Stapel, untersuchte ihn schnell und legte ihn auf dem zweiten ab. *Kalbslederband*, schrieb sie, *rebacked mit echten Bünden. Buchdeckel mit Blindprägung. Gutes, sauberes Exemplar eines bedeutenden zeitgenössischen Werkes.*

In diesem Moment schlug die Hand des Schicksals zu.

Das Telefon auf Inigos Schreibtisch schrillte, und das Geräusch bohrte sich in ihre Konzentration, hartnäckig, wichtigtuerisch wie sein Besitzer. Sie starrte auf den Apparat, wollte ihn zum Schweigen bringen. Bestimmt rief eine zittrige liebenswürdige alte Dame an, die darauf hoffte, mit ihrer Agatha-Christie-Sammlung voller Eselsohren ein Vermögen zu machen. Oder ein rechthaberischer Antiquariatsbuchhändler, der eine Privataudienz verlangte. Reine Zeitverschwendung. Es klingelte achtmal, wechselte dann auf Suris Apparat und klingelte wieder achtmal, bevor der Anrufbeantworter ansprang. Jude riss den Hörer ihres eigenen Telefons hoch und drückte auf den Knopf.

»Bücher und Manuskripte, guten Tag.«

»Inigo Selbourne, bitte«, erwiderte eine vornehme männliche Stimme.

»Er ist leider gerade zu Tisch«, sagte Jude, und für den Fall, dass der Anrufer sie für Inigos Sekretärin hielt, was entmutigend oft passierte, fügte sie hinzu: »Ich bin Jude Gower, ebenfalls Taxatorin. Kann ich ihm etwas ausrichten?«

»Wenn Sie so freundlich wären. Mein Name ist Wickham. Ich rufe aus Starbrough Hall in Norfolk an.«

Jude verspürte ein leichtes Interesse. Norfolk war vertrautes Terrain. Aber wo um alles in der Welt lag Starbrough Hall? Sie hielt den Hörer dichter ans Ohr.

»Ich besitze eine Sammlung Bücher aus dem achtzehnten Jahrhundert und möchte, dass er einen Blick darauf wirft«, fuhr Mr. Wickham fort. »Ein Freund hat mir versichert, dass die Bücher wahrscheinlich von beachtlichem Wert sind.«

Jude schlug ein neues Blatt ihres Notizblocks auf und schrieb »Starbrough Hall« in sauberen Großbuchstaben oben auf die Seite. Dann starrte sie auf die Worte und versuchte zu verstehen, warum sie an ihrer Erinnerung zerrten. Sie glaubte nicht, dass sie jemals in Starbrough Hall gewesen war, doch aus irgendeinem Grund tauchte das Bild von Gran, ihrer Großmutter, vor ihrem geistigen Auge auf.

»Hat Inigo Ihre Rufnummer, Mr. Wickham?«

»Nein.« Die Vorwahl war ihr vertraut, als er die Nummer nannte. Genau dieselbe wie bei ihrer Schwester. Ja, das war es: Starbrough Hall gehörte zu dem großen Anwesen, auf dem Gran als Kind gelebt hatte. Jude notierte die Telefonnummer und kritzelte einen gezackten Stern rundherum.

Hätte sie es dabei belassen und die Nachricht an Inigo weitergeleitet, wäre die Sache für sie erledigt gewesen. Aber der Name Starbrough bedeutete ihr etwas, und ihre Neugier war geweckt. Andererseits konnte es ja auch sein, dass das Material, das der Anrufer verkaufen wollte, für »Beecham's« nicht interessant war.

»Mr. Wickham«, hakte sie nach, »um welche Art Bücher handelt es sich denn? Es ist so, dass das achtzehnte Jahrhundert eigentlich zu meinem Spezialgebiet gehört.«

»Ach, wirklich?«, sagte Wickham. »Nun, dann sollte ich mich vielleicht lieber an Sie halten als an Mr. Selbourne.«

Sie öffnete den Mund, um zu sagen, dass Inigo sehr wohl in der Lage sei, die Sammlung zu beurteilen, merkte aber, dass sie das gar nicht sagen wollte. Es war ihr ein Rätsel. Robert Wickham hatte ausdrücklich nach Inigo gefragt. Sie jedenfalls würde vor Wut kochen, wenn Inigo ihr Arbeit wegnähme – und von Suri wusste sie, dass er das schon einmal getan hatte, obwohl Jude dem Kunden namentlich empfohlen worden war. Trotzdem wollte sie sich nicht auf sein Niveau herablassen. Es war wirklich lächerlich, dass sie beide immerzu versuchten, sich gegenseitig eins auszuwischen. Der Abteilungsleiter Klaus Vanderbilt redete dauernd davon, dass sie zusammenarbeiten sollten, um den anderen großen Auktionshäusern Aufträge abzujagen. Eigentlich hatte Jude eine Menge Respekt vor Inigos beruflichen Fähigkeiten, aber sie ärgerte sich darüber, dass er ständig die Ellbogentaktik einsetzte. Wenn er im Büro war, stand sie immer unter Spannung.

»Kennen Sie Inigo Selbourne?«, fragte sie Robert Wickham. »Ich meine, ist er Ihnen empfohlen worden?«

»Nein, den Namen habe ich gerade erst gehört. Ihre Zentrale hat mir den Mann vorgeschlagen.«

Das hieß, sie mischte sich gar nicht in Inigos Angelegenheiten ein.

»Nun, wenn das so ist«, erklärte sie Wickham und

schämte sich ein bisschen, weil sie innerlich triumphierte, »dann nehme ich die Sache in die Hand, wenn es Ihnen recht ist.«

»Das würde mich freuen. Die Sammlung gehörte einem meiner Vorfahren, Anthony Wickham. Er war so etwas wie ein Freizeit-Sterngucker, und die meisten Bücher beziehen sich auf seine Liebhaberei. Ich möchte, dass Sie den Wert der Sammlung schätzen, und zwar im Hinblick auf einen möglichen Verkauf.«

»Er war ein Astronom? Das ist interessant.« Jude notierte sich die Einzelheiten. Nach naturwissenschaftlichen Werken, besonders aus dem achtzehnten Jahrhundert – dem Jahrhundert der Entdeckungen – herrschte im Moment eine lebhafte Nachfrage. Ihr fielen auf Anhieb zwei oder drei Händler ein, die vermutlich mehr erfahren wollten.

»Mir wurde gesagt, dass sich mehrere Erstausgaben darunter befinden. Und ich sollte die Manuskripte erwähnen«, fuhr Wickham fort, »seine Karten und Observationsberichte. Ich selbst werde aus dem Material nicht schlau. Meine Mutter kennt sich besser damit aus. Wie auch immer, ich nehme an, dass Sie in der Lage sind, sich sofort zu äußern, wenn Sie erst einmal hier sind.«

»Um wie viele Bücher geht es eigentlich? Ich darf vermutlich nicht davon ausgehen, dass Sie sie zu uns ins Büro bringen können?«, fragte Jude.

»Um Himmels willen, nein. Es sind ein paar hundert oder noch mehr. Und die Papiere, die sind ziemlich empfindlich. Hören Sie, wenn Sie unser Gespräch für Zeitverschwendung halten, kann ich immer noch bei ›Sotheby's‹ anrufen. Das hatte ich ursprünglich ohnehin vor. Es war nur so, dass mein Freund mir geraten hat, es zuerst bei Ihnen zu versuchen.«

»Selbstverständlich komme ich zu Ihnen, seien Sie unbesorgt«, sagte Jude rasch. »Ich dachte nur, es wäre sinnvoll, danach zu fragen. Das ist alles.«

»Außerdem haben wir noch ein paar Instrumente, die Anthony Wickham gehört haben. Teile eines Teleskops. Und so ein Dings … eins von diesen Kugelmodellen des Sonnensystems.«

»Meinen Sie ein Orrery?«, fragte Jude, »eine Planetenmaschine?« Langsam klang die Sache danach, als wäre sie eine Reise wert. Mit der freien Hand schob sie Bücher und Papiere beiseite und suchte nach ihrem Schreibtischkalender.

»Ein Orrery, genau«, fuhr Robert Wickham fort. »Zeigt, wie die Planeten um die Sonne kreisen. Dann wären Sie also bereit, uns einen Besuch abzustatten?«

»Natürlich«, erwiderte sie und entdeckte ihren Kalender in ihrem Ablagekorb, unter dem Stapel von Korrekturfahnen, die Inigo hinterlassen hatte. »Wann würde es Ihnen denn passen?« Sie blätterte durch die Seiten. Konnte sie sich nächste Woche loseisen? Wenn Wickham damit drohte, die Sammlung noch anderen Auktionshäusern zu präsentieren, dann musste sie schneller sein als die Konkurrenz.

»In den nächsten Tagen bin ich unterwegs«, sagte er, »also geht es erst danach.« Sie kamen überein, dass Jude am Freitag in der folgenden Woche nach Starbrough Hall fahren sollte. »Sie kommen doch mit dem Wagen, oder? Ich schicke Ihnen die Wegbeschreibung per E-Mail, das wäre zu kompliziert am Telefon. Der nächste größere Ort ist Holt. Und Sie können über Nacht bleiben, wenn Sie wollen. Wir haben Platz genug, und meine Mutter und mich würde es freuen, wenn Sie unser Gast sind. Meine Frau ist dann mit den Kindern verreist, sodass Sie in Ruhe arbeiten können.«

»Das ist sehr freundlich. Aber es ist wahrscheinlich nicht notwendig, dass ich bei Ihnen übernachte«, sagte Jude. »Ich habe Verwandtschaft in der Gegend, wissen Sie.« Seit Ewigkeiten war sie nicht mehr zu Hause in Norfolk gewesen. Und jetzt bot sich eine großartige Gelegenheit. Vielleicht würde sogar Caspar mitkommen, ihr Freund.

Als sie aufgelegt hatten, lief Jude unruhig in der Abteilung hin und her. Sie war sich absolut sicher, dass die Sammlung in Starbrough Hall bedeutend war, obwohl sie nicht wusste, woher sie diese Überzeugung nahm. Aber es würde einen guten Eindruck machen, wenn es eine bedeutende Sammlung war und sie diese für »Beecham's« sichern konnte. Und gerade jetzt kam es darauf an, einen guten Eindruck zu machen, weil Klaus Vanderbilt sich dem Ruhestand näherte und »Beecham's« einen neuen Abteilungsleiter brauchen würde.

Wie so oft grübelte sie darüber nach, wie ihre eigenen Chancen auf eine Beförderung im Vergleich zu Inigos standen, als ihr Blick auf den Notizblock fiel und sie die Worte »Starbrough Hall« las.

Jude konnte sich den Ort immer noch nicht vorstellen. Sie ging zum Regal mit den Nachschlagewerken und zog einen voluminösen Band mit dem Titel *Great Houses in East Anglia* heraus, den sie auf Inigos Tisch legte. Als sie bis zum »S« geblättert hatte, entdeckte sie eine körnige Schwarz-Weiß-Fotografie. Starbrough Hall war ein würdiges, vielleicht ein bisschen kahl wirkendes Herrenhaus, erbaut im palladianischen Stil, mit kiesbedecktem Vorplatz und einer großen strukturlosen Rasenfläche vor dem Gebäude. *Zwei Meilen von Starbrough Village entfernt,* hieß es in der kurzen Erläuterung, *1720 erbaut von Edward Wickham Esq. auf den Ruinen des abgebrannten alten Gutshauses von Starbrough.* Starbrough. Das lag ganz in der Nähe von Claire. Irgendwann war sie schon mal durch Starbrough Village gefahren. Sie erinnerte sich an die ungewöhnlich große Kirche, an die Grünfläche mit einem hübschen Ortsschild und einer Bank, die um eine gewaltige Eiche herumgezimmert war. Jude glaubte, dass Grans Vater als Jagdaufseher auf den Ländereien in Starbrough gewesen war, aber wo die Familie gewohnt hatte, wusste sie nicht.

Eine Weile saß sie grübelnd im leeren Büro, bis sie schließlich zum Telefon griff, um Gran anzurufen.

Die alte Dame hatte es sich angewöhnt, nachmittags zu dösen, besonders dann, wenn die Sonne über den Fußboden spielte und das Wohnzimmer mit Wärme und flackerndem Licht erfüllte. Wie immer am letzten Wochenende im Juni tummelten sich zahllose Feriengäste in dem Küstendorf Blakeney. Aber wenn Gran ihr Hörgerät abnahm, verebbten die Geräusche der Leute und der Autos mit Bootsanhängern vor dem Fenster, das auf den kleinen Hafen von Norfolk hinausging, zu einem sanften Gemurmel im Hintergrund. In ihrem schläfrigen Zustand kam es ihr vor, als tanzten Bilder der Vergangenheit über ihre Lider. Auch wenn sie inzwischen fast taub war – in ihrer Erinnerung sprudelten die Stimmen aus längst vergangenen Zeiten und lautes glückliches Gelächter frisch wie Quellwasser.

Sie stellte sich vor, wieder ein Kind zu sein, die kleine Jessie, die am Waldrand Verstecken spielte. Darin war sie gut gewesen, konnte in Windeseile einen Baum hochklettern und sich in der Krümmung eines Astes zusammenkauern, so schmal und reglos wie ein brauner Vogel, dass die anderen Kinder sie nie fanden. Einmal aber hatte sie sich zu weit vorgewagt, bis tief in den Wald hinein, noch an Starbrough Folly vorbei. Dabei hatte ihr Vater ihr verboten, in die Nähe des Turmes zu kommen, weil kleine Mädchen sich verlaufen konnten oder vielleicht noch etwas Schlimmeres passierte.

Das war der Tag gewesen, an dem sie es zum ersten Mal gesehen hatte – das wilde Mädchen. Sie hatte es gespürt, bevor sie es sah. Ein prickelndes Gefühl sagte ihr, dass sie beobachtet wurde. Sie hielt erstarrt inne und lauschte, während ihr Geist aus den Schatten der großen Bäume und den Bewegungen der Blätter und Zweige über ihrem Kopf bedrohliche Gestalten formte. Und auf einmal blitzte es zwischen den am niedrigsten hängenden Zweigen einer ausladenden Eiche silbrig auf. »Ich kann dich sehen«, stieß Jessie atemlos hervor. Und einen Augenblick später rutschte das Waldgeschöpf aus seinem Versteck herunter. Es war ein Mädchen etwa in ihrem Alter, acht, und zuerst fühlte Jessie sich an ein Bild aus dem Schulbuch mit den Geschichten erinnert. In dem fadenscheinigen braunen Kittelkleid und den Blättern, die sich in seinem Haar verfangen hatten, sah das Kind aus wie eine märchenhafte Blumenelfe. »Hallo«, sagte Jessie, »warum beobachtest du mich?« Aber das Mädchen zuckte nur mit den Schultern. »Kannst du nicht sprechen? Warum kannst du nicht sprechen?«, wisperte Jessie. Das Kind legte die Finger auf die Lippen und sagte: »Pst! Das ist ein Geheimnis.« Dann riss es die Augen belustigt auf und winkte Jessie heran. »Wohin gehen wir?«, fragte Jessie, als das Mädchen noch tiefer in den Wald eintauchte. »Ich muss zurück. Ich darf nicht ...« Die Elfe schüttelte den Kopf und duckte sich unter einem abgestorbenen Ast hinweg. Jessie folgte ihr und entdeckte ein paar kleine rosafarbene Blumen. »Eine Orchidee!«, rief sie. Sie hatte sie sofort erkannt, denn ihr Vater hatte einmal eine wilde Orchidee mit nach Hause gebracht, die er unterwegs gefunden hatte, als er die Fallen überprüfte. Die Elfe bückte sich, pflückte die Blume und reichte sie Jessie. »Wie schön!«, sagte Jessie, und die Mädchen lächelten einander verschwörerisch an ...

Langsam kehrte Gran in den Wachzustand zurück, nahm entfernt das Klingeln wahr und fummelte auf dem Weg zum Telefon an ihrem Hörgerät herum.

»Judith!« Sie würde nicht zugeben, dass Jude ihr liebstes Enkelkind war, obwohl sie ihr gegenüber eine Nähe empfand, die sie bei Claire nie so recht gefühlt hatte, bei der lieben kleinen, widerspenstigen Claire.

»Gran, ich fahre nächsten Freitag nach Starbrough Hall. Kann ich am Donnerstagabend zu dir kommen?«, fragte Jude. »Ich würde dich gern ein bisschen über den Ort ausfragen.«

»Starbrough?« Jude konnte Jessies Überraschung an ihrer Stimme erkennen, aber die alte Lady erwiderte nur: »Es wäre wundervoll, dich zu sehen, Liebes. Kommst du zum Tee?«

Als sie den Hörer aufgelegt hatte, lehnte sich Jessie, überschwemmt von einer Flut von Erinnerungen, an die Anrichte. Starbrough Hall. In letzter Zeit hatte sie sehr oft an das wilde Mädchen gedacht. Eigentlich war ihr Geist nichts anderes mehr als eine alte Filmspule, die nach dem Zufallsprinzip Szenen aus der Vergangenheit darbot. Und nun würde ihre Enkeltochter dorthin gehen. Aus welchem Grund? Das hatte sie nicht gesagt. Starbrough ... vielleicht bekam sie jetzt die Gelegenheit, alles wieder in Ordnung zu bringen.

Später am Nachmittag, nach mehreren ärgerlichen Stunden, in denen die Telefone fast nicht stillgestanden hatten, und einem kleinlichen Streit mit Inigo über die Erstausgaben von Bloomsbury beendete Jude ihre Arbeit an dem Katalog und flüchtete sich nach nebenan in den Lagerraum, um Bücher für die Auktion in Gruppen zu sortieren. Das hatte sie schon immer als beruhigend empfunden, als Aufgabe, in die sie eintauchen konnte und die ihr den Kopf freimachte. Als sie über die Sammlung von Starbrough Hall nachdachte, fiel ihr plötzlich ihre alte Freundin Cecelia ein. Sie hatten sich an der Universität kennengelernt; aber während Jude sich irgendwann ins echte Arbeitsleben gestürzt hatte, vergrub Cecelia sich immer noch in Universitätsbibliotheken und forschte über die naturwissenschaftliche Umwälzung im späten achtzehnten Jahrhundert. Als sie sich das letzte Mal auf einen Drink getroffen hatten, vor einem Jahr oder so, hatte Cecelia erwähnt, dass sie an einem Buch über die Astronomie in jener Zeit schrieb. Ja, Jude erinnerte sich genau und nahm sich vor, sich wieder bei ihrer Freundin zu melden.

Es schien nicht viel Zeit vergangen zu sein, als Suri den Kopf durch die Tür steckte. »Ich bin dann mal weg, Jude. Wir fahren direkt zu meinen Eltern nach Chichester. Ist bestimmt schrecklich viel Verkehr. Schönes Wochenende!«

»Verdammt, es ist ja schon fast sechs. Ich darf auch nicht mehr so lange bleiben!« Das Lager hatte keine Fenster, was verwirrend sein konnte.

»Heute Abend gehen wir mit ein paar Freunden von Caspar essen«, sagte sie, als sie mit Suri ins Hauptbüro zurückging. »Hab ich dir schon erzählt, dass wir in ein paar Wochen alle zusammen nach Frankreich in Urlaub fahren? Dabei habe ich seine Freunde erst zweimal gesehen. Ich bin verrückt, findest du nicht?«

»Eher mutig, wenn du die Leute nicht kennst«, erwiderte Suri, unschlüssig, ob Jude Zustimmung von ihr erwartete oder nicht. »Und was ist, wenn ihr euch nicht versteht?«

»Wir kommen bestimmt gut miteinander aus«, sagte Jude und versuchte, zuversichtlich zu klingen. »Sieht so aus, als könnte man mit den Leuten Spaß haben. Und mit genügend Wein lässt sich das Getriebe immer ölen.«

Als Suri gegangen war, räumte Jude ihren Schreibtisch auf, stellte die Bücher mit raschen, geübten Bewegungen ins Regal zurück und rückte die Papierstapel gerade. Sie konnte nicht entscheiden, ob ihr gefiel, was sie in Suris Blick gelesen hatte – eine Art Mitleid. Suri mit ihren sechsundzwanzig Jahren, die neuerdings mit einem jungen Mann verlobt war, den sie an der Uni kennengelernt hatte, betrachtete das Leben noch voller Unschuld. In ihrer Welt war alles wunderbar, voller Farbe und Hoffnung und Glück, und Jude liebte sie dafür. Selbst Inigo mit seinen herablassenden Äußerungen schaffte es nur selten, Wolken über Suris zauberhaft schimmernder Aura aufziehen zu lassen. So war ich auch mal, dachte Jude in einem Anflug von Selbstmitleid.

Um halb sieben drängte sie sich durch die Menschenmengen, die ziellos durch den Sommer schlenderten und die schmale Straße neben der Charing Cross Railway Station verstopften, die zur U-Bahn-Station Embankment hinunterführte.

Selbst wenn sie ihn nicht gekannt hätte, wäre ihr die Gestalt, die am Pfeiler lehnte und irgendetwas in ein Blackberry tippte, aufgefallen. Caspar war ein kräftig gebauter Mann in dunkelblauem Designeranzug und gestärktem weißem Hemd. Das dunkle, wellige Haar hatte er nach hinten gekämmt und eine Fingerspitze Gel hineingerieben. Er war fünf Jahre älter als Jude mit ihren vierunddreißig, attraktiv und quicklebendig. Vor ein paar Monaten hatte sie ihn bei einer Freundin kennengelernt, die sie zu einer Party eingeladen hatte. Mit ihren knapp einsfünfundsiebzig und der üppigen Figur passte sie äußerlich ganz ausgezeichnet zu ihm. Er fühlte sich von ihren sanften braunen Augen angezogen und von der rotblonden Haarwolke auf ihrem Kopf, die sie im Nacken mit einer Spange zusammengeklammert hatte. »Schön wie eine Madonna bist du. Du hast traurig ausgesehen«, hatte er geantwortet, als sie ihn spaßeshalber einmal gefragt hatte, warum er sich an jenem Abend zu ihr hingezogen gefühlt hatte, »aber dann hast du gelächelt. Es gibt so viele Leute, die nur mit den Lippen lächeln. Aber du hast mit den Augen gelächelt, so als ob es dir etwas bedeutet. Das hat mir gefallen.«

Ihr hingegen hatte es gefallen, wie mühelos er sich unter diesen schicken Großstädtern bewegen konnte, wie er es ganz offensichtlich genoss und mit Haut und Haaren in ihre Welt gehörte. Er war nie verheiratet gewesen, und nur wenige Freunde aus seinem weitverzweigten Netzwerk hatten sich irgendwo häuslich niedergelassen. Sie waren zu sehr damit beschäftigt, hart an ihren Karrieren zu arbeiten, die sie liebten – Caspar und sein Freund Jack hatten eine Werbeagentur für Neue Medien –, und sie feierten auch viel. Im Großen und Ganzen hatten noch nicht einmal seine verheirateten Freunde Kinder. Sie lebten für den Moment, und Jude wusste, dass das ein weiterer Punkt war, der ihn für sie so anziehend machte. Sie sprachen nie über die Zukunft – sie hatte auch immer noch genug damit zu tun, mit der Gegenwart zurechtzukommen. Als er sie gefragt hatte, ob sie Lust hätte, mit ein paar Freunden in den Urlaub zu fahren, hatte sie erst gezögert, dann aber gedacht, warum nicht? »Es wird lustig«, hatte er gesagt, »bestimmt werden wir unseren Spaß haben.« Sie hatte allen Grund, ihm zu glauben, dennoch fühlte sie sich bei dem Gedanken daran immer noch nicht wohl.

Dauernd wurde sie von ihren Freunden – allen, die bei ihrer Hochzeit mit Mark vor sechs Jahren dabei gewesen waren – zu deren Hochzeiten eingeladen oder bekam Geburtsanzeigen ihrer Kinder. Sie selbst hatte nicht nur eine Nichte, die sechsjährige Summer, sondern auch schon ein Patenkind und nahm bald an der Taufe eines dritten Kindes teil, Milo. Vor ein paar Wochen hatte sie den kleinen Milo, gerade acht Monate alt und mit seinen großen Augen zum Anbeißen süß, mit seiner Mutter, einer ehemaligen Kollegin, in den Londoner Zoo begleitet. Die dreijährige Jennifer sah sie nur selten, denn deren Eltern – Sophie war in der Schule Judes beste Freundin gewesen – waren letztes Jahr in die Staaten gezogen. Aber die Fotos, die Sophie ihr per E-Mail schickte, zerrten unerträglich an ihrem Herz.

»Hi. Tut mir leid, dass ich so spät dran bin«, sagte sie und legte die Hand kurz auf den Ärmel von Caspars maßgeschneidertem Anzug.

»Bist du nicht«, erwiderte Caspar und zog sie für einen seiner kurzen, aber gekonnten Küsse an sich. Seine dunklen Augen glänzten, der Blick flog anerkennend über sie. Jude war froh, dass sie sich den Hosenanzug gekauft und auf das Mittagessen verzichtet hatte, damit er auch passte. »Hübsche Ohrringe«, sagte er, als er den Schmuck erkannte. Sie berührte einen der eleganten silbernen Stecker, die er ihr an Ostern zum Geburtstag geschenkt hatte, kurz nachdem sie sich kennengelernt hatten. Sie war sicher, dass sie damals angedeutet hatte, normalerweise Gold zu tragen, aber die Ohrringe gefielen ihr trotzdem, weil er sie ausgesucht hatte.

»Luke und Marney erwarten uns erst um acht«, sagte er, »lass uns was trinken gehen.« In der Nähe fanden sie ein Weinlokal, wo Caspar wundersamerweise den letzten Tisch ergatterte. Nach den ersten Schlucken des sirupartigen Burgunders auf leeren Magen fühlte Jude sich schwindlig.

»Wie ist deine Präsentation gelaufen?«, fragte sie Caspar.

Jack und er versuchten gerade, einen Werbeauftrag für junge Mode an Land zu ziehen.

»Gut!«, erwiderte er. Er hatte sein Glas schon geleert und schenkte sich das nächste ein. »Die Leute sind ganz verrückt nach diesem Videoclip. Wenn wir die richtigen Kids für das Shooting finden, könnte es ein voller Erfolg werden. Jack kontaktiert schon die Agenturen. Und was macht die staubige Welt der Totholz-Technologie?« Er spottete gern darüber, dass sie es in ihrem Job mit alten Büchern zu tun hatte, wo die Zukunft der modernen Medien sich doch online abspielte. Obwohl es ihn beeindruckte, welche Preise im Antiquariatsbuchhandel zu erzielen waren.

»Da ist etwas aufgetaucht, was ziemlich verführerisch klingt«, erzählte Jude. »Die Sammlung eines Astronomen aus dem achtzehnten Jahrhundert. Freitag fahre ich nach Norfolk. Wirklich komisch, das ist genau da, wo Gran aufgewachsen ist. Caspar, ich dachte, dass wir vielleicht ...« Der Alkohol ermutigte sie zu fragen. »Am nächsten Wochenende haben wir doch noch nichts vor, oder? Wir beide zusammen, meine ich. Am Donnerstag bleibe ich bei Gran, und am Freitag arbeite ich. Das heißt also Freitag und Samstagabend. Am Sonntag muss ich zu Milos Taufe, aber das ist machbar. Du könntest hochfahren, und wir würden uns am Freitagabend in Norfolk treffen. Oder früher, wenn du magst. Und zur Taufe mitkommen. Ich bin mir sicher, dass Shirley und Martin dich gern kennenlernen würden.«

»Freitag ist der vierte, oder? Ich glaube, da ist Tates und Yasmins Einweihungsparty. Nein, die ist am Samstag.« Er tippte auf seinem Blackberry herum. »Da müssen wir nicht hin.«

»Wirklich? Wir könnten auch nur meine Schwester Claire besuchen und ihr kleines Mädchen. Du kennst sie doch noch gar nicht, und ich dachte … bei ihnen ist es zu eng für uns, aber im Dorf gibt es eine Frühstückspension. Oder wir könnten irgendwo an der Küste bleiben. Die Landschaft ist wunderschön. Wir könnten spazieren gehen …« Sie brach ab, als sie merkte, dass er gar nicht zuhörte.

Caspars Augen wurden schmal, als er auf sein Blackberry starrte. Das blaue Licht des Displays flackerte unheimlich über sein Gesicht. Er sah angespannt und besorgt aus.

»Ah!«, sagte er, plötzlich erfreut über etwas, was er gefunden hatte. »Tut mir wirklich leid, Jude, aber ich muss Sonntag nach Paris. Wegen einer Präsentation am Montag. Jack und ich brauchen den Samstag zur Vorbereitung.«

»Oh, das ist aber schade. Du hast meine Familie noch nicht kennengelernt. Vor allem dachte ich, dass du Claire wahrscheinlich mögen wirst.«

»Ist das die … die Behinderte?«

»Sie hinkt ganz leicht, mehr nicht.« Jude würde ihre Schwester nie als behindert bezeichnen. Hübsch und kratzbürstig, offen und direkt, eine scharfsinnige Geschäftsfrau, ja, aber niemals behindert. Ein Bein war von Geburt an ein kleines Stück kürzer als das andere, was zu einer Kindheit mit ständigen Operationen und Krankenhausaufenthalten geführt hatte. »Ihre kleine Tochter heißt Summer. Ich habe sie bestimmt schon seit ein paar Wochen nicht mehr gesehen.«

»Ich dachte, ihr hättet euch letzte Woche alle am Flughafen getroffen.« Jude und Claire hatten ihre Mutter nach Spanien verabschiedet, wo ihr neuer Mann Douglas eine Villa in den Bergen hinter Malaga einrichtete.

»Der Flughafen in Stansted ist wohl kaum ein Ort, wo man entspannt plaudern kann.«

»Nun, ich werde Claire und Summer … süßer Name … wohl ein anderes Mal kennenlernen müssen.«

Inzwischen sah er sogar so aus, als würde er es aufrichtig bedauern. Aber Jude war trotzdem enttäuscht. Denn es war nicht das erste Mal, dass er die Gelegenheit ausgeschlagen hatte, ihre Familie kennenzulernen, was nicht spurlos an ihr vorüberging. Wenn sie es genau bedachte, kannte sie auch noch niemanden aus seiner Verwandtschaft. Er war das einzige Kind polnischer Eltern, die in Sheffield lebten, so viel hatte er ihr erzählt. In all der Zeit, die sie ihn nun schon kannte, war er nie nach Hause gefahren, um seine Eltern zu besuchen. Und falls sie irgendwann in London gewesen sein sollten, hatte er es ihr verschwiegen. Bisher war ihr das nicht merkwürdig vorgekommen. Jetzt aber schon.

Einer der kleinen Ohrstecker tat weh. Sie tastete mit den Fingern nach dem Verschluss und lockerte ihn vorsichtig. Er fiel heraus. In letzter Sekunde fing sie die Teile auf.

2. Kapitel

Jude freute sich immer, nach Hause zu kommen in das weiße Reihenhaus in Greenwich, in dem sie wohnte. Mit dem Ellbogen stieß sie die Tür hinter sich zu und ließ die Tüten aus dem Supermarkt auf den Küchentisch fallen. Die vergangene Nacht war sie bei Caspar in Islington geblieben. Am Morgen hatte er – obwohl Samstag war – ein paar Dinge im Büro zu erledigen, und so war sie mit ihm zusammen per U-Bahn in die Stadt gefahren, wo sich ihre Wege am King's Cross getrennt hatten. Sie hatten kaum miteinander geredet. Caspar sah ziemlich angeschlagen aus, weil er am Abend zuvor viel zu viel getrunken und die Dinnerparty bis in die frühen Morgenstunden gedauert hatte. Wenn Jude ehrlich war, hatte ihr der Abend noch weniger gefallen, als sie befürchtet hatte. Außer ihr und Caspar waren sechs andere Leute da gewesen, alle freundlich und amüsant, wenn man einzeln mit ihnen ins Gespräch kam, aber auf einem Haufen hatten sie sich als langweilig und öde erwiesen. Beim Abendessen hatten sie über Restaurants geredet, wo Jude noch nie gewesen war, über Designer, für die sie sich nicht interessierte, über alte Freunde von der Universität, die sie nicht kannte. Schweigend hatte sie in ihrem Essen herumgestochert. Sie hatte sich ausgeschlossen gefühlt und innerlich gewehrt. Allein der Gedanke, mit diesen Leuten zwei Wochen in der Dordogne zu verbringen, war deprimierend! Als Jude sich in einer Gesprächspause nach Sehenswürdigkeiten in der Nähe von Brantôme erkundigte, hatte ihre Gastgeberin, die coole Marney, die Nase krausgezogen und gesagt, dass sie die Tage eigentlich immer am Pool der Villa verbringen und nur abends irgendwohin zum Dinner gehen würden. »Normalerweise ist es da sowieso zu heiß, um rumzulaufen«, sagte sie gedehnt.

»Mal ehrlich«, mischte sich die mollige, alberne Paula ein, »hast du eins von diesen *châteaux* gesehen, kennst du doch alle diese blöden alten Kästen.« Alle lachten, und Jude zwang sich zu einem höflichen Lächeln.

Jude, deren blasse englische Haut in der Sonne knallrot wurde, hasste es, an Pools herumzuliegen. Der ideale Urlaub hieß für sie, in beschaulichen Städtchen und Dörfern herumzuspazieren und etwas über ihre Geschichte zu erfahren, die oft erstaunlich bewegt und stürmisch gewesen war. Es sah so aus, als müsste sie diesmal allein auf Entdeckungstour gehen, denn nach dem Gespräch in dem Weinlokal konnte sie sich nicht vorstellen, dass Caspar Lust hatte, herumzustreifen und die Gegend zu erkunden.

Nun war sie glücklich wieder zu Hause, schleuderte ihre Schuhe in die Ecke und ging in die Küche, um Wasser aufzusetzen. Entspannt genoss sie ihre eigene Gesellschaft – in diesem hübschen Haus fühlte sie sich nie vollkommen allein. Es war das Zuhause, das Mark und sie bei ihrer Verlobung gemeinsam für sich ausgesucht und in dem sie während der kurzen drei Jahre ihrer Ehe gewohnt hatten. Sie spürte ihn immer noch sehr stark, so als ob er jeden Moment durch die Tür spazieren könnte. In den letzten Jahren hatten verschiedene Leute – ihre Mutter, ihre Schwester, Marks Schwester und Sophie – sich allmählich Sorgen darüber gemacht. Sie hatten ihr vorgeschlagen, das Haus zu verkaufen, und damit stillschweigend angedeutet, dass es nicht gesund sei, sich mit all diesen Erinnerungsstücken zu umgeben. Aber davon abgesehen, dass Jude ihnen erlaubte, Marks Kleidung auszusortieren, hatte sie nichts unternommen. Es gab ihr Sicherheit, mitten in seinen Sachen zu leben; es war ein Teil ihrer Überlebenstechnik. An den weiß gestrichenen Wänden des Wohnzimmers hingen immer noch seine atemberaubend schönen Fotos. Entstanden waren sie bei Kletterexpeditionen in die patagonische Wildnis, zum Kilimandscharo und in die Cairngorms, Reisen, die er dank seines Lehrerberufes in den großen Ferien unternehmen konnte. Einige der modernen Möbel wie das schmiedeeiserne Bett und das hell gemusterte Sofa hatten sie gemeinsam ausgesucht, aber der ovale viktorianische Spiegel und die Fliesen von William de Morgan vor dem Kamin waren Judes Wahl. Mark mochte das Neue, Jude das Alte. Sie hatten sich einen Spaß daraus gemacht. Immer wenn sie irgendwo hingefahren waren, nach Norfolk zum Beispiel oder auf einen Tagesausflug an die Südküste, hatte Jude gesagt: »Ich schau hier nur mal kurz rein«, und war in irgendeinem geheimnisvollen Laden verschwunden, der voller faszinierender Schätze steckte. Mark blieb es überlassen, sich die modernen Spielereien im Camping Shop oder bei Chandler's anzusehen. Über manche ihrer Kuriositäten hatte er gelacht, besonders über das kleine Trio indischer Elefanten, deren Knopfaugen sie vom Fenster eines Trödelladens aus angefleht hatten.

Jude trank ihren Kaffee, ging langsam im Wohnzimmer herum und blieb stehen, um den kleinen antiken Globus auf der Anrichte zu drehen. Sie nahm einen Ebenholzelefanten in die Hand und genoss die Wärme des Holzes auf ihrer Haut. »Elefanten sollten immer zur Tür schauen, sonst bringt es Unglück«, hatte sie Mark erklärt.

»Warum zur Tür?«, hatte er gefragt und die Arme verschränkt, was immer ein Zeichen dafür war, dass er jetzt den skeptischen Wissenschaftler gab. Das war ein weiterer Unterschied zwischen ihnen gewesen. Sie liebte alte Legenden und den Aberglauben; er war daran interessiert, solche Geschichten zu entzaubern. Aber beide hatten es genossen, lebhaft darüber zu diskutieren.

»Das hat Dad immer gesagt. Vielleicht weil sie schnell ins Freie gelangen wollen, falls ein Feuer ausbricht oder so.«

»So was Verrücktes habe ich noch nie gehört«, hatte Mark sie geneckt, und beide hatten gelacht.

Sie waren in sehr vieler Hinsicht grundverschieden voneinander gewesen. Aber das Schicksal hatte sie füreinander bestimmt. Jude hatte das immer gespürt. Schon als sie sich das erste Mal begegnet waren. Warum nur war sie so um das Glück betrogen worden?

Jude staubte den kleinen Elefanten ab und stellte ihn sorgfältig an seinen Platz zurück.

Bei dem Gedanken, dass der ganze Samstag leer vor ihr lag, überkam sie ein wunderbares Gefühl. Während sie ihre Einkäufe auspackte, überlegte sie, was sie mit ihrer Zeit anstellen sollte. Vielleicht den Hügel zum Royal Observatory hinaufsteigen, um sich ein bisschen in die Stimmung für Astronomie zu bringen?

Als sie die Milch in den Kühlschrank stellen wollte, fiel ihr Blick auf ein Foto ihrer Nichte, das an der Tür befestigt war. Summer. Der Name passte zu dem schönen honigfarbenen Haar des Kindes und seinen blauen Augen, zu seiner versponnenen Leichtigkeit. Kaum zu glauben, dass Summer im August schon sieben Jahre alt wurde. Es wäre wunderbar, wenn sie sie am nächsten Wochenende sehen könnte. Jude schnappte sich das Telefon und drückte die Kurzwahl von Claires Arbeitsplatz.

»›Star Bureau‹«, meldete sich ihre Schwester mit forscher Stimme. Zusammen mit einer Freundin führte Claire einen kleinen Laden in Holt, einem Marktflecken in Norfolk. Sie verkauften allerlei Geschenke, die mit Sternen und Astrologie zu tun hatten. Als hübschen Nebenerwerb boten sie einen Service an, der es den Leuten möglich machte, einem Stern einen Namen zu geben, zum Beispiel den eines geliebten Menschen. Für einen bescheidenen Betrag erhielten sie eine Urkunde, auf der der Ort und die amtliche Seriennummer des Sterns angegeben waren. Dazu gab es ein gerahmtes Gedicht, das Claire selbst verfasst und »Stardust« genannt hatte, Sternenstaub. Jude fand, dass das Versmaß in der dritten Zeile etwas holprig war, wusste aber, dass ihre Meinung hier wie bei vielen anderen Dingen nicht willkommen war.

»Ich bin's, Jude. Steckst du gerade mitten in der Arbeit?«

»Oh, du bist es! Warte mal kurz ... Linda, das nehme ich mit ins Büro ... es ist meine Schwester«, hörte Jude, als Claire mit ihrer Geschäftspartnerin sprach, und dann: »Ich sollte mich lieber beeilen, Jude. Der ganze Ort ist voller Touristen. Komm schon, Katze, beweg dich.« Jude stellte sich die gertenschlanke Claire vor, ihr elfenhaftes Gesicht, wie sie Pandora fortscheuchte, die schwarz-weiße Katze, die sie manchmal zur Arbeit mitnahm. »Ich wollte dich auch gerade anrufen, Jude. Hast du Lust, uns zu besuchen und ein paar Tage zu bleiben? Summer hat nach dir gefragt.« Summer, nicht Claire, bemerkte Jude, schob den Gedanken aber als kleinlich beiseite.

»Ehrlich gesagt hatte ich vor, am nächsten Wochenende zu kommen. Bist du dann zu Hause?«

»Lass mich mal sehen. Am Samstag bin ich mit Piers in Dubai und am Sonntag mit Rupert auf den Salomon-Inseln.

Ach, sei nicht albern, natürlich bin ich zu Hause. Wann fahre ich schon mal irgendwohin? Ich kann mir das auch gar nicht leisten.«

Jude nahm die altbekannte Schärfe in der Stimme ihrer Schwester wahr, und ihr Lachen klang auch nicht besonders überzeugend. Das »Star Bureau« musste sich mächtig anstrengen, um einen bescheidenen Gewinn zu erwirtschaften, und mit einem nicht unerheblichen Teil dieser Einkünfte zahlte Claire die Hypothek ihres kleinen Hauses ab. Claire hatte zwar nie offen gezeigt, dass sie auf die finanzielle Sicherheit ihrer Schwester eifersüchtig war, aber nach diesem unübersehbaren Wink mit dem Zaunpfahl bekam Jude trotzdem wieder ein schlechtes Gewissen. Was immer dazu führte, dass sie Claire ab und zu einen Scheck anwies. Um den Stolz ihrer Schwester nicht zu verletzen, erklärte sie, Claire solle davon etwas für Summer kaufen.

»Also könnte ich mich dann am Freitag und Samstag bei dir einmieten? Sonntag muss ich früh wieder los.«

»Klar, es wäre toll, dich zu sehen. Wenn du nichts dagegen hast, dir mit Summer das Zimmer zu teilen.«

»Ich genieße es, in Summers Zimmer zu schlafen. Sie schnarcht nicht so wie du. Übrigens, wie geht es meiner lieben Nichte?«

»Es geht ihr gut.« Jude bemerkte die leichte Unsicherheit in der Stimme ihrer Schwester. »Letzte Woche hat sie beim Lesen einen Zauberstern gewonnen.«

»Einen Zauberstern?«

»Den bekommt man, wenn man vorher schon fünfundzwanzig normale Sterne geholt hat.«

»Die wunderbare Summer.«

»Und sonst, ach, ich mach mir ein bisschen Sorgen um sie.«

»Oh nein, warum denn?«

»Sie schläft schlecht. Hat nach wie vor Albträume. Vielleicht ist es doch nicht so gut, wenn du mit ihr in einem Zimmer schläfst. Denk mal drüber nach.«

»Was sind denn das für Träume?«

»Weiß ich auch nicht so genau. Sie erzählt mir immer nur, ›Mummy, ich konnte dich gar nicht sehen.‹ Das ist alles.«

Erinnerungen aus Judes Kindheit blitzten auf. *Wo bist du, Maman? Ich kann dich nicht sehen.* Aufwachen in einem kleinen Schlafzimmer in London, das Licht der Straßenlaterne scheint durch blasse Gardinen, und drinnen fliegt ein Insekt brummend gegen die Scheibe.

Jude zwang ihre Aufmerksamkeit wieder auf das Gespräch. »... der Arzt wusste auch nicht weiter. Ich weiß nicht, was ich jetzt noch tun soll.«

»Bitte entschuldige, was hat der Arzt gesagt?«

»Nichts«, sagte Claire gereizt. »Soweit er es beurteilen kann, ist alles in Ordnung.«

»Du machst dir wirklich Sorgen, stimmt's?«

»Würdest du das nicht auch tun?«

»Hm, ja, natürlich.« Jude war Claires scharfen Tonfall gewohnt. Kein Grund, beleidigt zu sein. Claire erzog Summer allein, und manchmal merkte man ihr eben an, wie anstrengend das war.

»Ist sie denn sonst so wie immer? Nicht krank oder schmachtend vor Sehnsucht oder so?«

»Nicht, dass es mir aufgefallen wäre. Eigentlich scheint sie sogar sehr glücklich zu sein.«

»Dann hat sie vielleicht Stress in der Schule«, sagte Jude, obwohl sie sich mit solchen Dingen überhaupt nicht auskannte. Aber Claire schien den Gedanken gut zu finden.

»Kann sein, dass du recht hast«, sagte sie. »Sie schreiben

ständig Tests und haben furchtbar viele Hausaufgaben auf. Außerdem ist sie in ihrem Jahrgang die Jüngste.«

»Sie stehen wirklich sehr unter Druck«, fügte Jude hinzu. »Ich habe gerade einen Artikel über das schwedische System gelesen. Da kommen sie erst in die Schule, wenn ...«

»Jude, hast du was von Mum gehört?«

»Nicht, seit sie letzte Woche angerufen und uns mitgeteilt hat, dass sie sicher in Malaga gelandet ist. Und du?«

»Nein«, sagte Claire verbittert, »aber sie würde ja auch nie meine Nummer wählen. Ich muss sie immer anrufen.«

»Sei nicht albern«, sagte Jude resigniert. Innerhalb der Familie war es schon immer ihre Aufgabe gewesen, Claire zu versichern, dass sie geliebt wurde.

»Aber es stimmt doch! Ich sollte jetzt lieber Schluss machen, an der Kasse stehen die Kunden Schlange.«

»Halt, ganz schnell noch, was glaubst du, wie es Gran geht? Ich bleibe Donnerstagabend bei ihr.«

»Oh, da wird sie sich freuen.« Claires Stimme klang weicher. »Es geht ihr ganz gut, obwohl sie ein bisschen gebrechlich ist. Am Samstag sind Summer und ich mit ihr nach Sheringham gefahren, um Schuhe zu kaufen. Es war eine ziemliche Tortur, weil es im Laden nicht das gab, was sie normalerweise trägt, aber schließlich haben wir doch noch ein Paar gefunden. Aber sag mal, was hast du mitten in der Woche eigentlich hier zu tun?«

»Ich weiß, es ist bloß ein schöner Zufall, aber ich fahre nach Starbrough Hall, um ein paar Bücher zu schätzen.«

»Nach Starbrough Hall? Wirklich? Darüber kann dir Gran ja jede Menge erzählen. Aber jetzt muss ich wirklich aufhören.«

Als Jude auflegte, war sie tief beunruhigt. Irgendetwas war aus dem Lot geraten. Zum Teil waren es die üblichen Spannungen in der Familie. Claire irrte sich, wenn sie annahm, dass ihre Mutter sie nicht gern hatte, sie irrte sich sogar sehr. Mum liebte ihre ältere Tochter genau so, wie sie Jude liebte. Jude hingegen hatte nie an der Liebe ihrer Eltern gezweifelt. Sie hatte einfach gewusst, dass diese Liebe existierte, und sie angenommen.

Ich glaube, dass Mum mich öfter anruft, weil sie mir vertraut, dachte Jude, während sie die Wäsche in die Maschine stopfte. Obwohl sie Douglas hat, vermisst sie Dad sehr, und ich bin ein bisschen wie Dad. Bodenständig und zuverlässig … o Gott, das klingt stinklangweilig. Mums Beziehung zu Claire ist viel komplizierter. Wenn die beiden aufeinandertreffen, sprühen die Funken. Aber das heißt nicht, dass Mum Claire nicht liebt … und, meine Güte, wie sie in die kleine Summer vernarrt ist!

Und um Summer musste man sich Sorgen machen. Jude konnte es noch nicht ganz glauben, aber sie hatte den Verdacht, dass ihre Nichte den gleichen schrecklichen Traum hatte wie sie als Kind.

3. Kapitel

»Gran! Gran!« Jemand klopfte. Jessie schlug die Augen auf, war ein paar Sekunden lang verwirrt. Am Fenster zeigte sich ein Gesicht. Nicht das wilde Mädchen. Die kleine Judith. Jude, ihre Enkelin. Sie hatte nicht mit ihr gerechnet. »Doch, Jessie, das hast du, du dummes altes Ding«, murmelte sie und stemmte sich aus dem Sessel hoch. Jude hatte angerufen und gesagt, dass sie donnerstags kommen und über Nacht bleiben wolle. Es war Donnerstag, und Mr. Lewis hatte ihr ein schönes Stück Fisch vorbeigebracht.

»Hallo, tut mir leid, dass ich dich geweckt habe«, sagte Jude, als ihre Großmutter die Tür öffnete. Einen Augenblick lang war sie besorgt gewesen, als sie durch das Fenster des Steinhäuschens gespäht und Gran zusammengesunken im Sessel erblickt hatte. Der Mund in ihrem faltigen Gesicht stand weit offen, ihr dünnes Haar hing nach allen Seiten herunter. Jude war dankbar, als die alte Dame sich auf ihr Klopfen hin endlich rührte.

Drinnen stellte sie ihre Taschen ab und drückte ihrer Großmutter einen Kuss auf die vertrocknete Wange. Einen Moment lang stand Jessie verlegen da und schaute ihre Enkelin entzückt und verwundert zugleich von oben bis unten an.

»Du siehst wirklich toll aus, Liebes. Sehr elegant.«

»Danke«, sagte Jude, die immer noch in dem schicken

Leinenrock und dem Jackett steckte, das sie zu einem Geschäftsessen getragen hatte.

Sie folgte ihrer Großmutter in die Küche und stellte mit Bestürzung fest, wie krumm der Rücken der alten Frau geworden war. Jessie war inzwischen fünfundachtzig. Das letzte Mal hatte Jude sie an ihrem Geburtstag im Mai gesehen, als die Frauen aus vier Generationen – Gran, Judes Mutter Valerie, Jude, Claire und die kleine Summer – sich alle bei Sandwiches und einem schiefen Geburtstagskuchen ins Wohnzimmer gezwängt hatten. Summer hatte beim Kuchenbacken geholfen und das Ergebnis selbst mit Geleebonbons verziert. Später hatte Jessie es fertiggebracht, an Judes Arm am Hafen entlangzuhumpeln. Und jetzt, als sie zuschaute, wie ihre Großmutter sich an die Arbeitsplatte lehnte und sich mit der schäbigen Teedose abmühte, fragte sie sich, wie viel Zeit der alten Frau wohl noch blieb. Gran war zwar in der Lage, das Haus ohne Hilfe zu verlassen, aber würde sie bis zum Dorfladen kommen oder bis zur Arztpraxis? In Judes Kopf wirbelte alles durcheinander. Vielleicht sollten sie eine passendere Wohnung für Gran suchen. Gran würde sich allerdings heftig gegen einen Umzug sträuben.

»Lass mich dir doch helfen, Gran.«

Nach Jessies Anweisung goss sie kochendes Wasser in die vertraute metallene Teekanne, holte das Porzellanservice aus dem Schrank, das noch von ihrer Urgroßmutter stammte, und trug das Tablett ins Wohnzimmer. Jude liebte es, diesem kleinen Cottage am Meer einen Besuch abzustatten, das ihre Großeltern nach der Pensionierung ihres Großvaters bezogen hatten. Sie erinnerte sich daran, wie sie als Heranwachsende herkam, als ihr Vater herzkrank geworden war und nicht mehr Vollzeit arbeiten konnte. Damals waren sie alle von London nach Norwich gezogen.

Mit einem leichten Stöhnen ließ Jessie sich in den Polstersessel sinken. »Manchmal kann ich gar nicht mehr richtig durchatmen«, erklärte sie, als sie die Sorge in Judes Gesicht bemerkte. »Aber wenigstens ist mir heute nicht so schwindlig.«

»Schwindlig? Das klingt nicht gut.«

»Dr. Gable sagt, es liegt an diesen Viren. Gib mir das Kissen, bitte. Er hat mir ein paar Pillen verschrieben, aber die nehm ich nicht.«

»Oh, Gran«, schimpfte Jude, während sie ihrer Großmutter half, es sich bequem zu machen.

»Ich fühle mich dann immer so komisch. Rohes Ei mit einem Schuss Brandy drin – das wär ein richtig gutes Stärkungsmittel. Mach dir keine Sorgen, Jude, ich bin einfach nur eine verknöcherte alte Schachtel, und dagegen ist kein Kraut gewachsen. Aber jetzt erzähl, wie es dir ergangen ist. Ist doch viel interessanter. Willst du dir nicht eins von den *fondant fancies* nehmen? Ich weiß doch, wie gern du die isst.«

»Danke«, sagte Jude und beobachtete ängstlich, wie Gran mit der Teekanne hantierte. Sie nippte an ihrem Tee und streifte brav das Papier von einem der knallbunten Törtchen, die sie in jungen Jahren geliebt hatte, aber als Erwachsene nur noch schrecklich süß fand. »Tut mir leid, dass ich nicht so oft herkommen kann. Ich habe furchtbar viel Arbeit, und die Wochenenden vergehen auch immer wie im Flug. Mit Freunden und so weiter«, schloss sie mit schlechtem Gewissen.

»Mit jemand Besonderem?« Jessie schaute sie gespannt über den Rand ihrer Teetasse an.

Jude zögerte und lächelte dann. »Ja, es ist ein Mann im Spiel, falls du danach fragst, Gran. Nichts Ernstes, also mach dir keine Hoffnungen. Ich weiß doch, wie ihr seid, du und Mum.«

»Oh, kümmere dich nicht um uns. Macht er dich glücklich, Liebes?«

»Ich genieße seine Gesellschaft.«

»Das ist nicht dasselbe«, sagte Jessie ernst. »Ich mache mir Sorgen um dich, Jude.«

»Das weiß ich, Gran. Aber das solltest du nicht. Über das Schlimmste bin ich inzwischen hinweg.«

Gran musterte sie nachdenklich. »Solche Dinge vergisst man nicht so leicht. Und doch müssen wir sie hinter uns lassen und das Beste aus unserem Leben machen. Das habe ich auch lernen müssen, auf sehr schmerzhafte Weise.«

Judes Großmutter schien in weite Ferne zu blicken, so als ob irgendetwas außerhalb der Mauern des Zimmers ihre Aufmerksamkeit auf sich zog.

»Gran?«

»Bitte entschuldige, meine Liebe. Ich war mit den Gedanken woanders.«

»In der Vergangenheit?«

»Ja. Weit, weit in der Vergangenheit. Als ich noch klein war. Wahrscheinlich kannst du dir gar nicht vorstellen, dass deine alte Gran auch mal klein war, wenn du sie so anschaust, stimmt's?«

Jude beobachtete, wie ein verschmitztes Lächeln das faltige Gesicht ihrer Großmutter verwandelte. »Doch, natürlich«, sagte sie liebevoll.

Gran sah glücklich aus.

»War es traurig oder schön, woran du gedacht hast?«, hakte Jude nach.

»Es war beides. Nun, wenn du schon fragst, ich habe an jemanden gedacht, den ich früher kannte. Oh, das ist alles schon lange her, sehr lange. Nimm noch einen von den kleinen Kuchen, Liebes. Ich esse die nicht.«

»Später vielleicht, Gran. Aber sag doch, an wen hast du gedacht?« Ihre Großmutter sprach nur selten über ihre Kindheit, und so genoss Jude es umso mehr.

»Du kennst sie doch nicht, Jude. Es würde dir nichts bedeuten.«

»Doch, und das weißt du auch. Gran, du bist gemein, du weißt doch genau, dass es mich fesselt, zu hören, wie es war, als du aufgewachsen bist. War es, als du in Starbrough gelebt hast?«

»Ja, zu der Zeit. Einmal, als ich sieben oder acht Jahre alt war, bin ich in einem Wald einem Mädchen begegnet. In der Nähe von dem Cottage, wo ich gewohnt habe. Wir sind Freundinnen geworden.«

»Erzähl mir davon«, bettelte Jude.

»Wenn du noch einen von diesen kleinen Kuchen isst«, versprach ihre Großmutter. Ohne Widerspruch nahm Jude ein *fondant fancy* und biss hinein.

»Damals ahnte ich es noch nicht, aber das Mädchen gehörte zu diesem fahrenden Volk. Es war eine echte Roma. Deshalb habe ich sie manchmal über Wochen und Monate gesehen, dann aber lange Zeit gar nicht. Manchmal ein ganzes Jahr nicht mehr. Sie hieß Tamsin.«

Gran hielt inne, um Luft zu holen, und Jude fragte zwischen zwei Bissen: »Was ist aus ihr geworden?«

»Das wollte ich dir gerade erzählen. Eines Tages, als ich neun oder zehn war, tauchte sie in der Schule auf. Du musst wissen, dass ich in Starbrough Village zur Schule gegangen bin. Wir haben alle in unseren Bänken gesessen und gerechnet oder was auch immer, und mich hat fast der Schlag getroffen, als die Tür aufging und der Direktor sie reinbrachte.

Sagte, sie wäre die neue Schülerin, und, also, das war wie ein rotes Tuch, als er sagte, sie wäre eine Zigeunerin und wir sollten nett zu ihr sein.«

»Aber das wart ihr wahrscheinlich nicht.« Jude bemerkte, dass der ländliche Akzent ihrer Großmutter breiter geworden war, als sie über die Vergangenheit sprach.

»Ein paar von den Jungs waren am schlimmsten. Kein Wunder, dass Tamsin nicht besonders glücklich in der Schule war. Erst mal sah sie mit ihren Kleidern vom Ramschverkauf, mit ihrer bräunlichen Haut und den goldenen Ohrringen anders aus als wir. Außerdem war sie mit dem Lernstoff hintendran, was einen Teil des Problems ausmachte. Manche Kinder glaubten, sie wäre dumm. Beschimpften sie, behaupteten, dass Zigeuner Diebe seien und so was. Hatten sie bestimmt von ihren Eltern, obwohl ich so einen Unsinn zu Hause nie gehört habe. Mein Dad hat manchmal ein paar Worte über Wilddiebe verloren, aber er hat die Zigeuner nie schlimmer beschuldigt als irgendwen anders. Egal, ich schäme mich, aber ich war zu ängstlich, um in der Schule ihre Freundin zu sein. Ich dachte, dann würden sie auch auf mir herumhacken, du weißt ja, wie Kinder sein können. Aber manchmal in den Ferien, wenn dein Großonkel Charlie und deine Großtante Sarah und ich zum Turm gegangen sind, habe ich sie gesehen. Dann haben wir oft zusammen gespielt und waren quietschvergnügt. Es war, als hätte jede von uns noch eine Schwester. Und es schien ihr nichts auszumachen, dass wir in der Schule nichts mit ihr zu tun haben wollten. Ich hab oft darüber nachgedacht, wie unglücklich wir sie gemacht haben müssen.«

»Vielleicht hat sie verstanden, dass du Angst hattest«, sagte Jude und fragte sich, wohin diese weitschweifige Geschichte noch führen würde. Sie war ein bisschen bestürzt darüber, wie sehr diese längst vergangene Episode ihre Großmutter heute noch beschäftigte.

»Das hoffe ich«, sagte Gran, »zumindest habe ich mich nie beteiligt, wenn sie in der Pause über sie hergefallen sind. Noch einen Tee, Liebes?«

»Danke. Und was ist nun aus Tamsin geworden?«, fragte Jude.

Aber Gran presste nur die Lippen aufeinander. Dann schüttelte sie traurig den Kopf. »Wir ... ihre Familie ist fortgezogen. Ich hab sie nie wieder gesehen. Ich hab mich allerdings immer schlecht gefühlt. Ich hab ihr nicht geholfen, als es nötig war, konnte nicht ... und dann hab ich ihr was weggenommen, weißt du.«

»Was?« Aber Jessie schien sie nicht zu verstehen. Schockiert bemerkte Jude die Qual im Blick ihrer Großmutter.

»Es ist schrecklich, wenn du niemals verzeihst oder dir niemals verziehen wird«, sagte die alte Dame. »Es ist immer da – begraben, ja, aber du weißt, es ist da.«

Später am Abend, nachdem sie zu Bett gegangen waren, konnte Jude hören, wie ihre Großmutter im Zimmer nebenan unruhig auf und ab ging, wie Schubladen rumpelnd aufgezogen und wieder zugeschoben wurden und wie Gran mit sich selbst sprach. Just in dem Moment, als sie beschloss, nachzusehen, ob es irgendeinen besonderen Grund für die Unruhe gab, hörte sie die Bettfedern quietschen, ein bisschen Gehuste, und dann trat Stille ein. Jude musste früh aufstehen und versuchte einzuschlafen. Wenn Gran mich braucht, dachte sie, wird sie mich bestimmt rufen.

Aber der Schlaf kam nicht. Eine Weile kreisten ihre Gedanken um die Geschichte, die Gran ihr erzählt hatte, um das Zigeunermädchen im Wald von Starbrough. Da gab es einen Turm, Starbrough Folly. Follys, so wusste Jude, waren Bauwerke, die zur Ausschmückung der Gärten errichtet worden waren. Sie kannte das aus anderen Parks. Da gab es Türme, künstliche Ruinen, antike Torbögen und prächtige Schmuckpavillons. Gran hatte gesagt, dass sie bei diesem Turm gespielt hatten. Jude beschloss, ihn sich am nächsten Morgen auf jeden Fall anzusehen.

Ihre Gedanken schweiften zurück in ihre eigene Jugend. Wenn sie damals zu Besuch gekommen waren, war Grandad mit Claire und ihr bei schönem Wetter in seinem kleinen Fischerboot hinausgefahren, um die Seehunde zu beobachten, die sich am Blakeney Point sonnten. Grandad war ein ruhiger, stiller Mann gewesen, der immer in der Nähe der Küste gelebt hatte und sich wohlfühlte, wenn man einfach nur zusammensaß und nicht viele Worte machte. Er hörte zu, wenn man ihm etwas erzählte, aber er stellte nicht die ganze Zeit über dumme Fragen, über die Schule und irgendwelche Lieblingsfächer und was man werden wollte, wenn man groß war – wie manche Erwachsene mit Kindern eben so redeten.

Ihre Großmutter war dagegen eher praktisch veranlagt, geradlinig, immer beschäftigt, zum Beispiel mit der Zubereitung von Mahlzeiten, oder sie nähte neue Gardinen, oder sie stemmte die Hände auf die Hüften und stritt mit dem Milchmann über die Rechnung, oder sie brachte mit den Nachbarn die Welt wieder in Ordnung. Jude konnte sich erinnern, dass ihre Mutter immer wie auf Samtpfoten durchs Haus schlich, wenn sie in Blakeney waren. Normalerweise verging kein Tag, ohne dass sich Valerie und Jessie angefaucht hätten. Die beiden haben sich noch nie gut verstanden, hatte Grandad einmal erklärt. Es war komisch, dass die beiden mit dem Alter lockerer geworden waren. Und es war auch komisch, dass Jessie, die nur selten über ihre Kindheit sprach, so redselig gewesen war. Heute Abend, so schien es, war der Vorhang, der Gegenwart und Vergangenheit trennte, für einen kurzen Augenblick zur Seite geglitten.

Die Vergangenheit. Ihre Vergangenheit. Jude erinnerte sich, was Gran ihr angedeutet hatte. Über Mark. Dass sie ihn gehen lassen musste. Aber so einfach war das nicht. Mit Caspar versuchte sie es, versuchte es verzweifelt und mit aller Kraft. Hoffte, dass der stockende dunkle Nebel in ihr sich auflösen und verflüchtigen würde, wenn sie sich nur ohne große Leidenschaft auf den Alltag einer beständigen Beziehung einließ. Dass die Liebe wieder fließen würde. Vielleicht war Caspar nicht der Richtige für sie – genau wie die Ohrringe, die er ihr geschenkt hatte. Bei der Auswahl hatte er vergessen, dass sie ihm erzählt hatte, was ihr wirklich gefiel. Aber vielleicht war es auch ihr Fehler, weil sie ihm nicht erlaubte, sie zu lieben. Er war der erste Mann, mit dem sie seit Mark richtig zusammen war. Langsam machte sie sich Sorgen, dass sie vergessen haben könnte, wie das eigentlich ging.

Es war noch still im Haus, als Jude am nächsten Morgen von ihrem Reisewecker geweckt wurde. Sie wusch sich und zog die Sachen vom Vortag an, nur mit einem frischen Top. Sie wollte schick und professionell aussehen, wenn sie sich mit dem Besitzer von Starbrough Hall traf. Unten in der Küche aß sie einen Teller Cornflakes, und als von oben immer noch kein Laut zu hören war, schrieb sie ein paar Dankesworte, lehnte den Zettel an den Toaster, schloss die Tür auf und verließ das Haus, ohne sich zu verabschieden.

Oben regte Jessie sich leicht und sank dann wieder in ihren Traum. In diesem Traum suchte sie etwas. Etwas, was sie dringend finden musste.

4. Kapitel

Beinahe hätte Jude das Schild mit der Aufschrift »Privat. Nur Starbrough Hall« verpasst. Über die raue Grasnarbe fuhr sie die lange, holprige Auffahrt hinauf, dann an einer Rasenfläche mit einem steinernen Brunnen vorbei bis zu dem sandfarbenen Haus im palladianischen Stil, das sie aus dem Buch in ihrem Büro kannte. Sie parkte ihren metallicblauen Wagen auf dem Kiesweg neben einem verbeulten Kombi. Als sie ausstieg, fingen die Wachhunde in dem anderen Fahrzeug an zu bellen und sprangen wie verrückt herum. Sie achtete nicht darauf, sondern war mehr an dem Haus interessiert, das zwar würdig aussah, aber trotzdem irgendwie schäbig, wie sie dachte. Der eine oder andere Fensterrahmen sah verrottet aus, und der Putz bröckelte von den Wänden.

Das Blackberry in ihrer Tasche schnarrte. Suri, las sie auf dem Display und drückte auf Antwort. Es war neun Uhr. Unmöglich, dem Büro zu entrinnen.

»Hi, Suri«, sagte sie, »du bist früh dran. Ich hab nicht viel Zeit. Bin gerade am Haus angekommen. Wie geht es dir?«

»Gut, danke. Tut mir leid, dass ich dich stören muss, Jude. Vor fünf Minuten bin ich reingekommen und muss feststellen, dass Klaus sich aufregt über … keine Sorge, ich bin im Lager, er kann mich nicht hören. Der Umsatz in diesem Monat rauscht in den Keller, und das macht ihn nicht besonders glücklich. Der Vorstand hat ein Meeting angesetzt, bei dem du dabei sein musst, Montag, neun Uhr. Er will, dass du um halb neun hier bist.«

»Na toll. Er ist bestimmt so nervös, weil die Amerikaner eingetroffen sind. Sag ihm, dass er sich keine Sorgen machen soll. Ich werde da sein.«

»Er will … du wirst mich hassen … dass du ihm die Kalkulation deiner nächsten Verkäufe mailst. Aber das ist noch nicht alles«, fügte Suri vage hinzu. »Es könnte sein, dass Inigo dich anruft.«

»Bis heute Abend kann ich ganz bestimmt nichts unternehmen. Kann nicht jemand anders meine Kalkulation durchsehen? Sie ist im Ordner ›September-Auktion‹ gespeichert. Leider kann ich mich nicht genau an den Dateinamen erinnern.«

»Ich muss jetzt aufhören.«

»Gut, danke. Das ist hier übrigens ein erstaunliches Gebäude. Du solltest es sehen, es sieht aus wie in *Stolz und Vorurteil*, nur ein bisschen mehr von Motten angefressen.«

»Und ich bin hier den ganzen Tag eingesperrt«, seufzte Suri neidisch, bevor sie auflegte. »Verschwende bloß keinen Gedanken an mich.«

Jude stopfte das Blackberry in die Tasche, nahm den Aktenkoffer von der Rückbank ihres Wagens und eilte rasch an den bellenden Hunden vorbei. Die brüchigen, abgewetzten Stufen vor dem Haus führten zu der großen Doppeltür hinauf. Durch das gewölbte Tor rechts gelangte man vermutlich zur Rückseite des Hauses. Jude stieg die Stufen hinauf und drückte auf den Klingelknopf. Kurz darauf hörte sie Schritte, und die Tür wurde ruckelnd geöffnet.

Ein dicklicher Mann, Anfang vierzig in knielangen Shorts und einem alten Rugby-Shirt, begrüßte sie: »Ms. Gower? Robert Wickham. Bitte treten Sie ein.«

»Ich bin Jude«, grüßte sie zurück und schüttelte ihm die Hand, »die Kurzform für Judith.«

Nachdem er die Tür wieder geschlossen hatte, war die kleine Halle in Dämmerlicht getaucht. »Ich hätte Ihnen sagen sollen, dass Sie hintenherum ins Haus kommen sollen«, sagte Mr. Wickham stirnrunzelnd, »unter dem Bogen durch und dann nach links. Wir benutzen diese Tür nicht oft.«

»Sie wollten also, dass ich den Dienstboteneingang nehme?«, scherzte Jude und folgte ihm über die Marmorfliesen.

»Um Himmels willen, nein! Ich wollte nicht damit sagen, dass Sie ein Dienstbote sind«, polterte er. »Es ist nur so, dass alle Welt diese Stufen verdammt lästig findet, besonders mit dem ganzen Kram von den Kindern.«

»Ja, verstehe«, sagte Jude und fand ihn ein bisschen humorlos, »selbstverständlich.«

Sie waren in einem runden, marmornen Atrium angekommen, wo ein halbes Dutzend klassische Steinbüsten in Wandnischen standen und auf sie hinunterblickten. Ein überquellender Kleiderständer schützte eine Sammlung kleiner Gummistiefel in hellen Farben und Regenschirme in Spielzeuggröße. Eine Kiste voller Plastikautos, Roboter und Puppen mit grinsenden Gesichtern stand direkt im Blickfeld eines längst verblichenen Cäsaren. Als sie den wütenden Blick der Büste sah, hätte Jude am liebsten laut gelacht, befürchtete aber, dass ihr Gastgeber beleidigt reagieren könnte.

»Darf ich Ihnen die Jacke abnehmen?«, fragte er.

»Ich behalte sie lieber an.« Es war kühl. Muss am Marmor liegen, dachte sie. »Wie viele Kinder haben Sie?«

»Drei Jahre alte Zwillinge«, erwiderte er, als könne er es selbst nicht ganz glauben. »Einen Jungen und ein Mädchen.

Meine Frau ist mit den Kindern zu ihren Eltern nach Yorkshire gefahren. Wunderbar ruhig war es hier, das kann ich Ihnen sagen.« Diesmal bemerkte sie erleichtert, dass er verschmitzt zwinkerte. »Obwohl ich sie vermisse. Kommen Sie gleich hier entlang.« Er führte sie über einen langen Korridor an der linken Seite zu einem Zimmer, das vorn im Haus lag.

»Oh, wie schön!«, rief Jude aus, als sie ganz unerwartet die zauberhafteste Bibliothek betrat, die sie jemals gesehen hatte. Der Raum wirkte beinahe oval, ein Effekt, der sich daraus ergab, dass die weiß gestrichenen Bücherschränke und Regale, die die Wände bedeckten, in zwei geschwungenen Kurven gebaut waren, von der Tür bis zum Fenster. Unter dem langen georgianischen Fensterflügel ruhte ein gewaltiger alter Globus, leicht geneigt, so als wollte er sich in die Umlaufbahn erheben. Daneben stand der Orrery, den Robert Wickham am Telefon erwähnt hatte, ein kugelförmiges Gebilde, das aus ineinander verzahnten hölzernen Reifen gefertigt war, die die verschiedenen Bahnen der Gestirne im Sonnensystem darstellen sollten. Jude trat näher, um sich die Planetenmaschine genauer anzusehen.

»Prächtig, nicht wahr?«, sagte Robert und strich über den äußersten Ring. »Als Kind hat die Maschine mich immer ungemein fasziniert, nicht zuletzt, weil sie nicht alle Planeten darstellt, die wir heute kennen. Wann wurde der Uranus noch mal entdeckt?«

»Ich glaube, von William Herschel zu Beginn der 1780er-Jahre«, sagte Jude und zählte die Planeten. Nur sechs, die Erde eingeschlossen. Er hatte recht. Der Uranus fehlte.

»Ich habe ein schlechtes Gedächtnis für Daten«, sagte Robert lachend. »Alexia beschwert sich ständig darüber. Fühlen Sie sich ganz wie zu Hause, Jude. Ich sage meiner

Mutter Bescheid, dass Sie hier sind. Ich nehme an, Sie möchten einen Kaffee?«

»Kaffee wäre schön«, sagte sie. Er verließ das Zimmer und schloss die Tür hinter sich. Sie nahm es ihm nicht übel. Er schien recht angenehm zu sein, so wie Gutsherren auf dem Lande nun einmal waren, ein bisschen forsch und nervös, aber sie hatte schon mit schlimmeren Leuten zu tun gehabt. Nach wenigen Sekunden hatte sie ihn vergessen, genoss stattdessen die friedvolle Düsternis des Raumes, den beruhigenden Duft nach Holz, Leder und alten Büchern und fand Gefallen an der empfindsamen Miene des jungen Mannes in der Kleidung des achtzehnten Jahrhunderts im Porträt über dem Kamin. Die ovale Form der Bibliothek vermittelte ihr ein seltsames Gefühl. Als ob man sich in einem großen Ei wiegt, dachte Jude, oder vielleicht auch im Bauch eines alten Schiffes. Rund um den Kamin waren ein paar robuste lederne Armsessel und ein Sofa gruppiert, die zu dem Flair männlicher Behaglichkeit beitrugen. Sie lehnte sich gegen einen Armsessel und sah hinauf zu der bemalten Decke. Es handelte sich um eine astrologische Karte des Nachthimmels. Das Firmament war in Mitternachtsblau gefärbt, mit Bildern der verschiedenen Sternbilder – Wassermann, Zwillinge, Krebs und die anderen – in Gold, Karminrot, Silber und Weiß. Es war atemberaubend schön.

Jude stellte ihren Aktenkoffer neben dem großen Schreibtisch am Fenster ab und schaute hinaus über den kiesbedeckten Vorplatz auf den Rasen. Dahinter erstreckte sich eine unregelmäßig geschnittene Grasfläche, dann kamen Bäume und ein niedriger Steinwall, der an die Straße grenzte. In der Ferne erblickte sie bis zum Horizont nur Hecken und Felder. Sie fragte sich, wo das Cottage des Jagdaufsehers – das Häuschen, in dem ihre Großmutter gelebt hatte – lag und wo sich der Turm im Wald befand, von dem Gran erzählt hatte. Dicht stehende Bäume bedeckten einen flachen Hügel rechts vom Park. Irgendwo da oben könnte Starbrough Folly sein, überlegte sie, obwohl sie kein Gebäude sehen konnte.

Sie drehte sich wieder um, spazierte durch den Raum und ließ den Blick über die Bücherregale schweifen. Meistens handelte es sich um Schriften aus dem neunzehnten und frühen zwanzigsten Jahrhundert, Belletristik, veraltete Nachschlagewerke, Geschichts- und Reisebücher. Obwohl die Auswahl von einem gebildeten Geist zeugte, sah keiner der Bände wertvoll aus. Dann erst ging sie in den hinteren Teil des Raumes, wo sie, eingeschlossen in Vitrinenschränke, die Bücher fand, derentwegen sie gekommen war. Der Schlüssel zu den Vitrinen lag auf dem Regal. Robert Wickham hatte sie zwar aufgefordert, sich wie zu Hause zu fühlen, aber sie empfand es als angemessen, auf ihn zu warten, bevor sie die Werke näher untersuchte. Durch das Glas konnte sie einige Titel in Goldlettern auf dem Ledereinband ausmachen. *Complete System of Optics* von Robert Smith – wenn es sich um eine Erstausgabe handelte, würde es Leute geben, die allein dafür mehrere Tausender auf den Tisch legen würden. James Fergusons *Astronomy Explained* mochte auch wertvoll sein, genauso wie das, was nach Flamsteeds berühmtem *Atlas Coelestis* aussah – wörtlich übersetzt »Atlas der Himmel«. Weiter oben in der Vitrine entdeckte sie Bände, bei denen es sich um eine frühe Ausgabe von Newtons *Principia* handeln könnte. Sie verspürte einen kleinen Adrenalinstoß. Diese Ausgabe war unglaublich selten. Plötzlich war sie froh, dass sie nach Starbrough Hall gekommen war.

Sie wandte sich um, als die Tür geöffnet wurde. Herein trat eine elegant gekleidete Dame, gefolgt von Robert mit dem Kaffee. »Ms. Gower – Jude«, sagte er und stellte das Tablett auf einen Tisch neben dem Kamin ab. »Das ist meine Mutter, Chantal Wickham.«

Mrs. Wickham kam zu ihr und streckte ihr die zierliche Hand entgegen. »Jude, wenn ich Sie so nennen darf, schön, Sie kennenzulernen.« Als ihre Hände sich berührten und die Blicke sich begegneten, war es so, als springe ein ruhiger, warmer Kraftstrom von der älteren Frau auf die junge Frau über und durchflutete sie. Fast hätte Jude nach Luft geschnappt.

Chantal Wickham war einmal schön gewesen – nein, sie ist immer noch schön, korrigierte sich Jude. Es war schwer zu sagen, ob sie fünfundfünfzig oder siebzig Jahre alt war. Sie war fast so groß wie Jude, ihre Haltung war aufrecht, und das dichte dunkle, von Silber bereifte Haar fiel ihr bis über die Schultern. Mit den hohen Wangenknochen in ihrem breiten, klugen, olivbraunen Gesicht strahlte sie eine natürliche Anmut aus, die mit einem ganzen Schrank voll teurer Designerkleider nicht zu kaufen gewesen wäre. Und doch, obwohl der Abdeckstift sein Bestes tat, waren die tiefen Schatten unter den kastanienbraunen Augen unmöglich zu übersehen. Vor ihr stand eine Frau, die genau wie sie selbst wusste, was es hieß, sich nachts ruhelos in den Kissen zu wälzen und keine Minute Schlaf zu finden.

»Sie sind gekommen, um unsere Schätze zu besichtigen.« Selbst ihre Stimme klang schön, heiser, und hatte einen fremden, leicht singenden Tonfall. Ihre Wortwahl war förmlich. »Ich nehme an, dass Robert Ihnen erzählt hat, wie unendlich traurig wir sind, die Bibliothek verkaufen zu müssen. Aber ganz offensichtlich wird uns das Dach über dem Kopf einstürzen, wenn wir es nicht tun.« Der Kummer hinter ihren Worten war nicht zu überhören.

»Mutter, wir wollen doch nicht schon wieder von vorn anfangen«, mahnte Robert, während er den Kaffee einschenkte.

Jude sank der Mut. Verunsichert blickte sie von der Mutter zum Sohn. Es war unangenehm, wenn einer von beiden eigentlich gar nicht verkaufen wollte. Sie kam sich dann ziemlich raffgierig vor, so als würde sie ihnen das letzte Hemd vom Leib reißen. Und, schlimmer noch, falls die Meinungsverschiedenheit kein Ende nahm, konnte es bedeuten, dass sie mit dem ganzen Besuch ihre Zeit verschwendete. Als Chantal sie anschaute, lenkte sie sofort ein. »Nein, das ist natürlich nicht Ihre Schuld, Jude. Ich bin mir sicher, dass Ihnen die Sammlung zusagen wird. Ihre Arbeit muss wunderbar sein, immer mit all diesen schönen Dingen um sich herum.«

»Ja, ich liebe meine Arbeit sehr«, sagte Jude und hatte das Gefühl, als würde sie auf einem Seil tanzen. »Vielen Dank.« Sie nahm die Tasse, die Robert ihr reichte.

»Jude«, begann Robert, und sein Blick schweifte aus dem Fenster hinaus in die weite Welt, »wäre es in Ordnung, wenn ich Sie heute Vormittag mit meiner Mutter allein lasse? Sie kennt sich mit der Sammlung besser aus als ich, und ich habe ganz unerwartet etwas Dringendes zu erledigen. Mutter, George Fenton hat gerade angerufen. Es sieht so aus, als wäre heute Nacht in die Fasanenställe eingebrochen worden.«

»Oh nein, Robert.«

»Natürlich müssen Sie sich darum kümmern«, sagte Jude. »Ich bin sicher, dass Mrs. Wickham und ich wunderbar zurechtkommen werden.«

Mrs. Wickham lächelte ihr komplizenhaft zu. »Bitte nennen Sie mich Chantal«, murmelte sie und wandte sich dann an ihren Sohn. »Hoffentlich stellt sich heraus, dass es der

Fuchs gewesen ist, Rob. Der Gedanke an menschliche Diebe gefällt mir gar nicht. George schwirren manchmal so merkwürdige Vorstellungen über die Leute im Kopf herum. Das führt zu einer schlechten Stimmung in der Gegend.«

Robert schluckte seinen Kaffee herunter und nickte. Mit einem »Wir sehen uns zum Mittagessen« eilte er aus dem Zimmer. Ein paar Minuten später sahen die Frauen, wie der Wagen über die Auffahrt holperte, während die Hunde hinter ihm herbellten.

»Der liebe Robert, er muss immer herumhetzen«, sagte Chantal. »Kommen Sie, Jude, und setzen Sie sich einen Augenblick zu mir.« Sie klopfte auf den leeren Platz neben sich auf dem Sofa. »Sie müssen müde sein, nach der langen Fahrt hierher.«

»Ach, ich habe die vergangene Nacht bei meiner Gran in Blakeney verbracht.«

»Dann ist Ihnen unser Fleckchen Erde also vertraut?«

»Ein bisschen. Ich habe in meiner Jugend in Norwich gelebt«, erklärte Jude, »und ein Teil meiner Familie ist immer noch hier. Mum hat ein Haus außerhalb von Sheringham, aber sie ist dabei, es zu verkaufen und mit meinem Stiefvater nach Spanien zu ziehen. Meine Schwester wohnt in Felbarton, ganz in der Nähe. Kennen Sie in Holt einen Laden namens ›Star Bureau‹? Der Laden gehört ihr, zusammen mit einer Freundin.«

»Der Geschenkeladen in den Arkaden? So ein hübsches Schaufenster, all diese Sternenlichter und die Mobiles! Ich wollte mir das Geschäft immer mal anschauen. Und jetzt werde ich das ganz bestimmt auch tun.«

»Ich glaube, der Laden wird Ihnen gefallen. Und es ist zwar nur ein erstaunlicher Zufall, aber Gran hat hier auf Starbrough Estate gelebt. Sie ist die Tochter des damaligen

Jagdaufsehers. Sie hießen Bennett – kommt Ihnen der Name bekannt vor? Es ist allerdings schon eine Ewigkeit her. Wann ist sie geboren … 1923 oder so …«

Chantal schüttelte den Kopf. »Ich fürchte, ich kann mich nicht an die Bennetts erinnern«, sagte sie, »aber ich bin auch erst 1959 ins Land gekommen. Da war Ihre Großmutter sicher schon weggezogen.«

»Ja, das denke ich auch. Ich glaube, ihre Eltern sind Mitte der Fünfzigerjahre gestorben. Woher stammen Sie ursprünglich?«

»Ich bin in Paris geboren und hierhergekommen, als ich zwanzig war.« Das heißt, dass Chantal jetzt neunundsechzig sein muss, überschlug Jude rasch, sie ist also älter, als sie aussieht. »Ich betrachte Starbrough Hall als mein Zuhause.« Eine tiefe Traurigkeit breitete sich auf ihrem Gesicht aus. Dann sagte sie leise und voller Leidenschaft: »Ich liebe dieses Haus. Ich habe hineingeheiratet, und inzwischen ist es ein Teil von mir. Robert und Alexia sind so freundlich, mich noch hier wohnen zu lassen.«

»Die beiden … sie sind erst kürzlich hier eingezogen?« Jude ahnte schon, was Chantal antworten würde. Mit plötzlich aufflackerndem Mitgefühl wurde ihr bewusst, warum sie sich dieser Frau so stark verbunden fühlte.

»William, mein Mann, ist vor zwei Jahren gestorben, und das Haus ist in Roberts Besitz übergegangen. Wie immer gibt es Ärger mit dem schnöden Mammon. Es gibt kein Vermögen, wissen Sie. Mein Mann war gezwungen, vor seinem Tod einen Teil seiner Ländereien zu verkaufen, und dann musste Robert lästigen Pflichten nachkommen. Und die Reparaturen … ach, die Farbe blättert überall ab, das Dach müsste gründlich instand gesetzt werden. Also muss Anthony Wickhams Sammlung fort. Es ist wirklich tragisch. Sie ist ein Teil dieses Hauses und seiner Geschichte. Das ist übrigens Anthony.« Chantal zeigte auf das Porträt über dem Kamin. Jude schaute genauer hin. Anthony Wickham war ein gertenschlanker junger Mann mit einem schmalen, hübschen Gesicht, das irgendwie eulenhaft wirkte. Im Hintergrund des Bildes war Starbrough Hall zu erkennen. Die Art, wie Anthony das geöffnete Buch mit der Hand umklammerte, so als ob der Künstler ihn gerade bei seinem Studium gestört hätte, wies deutlich darauf hin, wofür er sich eigentlich interessierte. In einer Ecke hatte der Maler ein Datum angebracht: 1754.

»Wir glauben, dass es gemalt worden ist, als er zweiundzwanzig war. Ein paar Jahre, bevor sein Vater gestorben ist und er das Haus geerbt hat. Ich kann den Gedanken kaum ertragen, dass all seine Dinge zwischen Fremden aufgeteilt und nur danach eingeschätzt werden, was sie finanziell einbringen. Robert meint es gut, aber ich bin überzeugt, dass es noch einen anderen Weg gibt ...« Plötzlich sah sie schuldbewusst aus. »Das würde Robert jetzt nicht gefallen. Ich habe Ihnen weit mehr erzählt, als er billigen würde. Aber bei Ihnen fällt es mir so leicht, zu erzählen ... Sie sind so ... *sympathique.*«

Als Jude Chantal zuhörte, empfand sie beinahe zärtliche Gefühle für sie. Sie war eine Außenstehende, die in diese Familie eingeheiratet hatte und sich ihr zugehörig fühlte. Dennoch hatte sie nicht das Recht, Entscheidungen über ihr Zuhause zu treffen. Gleichzeitig erinnerte sich Jude an die verrottenden Fensterrahmen und dachte, dass sie und ihr Mann sich vielleicht auch falsche Vorstellungen darüber gemacht hatten, was es kostete, heutzutage ein Gebäude wie Starbrough Hall zu unterhalten.

»Bitte machen Sie sich keine Sorgen, weil Sie mir das alles

erzählt haben«, sagte sie beruhigend. »Ich verstehe Sie sehr gut, und Sie haben mein Mitgefühl. Ich mache diese Arbeit, weil die Bücher an sich mich faszinieren, nicht nur wegen der Worte, die man in ihnen lesen kann, sondern als Kunstwerke, wegen der Art, wie sie gemacht worden sind und man sie gehegt und gepflegt hat. Natürlich muss ich entscheiden, was sie wert sind, das ist mein Job. Aber ich bin wie Sie. Ich liebe es, die Geschichten der Menschen zu erfahren, die diese Bücher besessen und gelesen und in Ehren gehalten haben.« Jude war überrascht, mit welcher Leidenschaft sie gesprochen hatte. Meistens war ihre Arbeit sehr nervenaufreibend, aber manchmal erinnerte sie sich auch daran, warum sie sie so sehr liebte.

»Dann war es also doch richtig, Ihnen die Geschichte zu erzählen. Danke, meine Liebe. Aber nun lassen Sie uns die Bücher anschauen.«

Jude hängte ihr Jackett über einen Stuhlrücken und folgte Chantal zum Vitrinenschrank. Chantal zog die Türen weit auf und trat zurück, sodass Jude hineinsehen konnte. Geübt streifte ihr Blick über ungefähr ein Dutzend Regalbretter, auf denen jeweils etwa zwanzig Bücher standen, insgesamt gut zweihundertfünfzig Bücher. Außerdem gab es noch die Manuskripte und Instrumente. Das bedeutete in der Tat ein oder zwei Tage Arbeit. Sie streckte den Arm nach oben und zog einen Band von Isaac Newton heraus, legte ihn auf den Konsolentisch und untersuchte die ersten Seiten. Ich hatte recht!, jubelte sie innerlich, es ist die dritte Auflage! Vorsichtig blätterte sie um, staunte über den guten Zustand. Einige Seiten waren stockfleckig – erkennbar an den kleinen braunen Punkten –, aber das war bei einem Buch dieses Alters auch nicht anders zu erwarten. »Wissen Sie, dass das hier eine sehr seltene Ausgabe ist?«, fragte sie Chantal.

»Wir haben es vermutet«, erwiderte Chantal. »Roberts Freund hielt die Newton-Bände für wertvoll, aber wir haben noch nie einen Experten zurate gezogen.«

»Noch nicht einmal für Versicherungszwecke?« Jude war schockiert.

»Nein, wie ich zu meiner Schande gestehen muss. Mein verstorbener Mann, so liebenswert er auch war, hat mein Interesse an dieser Bibliothek nicht geteilt. Robert auch nicht ... er ist eher der Typ, der sich gern draußen aufhält. Und er betrachtet diese Sammlung als ... entbehrlich.«

Das Handy in Judes Handtasche klingelte. Sie ahnte bereits, wer anrief, als sie es aus der Tasche holte. Ja, es war Inigo. Sie leitete den Anruf auf die Mailbox weiter und schaltete das Telefon aus.

Dann wandte sie sich wieder der Vitrine zu, zog die anderen Bände von Newton heraus und untersuchte sie. Jude konnte es kaum glauben. Es war eine vollständige Ausgabe, und alle Bände waren in gutem Zustand. Sie holte ihren Aktenkoffer. Während sie darauf wartete, dass ihr Laptop hochfuhr, zog sie einen Stuhl an den Tisch und fing an, sich auf einem Block Notizen zu machen.

»Soll ich Ihnen zuerst zeigen, wo sich die anderen Sachen befinden? Dann kann ich mich in ein ruhiges Eckchen zurückziehen und an meinem Teppich arbeiten. Ich störe Sie nicht, aber wenn Sie meine Hilfe brauchen, bin ich in der Nähe.«

»Danke«, sagte Jude.

»In diesem Schrank«, unter dem Regal schloss Chantal zwei Türen auf, »befinden sich die Notizbücher und die Karten. Robert muss Ihnen davon erzählt haben. Ich fürchte, es ist alles ein wenig durcheinander. Hier ...« Sie zog einen Band ledergebundenes Kanzleipapier aus einem unordentlichen Haufen und schlug ihn aufs Geratewohl auf. Das Blatt war von einer dichten, sauberen und gleichmäßigen Handschrift bedeckt, die Tinte war sepiafarben verblasst.

»Was ist das?«, fragte Jude fasziniert und nahm Chantal das Buch ab.

»Das ist eins von Anthonys Observationsjournalen. Als ich vor ein oder zwei Jahren ein wenig Zeit hatte, habe ich einen Teil des ersten Bandes transkribiert.« Sie lächelte bedauernd. »Einfach war es nicht.« Sie zeigte Jude das Schulheft. »Die rein technischen und die mathematischen Angaben habe ich nicht abgeschrieben. Das hat mich nicht so sehr interessiert. Nur seine Kommentare. Meine Augen sind nicht mehr so gut ... ich fürchte, ich bin nicht sehr weit gekommen.«

»Trotzdem war es wichtig, dass Sie überhaupt angefangen haben«, murmelte Jude und blätterte die Seiten des Originals um. Sie war es gewohnt, alte Handschriften zu entziffern. »Ich bin überzeugt, dass es sehr nützlich sein wird.«

»Und diese Rollen hier, das sind einige Zeichnungen, die er angefertigt hat. Das zum Beispiel ...« Chantal ging in die Hocke und rollte ein Pergament auf. Jude legte das Journal ab, sodass sie die Karte zusammen betrachten konnten. »In der Karte ist ein Teil der Doppelsterne verzeichnet, die er entdeckt hat«, erklärte Chantal.

»Doppelsterne sind paarige Sterne, die einander umkreisen, nicht wahr?«

»Ja. Man glaubte, es sei nützlich, ihre Bewegungen zu verfolgen. Irgendwie hat es damals geholfen, die Entfernung der Sterne von der Erde zu messen. Wegen der neuartigen Teleskope hat man sich sehr für die Sterne interessiert, mehr als für die Planeten.«

»Ihr Sohn hat das Teleskop schon erwähnt.«

»Es ist hier.« Chantal ging hinüber zu einem großen Schrank, der an der Wand zwischen ein paar Regalen stand. Als sie ihn öffnete, fiel ihr Blick auf ein geschwärztes Holzgestell auf dem Fußboden mit einem ungefähr neunzig Zentimeter hohen Metallzylinder. »Besser gesagt, das sind die Teile.« Sie versuchte, das Gestell herauszuheben, aber es war zu schwer. Jude musste helfen. »Halten Sie es ins Licht, ungefähr so, und dann schauen Sie hinein«, erklärte Chantal.

Jude tat es und schnappte nach Luft, als das Licht aufblitzte. Plötzlich starrte ihr ein schwaches Abbild von sich selbst im Dämmerlicht entgegen. »Spiegel!«, rief sie. »Natürlich, was sonst!«

Sie wusste, dass sie es mit dem Teil eines frühen Spiegelteleskops zu tun hatte, die das Licht vom Himmel mit Spiegeln einfingen, es mit verstärkenden Linsen sammelten und in das Innere des Teleskops projizierten, um das Objekt betrachten zu können. Diese Spiegelteleskope eigneten sich besser zum Studium lichtschwacher Objekte als die ursprünglichen Linsenfernrohre, auch Refraktorteleskope genannt. Die Refraktoren waren länger und klobiger, und man musste die Objekte direkt durch die Linsen betrachten, wodurch sich oft das Licht verzerrte.

»Und das Gerät hat Wickham gehört?«, fragte Jude und nahm etwas aus dem Regal, was nach einem Okular aussah.

»Sehr wahrscheinlich, meinen Sie nicht auch? Diese Teile sind in einer Scheune gefunden worden, kurz nachdem ich nach Starbrough Hall gekommen bin. Roberts Vater nahm an, dass ursprünglich mehr davon erhalten geblieben war, aber während des Krieges gaben alle Leute überflüssiges Metall ab, damit Granaten daraus gemacht wurden. Das hier ist irgendwie davor bewahrt worden.« Jude half ihr, das schwere Gerät wieder in den Schrank zurückzuverfrachten.

»Der ganze Raum«, sagte Jude und schaute sich um, »er ist einfach wundervoll, Chantal. Wirklich zauberhaft. Hat Anthony Wickham ihn eingerichtet?«

»Das glauben wir jedenfalls«, erwiderte Chantal, »aber wir wissen es nicht genau. Der größte Teil der Unterlagen aus dieser Zeit ist bei einem Brand des Archivs in viktorianischer Zeit vernichtet worden. Der Vater meines Mannes war ein begeisterter Leser, und viele der späteren Bücher gehörten ihm. Für mich war dieser Raum immer ein Ort der Zuflucht und des Trostes. Daher regt es mich so auf, dass Robert ... oh, das sollte ich nicht sagen.«

Einen Moment lang schwamm in ihren Augen die Erinnerung an einen großen Schmerz. Wirklich ausdrucksvolle Augen, dachte Jude.

»Es tut mir leid«, sagte Jude, »dass Sie Ihren Mann verloren haben. Ich habe das Gleiche erlebt. Mein Mann ist vor vier Jahren gestorben.«

»Oh, meine Liebe«, murmelte Chantal und schlug sich die Hand auf den Mund, »dabei sind Sie noch so jung!«

»Ich war dreißig«, sagte Jude. Es kam ihr vor, als läge alles schon eine Ewigkeit zurück. Damals war sie noch ein ganz anderer Mensch gewesen. »Es ist bei einem Kletterunfall passiert.«

Schon während sie das sagte, spürte sie auch nach all den Jahren, wie sie der Schock jenes furchtbaren Moments wieder traf. Sie war hinter einem Polizeiwagen her über ihre Straße nach Hause gefahren. Er hielt vor ihrem Haus. Sie hatte ihr Auto neben dem Polizeiwagen geparkt, war mit zitternden Beinen über den Gartenweg auf den jungen Polizisten zugegangen, dem die grauenhafte Nachricht ins Gesicht geschrieben stand. Sie blinzelte, um das Bild zu verscheuchen, und sah, dass Chantal sie besorgt anstarrte.

»Ein Unfall. Das ist schrecklich«, flüsterte Chantal. »Es tut mir so leid!«

»Ihr Mann ...«, sagte Jude sofort und versuchte verzweifelt, ihren eigenen Schmerz wegzuschieben, den Schmerz, der sie innerlich zerreißen konnte, ganz plötzlich, sogar jetzt.

»William war über mehrere Jahre krank«, sagte Chantal leise. »Der Krebs ist immer wieder zurückgekehrt, bis er schließlich«, sie breitete die Hände in einer hoffnungslosen Geste aus, »gewonnen hat. Wir waren über fünfundvierzig Jahre verheiratet.« Sie schüttelte den Kopf. »Viele Monate bin ich nicht in der Lage gewesen, irgendetwas zu unternehmen. Ich bin hergekommen, hierher in diesen Raum, und habe mich hingesetzt, ganz für mich allein. Oder mit Miffy, meinem kleinen Hund und großen Freund. Dann kam ich auf die Idee, Abschriften aus Anthony Wickhams Notizbüchern anzufertigen. Das war keine Aufgabe, über die ich mir groß den Kopf zerbrechen musste, wenn Sie verstehen. Und es hat mir die so unendlich zäh verrinnende Zeit vertrieben.«

»Bestimmt hat es auch geholfen, dass Ihre Enkelkinder im Haus sind.«

»Ja, es ist wunderbar, sie aufwachsen zu sehen. Georgie erinnert mich inzwischen sehr an meinen William, das kräftige kleine Ding. Sie haben keine Kinder?«

»Nein«, sagte Jude langsam, »und das bedaure ich sehr.«

»Ich verstehe«, sagte Chantal. »Ich nehme an, dass Ihre Freunde und Ihre Familie sagen: Sie sind noch jung und haben alle Zeit der Welt.«

»Ich wollte Marks Kinder«, platzte es aus Jude heraus, und ihre Stimme klang schroff in dem friedlichen Raum.

Als sie jung verheiratet gewesen waren, hatte es tatsächlich so ausgesehen, als bliebe ihnen alle Zeit der Welt. Beide liebten ihre Arbeit; und sie genossen es, zusammen zu sein. Auch Babys waren geplant, aber erst irgendwann, nicht sofort. Und dann war es auch schon zu spät gewesen.

»Es ist bestimmt schwer, das zu akzeptieren«, sagte Chantal, und Jude wunderte sich, dass sie und diese Frau, die viel älter war als sie und ihr vollkommen fremd, aus freien Stücken ein solch vertrauliches Gespräch geführt hatten.

Jude setzte sich an den Tisch, wo ein Stapel Bücher auf sie wartete. Plötzlich war ihr nicht mehr klar, was sie als Nächstes tun sollte.

»Ich hole uns frischen Kaffee«, murmelte Chantal.

Leise schloss sie die Tür hinter sich. Ein paar Sekunden lang saß Jude da und stützte den Kopf in die Hände. Nachdem sie sich erholt hatte, machte sie sich an die Arbeit. Sie legte eine neue Datei auf ihrem Laptop an und listete sorgfältig alle Bücher auf, beschrieb deren Zustand und die Publikationsgeschichte, kritzelte hin und wieder ein paar Notizen auf ihren Block. Als sie durch John Flamsteeds *Atlas Coelestis* mit den prächtigen Darstellungen der Sternbilder blätterte, fiel ihr etwas auf. Genau in diesem Moment kehrte Chantal mit dem Kaffee zurück, einer Nähtasche und einem ältlichen King-Charles-Spaniel im Schlepptau.

Jude half Chantal mit dem Tablett. »Sehen Sie nur!« Sie deutete auf eine Darstellung des Sternbildes Zwillinge im Flamsteed und zeigte dann an die Decke.

»Das gleiche Bild! Das ist mir vorher gar nicht aufgefallen«, rief Chantal. Die himmlischen Zwillinge aus dem Atlas waren über ihren Köpfen wahrheitsgetreu reproduziert worden. »Was ist mit dem Wassermann?«

Jude blätterte bis zum Wasserträger. Auch für diesen Teil

der Deckenbemalung hatte Flamsteed das Modell geliefert. Sie blätterte nach vorn ins Buch und prüfte das Datum. Irgendjemand musste Anthony Wickham das Buch gegeben haben: »AW von SB, 1805« war auf dem Vorsatz notiert. Handelte es sich bei SB vielleicht um den Künstler?

»Faszinierend, nicht wahr? Wir fragen uns oft, wer es gemalt haben könnte.« Danach setzte Chantal sich an die Seite und beschäftigte sich mit dem Blumen- und Früchtemuster auf ihrem Teppich, während sie Jude in Ruhe arbeiten ließ und Miffy auf dem Boden lag und schnarchte. Die Stimmung war gemütlich, und Jude hatte das Gefühl, dass die Zeit wie im Fluge verging.

Zur Mittagszeit kam Robert zurück. Die Gemütlichkeit verflüchtigte sich. »Wir sollten etwas essen«, sagte er, und sie begaben sich in das Frühstückszimmer neben der Küche, wo die Haushaltshilfe Teller mit ein paar Sandwiches auf den großen Kiefernholztisch gestellt hatte.

»Wie sind Sie heute Vormittag vorangekommen?«, fragte er Jude. »Ist die Sammlung viel wert?« Die Frage klang beiläufig, aber seine Miene war erwartungsvoll. Schon oft hatte Jude diesen Ausdruck im Gesicht ihrer Kunden gesehen.

»Ich habe mir noch längst nicht alles ansehen können«, antwortete sie zurückhaltend, »aber mit Sicherheit sind ein paar seltene Ausgaben bedeutender Werke darunter. Mit Ihrer Mutter habe ich bereits über Isaac Newton gesprochen.«

»Ich habe mir schon gedacht, dass Sie sich dafür interessieren. Können Sie den Wert schon beziffern? Vielleicht eine grobe Schätzung abgeben?«

Kein Verkäufer war wie der andere – dieser wollte sofort eine Antwort. »Später am Nachmittag kann ich Ihnen eine Hausnummer nennen«, erklärte Jude, »aber ich muss noch ein paar Dinge recherchieren, sobald ich wieder im Büro bin.« Sie dachte an Isaac Newton und die Observationsjournale. »Und ich brauche einen Experten für die Instrumente.« Sie musste ihn hinhalten, schätzte es gar nicht, unrealistische Hoffnungen zu wecken, und sie hasste es regelrecht, wenn die Leute ungeduldig wurden, so als ob ihre bloße Erscheinung schon bedeutete, einen Scheck in der Hand zu halten. Außerdem erklärte sie immer ausführlich, dass sie zwar ungefähr schätzen könnte, wie viel die Objekte bei einer Auktion einbringen würden, es aber keine Garantie dafür gab – aus diesem Grund gab es ja den Mindestpreis, unter dem der Eigentümer nicht verkaufen würde.

Außerdem galt es, das System von Steuern und Provisionen zu beachten, worüber sich alle, die sich neu in das Geschäft einarbeiteten, immer sehr enttäuscht zeigten. Es war zwar unlogisch, aber sie hatte oft ein schlechtes Gewissen, weil sie es war, die die schlechten Nachrichten überbringen musste. »Das ist lächerlich«, hatte Inigo geschnaubt, als sie sich ihm dummerweise einmal anvertraut hatte. »Die Leute müssen lernen, dass es ein Geschäft ist und keine Jagd nach einem Schatz.« Sie erinnerte sich an Inigos Anruf und ermahnte sich, ihn zurückzurufen, wenn sie ein paar Minuten Zeit erübrigen konnte.

»Wie sieht es bei den Fasanen aus, Robert?«, fragte Chantal und wechselte von einem schwierigen Thema zum nächsten.

»Nun, es ist wohl das Werk menschlicher Diebe, es sei denn, die hiesigen Füchse haben sich Drahtscheren und schwere Stiefel zugelegt. Fenton glaubt, es waren die Zigeuner. Der Mann hegt ziemlich traditionelle Ansichten«, sagte Robert mit Blick auf Jude. »Er war drauf und dran, zu ihrem Stellplatz zu laufen und sie in die Schranken zu weisen, aber ich konnte ihn beruhigen und überzeugen, dass er die Angelegenheit lieber der Polizei überlassen soll. In einer Stunde treffen wir uns mit einem Polizisten am Gehege. Ich befürchte, ich muss Sie dann wieder allein lassen.«

»Das macht nichts«, sagte Jude freundlich. Chantal und sie lächelten sich an und freuten sich, dass sie übereinstimmend der Meinung waren, Robert sei für die Aufgabe, die sie zu erledigen hatten, ohnehin nicht die passende Gesellschaft.

»Im Dorf gibt es Ärger wegen der fahrenden Leute«, erklärte Chantal auf dem Weg zurück in die Bibliothek. »Sie haben ihr Lager immer auf einem Stellplatz in der Nähe aufgeschlagen, der eigentlich zu unserem Land gehörte. Aber der neue Eigentümer ist darüber gar nicht erfreut. Der Gemeinderat versucht, eine andere Lösung zu finden, aber natürlich will niemand diese Leute in seinem eigenen Hinterhof wissen.«

Der Nachmittag verlief ruhig und friedlich. Jude war teils allein, weil Chantal sich zu einem Nachmittagsschläfchen hinlegen wollte. Sie arbeitete sich durch ein Dutzend Bücher und nahm sich dann zur Abwechslung eines von Wickhams Observationsjournalen vor. Sie liebte das Gefühl des alten Ledereinbands in den Händen, den Geruch und den wunderschön verzierten Rücken. Für ihr geübtes Auge war die Handschrift nicht schwer zu entziffern, sogar ohne Chantals Transkriptionen. Jeder Eintrag begann mit einer allgemeinen Beschreibung des Himmels, bevor die Beobachtungen jedes einzelnen Objekts genau aufgelistet wurden. Der erste Eintrag war auf den 2. September 1760 datiert.

Klare, mondlose Nacht. Der juwelenbehängte Mantel der Milchstraße ziert den Norden bis nach Südwesten. Königin Cassiopeia reitet am nordöstlichen Himmel, nahe der Konstel-

lation ihres Gemahls Cepheus. Im Osten liegt Tochter Andromeda, gefesselt an ihren Felsen, in der Nähe ihr Retter Perseus und Pegasus, sein geflügeltes Pferd. Eine wahre Freude, dass die Himmel ihre Geschichte erzählen.

5. September

Im Süden liegt das Große Quadrat des Pegasus. Köpfe der Fische nur schwach, aber der einsame Fomalhaut strahlt heute hell.

9. September

Ein neuer Mond zieht auf. Wolkenfetzen. Giraffe schimmert gerade eben sichtbar.

In diesem Stil ging es mit den Einträgen weiter. Wickham schien sich nicht nur für die Beobachtung von Sternbildern zu interessieren, sondern auch für Planeten, besonders für den Mars, den er »unseren nächsten himmlischen Bruder« nannte. Nur selten durchbrach eine persönliche Stimmung die trockene Sachlichkeit seiner Aufzeichnungen: *Mond wieder zu hell. Verschwendete Nacht.* Oder: *Saturnringe erstaunlich strahlend, gepriesen sei die Hand unseres Schöpfers.*

Es gab sieben oder acht Notizbücher dieser Art, und jedes umfasste zwei oder drei Jahre. Jude blätterte einige durch, bewunderte ein hingeworfenes kleines Diagramm, das die Position eines neu entdeckten Sterns verzeichnete oder die Muster auf dem Gesicht des Mondes. Manche Einträge waren in einer anderen Handschrift verfasst, und diese neue Handschrift tauchte allmählich häufiger auf. Ungefähr in der Mitte des letzten Journals, das die Jahre 1777 und das frühe 1778 abdeckte, war diese neue Hand vorherrschend geworden. Es war irritierend: Die Aufzeichnungen waren zwar immer noch in demselben knappen Stil gehalten, aber mit Sicherheit von jemand anderem geschrieben worden. Vielleicht diktiert vom ursprünglichen Schreiber. Seltsam. Jude dachte über die Verkäuflichkeit der Tagebücher nach. Es war schwer, den Wert eines solchen Objekts zu schätzen, ohne mehr über den Kontext zu erfahren. Noch am Abend wollte sie eine E-Mail an ihre Freundin Cecelia schicken und sie bitten, einen Blick darauf zu werfen. Wieder schlug Jude den letzten Band auf, irgendwo, und las ein wenig überrascht den Eintrag vom 1. Juni 1777, geschrieben von der neuen Hand:

Aufbau des neuen Teleskops im Turm. Einige Anpassungen notwendig. Schlag Mitternacht. Die Sterne im langen Schweif von Draco dem Drachen auf Anhieb klarer. Sichel des Mondes von ätherischer Schönheit.

Der Turm. Vermutlich derselbe, den Gran erwähnt hatte. Jude ging zum Fenster und ließ den Blick wieder über die Baumreihen in der Ferne schweifen, konnte aber auch diesmal nichts erkennen. Vielleicht lag das Gebäude auf dem hinteren Gelände, wo sie noch nicht gewesen war, obwohl Gran doch sagte, dass es sich in einem Wald befand.

»Chantal«, begann sie, als die Frau, gefolgt von Miffy, mit einem Teetablett hereinkam. »Gibt es auf dem Anwesen eigentlich noch einen Turm? In einem der Journale ist davon die Rede.«

»Ja, es gibt diesen Turm noch. Sehen Sie dort drüben, wo die Bäume anfangen? Normalerweise kann man ihn vom Haus aus nicht erkennen, aber er steht oben auf dem Hügel, dort drüben.«

Jude hatte also doch recht. Sie starrte auf die Stelle, wo

das Gehölz sich sanft hochschwang und am Horizont den Himmel berührte, sah aber immer noch keinen Turm.

»Heutzutage wird er kaum noch aufgesucht. Ich selbst bin nur ein einziges Mal oben gewesen. Es heißt, das Gebäude sei gefährlich, und deshalb ist es verschlossen. Vor vielen Jahren sind dort mal ein paar Hippies eingebrochen und haben eine Party gefeiert, bei der jemand einen schrecklichen Unfall erlitt. Danach wurde der Turm eingezäunt. Das Gebäude ist denkmalgeschützt, aber wir können uns die Instandsetzung nicht leisten. Den Wald, in dem es steht, hat William ein paar Jahre vor seinem Tod verkauft. Das schien nur vernünftig, und wir kannten die Person, an die wir verkauft haben. Der Mann hat sich ordentlich um den Forst gekümmert. Unglücklicherweise ist er kurz nach William gestorben, und seine Witwe hat das Land weiterverkauft. Wir wissen noch nicht, was der neue Besitzer damit vorhat – davon abgesehen, dass er die armen alten Zigeuner loswerden will.«

»Will er das Gelände weiter als Forst bewirtschaften?«

»Das weiß ich nicht, Jude. Aber muss er es nicht ohnehin, wenn es sich um einen alten Wald handelt? Ich hoffe es jedenfalls. Es sind nur äußerst wenig wirklich ursprüngliche Orte übrig geblieben. Es gibt dort Hirsche und Dachse und seltene Vögel, wie Robert meint.«

»Was ist mit der Hütte des Jagdaufsehers?«, fragte Jude. »Die Hütte, in der Gran aufgewachsen ist. Steht sie noch?«

»Ja, die Straße hoch auf der rechten Seite. Aber sie gehört uns ebenfalls nicht mehr. In den Sechzigerjahren haben wir sie zusammen mit dem Bauernland verkauft. Und den Mann, der heute dort wohnt, kennen wir nicht.«

»Nicht Ihr George Fenton?«

»Nein, nein, der ist kein echter Jagdaufseher. George ist

eher der ›Mann für alle Fälle‹. Er nimmt alle möglichen Jobs an, wohnt im Dorf und arbeitet für mehrere Leute.«

»Es ist ein unglaublicher Zufall, dass die Wurzeln meiner Familie in dieser Gegend liegen.«

»Nicht wahr?«, bekräftigte Chantal lächelnd. »Dass Robert auf Sie gestoßen ist und Sie hierher eingeladen hat, ist wirklich erstaunlich.«

»Es hätte auch sein können, dass er bei meinem Kollegen Inigo gelandet wäre«, sagte Jude. »Aber ich habe den Anruf entgegengenommen.«

»Es hat einfach geschehen sollen«, sagte Chantal und drehte die Handflächen nach oben. »Vielleicht hat Ihr Besuch irgendeinen bestimmten Zweck, von dem wir noch nichts wissen. Ich glaube tatsächlich an das Schicksal, an die Vorsehung oder wie auch immer Sie es nennen wollen. Sie auch?«

Jude schaute hinauf zur Decke und betrachtete den Zodiak. »Wenn ich hier unter den Sternbildern stehe, ist es verführerisch, Ihnen zuzustimmen. Meine Schwester würde es tun. Sie liest immer Horoskope. Früher habe ich auch mal gedacht, dass bestimmte Dinge einfach geschehen sollen, wie Sie es ausdrücken.« Sie dachte an Mark. »Aber heute kommt es mir eher so vor, als herrschte ein einziges Chaos. Es gibt nur Zufälle, nichts als Zufälle. Ich nehme an, dass ich aus diesem Grund gern in der Vergangenheit herumwühle. In der Geschichte ist man sicher. Es ist alles schon geschehen und wartet auf uns, falls wir uns auf die Suche machen.«

»Aber manchmal hat selbst die Vergangenheit die Macht, uns zu überraschen«, widersprach Chantal sanft, und Jude spürte, wie ein Angsthauch sie anwehte, federleicht.

Um vier Uhr tauchte Robert wieder auf. Seine Anwesenheit in der ovalen Bibliothek war lästig, weil er sich nicht ruhig hinsetzen und Jude ihrer Arbeit überlassen wollte, wie seine Mutter es getan hatte. Stattdessen marschierte er auf und ab, schaute ihr über die Schulter und störte sie in ihrer Konzentration.

»Was macht ein Buch wertvoll?«, fragte er irgendwann. Geduldig erklärte Jude, was es mit der Seltenheit und der Druckgeschichte auf sich hatte, dass es auf den Zustand eines Werkes ankam und auf die Marktlage – ob die Sammler immer noch an einem bestimmten Autor oder Thema interessiert waren.

»Und Sie können sich tatsächlich vorstellen, dass diese Sammlung begehrt ist?«

»Ja. Die Geschichte der Naturwissenschaften ist im Moment ein sehr beliebtes Feld, und Sie besitzen ein paar außerordentlich gut erhaltene Exemplare einiger sehr seltener …«

»Aber einen Preis können Sie noch nicht nennen?«, unterbrach er sie.

»Ich arbeite daran«, erwiderte Jude ruhig, »es ist so, dass …«

»Ja, natürlich, das erwähnten Sie bereits. Es ist unmöglich zu sagen, was die Sammlung tatsächlich einbringen wird. Aber die Hausnummer …?«

»Robert, hör auf, das arme Mädchen zu schikanieren«, befahl Chantal. »Sie hat heute sehr hart gearbeitet …«

»Das bestreite ich doch gar nicht«, beteuerte Robert eilig. »Ich hoffe doch, dass Sie zum Dinner bleiben, Jude? Mutter, das wäre doch in Ordnung?«

»Nein, das geht leider nicht«, sagte Jude rasch. »Aber vielen Dank für die Einladung. Ich habe meiner Schwester versprochen, bei ihr zu essen. Wenn es Ihnen nichts ausmacht, würde ich jetzt gern für heute Schluss machen. Morgen früh bin ich natürlich wieder bei Ihnen.«

Als Jude die Mauern des Hauses verlassen hatte und sich in ihren Wagen setzte, fühlte sie sich zurück in die moderne Welt gerissen. Das Gefühl verstärkte sich noch, als sie ihr Blackberry anstellte und ihre Nachrichten checkte. Zwei Anrufe hatte sie verpasst und vier Mails von Inigo, jede knapper als die vorhergehende. In der letzten Mail hieß es dann, dass er ganz dringend etwas mit ihr zu besprechen hätte, ob sie bitte baldmöglichst anrufen könne? Sie fragte sich, warum er so ärgerlich klang. Es gab noch ein paar andere Nachrichten. Sie hoffte, eine von Caspar darunter zu finden, aber es gab keine. Seufzend wählte sie Inigos Nummer im Büro und flehte inständig, dass er nicht abnahm. Tat er aber doch, schon nach dem zweiten Klingeln.

»Wird auch Zeit. Ich habe den ganzen Tag versucht, dich zu erreichen«, jammerte er in die Leitung. »Lord Madingsfield hat seine Sammlung zu ›Sotheby's‹ gebracht. Verdammter Mist! Klaus meint, dass ich nicht genug Einsatz gezeigt habe, aber du weißt ja, wie lange ich vor dem verschlagenen alten Fuchs auf den Knien gekrochen bin. Du musst mit Klaus reden und ihn daran erinnern. Er ist wütend. Oh, und Suri kann deine verdammte Kalkulation für Montag auf dem Computer nicht finden. Bist du sicher, dass du sie richtig abgelegt hast?«

»Ja. Der Ordner ist eindeutig beschriftet. Die Datei muss ›Schätzwerte‹ oder so heißen. Das mit Lord Madingsfield tut mir leid, Inigo, und ich werde ganz bestimmt mit Klaus darüber reden, wenn du wirklich meinst, dass es dir hilft. Am Montag.«

»Es hat sich herausgestellt, dass Madingsfield einen Cousin bei ›Sotheby's‹ hat. Kannst du dir das vorstellen? Ganz offensichtlich hat er uns nur als Werkzeug benutzt, zur Tarnung, bis sein Cousin ihm ein Angebot macht.«

»Wirklich? Aber dann ist das doch nicht dein Fehler. Hast du es Klaus erklärt?«

»Ja, natürlich habe ich das.«

»Ich vermute, dass er sich wieder beruhigen wird, sobald er darüber nachgedacht hat. Es hört sich alles danach an, als würde er unter Druck von oben stehen. Wo wir gerade dabei sind, wer außer uns wird noch an dem Meeting am Montag teilnehmen?«

Als Jude das Telefonat beendete, war es mit der Ruhe vorbei, die ihr der Tag gebracht hatte. Warum war Inigo immer so unter Druck und machte aus allem einen Konkurrenzkampf? Als sie vor zehn Jahren ihre Doktorarbeit abgeschlossen hatte und in die Welt der antiquarischen Bücher eingetaucht war, hatte sie geglaubt, dass es sich um einen ruhigen und zivilisierten Job handelte, in dem sie es mit kultivierten, zivilisierten Menschen zu tun hatte. Aber die Atmosphäre bei »Beecham's« war alles andere als das. Schon längst war sie zu dem Schluss gekommen, dass es sich bei der oberen Führungsriege und den amerikanischen Eigentümern um eine halsabschneiderische Truppe handelte, die einzig und allein den größtmöglichen Gewinn im Blick hatte. Es ist eben ein Business wie jedes andere auch, dachte sie, stopfte ihr Telefon in die Tasche und drehte den Zündschlüssel um.

5. Kapitel

Anstatt die Straße zu nehmen, auf der sie am Morgen gekommen war, bog Jude am Ausgang des Parks rechts nach Felbarton ab, dem Dorf, in dem Claire und Summer lebten und das nur ein paar Meilen entfernt lag.

Die ruhige Schönheit der Landschaft, die in der spätnachmittäglichen Sommersonne badete, ließ ihren inneren Aufruhr ein wenig abklingen. Nebenbei hielt sie Ausschau nach dem Häuschen des Jagdaufsehers, aber sie musste es verpasst haben. Die Straße führte nun durch einen Tunnel von Bäumen, dem Anfang des Waldes, den sie vom Fenster in der Bibliothek aus gesehen hatte. Sie fragte sich, wo genau der Turm lag. Sie fuhr ein bisschen langsamer und spähte durch das dichte Laub auf der rechten Seite, während sie den Hügel hinauffuhr. Aber sie konnte nichts entdecken, was nach einem Gebäude aussah. Als sie um eine Kurve bog, kam ihr auf der anderen Straßenseite ein großer Lieferwagen entgegen, der hupte und das Licht aufblendete. Erschrocken stellte sie fest, dass sie über den Mittelstreifen gefahren war, und bog zitternd auf eine Ausweichstelle ein, um sich wieder zu beruhigen.

Unter den Bäumen war es kühl und dunkel. Nur wenige Sonnenstrahlen fielen schräg durch das Laub auf das schmale Sträßchen. Irgendwo im Auto musste noch eine Karte der Gegend liegen, die sie bei einem früheren Besuch benutzt hatte. Jude stieg aus und kramte im Kofferraum herum, bis sie gefunden hatte, was sie suchte, stellte aber enttäuscht fest, dass es sich nur um eine Touristenkarte von Norfolk handelte, in der hauptsächlich die Sehenswürdigkeiten verzeichnet waren. Sie fand zwar das Dorf Starbrough, aber Starbrough Hall wurde noch nicht einmal genannt, und obwohl ein Wald eingezeichnet war, gab es keinerlei Hinweis auf ein Gebäude, bei dem es sich um Starbrough Folly handeln konnte. Dann entdeckte sie eine Linie, die auf einen öffentlichen Spazierweg durch den Wald hindeutete. Er begann an dieser Straße, es konnte also sein, dass sie auf den Weg stieß, wenn sie den Hügel ein paar Schritte hinaufging.

Jude schaute auf die Uhr. Fünf. Vor halb sechs würde Claire den Laden nicht verlassen, und dann musste sie erst noch Summer von einer Freundin abholen, sodass Jude vor sechs Uhr gar nicht am Blacksmith Cottage aufzutauchen brauchte. Sie holte ein Paar Sportschuhe aus der Tasche, die sie sich für das Wochenende eingepackt hatte, dachte kurz nach und verwarf dann aber doch die peinliche Idee, sich an der Straße in ihre Jeans zu zwängen. Außerdem würde sie nicht lange bleiben. Also versteckte sie ihre Handtasche unter dem Sitz und schloss den Wagen ab. Sie wechselte auf die andere Straßenseite, um den Gegenverkehr sehen zu können, und marschierte auf der Suche nach dem Pfad weiter die schmale Straße hinauf. Das Waldgebiet war dicht mit Efeu und dornigem Gestrüpp bedeckt. Es wäre verrückt gewesen, sich da hindurchzwängen zu wollen.

Beinahe hätte Jude den Weg verpasst. Er war nicht als öffentlicher Spazierweg gekennzeichnet. Stattdessen war ein Schild an einen Baum genagelt, das ziemlich neu aussah und auf dem »Privatgelände« stand. Auf der zugegebenermaßen dürftigen Karte hatte es so ausgesehen, als wäre es ein öffentlicher Spazierweg. Sie würde ein paar Schritte gehen und sehen, wohin er führte.

Anfangs war der Pfad frei und ausgeholzt, aber schon bald wurde er so beschwerlich, dass sie sich wünschte, sie hätte doch ihre Jeans angezogen. Dornen rissen Löcher in ihre Strumpfhose, Brennnesseln strichen über die nackte Haut. Sie schwang einen toten Zweig beiseite, um sich den Weg zu bahnen.

Sie wollte gerade umkehren, als die Landschaft sich veränderte. Die dürren Ahornbäume und Haselsträucher, die sich aus dem buschigen, aber verkrüppelten Unterholz hervorwagten, machten größeren, weiter auseinanderstehenden Bäumen Platz – Buchen, Eichen und Edelkastanien. Deren dichtes Laubdach schluckte so viel Licht, dass kaum etwas unter ihnen wachsen konnte. Es gab nur ein bisschen Efeu und ein paar helle Flecken mit Waldblumen. Es wurde einfacher, weiterzugehen.

Manchmal verlor der Baumbewuchs sich auch in Grasflecken, die mit Gestrüpp durchsetzt waren. Es gab keine Anzeichen, dass irgendein Mensch in diese Wildnis eingriff. Die Luft war erfüllt von Vogelgezwitscher. Weiter vorn sprang ein Grauhörnchen den Baum hinauf und klapperte ärgerlich, als sie sich näherte. Plötzlich wurde Jude bewusst, wie einsam und verlassen es hier war. Warum war sie hergekommen? Niemand wusste, wo sie sich aufhielt. Vielleicht würde sie stolpern, sich den Knöchel brechen und die ganze Nacht hier liegen, bis jemand Alarm schlug, und dann konnte es noch Stunden dauern, bis man ihren Wagen fand ... immer verrücktere Gedanken kreisten ihr im Kopf herum.

Plötzlich war es, als würde die Welt explodieren, so laut knallte es, mehrmals nacheinander, wieder und wieder. Gewehrschüsse. Noch dazu ganz in der Nähe. War sie das Ziel? Sie wusste es nicht. Wie wild blickte sie um sich. Lauf! Das hatte sie irgendwo gelesen. Stolpernd setzte sie sich in Trab, weiter den Hügel hinauf, weg von den Geräuschen. Aber die Schüsse schienen ihr zu folgen.

Der Pfad führte sie durch dichteres Waldgelände. Immer noch stolpernd bahnte sie sich ihren Weg, atmete in schweren, schluchzenden Stößen, bis sie sich schließlich erschöpft an einen Baum lehnte. Die Schüsse entfernten sich jetzt. Ihre Erleichterung wich der Wut. Wie konnten sie es wagen? Wussten sie nicht, dass hier Leute herumlaufen könnten? Sie erinnerte sich an das Schild mit der Aufschrift »Privatgelände«. Trotzdem, es konnte doch sein, dass Kinder sich hierher verirrten. Jude kauerte sich auf den Waldboden. Der Geruch des verfaulenden Laubs verschlug ihr den Atem. Sie hätte zurückgehen sollen, aber sie hatte Angst, wieder in die Schusslinie zu geraten. Sie versuchte, ruhig nachzudenken.

Und dann sah sie es. Es war grauenhaft. Ein verrottender Baumstamm war mit toten Tieren in unterschiedlichen Stadien der Verwesung geschmückt: ein junger Fuchs, ein paar Ratten, ein schmutziges Durcheinander aus den schwarzen und weißen Federn einer Elster – mehr war von ihr nicht übrig geblieben. Es musste sich um einen Jagdgalgen handeln, und die Kadaver waren vermutlich als Warnung für die vorbeihuschenden Wilddiebe gedacht: Haltet euch fern, sonst ergeht es euch genauso! Ihr war speiübel, als sie an dem Galgen vorbeischlich und dann weitereilte.

Weiter vorn drangen Sonnenstrahlen durch die Bäume und trafen auf das offene Gelände. Inzwischen musste sie fast oben auf dem Hügel angekommen sein, und vielleicht konnte sie sich dann wieder orientieren. Jude marschierte in Richtung Licht.

Sie kniff blinzelnd die Augen zusammen, als sie die helle Lichtung betrat. Und ein paar Sekunden später sah sie den Turm.

Verwirrt und benommen, wie sie war, hielt sie ihn zuerst für den Stamm eines riesigen Baumes. Dann erst begriff sie, dass diese Säule aus Ziegeln gemauert war. Sie beschattete die Augen mit der flachen Hand, schaute hoch und sah, dass der Turm sich weit über ihr in die Höhe streckte, bis hinauf in das Laubdach der Bäume, ungefähr so hoch wie der höchste Baum. Es war schwindelerregend. Sie machte einen Schritt auf den Turm zu und spürte, dass sich etwas in ihr Bein krallte. Keuchend vor Schmerz schaute sie hinunter. Das Sonnenlicht glänzte auf dem Ring aus Stacheldraht, der sich in ihr Fleisch bohrte. Sie hockte sich hin, um ihn herauszuziehen, und schrie auf, als das Blut rasch aus der Schnittwunde quoll.

Jude blickte sich um und stellte fest, dass der Draht zu einem Furcht einflößenden Zaun gehörte, der an dieser Stelle allerdings aufgeschnitten und zurückgebogen worden war. Es gab ein weiteres Schild, genau wie das mit der Aufschrift »Privatgelände«, das an einem der Zaunpfosten hing. »Zutritt verboten, baufällige Anlage« stand darauf. Von überall schallte ihr ein »Hau ab!« entgegen. Was für ein schrecklicher Ort, dachte Jude. Sie fummelte ein Päckchen Papiertaschentücher aus ihrer Jackentasche, presste ein Taschentuch auf die Wunde und versuchte sich zu erinnern, wann sie das letzte Mal gegen Tetanus geimpft worden war.

Während sie darauf wartete, dass die Blutung aufhörte, entdeckte sie, dass sich nur ein paar Schritte entfernt etwas in dem Drahtzaun verfangen hatte. Sie humpelte hinüber. Es war ein Tier, und es war tot. Vielleicht ein Rehkitz, überlegte Jude, oder einer dieser kleinen Muntjaks. Ja, ein Muntjak, entschied sie, wegen der grauen Zeichnung im Gesicht, und jung musste er auch gewesen sein. In einer Zeitung hatte sie mal ein Bild dieser Tiere gesehen. Lange konnte es noch nicht tot sein, das arme Ding, denn seine Augen fingen gerade an, glasig zu werden. Sie legte einen Finger auf die Schulter des Kadavers und stellte fest, dass er noch warm war. An ihrem Finger klebte Blut, als sie ihn zurückzog. Hastig wischte sie es im Gras ab und warf einen genaueren Blick auf das tote Tier. Der Kopf hing in einem merkwürdigen Winkel herunter, und an der Seite war eine Schusswunde zu erkennen.

Eine Welle des Zorns überflutete Jude, Zorn und Angst und Trauer. Wie war es möglich, einem zarten Geschöpf wie diesem Muntjak so etwas anzutun? Er war verwundet worden und hatte sich im Zaun verfangen, als er verängstigt und voller Schmerzen auf der Flucht gewesen war. Genau wie sie.

Ein Geräusch ließ sie aufschauen. Ein Mann kam um den Turm herum auf sie zu. Gegen die Sonne konnte sie sein Gesicht nicht erkennen, sah aber, dass er einen Spaten schwang. Plötzlich überfiel sie eine Ahnung, welches Grauen der Muntjak durchlebt haben musste.

Der Mann blieb stehen, als er sie bemerkte. »Was haben Sie hier zu suchen?«, herrschte er sie an.

Jude erhob sich mit klopfendem Herzen. Die Wut und die Angst der letzten Minuten schossen wie heiße Lava in ihr hoch.

»Was zum Teufel geht Sie das an?«, schrie sie zurück. »Und wie können Sie einem wehrlosen Tier nur so was antun? Beinahe hätten Sie auch mich angeschossen.«

»Um Himmels willen! Was haben Sie hier zu suchen, wenn das Gelände überall als privat ausgewiesen ist? Sie sind doch wohl alt genug und müssten es besser wissen.«

»Natürlich habe ich die Schilder gesehen, aber ich bin einen Pfad gegangen, den ich für einen öffentlichen Spazierweg hielt. Was, wenn ich ein Kind gewesen wäre? Gibt Ihnen ein Schild, auf dem ›Privatgelände‹ steht, etwa das Recht, grausam zu sein? Und dieser Jagdgalgen, das ist … einfach nur mittelalterlich.«

»Und Sie«, entgegnete er, »schreien Sie eigentlich immer Leute an, die Ihnen völlig unbekannt sind?« Der Mann war abscheulich. Er überging einfach, was sie gesagt hatte.

»Ja, allerdings, wenn sie auf Menschen schießen«, schrie sie, »und auf Tiere. Sie haben doch diesen Muntjak erschossen, oder?«

»Nein«, widersprach er ruhig, »ich habe ihn von seinen Qualen erlöst. Und jetzt werde ich ihn beerdigen.«

»Wie unglaublich freundlich von Ihnen«, schnaubte Jude immer noch verärgert. »Wo es doch Ihr Stacheldraht war, in dem er sich verfangen hat.«

»Es ist nicht mein Stacheldraht. Sie sind wirklich merkwürdig«, sagte er kopfschüttelnd. »Schieben mir die Schuld für alle möglichen Dinge in die Schuhe, mit denen ich gar nichts zu tun habe. Ich denke, Sie sollten lieber verschwinden. Nein, nicht da lang!«, rief er, als sie sich dem Pfad zuwandte, auf dem sie gekommen war. »Dann schießt man wieder auf Sie!«

»Machen Sie mir keine Angst!«

»Das wollte ich nicht. Sie haben mich falsch verstanden.« Seine Stimme klang nun sanfter. »Hören Sie, von mir haben Sie nichts zu befürchten. Aber Sie sollten jetzt wirklich gehen. Auch, damit der Schnitt versorgt werden kann.«

Jude betrachtete die Wunde. Eine einzige Schweinerei.

»Was machen Sie überhaupt hier? Sie sind angezogen, als wären Sie zum Dinner eingeladen.«

»Das da habe ich gesucht«, erklärte sie und nickte in Richtung Turm. Langsam kam sie sich ein bisschen albern vor.

»Starbrough Folly?«

»Ja.«

»Warum?«

»Er interessiert mich, das ist alles.«

»Weil …?«

»Das ist kompliziert.«

»Okay, nun haben Sie Starbrough Folly ja gefunden. Und bitte glauben Sie mir, wenn ich Ihnen sage, dass es vernünftig wäre, jetzt zu gehen. Ich weiß nicht genau, wer geschossen hat, aber sie können jeden Augenblick hier sein.«

Jude blieb keine Wahl, und im Moment war ihr auch nicht nach weiteren Erkundungen.

»Los, kommen Sie schon!«, drängte er. »Ich zeige Ihnen den kürzesten Weg zur Straße zurück. Sind Sie mit dem Auto unterwegs?« Sie nickte. Er ging über die Lichtung, und sie musste sich beeilen, wenn sie Schritt halten wollte. Der pochende Schmerz in ihrem Bein war gerade noch erträglich.

Als sie das blendende Sonnenlicht hinter sich gelassen hatten und unter den Bäumen auf der anderen Seite des Turmes angekommen waren, konnte sie ihren Begleiter endlich deutlicher erkennen. Der Mann war groß und kräftig gebaut, auf eine Art, die sie an Caspar erinnerte. Nur sein dunkles welliges Haar war länger, widerspenstiger als das von Caspar, und während die Haut ihres Freundes so blass war wie bei Büromenschen üblich, war dieser Mann gebräunt. Hin und wieder schaute er zurück und vergewisserte sich, dass sie noch folgen konnte. Obwohl er nicht lächelte, sahen seine Augen unter den dichten Wimpern nicht unfreundlich aus. Wieder erinnerte er sie an Caspar, was sie irritierte. Beide Männer besaßen die gleiche körperliche Präsenz, wirkten charismatisch. Er trug ein Flanellhemd, dessen aufgerollte Ärmel die starken Muskeln an seinen Armen zu erkennen gaben. Seine Jeans steckte in Gummistiefeln, den Spaten schwang er leicht in seinen starken gebräunten Fingern hin und her. Schaudernd stellte Jude sich vor, wie diese Finger den unglücklichen Muntjak ins Jenseits befördert hatten.

Nach ein paar Minuten hatten sie einen breiteren Pfad erreicht, auf dem Fahrzeugspuren zu sehen waren.

»Gehen Sie auf diesem Weg weiter und biegen dann an der Einmündung nach links. Nach ein paar hundert Metern sollten Sie dort wieder ankommen, wo Sie losgegangen sind«, erklärte er rasch. »Ist mit der Wunde noch alles in Ordnung? Wir können auch schnell zu mir fahren, und ich ...«

»Nein, danke, ich habe Pflaster im Auto«, unterbrach sie ihn abweisend und ging weiter. Er rief ihr etwas nach, und sie drehte sich um. »Was?«

»Ich sagte, besuchen Sie mich doch ein andermal, und ich zeige Ihnen den Turm. Sie sollten nicht allein hinaufsteigen.«

»Was ...?«, wiederholte sie, obwohl sie ihn diesmal verstanden hatte. Es war nur, dass sein Angebot sie überraschte.

»Ich sagte, es ist nicht sicher. Das Haus unten am Hügel. Dort können Sie mich finden.«

»In Ordnung«, sagte Jude, »vielleicht.«

Der mühselige Weg den Hang hinunter rüttelte ihren müden Körper durch, und als sie an ihrem Wagen ankam, war sie völlig erschöpft. Auf dem Fahrersitz sank sie für ein paar Sekunden in sich zusammen. Dann erinnerte sie sich, dass es im Handschuhfach noch einen Riegel Schokolade gab, den sie zwischen den CDs und alten Kugelschreibern herauskramte. Sie freute sich, als sie dort auch das kleine Erste-Hilfe-Paket fand. Nachdem sie die Schokolade vertilgt hatte, rollte sie ihre zerfetzte Strumpfhose nach unten und reinigte die Wunde, die zwar nicht besonders schlimm aussah, aber immer noch wehtat.

Als Jude sich besser fühlte, fuhr sie weiter den Hügel hinauf und machte sich Gedanken über das Haus, von dem er gesprochen hatte. Sie musste vorhin mit dem Auto daran vorbeigekommen sein, weiter zurück Richtung Starbrough Hall. Sie merkte sich die Stelle an der Straße, an der der Weg in den Wald abzweigte und er sie allein gelassen hatte. Schade, dass ich die Einmündung nicht gefunden habe, bevor ich in den überwucherten Waldweg eingebogen bin, dachte sie und fuhr weiter nach Felbarton.

6. Kapitel

Jude schloss das klapprige Tor zum Garten vor dem Blacksmith Cottage und ging den schmalen Weg hinauf. Dann blieb sie stehen und freute sich über den Anblick des kleinen Mädchens, das in regelmäßigen Abständen vor der Mauer im hinteren Teil des Gartens hoch hinauf- und hinunterflog, begleitet von einem regelmäßigen Rhythmus aus Rumsen und Quietschen. Summer hatte die Augen geschlossen, während sie auf dem Trampolin sprang, und ihre Lippen bewegten sich, als ob sie sich im Zauber irgendeines Liedes verloren hätte. Wie zart und ätherisch sie wirkt, dachte Jude. Ihre Nichte trug eine pinkfarbene Caprihose und ein besticktes Top. Das feine Haar flog ihr um das Gesicht. Das Mädchen war so leicht und geschmeidig wie die Mauerschwalben, die in der Abendluft aufstiegen und wieder abtauchten.

Als würde sie spüren, dass sie beobachtet wurde, schlug Summer die Augen auf. »Tante Jude!«, rief sie, hüpfte vom Trampolin und verschwand aus dem Blickfeld. Aber Jude konnte sie noch hören, obwohl ihre Nichte schon längst im Haus verschwunden war. »Mummy, Mummy«, rief sie, »Tante Jude ist hier!«

Jude wartete, bis die Eingangstür geöffnet wurde, bewunderte die Fülle der weißen Rosen über dem Vordach und die Fensterbänke voller Geranien und herabhängenden Lobelien. Claire hat schon immer einen grünen Daumen gehabt, dachte Jude und erinnerte sich an eine einsame Grünlilie in ihrer Küche in Greenwich.

»Wann kommst du denn endlich rein?«, rief Claire auf der Türschwelle. Ihre ruppige Art hatte schon immer einen erstaunlichen Gegensatz dazu gebildet, wie freundlich und vorsichtig sie schöne Dinge behandeln konnte. Nur wer Claire – wie Jude – gut kannte, blickte tiefer und entdeckte den weichen Kern unter der harten Schale. Ihre schroffe Ausdrucksweise war ein Teil der Rüstung, mit der sie sich nicht erst seit gestern vor der Welt schützte. »Was zum Teufel hast du denn angestellt?«, schrie Claire.

Jude ließ den Blick an ihrem zerknautschten Jackett und dem Rock hinunterschweifen. Unter dem Pflaster sickerte Blut hervor. »Das ist eine lange Geschichte«, erwiderte sie.

Summer duckte sich unter dem Arm ihrer Mutter hinweg, tanzte um Jude herum, nahm sie am Arm und zog sie ins Haus. Alle drei stolperten in das kleine Wohnzimmer. Claire hockte sich auf die Armlehne eines Stuhls, während Jude sich auf das Sofa sinken ließ und Summer sich in ihren Schoß kuschelte. Jude strich dem Mädchen übers Haar und atmete den blumigen Duft ein. Eine Mischung aus Sehnsucht und Glücksgefühlen stieg in ihr auf, aber dann war es auch schon vorbei – Summer konnte nie lange stillhalten.

»Komm mit nach oben, Tante Jude«, befahl sie, »ich will dir mein Puppenhaus zeigen. Ich habe gerade ein paar Bilder für die Wände gemalt.«

»Lass deine arme Tante doch ein paar Minuten sitzen«, sagte Claire und warf wieder einen neugierigen Blick auf die Wunde an Judes Bein. »Ich setz Wasser auf, okay? Wenn du willst, kannst du ja erst mal duschen und dich umziehen.«

»Es macht mir nichts aus, Tee zu kochen«, sagte Jude zögernd. Eigentlich hatte sie aufrichtig ihre Hilfe anbieten wollen, war aber wie üblich falsch verstanden worden.

»Ich komme schon klar, vielen Dank«, sagte Claire entschieden. »Du siehst aus, als hättest du heute ein paar Schlachten geschlagen.«

Jude schaute zu, wie ihre Schwester sich von der Stuhllehne hochstieß und in die Küche humpelte. Obwohl die vielen Operationen ihrem Bein durchaus geholfen hatten, war das eigentliche Problem doch nie ganz beseitigt worden, und mit sechzehn hatte Claire sich geweigert, weitere Behandlungen über sich ergehen zu lassen.

»Komm schon, Tante Jude.« Summer rannte nach oben.

»Ich hole das Bettzeug raus«, rief Claire aus der Küche. »Nimm dir ein Handtuch aus dem Schrank im Badezimmer.«

»Danke.« Jude ließ den Blick durch das Wohnzimmer schweifen und merkte, dass irgendetwas anders war. »Ah! Da hast du wirklich einen wunderschönen Teppich gefunden.« Claire war sehr geschickt darin, die Dinge ansprechend zu arrangieren.

Das Blacksmith Cottage lag am Rande des Dorfes Felbarton und war im siebzehnten Jahrhundert erbaut worden. Es war ein winziges Häuschen, kreuz und quer gemauert und das Dach mit Reet gedeckt. Unten gab es neben der Küche und dem Wohnraum auch ein kleines Esszimmer, das Claire zugleich als Büro diente, oben befanden sich zwei Schlafzimmer und ein Bad. Wenn außer Claire und Summer noch andere Menschen im Haus waren, wirkte es schon überfüllt. Claire, die das Cottage vor zwei Jahren gekauft hatte, als das »Star Bureau« allmählich Gewinn abwarf, hatte das Beste aus seinen malerischen Eigenarten gemacht. Sie hatte sämtliche Balken selbst abgeschliffen und gebeizt und die Fensterbänke und den Putz in Porzellanweiß gestrichen. Wo früher der Kamin gewesen war, stand jetzt ein Holzofen, und rundherum hatte Claire den Raum mit glänzend polierten Kupferpfannen dekoriert. Auf dem farblich unauffälligen Sofa lagen ein blau-weißer Überwurf und Kissen. Der dicke braun-blau gemusterte Teppich vor dem Ofen war nur einer von mehreren hübschen Läufern auf dem Boden.

Als Jude nach ihrer Reisetasche griff und nach oben ging, bemerkte sie noch etwas, was neu war. »Diese Collagen auf dem Treppenabsatz«, rief sie nach unten, »wirklich sehr schön. Hast du die aus dem Laden mitgebracht?« Es handelte sich um zwei hell strahlende, beinahe mystische Szenen mit Bäumen und Sternen, die aus Baumrinde und bemaltem Papier gearbeitet waren. Die Details waren mit Stift und Tinte gezeichnet.

»Gefallen sie dir?«, erwiderte Claire. »Summer hat eine Freundin namens Darcey, und deren Onkel macht die Bilder. Ein paar haben wir für das ›Star Bureau‹ mitgenommen. Ich konnte nicht widerstehen und habe auch welche für mich selbst gekauft.«

Summers Zimmer war eingerichtet wie für eine Märchenprinzessin. Blasse Sterne zierten die Decke. Jude wusste, dass sie im Dunkeln hellgrün schimmerten. Das Rollbett ihrer Nichte war pink und weiß, mit Vorhängen aus pinkfarbenem und silbernem Musselin am Kopfende. Claire hatte die Wände mit scheuen Waldtieren bemalt, die mit ihren großen sanften Augen um die senkrechten Balken zu linsen schienen. Unter den Augen eines hübschen Rehkalbs saß Summer mit überkreuzten Beinen auf dem Boden und spielte mit ihrem bemalten Puppenhaus aus Sperrholz. Jude ließ die Tasche auf die Matratze fallen, die Claire für sie bereitgelegt hatte, und hockte sich neben Summer, um das

Puppenhaus besser betrachten zu können. Erstaunt stellte sie fest, dass das Haus eine exakte Nachbildung des Blacksmith Cottage war, bis hin zu den Schornsteinen und Fenstern.

»Guck mal, das bin ich«, sagte Summer und zeigte Jude eine Holzpuppe in einer Kleidung, die dem, was sie anhatte, sehr ähnlich war. »Und das ist Mummy.« Die Mutterpuppe war in die Nachbildung eines von Claires Outfits gekleidet: einen langen Baumwollrock, ein Oberteil und zarte baumelnde Ohrringe.

»Und das ist Pandora.« Die bemalte Porzellankatze war wie ihr Gegenstück im echten Leben schwarz und weiß gefleckt. Summer ließ alle ihre Figuren durch das Puppenhaus tanzen. Die beiden Puppen hatten Gelenke in den Gliedmaßen, sodass Summer sie auf Stühlen sitzen oder, wie das kleine Mädchen, auf dem Fußboden knien lassen konnte.

»Die sind ja toll. Woher hast du sie?«, fragte Jude und nahm einen kleinen Küchenstuhl aus dem Häuschen, um ihn genauer zu betrachten.

»Euan hat sie für mich gemacht. Darceys Onkel.«

»Der, der auch die Bilder an der Treppe gemalt hat?«, hakte Jude nach. Wer auch immer dieser begabte Euan sein mochte, er war offensichtlich für Claire und Summer so etwas wie ein Freund geworden.

»Hm«, erwiderte Summer ganz in ihr Spiel versunken. »Und jetzt gehst du schlafen«, erklärte sie ihrer Puppe und legte sie auf das Bettchen, das sich in der Nachbildung ihres eigenen Prinzessinnenschlafzimmers befand. »Oder du hast morgen keinen Spaß in der Schule, weil du nicht ausgeschlafen bist. Träum süß, mein Schatz!«

Jude erinnerte sich, dass Claire ihr erzählt hatte, Summers Träume wären alles andere als süß, streckte die Hand aus und strich dem Mädchen über das Haar. Sollte sie etwas sagen? Aber Summer war mit der Mutterpuppe schon die Puppenhaustreppe hinuntergegangen und fütterte die Katze. Der Augenblick war verflogen.

»Hast du Starbrough Hall mal von innen gesehen?« Jude trug nun Jeans und ein langärmeliges T-Shirt und schaute zu, wie ihre Schwester das Abendessen zubereitete.

Claire rührte in dem Risotto in der Pfanne. »Nein«, sagte sie und schüttelte den Kopf, »ich hab nur mal von der Straße aus einen Blick darauf geworfen. Was hast du noch mal gesagt, was du da machst?«

»Ich schätze den Wert von einer Büchersammlung und ein paar wissenschaftlichen Geräten, die früher einem Hobby-Astronomen gehört haben. Lass mich das mal machen.« Sie nahm Claire den Stieltopf für den Brokkoli ab und hielt ihn unter den Wasserhahn.

»Danke«, murmelte Claire. »Das Zeug ist also wertvoll?«

»Teilweise, ja«, sagte Jude und stellte den Topf auf den Herd. »Aber es ist auch sehr interessant. Dieser Mann, Anthony Wickham, hat Ende des achtzehnten Jahrhunderts hier gelebt, und ich glaube, er hat den Turm im Wald gebaut. Er hat ihn genutzt, um die Sterne zu beobachten. Und als ich gestern Abend bei Gran zu Besuch war, hat sie Starbrough Folly auch erwähnt. Das hat dann zu dieser Sauerei geführt. Ich dachte, ich geh einfach hin und schaue mir den Turm an. Kennst du ihn?«

»Ich bin mal mit Mum unterwegs gewesen und auch beinahe angekommen, aber dann haben wir es doch nicht ganz geschafft. Die Leute sagen, er sei eine Ruine. Hast du ihn gefunden?«

»Ja, am Ende schon, und er sieht nicht aus wie eine Ruine.

Ich habe einen Fußweg entdeckt und dachte, der würde geradewegs zum Ziel führen, aber dann hat irgendein Idiot angefangen, ziemlich genau neben mir Schüsse abzufeuern. Ich bin in Panik geraten und losgerannt.«

»Du musst vorsichtig sein«, sagte Claire und runzelte die Stirn. »Da ist bestimmt irgendwer unterwegs, um Füchse oder Hasen zu jagen oder so. Und die Fasanenjagd hat auch noch nicht angefangen. Ich hasse es, wenn es so weit ist. Die armen Vögel, es ist grausam. Aber immerhin, die meisten Leute, die damit zu tun haben, handeln verantwortungsbewusst.«

»Nicht der, mit dem ich es heute zu tun hatte. Wie auch immer, ich habe Starbrough Folly entdeckt. Aber ich hatte keine Gelegenheit, einen näheren Blick darauf zu werfen. Es gab einen Stacheldraht, in dem ein totes Tier hing. Jemand hatte es erschossen. Und dann ist dieser Mann aufgetaucht, und weil er eine Schaufel in der Hand hielt, habe ich eins und eins zusammengezählt. Ich bin ziemlich unverschämt geworden. Andererseits war er aber auch ziemlich unhöflich.« Jude hielt inne und versuchte sich zu erinnern. »Du liebe Güte, es war ein bisschen peinlich. Ich hatte angenommen, dass er den Muntjak verwundet hatte, aber vielleicht habe ich mich auch geirrt. Er meinte, er hätte ihn nur von seinen Qualen erlöst. Egal, er war sehr ruppig. Sagte, es wäre Privatgelände, und hat mich praktisch im Polizeigriff von seinem Grund und Boden geführt.«

Claire lachte. »Genau wie ich gesagt habe. Du kannst doch nicht einfach hier auftauchen und überall deine Nase reinstecken. Ihr Stadtmenschen, ihr glaubt wirklich, dass hier alles nur auf euch wartet.«

»Ich bin kein Stadtmensch.«

»Doch, das bist du! Machst in deinem schicken Kostüm und Nylonstrümpfen einen Streifzug durch die Wälder. Kommandierst einen armen Grundbesitzer herum, der doch nur seiner Arbeit nachgeht. Du bist wie das Paar, das unten an der Straße in die umgebaute Scheune gezogen ist und sich anschließend über den Gestank des Düngers beschwert, den die Bauern auf ihren Feldern ausbringen.«

»Du hast doch eben selbst gesagt, dass die Fasanenjagd grausam ist.«

»Ich weiß, und ich würde es selbst auch nicht machen. Aber das Land könnte nicht gehegt werden und die Fasanen auch nicht gezüchtet, wenn die Leute sie nicht jagen würden. Die Menschen aus der Stadt verschließen die Augen vor all diesen Dingen. Und die Regierung schert sich nicht um das Land, weil es hier keine Wählerstimmen zu holen gibt.« Claire knallte einen Deckel auf den Topf mit dem köchelnden Brokkoli.

Warum müssen wir uns eigentlich immer wegen irgendetwas streiten?, dachte Jude verwirrt. Wie sind wir bloß wieder auf die Politik gekommen? Seufzend änderte sie ihre Taktik.

»Noch mal zurück zum Turm. Hat Gran jemals mit dir darüber gesprochen?«

»Nein, warum? Was hat sie dir denn erzählt?«

»Etwas über jemanden, dem sie als Kind dort im Wald begegnet ist.«

Claire probierte das Risotto, runzelte die Stirn und gab einen Stich Butter hinzu. »Darüber weiß ich nichts.«

»Wo liegt das Cottage des Jagdaufsehers? Hast du eine Ahnung?«

»Das? Du musst daran vorbeigefahren sein, als du von Starbrough Hall gekommen bist. Auf der linken Seite, kurz bevor es zum Hügel hochgeht. Ich weiß, wer dort wohnt, Euan, der Mann, der die Bilder gemacht hat.«

»Das Haus unten am Hügel.« Genau das hatte der Mann am Turm auch gesagt. Es mochte dort zwar noch andere Häuser geben, aber sie hatte jedenfalls keines bemerkt. »Dann kann es sein, dass ich ihm bereits begegnet bin«, sagte Jude, »diesem Euan. Ich glaube, es war der Mann vom Starbrough Folly. Groß? Lockiges, dunkles Haar, ziemlich braun?«

»Hört sich nach Euan an«, meinte Claire und schaute ihre Schwester aufmerksam an.

»Aber er ist doch nicht der Grundbesitzer, oder? Der Mann, der das Puppenhaus gebaut hat? Wirklich?«

»Ich habe keine Ahnung, welches Land er besitzt, aber es ist ganz bestimmt Euan, der im Cottage des Jagdaufsehers wohnt, und er sieht ganz bestimmt so aus, wie du gerade beschrieben hast. Er ist bestens mit Summer befreundet. Er ist in den Laden gekommen, als Summer zufällig dort war, während der Ferien, und unter dem Arm hatte er die Bilder. Darcey hat ihn begleitet. Sie ist in Summers Klasse. Summer ist zum Spielen bei ihnen geblieben. Und dann hat er mit den Mädchen mal einen Ausflug gemacht. Ich habe ihn zu uns zum Abendessen eingeladen, um mich zu bedanken, und dann ist er letzte Woche aus heiterem Himmel mit dem Puppenhaus aufgetaucht. Offenbar hatte er eins für Darcey gebaut, und Summer war vorlaut genug, ihn zu fragen, ob er ihr auch eins machen könnte. Du weißt ja, wie sie die Leute überreden kann. Er ist wirklich ein netter Kerl.«

»Ach, ist er das?«, sagte Jude zweifelnd und erinnerte sich an den Streit mit ihm.

»Ja. Es hat ihm ganz bestimmt nicht gepasst, dass du ihm alle möglichen Vorwürfe gemacht hast.«

»Ich hatte einen Grund ... ich war erschrocken, das ist alles. Ach, zum Teufel, hab ich mich lächerlich gemacht?«

»Ich gehe davon aus, dass er dir verzeihen wird.«

Claire schien große Stücke auf Euan zu halten. Jude lächelte. »Und, ist er verheiratet?«

»Nein, geschieden. Glaube ich jedenfalls. Aber bilde dir bloß nichts ein«, entgegnete Claire so stachlig wie eine Klette. Aber auch genauso anhänglich.

Jude hob die Hände, so als wollte sie einen Angriff abwehren. »Nicht in meinen kühnsten Träumen«, sagte sie.

Es war lange her, dass es einen Mann in Claires Leben gegeben hatte. »Ich bin zu unabhängig. Ich schlage sie alle in die Flucht«, hatte sie Jude vor ein oder zwei Jahren nach ein paar Gläsern Wein gestanden. Ihre Beziehungen waren oft kurz und hitzig gewesen. Jude hatte beobachtet, dass sie den Männern zu schnell zu tief verbunden war und ihnen dann, ehe man sich's versah, praktisch mit der Bratpfanne den Schädel einschlug, sodass sie tatsächlich die Flucht ergriffen. Niemand konnte wirklich und wahrhaftig sagen, wer eigentlich Summers Vater war. Claire hatte sich stets geweigert, das Geheimnis zu lüften.

»Dieser Popsänger, dem sie im Kunstzentrum über den Weg gelaufen ist«, sagte ihre Mutter immer, obwohl Claire es niemals zugegeben hatte. Aber Jude glaubte, dass es stimmen könnte. Jon, so hieß er. Auf dem Kopf hatte er einen Wust hellblonder lockiger Haare, und seine großen blauen Augen blickten ebenso verträumt wie die von Summer. Claire hatte ihn zum Weihnachtsessen bei ihrer Mutter mitgebracht, weil er sich mit seinem Dad zerstritten hatte. Es war das erste Weihnachten, seit der Vater der Mädchen gestorben war, und es fiel ihnen schwer, so fröhlich zu sein wie früher. Jon war spät dazugekommen, und Claire hatte die ganze Zeit über kaum mit ihm gesprochen. Er war ständig vor die Tür gegangen, um übel riechende selbst gedrehte Zigaretten zu rauchen, und war dann auch bald wieder verschwunden. »Ohne sich ordentlich zu bedanken«, zischelte Valerie ärgerlich, als sie mit Jude und Mark den Abwasch erledigte. Valerie und Claire hatten deswegen gestritten, und Claire war die Treppe hinaufgestapft und hatte die Tür hinter sich zugeschlagen, als sie zu Bett ging, so wie früher, als sie fünfzehn war. »Nie kann man ihr was sagen, ohne dass sie gleich aus der Haut fährt«, sagte Valerie verbittert.

»Vielleicht hättest du ihr auch nicht sagen sollen, dass sie sich zur Abwechslung mal mit einem netten Menschen treffen soll«, hatte Jude seufzend eingewandt. Oft hatte sie darüber nachgedacht, wie sehr Claires Temperament dem ihrer Mutter ähnelte. Valerie konnte ziemlich launisch sein, war oft überfordert durch ihre Verantwortung als Mutter und flüchtete sich häufig in kreischenden Zank und Streit. Ihr Vater war der ruhende Pol in der Familie gewesen, dem alle vertrauten, und sie vermissten ihn schrecklich.

Jude hatte es immer gehasst, ausgleichend auf Claire einwirken zu müssen. Sie liebte es ruhig und friedlich, war diejenige gewesen, die sich immer anständig benommen hatte, das Kind, das in der Schule gut mitkam, studiert hatte, in einem ordentlichen Job gelandet war und schließlich heiratete. Claire hingegen war zwar auch intelligent, in der Schule aber aufsässig gewesen, hoffnungslos verloren im Sport, weil sie humpelte, und sie hatte es Jude immer vorgeworfen, ihre Aufgaben so pflichtbewusst zu erfüllen. Mit siebzehn hatte Claire ihr Elternhaus verlassen, aber jedes Mal, wenn sie aus einem möblierten Zimmer oder aus irgendeiner fröhlichen Wohngemeinschaft hinausflog, war sie für eine Weile wieder nach Hause zurückgekehrt.

Nach Weihnachten war Jon nicht wieder aufgetaucht.

Und als Jude ihre Schwester ein paar Wochen später angerufen und sich zögerlich nach ihm erkundigt hatte, hieß es nur wegwerfend: »Ach, der!« Und wieder ein paar Monate später hatte sie mit einer gewissen grimmigen Freude verkündet, dass sie schwanger sei.

Und durch Summer war Claire plötzlich erwachsen geworden.

»Was glaubst du, wie es Summer geht?«, fragte Claire, während sie die Teller zum Anwärmen in den Ofen schob. Jude konnte das Gesicht ihrer Schwester nicht sehen, nahm aber einen Hauch von Ängstlichkeit in ihrem ungezwungenen Tonfall wahr. Sie hielt es nicht für übertrieben zu behaupten, dass Claire ihr Leben für Summer geben würde.

Nachdem das Baby geboren war, war es für alle offensichtlich gewesen, dass Claire einen Sinn in ihrem Leben entdeckt hatte. Sie hatte ihren Job auf dem Markt an einem Stand für Secondhand-Klamotten aufgegeben und zusammen mit ihrer Freundin Linda einen eigenen Laden eröffnet. Sie hatte finanzielle Rücklagen gebildet und sich das kleine Häuschen gekauft, das sie sich so wunderbar eingerichtet hatte. Und sie hatte angefangen, ihre Familie mehr und mehr wertzuschätzen, hatte ihre Großmutter regelmäßig besucht, und zum Babysitten oder bei großmütterlichen Ratschlägen hatte sie sich – soweit Valeries umtriebige Art es zuließ – auf diese verlassen. Valeries Umzug nach Spanien war für Claire ein härterer Schlag, als man es erwartet hätte. Und dabei ging es nicht nur ums Babysitten. Claire schien ihre Mutter aufrichtig zu vermissen.

»Summer kommt mir so fröhlich und unbeschwert vor wie immer«, erwiderte Jude.

»Ja, das ist sie auch, meistens jedenfalls«, sagte Claire und öffnete den Kühlschrank. »Das finde ich ja gerade so komisch. Wenn sie schlecht träumt, weil sie Stress hat, dann zeigt sie es jedenfalls nicht bei anderen Gelegenheiten.«

Jude schaute ihrer Schwester zu, die in einer Schublade nach der Küchenschere kramte und schließlich die rosa Tüte mit dem Grapefruitsaft aufschnitt. Claire war immer noch schön wie eine Elfe, das Haar mit den blonden Strähnen so fein wie Summers und auf mittlere Länge geschnitten, sodass es ihr markantes Gesicht betonte. Die Kleidung, die sie in Wohltätigkeitsläden und verrückten Boutiquen erstand, passte immer perfekt zu ihrer schlanken Figur und war farblich so gehalten, dass sie ihren englischen Teint betonte. Wie können Schwestern nur so unterschiedlich sein?, fragte sich Jude und betrachtete ihr eigenes rundes Gesicht und das dicke wellige Haar im Spiegel über dem Waschbecken.

»Wann hat es denn angefangen mit diesen Träumen?«, fragte sie.

»Vor ungefähr vier Wochen«, sagte Claire, »am Anfang der Ferien. Nicht jede Nacht, aber ungefähr jede dritte.«

»Weißt du, es klingt ein bisschen nach den Träumen, die ich als Kind auch immer hatte.«

»Wirklich? Das hätte ich fast vergessen«, sagte ihre Schwester. »Deswegen hatte ich ja gefragt, ob du in mein eigenes Schlafzimmer ziehen willst. Weil du im Schlaf immer so stöhnst und ächzt. Wann hat es denn aufgehört?«

Jude zuckte mit den Schultern. »Weiß ich nicht mehr. Ich nehme an, dass ich einfach da rausgewachsen bin.« Sie verschwieg den Albtraum, den sie erst kürzlich wieder gehabt hatte. Das war bestimmt nur ein Ausrutscher gewesen.

»Vielleicht ist es bei Summer dann auch nur eine normale Phase.«

Der Gedanke schien Claire zu beruhigen.

»Erlaubst du, dass ich den Tisch decke?«, fragte Jude.

»Ja, natürlich. Die Tischdecke liegt in der obersten Schublade. Hier, das mag Summer.« Sie reichte Jude den Fruchtsaft. »Sollen wir den Wein aufmachen, den du mitgebracht hast?«

Jude räumte die Bücher und Papiere vom Tisch im Esszimmer, breitete die Decke mit Würfelmuster aus und stellte zwei sternförmige Kerzenhalter in die Mitte. Als sie Claires Laptop auf dem Seitentischchen stehen sah, erinnerte sie sich an »Beecham's« und an die Informationen, die sie ihrem Chef schicken sollte. Sie ging in die Küche, um Gläser zu holen. »Hast du eigentlich eine funktionierende Breitbandverbindung?«, fragte sie Claire. »Und wärst du mir böse, wenn ich heute Abend noch ein bisschen arbeite? Ich muss ein Meeting für Montag vorbereiten.«

»Natürlich«, sagte Claire, »es müsste alles funktionieren. Reich mir doch bitte die Schüssel für den Brokkoli. Ich nehm sie mit rüber. Kannst du Summer rufen?«

»Mum hat gestern Abend angerufen«, sagte Claire, als sie sich an den Tisch setzten. »Endlich. Scheint so, als wäre es schrecklich heiß da. Ich meine, so richtig heiß, über fünfunddreißig Grad. Die Klimaanlage funktioniert nicht, und die Bauarbeiter haben die Klempnerarbeiten verpfuscht. Das heißt, sie bleiben eine Weile bei Freunden, während Douglas sich um alles kümmert.«

»Arme Mum«, sagte Jude.

»Glückliche Mum«, widersprach Claire sarkastisch. »Vergiss nicht, sie hat den guten alten Douglas.«

Jude grinste. Nach einigen Jahren als hilflose Witwe hatte ihre Mutter schließlich einen Kurs in lateinamerikanischem Tanz gemacht und so ihren neuen Lebenspartner kennengelernt. Douglas Hopkirk, Aktuar im Ruhestand, war in mancher Hinsicht wie ihr Vater – ruhig, pragmatisch veranlagt, besänftigend. »Aber er ist so langweilig«, hatte Claire sich bei Jude beklagt, nachdem der Mann ihnen vorgestellt worden war. »Niemand zieht sich heutzutage noch an wie David Niven, sagt ›Gebongt!‹ und trinkt Cinzano. Kein Wunder, dass seine Frau ihm weggelaufen ist.«

»Erst nach dreißig Ehejahren«, hatte Jude geantwortet. »Irgendwas muss also auch für ihn sprechen. Zum Beispiel ist er richtig nett. Solange man sich nicht über Golf mit ihm unterhält. Man langweilt sich zu Tode, wenn er über Handicaps spricht.«

»Oder über seine Schildkröten. Den halben Abend hat er mir Geschichten über seine verdammten Schildkröten erzählt«, hatte Claire schnaubend hinzugefügt.

»Was haben sie eigentlich mit den Schildkröten gemacht?«, fragte sich Jude laut. »Darf man sie ins Flugzeug mitnehmen?«

»Im Moment sind die Tiere bei seiner Tochter. Aber er hat vor, sie irgendwie nach Spanien zu holen und dort eine Zucht aufzubauen. Vielen Dank auch, ich weiß besser darüber Bescheid, wie sich Schildkröten paaren, als ich es je wollte.«

»Wie machen die Schildkröten das denn?«, fragte Summer, die die Pilze aus ihrem Risotto gepickt hatte und auf einem freien Löffel stapelte.

»Äh … sie müssen sich ziemlich anstrengen, wenn sie kleine Babyschildkröten machen wollen«, sagte Jude schnell.

»Mehr als Menschen?«

»Manchmal haben es die Menschen auch schwer«, sagte Jude leise.

»Man braucht einen Daddy, um Babys zu machen,

stimmt's?«, fragte Summer. »Ich habe Emilys Mum gesagt, dass ich keinen Dad habe, und sie meinte, dass ich dann ein Wunder sein muss.«

»Du *bist* mein kleines Wunder«, sagte Claire feierlich. »Wir brauchen keinen Daddy.«

»Tante Jude, wenn du ein Baby haben willst, brauchst du einen Mann, der dann der Daddy ist.« Summer war zu jung, um sich an Mark zu erinnern.

»Iss dein Risotto«, murmelte Claire.

»Ja, ich weiß, Summer. Aber es ist gar nicht so einfach, den Richtigen zu finden«, erwiderte Jude, die mit Claire bisher kaum über Caspar gesprochen hatte.

Summer sah sie mit ernster Miene an und sagte dann: »Ich wünschte, ich könnte einen für dich finden.«

»Danke. Das ist wirklich lieb.« Jude und Claire blickten sich mit unterdrückter Belustigung an.

Claire stellte die Teller zusammen. »Wenn du ein Talent als Heiratsvermittlerin entwickelst, meine Süße, dann ist dein Lebensunterhalt für immer gesichert.«

Nach dem Abendessen verbrachte Jude eine Stunde an ihrem Laptop, studierte die deprimierenden Zahlen, die Inigo ihr gemailt hatte, und schickte beruhigende Mails an ihren Abteilungsleiter. Sie hatte versprochen, am Montag früh ins Büro zu kommen, und begeistert über die Sammlung in Starbrough Hall berichtet.

Von Caspar hatte sie immer noch nichts gehört. Und Jude war sich nicht einmal sicher, ob sie es ihm übel nahm. Dann aber erinnerte sie sich, wie es war, wenn er sie umarmte, und wie sehr sie es genoss, mit ihm gesehen zu werden, und nahm es ihm sehr wohl übel. Es war ein schönes Gefühl, wieder begehrt zu werden. Vielleicht hatte er sich nicht gemeldet, weil er zu tief in den Vorbereitungen für Paris steckte, dachte sie. Oder vielleicht wegen der Party bei Tate und Yasmin heute Abend? Nein, das war erst morgen. Egal. Sie war froh, nicht hingehen und Menschen begegnen zu müssen, mit denen sie nur wenig gemeinsam hatte.

Alles in allem war sie lieber hier. Sie freute sich darauf, wieder in der Bibliothek zu sitzen und mit Chantal zu plaudern, die Bücher und Papiere durchzusehen, mehr über Anthony Wickham herauszufinden und die Sammlung für »Beecham's« zu sichern.

Wenn Jude damit fertig war, vermutlich am frühen Nachmittag, würde sie Summer abholen und irgendetwas mit ihr unternehmen. Schließlich war Samstag, und Claire würde im Laden sein. Wenn das Wetter mitspielte, sprach alles für einen Ausflug an den Strand.

Sie wollte gerade ihren Laptop zuklappen, als sie sich an Cecelia erinnerte, auf deren Hilfe sie bei den astronomischen Instrumenten angewiesen war. Sie fand die Adresse und öffnete eine neue E-Mail.

Hi, Cecelia,

tut mir leid, dass ich so lange nichts von mir habe hören lassen. Ich frage mich, wo Du gerade steckst – immer noch in Cambridge? Es wäre toll, wenn wir uns wieder mal treffen könnten und uns auf den neuesten Stand bringen, aber ich muss Dich auch um Deinen professionellen Rat bitten. Wann würde es Dir am besten passen? Ich bin ab Ende nächster Woche im Urlaub, aber falls es vorher noch die kleinste Chance gibt, dass Du es einrichten könntest, wäre das toll. Vielleicht zu einem Dinner abends oder auf einen Drink?

Herzliche Grüße

Jude

Jude erwachte verwirrt in tiefer Dunkelheit. Wieder hörte sie das Stöhnen, das sie aus dem Schlaf geholt hatte. Summer. Benommen setzte Jude sich auf, stand auf und stolperte in die Richtung, aus der das Geräusch kam. Im Schein des Mondlichts, das durch die Gardinen drang, konnte sie das Gesicht ihrer Nichte ausmachen. Summer hatte die Augen geschlossen, aber aus ihrer Miene sprach Angst. *»Maman, maman«*, wisperte sie, »wo bist du? *Maman!*« Das letzte Wort klang lauter. Sie rührte sich im Bett und wachte schreiend auf.

Jude setzte sich auf die Bettkante, strich Summer über das Haar. »Alles ist gut, meine Süße«, flüsterte sie, »alles ist gut. Es ist nur ein Traum. Dir ist nichts passiert. Tante Jude ist bei dir.«

»Mummy«, rief Summer, »Mummy!« Ihr Gesicht war blass und feucht.

»Mummy schläft, Schätzchen.«

»Nein, ich bin hier«, flüsterte Claire und stieß die Tür ganz auf. Licht vom Treppenhaus fiel auf Summers Bett. Jude machte den Platz frei, fühlte sich überflüssig, weil Claire ihre Tochter tröstete.

»Ich hatte Angst, Mummy. Du warst nicht da. Ich konnte dich nicht finden«, schluchzte das kleine Mädchen.

»Mach dir keine Sorgen, mein Schatz. Du bist wach, und ich bin hier. Es war nur ein schlimmer Traum. Jetzt ist er vorbei.«

Nach einer Weile beruhigte Summer sich wieder. Es dauerte einen Moment, bis ihr die flatternden Lider wieder zufielen.

Die Frauen betrachteten sie noch eine Weile, bis Claire die Decke um ihre Tochter zog und aufstand.

»Ich würde sie ja in mein Bett mitnehmen«, flüsterte sie

Jude zu, »aber dann würden wir beide keinen Schlaf bekommen. Sie ist schrecklich zapplig.«

»Ich werde ein Auge auf sie haben«, versprach Jude, und beide legten sich wieder hin.

Jude hatte das Gefühl, noch Stunden wach zu liegen. Sie war felsenfest davon überzeugt, dass es tatsächlich der gleiche Traum war, den sie auch immer geträumt hatte. Ihr Herz schlug schneller, als sie sich erinnerte. *»Maman!« Maman*, das französische Wort. Rennen in der Finsternis, stolpern und in eine Mulde mit Laub stürzen, verletzt, verängstigt, allein. Als Kind war sie oft aufgewacht und hatte ihren Vater entdeckt – nicht ihre Mutter – und war erleichtert gewesen, wenn seine Arme sich beruhigend um sie schlossen, bevor sie wieder einschlief. Arme Summer. Was hatte diesen Traum nur ausgelöst? Konnte es sein, dass ein Traum innerhalb der Familie vererbt wurde? Unwahrscheinlich. Aber wie sollte sie es sich sonst erklären?

Jude lag auf der Matratze und lauschte Summers sanften Atemzügen, bis die ersten Vögel zu singen anfingen und sie endlich wieder in Schlaf sank.

7. Kapitel

Als Jude am nächsten Morgen in die Auffahrt von Starbrough Hall einbog, bemerkte sie, dass sie einem Mercedes-Sportcoupé folgte, das im Sonnenlicht silbrig glitzerte. Sie parkte auf dem Vorplatz neben dem Wagen, aus dem an der Fahrerseite eine elegante blonde Frau ausstieg. Konnte das Alexia sein, Roberts Frau?, fragte sie sich, während sie ihr eigenes Auto abschloss, aber ein kurzer Blick in den Mercedes zeigte ihr, dass er innen tadellos aussah und dass es keine Kindersitze gab. Die Frau grüßte mit einem lässigen »Hi«. Sie plauderten kurz und einigten sich darauf, dass ein weiterer herrlicher Sommertag anbrach. Die Frau wusste offenbar nicht, dass der Vordereingang nicht benutzt wurde. Jude schlug ihr vor, ihr durch den Torbogen zu folgen, obwohl ihr der Weg selbst nicht vertraut war.

Jude kannte einen Großteil des Personals von »Christie's« und »Sotheby's«, und diese eisige Schönheit war ihr ganz bestimmt noch nie begegnet. Dennoch beschloss sie, sich sicherheitshalber zu erkundigen. »Bitte verzeihen Sie die Frage, aber Sie sind nicht zufällig wegen der Bibliothek hergekommen?« Jude war sehr erleichtert, als die Frau ziemlich verdutzt reagierte.

»Die Bibliothek? Wieso?« Weitere Erklärungen gab sie nicht ab, sodass Jude auch nicht nachhakte.

»Bitte vergessen Sie meine Frage. Es war nur so ein Gedanke.«

Jude klopfte an die hintere Tür. Als Robert öffnete, sprangen zwei Setter heraus und bellten wie verrückt. Jude streichelte die Hunde, aber die Frau wich ängstlich zurück, sodass Robert die Hunde ins Haus rief und in die Waschküche sperrte.

»Treten Sie ein, Ladys.« Etwas förmlich stellte er Jude die Frau als Marcia Vane vor und führte den Besuch in die Halle. Dort zeigte er Marcia einen Raum, der wie ein Büro aussah, und schlug Jude vor, in die Bibliothek zu gehen.

»Meine Mutter wartet da schon auf Sie«, sagte er. »Tut mir leid, aber ich bin mal wieder beschäftigt. Miss Vane hat vor einer halben Stunde angerufen und gefragt, ob sie vorbeikommen könne.«

»Das macht nichts«, erwiderte Jude, »ehrlich.« In der Bibliothek stellte sie erfreut fest, dass Chantal gerade Kaffee einschenkte. Sie hatte das Gefühl, dass sie nach ihrer durchwachten Nacht ganze Kannen voll Kaffee brauchte. Am Morgen hatte Claire ihre Tochter besorgt beobachtet, aber wie üblich hatte Summer fröhlich gewirkt und eifrig allerlei Zubehör für ihre Modepuppe in den rosafarbenen Rucksack gepackt, den sie mit zu ihrer Freundin nehmen wollte.

»Sie kommen genau richtig«, sagte Chantal herzlich. »Es tut mir leid, dass Sie wieder nur mit mir vorliebnehmen müssen.«

»Oh, das ist vollkommen in Ordnung«, sagte Jude. »Ich werde bei meiner Arbeit meistens mir selbst überlassen. Deshalb bin ich sehr froh, dass Sie sich so freundlich um mich kümmern.«

»Diese verdammte Frau! Neun Uhr am Samstagmorgen! Hat sie kein Privatleben?«

»Wie bitte?«

»Diese Marcia.«

»Wer ist sie?«

»John Farrells Anwältin. Der Mann, der das Waldgebiet gekauft hat.«

»John. Er heißt John?« Also eindeutig nicht Euan. Und was hatte Euan dann am Turm zu suchen? Vielleicht hatte er sich genauso unerlaubt auf dem Gelände herumgetrieben wie sie.

»Ja. John Farrell. Ein Geschäftsmann, wie uns gesagt wurde. Marcia Vane belästigt Robert mit endlosen Fragen über den Zutritt und die Jagdrechte. Ich frage mich, was sie heute schon wieder hier will. Sie hätten das alles klären müssen, als er das Land gekauft hat, aber sie ist nicht darauf eingegangen. Die Frau hat wirklich ein dickes Fell.«

»Dafür wird sie wohl bezahlt«, sagte Jude und dachte, dass die Formulierung »dickes Fell« wohl kaum zu einer so eleganten und auf Hochglanz polierten Person wie Marcia Vane passte.

»Das vermute ich.«

Jude hatte die Tür offenbar nicht richtig geschlossen, denn sie sprang plötzlich auf. Draußen auf dem Korridor konnten sie Stimmen hören – Roberts Stimme laut und aufgeregt, Marcias leise und bestimmt. Dann hörte man die Hunde bellen und wie eine Tür geknallt wurde. Kurz darauf drehten die Autoreifen auf dem Kies durch. Sie schauten zu, wie der Mercedes wendete und die Auffahrt hinunterraste.

Chantal zog die Brauen hoch und warf Jude einen Blick zu. »Nun, lange ist sie ja nicht geblieben.«

»Und besonders glücklich hat sie auch nicht ausgesehen.« Jude sah dem Wagen nach und dachte an Marcias missmutiges Gesicht, das kurz hinter der Windschutzscheibe sichtbar gewesen war. Aber was immer hier vor sich ging, es war nicht ihre Sache. Jude drehte sich vom Fenster weg und kramte in ihrer Tasche nach dem Anschlusskabel für den Laptop.

Sie schaute über die Liste mit den angemerkten Schätzwerten, die sie am Tag zuvor angelegt hatte, und stellte fest, dass sie vermutlich mit den meisten Büchern durch war. Sie würde die übrigen aufnehmen und sich dann für den Rest des Vormittags den Karten widmen, den Observationstagebüchern und den Instrumenten. Bald war sie so tief in ihre Arbeit versunken, dass sie es kaum wahrnahm, als Chantal sich entschuldigte, um den Hund auszuführen.

Jude tippte den letzten Eintrag zu den Besonderheiten der Bücher und machte dann mit den Journalen weiter. Sie wusste nicht, ob diese Tagebücher viel wert waren – es kam darauf an, was sie enthielten –, aber es konnte gut sein, dass sie ein Licht auf den Rest der Sammlung warfen. Jude beschloss, die Journale kurz durchzublättern, bevor sie sie ihrer Freundin Cecelia zeigte.

Chantal kehrte mit finsterem Gesicht zurück. »Ist alles in Ordnung?«, fragte Jude und legte das letzte Tagebuch beiseite.

»Ich habe mit Robert gesprochen. Es ist nur etwas, das diese Frau gesagt hat.« Mehr gab sie nicht preis, aber ihre Miene war versteinert.

Jude ging hinüber zu den Bücherregalen, um zu prüfen, ob sie etwas übersehen hatte. Dem war nicht so.

»Ich glaube, ich bin fertig. Ich drucke jetzt nur noch die Zahlen aus. Die Bücher und Manuskripte könnten ungefähr fünfzigtausend Pfund wert sein. Die Planetenmaschine, der Globus und das Teleskop ... vielleicht noch mal fünfzigtausend. Aber ich muss mich erst beraten lassen. Schauen Sie mal.« Sie reichte Chantal ein Blatt, das ihr Minidrucker ausgespuckt hatte. »Wenn Robert damit zufrieden ist und möchte, dass es weitergeht, kann ich mich darum kümmern, dass die Sammlung verpackt wird.«

Jude sah den traurigen Ausdruck, der über Chantals Gesicht huschte, als ihr klar wurde, was das bedeutete: Bald würde die Sammlung von Anthony Wickham nicht mehr hier sein.

»Es tut mir leid«, flüsterte Jude und setzte sich neben sie. »Es ist traurig. Ich verstehe Sie.«

»Ich weiß, dass ich tapfer sein muss«, sagte Chantal und warf kaum einen Blick auf das Blatt. »Diese Bücher und Dinge waren immer ein Teil meines Lebens hier, von allem, was ich an Starbrough Hall so geliebt habe. Und da William nicht mehr ist, fühlt es sich an, als würde eine alte Wunde wieder aufgerissen. Es zeigt deutlich, dass ... dass ich nicht mehr hierhergehöre.«

»Nicht mehr hierhergehören?« Obwohl Jude diese Frau kaum kannte, versuchte sie instinktiv, sie zu trösten. »Warum sagen Sie das? Ihre Angehörigen leben hier, und nach allem was Sie mir erzählt haben, sind sie glücklich, Sie hier zu haben.«

»Ich weiß. Und man ist dort zu Hause, wo die Menschen sind, die man liebt. Aber trotzdem bin ich eine Außenseiterin. Ich habe darüber nachgedacht, nach Frankreich zurückzugehen, wissen Sie, aber ... in meiner Familie ist aus meiner Generation kaum noch jemand übrig. Mein Bruder ist tot, und seiner Witwe und den Kindern stehe ich nicht besonders nahe. Es gibt noch ein oder zwei alte Schulfreunde in Paris, und es wäre schön, wenn ich sie häufiger sehen könnte. Ich war auf einer Klosterschule in der Nähe von Notre-Dame. Die Nonnen waren sehr streng, aber nicht unfreundlich. Oh, das ist alles schon so lange her. Eine andere Welt.«

»Das kann ich mir gut vorstellen«, sagte Jude und freute

sich, dass der Glanz wieder in Chantals Augen zurückkehrte, als sie sich an die Vergangenheit erinnerte. Paris in den Fünfzigerjahren. Wie aufregend das gewesen sein musste! Jude stellte sich die elegante Haute Couture vor, die Intellektuellen am linken Seine-Ufer, die Diskussionen in den Cafés. Die Klosterschülerinnen in Zweierreihen, die an der Seine entlanggingen, wie in dieser berühmten Kinderbuch-Serie, in der ein Mädchen namens Madeleine immer die Hauptrolle spielte ... Jude fragte sich, wie um alles in der Welt Chantal im ländlichen Norfolk gelandet war und ob sie sich schwer hatte einleben können.

»Wie haben Sie eigentlich Ihren Mann kennengelernt?«, fragte sie.

»Oh, das war bei meiner Tante Eloise. Sie war mit einem Offizier der englischen Armee verheiratet, den sie gegen Ende des Krieges kennengelernt hatte. Und als ich zwanzig war, wurde ich zu ihnen in ihr Strandhaus nach Wells-next-the-Sea geschickt. Meine Cousins waren ein paar Jahre jünger als ich, und ich sollte ein bisschen auf sie aufpassen und gleichzeitig mein Englisch verbessern.«

»Wir sind in den Ferien immer nach Wells gefahren«, erinnerte sich Jude. »Ich liebe diese hübschen kleinen Strandhütten.«

»Heute mag ich sie auch, aber zuerst hat mir Norfolk überhaupt nicht gefallen. Es war so kahl und eintönig, und es schien immer kalt zu sein und ständig zu regnen. Und ich war doch in den *vacances* an die fröhlichen Farben der Côte d'Azur gewöhnt. Ich bin fast vor Heimweh gestorben, und meine Cousins haben sich die ganze Zeit gezankt. Ungefähr zwei Wochen nach meiner Ankunft bin ich weggelaufen und habe mich in ein Strandcafé gesetzt und geweint. Dort hat William mich gefunden.«

Chantal hielt kurz inne. »Der arme Mann«, fuhr sie dann fort. »Später hat er mir gestanden, dass er an jenem Tag auch sehr unglücklich gewesen war. Er war nach Wells gefahren, und zwar mit einem Mädchen, das er sehr mochte, und einem anderen Mann, seinem Freund. Im Laufe des Vormittags hatte sich dann herausgestellt, dass das Mädchen sich viel mehr zu dem anderen Mann hingezogen fühlte. Also hat er sich entschuldigt und die beiden allein gelassen. Was wirklich ausgesprochen großzügig war. Aber so war er immer. Sehr bescheiden.

Wir haben einen wundervollen Nachmittag miteinander verbracht, und ich war wieder fröhlich, nur weil wir über den Strand spaziert sind und die Stadt besichtigt haben. Anschließend hat er mich nach Hause begleitet, und ich habe ihn Tante Eloise vorgestellt. Die liebe Eloise, ich vermisse sie sehr. Also so hat alles angefangen. Sechsundvierzig Jahre waren wir zusammen, er und ich. Ich weiß, dass wir großes Glück hatten, Jude. Das Glück, dass wir uns zufällig über den Weg gelaufen sind. Das Glück, dass wir so viel Freude miteinander teilen durften.«

Chantal starrte aus dem Fenster und streichelte den kleinen Hund, der neben ihr auf dem Sofa lag. Dann schaute sie Jude an und schenkte ihr ein von Herzen kommendes Lächeln. »Es tut mir leid, dass Sie und Ihr Mann nur so wenig Zeit miteinander hatten. Das Leben kann so ungerecht sein!«

Jude bemühte sich, ihre Stimme ruhig klingen zu lassen. »Wir waren zwar nur drei Jahre verheiratet, aber wir kannten uns viel länger. Wir sind uns schon in der Schule in Norwich über den Weg gelaufen.«

Chantal nickte. »War es ... haben Sie sich auf den ersten Blick zueinander hingezogen gefühlt?«

»Ja, das haben wir wohl. Ich ganz bestimmt. Später hat er mir mal gesagt, dass er mich auch sehr mochte, es aber nicht gleich gemerkt hat.«

In diesem Moment wurde die Tür geöffnet, und Robert Wickham trat ein. Er sah die beiden Frauen nebeneinandersitzen, sah Chantal, die gerade Judes Hand hielt, und sagte: »Tut mir leid, wenn ich störe. Man hat mir gesagt, das Mittagessen sei angerichtet.«

»Machen Sie sich bitte keine Gedanken«, sagte Jude und stand auf. »Ich habe Ihrer Mutter nur gerade meine Schätzungen gezeigt.«

»Es handelt sich natürlich nur um Schätzungen«, erklärte sie beim Mittagsessen. »Ich habe ja bereits erwähnt, dass ich noch weitere Erkundigungen einziehen muss. Möglicherweise können wir eine höhere Summe erzielen, besonders mit einer guten Öffentlichkeitsarbeit, mit der man die richtigen Bieter erreicht.« Sie unterhielten sich eine Weile über diesen Aspekt, und Jude erläuterte, wie sie Mailinglisten nutzten und Websites und einen Artikel im Firmenmagazin platzierten, um eine Kampagne in den Medien anzuregen.

Robert war offenbar erfreut über die Zahlen und über Judes Vorschläge und sagte, dass er den Rest des Wochenendes über die Sache nachdenken wolle. Sobald Jude am Montag wieder im Büro wäre, wollten sie sich weiter darüber verständigen.

»Wenn Sie mit meiner Arbeit zufrieden sind und wir ins Geschäft kommen, kann ich mich darum kümmern, dass alles katalogisiert und verpackt wird«, sagte sie. »Wie gesagt, die Instrumente müssen noch durch ein professionelles Auge begutachtet werden. Auch darum will ich mich gern kümmern.«

»Das wäre großartig«, stimmte Robert zu.

»Allerdings gibt es auch etwas, was ich gern sofort mitnehmen würde. Natürlich nur, wenn ich darf. Die Observationstagebücher. Ich habe eine Freundin, eine echte Expertin, die vielleicht Auskunft darüber geben kann, was sie enthalten.«

»Und zweifellos könnte Ihre Freundin auch ein paar Worte über den Wert der Tagebücher verlieren«, fügte Robert hinzu. »Ja, selbstverständlich. Nehmen Sie nur mit, was Sie brauchen. Ich hole etwas heraus, in das Sie die Journale einwickeln können.«

Mit einem zufriedenen Gefühl brach Jude nach dem Mittagessen auf. Wenn dieser Job so ausging, wie sie es erwartete – und schon die Tatsache, dass sie den Karton mit den Observationsjournalen sicher im Kofferraum verstaut hatte, sprach dafür –, würde »Beecham's« höchst erfreut sein. Und sie konnte sich entspannt darauf konzentrieren, den Hintergrund der Sammlung zu erforschen. Das gehörte zu den Seiten, die sie an ihrer Arbeit am meisten liebte: die Geschichte. Außerdem würde es ihr guttun, Chantal öfter zu sehen. Es tat weh, mit ihr über Mark zu sprechen, aber sie hatte auch das Gefühl, dass Chantal sie so tief verstand wie sonst kaum jemand – noch nicht einmal ihre verwitwete Mutter.

Jetzt, endlich, konnte sie ihre Erinnerungen zulassen.

Jude dachte an die erste Begegnung mit Mark, die inzwischen sechzehn, nein, sogar schon fast siebzehn Jahre zurücklag, am zweiten Tag in der Abschlussklasse der Oberstufe. Aus der Ferne hatte sie ihn schon öfter gesehen – den neuen Jungen, groß, mit angesagten butterblonden Strähnen im Haar und einer Aura selbstbewusster Zufriedenheit.

Sophie und sie trödelten nach der ersten Stunde in Englischer Literatur die Treppe hinunter und verglichen ihre

Stundenpläne, um zu sehen, wohin sie als Nächstes gehen mussten. Mark, der aus der anderen Richtung auf sie zusteuerte, war stehen geblieben und betrachtete ein zerknittertes Papier in seiner Hand. Die Mädchen mussten sich dünn machen, um sich an ihm vorbeizuschlängeln.

»Entschuldigung«, sagte er, »wisst ihr vielleicht, wo zweidreiundvierzig ist?«

»Na, genau da geh ich hin«, sagte Jude. »Wahrscheinlich hast du auch gleich Erdkunde.« Sie schaute auf den Gebäudeplan in seiner Hand. »Oh! Du hältst ihn ja verkehrt rum!«

»Wie dumm von mir.« Er drehte den Plan um und lächelte sie verschmitzt an.

Später hatten sie oft ihre Witze darüber gemacht. Mark, der angehende Geografielehrer und Forscher, der noch nicht einmal den Plan eines Schulgebäudes richtig lesen konnte. Sein bester Freund Andy hatte die Geschichte bei ihrer Hochzeit zum Besten gegeben und süffisant darauf angespielt, wer in der Ehe wohl die Hosen anhaben würde.

Damals in der Schule versuchte Jude sich den Gedanken zu verkneifen, dass Marks Augen so blau waren, wie sie es noch nie zuvor gesehen hatte, und murmelte errötend: »Kann sein. Auf jeden Fall geht es die Treppe rauf. Komm mit, ich zeig's dir.«

»Viel Spaß«, sagte Sophie grinsend. »Sehen wir uns heute Mittag beim Essen, Jude?« Damit stob sie davon in Richtung Sprachlabor.

Während des gesamten letzten Schuljahres saßen Jude und Mark in Erdkunde nebeneinander. Sie liehen sich gegenseitig Mitschriften aus, Filzstifte und Taschenrechner. Sie stöhnten, wenn Mr. Bassett ihnen Hausaufgaben aufgab, die unmöglich zu schaffen waren, und saßen nebeneinander im Bus, wenn es zu einer Exkursion ging, bei der sie in Flüssen herumwaten mussten, um die Wasserqualität zu bestimmen. Einmal war ihr Kopf an seine Schulter gesunken, als sie am Ende einer langen Rückfahrt vom Peak District eingeschlafen war, und als sie aufwachte, stellte sie fest, dass er den Arm um sie gelegt hatte. Aber sie vermutete, dass er in ihr vor allem eine Freundin sah. Die Geografie war bestimmt das Einzige, was sie verband. Außerhalb des Unterrichts sahen sie sich kaum. Er war Wissenschaftler; sie hatte sich für Geschichte entschieden und für Englisch als zweites Fach. Sie liebte Lesen und Kreatives Schreiben und spielte Flöte im Schulorchester, er verbrachte die Wochenenden und die Ferien draußen, beim Skifahren oder Bergsteigen im Winter, beim Segeln oder Kajakfahren im Sommer.

Im Juni des vorletzten Schuljahres war sie ihm zufällig bei einer Geburtstagsparty begegnet. Er war in Begleitung eines lebhaften Mädchens mit einer im Fitnessstudio geformten Figur, die er als Tina vorstellte. Jude fühlte sich unsagbar traurig, als sie die beiden bei *Lady in Red* unter einer kreisenden Discokugel eng umschlungen auf der Tanzfläche sah. Weil sie so allein dastand und an jenem Abend völlig überrumpelt gewesen war, hatte der schüchterne Rick allen Mut zusammengenommen und sie gefragt, ob sie mit ihm tanzen wolle. Wie seltsam die Wege des Schicksals manchmal doch waren! Das ganze letzte Schuljahr blieb Jude mit dem sanften Rick zusammen, bevor das Schicksal sich erneut einmischte.

Irgendwann kurz vor Weihnachten erzählte eine Klassenkameradin, dass Mark und Tina sich getrennt hätten. Jude dachte nicht weiter darüber nach – es war die Zeit, als sie mehr oder weniger in Rick und seinen sinnlichen Körper verliebt war, in seine langen Wimpern und den schläfrigen Blick wie aus weiter Ferne, wenn er Gitarre spielte.

Jude und Mark tauschten Referate für die Prüfungen in

Geografie aus und wünschten sich gegenseitig viel Glück für das Examen. Als sie ihn am ersten Prüfungstag in der ersten Sitzreihe entdeckte und seinen Blick auffing, zwinkerte er ihr zu, bevor er den Kopf senkte, um weiterzuarbeiten. Das Haar fiel ihm in die Stirn. Ohne dass sie es wollte, regte sich irgendetwas in ihr, veränderte sich. Einen Moment lang vergaß sie die Frage, die sie zu beantworten hatte. Von da an verlor Rick mehr und mehr an Anziehungskraft für sie.

Im Juli kam dann der Abschlussball. Es war eine warme, aber regnerische Nacht, sodass die meisten Gäste sich im Festzelt drängten. Natürlich war Jude mit Rick dort, aber gleichzeitig gehörten sie zu einer größeren Gruppe, in der alle miteinander tanzten, lachten, sich unterhielten oder für Fotos Schlange standen. Rick und sie lebten sich auseinander – und wussten es beide. Das war zwar traurig, trieb sie aber nicht zur Verzweiflung. Rick arbeitete in den Ferien als Erntehelfer auf der Obstplantage seines Onkels in Suffolk. Jude würde für vier Wochen in einer Buchhandlung in Norwich arbeiten, bevor sie den Rucksack packen und mit Sophie durch Frankreich und Italien reisen würde. Danach wollten sie, sofern die Examensnoten es zuließen, an Universitäten in entgegengesetzten Teilen des Landes studieren. Beiden war klar, dass sie neue Freunde kennenlernen, sich ihnen neue Horizonte eröffnen und sie eine neue Liebe finden würden. Und sie wollten sich gegenseitig keine Fesseln anlegen.

Rick tanzte gerade mit Sophie zu Oasis, als Mark Jude aufforderte. Nach Oasis kam Blur, und dann legte der DJ *Message in a Bottle* auf.

»Unmöglich, danach zu tanzen«, schrie Mark ihr ins Ohr, während die anderen lauthals mitgrölten. »Lass uns was trinken.«

Sie gingen mit ihren Bechern nach draußen. Die Regenwolken hatten sich mittlerweile verzogen. Jude, die in ihrem knappen schwarzen Kleid leicht fröstelte, zog die Riemchensandalen aus und tanzte ein bisschen herum, um sich aufzuwärmen. Sie schaute zum Himmel hinauf. Der Mond war zwar bedeckt, aber zwischen den Wolkenfetzen blinkten immer wieder die Sterne auf.

»Ah, Jude. Freiheit! Ich kann es kaum glauben. Endlich diesen Ort hinter sich zu lassen. Ich habe das Gefühl, dass das Leben jetzt erst richtig anfängt.«

»Aber du bist doch nur zwei Jahre hier gewesen«, erinnerte Jude ihn lächelnd.

»Kommt mir vor wie eine Ewigkeit. Kein Klingeln mehr, keine Schuluniformen, nie wieder Mr. Sanderson ›Sir‹ nennen.«

»Das macht doch sowieso niemand«, sagte sie und lachte bei dem Gedanken, wie sehr sich der freundliche Direktor darüber ärgerte, »aber ich verstehe, was du meinst. Es ist ein fantastisches Gefühl.«

»Da draußen liegt die Welt und wartet darauf, erforscht zu werden. Es gibt Ozeane, die überquert werden wollen, Berge, die man erklimmen muss.«

»In deinem Fall ganz buchstäblich.«

»Ganz genau. Wozu sonst gibt es endlos lange Semesterferien?«

»Äh … um den Lernstoff durchzuarbeiten? Um Geld für die Miete zu verdienen?«

»Hm, ja, teilweise. Aber ich bekomme sicher ein Stipendium«, sagte er unbestimmt, »und ich schaffe das alles schon. Nach der Uni will ich Erdkunde unterrichten. Dann bleiben mir diese endlos langen Ferien.«

»Hört sich ganz so an, als wärst du zum Lehrer berufen, nicht wahr?«, sagte sie spöttisch.

»Ja, das bin ich auch«, erwiderte er schlicht. Sie musterte ihn neugierig und stellte fest, dass er es ernst meinte. »Ich beschäftige mich leidenschaftlich gern mit solchen Sachen. Außerdem brauchen wir gute Lehrer. Menschen, die Kinder begeistern. Und genau das kann ich.«

Sie glaubte ihm aufs Wort.

»Vermutlich wirst du auch als Lehrerin enden, wenn du Geschichte studierst.«

»Nicht unbedingt. Es gibt viele Berufe, in denen allgemein ein geisteswissenschaftlicher Abschluss verlangt wird. Das sagte jedenfalls Miss Eldrigde.«

»Pass bloß auf, dass du dich nicht in der Vergangenheit verlierst«, warnte Mark.

»Aber genau das tue ich doch am liebsten«, sagte Jude irritiert. »Ich will verstehen, wie es gewesen ist. Also, wie es wirklich gewesen ist. Ich will mich verwandeln, sozusagen in der Haut anderer Menschen stecken, um zu erfahren, was sie gemacht und gefühlt haben. Ihren Blickwinkel begreifen.«

»Wozu soll das gut sein? Es ist doch die Gegenwart, die zählt. Die heutigen Probleme sind zu lösen.«

»Die Geschichte hilft, die Gegenwart zu verstehen.«

»Du und ich, wir sind so verschieden«, sagte Mark sanft, »aber wir sind immer noch Freunde.« Er zerzauste ihr das Haar. »Du bist etwas ganz Besonderes, weißt du das eigentlich?«

»Du auch«, hauchte Jude und lehnte sich an ihn. Über die Schulter sah sie, dass Rick auf der Suche nach ihr nach draußen gekommen war, und rückte wieder ab. Mark schien es nicht zu stören.

»Ich hoffe, dass wir Freunde bleiben«, sagte er. »Wir sollten uns sehen, wenn wir zu Hause sind.«

»Das wäre schön.«

»Versprochen?«

»Versprochen. Schau mal, ich verspreche es bei diesem Stern da oben. Dem ganz hellen. Dann ist es ewig gültig.«

»Bestimmt ist es ein Satellit. Für die Ewigkeit reicht das nicht.«

»In Ordnung. Dann nehme ich den da drüben.«

Er seufzte spöttisch. »Ja, der muss reichen. Aber ich habe ein Problem mit Versprechen auf einen Stern.«

»Und das wäre?«

»Nun, ihr Licht braucht mehrere tausend Jahre, bis es bei uns ankommt, und es könnte sein, dass wir dann, wenn es so weit ist, gar nicht mehr existieren. Ein Versprechen, das auf einen Stern abgegeben wird, ist also eher kurzlebig.« Er hatte gelacht. Jude nicht. Es hatte sie tief im Innern berührt, was er über ihre Freundschaft gesagt hatte und dass sie etwas ganz Besonderes war. Doch schon ein paar Minuten später schien er es auf die leichte Schulter zu nehmen. Es war verwirrend. Nach jenem Abend hatte es immer einen Teil in ihr gegeben, der auf Mark wartete. Es war nur eine Frage der Zeit, bis er eines Tages für sie bereit sein würde.

Kurzlebig. Genau das war es dann auch. Irgendwann war der richtige Augenblick gekommen, aber die Zeit, die ihnen vergönnt war, blieb sehr begrenzt. Während ihres Studiums sahen sie sich mehrmals, immer dann, wenn sie sich vorübergehend in Norfolk aufhielten. Mark steckte voller Geschichten über Orte, an denen er gewesen war. Crosslauf in den Apenninen, Bergsteigen in Peru. Einmal an Weihnachten erzählte er, dass er sich einer Expedition in den Himalaja anschließen wolle. Vielleicht versuche ich mich eines Tages am Everest oder am K2, sagte er mit leuchtenden Augen.

Niemand konnte ahnen, dass er keine Gelegenheit mehr haben würde, seinen Ehrgeiz zu befriedigen.

Jude schloss das Studium mit Bestnote ab, machte den Magister und ging dann ans University College nach London, um im Rahmen ihrer Doktorarbeit zu Kultur und Gesellschaft des achtzehnten Jahrhunderts zu forschen. In dem Sommer, in dem sie ein bezahltes Praktikum bei »Beecham's« absolvierte, erfuhr sie, dass Mark einen schrecklichen Unfall gehabt hatte.

Zusammen mit einem Freund war er zum Radfahren nach Südamerika gereist. Die beiden waren vornübergeneigt auf einer engen Straße den Berg hinuntergerast und mit einem entgegenkommenden Lastwagen zusammengestoßen. Marks Freund starb, und er selbst erlitt einen Beckenbruch. Der Rettungshubschrauber, der überraschend schnell eintraf, die fähigen Hände eines argentinischen Chirurgen und Marks anschließende Verlegung in eine Klinik nach London verschafften ihm die besten Aussichten auf vollständige Heilung; trotzdem verbrachte er mehrere Wochen im Krankenhausbett und danach Monate auf Krücken. Jude war nicht überrascht, als sie feststellte, dass er sich verändert hatte. Er war ernsthafter geworden. Er fühlte sich schuldig, weil nicht er, sondern sein Freund bei dem Unfall ums Leben gekommen war. Es machte ihn zynisch, sogar verbittert. In der Zeit, in der er im Krankenhaus lag, besuchte Jude ihn beinahe täglich. Mehr und mehr wartete er auf sie und verließ sich darauf, dass sie ihn aus der trüben Stimmung riss. Sie wurden immer vertrauter miteinander, bis sie sich schließlich ineinander verliebten.

»Ich habe immer gewusst, dass du etwas ganz Besonderes bist«, hatte er ihr ins Ohr gemurmelt, in jener Nacht, in der sie seinen Heiratsantrag angenommen hatte. »Gleich, als ich dich das erste Mal sah und du wusstest, wohin ich gehen muss, in welches Klassenzimmer. Du bist mein Leitstern, und das ist der, dem die Seefahrer gefolgt sind, der Polarstern, der sie nach Hause in den sicheren Hafen geleitet hat.«

»Und du bist wohl wie eine Sternschnuppe«, hatte Jude erwidert und gelacht, obwohl es ein sehr zärtlicher Moment gewesen war. »Du brichst immer in unerwartete Richtungen auf.«

Und wie eine Sternschnuppe war Mark über dem Rand ihrer Welt verglüht, hatte alles Licht mitgenommen und sie in der kalten Dunkelheit zurückgelassen.

8. Kapitel

Summers Schulfreundin Emily wohnte in einem modernen Haus eine halbe Meile außerhalb von Felbarton. Jude fand es ohne Schwierigkeiten, holte Summer samt dem Rucksack mit den Puppensachen ab und bedankte sich bei Emilys Mutter, einer blassen, stillen Frau mit einem Baby auf der Hüfte.

»Und was machen wir jetzt?«, fragte Jude, als sie mit Summer zum Auto ging. »Zum Strand?«

Summer schüttelte den Kopf. »Zu Euan«, sagte sie. »Ich will ihn fragen, ob er mir eine Jude-Puppe machen kann.«

»Wirklich? Wie rührend!«

»Ja, für das Puppenhaus.«

»Das ist echt süß von dir. Aber bestimmt können wir nicht einfach so ohne Ankündigung bei ihm aufkreuzen.«

»Das macht ihm nichts aus.«

»Bist du sicher?«

»Ja.«

»Vielleicht ist er gar nicht zu Hause.«

»Wenn nicht, gehen wir an den Strand.«

»Einverstanden«, sagte Jude und hielt Summer die hintere Tür des Wagens auf, wo Claire den Kindersitz befestigt hatte. In Wahrheit war sie sich nicht sicher, ob sie Euan überhaupt besuchen wollte. Bei der Erinnerung an Euans Ärger gestern am Turm und ihre eigene Unverschämtheit ihm gegenüber wurde sie ein bisschen rot. Andererseits sollte sie vielleicht die Gelegenheit nutzen, sich zu entschuldigen. Sie wendete den Wagen und fuhr die Straße in Richtung Starbrough.

»Da! Du bist vorbeigefahren!«

Jude bremste, sah in den Rückspiegel und setzte vorsichtig in eine schmale Haltebucht zurück. Vor ihnen stand ein verbeulter Kombi. Jetzt verstand sie, warum ihr das Haus vorher nicht aufgefallen war. Die Einfahrt lag auf der anderen Straßenseite, halb versteckt hinter einer großen Hecke, die am gesamten Grundstück entlangführte. In der Zufahrt stand ein Zementmischer neben einem Sandhügel. Dahinter befand sich ein hölzerner Carport. Rechts davon konnte man einen Blick auf die Giebelseite des Hauses werfen. Jude betrachtete die Mauern aus Feuerstein, das schiefergedeckte Dach und die quadratischen Fenster mit Querstreben, deren Rahmen in frischem Weiß gestrichen waren. Das also war das Haus des Jagdaufsehers, in dem ihre Großmutter aufgewachsen war. Ein seltsames Gefühl beschlich sie, und sie fragte sich, wie alt das Gebäude wohl sein mochte. Wahrscheinlich achtzehntes Jahrhundert.

Sie wollte gerade den Weg hinaufgehen und an die Tür klopfen, als Summer sich plötzlich von ihrer Hand losmachte und an der Seite der Garage entlang in den dahinter liegenden Garten lief.

»Summer! Du kannst doch nicht einfach ...«

»Tante Jude, du musst auch hier langgehen!«

Jude warf einen letzten ängstlichen Blick auf die geschlossene Tür und ging in die Richtung von Summers Stimme.

Hinter dem Cottage befand sich eine unregelmäßig geschnittene Rasenfläche, die von einer Hecke begrenzt wurde. Summer verschwand durch eine Lücke. Jude schaute kurz auf die hinteren Fenster des Hauses, falls von dort ein vorwurfsvoller Blick kam, und eilte dann ihrer Nichte nach. In der Lücke in der Hecke blieb sie vor entzücktem Staunen abrupt stehen.

Das kleine Feld dahinter war auf der gegenüberliegenden Seite durch eine Reihe Pappeln geschützt, deren Laub in der leichten Brise silbrig und grau glitzerte. Es war so, wie Jude es sich immer vorgestellt hatte, eine richtige Wiese! Nicht mit dem kurzen saftigen Grün zum Grasen, sondern mit zierlichen, süß duftenden Gräsern und zarten Blumen, aus denen man Heu machte. Und durch die Blumen rannte Summer zu einem ... ja, es war wirklich und wahrhaftig ein Zigeunerwagen!

Beinahe hätte Jude sich ungläubig die Augen gerieben, aber dort stand er, mitten auf der Wiese, aus hellem Holz, in braunweißem Muster gestrichen und mit blassblauem Runddach, wie aus dem Bilderbuch. Sein Besitzer saß oben auf der Treppe und las in einer Zeitung. Als Summer ihm einen Gruß zurief, faltete er sie rasch zusammen und stand auf. Es war eindeutig der Mann, dem Jude tags zuvor begegnet war.

»Euan, das ist meine Tante Jude.«

»Ich glaube, wir haben uns schon mal gesehen«, sagte er und kam die Stufen herunter. Jude und er starrten einander an. Dann streckte Euan die Hand aus, die Jude nach kurzem Zögern ergriff. Es war ein starker, warmer Händedruck, und obwohl er nicht lächelte, spürte Jude, wie sich ihre innere Anspannung löste. Er ließ ihre Hand los und trat zurück.

»Claires Schwester also. Wenn ich das gewusst hätte, hätte ich nicht so freiheraus mit Ihnen gesprochen.«

»Tut mir leid wegen gestern«, sagte Jude hastig. »Ich habe mich reichlich dumm benommen.«

Er hob beschwichtigend die Hände.

»Sie waren aufgeregt und verletzt«, erwiderte er, »ich kann das verstehen. Und ich war ein Idiot. Statt die Dinge zu erklären, habe ich alles noch schlimmer gemacht. Aber sehen Sie, ich war sowieso schon wütend, weil jemand den Muntjak verwundet hatte. Und dass mich dann auch noch eine wildfremde Frau anschreit, obwohl ich das Tier nur erlöst habe, hat das Fass zum Überlaufen gebracht.«

»Es tut mir leid«, wiederholte sie. »Ich hatte wirklich sehr große Angst.«

»Wegen der Schüsse, ja. Das arme Tier. Ich hasse es, zu tun, was ich getan habe, aber manchmal geht es nicht anders.«

Summer blickte verwirrt von einem zum anderen. Es sah so aus, als wären diese beiden Erwachsenen sich schon mal begegnet. »Was ist denn passiert?«, fragte sie.

Euan hockte sich hin, sodass sein Gesicht sich auf der Höhe des ihren befand. »Gestern war ein Hirsch am Turm, ein Muntjak. Er hat sich schlimm am Stacheldraht verwundet. Damit er nicht langsam und qualvoll verendete, musste ich ihn töten. Als dann deine Tante vorbeikam, haben wir uns deswegen gestritten, fürchte ich. Aber gerade eben haben wir gesagt, dass es uns leidtut. Haben wir doch, nicht wahr?« Er warf Jude einen fragenden Blick zu. Sie nickte.

Summer starrte ihn aus ihren großen Augen an und versuchte, seine Worte zu begreifen. Jude war einen Moment lang beunruhigt, aber dann fragte das Mädchen: »Hat es dem Hirsch wehgetan, als du ihn getötet hast?«

»Nein, kein bisschen«, entgegnete Euan mit fester Stimme. »Es war ganz schnell vorbei. Er ist jetzt in den ewigen Jagdgründen.«

»Der Hirsch tut mir leid.«

»Mir auch. Er ist gejagt worden und war sehr verängstigt. Deshalb ist er in den Stacheldraht gerannt.«

»Wer hat ihn gejagt?«

»Das weiß ich nicht.« Euan erhob sich. »Schon seit Wochen mache ich mir Sorgen darüber, was da oben passiert«, sagte er zu Jude. »Sie haben niemanden gesehen, oder?«

Jude schüttelte den Kopf. »Ich dachte, Sie wären das gewesen«, erwiderte sie. »Deswegen war ich ja so wütend.«

»Das tut mir leid. Wie gesagt, ich hätte es erklären sollen. Aber ...« Er sah so reumütig aus, dass sie sofort einlenkte.

»Bestimmt haben Sie gedacht, dass ich sowieso nicht zuhöre. Und damit hatten Sie wahrscheinlich recht. Es war wirklich mein Fehler.« Schließlich lächelten sie einander an. Er ist wahrhaftig ein attraktiver Mann, dachte sie, und jetzt erkannte sie auch, dass er anders war als Caspar, das hieß, abgesehen von seiner Statur und dem dunklen welligen Haar. Euans Augen waren dunkelblau und nicht fast schwarz wie Caspars. Und Caspar bewegte sich nicht so langsam und geduldig wie Euan mit seiner zurückhaltenden Art.

Jude wurde bewusst, dass Summer sie nachdenklich beobachtete.

»Die Kleine hier hat Sie natürlich bereits erwähnt«, sagte Euan und strich Summer über das Haar, »aber ich hatte keine Ahnung, dass Sie zu Besuch sind. Nur auf ein Wochenende?«

»Ja. Ich fahre morgen wieder zurück. Ich hatte in Starbrough Hall zu tun.«

»Dann sind Sie bestimmt Auktionatorin.«

»Ja. Expertin für Bücher und Manuskripte. Claire hat mir erzählt, dass Sie schreiben, und ich habe Ihre Bilder an der Wand gesehen. Wundervoll.«

»Danke. Aber das ist eine Nebenbeschäftigung, wirklich. Ich nutze sie für meine Bücher.«

»Arbeiten Sie hier in den Wäldern? Gestern dachte ich

noch, dass Ihnen das Land gehört, aber inzwischen habe ich erfahren, dass er John Irgendwas heißt…« Beschämt brach sie ab, als sie sich an die arrogante Marcia Vane und Chantals Wutausbruch über den neuen Besitzer erinnerte. Nein, sie wollte nicht daran denken, dass auch Euan bei ihm angestellt sein könnte.

»Ich muss gestehen, dass ich auch ohne Erlaubnis dort war. Ich bin Naturforscher, und da bilde ich mir wohl fälschlicherweise ein, dass ich dort oben herumwühlen darf, solange ich nichts und niemanden störe. Ich laufe ständig in diesem Wald herum, und es war ein so friedlicher Ort. Aber in letzter Zeit…«

»Die Wickhams oben in Starbrough Hall verlieren auch kein gutes Wort über den neuen Besitzer.«

»Wenn er tatsächlich für dieses wahllose Geballer verantwortlich ist, wundert mich das nicht.«

»Dieser Jagdgalgen…« Jude brach ab, als ihr bewusst wurde, dass Summer zuhörte.

»Den hab ich auch gesehen«, sagte er knapp. Jude wechselte das Thema.

»Und Sie leben hier draußen? In dem Wohnwagen, meine ich?«

»Nur vorübergehend. Letztes Jahr habe ich das Cottage gekauft. Aber da steckt noch eine Menge Arbeit drin, wissen Sie. Neue Kabel müssen verlegt werden, der Staub und der Geruch nach Farbe und so weiter. Hier draußen ist es viel angenehmer – wenn es warm genug ist. Im September sollte das Cottage allerdings fertig sein.«

»Es muss schön sein, draußen zu schlafen. Ich habe noch nie einen Zigeunerwagen gesehen. Jedenfalls keinen, der so schön ist wie dieser hier.«

»Wollen Sie ihn mal von innen sehen?«

»Sehr gern. Was ist mit dir, Summer?«

»Ach, ich bin schon tausendmal drin gewesen«, sagte sie in arrogantem Ton, »und auf dem Herd hab ich schon Abendessen gekocht. Den Herd nennt man *queenie stove*, weißt du.«

»Genau das Richtige für eine Prinzessin«, sagte Jude und bemühte sich, nicht zu lachen. Sie folgte Euan die Stufen hinauf und gab einen entzückten Schrei von sich, als sie die zauberhafte Bemalung an der Innenseite des Daches sah. »Wenn ich mir vorstelle, unter diesen Bildern in den Schlaf zu sinken!«

»Es ist nicht ganz die Sixtinische Kapelle«, sagte Euan.

»Na ja, in der Sixtinischen Kapelle darf man vermutlich auch nicht schlafen.« Jude betrachtete das breite Bett, die lackierte Kommode und den kleinen Herd. Euan hielt alles sehr sauber und ordentlich. Am Kopfende des Bettes lag ein Bücherstapel, daneben stand eine Sturmlaterne. Der Laptop auf dem Bett war das Einzige, was vom einundzwanzigsten Jahrhundert zeugte.

»Ein Cousin hat mir den Wohnwagen geliehen«, erklärte Euan. »Er hatte jahrelang in seiner Scheune rumgestanden. Die Hühner hatten sich schon eingenistet. Wir haben ihn ordentlich abgeschrubbt, ein bisschen Farbe auf die Außenwände gebracht, und schon war er so gut wie neu.«

»Ich finde ihn wunderschön!«

»Ich will hier schlafen. Warum darf ich nicht?«, quengelte Summer, die nun doch hereingekommen war, um nichts zu verpassen.

»Das fragt sie immer«, sagte Euan und fügte, an Summer gewandt, hinzu: »Vielleicht irgendwann mal, wenn Darcey hier ist. Darcey ist meine Nichte. Wenn meine Schwester keine Zeit hat, passe ich manchmal auf sie auf.«

Jude erinnerte sich und nickte.

»Sie geht in meine Schule. Euan, können wir Tante Jude die Schlange zeigen?«

»Aber natürlich, mein kleiner Grashüpfer«, sagte er. »Schauen Sie nicht so ängstlich, Jude. Es ist nur eine harmlose Ringelnatter.«

»Schlangen gehören nicht unbedingt zu meinen Lieblingstieren«, erwiderte Jude und verzog das Gesicht, »aber solange ich sie nicht anfassen muss, geht es in Ordnung.«

Summer führte sie zurück durch die Lücke in der Hecke und unter dem durchsichtigen Kunststoffdach der Garage hindurch auf die andere Seite des Häuschens, wo lauter Käfige und gläserne Behälter standen. In einem der Behälter hatte sich die Ringelnatter träge auf einem Stein zusammengerollt und wärmte sich in einem Fleckchen Sonne. Wie gebannt starrte Summer hin. Jude schaute sich mehrere Käfige an und entdeckte ein Kaninchen mit einer bandagierten Pfote.

»Ich habe es in einer Schlinge gefunden«, erklärte Euan. »Der Idiot, der sie aufgestellt hat, hat sich noch nicht einmal die Mühe gemacht, nachzusehen, ob sich irgendein Tier darin verfangen hat. Das arme Ding war völlig verängstigt und halb verhungert.«

In einem der größeren Käfige blinzelten zwei flaumige junge Eulen schläfrig ins Licht. Eine klackte erwartungsvoll mit dem Schnabel, als sie Euan erkannte.

»Nein, es ist keine Futterzeit, Kumpel«, sagte er und erklärte Jude: »Ein Nachbar hat sie mir gebracht. Sie waren aus dem Nest gefallen. Normalerweise ist es das Beste, es den Eltern zu überlassen, die kleinen Eulen zu retten, aber der Hund hätte sich sonst über sie hergemacht.«

Euan zeigte Jude einen kleinen Teich, den er in einer Ecke

des Gartens in den Boden eingelassen hatte. Dutzende junger Frösche schwammen im Wasser und hockten im Gras. »Achten Sie darauf, wohin Sie treten. Ich habe die Frösche aus dem Laich aufgezogen und setze sie nach und nach in den Teichen hier in der Gegend aus. Dieses Frühjahr hat es nicht besonders viel Nachwuchs gegeben«, sagte er und hob ein Tier auf.

»Oh, der ist wirklich hübsch«, sagte sie überrascht.

»Schauen Sie mal, wie zart seine Haut ist. Und diese Zeichnung auf dem Rücken, damit kann er sich perfekt tarnen.«

Er reichte ihr den kleinen Frosch. Zögernd ließ sie ihn in ihrer Handfläche sitzen, von wo aus er sie reglos anstarrte, bevor er davonsprang. »Huch!«, kreischte Jude, aber glücklicherweise landete er im Wasser. Sie beobachtete, wie Euan noch ein Tier rettete, das sich auf den Rücken gedreht hatte, und fragte sich, wie sie jemals hatte der Meinung sein können, dass dieser Mensch grausam sei.

Euan ging ins Haus, um Tee zu kochen. Als er zurückkam, registrierte Jude erfreut, dass er offenbar einen Vorrat rosa Grapefruits für Summer bereithielt. Summer fand, dass mit dieser Huldigung der richtige Augenblick gekommen war, ihr Anliegen vorzubringen.

»Kannst du mir eine Tante-Jude-Puppe für mein Puppenhaus machen?« Jude fand zwar, dass Summers Stimme ein wenig gebieterisch klang, aber Euan stimmte sofort zu.

»Eine Puppe wie deine Tante Jude? Ja, natürlich, warum nicht?«, sagte er. Dann ließ er den Blick an Jude auf und ab schweifen, als wollte er sich ihre Gestalt einprägen, was ihr ein seltsames Gefühl gab. »Ich brauche ein bis zwei Tage.«

»Das ist wirklich sehr freundlich«, sagte Jude. »Findest du nicht auch, Summer?«

»Vielen Dank, Euan!«, sang Summer laut, klang aber wie eine gelangweilte Prinzessin.

»Kleines Äffchen«, schimpfte Jude unhörbar in sich hinein, aber Euan schien es zu amüsieren, von einem nicht einmal siebenjährigen Mädchen herumkommandiert zu werden.

»Das Vergnügen ist ganz auf meiner Seite«, entgegnete er und verbeugte sich spöttisch.

»Ihr Cottage interessiert mich sehr«, verkündete Jude, »besonders, weil ich glaube, dass meine Großmutter als Kind hier gelebt hat. Gehört es immer noch zu den Ländereien von Starbrough?«

»Nein«, erwiderte er, »ich habe es von Steve Gunn gekauft, dem Bauern nebenan. Sein Vater wiederum hat es von den Wickhams erworben, zusammen mit dem Land. Ich habe schon geahnt, dass es irgendwie mit Ihrer Familie verbunden ist. Claire hat Ihre Großmutter erwähnt. Möchten Sie sich umschauen?«

»Nichts lieber als das«, sagte Jude, nahm ihre Teetasse und folgte Euan und Summer nach drinnen.

»Wie Sie sehen, befindet sich die Küche in einem ... äh ... Stadium des Übergangs.« Das war eine höfliche Formulierung für die Tatsache, dass alle alten Installationen herausgerissen worden waren, aber noch nichts Neues an ihre Stelle getreten war. Auf einem zerkratzten Tisch stand ein alter Flötenkessel auf einem Gaskocher, der aus einer hässlichen blauen Gasflasche gespeist wurde. »Da hinten in der Spülküche habe ich eine Kühlbox für ein paar Lebensmittel. Langsam gewöhne ich mich an diese Vorkriegsbedingungen.«

»So ähnlich muss es Grans Familie auch ergangen sein«, bemerkte Jude.

Das große Wohnzimmer war mit einem einzigen Küchenstuhl und einem Radio möbliert und roch stark nach frischem Putz. »Bitte fass nichts an, Summer«, sagte er. »Es trocknet alles noch, und ich will keine Handabdrücke sehen, nicht einmal deine.«

Im Obergeschoss war die Lage nicht anders. Es gab drei Schlafzimmer und ein kleineres, das zu einem Bad umgebaut wurde. »Aber immerhin kann man die Dusche schon benutzen«, sagte Euan und ließ Summer die Wasserhähne ausprobieren. In den Schlafzimmern waren die Elektroleitungen neu verlegt und die Wände frisch verputzt worden. In einem Zimmer standen ein schmales Bett, ein Tisch mit einem Laserdrucker und etwas, was aussah wie ein Bild, an dem Euan gerade arbeitete. »Hier oben gibt es wenigstens Strom«, sagte er, »und hier im Zimmer schlafe ich, wenn es draußen richtig kalt ist.«

»Wenn es fertig ist, wird es hinreißend sein«, vermutete Jude, »aber im Moment fühlt es sich bestimmt an wie Dauercamping.« Als sie aus dem Schlafzimmer trat, blieb ihr Blick an den Büchern auf dem Regal neben der Tür hängen. Es handelte sich um mehrere Ausgaben desselben Titels, *The Path Through the Woods*. Der Weg durch den Wald – der Titel klang vertraut, und es klickte in ihrem Kopf, als ihr Blick auf den Namen des Autors fiel: Euan Robinson.

»Das sind ja Sie!«, rief sie, nahm ein Buch in die Hand und bewunderte den Umschlag, der einen Holzschnitt mit Bäumen zeigte. »Claire hat mir erzählt, dass Sie schreiben, aber nicht, dass Sie so berühmt sind. Letzte Woche erst habe ich eine Kritik des Buches gelesen, eine positive.«

»Das freut mich zu hören«, sagte er augenzwinkernd, »aber ich bin nicht berühmt, das versichere ich Ihnen.«

»Oh, aber Sie haben doch *The Lonely Road* geschrieben,

nicht wahr? Ich habe das Buch geliebt!« Es handelte vom Leben in den salzigen Marschlanden Norfolks und war schön und einfühlsam geschrieben. Euans Bücher gehörten nicht zur Belletristik, sondern waren teils naturgeschichtliche Werke, teils Memoiren und vermittelten einen wundervollen Eindruck von der Gegend.

»Ach, das haben Sie gelesen?«, sagte er und sah erfreut aus. »Wir haben damals in der Nähe von Cley gewohnt. Außerhalb der Saison war das ein schöner, ruhiger Ort, und es war herrlich, an diesem Buch zu arbeiten.«

Jude fiel das »wir« auf, und sie erinnerte sich, dass Claire erzählt hatte, er sei geschieden. Euan wandte sich ab und murmelte, er wolle nachsehen, wohin Summer verschwunden sei. Jude stellte das Buch zurück ins Regal, schaute sich ein letztes Mal in dem spartanischen Schlafzimmer um und folgte ihm nach unten.

Summer hatte sich bei der Hausbesichtigung gelangweilt und war in den Garten zu den Tieren gegangen. Jude und Euan beobachteten sie durch das Küchenfenster. »Ich würde Ihnen Starbrough Folly zeigen, wie versprochen«, sagte er, »aber ich möchte Summer nicht dabeihaben.«

»Das kann ich verstehen«, sagte Jude eifrig.

»Wegen der Schießereien, ja«, fuhr er fort. »Wie gesagt, angefangen hat das vor ein paar Wochen. Ungefähr zu der Zeit, als ich ihr den Turm von außen gezeigt habe. Meine Schwester Fiona hatte Darcey für den Nachmittag zu mir gebracht, und ich dachte, es wäre schön, wenn Summer auch mitkäme. Wir haben einen Spaziergang gemacht. Natürlich hätte ich sie nie im Turm hochsteigen lassen, aber auch von außen ist er beeindruckend. Es ist nur so, dass er den Mädchen nicht besonders gefallen hat. Sie sagten, der Ort wäre gruselig. Summers Gesicht war aschfahl.«

»Merkwürdig. Und was hat ihr nicht gefallen? Was glauben Sie?«

»Keine Ahnung. Starbrough Folly hat sicher eine ganz besondere Atmosphäre, aber als bedrohlich habe ich es dort nie empfunden.«

»Haben Sie es Claire erzählt?«

»Nein, um ehrlich zu sein, ich hab es vergessen. Als wir nach Hause kamen, waren die Kinder vollkommen in Ordnung. Also, kein Turm. Es sei denn, Sie kommen morgen noch mal vorbei?«

»Ich wünschte, ich könnte. Aber ich muss morgen wieder zurückfahren«, sagte Jude. »Ich werde zu einer Taufe erwartet und zum dritten Mal Patin.«

»Glückwunsch!«, sagte Euan. »Aber vielleicht besuchen Sie uns mal wieder?«

»Das hoffe ich«, sagte Jude. »Wenn die Sache mit Starbrough Hall ins Rollen kommt, bin ich wahrscheinlich sogar ziemlich schnell wieder hier.«

»Gut.« Es klang, als meinte er es auch so.

Genau in diesem Moment stampfte Summer wütend herein. »Die kleine Eule hat gerade versucht, nach mir zu hacken. Gehen wir jetzt zum Strand?«

»Ich dachte, du hättest keine Lust dazu, du drolliges Ding«, sagte Jude und untersuchte Summers vollkommen unversehrten Finger. »Aber ja, natürlich.«

»Kommst du mit, Euan?«, fragte Summer, aber er schüttelte den Kopf.

»Nein, ich hab ein paar Dinge zu erledigen. Mach dir eine schöne Zeit mit deiner Tante«, antwortete er.

Jude und Summer verbrachten ein paar höchst vergnügliche Stunden am Strand von Wells-next-the-Sea. Summer freundete sich mit einem Jungen an, der mit seinen Großeltern dort war, und die Kinder spielten zusammen in einer flachen Lagune, versuchten, kleine Fische zu fangen, und bauten eine Sandburg, die sie mit Steinen verzierten.

Jude kam es vor, als hätten der Wind am Meer und die Weite des Strandes und das Kreischen der Seevögel die Macht, ihr sämtliche Sorgen aus dem Kopf zu treiben. Caspar, Mark, die Arbeit, all das war Lichtjahre von ihr entfernt und hatte an dem weiten Strand nicht die geringste Bedeutung. Hoch über ihr wehten die Wolkenfetzen Richtung Süden und ließen einen strahlend blauen Himmel zurück. Die anschwellende Flut drang in die Lagune. Kreischend und mit gespieltem Entsetzen verließen die Kinder ihre Burg. Auf dem Weg nach Hause schlief Summer im Auto ein.

Im Rückspiegel warf Jude einen Blick auf das friedliche Gesicht des Kindes und dachte wieder an die seltsamen Träume. Es war interessant, was Euan erzählt hatte. Dass Summer der Spaziergang vor ein paar Wochen und Starbrough Folly nicht gefallen hatten. Das musste Anfang der Ferien gewesen sein. Um diese Zeit, hatte Claire gesagt, hätten die Träume angefangen. War der Besuch des Turmes nur ein Zufall, oder hatte ihr irgendetwas dort tatsächlich Angst eingejagt?

In dieser Nacht wachte Jude auf, weil Summer irgendetwas im Schlaf vor sich hin murmelte, und lauschte angespannt. Aber das Mädchen schlief weiter, und ein paar Minuten später hatte es sich wieder beruhigt. Aber trotzdem konnte Jude nicht wieder einschlafen. Die Sorgen fraßen sich immer tiefer in sie hinein. War die Antwort in dem Turm zu finden? Vielleicht hatte sie am nächsten Morgen genügend Zeit, um noch einmal dort hinzugehen, bevor sie nach St. Alban's fuhr. Der Entschluss, genau das zu tun, beruhigte Jude ein bisschen, und sie schlief ein.

9. Kapitel

Als Jude einen großen Schritt über den Stacheldraht machte und auf die Lichtung im Wald trat, kam es ihr vor, als würde sie in einen magischen Bannkreis eindringen. Die Blätter filterten das frühmorgendliche Sonnenlicht, das in Streifen auf das Gras fiel. Der Tau war beinahe verschwunden, und es roch köstlich, nach Erde und Holz und Vegetation. Wieder war Jude fasziniert, dass der Turm aus dem Boden herauszuwachsen schien wie die Bäume, die ihn umgaben, denn die lockeren Steine und Ziegel rund um sein breites Fundament sahen aus wie Wurzeln, und an den Wänden rankte sich Efeu hoch.

Das Schild mit der Aufschrift »Betreten verboten« war neben einer zerschrammten Holztür angebracht. Falls es jemals ein Schlüsselloch gegeben hatte, war es längst verrottet. Bestürzt entdeckte Jude einen eisernen Bolzen mit einem rostigen Vorhängeschloss. Sie hätte darauf kommen können, dass der Turm verschlossen war. Vielleicht hatte Euan einen Schlüssel. Frustriert ruckelte sie an dem Schloss und freute sich, als der Mechanismus aufsprang. Warum nicht ein kleines Abenteuer wagen?, schoss es ihr durch den Kopf. Rasch schaute sie sich um. Niemand war in der Nähe, der ihr vorhalten konnte, dass sie unbefugt auf das Gelände eingedrungen sei. Nichts und niemand, da war nur das Gezwitscher der Vögel in der Luft und der Wind, der durch die Blätter an den Bäumen strich.

Der Bolzen ließ sich leicht beiseiteschieben. Doch die Tür leistete Widerstand, als Jude an ihr zog, und sie stellte fest, dass die obere Angel gebrochen war. Sie hob die Tür mit dem Bolzen an, schob sie auf und betrat schließlich den Turm.

Sie hatte keine klare Vorstellung davon, was sie erwartete, aber sie hatte doch damit gerechnet, dass es ansprechender war als das, was sie vorfand. Der Boden drinnen bestand aus Ziegelsteinen, die in die nackte Erde eingebettet waren und ein Fischgrätmuster ergaben. Es war feucht und uneben, sodass sie im Halbdunkel herumstolperte und beinahe hinfiel. Der Geruch war grauenvoll: klamm, modrig, erdig, alt. Im Schatten war eine aus Ziegelsteinen gemauerte Treppe zu erkennen, die sich nach oben in die kalte Dunkelheit wand. Wie ein blasser Finger zeigte ein Sonnenstrahl auf die bröcklige unterste Stufe, die mit Moosflecken überzogen war. Scheppernde Geräusche drangen von oben herunter.

»Hallo, ist da jemand?«, rief sie, ohne mit einer Antwort zu rechnen. Und sie wartete. Der Turm wartete. Es herrschte Stille. Natürlich ist da niemand, schalt sie sich selbst. Jude stützte sich mit den Händen zu beiden Seiten an den Wänden der Treppe ab und setzte zögernd einen Fuß auf die unterste Stufe. Sie hielt. Also versuchte Jude es mit der nächsten. Wenn es zu gefährlich wird, kehre ich um, sagte sie sich.

Die Dunkelheit wurde immer undurchdringlicher, während sie höher stieg. Ihre Haut prickelte. Jude stützte sich mit den Händen auf den vor ihr liegenden Stufen ab und krabbelte wie ein Tier auf allen vieren vorwärts. Sie hatte kein Gleichgewichtsgefühl mehr, sodass sich jeder Schritt anfühlte, als würde sie rückwärtsstürzen. Sie zählte die Stufen: neun, zehn, elf. Sie waren tief genug und nicht zu hoch. Fünfzehn, sechzehn. Sie kam an einem Lichtflecken vorbei, der durch ein Fenster, schmal wie eine Schießscharte, hereinfiel. Sie spähte hinaus, aber außer Blättern, die im Licht schimmerten, konnte sie nichts erkennen. Weiter ging's, und das Herz rutschte ihr in die Hose, als ihre Hand ins Leere griff. Ein Ziegel fehlte. Sorgfältig tastete sie mit dem Fuß um das Loch. Neunundzwanzig, dreißig. Wie war sie eigentlich auf diese wahnwitzige Idee gekommen? Neununddreißig, vierzig. Sie war nun von einem fahlen, trostlosen Licht umgeben, also musste sie fast am Ziel sein. Fünfundvierzig, sechsundvierzig, siebenundvierzig. Inzwischen fror sie, und ihr flatterten die Nerven. Noch mal zehn Stufen. Dann stand sie plötzlich in einem kleinen runden Raum. Zitternd setzte sie sich auf den Boden, versuchte sich zu beruhigen und ihre Umgebung zu betrachten.

Wie der gesamte Turm bestand der Fußboden aus Ziegeln. Hölzerne Regale und Schränke, manche zersplittert und verfault, bedeckten die Wände. Es gab vier kleine Fenster, rundum in gleichmäßigen Abständen verteilt – eins für jede Himmelsrichtung, dachte sie – und in der Mitte eine Leiter, die zu etwas hinaufführte, was nach einer Luke aussah. Früher mochten die Fenster verglast gewesen sein, aber jetzt waren sie den Elementen preisgegeben. Durch eine der Maueröffnungen fielen Sonnenstrahlen herein, und aus dem Wald war fröhliches Vogelgezwitscher zu hören. Unter dem sonnigen Fenster standen ein Tisch und ein Stuhl, beides moderne Klappmöbel. Jemand musste hier gearbeitet haben, denn auf dem Tisch lagen mehrere Blätter Papier und ein Notizblock, wie Journalisten ihn benutzten. Jude stand auf, schlenderte langsam hinüber. Bei den Blättern handelte es sich um Zeitungsartikel, die aus dem Internet ausgedruckt worden waren; sie las etwas über einen zu erwartenden Meteoritenschauer. Der Notizblock war mit Kritzeleien und

Diagrammen bedeckt. Und plötzlich hatte sie nicht mehr nur das Gefühl, ohne Erlaubnis das Grundstück fremder Menschen betreten zu haben, sondern in etwas viel Persönlicheres einzudringen: in deren Arbeit. Vor zweihundert Jahren hatte Anthony Wickham hier gesessen, und nun stieg jemand in den Turm und zerbrach sich den Kopf über den Sternenhimmel. Die Anwesenheit dieser Menschen war förmlich zu spüren. Jude fühlte sich unbehaglich, so als müsste sie sich entschuldigen und verschwinden.

Auf dem Weg zur Treppe kam sie an einem Regal vorbei, auf dem einige Gegenstände lagen, ein paar Taschenbücher, die sich in der feuchten Luft aufgerollt hatten, und ein Becher mit verstaubten Bleistiften. Aber auch Dinge, die merkwürdiger waren. Eine große Scheibe fein gespaltener Flintstein. Der Kopf einer Axt oder eines anderen Werkzeugs, wie sie vermutete, als sie es in die Hand nahm und untersuchte. Die Brille eines Mannes mit zerkratztem und mattem Schildpattgestell starrte sie an. Das altmodische Fernglas, das an einem Nagel in der Nähe hing, erwies sich als unwiderstehlich. Sie nahm es, ging von einem Fenster zum anderen und schaute hinaus. Nur aus einem konnte sie außer Bäumen überhaupt etwas sehen. Erstaunlicherweise gab dieses Fenster den Blick auf Starbrough Hall frei, das in der Ferne aussah wie ein Puppenhaus. Sie schrubbte die verschmierten Gläser mit Spucke und dem Saum ihres Hemdes sauber. Als sie wieder hindurchschaute, erkannte sie die Bibliothek und, als winzige Figur, Robert, der aus dem Auto stieg und unter dem Torbogen hindurch zur Rückseite des Hauses ging. Es überraschte sie, dass sie vom Turm zwar das Haus sehen konnte, aber nicht den Turm vom Haus aus. Sie fragte sich, ob das schon immer so gewesen war oder sich erst in jüngster Zeit ergeben hatte, weil die Bäume gewachsen waren.

Sie hängte das Fernglas wieder an den Nagel und warf einen neugierigen Blick hinauf zur Dachluke. Sie kannte ihre Grenzen: Es wäre dumm, allein da hinaufzusteigen und die Luke zu öffnen. Was, wenn sie abstürzte? Aber sie wollte unbedingt wissen, was auf der anderen Seite war. Der offene Himmel vielleicht oder noch ein Raum wie dieser? Mit Bedauern ging sie rückwärts vor der Treppe in die Hocke und kletterte wie ein Matrose an einer Schiffsleiter abwärts. Sie wollte wiederkommen, ein andermal, mit Euan. Ein angenehmer Gedanke.

Als sie zitternd und verstaubt unten angekommen war, zog sie die Tür zu und hängte das Schloss genau so wieder an, wie sie es vorgefunden hatte, zwar nicht verschlossen, aber dem Anschein nach doch. Ihr Verantwortungsbewusstsein riet ihr abzuschließen, aber dann würde sich derjenige, der das Schloss so hinterlassen hatte, darüber ärgern. Plötzlich sah Jude ein Kind vor sich, das die Tür aufschob und die Stufen hinaufstieg. Das gab den Ausschlag. Aber als sie das Ding zusammendrückte, weigerte es sich, verschlossen zu bleiben. Also ließ sie alles, wie es war. Es gab nichts mehr zu tun.

Jude war sich bewusst, dass es immer später wurde, und wandte sich in Richtung des Weges um. Doch ihr Blick blieb an etwas hängen, an einem Hügel frischer Erde am Rande der Lichtung. Zu groß für einen Maulwurfshügel. Sie ging hinüber und stand einen Moment verwirrt davor, bis ihr klar wurde, dass Euan hier den Muntjak beerdigt haben musste. Die Erde war dunkelbraun, reich an Lehm. Aus dem Boden stach etwas Gelbliches hervor. Sie bückte sich und zog es heraus. Es war ein gebrochener Knochen, so dick wie ein Gartenschlauch, ein Hinweis auf etwas, das viel länger tot war als der Hirsch. Sie ließ den Knochen wieder fallen und dachte sich nichts dabei.

Sie stand auf und schaute sich um. Irgendwie hatte sie das Gefühl, dass sie beobachtet wurde, aber sie konnte niemanden entdecken.

Dann aber, gerade als sie die Bäume erreicht hatte, hörte sie das Geräusch eines Motors auf der Straße. Es verstummte rasch, dann knallten Türen. Der Schock der Schießerei am Freitag kehrte zurück. Hastig verließ Jude den Pfad und versteckte sich im Gestrüpp aus dichten Haselsträuchern und Brombeeren. Sie hielt sich unbefugt auf dem Gelände auf, und vielleicht kam gerade die Person mit dem Gewehr. Zum Glück war sie vorsichtig genug gewesen, ihren eigenen Wagen abseits der Straße zu parken, sodass man sie nicht suchen würde.

Kurz darauf hörte sie die Stimme einer Frau, dann das tiefere Timbre eines Mannes. Also mehr als nur eine Person. Aus ihrem belaubten Versteck heraus sah sie die beiden näher kommen und riss überrascht die Augen auf. Voran ging Marcia Vane, heute in enger weißer Jeans und einem tief ausgeschnittenen Top. Ein großer, breitschultriger Mann um die vierzig, eher für den Golfplatz gekleidet als für einen Waldspaziergang, begleitete sie. Was hatten die beiden am Sonntagmorgen um diese Uhrzeit hier zu suchen?

Sie gingen an Judes Versteck vorbei. Jude beobachtete, wie sie vor der Bresche am Stacheldrahtzaun stehen blieben. Der Mann schrie wütend auf und ging in die Hocke, um den zerstörten Draht zu untersuchen. Als er wieder aufstand und mit Marcia sprach, konnte Jude nur ein paar Wortfetzen verstehen.

»… definitiv zerschnitten worden … wer auch immer … hier konnten sie es nicht reinfahren.« Der Mann breitete die Arme aus und deutete auf die Lichtung. »… vermutlich ein paar Bäume.« Jetzt starrten beide hoch zum Turm. Der

Mann ging hinüber und versetzte der Tür mit seinem polierten Schuh versuchsweise einen Tritt.

»Das hast du ja toll gemacht, John …«, spottete Marcia. Der Mann war also John Farrell, Marcias Mandant. Oder, dachte Jude, als sie sah, wie vertraulich die Frau ihn am Arm berührte, vielleicht auch mehr.

Als John und Marcia ihr den Rücken zuwandten, nutzte sie die Gelegenheit, durch die Bäume in Richtung Straße zu verschwinden. Die beiden führten offensichtlich irgendetwas im Schilde, und Jude spürte, dass es besser war, wenn sie nicht wussten, dass sie eine Zeugin war.

10. Kapitel

Abends um neun kam Jude zu Hause in Greenwich an. Sie war erschöpft, musste sich aber trotzdem darauf vorbereiten, am nächsten Tag früh aufzustehen. Auf die Taufe in einer Kirche in der Nähe von St. Alban's war eine feuchtfröhliche Party gefolgt, die den ganzen Nachmittag über gedauert hatte. Als sie sich um sechs Uhr verabschiedet hatte, staute sich der Sonntagabendverkehr auf der Schnellstraße, und auch nachdem sie ihre Ausfahrt genommen hatte, war sie nur langsam durch das östliche London gekrochen.

Sie packte aus, bereitete sich ihren tröstlichen Lieblingshappen zu – Käse auf Toast – und checkte ihre E-Mails, während sie aß. Cecelia hatte geantwortet, und Jude öffnete die Mail sofort.

Hey, Jude (ich liebe es, das zu schreiben!),

wie freue ich mich, von Dir zu hören. Ich würde mich sehr gern mit Dir treffen. Jude, es ist ein erstaunlicher Zufall, aber ich arbeite im Royal Observatory nur ein kleines Stück die Straße hinunter, ganz in der Nähe von Dir! Meinst Du, wir könnten uns vielleicht abends nach der Arbeit treffen und dann irgendwo in Greenwich etwas essen oder trinken? Ich habe nichts Großartiges vor … Danny ist in Boston … such Dir also einen Tag aus!

Alles Liebe,
Cecelia

In ihrer Antwort erläuterte Jude, worum es ging, und schlug gleich den nächsten Tag vor, den Montag, obwohl das sicher optimistisch war. Sie war gerade dabei, sich auszuloggen, als ihr Blackberry klingelte. Caspar, endlich.

»Wir haben den ganzen Tag über in Meetings gesessen«, sagte er, »und eben waren wir mit den anderen Jungs in diesem tollen Restaurant zum Dinner. Wie war's in Norfolk?«

»Sehr schön, danke«, entgegnete Jude so kühl wie möglich. Er hatte sich überhaupt nicht gemeldet seit ... Donnerstag, nahm sie an. Allerdings hatte sie ihn auch nicht angerufen. Und was sagte das über sie beide aus?

»Wie waren die Sternenbücher?«

»Auf jeden Fall die Reise wert.« Ihr Blick fiel auf die Observationstagebücher, die den Tag im verschlossenen Kofferraum gelegen hatten. Das war ein bisschen riskant gewesen, obwohl niemand sie hatte sehen können.

»Gut ... gut ... Und deine Schwester und alle ...? Hey ... du wirst kaum glauben, wen wir in dem Restaurant gesehen haben. Johnny Depp!«

»Nein!« Jude vergaß ihre Frostigkeit.

»Doch. Mit seiner Frau und ein paar anderen Leuten.«

»Wirklich? Und wie ist er im richtigen Leben?«

»Ziemlich normal, würde ich sagen. Nichts, was ein maßgeschneiderter Anzug nicht richten könnte.«

»Oh, Caspar! Du bist nur neidisch. Hast du mit ihm gesprochen?«

»Wofür hältst du mich? Hab ich natürlich nicht.« Nein, Caspar hatte einen zu ausgeprägten Sinn für Privatsphäre, um eine Abfuhr zu riskieren. »Sie müssen das hassen, die Stars. Leute, die ankommen und sie behandeln wie öffentliches Eigentum.«

»Na ja, schließlich verdanken sie der Öffentlichkeit ihren Erfolg.«

»Das stimmt wohl. Aber jetzt zu nächster Woche. Die Ferien. Jude, ich muss dich dringend was fragen. Wärst du mir böse, wenn ich erst am Dienstag in der Villa auftauche?«

»Wie bitte? Ich soll allein da runterfahren? Oh, Caspar!« Jude war wirklich entsetzt. »Warum?«

»Die Sache hier«, erwiderte er geheimnisvoll. »Nach dem, was die Leute heute Abend gesagt haben, brauchen sie uns, um sofort mit ihrer Kampagne in England zu starten. Ich denke, dass ich Dienstagmittag damit fertig bin. Schau mal, du müsstest ja gar nicht da runterfahren. Ich könnte die Fähre canceln, du könntest nach Bordeaux fliegen, und Luke könnte dich abholen. Ich würde das bezahlen.«

Jude fühlte sich mit einem Mal unendlich müde. »Caspar, nein. Das ist nicht fair.« Es war ihr Haupturlaub in diesem Jahr. Außerdem war sie sich bei der ganzen Sache sowieso nicht sicher gewesen. Und nun war er dabei, alles zu verderben. Mit einem Mal wurde sie ziemlich wütend. »Ohne dich ist es nicht dasselbe. Ich kenne deine Freunde kaum, und sie kennen mich nicht. Ich wollte nur mitkommen, weil du dabei bist.«

»Aber ich komme doch nach. Nur ein paar Tage später. Du wirst deinen Spaß haben. Die anderen sind echt entspannt, glaub mir. Ich rufe Luke und Marney an, sobald wir unser Gespräch beendet haben. Wir bringen das wieder in Ordnung.«

»Nein, *wir* bringen nichts in Ordnung, wie du es nennst, Caspar. Du schubst mich herum.«

»Du bist böse, stimmt's? Bitte sei nicht böse.«

»Überrascht dich das? Erst rufst du mich tagelang nicht an, und dann erklärst du mir, dass dir deine Arbeit wichtiger ist als unser Urlaub. Was soll ich davon halten?«

Am anderen Ende der Leitung herrschte Schweigen. Dann hörte man Eiswürfel in Flüssigkeit platschen. Caspar gönnte sich einen Schluck. »Es tut mir wirklich total leid«, sagte er dann betont demütig. »Ich glaube, ich war so in die Arbeit versunken, dass ich fast schon high bin. Das Problem ist nur, dass ich den Leuten versprochen habe, wir würden uns darum kümmern. Jack ist schon ganz aufgeregt. Ich kann ihn nicht hängen lassen. Kannst du nicht noch mal drüber nachdenken?«

»Gut, ich denk drüber nach«, sagte Jude wie benommen. Im Moment war sie zu erschöpft und aufgeregt zugleich, um einen klaren Gedanken fassen zu können. »Können wir morgen reden?«

»Natürlich, natürlich. Ich bin immer wieder mal im Meeting, aber früher oder später werden wir einander schon erwischen.«

Früher oder später werden wir einander schon erwischen. Wie vorüberfliegende Kometen oder Schiffe in der Nacht. Was führen wir eigentlich für eine Beziehung?, fragte sich Jude, als sie in der Nacht wach lag, zu müde und zu zittrig, um zu schlafen. Caspar und sie brauchten einander doch gar nicht. Nach drei oder vier Monaten Beziehung konnte sie noch immer nicht behaupten, ihn wirklich gut zu kennen. Natürlich hatte sie ihm von Mark erzählt, und er war sehr mitfühlend gewesen, schockiert darüber, dass jemand so jung und lebenssprühend hatte sterben müssen. Aber nie waren ihre Gespräche bis zu einer tieferen Ebene vorgedrungen. Er hatte sie nicht dazu ermutigt, und sie wollte nicht, dass er sich langweilte oder ausflippte, weil sie ständig darüber sprach. Eigentlich ein Armutszeugnis für ihre Beziehung, schoss es ihr durch den Kopf.

Und als sie nach Hause kam, war da wieder das Gefühl,

einzutauchen in all das, was zu Mark und ihr gehörte – diese Erinnerungen waren so beruhigend wie ein Käsetoast. Sie hatte Caspar noch nie erlaubt, hier zu übernachten. Immer hatte sie es so arrangiert, dass sie in der Stadt aßen und dann zu ihm gingen. Sonntags wollte sie auch manchmal selbst abends nach Hause, um sich auf die kommende Woche vorzubereiten. Aber vielleicht sollte sie sich auch einfach weiter mit dieser Beziehung abmühen, daran arbeiten und darauf warten, dass sich alles zum Guten wandte. Vielleicht würde es auch nie wieder jemanden in ihrem Leben geben, den sie mit derselben Leidenschaft lieben könnte wie Mark und mit demselben Gefühl, dass alles richtig war. Sie lag da im Halbdunkel und spürte, wie ihr ganzer Körper ihn schmerzhaft vermisste. Und sie erinnerte sich an all die Nächte, in denen sie sich einfach umgedreht und an ihn geschmiegt hatte und er sogar noch im Schlaf die Arme schützend um sie geschlungen hatte.

Was sollte sie nur tun?

11. Kapitel

Am Montagmorgen war die Stimmung im Büro wie elektrisiert. Es war erst halb neun, als Jude mit den kostbaren Tagebüchern im Aktenkoffer hereinkam, aber Suri saß schon an ihrem Platz, den Kopf über ein paar verstaubte Bände gebeugt und die Ellbogen an die Seiten gepresst wie ein verängstigtes Tier, das sich so klein und unscheinbar wie möglich machen wollte. Sie schaute auf, als Jude den Raum betrat, formte ein »Hallo« mit den Lippen, verdrehte die Augen und zog eine warnende Grimasse. Die lauten Stimmen, die aus Klaus' Büro zu hören waren, erzählten den Rest der Geschichte. Dann tauchte Inigo auf – der tragische Ausdruck auf seinem Gesicht hätte einem Shakespeare-Schauspieler zur Ehre gereicht. Er zupfte sich die Hosenbeine seines lächerlichen Anzugs hoch, bevor er sich an seinen Schreibtisch setzte und, ohne auf Judes Begrüßung zu reagieren, anfing, wie verrückt auf die Tastatur einzuhämmern. Klaus lehnte derweil in der Tür zu seinem Büro und klammerte sich mit den Fingern am Rahmen fest wie ein riesiger Vogel, der nach Beute Ausschau hält. Er musterte Jude mit einem grimmigen Blick.

»Was ist denn los?«, fragte sie und schaute von einem Mann zum anderen. Klaus zitierte sie mit einer kurzen Kopfbewegung herbei, und sie folgte ihm in sein Zimmer.

»Klaus? Was ist los?«

Er ignorierte ihre Frage.

»Guten Morgen, Jude. Wie war es in Norfolk? Ich habe Ihre Mails gelesen, vielen Dank dafür. Die Sammlung haben wir doch auf jeden Fall, oder? Das würde erheblich dazu beitragen, unser Überleben zu sichern. Ich habe mir die Freiheit genommen, unsere Prognose mit ein paar Zahlen zu aktualisieren, bevor ich sie heute Morgen nach oben geschickt habe ...«

»Das haben Sie schon?«, unterbrach ihn Jude mit einem leichten Erschrecken. »Ja, ich bin mir ziemlich sicher, dass wir die Sammlung haben. Ich wollte das heute telefonisch mit Robert Wickham klarmachen.«

»Ausgezeichnet«, sagte Klaus und rieb die Fingerspitzen aneinander. »Vorher sehen Sie sich besser noch mal den aktualisierten Jahresumsatz an.« Er schob ihr über den Tisch eine durchsichtige Dokumentenmappe zu.

Es dauerte einen Moment, bis sie die Zahlenreihen angeschaut hatte. Die Summen darunter schienen sie wütend anzustarren. Der tatsächliche Umsatz des letzten Halbjahres im Vergleich zu dem im Budget eingeplanten – es war ein Schock. Sie wusste, dass der Handel mit Bildern und Möbeln wegen des wirtschaftlichen Klimas momentan problematisch war, aber auch die Bücher waren fast eine Million Pfund hinter den Erwartungen zurückgeblieben. Klaus setzte sich in seinen Schreibtischsessel und forderte Jude mit einer Handbewegung auf, ihm gegenüber Platz zu nehmen.

»Wir hätten auch Lord Madingsfields Sammlung wirklich dringend gebraucht«, sagte er heiser und fuhr sich mit den Fingern durch das glanzlose, ergrauende Haar. »Besonders die Manuskripte von Audubon. Die Vogelbücher.« Durch die Glaswand seines Büros warf er einen bohrenden Blick auf die ängstlich zusammengekauerte Gestalt des armen Inigo. Darum also war es bei dem Streit gegangen.

»Es war nicht Inigos Fehler«, sagte Jude in einem Anflug von Gerechtigkeitssinn, »das hat er Ihnen doch erzählt. Madingsfield hat einen Cousin bei ›Sotheby's‹ ...«

»Ich habe es Inigo gerade gesagt ... Ich habe Madingsfield am Wochenende angerufen«, informierte sie Klaus in knappen Sätzen, nahm einen Brieföffner aus Elfenbein vom Tisch und fuhr mit dem Daumen über die Schneide. »Um ihm zu sagen, wie enttäuscht wir sind. Madingsfield hat die Geschichte ein bisschen anders erzählt. Er hat mir auf seine schrecklich schmierige Art erklärt, dass er nicht den Eindruck hatte, ›Beecham's‹ könne sich ›angemessen für seine Sammlung begeistern‹. Ich habe keine Ahnung, was Inigo zu ihm gesagt hat, aber es sieht so aus, als habe er den Mann nicht ausreichend gedrängt.«

»Aber das ist doch typisch Madingsfield«, rief Jude. »Natürlich gibt er uns die Schuld. Er wird kaum mit der Wahrheit herausrücken und zugeben, dass es sich um Vetternwirtschaft handelt, oder? Kommen Sie schon, Klaus, wir kennen ihn doch lange genug.«

»Kann sein, kann aber auch nicht sein«, knurrte Klaus und knallte das Papiermesser so heftig auf den Tisch, dass Jude zusammenfuhr. »Das ändert aber nichts daran, dass Inigo nicht hart genug rangegangen ist.«

»Aber Sie haben uns doch erklärt, dass man bei den gegenwärtigen Marktbedingungen keine unrealistischen Versprechen abgeben sollte«, sagte Jude verwirrt.

Das Telefon schrillte, und Klaus nahm sofort ab. »Clive?« Seine Stimme klang jetzt nahezu ehrfürchtig, sogar nervös. »Sie hätten jetzt Zeit für uns? Fünf Minuten? Ja, ja. Die Unterlagen, die ich Ihnen hochgeschickt habe, liegen Ihnen alle vor? Ja, ich habe vollkommen verstanden. Sehr wichtig. Gut.«

Judes durcheinanderwirbelnde Gedanken klärten sich. Offenbar setzte die Unternehmensleitung Klaus enorm unter Druck. Und wie Lord Madingsfield suchte er verzweifelt nach jemandem, auf den er die Schuld abwälzen konnte. Heute stand Inigo in der Schusslinie. Morgen vielleicht sie selbst.

Klaus legte auf und griff mit einem angespannten, unglücklichen Gesichtsausdruck nach seiner Jacke und den Papieren. »Machen Sie sich auf ein schwieriges Meeting gefasst«, sagte er nur.

Jude ging hinaus, um ihre Sachen zu holen.

»Inigo, sind Sie so weit? Suri, könnten Sie sich um die Telefone kümmern?«, bat Klaus, während er sich die Jacke anzog.

Inigo vermied es, Judes Blick zu begegnen. Na schön, dachte sie, du kannst mich ruhig kränken, wenn dir das weiterhilft. Beiden war klar, dass sich das Glücksrad gedreht hatte. Inigo war in der Gunst gesunken, während Jude heute hoch im Kurs stand.

Gleich als sie sich mit dem Vorstandschef und dem Finanzdirektor an den Tisch im Vorstandsbüro setzte, fiel ihr Blick auf ein Handout mit der Überschrift »Vorschläge zum Umgang mit dem Defizit«. Sie spürte, wie sich ihr der Magen umdrehte. Als erster Punkt war dort in fett gesetzten Buchstaben »Die Sammlung Starbrough Hall« aufgeführt, daneben stand: 150 000 Pfund. Jude blitzte Klaus wütend an, aber statt auf seinem Stuhl zusammenzusinken, zwang er sie mit einem Stirnrunzeln in ein gehorsames Schweigen.

Clive Worthington, der Vorstandsvorsitzende von »Beecham's UK«, informierte die Anwesenden kurz und bündig darüber, dass er die Führungskräfte der verschiedenen Abteilungen dazu befragte, was sie gegen den niederschmetternden Umsatzrückgang bei den jüngsten Auktionen unternehmen wollten.

»Ihre Abteilung ist nicht die am schlimmsten betroffene«, sagte er und warf Klaus über den Rand seiner Lesebrille einen ernsten Blick zu, »aber es ist überlebenswichtig, dass Sie jede mögliche Bremse ziehen, um zu verhindern, dass die Zahlen realisiert werden, die Sie eingereicht haben. Was ist der neueste Zugang? Starbrough? Ich höre zum ersten Mal davon.«

»Jude wird es erläutern«, sagte Klaus und schaute sie an. Jude war so nervös, dass ihr Mund ganz trocken war, als sie die Büchersammlung und die Instrumente beschrieb, die sie sich am Wochenende angesehen hatte.

»Und das ist eine todsichere Sache, ja?«, fragte Clive barsch. »Die Sammlung kommt zu uns?«

Aber bevor Jude den Mund aufmachen konnte, um aufrichtig zu verkünden, dass sie sich beinahe sicher sei, mischte Klaus sich ein.

»Jude hat mir versprochen, dass sie die Sache unter Dach und Fach bringen wird«, sagte er ruhig. »Wir denken, wir können diese Summe anpeilen.«

Du lässt mich auflaufen, du Bastard, stimmt's?, dachte Jude.

»Sie hätten mich warnen sollen, dass Sie mich vorschicken«, sagte Jude nach dem Meeting zu ihm. »Der Verkauf ist absolut noch nicht in trockenen Tüchern. Und ich habe Wickham gegenüber nur von hunderttausend gesprochen.«

»Ich sehe nicht, warum die Sammlung nicht mehr einbringen soll«, sagte Klaus mit seiner sanftesten Stimme, »wenn die Objekte so sind, wie Sie sie beschreiben. Es ist wichtig, den Preis hochzutreiben.«

»In diesem Markt? Außerdem hat sich noch niemand die Globen und das andere Zeug angeschaut.«

»Dafür werden sich viele Interessenten finden. Wie auch immer, es hilft Clive, uns in New York den Rücken zu stärken. Das ist Firmenpolitik, Jude. New York hat uns aufgefordert, Stellen zu kürzen.« Seine Augen glänzten. »Vertrauen Sie mir.«

Jude seufzte. Er war unmöglich. Wie immer. Falls seine Rechnung aufging, würde er Ruhm und Ehre ernten. Wenn nicht, würde man ihr die Schuld in die Schuhe schieben. Ja, sie musste ihm vertrauen, wohl oder übel.

»Wenn es Ihnen gelingt, das Geschäft heute Vormittag klarzumachen, werden wir besprechen, wie wir weiter vorgehen. Damit die Sammlung Starbrough ein Riesendeal wird, muss die Öffentlichkeit sie als echten Knaller wahrnehmen.« Er marschierte zurück in sein Büro.

Jude setzte sich an ihren Schreibtisch und starrte mit leerem Blick auf Wickhams Observationsjournale. Großer Gott, hoffentlich fand sich darin eine Geschichte, die bedeutend genug war, um die Erwartungen zu erfüllen. Sie war sich bewusst, dass Klaus vermutlich lauschte – er hatte die Tür zu seinem Büro offen gelassen –, als sie nach dem Telefon griff und die Nummer von Starbrough Hall wählte.

»Guten Morgen«, sagte sie, als Robert abnahm. »Ich hoffe, dass ich nicht zu früh anrufe. Ich möchte mich erkundigen, ob Sie schon eine Entscheidung gefällt haben. Das Team hier in London würde sich glücklich schätzen, den Verkauf der Sammlung übernehmen zu dürfen.« Businessjargon. Sie hasste ihn.

»Und wir schätzen uns glücklich, Ihnen die Sammlung überlassen zu dürfen«, erwiderte Robert.

Vor Erleichterung wäre Jude beinahe aufgesprungen. Stattdessen schaute sie Klaus, der inzwischen an der Tür stand und zuhörte, mit einem breiten Grinsen an. »Gut gemacht«, formte Klaus mit den Lippen und nickte.

Doch im Hochgefühl ihres Erfolges sah sie plötzlich Chantal vor sich, die in der wunderschönen, halb leeren Bibliothek stand und unendlich traurig aussah.

Die meiste Zeit des Vormittags verbrachte sie damit, eine Einverständniserklärung zu entwerfen, und klärte die Einzelheiten per E-Mail mit Robert. Am frühen Nachmittag antwortete er, dass er die Bedingungen akzeptiere. Die Mail endete mit einem sehr freundlichen Postskriptum: »Sollte es notwendig sein, dass Sie noch mehr Zeit mit der Sammlung verbringen müssen, kommen Sie gern vorbei und bleiben Sie bei uns.«

Klaus rief Jude und Bridget aus der Werbeabteilung sofort in sein Büro, um den Verkauf zu planen und anzukündigen. Bridget war im siebten Monat schwanger und musste sich sputen, um ihren Schreibtisch geordnet zu verlassen.

»Wenn der große Artikel für den *Collector* in der Herbstausgabe im November erscheinen soll, muss der Text bis Anfang August vorliegen. Dreitausend Wörter, würde ich sagen«, schlug Bridget vor. »Was meinen Sie, Jude?« Der *Beecham's Collector* war ein kostenloses Magazin, das vierteljährlich erschien und an Kunden in der Mailingliste verschickt wurde, an die Medien und andere nützliche Kontakte. »Wir nutzen den Artikel als Einstieg, um ein allgemeines Medieninteresse zu entfachen.« Jude begriff, dass damit ein größerer Kreis an potenziellen Käufern erreicht werden sollte als nur die üblichen Verdächtigen.

»Jude, gibt's da eine interessante Story bei dieser Sammlung?«, fragte Klaus und machte sich ein paar Notizen.

»Könnte sein. Ich weiß es noch nicht genau.« Sie erklärte,

was es mit den Observationstagebüchern und den Karten auf sich hatte. »Ich werde die Tagebücher einer Freundin zeigen, die auf dem Gebiet Expertin ist.« Cecelia hatte sich per E-Mail mit dem Termin am Abend einverstanden erklärt.

»Wäre toll«, sagte Bridget lebhaft, »wenn wir der Öffentlichkeit ein paar Entdeckungen präsentieren könnten, die der Mann gemacht hat. Wissen wir irgendwas über ihn als Astronomen?«

»Ich fürchte, er ist nicht besonders berühmt«, sagte Jude. »Das ist nicht das, was Sie hören wollen, ich weiß. Ich hätte gern die Möglichkeit, noch ein bisschen mehr über ihn zu recherchieren.«

»Unbedingt«, sagte Klaus, ungeduldig wie immer. »Lassen Sie alles herschaffen und fotografieren.«

»Es wäre gut, wenn wir auch das Haus und die Bibliothek fotografieren könnten«, sagte Bridget, »wenn der Besitzer damit einverstanden ist.«

»Ausgezeichnet. Vielleicht kümmern Sie sich darum. Und, Jude, denken Sie an die Story. Falls es eine gibt, finden Sie sie heraus.« Seine Stimme klang einen Hauch stählern.

»Ja, Sir«, sagte Jude leise. Als sie Klaus' Büro verließ, nahm sie nur allzu deutlich wahr, dass Inigo mit düsterer Miene zusammengekauert an seinem Tisch saß.

Um fünf Uhr verließ Jude das Büro und bahnte sich den Weg durch die Nebenstraßen von Mayfair zur U-Bahn-Station Bond Street. Aber anstatt sich am Bahnhof Greenwich nach links auf den Heimweg zu machen, wandte sie sich in Richtung Park und stieg den Hügel zum Royal Observatory hinauf.

»Wie schön, dich endlich wiederzusehen! Das hat diesmal viel zu lange gedauert!« Zur Begrüßung umarmte Cecelia

Downham ihre Freundin und führte sie in ein schäbiges Büro im Untergeschoss, das vor Büchern und Manuskripten aus allen Nähten platzte.

»Was für ein fantastischer Ort«, sagte Jude und schaute sich um, »wie direkt aus einem Roman von Dickens.«

»Ja, ist es nicht wundervoll? Ich arbeite an einem Beitrag für eine Ausstellung über die Geschichte des Observatoriums. Also habe ich mich hier für ein paar Wochen eingenistet, nur solange eine Freundin im Urlaub ist. Aber setz dich doch. Tut mir leid, hier sieht's aus wie auf einem Flohmarkt.«

»So viel zum Ideal des papierlosen Büros«, sagte Jude, als Cecelia einen Stapel Zeitschriften von einem alten Stuhl räumte und dann in einem kleinen Elektrokocher Wasser für den Pfefferminztee aufsetzte. Groß, auffällig blond und mit Ostküstenakzent hatte Cecelia schon immer ungewöhnlich bezaubernd für eine Forscherin gewirkt. Sie war nicht nur eine exzellente Wissenschaftlerin, sondern betrieb ihre Studien mit wahrer Begeisterung und teilte ihr Fachwissen gern mit anderen Menschen. Außerdem war sie eine gute Freundin, obwohl Jude und sie sich in letzter Zeit nicht oft gesehen hatten.

»Wo wohnst du denn? Du fährst doch nicht jeden Abend nach Cambridge zurück, oder?«, fragte Jude.

»Danny hat einen Freund mit einer Wohnung etwas außerhalb.« Cecelias langjähriger Lebensgefährte war ebenfalls Akademiker, aber irgendwie gelang es ihnen nie, am selben Ort einen Arbeitsplatz zu finden. Im Moment arbeitete Danny, der aus Dublin stammte, als Englischprofessor in Boston, sodass entweder er oder Cecelia ins Flugzeug steigen mussten.

»Aber du hättest doch auch bei mir wohnen können«, rief

Jude. »Das nächste Mal ganz bestimmt, das musst du mir versprechen.«

Sie plauderten eine Weile, erzählten sich, was alles passiert war, seit Jude ihre Freundin vor einem Jahr das letzte Mal in ihrem College in Cambridge besucht hatte.

»Also, was hast du denn für mich?« Cecelia zeigte auf Judes Aktenkoffer.

»Es ist deine Epoche, Cece, das späte achtzehnte Jahrhundert«, erklärte Jude, packte die Tagebücher aus und reichte sie quer über den Tisch. »Sieh mal.« Sie wickelte die Plastikhülle von dem letzten Journal und blätterte es auf. »Das hier ist die Stelle, wo sich die Handschrift ändert. Es sind definitiv zwei Leute, die geschrieben haben. Ich brauche deine Einschätzung, ob irgendwas darin zu finden ist, was vom Standpunkt des Sammlers aus interessant sein könnte. Ich meine, kann man sagen, dass Wickham einen Beitrag zur Astronomie seiner Zeit geleistet hat? O Gott, ich plappere daher, bitte entschuldige. Ich stehe ziemlich unter Druck, weil ich daraus einen Riesendeal machen soll. Und dazu brauche ich eine Story. Du bekommst übrigens ein Honorar für die Recherche, das ist kein Problem.« Sie nippte an dem heißen Tee, während Cecelia sich den ersten Band anschaute.

Nach einer Weile zog Cecelia die Stirn kraus. »Ich muss erst einen genaueren Blick darauf werfen, Jude. Natürlich kann ich auch keine Story aus der Luft greifen.«

»Nein, natürlich nicht«, sagte Jude eilig. »Bitte entschuldige. Ich wollte nicht sagen, dass du die Fakten verdrehen sollst oder so.«

»Nach deiner Mail von gestern Abend habe ich versucht, etwas rauszufinden, irgendwas über Anthony Wickham«, fuhr Cecelia fort. »Ich habe noch nie von ihm gehört. Also habe ich danach gesucht, ob andere Astronomen sich vielleicht über ihn geäußert haben. Um ehrlich zu sein, ich kann überhaupt nichts finden. Aber ich suche weiter.«

»Danke«, sagte Jude, »das wäre großartig. Natürlich recherchiere ich auch auf eigene Faust.«

»Ach, bevor ich's vergesse«, sagte Cecelia, »ich kenne jemanden, der sich die Globen anschauen würde.« Sie nannte den Namen eines Antiquars in Oxford. »Denk dran, dass ich sie auch selbst gern mal sehen würde.«

»Das sollst du auch, wenn sie erst mal da sind«, versprach Jude und notierte sich die E-Mail-Adresse, die Cecelia ihr zeigte. »Aber das wird vermutlich erst sein, wenn ich aus dem Urlaub zurück bin.«

»Wohin fährst du denn?«

»Nach Frankreich. Das heißt, ich nehme an, dass ich fahre.«

»Mit deinem Typen?«, fragte Cecelia, die Caspar zwar noch nie gesehen, aber gerüchteweise viel über ihn gehört hatte, wie fast alle aus Judes Freundeskreis.

»Ja«, sagte Jude unsicher und zog den Teebeutel am angehängten Schildchen durch den Becher, »aber ich freue mich nicht besonders darauf.« Jedes Mal, wenn sie an diesem Tag an den französischen Urlaub gedacht hatte, war es ihr vorgekommen, als schiebe sich ein riesiger Betonblock vor diesen Gedanken, der das Licht aussperrte.

»Aber warum denn nicht?«

Sie erklärte, dass Caspar seine Pläne geändert hatte.

»Man geht eine ganz schöne Verpflichtung ein, wenn man mit jemandem den Urlaub verbringt, oder?« Kummer sprach aus ihrem Gesicht, als sie Cecelia anschaute. »Ich weiß nicht, ob ich dazu schon bereit bin. Mark ...«

»Jude«, sagte Cecelia sanft und berührte ihre Hand, »seit Mark ist viel Zeit vergangen. Vier Jahre.«

»Ich weiß, ich weiß. Cecelia, glaubst du, dass mit mir irgendetwas nicht stimmt? Manchen Menschen kann es wohl so sehr das Herz brechen, dass es niemals wieder heil wird.«

»Oh, Jude, meine Liebe, sei nicht so pathetisch. Natürlich läuft bei dir nichts falsch. Vielleicht ist Caspar einfach nicht der Richtige«, sagte sie. Stille trat ein. Dann schlug sich Cecelia mit der Hand auf den Mund. »Ach du liebe Güte. Das war ziemlich taktlos, nicht wahr?«

»Mach dir keine Sorgen«, erwiderte Jude kläglich. »Ich war nur so ruhig, weil ich darüber nachgedacht habe, ob du nicht vielleicht recht hast.«

Mit diesem Gedanken plagte Jude sich immer noch herum, als Caspar am Abend anrief. Sie hatte sich gerade hingesetzt, um sich die Zehn-Uhr-Nachrichten anzusehen, weil sie es satthatte, auf seinen Anruf zu warten. Als es klingelte, schaltete sie den Ton am Fernseher ab und betrachtete die stummen Bilder der Immobilienagenturen mit der Aufschrift »Zu verkaufen« in einem Film über die Untergangsstimmung auf dem Häusermarkt. Sie wagte kaum daran zu denken, wie sich das alles wohl auf den Antiquariatsbuchhandel auswirken würde.

»Wie ist das Meeting heute gelaufen?«, fragte sie höflich.

»Danke, ziemlich gut. Und wie hast du dich wegen Frankreich entschieden? Willst du am Samstag fahren oder mit mir zusammen am Dienstag?« Er klang so, als handele es sich um eine geschäftliche Angelegenheit und nicht um Liebesdinge.

»Sag mal, Caspar.« Sie schloss die Augen und sprang ins kalte Wasser. »Wärst du mir sehr böse, wenn ich überhaupt nicht mitkomme?«

»Jude! Doch, du musst mitfahren. Sei doch nicht so. Hör zu, wenn es darum geht, dass ich die Pläne durcheinandergebracht habe …«

Jude atmete tief durch.

»Ganz im Ernst, Caspar, ich glaube nicht, dass es richtig ist. Alles in allem.« Und plötzlich sagte sie mehr, als sie ursprünglich vorgehabt hatte. »Ich glaube nicht, dass das mit uns richtig ist.«

»Nein, das darfst du nicht sagen. Ich komme doch wieder. Morgen kann ich mich in den Flieger setzen, bestimmt schon mittags. Ich hole dich im Büro ab, und wir reden über alles.« Jude war überrascht, wie verstört er klang, aber sie war schon zu weit gegangen.

»Nein, Caspar, so einfach ist es nicht. Ich … ich glaube, dass unsere gesamte Beziehung nicht in Ordnung ist. Ich vermute, dass es an mir liegt. Ich finde alles sehr schwierig. Über Mark hinwegzukommen, meine ich.«

»Mark? Dein Mann? Ach, komm schon, Jude. Ich weiß, es muss schrecklich gewesen sein. Aber es ist doch schon ein paar Jahre her …«

»Vier«, unterbrach sie ihn, »das sagen mir ja alle die ganze Zeit.«

»Ich glaube, ich … ich verstehe dich nicht. Aber gib mir eine Chance. Ich … mag dich. Wirklich. Wir können doch …«

»Nein, Caspar. Es tut mir leid.« Überrascht hörte sie, dass seine Stimme gebrochen klang. Sie hätte nie geglaubt, dass es ihn so sehr treffen würde. »Es tut mir leid«, flüsterte sie.

In dieser Nacht lag Jude lange wach. Es war die richtige Entscheidung Caspar gegenüber, versicherte sie sich immer wieder. Ein Teil von ihr trauerte ihm nach, aber sie war auch traurig um ihrer selbst willen. Sie lag allein in ihrem Bett und vermisste am allermeisten Mark. Als die Nacht am dunkelsten war, in der Stunde vor Sonnenaufgang, hatte sie sich selbst davon überzeugt, dass sie ihn niemals vergessen könnte und nie wieder jemanden finden würde, der so gut zu ihr passte wie er. Sie würde einsam sterben. Schließlich schlief sie ein. Sie träumte, dass sie über eine gewundene Treppe in einem Turm in die Dunkelheit hinaufstieg.

12. Kapitel

Als Jude am nächsten Morgen aufwachte, fühlte sie sich erschöpft und wie ausgewrungen. Tief im Innern wusste sie, dass sie wegen Caspar die richtige Entscheidung getroffen hatte, aber es hatte sie ihre ganze Kraft gekostet. Erst spät tauchte sie im Büro auf, hockte dann an ihrem Schreibtisch und versuchte sich zu zwingen, die Aufgaben des Tages zu erledigen. Es gab so viel zu tun. Ihre zwei Wochen Urlaub waren bereits vorgemerkt, aber eigentlich sollte sie sie besser nicht nehmen, vor allem im Hinblick auf den Abgabetermin des Artikels für den *Beecham's Collector*. Aber sie brauchte unbedingt eine Pause. Während sie ihre Notizen zu der Starbrough-Sammlung überflog und Fakten und Zahlen überprüfte, dachte sie darüber nach, was das Beste wäre. Aus Sicht der Arbeit und, was ihre Familie betraf, wollte, nein, musste sie wieder nach Norfolk fahren. Vielleicht konnte sie Claire mit Summer eine Hilfe sein, besonders, da in ein oder zwei Wochen die Schulferien ihrer Nichte anfingen. Das klang doch alles gut. Von richtigen Ferien könnte allerdings nicht die Rede sein, wenn sie den halben Tag in Starbrough Hall arbeitete, und auf einer klumpigen Matratze in Summers Zimmer auf dem Boden zu schlafen, würde sie nicht länger als zwei Nächte ertragen.

Sie erinnerte sich daran, dass Robert sie im PS seiner Mail eingeladen hatte, in Starbrough Hall zu übernachten. Langsam nahm der Plan in ihrem Kopf Gestalt an. Wenn die Einladung ernst gemeint gewesen war und Roberts Frau Alexia nichts dagegen hatte, würde sie sie mit Freuden annehmen, nicht zuletzt, weil es sinnvoll war, für die Recherchen und die Katalogisierung der Sammlung vor Ort zu sein. Außerdem konnte sie, solange sie dort war, Gran und Claire und Summer häufig besuchen. Dennoch war es wichtig, dass sie sich auch ein bisschen Urlaub gönnte. Sie beschloss, mit Klaus darüber zu sprechen.

Für Klaus, der die große Chance im Blick hatte, lag die Lösung sofort auf der Hand. »Warum fahren Sie nicht für drei Wochen da hin anstatt nur für zwei? Dann können Sie jeden Tag ein paar Stunden arbeiten und in der übrigen Zeit Urlaub machen. Sie wissen doch, dass ich Ihnen vertraue. Im Büro wird es sowieso eher ruhig sein. Ja, mir gefällt der Gedanke. Sie können sich auf die Starbrough-Sammlung konzentrieren, und das ist im Moment absolut notwendig, und dann machen, wozu Sie Lust haben. Und die ganze Angelegenheit verbuchen wir als, nun sagen wir, zehn Tage Urlaub. *Voilà!*«

Jude überlegte. Es war gut, dass Klaus sich so flexibel zeigte, obwohl es natürlich merkwürdige Ferien sein würden. Aber wenn sie an die anderen Möglichkeiten dachte, nämlich im Büro zu bleiben oder Urlaub zu nehmen und allein in Greenwich herumzuhängen und ständig irgendwelche Bekannte zu besuchen, die ihr nicht viel bedeuteten, dann war Norfolk ungemein attraktiv. Sie würde sich den Wickhams nicht für die gesamten drei Wochen aufdrängen; aber vielleicht konnte sie dort einen Teil der Zeit unterkommen. Sie griff nach dem Telefon und wählte die Nummer, die sie schon auswendig kannte.

Chantal nahm ab.

»Jude, meine Liebe, wie geht es Ihnen?«, sagte sie freudig

überrascht. Doch dann fiel ihr wohl ein, weshalb Jude wahrscheinlich anrief, denn sie klang nun eher bedrückt. »Ich bedaure, aber Robert ist im Moment nicht zu Hause. Kann ich Ihnen vielleicht weiterhelfen?«

»Ich wollte bloß … ich würde gern die nächsten Schritte mit ihm besprechen … Chantal, es tut mir sehr leid, ich weiß, wie schwer es für Sie ist, die Bücher zu verlieren …«, schloss sie.

»Bitte zerbrechen Sie sich darüber nicht den Kopf«, erwiderte Chantal mit einem Seufzer. »Sie erledigen doch nur Ihre Arbeit. Ich richte Robert aus, dass Sie angerufen haben.«

»Danke. Und, Chantal, ich habe zwar noch nicht mit meiner Schwester gesprochen, aber würden Sie Robert bitte auch ausrichten, dass ich vorhabe, schon sehr bald wieder nach Norfolk zu kommen? Um ehrlich zu sein, mein Urlaub in Frankreich ist geplatzt, und ich könnte bei Ihnen wohnen, während ich mir die Bücher genauer ansehe.« Jude erklärte, dass sie die Tagebücher an Cecelia weitergegeben hatte. »Ich könnte mit der Katalogisierung anfangen. Es wäre schöner, wenn ich das bei Ihnen erledigen könnte, als alles hierherzutransportieren. Es sei denn, es bereitet Ihnen zu viele Umstände …«

»Das ist eine wunderbare Idee! Aber wenn Sie bei Ihrer Schwester bleiben, müssen Sie doch wieder auf dem Fußboden übernachten. Nein, das kommt nicht infrage«, sagte Chantal freundlich, aber bestimmt. »Sie müssen bei uns bleiben. Wir haben reichlich Platz, wie Sie wissen, und es wäre so schön, Sie wiederzusehen. Ich werde Alexia fragen. Sie ist gestern Abend zusammen mit den Kindern nach Hause gekommen, wissen Sie.«

»Ich kann mich Ihnen allen doch unmöglich aufdrängen.«

Jude kreuzte die Finger unter dem Tisch, als sie so schamlos log.

»Ach, das tun Sie doch gar nicht. Robert schätzt Sie sehr, und ich weiß, dass er sich freuen würde, wenn Sie für ein oder zwei Wochen unser Gast wären. Sie könnten frei über Ihre Zeit verfügen und bräuchten sich nicht um uns zu kümmern. Sie könnten arbeiten oder Ihre Schwester oder Ihre Großmutter besuchen, wann immer Sie wollen.«

»Sie sind wirklich außerordentlich freundlich.« Voller Sehnsucht dachte Jude an die wunderschöne Bibliothek und an die Gespräche, die sie mit dieser sympathischen Frau geführt hatte. »Das wäre wunderbar! Wenn Sie wirklich meinen, dass Robert und Alexia nichts dagegen haben.«

»Sobald sie zurück sind, werde ich mit ihnen sprechen. Aber ich versichere Ihnen, dass es keine Schwierigkeiten geben wird.«

Als Jude das Telefonat beendete, fühlte sie sich unendlich erleichtert. Ja, so war es richtig. Norfolk war es, wo sie sein musste.

Teil II

13. Kapitel

»Es tut mir leid, Caspar«, flüsterte Jude, als die letzten Fetzen eines Traums sich verflüchtigten und schon vergessen waren. Sie schlug die Augen auf.

Sie lag in einem großen Doppelbett zwischen weichen weißen Laken, und die Sonne flutete ins Zimmer. Den Bruchteil einer Sekunde später erinnerte sie sich, wo sie sich befand. Starbrough Hall war von einer köstlichen Ruhe erfüllt. Wenn sie lauschte, konnte sie draußen die Vögel zwitschern hören, irgendwo in der Ferne vielleicht den schnurrenden Motor eines vorbeifahrenden Autos, aber sonst gab es keine Geräusche. Sie rollte sich auf die andere Seite und warf einen Blick auf die Uhr auf dem Nachttisch. Acht. Immerhin noch nicht so spät, dass man sich schämen musste.

Es hätte kein besseres Zimmer geben können, um am ersten Tag ihres Sommerurlaubs aufzuwachen. Fenster an zwei Wänden, die die Morgensonne ins Zimmer ließen, und die Schlafzimmer der Familie auf der anderen Seite des Hauses. »Sie wollen doch bestimmt nicht, dass unser lieber guter Max und unsere liebe Georgie Sie schon morgens um sechs stören«, hatte Alexia ihr am Abend zuvor fröhlich erklärt. »Und das Bad nebenan haben Sie auch ganz für sich allein.«

Es gab kein passenderes Wort als »fröhlich«, um Alexia zu beschreiben. Wenn sie sprach, klang sie unbeschwert und glücklich, und sie war auf eine unauffällige, gesunde und fast schon strahlende Art attraktiv. Ihr Umgang mit den dreijährigen Zwillingen war ruhig und ermunternd und passte sich nur ein wenig an, wenn sie ihren Ehemann besänftigte, der einen geregelten Tagesablauf schätzte, wie Jude bemerkte. Alexia war als Tochter einer bäuerlichen Familie in Yorkshire aufgewachsen und kümmerte sich ebenso um die Hausverwaltung wie um die Hunde und ihre trauernde Schwiegermutter. Es schien sie nicht im Geringsten zu stören, einen unerwarteten Gast aufzunehmen.

Jude freute sich über die Abgeschiedenheit ihres Badezimmers. Als sie Wasser in die große, altertümliche Badewanne mit Klauenfüßen einließ, klackte und stöhnte es in den Leitungen so sehr, dass sie befürchtete, das ganze Haus aus dem Schlaf zu reißen.

Als sie wieder aus dem Wasser stieg, war ihr Geist so frei und erfrischt wie ihr Körper. Kaum zu glauben, dass sie erst am Vorabend erhitzt und verstaubt angekommen war – der lebhafte Verkehr am Freitagnachmittag hatte sie eine zusätzliche Stunde Fahrzeit gekostet. Aber durch den guten Nachtschlaf und die tiefe Stille im Haus hatte sie sich rasch erholen können. Die seelische Erschütterung wegen Caspar und der Stress im Büro waren vollständig verflogen.

Unten begann das Frühstück. Die pausbackige Georgie mit dem goldblonden Haar goss ebenso viel Milch auf den Holztisch wie auf ihr Müsli, während sie die ganze Zeit plapperte. Max, so hübsch und dunkelhaarig wie seine Großmutter, schimpfte mit seiner Schwester, weil die Milch auf das Dinosaurier-Buch tropfte, das aufgeschlagen neben seiner Schale lag. Alexia wünschte freundlich einen guten Morgen. Chantals kleiner Spaniel Miffy trottete zu Jude hinüber, schnüffelte an ihren Füßen und wedelte mit dem Schwanz. Die anderen Bewohner des Hauses waren nicht zu sehen.

»Setzen Sie sich doch. Gut geschlafen?«, sagte Alexia und

wischte die Milch mit dem Lappen in der einen Hand fort, während sie mit der anderen die schmutzigen Müslischalen ineinander stapelte. »Der Tee ist frisch gekocht.«

»Wunderbar, vielen Dank«, erwiderte Jude und schenkte sich eine Tasse ein.

»Bitte bedienen Sie sich selbst beim Frühstück«, sagte Alexia. »Wir gehen gleich schwimmen, nicht wahr, Kinder? Wie wär's, wenn ihr euch schon mal die Schuhe anzieht? Robert ist irgendwo draußen mit den Hunden«, erklärte sie Jude, »und Chantal ist noch nicht aufgestanden, glaube ich. Oft liegt sie schon seit den frühen Morgenstunden wach, die Ärmste.«

Jude aß ihr Müsli und lauschte dem Lärm der Zwillinge, die die Treppe hinauf- und hinunterrannten, ihre Jacken holten und ihre Rucksäcke und sich quietschvergnügt um Schwimmbrillen und Handtücher zankten. Dann wurde die Tür zugeschlagen, das Auto fuhr fort, und es herrschte eine paradiesische Ruhe.

Jude stellte ihre Müslischale in die Spülmaschine, machte sich einen Toast und kochte Kaffee. Während sie trank, überdachte sie ihre Pläne. Drei ganze Wochen in Norfolk, sie konnte es kaum glauben! Als Robert sie im Büro angerufen und Chantals bereitwillige Einladung bekräftigt hatte, hatte sie ihm gestanden, dass sie sich vielleicht für die gesamte Zeit in der Gegend aufhalten wollte.

»Sie dürfen bei uns bleiben, so lange Sie wollen«, hatte er gesagt. »Schließlich ist es auch in unserem Interesse. Und meine Mutter scheint Sie sehr ins Herz geschlossen zu haben. Für sie ist es bestimmt angenehm, wenn jemand anders zu uns ins Haus kommt. Ihr Leben ist sehr eintönig geworden. Die Ärmste.«

Gleich nach dem Frühstück wollte Jude mit der Arbeit anfangen. Claire hatte noch am Vorabend angerufen und sie an diesem Abend zum Essen eingeladen. Jude hatte Alexia schon Bescheid gesagt. »Ich würde mich freuen, wenn ich mal für Sie kochen dürfte, solange ich hier bin«, hatte sie hinzugefügt. »Nennen Sie es meinen Beitrag zum Haushalt.«

»Oh, das müssen Sie nicht«, hatte Alexia erwidert, schien sich aber über das Angebot zu freuen.

Jude nahm den Kaffee und ihren Laptop mit in die Bibliothek. Alles war genau so, wie sie es zurückgelassen hatte, außer den Tagebüchern, die sich jetzt bei Cecelia befanden. Leider nicht mehr lange, dachte sie traurig. Schon bald würden die Regale, auf denen Anthony Wickhams Bücher standen, leer sein. Weder die Planetenmaschine noch der Globus würden dem Raum noch länger seine Würde verleihen. Aber das Dach von Starbrough Hall wäre repariert. Wie sie am Abend beim Dinner erfahren hatte, leitete Robert irgendein geheimnisvolles Import-Export-Unternehmen, das aber unter der Rezession litt. Das erklärte allerdings, warum er sich so viel im Haus aufhielt und warum es kein Geld dafür gab, Starbrough Hall zu erhalten.

Sie sah eine Weile hinaus in den Park, und einmal mehr zog es ihren Blick zu den Bäumen auf dem Hügel. Es war seltsam, dass man den Turm vom Haus aus nicht sehen konnte, aber das Haus vom Turm aus, und wieder fragte sie sich, ob das schon so gewesen war, als der Turm erbaut wurde. Es war sonderbar, dass der Turm nicht zu sehen war – solche Gebäude waren doch als Zierde eines Parks gedacht.

Im Schrank lag ein Dutzend aufgerollter Karten. Sie kniete sich hin, um eine nach der anderen herauszuholen, und mühte sich dann eine Stunde lang versunken damit, Wickhams Zeichnung der Doppelsterne zu begreifen oder die anderer Objekte, die er für Kometen hielt. Alles, was sie für so interessant hielt, dass es in den Katalog aufgenommen werden sollte, notierte sie sich in ihrem Notizbuch.

Überrascht stellte sie fest, dass unter dem letzten Bündel Karten etwas lag, das aussah wie ein weiterer Band der Observationstagebücher, den sie offenbar übersehen hatte. Sie blätterte durch die Seiten. Das Buch war nicht vollständig, was für eine Schande! Ungefähr ein Drittel der Blätter waren herausgerissen worden. Die verbleibenden zwei Drittel waren vollständig in der neuen Handschrift beschrieben. Als Jude zur ersten Seite blätterte, las sie, dass der erste Eintrag vom 10. März 1778 stammte. Das hieß, dass der Band zeitlich auf die anderen folgte. Wie konnte es sein, dass sie das Buch vorher nicht bemerkt hatte? Als sie zu lesen anfing, wuchs ihr Erstaunen.

Vater wünscht, dass ich fortfahre, dass ich die neuen Nebulae und die Doppelsterne aufzeichne, jetzt wo er selbst es nicht mehr kann. Es ist eine schwere Bürde, die auf mir lastet, aber ich werde mich bemühen, seinen Wünschen mit allen Fähigkeiten, mit allem Geschick und aller Meisterschaft nachzukommen, die er mich gelehrt hat. Ich will ihn nicht enttäuschen, wenngleich die Nächte kalt und einsam sind. Er konnte zumindest auf meine Hilfe zählen. Ich hingegen habe niemanden und muss häufig einen Atlas konsultieren, sodass viel Zeit verloren geht.

4.30 in der Frühe, als der Mond sich im Ursa Major dem Horizont näherte, sah ich Bodes Nebula, rund mit einem dichten, helleren Kern.

Jude hielt kurz inne. »Mein Vater …« Der zweite Verfasser war also Wickhams Sohn. Und wer war dieser Sohn? Sie würde

Chantal fragen müssen. War Wickham gestorben oder fortgegangen oder aus irgendwelchen Gründen verhindert? All das musste sie herausfinden und in den Katalog aufnehmen. Sie las weiter.

24. März

Früher Abend. Heute kein Mond. Reglose Luft. In Taurus nahe Tau Tauri auf 15 Grad eine neue Sternwolke oder vielleicht ein Komet.

Der Schreiber des Tagebuchs erwähnte das neue Objekt in mehreren folgenden Einträgen und entschied, dass es sich bewegte. Anfang April notierte er: *Gesichtet mit Vergrößerung 278, hell und klar umrissen. Wahrscheinlich ein Komet. Bisher keine Erwähnung in Vaters Aufzeichnungen.*

Es sah aus, als hätte er die Beobachtung letztlich als Komet beurteilt, obwohl ihm offenbar Zweifel geblieben waren.

Danach fanden sich lange Lücken zwischen den Tagebuchnotizen und nur wenige Einträge persönlicher Natur. Der Schreiber erwähnte eine partielle Mondfinsternis, einen neuen Nebel und, spürbar aufgeregt, einen möglichen Doppelstern, den der alte Wickham jahrelang verfolgt haben musste.

Jude schloss ihre Notizen ab und wollte das Buch gerade in den Schrank zurücklegen, als Chantal hereinkam.

»Lassen Sie sich nicht stören«, sagte sie. »Ich wollte nur kurz nachsehen, ob Sie alles haben, was Sie brauchen.«

»Mir geht es ganz ausgezeichnet. Und genau Sie brauche ich jetzt«, erklärte Jude. »Ich habe noch ein Tagebuch gefunden, hier, schauen Sie, und ich würde gern Anthony Wickhams Lebensdaten mit Ihnen überprüfen. Und die seiner Kinder.«

»Natürlich«, sagte Chantal, nahm das Tagebuch und untersuchte es. »Was für ein Jammer, dass es beschädigt ist. Wer kann das nur getan haben? Ja, ich mache mich auf die Suche nach den Daten, die Sie benötigen. Aber ich kann Ihnen jetzt schon sagen, dass er keine Kinder hatte. Jedenfalls nicht, soweit wir wissen. Oder dass er gar verheiratet war. Die Besitzungen sind auf seinen Neffen übergangen, auf einen Mann, der Pilkington hieß, seinen Namen dann aber in Wickham geändert hat.«

Jude starrte sie verwirrt an. »Und wer ist dann der Mann, der Anthony Wickham in diesen Blättern ›Vater‹ nennt?«

»Ich habe keine Ahnung. Am besten, ich suche oben nach dem Familienstammbaum, wenn Sie nichts dagegen haben, eine Weile zu warten. Aber nun muss ich mich wirklich beeilen. Letzte Nacht hatte ich solche Zahnschmerzen ...«

»Oh, das tut mir leid.«

»Der Zahnarzt hat gesagt, ich solle sofort in die Praxis kommen. Halten Sie es ein oder zwei Stunden lang allein hier aus?«

»Bitte machen Sie sich um mich keine Sorgen«, sagte Jude. »Hier gibt es noch viel zu tun, das können Sie mir glauben. Viel Glück beim Zahnarzt.«

Als Chantal gegangen war, vertiefte Jude sich wieder in die Arbeit. Inzwischen war sie unten im Schrank angekommen; um sie herum verstreut lagen Bücher und Rollen mit Zeichnungen. Sie kniete sich wieder hin. Eingehend musterte sie das untere Regalbrett, für den Fall, dass sie etwas übersehen hatte, und bemerkte, dass der Schrank nicht besonders stabil gebaut war. An der Rückseite fehlte ein Stück Holz, und dahinter konnte sie erkennen, dass der Putz von der Wand bröckelte. Wirklich Putz? Jedenfalls war da irgendetwas. Sie griff hinein, stieß mit der Hand in ein Loch und fühlte Papier. Als sie es mit den Fingern umklammerte und sanft zupfte, merkte sie, dass es feststeckte. Also rutschte sie ein bisschen herum und versuchte, die andere Hand ebenfalls in die Lücke zu stecken, um herauszufinden, woran das Papier festhing. Sie fühlte noch mehr Papier. Es schien ein ganzes Bündel zu sein. Sie umfasste es mit beiden Händen und zog noch einmal. Diesmal rührte sich etwas, und sie zerrte das Bündel aus dem Loch.

Der Fund bestand aus einem dicken Packen aufgerollter Blätter, die von einer verblassten Handschrift bedeckt waren, derselben, wie sie rasch erkannte, wie in dem Tagebuch, das sie gerade gelesen hatte. Sie schlug das Buch am Ende auf, fügte die Blätter in die zerrissene Bindung ein und stellte fest, dass sie die fehlenden Seiten überraschenderweise gefunden hatte. Wie merkwürdig! Warum waren die Blätter herausgerissen worden? Sie versuchte, sie glatt zu streichen, achtete sorgfältig darauf, sie nicht noch mehr zu zerstören, aber sie rollten sich trotzdem wieder auf. Immerhin war das Papier nicht feucht – wirklich ein Glücksfall, wenn man das Versteck bedachte. Die Schrift war sehr verblasst und schwierig zu entziffern. Judes Anspannung wuchs, als sie ihren Fund zum Tisch trug, die Lampe anknipste und versuchte, die erste Zeile zu entziffern. Es war ein Titel. »Ein Bericht von Esther Wickham«, glaubte sie zu lesen. Den Namen hatte sie noch nie zuvor gehört. Unter großen Schwierigkeiten buchstabierte Jude die ersten Sätze. »Ich war …«, irgendetwas. Acht vielleicht. Du liebe Güte, war das ganze Dokument so unlesbar wie diese Zeilen? Aber als sie die erste Seite umschlug, sah sie, dass die Handschrift auf der zweiten dunkler und leichter zu entziffern war. Ermutigt wandte sie sich wieder der ersten Seite zu und fing an, sich die verblassten Buchstaben zusammenzureimen.

Zuerst klang die Stimme unsicher, und die Sätze waren viel zu kompliziert, aber es dauerte nicht lange, bis es flüssiger wurde.

Ein Bericht von Esther Wickham

Ich war acht Jahre alt, als ich das erste Mal meinem Vater begegnete. Wie das sein konnte, da ich von klein auf unter seinem Dach schlief, seine Speisen verzehrte und von seinen Dienern versorgt wurde, mag schwer zu begreifen sein, solange man nicht mit den Einzelheiten der Situation vertraut ist. Sobald man Anthony Wickham verstehen lernt, so wie ich ihn kannte, die feinen Verästelungen seines Geistes zu schätzen weiß und seine – wie manche sagen – unnatürliche Hingabe an eine einzige Leidenschaft, wird alles klar werden.

Ganz am Anfang war er überhaupt nicht mein Vater. Die Bindung zwischen Vater und Tochter haben wir erst spät gesucht und gemeinsam aufgebaut. Das ist entgegen der Gewohnheit, die bedeutet, dass zuerst die Bezeichnung ›Vater‹ und ›Tochter‹ kommt, bei der Geburt des Kindes, und die Nähe zwischen ihnen folgt nach. In unserem Fall geschah es einige Jahre, nachdem wir miteinander bekannt geworden waren, dass er seinen Anwalt anwies, jene Sache mit einem Rechtstitel zu versehen, welche wir schon zur Wirklichkeit hatten werden lassen: kurz, er hat mich adoptiert und zu einer der Seinigen gemacht.

Das meiste davon erzählte er mir erst, als ich das vierzehnte Jahr erreicht hatte, denn er hielt es nicht für angemessen, ein Kind mit Sorgen zu belasten, welche die Älteren drückten. Mag es genügen zu erwähnen, dass ich, sobald ich empfindsam für solche Dinge war, in dem Glauben aufwuchs, ich sei sein Kind, Fleisch von seinem Fleisch, Blut von seinem Blut. Das zu glauben drängte mich Susan, meine Amme. Die Bahnen ihres Geis-

tes, wie ich später begriff, verliefen so: Da ich ja hergebracht worden war, um unter dem Dach seines Hauses aufzuwachsen, ohne den Namen einer Familie, den ich mein Eigen nennen konnte, musste ein Harnisch der Würde für mich geschmiedet werden. Er hatte verfügt, dass ich ›Esther‹ genannt werden solle, nach der alten Herrin, seiner Mutter. Daher befahl er der Dienerschaft, mich Esther Wickham zu rufen. Als ich größer wurde, hörte ich gedämpftes Gemurmel unter der Treppe und Bemerkungen meiner lieben Tante Pilkington, über welche ich noch ausführlicher berichten werde, dass ich kein Anrecht auf den Namen Wickham habe, dass ich eine Waise sei oder der Bastard des Masters, geboren von irgendeiner Frau, die er auf einer seiner zahlreichen Reisen nach London oder Bristol kennengelernt hatte, wo er sich mit anderen Sterndeutern beratschlagte und von wo er beladen mit gelehrten Büchern zurückkehrte und mit Metallspiegeln, um Linsen für neue Teleskope zu schleifen. Diese Gerüchte beunruhigten mich, und ich machte mir Gedanken darüber, aber Susan hieß mich, sie als Geschwätz abzutun.

Die Wahrheit erfuhr ich erst, wie ich bereits erwähnte, als ich erwachsen war. Aber vielleicht hat Susan auch recht daran getan, bei ihrer Ansicht zu bleiben, solange ich klein war, und mir damit Sicherheit zu geben. Ich war ein nervöses Kind, anfällig für Albträume und unzählige Leiden. Ich klammerte mich an Susan, als wäre sie meine Mutter, und sie sich an mich, denn sie war nicht mit einem eigenen Kind gesegnet, nein, auch nicht mit einem Mann, der sie haben wollte, denn unser Schöpfer in seiner unendlichen Weisheit hatte beschlossen, sie hässlich zu erschaffen, indem er sie mit einem gewaltigen Körper und einem unsteten Auge versah, was das arme Geschöpf gegenüber dem starken Geschlecht schüchtern und unbeholfen werden ließ. Aber für mich war sie die liebenswerteste Frau auf

Gottes Erden, denn solange ich ein Kind war, stand sie mir in jeder Lage bei, und ich wollte keine andere Mutter.

Susan war es, die mich tröstete, wenn ich nachts weinend aus meinem Traum erwachte. Es war immer derselbe Traum, dass ich einsam und verloren in der Dunkelheit umherwanderte, während die scharfen Klauen der Bäume sich ausstreckten, um mir das Gesicht zu zerkratzen oder mich zu Boden zu werfen. Die Schreie der wilden Tiere drangen von überall her, näher und immer näher, der Geruch nach verrottetem Laubwerk erfüllte meine Nasenlöcher. In den Nächten, in denen ich diesen Traum träumte, hatte ich Angst, wieder einzuschlafen. Dann schob Susan ihren gewaltigen Körper neben meinen und legte mich an ihren weichen Busen, bis ich, halb erstickt, ruhig wurde. Ich kann mir nicht vorstellen, dass sie viel geschlafen hat in jenen Nächten, in denen meine Dämonen mich heimsuchten, aber niemals kam ihr eine Klage über die Lippen.

Jude beschlich ein Gefühl der Unwirklichkeit, als sie den Abschnitt noch einmal las. Der Traum des Mädchens war der gleiche, den sie selbst und Summer auch hatten. Wie war das möglich? Sie überlegte. Vielleicht hatte es etwas mit Starbrough Folly zu tun. Der Turm war von einer ganz besonderen Atmosphäre umgeben – ein verwunschener Ort, wenn man an solche Dinge glaubte –, aber das war keine Erklärung für Judes Träume. Soweit sie wusste, war sie in diesem Sommer zum ersten Mal dort gewesen. Vielleicht war es reiner Zufall. Träume, dass ein Mädchen durch einen dunklen Wald rannte und nach seiner Mutter rief, waren schließlich der uralte Stoff von Märchen – man musste nur an Schneewittchen und Rotkäppchen denken. Vielleicht hatten die Menschen, nachdem sie vor langer Zeit zu sesshaften Ackerbauern geworden waren, sich mehr und mehr vor den Wäldern zu fürchten begonnen, aus denen sie aufgetaucht waren. Das hatte sie jedenfalls irgendwo gelesen. Schließlich senkte sie den Blick wieder auf die blasse Schrift auf dem Papier und las weiter.

In jenen Tagen bestand meine Welt aus nichts als dem Kinderzimmer, der Küche und den Gärten rund um das Haus. Es war mir verboten, weiter als in den Park vorzudringen. Manchmal spielte ich mit den Kindern des Gärtners, Sam und Matt, die gern kletterten und rannten, wie es die Art der Jungen ist. Und so lernte ich ebenfalls zu rennen und zu klettern, und wenn ihre Spiele mir nicht zusagten, setzte ich mich für mich allein nieder und baute Nester aus Gras und Ästchen. Ich stellte mir vor, die kleinen Stöcke und Knochenstücke wären Menschen und Tiere. Einmal schenkte Susan mir ein paar Puppen, die aus Zapfen gefertigt und in Tuchfetzen gekleidet waren. Sie hatte sie einer Zigeunerin abgekauft.

Am 21. Juli 1768, meinem sechsten Geburtstag, rüttelte Susan mich frühmorgens ungewöhnlich aufgeregt wach. Als ich aufstand, entdeckte ich neben meinem Fenster ein zauberhaftes Puppenhaus, das mit ausgesuchten Möbeln bestückt war. »Es ist von deinem Vater«, erklärte Susan mir in ehrfurchtsvollem Ton. Sie erzählte, dass er bei einem Blick aus dem Fenster seines Zimmers gesehen habe, wie ich draußen mit meinen Stöckchen und dem Gras spielte. Wegen dieses Puppenhauses habe er den ganzen weiten Weg bis nach London geschickt. Es gab darin alles: zarte Puppen und fein gefertigte Möbel – die Fenster waren sogar mit kleinen Vorhängen versehen, wunderschön gearbeitet mit schmalen Schnüren – und hübsche Decken auf den Betten. Mein Vater erschien nicht im Kinderzimmer, um mir zum Geburtstag zu gratulieren. Später am Tag half Susan mir, die Buchstaben meines Namens auf einen

Dankesbrief zu malen. Er hat nicht geantwortet. »Dein Vater ist ein sehr beschäftigter Mann«, erklärte Susan, »und er hat bedeutende Aufgaben zu erfüllen. Er hat keine Zeit für kleine Mädchen. Aber wie du siehst, denkt er an dich.«

Was ihn die ganze Zeit über beschäftigte, waren der Entwurf und die Errichtung eines Turmes, den er besteigen konnte, um die Sterne zu beobachten. In der Küche gab es viel Gerede über diesen Turm, und mir schien er immer eine erstaunliche Angelegenheit. Starbrough Folly, wie die Angestellten ihn nannten. Es gab ein Vorbild für solch ein Gebäude. Der Cousin von Mrs. Godstone, unserer Haushälterin, arbeitete als Diener in einem großen Anwesen in der Nähe von Norwich, und er erzählte ihr, dass der Master in seinem Park ein Ziergebäude errichtet hatte, das an einen heidnischen Tempel erinnerte. »Taugt zu gar nichts«, hatte Mrs. Godstones Cousin, der Diener, gesagt. »Ist nur hübsch genug für die feinen Ladys und Gentlemen, um ihn anzuglotzen und sich einzubilden, sie wären in Rom oder Arkadien.«

Mr. Trotwood, der Verwalter der Besitzungen meines Vaters, war von dem Plan mitnichten angetan. Mein Vater, der nur ein spärliches Interesse an seinen Ländereien zeigte, ließ Trotwood die Besitzungen eigenständig verwalten. Trotwood war eine gepflegte Erscheinung, aber auch recht rüpelhaft. Und nun war ihm befohlen worden, wegen eines dummen Turmes eine Reihe von Anweisungen auszuführen, zu denen die Beschaffung großer Mengen feiner Ziegel gehörte, während sein Master sich beständig einmischte und die Männer aus der Gegend, die er für den Bau angeworben hatte, sich als mürrisch und unwirsch erwiesen. Sie hassten Trotwood, der sich im Dorf wegen seiner Pläne zur allgemeinen Verbesserung der Zustände manchen Ärger eingehandelt hatte. Einen jungen Kerl von sechzehn Jahren hatte er wegen Wilderei deportieren las-

sen. Zwei Familien hatte er aus ihren Häusern geworfen, weil sie den neuen Pachtzins nicht gezahlt hatten. Unter der Dorfbevölkerung herrschte Angst wegen der Lage des Gebäudes in einer Lichtung auf dem Hügel, die Gerüchten zufolge eine alte Begräbnisstätte gewesen war. Als sie das Fundament aushoben, entdeckten die Arbeiter menschliche Knochen. Danach legten sie die Werkzeuge nieder und verweigerten die Arbeit. Trotwood war gezwungen, armselige Halunken aus dem Gefängnis in Norwich für die Arbeit heranzuschaffen, da sein Master darauf bestand, mit dem Bau fortzufahren. Niemand wusste, was mit den Knochen geschah, denn der Pfarrer wollte sie nicht auf seinem Kirchhof haben. Manche behaupteten, Trotwood habe sie persönlich in einer mondlosen Nacht im Fundament begraben.

Ich erlebte mein siebtes Jahr, als sich dieses Drama abspielte, und ich kann mich erinnern, dass ich oft unter dem Tisch in der Stube der Dienerschaft hockte, in mein liebstes Spiel mit den Zapfenpuppen vertieft – dass ich eine Prinzessin sei, die ihren Eltern geraubt worden war –, oder dass ich eine Katze mit einem Wollknäuel ärgerte und lauschte, wie die Leute über den Turm schwatzten, während sie bei der Arbeit saßen. Einmal gab es einen gehörigen Aufruhr, denn ein Gefangener war entwischt. Tagelang erschraken die Frauen bei jeder Ankunft eines Fremden und weigerten sich, abends allein das Haus zu verlassen oder auch nur den Kutscher zum Abendessen zu rufen oder Kartoffeln aus der Scheune zu holen. Doch nie gab es eine Spur des Flüchtigen. Schließlich erzählte man sich, dass er sich nach Great Yarmouth durchgeschlagen und ein Schiff nach Holland genommen habe, und so kehrte wieder Frieden ein. Ein andermal behauptete einer der Gefangenen, ein Gespenst gesehen zu haben, das niemand anderes gewesen sei als der frühere Besitzer der alten Knochen, sodass die Män-

ner abermals die Arbeit verweigerten und Trotwood voller Wut zum Haus kam und den Master sprechen wollte, der schließlich in seiner Werkstätte bei den Stallungen aufgetrieben wurde und die Angelegenheit sofort aus der Welt schaffte, indem er die Löhne erhöhte.

Was tat mein Vater in seiner Werkstatt? Er fertigte Ferngläser, erfuhr ich, indem er optische Linsen und Spiegel schliff.

Oft, besonders im Winter, wenn die Nächte klar und scharf waren vor Frost, sah er nie das Tageslicht, denn mit seinen Teleskopen verbrachte er lange Stunden draußen im dunklen, kalten Park, beobachtete das bestirnte Firmament und nahm Aufzeichnungen in einem großen Buch vor. Dann schlief er von Sonnenaufgang bis Sonnenuntergang. Diese zermürbende Prozedur führte zu zahlreichen Leiden, großen Mengen von Kalbfleischsuppe und Gin, den das Hausmädchen Betsy ihm auf einem Tablett brachte.

Eines Abends im Herbst kam der Jagdaufseher mit ein paar Hasen und der Neuigkeit in die Küche, dass Starbrough Folly jetzt fertig sei und dass der Turm sehr schön aussehe, aber nur Jan, der Kutscher, war mutig genug, den Hügel hinaufzusteigen, um sich das Gebäude anzusehen. »Der Turm ist über neunzig Fuß hoch«, berichtete er, »bestimmt so groß wie die Kathedrale von Norwich, und er hat ein Zimmer ganz oben und darüber noch ein ummauertes Podest mit einem Dach, unter dem Mr. Wickham sich vor dem Wetter schützen kann, wenn er mit seinen Teleskopen über den Himmel fliegt.«

Und genau das beabsichtigte er zu tun. An mehreren Tagen nacheinander beschwerte sich Mrs. Godstone morgens bei Susan, dass mein Vater ihr befohlen habe, um Mitternacht Proviant auf den Turm zu bringen, und dass man versucht habe, Jan oder einen der Stallburschen wach zu halten, um dem Befehl nachzukommen. Nachdem Jan gedroht hatte, an-

derswo in den Dienst zu treten, erhob Mrs. Godstone schließlich Einspruch, und danach packte sie meinem Vater jeden Abend ein Päckchen Brot und kaltes Fleisch oder einen Schenkel vom Kapaun ein, den er mitnahm. Und so war wieder eine Art Gleichgewicht hergestellt.

Was mich betraf, so lauschte ich aufmerksam, sobald der Turm erwähnt wurde, denn die Vorstellung eines Turmes im Wald faszinierte mich mehr und mehr, und ich sehnte mich danach, ihn zu sehen.

»Kannst du mich nicht hinbringen, Susan?«, fragte ich sie ein paar Mal, aber sie schüttelte stets den Kopf, und einmal stieß sie sogar den Namen des Herrn aus.

»Der Wald ist ein gottverlassener Ort«, erklärte sie mir, »voller wilder Tiere und abscheulicher Geister. Nie darfst du dorthin gehen, und ganz gewiss niemals allein, denn wenn die Geister der wilden Tiere dir nicht den Garaus machen, dann bestimmt die Zigeuner.« Damals war ich erstaunt über ihre Leidenschaft. Später, viel später, verstand ich.

Wie es mit der Versuchung nun einmal wirkt, wenn etwas verboten ist, wuchs der Gedanke in mir, dass ich diesen Turm unbedingt sehen müsse. Aber ich fühlte mich auch zu jung und unbedeutend, um einen Erwachsenen davon zu überzeugen, mich mitzunehmen. Und dann, in dem Sommer, als ich acht wurde, sprach ich mit Matt darüber, dem jüngeren Sohn des Gärtners.

Ich erwähnte bereits, dass es mir verboten war, den Park zu verlassen. Nun war ich jedoch im vergangenen Jahr zum Unterricht in die kleine Dorfschule geschickt worden, die von der Pfarrersfrau und ihrer unverheirateten Tochter geleitet wurde. Diese Entwicklung hatte sich auf folgende Weise angebahnt: Mrs. Godstone hatte mit meinem Vater darüber gesprochen, dass ich neue Kleider brauchte, und er beliebte sich zu erkun-

digen, wie es mir ginge. Mrs. Godstone gestand ihm, dass ich keinen Unterricht erhielte, wenngleich Susan mir beigebracht hätte, das Alphabet auf eine Schiefertafel zu schreiben.

In der Schule, die in einem Saal neben der Kirche abgehalten wurde, versammelten sich nicht mehr als dreißig Kinder, alles in allem. Nur wenige waren älter als zehn oder elf, denn danach behielt man sie zu Hause, um ihren Familien zur Hand zu gehen, indem sie das Vieh hüteten oder die Vögel von den frisch angesäten Feldern verscheuchten. Matt gehörte zu den Schülern, aber sein Bruder Sam war schon entlassen und half seinem Vater. Ich sah ihn oft, wenn er im Küchengarten von Starbrough Hall Unkraut jätete. Ich war nicht das einzige Kind mit ordentlicher Kleidung. Hugh Brundall, Dr. Jonathan Brundalls Sohn, nahm ebenfalls am Unterricht teil wie auch die zwei zerbrechlich aussehenden Töchter der Witwe eines Admirals, die zusammen auf der Bank ganz vorn saßen, immer bereit, jede Frage zu beantworten, die Miss Greengage sich ausdachte.

Diese Miss Greengage war eine schwächliche, ausgezehrte Frau mit einer zögerlichen Sprache, die die Jungen hinter ihrem Rücken nachäfften. Aber sie besaß eine Leidenschaft für Gelehrsamkeit, und hin und wieder warf sie uns einen interessanten Bissen hin, der sogar den feisten George Benson dazu brachte, aufrecht sitzend zu lauschen, anstatt sich in seinen Sitz zu lümmeln und aus dem Fenster zu starren. Bei einer dieser Gelegenheiten ging es um die Bewegung der Erde innerhalb der Himmelssphären. Miss Greengage erklärte die Bedeutung der Namen der anderen himmlischen Sphären, die zusammen mit der Erde ihren vorgezeichneten Bahnen um die Sonne folgten, und wie Gott der Schöpfer uns alle in einer vollkommenen Mechanik hielt, was ihm zu Ruhm gereichte. In gewissen Nächten, so erklärte sie weiter, sollten wir uns diese Mitreisenden doch einmal ansehen, denn manche unter ihnen wären am Himmel als leuchtende Sterne zu erkennen. Sie brachte eine Zeichnung dieses ausgefeilten Musters auf die Schiefertafel, aber so viele verwirrte Blicke waren auf sie gerichtet, dass sie von dem erhöhten Podest trat, auf welchem ihr Tisch stand, und nach ihrem Umhang griff. Es ist ein schöner Tag, verkündete sie, wir wollen hinausgehen und uns unsere eigene Planetenmaschine bauen.

Natürlich herrschte große Aufregung wegen des ungewöhnlichen Ereignisses, als wir aus dem Saal strömten und über den Friedhof auf den Rasen, wo Miss Greengage uns zu einem Modell des Planetensystems arrangierte.

Ich kann mich erinnern, dass George Benson die Sonne war. Das war eine treffliche Wahl, denn er war groß und rundlich und fröhlich und konnte lange Zeit herumstehen, ohne sich zu rühren. Matt, der jüngere Sohn des Gärtners, war ein natürlicher Merkur, klein und ruhelos. »Esther, möchtest du gern Venus sein, die Göttin der Schönheit und der zweite Planet nach der Sonne?«, fragte mich Miss Greengage, und stolz nahm ich im Orrery meinen Platz ein zwischen Matt und den Töchtern des Admirals, die sich an den Händen fassten und Erde und Mond darstellten. Hugh war für den gewaltigen Mars vorgesehen, den Gott des Krieges, und andere Kinder, deren Namen ich vergessen habe, nahmen die Plätze des Jupiter und des beringten Saturn ein. Die übrig gebliebenen Kleinen spielten die Sterne oder Kometen, und in dieser Aufstellung begannen wir nach Miss Greengages aufgeregt erteilten Anweisungen, uns in einem würdevollen Tanz in Bewegung zu setzen, obwohl Mond und Erde zusammenzustoßen drohten, was die Schwestern zu Heiterkeitsausbrüchen hinriss.

»Überaus bezaubernd«, sagte Miss Greengage, die in ihrer Aufregung beinahe hübsch war und die Hände unter ihrem

spitzen Kinn zusammenpresste, und wir schritten unsere Umlaufbahn ab, bis uns schwindlig wurde und die Pfarrersfrau die Glocke läutete.

»Wenn ihr heute Abend den Himmel betrachtet«, erklärte unsere Lehrerin, »dann müsstet ihr Mars und Venus sehen, den Lord und die Lady der Nacht, welche wie Lampen tief am Horizont hängen. Schaut es euch an, Kinder. Arbeitet ihren Stand heraus, wie ich euch gezeigt habe, ausgehend von dort, wo die Sonne im Westen untergeht.«

Noch am selben Abend machte ich mich begeistert an die Aufgabe und sah zwei helle Sterne über dem höchsten Punkt des Hügels, genau, wie sie es angekündigt hatte. Das war der Augenblick, in dem meine Liebe zur Sterndeutung erwacht ist. Und der Wunsch, den Turm meines Vaters zu sehen, wurde stärker.

Das Geräusch eines Wagens in der Auffahrt unterbrach Jude in ihrer Lektüre. Sie sah auf die Uhr und stellte erstaunt fest, dass eine ganze Stunde vergangen war, seit Chantal das Haus verlassen hatte. Kurz darauf kam diese mit einer Rolle unter dem Arm in die Bibliothek.

»Es geht mir viel besser«, antwortete sie auf Judes Frage. »Der Zahnarzt hat eine provisorische Füllung gemacht. Inzwischen ist mir wieder eingefallen, wo ich den Familienstammbaum hingelegt hatte«, sagte sie und breitete die Rolle auf dem Tisch aus, damit Jude sie sich anschauen konnte. »Hier, Anthony ist Ende 1778 gestorben. Ein Kind wird nicht erwähnt.« Ihr Blick fiel auf die Seiten, die Jude gelesen hatte. »Was haben Sie denn da?«

Jude zeigte ihr die Blätter, die sie im Schrank gefunden hatte. Chantal staunte. »Davon hatte ich nicht die geringste Ahnung«, sagte sie und musterte den Fund eingehend. »Was sagten Sie, wo waren sie versteckt?«

»Hier hinten.« Jude zeigte ihr das Loch in der Holzwand hinten im Schrank. Chantal hatte ein wenig Mühe, sich hinzuknien und mit der Hand hineinzutasten.

»Und dahin sind Sie tatsächlich mit der Hand gelangt?«, fragte sie. »Das habe ich nie versucht. Vermutlich hat hier zu manchen Zeiten ein solches Durcheinander geherrscht, dass die Blätter einfach durchgerutscht sind.«

»Aber warum sind sie aus dem Buch herausgerissen worden?«, überlegte Jude.

»Keine Ahnung. Aber das muss schon vor langer Zeit passiert sein. Sonst hätte ich es bemerkt.«

»Immerhin haben wir jetzt die Antwort auf meine Frage von vorhin«, sagte Jude ruhig. »Ich habe Sie gefragt, ob Anthony einen Sohn hatte, und Sie hatten recht, er hatte keinen. Aber er hatte eine Tochter, eine Adoptivtochter. Ihr Name war Esther, und sie hat den Bau des Turmes beschrieben.«

Chantal dachte darüber nach. »Esther. Ich habe noch nie etwas von ihr gehört. Vielleicht sind adoptierte Kinder damals noch nicht in das Verzeichnis der Familie aufgenommen worden. Steht da etwas darüber, woher sie stammte?«

Jude suchte die Stelle im Tagebuch. »›*... dass ich eine Waise sei ... oder der Bastard des Masters ...*‹ Das klingt wirklich ein bisschen geheimnisvoll. Das arme Mädchen, sie wusste es selbst nicht genau. Und sie hat gern Prinzessin gespielt, heißt es später. Es hat sie also eindeutig beschäftigt.«

Am frühen Nachmittag schickte Jude eine Mail an Cecelia, in der sie ihr den neuen Fund beschrieb und versprach, ihr das zerrissene Journal am Montag zuzusenden. Sie beschrieb die ramponierten Seiten, die ihrer Meinung nach absichtlich herausgerissen worden waren.

Ich muss die Papiere zuerst selbst lesen – sie sind fantastisch für den Artikel, den ich schreiben muss –, und ich lasse Dich wissen, was drinsteht. Es scheint vernünftig, dass ich sie transkribiere, solange ich hier bin, damit jeder sie lesen kann, der sich dafür interessiert. In der Zwischenzeit müssen wir nicht nur alles über Anthony herausfinden, sondern auch über Esther Wickham.

Dann fuhr sie den Laptop herunter. Sie war ein bisschen müde und hatte leichte Kopfschmerzen. Mit einem dumpfen, vorwarnenden Schmerz im Bauch lag sie eine Weile auf dem Bett und dachte über Esthers Manuskript nach. Es war eine brillante Idee, die Seiten zu transkribieren. Vielleicht konnte sie jeden Tag ein paar Abschnitte daraus in ihren Laptop tippen. Aber nicht an diesem Nachmittag. Sie sollte sich später bei Claire einfinden. Im Moment fand sie es verlockend, einfach nur auf dem Bett zu liegen, nahm ein paar Schmerztabletten und schlief kurz darauf ein.

Als sie eine halbe Stunde später wieder aufwachte, fühlte sie sich besser und beschloss, einen Spaziergang zu machen. Das Gelände rund um Starbrough Hall hatte sie noch gar nicht richtig in Augenschein genommen.

Chantal war nirgends zu sehen. Alexia, die aufräumte, solange die Kinder ein Schläfchen hielten, schlug ihr vor, sich die Gärten hinter dem Haus anzusehen. »Allerdings gibt's da nicht viel zu entdecken, fürchte ich«, sagte sie. »Aber Sie können sich die Stallungen und die Gewächshäuser anschauen und sich vorstellen, wie es früher war. Außerdem gibt es dort noch Roberts kostbares Gemüsebeet. Das dürfen Sie nicht verpassen, er ist sehr stolz darauf.«

Jude erkundete den Blumengarten und bewunderte pflichtbewusst die Gemüsereihen im Küchengarten. Dann ging sie quer durch den Park, machte einen kleinen Sprung in den alten Begrenzungsgraben und ging über unebenes Grasland auf den Wald zu. Als sie näher kam, entdeckte sie ein eisernes Gittertor in der Mauer aus Feuerstein, die den Park vom Waldgebiet trennte. Wie sie befürchtet hatte, war es mit einem Vorhängeschloss gesichert. Sie umfasste die Gitterstäbe wie eine Gefangene und starrte auf einen verlockenden Pfad, der zwischen den Bäumen verschwand. Vermutlich führte er zum Turm. Sie wandte sich um und ging zur Straße hinunter. Bevor sie zum Haus zurückkehrte, wollte sie einen kurzen Rundgang um das Gelände von Starbrough Hall machen.

Als Jude die Straße erreicht hatte, genoss sie es, eine Weile auf einer niedrigen Mauer unter dem sanft raschelnden Laub der Bäume zu sitzen, es war so ein perfekter schläfrig machender Nachmittag. Auf der anderen Seite der Mauer grasten Kühe auf der Wiese. Eine leichte Brise strich ihr über die Haut.

Eine Viertelmeile die Straße hinauf konnte sie Euans Wagen erkennen, und genau in diesem Moment kam er aus der Auffahrt und holte irgendetwas aus dem Kofferraum, was nach einer Holzleiste aussah, bevor er wieder im Haus verschwand.

Jude fragte sich, ob er gerade nach Hause gekommen war oder wegfahren wollte. Nach Hause gekommen, beschloss sie, nachdem ein paar Minuten lang überhaupt nichts geschehen war. Sie glitt von der Mauer herunter und spazierte die Straße hinauf.

14. Kapitel

Euan hockte vor einem geöffneten Kaninchenstall in dem alten Carport. Als er aufstand, sah Jude, dass er ein Kaninchen im Arm hielt. »Jude, wie schön, Sie zu sehen! Ich wusste nicht, dass Sie wieder in der Gegend sind«, sagte er mit einem warmen Lächeln.

»Diesmal bleibe ich ein oder zwei Wochen«, erklärte sie, ging auf ihn zu und streichelte das Kaninchen. Es versuchte, sich unter ihrer Hand wegzuducken. »Oh, jetzt hab ich es erschreckt!«, sagte sie. »Ich hoffe, Sie sind nicht böse, dass ich wieder mal unangemeldet hier auftauche.«

»Nein, überhaupt nicht«, sagte er und kraulte das Tier. »Komm schon, alter Junge, ist doch alles in Ordnung.« Sie standen sehr nahe beieinander, und das Kaninchen war ruhiger geworden. Es zitterte, ließ aber zu, dass Jude ihm mit den Fingern über den Rücken strich.

»Ist das das Tier, das Sie in der Falle gefunden haben?« Sie konnte keinen Verband mehr entdecken.

»Ja, schauen Sie mal, seine Wunde ist fast verheilt. Ich denke, ich kann es bald wieder freilassen.«

Jude fuhr dem Kaninchen mit der Hand über die Ohren, die es flach auf den Rücken gelegt hatte. Dabei streiften ihre Finger Euans Hemd, was ihr ein überraschendes Gefühl der Intimität gab. Als ob das Tier zu verstehen geben wollte, dass es immer noch die Oberhand hatte, kuschelte es sich tiefer in das Hemd, als sie zu streicheln wagte. »Ich schätze, es würde Ihnen einfach wieder nach Hause folgen«, sagte sie.

Euan sah besorgt aus. »Dann müsste ich jemanden finden, der es als Haustier haben möchte. Ich kann sie unmöglich alle hierbehalten. Besonders wenn ich unterwegs bin. Sie wohnen wieder bei Claire, nehme ich an? Vor ein paar Tagen bin ich mit der kleinen Puppe bei ihr vorbeigefahren, die Summer sich gewünscht hat, aber es war niemand zu Hause. Also habe ich sie auf die Türschwelle gelegt. Ich hoffe, sie hat sie gefunden.«

Die Erwähnung von Claire schob sich zwischen sie wie eine kühle Brise. Jude hörte auf, das Kaninchen zu streicheln, und trat einen Schritt zurück.

»Ich habe die beiden noch nicht gesehen, aber Summer hat sich bestimmt gefreut. Tatsächlich bleibe ich diesmal auf Starbrough Hall. Claires Haus ist so klein, dass es nicht fair wäre, sich länger dort einzunisten. Und die Wickhams waren sehr hartnäckig. Aber ich fahre nachher zum Blacksmith Cottage und kann gern nach der Puppe fragen.«

»Danke«, sagte Euan und sah sie nachdenklich an. »Hey, was für ein Glück, dass Sie aufgetaucht sind. Ich brauche ein bisschen Hilfe, falls Sie Zeit haben. Sie haben doch keine Angst vor Pferden, oder?«

»Nicht besonders«, entgegnete Jude vorsichtig. »Warum?«

»Heute Nachmittag kommen ein paar Männer vorbei, um die Wiese zu mähen, und ich muss den Wohnwagen aus dem Weg schaffen. Robin, der Ackergaul, ist ans Ziehen gewöhnt, und Steve hat gesagt, dass ich ihn mir ausleihen könnte, um den Wohnwagen umzustellen. Aber als ich vorhin angerufen habe, war niemand da, und die Männer kommen in einer halben Stunde.«

»Und was muss ich machen?«, fragte Jude ein bisschen ängstlich. Sie hatte nichts mehr mit Pferden zu tun gehabt, seit sie in ihrer Jugend nach Norwich gezogen war und ein paar Monate lang samstagmorgens Reitstunden genommen hatte.

»Am wichtigsten ist es, Robin ruhig zu halten, während ich ihn einspanne«, erklärte er. »Ich sollte unseren kleinen Freund hier mal absetzen und Ihnen Robin vorstellen.«

Die nächsten zehn Minuten verbrachte Jude damit, das alte Zugpferd mit Zuckerstücken milde zu stimmen, während Euan ihm das Geschirr anlegte. Dann führten sie Robin die Straße hinauf, über die Weide, und ließen das Pferd rückwärtsgehen, bis es zwischen dem Gestänge des Wohnwagens stand.

»Wohin soll er ihn ziehen?«, fragte Jude, während Euan die Lederriemen überprüfte.

»Unter die Bäume, nicht weit«, sagte Euan und nickte in die Richtung.

Als es so weit war, zeigte Robin allerdings mehr Interesse daran, an dem süßen Gras zu knabbern, als den Wohnwagen zu ziehen. Außerdem waren die Räder in den vom Juniregen durchweichten Boden eingesunken, sodass sich das Pferd erst nach weiteren Zuckerstückchen und einer geheimnisvollen Übung, bei der Euan ihm in die Augen starrte und die Nasenlöcher aufblähte, überreden ließ, sich in Bewegung zu setzen. Mit Euan und Robin an der Spitze zuckelte der Wohnwagen schließlich von seinem Standplatz und ruckelte knarrend und schwankend unter die Pappeln an der gegenüberliegenden Seite der Wiese. Sie schirrten das Pferd gerade ab, als draußen vor dem Cottage ein kleiner Lastwagen vorfuhr. Anschließend hörte man das Klackern und Schleifen von Metall auf Stein, und dann tauchte in der

Lücke in der Hecke eine kleine Mähmaschine auf, gefahren von einem jungen Mann mit einer Wollmütze. Ein beleibter älterer Mann, schwer atmend und mit vor Anstrengung gerötetem Gesicht, folgte zu Fuß.

»Tag, Mr. Robinson. Sie haben sich einen guten Tag zum Mähen ausgesucht!«, rief er und winkte dem jüngeren Mann zu, der den Motor abstellte.

»Da haben Sie recht, Jim. Jude, das ist Jim Devlin, und das ist sein Sohn Adrian. Am besten, wir lassen die beiden gleich anfangen«, sagte er zu ihr und wandte sich dann den Männern zu. »Wenn Sie fertig sind, wartet schon der Kaffee auf Sie.«

»Für uns lieber einen Tee, falls Sie welchen dahaben, Mr. Robinson«, sagte Jim. »So stark, dass der Löffel senkrecht drin stehen bleibt, bitte, und zwei Stück Zucker.«

»Dann gibt es starken Tee.«

»Für mich lieber Kaffee, Euan«, sagte Jude hastig.

Als sie ihm nach drinnen folgte, hörte sie die Mähmaschine, die wieder angeworfen worden war.

»Was passiert mit dem Heu?«, fragte Jude, als sie darauf warteten, dass das Wasser im Kessel zu kochen begann.

»Wenn es trocken ist«, erklärte Euan und gab löffelweise Kaffeepulver in eine Cafetière, »ist es ein erstklassiges Tierfutter. Einen Teil behalte ich, den anderen Teil verkaufe ich an eine Tierhandlung in der Gegend.« Er nahm vier Becher von der Fensterbank und wischte sie aus. In zwei hängte er Teebeutel und stellte sie für Jim und Adrian beiseite. »Aber jetzt erzählen Sie doch mal, was Sie hier machen, ›Tante Jude‹. Untersuchen Sie wieder ein paar verstaubte alte Bücher?«

»So ist es. Mein Chef hat beschlossen, dass diese Sammlung in diesem Jahr die Rettung der Firma ist, und deshalb bin ich hier, um meine Hausaufgaben zu machen.« Sie erzählte von den Tagebüchern, von Esther und von dem Artikel, den sie schreiben sollte.

»Spannende Sache!«, sagte Euan und holte eine Packung Milch aus der Kühlbox. »Ich bin sicher, dass Sie den Turm gründlich unter die Lupe nehmen wollen.«

»Euan«, sagte sie mit einem Anflug von schlechtem Gewissen, »ich weiß, Sie hatten gesagt, dass es dort gefährlich sein kann. Aber leider muss ich gestehen, dass ich mir den Turm schon selbst angesehen habe. Letzten Sonntag, auf meinem Heimweg.«

»Ach, wirklich?«, erwiderte er ruhig und drückte den Stempel der Cafetière hinunter.

»Ja. Ich habe überlegt, ob ich bei Ihnen vorbeifahren soll, um Sie zu fragen, ob Sie mitkommen. Aber es war schrecklich früh.«

»Ist schon in Ordnung. Schließlich sind Sie erwachsen.« Er schaute nicht auf, während er den Kaffee einschenkte. »Ich möchte nur nicht, dass sich dort jemand verletzt. Deshalb habe ich Sie gewarnt.« Er klang noch immer ein bisschen beleidigt.

»Aber Sie gehen doch auch da hoch, Euan. Ich habe mich wirklich wie ein Eindringling gefühlt. Gehören die Sachen da oben Ihnen? Die Bücher und Papiere?«

»Ja. Ich brauche sie für mein nächstes Buch.« Seine Miene hellte sich auf. »Ich schreibe über die Sterne.«

»Wirklich? So ein Zufall! Ich meine, weil ich gerade Recherchen über einen Sterndeuter anstelle. Über Anthony Wickham, den Mann, der den Turm gebaut hat. Esther war seine Adoptivtochter.«

»Ah, das könnte sogar für mein Buch interessant sein.«

»Ist es auch ein Sachbuch? Wie die anderen? Über welchen Aspekt der Sterne schreiben Sie denn?«

»Nicht über diesen technischen Kram, ich bin kein Physiker. Es ist ein allgemein verständliches Buch, in dem Stil wie die anderen auch. Eher über die kulturelle Bedeutung der Astronomie. Ich bin leidenschaftlich daran interessiert, zu zeigen, dass die Sterne für uns Menschen wichtig und notwendig sind. Wir leben in großen und kleinen Städten und haben so viel künstliches Licht um uns herum, dass wir Gefahr laufen, unsere Verbindung zum Nachthimmel zu verlieren. Diese Fähigkeit, über das Universum und unseren Platz darin zu staunen. All das möchte ich den ganz normalen Leuten vermitteln und sie dazu bewegen, ab und zu zum Himmel hochzuschauen. Ich glaube, das ist der unausgesprochene Sinn aller meiner Bücher. Die Leute dazu zu bringen, sich wieder in die Natur zu verlieben.«

Jude dachte darüber nach, wie lebhaft und strahlend er ausgesehen hatte, als er sprach. »Danke«, sagte sie, als er ihr den Kaffeebecher reichte, »das klingt wunderbar. Und nach einem Buch, das ich sehr gern lesen möchte. Das heißt, Sie steigen also in den Turm, um die Sterne zu beobachten? Ich habe die Luke im Dach entdeckt …«

»Um Himmels willen! Ich hoffe, Sie sind nicht hinaufgestiegen …«

Diesmal sah er wirklich besorgt aus. »Nein, nein, so dumm bin ich nicht«, sagte sie rasch, »keine Sorge.«

»Ich weiß, wie die Luke funktioniert«, erklärte er. »Wenn man sie öffnen will, gibt es einen besonderen Trick. Aber die Leiter wackelt, und das ist nicht gut, um den Trick auszuprobieren. Ja, ich steige wie der alte Anthony Wickham den Turm hinauf, um die Sterne zu beobachten. Aber auch, um nachzudenken und mir Notizen zu machen. Sieht so aus, als käme ich auf gute Ideen, wenn ich da oben in dem kleinen Raum sitze«, sagte er mit verschränkten Armen und musterte sie von Kopf bis Fuß. »Der Turm hat eine besondere Atmosphäre. Die allerdings nicht jedem gefällt.«

»Ist das eine Anspielung auf Summer? Ich weiß genau, was Sie mit der Atmosphäre meinen«, erwiderte sie sachlich. »Für mich strahlt er sehr viel Geschichte aus, aber das ist es ja auch, was mich interessiert. Außerdem gibt es da ja … also, es ist so, als ob jemand anwesend wäre. Ich musste an Anthony Wickham denken, wie er mit seinen Teleskopen da oben gesessen und sich die einsamen Nächte vertrieben hat. Obwohl ich nicht sagen könnte, dass es wie sein Echo war, das ich gespürt habe. Es gab nicht viel, was aussah, als hätte es ihm gehört. Nicht, dass ich herumgeschnüffelt hätte«, fügte sie hinzu.

»Sie haben das gleiche Recht, dort herumzuschnüffeln, wie ich«, sagte er, lehnte sich an den Türrahmen und nippte an seinem Kaffee. »Ein paar Dinge habe ich auf dem Gelände gefunden … halt, das erinnert mich an etwas.«

Er stellte den Kaffeebecher ab und ging hinüber zu der alten Anrichte, die als einziges Küchenmöbel überlebt hatte, nahm etwas vom Regalbrett und reichte es ihr. »Was halten Sie davon?«, fragte er.

»Das ist eine Münze, was sonst«, sagte sie und drehte das schwere, schwärzliche Metallstück um. »Vielleicht ein Penny.« Sie hielt die Münze ins Tageslicht und untersuchte sie. »Der Kopf eines Königs. Einer von den Georges, vielleicht, aber ich kann nicht entziffern, welcher.«

»Ich glaube, es ist George I.«, sagte Euan, »König von Großbritannien von 1714 bis 1727. Ich habe im Internet nachgeschaut. Die Münze habe ich dort gefunden, wo ich den Muntjak begraben habe. Vermutlich sollte ich sie an John Farrell weitergeben, das ist der Mann, dem das Land gehört. Aber auf der Website, auf der ich nachgesehen habe, hieß es, sie sei nicht viel wert, und irgendwie halte ich ihn nicht für einen sensiblen Sammlertyp.«

Jude schoss ein Bild durch den Kopf: Esther hatte beschrieben, wie Mr. Trotwood die ausgegrabenen alten Knochen um Mitternacht wieder beerdigte. Dabei war ihm unbemerkt ein Penny in das Loch gefallen. Jude hatte keine Ahnung, wieso ihr das jetzt eingefallen war. Aus der Erde, die Euan umgegraben hatte, hatte ein kleiner Knochen geragt. Sie schauderte. »Ich frage mich, ob es irgendwann eine richtige archäologische Grabung an der Stelle gegeben hat«, sagte sie, als ihr einfiel, dass noch jemand den Erdhügel gesehen hatte.

»Oh, Euan, da war noch etwas Merkwürdiges. Ist Ihnen jemals eine Frau namens Marcia Vane über den Weg gelaufen?« Er schüttelte den Kopf. »Sie ist die Anwältin des neuen Landbesitzers. Hm, um ehrlich zu sein, ich glaube, mehr als nur seine Anwältin.« Jude erinnerte sich an die lockere Art, mit der Marcia die Hand auf John Farrells Arm gelegt hatte. »Ich habe sie kennengelernt, als sie nach Starbrough Hall gekommen ist, um mit Robert Wickham zu sprechen. Letzte Woche am Turm konnte ich gerade noch verhindern, in sie und einen Mann, wahrscheinlich Farrell, hineinzustolpern, was ziemlich peinlich gewesen wäre. Ich habe mich im Gebüsch versteckt, sodass sie mich nicht sehen konnten. Ich konnte nicht richtig verstehen, worüber sie gesprochen haben. Aber Farrell war eindeutig verärgert, weil der Drahtzaun durchgeschnitten worden war.«

»Komisch, aber das war ich nicht. Ich hab ihn nur ein bisschen runtergedrückt, um drübersteigen zu können.«

»Aber wer war es dann?«

Wieder untersuchte Jude die Münze und das Profil des ersten deutschstämmigen Königs von England, der nie gutes Englisch gelernt hatte, und versuchte, den verwitterten Buchstaben einen Sinn abzuringen. Starbrough Folly, Anthony Wickham, Esthers Geschichte, die Münze. Alles wies zurück in die Vergangenheit. Sie ließ den Blick durch die Küche wandern, weil ihr plötzlich die außergewöhnliche Tatsache bewusst wurde, dass die Familie ihrer Großmutter in diesem Haus gelebt hatte. Es gab nur noch wenig, was daran erinnerte. Die Anrichte könnte vielleicht ihren Urgroßeltern gehört haben. Sie musste Gran fragen. Gran. Sie musste sie so vieles fragen. Es war seltsam, dass Gran ihr von diesem Zigeunermädchen erzählt hatte, mit dem sie als Kind befreundet gewesen war. Wie hieß sie doch gleich? Tamsin. Ja, so hieß das Mädchen. Das war allerdings in den Zwanziger- und Dreißigerjahren gewesen. Und Judes Urgroßeltern waren in den Fünfzigerjahren verstorben.

»Wer hat hier gewohnt, bevor Sie eingezogen sind?«, fragte sie Euan.

»Ich glaube, es war ein älteres Paar namens Herbert«, sagte er. »Sie lebten hier seit den Sechzigerjahren, weil der Mann als Jagdaufseher angestellt war. Als der alte Mr. Herbert starb, hatten die Wickhams das Grundstück schon an den Bauern verkauft. Als er merkte, wie unglaublich viel Arbeit in das Haus gesteckt werden musste, hat er es sofort weiterverkauft. Und dann kam ich daher. Bevor ich einzog, ist das gesamte Haus ausgeräumt worden – falls Sie glauben, ich hätte hier irgendetwas gefunden, das Ihrer Familie gehört.«

»War nur so ein Gedanke. Ich hab versucht, mir das Haus vorzustellen, als meine Leute hier gelebt haben.«

Sie wog die warme und schwere Münze in ihrer Hand. »Wie sieht es da oben aus?«, fragte sie. »Ganz oben auf dem Turm, meine ich? Ist der Blick zum Himmel frei?« In Esthers

Bericht war ein Dach erwähnt, das Anthony Wickham vor schlechtem Wetter schützen sollte.

»Wenn Sie möchten, kann ich Sie in einer sternklaren Nacht gern mal mitnehmen«, sagte er.

»Das wäre wunderbar«, sagte sie sofort. Sie hätte nie gedacht, dass sie sich damit einen Riesenärger einhandeln würde. Als Jude wieder in Starbrough Hall ankam, ging sie gleich auf ihr Zimmer, um sich für den Besuch bei Claire und Summer fertig zu machen. Sie fuhr kurz den Laptop hoch und sah, dass Cecelia schon geantwortet hatte.

Ich möchte mir die Sachen von Esther Wickham auf jeden Fall ansehen. Wie spannend, eine Tochter, die aus dem Familienstammbaum gelöscht wurde! Ich muss unbedingt mehr über ihre Geschichte erfahren. Aber auch ich bin fleißig gewesen und habe den Namen Anthony Wickham in den Archivkatalogen des Royal Observatory recherchiert. Klick mal auf den Link, dann siehst Du, was ich gefunden habe! Was sind wir doch für bemitleidenswerte Geschöpfe, die am Wochenende arbeiten müssen!

Okay. Pass auf Dich auf.

Cx

Jude klickte sofort auf den Link, den Cecelia ihr geschickt hatte. Die Internetseite beschrieb einen Briefwechsel, der zwischen einem Linsenschleifer aus dem achtzehnten Jahrhundert und einem Amateurastronomen stattgefunden hatte, einem Mann aus London namens Josiah Bellingham. Und ein Dutzend dieser Briefe, so hieß es auf der Website, waren von Bellingham an Anthony Wickham gerichtet, datiert auf verschiedene Zeiten in den 1770ern. Jude klickte noch einmal, las das Verzeichnis der Briefe und konnte es kaum fassen.

Hastig kehrte sie zu Cecelias Mail zurück und drückte auf »Antworten«.

Cecelia, es wäre toll, wenn Du mir Kopien von diesen Briefen besorgen könntest. Ich habe das Gefühl, dass wir hier einer großen Geschichte auf der Spur sind. Ist Dir eigentlich aufgefallen, dass die letzten sechs Briefe von Esther Wickham stammen? Es hat sie also tatsächlich gegeben! Das Geheimnis wird immer undurchdringlicher!

15. Kapitel

»*Mich* hat er noch nie gefragt, ob ich mit ihm zusammen die Sterne angucken möchte«, sagte Claire gereizt, während sie einen Werbebrief zerriss. Das klingt fast so, als hätte er mir ein zweideutiges Angebot gemacht, dachte Jude, sagte aber nichts, denn das hätte die Sache nur noch schlimmer gemacht.

Als sie zum Abendessen am Blacksmith Cottage angekommen war, war ihre Schwester offenbar noch nicht lange zu Hause. Claire ließ die Erschöpfung eines langen Samstags im Laden an einem unschuldigen Stapel Briefe aus. Ratsch – und ein Kreditangebot wanderte in den Papierkorb.

»Das tut mir leid«, sagte Jude und bedauerte es beinahe, dass sie den Besuch bei Euan erwähnt hatte. Aber wenn sie nichts gesagt und Claire es doch herausgefunden hätte, säße sie noch mehr in der Klemme. »Ich bin sicher, er hätte dich gefragt, wenn er gewusst hätte, dass es dich interessiert. Es ist nur wegen Anthony Wickham und all dem Zeug. Er weiß, dass es mir nützlich sein kann.«

»Ach, und *ich* habe nicht zufällig einen Laden, der ›*Star Bureau*‹ heißt?«, entgegnete Claire wie aus der Pistole geschossen, während sie die Plastikumhüllung von einer Zeitschrift riss und diese auf den Tisch knallte.

»Soul and Destiny«, las Jude. »Haben Sie früher schon einmal gelebt?«, lautete eine der Schlagzeilen. Ich hoffe nicht, dachte sie, ein Leben ist schon anstrengend genug.

Claire schaute auf die Uhr. In ein paar Minuten musste sie Summer von einer Geburtstagsparty ein Stück die Straße hinunter abholen.

»Wenn du ernsthaft etwas dagegen hast, geh ich nicht hin«, sagte Jude mit einem Seufzer.

»Warum sollte ich was dagegen haben?«, gab Claire zurück.

»Irgendwas sagt mir, dass du auf ihn scharf bist.«

»Verdammt! Die Gebäudeversicherung wird schon wieder teurer?«, rief Claire, schnappte sich den nächsten Umschlag und riss ihn auf. »Rechnungen, Rechnungen, Rechnungen. Was hast du gesagt?«

»Wir reden gerade über Euan«, sagte Jude. »Claire, lass uns doch kein Drama draus machen.«

»Es gibt kein Drama«, gab Claire zurück. »Er ist ein netter Kerl. Ich glaube, Summer versucht, uns zu verkuppeln.«

»Nur Summer?« Claire wich der Frage aus.

»Sie vermisst einen Vater, Jude.«

»Aber du hast doch gesagt, dass ihr zu zweit auch ganz glücklich seid.«

»Ja, schon, aber sie mag ihn sehr. Du solltest sie mal zusammen sehen.«

»Hab ich schon. Und ich weiß, was du meinst. Aber was ist mit dir?«

»Oh, ich glaube nicht, dass er sich für mich interessiert«, erwiderte Claire, riss einen Flyer über einen Möbelflohmarkt in Fetzen und ließ sie in den Recyclingkorb flattern. »Wie auch immer, alles, was er macht, wäre mir zu ernst, in jeder Hinsicht. Er spielt nicht rum. Fiona, Darceys Mum, hat gesagt …«

Genau in diesem interessanten Augenblick klingelte das Telefon, und Claire riss es hoch. Jude beschloss, vorsichtig mit Euan umzugehen. Sie wollte ihre Schwester nicht verärgern, indem sie ihn irgendwie ermutigte. Alles musste auf einer rein freundschaftlichen Basis bleiben.

»Hallo? Hallo?«, rief Claire in den Hörer. »Wenn Sie wieder die Leute mit der Doppelverglasung sind, habe ich Ihnen schon gesagt, dass ich nicht ... Oh, Gran, hi! Wie geht es dir? Ist alles in Ordnung?«

Claire fing Judes Blick auf, und die beiden Frauen machten sich auf Schwierigkeiten gefasst.

»Dir geht es gut. Schön. Ja, Jude ist hier«, sagte Claire sichtlich erleichtert. »Möchtest du sie sprechen?« Sie reichte ihrer Schwester das Telefon. »Ich muss Summer abholen«, formte sie lautlos mit den Lippen und war schon durch die Tür, die laut hinter ihr ins Schloss fiel – Claire schaffte es nie, eine Tür einfach nur zuzuziehen.

»Gran, hallo, hier ist Jude. Wie geht es dir?«

»Ich lebe noch, danke, Jude. Es bedeutet doch nicht, dass ich im Sterben liege, nur weil ich euch anrufe.« Gran war ungewöhnlich forsch. »Ich möchte, dass du mich besuchst. Ich hab was für dich.«

»Oh, was denn?«

»Das wirst du schon sehen, wenn du hier bist. Seit deinem letzten Besuch habe ich danach gesucht.«

»Da bin ich aber neugierig!« Plötzlich erinnerte sich Jude, dass sie vor mehr als einer Woche gehört hatte, wie Gran, bevor sie ins Bett gegangen war, die Schubladen auf- und zugeschoben hatte.

»Wirklich dämlich, sie da hinzulegen«, murmelte Gran vor sich hin.

»Gran? Kannst du mich hören?«

»Natürlich kann ich dich hören.«

»Hast du morgen überhaupt Zeit?« Sie war zum Sonntagessen in Starbrough Hall eingeladen, aber danach konnte sie sich loseisen.

»Zeit? Wohin sollte ich denn gehen?«

»Wenn du nichts dagegen hast, könnte ich am späten Nachmittag zu dir kommen. Soll ich Claire und Summer mitbringen?«

»Nein, nur du allein. Sag Claire, dass ich mich sehr freuen würde, sie ein andermal zu sehen.«

Was ist nur los mit Gran?, dachte Jude und hoffte inständig, dass Claire sich nicht ausgeschlossen fühlen würde.

»Sie ist … herrlich.« Jude hielt die Halskette so ins Licht, dass die Abendsonne die Reihe goldener Sterne aufblitzen ließ, die so aussahen, als wären sie mit Diamanten besetzt, was aber unmöglich sein konnte. Es waren sechs. »Oh, wie schade, einer fehlt!« Das Verbindungsstück am Ende der Reihe war beschädigt, so als ob das siebte Stück abgerissen worden wäre.

»Tamsin wusste nicht, wann das passiert ist«, erklärte Jessie. »Sie hat mir erzählt, dass es schon immer so war.«

»Sieben für die sieben Sterne am Himmel«, murmelte Jude und erinnerte sich an den Abzählreim, den ihr ihr Großvater immer vorgesungen hatte. Die Halskette war unglaublich schön. »Aber diese Steine sind doch nicht echt, oder? Es müssen Zirkone sein oder so was.«

Gran sah sie empört an. »Natürlich sind sie echt! *Sie* hat es mir gesagt. Ich wusste, dass ich die Kette irgendwo hingelegt hatte, wo sie sicher war, aber ich konnte mich nicht mehr daran erinnern. Ich hab sie versteckt, als dieser neue Klempner kam, aber sie war in keiner der üblichen Schubladen. Also habe ich einen hübschen altmodischen Hausputz veranstaltet. Ich habe in die Taschen meiner alten Mäntel gegriffen, in diese falsche Zinndose im Schrank … ich habe überall nachgeschaut, wo ich sie immer hingelegt habe, wenn Männer im Haus waren. Und als ich heute Morgen aufgewacht bin, ist es mir endlich wieder eingefallen. Nebenan ist vor ein paar Wochen eingebrochen worden, und ich hatte ein bisschen Angst. Deshalb habe ich sie dort versteckt, wo kein Einbrecher jemals suchen würde.«

Jude, die versuchte, das alles in sich aufzunehmen, lächelte nur und schüttelte den Kopf.

»Unter dem Teppich im Gästezimmer«, sagte Gran triumphierend. »In der Ecke, sodass niemand drauftreten konnte.«

Jude lachte. Trotz der wirren Geschichte wirkte Gran heute klarer als in den Wochen zuvor. Vielleicht lag es daran, dass sie sich daran erinnerte, welche Herausforderung es gewesen war, klüger sein zu müssen als jene armen, zweifellos unschuldigen Handelsreisenden, die im Laufe der Jahrzehnte bei ihr angeklopft hatten. Und sicher auch an der Aufregung des Fundes.

»Hast du sie geerbt?«, fragte Jude und betrachtete die fünfzackigen Sterne. Einer der Sterne trug, wie sie nun sah, auf der Rückseite den Stempel eines Goldschmieds. Es war also Gold, obwohl der Stempel sehr abgegriffen war. Sie würden einen Experten hinzuziehen müssen, um die Bedeutung zu verstehen.

»Oh, nein, sie gehört mir gar nicht. Das ist ja das Problem.« Jude starrte ihre Großmutter neugierig an. »Sie gehört dem wilden Mädchen, weißt du. Dem Mädchen, von dem ich dir erzählt habe. Ich habe die Kette all die Jahre bei mir gehabt.«

Jude war verblüfft. »Das wilde Mädchen? Du meinst Tamsin?«

»Ja, ich hab dir doch gesagt, dass ich ihr etwas weggenommen habe.«

»Aber doch nicht ... eine *Diamanthalskette?*«

Grans Miene verhärtete sich. Sie streckte die Hand nach der Kette aus. Jude gab sie ihr. »Sie hat den Schmuck zurückgelassen, Jude. Damals hat es nicht wie Diebstahl ausgesehen. Weißt du, wir hatten ein Versteck dafür, in Starbrough Folly. Und als sie das letzte Mal verschwunden und nicht zurückgekommen ist, habe ich danach gesucht. Ich habe mir eingeredet, dass ich es für sie tue. Dass ich ihr die Kette zurückgeben würde, wenn sie zu mir kommen und mich darum bitten würde. Aber sie ist nie gekommen. Die Kette war so wunderschön. Seit sie sie mir das erste Mal gezeigt hatte, habe ich sie gewollt. Also habe ich sie in einer kleinen Schachtel unter den Dielen in meinem Schlafzimmer versteckt und dort aufbewahrt. Nicht mal meine Schwester Sarah wusste Bescheid.«

Jude dachte an die erneuerten Dielen im Cottage des Jagdaufsehers. Grans Versteck existierte wahrscheinlich nicht mehr, war bestimmt mit Sand aufgefüllt und vernagelt worden. »Ich war gestern dort, Gran«, sagte Jude und beobachtete genau, wie die alte Frau reagierte. »In deinem früheren Zuhause.«

»Da wohnt jetzt ein junger Mann«, sagte Gran. »Ich weiß von ihm. Claire hat es mir erzählt.«

»Was hat sie denn erzählt?«, fragte Jude und hoffte, mehr darüber zu erfahren, was Claire über Euan dachte. Aber Jessie war in Gedanken nur bei dem Haus, in dem sie ihre Kindheit verbracht hatte.

»Dass er etwas daraus machen will.« Sie zog ein unglückliches Gesicht. Es regt sie auf, dachte Jude. Natürlich regte es sie auf, sich vorzustellen, wie ihr früheres Zuhause aufgerissen und nach modernen Bedürfnissen umgebaut wurde.

»Aber bist du nie wieder dort gewesen?«

Gran schüttelte den Kopf. »Seit dem Tod meiner Eltern nicht mehr. Ich wollte das nicht. Wollte es lieber in Erinnerung behalten, wie es war. Meistens waren es glückliche Zeiten, oh ja, und an diese Zeiten denke ich gern zurück. Bis …« Jessie brach ab. Einen Moment lang spielte sie mit dem Schmuck herum, hielt ihn noch einmal hoch, um sich anzuschauen, wie hübsch er war. Dann streckte sie den Arm aus, umfasste die Hand ihrer Enkelin mit ihrer eigenen und ließ die Halskette in deren Handfläche gleiten. »Nimm sie«, verkündete sie und schloss Judes Finger über der Kette. »Ich möchte, dass du herausfindest, was aus Tamsin geworden ist.«

»Gran«, sagte Jude sanft, »aus dem Mädchen ist eine sehr, sehr alte Frau geworden. Niemand kann garantieren, dass …«

Jessie unterbrach sie. »Ja, natürlich, wahrscheinlich ist sie tot. Glaub bloß nicht, dass ich daran nicht gedacht hätte. Aber es gibt doch Hoffnung, oder? Außerdem könnte sie doch Kinder gehabt haben.«

»Ja, es gibt eine Chance«, stimmte Jude zu, dachte aber insgeheim, dass diese nur sehr klein war. »Aber ich muss mehr über sie wissen. Wie war ihr voller Name?«

Gran überlegte. »Lovall«, sagte sie dann. »Sie muss genauso alt gewesen sein wie ich, obwohl sie nicht genau wusste, wann sie Geburtstag hatte. Aber in Starbrough ging sie in meine Klasse, das habe ich dir schon erzählt. Sie war so eine sanfte Person, sanft und leise, aber in Naturgeschichte kannte sie sämtliche Namen der Tiere und der Blumen. Manchmal waren es nicht die richtigen Namen, sondern diejenigen, die die Roma ihnen gegeben hatten.«

Ein Name, eine Schule, ein ungefähres Geburtsdatum – Gran war 1923 geboren. Das war alles, was Judes Großmutter ihr über das Mädchen sagen konnte, das sie vor nahezu achtzig Jahren im Wald kennengelernt hatte. Ein Roma-Mädchen ohne feste Anschrift, das vielleicht bei der Heirat seinen Namen geändert hatte und inzwischen vermutlich tot war. Nun gut.

Jude wickelte die Halskette in das Stoffetui und verstaute das Päckchen sicher in ihrer Handtasche. »Ich kann dir nichts versprechen, Gran, aber ich will es versuchen.« Das war alles, was sie anbieten konnte, und die Erleichterung im Blick ihrer Großmutter war ihr Belohnung genug.

16. Kapitel

Den Juli haben wir auch schon halb hinter uns, dachte Jude am Montagmorgen, als sie einen kurzen Brief schrieb, den sie dem jämmerlich verstümmelten letzten Band der Observationstagebücher beilegen wollte. Sie packte alles ein und fuhr nach Holt, wo sie die Sendung zur Post brachte und an Cecelia schickte, an deren Adresse in Barbican. Weil sie Claire erst am nächsten Tag im Laden besuchen wollte, schlenderte sie anschließend durch ein paar Antiquitätengeschäfte und Kunstgalerien. Sie fand ein hübsches Seestück mit Booten in Wasserfarben, das sie den Wickhams am Tag ihrer Abreise als Dankeschön überreichen wollte. Im Buchladen entdeckte sie eine Ausgabe von Euans neuem Buch. Als sie dann auf den verschlungenen Wegen zum Parkplatz zurückspazierte, stolperte sie über eine kleine öffentliche Bibliothek. »Entdecken Sie die Geschichte des Ortes, an dem Sie leben«, verkündete ein Plakat an der Tür. Sie beschloss, genau das zu tun, und trat ein.

»Bitte, wo ist Ihre Abteilung über Lokalgeschichte?«, fragte sie eine Frau um die fünfzig, die Fotos an eine Ausstellungswand pinnte.

»Hier entlang«, erwiderte die Frau und führte sie auf die andere Seite der Regale. »Suchen Sie nach etwas Bestimmtem?«

»Haben Sie irgendetwas über Starbrough Village oder Starbrough Hall?«, fragte Jude zurück.

»Kein spezielles Buch«, erwiderte die Bibliothekarin, »aber es könnte sein, dass Sie in diesen Werken etwas über Norfolk und Holt finden.«

»Danke. Ich schau mich mal um«, erwiderte Jude mit einem Lächeln, und die Bibliothekarin wandte sich wieder ihrer Ausstellungswand zu.

Jude griff nach dem entsprechenden Band von Pevsners Architekturgeschichte und schlug das Register auf. Starbrough Hall wurde nur beiläufig erwähnt, und weil es kein Foto gab, stellte sie es zurück. Ein Buch über Regionalgeschichte, 1998 erschienen, erwies sich als ergiebiger. Es gab anderthalb Seiten, die über die Information hinausgingen, die sie in *Great Houses* in ihrem Büro gelesen hatte. Insbesondere erfuhr sie, dass das Haus auf das Jahr 1720 zurückging, als Edward Wickham – wahrscheinlich Anthonys Großvater – es auf dem Gelände von Starbrough Manor erbaut hatte. Starbrough Manor war zehn Jahre zuvor durch ein Feuer zerstört worden, nur zwei Jahre nach der Feuerkatastrophe von 1708, die den größten Teil von Holt verwüstet hatte. Edward Wickham, der ursprünglich aus der Gegend stammte, hatte sich offenbar dort zur Ruhe gesetzt, nachdem er als Kaufmann der East India Company ein Vermögen gemacht hatte. *Im Jahr 1769 hat Edwards Enkel Anthony den Turm erbaut*, las Jude mit sprunghaft gestiegenem Interesse, aber das meiste, was folgte, war ihr schon bekannt.

Seine Lage auf einem Hügel im Wald, der zum Haus gehörte, war umstritten, nicht zuletzt, weil es schon immer geheißen hatte, dass dieser Platz in vorrömischer Zeit eine Begräbnisstätte gewesen sei. Anders als viele Follys des achtzehnten Jahrhunderts diente der Turm wohl nicht nur reinen Dekorationszwecken. Hinweise aus Anthony Wickhams eigenen Schrif-

ten deuten darauf hin, dass er das Gebäude zur Beobachtung des Nachthimmels genutzt hat.

Aber dann kam etwas, das Jude neu war.

In den Zwanzigerjahren wurde ein Versuch unternommen, eine Ausgrabung in dem Gelände rund um den Turm durchzuführen. Dabei wurden mehrere interessante Funde aus verschiedenen Epochen zutage gefördert, einschließlich keltischer Schmuckstücke, die heute im Schlossmuseum in Norwich zu sehen sind. Starbrough Hall und die Wälder befinden sich zurzeit immer noch im Besitz der Familie Wickham; die landwirtschaftlichen Nutzflächen wurden allerdings in den frühen Sechzigerjahren verkauft.

Es hatte also doch eine archäologische Grabung gegeben.

Jude ging hinüber zu der Bibliothekarin und zeigte ihr den Abschnitt im Buch. »Haben Sie vielleicht noch mehr Material über diese Ausgrabung?«

Die Frau suchte ein paar Minuten in ihrem Computer und sagte dann: »Ich fürchte, ich kann Ihnen da nicht weiterhelfen. Aber warum gehen Sie nicht zum Museum in Norwich? Ich habe dort eine Freundin, an die Sie sich vielleicht zuerst wenden sollten. Sie heißt Megan Macromber.«

»Danke, ja, das sollte ich vielleicht tun«, sagte Jude und kritzelte den Namen in ihr Notizbuch. Das war zwar nicht ihre dringlichste Angelegenheit, aber irgendwann könnte es sich als nützlich erweisen, zu wissen, was damals ausgegraben worden war.

Sie kehrte nach Starbrough Hall zurück und verbrachte ein paar ruhige Stunden in der Bibliothek mit Katalogisieren, bevor sie sich ernsthaft an die mühselige Arbeit machte, Esthers Denkschrift zu transkribieren. Die Abschnitte, die sie schon gelesen hatte, waren kein Problem, aber als sie zum nächsten Teil kam, brauchte sie länger, auch, weil sie immer wieder innehielt, um über die Geschichte nachzudenken, die sich unter ihren Augen entwickelte. Esthers Stimme, die zuerst schüchtern und sehr förmlich geklungen hatte, gewann an Kraft und Vertrauen, je weiter sie fortfuhr.

Zu meinem achten Geburtstag sandte mein Vater mir ein handgemaltes Buch mit Bildern über die Vögel und Blumen und Tiere unseres Königreiches. Viele Stunden verbrachte ich damit, die Seiten umzublättern, die Namen zu flüstern und die zarten Farben zu bestaunen. Ich zeigte es Sam, der mich die landläufigen Namen gelehrt hat, Milchbart und Lords und Ladys, und wie man einen männlichen von einem weiblichen Eichelhäher unterscheidet, aber über die lateinischen Wörter in meinem Buch schüttelte er den Kopf und erklärte sie für kalt und tot. »Was sagt das Wort veronica *über das Blau des Heidekinds?«, fragte er mich mit der Überlegenheit seiner zehn Jahre. »Und* erinacea *ist längst nicht so gut wie Igelpolster. Denk doch nur, wie lustig es ist, wenn sie wie auf Zehenspitzen laufen.« Doch obwohl ich sehr wohl verstand, was er meinte, liebte ich doch den merkwürdigen Klang der neuen Worte und freute mich darüber, dass ich nun wusste, warum* vulpine *fuchsartig bedeutete, wie Miss Greengage uns erklärt hatte, obwohl das Wort klang, als ob es wolfsähnlich bedeuten solle, was aber* lupine *hieß. Wenn man* vulpus *unter dem Bild eines Fuchses las und* lupus *unter einem wild dreinblickenden Wolf, wurde alles deutlich.*

Dann folgte eine Reihe langer, heißer Tage, unterbrochen von kurzen, kalten Nächten ohne Wolken. Während wir bis lange in den Abend hinein draußen spielten, bestaunten Matt und ich den Abendhimmel, der sich vom tiefsten Ultramarin, welches man sich nur vorstellen konnte, in ein exquisites gold-durchsetztes Indigo verwandelte, aus dem die Sterne zu blinken begannen. Es geschah immer in diesen atemberaubenden Minuten, in denen die umgestülpte Schale des aufgezogenen Nachthimmels sich auf verführerische Weise selbst entblößen wollte, dass Susan mich zu Bett schickte. So kam es, dass wir an einem dieser Abende die letzten Einzelheiten unseres Abenteuers planten.

Der Tag, den wir ausgewählt hatten, lag Mitte August. Als Mrs. Godstone mir den Rücken zukehrte, stahl ich Brot und kalten Schinken aus der Vorratskammer, wickelte beides in Ölpapier und versteckte es in einem irdenen Krug in der kühlsten Mulde der Milchkammer, sodass wir wenigstens nicht unter Hunger zu leiden haben würden. Zur Schlafenszeit stopfte ich warme Kleidung unter mein Kissen. Nachdem Susan die Kerze ausgeblasen hatte und ich hörte, wie ihr linker Stiefel quietschte, wie es immer war, wenn sie über den Korridor ging, stieg ich aus dem Bett und zog Kleid und Jacke an und spielte schweigend in der hereinbrechenden Dunkelheit mit meinen Puppen, bis das Haus zur Ruhe gekommen war. Dann zählte ich langsam bis sechzig, dreißig Mal, um ganz sicherzugehen. Als ich aus dem Zimmer schlüpfte, klickte die Tür hinter mir ins Schloss, und ich wartete ab, ob es auch wirklich niemand gehört hatte, bevor ich die Treppen hinuntersauste, durch die Küche und in die Milchkammer, wo ich mein Päckchen befreite und durch ein Fenster entschwand, welches ich heimlich entriegelt hatte. Den Hunden warf ich kleine Stücke Schinken zu, damit sie nicht bellten. Ich lauschte, wie sie danach schnüffelten, hörte die Ketten in der stillen Nachtluft klappern und hastete dann über den gepflasterten Hof hinaus in den Park, wo sich der Himmel vor mir ausbreitete und der Mond als schimmernde Sichel inmitten der Sterne prangte. Einen Moment lang blieb ich stehen und stellte mir vor, es wäre der gebogene Rücken eines träumenden Fisches in einem wundersamen Becken, das mit Lichtern gesprenkelt war.

Wie versprochen, wartete Matt auf mich, im Graben versteckt. Wir durchquerten den großen Park und gingen den Weg hinauf durch den Wald und fühlten uns, als wären wir weit und breit die einzigen Menschen auf der Welt. Nach und nach gewöhnten sich unsere Augen an die Dunkelheit, und wir bewegten uns mit der gleichen Sicherheit wie die anderen Geschöpfe der Nacht. Matt kannte die Strecke, weil er seinen Vater über die Angelegenheit ausgefragt hatte, so klug, dass der keinen Verdacht schöpfte. »Ich hab so getan, als interessierten mich die Orchideen«, erklärte er.

Zuerst war der Weg durch den Wald schmal und von dornigem Gestrüpp überwuchert, aber dann, als es lichter wurde – Buchen und Eichen und Kastanien –, kamen wir leichter voran. Gleichwohl wuchs meine böse Vorahnung. Mit jedem Schritt wurde meine Brust enger. Ich klammerte mich an Matts Arm und wusste nicht, woraus meine Angst entsprang.

»Esther«, flüsterte er, »hör auf, du tust mir weh.«

»Mir gefällt es hier nicht«, brachte ich mühsam hervor.

»Es gibt nichts, wovor man Angst haben müsste.« Aber auch er klammerte sich an mir fest, und ich merkte, wie sehr ich ihn nervös machte. »Komm schon«, sagte er, und seine Stimme wandelte sich zu einem Quieken, »ich glaube, wir sind gleich da. Vater sagte … oh!«

Vor uns öffnete sich eine Lichtung, und in ihre Mitte fiel das Mondlicht auf etwas, was zuerst aussah wie ein riesiger Baum, der sich bis zum Himmel erstreckte, größer als alles, was ich je erblickt hatte. Aber es war der Turm: düster, fremd, von einer wilden Einsamkeit. Einen Moment lang konnten wir uns vor Staunen nicht rühren. Dann zog Matt mich am Arm, und wir traten aus dem Schutz der Bäume heraus.

Als wir später darüber sprachen, wussten wir, dass es nur eine Fledermaus gewesen war, aber angesichts unseres Entsetzens, als das Ding aus der Dunkelheit über uns hervorstieß, hätte man meinen können, es wäre der Leibhaftige. Ich schrie auf und rannte blindlings davon. »Nein, Essie, nicht!«, hörte ich Matt noch rufen. Dann stolperte ich, stürzte schwer und stieß mir den Kopf. Minutenlang waren da nur Dunkelheit und Verwirrung, bis Matts Schrei zu mir durchdrang: »Wach auf! Da kommt jemand!«

Ich hörte, wie eine Tür zuschlug, dann die Stimme eines Mannes – überrascht, zornig –, und Matt schrie: »Renn, Essie!«, obwohl ich dazu eindeutig nicht in der Lage war.

Ich spürte die Hand, die mir sanft über das Haar strich, und hörte die Stimme, die ich als die meines Vaters kannte. »Gott verdammt, es ist das Kind.« Ich wagte mich nicht zu rühren, merkte aber, wie seine Finger an meinem Handgelenk nach dem Puls tasteten und wie er mich dann vorsichtig herumrollte, bis mein Kopf in seiner Armbeuge ruhte. Ich schlug die Augen auf, und schon bald rückte der schattige Umriss seiner Gestalt in mein Blickfeld. »Bist du verletzt?«, fragte er und musste mein gewispertes Nein gehört haben, denn er stellte mich vorsichtig auf die Füße. Aber in meinem Kopf pochte es, und ich schwankte. So stützte er mich, und nach kurzer Zeit fühlte ich mich besser.

»Warum in Gottes Namen lassen sie dich mitten in der Nacht in der Gegend herumwandern?«, sagte er wie zu sich selbst. »Haben sie dich vielleicht mit einer Nachricht geschickt?«, fragte er. »Ist jemand krank? Oder schlimmer?«

»Eine Nachricht? Nein«, stotterte ich verwirrt, erinnerte mich dann an unseren Schinken und war dankbar für die Ausrede. »Obwohl … ich habe das Abendessen für dich.« Ich zog das Päckchen aus Ölpapier hervor, das ein bisschen zerdrückt war. Irritiert schaute er es an, stopfte es aber in seine Tasche. Ich sah mich um. Von Matt keine Spur. Ich betete, dass er in Sicherheit war, und beruhigte mich mit dem Gedanken, dass er bestimmt nach Hause gerannt war.

»Warum sollten sie das Kind schicken?«, sagte mein Vater zu sich selbst, aber ich konnte ihm ansehen, wie seine Gedanken bereits abschweiften. Er griff in seinen Mantel, zog eine Taschenuhr heraus und hielt sie so, dass genügend Licht darauf fiel, um die Stunde ablesen zu können. »Komm mit«, sagte und steckte die Taschenuhr wieder ein. Er nahm meine kalte Hand in seine warme und führte mich zum Turm. Nun war ich bei ihm, und nun hatte ich keine Angst mehr.

»Ich bringe dich nach Hause. Aber vorher muss ich noch einige Messungen durchführen.«

Er führte mich durch die Tür unten am Turm, und sogleich waren wir in kalte Dunkelheit getaucht. »Warte«, sagte er, und an diesem Ort hatte seine Stimme einen merkwürdig tiefen Klang. Ein Zündholz blitzte auf, und die Funken schossen hoch zu einer Flamme. Ich schaute zu, wie er eine kleine Laterne anzündete, und staunte über die Wellen des Lichts und der Schatten, die über die Mauern glitten. Eine akkurate Spirale aus Ziegelstufen erhob sich vor uns, und er bedeutete mir mit einer Handbewegung voranzugehen. Also stieg ich hinauf, ertastete meinen Weg mit Händen und Knien. Meine Finger waren starr vor Kälte und Angst. Ich kletterte, wie es schien, eine Ewigkeit, bis wir plötzlich in einen kreisrunden Raum traten, der ringsum mit Fenstern versehen war. An der Wand stand ein Tisch, auf dem eine Laterne brannte, und in diesem Licht er-

blickte ich zum ersten Mal die Welt in diesem Zimmer, in welchem ich jetzt sitze.

Es sah aus, dachte ich damals und denke ich heute noch, wie eine Kabine in einem großen Schiff aussehen mag. Und es gab mir auch das Übelkeit erregende Gefühl, das mich einmal überkommen hatte, als ich eine große Buche hinaufgeklettert war, um Matt herauszufordern, und spürte, wie sie im Wind schwankte. Eine hölzerne Leiter führte zum Dach hinauf und zu einem Viereck, durch das blasses Licht einfiel. »Noch einmal aufwärts«, ertönte die Stimme meines Vaters hinter mir, und weil es mich danach verlangte, ihn zu beeindrucken, überwand ich mein Zögern und legte die Hände auf die Sprossen. »Ich werde dich nicht fallen lassen«, sagte er sanft, als er meine Angst spürte, und so kletterte ich, glücklich über seine beschützende Anwesenheit hinter mir, weiter.

Wir traten hinaus auf eine kleine Plattform aus Ziegelsteinen, die ringsherum von einer niedrigen Brüstung umgeben und oben mit einem Baldachin versehen war, und dort – ein Wunder! Er hatte die Leinwand des Baldachins zurückgerollt, und ein Teleskop, so lang wie ein Heurechen und dicker als der Oberschenkel eines Mannes, zeigte hinauf in den Nachthimmel.

»Setz dich«, befahl er und zeigte auf eine schmale Bank. Dankbar wegen meiner schwankenden Sinne sank ich darauf nieder und sah zu, wie er selbst auf einem hohen Schemel Platz nahm und wie sich seine Gesichtszüge entspannten, als er nach dem Fernglas griff und es an die Augen drückte. Mehrere Minuten vergingen auf diese Weise – er starrte durch das Fernglas, und ich schaute mich währenddessen verstohlen um. Über dem Rand des Turmes seufzten und wiegten sich die Wipfel der Bäume in der Dunkelheit, nie kamen sie zur Ruhe. Eine Eule schrie, eine andere antwortete. In weiter Ferne bellte eine Füchsin, ein hässliches Geräusch. Neben meinem Vater

stand ein kleiner Tisch, auf dem ein größeres Notizbuch lag, daneben befanden sich seine Taschenuhr und ein paar sonderbar geformte Instrumente, und ich schaute zu, wie er eines ergriff, es in den Himmel hielt und laut ein paar Zahlen ablas. Dann ergriff er einen Bleistift und kritzelte rasch etwas in sein Notizbuch. Das wiederholte er mehrere Male.

»Ich bin fertig«, sagte er schließlich, schaute auf seine Uhr und steckte den Stift zurück in den Becher. Er erhob sich von seinem Stuhl und machte sich daran, die Leinwand zuzuziehen. In diesem Moment überkam mich ein großes Verlangen.

»Oh, darf ich vorher mal hindurchsehen?«, platzte ich heraus, hatte jegliche Schüchternheit vergessen.

Er musterte mich, wieder mit dieser Verwirrung, zuckte dann mit den Schultern und sagte: »Warum nicht?« Ich musste auf seinem Schemel stehen, während er mich an der Taille festhielt. Als ich mein Auge an das Glas führte, war zunächst alles verschwommen, aber dann muss mein Geist den Kniff verstanden haben, denn ich erkannte einen hellen Fleck bläulichen Lichts. Das trauliche Angesicht eines Sterns. Der Schrei drang mir unwillkürlich aus der Kehle.

»Was siehst du?«, fragte mein Vater und hielt das Teleskop genau an die Stelle, auf die ich geblickt hatte. »Vega«, murmelte er, »einer der hellsten Sterne am Himmel. Er ist Teil der Lyra.«

»Die magische Lyra des Orpheus«, stieß ich atemlos hervor. »Miss Greengage hat uns die Geschichte von Orpheus in der Unterwelt vorgelesen, von der Suche nach seiner geliebten Eurydike.«

»Du kennst die Geschichte?« Er war erstaunt.

Ich nickte. »Die Lyra war ein Geschenk seines Vaters Apoll, und Orpheus' Spiel bezauberte Menschen und Tiere gleichermaßen.«

Aus irgendeinem Grund amüsierte das meinen Vater. Er

rückte das Teleskop zurecht. »Dort«, sagte er und zeigte zum Himmel, »eine Linie aus vier Sternen, links eine Linie aus sechs. Dazwischen ein Feld von vieren. Siehst du es?«

»Ich glaube ja.« Er bat mich, noch einmal durch das Teleskop zu schauen, um den Nebel im Herkules zu erkennen.

»Herkules. Kennst du die Geschichte von Herkules?«

Nein, ich kannte sie nicht. In den vergangenen Monaten hatte die Mutter unserer Miss Greengage diese gedrängt, uns aus der Bibel vorzulesen. Ich wusste über Noah Bescheid und über seine große Arche und Hiob, der von Schwären bedeckt war. Ich fragte: »Gibt es am Himmel auch eine Arche Noah?«

Er sah überrascht aus, spürte aber die Ernsthaftigkeit meiner Frage und sagte: »Nein, die Namen der Sterne sind viel älter als Noah. Herkules der Starke ist zu Ehren seiner zwölf Arbeiten von seinem Vater Jupiter an den Himmel gesetzt worden.« Er zog den leinernen Baldachin über den Rahmen, baute sein Fernglas auseinander und begann, seine Gerätschaften einzusammeln. »Nimm du bitte das Tagebuch«, bat er mich. Ich presste es mit dem freien Arm an meine Brust, während ich die Sprossen hinter ihm hinunterstieg. Ich half ihm, die Instrumente seiner Studien auf dem Tisch im Turmzimmer auszubreiten. Dann löschte er das Licht der einen Laterne und hob die zweite an, um uns den Weg die Treppe hinunter und nach draußen zu weisen.

»Sie nennen dich Esther, wie ich es angeordnet habe?«, fragte er, während er den großen eisernen Schlüssel in der Tür herumdrehte.

»Manchmal Essie, Sir«, sagte ich.

»Ich ziehe Esther vor. Nach meiner Mutter«, sagte er. »Außerdem war es der Name einer schönen jüdischen Königin.«

Ich schwor mir, nie mehr bloß Essie zu sein, sondern nur noch Esther.

Zusammen durchquerten wir den Wald. Trotz der Dunkelheit war er sich seines Weges sehr sicher. In seiner Gegenwart verspürte ich nicht mehr den Hauch meiner früheren Ängste, aber als wir endlich den Park erreichten, fror ich, war hungrig und erschöpft. Als er das Tor schloss, schwankte ich vor Schwäche. »Hier«, sagte er und bot mir einen starken Trank aus einem Flakon an, aber ich hustete und spuckte ihn aus. Also hob er mich hoch und trug mich auf seinen Armen nach Hause. An mehr kann ich mich nicht erinnern. Als ich wieder erwachte, lag ich in meinem eigenen Bett, die Sonne schien durch die geöffneten Vorhänge, und Susan starrte besorgt auf mich hinunter. »Du bist schon angezogen«, stellte sie fest. »Warum bist du denn wieder ins Bett gegangen? Tut dir was weh?« Ich klärte sie nicht über ihren Irrtum auf und schlief den ganzen Morgen hindurch.

Den Rest des Tages lief ich wie benommen umher. Ein Teil von mir befürchtete, dass die letzte Nacht ein Traum gewesen war. »Vega«, flüsterte ich mir selbst zu, »Lyra. Herkules.« Diese Namen waren sehr wirklich, und an ihnen klammerte ich mich fest.

An jenem Nachmittag hielt ich Ausschau nach Matt, fand aber nur Sam, der die niedrigen Hecken im Kräutergarten stutzte. »Mam konnte ihn heute Morgen gar nicht wach bekommen. Sie meint, dass er sich erkältet hat.« Ich hoffte inständig, dass es ihm bald besser gehen möge. Immerhin wusste ich nun, dass er sicher zu Hause angekommen war.

Jude hatte das Ende dieses Kapitels erreicht, markierte die Stelle und klappte das Journal zu, den Kopf voll von Esthers Stimme. Es hörte sich so an, als wäre Anthony Wickham wirklich ein faszinierender Mann gewesen – einsam oder jedenfalls doch allein, aber zärtlich und freundlich und eindeutig mit einer leidenschaftlichen Besessenheit für die Sterne. Sie fragte sich, ob er nicht doch Esthers leiblicher Vater war – irgendwie ließen Esthers Worte über ihn nicht auf einen ausgemachten Schürzenjäger schließen, der die Frucht einer heimlichen Liebe versteckte. Und wenn er nicht ihr Vater war – wo und unter welchen Umständen war er an das Kind gekommen?

17. Kapitel

»Der Mond ist so rund wie die Uhr auf dem Flur.« Die Zeile eines Kindergedichts schoss Jude durch den Kopf, als sie am nächsten Tag darauf wartete, dass Claire einen Kunden zu Ende bediente. Sie wollten zu Mittag essen, bevor sie zusammen ihre Großmutter in Blakeney besuchten. Jude musterte die Uhr an der hinteren Wand im »Star Bureau«. Sie war wie ein großer Vollmond gestaltet, mit winzigen, schweineähnlichen Zügen, in denen sich ein spöttisches Erstaunen spiegelte. Der Mond starrte auf das halbe Dutzend Kunden hinunter, als wollte er sagen: »Mal ehrlich, was glaubt ihr eigentlich, wer ihr seid?« Es wirkte lebendig, witzig, und obwohl manche Kunden die Uhr haben wollten, war sie unverkäuflich. Während sie die Monduhr betrachtete, konnte Jude ihre Schwester aus den Augenwinkeln beobachten.

Jude hatte nur selten die Gelegenheit, den Laden aufzusuchen. Aber wenn sie es tat, dann genoss sie es, in diese Fundgrube von Schätzen rund um die Sternenwelt einzutauchen. Das fing bei zarten silbrigen Mobiles des Sonnensystems an, ging über kitschige T-Shirts von Leinwandstars bis hin zu Plastikspielzeug für die Hosentasche. Sie staunte immer noch, und sie empfand dabei auch ein großes Vergnügen, wenn sie Claire in ihrem beruflichen Umfeld sah – tüchtig und erfolgreich statt nervös und anstrengend. Gerade erklärte sie einer jungen Frau in Minikleid und Leggings ruhig und ernst, warum es eine wunderbare Sache war, einem

Stern am Himmel einen Namen zu geben. »Es ist ein zauberhaftes Symbol Ihrer Liebe zu einem Menschen, den Sie ganz besonders ins Herz geschlossen haben. Ich habe es für meine Tochter getan, für meine Mum und für meine Gran. Sie waren alle sehr berührt.« Claire glaubte eindeutig jedes Wort, das sie sagte. Aber für mich hat sie es nicht getan, dachte Jude, für mich hat Claire noch keinem Stern meinen Namen gegeben. Und dieser düstere Gedanke machte den Abstand zwischen ihnen wieder größer.

Jude hatte ihre Schwester sehr gern, daran gab es keinen Zweifel, und sie nahm an, dass Claire dasselbe für sie empfand. Aber nie gelang es ihr, das Gefühl ganz abzuschütteln, dass Claire innerlich verbittert war. Es war mehr, viel mehr als nur die schlichte biologische Tatsache, dass sie mit ihrer Geburt vor vierunddreißig Jahren die kleine Prinzessin Claire von ihrem Thron gestoßen hatte. Es ging um mehr als um geschwisterliche Rivalität, die sich um das Lob und die Anerkennung ihrer Eltern drehte. Außerdem hatte Claire sich immer geweigert, in dieses besondere Spiel einzusteigen. Teils musste es an ihrer Behinderung liegen, aber da ihr schlimmes Bein ihr immer mehr Aufmerksamkeit und elterliche Sorge eingebracht hatte als ihrer jüngeren Schwester, hätte eigentlich eher Jude verbittert sein sollen. Hier ging es noch um etwas anderes, doch Jude hatte es nie herausfinden können. Sie wandte sich ab, griff wie abwesend nach einer zarten Porzellanschale, auf der Vincent van Goghs berühmtes Gemälde des Straßencafés bei Nacht abgebildet war. Ihr fiel ein, dass sie ein Geschenk für Suris Geburtstag in einer Woche kaufen sollte. Aber nicht das hier. Sie schaute sich um. Eine Kette mit Sternenlichtern? Nein, zu weihnachtlich. Ihr Blick fiel auf einen silbernen Armreif – genau die Art von Schmuck, die Suri trug. Auf ihrer bräunlichen Haut würde der Armreif sehr schön aussehen. Sie schaute auf das Preisschild und richtete ihre Aufmerksamkeit wieder auf Claire, während sie ihr Portemonnaie aus der Handtasche zog.

»Hier haben wir noch eine wunderschöne Geschenkbox«, erklärte Claire dem Mädchen, »mit einem einzigartigen Zertifikat.«

»Oh, das ist wirklich sehr sinnreich geschrieben«, rief das Mädchen. »Ist das von Ihnen?«

»Ja, der persönliche Ton ist wichtig«, sagte Claire, die sich in ihrer Jugend selbst Kalligrafie beigebracht hatte. »Hier wird der Name Ihres Sterns eingetragen. Und da ist noch eine Karte des Nachthimmels, sodass Sie sehen können, wo er ist. Wir nehmen nur Sterne in der nördlichen Hemisphäre. Ihr geliebter Mensch kann also wirklich erwarten, ihn zu sehen, wenn auch nur mit einem Teleskop. Und hier schreiben wir die Koordinaten hinein, sodass Sie ihn finden können. Dazu gibt es dann noch das Büchlein über die Betrachtung des Nachthimmels ... oh, und mein Gedicht.«

»Und das alles für zwanzig Pfund? Das nehme ich! Für den Sechzigsten meiner Großmutter. Also, der Stern soll Trixie Tonkins heißen.«

Jude hatte sich in die Schlange eingereiht, um das Armband zu bezahlen, und musste ihr kurzes Gelächter in einem Hustenanfall verbergen. Aber es war nicht zu übersehen, dass dem Mädchen die Vorstellung eines edlen Himmelskörpers mit dem Namen Trixie Tonkins genauso komisch vorkam, denn sie fragte ängstlich: »Und glauben Sie wirklich, dass das in Ordnung geht?«

Lobenswerterweise verzog Claire keine Miene. »Selbstverständlich. Astronomen arbeiten sowieso eher mit Zahlen als mit Namen. Es wird sie also wenig interessieren, was wir machen. Das ›Star Bureau‹ erstellt in regelmäßigen Abständen ein Verzeichnis, um die Namen zu veröffentlichen. Ich muss Ihnen allerdings sagen, dass es auch noch andere Firmen gibt, die diesen Service anbieten. Aber da mehr als fünfzehn Millionen Sterne bekannt sind, gibt es mehr als genug für alle, die einen wollen.«

Darüber war es einmal zwischen Jude und Claire zu einem Streit gekommen. »Findest du nicht, dass du die Leute an der Nase herumführst? Schließlich werden die Sterne niemals amtlich nach den Namen benannt, für den die Leute zahlen. Ist das eigentlich erlaubt?«

»Ich erkläre es den Leuten immer«, hatte Claire heftig widersprochen, »aber es sieht so aus, als wollten sie immer noch einen Schritt weitergehen. Es geht doch mehr um das Symbol, einen Stern zu benennen, oder? Es ist eine besondere Sache für jemanden, eine ganz persönliche Angelegenheit. Die Kunden interessiert es nicht, ob irgendein Langweiler bei der NASA dem Stern offiziell diesen Namen gibt oder nicht.«

»Mit Geld kann man keine Liebe kaufen – auch keinen Stern«, murmelte Jude.

»Summer liebt ihren Stern«, hatte Claire erwidert. »Sie weiß genau, wo sie nach ihm suchen muss, und zeigt ganz aufgeregt hin, wenn sie glaubt, ihn entdeckt zu haben. Eigentlich kann sie ihn mit bloßem Auge gar nicht erkennen. Aber du kennst ja Summer. Sie glaubt, alles besser zu wissen.«

Vielleicht ist das der Grund, weshalb Claire nie einen Stern nach mir benannt hat, dachte Jude plötzlich, sie hält mich für zu misstrauisch. Obwohl Claire sich irrte, begriff Jude, warum ihre Schwester davon überzeugt war.

»Gib ihr Mitarbeiterrabatt für das Armband, hörst du, Lol? Zwanzig Prozent«, sagte Claires Partnerin Linda zu Lola, der

Aushilfe an der Kasse. Lindas manikürte Finger glitten geübt über den Taschenrechner. »Sagen wir zwölf Pfund.«

»Wollen Sie eine Geschenkverpackung?«, fragte der schüchterne Teenager und betrachtete das Armband sehnsüchtig. »Es ist wirklich hübsch ...«

»Ja, bitte. Oh, warten Sie noch einen Moment.« Judes Blick fiel auf ein Märchenbuch im Gestell vor dem Tresen. Sie zog es heraus und dachte, dass sie so was noch nicht in Summers Bücherregalen gesehen hatte. Die Illustration auf dem Titel dieses Buchs war zauberhaft – ein kuschlig dreinblickender Wolf, der sich an ein Rotkäppchen schmiegte, das offenbar genauso klug war wie er. Rasch blätterte sie durch die Seiten. Es gab Aschenputtel in der Kutsche, Schneewittchen, die aus ihrem vergifteten Schlaf erwachte, Hans, der an der Bohnenranke bis hinauf in die Wolken klettern konnte. Ja, Jude war überzeugt, dass Summer die Illustrationen gefallen würden. Die Figuren schienen förmlich aus den Bildern zu springen. Der Name des Autors kam ihr irgendwie bekannt vor. Und das Buch gab es offenbar deshalb im »Star Bureau« zu kaufen, weil es im Verlag Little Star Books erschienen war. Sie lächelte. Ein kleiner Betrug, aber warum nicht.

»Ich konnte nicht widerstehen, das Buch in unser Sortiment aufzunehmen«, bemerkte Linda, als ob sie Gedanken lesen konnte. »Streng genommen hat es nichts mit Sternen zu tun, aber zwei oder drei haben wir schon verkauft.«

Die Frau, die hinter ihr darauf wartete, bezahlen zu dürfen, seufzte entnervt.

»Es ist hinreißend«, sagte Jude. »Ich möchte das hier bitte auch noch mitnehmen. Entschuldigung, dass ich die Rechnung durcheinanderbringe.«

Als Jude ihre Kreditkarte wieder eingesteckt hatte, war

Claire auch fertig. Sie hatten sich vorgenommen, zusammen in einem kleinen Restaurant zu Mittag zu essen, das Claire kannte, und dann in getrennten Wagen zu Gran zu fahren, denn auf dem Weg wollte Claire ihre Tochter von der Schule abholen. Jude hatte ein schlechtes Gewissen, weil sie Gran am Sonntag ohne die beiden besucht hatte, und hatte daher selbst den Vorschlag gemacht.

»Das Mittagessen übernehme ich«, sagte Jude entschlossen, als sie warteten, bis sie die Straße überqueren konnten.

»Okay.« Claire zuckte mit den Schultern, als hätte sie sowieso nichts anderes angenommen, was Jude wiederum irritierte. Aber das war schließlich nichts Neues.

In dem Restaurant wurden sie vom Inhaber persönlich bedient. Der Mann begrüßte Claire herzlich und drückte ihr ein Küsschen auf jede Wange. Er war ein freundlicher Mann so um die sechzig, mit einem Lächeln, das sich auch in der wettergegerbten Haut rund um seine matrosenblauen Augen spiegelte. Claire flirtete mit ihm, als er die Speisekarten brachte.

»Was kann ich heute für euch zwei Mädels tun?«, fragte er. »Claire, willst du mich gar nicht deiner Freundin vorstellen?«

»Sie ist nicht meine Freundin, sie ist meine Schwester«, sagte Claire und bemerkte dann den verletzten Ausdruck in Judes Augen. »Du lieber Gott, das klang aber blöd. Jude, das ist Joe, der wunderbare Joe, Lindas Schwager.«

Joe schaute von einer Frau zur anderen, war einen Moment lang verwirrt. Dann klärte seine Miene sich auf, und er nickte. »Ja, jetzt sehe ich auch, wie ähnlich ihr euch seid«, sagte er.

»Wirklich?«, fragte Jude. »Sonst heißt es immer, dass wir völlig verschieden aussehen.«

»Der gleiche Gesichtsausdruck, die gleichen Hände, die gleiche Art, sich das Haar zurückzustreichen, das gleiche Lächeln«, zählte er auf. Die Schwestern schauten einander ungläubig an. »Wohlgemerkt, um das zu erkennen, braucht es einen Mann mit ausgeprägtem Urteilsvermögen. Aber was das Essen betrifft, ich kann den Käseteller empfehlen. Der Käse stammt ausschließlich aus der Region. Außerdem haben wir noch die Tarte mit Marktgemüse der Saison …«

»Die nehme ich, danke, Joe«, sagte Claire und zwinkerte ihm zu. Jude entschied sich für den Käseteller.

Nachdem Joe gegangen war, ergriff Claire wieder das Wort. »Und was hast du im Laden gekauft?«

»Oh, das hier, für eine Kollegin«, sagte Jude und zeigte die Schachtel mit dem Armband.

»Das ist sehr hübsch.«

»Außerdem dachte ich, dass Summer diese Geschichten gefallen könnten. Schließlich hat sie den Zauberstern beim Lesen bekommen.« Sie reichte das Buch über den Tisch, und Claire schaute sich den Titel an, ohne es aufzuschlagen.

»Das ist wirklich sehr nett.« Claire sah ein bisschen ängstlich aus.

»Gefällt es dir nicht? Du hattest es doch im Angebot«, betonte Jude.

»Es ist ein sehr schönes Buch. Nur habe ich Summer bisher noch nie Märchen vorgelesen. Ihre Lehrer meinten, Märchen könnten Kindern Angst einjagen.«

»Oh«, sagte Jude und suchte nach den richtigen Worten, »ich habe sie immer sehr geliebt. Und diese Geschichten scheinen nicht besonders beängstigend zu sein.«

»Ja, das stimmt«, sagte Claire und betrachtete das Bild von Aschenputtel in ihrer Kutsche. »Ach, warum nicht. Das ist wirklich sehr nett von dir«, wiederholte sie. »Ich bin überzeugt, dass es ihr gefallen wird.« Trotzdem blieb bei Jude das Gefühl zurück, dass ihr Geschenk nicht wirklich willkommen war.

Die Getränke wurden gebracht. Claire nippte an ihrem naturtrüben Apfelsaft. »Wie fühlt es sich denn an, in das vornehme Leben in Starbrough Hall einzutauchen? Ich kann mir vorstellen, dass es dort ein bisschen geräumiger ist als im Blacksmith Cottage.«

»Aber nicht so gemütlich. Mal im Ernst, Claire, es ist erschreckend groß. Ich bin es nicht gewohnt, mehrere Meilen über einen Flur zurückzulegen, um zum Frühstückstisch zu gelangen.«

»Und wie kommen die Leute dort zurecht?«

»In welcher Hinsicht?«

»Wer macht die Hausarbeit? Wer putzt die Fenster? Das scheint mir doch alles sehr unpraktisch zu sein.«

»Ich glaube, es gibt nur stundenweise eine Köchin und eine Putzhilfe. Alexia ist auch immer beschäftigt.«

»Man könnte meinen, dass sie gar nicht mehr wissen, wo ihnen eigentlich der Kopf steht.«

»Ja, ein bisschen ist es auch so. Und viele Jahre lang haben nur Chantal und ihr Mann William dort gelebt.«

»Das muss seltsam sein. Wenn die Familie deines Sohnes das Haus übernimmt, du aber immer noch dort wohnst.«

»Ja, ich stelle es mir auch seltsam vor. Mussten die vornehmen Witwen früher nicht in einen Witwensitz umziehen? Ich meine, in den schlechten alten Zeiten.«

»In einen Witwensitz? Weil sie Witwen waren?«

»Ja. Das fing schon bei der Mitgift an.« Zum Glück war von den alten Sitten, bei denen eine Frau nicht mehr wert war als das Geld und das Land, das sie in die Ehe mitgebracht hatte, nichts mehr übrig als nur diese Begriffe. »Aber es gibt keinen

Witwensitz. Chantal hat mir erzählt, dass sie angeboten hat, sich eine Wohnung in der Stadt zu nehmen, aber davon wollten sie nichts wissen.« Sie dachte darüber nach, was das zu bedeuten hatte. Chantal war eine zauberhafte Person, aber sie war bestimmt daran gewöhnt, dass das Haus in einer ganz besonderen Weise eingerichtet und geführt wurde. Falls Alexia doch nicht so eine unkomplizierte und gelassene Schwiegertochter war, konnte es Schwierigkeiten geben.

Jude kam es so vor, als habe Alexia nicht viel an der Einrichtung geändert. Sie dachte an den Salon mit dem steifen Mobiliar, den Schwarz-Weiß-Fotografien der längst verstorbenen Familienmitglieder auf dem Klavier und an das Arbeitszimmer. Jemand, der nicht Alexias Feingefühl besaß, hätte vielleicht Innenarchitekten engagiert. Und Jude glaubte nicht, dass es nur um das fehlende Geld ging. Selbst die Kommode im Frühstückszimmer war immer noch mit Chantals Erinnerungen verknüpft, obwohl die moderne Pinnwand an der Wand daneben mit einem Wust aus Zetteln und Papieren einer viel beschäftigten jungen Familie übersät war: Einladungen zu Partys, Fahrpläne, digitale Schnappschüsse. Sie fragte sich, wie Alexia die Situation wohl empfand. Bisher hatte Jude nur wenig Gelegenheit gehabt, eigene Beobachtungen anzustellen.

Die Bestellung wurde gebracht, und ein paar Minuten lang konzentrierten sie sich aufs Essen. »Du hast mir eigentlich nie richtig erklärt, warum du nicht nach Frankreich gefahren bist. Du musst verrückt sein, dass du dir eine solche Chance entgehen lässt. Ich habe schon so lange nicht mehr Urlaub gemacht … seit Ewigkeiten nicht.«

»Wir sollten mal zusammen wegfahren, wir drei, irgendwann«, sagte Jude spontan, »vielleicht Mum und Douglas in

Spanien besuchen, wenn ihr Haus fertig ist.« Claire war offenbar nicht besonders wild darauf.

»Ich kann den Laden schlecht allein lassen, oder?«

»Wirklich nicht? Du und Linda, ihr habt doch eine Aushilfe.«

»Lola? Ja, sie ist in Ordnung. Und Jackie, eine der Mütter aus der Schule, hilft manchmal in der Woche mit den Bestellungen und der Verwaltung. Aber wir können es uns nicht leisten, jemanden in Vollzeit einzustellen, und Linda wird es ein bisschen zu viel, wenn ich mir freinehme, besonders in den Schulferien.«

»Linda hat keine Kinder, oder?«

»Nein. Aber ihr Vater und ihre Mutter sind schon ziemlich alt, und ihre Mutter hat Alzheimer.«

»Wenn du jemand fändest, der dich im Laden vertritt, würdest du mitfahren?«

»Vielleicht. Summer wäre wahrscheinlich begeistert.« Jude hörte heraus, dass das für Claire nicht galt. Und wenn sie es sich recht überlegte, wäre es tatsächlich schwierig für sie, sich für ein oder zwei Wochen mit ihrer Mutter zu arrangieren, selbst jetzt, wo die beiden besser miteinander zurechtkamen. Die Schwestern saßen sich einen Moment lang schweigend gegenüber. »Nun sag schon«, fuhr Claire dann fort, »warum bist du nicht mit diesem Caspar nach Frankreich gefahren? Ich dachte, du wärst scharf auf ihn.«

Sie will auf den Busch klopfen, dachte Jude plötzlich. Wenn ich noch mit Caspar zusammen wäre, könnte Claire mich ohne Bedenken mit Euan allein lassen. Jude konzentrierte sich darauf, Chutney auf ein Stückchen Käse zu häufen, und erinnerte sich daran, wie sehr es Claire aufgeregt hatte, dass Caspar sie nicht hatte sehen wollen. Solche Dinge ließen bei ihr die Alarmglocken schrillen. »Er ist der erste Mann seit

Mark, mit dem ich richtig zusammen war, und …« Sie sah auf ihren Teller hinunter, der Appetit war ihr vergangen. Plötzlich beschloss sie, sich ihrer Schwester anzuvertrauen. »Claire, ich habe mit ihm Schluss gemacht. Ich fürchte, ich kann gar nicht mehr mit jemandem zusammen sein. Ständig habe ich ihn mit Mark verglichen und wie es mit ihm gewesen ist. Und es gab nicht diese Nähe, die ich zu ihm empfunden habe. Ich war nicht entspannt mit Caspar. Ich habe mich die ganze Zeit gefragt, was er denkt und ob er mich versteht.«

Claire beobachtete sie ruhig. »Weißt du, Mark war auch nicht perfekt. Aber du scheinst das zu glauben.«

Was für eine seltsame Bemerkung. »Für mich war er perfekt.«

»Das Problem besteht darin, dass du ihn auf ein Podest gestellt hast, so als ob er niemals etwas falsch gemacht hätte. Und dann vergleichst du alles mit diesem Idealbild, dem niemand das Wasser reichen kann. Wie denn auch? Du gibst ja niemandem eine Chance.«

»Du bist genau die Richtige, mir kluge Ratschläge zu geben«, erwiderte Jude scharf.

»Das ist was anderes. Ich bin nicht auf der Suche«, sagte Claire hitzig. »Summer und ich, wir beide sind uns genug. Da müsste schon jemand ganz Besonderes kommen, damit sich das ändert.«

»Also doch nicht Euan?«, schoss Jude zurück. »Du scheinst ihm mit Summer zu vertrauen.«

»Da tue ich«, sagte Claire sanfter. »Würdest du nicht?«

Jude erinnerte sich, wie zärtlich er mit allen lebendigen Geschöpfen umging, und nickte. Sie hatte eindeutig das Gefühl, dass Claire an Euan interessiert war, trotz all ihrer Proteste und der Behauptung, dass sie allein zurechtkam. Aber irgendwie war sie beunruhigt, wegen Summer.

»Claire, weißt du eigentlich, dass Euan mal mit Summer zum Turm gegangen ist? Offenbar hat er ihr nicht gefallen.«

Claire sah ein wenig überrascht aus. »Warum denn nicht?«, fragte sie dann mit merkwürdiger Stimme.

»Ich weiß es nicht. Euan meinte, irgendwas hätte ihr Angst eingejagt. Tut mir leid, ich hab vergessen, es dir zu erzählen.«

»Summer hat nie ein Wort darüber verloren.«

»Vielleicht ist es auch nur ein Zufall.«

»Ein Zufall? Wieso?«

»Ach, ich dachte gerade … ich glaube, es war ungefähr um die Zeit, als ihre Träume angefangen haben.«

Claire starrte ihre Schwester an. In ihrem Gesicht spiegelte sich Unsicherheit. »Ich glaube, Mum wollte auch nicht da hin«, sagte sie schließlich.

»Zu dem Turm? Aber du hast mir doch erzählt, dass ihr beide einmal fast bis dorthin gegangen seid.«

»Ich hatte sie zum Babysitten bei Summer abgeholt. Du erinnerst dich an die Zeit, als sie wegen ihres Knies nicht Auto fahren konnte?«

»Vor ein paar Jahren?«

»Ja. Es war kurz nach Weihnachten. Ich hatte die Abkürzung über Starbrough Hall genommen, und ich kann mich daran erinnern, dass das Licht sehr merkwürdig war. Es war einer dieser winterlichen Sonnenuntergänge, bei dem die Sonne wie ein furchterregender roter Ball aussieht. Ich dachte, Mum wäre krank, weil sie nicht so munter schwatzte wie sonst, sondern nur aus dem Fenster in die Landschaft starrte. ›Alles in Ordnung?‹, habe ich sie gefragt, und sie sagte: ›Irgendwo da draußen muss Grans altes Haus sein. Ich hab danach Ausschau gehalten.‹ Damals war ich Euan noch nicht begegnet und wusste nicht, wo das Haus lag. Wir müssen direkt daran vorbeigefahren sein.«

»Das passiert leicht, bei der hohen Hecke.«

»Wie auch immer, wir sind oben auf dem Hügel angelangt, und du kennst doch den kleinen Pfad, der nach rechts abzweigt? Euan nennt ihn Foxhole Lane.«

»Der Weg zum Turm. Ich wusste nicht, dass er einen Namen hat.«

»Mum hat mich dazu gebracht, in den Weg einzubiegen und den Motor abzustellen. Es wurde bereits dunkel, und wegen der Bäume konnten wir nicht besonders viel sehen. Sie sagte, sie würde den Turm suchen. Natürlich meinte sie Starbrough Folly. ›Warum‹, habe ich sie gefragt, und ihre Antwort war wirklich merkwürdig. ›Ich will sehen, ob er immer noch so ist.‹«

»Ob er *wie* ist?«, hakte Jude nach und lehnte sich nach vorn.

»Das wollte ich auch gern wissen. Aber sie hat nicht geantwortet, sondern sah nur aufgeregt aus. Also sagte ich nur: ›Wir müssen aussteigen und zu Fuß gehen.‹ Ich half ihr aus dem Wagen, und wir sind bis zu den Bäumen gekommen. Dann hat sie ihre Meinung geändert und entschieden, dass wir zum Auto zurückgehen.«

»Vermutlich hat ihr das Knie wehgetan.«

»Ja. Aber das war es nicht allein, Jude. Es war, als hätte sie den Mut verloren. Ich hab sie nicht bedrängt. Um ehrlich zu sein, ich hatte auch ein bisschen die Nase voll. Wir mussten doch Summer abholen und waren schon spät dran, und es war auch keine gute Idee, in der Abenddämmerung im Wald rumzulaufen, noch dazu Mum mit ihrem Bein. Wie auch immer, als wir im Auto saßen und losfuhren, wurde sie wieder fröhlicher. Also hab ich die ganze Sache vergessen. Bis zu deiner Bemerkung gerade eben.«

»Ich wusste nicht, dass sie den Turm überhaupt kennt.

Vielleicht war sie irgendwann mal mit Gran dort. Warum war sie wohl so ängstlich?«

»Keine Ahnung. Vielleicht ist es wie mit Summer. Sie fand ihn … gespenstisch. Es gibt merkwürdige Geschichten über ihn. Obwohl Mum sich von solchem Zeug eigentlich nicht beeindrucken lässt, oder?«

Jude dachte nach, ob das stimmte. Nein, Valerie konnte sehr nüchtern und sachlich sein. Sie war nicht religiös, und sie lachte über Menschen, die wegen zerbrochener Spiegel und schwarzer Katzen Kopfschmerzen bekamen. »Sie mag Horoskope«, sagte sie, als sie sich daran erinnerte, dass ihre Mutter immer das Horoskop für Jungfrau im Lokalblättchen las und sich die Voraussagen gern so zurechtbog, dass sie auf ihre Situation zutrafen: »Gute Neuigkeiten im Beruf« musste nicht unbedingt heißen, dass ihr das Gehalt in der Arztpraxis, in der sie am Empfang arbeitete, erhöht wurde oder dass eine Beförderung anstand. Es konnte auch bedeuten, dass der mürrischste Arzt in der Praxis zur Abwechslung mal lächelte oder dass eine der Krankenschwestern einen Schokoladenkuchen zum Geburtstag mitbrachte. Aber an Gespenster oder seltsame Schwingungen glaubte sie eigentlich nicht.

»Und was will Gran am Sonntag mit dir besprechen?«, fragte Claire.

Jude legte das Messer hin und griff nach ihrer Handtasche. Sie zog ein kleines Paket aus und wickelte es aus.

»Das hier hat sie mir gegeben.«

Sogar zusammengerollt sah die Halskette noch schön aus. Claire berührte den Schmuck nicht. Sie gab sich auch keine Mühe, ihre Überraschung zu verbergen und dann ihre Eifersucht.

»Claire, sie hat mir die Kette nicht wirklich geschenkt«,

sagte Jude eilig. »Ich soll nur darauf aufpassen. Sie möchte, dass ich die Person ausfindig mache, der sie gehört.«

»Die Person? Wer soll das sein?«

»Ich bin genauso verwundert wie du. Ein Mädchen, das heute natürlich eine alte Frau wäre, namens Tamsin Lovall. Schau mich nicht so an. Ich bin sicher, Gran hat mich gefragt, weil sie weiß, dass ich mich mit Recherchen auskenne.«

»Daran habe ich gar nicht gedacht, Jude. Ich versuch nur, es zu begreifen. Keine von uns wusste von dieser Kette. Gran ist manchmal ein stilles Wasser.«

»Das stimmt. Sie muss sie seit über siebzig Jahren gehabt haben. Und soweit wir wissen, hat sie nie ein Wort darüber verloren.«

»Glaubst du, dass Mum davon weiß?« Endlich nahm Claire die Kette und hielt sie hoch. Sofort entdeckte sie die beschädigte Stelle. »Wirklich ein Jammer, dass sie nicht mehr heil ist.«

Jude zuckte mit den Schultern. »Wenn ich daran denke, wie Mum und Gran so sind, gehe ich jede Wette ein, dass sie nicht Bescheid weiß. Wann haben sie sich je über so was Heikles unterhalten?«

»Und wo willst du anfangen? Diese Tamsin zu suchen, meinte ich.«

»Ich weiß nicht, wo ich anfangen soll. Hast du eine Idee?«

»Du könntest in den Telefonbüchern nach Lovalls suchen.«

»Ja. Aber ich wette, dass es jede Menge von ihnen gibt. Und es könnte gut sein, dass sie gar nicht mehr Lovall heißt.«

Später, als sie bei ihrer Großmutter waren, gab Jude Summer das Buch, das sie gekauft hatte.

Summer quetschte sich auf das Sofa zwischen Jude und

ihre Mutter und blätterte die Seiten um. »Gefällt es dir?«, fragte Jude.

»Mm«, machte Summer und nickte. »Kannst du mir das hier vorlesen? Aschenputtel?«

Jude las vor, und alle hörten zu. Die Geschichte war wunderbar erzählt. Danach wollte Summer von Schneewittchen hören.

»Du hattest recht, Jude«, sagte Claire, als das Märchen zu Ende war. »Das neue Buch gefällt dir, nicht wahr, mein Schatz?«

»Noch eine Geschichte«, bettelte Summer, »bitte, bitte!«

»Aber nur noch eine«, sagte Jude. »Welche willst du hören?«

Summer blätterte durch die Seiten bis zu einem Bild mit zwei pausbäckigen Kindern, einem Jungen und einem Mädchen, die sich unter einem Baum zum Schlafen aneinandergekuschelt hatten. »Die zwei Kindlein im Wald«, sagte sie entschieden.

»Oh, nein, nicht die!«, rief Claire plötzlich. »Sie ist so traurig.«

»Ja, ziemlich«, sagte Jude.

»Aber ich will es«, befahl Summer, und Jude begann zu lesen, nachdem sie Claire einen besorgten Blick zugeworfen hatte.

»Es war einmal ein Mann, dessen Frau gestorben war. Die Frau hatte ihm zwei wunderschöne kleine Kindlein hinterlassen, einen Jungen und ein Mädchen. Traurigerweise wurde der Mann krank, und er wusste, dass er bald sterben musste. Also bat er seinen Bruder, die Kinder nach seinem Tod an sich zu nehmen und sich um sie zu sorgen, als wären sie seine eigenen. Dann starb er, und die Kinder wurden Waisen. Aber tief im Herzen war der Onkel ein böser Mann. Er hatte im Sinn, dass die Kinder sterben sollten, denn dann konnte er das Vermögen ihres Vaters an sich bringen. Er hatte zwei Schurken gedungen, die die Kleinen tief in den Wald führen und töten sollten. Aber in einem der beiden Schurken schlummerte noch der Rest eines Gewissens, und er brachte es nicht übers Herz, diese unschuldigen Kindlein zu töten. Er stritt mit dem anderen Mann und brachte ihn anstelle der Kinder um. Dann rannte er mit dem Geld davon, mit dem der Onkel ihn und seinen Kumpan bezahlt hatte, und ward nie wieder gesehen. Die armen Kindlein aber waren verloren und verlassen. Sie wanderten durch die schreckliche Dunkelheit, bis sie, schwach vor Hunger und Kälte, ohnmächtig unter einem Baum zu Boden sanken und Gevatter Tod sie dort, in der schwärzesten Finsternis der Nacht, sanft zu sich nahm. Es war zu spät, als die Tiere und die Vögel des Waldes ihr Mitleid für sie entdeckten und mit Laub zudeckten. Die Menschen im Dorf fragten sich, wo die Kinder waren, schickten nach ihnen aus und ließen sie suchen. Und als sie gefunden wurden, sahen sie nicht aus wie tot, sondern nur, als ob sie schliefen.«

»Wie schrecklich«, sagte Summer, nahm das Buch und betrachtete das Bild mit den Kindern, die zu schlafen schienen, in Wirklichkeit aber tot waren. »Die Geschichte mag ich überhaupt nicht.«

»Lasst uns einen Tee trinken«, schlug Gran fröhlich vor. Als Claire in die Küche ging, um das Wasser aufzusetzen, wandte sie sich an Jude. »Tamsin hat mir gezeigt, dass der Wald nichts Furchterregendes hat. Ihre Familie war vom Wald abhängig, sie brauchte ihn für ihren Lebensunterhalt, verstehst du.«

Sie lehnte sich zurück, und in ihrem Blick lag jener abwesende Ausdruck, so als könnte sie die Vergangenheit sehen, die an ihren Augen vorbeizog.

»Bist du ihnen jemals begegnet, Gran? Ihrer Familie, meine ich.«

»Oh, ja, viele Male. Sie hatten ihr Lager an der Foxhole Lane aufgeschlagen, nicht weit von dort entfernt, wo wir wohnten.«

»Ich weiß. Das ist in der Nähe des Starbrough Folly.«

»Das stimmt, Liebes. Im Lager standen drei, manchmal auch vier Wagen. Eine Mutter von Tamsin gab es nicht, ich denke, sie war gestorben. Tamsin wohnte in einem Wagen mit ihrer Großmutter Nadya und mit ihrer Urgroßmutter – ihren Namen habe ich vergessen – zusammen. Sie hat nicht viel Englisch gesprochen, und sie sah aus, wie man sich eine echte Zigeunerin vorstellt, mit großen goldenen Ohrringen, einem sehr faltigen dunkelbraunen Gesicht, und sie hat Tonpfeife geraucht, genau wie die Männer.«

Summer starrte Jessie eindringlich an. »Hatte sie auch so ein komisches Kopftuch um?«, fragte sie.

»Ja, das hatte sie, Schätzchen«, sagte ihre Urgroßmutter amüsiert. »Genau wie Tamsins Großmutter Nadya. Aber damals trugen alle ein Kopftuch oder einen Schal oder einen Hut, wenn sie ausgingen. Man fühlte sich sonst nicht vollständig angezogen.«

Summer nickte und blätterte weiter die Seiten ihres neuen Buches um. Jude wollte das Mädchen fragen, ob es in der Schule schon etwas von Zigeunern gehört hatte, aber Jessie erzählte weiter. »Sie haben mich nicht in den Wagen eingeladen – ich spürte, dass es ein ganz besonderer Ort für sie war –, aber Nadya war sehr freundlich zu mir. Wenn ich nach der Schule zum Zigeunerlager gegangen bin, hat sie mir immer eine Tasse Tee mit viel zu viel Zucker angeboten und ein Stück mächtigen Kuchen. Die Urgroßmutter hat Körbe geflochten, und ich habe gern bei ihr gesessen und ihr zugesehen. Sie war sehr schnell und geschickt mit ihren Händen. So wie meine Mutter, wenn sie Spitze klöppelte. Einmal im Frühjahr erschien Nadya vor der Tür zu unserem Cottage. Sie bot Körbe an, die mit Primeln bepflanzt waren. Aus Freundlichkeit hat meine Ma einen genommen und mit dem Geld bezahlt, das sie mit ihrer Spitze verdient hat. Nachdem die Blüten verblüht waren, hat Ma die Primeln in den Garten gepflanzt, und ich durfte den Korb behalten.«

»Ich denke mal, dass sie im Wald Feuerholz gesammelt haben«, sagte Jude zu Summer, als ihr wieder einfiel, wie Gran auf das Thema gekommen war, »und kleine Tiere gejagt.«

»Ja, das stimmt, Schätzchen, Kaninchen und sogar Igel. Und natürlich wussten sie alles über Pflanzen, welche Pilze man essen darf und welche Kräuter eine gute Medizin ergeben. Als ich einmal schwer erkältet war, hat Nadya versucht, mir ihr Gebräu einzuflößen, aber es hat seltsam gerochen, und ich wollte es nicht trinken. Ich fürchte, Tamsin fand mich unhöflich. Manchmal kamen wir nicht miteinander zurecht, weil unsere Lebensweisen so verschieden waren. Aber die meiste Zeit haben wir wunderbar zusammen gespielt. Sie war so zierlich und so hübsch, und sie hat so interessante Dinge gesagt.«

»Was hat sie denn gesagt, Gran?«, wollte Summer wissen. Claire lehnte mit verschränkten Armen in der Küchentür und wartete darauf, dass das Wasser kochte.

»Nun, einmal hat sie mir erzählt, dass sie drei verschiedene Namen hätte. Tamsin sei nur ihr öffentlicher Name. Sie wollte mir nicht verraten, mit welchem Namen ihre Familie sie rief, obwohl ich gebeten und gebettelt habe, und ihren dritten Namen kannte nicht einmal sie selbst. Dieser Name sei ihr bei ihrer Geburt zugeflüstert worden, sagte sie, und wenn sie eines Tages erwachsen sei, würde sie ihn schon herausfinden.«

»Aber ich habe auch drei Namen«, triumphierte Summer, »Summer Claire Keating. Meine Freundin Darcey hat vier.«

»In der Schule hat Tamsin wohl Tamsin Lovall geheißen«, sagte Jude lächelnd. »Ich nehme also an, dass sie auch vier Namen hatte. »Gran, ist Tamsin gern zur Schule gegangen? Oder haben die Behörden sie gezwungen?«

»Nadya wollte, dass Tamsin ihre Chance bekommt. Das war jedenfalls mein Eindruck, denn sie selbst konnte weder lesen noch schreiben. Aber sie war sehr stolz darauf, dass Tamsin es konnte. Ich musste Tamsin bei den Hausaufgaben helfen, wenn sie etwas nicht verstanden hatte, denn ihre Familie war dazu nicht in der Lage. Unser Haus hat sie nie betreten, obwohl ich sie eingeladen habe. Und ich hatte auch nicht das Gefühl, dass Ma dagegen gewesen wäre. Unsere Ma war nicht so, aber ein paar Frauen aus dem Dorf. Es gab einen schrecklichen Spruch, den die Kinder Tamsin hinterherriefen: ›Wäsche von der Leine und Hühner in den Stall, die Zigeuner kommen.‹ Natürlich haben die Lehrer geschimpft, wenn sie das hörten, aber man kann Kindern schließlich nicht den Mund verbieten.«

Summer schaute von ihrem Buch auf. »Das hört sich wirklich schlimm an. Ich würde so was nie sagen.«

»Trotzdem wollte ich nicht, dass man sieht, wie ich mit Tamsin in der Schule spiele. Auf keinen Fall«, fuhr Gran fort. »Das war nicht besonders mutig, stimmt's?«

»Nein«, sagte Summer ein wenig unsicher.

»Sie konnten so grausam sein, die anderen Kinder! Ganz besonders ein Junge …« Gran fummelte an ihrem Hörgerät herum, das einen warnenden Pfeifton von sich gab.

»Wer war das, Gran?«, drängte Jude.

»Verflixtes Ding. Wer? Ach, das ist nicht wichtig.«

Jude spürte, dass es sehr wohl wichtig sein konnte, bat dann aber taktvoll: »Erzähl mir mehr über die Halskette. Wo hatte Tamsin sie aufbewahrt?«

»Ach, das ist nun wieder interessant. In der Schule hätte sie sie natürlich niemals getragen. Aber ein- oder zweimal habe ich sie damit im Lager gesehen. Es war wie mit ihrer Urgroßmutter und den Ohrringen. Wenn man seine Wertsachen am Leib trägt, können sie nicht verloren gehen.«

»Nein, das können sie wohl nicht«, sagte Jude. Am Ende war aber genau das mit Tamsins Halskette geschehen. Jessie hatte sie gestohlen. Als sie das schuldbewusste Gesicht ihrer Großmutter sah, wusste sie, dass diese dasselbe gedacht hatte.

»Ich habe diese Kette geliebt. Manchmal durfte ich sie mir umlegen, weißt du, und wir hatten ausgemacht, dass diejenige, die sie trug, die Prinzessin war und an jenem Tag bestimmen durfte, was wir spielten. Einmal war ich an der Reihe, und ich sagte, dass ich zum Turm hinaufgehen wolle. Wir Kinder haben oft in der Nähe des Starbrough Folly gespielt. Unser Dad hatte es uns verboten, aber manchmal haben wir uns doch getraut.«

Es entstand eine kleine Pause, als Claire das Teetablett und gekauften Kuchen hereinbrachte.

»Danke, meine Liebe. Eigentlich haben wir den Turm nicht besonders gemocht. Es war dort feucht und schrecklich finster.« Sie schaute zu, wie Summer das Papier von dem Kuchen wickelte, und fuhr fort. »An jenem Tag sind Tamsin und ich jedenfalls in das Zimmer hinaufgeklettert und haben dort gespielt, irgendeinen Unsinn mit Märchen, und dabei hat Tamsin das kleine Versteck gefunden, hinter einem lockeren Ziegelstein. Das haben wir dann manchmal benutzt, um Botschaften füreinander reinzulegen oder kleine Geschenke. Nur alberne kleine Sachen wie Kuchenstückchen oder Blumen. Einmal hat sie etwas für mich versteckt, was einer ihrer Onkel gemacht hatte: zwei kleine Holzpüppchen, die so zusammengebunden waren, dass es aussah, als würden sie miteinander ringen, wenn man an den Schnüren zog. Manchmal war es so, wisst ihr, dass sie nicht in der Schule auftauchte oder dass ihre Familie beschlossen hatte, weiterzuziehen, und dann bin ich hochgestiegen, um nachzusehen, ob sie etwas für mich hinterlassen hatte.«

Jude fand das bezaubernd, und Claire sagte: »Was für eine schöne Idee.«

»Ich weiß nicht mehr, wann wir das Versteck das erste Mal für die Kette benutzt haben. Nicht lange darauf. Tamsin wollte erst nicht, aber ich habe sie überredet. Sie willigte ein, dass ich die Halskette mit nach Hause nahm. Meiner Ma habe ich sie nicht gezeigt – sie hätte darauf bestanden, dass ich sie sofort zurückgebe. Ich hab zu Tamsin gesagt, dass ich die Kette in das Versteck lege, falls wir uns am nächsten Tag nicht sehen. Und das habe ich auch getan. Natürlich, wenn ich jetzt daran zurückdenke, war das alles ziemlich dumm. Jeder, der wusste, wo er zu suchen hatte, hätte die Kette leicht finden können. Aber damals schien es so romantisch, und ich hatte Flausen im Kopf, wie es bei jungen Mädchen nun mal so ist.«

»Wie alt warst du da, Gran?«, fragte Claire.

»Oh, ich glaube, als wir das Versteck entdeckt haben, war ich zehn oder elf.«

Nach dem Tee schlief Gran in ihrem Sessel ein, während Jude mit Claire Arm in Arm nach Blakeney Point spazierte und Summer vor ihnen hertanzte. Die Luft war funkelnd und wie verzaubert. Im Sommer hat das Licht in den Marschlanden eine ganz besondere Qualität, dachte Jude. Kein Wind wehte, kein Lüftchen regte sich, und zusammen mit Grans Erzählungen versetzte diese Reglosigkeit sie in eine seltsame, sehnsuchtsvolle Stimmung.

Sie standen auf einer kleinen Landzunge und schauten hinüber zu dem einsamen letzten Haus draußen auf der Halbinsel und lauschten dem verzückten Gesang der Feldlerchen, die zu weit oben waren, um sie noch sehen zu können. Hier an dieser Stelle und genau in diesem Moment hatte Jude das Gefühl, ihrer Schwester nahe zu sein, konnte vergessen, dass Claire gesagt hatte: »Jude ist nicht meine Freundin, sondern meine Schwester.« Doch dieser Augenblick war nur allzu rasch verflogen.

Als sie zu Grans kleinem Haus zurückgekehrt waren, gab Judes Handy den Ton für eine SMS von sich. Summer war als Erste bei der Handtasche ihrer Tante.

»Von Euan«, rief sie und reichte Jude das Handy, die schnell das Display überflog.

»Es geht ums Sternegucken«, erklärte sie Claire und sah, wie ihr schmales Gesicht einen verbitterten Ausdruck annahm. »Er sagt, heute Abend wäre es gut. Ich muss ihn um Mitternacht treffen. Ich wünschte, du könntest mitkommen.«

»Nun, das geht ja wohl schlecht, oder?«, fuhr Claire sie an und schaute zu Summer. Es war, als ob ein kleiner Riss zwischen den Schwestern sich zu einem riesigen Spalt geöffnet hätte.

18. Kapitel

Jude war böse auf Claire und redete sich ein, dass die Beobachtung des Sternenhimmels vom Starbrough Folly aus für ihre Recherchen wichtig wäre. Sie beschloss, hinzugehen, wobei ihr die Entscheidung nicht besonders schwerfiel. Sie brannte schon darauf, Euan wiederzusehen.

Es war ein paar Minuten nach Mitternacht, als sie aus den Bäumen nahe dem Turm auftauchte. Ein Dreiviertelmond zog am Himmel auf, das fehlende Stück sah aus wie eine gespenstische Zeichnung. Jude war zu spät dran, weil sie sich in Euans neues Buch vertieft hatte. Deshalb hatte sie das Auto nehmen müssen, statt zu Fuß zu gehen. Und als sie am Weg ausgestiegen war, hatte ihre Taschenlampe den Geist aufgegeben.

Eine große Gestalt trat aus dem Schatten am Turm. Ihr Herz bebte einen Moment lang, dann sagte eine vertraute Stimme: »Jude, ich hatte mir schon Sorgen gemacht, dass Sie sich verlaufen hätten.«

»Tut mir leid. Hätte ich auch fast. Meine blöde Taschenlampe.«

Er ließ ihr an der Tür den Vortritt und tauchte die Treppenstufen in das rote Licht seiner eigenen Taschenlampe. »Rotes Licht ist besser, wenn man die Sterne beobachten will«, erklärte er, während sie nach oben stiegen. »Es stört unsere Nachtsicht nicht.«

Im Licht der Taschenlampe und mit Euan schützend hinter sich kletterte Jude die Stufen diesmal viel sicherer hinauf. Es kam ihr nicht lange vor, bis sie das kleine Turmzimmer erreicht hatten. Grans und Tamsins Versteck vage im Hinterkopf ließ sie den Blick durch den Raum wandern, aber dafür war jetzt keine Zeit. Am Mondlicht, das in einem Viereck auf den Boden fiel, war zu erkennen, dass die Dachluke geöffnet war.

»Steigen Sie die Leiter langsam hinauf«, sagte Euan, »und passen Sie auf, dass Sie sich nicht den Kopf stoßen.«

Jude war überrascht, dass es oben auf dem Turm so eng war – vielleicht ein dutzend Fuß im Durchmesser. Trotz der Brüstung, die ringsum auf Taillenhöhe gemauert war, spürte sie, dass ihr schwindlig wurde. Sie musste sich zwingen, von der Leiter auf die Plattform zu treten, und setzte sich auf den Boden, um sich an die Umgebung zu gewöhnen. Der Fußboden bestand wie überall aus zerbröckelnden Ziegelsteinen, und weil sie davon überzeugt war, dass der Turm in der frischen Brise leicht schwankte, wurde ihr übel. Sie schloss die Augen, aber dann wurde es noch schlimmer. Also machte sie sie wieder auf und sah, dass Euan nah neben ihr saß, aber ohne sie zu berühren, und sie besorgt anschaute. Sie konnte die Wärme seines Körpers in der Dunkelheit spüren und griff nach seinem Arm, um ins Gleichgewicht zu kommen.

»Alles in Ordnung?«

Sie nickte.

»Als ich das erste Mal hier oben war, war es auch komisch. Sobald man sich daran gewöhnt hat, wird es besser. Schauen Sie nach oben!«

Sie gehorchte und schnappte überrascht nach Luft.

»Wir sind ja beinahe mitten unter den Sternen! So viele hab ich noch nie gesehen!«

»Es ist noch besser, wenn der Mond verdeckt ist.«

Früher hatte man eine Plane aus Leinen über die Plattform ziehen können, aber davon war nicht mehr übrig geblieben als ein paar stützende Ziegelsteine, sodass der Blick auf den Himmel frei war. Und auf was für einen Himmel! Hier oben über den Bäumen war es, als säßen Euan und sie unter einer funkelnden, schimmernden Kuppel.

»Hier hat man wirklich das Gefühl, dass man sich auf einem Planeten befindet, der sich durch das Weltall bewegt«, murmelte Euan. »Besonders, wenn der Mond wie heute Nacht zeigt, dass er eine Kugel ist und keine flache Scheibe.«

»Es ist, als ob die Sterne lebendig wären und brennen würden.«

»Das ist auch so. Jedenfalls bei den meisten. Sie wissen vermutlich, dass wir sie eigentlich immer nur so sehen, wie sie einmal waren, weil sie Millionen Lichtjahre von uns entfernt sind. Manche gibt es vielleicht gar nicht mehr, und das, was wir sehen, sind nur Phantome von ihnen.«

»Die Vorstellung ist so gewaltig, dass wir Menschen sie kaum fassen können«, erwiderte sie. In der kalten Luft klang ihre Stimme heiser.

Es kam ihr vor, als würde sie das neblige Band der Galaxie, zu der die Erde gehörte, zum ersten Mal richtig sehen – die Milchstraße, die, wie sie wusste, aus Hunderten Milliarden Sternen bestand, allesamt Äonen von Lichtjahren entfernt. Gewaltige Worte wie Ewigkeit und Unendlichkeit, mit denen die Leute täglich um sich warfen, gewannen vor ihren Augen plötzlich körperliche Gestalt. In diesem Moment erinnerte sie sich, als ob es gestern gewesen wäre, an etwas, das in den Begriffen ihrer Galaxis in Wahrheit nicht mehr als der Bruchteil eines Gestern war. Sie und Mark hatten sich barfuß auf dem Schulausflug ein Versprechen gegeben, für das sie sich –

menschliche Wesen, die nichts als winzige Moleküle in einem gigantischen Universum waren, am Ende als zu unbedeutend und zu kraftlos erwiesen hatten, um es jemals halten zu können. Und sie musste bei dieser Einsicht fast weinen.

Um sich zu beruhigen, schaute sie hinunter auf die bescheidende Wirklichkeit ihrer alten Jeans und Turnschuhe und spürte plötzlich die Anwesenheit dieses anderen Menschen ganz intensiv, dieses fremden Mannes in seinem schäbigen Anorak, der still auf dem Ziegelboden neben ihr saß und sich mit den Händen auf den Knien abstützte. Eingehend betrachtete Jude diese Hände, dachte darüber nach, wie kräftig und gleichzeitig zärtlich sie aussahen, und das brachte sie wieder in die Welt zurück, die ihr vertraut war, die winzigkleine Welt, in der sie glauben durfte, dass sie wichtig war.

»Ist alles in Ordnung?«, fragte er sanft. »Sie haben seit Ewigkeiten nichts mehr gesagt.«

»Ja«, erwiderte sie, »ich glaube schon.«

»Kommen Sie mit.« Euan kam mit einer geschmeidigen Bewegung auf die Füße, half ihr auf und schob sie hinüber zu dem Teleskop, das er auf einer Seite der Plattform auf einem Dreibeinstativ aufgestellt hatte.

»Ist es hier sicher?«, fragte Jude mit Blick auf die Brüstung.

»Ich glaube schon, aber anlehnen würde ich mich nicht«, sagte er wie abwesend, denn der Blick zu den Sternen hatte ihn schon ganz gefangen genommen, was auch immer er durch die Linse gerade betrachten mochte.

Zur Sicherheit wollte sie einen Schritt näher auf ihn zumachen, aber ein kurzer Blick hinunter auf die Bäume jagte ihr schon wieder einen Schrecken ein. Sie blieb stehen und verscheuchte eine beängstigende Vorstellung, die plötzlich in ihr aufgetaucht war – Summer hier oben auf der Plattform. Aber er hatte sie doch nicht hier heraufgebracht, oder? Jude erinnerte sich, was Chantal über den Unfall erzählt hatte, der sich hier vor vierzig Jahren ereignet hatte. Es gehörte nicht viel dazu, hier herunterzustürzen, besonders wenn man Alkohol getrunken oder Drogen genommen hatte. Schon der bloße Gedanke machte sie ganz benommen, und sie setzte sich wieder auf den Boden.

»Sie müssen sich das hier ansehen«, sagte Euan bestimmt. Er half ihr wieder auf und hielt sie an den Schultern, nachdem sie das Okular gefunden hatte.

»Ich kann nichts erkennen. Ich hab zu viel Angst. Nein, warten Sie, da ist was.«

Das, was in ihr Blickfeld gelangte, war wie ein Topas, gefasst in einen himmlischen Kranz aus Dunst und Licht.

»Oh, mein Gott. Was ist das?«, stieß sie atemlos hervor.

»Arktur«, erklärte er, »der Hüter des Bären. Er gehört zu den hellsten Sternen am Himmel und ist uns sehr nahe. Versuchen Sie mal, ihn mit bloßem Auge zu erkennen. Da.« Jude blinzelte in die Richtung, in die er zeigte. »Sehen Sie die Drachenform? Arktur befindet sich am unteren Ende der Konstellation. Sie heißt Boötes, Bärenhüter.«

»Und was ist dieser Halbkreis da auf der linken Seite?« Jude fühlte sich gut, solange sie nicht nach unten schaute, und er stützte sie sicher ab. Sie spürte seinen Atem in ihrem Haar.

»Im Nordosten, meinen Sie? Corona Borealis, die Nördliche Krone. Die Griechen sahen darin die Krone der Ariadne, der Tochter des kretischen Königs.«

»Der vom Minotaurus?«

»Ja. Der größte Stern in der Corona ist eine wiederkehrende Nova. Ungefähr alle hundert Jahre oder so verflüchtigt sie sich plötzlich und erholt sich dann wieder. Es liegt an der dunklen Masse, die in ihm explodiert. In Astrophysik kenne ich mich nicht besonders gut aus, fragen Sie mich also lieber nicht, was dunkle Masse bedeutet.«

»Ist das für Ihr Buch nicht wichtig? Ihr neues gefällt mir übrigens sehr gut.«

»Danke. Nur ansatzweise, und es interessiert mich auch, aber, wie gesagt, mein Schwerpunkt liegt auf den Antworten unserer Kultur auf die Sternenwelt über die Jahrhunderte. Warum wir überhaupt die Sterne beobachten und warum es für uns so wichtig ist, den Kosmos zu begreifen. Die Astronomie ist wahrscheinlich der älteste Zweig der wissenschaftlichen Forschung, wobei unsere entfernten Vorfahren natürlich einen anderen Begriff von Wissenschaft hatten als wir.«

»Wenn wir zu den Sternen schauen, finden wir unseren Platz«, flüsterte Jude. Die Benommenheit und der Schrecken, den sie empfunden hatte, waren einer Art wohligem Schauder gewichen. Jetzt, wo Euan sie festhielt, war sie nicht mehr so nervös. Sie genoss es, mehr und mehr zu verstehen, was es mit den massenhaft über ihr tanzenden Lichtern auf sich hatte.

Etwa eine halbe Stunde lang schauten sie gemeinsam in den Sternenhimmel. Dann bemerkte Euan, dass sie zitterte, und sagte, dass er unten eine Thermoskanne mit Kaffee habe. »Können Sie ein paar Minuten allein zurechtkommen?«, fragte er.

»Ja, ich habe Sternguckerbeine entwickelt«, sagte sie, und das stimmte. Inzwischen fühlte sie sich hier richtig wohl, hoch oben über den bewegten Baumwipfeln, und obwohl es schon nach eins sein musste, war sie kein bisschen müde.

Jude stand da und betrachtete das große Sternenzelt über

sich, beobachtete, wie der Mond sich über den Himmel bewegte, und dachte darüber nach, wie still es war. Sie versuchte, sich vorzustellen, wie Anthony Wickham in einer frostigen Nacht hier gesessen und die Bewegungen der Himmelskörper berechnet hatte. Was hatte er zu entdecken gehofft? Cecelia hatte nicht viel über ihn herausgefunden, auch nicht darüber, ob seine Erkenntnisse einen Beitrag zu dem großen Wissen geleistet hatten, das es über die Sterne schon gab. Was hatte ihn angetrieben? Sie konnte es nicht sagen. Obwohl sie mehr und mehr begriff, wie verlockend der Nachthimmel war.

Euan kam zurück. »Das hier wird Ihnen das Herz erwärmen«, sagte er und schenkte ihr den Becher randvoll. Er hatte den Kaffee mit Zucker gesüßt; sie freute sich über den süßen Geschmack, trank ein paar Schlucke und reichte ihm dann den Becher.

»Wollen wir uns nicht duzen?«, fragte sie unvermittelt, und Euan nickte.

»Kommst du in den meisten Nächten hier herauf?«, fragte sie nach einer Weile.

»Nur manchmal, bei klarem Himmel. Ich habe diesen Ort entdeckt, kurz, nachdem ich hierhergezogen bin, als ich mich auf der Suche nach einer neuen Buchidee in der Gegend umgeschaut habe. In einer Nacht wie heute bin ich den Turm hinaufgestiegen und hatte sofort die zündende Idee. Ich wusste schon ziemlich viel über Sterne, und das Konzept für das Buch schoss mir praktisch fertig durch den Kopf. Das passiert nur selten. Und mein Verleger war natürlich begeistert. Es ist wundervoll, für ein solches Buch zu recherchieren und es zu schreiben.«

»Und es ist wundervoll, wenn sich die Arbeit mit der Leidenschaft vermischt. Mir geht es auch ein bisschen so. Oder es würde mir so ähnlich gehen, wären da nicht die Geschäftspolitik und der Druck, ständig Geld zu machen.«

Sie sah seine Zähne hell aufblitzen, als er lächelte. »Stimmt, damit müssen wir uns alle herumschlagen, nicht wahr? Wir müssen essen, die Hypothek abzahlen …«

»Bitte erzähl mir doch, wie du darauf gekommen bist, als Naturforscher zu arbeiten und darüber zu schreiben. Irgendwie hab ich ein Bild von dir als rotznasigem Bengel, der Insekten in Streichholzschachteln fängt und Eidechsen in die Frisierkommode schlüpfen lässt.«

Euan lachte. »Ein bisschen war es auch so. Ich hatte das, was man eine ungezügelte Kindheit nennen könnte, war jeden Tag mit dem Rad draußen unterwegs. Und ich hatte einen sehr anregenden Lehrer, der einen naturgeschichtlichen Verein geleitet hat. An der Uni habe ich Zoologie belegt und wurde eine Zeit lang zu einer Laborratte – soll heißen, zum Forscher –, aber das passte irgendwie nicht. Also bin ich hierher zurückgekehrt und habe einen Job im Naturschutz angenommen.« Er hielt inne. »Und dann ging es erst richtig los.«

Seine Worte verloren sich, und Jude spürte, dass er schwieriges Gelände erreicht hatte. Wenn er darüber sprach, wie er sein erstes Buch geschrieben hatte, könnte es bedeuten, dass er auch über seine Ehe sprechen musste. Er gehörte nicht zu den Männern, mit denen man leicht warm werden konnte. Er war freundlich und offen, und in seiner Nähe fühlte sie sich entspannt und natürlich. Aber es gab etwas in ihm, was er nur schwer preisgeben konnte. Jude respektierte das. Jeder brauchte seine Zeit. Für sie selbst galt das ganz besonders.

Und auch für nächtliche Sternenguckerei. Über dem Mond zogen Wolken auf. Jude trank den letzten Schluck

Kaffee und fühlte sich plötzlich sehr erschöpft. »Ich glaube, ich sollte mich jetzt auf den Heimweg machen.«

»Ja, natürlich«, sagte er, »hoffentlich hat es dir gefallen.«

»Oh, ja«, bekräftigte Jude eifrig und schaute zu, wie er das Teleskop abbaute und in einer Tasche verstaute.

»Gut«, sagte er, und wieder blitzte sein Lächeln in der Dunkelheit auf. Er half ihr auf die Leiter, kletterte nach ihr hinunter und schloss die Luke.

»Du musst wiederkommen«, sagte er, und seine Stimme hallte wider, als sie die Treppe hinabstiegen. »Du bist eine angenehme Begleiterin beim Sternebeobachten.«

»Danke schön. Es macht mir übrigens nichts aus, Notizen zu machen, falls es dir hilft.« Warum hatte sie ihm das jetzt angeboten? Es war wie ein Nachklang von Anthony und Esther.

»Sehr freundlich. Bleibst du noch länger in Norfolk?«

»Ja, noch ein paar Wochen, abgesehen davon, dass ich zwischendurch für ein oder zwei Tage nach London fahren muss.«

Die Zeit ist wirklich knapp, dachte Jude, als sie nach Starbrough Hall zurückfuhr. Am nächsten Tag musste sie unbedingt mit der Transkription vorankommen. Außerdem musste sie langsam anfangen, ihren Artikel für Bridget zu entwerfen. Und etwas wegen der Halskette in ihrer Tasche unternehmen.

19. Kapitel

Am nächsten Morgen nach dem Frühstück rief Cecelia an. »Jude, ich habe die Tagebücher gelesen«, begann sie, »sie enthalten wirklich einen faszinierenden Überblick über die astronomischen Beobachtungen der damaligen Zeit! Wickhams wichtigster Beitrag besteht in den neuen Teleskopen, die er konstruiert hat. Damit konnte er die Sterne deutlich vergrößert sehen. Außerdem kann ich bestätigen, dass er ein sehr aufmerksamer und sachlicher Beobachter war. Man bekommt wirklich einen Eindruck, wie sich die wissenschaftlichen Methoden entwickelt haben.«

»Das klingt ermutigend«, erwiderte Jude zweifelnd.

»Aber was echte Entdeckungen betrifft, also die ›Story‹, nach der du suchst, um den Verkauf anzuheizen, da bin ich mir nicht so sicher. Bestimmt hat er eine Anzahl sogenannter Doppelsterne identifiziert, aber das hört sich nicht besonders aufregend an, oder? Ich glaube, dass es viel interessanter ist, was passiert, als seine Tochter Esther übernimmt. Ihr Bericht ist zwar auch sorgfältig, aber viel einfühlsamer und leidenschaftlicher. Wenn sie über den Himmel spricht, dann über ein ›Meer an Sternen‹. Das ist ein zauberhaftes Bild, findest du nicht? Und hier schreibt sie, Moment mal, ich muss kurz suchen ... dass sie sich fühlt wie ›eine Reisende unter ihnen‹. Man bekommt wirklich ein Gespür für sie. Und hör dir das mal an, sie spricht über ein Objekt, das sie in der Nähe der Gemini-Konstellation beobachtet hat.

›Heute Nacht ist es wieder da. Bei Vergrößerung 460 kann ich sehen, dass es keinen Schweif hat. Also muss ich die Beobachtung meines Vaters infrage stellen. Es ist kein Komet. Ich habe ernstlich den Eindruck, dass es sich um etwas Neues handelt.‹«

»Ja, die Stelle habe ich auch gelesen. Was ist es?«

»Ich hab eine Vermutung. Und wenn ich recht habe, dann wäre es wirklich erstaunlich. Aber ich muss erst bis zu Ende lesen und noch andere Dinge herausfinden, bevor ich irgendwas dazu sage. Und das kann noch ein paar Tage dauern. Danny ist für eine Woche in Boston, und dann haben wir uns einen kleinen Trip nach Paris versprochen.«

Jude war enttäuscht, brachte aber genug Sympathie auf, um ein »Ihr Glücklichen!« über die Lippen zu bringen und es auch so zu meinen. Paris ließ sie wieder an Caspar denken, aber sie verspürte nicht den geringsten Anflug von Bedauern. Es war merkwürdig, dass die paar Monate mit ihm schon eine Ewigkeit zurückzuliegen schienen.

Jude bedankte sich bei Cecelia und verabschiedete sich.

Ihre Begeisterung war neu aufgeflammt, als sie sich Esthers Schrift wieder zuwandte. Rasch nahm die Stimme des jungen Mädchens sie gefangen.

Es war kurz vor Weihnachten Anno Domini 1772. An einem frostigen Nachmittag amüsierte ich mich beim Spiel mit der Puppenstube in meinem Zimmer und schaute aus dem Fenster, als ich das Geräusch von Hufen hörte. Ich sah eine Kutsche und ein Zweiergespann über die Auffahrt rasen, und der Atem der Pferde waberte durch die eisige Luft. Der Wagen fuhr vor dem Haus vor, und ein Jüngling sprang herunter, um die Pferde zu beruhigen. Der Kutscher half zuerst einer großen hageren Lady mit Federhut herunter, dann einem dürren Jungen, der vielleicht ein oder zwei Jahre älter war als ich mit meinen zehn Sommern. Die Lady starrte auf das Haus, als ob sie es auf seine Mangelhaftigkeit inspizieren wollte. Ich, so schien es, gehörte dazu. Einen Moment lang war ihre Miene weicher geworden, so als ob etwas in den sanften Fluchten des Sandsteins sie milde gestimmt hätte; aber dann begegnete ihr Basiliskenauge meinem neugierigen Blick durch die Scheibe, und ihr gesamter Körper versteifte sich. Ich zuckte zusammen wie vom Schlag getroffen und trat zur Seite. Als ich wieder hinschaute, hatte sie ihre Röcke gerafft, marschierte auf die Treppe zu und zerrte den Jungen hinter sich her.

Plötzlich hörte ich, wie unten der gesamte Haushalt in Aufruhr geriet. Mrs. Godstone kreischte nach Susan; der Butler Mr. Corbett herrschte einen Lakaien an: »Bringen Sie auf der Stelle das Gepäck herein, wird's bald?« Ich schlich mich aus dem Kinderzimmer zu meinem Versteck in der Nähe des oberen Treppenabsatzes, listig wie eine Kakerlake und zweifellos ebenso willkommen. Unten flogen Türen auf und wurden wieder zugeschlagen, Nagelschuhe knallten auf den Marmorboden, und eine weibliche Stimme schnarrte durch die marmorne Vorhalle: »Sie bringen mich jetzt sofort zu meinem Bruder. Und feuern Sie den Kamin in dem üblichen Zimmer an, verstanden?« Die Schwester meines Vaters war eingetroffen.

Natürlich hatte sie uns auch früher schon besucht, war aber selten länger als ein oder zwei Tage geblieben. Bei dieser Gelegenheit brachte Alicia Pilkington, die zweite Ehefrau des Junkers Adolphus Pilkington, eines Gutsherrn aus Lincolnshire, ihren dürren elfjährigen Sohn Augustus mit, den sie in der Öffentlichkeit als Erben meines Vaters bezeichnete. Sie blieben für die längste Woche, an die ich mich zu erinnern vermag. Und während dieser Zeit zwangen sie den Haushalt auf Starbrough Hall in seine rheumatischen Knie.

Wie Alicia mit unverhohlener Geringschätzung behauptete, habe ihr unverheirateter Bruder nicht die geringste Ahnung, wie ein großes Haus zu führen sei, und so gehöre es, wie sie Mrs. Godstone verkündete, zu ihren schwesterlichen Pflichten, die Ordnung in Augenschein zu nehmen, die Bücher des Haushalts zu prüfen und die Dicke der Staubschicht unter dem Bett in ihrem Zimmer zu messen, das sie als Kind bewohnt hatte und das aus diesem Grunde immer bereitgehalten werden musste. Mit einer Strenge, die des Königs Generäle bei ihren Quartiermeistern bewundert hätten, inspizierte sie die Wäscheschränke, die Vorratskammern, die Dachböden, die Stiefelkammer, die Keller, die Abtritte – aber nicht Mr. Corbetts Wirtschaftsraum, dessen Tür er wie ein wilder Stier verteidigte. Noch die kleinste Einzelheit der Haushaltsführung musste sie kommentieren, vom Einwecken bis zu den Nachttöpfen – und es dauerte nicht lange, bis das Basiliskenauge mich erspäht hatte.

»Warum sucht dieses Kind die Kinderzimmer der Familie heim?«, fragte sie Susan, während ich unglücklich in der Nähe herumlungerte. »Kann es nicht bei Ihnen und bei Betsy schlafen wie jedes andere Gör der Dienstboten auch?«

»Der Herr betrachtet das Kind nicht als Dienstboten, Mylady«, platzte Susan heraus und knickste eilfertig, um ihre Bemerkung mit Unterwürfigkeit zu versehen. »Eher als eine … als eine Verbindung.«

»Als Verbindung? In welchem Sinne eine Verbindung? Man behauptet, sie sei der Bastard irgendeines Hungerleiders. Ich werde nie begreifen, warum er das Gör nicht bei der Pfarrgemeinde in Pflege gibt.« Dieser frische Einblick in meine Abkunft und der Blick, mit dem sie ihn begleitete und der zu verstehen gab, dass er mich am besten im Chausseegraben hätte ertränken sollen, ließ mir das Blut in den Adern gefrieren. »Starr mich gefälligst nicht so an, du freches Ding!«, kreischte

sie. »Ich versichere Ihnen, Susan, Sie tun gut daran, sie in Ihr eigenes Bett mitzunehmen. Und bringen Sie ihr um Himmels willen Manieren bei!«

Also schlief ich eine Nacht auf einem schmalen Lager unter dem Dach zwischen Susan und Betsy, und ich sage, dass ich schlief, aber »zittern« wäre das passendere Wort gewesen, obwohl Susan ihr Bestes gab, mich mit der dünnen Decke zu wärmen, die sie erübrigen konnte. »Ist das wahr?«, fragte ich sie. »Bin ich wirklich der Bastard eines armen Hungerleiders?« Aber sie stritt es vehement ab und erzählte mir wie schon früher, dass Anthony Wickham mein Vater sein müsse. Er habe mich in einer Sommernacht ins Haus gebracht und verkündet, ich sei wie seine eigene Tochter zu behandeln. Ich hatte sie auf Anhieb durchschaut; ihre Worte konnten bedeuten, dass ich in Wahrheit seine Tochter war oder auch nicht. »Ich weiß, dass du wohlgeboren bist«, fügte sie hinzu und stopfte die Decke um meinen Leib, »denn obwohl du schmutzig gewesen bist und in Lumpen gekleidet, war deine Haut so zart wie Blütenblätter und die Lumpen aus Seide.« Ich versank in Grübeleien über dieses Mysterium, während ich versuchte, mich so sehr aufzuwärmen, dass ich einschlafen konnte. Vielleicht war ich am Ende doch eine Prinzessin; aber ich sehnte mich immer noch danach, dass Anthony mein Vater sein möge. Morgens presste Susan die Lippen aufeinander und machte sich aufs um meinen Vater darüber zu unterrichten, wie seine Schwester mich behandelt hatte.

In der folgenden Nacht durfte ich in das Kinderzimmer zurückkehren. Aber Vater hätte gut daran getan, damit bis zur Abreise seiner Schwester zu warten, denn erst jetzt betrachtete sie mich als Hindernis ihrer Bestrebungen. Obwohl sie es nicht wagte, mich anzurühren, verpasste sie Susan eine Ohrfeige, denn diese hatte ihre Autorität unverhohlen infrage gestellt. Und das sollte sich als schwerster Fehler mir gegenüber erwei-

sen, denn niemals kann ich es verzeihen, wenn meiner Susan wehgetan wird. Fortan waren Alicia Pilkington und ich erbitterte Feinde. In jener Woche habe ich ihr Streiche gespielt, und zwar so hintergründig und so klug, dass sie niemals den Beweis erbringen konnte, ihr Missgeschick sei etwas anderes als nur ein Unfall, obwohl sie sicherlich einen Verdacht gehegt haben muss.

Ich legte grüne Zweige in ihr Kaminfeuer, sodass es qualmte und ihre Kleider stanken; Samen eines Krauts, von dem Sam mir einmal erzählt hatte, dass es schrecklich jucke, streute ich in ein Loch ihrer Matratze, sodass sie sich beklagte, ihre Haut sei von Wanzenbissen übersät. Aber die unfreundlichste Behandlung, der Herrgott möge mir verzeihen, wurde dem armen Augustus zuteil.

Der dürre, blasse Knabe hatte den Aufruhr im Haushalt noch vergrößert, indem er am dritten Tage seines Besuchs in ein Fieber gefallen war. Das Wetter war so schlimm, dass Väterchen Frost nächtens die Fenster meines Zimmers von innen verzierte und ich morgens das Wasser in der Schüssel aufbrechen musste, um mich waschen zu können. Aber in Augustus' Zimmer loderte das Feuer die ganze Nacht so hoch, dass ihm der Schweiß über die Wangen rann und die Kissen durchnässte. Zwei Nächte krochen dieserart vorüber, und der Anfall legte sich. Da seine Mutter wieder damit begann, die Dienstboten herumzuscheuchen, wurde ich zur Unterhaltung des Bettlägrigen abgeordnet und kam meiner Aufgabe nach, indem ich ihm Geschichten erzählte. Gräuliche Geschichten über die Begräbnisstätte auf dem Hügel, über entsetzliche Gespenster, die den Wald durchstreiften und sogar, wie ich ihm versicherte, bis in den Park vordrangen. »In einer mondhellen Nacht wage ich nicht, den Blick aus dem Fenster zu richten«, hatte ich ihm zugewispert und die Augen verdreht, »denn ich ängstige mich davor, dass ich mich ob des Entsetzens in Stein verwandeln könnte.« Augustus starrte mich an, den Mund in seinem ohnehin schon kränklichen Gesicht zu einem großen runden O geöffnet. Er weigerte sich, allein zu schlafen. Zu meinem Leidwesen wurde ich abgeordnet, das Zimmer mit ihm zu teilen. Bei jedem merkwürdigen Geräusch – das Zittern des Glases im Fensterrahmen, einer knarrenden Diele – schreckte er hoch und umklammerte die Decke mit seinen langen mädchenhaften Fingern. Mit der Zeit wurde ich milder. Ich hatte boshafte Absichten gegen ihn gehegt – um seiner Mutter zu schaden –, aber nach und nach sind wir Freunde geworden, und er vertraute mir die Erwartungen seiner Mutter an, dass er Starbrough Hall von seinem Onkel Anthony erben solle, da sein Vater Adolphus noch einen älteren Sohn habe, der für die Erbschaft der Ländereien von Lincolnshire vorgesehen war. Damals dachte ich mir nichts dabei. Mein Adoptivcousin ist ein harmloser Junge und ähnelt eher seinem studierwilligen Onkel als seiner zänkischen Mutter oder dem stattlichen Grundbesitzer, den ich bei späterer Gelegenheit kennenlernen sollte.

Abgesehen von seiner Einmischung zu meinen Gunsten sperrte mein Vater den Aufruhr der Woche aus, indem er die Tür hinter sich schloss. Er hielt sich ausschließlich in seinem Zimmer oder in der Werkstatt auf. Die Mahlzeiten ließ er sich von Betsy auf einem Tablett bringen. Selbst für ihn war es zu kalt, um sich in den Turm zu begeben, obwohl die Sterne, die ich in diesen eisigen Nächten durch mein Fenster erblicken konnte, ihn verlockt haben müssen. Groß sahen sie aus, und sie schienen in ihren wahren Farben zu glühen, Arkturus sahnig und Beteigeuze rosarot. Ja, es stimmt, mit einem Buch über den Nachthimmel, das ich im Salon gefunden hatte, hatte ich mich selbst unterrichtet.

Zwei Tage nach Tante Pilkingtons Abreise platzte Susan bei mir ins Zimmer. Nach Luft japsend und mit strahlendem Blick gab sie mir zu verstehen, dass ich alles stehen und liegen lassen solle, denn mein Vater wünsche mich auf der Stelle zu sehen. Sie strich mir das Haar glatt und richtete meinen Kragen, bevor sie mich die Treppe hinunter und nach draußen zu seiner Werkstatt nahe den Ställen führte, wo sie mich durch die Tür stieß und allein ließ.

Vater saß dort am Tisch und polierte geschäftig eine Silberplatte, die an ein Serviertablett erinnerte. Das, erklärte er mir, ohne mir einen Blick zuzuwerfen, sei der Spiegel für ein neues Fernglas und müsse auf diese Weise viele Stunden lang mit Zinnoxid geschliffen werden, bevor es sich als würdig erweise, die wahren Bilder der himmlischen Götter widerzuspiegeln. Er hatte mich zu sich gerufen, damit ich ihm bei diesen Mühen behilflich sei, und ich machte mich erfreut an die Arbeit, brachte ihm das Material, nach dem er verlangte, servierte ihm den Tee, den Betsy kürzlich hereingebracht hatte, und beantwortete die ganze Zeit über seine mannigfaltigen Fragen über das, was ich in der Schule und aus den Büchern gelernt hatte. Dann wies er mich an, einen Abschnitt aus einem Werk vorzulesen, das geöffnet an seinem Ellbogen lag.

Ich gehorchte mit bebender Stimme. Das Buch begann mit einer ungewöhnlichen Behauptung: dass das gesamte Universum zahlreiche Sterne wie unsere Sonne und ebenso zahlreiche Planeten enthalten könne, die allesamt von seltsamen Wesen bevölkert seien, Gottesgeschöpfe, wie wir ihnen bisher noch nicht begegnet seien. Ich stolperte über unvertraute Wörter, und schon bald bat er mich, aufzuhören, allerdings keinesfalls unfreundlich, und fragte stattdessen, wie ich über solche Ideen dächte. Nun, erwiderte ich, es gibt wilde, fremde Tiere auf der Erde, welche ich noch niemals gesehen hätte, denn ich wusste nicht, welche Antwort er erwartete. »Manche Leute glauben, dass eine fremde Rasse den Mond bewohnt«, sagte er ernst, und ich nickte. Denn den Mond hatte ich viele Nächte lang angestarrt und war überzeugt, Gebäude und Wälder auf seiner Oberfläche entdeckt zu haben. »Falls es so ist«, fuhr er fort, »wie viele andere Planeten liegen noch außerhalb unseres Blickes, und was sind es wohl für Kreaturen, die dort leben mögen?«

Nachdem er später seine Schleifarbeiten beendet hatte, nahm er mich mit in seine Bibliothek und zeichnete die Bahnen der Planeten unseres Sonnensystems auf einer genialen Vorrichtung nach, die er nach dem großen Lord Boyle gefertigt hatte, geheißen ein Orrery, was mich an das Spiel gemahnte, das wir in der Schule gespielt hatten. Saturn mit seinen Ringen war mir so merkwürdig wie kein anderer Planet.

»Sechs Planeten umkreisen unsere Erde«, erläuterte er, »aber manche behaupten, es könnten noch mehr sein.«

»Ich würde gern einen weiteren Planeten entdecken«, erwiderte ich und hatte alle Schüchternheit verloren, »darauf will ich meinen Ehrgeiz richten.« Mein Vater war ein stiller Mann, schwieg oft und war in Gedanken verloren. Ich mochte es, wenn er mit mir sprach, denn obwohl er mich ein Kind nannte, stellte er mir Fragen, als ob ich seinesgleichen sei. Niemals lachte er über meine Antworten oder tat sie als kindisch ab. Er brauchte jemanden, mit dem er über seine Leidenschaften sprechen konnte, und mich hielt er, wie ich mir einzubilden erlaube, trotz meiner Beschränkungen für würdig.

Nach jenem Tag veränderte sich mein Leben, und das seine veränderte sich auch, wie ich annehme. Zwar besuchte ich noch die Schule, schlief im Kinderzimmer und aß mit Susan und der übrigen Dienerschaft, aber manchmal kam der Befehl, und Susan lieferte mich in der Werkstatt oder in seiner Studierstube ab. Ich war es, die die neuen Fernrohre im Gleichgewicht hielt, während er die Spiegel und das Okular in dem langen Holzbehältnis ausrichtete, und ich war an jenem war-

men Septemberabend gegenwärtig, als die Männer es im Starbrough Folly installierten; meine Aufgabe war es gewesen, die Notizbücher meines Vaters zu tragen und dann still im Turmzimmer zu warten und seinen ungeduldigen Anweisungen zu lauschen, während die Männer sich mühten, es auf der oberen Plattform zu befestigen. Nachdem diese Aufgabe erledigt war, verbrachte er die kostbaren Stunden bis zum Einbruch der Dunkelheit damit, mit mir zusammen die Sternenkarte zu studieren, die er gezeichnet hatte, als er mich in seine Theorien über die Bahnen der Planeten eingeweiht hatte, in die Theorien über die Natur der Sterne und der Kometen, bis die Nachtfalter hereingeflattert kamen, angezogen vom Licht unserer Laterne, und wir die Sterne am Himmel aufziehen sahen. Die Zeit war gekommen, die Leiter hinaufzusteigen und die Himmel durch seine neuen Ferngläser zu betrachten.

Anfangs konnte ich nur wenig erkennen. »Übung macht den Meister«, sagte mein Vater und lachte, als er meinen Schmollmund sah. Nach dieser Nacht nahm er mich hin und wieder mit in den Turm, obwohl Susan über unpassende Uhrzeiten klagte. »Das Kind ist zu müde, um am Schulunterricht teilzunehmen«, schimpfte sie, und weil er ihr, was mich betraf, vertraute, gehorchte er und nahm mich trotz meines Bettelns seltener mit.

Das neue Fernrohr war ein Wunderwerk. Es enthüllte ihm einen Himmel voller Sterne, wie er es sich niemals hätte träumen lassen. Mein Vater vertiefte sich mehr und mehr in seine Arbeit, schlief oft lange in den Tag hinein, wenn er die ganze Nacht mit Himmelsbetrachtungen zugebracht hatte. Es mochte also sein, dass er mich in einer Woche mit klarem Himmel nicht zu sich rief. Aber andererseits gab es auch wolkige Zeiten, und im Jahr darauf war der Winter so hart, dass die Vögel erfroren vom Himmel fielen. Dann lud er mich zu sich in sein Arbeitszimmer ein, wo wir es uns am Feuer gemütlich machten. Er lehrte mich Mathematik und Philosophie und brachte mir bei, wie ich meine Beobachtungen aufzuzeichnen hatte – allesamt Handwerkszeug, wie er erläuterte, das der Astronomie diente.

In meinen Augen ergaben die mathematischen Zeichen zu Anfang wenig Sinn. Es dauerte eine Weile, bis sich das änderte, aber ich fing seine Leidenschaft ein, die Geheimnisse des Himmels aufzuschließen, und bewahrte sie. Durch seinen Unterricht lernte ich auch viel über die fabelhaften Ungeheuer und die tragischen Kinder der Götter, die die Alten zum Gedächtnis an den Nachthimmel gebannt hatten. Von dort aus war es nur ein kleiner Schritt, um mich Griechisch und Latein zu lehren, sodass ich imstande sein würde, die alten Karten zu lesen und ein wenig über die erstaunlichen neuen Kenntnisse der Optik und der geheimnisvollen Eigenschaften des Lichts zu erfahren.

Und so bildete sich langsam das Muster unseres neuen gemeinsamen Lebens heraus. Mein elfter Geburtstag nahte heran. Ich kann mich noch gut an ihn erinnern, denn die Katze des Gärtners hatte Junge geworfen, und der Mann brachte mir eine schwarz-weiße, die ich Thomas nannte.

Man bemerkte es kaum, dass mein Vater manchmal die Kutsche bestellte und mit Taschen und Kisten nach Norwich oder London reiste, wo er, wie ich annehmen darf, andere Sterndeuter traf oder Händler optischer Instrumente aufsuchte. Denn häufig kehrte er mit einer Kiste zurück, die mit zerbrechlichen Linsen oder Spiegeln bepackt war, und schloss sich dann manchmal tagelang in seine Werkstatt ein, um zu schleifen und zu experimentieren.

Es geschah anlässlich einer dieser Gelegenheiten im Spätherbst des Jahres 1773. Er war nahezu eine Woche lang fort gewesen, als eine Bettlerin an unserer Küchentür auftauchte, um Zapfen und Bänder und so weiter zu verkaufen. Die Haube mit

Spitze hatte es Betsy angetan, und sie fing an zu handeln. Susan bat Mrs. Godstone, mir ein paar Bänder zu kaufen. Ich hielt mich zurück, klammerte das kleine Kätzchen Thomas an mich und war doch fasziniert von der sonnengebräunten Haut der jungen Frau und ihren schönen fremden Augen und den lebhaften Bewegungen ihres kräftigen, schlanken Körpers, während sie sich bückte, um ihren Korb nach dem besonderen Himmelblau zu durchsuchen, das Susan für mich verlangte. Und als Susan mich vorwärtsdrängte, um die Farben zu probieren, beäugte die Frau mich misstrauisch, während sie darauf wartete, dass Susan ihre Wahl traf. Als sie uns Auf Wiedersehen sagte, blieb ihr Blick am längsten an mir haften, so als wollte sie sich meine Person ins Gedächtnis einprägen. Und das schreckte mich auf.

Anschließend saß ich im Dienstbotenzimmer, wo Susan meine neuen Bänder säumte, und lauschte dem Tratsch der Leute.

»Der Bauer hat gesagt, dass sie da sind«, verkündete Mr. Corbett bündig, als er Feuerholz nachlegte. »Stellt eine Nachtwache auf, bis sie wieder weg sind.«

»Waren wohl die Vagabunden, die das letzte Mal die Vögel gestohlen haben, nicht die Roma«, sagte Mrs. Godstone. »Ich hab sie aus ihren verlausten Betten gejagt, wisst ihr noch?«

»Ja, aber er lässt's nicht drauf ankommen.«

»Wo wohnen die Zigeuner?«, fragte ich so leise, dass alle mich überrascht anschauten.

»Überall und nirgends«, antwortete Susan. »Ich nehm an, dass sie ihr Lager in der Lichtung an der Foxhole Lane aufgeschlagen haben.« Dieser Weg führte am Turm vorbei.

Es muss wundervoll sein, dachte ich, mit einem Wagen durch die Lande zu ziehen und im Wald ein Lager aufzuschlagen. Aber weniger angenehm, wenn man kein Haus hat, in wel-

ches man morgens zurückkehren kann. Gleichwohl war ich neugierig, das Lager mit eigenen Augen zu sehen, und als ich Matt am nächsten Vormittag davon erzählte, schlug er rundheraus vor, dass wir es uns anschauen sollten.

Anstatt nach der Schule nach Hause zu gehen, machten wir uns zusammen auf den Weg vorbei am Cottage des Jagdaufsehers und den Hügel hinauf zur Foxhole Lane. Dann verbargen wir uns im Gebüsch und krochen über die Erde wie die Wilden, die einen Hirsch jagten und dessen Fährte aufgenommen hatten. Zuerst erreichte uns der Geruch des Feuers, dann hörten wir die Zweige im Feuer knacken, dann Stimmen in einer fremden musikalischen Sprache und raues Gelächter. Wir versteckten uns tiefer im Unterholz und starrten auf den seltsamen Anblick, der sich uns bot.

Drei Zelte und zwei offene Wagen, einst vielleicht in hellen Farben lackiert, jetzt schmutzig und ramponiert, standen in keiner besonderen Ordnung rund um ein jüngst entzündetes Feuer. Zwei Frauen – weder die eine noch die andere war an unserer Tür erschienen – saßen auf Hockern am Feuer, schnitten Gemüse und warfen es in einen großen Kochtopf, der zwischen ihnen auf der Erde stand. Ein dünnes Mädchen von zehn oder elf Jahren fütterte die Flammen mit Stöcken aus dem Bündel in ihrer Hand. Während wir hinschauten, tauchte ein drahtiger Mann mit Beinen, die gebogen waren wie ein O, aus dem nahen Gebüsch auf und warf ein paar an den Läufen zusammengebundene Kaninchen ins Gras neben dem Topf. Die ältere Frau schrie zufrieden auf schnappte sich sofort ein Kaninchen und fing an, es zu häuten. Hin und wieder unterbrach sie sich, um einem kleinen räudigen Hund Stückchen des dampfenden Gedärms zuzuwerfen und sich das Blut von den Fingern zu lecken.

Das Mädchen wischte sich den Dreck von den Fingern und

rief nach jemandem im Zelt. Der Lappen vor der Tür schwang zur Seite, und zwei jüngere Kinder – ein schwarzhaariger Junge von etwa fünf oder sechs und ein hübsches Mädchen in einem mohnroten Kopftuch, zwei oder drei Jahre jünger als ich – schlüpften heraus und folgten ihr nach, um nach Feuerholz zu suchen. Alle drei hatten dunkle Augen und sonnengebräunte Haut, aber die Mädchen waren wenigstens sauber und ihre Kleider ordentlich ausgebessert, wenn auch verschlissen.

Wir hatten uns erst ein paar Minuten versteckt, als Matts Fuß sich in einer Wurzel verfing und er nach einem Ast schnappte, um sich zu stützen. Bei diesem Geräusch hetzte der Hund zu uns herüber und bellte. Matt brachte ihn auf diese natürliche Art zum Schweigen, die er mit allen Tieren an sich hat, und jagte ihn zurück, damit er das Häuten des Kaninchens nicht verpasste. Aber der Mann mit den O-Beinen hatte den Weg schon in unsere Richtung überquert. In kürzester Zeit hatte er mich durch das Laub erspäht. »He«, rief er überrascht. Matt und ich kämpften uns aus dem Buschwerk und rannten davon, als wäre uns der Leibhaftige auf den Fersen. Eine Weile hörten wir den Mann hinter uns fluchen, aber dann wurden die Geräusche schwächer, und als wir die Straße erreichten, die zur Hütte des Jagdaufsehers führte, hatte er die Verfolgung aufgegeben.

»Verdammte Zigeuner«, fluchte Matt, als er wieder zu Atem gekommen war, und spuckte nach Kräften in den Dreck. Unsere Brust war vor Stolz geschwellt über unser Abenteuer, als wir nach Hause wankten, wo eine zornige Susan verfügte, dass ich nur einen trockenen Kanten Brot zum Dinner bekommen würde, weil ich meine Kleider zerrissen hatte.

Zwei Tage später sah ich das Mädchen mit dem mohnroten Kopftuch wieder. Von seiner letzten Exkursion war mein Vater mit einem Paket zurückgekehrt, das zwei Bücher enthielt, wel-

che frisch gedruckt rochen. Außerdem wusste er Neuigkeiten über einen Kometen, und ich bettelte ihn an, dass er mich nachts zum Turm mitnehmen möge, um nach jenem Ausschau zu halten. Es herrschte Dämmerlicht, als wir eintrafen, und nachdem wir die Plattform auf dem Dach erreicht hatten, bemerkte Vater, dass er einen Sternhöhenmesser vergessen hatte, den er dringend benötigte. Er schickte mich, ihn zu holen. Ich überraschte sie, als ich unten im Turm über die Türschwelle rannte; dort stand sie, die Augen aufgerissen vor Angst und bereit zur Flucht.

Im Halbdunkel starrten das Mädchen und ich uns einen Moment lang an. Sie war dünner als ich, vielleicht sieben Jahre alt, vielleicht auch acht. »Hab keine Angst«, flüsterte ich, aber meine Worte waren ihr schon zu viel. Sie raffte die Röcke hoch und rannte zu den Bäumen, wenn sie auch einmal innehielt und nach mir schaute. Ich winkte verlassen, auf freundliche Art, wie ich hoffte, aber sie setzte ihre Flucht fort.

Ich dachte an sie, als ich halb nach Starbrough Hall ging, halb rannte, ohne Nervosität, da ich den Wald und die Wege inzwischen kannte. Das Gesicht des Mädchens war mir ein klein wenig vertraut erschienen. Ich konnte nicht sagen, ob es an der Herzform gelegen hatte, an der kurzen Oberlippe oder an der kleinen geraden Nase. Es war überraschend, dass ihre Augen keineswegs braun waren, wie ich dachte, dass ich es noch im Lager gesehen hätte, sondern blau. Ungewöhnlich bei sonnengebräunter Haut und schwarzem Haar, aber was wusste ich schon über Zigeuner?

Als ich eine halbe Stunde später bei hereinbrechender Dunkelheit zurückkehrte, atemlos zwar, aber das Astrolabium in der Hand, war weit und breit keine Spur von ihr, und da ich in der folgenden Aufregung um die Verortung des Kometen versank, hatte ich sie bald vollkommen vergessen.

Ein paar Tage später tauchte mein schwarz-weißer Kater Thomas nicht zum Frühstück auf. Trotz meiner Suche und meiner Rufe blieb er auch den restlichen Tag über verschwunden. Am folgenden Morgen, es war ein Sonntag, war ich zutiefst verstört, und bevor man mich einfangen und in mein verhasstes bestes Kleid für den Gottesdienst in Starbrough Church stecken konnte, schlüpfte ich hinaus in den Park und unter die Bäume, um nach dem Tier zu suchen. Obwohl Thomas noch jung war, hatte er sich als ausgezeichneter Mäusefänger erwiesen, und er streifte leidenschaftlich gern im Gelände umher. Vielleicht war er bei seinem nächtlichen Jagdausflug in die Falle des Jagdaufsehers getappt. Wie oft war er von einem Ausflug zurückgekehrt und hatte seine fetten Fänge in einem Strich auf der Schwelle der Küchentür aufgereiht. Ich muss gestehen, dass die Wahrscheinlichkeit für eine solch ausgedehnte Wanderung denkbar klein war. Aber Matt und ich hatten die Scheunen und die Stallungen bereits durchsucht, und sein Vater hatte versprochen, bei der Arbeit nach dem Tier Ausschau zu halten. Niemand, so schien es, hatte den armen Thomas gesehen, gleichgültig, ob tot oder lebendig.

Zuerst wählte ich den üblichen Weg, der sich vom Rande des Parks durch das Gebüsch schlängelte, bis hinauf, wo die Bäume begannen. Wieder und wieder rief ich nach Thomas, hielt dort an, wo ich von den Fallen des Jagdaufsehers wusste, aber es gab nicht die geringste Spur von ihm. Beinahe hatte ich den Turm erreicht, als meine Aufmerksamkeit auf ein Büschel weißen Fells gezogen wurde, das unter dem herabgefallenen Laub abseits des Weges lag. Ich bückte mich und hob es auf. Es war weich wie Distelwolle – oder Katzenfell –, und als ich über Ausläufer des dornigen Gestrüpps in eine kleine Lichtung trat, bestätigten sich meine schlimmsten Befürchtungen: Inmitten verfilzter Klumpen weißen und schwarzen Fells lag der Kada-

ver eines halb verzehrten kleinen Tiers. Die Tränen rannen mir bereits über die Wangen, als ich mich neben das hockte, was von dem armen Thomas übrig geblieben war. Es musste also ein Fuchs gewesen sein. Hoffentlich hat ein schneller Tod ihn ereilt, flehte ich stumm, das wäre wenigstens sanfter, als verwundet in einer Falle zu stecken. Der wilde Wald hatte mir mein kleines Kätzchen geraubt. Ich weinte.

Als ich mir die verschmierten Wangen mit dem Ärmel abwischte, wurde ich gewahr, dass sich jemand in der Nähe aufhielt, und drehte mich um. Es war das Zigeunermädchen, und wieder hatte es die Augen weit aufgerissen, diesmal allerdings vor Mitleid. Sie kam hinzu, hockte sich neben den armen Kadaver, und einen Moment lang schien sie trotz des bunten Kopftuchs ebenfalls ein kleines Tier zu sein, so zart wirkten die Knochen unter der gebräunten Haut. Als sie den Kopf hob, um mich anzuschauen, sah ich keine Tränen, sondern nur das stille Mitleid. Sie machte sich daran, Zweige und Laub und eine Handvoll des feuchten Waldbodens einzusammeln, welche sie über Thomas häufte. Einen Moment später half ich ihr, während ich die ganze Zeit weinte. Nachdem wir fertig waren, nahm sie mich bei der Hand. Wir standen nebeneinander, schauten auf das Grab hinunter, und ich dachte an Thomas, wie Vater ihn aus dem Wurf geholt hatte, bevor Matts Vater die anderen ertränkte. Ich dachte daran, wie Thomas als zartes Kätzchen an den Gardinen emporgeklettert war und wie genüsslich er ein Stückchen Butter geschleckt hatte.

»Arme Katze«, flüsterte sie, und es war, als hätte sie meine Gedanken gelesen, als sie hinzufügte: »Du findest eine andere.« Erstaunt schaute ich sie an, ohne den geringsten Groll; ihr kleines herzförmiges Gesicht war ernst. »Ganz bestimmt.«

Und sie sollte recht behalten.

Als ich eine Stunde später mit der schrecklichen Neuigkeit nach Hause kam, spendete mir der gesamte Haushalt Trost. Thomas war ein guter Kater, sagten die Leute, aber er hatte diesen gefährlichen Hang zum Streunen. Einige Tage später kehrte Mr. Corbett mit einem gefleckten Kätzchen in einem Korb aus dem Dorf zurück. Auf Vaters Vorschlag hin nannte ich es Luna, denn mit seinem Grau und Silber war es schön wie der Mond, und wie der Mond verharrte es stur in seiner Umlaufbahn. Das Tier schätzte es gar nicht, den Hof zu verlassen.

In jenem Herbst sah ich das Zigeunermädchen noch zweimal. Das erste Mal gleich in der folgenden Woche, als es in der Nähe von Starbrough Folly Feuerholz sammelte und mir schüchtern zuwinkte. Aber als ich mit ihr sprechen wollte, verschwand sie wie ein Kitz in den Schatten. Das zweite Mal war ich in der Abenddämmerung in das Turmzimmer hinaufgeklettert, weil ich nach etwas suchte. Meine Haut prickelte, ich fuhr herum und sah sie hinter mir stehen. »Wie bist du …?«, begann ich, hielt aber inne, als ich bemerkte, wie sie sich im Raum umschaute. Angst und Neugier spiegelten sich auf ihrem Gesicht.

»Bist du früher schon mal hier gewesen?«, fragte ich sie, wusste aber auf Anhieb, dass dies höchst unwahrscheinlich war, da mein Vater den Turm verschlossen hielt. Sie schüttelte den Kopf und ahmte nach, dass sie geschlagen wurde. »Es ist dir verboten?«, riet ich, und sie nickte.

»Wir kommen hierher, um die Sterne zu beobachten«, erläuterte ich und zeigte ihr eine der Karten meines Vaters. Sie riss die Augen auf und bewegte ihren Finger über die Karte, als ob diese eine geheimnisvolle Bedeutung für sie besäße. Ich versuchte, sie zu bewegen, die Leiter hinaufzuklettern, aber sie schüttelte nur den Kopf und lächelte, bevor sie sich über die Treppe nach unten zurückzog. Ich blieb im Zimmer, starrte auf die Karte und fragte mich, was sie dort wohl gesehen haben mochte.

Ein oder zwei Tage später kam Mr. Trotwood, der Verwalter meines Vaters, zu seinem Master und überbrachte ihm mit grässlicher Zufriedenheit die Nachricht, dass die Zigeuner weitergezogen waren. Das bedeutete, dass er irgendwie die Finger im Spiel hatte. Ich war wütend auf ihn. Der Gedanke stimmte mich traurig, dass ich das Mädchen nicht wiedersehen würde, und soweit ich es beurteilen konnte, hatten wir mit diesen Leuten keinen Ärger gehabt. Es schien mir, als bestünde ihre Sünde einzig darin, anders zu sein als wir.

Jude tippte zu Ende, las dann den gesamten Abschnitt noch einmal durch und ließ Esthers helle und klare Stimme in ihrem Geist erklingen. Die Herkunft dieser Frau lag immer noch im Dunkeln. Aber Alicia hatte eine Erklärung vorgeschlagen: Esthers Mutter sei zu arm gewesen, sich um sie zu kümmern, und sie sei der »Bastard eines armen Hungerleiders«. Allerdings ergab das überhaupt keinen Sinn. Jedenfalls nicht, wenn sie tatsächlich seidene Lumpen am Leib getragen hatte. Aber warum *Lumpen?* Warum hatte sie Lumpen getragen, wenn sie wirklich wohlgeboren war? Hatte ihre Mutter sie wirklich ausgesetzt – oder irgendein tragisches Schicksal erlitten? Und dennoch hatte Susan sie gut erzogen. Das Mädchen schien sehr selbstsicher zu sein, treu verbunden jenen Menschen, die sie liebte. Wer sich ihr zum Feind erklärte, wie Alicia es getan hatte, gegen den konnte sie sich heftig verteidigen. Die Beziehung zu dem Mann, den sie »Vater« nannte, war ergreifend. Es schien, als würde er sein junges Mündel mehr und mehr zu schätzen lernen, sogar eine Art väterlicher Zuneigung zu ihr entwickeln. Vielleicht lag es an der Seelenverwandtschaft – daran, dass ihre Leidenschaft ebenfalls den Sternen galt.

Jude betrachtete das Porträt über dem Kamin. Wenn Anthony, wie Chantal sagte, zweiundzwanzig gewesen war, als das Bild 1745 gemalt wurde, dann muss er zweiundvierzig gewesen sein, als Esther 1765 nach Starbrough Hall kam, also ein kinderloser Junggeselle mittleren Alters. Aber die freundliche Weisheit in seinem Gesicht und das Buch in der Hand als Hinweis auf seine Gelehrsamkeit vermittelten einen starken Eindruck seiner Persönlichkeit. Esther zufolge war er ein wunderbarer Lehrer und leidenschaftlich darauf bedacht, sie zu seiner Assistentin zu machen, und das zu einer Zeit, in der viele andere sie wegen ihres Geschlechts und ihrer nebulösen Herkunft abgelehnt hätten. Obwohl man sie als Esther Wickham kannte, schien das Mädchen zu dieser Zeit rechtlich gesehen gar nicht zu existieren, sie war ein Kind ohne Namen. Und bis dieser Bericht aus der verstaubten Rückseite des Schrankes aufgetaucht war, war Esther Wickham auch für die Geschichte verloren gewesen. Judes Wunsch, das Rätsel zu lösen, wurde immer stärker.

Sie hatte versucht, Esthers Rechtschreibung beizubehalten, hatte eckige Klammern gesetzt, wenn sie das Gefühl hatte, dass ein Wort für den modernen Leser noch geklärt werden musste, und sie überprüfte den Text zweimal auf Tippfehler. Dann schickte sie den Abschnitt per E-Mail an Cecelia, als ihr einfiel, dass ihre Freundin wegen der Reise nach Paris erst in ein paar Tagen antworten würde. Sie konnte kaum ertragen, darauf warten zu müssen. In der Zwischenzeit wollte sie den Text ausdrucken und Robert und Chantal zeigen.

20. Kapitel

Der nächste Tag, es war ein Donnerstag, begann mit einem gewaltigen Schrecken. Als das Frühstück beinahe beendet war, kam die Post. Robert öffnete einen amtlich aussehenden Briefumschlag. »Guter Gott!«, stieß er aus und dann: »Mutter, ich hatte recht. Ich hatte doch gesagt, dass sie irgendwas im Schilde führen.«

»Wer? Doch nicht Farrell?«, fragte Chantal, deren Gesicht plötzlich müde und angespannt wirkte.

»Was ist los?«, fragte Alexia, die mit frischem Toast aus der Küche gekommen war.

Der Brief war vom Planungsamt des Bezirks und beschrieb in allen Einzelheiten einen Bauantrag, den John Farrells Firma bezüglich Starbrough Woods gestellt hatte.

»Deshalb hat diese Vane nach dem Zugang gefragt. Sie wollen den Wald in ein verdammtes Ferienparadies verwandeln.«

»Was?«, riefen Chantal und Alexia wie aus einem Munde.

»Das dürfen sie bestimmt nicht. Nicht, wenn es schon immer ein Forst gewesen ist«, warf Jude ein.

»Okay, nicht unbedingt in ein Ferienparadies. Aber hört mal …« Ungehalten schlug Robert mit der Hand auf das Papier. »Hier haben wir es … ›zwölf einstöckige Unterkünfte westlich des Pfades namens Foxhole Lane zur Vermietung als Ferienhäuser zu errichten sowie ein einstöckiges Gebäude zur Nutzung als Büro. Die landschaftliche Gestaltung des umliegenden Waldgebietes wird als ebenso wünschenswert erachtet wie‹ … oh, du lieber Himmel … ›der Abriss des Turmes, bekannt als Starbrough Folly‹. Ich vermute, dass sie sich auf den Turm als Präzedenzfall berufen wollen, als Beweis dafür, dass im Wald früher schon Gebäude errichtet worden sind.«

»Aber es handelt sich um ein denkmalgeschütztes Bauwerk«, rief Chantal und richtete sich auf ihrem Stuhl auf, »das haben wir doch überprüft. Nein, *tu ne peux pas* … du kannst dich bestimmt nicht mehr daran erinnern, du warst ja erst drei.« Jude verstand überhaupt nichts. »Robert, es ist denkmalgeschützt. Es gibt *les obligations*. Du musst ihnen schreiben, dass …«

»Ja, du hast recht, Mutter. Aber sie argumentieren, dass der Zustand des Gebäudes gefährlich ist und dass es nicht mehr saniert werden kann. Sie … wo steht es doch gleich … hier! ›Besteht keinerlei historisches oder architektonisches Interesse.‹«

»Doch!«, rief Jude, »ich bin gerade dabei, es zu entdecken. Dort haben Anthony Wickham und seine Tochter den Sternenhimmel beobachtet.«

»Jude, ich glaube nicht, dass sie das wissen«, sagte Robert und reichte den Brief an Alexia weiter.

»Dann müssen wir es ihnen sagen«, sagte Chantal.

Kurz darauf rief Euan an und erklärte Robert, dass er eine Kopie des Briefes bekommen habe. Die beiden Männer unterhielten sich eine Weile darüber, und dann bat Euan, Jude sprechen zu dürfen.

»Es ist unbedingt notwendig, den Wald zu erhalten«, sagte er. »Und Robert sagt mir, dass der Starbrough Folly unter Denkmalschutz steht. Das ist immerhin gut zu wissen.«

»Ich glaube, so einfach ist es nicht«, erwiderte Jude. »Sie schreiben, dass der Turm baufällig und deshalb gefährlich sei. Was meinst du?«

»Nicht so gefährlich, dass man ihn abreißen müsste«, sagte Euan, »ganz bestimmt nicht. Ich weiß, dass ich immer einen Aufstand mache, aber ganz ehrlich, ich würde nicht raufsteigen, wenn ich Angst hätte, dass er unter mir zusammenkracht. Es sind doch nur einzelne Stellen, die repariert werden müssen. Die Treppe müsste in Ordnung gebracht und der Dachbereich gesichert werden.«

»Ich finde, du solltest dich mit Robert zusammensetzen und Argumente gegen einen Abriss zusammenstellen«, sagte Jude. »Und ich versuche, so viel wie möglich über die Geschichte des Turmes herauszufinden, um diese Argumente zu untermauern.«

»Ich will diese Ferienwohnungen nicht, Jude, aber am meisten würde ich dem Turm nachtrauern.«

An diesem Morgen stand das Telefon nicht still. Manche Leute im Dorf hatten ebenfalls Briefe erhalten oder die Neuigkeiten von jemand anders erfahren, und plötzlich fand Robert sich in der Rolle des Leiters einer Gruppe wieder, die Starbrough Village vor der unerwünschten Entwicklung retten sollte. Schließlich waren es vorher die Ländereien von Starbrough Hall gewesen, und Robert war, wie sich herausstellte, auch der Vorstand der Kirchengemeinde.

»Es ist nicht so, dass wir alle ein paar Zusatzeinkünfte nicht schätzen würden«, sagte Steve Gunn, der Landwirt der Starbrough Farm, der in seinen Gummistiefeln gleich zum Herrenhaus hinaufgekommen war, anstatt zum Telefon zu greifen, »aber der Verkehr wäre eine verdammte Belästigung. Sie wollen dafür extra eine Straße bauen, stimmt's? Und der Wald ist der Wald. Er ist in vieler Hinsicht wichtig.

Du kennst mich, Robert, ich bin vielleicht nicht einer Meinung mit all diesen Biobauern, aber wir brauchen das ökologische Gleichgewicht. Man kann nicht einfach hingehen und die Landschaft durchwühlen und glauben, dass das nichts ausmacht.«

»Das sehe ich genauso, Steve«, erwiderte Robert.

»Wir brauchen also den Gemeinderat, um etwas dagegen zu unternehmen. Und der Gemeindevorstand bist du, Robert.«

»Und ich habe die Absicht, eine Dringlichkeitssitzung einzuberufen«, verkündete Robert.

Am Nachmittag machten Jude und Chantal einen Spaziergang durch den Park, der mit seinen Beeten aus späten Päonien und blühenden Sträuchern Chantals Reich zu sein schien. Chantal war immer noch vollkommen außer sich wegen der Bombe, die am Morgen geplatzt war.

»Ich hätte nie gedacht, dass so etwas geschehen könnte. Wenn der arme William geahnt hätte, dass ein Mann wie Mr. Farrell das Land in die Finger bekommt, hätte er es unter keinen Umständen verkauft. Ich glaube, wir sind es selbst schuld. Vielleicht waren wir naiv. Und nun haben wir den Wald und den Turm in Gefahr gebracht. Oh, Jude, mir entgleitet alles, all die Dinge, die mir einmal wichtig waren ... dieses Haus, das unser Erbe hütet. Robert sieht das nicht mit den gleichen Augen wie ich ...«

»Aber Chantal, Sie haben doch gesagt, dass Sie und Ihr Mann das Waldgebiet verkaufen mussten, um die Rechnungen bezahlen zu können. Und Robert wird gegen den Entwicklungsplan vorgehen. Es ist nur ein Plan. Ich kann mir nicht vorstellen, dass die Behörden einwilligen werden. Einfach so einen alten Wald zerstören.«

»Nein, aber ich weiß inzwischen, wie solche Dinge ablaufen. Sie werden einen weiteren Plan einreichen und dann noch einen, bis alle Leute zermürbt sind und der Plan akzeptiert wird. Und wer wird den Starbrough Folly verteidigen? Ich kann mir nicht vorstellen, dass dem Bauern wirklich an ihm liegt.«

»Ihm vielleicht nicht, aber Euan. Und ich glaube, vielen Menschen im Dorf geht es nicht anders. Der Turm ist ein bekanntes Wahrzeichen des Dorfes.« Obwohl es nicht auf der Touristenkarte verzeichnet ist, erinnerte sie sich. »Und Robert scheint entschlossen ...«

»Robert ist ein guter Junge, aber es ist, wie ich sage. Ich kann seinen Vater in ihm erkennen. Er hat nicht das gleiche Empfinden für die Vergangenheit wie ich ... und wie Sie, Jude.«

Sie blieben stehen. Chantal ging in die Hocke und zupfte ein bisschen Unkraut zwischen weichen weißen Blumen heraus.

»Endlich kann der arme Phlox wieder atmen«, sagte Chantal und erlaubte Jude, ihr hochzuhelfen. Als sie sich den Schmutz von den knotigen Fingern wischte, wirkte sie ruhiger.

Eine Weile standen sie schweigend da, genossen das Vogelgezwitscher und den Sonnenschein. Die warme Luft und die Düfte des Gartens vermittelten ein Gefühl der Zeitlosigkeit. Jegliche menschliche Tätigkeit schien zurückzukehren in diesen endlosen Kreislauf von Werden und Vergehen, wieder eins zu werden mit der Erde.

»Hierher bin ich immer gegangen in jenem Sommer, als William starb«, sagte Chantal. »Eine ganze Weile war ich zu nichts anderem in der Lage. Dinge anzupflanzen. Hier konnte ich arbeiten und die Gedanken schweifen lassen. Es war ausgesprochen heilsam. Als der Winter kam, habe ich mich an den Kamin gesetzt und versucht, in Anthonys Tagebüchern zu lesen.«

»Ich bin keine Gärtnerin«, gestand Jude. »Es war meine Arbeit, die mich gerettet hat.« Sie erinnerte sich an die schrecklichen ersten Wochen nach Marks Tod. Der Behördenkram, der notwendig war, um seine Leiche aus Frankreich zu überführen, dann die gerichtliche Untersuchung der Todesursache in London und die Beerdigung. Die unablässige Flut der Kondolenzbriefe, die ständigen Telefonanrufe. Eine Zeit lang war sie nach Hause nach Norfolk zurückgekehrt, aber ihre Mutter, die selbst noch um ihren Vater trauerte, war ihr keine große Hilfe gewesen. Claire hatte mit dem Kleinkind und ihrem neuen Laden alle Hände voll zu tun gehabt. Judes alte Schulfreundin Sophie war ein Geschenk des Himmels gewesen, half bei allen praktischen Angelegenheiten und nahm Jude einfach nur in den Arm, wenn sie weinte. Aber Jude wusste, dass sie sich nur retten konnte, wenn ihr Leben wieder eine Struktur bekam. Nach drei Wochen war sie zu ihrer Arbeit zurückgekehrt, und dort war es leichter geworden.

Damals hatte Inigo noch nicht bei »Beecham's« angefangen. Stattdessen gab es Gordon, einen sanftmütigen Charakter, der sich dem Ruhestand näherte. Klaus und er waren von der alten Schule, wenn es um Todesfälle ging – sie tätschelten ihr die Hand und bewahrten unerschütterlich Haltung. Es gab Leute, die das als kaltherzig empfunden hätten, aber wenn Jude im Büro war, kam es ihr vor, als würde sie sich in einer aufgeräumten Abteilung einschließen: Sie wusste, wo alles war und was sie zu tun hatte. Sie konnte Bücher katalogisieren und Sammlungen schätzen, sich in vertrauten Abläufen verlieren. Ihre anderen Kollegen wussten das im Großen und Ganzen zu schätzen. Jill vom Empfang schloss Jude nach ihrer Rückkehr herzlich in die Arme, und ein paar Kollegen legten zusammen und schenkten ihr einen Blumenstrauß. Aber danach respektierten sie ihre offenkundigen Anstrengungen, sich zusammenzureißen und weiterzumachen. Ab und zu geriet sie ins Straucheln, wenn ein wohlmeinender Bekannter ein paar Worte des Mitgefühls an sie richtete, die ihr schier das Herz zerrissen. Dann brachte sie sich auf der Toilette in Sicherheit, um die Fassung wiederzugewinnen. Denn außerhalb der brüchigen Schutzmauern, die sie um sich herum errichtet hatte, war die Welt nichts als das heulende Elend.

Schließlich stellte Jude fest, dass sie am besten zurechtkam, wenn sie bis zu einem gewissen Grad so tat, als wäre Mark immer noch am Leben, aber zurzeit eben nicht zu Hause. Dass er nur auf einer seiner Expeditionen war, einer seiner längeren Expeditionen, bei der man ihn per E-Mail oder Telefon nicht mehr erreichen konnte. Und so fing sie an, sich ihr Zuhause als kleinen sicheren Hafen vorzustellen, ließ seine Fotos an den Wänden hängen und räumte seine Kleidung nicht aus den Schubladen, so als ob er eines Tages wieder zurückkehren würde. Ein Therapeut hätte das wahrscheinlich für keine gute Idee gehalten, weil Jude die Trauer nur aufschob, aber das kümmerte sie nicht.

Es war erst ein Jahr her, dass Sophie, als sie aus den Staaten zu Besuch gekommen war, Jude davon überzeugt hatte, es sei an der Zeit, langsam loszulassen. An einem regnerischen Osterwochenende hatten Marks Schwester Catherine und Sophie ihr ruhig, aber entschlossen geholfen, die Kommoden und Schränke durchzusehen. Mit blassem Gesicht war Catherine mit einem Auto voller Koffer und Kisten losgefahren und hatte die Sachen auf das örtliche Obdachlosenheim und einen Wohltätigkeitsladen verteilt. Dann war Jude mit Sophie nach New York zurückgeflogen, wo sie eine wundervolle Woche in dem Apartment der Familie verbracht hatte. Sie war bis zum Umfallen auf Shoppingtour gegangen und danach jeden Abend essen. Es war nicht leicht gewesen, in ihr Zuhause in London zurückzukehren, und während sie ihre neuen modischen Kleider im Schrank verstaute und ein Poster der Frick Gallery im Flur aufhängte, beschlich sie das Gefühl, dass sie nur in eine andere Art von Trauer eintauchte, statt nach vorn zu schauen, wie alle Welt ihr geraten hatte.

All das erzählte Jude jetzt Chantal, weil sie wusste, dass Chantal weder über sie lachen noch Mitleid empfinden würde, sondern Verständnis. Und tatsächlich hörte die alte Lady aufmerksam zu, respektierte Judes Bedürfnis, zu reden.

»Ich kannte niemanden, der in meiner Lage war«, sagte Jude. »Wenn jemand in jungen Jahren auf tragische Weise stirbt, wissen die Leute einfach nicht, was sie sagen sollen. Wir alle wissen, dass es nicht hätte geschehen dürfen. Es war ein Unfall. Niemanden trifft eine Schuld, außer vielleicht Mark selbst, weil er sich auf diese gefährlichen Abenteuer eingelassen hat. Er kannte die Risiken. Und die Bemerkung darüber hing ständig in der Luft. Aber wer hätte ihn davon abhalten können? Ich jedenfalls nicht. Niemand. Seine Abenteuer bedeuteten ihm so viel.«

»Man muss die Menschen sie selbst sein lassen«, sagte Chantal. »Obwohl schwierig für Sie gewesen sein muss, mit ihm verheiratet zu sein. Jedes Mal, wenn er fort war. Die Sorgen. William hat kleine Flugzeuge geflogen. Ich habe mich geweigert, mitzufliegen, aber ich habe auch gelernt, eine tapfere Miene aufzusetzen.« Sie schüttelte den Kopf.

»Eigentlich komisch, aber ich habe mir nie Sorgen gemacht, wenn Mark fort war«, sagte Jude. »Es klingt überheblich, aber ich wusste immer, dass er zurückkommen würde.« Und das war er auch. In ihrer Beziehung war es nie um etwas anderes gegangen als darum, dass sie getrennt waren und wieder zusammenkamen. In der Schulzeit und an der Uni und danach hatten sie andere Beziehungen gelebt, aber ein Teil in ihr hatte immer auf ihn gewartet. Weil sie wusste, dass es so sein sollte. Und er hatte sie nie enttäuscht. Nur ein einziges Mal, nachdem sie sich verlobt hatten ... ein Schatten ... der sich aber als dummes Missverständnis erwies. Warum erinnerte sie sich ausgerechnet jetzt daran?

»Was für ein perfekter Sommertag ...«, murmelte Chantal.

Sommer. Summer. Das Bild ihrer kleinen Nichte erschien vor Judes Augen. Es beunruhigte sie. Ja, sie machte sich Sorgen um Summer.

»Chantal, da ist noch etwas, was ich Ihnen erzählen wollte. Wissen Sie noch, wie ich Ihnen den Traum meiner Nichte beschrieben habe? Und an die Stelle in Esthers Bericht, wo die Arbeiter, als sie den Turm bauten, ein Grab oder etwas Ähnliches gefunden haben und einer von ihnen dachte, sie hätten einen Geist gesehen?«

»Ja, natürlich«, erwiderte Chantal, »und dass dort archäologische Grabungen stattgefunden hätten, in den 1920ern, dass sie dabei vielleicht ein paar Knochen gefunden haben und Sie sich fragten, ob dies der Geist gewesen sei? Warum? Glauben Sie, das hat etwas mit dem Traum Ihrer Nichte zu tun? Bestimmt nicht.«

»Aber ihr Besuch des Turmes hat den Traum ausgelöst.«

»Nun, es hat immer Gerüchte gegeben, dass dort eine besondere Atmosphäre herrscht. Ich glaube nicht, dass es eine übersinnliche ist. Ich stimme Ihnen zu, dass der Turm gewisse Empfindungen auslöst, schon, weil er so tief im Wald liegt. Und mit dem Zimmer oben im Turm erinnert er irgendwie an Rapunzels Turm im Märchen, nicht?«

»Daran habe ich noch gar nicht gedacht«, sagte Jude. »Es ist eine sehr beunruhigende Geschichte. Stellen Sie sich vor, in einem Turm ohne Tür eingeschlossen zu sein. Und es muss unerträglich schmerzhaft sein, wenn jemand an Ihrem Haar nach oben klettert. Ich wollte immer wissen, warum sie sich den Zopf nicht abgeschnitten und als Seil benutzt hat, um zu fliehen.«

»Ich vermute, dass sich Männer diese Geschichte ausgedacht haben, meine Liebe«, sagte Chantal, und Jude lächelte, obwohl sie wusste, dass die Antwort nicht ganz so einfach war.

»Aber diese Geschichten über den Turm«, sagte sie. »Was erzählen sich die Leute in der Gegend? Dass er verwunschen ist?«

»Die Engländer lieben ihre Gespenstergeschichten, nicht wahr? Manche Leute sagen, sie fühlten sich beobachtet. Und Roberts Großvater war immer überzeugt, dass er als Junge dort seltsame Erfahrungen gemacht habe. Meinte, dass er ganz stark das Empfinden habe, dort würde sich irgendetwas aufhalten, was ihn beobachtet. Genaueres konnte er nicht sagen. Und bei der gerichtlichen Untersuchung über den Tod des jungen Mannes hat jemand ausgesagt, dass dort eine unbeschreibliche Atmosphäre herrscht. Den Unfall habe ich doch sicher erwähnt, oder?«

Jude erinnerte sich. »Was genau ist passiert?«

»Es war 1970, Robert war drei Jahre in jenem Sommer. Wir sind nach Brancaster Staithe hochgesegelt und haben ihn das erste Mal mit aufs Boot genommen. Während wir fort waren, sind eines Nachts ein paar junge Leute in den Turm eingebrochen und haben dort eine Party gefeiert. Jemand stürzte vom Turm und war tot. Alle waren damals voll von Drogen. Der Untersuchungsrichter stellte eindeutig fest, dass es ein Unfall gewesen war und dass wir in keiner Weise haftbar gemacht werden konnten, weil der Turm verschlossen war und sie unbefugt auf das Gelände eingedrungen waren. Die Familie des jungen Mannes wollte, dass Starbrough Folly abgerissen wurde, aber andere waren dagegen, weil der Turm so alt ist und zur Geschichte dieser Gegend gehört.«

»Was für ein schrecklicher Unfall. Die Leute behaupten doch wohl nicht, dass der junge Mann, der abgestürzt ist, jetzt als Gespenst umgeht?«

»Nein, das habe ich nie gehört. Natürlich war es eine schreckliche Tragödie für die Familie. Der junge Mann war erst zwanzig. Aber junge Leute machen solche Dummheiten, und es ist schwer, sie immer zu beschützen, besonders wenn sie betrunken sind oder Drogen genommen haben.«

Jude dachte über die Gefahren nach, auf die Mark sich eingelassen hatte. Es waren immer kalkulierte Risiken gewesen. Soweit sie es beurteilen konnte, hatte er sich immer an die Vorschriften gehalten. Als er starb, war der Fels unerwartet unter seinem Fuß weggebröckelt, sodass er ausgerutscht war und den nachfolgenden Kletterer mit sich in die Tiefe gerissen hatte. Sie waren nicht mehr als sechs Meter tief gestürzt, aber Mark war unglücklich aufgeprallt. Er hatte Pech, sagte die Bergrettung später. Viele Male hatte Jude es sich vorgestellt und versucht, den Horror aus ihrem Kopf zu verjagen. Der zweite Mann war mit einem gebrochenen Fußgelenk und ein paar Prellungen davongekommen.

Jude dachte an den jungen Partygänger und daran, wie es sich angefühlt hatte, zum ersten Mal mit Euan oben auf der Plattform zu stehen und hinunterzublicken. Sie schauderte.

21. Kapitel

In jener Nacht träumte Jude von dem Turm, wie sie endlos die Stufen hinaufstieg, höher und immer höher, ohne oben anzukommen, aber mit einer Gewissheit, dass es dort etwas Wichtiges gab, das sie zwang, weiterzugehen. Als sie am nächsten Morgen aufwachte, war sie vollkommen sicher, dass der Starbrough Folly auf irgendeine Weise alle Antworten bereithielt. Auf Summers Träume, auf das Geheimnis um Esther. Alles lief immer wieder auf den Turm hinaus. Und nun war er in Gefahr durch Mr. Farrell und seine schrecklichen Pläne. Sie musste den Turm retten – sie, Jude! Es dauerte eine Weile, bis diese Zielstrebigkeit, die sie nach dem Traum empfunden hatte, wieder verflogen war.

Sie fühlte sich immer noch müde und bleiern, als sie mit dem Laptop auf ihrem vertrauten Stuhl in der Bibliothek Platz nahm. Eigentlich hatte sie vorgehabt, den nächsten Abschnitt aus Esthers Bericht zu transkribieren. Aber der Versuch, die Handschrift zu entziffern, verschlimmerte nur den stechenden Schmerz hinter ihren Augen, also gab sie es auf.

Stattdessen machte sie es sich auf dem Sofa bequem und grübelte über den Starbrough Folly nach und über all die Dinge, die dort über die Jahrhunderte geschehen sein mochten. Die Errichtung des Turmes hatte eine uralte Begräbnisstätte aufgestört, angelegt in einem jahrtausendealten Wald. In mancher Hinsicht war das ein ebenso schrecklicher Vandalismus wie der von John Farrell geplante Abriss des Turmes. Anthony Wickham hatte damals dort Nacht für Nacht in den Himmel geschaut. Vielleicht auch Esther, und der Ort atmete noch die Gegenwart der beiden. Über die Jahre mussten viele Menschen dem Starbrough Folly einen Besuch abgestattet haben, ob wegen der Aussicht oder auch nur wegen der Herausforderung, den Turm zu besteigen. Genau wie Geister gehörten solche Zierbauten zu den englischen Besonderheiten, die die üblichen exzentrischen Wirrköpfe anzogen. Und die gespenstische Atmosphäre trug zweifellos dazu bei, Starbrough Folly noch reizvoller zu machen. Jude stellte sich vor, wie Kinder sich gegenseitig anstachelten, den Turm hinaufzuklettern. Und noch andere Dinge waren dort geschehen. Die archäologische Grabung hatte die uralte Begräbnisstätte aufgestört. Der entsetzliche Todesfall im Jahr 1970 … und das waren nur die Dinge, von denen sie wusste. Der Ort hatte bestimmt eine ereignisreiche Geschichte.

Doch längst ergab noch nicht alles einen Sinn. Es war schwer, alle Einzelteile logisch zu einem Bild zusammenzufügen. Vielleicht sollte sie zunächst herausfinden, welcher vorrömische Stamm dort seine Ahnen bestattet hatte. Jude machte sich im Geist eine Notiz, Chantal zu fragen, ob sie das wüsste. Dann musste sie zu dieser Frau im Museum in Norwich Kontakt aufnehmen, deren Namen – Megan irgendwas – die Bibliothekarin in Holt ihr genannt hatte, um sich über die archäologischen Funde zu informieren. Sie musste so viel wie möglich über Esther und deren mysteriöse Herkunft in Erfahrung bringen. War das Mädchen wirklich ein Findelkind oder doch die Frucht einer Liebschaft von Anthony Wickham? Oder es waren auch noch ganz andere Dinge geschehen – ach, sie konnte unmöglich sagen, womit sie anfangen sollte!

Vielleicht könnte sie ausreichend viele Informationen sammeln, um sie zu bündeln und den Turm zu retten. Euan konnte ihr vermutlich dabei helfen. Erstens wäre er in der Lage zu begründen, warum der Wald so wichtig war, und zweitens kannte er den Turm. Obwohl sie sich fest vorgenommen hatte, ihn nicht zu oft zu besuchen, damit Claire nicht auf dumme Gedanken kam, sagte sie sich, dass es sich um eine wichtige Sache handelte. Die Aussicht, ihn wiederzusehen, war erfreulich, und das wiederum machte ihr ein schlechtes Gewissen.

Jude schob das Gefühl beiseite und wählte seine Nummer. Er nahm sofort ab, und ihr Herz machte einen Hüpfer, denn er klang, als würde er sich freuen, von ihr zu hören. »Komm heute Nachmittag vorbei«, sagte er, nachdem sie ihm alles erklärt hatte. »Im Moment sind die Handwerker da. Und ich versuche gerade, mein Schreibpensum für den Tag zu erledigen.«

»Hättest du was dagegen, noch mal mit mir auf den Turm zu steigen? Ich glaube, ich habe da oben neulich nachts ein Notizbuch vergessen.«

»Das wollte ich sowieso vorschlagen«, erwiderte Jude, »es könnte mir helfen, mich auf meine Arbeit zu konzentrieren. Und wir müssen gute Argumente sammeln, um Starbrough Folly vor dem Abriss zu retten.«

Auf dem Weg sprachen sie darüber, wie sie vorgehen wollten. »Jemand muss unbedingt einen Bauingenieur hinzuziehen«, sagte Euan, »aber ich bin überzeugt, dass die Substanz des Turmes in Ordnung ist. Was allerdings seine historische Bedeutung betrifft, da bin ich leider nicht der Richtige, um das zu beurteilen. Das ist dein Fachgebiet. Ich bin für die Natur zuständig. In der Nähe des Turmes gibt es zahlreiche wichtige Insektenarten und Pflanzen.«

Als sie in das Turmzimmer hinaufgestiegen waren, konnte er das Notizbuch nicht sofort finden. Jude wartete, während er über die Leiter zur Plattform hinaufkletterte. Sie schlenderte zu einem Regal, in dem ein Stapel Bücher lag, und griff nach dem obersten, einem Taschenführer über Wildblumen in Großbritannien. Sie blätterte durch das Kapitel über Orchideen und staunte über den großen Unterschied zwischen wilden Orchideen und jenen exotischen wächsernen Schönheiten in den Blumenläden. Als sie das Buch zurücklegte, stieß sie gegen den darunterliegenden Band, und einige Seiten klemmten in dem Spalt an der Rückseite fest. Vorsichtig zog sie die Seiten heraus und rückte die Bücher beiseite, um sich die Wand anzuschauen. Sie sah auf den ersten Blick, dass der Ziegel dahinter gelockert war, und ahnte sofort, was es damit auf sich hatte. Jude nahm einen zerschrammten Blechlöffel, den sie in der Nähe auf einem Regal fand, rückte den Ziegel zur Seite und zog ihn heraus. Als sie sah, dass auch der Ziegel darunter locker saß, zog sie ihn ebenfalls heraus. Dahinter befand sich eine kleine Höhle. Grans und Tamins Versteck! Es sah leer aus – keine kleinen Botschaften oder Geschenke. Diese Ausbuchtung ist beim Bau des Turmes absichtlich angebracht worden, dachte sie, ob als Aussparung für eine kleine Lampe oder als Versteck, konnte sie nicht sagen. Mit den Fingern fuhr sie durch das Innere und bemerkte, dass es doch nicht leer war – drinnen lag ein dünnes schwarzes Päckchen. Sie kratzte mit den Fingernägeln darauf herum und stellte fest, dass es sich um alte, geölte Leinwand handelte. Ob das wohl etwas mit Tamsin zu tun hat?, fragte sie sich, während sie versuchte, das Paket auseinanderzufalten. »Verdammt«, flüsterte sie, als die Leinwand riss.

»Euan«, rief sie, als sie ihn hinter sich auf der Leiter hörte.

»Ich hab es gefunden«, sagte er und schob die Klappe wieder über die Luke. »Aber ein paar Seiten müssten gerettet werden. Sie sind ein bisschen durchgeweicht.« Er stieg die Leiter hinunter und kam zu ihr. »Was hast du da?«

Jude zeigte ihm das Loch und streckte ihm das Päckchen entgegen. »Kann sein, dass es nichts Besonderes ist«, sagte sie. »Ich glaube, dass Gran in ihrer Kindheit das Loch als Versteck benutzt hat.«

»Vielleicht doch«, entgegnete er, nahm ihr das kleine Paket ab und untersuchte es. »Wie merkwürdig!«

Es war etwas Besonderes, aber etwas, das aus einer viel früheren Zeit stammte als aus den Dreißigerjahren. Zurück in seinem Cottage legte Euan das Päckchen auf seinen neuen sonnenbeheizten Wassertank, damit es sich erwärmte. Danach war es leichter zu öffnen. Es enthielt ein gefaltetes pergamentähnliches Papier. Als Euan es vorsichtig mit seinem Taschenmesser auseinandergeschoben hatte, sahen sie, dass es aus zwei kleinen auseinandergerissenen Hälften bestand, die nebeneinander auf eine Postkarte gepasst hätten. Quer über beide Hälften war in verblasster sepiafarbener Tinte ein verzweigtes Diagramm skizziert.

»Was ist das?«, fragte Euan.

Jude nahm eine Hälfte in die Hand und starrte auf die Markierungen rund um den Kreis, auf die Linien, die die Kreise durchschnitten, auf die gekritzelten kleinen Symbole. »Es ist ein Horoskop«, erklärte sie schließlich. »Sieh nur, das Symbol hier sind die Fische. Die schnörkeligen Linien müssten eigentlich der Wassermann sein. Aber was es zu bedeuten hat, weiß ich nicht.« Sie betrachtete das Pergament noch eine Weile. »Hier an der Abrisskante steht ein Datum. Sechsundsiebzig irgendwas. Juli … vielleicht der einundzwanzigste? Ob Gran wohl gewusst hat, was da in dem Loch lag?«

»Lass mal sehen.« Nun studierte Euan das Pergament. Er schüttelte den Kopf.

»Um 1760, das ist eindeutig zu Wickhams Lebzeiten.«

»Könnte es Esther gehört haben?«, sagte Euan plötzlich.

Jude überlegte. »Das wäre natürlich sehr schön, aber offenbar kennt niemand ihr Geburtsdatum.«

»Faszinierend!«, sagte Euan. »Ich frage mich, was es voraussagt.«

»Claire ist die Expertin«, gab Jude zurück. »Sie hat mir auch schon mal ein Horoskop erstellt. Das hier wird eine Deutung der Konstellation von Sternen und Planeten zu einem bestimmten Zeitpunkt sein, häufig einem Geburtsdatum. Aber was so ein Horoskop tatsächlich bedeutet, ist der Interpretation überlassen. Mit meinem eigenen Horoskop bin ich auch nie klargekommen.«

»Das heißt also, dass ich eine Konstellation vielleicht anschauen kann, aber nicht vorhersagen, wie viele Kinder ein Mensch bekommen wird.«

»So detailliert sind Horoskope nicht. Es geht mehr um allgemeine Voraussagen. Wenn die Sonne zum Beispiel im Widder steht, der den Kopf und den Geist regiert, bedeutet das, dass man ein besonders vernünftiges Wesen ist. Ich könnte es mitnehmen und Claire zeigen – falls du nichts dagegen hast.«

»Ja, natürlich, das überlasse ich dir. Schließlich hast du es gefunden. Ich glaube kaum, dass John Farrell daran interessiert ist.«

»Dem werde ich es auf keinen Fall geben«, erwiderte Jude mit Nachdruck.

Später las Jude noch einmal den ersten Teil von Esthers Bericht und fragte sich, ob die astrologische Karte irgendetwas mit ihr zu tun hatte. Es konnte gar nicht anders sein! Die Hausgemeinschaft war davon ausgegangen, dass Esther am einundzwanzigsten Juli Geburtstag hatte. Allerdings war das wohl eher der Tag, an dem Anthony sie nach Starbrough gebracht hatte, als der Tag, an dem sie geboren wurde. Aber konnte es wirklich sein, dass jemand für ein derart ungesichertes Datum ein Horoskop hatte erstellen lassen?

Am Abend war Jude bei Claire und Summer zum Abendessen eingeladen. Weil Freitag war, durfte Summers Freundin Emily, die weiter oben an der Straße wohnte, bei ihr übernachten. Emilys Mutter war blass und ruhig, Emily hingegen ein robustes Kind mit gesunder Gesichtsfarbe, groß für sein Alter und ein wenig unbeholfen. Das dicke dunkle, wellige Haar des Mädchens war zu einem Pferdeschwanz gebunden, und Emily hatte die Angewohnheit, andere Menschen direkt anzustarren, als wolle sie herausfinden, wen sie vor sich hatte.

Als die Mädchen im Garten außer Hörweite Ball spielten und Claire zwei Becher Tee gebracht hatte, breitete Jude die zwei Hälften des Horoskops auf dem Tisch aus. »Was kannst du darin erkennen?«, begann sie und erklärte, wo sie das Pergament gefunden hatte. Als sie erwähnte, dass Euan dabei gewesen war, verfinsterte sich Claires Miene, und sie versank in Schweigen. Aber das Diagramm interessierte sie.

Sie studierte es eine Weile und sagte dann: »Ich bin nicht vollkommen sicher. Es ist anders als alle, die ich kenne. Was meinst du, wie alt dieses Horoskop ist?«

»Vermutlich stammt es aus den Jahren um 1760. Sieh mal, hier steht es.«

»Wir können in ein paar von meinen Büchern schauen, wenn du willst. In einem steht viel historisches Zeugs.«

Jude ging hinüber zu dem schmalen Bücherschrank. Claire besaß jede Menge Kochbücher, Gartenbücher und Bände über Inneneinrichtung, aber auf dem obersten Regalbrett fand Jude ein Handbuch über den Nachthimmel, das erste Buch von Euan und mehrere Paperbacks, größtenteils aus dem Bereich populäres Sachbuch. Eins davon handelte von Astrologie. Sie zog ein gebundenes Buch über das Thema heraus und überflog das Inhaltsverzeichnis. »Astrologie seit 1700« hieß ein Kapitel.

»Das hier, nehme ich an?«, sagte sie und hielt es hoch.

»Ja. Dad hat es mir geschenkt.«

»Wirklich? Das hatte ich vergessen.« Jude blätterte das Titelblatt auf, auf dem »Für meine liebe Claire zu ihrem Geburtstag, September 1996« in seinen vertrauten Großbuchstaben geschrieben stand. »Dein guter alter Dad.«

»Gib mal her. Danke. Ja, er war der gute alte Dad. Ich glaube, insgeheim hat er das alles für Quatsch gehalten. Aber er hat mir das Buch trotzdem geschenkt, weil er wusste, dass es mir gefallen würde.«

»Ich vermisse ihn immer noch schrecklich«, sagte Jude mit belegter Stimme.

»So geht's mir auch.« Claire wandte den Kopf, um nach Summer und Emily Ausschau zu halten, die inzwischen auf dem Trampolin hüpften. »Neulich bin ich an der Kneipe in Norwich vorbeigefahren, in der ich gearbeitet habe. Ich weiß noch, wie ich ihn immer angerufen habe und er mich mit dem Auto abgeholt hat. Manchmal um ein oder zwei Uhr nachts. Nur um sicher zu sein, dass ich wohlbehalten nach Hause komme. Es war schrecklich, als er starb. Ich hatte das Gefühl, dass da ... ich weiß nicht recht, dass mir irgendwie der Boden unter den Füßen weggerissen wurde.«

Jude versuchte, sich an die erste schreckliche Zeit zu erinnern, noch vor Marks Tod, auf den eine weitere schreckliche Zeit folgte. Als ihr Vater den tödlichen Herzanfall hatte, waren Mark und sie im Begriff gewesen zu heiraten. Trotzdem gab es so vieles im Leben, wofür man dankbar sein konnte. Nur was Claire betraf … Claire war so ziellos durchs Leben gedriftet wie immer, zwischen Jobs und Männern und zurückgelassen in einer zu großen Nähe zu ihrer Mutter, die mit der Situation überhaupt nicht zurechtkam, und die beiden hatten sich gegenseitig fast um den Verstand gebracht.

Jude wartete darauf, dass Claire fortfuhr. Es kam nur selten vor, dass sie so miteinander sprachen – über tiefere Gefühle. Claire warf ihr oft bissige Bemerkungen an den Kopf, von der Art: »Mum redet mehr mit dir als mit mir«, statt ruhig und sachlich über ihre Ängste zu sprechen. Und so war es gekommen, dass ihre Gespräche oft in gegenseitigen Vorwürfen und Schuldgefühlen endeten. Jude konnte sich kaum an eine Zeit erinnern, in der Claire etwas anderes als ein kleines Knäuel aus Wut und Frustration gewesen war. Das kratzbürstige Kind entwickelte sich zu einem hübschen und eigensinnigen Teenager, der einerseits auf Judes Erfolge neidisch war, andererseits gerade deswegen auch verächtlich auf sie herabsah. Und jetzt stellten sie beide fest, wie sehr ihr Vater der Anker in Claires Leben gewesen war, ein freundlicher, geduldiger Mann, der dieses wilde Fohlen gezügelt hatte, ohne je seinen Willen zu brechen. Das hatte nie jemand versucht, und Claire hatte schließlich gelernt, sich zu beherrschen, als sie die Verantwortung für ein eigenes Kind übernahm.

Damals hatte Jude nicht im Geringsten ahnen können,

dass Mark sterben und sie allein lassen würde. Dass Claire und sie in dem sonnendurchfluteten Wohnzimmer des kleinen Häuschens zusammensitzen und Claires heiß geliebte Tochter beobachten würden, auf die sie beide unglaublich stolz waren …

In diesem Moment stürmte Summer mit ihrer Freundin herein. »Wir spielen oben weiter«, verkündete sie.

»Eine Viertelstunde«, rief Claire ihnen nach, »dann ist Schlafenszeit.« Sie blätterte in dem Astrologiebuch, bis sie eine Seite mit Illustrationen gefunden hatte. »Hier sind ein paar Diagramme, die nützlich sein könnten. Soll ich es mir später mal genauer ansehen?«

»Ja, bitte«, erwiderte Jude. »Was auch immer du herausfindest, könnte wichtig sein.«

»Ich werde mein Bestes tun.«

»Ich muss bald aufbrechen«, sagte Jude. »Vielen Dank fürs Abendessen.«

»Gern geschehen«, erwiderte Claire.

»Ich gehe nach oben und verabschiede mich«, sagte Jude.

Auf dem Weg nach oben bewunderte sie Euans Bilder an der Wand. Um große Kunst handelte es sich nicht, wie sie sich eingestehen musste, aber hübsch waren die Bilder trotzdem. Er hatte die schimmernde weiße Rinde so klug platziert, dass sie aussah wie eine Baumgruppe, der Mond und die Sterne stachen an einem wunderbar kobaltdunklen Himmel in goldener und silberner Tinte zwischen den weißen Winterzweigen hervor. Sie fragte sich, für welches Buch er die Illustrationen verwendet hatte.

»Oh, nein, wie schrecklich …« Summers Stimme drang zu ihr hinunter. Jude war sofort alarmiert, entspannte sich aber gleich wieder. Summer schien eine Geschichte über irgendeinen Unfall zu erzählen. Jude stieg die letzten Stufen hinauf und linste am Türrahmen um die Ecke. Emily lag auf dem Bett und schlug die Seiten eines Bilderbuches um. Summer saß auf dem Fußboden neben ihrem Puppenhaus. Sie spielte mit der Jude-Puppe, und die Claire-Puppe legte irgendetwas auf den Teppich.

»Armer Thomas«, sagte Summer beinahe schluchzend, »er ist tot. Wie kann ich nur ohne ihn leben?«

Jude stieß die Tür ein Stückchen weiter auf, um besser sehen zu können.

Summer blickte auf. In ihrem Gesicht stand pure Verzweiflung. Und dann sah Jude, worüber sich die Puppen beugten: Die schwarz-weiße Katze Pandora lag ausgestreckt auf dem Boden.

Jude überlegte blitzschnell. Nein, Summer konnte nicht »Thomas« gesagt haben. Das war schließlich der Name von Esthers Katze. Ihr Gedächtnis hatte ihr einen Streich gespielt.

»Was ist denn passiert?«, fragte sie sanft und deutete auf die Szene.

»Ein Fuchs hat die Katze des Mädchens geschnappt und getötet«, erklärte Summer, »das andere Mädchen hilft ihr, sie zu begraben.«

»Oh, Summer, das ist aber eine traurige Geschichte«, stammelte Jude und dachte, dass es sich wirklich um einen außergewöhnlichen Zufall handeln musste. Unmöglich, dass Summer die Geschichte von Esthers Katze kannte. Hatte sie Claire gegenüber erwähnt, was sich damals abgespielt hatte? Oder Euan gegenüber? Ja, Euan, das konnte sein. Sie versuchte sich zu erinnern, ob sie ihn über den letzten Abschnitt in Esthers Bericht informiert hatte, aber ihr Hirn war wie eingefroren.

»Es ist alles in Ordnung«, sagte Summer, die die Verwirrung ihrer Tante offenbar falsch verstanden hatte. »Sie bekommt eine andere Katze, und dann ist sie wieder glücklich.«

»Aber woher hast du denn diese grausame Geschichte?«

»Als ich heute Morgen aufgewacht bin, hatte ich sie im Kopf«, antwortete Summer.

»Sie erzählt immer so komische Geschichten«, sagte Emily, ohne den Blick von dem Buch zu nehmen. »Sie lügt wie gedruckt.«

»Tu ich gar nicht!«, rief Summer empört. »Ich wache einfach auf und weiß, dass die Geschichten passiert sind.«

»Weiß, dass die Geschichten passiert sind«, echote Jude leise mit wachsender Beunruhigung.

»Ja, sie sind passiert.« Summer schob die Unterlippe vor.

Jude räumte ein paar Spielsachen vom Sessel und setzte sich, weil sie sich plötzlich erschöpft fühlte.

»Alles okay?« Claire stand mit hochgezogener Augenbraue und verschränkten Armen in der Tür.

»Ja, natürlich«, sagte Jude und schaute Summer an, die Pandora inzwischen wieder zum Leben erweckt hatte. Die Katze sprang herum und spielte mit dem Kind. Summer machte einen völlig gelassenen Eindruck.

»Claire, können wir uns kurz unterhalten?«

»Klar.«

Jude folgte ihrer Schwester nach unten und zog sie hinaus in den Garten. Sie setzten sich auf eine Bank unter einen Schmetterlingsstrauch mit prächtigen violetten Blüten. Es war ein friedlicher goldener Abend, die Luft quoll über von Blumendüften. Es war ein Abend, an dem man beinahe denken konnte, es sei alles in Ordnung. Aber es war nicht alles in Ordnung. Und diese Gewissheit lastete Jude wie ein Albdruck auf der Brust.

»Was ist los?« Inzwischen sah Claire besorgt aus.

»Vielleicht gar nichts. Es ist nur … kennst du Summers Traum?«

»Ja. Um ehrlich zu sein, ich wollte ihn dir erzählen. Ich habe Summer noch mal beim Arzt angemeldet. Für morgen. Samstagvormittag ist da auch Sprechstunde. Ich bringe Emily nach Hause und fahre dann erst später zur Arbeit.«

»Ach, das ist gut.« Wie würde der Arzt die neue Entwicklung einschätzen? Jude atmete tief durch.

»Claire, ich glaube, dass sie Dinge träumt, die in der Vergangenheit geschehen sind. Nicht in ihrer eigenen, sondern in der Vergangenheit von jemand anderem. In Esthers Vergangenheit. Geschichten aus dem Tagebuch, das ich auf Starbrough Hall gefunden habe.«

»Esther? Du meinst die Tochter von diesem Astronomen? Aber das ist doch verrückt! Was hat Summer mit Esther zu tun? Das ist doch alles ein paar hundert Jahre her.«

»Ich weiß. Es klingt nach Unsinn. Hör mir trotzdem zu. Gerade eben hat sie etwas gespielt, was ich in Esthers Bericht gelesen habe. Die Geschichte über eine Katze, die gestorben ist, und über ein Zigeunermädchen, das ihr geholfen hat. Und Summer meinte, sie sei aufgewacht und habe die Geschichte gekannt. Aber wie und wann hat sie sie erfahren, Claire?«

»Wenn's nicht mehr ist«, sagte Claire rasch und wischte sich eine Blüte von ihrer Baumwollhose, »dann ist doch alles klar. Du musst es ihr erzählt haben. Oder sie hat irgendwas in dieser Richtung gelesen. Ihr steckt der Kopf voller Geschichten, und die letzte klingt doch gar nicht so ungewöhnlich.«

Sie lügt wie gedruckt. Das waren Emilys Worte gewesen. Jude kannte Summer als ein sehr wahrheitsliebendes Kind.

Summer hielt diese Traumdinge bestimmt nicht für irgendwelche Geschichten, sondern glaubte, dass sie tatsächlich passiert waren.

»Claire«, sagte sie drängend.

»Was?« Claire klang ungeduldig.

Jude sah ein, dass Claire offenbar einfach nur wollte, dass alles in Ordnung war. Ihr selbst ging es ja nicht anders. Aber es war nicht alles in Ordnung, das spürte sie heftig. Zum Teil lag das daran, dass auch sie den Traum, verloren zu sein, geträumt hatte. Das waren zu viele Zufälle.

»Erlaubst du mir, dass ich mit ihr darüber rede?«

Mittlerweile sah Claire aufgeregt aus. »Um ihr noch mehr verrückte Dinge in den Kopf zu setzen? Was willst du mir eigentlich sagen, Jude? Dass sie von irgendwas besessen ist oder schon mal gelebt hat? Das geht zu weit. Ich jedenfalls kann nicht daran glauben.«

Aber wenn ich mir überlege, woran du sonst so glaubst, kommt es doch auf eine Sache mehr gar nicht an, hätte Jude beinahe gesagt, tat es dann aber doch nicht.

Stattdessen seufzte sie. »Ich weiß. Normalerweise bin ich diejenige, die dir rät, vernünftig zu sein.«

»Und jetzt ist es mal umgekehrt? Aber vergiss nicht, Jude, es geht um Summer. Deine Nichte, schon vergessen? Das ist kein Spaß mehr.«

Claires Wangen hatten sich gerötet, ihre Augen glänzten. Wie sind wir nur auf solchen Unsinn gekommen?, fragte Jude sich alarmiert.

»Nein, das habe ich natürlich nicht vergessen«, sagte Jude, »und genau deshalb ist es mir ja wichtig. Deshalb beschäftigt es mich so sehr.« Aber es war zu spät.

»Du kommst hierher mit diesem Zeug über Träume und Geheimnisse aus der Vergangenheit und wühlst alles auf.

Kannst du mich nicht einfach in Ruhe lassen? Summer ist alles, was ich habe. Endlich habe ich mir ein eigenes Leben aufgebaut. Ich bin glücklich und zufrieden, und dann platzt du hier herein und bringst alles durcheinander mit diesem lächerlichen Kram.«

»Ich habe nichts durcheinandergebracht«, sagte Jude hilflos, aber Claire in dieser Stimmung war nicht zu bremsen.

»Doch, das hast du«, schrie sie fast. »Das machst du immer. Für dich ist immer alles glattgelaufen.« Wie oft in ihrer Kindheit hatte Claire genau diese Worte benutzt, noch dazu in genau diesem weinerlichen Tonfall. Sie schien das selbst zu merken, denn sie hielt inne und flüsterte: »Es tut mir leid. Natürlich hast du das nicht.«

Mark.

»Ja, gut. Und dann gibt es noch etwas, was ich nicht mehr ertragen kann, Jude. Du musst endlich aufhören, dich innerlich nach Mark zu verzehren.«

»Ich kann nicht«, flüsterte Jude. »Ich weiß nicht, warum, aber ich kann nicht. Du weißt, dass ich es versucht habe.«

»Jude, ich habe dir gesagt, dass Mark nicht völlig perfekt war. Er war ein Mann. Es gibt andere.«

»Er war schon ziemlich perfekt«, murmelte Jude, »für mich jedenfalls.«

Claire schüttelte den Kopf. »Nein, das war er nicht«, sagte sie sanft. »Er war ein ganz gewöhnlicher Bursche mit ganz gewöhnlichen Fehlern.«

Jude schaute ihre Schwester an. Wieder kam es ihr vor, als würde in ihrem Gedächtnis ein Vorhang beiseitegeschoben. Dann war es vorbei.

»Komm«, seufzte Claire und stand auf, »ich muss die beiden ins Bett bringen. Bei Gelegenheit kannst du mit Summer reden, wenn du willst. Aber es gibt Grenzen. In dieser

Zeitschrift, die ich immer kaufe, habe ich gelesen, dass es zu regressivem Verhalten führt, wenn man sich nur noch mit der Vergangenheit beschäftigt. Das ist nicht gut, Jude. Es kommt viel zu oft vor, dass Therapeuten ihren Patienten einen Floh ins Ohr setzen, indem sie ihnen voreingenommene Fragen stellen. Damit kann man einen Menschen ernsthaft durcheinanderbringen.«

»Ich weiß«, sagte Jude demütig, »und ich werde nicht zulassen, dass Summer das passiert. Es ist eine gute Idee, sie noch mal dem Arzt vorzustellen. Lass mich wissen, was er dazu sagt.« Sie folgte Claire ins Haus und griff nach ihrer Handtasche. »Ich bin total fertig, Claire. Und ich fühle mich furchtbar, weil wir uns gestritten haben.«

»Mach dir keine Sorgen«, sagte Claire. In ihrer kurzen Umarmung lag keine Wärme. »Mädels, Jude fährt jetzt los!«, rief sie nach oben.

Auf dem Weg nach Hause achtete Jude kaum auf die Umgebung, so sehr nahm ihre neue Sorge sie gefangen. Alles wirbelte ihr wieder und wieder durch den Kopf. Esther. Gran. Summer. Tamsin. Der Turm. Euan. Als sie an Euans Haus vorbeifuhr, zwang sie sich, nicht hinzuschauen.

22. Kapitel

Am Samstagmorgen fühlte Jude sich müde, lustlos und besorgt. Als sie ihr Schminktäschchen aus der obersten Kommodenschublade nahm, fiel ihr Blick auf Grans Halskette. Sofort hatte sie ein schlechtes Gewissen, dass sie wegen Tamsin noch nichts unternommen hatte. Sie folgte Claires Vorschlag und fragte Alexia, ob sie sich die Telefonbücher von Starbrough Hall ausleihen dürfe, um Lovall nachzuschlagen. Wie erwartet gab es Dutzende. Höchstwahrscheinlich war Tamsin, sofern sie überhaupt noch lebte, verheiratet und hatte ihren Namen geändert. Aber um ihren guten Willen zu beweisen, rief Jude die drei »T. Lovall« aus dem nördlichen Norfolk einen nach dem anderen an. Es war wenig ergiebig. Bei der ersten Lovall handelte es sich um eine Frau, die mit einem Mr. Timothy Lovall verheiratet war. Sie dachte wohl, dass Jude ihr etwas verkaufen wollte, und legte gleich wieder auf. Beim zweiten Anruf meldete sich eine ziemlich schwerhörige Frau, die Jude eindeutig für ein bisschen verrückt hielt. Der Dritte war ein freundlich klingender Tom Lovall mit ländlichem Akzent, der über Judes Frage nachdachte, aber sich eingestehen musste, dass er sie nicht beantworten konnte. Entnervt gab sie auf. Nur um zu sehen, was passieren würde, tippte sie »Tamsin Lovall« in eine Internetsuchmaschine ein. Die Ergebnisse verwiesen auf einen australischen Volleyballstar, was wohl kaum zu einer fünfundachtzigjährigen Frau führen würde, dachte sie und lachte in sich hinein. Dann versuchte sie, ihren Suchbereich zu erweitern, indem sie überlegte, wer von den Menschen, die Tamsin gekannt hatten, noch am Leben sein könnte. Gran war das einzige, noch lebende Kind der Bennetts. Vielleicht gab es einen Schulfreund, der Jude weiterhelfen konnte. Neulich hatte Gran jemanden erwähnt – einen Jungen. Wer war er?

Sie wählte Grans Nummer. Das Telefon klingelte und klingelte, und Jude wollte schon aufgeben, als sie wie aus weiter Ferne eine zittrige Stimme hörte. »Hallo?«

»Gran, hier ist Jude. Wie geht es dir? Du klingst ein bisschen schwach.«

»Nein, nein, ich fühl mich gut.« Gran hörte sich benommen an.

»Ist dir immer noch schwindlig?«

»Heute geht's. Was kann ich für dich tun?«

»Ich habe euer Versteck im Turm gefunden. Es war hinter zwei Ziegelsteinen, oder?«

»Oh, kluges Mädchen!« Gran klang sehr erfreut. »War etwas drin?«

»Ein Päckchen aus Ölpapier.«

»Daran kann ich mich noch erinnern. Wir haben es da gelassen.«

»Es enthält ein astrologisches Diagramm, wusstest du das, Gran?«

»Ach, tatsächlich?«

Das Päckchen hatte die beiden jungen Mädchen damals offenbar nicht interessiert. Jude wechselte den Kurs.

»Mit der Suche nach Tamsin bin ich noch nicht weit gekommen.« Sie erzählte von ihren Telefonaten. »Kennst du jemanden, der sie gekannt hat und noch am Leben ist? Jemanden aus der Schule zum Beispiel.«

Es herrschte kurzes Schweigen. »Nein, mir fällt niemand

ein. Nach der Heirat habe ich zu vielen die Verbindung verloren. Betty Morton ist tot, und Joan auch … sie war meine Brautjungfer.«

»Neulich hattest du angefangen, von einem Jungen zu erzählen.«

»Ach, wirklich? Wer könnte das gewesen sein?«

»Jemand, der wohl ziemlich unfreundlich war.«

Wieder herrschte Schweigen.

»Dicky Edwards«, flüsterte Gran. »Ich glaube nicht, dass Dicky … ich möchte ihm nicht begegnen, Jude. Ich kann mir nicht vorstellen, dass er uns helfen kann.«

»Gran?« Es war schwer, die Situation am Telefon zu beurteilen, aber Jude vermutete, dass sie einen wunden Punkt berührt hatte. Sie schaute auf die Uhr. Erst elf, und für den Rest des Tages hatte sie noch nichts Besonderes geplant. »Gran, wenn du nichts vorhast, würde ich gern heute Nachmittag rüberkommen und dich besuchen.«

Noch lange nachdem Jude aufgelegt hatte, hielt Jessie den Hörer umklammert. Dicky. Jahrelang hatte er wie eine Art Schatten in ihrem Gedächtnis herumgelungert, ein Schatten, dem sie weder Gestalt noch Namen geben wollte. Aber als sie neulich mit Jude über Tamsin gesprochen hatte, war die Erinnerung an ihn blitzartig zurückgekehrt, und jetzt stand er ihr klar und deutlich vor Augen. Schon immer war er ein kräftiger Kerl gewesen, groß für sein Alter und rundlich, und als er mit dreizehn oder vierzehn anfing, seinem Vater bei der Landarbeit zu helfen, verwandelte sich das Fett in Muskeln. Der Bauer Edwards war dafür bekannt, dass er notorisch herumbrüllte und prahlte. Kein Wunder, dass seine Frau immer eingeschüchtert und zerbrechlich aussah und dass seine Söhne sich zu Tyrannen entwickelten.

Sie legte den Hörer zurück auf die Gabel und ließ sich in den Sessel sinken. In einer Flut schmerzhafter Bilder kehrte alles wieder zurück. Und der Schleier zwischen Vergangenheit und Gegenwart war zu dünn, um die Bilder abwehren zu können.

Jessie war vierzehn Jahre alt gewesen, als Tamsin 1937 nach monatelanger Abwesenheit wieder in die Schule kam. An einem dunstigen Morgen im Februar erschien sie unangekündigt auf dem Spielplatz und stand schüchtern ganz für sich allein auf der Seite. Sie hatte sich verändert, war sehr gewachsen, dabei anmutig wie ein Reh, und die braunen Augen schimmerten groß in ihrem fein geformten Gesicht. Jessie, immer noch schmal und flachbrüstig, beneidete sie um ihre betonten Brüste, um die zarten Hand- und Fußgelenke. Tamsin wurde erwachsen. Jessies Schulkameradinnen, die sich größtenteils in schlaksige Jugendliche mit fettiger Haut verwandelten, bemerkten es auch und behandelten sie mit dem Respekt, die Kinder oft für Schönheit übrig haben. Dicky, der schon breitschultrig war und mit der Stimme eines Mannes sprach, starrte mehr als alle anderen, und aus seinem Blick sprach eine besorgniserregende Mischung aus Missfallen und Verlangen.

Diesmal war Jessie selbstbewusst genug, um Tamsin am Ende des Tages zu erlauben, mit ihr zusammen heimzugehen. Die zwei trödelten hinter Jessies Bruder und Schwester die Straße hinunter.

»Sag Ma, dass ich bei einer Freundin bin«, rief sie Sarah nach, warf ihrer Schwester den Ranzen über das Gartentor zu und stieg dann mit Tamsin den Hügel hinauf zum Zigeunerlager. Die beiden Mädchen wussten nicht, dass sie verfolgt wurden.

Tamsins Familie empfing sie herzlich. Nadya, die Urgroßmutter und die vier Männer, einer von ihnen mit der schwangeren Kezia im Schlepptau. Nadya kniff Jessie liebevoll in die Wangen und versorgte die Kinder mit Tee und Keksen. Anschließend streichelten sie die angebundenen Pferde, ärgerten einen jungen Fuchs, den Tamsins jüngster Onkel gefangen und an einen Baum gebunden hatte, von wo aus das Tier hungrige Attacken auf dürre Hühner startete und, soweit es die Reichweite seines Seils zuließ, in der Erde nach Insekten scharrte.

»Was haben sie mit ihm vor?«, fragte sie Tamsin, die nur mit den Schultern zuckte. »Keine Ahnung. Er sagt, er hätte ihn beim Wildern erwischt. Jacko«, rief sie einem jungen Mann zu, der ein Stück Holz schnitzte, »du musst ihn freilassen. Oder er wird die Füchsin anlocken. Und die wird dann bestimmt das Hühnchen töten, so viel ist sicher«, rief sie, aber Jacko trat nur nach dem erstbesten Huhn in seiner Nähe und ließ ein sorgloses Lachen hören.

Als die Abenddämmerung hereinbrach, setzten sich alle rund um das Feuer und teilten sich ein köstliches dunkles Schmorgericht, das Nadya aus einem großen Kübel schöpfte und das mit einer Art Fladenbrot gegessen wurde. Die Männer sprachen über wer weiß was alles in ihrer kehligen Sprache, lachten und schauten grimmig drein, und Nadya sang leise vor sich hin. Niemand fragte Jessie nach ihrem Leben, danach, was sie so trieb, und das machte ihr gar nichts aus. Sie saß nah neben Tamsin, und im Schein des Feuers schauten sie in ihr Englisch-Übungsheft, wisperten sich ein paar Worte zu oder lauschten den Männern, deren Fremdheit Jessie in den Bann schlug. Sie fühlte sich als Teil des Ganzen und doch wieder nicht und versuchte die Stimme der Vernunft in ihrem Innern zu ignorieren, die ihr riet, nach Hause zu gehen.

Die Nacht brach schnell herein. Das Fuchsjunge fing an, nach seiner Mutter zu jaulen, ein herzzerreißendes Geräusch, das nicht enden wollte. Aber die Männer schrien das Tier nur an oder beschwichtigten es. Der Älteste unter ihnen holte eine Fiedel und versuchte, den Lärm nachzuahmen. Der junge Fuchs heulte immer noch, sodass der Fiedler schulterzuckend aufgab und eine Tanzmelodie anstimmte, erst zögerlich, dann schneller und rhythmischer, bis die Zehen zu wippen anfingen und Hände klatschten und Nadya aufstand und tanzte. Noch nie hatte Jessie einen Tanz gesehen, der so ausdrucksvoll war, so wild und so sorglos. Sie klatschte rhythmisch, sah, wie der goldene Schmuck im Feuerschein aufblitzte, die aufstiebenden Funken und dachte, dass sie gerade die außergewöhnlichste Erfahrung ihres gesamten bisherigen Lebens machte.

Plötzlich und wie aus dem Nichts ertönte ein lauter Knall.

Der junge Fuchs jaulte ein letztes Mal, rollte sich zur Seite und blieb reglos liegen. Die Pferde begannen zu steigen und schrien vor Angst.

Für den Bruchteil einer Sekunde erstarrte die Runde. Dann brach eine verrückte Geschäftigkeit aus: Die Männer rannten los, um die Pferde zu beruhigen, die Frauen scheuchten sich gegenseitig in die Wagen.

Zwischen all dem Wiehern und dem Schreien konnte man hören, wie jemand durch das Unterholz brach. Dann folgte ein zweiter Schuss und das Gelächter eines Mannes, der sich entfernte. Jacko und Ted, der andere Onkel, schnappten sich einen brennenden Ast aus dem Feuer und nahmen die Verfolgung auf, aber Jessie wusste, dass es bereits zu spät war.

Irgendetwas in dem Gelächter hatte in Jessie eine Saite zum Klingen gebracht. Aber damals hatte sie nicht weiter darüber nachgedacht.

»Und was war mit dir, Gran? Was hast du getan?«, rief Jude, als Jessie ihr am Nachmittag die Geschichte erzählte.

»Ich hatte furchtbare Angst, Liebes. Also bin ich einfach aufgesprungen und nach Hause gerannt, ohne Auf Wiedersehen zu sagen. Den Weg kannte ich auswendig, selbst im Dunkeln. Ich rannte über den Pfad zurück und dann den Hügel hinunter. Ich kann dir sagen, ich sah vielleicht aus, als ich endlich zu Hause war!«

Jessie erinnerte sich an ihr Gesicht im Badezimmerspiegel – vollkommen rußig und tränenverschmiert. Ihre Kleidung stank nach Rauch und merkwürdigem Essen. Sie war froh, in Sicherheit zu sein, aber ihre Eltern waren immer noch wütend. Wie hatte sie es nur wagen können, sich nachts im Wald herumzutreiben? Ganz besonders bei »diesen Zigeunern«. Aber Jessie dachte, dass ihre Eltern nichts gegen die Zigeuner hatten. Nun ja, es gab Grenzen, nicht wahr, und diese Grenzen hatte Jessie meilenweit überschritten. Alles Mögliche hätte ihr zustoßen können. Sie hätte sogar tot sein können oder noch schlimmer. Ein Gewehrschuss hatte sie erschreckt? Das sei ihr hoffentlich eine Lehre, hatte es geheißen.

Sie hatte geweint, als sie ins Bett verbannt wurde.

Als sie im Bett lag, das kummervolle Jaulen der Füchsin hörte und über die Ereignisse des Abends nachdachte, erinnerte sich Jessie wieder an das Gelächter.

»Es war Dicky«, erzählte sie Jude. »Er muss uns beobachtet haben, als wir zusammen den Hügel hinaufgegangen sind. Das Gewehr hatte er wohl seinem Vater gestohlen.«

»Was ist dann passiert, Gran?«, fragte Jude, noch ganz gefangen von der dramatischen Geschichte. »Ist er bestraft worden?«

»Nein, damals nicht. Ich hab's niemandem erzählt«, sagte

Gran schließlich. »Ich wusste, dass Dicky dahintersteckte, und Dicky wusste, dass ich es wusste. Am nächsten Tag in der Schule habe ich es ihm an den Augen abgelesen, an seinem herausfordernden Blick. ›He, was willst du schon dagegen machen‹, sagte dieser Blick. Ich hatte Angst vor ihm. Außerdem hatte er seine Bande. Sie würden lügen, würden behaupten, dass er bei einem von ihnen gewesen sei. Und ich konnte nichts beweisen. Niemand hatte ihn gesehen. Was nützte es also, wenn ich es erzählte? Später habe ich mein Schweigen bereut. Aber wenn man sehr jung ist, kann man sich schwach und dumm fühlen, und man vergisst schnell. Dinge, die aus der Sicht der Erwachsenen einfach und vernünftig aussehen, sind für Kinder ganz anders.«

»Aber hat Tamsin dir nicht geholfen?«

»Tamsin ist am nächsten Tag nicht in der Schule erschienen. Am übernächsten Tag auch nicht und überhaupt niemals wieder. Ich habe meinen Bruder Charlie die Foxhole Lane raufgeschickt, um nach ihr zu sehen. Als er zurückkam, sagte er, sie wären alle weg.«

»Das war also das letzte Mal, dass du sie gesehen hast?«

»Oh, nein, die Zigeuner sind noch öfter zur Foxhole Lane gekommen. Aber erst mal für längere Zeit nicht, und danach hieß es, Tamsin habe ihre Schulzeit hinter sich.«

»Und wann hat sie dich für immer verlassen? Wann hast du die Halskette an dich genommen?«

Plötzlich wirkte Jessies Miene so streng, dass Jude wünschte, nicht so geradeheraus gefragt zu haben.

»Dazu komme ich, wenn ich fertig bin.« Jessie machte eine ungeduldige Handbewegung, und Jude wusste, dass die Unterhaltung für den Rest des Tages vorbei war.

Jude kehrte mit einem Blatt Papier nach Starbrough Hall zurück, auf das sie »Dicky, vermutlich Richard Edwards«, gekritzelt hatte. Sie wusste, dass das nach Grans Meinung zu nichts führen würde. Jude dachte, offen gestanden, das Gleiche. Falls Dicky überhaupt noch lebte, war nicht damit zu rechnen, dass er sie unterstützen würde. Sie musste ihre Großmutter noch so vieles fragen! Zum Beispiel, wann Tamsin die Halskette schließlich im Turm versteckt hatte. Und warum. Jude hatte mit Gran verabredet, dass sie am Montagnachmittag wieder zu Besuch kommen würde.

Nach dem Abendessen auf Starbrough Hall rief sie Claire an. Sie hatte immer noch ein schlechtes Gewissen wegen des Streits.

»Tut mir leid wegen gestern Abend«, erklärte sie ihrer Schwester. »Ich wollte mich erkundigen, wie es beim Arzt war.«

»Mir tut es auch leid«, sagte Claire. »Du machst mir Angst, das ist alles. Der Arzt glaubt, dass Summer nichts fehlt. Und ich versuche, ihm zu glauben.«

»Freut mich sehr, das zu hören«, sagte Jude, aber irgendwie schwebte eine gewisse Unsicherheit zwischen ihnen. Sie glaubte nicht, dass alles in Ordnung war, und sie war überzeugt, dass Claire es auch nicht glaubte. Aber auf keinen Fall wollte sie Claires zerbrechliches Gleichgewicht zerstören, indem sie das aussprach.

»Oh, ich habe mir die astrologische Zeichnung angesehen und Linda gebeten, auch einen Blick darauf zu werfen, als wir ein paar Minuten für uns hatten«, berichtete Claire. »Linda ist auch der Meinung, dass das Diagramm sehr alt ist. Sie hat ein Buch gefunden, das wir im Laden verkaufen, und wir haben alles nachgeschlagen. Jude, es ist kein gutes

Horoskop. Es sagt viel aus über Verlust und Tragödien und Kraft, um Schwierigkeiten zu meistern. Ich wäre sehr beunruhigt, wenn man meinem Kind ein solches Horoskop erstellen würde. Wenn du das nächste Mal herkommst, erkläre ich es dir in allen Einzelheiten.«

»Danke. Obwohl ich nicht genau weiß, wie es mir nützen kann. Wir wissen doch immer noch nicht, für wen es war, oder?«

»Für deine Esther, dachtest du?«

»Kann sein. Wenn wir von der Zeit um 1760 ausgehen. Deine Deutung spricht nicht gerade für ein glückliches Ende ihrer Geschichte.«

»Vermutlich nicht.«

»Hör zu, ich hab für morgen noch nichts geplant. Ich könnte euch beide abholen und irgendwo zum Mittagessen mit euch rausfahren. Was meinst du?«

»Tut mir leid, aber ich hab morgen schon was vor. Ein paar Leute kommen zum Mittagessen.«

»Wie schön, das freut mich. Jemand, den ich kenne?«

»Ja. Darcey und ihre Eltern. Ach, und Euan hab ich auch gefragt.«

»Oh.« Jude wartete. Vielleicht würde ihre Schwester sie auch einladen, aber das tat sie nicht, und wieder breitete sich Schweigen zwischen ihnen aus. Jude spürte, wie sie rot und verlegen wurde. »Gut, dann vielleicht ein andermal«, brachte sie schließlich heraus.

»Wie wär's mit abends?«, fragte Claire eilig. »Komm doch vorbei und hol das Horoskop ab. Dann zeige ich dir, was Linda aufgeschrieben hat.«

»Einverstanden«, sagte Jude kühl. Das mit dem Mittagessen war sowieso eine dumme Idee gewesen. Sie war wütend auf ihre Schwester, aber auch, weil sie eigentlich nicht das Recht hatte, wütend zu sein. Manchmal kam es ihr vor, als hätten Claire und sie sich in eine Art Guerillakrieg verstrickt, in dem weder die eine noch die andere Seite die Deckung aufgab.

23. Kapitel

Als Jude am Sonntagmorgen wach wurde, spürte sie ein tiefes Gefühl der Einsamkeit. Der Regen prasselte gegen die Fensterscheiben. Sie blieb noch eine Weile im Bett liegen und versuchte, einen Krimi zu lesen. Dann zog sie sich an, ging nach unten und stellte fest, dass außer den Hunden niemand im Haus war. Die Familie hatte sich zur Kirche aufgemacht. Auf dem Frühstückstisch hatte Chantal eine Nachricht hinterlassen. In ihrer sauberen Handschrift stand da, dass sie zum Mittagessen nur zu zweit wären – die Zwillinge seien mit ihren Eltern auswärts eingeladen. Jude frühstückte, brachte sich mit den Zeitungen vom Vortag auf den neuesten Stand, und weil sie in dem leeren Haus nichts anderes zu tun hatte, ging sie in die Bibliothek und machte sich daran, Esthers Bericht weiter zu transkribieren. Wie immer empfand sie es als tröstlich, sich hinter ihrer Arbeit zu verstecken.

Danach wuchs die Nähe zwischen meinem Vater und mir. Oft war er derselbe, der er immer gewesen war – verschlossen, einsam, allein. Noch immer zog er sich längere Zeit in die Werkstatt zurück, oder ich fand ihn in seinem Arbeitszimmer in ein Buch vertieft, eine Mahlzeit unangerührt auf dem Tablett. Manchmal schien er mich nicht zu bemerken, und dann saß ich still neben ihm, um selbst ein bisschen Forschung zu betreiben, bis er plötzlich sagte: »Hör dir das an« und einen Absatz aus irgendeinem Band über die Via Lacta vorlas, das ist unsere Milchstraße – jene Milch, die sich aus der Brust der Göttin Hera über den Himmel ergoss. Oder mein Vater las mir aus dem neuesten Buch über die Berechnung der Temperatur der Sonne vor. Die Büchertürme um uns herum wuchsen immer weiter, und manchmal empfand ich ihn wie einen Alchimisten vergangener Zeiten, mit all den Werkzeugen seiner Kunst, die wie Strandgut auf den Papierstapeln und Karten verstreut herumlagen.

Es war streng verboten, irgendetwas zu berühren oder fortzuräumen. Betsy durfte die Mahlzeiten hereinbringen – das war alles. Sie durfte nicht reinemachen. Mir allein wurde manchmal das Vertrauen zuteil, ein wenig abstauben zu dürfen, jedoch nur, wenn ich alles genau an die Stelle zurückräumte, an der es sich zuvor befand, hatte er geknurrt, andernfalls wäre es unrettbar verloren.

»Sie brauchen mehr Regale, Vater«, seufzte ich eines Tages, als er mich bat, ein bestimmtes Buch über Optik herauszusuchen, und ich mehr als zwanzig Bücher rücken musste, bis ich es fand.

Er blickte um sich, blinzelte wie eine Eule, die benommen in das Tageslicht schaut, so als ob er das Zimmer noch nie zuvor gründlich betrachtet hätte. Es handelte sich um eine dunkle Kammer an der Rückseite des Hauses, die zu den Stallungen zeigte. Er habe sie gewählt, als er noch ein Junge gewesen sei, hatte er mir einmal erzählt, weil niemand sonst eine Verwendung dafür hatte. »Was meinen Sie, Vater, sollen wir einen größeren Raum aussuchen, um eine Bibliothek einzurichten?«, schlug ich aufgeregt vor und erntete einen finsteren Blick.

»Wo sollte das sein?«, erwiderte er nur. Da er nicht über die nötige Vorstellungskraft verfügte, zerbrach ich mir den Kopf darüber.

Später am Tag durchstreifte ich das Haus und dachte immer noch darüber nach, welcher Raum für meine Idee geeignet sein könnte. Ich betrat ein Zimmer, welches ich kaum je zuvor aufgesucht hatte. Es lag auf der Rückseite von Starbrough Hall, mit Aussicht auf den Park. Meiner Meinung nach diente das Zimmer keinem Zweck, außer dass es einen eleganten Kamin beherbergte, einen großen hölzernen Kasten – leer – und ein Podest, auf dem eine Büste des Sokrates stand. In mancher Hinsicht war es überhaupt kein Zimmer, sondern vielmehr ein ansehnliches Vorzimmer, in welchem bestimmte Besucher, etwa der Stallmeister mit einer Botschaft, warten sollten, bis der Master zu erscheinen geruhte. Dass dieser Raum nicht genutzt wurde, hatte, wie ich sah, einen Grund: An einer Seite war die Wand ein wenig gebogen, ob aus irgendwelchen praktischen Gründen oder eines baulichen Fehlers wegen konnte ich nicht sagen.

Gleichwohl gefiel mir der Marmorboden mit seinem ovalen Muster. Ich trat ans Fenster, und mein Herz hob sich, als ich in der Ferne den Wald erblickte. Da die Sonne tief stand und der Himmel wolkenlos war, konnte ich den Turm über den Baumwipfeln herausragen sehen. Ich wandte mich um, ließ den Blick noch einmal durch den Raum schweifen und sah plötzlich vor meinem geistigen Auge, wie es werden könnte. Hier würde unsere Bibliothek entstehen, und um die Schwierigkeiten mit der gebogenen Wand auszuräumen, würden wir sie oval anlegen. Vater musste sofort unterrichtet werden.

Das Geräusch eines Wagens auf dem Vorplatz fuhr in Judes Versunkenheit wie ein Messer, das ein Bild aufschlitzt. Sie war tief in die Vergangenheit des achtzehnten Jahrhunderts eingetaucht, zusammen mit Esther, und hatte den Raum so gesehen, wie er vor seiner Einrichtung als Bibliothek gewesen war. Und umgekehrt hatte sie die Vision des Mädchens von dem Raum, wie er heute war, geteilt. Was für eine seltsame Vorstellung, dachte sie, während sie hörte, wie Chantal die Hunde begrüßte.

Kurz darauf wurde die Tür zur Bibliothek geöffnet. »Jude«, rief Chantal, »ich dachte mir schon, dass ich Sie hier finde. Sie arbeiten wirklich hart, meine Liebe. Geht es Ihnen gut? Störe ich Sie?«

»Nein, überhaupt nicht«, sagte Jude freundlich. Obwohl sie die Unterbrechung bedauerte, wollte sie Chantal unbedingt von den Neuigkeiten in Esthers Bericht erzählen. »Sie sind sogar genau im richtigen Moment gekommen.« Jude wies auf Esthers Blätter. »Sie beschreibt gerade, wie die Bibliothek entstanden ist. Es scheint, als wäre die ganze Sache ihre Idee gewesen.«

Chantal kam näher und setzte sich neben Jude, die vorlas, was sie bereits transkribiert hatte, und dann durch den nächsten Absatz in Esthers Bericht stolperte, um mehr über die Einrichtung dieses außergewöhnlichen Raumes zu erfahren.

Es brauchte kaum Überredungskünste, meinen Vater zu überzeugen, nachdem ich ihm den Plan erläutert hatte, und meine Zuversicht wuchs rasch. Im folgenden Frühjahr, es war das Jahr 1774, legte der Architekt eine Zeichnung für einen ovalen Raum vor, und die Arbeit begann. Schon bald wurde Starbrough Hall von Fuhrwerken belagert, die mit Sand und getrockneten Hölzern beladen waren, während andere mit staubigen Haufen fortfuhren. Ein halbes Dutzend Arbeiter kam aus dem Dorf, dann eine Anzahl guter Zimmerleute, die gerade die neuen Gebäude auf Holkham Hall gefertigt hatten. Diese Männer verteilten mit ihrem Schuhwerk den groben Schmutz auf den Fluren, auf denen Mr. Corbett Matten ausgelegt hatte, und bald schon hustete man nach dem Einatmen ein kreidehaltiges Miasma aus. Betsy und ich behaupteten, dass wir den Staub in unserem Essen schmecken konnten, aber Mrs. Godstone empfand unsere Klagen als anstößig, und Mr. Corbett bedeutete uns zu schweigen.

Es waren die lautstark gerufenen Befehle und das Hämmern, die Vater am Ende aus dem Haus trieben. Auch tagsüber wohnte er nun im Starbrough Folly, schlief sogar im Turmzimmer auf einer kleinen Matratze, wenn ihm danach war. Und so blieb es mir überlassen, Mr. Gibbons anzuleiten, den Architekten. Er war ein freundlicher Mann – offenbar mit einer Tochter ungefähr meines Alters gesegnet –, der die Angelegenheit würdig und höflich mit mir besprach. Es gefiel mir, und es überraschte mich. Außerhalb des Hauses hatte mich noch nie jemand mit solchem Respekt behandelt, und ich blühte auf unter meinen neuen Verantwortlichkeiten. Auf der anderen Seite setzte Mr. Trotwood, der grässliche Verwalter meines Vaters, sich in der Absicht, mich zu demütigen, absichtlich über meine Anweisungen an die Arbeiter hinweg. Und so lernte ich mit der Zeit, taktisch vorzugehen, indem ich Mr. Gibbons oder den Vorarbeiter ansprach, anstatt ihm meinen Willen direkt zu übermitteln.

Während die Monate auf diese Weise verflogen, bemerkte ich, wie Mrs. Godstone und Mr. Corbett sich hinsichtlich meiner Person veränderten. Sie blieben höflich und freundlich, aber zwischen uns erwuchs eine unbehagliche Distanz. Und dann kam eine Zeit, in der ich nicht mehr mit ihnen aß, sondern mit meinem Vater. Oder, wenn er sich im Haus aufhielt, allein in dem großen Esszimmer, wo Betsy mich bediente. Sogar Susan behandelte mich anders, rief mich öfter als je zuvor Miss Esther, was mich verletzte. Seit einigen Jahren schon teilte sie nicht mehr das Bett mit mir, denn ich war kein trostbedürftiges kleines Kind mehr, das unter Albträumen litt. Nun aber klopfte sie an, bevor sie mein Zimmer betrat. »Du bist bald eine Frau«, sagte sie zu mir, als sie mir einmal half, mich für das Dinner anzuziehen. »Nee, eine Lady … ich hab's immer gewusst … und eine zauberhafte Lady.« Die frühere Zuneigung war geblieben, wie ich in ihrem Blick erkennen konnte, aber irgendetwas Bedeutsames hatte sich verändert. Vater behandelte mich wie die Tochter des Hauses, und der Haushalt folgte ihm darin.

Das erste Mal spürte ich die Verlassenheit, als mein alter Freund Matt sich zum Gruß an die Mütze tippte, wenn er mich sah. Wir gingen scheuer miteinander um, auch, weil wir spürten, dass er zu einem Mann und ich zu einer Frau wurde. Mit vierzehn konnten wir nicht mehr im Dreck spielen, wie wir es als Kinder getan hatten. Und wir wollten das auch gar nicht. Inzwischen arbeitete er den ganzen Tag mit seinem Vater, und seine Alltagskleidung war so schäbig, wie meine hübsch und ordentlich war, seine Hände so schwielig und die Nägel so schmutzig, wie meine sauber und manikürt. An hohen Feiertagen und Festen hörte ich, dass er sich auf dem Dorfplatz mit den anderen Burschen traf, dass sie zu viel Ale tranken und mit den Mädchen ihren Spott trieben. Die Zeiten, in denen wir in den Wald rannten, waren längst vorbei und wurden mit keiner Silbe erwähnt. Manchmal stimmte es mich traurig, denn ich sehnte mich nach einem Freund in meinem Alter.

Zur Erntezeit waren die Hauptarbeiten an unserer neuen Bibliothek beendet, und die Arbeiter verschwanden, um bei den Bauern auszuhelfen. Dann nahte ein Tag im späten September, an dem die letzten Handgriffe erledigt wurden. Wir – mein Vater und ich – standen bewundernd vor den weiß gestrichenen Regalen und Schränken, den Glastüren und der tauben-

blau bemalten Decke. Wir sprachen bewundernd über die schöne Verzierung, die sich, wie aus weißem Zuckerguss gespritzt, hervorhob. Etwas ganz Besonderes stellte das erlesene ovale Mittelstück dar, das wie ein riesiger Heiligenschein über unseren Köpfen in den Verputz eingelassen war. Ein oder zwei Wochen warteten wir, bis die Dekoration getrocknet und der Geruch nach frischer Farbe verzogen war. Dann nahmen wir uns der wichtigen Aufgabe an, die Einrichtung von Vaters Studierzimmer in ihr neues Zuhause zu transportieren.

Er gestattete niemandem, uns dabei behilflich zu sein, die Kisten Bücher und Papiere zu packen, und nachdem sie in die Bibliothek getragen worden waren, war nur mir das Auspacken erlaubt. Ich durfte auch Vorschläge zur Ordnung machen, allerdings nicht ordnen. Schließlich trug Mr. Corbett zusammen mit Sam und Matt und dem Kutscher Jan den schweren Schreibtisch und die Stühle herein, den Globus und den Orrery, und alles war vollständig. An jenem ersten Abend fand ich meinen Vater schon vertieft in seine Karten, während ein lustiges Feuer im Kamin prasselte und er das Abendessen wie üblich auf dem Tablett vergessen hatte. »Gute Nacht«, rief ich ihm zu, aber er gab nicht zu erkennen, dass er mich gehört hatte. Ich lächelte still in mich hinein und schloss leise die Tür.

»Die Deckenbemalung wird gar nicht erwähnt«, sagte Chantal. »Ich frage mich, wann sie angebracht worden ist.«

»Vielleicht wird Esther es uns zu gegebener Zeit erzählen.« Jude fuhr den Laptop wieder herunter und dachte daran, dass sie sich noch vor ein paar Augenblicken vorgestellt hatte, mit Esthers Geist eins zu werden und den Raum zu betrachten, wie er einmal war, und ihr gleichzeitig mitzuteilen, wie er heute aussah. Es war eine merkwürdige Erfahrung gewesen, die sie sich nicht erklären konnte. Vielleicht war sie für ein paar Minuten eingeschlafen und hatte nur geträumt.

Es gab noch so viel Unbeantwortetes in Bezug auf Esther – vermutlich kannte Jude noch nicht einmal alle Fragen. Und doch fügten sich die unterschiedlichen Informationsschnipsel allmählich zusammen wie Teile eines riesigen, komplizierten Puzzles, von dem sie kein Gesamtbild vor Augen hatte, das sie leiten konnte. Einzelne Bereiche rückten langsam in den Vordergrund.

Jude schaute auf die Uhr. Nach halb zwölf. Plötzlich schoss ihr das Bild durch den Kopf, wie Euan in Jeans und Sportjacke mit einer Flasche Rotwein in der Hand bei Claire eintraf. Wenn sie sich vorstellte, wie er sie auf beide Wangen küsste ...

»Chantal«, sagte sie rasch, »haben Sie zum Mittagessen irgendwas geplant?« Da sowohl Judes als auch Chantals Familie heute ohne die beiden geplant hatten, warum sollten sie sich nicht auch ein besonderes Vergnügen gönnen?

»Eigentlich nicht«, erwiderte Chantal. »Ich dachte, wir könnten uns ein paar Reste aufwärmen.«

»Wenn das so ist«, sagte Jude, »dann möchte ich Sie gern zum Mittagessen einladen. Mir ist irgendwie danach. Kennen Sie irgendein Lokal, das sich über eine Last-Minute-Reservierung freuen würde?«

»*The Green Man*«, sagte Chantal prompt mit strahlenden Augen. »Ja, gehen wir aus zum Essen.«

In dem Pub, den Chantal vorgeschlagen hatte, gab es noch einen allerletzten Platz für sie. Das hübsche alte Gebäude aus Holz, das noch nicht den Modernisierungen in der Gegend zum Opfer gefallen war, lag nur ein paar Meilen entfernt, sodass Jude nicht weit fahren musste. Ihr Tisch befand sich im Garten unter einem großen Baldachin. Sie bestellten beide den guten altmodischen Sonntagsbraten und eine Flasche tiefroten Burgunder. »Die Rechnung geht auf mich«, beharrte Jude. »Es ist so nett von Ihnen allen, dass ich so lange in Starbrough Hall wohnen darf.«

»Wir freuen uns so, dass Sie bei uns sind!«, rief Chantal. »Alexia erzählt ständig, was für ein pflegeleichter Gast Sie sind. Und außerdem ist es auch sinnvoll, so hart, wie Sie an dem Verkauf arbeiten. Sie gönnen sich ja kaum mal ein bisschen Urlaub.«

»Oh, Claire und Summer sehe ich sehr oft«, erwiderte Jude, »aber trotzdem muss ich noch mit Alexia und Robert sprechen. Ich habe das Gefühl, dass ich mir eine andere Unterkunft suchen muss. Es ist anstrengend, ständig einen Gast im Haus zu haben.«

»Natürlich können Sie mit den beiden reden. Aber Sie werden feststellen, dass Alexia und Robert der gleichen Meinung sind wie ich. Sie brauchen uns nicht zu verlassen, Jude.«

Jude lachte. »Also, das ist wirklich sehr freundlich von Ihnen allen.« Ihre Bestellung wurde gebracht, und sie machten sich mit Appetit über ihr Essen her.

Nach ein paar Minuten fragte Chantal: »Wie geht es der Kleinen? Sie sagten, dass sie unter Albträumen leidet.«

»Ich fürchte, daran hat sich nichts geändert«, gab Jude zurück und erzählte von dem seltsamen Zufall, dass Summer Einzelheiten aus Esthers Geschichte kannte.

»Das ist wirklich merkwürdig. Sie müssen ihr davon erzählt haben. Bestimmt gibt es dafür eine ganz einfache Erklärung. Besonders, weil Sie sagen, dass sich das Kind nach Ansicht des Arztes ganz normal benimmt. Kinder in diesem Alter haben nachts häufig Angst. Ich kann mich an eine Zeit erinnern, als Robert jede Nacht nach mir gerufen hat und ich mich zu ihm ans Bett gesetzt habe. William wollte nicht, dass er mit uns in einem Bett schlief. Morgens war ich dann immer sehr müde und Robert frisch und ausgeschlafen.«

»Vielleicht ist es wirklich nur das. Nachtangst«, sagte Jude. Aber zum einen wusste sie, dass sie Summer nicht alles über Esther erzählt hatte, und zum anderen sprach die Art der Träume durchaus eine andere Sprache. »Aber warum hat es dann angefangen, nachdem Euan ihr den Starbrough Folly gezeigt hat?«

Chantal zuckte mit den Schultern. »Zufall«, sagte sie. »Oder vielleicht hat der Ort irgendwas an sich, was ihre Einbildungskraft angeregt hat. Dort ist so viel geschehen. Ich glaube, dass solche Dinge eine gewisse Atmosphäre schaffen können.« Dann fügte sie hinzu: »Dieser junge Mann, den Sie erwähnten, dieser Euan … bitte verzeihen Sie meine Frage, aber sind Sie im Begriff, sich mit ihm anzufreunden?«

Jude legte ihr Besteck ab und suchte nach Worten.

»Oh nein, was bin ich doch aufdringlich«, rief Chantal und wischte ihre Frage mit einer Handbewegung fort. »Er ist sehr charmant. Ich dachte nur … ich bitte um Entschuldigung.«

»Das müssen Sie nicht«, sagte Jude und nippte an ihrem Wein. »Er ist wunderbar. Aber ich glaube, er ist schon vergeben. Meine Schwester war zuerst zur Stelle. Und ich kann mich da nicht einmischen.«

»Mag er Ihre Schwester?«

»Ich weiß es nicht«, gestand Jude. »Danach kann man ja auch kaum fragen. Meiner Einschätzung nach befinden sie sich gerade in einer heiklen Phase. Sie verstehen, in der Phase, bevor irgendetwas anfangen kann. Und da kann ich nicht einfach losmarschieren und …«

»Ah, Sie mögen ihn also.« Chantals Augen funkelten.

»Ich finde ihn … sehr attraktiv. Ich würde ihn nicht von der Bettkante stoßen, wie man so sagt.«

Chantal gab ein lautes, entzücktes Lachen von sich. Mehrere Gäste drehten sich um und starrten sie an. Wie elegant und lebhaft sie heute ist, dachte Jude.

»Sie sehen, was das Problem ist«, fuhr Jude fort. »Was soll ich tun? Was würden Sie tun? Von Frau zu Frau, Chantal! Ist Ihnen so was auch schon mal passiert?«

»Ich habe keine Schwester, also bin ich nie in eine solche Lage geraten. Aber die Beziehungen zu Ihrer Familie sind schon wichtig. Ja, Sie haben recht, Sie können nicht einfach losmarschieren und … Sie müssen warten, meine Liebe. Abwarten, was geschieht. Vielleicht sollten Sie darüber nachdenken, woanders hinzugehen und ihn zu vergessen. Das wäre die ehrenwerteste Lösung.«

»Wirklich?«, sagte Jude leise und spürte, wie ihre Energie sich auflöste. Sollte sie einfach nach London zurückfahren und Claire und Euan sich selbst überlassen? Das war eine Möglichkeit. Aber es gab noch eine andere: *In der Liebe und im Krieg ist alles erlaubt.* Mal angenommen, es würde ihr gelingen, mit Euan zusammenzukommen, was würde das für die Beziehung zu ihrer Schwester und zu Summer bedeuten?

Beim Essen sprach Chantal darüber, wie streng sie in Paris erzogen worden war und wie sehr sich die Erziehung der Zwillinge von ihrer unterschied. Judes Gedanken kreisten die ganze Zeit um Euan und Claire.

Sie hatte keine Lust, sich »ehrenwert« zu benehmen und zu verschwinden. Aber sie wollte auch nicht, dass zwischen Claire und ihr ein offener Krieg ausbrach. Es war schwer. Sie hatte ohnehin schon das Gefühl, dass sie Claire wie ein rohes Ei behandeln musste, ständig auf der Hut, sie nicht zu verletzen. Und sie war sich immer bewusst, dass die hübsche, lebhafte, attraktive Claire sehr verletzlich war. Aber Claire würde mir kein Opfer bringen, dachte Jude, oder vielleicht doch? Wieder keimte die alte Verbitterung über ihre Schwester auf. Dann gab es noch eine Schlüsselfrage: Euan war kein Spielzeug, um das sie sich zanken konnten. Er hatte seine eigenen Gefühle und seine eigene Meinung. Die wichtigste Frage in der ganzen Geschichte war mit Sicherheit, was Euan selbst fühlte.

Ja, das Problem würde sich irgendwann von ganz allein lösen. Sie würde nicht verschwinden, sondern die Sache aussitzen. Wenn das Schicksal es so wollte, dann würde es auch geschehen, wie Gran manchmal sagte. Bei Mark war Jude überzeugt gewesen, dass sie nichts tun musste, damit das Schicksal seinen Lauf nahm. Jetzt musste sie lernen, dass es doch wichtig war, dem eigenen Schicksal auf die Sprünge zu helfen. Nicht indem man andere Schachfiguren auf grobe, selbstsüchtige Art vom Brett fegte, sondern indem man andere Menschen auf seine eigenen Bedürfnisse und Gefühle aufmerksam machte und die Wahrheit sagte, soweit man dazu in der Lage war; indem man die Probleme löste, anstatt die Flucht zu ergreifen. Das alles machte eine erwachsene, verantwortungsbewusste Lebenseinstellung aus.

»Danke für das wunderbare Essen«, sagte Chantal, als sie das Lokal verließen.

»Danke für alles, was Sie getan haben, um mich zu unterstützen«, sagte Jude und drückte ihr einen Kuss auf die Wange.

Den restlichen Nachmittag verbrachte Jude damit, sich Notizen zu dem Artikel zu machen, den sie für das Magazin von »Beecham's« schreiben sollte. Inzwischen hatte sie die Figuren für ihre Geschichte beisammen und eine Idee, wie sie die Geschichte des Verkaufs darstellen wollte. Es war unglaublich aufregend. Der einsame Sterndeuter und der Turm, den er errichtet hatte; das kleine Mädchen, das er fand und zu seiner Assistentin ausbildete, während sie ihre eigene geheimnisvolle Geschichte zu erzählen hatte. Was war mit ihr geschehen, und warum hatte sie das Haus nicht geerbt? Es wäre wunderbar, wenn Jude berichten könnte, dass die Wickhams irgendeinen gewichtigen Beitrag zum gegenwärtigen Wissen über Sterne beigetragen hatten. Aber das war eher unwahrscheinlich, wenn man Cecelia glauben durfte.

Über die Verbindung dieser Geschichte zu ihrer eigenen Familie, also über den Traum, würde Jude nichts schreiben. Es war schwierig, das Ganze so zu erklären, dass es ernst genommen würde, und außerdem wäre es nicht in Ordnung, Summers Erfahrungen in der Öffentlichkeit zu präsentieren. Ohnehin war Summers Geschichte ja erst im Begriff, sich zu entfalten.

Als Jude ihren Wagen am selben Abend um halb acht draußen vor dem Blacksmith Cottage parkte, waren die Gäste ihrer Schwester längst gegangen. Nachdem sie den ganzen Nachmittag in der Sonne herumgetobt hatte, war Summer ziemlich müde. »Geht es ihr gut?«, fragte Jude, als Summer im Obergeschoss war.

»Ja, sehr gut. Ich hab dir ja schon erzählt, dass der Arzt gestern dasselbe gesagt hat. Dass es keinen Anlass zur Sorge gebe und dass kleinere Kinder öfter mal Zeiten hätten, in denen sie schlecht schliefen oder schlecht träumten. Und da Summer einen prächtigen Appetit hätte und das Leben genieße, würde es wirklich keinen Grund geben, sich Sorgen zu machen. Punkt.« Claire, die auch müde zu sein schien, trank ihren Tee aus und stellte die Tasse entschlossen ab. »Ich sollte erleichtert sein. Ich bin erleichtert.«

Jude war es nicht. »Hast du ihm erzählt, wie es mit den Träumen angefangen hat und dass ich dieselben hatte?«

»Ich hab's versucht, aber es hat ihn irgendwie nicht interessiert.«

Jude seufzte. »Das überrascht mich nicht. Es klingt zu haarsträubend.«

»Die ganze Sache muss ein Zufall sein. Jude, dein Gesicht, du siehst so ernst aus. Glaubst du immer noch, dass irgendwas nicht stimmt?« Claires Augen wirkten riesig in ihrem Gesicht, und zum ersten Mal erkannte Jude, wie erschöpft ihre Schwester war.

»Nein, ich habe mir nur Gedanken über dich gemacht. Kannst du schlafen?«, fragte sie sanft.

»Nicht besonders gut«, gestand Claire und schloss die Finger fest um die leere Tasse. »Ich mache mir Sorgen. Ich kann immer noch nicht ganz glauben, was du sagst, aber ich mache mir Sorgen.«

Genau wie ich, dachte Jude. Ihre Unstimmigkeiten wegen Euan rückten in den Hintergrund. Beide machten sich größere Sorgen um die kleine Summer.

»Ich geh nach oben und sag Gute Nacht«, sagte Jude. »Dann können wir einen Blick auf die astrologische Zeichnung werfen. Ich bin gleich wieder da.«

»Okay. Aber lies ihr nicht wieder eine von diesen schrecklichen Geschichten vor«, bat Claire.

»Bestimmt nicht. Ich nehm etwas Leichtes.«

Jude las *Der süße Brei*, das Märchen von einer Frau mit einer Zauberschüssel, die das Zauberwort nicht kannte und das gesamte Dorf mit Brei überflutete. Überhaupt nicht beängstigend, nur dumm, und anstatt im Bett zu sitzen, wollte Summer mit ihrem Puppenhaus spielen, während ihre Tante ihr die Geschichte vorlas.

Jude schloss das Buch und schaute ihrer Nichte zu, die alles wegpackte.

»Ich habe mir die Jude-Puppe noch gar nicht richtig angeschaut«, sagte sie, »darf ich mal?«

»Hier ist sie. Euan hat gesagt, dass er sie so schick gemacht hat, wie du bist, wenn du zur Arbeit gehst.«

Die Puppe trug Kleidung, die aussah wie ein schwarzer Rock, ein Jackett und eine weiße Bluse darunter. Jude lachte. »Sieh nur!« Sie zeigte auf die Punkte aus goldfarbener Tinte. »Sie hat sogar meine Ohrringe an.« So sah sie also in Euans Augen aus. Die großstädtische Karrierefrau. Teils fühlte sie sich geschmeichelt, teils empfand sie aber auch, dass sich ein Graben zwischen ihr und der Puppe auftat, und hoffte inständig, dass sie nicht so süßlich die Lippen verzog, wenn sie lächelte.

»Wie ging noch mal die Geschichte, die du neulich Abend gespielt hast?«, fragte sie Summer. »Die mit dem Fuchs und der Katze. Als Emily hier war.«

»Oh, die war ziemlich traurig, fandst du nicht? Aber das andere Mädchen hatte recht, sie hat eine andere Katze bekommen, eine getigerte, die Moony hieß und nie in der Gegend herumgestreunt ist wie Thomas.«

Ein getigertes Kätzchen. Moony – *Luna.* Sogar den Namen hatte sie beinahe richtig erfasst.

»Wie bist du auf die Geschichte gekommen, Summer?« Beinahe hätte Jude hinzugefügt: »Aus einem Buch?«, bemerkte aber rechtzeitig, dass sie ihrer Nichte damit eine Antwort in den Mund legte.

»Das hab ich dir doch schon erklärt«, sagte Summer und gab sich auf eine so vernichtende Art überdrüssig, wie sie nur ein knapp siebenjähriges Mädchen an den Tag legen konnte. »Als ich aufgewacht bin, hatte ich sie im Kopf. Das ist manchmal so. Emily sagt, dass ich lüge, aber sie ist nur neidisch, weil Mrs. Hatch meine selbst geschriebenen Geschichten an der Tafel ausgehängt und gesagt hat, dass alle sie lesen sollen.«

»Wie schön für dich!«, sagte Jude und lächelte. »Hast du manchmal noch andere Geschichten im Kopf, wenn du aufwachst?«

»Oh ja, ziemlich viele. Da ist dieses Zigeunermädchen, weißt du. Manchmal wohnt es mit seiner Familie im Wald neben dem Turm. Aber dann laden sie alles auf ihre Wagen und fahren weit weg zu einem anderen Platz. Aber den Platz am Turm mag sie am liebsten, weil sie da eine Freundin hat. Und die heißt Esther. Schöner Name, findest du nicht auch? Wenn Mummy mir zum Geburtstag eine Puppe schenkt, soll sie auch Esther heißen.«

»Und wie heißt das Zigeunermädchen?«

Summer zog eine Schnute, während sie nachdachte. »Ich kann mich nicht erinnern«, sagte sie. »Warte mal ... nein, weiß ich nicht mehr.«

»Und warum wachst du mit all diesen Geschichten in deinem Kopf auf, Summer?«

Summer zuckte mit den Schultern. Jude fragte sich, ob Summer gleich damit herausplatzen würde, dass sie selbst das Zigeunermädchen oder Esther sei oder dass eine von beiden ihr die Geschichten erzählt oder dass sie sie geträumt hatte. Aber stattdessen sagte sie nur: »Ich glaube, das Zigeunermädchen heißt Rowan.«

»Okay, das ist ein schöner Name«, meinte Jude, »und es ist auch der Name eines Baumes. Vogelbeerbaum oder Eberesche. Manche Leute sagen, der Baum wäre verzaubert.«

Summers Miene hellte sich auf. »Das ist gut, weil sie ein rotes Kopftuch hat.«

Das verschlug Jude schier die Sprache. In Esthers Bericht tauchte das Kopftuch des Zigeunermädchens ebenfalls auf, und es war mohnrot. Die Wahl der Farbe mochte naheliegend sein, aber es war auch eher Summers völlige Gewissheit, die Jude durcheinanderbrachte, und natürlich die Tatsache, dass sich so viele Zufälle anhäuften.

Sie versuchte es auf einem anderen Weg.

»Summer, bist du jemals beim Starbrough Folly gewesen?« Jude wusste, dass es so war, aber sie wollte ihr auch diesmal keine Antwort in den Mund legen.

Summer nickte. »Euan hat mich mitgenommen. Ich wollte nicht hochsteigen, weil es mir dort nicht gefallen hat. Es war gruselig.«

»Gruselig?«

»Mmhm, ich musste an was denken, was mir Angst macht. Ich weiß nicht, an was, aber ich mochte es nicht.« Ihre Stimme quiekste plötzlich.

»Mein armes Schätzchen!« Summer lehnte sich an Jude, und diese legte beschämt die Arme um das Kind. Es wäre falsch, noch länger über diese Dinge zu sprechen. Was konnte es nur sein, das dem kleinen Mädchen solche Angst eingejagt hatte – und das sowohl Euan als auch ihr entgangen war? Der Starbrough Folly besaß eine ganz besondere Atmosphäre, aber beängstigend war sie sicher nicht. Jude half Summer beim Zähneputzen und steckte sie dann ins Bett.

»Ich hole Mummy zum Gute-Nacht-Sagen«, erklärte sie.

»Sag ihr, dass ich einen Schluck Wasser trinken möchte«,

erwiderte Summer. Als Jude aufstand, ergriff Summer ihre Hand. »Und mach die Tür nicht zu, Tante Jude. Ich will nicht, dass es ganz dunkel wird.« In diesem Moment wusste Jude, dass Summer innerlich aufgewühlt war, mehr, als sie durchblicken ließ.

Als Claire wieder nach unten gekommen war, breitete sie mehrere Blätter Papier und ein großes Buch auf dem Tisch aus.

»Das hier hat Linda herausgefunden«, sagte sie.

Sie erklärte Jude die unterschiedlichen Abschnitte der Zeichnung und die Bedeutungen, die Linda notiert hatte. »Sieh mal, das hat sie hieraus«, sagte sie und zeigte Jude eine Seite über Horoskope aus dem achtzehnten Jahrhundert mit ein paar Illustrationen. »Die Karte sagt, dass die Sonne hier im Wassermann steht, und …«

»Ich bin nicht sicher, ob ich das alles verstehe. Was bedeutet das denn nun tatsächlich für die Zukunft des betreffenden Menschen?«

»Das ist eher unbestimmt. Linda hat hier ›Kreativität‹ notiert, ›Selbstverwirklichung‹, ›Konflikte‹, ›Feinde‹ und ›Krisen‹. Ich hatte dir doch schon gesagt, dass es kein besonders tolles Horoskop ist, oder?«

»Hm, wie soll ich sagen, es ist nicht besonders nützlich, oder? Also wenn es darum geht, jemanden zu identifizieren oder um herauszufinden, was mit einem Menschen passiert ist.«

Claire zuckte mit den Schultern. »Dafür kann ich auch nichts, oder?«, sagte sie entschuldigend.

Jude griff nach dem anderen Buch über die Geschichte der Astrologie, das Claire aufgeschlagen hatte. Zwei Linien lenkten ihre Aufmerksamkeit auf sich. »Hier heißt es, dass

›Astrologie im achtzehnten Jahrhundert nicht besonders populär war‹. Es könnte also wichtig sein, dass diese Zeichnung überhaupt angefertigt wurde. Wer könnte das gemacht haben?«, überlegte sie laut. »Und hör dir das mal an: ›Die Entdeckung des Uranus als siebter Planet im Jahr 1781 hat die überlieferten astrologischen Gebilde vollständig durcheinandergebracht.‹ Ich denke, das stimmt«, sagte Jude und schaute von dem Buch auf. »Aber dann wäre dieses Horoskop blanker Unsinn.«

»Vielleicht auch nicht«, widersprach Claire. »Es wäre nur unvollständig. Und was die Frage betrifft, wer die Zeichnung gemacht hat, na ja, das waren traditionell die Zigeuner.«

24. Kapitel

Jude fühlte sich absurderweise geschmeichelt, als Euan am Montagmorgen früh anrief und sie fragte, ob sie Lust habe, ihn auf einem Spaziergang zu begleiten. »Ich muss einen kleinen Beitrag über Orchideen für eine Natur-Website schreiben«, erklärte er. »Ich dachte, ich geh einfach mal los und schaue mir an, was es hier in der Gegend so gibt. Möchtest du mitkommen?«

Er klang locker und ungezwungen, aber Jude konnte nicht anders, als zu hoffen, dass es ihm darauf ankam, *sie* zu sehen. Eine Sekunde lang wog sie die Arbeit, die sie noch zu erledigen hatte, gegen den Spaziergang mit Euan ab. Sie musste nicht lange überlegen – sie würde ihre Notizen für den Artikel durchsehen, wenn sie zurückkam. Obwohl nicht viel Zeit bleibt, dachte sie, als sie sich an ihre Verabredung mit Gran am Nachmittag erinnerte. Egal, sie hatte sich wirklich eine Pause verdient.

»Wenn es dich nicht stört, dass ich keine Ahnung von diesem Thema habe«, sagte sie. »Ja, ich würde gern auf Orchideenjagd gehen.«

»Gut. In einer halben Stunde bei mir?«

Als sie an der Hintertür des Cottages auftauchte, küsste er sie zur Begrüßung auf die Wangen, aber nicht so, dass man irgendetwas anderes als Freundschaft daraus lesen konnte.

»Wie war's gestern bei Claire?«, fragte sie, als er den Rucksack schulterte und sie sich auf den Weg machten.

»Sehr nett.« Mehr sagte er nicht. »Deine Schwester ist eine tolle Köchin. Es kommt nicht oft vor, dass mir ein komplettes Sonntagsmenü serviert wird.

»Ja, sie kocht wirklich hervorragend«, sagte Jude und fragte sich, ob er für Claires Charme unempfänglich war oder sich einfach nur nicht in die Karten schauen ließ.

Sie stiegen den Hügel hinauf, aber diesmal wählte Euan den Weg links, auf der anderen Seite der Straße zum Turm. Am Anfang war der Fußweg von Brennnesseln und Brombeeren überwuchert, aber schon bald gelangten sie in ein dichtes, bewaldetes Gebiet, in dem das Laubdach das Licht aussperrte und nur wenig wachsen konnte. In der Nacht hatte es geregnet. Das Wasser tröpfelte von den Bäumen, alles war frisch und roch süßlich.

»Wo müssen wir suchen?«, fragte Jude. »Ich fürchte, ich bin in diesen Dingen nicht sehr gut.«

»Hier gibt es wahrscheinlich noch nichts. Aber dahinten, wo die Bäume nicht mehr so dicht stehen, könnten wir Glück haben«, erklärte Euan.

»Manche Bäume sind bestimmt hundert Jahre alt«, sagte Jude. »Schau nur diese Eiche.« Der Baum hatte einen riesigen Umfang und war mehrfach gespalten, sodass es aussah, als würden drei Bäume eng zusammenstehen.

»Und er produziert immer weiter kleine Eicheln«, sagte Euan und untersuchte einen belaubten Zweig. »Ich frage mich, wie viele neue Bäume er über die Jahre wohl hervorgebracht hat.«

»Bestimmt Tausende.« Unter ihren Füßen lag Laub, das schon in zigfachen Lagen herabgefallen sein musste – mehrere Jahrhunderte Eichenblätter. »Es sieht alles so alt und geheimnisvoll aus«, sagte Jude. »Man kann sich regelrecht vorstellen, wie Robin Hood und seine Männer hier fröhlich gefeiert haben.«

»Heute ist die Atmosphäre gut«, sagte Euan, »aber es kann auch anders sein. Denk nur an all die Märchen, in denen der Wald ein undurchdringliches und bedrohliches Labyrinth ist, in dem die Bäume ihre Zweige ausstrecken und den arglosen Reisenden packen wollen. Ein Dickicht, in dem fürchterliche Tiere hausen und sich kleine Mädchen und Jungs für immer verirren.«

Jude zitterte. »Wie Schneewittchen oder die zwei Kindlein im Wald oder Hänsel und Gretel.«

Märchen, die sie Summer vorgelesen hatte.

Und wie es in dem Traum geschah, den sie immer träumte. Durch den Wald irren, auf der Flucht vor irgendeiner Gefahr ...

»Der Wald war schon immer eine Metapher für das Wilde, das Urzeitliche«, sinnierte Euan. »Besonders für die Menschen in den Dörfern und Städten, vermute ich. Der Wald ist das Gegenteil von Zivilisation – die Heimat des Alten, Heidnischen und Grausamen, des Wilden Mannes.«

»Das ist nicht der Grüne Mann, oder?«, fragte Jude. »Ich kann mich erinnern, dass du über den Grünen Mann in *Spuren im Wald* geschrieben hast. Er ist ein bisschen freundlicher, so eine Art heidnisches Fruchtbarkeitssymbol, stimmt's?«

»Ja, wie in der Werbung von Morris Men oder Real Ale.« Beide mussten über das volkstümliche Bild rustikaler Männerrunden lachen, das Euans Bemerkung heraufbeschwor. »Der Wilde Mann ist dunkler«, fuhr Euan fort, »elementarer.«

Wenn sich der Baumbestand hin und wieder lichtete, blieb Euan stehen, um das Gras und die wild wachsenden Blumen zu untersuchen, die im Sonnenlicht aufblühten.

Schließlich hatten sie die Stelle erreicht, wo der Baumbewuchs endete.

»Heureka!«, rief er plötzlich. Gemeinsam untersuchten sie eine Pflanzengruppe, die wie violetter Spargel mitten aus dem hohen Gras aufragte. Euan bückte sich und teilte das Grün um die Pflanze, die am nächsten stand. »Die hier heißt Geflecktes Knabenkraut. Schau mal, dann weißt du, warum.« Jude ging in die Knie, um die Pflanze zu betrachten, die er zu ihr hinneigte. Wie sie sehen konnte, war der Stängel tatsächlich mit Dutzenden zarter Blüten besetzt, rosa- und malvenfarbenen, gesprenkelt mit dunklerem Violett.

»Sogar die einzelnen Blüten sind ziemlich komplex«, sagte sie.

»Wie zarte Tigerlilien, denke ich immer.« Er nahm einen Fotoapparat aus dem Rucksack und verbrachte mehrere Minuten damit, die Pflanzen zu fotografieren.

»Ich würde gern eine Bienenragwurz finden«, sagte er und schaute sich um. »Aber auf diesem Boden werden wir wohl kein Glück haben. Man kann sie leicht erkennen. Sie sehen wirklich aus wie blassviolette Hummeln.«

»Ich wünschte, ich hätte in der Schule besser aufgepasst«, sagte Jude. »Außer Eichen und Butterblumen und Gänseblümchen erkenne ich gar nichts. Ich habe nie Streifzüge durch die Natur gemacht, sondern meine Nase immer nur in die Bücher gesteckt.«

»Darin warst du bestimmt besser als ich«, erwiderte Euan. »Ich konnte es immer kaum erwarten, nach der Schule nach Hause zu kommen und dann nach draußen zu verschwinden.«

»Und jetzt schreibst du Bücher«, sagte Jude verwundert.

»Ja. Meine früheren Lehrer sind bestimmt ziemlich erstaunt. Aber schließlich schreibe ich über Dinge, die mir etwas bedeuten. Und das fällt mir nicht schwer.«

»Du schreibst mit Herzblut«, sagte Jude, und genau das gefiel ihr an dem Buch von ihm, das sie gelesen hatte. Die Leidenschaft des Autors flutete förmlich über die Seiten.

»Danke. Oh, ein Hirschkäfer! Gut, dass ich ihn entdeckt habe.« Er zog ein Notizbuch aus dem Rucksack und kritzelte mit dem Bleistiftstummel etwas hinein. »Damit ich einen Überblick über die Gegend bekomme«, erklärte er. »Weißt du, ich habe erst, als ich die Schule hinter mir hatte, ernsthaft angefangen, zu lesen und zu schreiben und nachzudenken. Für mich selbst. Es war wie eine Entdeckungsreise für mich, ganz anders, als Dinge zu tun, die mir jemand aufgetragen hatte. Unterwegs habe ich ein paar Fehler gemacht, aber ich habe mir meinen eigenen Platz in der Welt gesucht. Es mag nicht jedermanns Sache sein, aber für mich ist es genau richtig.«

»Du lebst nicht nach bestimmten Mustern?«, fragte Jude. »Du hast gesagt, dass du manchmal die halbe Nacht auf den Beinen bist.«

»Ja, wegen der Sterne, der Nachtfalter und der Fledermäuse. Man hat mir gesagt, es sei schrecklich, mit mir zusammenzuleben«, sagte er, »nicht zuletzt Carla, meine Exfrau. Wir haben sehr jung geheiratet, und dann ... wir haben irgendwann festgestellt, dass unsere Erwartungen an das Leben unterschiedlich waren.« Er lächelte, aber es lag eine Wehmut in seinem Lächeln, die Jude aufmerken ließ. »Wenn man allein lebt, ist es schwer, einen routinierten Arbeitsalltag zu entwickeln. Ich wache zu den seltsamsten Uhrzeiten auf und schreibe, wenn mir danach ist. Dann ruft vielleicht jemand an und lädt mich zu irgendetwas ein, was sehr interessant klingt. Das heißt, dass ich dann ein paar Tage fort bin und kurzfristig jemanden finden muss, der die Tiere füttert … Ach übrigens, gestern habe ich das Kaninchen freigelassen, in der Nähe von der Stelle, wo ich es gefunden hatte.«

»Wie hat es sich gemacht?«

»Es ist zu seinen Geschwistern gehumpelt und hat angefangen, Gras zu fressen. Ohne zu zögern. Wie dem auch sei, es ist schon erstaunlich, dass ich diese Bücher überhaupt geschrieben bekomme. Aber sie müssen sein, sonst würden die Rechnungen nicht bezahlt.«

»Musst du auch öffentlich auftreten und Lesungen halten und so?«, fragte Jude.

»Oh, ja, jede Menge«, sagte er, »und für Zeitungen schreiben. Besonders wenn ein neues Buch erschienen ist. Sollen wir uns langsam auf den Rückweg machen?«

Eine Weile gingen sie schweigend nebeneinanderher, und es war, als setzte der Gedanke, in die Zivilisation zurückzukehren, den Strudel der Besorgnis in Judes Kopf wieder in Bewegung. Euan blieb ab und zu stehen, um ein Insekt auf einem Stück Baumrinde zu beobachten oder dem Schrei eines Vogels zu lauschen. Als sie merkte, dass er sie anschaute, wandte sich Jude ihm mit einem Lächeln zu. »Was ist? Ich bin kein Teil der wilden Natur!«

»Natürlich nicht«, sagte er und wirkte peinlich berührt. »Du siehst nur manchmal so traurig aus.« Sein Ton hatte unbeschwert geklungen, aber sein Gesichtsausdruck, normalerweise ruhig und zuversichtlich, wirkte plötzlich verletzlich, so als ob sie etwas in ihm angerührt hätte.

»Ist das so?«, sagte sie. »Das tut mir leid. Im Moment gibt es aber auch vieles, was mich traurig stimmt oder mir Sorgen macht.«

»Ich hab mich nur gefragt ... entschuldige. Claire hat mir erzählt, dass du deinen Mann verloren hast. Es muss ungeheuer schwer sein, sich von diesem Schlag zu erholen.«

Jetzt erst fiel ihr auf, dass sie bisher noch nicht ausführlicher darüber gesprochen hatten.

»Das stimmt. Es ist immer noch schwer«, sagte sie. »Es gibt so viele Menschen, freundliche Menschen, die mich gernhaben und mir sagen, dass ich es hinter mir lassen und mein Leben weiterleben soll. Aber ... ich kann nicht ...« Ihre Worte verloren sich. »Es ist, als ob ... ich weiß nicht, ich finde einfach nicht den Mut.« Sie lachte, aber es klang nicht besonders überzeugend. »Vielleicht, eines Tages.«

Er nickte, und Jude war froh, dass er ihr nicht mit irgendwelchen abgedroschenen Klischees kam wie »Die Zeit heilt alle Wunden«.

»Obwohl ich vorhin nicht an Mark gedacht habe, sondern an Summer. Ich habe darüber nachgedacht, was ich bloß tun kann.«

»Oh, Jude, ich habe mir auch schon den Kopf über sie zerbrochen. Claire hat mir alles erzählt. Ich wünschte, ich hätte sie nie zum Turm mitgenommen. Aber ich wäre nie auf die Idee gekommen, dass mit dem Turm irgendwas nicht stimmt. Wie hätte ich darauf kommen sollen?«

»Ich denke nicht, dass du dir irgendwelche Vorwürfe machen musst, Euan. Aber ich will das Rätsel so schnell wie möglich lösen, weil ich ihr dann vielleicht helfen kann.«

»Was macht die Geschichte mit der Halskette? Bist du da weitergekommen?«

»Nicht viel. Gran hat mir ein bisschen mehr über einen Jungen erzählt, der das Zigeunermädchen gequält hat, aber das ist auch schon alles. Ich wollte dir sowieso erzählen, dass sie die Halskette unter den Dielen in deinem Haus versteckt hat. Du hast bei der Renovierung der Schlafzimmer dort nicht andere verborgene Schätze gefunden?«

Er schüttelte den Kopf. »Nein, die Männer haben nichts erwähnt. Erzähl mir mehr über das Zigeunermädchen.« Euan war wieder stehen geblieben, diesmal an einem verrottenden Baumstumpf. Gedankenverloren zückte er sein Taschenmesser und hob damit ein Stück Borke an. Sie schauten einem Tausendfüßler zu, der ihm über den Handrücken krabbelte.

»Sie hieß Tamsin Lovall, und Gran hat sie im Wald kennengelernt. Eine Weile ist sie hier zur Schule gegangen.« Jude ließ den Blick schweifen und konnte sich plötzlich die erste Begegnung vorstellen. »Das Versteck im Turmzimmer haben sie für Botschaften und Geschenke benutzt. Ich habe bisher alle Lovalls im Telefonbuch nachgeschlagen, aber weiter bin ich noch nicht gekommen. Ich versuche vor allem, herauszufinden, was mit Esther passiert ist, und Gran erzählt mir die Tamsin-Geschichte immer nur in kleinen Häppchen, sodass es mir schwerfällt, mich darauf zu konzentrieren.«

»Ich würde deine Gran gern kennenlernen«, sagte Euan, ließ den Tausendfüßler laufen und stand wieder auf. »Schon weil sie in meinem Haus aufgewachsen ist. Claire hat viel über sie erzählt, und es hört sich immer so an, als hätte die alte Dame ein paar gute Geschichten auf Lager.«

Aus irgendeinem Grund irritierte es Jude, dass er Claire zum zweiten Mal erwähnte. »Dann komm doch einfach heute Nachmittag mit«, sagte sie, ohne zu überlegen. »Vielleicht hast du mehr Glück mit Gran als ich.«

Mittags rief Jude bei Gran an und erkundigte sich, ob es in Ordnung sei, wenn sie noch jemanden mitbrächte. Aber als sie in Blakeney eintrafen, wünschte sie, sie hätte nicht erwähnt, dass es sich um Euan handelte. Gran hatte sich eindeutig sehr viel Mühe gemacht, um sich auf ihn vorzubereiten. Sie hatte das hübsche blaue Kleid angezogen, das sie auch bei ihrer Geburtstagsfeier getragen hatte, und zwei Sorten Kuchen gekauft.

»Er scheint sehr nett zu sein«, flüsterte Gran ihr in der Küche zu, als Jude mit dem Tee half. Sogar die schönste Teekanne hatte sie hervorgeholt und das gute Service.

»Das ist er, Gran, und es ist sehr freundlich von ihm, uns bei der Suche nach Tamsin zu helfen.«

»Sehr freundlich«, sagte Gran und sah ihre Enkelin mit einem besorgten Lächeln an. »Du passt doch auf die Halskette auf? Ich mag mir nicht vorstellen, dass irgendjemand anders sie in die Finger bekommt.«

»Ich trage sie immer bei mir«, sagte Jude beruhigend und zeigte auf ihre Handtasche. Später holte sie den Schmuck heraus und legte ihn auf den Tisch. Euan hatte ihn bisher noch nicht gesehen und konnte den Blick gar nicht mehr abwenden.

»Können Sie sich vorstellen, wie die Kette damals in Tamsins Hände gelangt ist?«, fragte er Gran beim Tee. »Für ein kleines Mädchen ist es ein sehr wertvolles Stück.«

»Sie hat behauptet, dass ihre Großmutter sie ihr geschenkt hat und dass sie seit Jahren in der Familie weitergegeben wird. Und sie hat erzählt, dass sie nie verkauft wurde, weil sie großes Glück bringt. Die Familie hielt die Kette sicher verwahrt, aber keiner wusste, woher sie ursprünglich stammte.«

»Und warum hat sie die Kette im Starbrough Folly versteckt? Ich bin ein bisschen verwirrt, weil Sie auch gesagt haben, dass Tamsin sie oft getragen hat.«

»Warum hat sie die Kette im Turm versteckt, Gran?«, fragte auch Jude. »Ich habe dir doch erzählt, dass wir das Versteck im Zimmer oben gefunden haben, oder?«

»Ja, das hast du. Manchmal haben wir uns dort kleine Geschenke hinterlegt, und als ich mir die Kette einmal ausgeliehen hatte, habe ich sie dort gelassen, damit sie sie auch findet.«

»Und? Hat sie sie gefunden?«

»Ja, damals schon.«

Jude und Euan wechselten einen Blick. Mit dieser Art von Fragen kamen sie nicht weiter. Gran war offenbar aufgeregt und zerkrümelte ein Stück Kuchen auf ihrem Teller. Jude beschloss, das Thema zu wechseln, und fragte ihre Großmutter, ob sie etwas von ihrer Tochter aus Spanien gehört hatte. Ja, Valerie hatte vor einigen Tagen aus Spanien angerufen. »Sie beklagt sich, wie heiß es dort ist«, sagte Gran. »Das habe ich ihr schon vorher gesagt, aber sie hört mir ja nie zu. Hat sie noch nie getan.«

»Oh, Gran, Mum ist inzwischen sechzig!«, rief Jude. »Alt genug, um ihre eigenen Entscheidungen zu treffen.«

»Dein Kind ist und bleibt dein Kind«, sagte Gran ernst. »Das vergisst man nie. Und ich finde nun mal, dass es sehr dumm von ihr war, fortzugehen. Besonders in diesem Alter. Aber Valerie hat sich noch nie etwas von mir sagen lassen. Im Übrigen bin ich mir sicher, dass der arme Mr. Robinson sich freuen würde, wenn wir das Thema wechselten.«

»Ich wünschte, meine Großmutter wäre noch am Leben«, sagte Euan. »Sie ist schon seit über fünfzehn Jahren tot, und ich vermisse ihre Erzählungen immer noch. Ich glaube, Sie hätten sie gemocht.«

»Gran«, sagte Jude, die plötzlich eine Idee hatte, »hast du vielleicht irgendwelche Fotos von Tamsin?«

»Ich kann mich an keins erinnern. Oben auf dem Dachboden ist ein Karton mit Bildern. Ich selbst kann nicht mehr da raufsteigen, aber wenn du es versuchen willst, gern.«

»Wir holen den Karton herunter. Wo hast du den Haken für die Luke?«

Die Leiter war eingerostet, weil sie schon lange nicht mehr benutzt worden war. Aber es gelang ihnen, sie hinunterzuziehen, und Jude fand den Karton hinter einem Koffer mit Weihnachtsdekoration. Sie räumten das Teegeschirr ab und stellten den Karton vor Gran auf den Tisch.

Gran zog ein paar dicke braune Briefumschläge heraus. Sie enthielten Packen von Papieren, die sich an den Rändern aufrollten. Gran legte die Umschläge auf eine Seite. Dann griff sie nach dem kleinen dunkelroten Fotoalbum.

»Diese Aufnahmen hat mein Bruder Charlie mit seiner Box Brownie gemacht.«

Das Album enthielt Schwarz-Weiß-Fotos, die Jude und Euan Seite für Seite anschauten. Manche waren unscharf, weil die Entfernung wohl falsch eingeschätzt worden war. Charlie hatte jedes Bild mit einem witzigen Untertitel versehen, weiße Tinte auf schwarzem Tonpapier. »Sparky hat sich wieder mal über den Apfelwein hergemacht…« unter dem Porträt eines Hundes, der sich auf dem Rücken wälzte. »Schnappschuss!« unter dem Foto zweier Mädchen, offenbar Schwestern, im gleichen schicken Sonntagskleid. »Das ist Sarah, und die Größere bin ich«, verkündete Gran, nachdem sie ihre Brille zurechtgerückt hatte.

»Sieh nur, das Cottage!«, rief Euan.

Es gab mehrere Fotos vom Häuschen des Jagdaufsehers. Rauch stieg aus dem Schornstein auf. Gran erklärte, dass auf einem Bild der Garten mit dem Gemüsebeet hinter dem Haus zu sehen war, auf einem anderen Sarah und ihre Freundin Ruth, die auf dem Gatter saßen, und dass der Pfeife rauchende Mann mit Mütze auf dem Foto mit dem Untertitel »Dad außer Dienst« ihr Vater war.

»Damals gab es noch keine Hecke«, bemerkte Euan, als er ein Bild betrachtete, das im Obergeschoss des Hauses aufgenommen worden war und die Straße zeigte.

»Und das bist du?«, fragte Jude und zeigte auf ein ernst blickendes Mädchen mit dunklem Haar und dunklen Augen, das ein paar Jahre älter war als auf dem Foto mit Sarah und sich an einen Schulranzen klammerte.

Gran schaute genauer hin. »Neun oder zehn muss ich da gewesen sein«, verkündete sie. Darunter stand: »Der Hund hat meine Hausaufgaben gefressen, Miss«, und Jessie hatte tatsächlich eine ängstliche Miene aufgesetzt.

Es gab kein Foto von Tamsin.

»Gran, wenn du an Tamsin denkst, woran kannst du dich noch erinnern?«, fragte Jude. »Es ist schwer, irgendwas über sie herauszufinden, wenn du uns nicht ein paar mehr Informationen gibst. Du hast gesagt, ihr Name sei Tamsin Lovall gewesen. Kannst du dich an ihren Geburtstag erinnern? Oder an den Namen ihrer Eltern oder irgendwas in die Richtung?«

»Tamsin glaubte, sie wäre im September geboren«, erwiderte Gran, »und als sie in der Schule gesagt hat, dass sie nicht wisse, wann genau, hat der Lehrer ein Datum für sie ausgesucht. Den zwanzigsten. Komisch, nicht, dass ich mich daran nach all den Jahren noch erinnere, mir aber den Geburtstag meiner eigenen Urenkelin nicht merken kann.«

»Nächsten Monat wird sie sieben, Gran. Am sechsundzwanzigsten August.«

Auf den letzten Seiten des Albums gab es ein paar Fotos von Gran und anderen Kindern, die an einem herabgefallenen Ast spielten. »Seht nur, da ist der Starbrough Folly!«, rief Jude und zeigte auf das Bild. »Und hier auch.«

»Meine Güte, das ist Sarah, ja, natürlich, und das Ruth! Und meine Freundin Beth. Und da ist Charlies Freund Donald.«

Der Turm war im Hintergrund zu sehen. Vor dem Gebäude konnte man ganz schwach eine weitere Gestalt entdecken, aber sie war so verschwommen und verblasst, dass es unmöglich war, mehr zu sagen, als dass es sich wahrscheinlich um eine Frau handelte. »Wer ist das?«, fragte Jude.

»Gib mal her, Liebes«, sagte Gran und sah eine Weile blinzelnd auf das Foto. »Ich habe keine Ahnung«, sagte sie schließlich, »jedenfalls nicht Tamsin. Wer würde bei solchem Wetter schon ein langes Kleid tragen?«

Jude beugte sich über das Album und starrte auf das Bild. Ja, es war ein langes Kleid, das war ihr vorher entgangen, so schwach war die Gestalt.

»Es ist überbelichtet«, sagte Euan, nachdem auch er einen Blick darauf geworfen hatte. »Oder vielleicht hat sie sich im falschen Augenblick bewegt.«

Aus irgendeinem Grund durchfuhr Jude ein Schauder, als sie die Gestalt betrachtete. »Kannst du uns das Album ausleihen, Gran?«, fragte sie. »Vielleicht hilft es jemandem dabei, sich zu erinnern.«

»Natürlich, Liebes. Ich weiß, dass du darauf achtgibst.«

Der Gedanke an die schattenhafte Figur auf dem Foto ließ Jude den ganzen Abend über nicht los. Natürlich kam es häufig vor, dass eine Gestalt auf einem Foto – mit Absicht oder zufällig – über eine andere geblendet wurde, und sie wusste, dass sie daraus keine voreiligen Schlüsse ziehen sollte. Sie machte sich eher Sorgen darüber, was das für Summers Erlebnis am Turm bedeutete.

Eine Stunde und länger saß sie in ihrem Zimmer und recherchierte im Internet über die Bedeutung von Träumen und Geschichten von Menschen, die glaubten, früher schon einmal gelebt zu haben, fand aber nichts, was in dieser Situation nützlich sein könnte. Summer erzählte ihre Geschichten ganz bestimmt nicht als persönliche Erinnerungen, sondern als etwas, das jemand anderes, der nicht sie war, erlebt hatte. Und auf keiner Website hatte Jude einen Hinweis darauf finden können, dass Träume vererbt werden konnten.

»Ich denke immer noch, dass du zu viel daraus machst«, sagte Claire am nächsten Abend, Dienstag, als Jude sie besuchte und ihr Grans Fotoalbum zeigte. Doch Jude sah die Angst in ihren Augen. Sie konnte das verstehen. Wer wollte schon glauben, dass seine kleine Tochter vielleicht ... von irgendetwas heimgesucht wurde? Es klang mittelalterlich oder wie eine Szene aus einem albernen Horrorfilm. Nicht dass das, was geschah, in irgendeiner Hinsicht bösartig war – dem Himmel sei Dank. Jude dachte über den Traum nach, in dem sie sich im dunklen Wald verlaufen hatte. Das Schreckliche daran war das Gefühl des Verlorenseins, abgeschnitten von seiner Mutter im dunklen Wald. Ein sehr kleines Kind konnte etwas Ähnliches empfinden, wenn es im Supermarkt weggelaufen war.

»Aber das alles ist schon ein bisschen merkwürdig, das musst du zugeben«, sagte Jude.

»Hör auf«, erwiderte Claire und wandte den Blick ab.

»Wenn ich den Traum nicht auch geträumt hätte, würde ich so denken wie du. Dass Kinder eben nachts manchmal Angst haben und dass man sich keine Sorgen machen muss, weil es irgendwann aufhört.«

»Ich bin sicher, dass es an den Märchen liegt«, murmelte Claire. »Ich habe dir doch erzählt, dass die in der Schule sagen, die Kinder sollten keine Märchen lesen. Das würde ihnen nur Angst machen, weil diese die Ängste der Erwachsenen auf sie projizieren.«

»Was sollen sie denn dann lesen? Jede Kultur steckt voller Mythen und Legenden. Und Summer liebt Märchen. Ständig fragt sie mich, ob ich ihr noch eins vorlese.«

»Bei den Geschichten, die Summers Lehrer den Kindern gibt, geht es um alltägliche Erfahrungen. Dadurch sollen sie die Fähigkeit erwerben, die Dinge zu verarbeiten.« Claire hörte sich an, als würde sie aus einem Lehrbuch der Pädagogik zitieren.

»Das ist sicher bewundernswert, und ich verstehe nicht viel von Kindererziehung. Aber ich bin mir auch sicher, dass viele der alten Geschichten den Kindern nicht von den Erwachsenen aufgezwungen wurden. Märchen reichen weit zurück in die Vergangenheit und beziehen sich auf Standardsituationen wie Stiefmütter, die ihre eigenen Kinder bevorzugen, oder auf den mittellosen jüngsten Sohn, der auszieht, um sein Glück zu suchen. Und man kann die Angst vor Dunkelheit und Verlust nicht aus dem Leben verbannen. Selbst die kleinsten Kinder haben schon solche Ängste. War das bei dir anders?«

»Oh, nein«, sagte Claire. »Weißt du, als ich klein war, war meine größte Angst, dass ich gar nicht zur Familie gehöre. Dass ich ein Findelkind wäre, aber niemand es wagte, mir das zu sagen.«

»Wirklich?« Jude blickte ihre Schwester schockiert an. »Davon hatte ich keine Ahnung.«

»Eigentlich glaube ich, dass das eine normale kindliche Vorstellung ist, Jude, aber ich habe wirklich und wahrhaftig daran geglaubt. Es ist die reine Wahrheit, dass ich nie das Gefühl hatte … ich würde zu dir und zu Mum und Dad passen. Irgendwann hatte ich mich überzeugt, dass ich adoptiert worden war. Und dass niemand den Mut hat, es mir zu sagen.«

»Aber das ist Unsinn!«, entgegnete Jude. »Natürlich warst du nicht adoptiert. Und natürlich warst du Teil der Familie.«

»Du kannst es Unsinn nennen, Jude, und vielleicht ist es das auch. Wahrscheinlich kannte ich immer die Wahrheit, aber das hat mich nicht daran gehindert, mich in meine Fantasien zu verlieren. Ich sag dir einfach nur, wie ich mich gefühlt habe. Aber du hörst mir nicht zu, oder?«

»Entschuldige«, sagte Jude kleinlaut. »Ich wollte dich nur beruhigen.«

»Du brauchst mich nicht zu beruhigen. Akzeptier einfach, dass ich mich damals so gefühlt habe. Mum und Dad konnten das nie. Ich habe nie in ihre Schubladen gepasst, verstehst du. Und das möchte ich Summer um keinen Preis antun – von ihr erwarten, dass sie irgendwas Bestimmtes fühlt oder tut. Ich möchte, dass sie ganz sie selbst ist.«

»Sie ist eine ganz eigene kleine Persönlichkeit.«

»Ja, das ist sie. Komisch, dass sie in vieler Hinsicht ganz normal ist. Dass sie Puppen mag und Tiere und schöne Kleider.«

»Sie hat eine lebhafte Fantasie.« Jude dachte an die Geschichten, die ihre Nichte im Puppenhaus gespielt hatte.

Claire griff nach dem Album und betrachtete das Foto mit der seltsamen, schattigen Gestalt. »Sieht sehr merkwürdig aus, findest du nicht?«

»Doch«, sagte Jude, »aber es gibt bestimmt eine vernünftige Erklärung dafür. Irgendwas Technisches, was mit Foto-Optik und Chemie zu tun hat.«

»Ja«, sagte Claire und ließ das Album sinken. »Aber jetzt habe ich auch genug von alledem. Jude, du denkst bestimmt, dass es gemein ist, aber es wäre mir lieber gewesen, du wärst nicht hergekommen und hättest das alles aufgewühlt. Ich habe die Nase gestrichen voll.«

Jude fühlte sich, als hätte man ihr einen Schlag verpasst. »Ich?«, sagte sie. »Ich habe nicht ...«

»Bevor du aufgetaucht bist, war alles in Ordnung. Jetzt geht es nur noch um diesen Unsinn mit dem Starbrough Folly und um Grans blöde Halskette. Das stiftet nur Unruhe. Summer ging es gut, bevor du angefangen hast, all dieses Zeug über den Turm auszugraben.«

»Nein, das stimmt nicht. Sie hat schon vorher seltsame Träume gehabt. Das sind Vorwürfe, die du Euan machen musst. Er ist derjenige, der sie zum Turm mitgenommen hat.«

Claire wandte das Gesicht ab. Wieder hatte Euan das Feuer zwischen ihnen entfacht.

Draußen öffnete der Himmel seine Schleusen, und es fing an, in Strömen zu gießen.

25. Kapitel

Es war ein sommerlicher Wolkenbruch, der uns Alicia in jenem Juli, in dem ich fünfzehn geworden war, vor die Tür schwemmte. Zweimal hatte sie uns besucht seit dem, was Susan »den großen Aufruhr« zu nennen für angebracht hielt, als ich zehn gewesen war, und bei der ersten dieser Gelegenheiten war mein Vater gezwungen gewesen, ihr Vorhaltungen zu machen, denn Mrs. Godstone hatte gedroht, ihn über Alicias Einmischungen in Kenntnis zu setzen. Bei diesem letzten Mal hatte sie neben Augustus auch ihren fetten kleinen Ehemann vom Lande mitgebracht, und die drei standen nun elendig tropfend in der Halle, während der Kutscherbursche das Gepäck auslud.

Diesmal versteckte ich mich nicht, sondern wartete unsicher auf der Treppe. Ich fragte mich, ob sie mich in Anbetracht meiner neuen Stellung im Haushalt wohl begrüßen würden. Nein, das taten sie nicht. Augustus schenkte mir wie üblich ein ernstes Lächeln, aber seine Eltern missachteten mich hartnäckig. Inzwischen verfügte ich allerdings über genügend Würde, mich nicht darüber zu empören.

Nachdem sie sich beim Sturz von einem Pferd vor ein paar Monaten einen Knochen im Fuß gebrochen hatte, ging Alicia am Stock. Aber das milderte ihr Temperament keineswegs. Ihr Ehemann humpelte ebenfalls, geplagt von der Gicht, die ihm Schmerzfalten in das kaninchenartige Gesicht gegraben hatte. Nur Gussie stand groß aufgerichtet da, ein ruhiger Junge, zu dürr, mit einem Buch in der Hand, alles in allem seinem Onkel ähnlicher als je zuvor.

»Wo ist mein Bruder?«, schnauzte Alicia Mr. Corbett an.

»Nun, er ist heute nach Norwich gefahren«, erwiderte der Butler.

Er war um zehn Uhr morgens aufgebrochen, nachdem er Alicias Brief mit der Ankündigung ihrer drohenden Ankunft erhalten hatte. Den weiteren Inhalt hatte er nicht preisgegeben, aber was auch immer es sein mochte, es hatte ihn in eine düstere Stimmung versetzt. Anstatt sich nach dem Frühstück wie üblich in sein Arbeitszimmer zurückzuziehen, rief er nach der Kutsche. Nachdem er Mrs. Godstones Frage nach dem Dinner mit einem ruppigen »Wie es Ihnen beliebt« beantwortet hatte, verschwand er – mit nicht mehr als nur einem einzigen Blick auf mich – aus dem Haus.

Von meinem Fenster aus sah ich ihn an jenem Nachmittag kurz nach fünf zurückkehren. Seine Kleidung glänzte nass. Sofort machte er mich in meinem Zimmer ausfindig, wo ich auf dem Bett lag und zu lesen vorgab, und brachte mich in den Salon, wo Alicia, ihr Ehemann und Augustus bereits warteten. Es war, als wäre ich wirklich seine Tochter, welche einer Tante vorgeführt werden sollte, die ganz vernarrt in sie war. Auf Vaters Anweisung hin nahm ich zögernd auf dem Sofa Platz.

»Nun«, begann Alicia und betrachtete mich von oben herab, als wäre ich ein Mondkalb, »wenn die Dinge tatsächlich so liegen, dann haben wir recht daran getan, herzukommen, nicht wahr, Adolphus?«

»Es scheint so, es scheint so«, stöhnte Adolphus. Der arme Mann war zu sehr damit beschäftigt, eine bequeme Stellung für seinen schmerzenden Fuß zu finden, um mich überhaupt eines Blickes zu würdigen.

»In der Tat, so ist es um die Dinge bestellt«, sagte mein Vater, trat hinter mich und legte mir beruhigend die Hand auf die Schulter. »Ich habe die Absicht, Esther zu meiner Adoptivtochter und zu meiner Erbin zu erklären.«

Mein Gesichtsausdruck musste das Kaleidoskop meiner Empfindungen gespiegelt haben, denn alle – Alicia, ihr Ehemann und ihr Sohn – starrten mich mit einer Mischung aus Faszination und Entsetzen an. Die Worte meines Vaters hatten sie ins Mark getroffen. Ich beobachtete, wie ihre Mienen so düster wurden wie die Wolken draußen am Himmel. Und dann brach der Sturm los.

»Die da ist nicht geeignet, deine Tochter zu sein«, kreischte Alicia. »Sie ist das Gör irgendeines armen Hungerleiders, und die Welt wird sie als solches kennenlernen. Gib ihr Geld, wenn es dir gefällt. Zahl sie aus. Such ihr irgendeinen reichen Johnny, der wegen eines hübschen Gesichts über ihr schlechtes Blut hinwegsieht. Wie kannst du nur deine Familie und deinen guten Namen verraten? Denk an Augustus, denk an deinen edlen Vater …«

»Du kannst selbst für Augustus sorgen, du bist reich genug. Esther hat nichts. Und verdammt sei das Andenken an meinen betrunkenen Vater. Die Ländereien gehören mir. Ich kann mit ihnen verfahren, wie es mir beliebt. Und lass dir gesagt sein, dass ich vorhabe, sie jemandem zu hinterlassen, an dem mir liegt. Mein ganzes Leben lang habe ich darunter gelitten, von dir herumgestoßen zu werden, habe deine Einmischungen ertragen. Der Brief heute war der Tropfen, der das Fass zum Überlaufen gebracht hat. Ich habe nichts gegen Augustus. Er entwickelt sich recht beachtlich, bedenkt man, von welchen Eltern er abstammt. Aber ich … habe … genug!«

Noch nie hatte ich meinen Vater derart aufgebracht erlebt. Das schien offenbar auch für Alicia zu gelten, denn sie saß da, hatte den Atem aus den Lungen gepresst. »Nun ... nun ...« Mehr brachte sie nicht über die Lippen.

Am nächsten Morgen reisten sie wieder ab. Durch die Regentropfen auf der Kutschenscheibe sah Augustus' halb abgewandtes Gesicht aus wie ein gespenstischer Halbmond.

Weder zeigte sich mein Vater, um sie zu verabschieden, noch verließ er den ganzen Tag das Arbeitszimmer. Ich trödelte trübsinnig herum, ging zwischen den Regenschauern in den Garten hinaus und stritt mit Sam, der sich vergaß und mich »Emporkömmling« nannte. Ich fragte mich, was das alles zu bedeuten hatte.

Aber als der Abend kam und warme Böen die Sturmwolken vertrieben, verließ mein Vater das Haus, um die Sterne zu beobachten, und ich mit ihm. Ich musste mich eilen, um seinem strammen Schritt folgen zu können.

»Was haben Sie gestern Abend gemeint, Vater?«, wollte ich fragen. Wie kann ich jemals Eure Tochter werden? Aber irgendetwas in seinem Benehmen verbot mir solche Fragen. Erst als wir das Turmzimmer erreicht hatten, welches von den Zungen der untergehenden Sonne in ein prächtiges Gold wie aus einer anderen Welt getaucht war, sprach er mit mir, und zwar mit einem Ernst und einer Gewandtheit, wie ich sie noch nie zuvor gehört hatte.

»Es ist wahr«, begann er, »dass ich gestern nach Norwich gefahren bin und meinen Anwalt zu einem Mittagessen zu mir gewinkt habe, als er das Gericht verließ. Ich habe ihn angewiesen, Dokumente anzufertigen, in denen ich dich zu meiner Tochter und zu meiner Erbin ernenne. Der Vorgang ist jedoch noch nicht abgeschlossen. Er beharrt darauf, seine Papiere und Bücher nach Hindernissen und solchem Unfug durchzusehen. Aber es wird geschehen, und zwar bald. Ich bin Alicias Gier und ihrer ständigen Predigten so überdrüssig! Und ich

möchte, dass du Starbrough Hall bekommst und meine Arbeit fortführst, wenn ich nicht mehr bin.«

»Wenn Sie nicht mehr sind? Davon dürfen Sie nicht sprechen, Vater!«, sagte ich und wurde von einer plötzlichen Unruhe erfasst. »Sie sind doch nicht etwa krank?« Es schien ihn plötzlich sehr zu drängen – war das der Grund?

»Nein, Kind, ich bin nicht krank. Nur erschöpft. Und wer die Sterne studiert, weiß eines Tages, wie klein und unbedeutend wir sind, wie Ameisen oder Käfer auf dem Antlitz einsamer Felsen, die ewig im unendlichen Raum kreisen. Wie die Hand des Schicksals uns ohne Warnung oder Mitleid in unserem nutzlosen Insektendasein treffen kann.

Esther, als ich dich gefunden habe, war es wie einer dieser Augenblicke des Schicksals. Ich habe keine Ehefrau, noch habe ich jemals eine gewollt.« Er lachte auf. »Angenommen, sie wäre wie meine Schwester gewesen, hätte ich dann jemals Frieden in meinem Leben gefunden?

Als ich mich eines Abends im Juli des Jahres 1765 nach einer Tagung in London auf dem Heimweg befand und wir durch einen Wald fuhren, hielt der Kutscher – nicht unser Jan, sondern ein anderer – die Pferde an und sagte mir, dass sich ein Kind auf der Straße befände. Mit widerwilliger Neugier stieg ich aus, um nachzusehen. Der Mann brachte mich zu dem bemitleidenswertesten Bündel, das ich je erblickt hatte, zu einem kleinen zitternden Mädchen. Deine Kleider, Liebes, waren zu schmutzigen Lumpen zerfetzt, deine zarte Haut zerkratzt und blutig, dein Haar nichts als ein verfilztes Durcheinander, deine Augen groß vor Angst. Von Mitleid ergriffen nahm ich dich in die Arme und hüllte dich in eine Decke. Aber du hörtest nicht auf zu zittern. Ich befahl dem Kutscher, die Fahrt fortzusetzen, und in der schaukelnden Kutsche bist du schließlich in einen erschöpften Schlaf gesunken. Erst in diesem Augenblick habe ich bemerkt, dass du etwas eng an deine Brust klammertest. Sanft habe ich deine zarten Finger aufgeschält. Es war dieses hier.«

Er ging hinüber zur Wand. Überrascht schaute ich zu, wie er einen Stein aus der Mauer zog und ein geheimes Versteck enthüllte. Aus diesem Versteck holte er eine samtbezogene Schachtel und streckte sie mir entgegen. »Hier«, sagte er leise, »jetzt ist die rechte Zeit gekommen. Nimm es, es ist dein.«

Anfangs dachte ich, ich hätte eine Schachtel mit lebendigem, funkelndem Sternenlicht geöffnet. Dann sah ich, dass es sich um eine Halskette handelte, eine Halskette mit Sternen. Sieben an der Zahl. Sieben Diamanten, aufgereiht an einer goldenen Kette. Es dauerte lange, bis ich die Sprache wiedergefunden hatte.

Jude, die auf ihrem Bett saß, las den Satz noch einmal und fühlte sich, als würde sie in einen Abgrund stürzen. Eine Halskette mit sieben Diamanten. Wie die von Gran, nur vollständig. Es konnte sich unmöglich um ein- und dieselbe handeln. Ein Zufall, mehr nicht. Aber das Geheimnis von Esthers Herkunft war endlich gelöst – oder doch zumindest die Frage, wie sie nach Starbrough Hall gekommen war. Esther war ein Findelkind gewesen. Ein Findelkind in Seidenfetzen. Jude lehnte sich einen Moment in die Kissen zurück, um ihre rasenden Gedanken zu besänftigen. Dann las sie begierig weiter.

»Weder wusste ich, woher du stammst, Esther, noch habe ich mir die Mühe gemacht, es herauszufinden. Dessen schäme ich mich. Ich glaubte, dass die Hand des Schicksals dich mir zugeführt hatte. Mir, der ich niemanden hatte und der überzeugt war, niemanden zu brauchen. Aber als Vater war ich nicht zu

gebrauchen. Ich habe dich wie einen Besitz gehütet, hatte keinen Sinn dafür, wie man ein Kind behandelt. Es war mir genug, dass du ernährt und gekleidet wurdest und dass eine gute Frau wie Susan, die dich liebte, sich um dich kümmerte. Du gehörtest mir, aber ich konnte mein Leben so weiterführen, wie ich es mir eingerichtet hatte. Ich behielt dich, wie du die Halskette behalten hattest, wie einen Schatz, den ich herausnehmen und betrachten konnte, wenn ich es wünschte. Möge Gott mir vergeben!«

Die Worte meines Vaters verwirrten mich. Zu jener Zeit war ich noch zu naiv, um zu wissen, wie Eltern und Kinder zueinander sein sollten. Er hatte mich niemals verletzt, und ich hatte immer fest daran geglaubt, dass ihm an mir lag, wenn auch nur aus der Ferne. Gerade so, wie er mich akzeptierte, so akzeptierte ich ihn für das, was er war. Wir hatten einander kennengelernt, in unserem eigenen Rhythmus und auf unsere Art. Und jetzt war die Zuneigung zwischen uns zum ersten Mal ausgesprochen worden, sie wurde wirklich.

Unbeholfen zog er mich an sich und drückte meinen Kopf unbequem an sein Schlüsselbein, sodass meine Haube herunterfiel. Aber es machte mir nichts. »Kleine Esther«, murmelte er, »ich habe dich nach meiner Mutter genannt, die ich in jungen Jahren verlor. Einige übersetzen den Namen mit Myrte, *andere meinen, er bedeute* Stern. *Du weißt vielleicht, dass die Myrte eine sternförmige Blüte besitzt. In der Natur sind die beiden Bedeutungen also vereint.« Wie üblich war er der trockene Gelehrte, aber ich spürte die Wärme seiner Lippen durch mein Haar.*

Wir legten die Halskette in ihr Versteck zurück und machten uns an die Arbeit. Als wir in jener Nacht den Himmel erkundeten, fühlten wir uns so innig verbunden wie nie zuvor und waren mehr denn je bestrebt, uns mit allen Kräften unserer

Aufgabe zu widmen. Wie ich mich erinnere, schien die Lyra besonders hell, die große Lyra des Orpheus, und es war, als bringe sie mit ihrem Klang nicht die Toten aus der Hölle, sondern das Lebendige zu neuem Leben und Glück. Und zum ersten Mal vertraute er es mir an, seine Beobachtungen, die er mir diktierte, in sein Journal einzutragen.

Vorerst würde wohl nichts weiter über die Halskette berichtet. Jude hielt immer noch Esthers Buch umklammert, als sie mit einem Ruck aus dem Bett aufstand, und die Schachtel, in der die Kette lag, aus der obersten Schublade der Kommode nahm. »... eine Halskette mit Sternen«, las sie noch einmal laut, nachdem sie den Schmuck auf der weißen Bettdecke ausgebreitet hatte, »sieben Diamanten, aufgereiht an einer goldenen Kette.« *Natürlich*, einer fehlte nun, und die Beschreibung war frustrierend ungenau, doch ihre innere Stimme schrie ihr förmlich zu, dass es sich um ein und dieselbe Halskette handelte. Aber konnte sie das wirklich beurteilen? Der prüfende, wissenschaftlich denkende Teil in ihr beharrte darauf, dass sie es nicht konnte. Grans Schmuck war vielleicht eine spätere Kopie. Oder eine von mehreren Ketten, die damals angefertigt worden waren. Wieder sah sie den Stempel des Goldschmieds auf einem der Sterne, nur sehr schwach, aber immerhin, er war da. Natürlich würde sie Gran um Erlaubnis bitten müssen ...

Am folgenden Tag, es war ein Mittwoch, telefonierte sie erst mit einem Kollegen bei »Beecham's« und anschließend mit einem Auktionshaus in Norwich. Dann fuhr sie in die Stadt, parkte den Wagen im Parkhaus eines Einkaufszentrums und bahnte sich den Weg durch schmale Gassen zu einem hell erleuchteten Juwelierladen in der Nähe der Kathedrale.

»Könnten Sie mir vielleicht ein paar Informationen über dieses Stück geben?«, fragte sie die Frau hinter der Ladentheke, die Jude wegen ihres maßgeschneiderten Hosenanzugs und der bestimmenden Art für jemanden in einer höheren Position hielt. Jude packte die Halskette aus und zeigte sie ihr.

»Sie wollen sie doch nicht verkaufen, oder? Wir machen nur Schätzungen für Versicherungszwecke«, sagte die Frau sofort und untersuchte die Halskette kurz unter einer Lupe. Dann musterte sie Jude so eingehend, als wollte sie herausfinden, ob sie eine Juwelendiebin vor sich hatte, die ihre Beute loswerden wollte.

»Ich verstehe vollkommen«, sagte Jude und hielt dem Blick der Frau stand. Insgeheim fragte sie sich, ob es ihre Situation wohl besser oder schlechter machte, wenn sie erklären würde, dass sie selbst für ein Auktionshaus arbeitete und sich mit solchen Dingen auskannte. »Ich möchte sie nicht verkaufen, aber es wäre hilfreich, ihren Wert zu kennen. Es ist ein Familienerbstück, über das ich gern mehr erfahren möchte. Wann es angefertigt wurde und, wenn möglich, von wem. Bestimmt haben Sie das Zeichen des Goldschmieds gesehen. Hier.« Sie deutete auf den mittleren Stern.

»Hm«, machte die Frau, nachdem sie sich die Kette noch einmal angeschaut hatte. »Es ist ein schönes Stück. Oder wäre es gewesen, wenn es nicht beschädigt wäre. Haben Sie mal daran gedacht, es reinigen und den fehlenden Stern ersetzen zu lassen?«

»Ich habe die Kette gerade erst geschenkt bekommen«, sagte Jude, »also bisher noch nicht.« Sie durfte der Frau nicht die Wahrheit sagen, dass ihr die Kette nämlich überhaupt nicht gehörte, wenn man Gran glauben durfte.

»Im Moment haben wir sehr viel zu tun. Ich kann mich in einer Woche wieder bei Ihnen melden.« Die Frau packte die Kette wieder ein und zog einen Formularblock zu sich heran. »Ihr Name?«, fragte sie.

Jude machte die benötigten Angaben.

»Ich wäre Ihnen sehr dankbar, wenn es auch schneller ginge«, sagte Jude. Eine Woche, das kam ihr vor wie eine Ewigkeit. »Meine Großmutter kann es kaum erwarten, endlich mehr zu erfahren«, fügte sie rasch hinzu. »Es geht ihr gar nicht gut im Moment, und wenn sie sich aufregt, wird alles nur noch schlimmer.« Das stimmte auch zum Teil. Am Morgen hatte sie mit ihrer Großmutter telefoniert und sie über ihre Pläne informiert. Gran wäre lieber gewesen, dass Jude die Kette bei sich verwahrte, und hatte Bedenken gehabt, das Stück in die Hände fremder Leute zu geben, selbst einem Juwelier mit gutem Ruf. Schließlich hatte sie zögernd eingewilligt, weil es vielleicht helfen konnte, Tamsin ausfindig zu machen.

Mit einer Quittung über die Halskette und einem schlechten Gewissen verließ Jude den Laden. Aber sie war auch erleichtert, dass die Frau versprochen hatte, sie so bald wie möglich anzurufen. Was gab es noch zu tun? Jude schaute auf die Uhr und stellte fest, dass es erst mitten am Vormittag war. Ein Kaffee wäre ganz nett und vielleicht ein bisschen Shopping. Aber als sie über das Kopfsteinpflaster schlenderte und das Schloss erblickte, fiel ihr ein, was sie noch tun könnte. Sie blätterte durch ihr Notizbuch, bis sie auf den Namen stieß. Megan Macromber.

26. Kapitel

»Das ist alles, was ich finden kann.« Megan Macromber, die Direktionsassistentin des Schlossmuseums, trug pflaumenblauen Lipgloss, hatte die Ohren mehrfach gepierct und verfügte über ausgezeichnete Kenntnisse über die Geschichte von Norfolk. Sie stellte einen Pappkarton, der früher einmal vierundzwanzig Dosen Baked Beans enthalten hatte, auf den Tisch und bot Jude einen Stuhl an. Jude setzte sich und las das schmutzige Etikett, das oben auf den Karton geklebt war: »Starbrough Folly, Holt, Juni 1923«. Während Megan kleine Bündel aus dem Karton nahm und auspackte, zog Jude einen Zeitungsausschnitt heraus, den sie an einer Seite erspäht hatte. Das Bild darauf zeigte einen Mann im mittleren Alter, dessen Kopfhaar sich vollständig auf seiner Oberlippe gesammelt zu haben schien. Er posierte in der Hocke am Fuß des Turmes und präsentierte, stolz wie ein Angler, einen preisgekrönten Fisch, ein paar alte Töpferarbeiten und Knochen. »Archäologe aus Cambridge trotzt den lokalen Sagen und Legenden, um die Vergangenheit zu erforschen«, lautete die Schlagzeile.

»Was haben Sie da?« Megan schaute auf den Zeitungsausschnitt, legte ein paar Tonscherben auf den Tisch und wickelte das nächste Paket aus.

»Hier heißt es: ›Der Überlieferung nach soll es in der Gegend spuken‹«, las Jude vor, »und die Einheimischen haben Mallory angeraten, dort nicht zu graben.«

»Mallory?«, sagte Megan zu sich selbst. »Charles Mallory. Irgendwo ist mir der Name schon mal begegnet.«

Sie nahm ein Päckchen vom Boden des Kartons und packte es aus, einen Ring aus Knochen, ein paar alte Münzen, ein paar jüngere Gewehrkartuschen, und legte alles auf den Tisch. Dann folgte ein kleines, fest verpacktes Bündel, und es brauchte lange, bis es ausgewickelt war.

»Möchte wissen, wozu das hier mal gehört hat!«

Als Jude sah, was Megan ihr auf der flachen Hand entgegenstreckte, zog sie scharf die Luft ein. Es war klein – von der Größe einer Fünf-Pence-Münze. Die goldene Fassung war verbogen, und das Stück musste gründlich gereinigt werden, aber sie hatte keinen Zweifel: Es war ein Stern. Ein mit Diamanten besetzter Stern.

»Megan«, stieß sie atemlos hervor, »Sie werden es nicht glauben, aber ich weiß, woher das stammt. Es gehört zu einer Halskette, die ich gerade von einem Juwelier schätzen lasse und die seit langen Jahren im Besitz meiner Großmutter ist.« Rasch erzählte sie die Geschichte.

Megan hielt den verbogenen Stern hoch. »Dann wär's wohl sinnvoll, wenn Sie ihn bekommen würden, aber ich kann ihn Ihnen natürlich nicht einfach geben. Sie haben gesagt, dass die Halskette bei einem Juwelier ist. Wenn Sie sie wiederhaben, kommen Sie am besten mal damit vorbei, damit ich mir den Schmuck anschauen kann. Bis dahin sollte ich herausgefunden haben, wie der Vorgang abläuft. Für solche Fälle gibt's bestimmt Formulare und so was.«

»Wie immer«, sagte Jude bedauernd.

»Aber diese Halskette«, hakte Megan nach, »Sie haben gesagt, dass es da eine Verbindung zur Familie Wickham gibt? Falls Sie mehr über diese Esther herausfinden wollen, sollten Sie sich mal rund um die Kirche in Starbrough umschauen. Das wäre ein Anfang. Und die Register der Pfarrgemeinde liegen zweifellos in den Archiven der Bezirksverwaltung.«

Auf dem Weg zurück nach Starbrough Hall staunte Jude immer noch darüber, dass sie gleich zwei Hinweise auf die Halskette bekommen hatte, und das kurz nacheinander: den ersten in Esthers Bericht, den zweiten in dem Karton im Museum. Sie hatte beschlossen, Megans Rat zu folgen, und nahm den Weg durch Starbrough Village. Im Zentrum des Dorfes gab es nicht viel zu sehen – eine große Kirche ragte über einem Halbrund von Häusern aus dem achtzehnten Jahrhundert empor. Davor stand eine uralte Eiche, um die eine Bank gezimmert war, an die sie sich noch aus ihrer Jugend erinnerte. Sie stellte den Wagen neben der Kirche ab und öffnete das überdachte Tor zum Kirchhof.

In der glücklicherweise nicht verschlossenen Kirche war es hell und luftig. Das interessanteste Detail war das riesige Taufbecken aus dem Mittelalter vorn im Kirchenschiff. An einer Seite war eine Figur eingemeißelt. Jude trat einen Schritt zurück, um sie besser sehen zu können. Sie zeigte einen Mann mit Bart und struppigem Haar, der eine keulenartige Waffe schwang. Ein Pappschild auf einer Tafel erläuterte, dass es sich um einen Wilden Mann handelte, der in den Wäldern zu Hause war und die nach Heidentum klingende Aufgabe hatte, böse Geister zu vertreiben. Das Taufbecken stand im ältesten Teil der Kirche, stellte Jude fest, als sie herumging. Das Chorgestühl mit seinen wunderschönen geschnitzten Verzierungen war laut einer weiteren Informationstafel fünfzehntes Jahrhundert, doch die meisten Gedenksteine an den Wänden stammten aus dem achtzehnten Jahrhundert und später. Jude interessierte sich für die Grabmale der Wickhams – einen viktorianischen Richter namens William und einen Richard Wickham, der im Burenkrieg an seinen Verwundungen gestorben war. Einen Anthony oder irgendjemanden namens Esther konnte sie nicht entdecken. Nachdem sie sich alles angesehen hatte, verließ sie die Kirche und zog die Tür fest hinter sich zu.

Der älteste Teil des Friedhofs wurde beherrscht von einer großen Grabstätte, die von einem Ring aus eisernen Grabkreuzen umgeben war. Auf einigen waren in verblasster Schrift ein paar Einzelheiten aus dem Leben verschiedener viktorianischer Wickhams zu lesen. Aus früheren Zeiten gab es hier nichts. Ohnehin fanden sich auf dem Friedhof nur wenige Grabsteine aus dem achtzehnten Jahrhundert. Sie fand keine Esther – noch nicht einmal Anthonys Mutter –, nur eine Stella, die Ehefrau eines Hugh oder Hugo irgendwas, die Daten waren zu schwach, um sie entziffern zu können, und eine Essie George, die 1850 gestorben war. Auf der anderen Seite der Kirche lagen die Gräber aus dem zwanzigsten Jahrhundert. Jude nahm an, dass sie hier ihre Urgroßeltern Bennett, den Jagdaufseher und seine Ehefrau finden würde. Auf der anderen Seite des Friedhofs stutzte ein hemdsärmliger Mann die Hecke. Jude ging zu ihm hinüber, um ihn zu fragen. Auf ihren Gruß hin ließ er die Schere sinken und dachte einen Moment lang nach.

»Sie müssen irgendwo da drüben sein«, sagte er dann und zeigte mit seiner Heckenschere auf einen Bereich, wo Jude sich nicht besonders gründlich umgesehen hatte. »Mein Dad ist 1957 gestorben, und er liegt dahinten. Meine Ma auch, nachdem sie's ohne ihn nicht mehr ausgehalten hat.« Er schlurfte an den Gräberreihen entlang, und die Heckenschere schwang gefährlich in seiner kräftigen Hand. Jude folgte in sicherem Abstand. Das Grab hatten sie schnell gefunden. »James und Rose Bennett«, lautete die Inschrift auf dem Stein. Darunter waren die Lebensdaten eingemeißelt. Am Fuß des Grabsteins stand eine Blumenvase, die offensichtlich seit Jahren nichts als Spinnen beherbergt hatte. Jude schwor sich, später noch einmal mit einem Blumenstrauß oder einer Pflanze zurückzukommen. Ein merkwürdiges Gefühl überkam sie, als sie an diesem Grab stand und auf die Namen blickte. Sie hatte eine ganz besondere Verbindung zu den Menschen, die an diesem Ort, den sie nie zuvor besucht hatte, begraben waren. Menschen, die sie nie gekannt hatte, die aber immer noch zu ihr gehörten.

Der alte Mann ging langsam zurück zu seiner Arbeit, als ihr noch eine Frage einfiel. »'tschuldigung.« Er drehte sich um und schaute sie fragend an. »Wissen Sie vielleicht, ob hier irgendwelche Leute beerdigt sind, die nicht von hier waren?«, erkundigte sich Jude. »Zigeuner zum Beispiel? Ich suche nach einer ganz bestimmten Frau, Tamsin Lovall. Den Namen haben Sie wahrscheinlich noch nie gehört, oder?«

Er dachte lange nach. »Nicht Tamsin Lovall, nee, aber vielleicht gibt's da einen anderen Lovall. Kommen Sie mal mit.«

Er führte sie durch ein Tor in der Hecke hinaus auf den Grasplatz.

Die hölzerne Bank rund um die alte Eiche war aus verschiedenen Teilen gezimmert, die anschließend zusammengefügt worden waren. Manche Sitze sahen eher neu aus, bei anderen war die Armlehne abgebrochen, oder es fehlten Bretter. Das Holz war mit dem Alter silbrig geworden, sodass es aussah, als wäre die Bank ein Teil des Baumes selbst. An manchen Rücklehnen waren kleine metallene Gedächtnisplaketten in verschiedenen Stufen der Lesbarkeit angebracht.

»Vielleicht können Sie da was rausfinden«, sagte der alte Mann und zeigte auf eine gefleckte Plakette auf einem der älteren Abschnitte.

»Ted Lova …«

»Könnte Lovall heißen, oder? Ich glaub, da gab's mal einen Ted Lovall.«

»Möglicherweise«, erwiderte Jude unsicher. Sie ging um den Baum herum und suchte nach weiteren Namen, aber es gab nur einen, der sie wirklich interessierte.

»Marty Walters«, las sie laut, »1950 bis 1970. Nur zwanzig Jahre alt.«

»Sommer 1970 is' es passiert«, sagte der alte Mann. »Fast das gesamte Dorf hat was für den Sitz gegeben. Allen hat seine Familie so leidgetan, wissen Sie. Schrecklicher Unfall, schrecklich.«

»Das war der Junge, der bei der Party gestorben ist!«, sagte Jude mit einem plötzlichen Gefühl der Bestürzung. »Wo hat seine Familie gelebt?«

»Jetzt ham Sie mich. Irgendwo Richtung Sheringham, glaub ich. Jedenfalls irgendwo an der Küste. Aber gestorben ist er am Starbrough Folly.«

Alles in allem hatte Jude in der Kirche nichts Neues über Esther erfahren. Es gab zwar immer noch die Kirchenbücher, nahm sie an, aber sie hatte keine genauen Daten, die ihr weiterhelfen könnten.

Als sie nach Starbrough Hall zurückkam, war niemand in der Nähe. Also ging sie in die Bibliothek, wo sie ihren Laptop stehen gelassen hatte. Eine Weile ging sie unruhig auf und ab, schaute aus dem Fenster in die Richtung, wo sich der Turm befinden musste, und versuchte, alle Hinweise in ihrem Kopf miteinander zu verknüpfen. Es führte zu nichts.

Sie setzte sich an den Tisch, nahm ein Blatt Papier und schrieb auf, was sie wusste:

Esther, Tochter von Anthony Wickham. Hatte die Halskette, als sie 1765 gefunden wurde.

Befreundet mit Zigeunermädchen im Wald seit ca. 1775?

Gran begegnet Tamsin Lovall ca. 1933.

Nimmt ihr die Halskette ab. (Wie ist Tamsins Familie an die Kette gekommen, wie ist die Kette beschädigt worden?)

2008 – Gran gibt mir die Kette.

Frustriert starrte Jude auf ihre Notizen. Wie um alles in der Welt war die Halskette (falls es wirklich ein und dieselbe war) anderthalb Jahrhunderte später aus Esthers Händen in Tamsins gelangt? Waren sie beide Zigeunermädchen aus der gleichen Sippe? Jude konnte sich nur schwer vorstellen, dass eine wertvolle Halskette über Generationen sicher weitergegeben worden war – es musste doch ungeheuer verlockend gewesen sein, den Schmuck zu verkaufen. Aber wie auch immer, wo in einem Wagen würde man den Schmuck aufbewahren, sodass er nicht beschädigt werden oder verloren gehen konnte? Obwohl er ja beschädigt worden war. Jude fing an, ein Bild eines Zigeunerwagens zu skizzieren, und malte Muster auf das Dach so wie bei dem, in dem Euan übernachtete. Aber sie war keine große Künstlerin, und die Perspektive stimmte überhaupt nicht.

Seufzend schob sie das Blatt beiseite. Eigentlich musste sie darüber nachdenken, was sie als Nächstes tun sollte, aber sie hatte auch noch andere Dinge, die erledigt werden mussten. Und am Nachmittag sollte sie Summer aus der Schule abholen.

Sie fuhr den Laptop hoch und beendete die Arbeit an dem

Exposé für den Artikel. Eine halbe Stunde später schickte sie es per E-Mail an Bridget McLoughlin, die Herausgeberin des *Beecham's Magazine*, und schrieb, dass sie noch weitere Recherchen durchführen müsse, aber der Meinung sei, dass es die persönliche Geschichte zweier Himmelsbeobachter, Vater und Tochter, werden solle. Was Bridget davon hielte? Bevor sie auf »Senden« drückte, fügte sie in letzter Sekunde ihren Chef Klaus als Empfänger hinzu. Lieber auf der sicheren Seite sein.

Ihr Blick fiel wieder auf die Kritzelei von Euans Wohnwagen. Woher hatte er eigentlich den Zigeunerwagen? Er hatte ihr gesagt, er hätte ihn von jemandem geliehen … von seinem Cousin, wenn sie sich richtig erinnerte.

»Wie kommt es eigentlich, dass dein Cousin deinen Wagen in seiner Scheune stehen hatte?«, fragte sie Euan, als sie nachmittags mit Summer bei ihm hereinschaute. Sie hatten ihn schlafend im Wohnwagen gefunden, aber er behauptete steif und fest, es mache ihm nichts aus, dass Summers Rufen ihn geweckt hatte.

»Der Wagen war schon da, als er den Hof gekauft hat«, erwiderte Euan, als sie über die Wiese zum Haus gingen. »Die Leute, die ihm das Land verkauft haben, müssen wohl Verbindungen zu Zigeunern gehabt haben, nehme ich an.«

»Kannst du vielleicht herausfinden, wie sie hießen? Ich habe keine Ahnung, wie wir diesen Lovalls auf die Spur kommen sollen.«

»Ich werd's versuchen. Aber es gibt auch noch andere Möglichkeiten.«

»Welche denn?« Sie war sofort interessiert.

»Also, warum gehen wir nicht einfach zu den fahrenden Leuten, die am Waldrand lagern? Es könnte doch sein, dass sie etwas wissen. Wahrscheinlich kommen sie schon seit Generationen hierher. Und du weißt ja, dass sie ihr Lager eigentlich immer an der Foxhole Lane aufgeschlagen haben. Der verdammte John Farrell hat sie auf einen Platz an der anderen Seite des Waldes verwiesen, direkt an der Hauptstraße.«

»Kennst du sie?«

»Natürlich. Bei meinen Wanderungen bin ich ihnen oft begegnet.«

»Das wäre toll. Wann können wir los?«

»Heute Nachmittag, wenn du Lust hast«, erwiderte Euan gähnend, »wenn du mich zuerst kurz unter die Dusche springen und einen Kaffee trinken lässt.«

»Was ist mit Summer?« Sie beobachteten, wie das kleine Mädchen draußen mit den Eulen sprach.

»Sie kann auch mitkommen. Warum nicht?«

»Ich weiß nicht.« Jude hatte im Moment das Gefühl, ihre Nichte besonders beschützen zu müssen; das war alles. »Okay, warum nicht?« Wenn die Leute mit Euan befreundet waren, mussten sie in Ordnung sein.

Das Lager am Waldrand bestand nur aus drei Wohnwagen, modernen Exemplaren, nicht solchen bemalten wie Euans Zigeunerwagen, und ein paar Autos zum Ziehen, die unordentlich auf einem nahe gelegenen Seitenstreifen abgestellt waren. Eine ältere Frau, die damit beschäftigt war, an einer zwischen zwei Wohnwagen aufgespannten Leine Wäsche aufzuhängen, sah zu den beiden *gadsche* hinüber. Als sie Euan erkannte, nickte sie ihm zu und pochte auf den am nächsten stehenden Wagen. »Barney!«, rief sie und noch ein paar unverständliche Worte. Kurz darauf erschien ein dunkler, schlanker Mann von fünfunddreißig oder vierzig Jahren, der Jeans trug und sich ein Jackett über das T-Shirt zog. Euan erklärte Jude, dass er Barney kennengelernt hatte, als die Roma das letzte Mal durch die Gegend gezogen waren. Steve Gunn hatte ihm gewöhnlich Arbeit gegeben, und Euan, der beobachtet hatte, wie Barney Geflügelställe baute, hatte ihn ebenfalls ein paar Käfige machen lassen.

»Euan!«, rief der Mann. Seine Zähne blitzten weiß auf, als er lächelte und Euans Hand ergriff. »Schön, dich zu sehen! Hast du deine Familie mitgebracht?« Er schien amüsiert und verwirrt zugleich.

»Nein«, sagte Euan und lachte fröhlich, »aber ich wünschte, es wäre meine Familie.«

»Wir sind Euans Freunde. Ich heiße Jude«, sagte Jude und streckte Barney die Hand entgegen. »Und das ist meine Nichte Summer.« Aber Summer schmiegte sich dicht an Jude, hielt deren Hand fest umklammert und wagte nur ein paar schüchterne Blicke auf Barney. Sie zupfte an Judes Hemd, und Jude beugte sich hinunter und lauschte dem Geflüster des Mädchens.

»Summer würde gern mehr über die Wohnwagen wissen«, sagte Jude ernst. »Ich glaube, sie hat erwartet, dass die Wagen ... nun, dass sie bunter sind und von Pferden gezogen werden.«

»Wie Euans«, traute Summer sich doch noch zu sagen.

»Ah«, sagte Barney bedauernd, »Euans Wagen ist wirklich schön. Liza ...«, er zeigte auf die Frau, die gerade ein helles Baumwollhemd auf die Leine hängte und anschließend zu ihnen kam, »... hat als Kind in einem *vardo* gelebt. Aber die neuen Wagen kann man viel besser in Ordnung halten, was, Liza? Und für die Pferde war das Leben auch sehr schwer. So viel Verkehr auf den Straßen und kaum mal eine Wiese zum Grasen. Die Kinder mochten die Pferde. Es tut mir leid, Summer, dass meine zwei Kinder gerade nicht zu Hause sind. Sonst hättet ihr zusammen spielen können.«

»Sind sie in der Schule?«, fragte Summer und hatte ihre Schüchternheit vergessen.

»Ja, sie gehen in Starbrough zur Schule«, gab Barney zurück. »Ist das auch deine Schule?«

Summer schüttelte den Kopf.

»Summer wohnt mit ihrer Mutter ein paar Meilen entfernt in Felbarton«, erklärte Jude, »aber es ist interessant, dass Ihre Kinder in Starbrough sind.« Sie warf einen Blick auf Euan, der ermutigend nickte. »Euan hatte erzählt, dass Ihre Familie schon seit vielen Jahren hierherkommt. Ich habe mich gefragt, ob Sie etwas über ein kleines Mädchen wissen ... also, wenn sie noch lebt, müsste sie eine sehr alte Dame sein ... meine Großmutter hat das Mädchen gekannt, als sie in den Dreißigerjahren in Starbrough zur Schule gegangen ist. Ihr Name war Tamsin Lovall.«

Barney setzte einen zweifelnden Blick auf, drehte sich zu Liza und redete mit ihr in einer Mischung aus Englisch und dieser fremd klingenden harten Sprache. Jude fragte sich, ob die alte Frau seine Großmutter war und wie alt sie wohl sein mochte. Ihre Haut war verschrumpelt wie eine Rosine, aber sie war immer noch flink auf den Beinen.

Die alte Frau nickte langsam. »Ich kenne eine Lovall, aber nicht Ihre Tamsin. Die Schwester meines Vaters. Ihr Ehemann war ein Lovall. Ted Lovall«, erklärte sie und fügte etwas hinzu, das Jude nicht verstand.

»In Starbrough gibt es eine Bank mit seinem Namen drauf«, sagte Jude zu Euan.

»Ach, wirklich?«, gab Euan zurück.

»Ja, die Bank habe ich auch gesehen«, sagte Barney. »Vielleicht war er hier in der Gegend gut bekannt. Oder, Liza?«

»Ich glaub schon«, sagte Liza und lachte auf, »ganz besonders im ›Red Lion‹. Am Ende seines Lebens hat er das Umherziehen aufgegeben«, erklärte sie Jude, »und er war froh, wenn er sich mit seinen Geschichten ein oder zwei Bier verdienen konnte.«

»Irgendwann früher hat es mal böses Blut gegeben, glaube ich«, sagte Barney. »Ein paar aus der Familie – vielleicht war Ihre Tamsin eine von ihnen – haben während des Krieges beschlossen, sich niederzulassen. Vor Ort hat es Arbeit gegeben, und es waren schwere Zeiten für uns Roma. Jeder, der irgendwie fremd aussah und sich in der Gegend aufhielt, galt als verdächtig.« Er breitete die Arme aus. »Es blieb natürlich nicht aus, dass harte Worte darüber fielen, dass es ein Verrat an der traditionellen Lebensweise sei. Und ich? Mir gefällt dieses Leben, aber ich kann auch jeden verstehen, der es aufgibt. Es ist sehr hart, und uns schlägt so viel Feindseligkeit entgegen.«

»Versucht Farrell immer noch, euch von hier zu vertreiben?«, unterbrach ihn Euan mit leiser, aber eindringlicher Stimme.

»Ja. Und letzte Woche war die Polizei hier«, erwiderte Barney. »Irgendwas wegen gestohlener Vögel. ›Routine‹, sagten sie, ›sehr bedauerlich.‹ Ja, stimmt, es ist Routine, dass zuerst wir überprüft werden. Ich hätte fast gelacht. ›Der einzige Vogel, den Sie hier finden können‹, habe ich ihnen erklärt, ›ist das Hühnchen Margrit, das ich im Supermarkt gekauft habe. Aber Sie dürfen uns gern durchsuchen, wenn Sie wollen.‹ Und weißt du was? Sie haben noch nicht mal einen Blick in die Wagen geworfen. Der Polizist war in Ordnung, oder, Liza? Hat gesagt, dass es ihm leidtut, und sah wirklich peinlich berührt aus. Dann hat er uns Fragen gestellt – und es kam raus, dass seine Familie vor langer Zeit auch mal zu den Roma gehört hat. Wir haben uns lange darüber unterhalten, wie er herausfinden kann, was aus ihnen geworden ist. Wissen Sie, die Leute sind nicht unbedingt das, was man erwartet. Natürlich gibt es immer welche, die mit Scheuklappen durchs Leben gehen. Sie sehen nur das, was sie sehen wollen. Und das ist meistens schlecht.« Sein Blick flammte kurz auf, gewann dann aber wieder seine sanfte Freundlichkeit zurück.

»Und nun zu Ihrer Tamsin Lovall. Es ist möglich, dass sie oder ihre Familie noch in der Gegend leben. Haben Sie versucht, eine Anzeige in der Zeitung aufzugeben? Oder auf einer Website?«

»Nein«, sagte Jude und fragte sich, warum sie nicht selbst darauf gekommen war, »aber ich glaube, das sollten wir tun.«

»Ich kann mich auch gern umhören«, bot Barney an, »nur versprechen kann ich nichts. Das ist alles ziemlich lange her.«

»Danke, Barney«, sagte Euan, »ich wusste, dass du uns helfen wirst. Liza, vielen Dank.«

»Schon in Ordnung, Euan«, sagte Liza. Dann fügte sie ein paar Worte auf Romani hinzu und zeigte auf Jude, der sie ein paar Mal die Hand entgegenstreckte.

»Sie will Ihnen aus der Hand lesen«, erklärte Barney lachend.

»Nur zu«, sagte Euan.

»Soll ich wirklich?«

»Ja. Du musst ihr eine Münze geben. Hier, ich habe eine.«

Eine nach der anderen umfasste Liza Judes Hände und betrachtete die Form der Finger und der Gelenke, bevor sie erst die rechte und dann die linke Handfläche eingehend untersuchte. Sie zeichnete die Linien nach und die fleischigen

Erhebungen. »Sie haben einen starken Willen, einen sehr starken Willen«, verkündete sie schließlich, »aber irgendwas hält Sie fest. Befreien Sie sich, und schmieden Sie sich Ihr Glück selbst. Nehmen Sie Ihr Schicksal in die eigenen Hände! Sehr gut.«

»Sie müssen sie nach der Liebe fragen«, sagte Barney und ließ den Blick von ihr zu Euan schweifen. Jude spürte, wie ihr Gesicht heiß wurde.

»Die Liebeslinie ist gebrochen«, sagte Liza, »irgendwas Trauriges, mh? Und da ist eine Gabel, sehen Sie? Sie müssen sich entscheiden.«

»Kein großer schöner fremder Mann?«, fragte Jude leichthin und lachte. Liza nicht.

»Die Zukunft kann ich Ihnen nicht vorhersagen, sondern nur das, was Sie aus ihr machen können«, erwiderte Liza. »Und nun zu dir, kleines Mädchen.« Die Frau machte ein einschmeichelndes Geräusch, so als hätte sie ein kleines Tier vor sich. Fasziniert und verängstigt zugleich streckte Summer ihr die Hände entgegen.

Wieder untersuchte Liza beide Hände, streichelte die Angst fort. Dann hielt sie einen Moment lang Handfläche neben Handfläche, so als wollte sie das Kind segnen. »Geben Sie acht auf diese ganz besondere Kleine« – das war alles, was sie zu Jude sagte.

»Das werde ich. Und was ist mit dir?«, fragte sie Euan.

»Oh, Liza hat mir schon alles verkündet«, sagte er, »und ich fürchte, dass es den Verzicht auf Bier und Schokolade einschließt.«

»Du willst mich auf den Arm nehmen«, sagte Jude, als Liza lächelte. »Ich kann mir nicht vorstellen, dass sie diese Sorte von Herzschmerz gemeint hat.«

Er lächelte, aber Barney sagte ziemlich ernst: »Es ist möglich, gewisse Voraussetzungen aus der Hand abzulesen. Die Länge der Finger zum Beispiel …« Er brach ab.

Ein Auto kam näher, und sie schauten zu, wie der Fahrer das Tempo drosselte, als er direkt an ihnen vorbeifuhr. Der Mann am Steuer, ein Riesenkerl, die Ärmel hochgekrempelt und das Haar kurz wie ein Maulwurf getrimmt, lehnte sich aus dem Fenster und fluchte deftig über das »Zigeunerpack«. Liza und Barney schenkten ihm keine Beachtung, und ihre Gesichter waren so ausdruckslos wie in Stein gemeißelt. Aber Jude war so wütend, dass sie mit geballten Fäusten einen Schritt in Richtung des Auto machte. Euan packte sie am Arm und hielt sie zurück.

»Das ist nicht die richtige Art, mit solchen Leuten umzugehen«, brummte er, als der Motor gequält aufheulte und der Kerl davonraste.

»Ich hatte nicht vor, ihn zu schlagen!«, stieß sie immer noch wütend hervor und schüttelte Euans Hand ab. »Ich kann nicht fassen, dass du kein Wort gesagt hast.«

»Das macht es nur noch schlimmer. Glaub mir, ich kenne mich da aus.«

Summer sah so erstaunt aus, dass Euan den Arm um sie legte. »Der Kerl ist ziemlich ruppig mit unseren Freunden umgegangen, nicht wahr? Kein angenehmer Mensch. Aber uns ist nichts passiert. Ich glaube, wir sollten jetzt gehen. Summer, ich habe Minze-Schoko-Eis gekauft, um den neuen Gefrierschrank einzuweihen. Lass uns nach Hause fahren und Waffeln backen.«

Summer schlenderte draußen im Garten herum, betrachtete die Tiere und schleckte verträumt an ihrem großen Eis. Euan und Jude hatten es sich mit Teebechern in Liegestühlen bequem gemacht.

»Danke übrigens, dass du mich vorhin aufgehalten hast. Ich hatte wirklich nicht vor, ihn zu schlagen, sondern wollte ihm nur gehörig Bescheid sagen. Aber vielleicht hast du auch recht. Arme alte Liza und Barney … dass sie ständig solche Beleidigungen einstecken müssen.«

»Ich weiß, aber Summer hat zugesehen. Außerdem kann man mit solchen Leuten sowieso nicht vernünftig reden. Man weiß ja nie, wie sie reagieren. Dir hätte er vielleicht nichts getan. Aber es hätte auch sein können, dass er aussteigt und mir die Faust ins Gesicht rammt.«

»Dir? Warum?«

»Manche Kerle haben eine merkwürdige Art zu denken. Obwohl alle Welt seit Jahren über Gleichberechtigung diskutiert, glauben sie immer noch, dass die Männer für alles zuständig sind. Er hätte mir vorgeworfen, dass ich dich nicht richtig im Griff habe. Oder es würde seinem Ehrgefühl widersprechen, die Frau eines anderen Mannes zu verprügeln. Er hätte mich also stellvertretend geschlagen, weil ich gerade mit dir zusammen war. Außerdem darfst du nicht vergessen, dass Barney sich gedemütigt gefühlt hätte, wenn jemand anderes versucht hätte, seine Schlachten zu schlagen, ganz besonders eine Fremde. Männlicher Stolz. Eine uralte Sache, die du aber trotzdem nicht unterschätzen solltest, Jude.«

»Das ist alles ziemlich dumm«, sagte sie und verzog das Gesicht. »Aber was passiert jetzt mit Barney und Liza und den anderen? Ich kann mir nicht vorstellen, so zu leben. Es ist so … riskant. Haben sie keine Erlaubnis, auf diesem Fleckchen Land zu lagern?«

»Nein. Farrell will, dass sie verschwinden. Ihr Recht ist nur in der Tradition begründet. Ich fürchte, das ist kein Eigentumsrecht. Als das Land noch den Wickhams gehörte, hat sich die Familie gegenüber den Zigeunern in jeder Hinsicht großzügig gezeigt. Aber oben an der Foxhole Lane stören sie die Pläne der Farrells. Im Moment lässt er sie noch an der Hauptstraße lagern. Inzwischen ist die Bezirksverwaltung eingeschaltet und führt Verhandlungen um einen dauerhaften Lagerplatz. Nun, du hast ja gesehen, wie der Fahrer reagiert hat. Ich will dir keinen Vortrag halten, aber seit den 1960er- und den 1970er-Jahren hat die Regierung Gesetze erlassen, die es den Roma-Gemeinschaften immer schwerer machen, auf traditionelle Weise durchs Land zu ziehen. Und die Menschen haben immer noch viele Vorurteile.«

»Dazu haben vermutlich auch die schlechten Gewohnheiten anderer nicht sesshafter Leute beigetragen. Müll und Kriminalität, meine ich.«

»So wie die New-Age-Partys am Yarmouth Beach? Nein, das passt nicht zu den Roma. Genauso wenig wie sie zurückschlagen, wie du es vorhin versucht hast. Du bist ziemlich leidenschaftlich, wenn du dich aufregst, stimmt's?«

Jude dachte, dass er sich über sie lustig machen wollte, aber sein Gesicht war ganz ernst.

»Ungerechtigkeit ist mir verhasst, das ist alles«, erwiderte sie leise.

»Das habe ich gemerkt. Und du stellst dich immer schützend vor deine Familie. Auch das gefällt mir. Obwohl du es gar nicht musst.«

Euan lehnte sich in dem Liegestuhl nach vorn, hatte die Hände verschränkt und konzentrierte sich auf seine Worte.

»Du verteidigst deine Schwester heftig.«

»Ja, das ist wohl so. Ihr gegenüber habe ich mich immer so ... sie hat mir so leidgetan, wenn du verstehst, was ich meine. Wegen ihres armen Beines, aber auch ... das Leben war für sie immer wie ein schwerer Kampf. Sie hat nie ihren

Weg gefunden. Bis Summer kam. Summer hat ihrem Leben einen Sinn gegeben. Aber trotzdem haben Claire und ich es nie leicht miteinander gehabt. Ich glaube, sie hat mich lieb, aber … es stößt immer irgendwie an eine Grenze. Ach, eigentlich weiß ich gar nicht, warum ich dir das alles erzähle. Das habe ich noch nie jemandem gesagt, nicht mal Mum. Also, Mum am allerwenigsten. Sie gehört zu den Menschen, gegen die ich Claire verteidigen muss.« Es fühlte sich natürlich und ungeheuer befreiend an, Euan all das zu gestehen, doch wusste sie nicht, wohin es führen würde. Claire schien ihm wichtig zu sein, so viel war klar. Jude spürte, wie sie immer blasser wurde, so als ob die Energie aus ihr heraussickerte.

»Vielleicht … hoffentlich verstehst du mich nicht falsch … vielleicht ist das Teil des Problems. Dass du deine Schwester bemitleidest. Menschen mögen es manchmal nicht, wenn man sie bemitleidet. Und, lass uns den Dingen ins Auge sehen, du klingst, als hättest du genauso viel Mitleid gebraucht wie sie. Claire ist sehr stark. Ich bewundere sie enorm.«

Jude starrte Euan an. Bewunderung. Das bedeutete Respekt, ja. Und in vergangenen Zeiten auch romantische Liebe. Sie spürte einen armseligen Stich von Eifersucht in sich.

Jetzt, wo sie fühlte, dass sie dabei war, ihn zu verlieren, bemerkte sie aufs Neue das Federn seines welligen Haares, die klaren blauen Augen in seinem gebräunten Gesicht, die schön geschwungene Nase und die Lippen, den Puls an seinem Hals, als er seine großen Hände betrachtete, kräftige Hände, die graben und bauen, aber auch sehr sanft sein konnten, wenn es galt, ein verwundetes Tier zu beruhigen. Er schaute auf, quer durch den Garten, und sie folgte seinem Blick.

Trotz ihrer trübseligen Stimmung musste sie lächeln. Summer versuchte, den lavaartigen Strom von geschmolzenem Eis zu stoppen, indem sie es mit dem Mund auffing, als es von der Waffel tropfte, und kreischte dabei, weil es so kalt war. Als Jude Euans tiefes, entspanntes Lachen hörte, durchflutete sie eine Welle des Verlangens.

Summer hatte ihr Eis aufgegessen und fing an, sich die Finger an ihrer Hose abzuwischen.

»Nicht, Summer. Komm her und wasch dir die Hände«, rief Jude und ging mit ihr ins Haus zum Waschbecken.

Als sie wieder herauskamen, stellten sie fest, dass Euan angefangen hatte, die Tiere in den Käfigen zu versorgen. Jude nahm es als Zeichen, dass sie sich verabschieden sollten, und schaute auf die Uhr. Halb sechs.

»Ich muss Summer nach Hause bringen«, erklärte sie Euan. »Vielen Dank, dass du mit uns zu Barney und Liza gefahren bist.«

»Es tut mir leid, dass es nicht viel gebracht hat«, sagte er, sammelte die Becher ein und rettete Summers Strickjacke vom Boden. »Was hältst du davon, mit einem Inserat nach den Lovalls zu suchen?«

»Ich denke, das mach ich. Am besten in der Lokalzeitung?«

»Ich glaube, ja. Wenn du eine Mail an die Redaktion schickst, veröffentlichen sie die wahrscheinlich sehr bald«, sagte er. »Zeitungen wissen solche Briefe offenbar sehr zu schätzen. Um mit ihren Lesern in Kontakt zu kommen, denke ich. Summer, was meinst du, sehen wir uns bald wieder?«

»Ja«, sagte Summer. »Und danke. Weißt du noch, dass du gesagt hast, dass ich mal in deinem Wohnwagen übernachten darf?«

»Das habe ich nicht vergessen«, sagte er.

»Können wir das bald machen?«, drängte Summer. »Ende der Woche fangen die Ferien an.«

»Stimmt. Das sollten wir feiern. Ich werde mit deiner Mum reden«, versprach er. »Ich nehme an, dass du Darcey auch dabeihaben möchtest?«

»Ja«, sagte Summer.

»›Ja, bitte‹, heißt das, kleines Äffchen«, murmelte Jude.

Nachdem sie Summer zu Claire gebracht hatte, fuhr sie zurück nach Starbrough Hall und formulierte in Gedanken schon die Mail an die Zeitung. Es war zu spät, um sie noch abzuschicken. In diesem Augenblick war die Redaktion bestimmt schon dabei, die Leserbriefe für den nächsten Tag zusammenzustellen. Sie würde bis zum nächsten Tag warten. Nach dem Abendessen machte sie sich stattdessen daran, Esthers Tagebuch weiter zu transkribieren.

Nicht lange nachdem unsere Bibliothek fertig war, traf ich das Zigeunermädchen wieder. Es war Winter, und beinahe zwölf Monate waren vergangen, seit ihre Leute das letzte Mal im Wald bei Starbrough gesehen worden waren. Die Hausiererin tauchte wieder an der Küchentür auf, und dieses Mal hatte sie das Mädchen bei sich, das für mich meine Freundin war, und deren ältere Schwester. Susan rief mich an die Tür, um ihre Waren zu betrachten, denn sie wusste, dass ich mir ein Spitzenband für das Kleid aussuchen sollte, das sie für mich nähte. Ich lächelte die Mädchen an, aber sie waren schüchtern, und nur das jüngere begegnete meinem Blick. Das ältere, das etwa in meinem Alter gewesen sein muss, war von dunkler Haut und untersetzter Statur, ganz anders als seine vogelartige Schwester, obwohl auf eine derbe Weise hübsch, wie ich zugebe. Ich betrachtete jedes Stückchen Spitze, welches sie mitgebracht hatten, und wählte dazu passende Kragen und Manschetten. Dann kaufte ich, einem Impuls folgend, ein halbes Dutzend Bänder, um sie Betsy und Susan zu schenken. Noch nie hatte ich gesehen, dass Mrs. Godstone etwas so Frivoles wie ein Band trug. Also wählte ich für sie ein paar Wäscheklammern und für die männlichen Bediensteten Tiegel mit übel riechender Salbe für Schnittwunden und Abschürfungen. Diese Dinge bezahlte ich aus einer Geldbörse, die mein Vater mir gegeben hatte, und so lernte ich, welches Vergnügen es macht, etwas zu verschenken.

Mehrere Tage vergingen. Der Kutscher Jan brachte uns ernüchternde Neuigkeiten. Einer der Zigeuner, Luca oder Lucas war sein Name, sagte er, war nach einem Streit um ein Pferd zu Tode gekommen. Der Mörder, ein Grobian aus dem Gasthaus, wo sie beide gebechert hatten, war in Arrest genommen worden. Mein Vater war mit der gerichtlichen Untersuchung des Falles betraut worden, da Lucas' Leute auf unserem Land lagerten. Später hörte ich, dass er die Bestattung des armen Mannes aus eigener Tasche bezahlt hatte.

Am nächsten Abend war ich zu vorgerückter Stunde oben, um mich für die Nacht fertig zu machen. Als ich zum Fenster ging, um den Vorhang zuzuziehen, bemerkte ich einen merkwürdigen Schein über dem Wald und auch Rauchwolken. Ich rannte zur Tür, schrie ins Haus hinein, dass der Wald in Flammen stünde! Es dauerte nur einen Augenblick, bis alle erwacht waren, Türen geschlagen wurden, Menschen riefen und allgemeine Panik ausbrach. Mr. Corbett und Jan eilten mit meinem Vater hinaus. Sie waren mit Kehrbesen bewaffnet, um die Flammen zu bekämpfen, während ich mir den Umhang überstreifte und mich mit Betsy auf den Weg machte, die Nachbarn zu alarmieren und Mr. Trotwood zu bitten, Hilfe aus dem Dorf zu holen. Nachdem das getan war, schlossen wir uns einer

Gruppe an, welche in der Absicht in Richtung Wald eilte, nachzusehen, welche Hilfe vonnöten war. Es dauerte nicht lange, und wir konnten dem Rauch und den Flammen folgen und das Geschrei der Leute hören. Als wir das Lager an der Foxhole Lane erreicht hatte, bot sich uns ein erschreckender Anblick. Einer der Wagen brannte, und ein halbes Dutzend Leute wankte herum und stritt sich um Habseligkeiten. Zwei betrunkene Zigeuner torkelten mit Fässern und Schemeln und Kleidung über den Platz, welche sie mitten ins Feuer werfen wollten. Mehrere Frauen zerrten sie wieder fort. Mr. Corbett, Jan und mein Vater halfen ihnen dabei. Die Frauen zeterten und schrien, die Männer fluchten und lachten – fürwahr ein Höllenspektakel.

Und dann sah ich die Kinder, die abseits der Flammen und des beißenden Qualms standen und sich aneinanderdrängten. Ihre Gesichter schimmerten golden im Schein des Feuers, die Münder hatten sie vor Schreck aufgerissen. Ich rief nach Betsy, um mir zu helfen, und gemeinsam gingen wir zu ihnen, um sie zu trösten.

»Können wir sie zu uns nach Hause mitnehmen?«, fragte ich Betsy, aber sie wollten ihre Leute nicht verlassen. Stattdessen machte sich Betsy auf den Weg, Mrs. Godstone mit Decken und Nahrung zu holen. Das ältere Mädchen umklammerte seinen Bruder, während ich mich um meine Freundin kümmerte. Das arme Ding zitterte in meinen Armen, der Schreck spiegelte sich in ihren Augen, und ich gab mein Bestes, sie zu trösten, bis ihre Mutter, die Hausiererin, uns erblickte. Sofort kam sie zu uns und forderte, dass ich das Mädchen aus meinen Armen freigab.

Es dauerte eine Stunde, bis die Männer aus dem Dorf eintrafen, die Flammen ausschlugen. Eine weitere Stunde verstrich, bis nichts mehr aufflackerte und Jan und Mr. Corbett die erschrockenen Tiere eingefangen hatten. Da wir ansonsten nichts mehr für die Zigeuner tun konnten, überließen wir sie ihrem beschädigten Hab und Gut und ihrer Trauer.

»Ihre Sitten haben uns diesen Ärger verschafft«, sagte mein Vater, als wir uns auf den Heimweg machten, »wenn ein Roma stirbt, verbrennen sie seinen Wagen und seine Besitztümer. Aber heute Nacht sind seine Brüder zu weit gegangen.«

Und mir gelang es nicht, das Entsetzen und die Hoffnungslosigkeit in den Augen des kleinen Zigeunermädchens aus meinem Gedächtnis zu verbannen.

In dieser Nacht dauerte es eine kleine Ewigkeit, bis Jude einschlafen konnte. Stattdessen zerbrach sie sich den Kopf über die Ereignisse des Tages. Am meisten Sorgen machte ihr das Gespräch mit Euan. Sie gestattete sich die Erinnerung an seine tiefdunklen Augen, den ganz besonderen Mund und den sanften Gesichtsausdruck. All das gab ihr ein köstlich warmes Gefühl, bis seine Worte über Claire sich in ihre Fantasie mischten. Jude versuchte, nicht länger an Euan zu denken, sondern sich auf Claire zu konzentrieren. Stimmte es wirklich, dass sie Claire bevormundete, wenn sie ihr helfen wollte? Oder begegnete sie ihr auf Augenhöhe? Es war tatsächlich so, dass sie Claire manchmal unglaublich irritierend fand, und sie hatte sich immer für eine gute Schwester gehalten, wenn sie versuchte, darüber hinwegzusehen. Was war der Grund für dieses Ungleichgewicht zwischen ihnen? Wie empfand Claire im Bezug auf sie? Hatte Claire deshalb niemals einen Stern für sie benannt, weil sie Jude nicht genügend liebte? Jude grübelte weiter. Nur selten interessierte Claire sich für das, was Jude tat – für ihre Forschungen oder ihre Arbeit –, und das war schon immer so gewesen. Vielleicht war es Eifersucht, aber vielleicht bedeutete Jude ihr auch nicht besonders viel.

Euan bewunderte Claire, das hatte er Jude anvertraut, und jetzt fragte sie sich, ob er tiefere Gefühle für ihre Schwester hegte. Jude hatte die beiden nicht oft genug zusammen gesehen, um sich ein Urteil bilden zu können, und ganz bestimmt nicht über einen längeren Zeitraum. Bisher hatte sie nicht die Gelegenheit gehabt, die kleinen Blicke und Gesten aufzufangen, die solche Gefühle verrieten. Allerdings war sie überzeugt, dass Claire auf mehr als nur Freundschaft hoffte. Und es stimmte auch, dass die beiden die kleine Summer sehr liebten. Euan verstand sich gut mit Kindern, und Summer verehrte ihn.

Bei dem Gedanken an die drei zusammen – Euan, Claire und Summer – flammte die Eifersucht qualvoll in ihr auf. Anschließend überkam sie eine Art Dumpfheit. Nein, in diesem Moment hatte sie kein bisschen Mitleid mit Claire, sondern spürte den alten Groll, den sie manchmal als Kind empfunden hatte, damals, als Claire mehr oder weniger die gesamte Aufmerksamkeit auf sich gezogen hatte. Oder als Teenager, als die Jungen sich mehr für die lebhafte, hübsche Claire interessiert hatten als für Judes ruhigeren und sanfteren Charme. Es war lange her, dass sie diese jugendliche Eifersucht das letzte Mal verspürt hatte. Aber hin und wieder entdeckte sie überrascht die alten Muster von Zorn und Neid unter der Oberfläche. Sie fragte sich, ob man in Grans Alter auch noch so empfand. Seufzend drehte sie sich um und versuchte, zur Ruhe zu kommen.

Seit Marks Tod hatten sie beide versucht, einander näherzukommen, sich mehr umeinander zu kümmern, das sah sie schon. Summer war fast drei gewesen, Claire strampelte sich mit dem »Star Bureau« ab und sparte nach Kräften, um sich ein Haus leisten zu können. Sie hatte ihr Bestes gegeben, um Jude zu trösten, hatte häufig angerufen und darauf geachtet, ihre Schwester bei ihrer Mutter zu besuchen, wann immer sie nach Hause kam. Dabei waren sie sich auf jeden Fall nähergekommen. Aber ihre Beziehung war irgendwie wieder aus dem Gleichgewicht geraten, und Jude wusste ganz genau, dass das zum Teil auch mit Euan zu tun hatte. Ihre Gedanken drehten sich im Kreis.

Euan ist ursprünglich Claires Freund, flüsterte ihre innere Stimme ihr wieder zu. Außerdem hatte sie das alles doch schon mit Chantal besprochen. Sie sollte sich Euan gegenüber einfach normal und freundlich verhalten und abwarten, wie die Dinge sich entwickelten. Aber vielleicht trieb das, was sich da entwickelte, auch für immer einen Keil zwischen die Schwestern? Oh, verdammt noch mal!

Erst kürzlich hatte sie in einer Zeitschrift einen Artikel über Schwestern gelesen, in dem auch dieses gegensätzliche Gefühl betont wurde, das die beiden füreinander hegten, eine Mischung aus eifersüchtiger Rivalität und großer Sorge umeinander. Es hatte geheißen, dass Schwestern ungeheuer wichtig füreinander wären, auch wenn sie den schlimmsten Hass und die tiefste Eifersucht aufeinander empfinden könnten, die in der kindlichen Konkurrenz um die Aufmerksamkeit der Eltern begründet läge. Außerdem stand in dem Artikel, dass die Position in der Familie sehr wichtig sei. Das besagte offenbar, dass die ältere Schwester meist als zuverlässiger galt, aber auch als rechthaberischer. Komisch, aber in ihrer Familie war es genau anders herum. Claire war weniger zuverlässig und beklagte sich oft, dass ihre Mutter sich mehr für Jude interessiere, ja dass sie Jude sogar mehr liebe. Es wäre interessant, irgendwann mal mit Mum darüber zu sprechen. Woraus sich die nächste Frustration ergab – das war ja wohl kaum ein Gespräch, das man per Handy mit Spanien führte.

Am nächsten Morgen war Jude zwar müde, fühlte sich aber auch wieder mehr im Gleichgewicht, und sie machte sich daran, den Brief an die Lokalzeitung zu formulieren. Er begann so:

Ich möchte gerne mit der Familie von Tamsin Lovall Kontakt aufnehmen. Tamsin Lovall war eine Kinderfreundin meiner Großmutter, einer gebürtigen Jessie Bennett, die darauf brennt, von ihr zu hören.

Jude hörte auf zu tippen, dachte lange und angestrengt darüber nach, welche Adresse sie angeben sollte. Am Ende besprach sie sich kurz mit Robert, gab ihren Namen an und die Anschrift von Starbrough Hall. Gran war sehr verletzlich, und es könnte sie durcheinanderbringen, wenn Post von Fremden bei ihr eintraf. Außerdem könnte es sein, dass die Lovalls sich an den Namen Starbrough Hall erinnerten.

Jude schickte die E-Mail ab und wollte gerade ihre Katalogdatei öffnen, um noch ein paar Bücher zu beschreiben, als Megan aus dem Museum sie auf dem Handy anrief. Jude war überrascht, von ihr zu hören, denn sie hatten ja vereinbart, dass sie sich wieder melden sollte, sobald sie die Halskette vom Juwelier zurückbekommen hatte.

»Ich konnte es nicht erwarten, Ihnen davon zu erzählen«, sagte Megan.

»Worum geht's?«

»Charles Mallory. Der Archäologe. Nachdem Sie gegangen waren, habe ich nach ihm gesucht. Ich wusste, da war irgendwas Merkwürdiges.«

»Etwas Merkwürdiges?«

»Ja. Er ist gestorben. Kurz darauf, meine ich. Ich dachte, ich hätte es irgendwo gelesen. Damals ist es als großes Geheimnis behandelt worden. Ich habe einen Freund im Zeitungsarchiv gebeten, die Sache für mich zu überprüfen. Gerade eben hat er zurückgerufen. Ein paar Wochen, nachdem der Bericht über seine archäologischen Entdeckungen, den Sie gefunden haben, erschienen war, ist Mallory offenbar einfach verschwunden. Man nahm an, dass er nach Cambridge zurück sei, aber dann hat ihn sein Kollege als vermisst gemeldet. Niemand schien sich ganz sicher zu sein, wo er das letzte Mal gesehen worden war. Dann fand man seinen Wagen an einer Straße in der Nähe des Hafens in Brancaster Staithe. Ein paar Wochen früher war seine Leiche weiter oben an der Küste angeschwemmt worden, aber bis dahin hatte man ihn noch nicht identifiziert. Bis heute weiß niemand, ob es ein Unfall oder was anderes war. Ob er sich vielleicht selbst umgebracht hatte.«

»Äußerst seltsam. Sie wollen doch nicht sagen, dass auf dem Ort ein Fluch lag«, fragte Jude, »wie bei dem Grab von Tutanchamun?«

»Man könnte es fast glauben, finden Sie nicht?«, erwiderte Megan. »Deshalb hab ich Sie auch sofort angerufen. Obwohl es ja ziemlich absurd klingt. Es ist doch wahrscheinlicher, dass es eine gewöhnliche Erklärung dafür gab, oder? Allem Anschein nach war er ein bisschen exzentrisch – dieser alberne Schnurrbart! –, und vielleicht war er depressiv oder so.«

»Das mit dem Fluch ist schwer zu beurteilen. Vielleicht hat er sich verflucht gefühlt, was sich dann auf seine Psyche ausgewirkt hat.«

»Ich glaube nicht, dass mein Freund etwas in die Richtung gefunden hat. Wie auch immer, das hilft Ihnen mit der Halskette auch nicht weiter, oder?«

»Nein, aber trotzdem vielen Dank, dass Sie mich informiert haben. Ich rufe Sie an, sobald ich die Kette zurückhabe.«

Später überlegte Jude, dass Mallorys Geschichte, so seltsam sie auch sein mochte, zu all den anderen seltsamen Dingen passte, die angeblich beim Starbrough Folly passiert waren. Immerhin hatte der Archäologe die Ruhe einer uralten Begräbnisstätte aufgestört und ein paar Knochen fortgenommen. Vielleicht hatte irgendetwas seinen Verstand durcheinandergebracht – obwohl er auf dem Foto in der Zeitung noch vollkommen glücklich und stolz ausgesehen hatte. Wenn es sich um einen einzelnen Vorfall innerhalb der Geschichte des Turmes gehandelt hätte, dann hätte Megan recht, und Mallorys Tod wäre aller Wahrscheinlichkeit nach ein Unfall gewesen. Aber wenn man das zu all den anderen Geschichten hinzuzählte, sah es düsterer aus.

Als Jude den Posteingang ihres Mailprogramms öffnete, vergaß sie die Angelegenheit gleich wieder, denn Bridget und Klaus hatten ihr getrennt jeweils eine Nachricht geschickt. Beide begrüßten Judes Idee für den Artikel, die sie ihnen geschickt hatte, aber über ihre jeweils sehr unterschiedlichen Anliegen musste sie lachen. Klaus war an verschiedenen Blickwinkeln interessiert, um einen Köder für verschiedene Sammlertypen auszuwerfen, und wollte sichergestellt wissen, dass Jude die Einzigartigkeit und Bedeutung der Stücke an sich betonte. Bridget hingegen schickte ihr eine Liste nützlicher redaktioneller Vorschläge dazu, wie man daraus eine packende Geschichte machen könnte. Mit ihrem generellen Ansatz waren beide einverstanden, obwohl Bridget sich ein wenig sehnsüchtig wünschte, dass es mehr »harte Fakten« über die astronomischen Entdeckungen gäbe.

»Ich tue, was ich kann, Bridget«, schrieb Jude zurück. Sie wünschte sich auch, mehr in der Hand zu haben. Es wurde langsam Zeit, dass Cecelia sich mit ihren möglicherweise aufregenden Informationen zurückmeldete. Sie seufzte und machte sich dann daran, den nächsten Abschnitt der Transkription von Esthers Buch einzutippen.

27. Kapitel

Am siebenundzwanzigsten Tag des Januars im Jahr des Herrn 1778 brach mein Vater nach Norwich auf, um dort einer großen Versammlung im Gasthaus Maid's Inn beizuwohnen. Aus allen Gegenden Norfolks, so erklärte er mir, seien Edelmänner, Geistliche und Landeigentümer zusammengerufen worden, um darüber zu debattieren, ob man eine Subskription eröffnen solle, um in diesen schweren Zeiten ein Regiment für den König zu bilden. Da ich über keinerlei Kenntnisse der fraglichen Angelegenheit verfügte, machte er mich mit der Revolte in unseren amerikanischen Territorien vertraut und unterrichtete mich darüber, dass ihre Verteidigung gegen die Rebellen in nicht unbeachtlichem Maße Geld und Männer aus unserem Reich sauge. Ein Beweis unserer Unterstützung für King George sei unverzüglich vonnöten, verkündete er, und jeder Engländer, der seines Namens würdig sei, solle dieser Sache sein Herz und seine Geldbörse öffnen.

Nach Einbruch der Nacht kehrte er erschöpft und aufgeregt zurück. Die Versammlung hatte lange angedauert, es hatte zahlreiche Meinungsverschiedenheiten und hitzigen Streit gegeben. Aber er hatte fünfundzwanzig Guineas gezeichnet und seine Pflicht getan.

Nachdem er mit gekochtem Hammel in Kapernsoße gut zu Abend gegessen hatte, zog er sich in seine Bibliothek zurück und von dort aus, wie ich zutiefst überzeugt war, in sein Bett. Aber als ich ihn am nächsten Morgen nach dem Frühstück suchte, war er nirgends aufzufinden, weder in der Bibliothek noch in der Werkstatt, noch in seinen Zimmern. Betsy wurde befragt, die erklärte, dass er nicht in seinem Bett geschlafen und auch kein frisches Hemd genommen habe. Mr. Corbett organisierte eine Durchsuchung des Hauses und der Außengebäude. Ich allerdings wusste instinktiv, wo er zu finden war. Ich befahl Sam zu den Ställen. Halb gingen und halb rannten wir durch den Park den Hügel hinauf durch den Wald zum Starbrough Folly. Wie vermutet fand ich die Tür unverschlossen.

Ich weiß nicht, woher ich die Kraft nahm, keuchend und mit einer Angst vor dem Schrecken, der mich dort erwarten mochte, die mich schwindeln machte, die Stufen zu erklimmen, und als ich hinaufgeklettert war, fand ich all meine Befürchtungen bestätigt.

Mein Vater lag ausgestreckt am Fuße der Leiter, seine Lampe zerschmettert am Boden. Ich schrie schluchzend auf und rannte zu ihm hin. Trotz der frostigen Winterluft war sein Körper warm, Gott sei's gedankt, aber der Puls schwach. Seine Lider flatterten, als ich ihn berührte, aber er erwachte nicht. Sein Gesicht war so bleich wie der Neumond in der vergangenen Nacht.

Sam eilte sogleich zurück, um Hilfe zu holen. Ich machte mich daran, meinen Umhang zusammenzufalten, aber als ich den Kopf meines Vaters anhob, um den Umhang wie ein Kissen darunterzuschieben, berührten meine Finger getrocknetes Blut und eine heiße Schwellung über dem linken Ohr. »Vater«, flüsterte ich, »Vater, wacht auf.« Ich weinte ein bisschen, und als meine Tränen auf seine Stirne fielen, öffnete er kurz die Augen und bewegte die Lippen.

Es schien eine Ewigkeit zu dauern, bis wir Rufe hörten und Tritte auf den Stufen hallten. Sam hatte seinen Vater und Mr. Corbett mitgebracht, und bald darauf erschien auch der be-

leibte Dr. Brundall, der so gefährlich keuchte, dass ich befürchtete, er könne in die Ohnmacht sinken wie mein Vater. Dann hätten wir zwei Körper die Treppe hinunterschaffen müssen.

Sie flößten meinem Vater Wasser ein. Der Doktor, der sich inzwischen erholt hatte, versorgte die Wunde und verkündete, es sei »kaum ernsthaft«. Dann hüllten sie meinen Vater in Decken und trugen ihn vorsichtig die Treppe hinunter, wo Dr. Brundalls Sohn und zwei ihrer Diener eine Trage vorbereitet hatten, auf der sie ihn nach Hause tragen wollten.

Den ganzen Tag über und auch den folgenden lag mein Vater bewusstlos auf seinem Bett. Aber in der Abenddämmerung des übernächsten Tages schlug er die Augen auf und konzentrierte sich sofort auf den aufgehenden Mond, den er durch das Fenster erspähen konnte. ›Vater‹, flüsterte ich, und er begegnete meinem Blick. Seine Finger regten sich auf der Decke. Ich legte meine Finger auf seine und hauchte ein Dankgebet. In den Tagen darauf wurde er stetig kräftiger, nahm den Haferschleim zu sich und die Suppe, die Mrs. Godstone gekocht hatte und die ich ihm anreichte – niemand sonst durfte es tun. Man brachte eine hölzerne Pritsche in das Zimmer, sodass ich in seiner Nähe schlafen und ihn versorgen konnte, falls er nachts aufwachte. So verstrichen etwa zwei Wochen, bevor Dr. Brundall die unmittelbare Gefahr für beendet erklärte. Ängstlich und gespannt warteten wir auf weitere Fortschritte, die sich allerdings kaum einstellten. Mein Vater war ein gebrochener Mann.

Der Februar verging. Weder konnte mein Vater das Bett verlassen, noch sprach er. Und dann, eines Tages zu Beginn des Monats März, fand er seine Stimme wieder, die kreischend und rostig klang, als wäre sie lange Zeit begraben gewesen. Er konnte nicht mehr als einzelne Worte aussprechen, ›Ja‹ oder ›Nein‹ oder ›Fleisch‹ oder ›Wasser‹. Schon früh erteilte er mir den Befehl ›Lesen‹. Ich sprang sofort auf und stürmte hinunter, wo ich die Regale in der Bibliothek nach einem geeigneten Buch durchstöberte. Ich wählte Tausendundeine Nacht, *ein Buch, das Vater kurz vor seinem Unfall gekauft hatte, und fühlte mich bald wie Scheherezade persönlich, als ich Nacht für Nacht seine Aufmerksamkeit mit meinen Geschichten fesselte. Wenn er genug hatte, befahl er ›hinaus‹, was nicht zu bedeuten hatte, dass ich entlassen sei, sondern die Kerzen löschen solle. Ich zog mich in mein Zimmer zurück, ließ ihm aber die Vorhänge offen, damit er in seinen einsamen Nachtwachen die Himmel beobachten konnte.*

Eines Tages Mitte März brachte er ›Stern‹ und ›Buch‹ über die Lippen und ahmte das Schreiben nach. Also holte ich seine Observationstagebücher herbei, und wir verbrachten ein oder zwei Stunden mit der Durchsicht all dessen, was er gesehen hatte. Anders als ich erhofft hatte, schien ihn dies keineswegs zu beruhigen, sondern es wühlte ihn vielmehr auf. Diese Begebenheit brachte mich auf die Idee, dass wir ihn eines Nachts in den Park hinaustragen sollten, damit er die Sterne beobachten konnte. Unnötig zu erwähnen, dass der Haushalt diesem Plan mit Entsetzen begegnete. Was, wenn er stürzte oder sich den Tod holte? Doch meinen Vater belebte der Gedanke, und, da ich wusste, dass guter Mut über gute Gesundheit entscheidet, beharrte ich darauf, dass es sein Wille sei. Alle miteinander stimmten jedoch darin überein, Dr. Brundall nichts zu erzählen. Das war nicht einfach, da der gute Doktor sehr oft ins Haus kam. Einmal brachte er Vaters Anwalt Mr. Wellbourne mit, in welcher Angelegenheit, ist mir nicht bekannt, obwohl Mr. Corbett gerufen wurde, um die Unterschrift meines Vaters auf einem Dokument zu bezeugen. »Er war so schwach, dass er kaum schreiben konnte, es war jammervoll anzusehen«, berichtete er mir.

In der ersten Nacht wurde mein Vater draußen auf dieselbe hölzerne Pritsche gebettet, auf der auch ich während der ersten kritischen Tage geschlafen hatte. Schon bald darauf wurde Mr. Trotwood nach Norwich gesandt, um einen Rollstuhl zu besorgen. Vater, der keine Kraft mehr in den Gliedmaßen hatte, war nicht in der Lage, ein Teleskop zu halten. Doch Sam mit seinen geschickten Händen konstruierte einen Rahmen, der an den Stuhl angebracht und an dem das Teleskop befestigt wurde. Nachdem das getan war, musste Vater nur den Kopf bewegen, um durch das Okular zu blicken. Ich saß neben ihm und notierte die gestammelten Beobachtungen wie üblich in seinem Buch. In vielen Nächten war er sogar dazu zu erschöpft, und gelegentlich übernahm ich an seiner Stelle die Beobachtung. Ich liebte es, die Himmel nach Kometen abzusuchen. Allerdings war keines der Teleskope in der Bibliothek in der Lage, die Schätze der Himmel so klar zu zeigen wie der große Reflektor im Turm. Aber ich wagte nicht, allein hinaufzusteigen. Daher wurde es eingerichtet, dass der Reflektor wieder ins Haus geschafft wurde, was großen Ärger verursachte. Sam konstruierte einen Stand im Park. Es war das Beste, was wir erreichen konnten, obwohl der Park nicht so geeignet war wie der Turm, der von den Lichtern anderer Gebäude weit entfernt war und den Sternen näher. Auch im Park war es einsam und noch dazu kalt. Oft waren meine Kleider schwer von feuchtem Tau oder steif von Raureif.

In einer frostigen Nacht Ende März beobachtete ich zum ersten Mal etwas, was wie eine kleine Scheibe aussah, welche nahe am Taurus vorbeizog. Am folgenden Abend war sie wieder zu sehen. Von nun an suchte ich sie in jeder klaren Nacht und maß ihren Fortschritt auf Gemini. Ich glaubte, es müsse sich um einen Kometen handeln, aber falls es sich tatsächlich so verhielt, musste es mit seiner regelrechten und schweiflosen

Gestalt ein recht ungewöhnlicher sein. Monate verstrichen, bis mir bewusst wurde, was ich entdeckt hatte.

Jude war unten auf der Seite angekommen und blätterte um. Bestürzt stellte sie fest, dass nichts mehr folgte. Esthers Geschichte war zu Ende! Aber wie konnte das sein? Ja, der Satz war vollständig, die Geschichte aber nicht. Es war grausam. Sie musste mehr erfahren, sie *musste* es einfach. Es war allgemein bekannt, dass Anthony später im Jahr gestorben war. Aber Jude hatte keine Ahnung, was mit Esther geschehen war und mit diesem merkwürdigen Kometen, an den sie sich aus den Observationstagebüchern erinnerte.

Sie seufzte. Zum jetzigen Zeitpunkt blieb ihr nichts anderes übrig, als mit dem zufrieden zu sein, was sie in der Hand hielt. Für Bridgets Artikel mochte es reichen – dennoch fühlte sie sich im Stich gelassen. Auf ihrem Laptop schloss Jude den Ordner mit dem letzten transkribierten Abschnitt und schickte ihn per Mail an Cecelia.

Wie war Paris? Du wirst staunen über den letzten Abschnitt. Welche Entdeckung haben sie Deiner Meinung nach gemacht?

Freue mich, von Dir zu hören.

Mit ein bisschen Glück würde Cecelia die Andeutungen verstehen.

Als Jude sich abends noch einmal einloggte, hörte sie am *Ping*, dass eine Antwort in ihrem Posteingang gelandet war.

Jude, vielen Dank für diese Zeilen, sie sind faszinierend. Ich habe jetzt sämtliche Observationstagebücher gelesen und Dir die Briefe geschickt, die Du brauchst, um alles zu verstehen.

Dann wirst Du aus dem Staunen nicht mehr rauskommen. Die Briefe sollten morgen bei Dir eintreffen. Ruf mich an, wenn Du sie gelesen hast. Es gibt viel zu besprechen.

Oh, und Paris war wunderbar!

Am Freitagmorgen erreichte ein dicker Umschlag, der in Cecelias eleganter Handschrift an Jude adressiert war, Starbrough Hall per Expresszustellung. Darin befanden sich Fotokopien von einem halben Dutzend Briefen in Esthers schräger Handschrift, die Jude mittlerweile sehr vertraut war. »Das sind die Briefe aus der Bibliothek in Cambridge«, erklärte sie Chantal.

Die beiden Frauen begaben sich damit in die Bibliothek, wo Jude die Briefe auf dem Tisch ausbreitete. Alle waren mit »Esther Wickham« unterschrieben und an einen gewissen »Josiah Bellingham« gerichtet.

»Helfen Sie mir auf die Sprünge, wer war das noch mal?«, fragte Chantal.

»Ein Uhrmacher aus London, der auch optische Linsen geschliffen hat«, erklärte Jude, »und ein Amateur-Astronom, der einen guten Ruf genoss. Lebte und arbeitete in der zweiten Hälfte des achtzehnten Jahrhunderts in Whitechapel. Ich vermute, dass Anthony Wickham bei ihm die Ausrüstung für seine Teleskope gekauft hat. Ja, sehen Sie nur, was hier im ersten Brief steht.«

14. Mai 1778

Lieber Mr. Bellingham,

ich schreibe Ihnen auf Betreiben meines Vaters Anthony Wickham von Starbrough Hall. Vielleicht erinnern Sie sich an ihn, denn oft hat er Linsen und Spiegel für Fernrohre bei Ihnen gekauft. Sie werden überrascht sein, dass ich an der Stelle mei-

nes Vaters schreibe, und noch dazu, dass es nicht meine Absicht ist, Waren bei Ihnen zu bestellen, sondern weil ich dringend Ihren Rat benötige.

Möglicherweise sind die traurigen Nachrichten aus Starbrough Hall nicht bis zu Ihnen gedrungen, aber am 28. Januar des Jahres hat mein Vater einen schrecklichen Unfall erlitten, welcher ihn ernstlich niedergestreckt hat. Obwohl er sich inzwischen ein wenig erholen konnte, Gott sei es gedankt, ist er bis jetzt gebrechlich und nicht in der Lage, sich ohne Hilfe aus dem Bett zu erheben oder zu gehen, unfähig zu schreiben oder mehr als ein paar Worte zu sprechen. Wir beten darum, dass die Besserung voranschreiten möge.

In den letzten Wochen hat er sich als rüstig genug erwiesen, um die Beobachtung der Sterne wieder aufzunehmen, und dies hat er entschlossen getan. Viele Nächte haben wir im Park verbracht, und nun muss ich Ihnen über eine Merkwürdigkeit berichten, derer wir ansichtig geworden sind. Ein seltsames Objekt wie ein Komet, ohne Schweif oder Nebula, aber es bewegt sich und ist im Quartil nahe Tau Tauri sichtbar. Dies haben wir mit Vergrößerung 460 beobachtet, sehr klar umgrenzt, und mit Vergrößerung 278 in der Nähe einen scharfen und kleinen Stern.

Es war der Vorschlag meines Vaters, Ihnen – als der besten unter seinen Bekanntschaften – zu schreiben, um die Beobachtung weiter zu untersuchen. Mein Vater ist überdies überzeugt, dass Sie ein ehrenwerter Mann sind.

»Der also den Ruhm nicht für sich beansprucht, vermute ich«, murmelte Jude.

Bellingham musste freundlich reagiert haben, denn der nächste Brief an ihn war auf wenige Tage später datiert und beantwortete lediglich ein paar Fragen, die Bellingham wegen der Bemessungen gestellt hatte. Jude schloss daraus, dass Bellingham nicht in der Lage gewesen war, das Objekt mit seinen eigenen Teleskopen zu entdecken, aber vorhatte, einen Bekannten aufzusuchen, der ein besseres Gerät besaß. Der dritte Brief zeigte an, dass der Bekannte das Objekt auch nicht hatte sehen können oder darauf geschlossen hatte, dass es sich um einen Nebelfleck handeln müsse. *Es ist wichtig, das Objekt über einen längeren Zeitraum zu beobachten,* hatte Esther geschrieben, *vielleicht einen Monat lang, obwohl es jetzt vom Himmel entschwunden ist.*

Im Juli schrieb sie wieder an Bellingham und erkundigte sich nach neuen Entwicklungen, und dann zur Erinnerung noch einmal im August.

Im letzten Brief, der im Oktober verfasst worden war, hatte sich ihr Ton verändert. Bellingham musste ihr endlich geglaubt haben, denn sie antwortete, dass sie begierig darauf sei, von ihm zu hören, *sobald Sie sich mit der Astronomischen Gesellschaft beraten haben. Noch nie habe ich so etwas wie eine Abhandlung verfasst, und ich fürchte, dass ich bedeutende Unterstützung benötige.*

Als Jude nach dem Mittagessen in der Bibliothek allein war, rief sie wie verlangt Cecelia an.

»Die Transkription, die du mir gestern geschickt hast, und Esthers Briefe an Bellingham bestätigen genau meine Interpretation des zerrissenen Tagebuchs, das du mir überlassen hast. Jude, es ist kaum zu glauben. Ist der Groschen gefallen?«

»Leider nein«, erwiderte Jude. »Ich fürchte, du musst es mir erklären.«

»Das, was sie beobachtet hat«, fuhr Cecelia fort, und noch nie hatte Jude sie so aufgeregt erlebt, »ist der Planet, den wir

Uranus nennen. Überleg doch mal, Jude, sie hat ihn im Jahr 1778 gesehen! Drei Jahre bevor Herschel ihn entdeckt und ihm den Namen gegeben hat. Obwohl ich glaube, dass der Planet eine Weile gar nicht Uranus geheißen hat. Herschel und seine Schwester Caroline haben das Gebilde eine Zeit lang auch für einen Kometen gehalten.«

»Das heißt, aus Esther war wirklich eine begabte Astronomin geworden.«

»Ja, sie hat auf dem Fachwissen ihres Vaters aufgebaut. Und ohne das Teleskop, das sehr gut gewesen sein muss, wäre sie nicht imstande gewesen, das Objekt zu entdecken. Außerdem sollte ich noch erwähnen, dass sie angeblich nicht die Einzige war, die das seltsame Objekt vor Herschel gesehen haben soll. Trotzdem war Herschel der Erste, der es gründlich untersucht und die Öffentlichkeit darauf aufmerksam gemacht hat. Und ich nehme an, das ist es, was an einer Beobachtung eigentlich zählt – zu erkennen, ob sie möglicherweise wissenschaftlich bedeutend ist. Dann kann man der Sache auf den Grund gehen. Denk an Isaac Newton und den fallenden Apfel. Wie oft haben Menschen zuvor schon Äpfel fallen sehen, ohne dass irgendjemand was anderes darin erkannt hat als eine allgemein bekannte Tatsache. Aber Newton verfügte über Hintergrundwissen und genügend intellektuelle Neugier, um weiterzumachen und endlos zu experimentieren und daraus die Theorie der Schwerkraft zu entwickeln.«

»Und warum ist es dann von Bedeutung, dass Esther diesen Kometen oder Planeten gesehen hat? Ein paar Jahre später hat ihn doch jemand anders entdeckt, ihm einen Namen gegeben und den gesamten Ruhm eingeheimst.«

Aber Cecelia ließ sich nicht beirren. »Ich glaube, innerhalb der Geschichte der Astronomie ist ihre Beobachtung eher unbedeutend. Aber im Zusammenhang der Geschichte dieser Sammlung, die du verkaufen willst, ist sie faszinierend. Und als Historikerin der Astronomie interessiert mich das alles natürlich sehr. Ihre Beobachtung gehört zu dem gesamten Unternehmen der wissenschaftlichen Entdeckungen jener Zeit. Außerdem, und das ist ungewöhnlich, war Esther eine Frau. Vermutlich hast du schon mal was von Herschels Schwester Caroline gehört?«

»Nein, eigentlich nicht«, gestand Jude ein.

»Die Welt wissenschaftlicher Entdeckungen ist eine Männerwelt, und Caroline ist ein erstklassiges Beispiel für die Möglichkeiten, die Frauen in dieser Männerwelt offenstehen. Aber auch für die Grenzen, die ihnen gezogen werden. William Herschel gelang es, einer sehr strengen Erziehung in Deutschland zu entkommen und sich als Musiker und Amateur-Astronom in Bath niederzulassen. Aber er hatte ungeheure Schwierigkeiten, die Erlaubnis zu erwirken, dass seine kleine Schwester ihm folgen durfte – es wurde erwartet, dass sie das Dienstmädchen der Familie spielte. Als sie schließlich doch bei ihm eingetroffen war, hat sie ihm geholfen, die oft ziemlich strapaziösen körperlichen Anstrengungen zu bewältigen. Er hat seine Spiegel selbst geschliffen und sich seine eigenen riesigen Teleskope gebaut. Genau wie Wickham. Caroline musste ihm helfen, obwohl sie nur eine kleine zarte Frau war. Aber auch sie hat den Sternenhimmel betrachtet und notiert, was sie sehen konnte. Sie erhielt öffentliche Anerkennung für ihren Beitrag und wurde sogar ein bisschen berühmt, weil sie einen Planeten entdeckt hatte. Der erste ›Lady's Comet‹, wie die Schriftstellerin Fanny Burney es genannt hat. Zum Teil beruhte Carolines Berühmtheit auch darauf, dass sie als weiblicher Astronom in den Augen der Zeitgenossen ein eigenartiger Mensch war, irgendwie ein Sonderling. Es war eher üblich, dass man von der ›Schwester des großen William Herschel‹ sprach, wenn man sie meinte. Vielleicht hat es ihrer Sache sogar genützt, dass sie so bescheiden und klein und zurückhaltend war.«

»Ich frage mich, ob Esther auch so war«, sagte Jude mit einem kleinen Lächeln. »Sie muss die Leute ganz schön herumkommandiert haben, damit dies oder jenes für ihren Vater getan wurde!«

»Ja, wenn man bedenkt, dass sie, wie aus deinen letzten Transkriptionen hervorgeht, ein Findelkind war und deshalb wahrscheinlich als das niedrigstes unter den niedrigen Wesen angesehen wurde, dann sieht es so aus, als habe sie sich bei allen Leuten Respekt und Gehorsam verschafft. So energisch und tatkräftig sie war, muss sie gleichzeitig auch sehr klug und feinfühlig gewesen sein. Es ist interessant, darüber zu spekulieren, was passiert wäre, wenn ihr Vater nicht diesen Unfall gehabt hätte. Vielleicht hätten sie zusammen Entdeckungen gemacht, die mit denen Herschels hätten konkurrieren können. Na ja, natürlich ist es nutzlos, sich darüber den Kopf zu zerbrechen. Es ist viel interessanter, den Briefwechsel mit diesem Bellingham zu lesen. Ich frage mich, ob er irgendwas wegen dieses merkwürdigen Objekts unternommen hat, über das sie berichtet hat.«

»Ich weiß es doch nicht«, sagte Jude verzweifelt. »Das ist alles, was es von Esther zu lesen gibt.«

Nachdem sie das Gespräch beendet hatten, dachte Jude über all das nach, was Cecelia gesagt hatte, und fühlte sich doch besser. Immerhin konnte sie in ihrem Artikel etwas schreiben, was von gewisser Bedeutung war. Esther und ihr Vater hatten eine wichtige Entdeckung gemacht, und ihre Arbeit verdiente, der Öffentlichkeit präsentiert zu werden. Jude konnte es kaum erwarten, sich hinzusetzen, das Exposé für ihren Artikel zu überarbeiten und Bridget zu informieren. Jetzt hatte sie allerdings keine Zeit: Sie hatte versprochen, das Abendessen zu kochen.

Die Familie saß früh am Tisch, weil die Zwillinge ins Bett gebracht werden mussten und Robert noch zu einem öffentlichen Treffen der Pfarrgemeinde fahren musste, das er leiten sollte. Chantal sollte ihn begleiten. Während Jude nach dem Brathähnchen – dem Leibgericht der Zwillinge – eine kleine Portion Erdbeeren mit Sahne verteilte, bot sie an, Max und Georgie ins Bett zu bringen, sodass Alexia ebenfalls an der Gemeindesitzung teilnehmen konnte, was sie aber freundlich ablehnte.

»Das ist einfach nicht mein Ding«, gestand Alexia. »Robert kommt ohne mich sehr gut zurecht. Warum fahren Sie nicht mit, Jude? Wahrscheinlich dürfen Sie nicht mit abstimmen oder so, aber über den Turm wissen Sie doch bestens Bescheid. Und für uns haben Sie genug getan. Sie haben uns ein tolles Abendessen zubereitet!«

»Ja«, fügte Robert hinzu, »Sie könnten uns tatsächlich nützlich sein, Jude. Würde es Ihnen etwas ausmachen, der Versammlung kurz ein paar Worte zum Starbrough Folly zu sagen?«

Jude, die manchmal auch bei Auktionen Vorträge halten musste, willigte ein.

Ungefähr fünfzig Dorfbewohner versammelten sich nach und nach im Gemeindehaus gegenüber der Kirche. Euan war einer der Ersten. Er setzte sich zu Chantal und Jude, doch die Frau, die an seiner anderen Seite saß, verwickelte ihn sofort in eine Unterhaltung. Jude nickte und lächelte Chantals vielen Bekannten zu und war froh, dass sie zwischendurch ein paar ruhige Momente hatte, in denen sie sich ein paar Notizen für ihren kleinen Vortrag machen konnte. Als Robert die Versammlung eröffnete, schaute sie sich nach John Farrell und Marcia Vane um, konnte aber beide nicht entdecken. Ob sie nun von dieser Versammlung wussten oder nicht, Jude merkte, dass die beiden nicht willkommen gewesen wären. Denn kaum hatte die Diskussion begonnen, war klar, dass die meisten Dorfbewohner sich gegen die Planung aussprachen, und ganz bestimmt war allen der Gedanke verhasst, dass der Turm abgerissen werden sollte. »Er ist unsere bekannteste Sehenswürdigkeit«, wie es jemand aus dem Gemeindevorstand ausdrückte.

An dieser Stelle bat Robert Jude, ein paar Worte zu sagen, und stellte sie als »Expertin für Geschichte« aus London vor. Jude begann zögernd, beschrieb dann aber ausführlich, wie der Turm errichtet worden war, um den Sternenhimmel zu beobachten, und dass von dort aus bedeutende Entdeckungen gemacht worden seien, die den damaligen Wissensstand sehr bereichert hätten.

»Außerdem dürfen Sie nicht vergessen«, fuhr sie fort, nachdem sie sich für ihr Thema erwärmt hatte, »dass es ein bedeutendes architektonisches Bauwerk ist. Vielleicht ist Ihnen bekannt, dass *follys* zu den Besonderheiten großer Anwesen des achtzehnten Jahrhunderts gehörten. Auf diese Weise stellten die Landeigentümer ihren Reichtum und ihre Weltläufigkeit zur Schau. Der Turm von Starbrough Hall ist ein ganz besonders schönes Gebäude und darüber hinaus denkmalgeschützt.«

Danach sprach Euan sich gegen die Entwicklung aus. »Der vorliegende Antrag ist ein weiteres Beispiel dafür, wie nach und nach etwas zerstört wird, was für uns lebensnotwendig ist, nämlich unser ländliches Erbe«, begann er. »Stück für

Stück fressen wir unsere kostbare ungezähmte Wildnis auf. Wenn wir anfangen, uns in den Lebensraum des Roten Admirals oder der Bienenragwurz einzumischen, werden wir sie verlieren. Und zwar für immer!«

Als er fertig war und der Applaus abebbte, begann die allgemeine Aussprache, die Robert leitete. »Es ist unwahrscheinlich«, fasste er zum Schluss zusammen, »dass die Planungsbehörden die Erlaubnis erteilen, die Fläche ausgedehnt zu bebauen, aber darauf dürfen wir uns nicht verlassen. Ich schlage vor, dass wir uns gegen den Abriss des Turmes und den Bebauungsplan insgesamt wehren. Farrell könnte allerdings mit dem Argument zurückschlagen, dass es mit dem Starbrough Folly doch schon ein Gebäude auf dem Gelände gibt.« Es dauerte nicht lange, bis Roberts Vorschlag begeistert angenommen wurde. Er erklärte sich bereit, einen entsprechenden Brief zu entwerfen, und damit war die Versammlung beendet.

»Soll ich Sie mit dem Auto ein Stück mitnehmen, Euan?«, fragte Robert, als sie das Gemeindehaus verließen.

»Danke, gern«, erwiderte Euan. Hinten im Wagen streckte er seinen Arm über der Rückenlehne aus, und Jude geriet durch diese Nähe ein wenig außer Fassung.

Robert freute sich über Euans Beitrag zur Diskussion. »Die Natur ist ein entscheidendes Argument für unsere Verteidigung«, sagte er. »Vielleicht darf ich Sie noch mal um Rat fragen, wenn ich den betreffenden Abschnitt schreibe.«

»Sicher«, sagte Euan.

»Wie wäre es, wenn Sie morgen zu uns zum Abendessen kommen? Dann können wir uns schon mal an den Entwurf setzen. In Bienenragwurz und was weiß ich noch alles bin ich nicht so gut wie Sie.«

»Wenn Sie möchten, kann ich morgen tagsüber reinschauen«, sagte Euan. »Abends hab ich leider schon was vor.«

Er wandte sich an Jude. »Darcey, Summer und Claire kommen vorbei. Summer hat es endlich geschafft, dass sie bei mir im Wohnwagen übernachten darf, und Claire hat sich mit einem gewissen sportlichen Ehrgeiz freiwillig gemeldet, sich mein Zelt auszuleihen.«

»Oh, das klingt nach jeder Menge Spaß«, sagte Jude. Ihre Schwester hatte darüber kein Wort verloren, als sie ein paar Stunden zuvor angerufen hatte, und wieder einmal fühlte sie sich merkwürdig ausgeschlossen.

Euan schien gespürt zu haben, was in ihr vorging. »Im Zelt ist Platz für zwei. Warum kommst du nicht auch?«

»Ja, danke«, sagte sie, bedauerte es aber gleich wieder, weil sie nicht sicher war, ob sie sie wirklich dabei haben wollten. »Vielleicht doch lieber nicht. Fürs Zelten hab ich nicht besonders viel übrig«, hätte sie antworten sollen. Aber Euan sagte begeistert: »Großartig! Wir werden grillen. Meine Schwester und ihr Mann kommen vielleicht auch.«

Es ist doch bloß, weil die Kinder da übernachten wollen, sagte sich Jude, als sie nachts wachlag. Aber im Moment verhielt Claire sich so merkwürdig, dass sie sich wie ein Eindringling vorkam.

Sie mahnte sich zur Zurückhaltung, obwohl es lächerlich war, dass sie das überhaupt für notwendig hielt. Es war erst ein paar Wochen her, dass sie sich wegen ihrer Verbundenheit mit Mark von Caspar getrennt hatte. Es war vollkommener Unsinn, Claire ihr Interesse an Euan übel zu nehmen. Und ... jetzt kehrte es zu ihr zurück, das, was sie unbedingt vergessen wollte. Genau darauf musste Claire mit ihrem Hinweis, Mark sei nicht perfekt gewesen, angespielt haben.

Jahrelang hatte Jude es in ihrem Kopf niedergetrampelt, hatte es für das Beste gehalten, für den einzigen Weg, wenn sie Mark nicht verlieren wollte. Und als Mark dann gestorben war, gehörte das Vergessen natürlich zum Vorgang seiner Heiligsprechung in jenem Teil ihres Gedächtnisses, das ihm gewidmet war. Aber nun hatte sie das Kästchen geöffnet, in dem sie die Erinnerungen an ihn aufbewahrte, und es gab keine Möglichkeit mehr, den Deckel wieder zu schließen.

Ihr Vater war fast acht Jahre zuvor verstorben, im Oktober 2001, kurz nachdem Mark und sie sich verlobt hatten. Einundsechzig Jahre alt war er gewesen, ihre Mutter erst vierundfünfzig. Mark und Jude, die ihre Hochzeit für den folgenden Juni geplant hatten, waren praktisch jedes Wochenende zwischen der Beerdigung und Weihnachten bei Valerie gewesen, und auch Claire hatte ihr möbliertes Zimmer oft genug verlassen, um ihrer Mutter Gesellschaft zu leisten. Was auch immer Mark über diesen Haushalt weinender Frauen gedacht haben musste, er war zu mitfühlend und zu taktvoll gewesen, um je ein Wort darüber verlauten zu lassen. Allerdings nutzte er jede Gelegenheit, um das Haus zu verlassen. Er übernahm freiwillig die Einkäufe im Supermarkt, fuhr mit Valeries Wagen zum Tanken, holte die Kleidung aus der Reinigung und tausend andere Dinge. All das hatte Valeries seit Langem erkrankter Ehemann früher erledigt, und Valerie hatte zu diesem Zeitpunkt weder die Kraft noch das Verlangen, sich selbst darum zu kümmern.

Claire versuchte zu helfen, indem sie die Wäsche wusch und bügelte und ihrer Mutter mit den Haaren und dem Make-up zur Hand ging, aber nur allzu oft musste sie erleben, dass sie angeschnauzt und zurückgewiesen wurde.

»Du hast einen Draht zu ihr«, hatte sie sich bei Jude beklagt und sich mit ihren Tarotkarten und Taschentüchern in ihr früheres Schlafzimmer zurückgezogen. Im Grunde genommen verhielt Valerie sich Jude gegenüber kaum anders, aber Jude blieb ruhig, weil es ihr nicht so viel ausmachte.

Ihr war sehr wohl bewusst, dass Mark offenbar mit Claire umgehen konnte. Er neckte sie auf eine Art, die Jude als brüderlich empfand, wenn er ihr zum Beispiel ab und zu den Arm um die Schultern legte. Er hatte eine Schwester, Catherine, die ein oder zwei Jahre jünger war als er, und im Umgang mit Frauen legte er eine Freundlichkeit an den Tag, die Jude immer geschätzt hatte. Deshalb achtete sie nicht besonders darauf, wie Claire und er miteinander umgingen.

Doch in diesem Moment tauchte eine bestimmte Szene aus den wirren Bildern dieser schrecklichen Zeit in ihr auf, einer Zeit, die sie eigentlich aus ihrem Gedächtnis gestrichen hatte.

Valerie und sie waren zu Gran unterwegs und wollten sie am Nachmittag besuchen. Ein paar Kilometer außerhalb der Stadt war Valerie aufgefallen, dass sie ihre Handtasche vergessen hatte. Sie bestand darauf, dass Jude umkehrte, um die Tasche zu holen. Jude war verärgert. Warum konnte ihre Mutter noch nicht einmal für einen einzigen Nachmittag ohne ihre Handtasche überleben? Sie parkte den Wagen in der Straße vor dem Haus, als ihr einfiel, dass sich der Schlüssel in der Handtasche befand und dass Mark nicht zu Hause war, weil er einen alten Schulfreund besuchen wollte. Also stapfte sie durch den Seiteneingang auf das Grundstück, um den Ersatzschlüssel aus seinem Versteck im Gewächshaus zu holen. Als sie durch das Wohnzimmerfenster schaute, nahm sie aus den Augenwinkeln eine flüchtige Bewegung wahr. Sie starrte hin – und Mark starrte zurück. Er lag auf dem Sofa, und Claire hatte sich über ihm ausgestreckt. Schockiert und benommen holte Jude den Schlüssel, schnappte sich die Handtasche aus dem Flur und ergriff die Flucht, ohne ein Wort zu sagen.

Später am Abend erklärte Mark ihr, dass Claire vom Weinen völlig erschöpft gewesen sei. Er habe gerade das Haus verlassen wollen, als sie vor der Tür stand. Da niemand anderes da war, habe sie sich einfach hingesetzt und ihm von ihrem Vater erzählt und davon, wie schwierig Valerie wäre. Es habe damit geendet, dass sie in Tränen ausgebrochen sei. Was hätte er sonst tun sollen, um sie zu trösten? Das wäre alles gewesen. Jude würde überreagieren.

Jude war so wütend und so verunsichert gewesen, dass sie die Nacht auf dem Klappbett in der Abstellkammer verbracht hatte. Sie wolle einfach nur allein sein, hatte sie Mark erklärt, und über die Sache nachdenken. Aber da Mark bei seiner Version blieb und weil ihre Erinnerung an das, was sie gesehen hatte, mit all den anderen verwirrenden Vorfällen aus jener Zeit verschwamm, arrangierte sie sich schließlich damit und ließ die Angelegenheit auf sich beruhen. Wie auch immer, Claire fing an, mehr über einen gewissen Jon zu erzählen, den sie bei ihrer Arbeit an der Bar im Kunstzentrum kennengelernt hatte, und bald darauf war die Krise beigelegt.

Komisch. Erst jetzt, als Jude über Claire und Euan nachdachte, erinnerte sie sich wieder daran. Falls Claire wirklich versucht hatte, auf die alte Geschichte anzuspielen – warum um alles in der Welt? Aus Freundlichkeit oder Unfreundlichkeit? War es wirklich ein merkwürdiger Versuch, Mark von seinem Podest zu stoßen, damit Jude endlich die Tatsache akzeptierte, dass er nicht mehr da war? Oder wandte Claire irgendeinen Trick an, um ihr im Spiel der Liebe eine Nasenlänge voraus zu sein? Oder wollte ihre Schwester ihr etwas vollkommen anderes zu verstehen geben?

Der Gedanke, der Jude plötzlich durch den Kopf schoss, war zu schrecklich, um gedacht zu werden, und sie schob ihn beiseite.

28. Kapitel

Am Samstagmorgen wachte Jude erschöpft und schlecht gelaunt auf. Sie hatte zugesagt, am Abend zum Zelten zu kommen, und war überzeugt, dass Claire nicht besonders glücklich darüber sein würde. Langsam war sie es leid und dachte, dass es in mancher Hinsicht besser sei, wenn sie das Feld räumte. Zwei Wochen war sie nun schon in Starbrough Hall, zwei von diesen kostbaren drei Wochen ihres »Arbeitsurlaubs«, und sie musste sich entscheiden, wie sie die verbleibende Zeit verbringen wollte. Unter den gegebenen Umständen konnte sie hier wohl kaum unbeschwert Ferien machen. Sie überlegte, ob sie nach Greenwich zurückkehren sollte. Manche Nachforschungen konnte sie auch von dort aus anstellen und dann die Vorkehrungen treffen, um die Bücher und wissenschaftlichen Instrumente einzupacken und ins Büro bringen zu lassen. Aber irgendwie war ihr nicht wohl bei dem Gedanken, Summer allein zu lassen, solange das Mädchen derart durcheinander war. Außerdem gab es noch viele lose Enden, zum Beispiel die Geschichte mit Tamsin Lovall.

Vielleicht sollte sie doch bleiben. Obwohl Chantal beteuert hatte, dass Jude auf Starbrough Hall willkommen sei, wollte sie die Gastfreundschaft der Wickhams ungern noch eine weitere Woche in Anspruch nehmen. Bestimmt hatten sie inzwischen genug von ihrem Gast, obwohl sie höflich genug waren, es nicht zu zeigen. Und bei Claire zu wohnen war im Moment keine angenehme Vorstellung, und das lag nicht nur an der ungemütlichen Matratze.

Jude fuhr ihren Laptop hoch und schaute nach, ob sie irgendwelche E-Mails bekommen hatte. Auf den ersten Blick sah sie nichts, doch dann fand sie eine Nachricht, die Cecelia ihr am Tag zuvor geschickt hatte, im Spam-Ordner. Wahrscheinlich lag es daran, dass Cecelia den Betreff in Großbuchstaben geschrieben und mit einem halben Dutzend Ausrufezeichen versehen hatte. DAS MUSST DU UNBEDINGT LESEN!!!!!! Rasch öffnete Jude die Mail, und das, was sie las, ließ sie jeglichen Gedanken an eine Abreise vergessen.

Hey, Jude,

nachdem wir telefoniert hatten, bin ich in die British Library gegangen und habe einfach mal »Josiah Bellingham« in die Suchmaschine des Katalogs eingegeben. Und – ta da! – was kam als Treffer? Sein unveröffentlichtes Tagebuch. Ich habe es sofort bestellt und … Du wirst kaum glauben, was ich gefunden habe. Die entscheidenden Stellen habe ich für Dich eingescannt – hier sind sie!

Jude lud den Anhang herunter und fing an zu lesen.

Aus dem unveröffentlichten Tagebuch des Josiah Bellingham, Hersteller optischer Instrumente und Mitglied der Königlich Astronomischen Gesellschaft.

31. Dezember 1778

Heute Morgen nach dem Frühstück habe ich das Haus meiner Schwester Fawcett verlassen. Nach zwei Stunden Fahrt traf ich um elf Uhr in Starbrough Hall ein. Dort stellte ich fest, dass die

Reise umsonst war, denn Wickham, möge seine Seele in Frieden ruhen, war bereits seit einigen Tagen tot, das Mädchen verschwunden und in situ Wickhams Schwester, eine keifende Harpyie namens Mrs. Adolphus Pilkington, nebst ihrem Mann und dem Sohn, einem dürren Bücherwurm namens Augustus. Niemand konnte sich an meinen Brief erinnern, in welchem ich zwei Tage zuvor meine bevorstehende Ankunft angekündigt hatte. Ich legte mein Anliegen dar: mehr über einen merkwürdigen Kometen oder Nebula zu erfahren, welchen Frau Esther am Himmel beobachtet hatte. Ich erklärte den Pilkingtons, dass ich den Herren von der Astronomischen Gesellschaft in der Angelegenheit geschrieben hätte, und diese hätten mich gebeten, der Sache nachzugehen. Mr. Pilkington, ein freundlicher Gentleman, der von der Gicht schrecklich hinkte, lud mich ein, mit ihnen zu dinieren, was wir bei Hackfleischpasteten und Kaninchenbraten in Zwiebeln ganz vorzüglich taten. Ich befragte meine Gastgeber und erfuhr eine betrübliche Geschichte. Wickham, ein kinderloser Junggeselle und eine Person mit eigenbrötlerischen Gewohnheiten, habe sich nach Art eines verrückten alten Mannes entschlossen, für ein armes Findelkind zu sorgen, welches er vor der Straße errettet hatte, und das Mädchen habe seine Reize genutzt, um ihn lammfromm zu machen und am Gängelband zu führen. Kürzlich erst habe er sie zu seiner Adoptivtochter ernannt. Seit dem schrecklichen Unfall im Turm, über den ich bereits unterrichtet war und der ihn hilflos zurückgelassen hatte, habe sie ihn zu ihrer Marionette gemacht und sich geweigert, seine geliebte Schwester und den bücherversessenen Neffen zu empfangen, welcher der rechtmäßige Erbe sei. An dieser Stelle murmelte Mrs. Pilkington undeutlich, dass das Mädchen in mancherlei Hinsicht mit dem Unfall zu tun gehabt habe, aber ihr guter Ehemann versicherte mir später im vertraulichen Gespräch, dass dafür keinerlei Beweise vorlägen. Ich erkundigte mich nach dem Verbleib des Mädchens. »Verschwunden« war alles, was sie sagten. Es scheint, als habe sie kurz nach Ankunft der Pilkingtons die Flucht ergriffen und als wisse niemand, wohin sie sich gewandt und ob sie irgendwelche Gegenstände oder Geld mitgenommen hatte. »Sie war ein niederträchtiges Mädchen«, behauptete Mrs. Pilkington mit Nachdruck, »und es ist gut, dass Starbrough Hall sie los ist.« Ich glaube, ich mag Mrs. Pilkington nicht.

Bei diesem Ausbruch ließ das Dienstmädchen, welches uns bei Tisch bediente, die beladenen Tabletts mit großem Getöse fallen und floh weinend aus dem Zimmer. »Da sehen Sie, wie es sie verstört, Esther auch nur zu erwähnen«, verkündete das keifende Frauenzimmer, als es sich erhob. Aber ich sah nur den blanken Hass in den Blicken, die der Butler ihr zuwarf, als er herbeieilte, um das Durcheinander zu beseitigen.

Mein Instinkt riet mir eindringlich, das Haus zu verlassen, aber meine intellektuelle Neugier war noch nicht befriedigt. Gibt es Notizbücher, so fragte ich, die ich konsultieren dürfte, meine Absichten betreffend? Mrs. Pilkington wusste es nicht – nach ihrem Tonfall zu urteilen, kümmerte es sie auch nicht. Sie erteilte mir jedoch die Erlaubnis, Anthony Wickhams Bibliothek zu betreten. Sofort überwältigte mich die Schönheit des Raumes, seine ungewöhnliche ovale Form und das breite Spektrum der Gelehrsamkeit, die in den Regalen versammelt war. Begierig wie eine Kuh im grünen Klee weidete ich mich an den Regalen, zog eine Wonne nach der anderen heraus, untersuchte dann die Sammlung von Fernrohren und staunte, wie er solche wunderbaren Instrumente aus jenen Linsen hatte konstruieren können, welche ich ihm geschliffen hatte. Dass ich ihm vor seinem Tode nicht begegnet war, erschien mir plötzlich tragisch und das mysteriöse Verschwinden des Mäd-

chens ein verfluchtes Ärgernis und noch dazu verwirrend, denn ich erkannte, dass die Pilkingtons mir etwas verheimlichten. Allein, was konnte ich – nicht mehr als ein Bekannter eines verstorbenen Mannes – dagegen ausrichten? In einem der Regale entdeckte ich mehrere Journale. Zwei weitere lagen auf dem Tisch. Ich sah sie durch und notierte den Inhalt. Aber der jüngste Eintrag lag bereits über ein Jahr zurück, und das merkwürdige Himmelsobjekt, über welches das Mädchen mir berichtet hatte, fand keine Erwähnung. Ich war überzeugt, dass es noch ein jüngeres Journal geben müsse, doch meine Suche erwies sich als fruchtlos.

Meine Arbeit hier war getan.

»Sofern das Mädchen Esther wieder auftaucht, würde ich mich glücklich schätzen, zu ihr in Verbindung zu treten«, erklärte ich der Pilkington-Harpyie. »Und falls Sie das letzte Journal finden, schicken Sie es mir bitte zu. Es kann sein, dass die Arbeit Ihres Bruders zu Entdeckungen geführt hat, welche für unsere Kenntnisse der Sternenhimmel bedeutsam sein könnten. Wenn es sich so verhält, würde ich mich glücklich schätzen, dies an seiner Stelle der Obrigkeit zu melden. Ihr Diener, Sir, Madam.« Und so verließ ich das Haus mit gemischten Gefühlen – erleichtert, diese Menschen hinter mir zu lassen, aber auch mit tiefem Unbehagen.

Die Nacht verbrachte ich in dem Marktflecken Attleborough. Um ein Uhr erwachte ich durch Sturm mit Hagel und Schnee und erschrak gewaltig, weil das Bettgestell unter mir wackelte. Es sollte noch einen Tag und eine weitere Nacht dauern, bis das Wetter milde genug war, dass ich wieder nach London und zu meinem Heim aufbrechen konnte.

Dann ist Bellingham also doch nach Starbrough Hall gekommen, überlegte Jude und schloss das Dokument. Aber was um alles in der Welt war mit Esther geschehen? Sie hatte es nicht geschafft, Bellingham den Planeten zu zeigen, den sie gemeinsam mit ihrem Vater entdeckt hatte. Das war furchtbar. *Was Du gefunden hast, ist wunderbar und schrecklich zugleich*, schrieb sie in einer E-Mail an Cecelia. *Ist das alles? Gibt es keine weiteren wichtigen Tagebucheinträge?*

Die Antwort ließ auf sich warten. Jude rief Cecelia über das Handy an, hörte aber nur die Ansage, dass sie es später noch einmal versuchen solle. Unruhig schlich sie in der Bibliothek auf und ab und dachte ununterbrochen darüber nach, was sie als Nächstes tun sollte. Besonders beschäftigte sie die Frage, ob Esther noch mehr geschrieben hatte – und wenn ja, ob es die Zeit überdauert hatte.

Sie starrte auf den Schrank. Darin hatte sie das Bündel Blätter gefunden, das durch einen Spalt auf der Rückseite gefallen war. Was, wenn sie nicht alle Seiten herausgezogen hatte? Jude öffnete den Schrank, nahm alle Karten und Pläne heraus, schob ihre Hand durch den Spalt in der Rückseite und versuchte herumzutasten, indem sie mit ihren Fingern einen Kreis beschrieb – nur Ziegel und Mörtelstaub. Sie zog die Hand zurück, saugte an ihren zerkratzten Fingerknöcheln und dachte über weitere Möglichkeiten nach. Wenn es sein musste, konnte sie natürlich auch Robert bitten, die Rückseite des Schranks abzumontieren. Aber das kam ihr auch wie ein Akt des Vandalismus vor, und sie musste vorher herausfinden, ob es auch gerechtfertigt war. Alles, was durch den Spalt gerutscht ist, kann nicht besonders tief gefallen sein, überlegte sie. Wenn sie doch nur einen Blick hineinwerfen könnte …

Sie suchte Alexia, um sie um eine Taschenlampe und einen Spiegel zu bitten. Alexia rutschte gerade auf Händen und Knien im Spielzimmer der Kinder herum und räumte auf, besorgte ihr aber sogleich die gewünschten Dinge. Jude richtete den Spiegel aus und leuchtete mit der Lampe herum, konnte zuerst rein gar nichts entdecken, doch dann … gerade außerhalb ihrer Reichweite lag ein Stück Papier. Mit einem Kleiderbügel aus Draht und Doppelklebeband, das Alexia ihr brachte, gelang es ihr schließlich, mehr als ein Dutzend Blätter mit der vertrauten Handschrift zutage zu fördern.

»Aber das scheint es dann wirklich gewesen zu sein«, erklärte sie Alexia.

»Dem Himmel sei Dank«, sagte Alexia. »Lose Enden kann ich nicht ausstehen.« Dann ging sie wieder ins Kinderzimmer, um Spielzeug wegzuräumen.

Jude begann begierig zu lesen.

Ich kann es kaum ertragen, über jene letzten Tage zu berichten. Als der Advent näher rückte und uns auf die freudige Nachricht von der Geburt Jesu vorbereitete, richteten wir uns in Starbrough Hall auf das Dahinscheiden meines Vaters ein. Schon im Herbst war er zu schwach gewesen, als dass wir ihn hätten nach draußen bringen können, hatte aber keinesfalls den Willen eingebüßt, seinen Blick über die Himmel schweifen zu lassen. Er befahl, dass man das große Teleskop in den Turm zurückbringen möge, obwohl ich die kostbaren Spiegel in der Bibliothek in ihrem Kasten aufbewahrte, um sie zu polieren. An jenen Tagen pflegte ich ihn so sorgfältig, als wäre er ein Kind, half ihm beim Essen, so wenig er auch hinunterbrachte, wusch ihn und drehte ihn mit Betsys Hilfe im Bett, obwohl er inzwischen leicht geworden war und so bemitleidenswert bleich, dass man das Blut in seinen Adern sehen konnte.

Er verschlief fast den ganzen Tag. Kurz vor Weihnachten suchte Dr. Brundall uns auf und erklärte, dass es nur noch eine

Frage der Zeit sei. Ich solle nach seiner Schwester schicken, und das tat ich auch, obwohl ich darüber aufgebracht war. Niemand sollte mir vorhalten können, dass ich meinen Pflichten nicht nachgekommen sei.

Die Pilkingtons machten sich nicht sofort auf den Weg. Sie bummelten. Erst später erkannte ich den Grund. Und so kam es, dass ihre Kutsche vorfuhr, just nachdem das Postpferd Starbrough Hall mit Briefen verlassen hatte, die den Tod seines Masters verkündeten. In der Begleitung der Pilkingtons befand sich Mr. Atticus, Anwalt aus Norwich. Nicht Vaters alter Mr. Wellbourne, sondern ein junger Mann mit überzeugendem Auftreten und einem ausgeprägten Geschäftssinn. Sie alle zwängten sich in das Schlafzimmer meines Vaters und betrachteten den armen abgemagerten Körper mit entsetzlichem Desinteresse. Nur Augustus zeigte sich betrübt, wurde so blass und reglos wie die Leiche selbst. Ich zog ihn aus dem Zimmer und versuchte, ihn mit den wenigen gebrochenen Worten zu trösten, die ich finden konnte.

Alicias Stimme flog gebieterisch durch das Haus. Sie befahl, die Betten zu machen, das Mobiliar wieder herzurichten und dass der Pfarrer gerufen werden solle, um die Beisetzung zu besprechen. Es war der offenkundige Mangel an Trauer, der mich am meisten erzürnte. Weder für Susans Tränen noch für Mrs. Godstones Erschöpfung fand sie Worte des Trostes, sondern beschwerte sich stattdessen über verkochten Hering und nur halb gegarten Pudding und befahl, Vaters Lieblingshund zu erschießen, den alten Windhund, denn der Anblick seiner Räudigkeit beleidige sie. Ich erklärte ihr, so ruhig ich es vermochte – obwohl ich gehörig in Aufruhr war –, dass ich gern selbst mit Pastor Orbison über die Bestattung sprechen wolle, denn Vater hätte mir einmal gesagt, dass er wünsche, in der Nähe des Turmes bestattet zu werden, und dafür wolle ich die

Erlaubnis des Pfarrers erwirken. Danach stürmte Alicia aus dem Zimmer und schrie herum, dass ehrenwerte Wickhams auf dem Friedhof bestattet würden. »Es ist unnütz, dass Sie die Fassung verlieren, Ma'am«, sagte ich. »Ich wiederhole nur seinen ausdrücklichen Wunsch.« Aber das schien sie nicht zur Vernunft zu bringen.

Schließlich beruhigte sie sich ein wenig, und wir kamen überein, abzuwarten, was der Pfarrer dazu sagen würde. Dann rief sie Mr. Trotwood zu sich und vertraute ihm einen Brief an, welcher unverzüglich in die Kanzlei von Mr. Wellbourne gebracht werden solle. »Er muss morgen zu uns kommen, um das Testament zu verlesen, wenn es ihm möglich ist«, verkündete sie. Aber falls der Ton ihres Briefes genauso finster war wie ihre Worte, dann würde er wissen, dass es ihm sehr gut möglich sein musste.

Mr. Orbison erschien bei Einbruch der Dunkelheit und blieb zum Dinner. Da der Boden im Kirchhof so hart sei wie Stein, erklärte er, könne er sich nur vorstellen, dass es auf dem Hügel, wo der Frost in den vergangenen Wochen heftig gewütet hatte, nur noch schlimmer sei. Außerdem wolle er, fügte er hinzu und hob das Glas Wein empor wie einen Abendmahlskelch, nichts mehr mit einem Ort zu tun haben, bei welchem es sich zweifelsfrei um eine heidnische Begräbnisstätte handele. Alicias Augen glitzerten triumphierend, und ihr Lächeln erinnerte an die zuckende Zunge einer Schlange. Ich wagte nicht, noch ein Wort über die Sache zu verlieren.

Als Betsy am nächsten Morgen die Tür für Vaters Anwalt Mr. Wellbourne öffnete, wehte ein eisiger Wind in das Haus. Wir alle hatten im Esszimmer Platz genommen, Mr. Atticus und er an den entgegengesetzten Enden des Tisches, Alicia und Adolphus an einer Seite, Mr. Trotwood an der anderen. Die übrigen Angehörigen des Haushaltes standen im Zimmer, während Mr. Corbett Holz im Kamin nachlegte. Gleich zu Beginn des Verfahrens fand man Augustus lauschend an der Tür. Seine Mutter zerrte ihn herein und befahl ihm, den Mund zu halten.

Mit seiner holprigen, pfeifenden Stimme verlas Mr. Wellbourne den Letzten Willen meines Vaters, der sich über endlose Seiten zu erstrecken schien. Schließlich kam er zum Kern. Alicia wurde die Summe von 3000 Pfund zugesprochen, einige Stücke des Mobiliars und das Porträt ihrer Mutter, welches in Vaters Zimmer hing. Mehrere hundert Pfund sollten unter den Dienstboten verteilt werden. Die Königliche Astronomische Gesellschaft wurde mit einer Spende bedacht. Der Rest: Haus, Land, bewegliches Hab und Gut wurden Esther Wickham vererbt, ›meiner Adoptivtochter‹. Die Dienstboten stießen gemeinschaftlich einen Seufzer aus, als Mr. Wellbourne die Papiere auf den Tisch legte und die Brille abnahm. Susan fing meinen Blick auf und lächelte. Mr. Corbett zwinkerte mir zu – wirklich und wahrhaftig, so war es, ich schwöre. Ich schaute Alicia an. Ihre Miene war so reglos wie ein heißer Sommertag vor dem Gewittersturm. Aber ich erkannte den bedrohlichen Hauch einer Wolke in ihren Augen und wusste, dass größte Gefahr im Verzug war.

Am entgegengesetzten Ende des Tisches räusperte sich Mr. Atticus und ergriff das Wort. »Mistress Pilkington, Mr. Pilkington, Mr. Wellbourne, wenn ich dürfte. Ich muss dieses Testament sogleich für null und nichtig erklären.« Das Zimmer fiel in ebensolche Starre, wie sie draußen im gefrorenen Park herrschte. »Wie Sie erwähnten, Sir, ist das Testament im vergangenen April aufgesetzt und unterzeichnet worden. Allerdings geschah dies erst nach Mr. Wickhams Sturz und dem Schlag, welcher ihn schließlich das Leben kostete. Ich bin der festen Überzeugung, dass er nicht mehr bei klarem Verstande war. Ich halte den schriftlichen Beweis des Doktors in der Hand, der ihn behandelt hat.«

»Dr. Brundall?«, rief Mr. Wellbourne. »Aber er ist doch einer der Zeugen dieses Dokuments.«

»Hier sehen Sie seinen Brief, datiert auf den dreißigsten des vergangenen April.« Mr. Atticus hielt ein einzelnes Blatt hoch. »Es ist die Antwort auf einen Brief, den Mrs. Pilkington in Sorge um den Zustand ihres Bruders an ihn richtete. Ich zitiere: Ich gebe Ihnen den Rat, den Besuch Ihres Bruders hinauszuschieben, da er immer noch schwach, leicht ermüdbar und gelegentlich geistig verwirrt ist.«

»Ich sage Ihnen doch«, wiederholte Mr. Wellbourne, »dass Brundall das Testament beglaubigt hat. Warum hätte er das tun sollen, wenn er davon überzeugt war, sein Patient sei nicht klar bei Verstand? Wir müssen ihn befragen, um die Angelegenheit zu erhellen.«

Und so setzte sich der Streit immer weiter fort. Mr. Atticus verlangte jenes Testament im Original zu sehen, von dem Mr. Wellbourne berichtet hatte, dass es vor meiner Ankunft aufgesetzt worden sei, aber Mr. Wellbourne hatte es in Norwich liegen gelassen. Alicia warf ein, dass es ihr eine Ehre sei, das Erbe der Dienerschaft in dem neuen Testament zu berücksichtigen, was die Stimmung in manchen Ecken des Zimmers hob, meine allerdings nicht. Die Angelegenheit wurde vertagt, bis das alte Dokument aufgefunden sein und Dr. Brundall eine eidesstattliche Versicherung abgegeben haben würde. Der Tischler traf mit dem Sarg ein, und so wurde die Versammlung aufgelöst.

In jener Nacht saß ich eine Stunde bei Vater im Zimmer. Er wurde in seinen besten Anzug gekleidet und so in einen offenen Sarg gelegt, als würde er nur schlafen. Ich weinte um ihn und küsste ihn zum Abschied, denn am nächsten Tag sollte der Leichenwagen eintreffen. Dann würde der Sarg verschlossen wer-

den, und wir würden ihm auf den Kirchhof folgen, wo er – der Astronom, dessen Blick über das Firmament geschweift war und die entferntesten Gebiete des menschlichen Geistes erforscht hatte – in einem dunklen Loch begraben werden würde, welches man aus dem gefrorenen Erdboden gehauen hatte. Um elf Uhr zog ich mich in mein Zimmer zurück. Erschöpft von den Ängsten und Sorgen des Tages sank ich in einen traumlosen Schlaf.

An dieser Stelle war die Handschrift weniger gefestigt und manchmal wie durch Tränen verschwommen. Jude hörte auf zu lesen und richtete den Blick in die Ferne. Sie versuchte sich vorzustellen, wie es für Esther gewesen war, erst ihren geliebten Vater zu verlieren und dann das Gefühl zu haben, mit ihm auch alles andere verloren geben zu müssen. Entsetzlich! Sollte sie weiterlesen oder das Stück transkribieren, das sie gerade gelesen hatte? Weiterlesen, beschloss sie, aber es klopfte an der Tür, und Euan trat ein.

»Lass dich nicht stören«, sagte er, »ich will eigentlich zu Robert. Ich wollte mich nur vergewissern, dass du heute Abend dabei bist. Fiona und ihr Mann kommen zum Abendessen, und ich habe Claire versprochen, dass sie sich im Zelt über Gesellschaft freuen kann.«

»Und für Claire geht das in Ordnung?«, fragte Jude.

»Ich nehm's an. Warum auch nicht?«, fragte Euan überrascht zurück.

»Ach, nur so.« Jude wechselte das Thema. »Euan, ich habe noch ein paar Seiten gefunden, die zu Esthers Tagebuch gehören. Schrecklich traurige Seiten. Ich muss dir erzählen …«

»… und mir wäre nichts lieber, als dir zuzuhören. Aber Robert ist ein bisschen ungeduldig. Wir sehen uns heute Abend. Um sieben, habe ich Claire gesagt.«

Ahnst du wirklich nicht, warum es für Claire nicht in Ordnung sein könnte, du großartiger Mann?, formte Jude lautlos mit dem Mund, während er schon auf dem Weg zu Roberts Arbeitszimmer war. Plötzlich wich alle Kraft aus ihr, und sie sackte auf dem Stuhl zusammen. Vielleicht war ihm das Interesse, das ihre Schwester ihm entgegenbrachte, vollkommen entgangen. Und ihres auch. Jude seufzte. Nun, dann musste sie sich eben auf eine Übernachtungsparty bei Euan einlassen. Zum Teufel noch mal, wann hatte sie eigentlich das letzte Mal in einem Zelt geschlafen?

Gerade wollte sie sich Esthers Bericht zuwenden, als wieder die Tür geöffnet wurde, diesmal von Alexia.

»Wie kommen Sie voran?«, erkundigte sie sich.

»Mit Esther? Oh, es ist faszinierend. Ich …«

»Gut, das freut mich. Eben auf dem Flur bin ich Ihrem Freund Euan in die Arme gelaufen, der meinte, Sie würden heute Nacht zelten. Da dachte ich, ich schau mal vorbei und frage, ob Sie dafür irgendwas brauchen. Ich habe ein paar Schlafsäcke, falls Sie sich einen leihen möchten. Wollen Sie vielleicht mitkommen und sich einen aussuchen?«

»Oh, danke.« Jude stand auf.

»Meiner stammt noch aus Pfadfinderzeiten«, erklärte Alexia, als sie die Treppe hinaufstiegen. »Wahrscheinlich ist Ihnen Roberts Schlafsack lieber, der ist wärmer.«

»Ich kann mir vorstellen, dass Sie eine fröhliche Pfadfinderin gewesen sind«, sagte Jude und lachte. »Allzeit bereit!«

Alexia lächelte und salutierte spöttisch. »Ich glaube, irgendwo haben wir auch noch eine Luftmatratze. Wie auch immer, wir werden Sie schon ausstatten.«

»Alexia, ich kann nur staunen«, sagte Jude, als sie ein weiteres Schlafzimmer mit Einbauschränken betraten, aus denen die Hausherrin ein paar Dinge herausholte. »Sie erklären sich damit einverstanden, zwei Wochen lang einen Übernachtungsgast zu beherbergen, und zaubern dann noch Schlafsäcke aus dem Hut, ohne dass es Ihnen auch nur das Geringste auszumachen scheint. Dabei müsste ich eigentlich ein echtes Ärgernis sein.«

»Ganz ehrlich, das sind Sie nicht«, sagte Alexia und drückte Jude kurz an sich. »Ich habe mich immer gern um Leute gekümmert. Das ist es, was mich wirklich glücklich macht. Und ich wollte Ihnen noch sagen, dass Sie gern auch die letzte Woche bei uns verbringen können, wenn Sie möchten. Wir freuen uns, Sie bei uns zu haben!«

»Sind Sie sicher? Sie müssen meine Gedanken gelesen haben.«

»Ich habe schon mit Robert darüber gesprochen. Natürlich haben wir nichts dagegen. Schauen Sie doch mal, hier haben wir noch dies und das. Und irgendwo müsste sich noch ein aufblasbares Kissen verstecken.«

Jude packte ihre Tasche für die Nacht und war um sechs Uhr fertig. Endlich, sagte sie sich. Sie musste einfach den letzten Teil von Esthers Bericht lesen, um zu erfahren, was geschehen war, und schlüpfte in die Bibliothek, wo sie es sich am Tisch bequem machte und zu lesen anfing. Sie las die Seiten wieder und wieder, und erst als das Telefon klingelte und Euan sich erkundigte, wo sie bliebe, schob sie zögernd die Blätter fort und verließ das Haus. Jude war so tief in die Vergangenheit des achtzehnten Jahrhunderts eingetaucht, dass es ihr vorkam, als ginge Esther auf dem gesamten Weg an ihrer Seite.

29. Kapitel

Jude fiel es schwer, sich aus ihren Gedanken zu lösen, aber wenn jemand sie dazu bringen konnte, dann Claire, die mit Euan flirtete.

»Würdest du wohl das Zelt für uns aufbauen, Euan?«, fragte Claire ebenso einschmeichelnd und bestimmend, wie ihre Tochter sein konnte.

»Ich glaube, das kriege ich hin.«

»Und dürfen wir morgen früh vielleicht bei dir duschen?«

»Ja, auch das kann ich erlauben.«

»Und ... was ist mit Frühstück im Bett?«

Euan warf den Kopf zurück und lachte.

»Für dich geht das in Ordnung, du schläfst in einem hübschen, bequemen Zimmer«, sagte Claire.

»Ich bin fast versucht, zu euch ins Zelt zu kriechen und mich zu euch zu gesellen. Der Geruch nach Farbe im Haus ist schrecklich.«

»Wenn es dir nichts ausmacht, den Schlafsack mit mir zu teilen ...«, flötete Claire und klapperte mit den Wimpern.

Jude verfolgte den Wortwechsel mit einigem Erstaunen und registrierte neidisch die leicht neckende Art, in der ihre Schwester mit Männern umging. Euan dagegen wirkte einfach freundlich, wie immer.

Anders als Jude befürchtet hatte, wurde der Abend ein voller Erfolg. Darceys Eltern Paul und Fiona waren herübergekommen. Als Erstes legte Euan ein paar Burger und

Würstchen auf den Grill, den sie auf der Wiese aufgebaut hatten. Dazu gab es Brötchen und Salat, danach Eis und Obst. Paul hatte seine Gitarre mitgebracht, und sie setzten sich rund um den glühenden Grill und sangen alberne Lieder aus Pauls ungewöhnlichem Repertoire. Als es dann halb zehn wurde und die Mädchen begierig darauf warteten, dass der nächste Teil des Abenteuers begann, verabschiedeten sich Paul und Fiona. Euan kochte heiße Schokolade. Sie nippten an den Bechern und schauten hoch zum Sternenhimmel, der gerade über ihnen aufgezogen war. »Ich glaube, da drüben ist mein Stern«, sagte Summer.

»Du kannst ihn wahrscheinlich nicht sehen, Schätzchen«, sagte Claire, »obwohl du wahrscheinlich trotzdem recht hast. Er ist da drüben, neben Arkturus, im Sternbild Bärenhüter.«

»Macht mir nichts aus, dass ich ihn nicht sehe. Ich glaube, er kann mich sehen«, gab Summer zurück, und Jude freute sich über den schönen Gedanken.

»Ich vermute, dass der Stern auf dich aufpasst«, erklärte sie Summer.

»Und auf mich«, warf Darcey ein, obwohl sie eigentlich nichts verstanden hatte.

Claire half Darcey und Summer in die Pyjamas und cremte sie mit Insektenschutzmittel ein. Dann las Jude eine Geschichte aus dem Märchenbuch vor, das Summer mitgebracht hatte, obwohl Claire das nicht besonders gut fand. Sie stapfte ins Haus, wobei ihr Hinken vorwurfsvoll klang. Die Mädchen suchten sich *Rapunzel* aus. Jude rückte sich die Sturmlaterne zurecht und machte es sich mit einem Mädchen an jeder Seite im Bett bequem.

»›Es waren einmal vor langer, langer Zeit‹«, begann sie, »›ein Mann und eine Frau, die sich sehnlichst ein Kind wünschten. Sie lebten in der Nachbarschaft einer bösen alten Hexe und gingen ihr aus dem Weg, so gut sie eben konnten. Aber eines Tages, als die Frau aus dem Fenster schaute, sah sie den köstlichsten Salat im Garten der Hexe wachsen, und sie wollte unbedingt etwas davon haben. In einer mondhellen Nacht überzeugte sie schließlich ihren Ehemann, ihr ein wenig Salat aus dem Garten der Hexe zu stibitzen, wobei die Hexe ihn erwischte.‹«

Jude erzählte weiter, wie der Mann um sein Leben und um das seiner Frau feilschte, und der Preis bestand darin, dass sie der Hexe ihr erstgeborenes Kind überlassen sollten. »›Und als ein kleines Mädchen geboren ward, kam die Hexe, um es zu sich zu nehmen. Sie gab dem Kind den Namen Rapunzel, und als es zwölf Jahre alt geworden war und sehr schön, nahm die Hexe es fort und schloss es ganz oben in einen hohen Turm ein, der keine Türen hatte und nur ein einziges Fenster.‹«

»Warum hat sie das getan?«, fragte Darcey.

»Weil sie dachte, dass das Mädchen kostbar ist. Dass man es sicher verwahren muss, wenn man es ganz für sich behalten will.«

»Es ist aber nicht schön, jemandem das anzutun«, sagte Summer. »Wenn das Mädchen frei geblieben wäre, hätte es die Hexe vielleicht sogar gerngehabt.«

»Ich glaube, die alte Hexe war so böse, dass niemand sie mochte«, sagte Jude mit fester Stimme. »Stellt euch doch nur mal vor, jemandem ein Kind auf diese Weise wegzunehmen. Soll ich weiterlesen?

›Rapunzel wuchs heran und war immer noch sehr schön. Ihr Haar war lang, golden und kräftig, und sie hatte es wie ein Seil aus Seide zu einem einzigen Zopf gebunden. Und jeden Abend, wenn sie kam, um Rapunzel im Turm zu besuchen, rief die Hexe von unten: Rapunzel, Rapunzel, lass dein goldenes Haar herunter!, und Rapunzel löste ihren wunderbaren Zopf und gestattete der Hexe, an ihm hinaufzuklettern.‹«

Die Mädchen unterbrachen sie nicht mehr, und Jude las vor, wie eines Tages ein Prinz vorbeiritt und ganz bezaubert war, als er die wunderschöne Stimme des singenden Mädchens im Turm vernahm. »›Als die Hexe abends zu Besuch kam, versteckte er sich hinter einem Baum und beobachtete, wie sie mithilfe des Mädchens, zu dem die Stimme gehörte, den Turm hinaufkletterte, und dieses Mädchen war das schönste, welches er jemals erblickt hatte. Nachdem die Hexe fortgegangen war, trat er unter das Fenster und rief: ›Rapunzel, Rapunzel, lass dein goldenes Haar herunter!‹, und ihr könnt euch vorstellen, wie Rapunzel staunte, als ein schöner Jüngling ihren Zopf hinaufkletterte und durch das Fenster trat. Natürlich verliebten die zwei sich ineinander, und der Prinz besuchte Rapunzel heimlich, und sie war einverstanden, seine Frau zu werden. Wieder und wieder sprachen sie darüber, wie um alles in der Welt er sie befreien könne.‹«

»Und jetzt kommt der schreckliche Teil der Geschichte«, erklärte Summer ihrer Freundin Darcey.

»›Eines Tages, als die Hexe hinaufkletterte, um Rapunzel zu sehen, beklagte sich das Mädchen und sagte: Der andere zerrt nicht so sehr an meinem Haar. Sogleich bemerkte sie, dass sie ihren Geliebten verraten hatte, und schlug sich mit der Hand auf den Mund. Die Hexe tat so, als hätte sie die verräterische Bemerkung überhört, aber nachdem sie den Turm verlassen hatte, legte sie sich im Wald auf die Lauer. Als sie beobachtete, wie der Prinz nach Rapunzel rief und ihre liebste Gefangene eifrig seiner Forderung nachkam, das

Haar herabzulassen, warf sie sich in ihren selbstgerechten alten Zorn. Nachdem sie sich wieder beruhigt hatte, legte sie sich einen Plan zurecht. Gleich am nächsten Tag machte sie sich früher auf zum Turm als sonst und kletterte Rapunzels Haar hinauf. Dieses Mal überwältigte sie Rapunzel, fesselte sie an einen Stuhl und trennte ihr das Haar mit einem einzigen Schnitt ihres Messers ab und behielt es bei sich. Dann schickte sie das Mädchen in eine Wüste.‹«

»Und wie ist Rapunzel in die Wüste gekommen?«, fragte Darcey verwirrt.

»Auf die gleiche Art, auf die sie anfangs auch in den Turm gekommen ist«, antwortete Jude, »durch Zauber.«

»›Der Prinz kam und wartete wie üblich, aber als die Hexe Rapunzel nicht zur gegebenen Zeit besuchte, zuckte er mit den Schultern und stellte sich unter das Fenster und rief hinauf. Das seidene Seil ihres Haars glitt hinunter, und er ergriff es und begann, hinaufzuklettern. Aber als er am Fenster ankam, blickte er nicht in das schöne Gesicht seiner Geliebten, sondern in die runzeligen, warzigen Züge der boshaften alten Hexe. Verflucht seist du!, schrie die Hexe ihm entgegen, niemals wieder sollst du Schönheit und Anmut erblicken! Und dann ließ sie den Zopf los, sodass der Jüngling in die Tiefe stürzte. Er landete in einem Dickicht, wo garstige Dornen ihm die Augen auskratzten, ganz so, wie der Fluch der Hexe es befohlen hatte.‹«

Jude war sich bewusst, dass die Mädchen sie mit entsetzten Blicken anstarrten, und überflog schnell den nächsten Absatz. Glücklicherweise sollte alles in Ordnung kommen.

»›Viele Jahre lang irrte der Prinz blind durch die Wildnis und verließ sich auf die Herzlichkeit der Leute, die ihn mit Nahrung versorgten und ihn kleideten und nach seinem verlorenen Weibe suchten. Als er durch eine Wüste stolperte, fand er Rapunzel schließlich in einer armseligen Hütte, in der sie mit den gemeinsamen Zwillingen lebte. Sie erkannte ihn auf Anhieb und schloss ihn in die Arme, und Tränen des Mitleids ob seiner Blindheit und der zerlumpten Kleidung benetzten ihm das Gesicht. Seine Augen wurden geheilt, und er erblickte sie. Sie war gezeichnet von Kummer und Mühsal, für ihn aber immer noch die allerschönste Rapunzel.‹«

Jude legte das Buch ab, und alle saßen einen Moment lang schweigend beieinander.

»Jetzt wird es aber höchste Zeit, dass ihr euch ins Bett kuschelt«, sagte Jude. Auf der weichen Matratze türmten sich die Decken und eine Überdecke aus Patchwork, die farblich zum Wagen passte. »Es ist so schön hier, nicht?«

»Mm«, schnurrte Darcey, die sich gleich in die Kissen gleiten ließ.

Summer lag an der Seite zum Gang und schaute still zur Decke hinauf. Ihre Augen schimmerten im Dämmerlicht. »Ich bin so glücklich, dass Rapunzel und ihr Prinz sich am Ende doch noch gefunden haben«, murmelte sie.

»Und dass er wieder geheilt worden ist«, sagte Jude. »Es ist wirklich eine schöne Geschichte darüber, wie die Liebe am Ende alle Hindernisse überwindet. Natürlich ist auch danach nicht gleich alles gut gewesen, weil sie bestimmt mit ein paar Schwierigkeiten zu kämpfen hatten. Aber immerhin waren sie wieder zusammen … Und wie machen wir es jetzt hier? Ist es okay, wenn ich den Vorhang vor der Tür zuziehe? Dann scheint immer noch ein bisschen der Mond in den Wagen, aber ihr habt es wärmer.« Vor den Fenstern gab es Insektennetze und vor der Türöffnung einen Vorhang, sodass man alles so einrichten konnte, wie es einem angenehm war. »Summer, ich gehe ins Haus und schwatze noch ein bisschen mit Euan und deiner Mum. Aber wir schlafen dann im Zelt, also weißt du, wo du uns findest.«

Summer nickte schläfrig. Jude hoffte, dass sie in der Nacht von schlechten Träumen verschont bliebe.

Als Jude das Cottage betrat, spürte sie sofort, dass irgendetwas geschehen war. Die Atmosphäre war zum Zerreißen gespannt. Euan und Claire schauten nur kurz auf und machten einen bedrückten Eindruck.

»Irgendwas nicht in Ordnung?«, fragte Jude.

»Nein, uns geht's gut«, sagte Claire hastig und schaute weg. Es war verwirrend. Jude konnte nicht entscheiden, ob ihre Anwesenheit erwünscht war oder nicht.

»Trink noch einen Schluck Wein.« Euans Angebot klang fast wie ein Befehl. Also hockte sie sich in die Ecke seines neuen Sofas und machte Small Talk.

Als die Stimmung sich nicht bessern wollte, stellte sie das halb volle Weinglas auf den Tisch und stand auf. »Habt ihr was dagegen, wenn ich ins Bad gehe? Ich leg mich dann schlafen.«

»Ich auch«, sagte Claire.

Zehn Minuten später schlichen Claire und sie zusammen hinaus auf die Wiese. Claire lugte in den Wohnwagen und verzog sich dann wortlos ins Zelt. Auch Jude schaute noch einmal nach den Mädchen, die beide friedlich zu schlafen schienen.

Jude zog rasch Pyjama und Bettsocken an und schlüpfte in den Schlafsack. Sie wartete, bis ihre Schwester sich auch hingelegt hatte. »Gute Nacht«, rief sie leise, und Claire murmelte eine Antwort. Jude hatte es überraschend warm und gemütlich. Sie lag da und dachte über die Ereignisse des Tages nach. Bei dem Gedanken an Euan und Claire war ihr weniger behaglich zumute, obwohl sie aus der Sache nicht recht schlau wurde. Sie überlegte hin und her, bis sie das Problem schließlich aus ihren Gedanken verbannte und sich auf den letzten Teil von Esthers Erinnerungen konzentrierte. Sie hatte noch keine Gelegenheit gehabt, jemandem davon zu erzählen. Eigentlich hatte sie das, was sie gelesen hatte, auch selbst noch nicht verarbeitet. Es war überraschend – und absolut schrecklich.

30. Kapitel

Am nächsten Morgen stand ich früh auf kleidete mich ganz in Schwarz und nahm allein mein Frühstück ein, als ein Brief eintraf. An der vertrauten Handschrift erkannte ich, dass er von Mr. Bellingham stammte. Ich kehrte in das Esszimmer zurück und öffnete gespannt das Schreiben. Die Nachricht, die es enthielt, versetzte mich in solche Verwirrung, dass ich mich hinsetzen musste. Es war genau das, was mein Vater sich erhofft hatte. Bellingham war an dem merkwürdigen Kometen, den wir entdeckt hatten, so sehr interessiert, dass er die Astronomische Gesellschaft darüber informiert hatte und uns deshalb ein paar Tage besuchen wollte. Unsere Entdeckung sollte anerkannt werden! Aber wie schrecklich, dass für meinen Vater alles zu spät kam! Ich las den Brief noch einmal und ging nachdenklich im Zimmer auf und ab. Schließlich fasste ich einen Entschluss. Ich würde unsere Forschungen nicht aufgeben. Ich würde in die Fußstapfen meines Vaters treten und unsere Entdeckung mit Selbstbewusstsein präsentieren, auch wenn ich nur ein Mädchen war. Und die Pilkingtons würde ich nicht über Mr. Bellinghams Besuch unterrichten. Noch nicht. Mit ein wenig Glück würde mein Erbe doch anerkannt, und die Pilkingtons hätten zur Zeit seiner Ankunft bereits enttäuscht die Heimreise angetreten.

Eilig versteckte ich den Brief in der Schublade des Konsolentisches, als ich Schritte in der Halle hörte. Keinen Augenblick zu früh, denn Augustus trat ein. Er hielt inne, ließ die Hand auf dem Türknauf liegen und war peinlich berührt, mich allein vorzufinden.

»Ist meine Mutter noch nicht heruntergekommen?«, erkundigte er sich unbeholfen.

»Ich habe sie nicht gesehen«, erwiderte ich. Plötzlich empfand ich Mitleid mit ihm, mit diesem großen, dürren Gespenst von einem Jungen, welcher ganz und gar im Strudel des Ehrgeizes seiner Mutter gefangen war. Er hatte meinen Vater bewundert. War er überhaupt jemals gefragt worden, ob er selbst sich zu der Angelegenheit äußern wollte? Ich denke nicht.

Der Tag verlief wie unter einem Schleier der Trauer. Während der Bestattungsfeier selbst und als der Sarg in die kalte Erde gesenkt wurde, standen wir alle zitternd da, bevor wir uns zivilisiert und gesellig gaben und zu einem kalten Leichenschmaus im Esszimmer zusammenfanden. Es war überraschend, wie viele Verwandte mein Vater immer noch hatte – zumeist ältere Cousins oder einige ungepflegte Überbleibsel wie aus der Mottenkiste, die entweder aus Neugier oder einem Rest von Familiengefühl gekommen waren oder weil sie sich über das kostenlose Dinner freuten. Es war eine trostlose Angelegenheit, gefärbt nur durch die lebhaften Blicke, die Alicia mir jedes Mal zuwarf, sobald ich in ihr Gesichtsfeld kam.

Nachdem die letzte Kutsche mit ihren schäbig gekleideten Insassen abgefahren war, schlüpfte ich in die Bibliothek, um dort allein in der Stille zu sein. Ich fand das letzte der Observationsjournale und verbrachte ein oder zwei Stunden damit, die wichtigen Abschnitte daraus für Bellinghams Besuch vorzubereiten. Es kam mir in den Sinn, dass es nützlich sein könnte, noch in derselben Nacht den Himmel zu betrachten, um das fragliche Objekt zu beobachten. Es hätte sein können, dass es vom Taurus in die Zwillinge gewandert war, wo wir es im März zuletzt gesehen hatten. Plötzlich schien es mir wichtig, das herauszufinden. Letzte Nacht war der Himmel wolkenlos gewesen, wie ich von meinem Zimmer, meinem Zufluchtsort, aus gesehen hatte. Die winterlichen Sterne hatten hell geschienen, und die Farben waren klar gewesen. So müde ich auch war, ich brannte vor Verlangen, es in dieser Nacht zu versuchen.

Das Abendessen bestand aus den Resten des Leichenschmauses. Nur Onkel Adolphus aß mit Appetit, entkorkte eine Flasche besten Portweins aus dem sparsam bestückten Keller meines Vaters. Wir anderen pickten schweigend in unserem Essen herum. Ich fragte mich, ob Alicia sich an diesem Tag mit ihrem Mr. Atticus besprochen hatte, aber falls es sich tatsächlich so verhielt, verlor sie kein einziges Wort darüber. Vaters Mr. Wellbourne hatte natürlich auch an der Trauerfeier teilgenommen, aber aus unbestimmten Gründen war er anschließend nicht mehr nach Starbrough Hall mitgekommen, sodass ich keine Gelegenheit gehabt hatte, mit ihm zu sprechen. Meine Zukunft hing davon ab, wie der Streit um ein amtliches Dokument ausging. Niemand hatte einen Vorschlag gemacht, was mit mir geschehen solle, falls Alicias Seite gewann. Ich glaubte nicht, dass ich dann noch in Starbrough Hall bleiben konnte, selbst wenn sie es gestatten würde. Aber wohin sollte ich gehen? Ich trank einen weiteren Schluck Port, um mich zu wärmen und zu ermutigen, und entschuldigte mich, sagte, dass ich zum Lesen in die Bibliothek gehen wolle und danach ins Bett.

Nachdem ich mich in die Bibliothek in Sicherheit gebracht hatte, traf ich die letzten Vorkehrungen. Ich hatte keine Ahnung, wie ich die Spiegel transportieren sollte und alle anderen Instrumente, die ich brauchte, die Journale und die Laterne. Aber dann erinnerte ich mich an einen kleinen Handkarren, der gewöhnlich für den Transport von Feuerholz und Stroh und dergleichen in den Ställen stand. Ich wartete, dass die Zeit verging, und als es zehn Uhr schlug und das Haus langsam zur

Ruhe kam, schlich ich mich hinaus in die Dunkelheit. Den Hunden im Hof warf ich ein paar Brocken Brot zu, sodass sie nicht anschlugen. Meine kleine Katze rieb sich im Mondlicht an mir. Ihr warmes Fell und das Stampfen und Wiehern von Castor und Pollux in den Ställen und der süße Geruch ihres Dungs waren mir so überaus vertraut und besänftigend, dass ich bei dem Gedanken, all das vielleicht für immer verlassen zu müssen, beinahe in Tränen ausbrach.

Der Karren hatte seitliche Schienen, an denen ich meine Ladung mit Seilen befestigen konnte. Er war so leicht, dass ich ihn halb um das Haus ziehen konnte und nicht lärmend über den Hof zerren musste. Meine Finger froren an den eisigen Metallgriffen beinahe fest. Ich musste mir auch noch dicke Handschuhe und einen Gurt beschaffen.

Eines nach dem anderen holte ich die Instrumente aus der Werkstatt, verstaute sie in dem Kasten, in welchem sich auch die Spiegel befanden, und zurrte alles auf dem Karren fest. Den Sack mit der Laterne, den kleineren Instrumenten und dem Journal befestigte ich ordentlich oben auf der Ladung. Tief in der Tasche meines Kleides tastete ich nach dem Schlüssel zum Turm. Die Zeit zum Aufbruch war gekommen.

Inzwischen hatten sich Wolkenfetzen über den aufziehenden Mond geschoben und kündigten an, dass ich mich beeilen solle, denn dickere Wolken konnten folgen, und die Nacht wäre verschwendet. Ich brach auf, zog meinen kleinen Karren quietsch, quietsch, quietsch, durch den Park, hinunter in die Senke, durch den Begrenzungsgraben und dann über den raueren Boden durch den Wald. Die Aufgabe erwies sich als schwierig, und die Ladung auf dem Gefährt klapperte beunruhigend über jeden Hubbel, und kaum hatte ich den schmalen Pfad durch den Wald erreicht, verfingen sich die Räder in den Dornen und dem Farnkraut. Stunden schienen vergangen zu sein, als ich endlich den Turm erreichte, die Tür aufschloss und meine Laterne anzündete, obwohl gewiss nicht mehr als eine halbe verflossen war. Dann galt es, alles nach oben in den Turm zu transportieren. Zweimal musste ich die Treppe hinaufsteigen, dann die gefährliche Leiter hinaufklettern und die Lukentür aufstoßen, um auf die Plattform zu gelangen. All das brachte ich fertig, ohne auszurutschen oder irgendetwas fallen zu lassen. Nachdem das erledigt war, stieg ich ein letztes Mal die Treppe hinunter, um die restlichen Dinge zu holen.

Als ich gerade wieder die Stufen hinaufstieg, hörte ich unten ein rumpelndes Geräusch und hielt aufgeschreckt inne. Bevor ich mich entschließen konnte, hinunterzurennen oder mich nach oben zu flüchten, hörte ich, wie die Tür zuschlug und der Schlüssel im Schloss umgedreht wurde. Ich war eingeschlossen. Drohte die Gefahr von drinnen oder draußen? Metall, das auf Metall knirschte, verriet mir, dass jemand den Riegel von außen vorgeschoben hatte. Draußen also. Ich rannte die Treppe hinunter und stolperte unvermittelt über den Karren. Zerschrammt und zitternd raffte ich mich wieder auf. Ich hieb mit den Fäusten gegen die verschlossene Tür und schrie. Dann wartete ich. Und schrie aufs Neue. Und wartete. Aber da war nichts und niemand.

Damit war das Ende von Esthers Bericht erreicht. Es war unglaublich frustrierend. Nur ein einziges weiteres Blatt Papier hatte es gegeben, zerknüllt und tränenverschmiert. Auf diesem Blatt hatte Esther in einer unordentlich krakeligen Handschrift, die ihr gar nicht ähnlich war, drei knappe Sätze notiert. In der Bibliothek hatte Jude die Sätze mehrmals gelesen, und als sie im Zelt in der Dunkelheit lag, versuchte sie, sich zu erinnern. Ja, so hatte es geheißen:

Hier bin ich jetzt seit drei Tagen ohne Wasser und Nahrung und Feuer. Niemand kommt. Ich fürchte, ich muss allein hier sterben.

Es war, als könne Jude Esthers Stimme in ihrem Kopf hören.

Und als sie in dem warmen Zelt in den Schlaf glitt, geschah das Gleiche wie damals, als sie im Bericht den Abschnitt über das Entstehen der Bibliothek gelesen hatte. Es war, als wäre sie mit Esther dort und würde erfahren, was als Nächstes passiert war ... wie in einem Traum ...

In der ersten Nacht sagte Esther sich, dass am kommenden Morgen alles in Ordnung kommen würde. Wer auch immer sie gefangen genommen hatte, er würde zurückkehren und sich ihr erklären und sie herauslassen. Vielleicht handelte es sich nur um einen dummen Streich oder um einen Unfall, oder man wollte ihr Angst einjagen. Sie fragte sich, wer ihr bis zum Turm gefolgt sein konnte. Möglicherweise der Jagdhüter, der überzeugt war, wegen des Todes seines Masters könne es sich bei dem Besucher nur um einen Eindringling handeln. Aber höchstwahrscheinlich hatte es doch mit Alicia zu tun. Wieder und wieder dachte Esther darüber nach. Man würde sich nach ihr auf die Suche machen. Ja, Susan würde nach ihr suchen. Genauso wie Sam und Matt. Irgendjemand musste doch kommen!

Um sich zu ermutigen, zwang Esther sich schließlich, mit ihrem Vorhaben fortzufahren. Mit einiger Mühe schwang sie den Baldachin auf dem Dach zurück, brachte die Spiegel am Teleskop an und suchte den Himmel nach dem merkwürdigen Objekt ab, welches sie entdeckt hatte. Aber in dieser Nacht war nichts zu sehen. Es ist zu spät im Jahr, entschied sie. Ein Dreiviertelmond zog auf und ließ die Sterne blasser erscheinen, und als die Nacht vorrückte, verschwanden sie allesamt hinter einem dichten Wolkenvorhang. Langsam und sehr sanft begann es zu schneien. Esther streifte sich die Handschuhe ab, fing die Flocken mit den Handflächen auf und leckte sie durstig ab. Dann kletterte sie die Leiter hinunter, schloss die Luke und rollte sich auf der schmalen Matratze, die ihr Vater dort liegen gehabt hatte, zusammen. Die Matratze war feucht, aber Esther bedeckte sie mit einem Stückchen Ölpapier und hüllte sich in ihren Umhang. Sie schlief unruhig.

Der Morgen war trostlos und kalt. Die Luft roch nach Metall. Esther kletterte auf die Plattform des Turmes, doch alles, was sie sehen konnte, war ein dichter Nebel. Wieder und wieder rief sie um Hilfe, aber ihre Stimme klang schwach und gedämpft, und als sie lauschte, war keine Antwort zu hören. Halb kroch sie bis nach unten und versuchte wieder, die Tür zu öffnen. Sie war immer noch abgeschlossen, und Esthers Tritte und Stöße prallten ab an ihrer schweren, eichenen Stabilität. Es gab auch keinen Spalt, um einen Hebel anzusetzen, falls Esther überhaupt ein Werkzeug finden würde, das dazu geeignet war. Sie begab sich wieder nach oben.

Als Nächstes nahm sie das Journal aus dem Sack und riss ein paar Seiten heraus. Auf jede Seite schrieb sie eine Nachricht. Dann fand sie zwei kleine Zündsteine, die ihr Vater aufbewahrt hatte, und einen Steinsplitter, umwickelte jeden Stein mit einem Blatt Papier und schleuderte die Botschaften vom Dach herunter. Sie betete, dass sie damit nicht zu ihrem Unglück einen Menschen verletzte oder ein Tier. Falls sie am Abend noch immer im Turm gefangen war – sie wagte kaum daran zu denken –, konnte sie vielleicht eine Kerze anzünden, obwohl nur noch ein paar übrig geblieben waren, zusammen mit ein paar Stummeln, die sie jetzt nicht verschwenden sollte. Sie schlich im Raum auf und ab und wusste kaum etwas mit sich anzufangen, während die Panik wuchs und abebbte, nur um gleich wieder anzusteigen, und sie angestrengt gegen ihre Angst kämpfte. Zweimal ließ sie ihren Schluchzern freien Lauf, aber als sie sich wieder beruhigt hatte, sagte sie sich, dass dies nicht das Ende sein würde. Sie würde überleben! Wer auch immer sie in diese Bedrängnis gebracht hatte, würde am Ende nicht den Sieg davontragen. Ihr übel zugerichtetes Journal lag auf dem Tisch. Im Schrank gab es mehrere Schreibfedern und ein Tintenfass. Wie schon viele Male zuvor, als sie sich auf dem Dach zusammengesetzt hatten, ihr Vater und sie, war die Tinte gefroren. Jetzt wärmte sie die Flasche in ihren Händen, wählte dann eine Feder, tunkte sie ein und zog das Buch zu sich heran. Wie Sir Walter Raleigh und John Bunyan, die ebenfalls Gefangene gewesen waren, würde sie sich ihren gesunden Verstand durch Schreiben bewahren. Und wenn man sie zu spät fand, konnten alle ihre Geschichte lesen. Es wäre die Geschichte ihres Lebens.

Esther begann zu schreiben.

»Ein Bericht von Esther Wickham …«

Drei Tage lang schrieb sie Bruchstücke aus ihrer kurzen tapferen Existenz nieder, durchlebte sie noch einmal in den Mauern von Starbrough Hall und im Dorf. In ihren fünfzehneinhalb Jahren war sie kaum darüber hinausgekommen, kannte Norwich nicht und seine schöne normannische Kathedrale, hatte nie Yarmouth besucht und die Heringsboote in den Hafen einschiffen sehen, nie die Wellen der weiten Nordsee auf das Geröll an der Küste krachen gehört. Aber sie hatte eines der größten Geheimnisse des Universums beobachtet, vor allem die unendlichen Himmel erforscht. Sie hatte fremde Planeten erblickt, hatte gesehen, wie Sterne ihr zuzwinkerten, welche sie Abermillionen Meilen und Abermillionen Jahre entfernt wusste.

Sie war jung an Jahren, aber alt an Wissen und Weisheit. Sie war ein Mädchen, das seinen Anfang verloren hatte und schon bald sein Ende erfahren würde. Sie schloss ihr Tagebuch mit einem entsetzlichen Gefühl der Trauer: Sie hatte jenen Mann verloren, den sie wie ihren Vater zu lieben gelernt hatte und der sie gerettet hatte und gelernt, sie zu lieben. Und sehr wahrscheinlich hatte sie das Heim verloren, das er ihr für immer erhalten wollte. Plötzlich erinnerte sie sich mit stechendem Schmerz, dass dies der Tag war, für den Josiah Bellingham seinen Besuch angekündigt hatte – er würde abreisen, ohne sie gesehen zu haben oder mehr über die große Entdeckung zu erfahren, welche sie und ihr Vater gemacht hatten. Selbst das hatte sie also verloren!

Als schließlich die Dämmerung und mit ihr die dritte Nacht anbrach, legte Esther die Feder nieder. Nur noch eine einzige Kerze war ihr geblieben und ein wenig Öl. In der kommenden Nacht wollte sie die Laterne auf das Dach stellen und hoffen, dass jemand das Licht erblickte.

Draußen im Wohnwagen lag Summer und träumte ebenfalls. Einmal schrie sie auf, aber Esther und Claire regten sich nur kurz in ihrem Schlaf. Und Summers und Esthers Träume begannen sich zu vermischen ...

Und als die Frauen am nächsten Morgen erwachten, war Summer Claire Keating verschwunden.

31. Kapitel

Tageslicht. Jude hörte, wie Claire sich rührte, den Reißverschluss des Zeltes aufzog und nach draußen krabbelte. Sie rollte sich mühsam auf den Rücken – die Luftmatratze hatte über Nacht eindeutig Luft verloren – und versuchte sich zum Aufstehen zu überreden. Im Zelt war es heiß, und sie hatte unruhig geschlafen. Vage Traumfetzen fluteten durch ihren Kopf, von Träumen voller Gewalt und ungeheuerlichem Verlust. Plötzlich kam ihr die unangenehme Szene vom Abend zuvor in den Sinn, als sie hineingegangen war: Claire müde und seelisch aufgewühlt zusammengekauert auf Euans neuem Sofa, überall leere Gläser, und Euan, der, eine Flasche Bier in der Hand, verlegen am Fenster stand. Keiner von beiden hatte gesagt, was passiert war, aber Jude war immer noch überzeugt, dass es etwas gegeben haben musste. Beide Seiten waren offenbar erleichtert gewesen, als Jude beschlossen hatte, zu Bett zu gehen, und waren ihrem Beispiel gefolgt.

»Darcey, wo steckt Summer?«, hörte sie Claire draußen fragen. »Ist sie aufs Klo gegangen?«

»Ich weiß nich'«, hörte sie Darcey antworten.

»Ich seh mal nach.«

Jude spürte, wie die Sorge in ihr zu nagen begann. Es hatte etwas mit ihrem Traum zu tun. Sie befreite sich aus ihrem Schlafsack, schlüpfte in die Turnschuhe und kroch im Pyjama aus dem Zelt. An der Tür des Wohnwagens stellte sie fest, dass Darcey im Bett saß, den Daumen im Mund.

»Morgen, hast du gut geschlafen, Schätzchen?«, fragte sie das Mädchen.

»Mhm«, machte Darcy. »Wo ist Summer?«

»Ich glaube …«, fing Jude an, aber Claires Stimme schnitt ihr das Wort ab.

»Jude, ich kann Summer nicht finden.« Claire rannte über die Wiese auf sie zu.

»Ist sie nicht im …?«

»Nein, im Haus ist sie nicht. Euan hat sie auch nicht gesehen.« Euan tauchte auf, müde und unrasiert, aber in Jeans, und er zog sich gerade das T-Shirt über die gebräunte Brust.

»Hast du sie gefunden?«

Claire schüttelte heftig den Kopf. Sie sah besorgt aus.

»Summer?«, rief Jude und begann, die Wiese abzusuchen. Plötzlich riefen alle Summers Namen und schwärmten auf dem Grundstück aus, um sie zu finden.

»Die Tiere«, rief Jude und rannte hinüber zu den Käfigen, um nachzusehen, ob Summer vielleicht eine Ringelnatter untersuchte oder mit den Eulen sprach. Nein, das tat sie nicht.

»Summer? Bitte komm raus, du machst uns Angst.« Claire war blass, ihre Stimme klang zittrig und voller ungeweinter Tränen. Jude spürte den kalten Hauch der Furcht.

Sie suchten noch einmal im Cottage, dann durchkämmte Euan das Gelände. Darcey zockelte hinter ihm her und weinte quengelnd. Claire war in Panik, hinkte laut rufend den Weg hinauf und hinunter und keuchte schluchzend. Euan telefonierte mit seiner Schwester, die versprach, sofort zu kommen. Dann ging er mit Darcey zurück zum Wohnwagen. Jude brachte ihr etwas zu essen, bevor sie anfingen, sie vorsichtig zu befragen. Hatte sie Summer an diesem Morgen überhaupt schon gesehen? »Nein.« War sie, Darcey, in der Nacht einmal aufgewacht? »Ja, nein, kann sein.« Als Euan auf einer klaren Antwort beharrte, drückte sie das Gesicht an seine Brust und schüttelte heftig den Kopf. »Ich weiß nicht«, schluchzte sie.

Euan warf Jude einen Blick zu. Er schien in der kurzen Zeit um Jahre gealtert, brachte es aber trotzdem fertig, ruhig zu bleiben. Und versuchte es noch einmal.

»Darcey«, fragte er sanft, »hast du Summer überhaupt noch mal gesehen, nachdem Jude euch gestern Abend allein gelassen hat? Hat sie irgendwas zu dir gesagt?«

»Ich kann mich nicht erinnern, ich kann mich nicht erinnern«, sagte Darcey und begann laut und hemmungslos zu weinen. Euan drückte sie an sich, zog eine Papierserviette aus seiner Jeans und tupfte ihr die Tränen ab.

»Mach dir keine Sorgen, Süße, wir werden sie finden«, sagte Jude und stand auf. »Euan, ich muss Claire helfen. Meinst du, es ist Zeit, dass wir die Polizei anrufen?«

Euan nickte einmal und fügte mit leiser Stimme hinzu: »In solchen Fällen darf man keine Zeit verlieren.«

In solchen Fällen. Jude spürte, wie ihr das Blut aus den Wangen wich. Das hieß, er hielt es für möglich, dass Summer ... Nein, ausgeschlossen. Bestimmt streunte sie nur ein bisschen in der Gegend herum.

»Hier ist mein Handy«, brachte sie mühsam hervor. »Würdest du das bitte machen? Ich muss Claire Bescheid sagen.« Sie lief über die Wiese zum Haus, als Fionas Wagen draußen vorfuhr.

Claire stand am Tor, das Gesicht schmerzverzerrt. Ihr schlanker Körper zitterte. »Claire, du liebe Güte«, rief Fiona und eilte zu ihr.

»Claire, Euan ruft die Polizei«, sagte Jude ruhig. Wie zart und schmal Claire doch ist, dachte sie, als sie den Arm um ihre Schwester legte. Claire wehrte sich nicht, als die Frauen sie über die Wiese in Richtung Wohnwagen zogen.

»Die Polizei ist schon auf dem Weg«, sagte Euan knapp. Fiona nahm ihm Darcey ab und umarmte ihre Tochter.

»Hört mal«, sagte Euan, »lasst uns noch mal überlegen, was passiert sein kann. Wer hat Summer zuletzt gesehen?«

»Wir haben doch in den Wohnwagen geschaut, bevor wir uns schlafen gelegt haben, nicht wahr, Claire?«

Claire nickte mit glasigen Augen. Ihr Blick wanderte über die Bäume am Rand der Wiese, als hoffte sie, dass Summer dort jeden Moment auftauchen könnte, das Gesicht verschmiert mit dem Saft früher Brombeeren, das honigfarbene Haar wirr durcheinander und einen taufrischen Blumenstrauß in der Hand. Aber es kam niemand.

»Und haben sie beide im Bett gelegen?«

»Ja, ich glaube schon«, erwiderte Jude und versuchte angestrengt, sich vorzustellen, was Claire und sie gesehen hatten – ja, zwei kleine Köpfe in den Kissen, einen Arm, der aus dem Bett hing, die Finger im Schlaf entspannt.

»War sie irgendwie ängstlich oder nervös, bevor sie eingeschlafen ist?«

»Nein, das glaube ich nicht.« Jude schüttelte den Kopf. »Ich habe den beiden noch eine Geschichte vorgelesen. Hier.« Sie lehnte sich in den Wohnwagen und holte das Buch von einem kleinen Schrank herunter. »Rapunzel.« Sie blätterte bis zu der bösen Hexe mit dem hervorstehenden Kinn und der Hakennase. Daneben war ein hübsches unschuldiges Mädchen zu sehen und, ja, das dornenzerkratzte Gesicht des Prinzen sah ein bisschen blutrünstig aus.

Claire schrie auf. »*Das* hast du ihnen vorgelesen?«, rief sie. »Kein Wunder, dass sie Albträume kriegt!«

Euan sah von Claire zu Jude. Er war überrascht von Claires

heftiger Reaktion. »Pst, Claire. Vorwürfe helfen uns jetzt auch nicht weiter.«

Jude war wie vor den Kopf geschlagen. War Summer nach der Geschichte wirklich so aufgewühlt gewesen, dass sie deshalb weggelaufen war? *Falls* sie überhaupt weggelaufen war. Wenn ja, würde man sie finden und nach Hause bringen. Jude würde liebend gern alle Schuld auf sich nehmen, solange Summer nur zurückgebracht wurde. Doch der Gedanke, dass ihre Schwester ihr irgendwie die Schuld gab, war dennoch schrecklich. Jude brachte es nicht fertig, Claire anzusehen. Stattdessen fiel ihr Blick auf das Buch. Ja, es stimmt, dachte sie, diese Bilder sind ein bisschen beängstigender als die anderen im Buch. Angenommen, Summer hätte schlecht geträumt, nachdem sie sie am Abend zuvor angeschaut hatte, und das hätte sie verstört? Aber dann hätte sie doch bestimmt um Hilfe gerufen und wäre nicht einfach fortgerannt. Dazu wäre sie mit Sicherheit zu verängstigt gewesen.

Die Polizei traf ein: ein weiblicher Sergeant mit dem merkwürdigen Namen Bride, Braut, und ein Constable, der ziemlich jungenhaft aussah. Sie gingen mit Euan, Claire und Jude die Geschichte mehrmals durch, stellten viele Fragen und suchten das Gelände selbst noch einmal ab. »Um Himmels willen!«, sagte Euan, dessen Ruhe langsam brüchig wurde. »Sie ist nicht hier, verdammt, und wir müssen rausgehen und sie suchen.«

»Selbstverständlich, Sir. Wir versuchen nur herauszufinden, womit wir es hier eigentlich zu tun haben«, erwiderte Sergeant Bride.

Zusammen mit dem Constable durchsuchte sie das Gelände um die Bäume hinter der Wiese. Schon bald kehrte Euan wieder ins Zimmer zurück und berichtete, dass er gehört hätte, wie Sergeant Bride mit eindringlicher Stimme telefonierte.

»Wir müssen uns auch auf die Suche machen«, sagte Claire und stand auf, in den Augen ein wildes Funkeln.

»Setz dich«, befahl Euan. »Du bist nicht in dem Zustand, rauszugehen und loszurennen.« Claire wehrte sich kurz, gab dann aber auf.

»Ich hab eine Idee«, sagte Jude leise. Während der Befragung durch die Polizei hatte es in ihrem Kopf unablässig gearbeitet. Die Sache musste etwas mit ihrem Traum zu tun haben – an den sie sich aber nicht genau erinnerte. »Könnte es sein, dass sie zum Starbrough Folly gegangen ist?«

»Warum hätte sie das tun sollen? Sie hatte Angst vor dem Turm«, wandte Euan ein.

»Ich weiß, aber ich dachte … weil ich den Mädchen gestern Abend die Geschichte von *Rapunzel* und dem Turm vorgelesen habe. Vielleicht gibt es da eine Verbindung. Falls sie tatsächlich einen von ihren Albträumen gehabt hat.«

»Sie ist noch nie weggelaufen, oder?«

»Nein. Aber hier sind wir viel näher am Turm als bei uns zu Hause.«

»Du meinst, dass er sie ruft oder so was?«, sagte Fiona und lachte trocken.

»In meinen Ohren klingt das ziemlich unwahrscheinlich«, sagte Euan bedächtig.

»Ach, wen interessiert das schon?«, rief Claire. »Es ist zwar eine verdammt scheußliche Idee, aber immerhin ist es eine. Lasst uns hingehen und nachschauen.«

In diesem Moment traten die Polizisten wieder ins Zimmer. »Ich habe mit der Zentrale telefoniert«, erklärte Sergeant Bride. »Sie haben vorgeschlagen, eine Einheit anzufordern.«

»O Gott«, stieß Claire aus und sank auf ihrem Stuhl zusammen.

»Sir, wir müssen ihre Nachbarn befragen und alle bitten, sich an der Suche zu beteiligen.«

»Ich habe nicht viele Nachbarn«, sagte Euan. »Da gibt es Starbrough Hall und an der Straße zum Dorf den Hof, der zu Starbrough Hall gehört. Und noch ein Cottage zwischen Hof und Dorf. Ich weiß nicht, wie die Leute dort heißen.«

»Ich gehe mit Claire zum Turm«, sagte Jude. »Wir gehen zu Fuß, falls es auf dem Weg ... irgendwas zu entdecken gibt.« Sie hatte das Gefühl, den Polizisten von Summers Albträumen erzählen zu müssen. »Wir befürchten, dass sie schlafgewandelt sein könnte«, sagte sie. Die Beamten schienen ein bisschen skeptisch zu sein, aber Sergeant Bride wies den Constable an, die Frauen zu begleiten. »Es ist die einzige Spur, die wir haben«, erklärte sie ihm.

»Wir haben noch gar nicht nachgesehen, ob irgendwas von ihrer Kleidung fehlt«, sagte Claire plötzlich. »Sie kann doch kaum barfuß unterwegs sein, oder?«

Jude fragte sich kurz, ob Schlafwandler sich die Mühe machen, Schuhe anzuziehen, aber als Claire mit einem Mal voller Energie nach draußen stürmte, folgte sie ihr. Als sie am Wohnwagen ankam, sah sie, dass Claire auf dem Bett saß und Summers Caprihose und ihr T-Shirt auf ihrem Schoß lagen. Sie hielt sich die kleine Strickjacke des Mädchens ans Gesicht und hatte die Augen geschlossen. Als sie Jude hörte, schlug sie sie auf. »Ihre Sandalen sind weg«, sagte sie glücklich. »Ein gutes Zeichen, findest du nicht?« Doch dann sah sie wieder verzweifelt aus.

»Da bin ich mir ganz sicher«, sagte Jude beruhigend. »Komm, lass uns zum Turm gehen und nachschauen.«

Der Constable schien irgendwie verschwunden zu sein, sodass sie allein aufbrachen.

Halb gingen sie, halb rannten sie die Straße hinauf. Jude hielt Claires Hand, bis sie zu dem Schild kamen, wo der Fußweg begann. Jude zögerte. Konnte das Kind wirklich diesen verwilderten und schwierigen Pfad genommen haben? Oder war es weitergegangen, bis es den einfacheren Weg zum Turm gefunden hatte? »Denk nach«, befahl sie sich. Vielleicht wäre es das Beste, auf dem Hinweg den Pfad zu nehmen und über die Straße zurückzukehren.

»Hier entlang«, wies sie Claire an und tauchte in den überwucherten Weg ein.

Er war noch dichter zugewachsen als vor ein paar Wochen, als sie ihn zuletzt entlanggegangen war. Sie schob sich durch Brennnesseln und spitze Dornen und zweifelte immer mehr daran, dass Summer sich hier hätte durchschlagen können.

Claire dachte offensichtlich das Gleiche. »Wir sind falsch hier. Können wir umkehren?« Jude blieb stehen und betrachtete den Weg, der vor ihnen lag. Es sah aus, als sei hier seit Ewigkeiten niemand mehr vorbeigekommen.

Hinter sich hörten sie eine Stimme. Euan brach durch das Gebüsch. »Ihr könnt genauso gut weitergehen«, sagte er. »Dann seid ihr schneller da, als wenn ihr andersrum geht.«

Wie Jude noch vom letzten Mal wusste, wurde es besser, sobald sie bis zu den schattigen Laubbäumen vorgedrungen waren und der lehmige Weg sich vor ihnen öffnete. Als sie den düsteren Jagdgalgen erreicht hatten, schrak Claire entsetzt zurück. »Ach du lieber Gott, ich hoffe, dass sie das nicht gesehen hat«, flüsterte sie. »Das hätte ihr wirklich Angst und Schrecken eingejagt.«

Aber sie konnten nicht den geringsten Hinweis darauf entdecken, dass das kleine Mädchen tatsächlich diesen Weg eingeschlagen hatte. Mutlos und verzagt traten die drei schließlich in die Sonne, als sie die Lichtung erreicht hatten. Aber dann hüpfte Judes Herz vor Hoffnung.

»Seht nur!«, rief Euan.

Die Tür des Starbrough Folly stand offen.

In ihrer komischen hoppelnden Art zu laufen, rannte Claire los und verschwand im Innern. Euan holte sie ein und kletterte als Erster die Treppe hinauf, während Jude ihre Schwester stützte. Sie wusste nicht, ob sie dem, was dort oben auf sie wartete, hoffend oder bangend entgegenblicken sollte. Euans Gesicht sprach Bände, als sie schließlich die letzte Biegung erklommen hatten und oben auf ihn trafen. Keine Spur von Summer.

»Oh, nein«, schrie Claire und brach zusammen. Ihr Atem ging in großen, stockenden Schluchzern.

Während Jude versuchte, ihre Schwester zu beruhigen, wandte sich Euan der Plattform zu. »Ich glaube nicht, dass irgendjemand da oben war, aber ich sehe trotzdem mal nach.«

Als er die Luke öffnete, fiel ein Streifen Sonnenlicht auf die beiden Frauen. Wie die Hand Gottes in einem mittelalterlichen Gemälde, dachte Jude verwirrt und fühlte sich, als würde sie plötzlich in eine andere Wirklichkeit befördert. Eine schreckliche andere Wirklichkeit, wenn Summer nicht gefunden wurde. Plötzlich tauchte vor ihrem geistigen Auge auf, welche Wendung ihr Leben nehmen würde, falls …

»Nein, niemand«, brummte Euan. Jude hörte mehr, als dass sie sah, wie er die Luke schloss, und als die goldenen Wirbel aus Licht und Staub aus ihrem Blick verschwanden, starrte sie auf die Stelle in der Mauer hinter dem Bücherregal, wo ein Stein herausgezogen worden war. Das Versteck.

»Sie *war* hier!«, rief Jude, stand auf und eilte zu dem Loch. »Wir hatten es doch verschlossen. Aber woher kann sie das alles überhaupt wissen?«

»Keine Ahnung«, sagte Euan, stieg die Leiter hinab und kam zu ihnen. »Ich hab es ihr jedenfalls nicht erzählt.«

Er spähte hinein. »Da ist nichts drin«, sagte er. »Wonach hätte sie suchen sollen?«

»Und woher wissen wir überhaupt, dass es tatsächlich Summer gewesen ist?«, schrie Claire heftig auf. »Es kann genauso gut jemand anderes gewesen sein. Summer hatte Angst vor dem Turm. Sie würde doch nicht freiwillig und ganz allein hierher ...«

Ihre Worte hingen in der Luft. Allen dreien war derselbe Gedanke durch den Kopf geschossen – was, wenn sie nicht allein gewesen war? Wenn jemand sie hierhergebracht hatte – gewaltsam?

»Aberwitzig!«, murmelte Euan atemlos. »Wer sonst wusste über Turm und Versteck Bescheid? Es ist absolut lächerlich, sich vorzustellen, dass jemand ...«

Jude überlegte. Ja, in der Tat, wer außer Gran könnte noch Bescheid wissen? Angestrengt ließ sie sämtliche Menschen vor ihrem geistigen Auge Revue passieren, die sie in Starbrough Hall kennengelernt hatte. Wer kannte das Versteck? Für wen hatte es irgendeine Bedeutung? Nein, das ergab alles keinen Sinn.

Offenkundig gingen Claire die gleichen Gedanken durch den Kopf. Aber da sie noch nie oben im Turm gewesen war, war sie in noch größerer Not und noch ratloser als Jude.

»Wir können noch nicht mit Sicherheit davon ausgehen, dass Summer letzte Nacht hier oben war, oder?«

»Oder heute Morgen«, sagte Euan wie abwesend. Er marschierte durch das Turmzimmer, zweifellos auf der Suche nach Spuren, wie Jude dachte. Aber er fand nichts. Nicht die geringste Spur von einem kleinen Mädchen in einem rosa Barbie-Pyjama.

Jude half ihrer Schwester wieder auf die Beine. Claire war still, untröstlich, starrte zu Boden. Als Jude ihr die Hand entgegenstreckte, folgten ihre Augen Claires Blick. Ganz oben an der Treppe neben der Wand war ein kleiner Flecken Mörtelstaub – und in der Mitte befand sich der perfekte Abdruck eines kleinen Schuhs.

»Nicht anfassen«, flüsterte Jude eindringlich, als Claire die Hand danach ausstreckte. »Wir sollten lieber rausgehen, nur für den Fall, dass die Polizei …«

Euan und Jude schauten sie wie durch einen Nebel an. Und der Nebel lichtete sich.

»Ich denke, Jude hat recht«, sagte Euan bedächtig. »Claire, wir müssen zurück, ohne hier noch mehr durcheinanderzubringen.«

Beide halfen Claire die Treppe hinunter, fassten sie dann jeder bei einer Hand und führten sie über die Lichtung die Strecke entlang, die Euan bei seiner ersten Begegnung mit Jude gegangen war, dann zur Foxhole Lane und hinunter zur Straße. Judes Blick flackerte hin und her, während sie gingen, auf der Suche nach … nach irgendetwas, das ihnen verraten konnte, was Summer zugestoßen war. Als sie die Stelle erreichten, wo der Weg auf die Straße traf, fuhr ein Streifenwagen vor, aus dem zwei Polizisten stiegen, einer von ihnen der sehr junge Constable. Euan eilte mit ihnen zum Turm zurück, um ihnen zu zeigen, was sie entdeckt hatten. Die Frauen setzten ihren Weg an der Straße entlang zum Cottage fort.

Als Jude und Claire am Haus ankamen, fanden sie es in eine Einsatzzentrale verwandelt. Draußen standen ein großer Polizeitransporter, ein weiterer Polizeiwagen, mehrere andere Fahrzeuge. Ein Beamter hielt einen Deutschen Schäferhund an der Leine. Sergeant Bride teilte ein paar Leute ein, die die Gegend durchkämmen sollten, einschließlich Robert und Steve, den Farmer. Fiona war erlaubt worden, mit Darcey nach Hause zu fahren. Claire wurde aufgefordert, ein Kleidungsstück von Summer zu holen, damit der Hund die Fährte aufnehmen konnte. Dann bat man sie und Jude, sich im Wohnzimmer aufs Sofa zu setzen, damit ein Kriminalbeamter ihnen noch ein paar Fragen stellen konnte. Sie gaben sich Mühe, nicht auf all die Leute um sich herum zu achten, die Landkarten studierten und versuchten, den Ablauf zu rekonstruieren, auf das Knacken der Polizeifunkgeräte, auf die endlose Wiederholung der dürren Informationen, die sie über Summers Bewegungen der letzten Nacht beisteuern konnten.

Die Stunden verrannen mit betäubender Langsamkeit. Und doch wollte Jude nicht, dass sie schneller verrannen. Je länger Summer vermisst wurde, desto schlechter standen die Chancen, dass sie heil und gesund gefunden wurde. »Warum um alles in der Welt kann die Polizei sie nicht finden?«, sagte Claire wieder und wieder unter Tränen, und Jude stimmte von ganzem Herzen ein.

Ein paar Stunden später kehrte Euan mit dem jungen Constable zurück. Er berichtete Jude und Claire mit leiser Stimme, dass der Turm inzwischen als Tatort abgesichert worden sei, abgesperrt mit blau-weißem Sicherheitsband und einem Kriminaltechniker in Bereitschaft. Bei dieser Nachricht wich das Blut aus Claires feinen Zügen, und sie saß so bewegungslos auf dem Sofa wie eine Porzellanpuppe.

Jude hatte zwar fast genauso viel Angst, überlegte aber,

was zu tun sei. Sie dachte kurz daran, ihre Mutter anzurufen. Noch nicht, entschied sie, aber als der erste Journalist vom Lokalfernsehen eintraf, war ihr klar, dass sie Valerie benachrichtigen musste, bevor sie aus einer anderen Quelle erfuhr, was hier bei ihnen vorging. Aber als sie die Nummer in Spanien wählte, hörte sie nur den Anrufbeantworter. Sie hinterließ die nichts sagende Bitte, Jude zurückzurufen. Mehr konnte sie im Moment nicht tun.

Der Kriminalbeamte kehrte zurück, um Jude, Claire und Euan erneut zu befragen, ging die bekannten Tatsachen wieder und wieder durch. Obwohl Claire sie stirnrunzelnd ansah, berichtete Jude stockend über die Albträume, die Summer in letzter Zeit gehabt hatte, und darüber, dass ihre Nichte seltsamerweise von lange zurückliegenden Ereignissen wusste. Der Mann konnte offensichtlich damit nicht viel anfangen, gab aber sein Bestes.

»Mit anderen Worten, Sie sagen, dass das Mädchen vielleicht verängstigt war, nachdem Sie ihm das Märchen vorgelesen hatten? Dass es vielleicht schlafwandelt oder so was?«, fragte er.

»Vielleicht. Aber ...« Wenn Jude sich doch nur an ihren eigenen wirren Traum aus der letzten Nacht erinnern könnte ... »Ich weiß, es klingt albern ... aber es kann sein, dass sie weggelaufen ist, weil sie irgendwas sucht, das mit der Geschichte zu tun hat, die ich Ihnen erzählt habe. Summer hat sich da ziemlich hineingesteigert, müssen Sie wissen. Für sie scheint alles sehr real zu sein.«

»Diese Sache mit dem Mädchen aus dem achtzehnten Jahrhundert«, seufzte der Kriminalbeamte. »Hört sich alles ein bisschen sehr merkwürdig an.« Jude wusste, dass er nicht überzeugt war. Und sie konnte es ihm noch nicht einmal vorwerfen.

Als er schließlich gegangen war, hatte sich Claire unwirsch ihrer Schwester zugewandt.

»Ich wünschte, du würdest endlich mit diesem ganzen Unsinn aufhören. Hast du nicht gemerkt, dass er dir kein Wort geglaubt hat? Es ist einfach nur verrückt!«

»Claire, wir hatten doch vorher darüber gesprochen. Du warst einverstanden …«

»Ich war mit gar nichts einverstanden. Wenn du nicht alles aufgerührt hättest, hätte Summer sich nicht aufgeregt.«

»Ich habe nichts aufgerührt. Es hatte doch schon alles angefangen, als ich herkam. Ihre Träume, meine ich.«

Claires Blick glitt hinüber zu Euan. Er stand auf und sagte knapp: »Ich helfe draußen bei der Suche. Ich kann einfach nicht hier rumsitzen.«

»Und das gilt auch für dich«, schrie Claire. »Ihre Träume haben angefangen, nachdem du sie zum Turm mitgenommen hast. Sonst wäre sie gestern Abend nicht hingegangen, das weiß ich genau, jedenfalls nicht freiwillig. Sie hat diesen Ort gehasst! Jemand muss sie dort hingebracht haben.« Sie starrte Euan hart und kalt an. Er zuckte zusammen. »Vielleicht bist du das gewesen. Nach allem, was wir wissen, warst du es!«

Es herrschte vollkommene Stille. Dann sagte Euan: »Danke für diesen Vertrauensbeweis. Ich geh jetzt raus und suche deine Tochter.« Dann war er verschwunden.

»Claire, wie konntest du das nur sagen?«, flüsterte Jude unwirsch. »Du weißt genau, dass es Unsinn ist. Du weißt es.«

»Du bist es, die hier Unsinn erzählt hat«, stieß Claire verbittert aus, schlug die Hände vor das Gesicht und fing an, hemmungslos zu schluchzen.

Der Tag verging. Dann kam die Nacht, die sie im Zelt verbrachten, weil Claire sich in der Nähe des Ortes aufhalten wollte, wo sie Summer zuletzt gesehen hatte. Aber weder Claire noch Jude schliefen viel. In den frühen Morgenstunden wachte Jude auf und hörte, wie Claire wimmerte. Sie rutschte mit dem Schlafsack zu ihrer Schwester hinüber und schmiegte sich an sie. Überraschenderweise erlaubte Claire ihr, sie zu trösten. Jude fragte sich, ob das überhaupt schon einmal vorgekommen war. Claire hatte nie die beschützende ältere Schwester gespielt, hatte Jude nicht einmal an sich gedrückt, wenn sie geweint hatte. Nur in der Zeit nach Marks Tod war sie gekommen und hatte Jude umarmt, als ob es die natürlichste Sache auf der Welt wäre. Jude hatte sich an ihrer Schulter ausgeweint und zum ersten Mal seit dem Unfall ihren Gefühlen freien Lauf gelassen. Und jetzt war der Mensch, den Claire am meisten auf der Welt liebte, einfach verschwunden, und sie konnten nicht mehr füreinander tun als sich festzuhalten. Claire klammerte sich mit einer Verzweiflung an sie, die Jude glücklicherweise noch nie an ihr erleben musste und hoffentlich auch nie wieder an ihr erleben würde.

War wirklich erst ein Tag vergangen, seit sie vor Eifersucht auf Claire förmlich gebrannt hatte? Das schien so lange her zu sein. Und in diesem Moment empfand sie nicht die geringste Spur von Eifersucht. Ebenso wenig wie Mitleid, denn Jude fühlte genau das, was Claire auch fühlte. Sie beide liebten Summer. Und nun hatten sie sie vielleicht verloren. In diesem kurzen Moment stand nichts zwischen ihnen. Und in diesem Moment der reinen Wahrheit wagte Jude nach etwas zu fragen, nach dem sie niemals gefragt hatte, ja an das sie noch nie überhaupt bewusst gedacht hatte.

»Claire«, sagte Jude, »ich weiß, es ist verrückt, aber vor

einiger Zeit bin ich auf eine komische Idee gekommen. Dass … du wirst sagen, ich hätte vollkommen den Verstand verloren … Mark Summers Vater war.«

Das Schweigen dehnte sich, länger und länger und länger, bis Claire sich schließlich räusperte. »Du bist verrückt. Wie um alles in der Welt kommst du darauf?« Dann drehte sie sich um und rückte ab. Eine Welle der Verzweiflung durchflutete Jude.

Beim ersten Sonnenstrahl traf die Verstärkung der Polizei ein, die die Suche fortsetzte. Die Stimmung verdüsterte sich, und man sprach vereinzelt von Entführung. Der Fußabdruck im Turm konnte darauf hinweisen, dass Summer auf eigene Faust hinaufgeklettert war oder aber auch, dass man sie dorthin gebracht hatte. Jude hörte, wie der Detective sagte: »Keine Anzeichen eines Kampfes.« Das klang irgendwie auch nicht so tröstlich, wie es eigentlich sollte. Die Art der Befragung durch die Polizei veränderte sich ebenfalls. Wen kannte Summer? Wen kannten Claire und Jude? War Summer im Internet gesurft? Ist sie jemals zuvor allein durch die Gegend gestreift? Aus den Mienen der Polizisten, die die Fragen stellten, konnte Jude nicht schließen, ob Claires Antworten hilfreich waren oder nicht.

Irgendwann in diesen entsetzlich wirren Stunden dachte Jude daran, Chantal anzurufen, und tat es dann auch. Sie empfand es als tröstlich, das warme Mitgefühl in der Stimme der Frau zu hören. »Ich habe für die kleine Summer gebetet. Ich bin überzeugt, dass man sie sicher wieder auffinden wird. Sie dürfen die Hoffnung nicht aufgeben!« Jude musste den Anruf kurz halten, weil ihre Stimme zu brechen drohte, als sie sich bei Chantal bedankte.

Euan kehrte zurück, nachdem er den ganzen Tag lang den Wald durchsucht hatte. Er war erschöpft und irgendwie nur noch ein Schatten seiner selbst. Er saß da, die Arme auf die Knie gestützt und die Hände aneinandergepresst. Claire würdigte ihn keines Blickes, bis er schließlich zu ihr sagte: »Ich werde sie suchen und suchen und suchen, bis wir sie gefunden haben. Ich bringe sie dir zurück.« Aber Claire zuckte nur mit den Schultern.

Am frühen Abend kam der Detective mit dem jungen Constable und forderte Euan offiziell auf, ihn zu einer Vernehmung auf die Wache zu begleiten. Ihm wurde versichert, dass nichts gegen ihn vorlag. Euan ging mit, eine beinahe schon torkelnde Gestalt, die den Staub des Tages noch nicht abgestreift hatte. Die Kameras blitzten auf, als er in den Polizeiwagen stieg und davongefahren wurde.

»Claire, manchmal hasse ich dich wirklich«, flüsterte Jude, aber nicht so laut, dass ihre Schwester es hören konnte. Sie stand im Türrahmen, und die Tränen liefen ihr über die Wangen.

Sie wusste mit absoluter Sicherheit, dass Euan nichts mit Summers Verschwinden zu tun hatte. Trotzdem war sie im Geist wieder und wieder die Ereignisse jenes verhängnisvollen Abends durchgegangen, unfähig, sich an das zu erinnern, was nur knapp außerhalb ihres Bewusstseins zu tanzen schien. Und es hatte, das wiederum wusste sie ganz genau, mit dem Starbrough Folly zu tun.

32. Kapitel

Summer fand es herrlich, in diesem Wohnwagen einzuschlafen, den beruhigenden, vertrauten Duft von lackiertem Holz einzuatmen und die Muster an der Decke zu betrachten, die im schwindenden Abendlicht gerade noch zu erkennen waren. Sie lag warm und bequem und sicher im Bett, neben Darcey, ihrer besten Freundin, die leise neben ihr schnarchte. Sie dachte über das Märchen nach, das Tante Jude ihr vorgelesen hatte, und stellte sich einen Moment lang vor, sie sei Rapunzel im Turm, aber sie war sich sicher, dass sie selbst nie zulassen würde, dass jemand sie einsperrte. Also stellte sie sich lieber vor, wie es wäre, der Prinz zu sein und jemanden, den man liebt, vor irgendetwas Bösem zu retten. Mit diesem nicht unangenehmen Gedanken schlief sie ein.

Summer träumte, diesmal nicht den Traum vom Verirren. Sie lief zwar durch einen Wald, aber sie schrie nicht nach ihrer Mummy, sondern sie rannte, um jemandem zu helfen. Irgendetwas war nicht in Ordnung, das spürte sie ganz genau, jemand war in Gefahr, und diesen Jemand musste sie finden. Und sie wusste, dass es mit dem Turm zu tun hatte. Dorthin musste sie gelangen, dort musste sie helfen.

Immer noch tief in ihren Traum versunken, setzte sie sich in der Dunkelheit auf, schlug die Bettdecke zurück und schwang die Füße auf den Boden. Mit der Zehe berührte sie etwas. Einen Schuh. Sie bückte sich und griff danach, schlüpfte mit dem Fuß hinein und tastete herum, bis sie den zweiten gefunden hatte, den sie ebenfalls anzog. Dann stieß sie die Tür des Wohnwagens auf und tastete sich die Stufen hinunter. Von hier aus kannte sie den Weg zum Starbrough Folly. Sie schlich auf Zehenspitzen am Zelt vorbei und rannte über die Wiese – ein bisschen ängstlich, aber nicht so sehr, denn es war wichtig, heute Nacht tapfer zu sein, tapfer wie ein Prinz. Die Eulen flatterten in ihren Käfigen, sahen sie, aber Summer nahm sie nicht wahr. Sie wandte sich nach links und ging die Straße hinauf bis zu der Stelle, wo die Foxhole Lane abzweigte, denn ihr war klar, dass der Fußweg scheußlich und dornig sein würde.

Und jetzt konnte sie schon viel deutlicher spüren, wie drängend der Turm sie zu sich rief, lockte und beschwor. Ein Teil von ihr wollte nicht weitergehen. Es war gruselig dort gewesen. Aber ein anderer Teil von ihr wusste, dass sie Esther finden und ihr helfen musste. Bevor es zu spät war. Unter den Bäumen war es sehr dunkel und neblig. Sie zitterte. Dann lichtete sich der Nebel, und sie konnte den Weg vor sich erkennen. Rasch eilte sie voran, vorbei an mehreren Wagen, die sich in der Dunkelheit seitlich an die Foxhole Lane drängten. In ihrem Kopf formte sich das Wort *Rowan*. Sie lief weiter auf dem schmalen Pfad, der zum Turm führte. Es gab im Leben Zeiten, das wusste sie aus ihren Märchenbüchern, wo man genau das tun musste, wovor man sich am meisten fürchtete.

Als sie den Turm erreichte, war die Tür nicht abgeschlossen. In ihren neuen, gut geölten Angeln schwang sie mühelos auf. Summer machte sich daran, die massiven Ziegelstufen hinaufzusteigen.

In der Sicherheit des Zeltes hatten sich Judes Augen kurz geöffnet und waren dann flatternd zugefallen. Wieder sank sie in tiefen Schlaf.

Es muss nach Mitternacht gewesen sein, als Esther hörte, wie der Schlüssel unten im Schloss und anschließend der Türgriff herumgedreht wurde. Auf die Flamme der Hoffnung folgte sofort das Kribbeln der Angst, wer oder was da sein könnte. Sie flüchtete sich quer durch den Raum und presste sich eng an die Wand neben der Tür und lauschte dem Geräusch der Tritte, die langsam die Treppe hinaufstapften, lauter und lauter. Ein Mann mit einer flackernden Laterne war undeutlich im Türrahmen zu erkennen, gezackte Schatten sprangen an den Wänden rundherum auf »Oh, Mr. Trotwood, Sie sind's!«, keuchte sie erleichtert, als er die Laterne senkte.

Er musterte sie von oben bis unten, irgendwie argwöhnisch, aber ohne jede Überraschung.

»Man hat mich eingeschlossen«, stieß sie hastig und mit stockender Stimme hervor. »Ich weiß nicht, wie das geschehen konnte. Bestimmt haben sie alle nach mir gesucht. Ich nehme an, dass Sie das Licht gesehen haben.«

Mr. Trotwood beachtete sie nicht, sondern hielt seine Laterne hoch und inspizierte den Raum. Als er die Matratze und das geöffnete Buch auf dem Tisch sah, verhärtete sich seine Miene. Er wandte sich ihr zu und sagte: »Sie sind hungrig, nehme ich an.«

»Ja, natürlich«, gab Esther zurück. »Ich habe seit drei Tagen nichts gegessen.«

»Und ich vermute, dass Sie frieren.«

»Ja, ich habe gefroren.« Sie schlang ihren Umhang eng um sich. Sein seltsames Verhalten beunruhigte sie mehr und mehr.

Ein leises Geräusch drang aus seiner Kehle, dessen Bedeutung sie nicht abschätzen konnte. Er ließ seine Tasche neben der Wand zu Boden fallen.

»Mr. Trotwood, vielen Dank, dass Sie mich gerettet haben, aber können wir jetzt vielleicht gehen?«

Sie bewegte sich auf die Tür zu.

»Nicht so hastig«, sagte er ruhig und ergriff sie am Arm. Esther versteifte sich erschrocken.

»Die Herrin findet Sie, nun, sagen wir, unpassend.«

»Wie bitte?«, rief Esther. Dann wurde ihr bewusst, was seine Worte bedeuteten. »Waren Sie es, der mich hier eingeschlossen hat?«

»Nein«, sagte er in seiner langsamen und bedächtigen Art, »aber jemand hat seine Sache gut gemacht, oder? Komm schon«, befahl er und drehte ihr den Arm schmerzhaft auf den Rücken, »hier rauf. Sei ein braves Mädchen.« Er stieß sie in Richtung Leiter.

»Nein!«, schrie sie. »Lassen Sie mich in Ruhe!«

Als Antwort drückte er ihr eine lederne Hand auf den Mund und zischte: »Mach mir ja keinen Ärger mehr, du kleiner Emporkömmling!«

Er zerrte sie die Leiter hinauf, Stufe für Stufe, während sie kämpfte und um sich schlug und zu schreien versuchte. Schließlich hatte er sie bis auf das Dach geschleppt. »Da drüber gehst du dahin!«, schrie er und zerrte sie zum Geländer. »Das arme kleine Ding, werden sie sagen, gramerfüllt nach dem Tod des alten Mannes, und dann sind wir dich endlich los …« Plötzlich schrie er auf und trat aus, hätte Esther beinahe losgelassen. Jemand hatte ihn ins Bein gebissen, zur Hölle mit ihm! Er fuhr herum und erblickte ein Mädchen, dünn und in Lumpen. Woher war sie jetzt auf einmal gekommen? Wieder trat er zu, und das Mädchen stürzte auf die Plattform.

Der Mond schien ihm ins Gesicht, und voller Überraschung erkannte Esther, dass es das Zigeunermädchen war.

Da Mr. Trotwoods Aufmerksamkeit abgelenkt war, nutzte sie die Chance und biss ihn kräftig in die Hand, die er mit einem Schrei fortriss. Esther wand sich aus seinem Griff und trat zurück, stolperte über das Gerüst des Teleskops und wäre fast gestürzt. Er kam auf sie zu. Sie packte das Teleskop, riss einen Teil davon ab und schwang ihn wie eine Keule. Er streckte beide Arme aus, um ihn ihr zu entreißen. Rowan warf sich gegen seine Beine, brachte ihn zum Schwanken, und Esther traf ihn mit ihrer Waffe auf die Schulter. Er taumelte, raffte sich wieder auf und stieß Rowan weg. Sie richtete sich auf. Beide Mädchen schauten ihn jetzt direkt an, Esther mit der üblen Waffe in der Hand. Er wich zurück und näherte sich dann von der Seite, vielleicht, weil er zuerst mit Rowan fertig werden wollte. Was dann geschah, überraschte sie alle: Sein Fuß verfing sich in der obersten Sprosse der Leiter, und er stürzte zur Seite. Sein Kopf krachte lautstark auf die gemauerte Brüstung. Einen Moment lang lag er da wie Goliath, der von einem Stein getroffen worden war, und Blut sickerte aus einer Wunde am Kopf.

Nach einer Weile setzte er sich auf, aber die Mädchen waren schon an ihm vorbei. Wie zwei verängstigte Mäuschen huschten sie zur Leiter. Rowan stieg zuerst hinab, dann folgte Esther, die die Lukentür schloss und den Riegel vorschob. Unten warteten sie ab, voller Angst aneinandergeklammert, und hörten, wie Mr. Trotwood an die Luke pochte und wüst fluchte. Nach ein oder zwei Minuten verstummte er plötzlich. Sie hörten ein dumpfes Geräusch, Schlurfen, ein Stöhnen. Danach Stille.

Die beiden Mädchen schauten einander an. Die Augen des Zigeunermädchens standen groß in ihrem schmalen Gesicht, als es die Hände ausstreckte, Esthers Hand nahm und sie sanft streichelte.

»Wie hast du mich gefunden?«, fragte Esther. »Ich bin so glücklich, dass du mich gefunden hast!«

Das Mädchen stieß zwei raue Silben aus, und als Esther verständnislos die Stirn runzelte, spielte es eine kleine Szene.

»Du hast geschlafen«, sagte Esther und schaute aufmerksam zu. »Und jemand hat dich aufgeweckt. Nein, du hast geträumt?«

Das Mädchen nickte und spielte, dass es keuchend losrannte.

»Du bist hergekommen, so schnell du konntest? Nun, darüber bin ich sehr froh.« Das Mädchen zog einen kleinen Ziegelstein aus seiner Rocktasche, um den immer noch Esthers Nachricht gewickelt war. Das Papier war durchnässt, die Schrift nicht entzifferbar. »Ja, das stammt von mir. Danke, oh, ich danke dir.«

Beide lauschten, ob oben vom Dach noch irgendein Lebenszeichen zu ihnen drang, hörten aber nichts. Dann fiel Esthers Blick auf Mr. Trotwoods Tasche. Außen an dem Gurt war ein totes Kaninchen festgezurrt. Eifrig löste sie die Schnalle, hoffte, in der Tasche etwas Essbares zu finden. Drinnen befanden sich eine Pistole und ein Stück Obstkuchen, der in ein Tuch gewickelt war. Die Pistole legte sie auf den Tisch neben ihr Tagebuch, knüpfte das Kaninchen los und gab es dem Mädchen, das seine Freude nicht verbarg, als es das Geschenk annahm. Dann teilte sie den Kuchen auf, und beide aßen hungrig.

Esther griff nach der Pistole. Noch nie zuvor hatte sie eine in der Hand gehabt, aber jetzt fummelte sie am Anschlag herum, legte dann den Zeigefinger an den Abzug und zielte mit der Waffe zitternd auf das Fenster. Ja, sie glaubte, sie könnte es tun, wenn es sein musste. Sie ging hinüber zur Leiter, kletterte hinauf und stieß gegen die Luke, die sich nicht rühren wollte. Irgendein Gewicht hielt sie geschlossen. Esther gab auf und kam wieder herunter, legte die Pistole erleichtert auf den Tisch zurück. Sie war nicht sicher, was sie eigentlich vorgehabt hatte. Ihn zu retten, ihn mit vorgehaltener Pistole den Turm hinunterzubringen, vielleicht.

Draußen frischte der Wind auf. Esther ging zu einem Fenster und schaute zu, wie einzelne Schneeflocken vom Himmel fielen. Was soll ich nur tun?, fragte sie sich.

Trotwood hatte ihre schlimmsten Befürchtungen bestätigt. Nicht nur, dass Alicia ihr das Erbe von Starbrough Hall streitig machen wollte; diese Frau hatte sogar gehofft, ihr das Leben rauben zu können. Und Trotwood hatte sie darin unterstützt. Wer sonst unter den Dienstboten hätte so gehandelt? Gewiss nicht Susan, die Esther liebte wie eine Tochter, und Esther konnte sich auch nicht vorstellen, dass Mrs. Godstone sie nicht mehr leiden konnte, auch nicht Corbett oder Betsy. Aber je länger sie darüber nachdachte, desto mehr fürchtete sie sich vor der Vorstellung, nach Starbrough Hall zurückzukehren. Sie hatte niemanden, der über genügend Macht und Einfluss im Haus verfügte, um sie zu unterstützen, und außerdem gab es jetzt auch noch Mr. Trotwood, der tot oder sterbend oben auf der Plattform lag. Es war ein Unfall gewesen, natürlich. Er war ausgerutscht und hatte sich den Schädel aufgeschlagen. Aber für sie beide konnte die Sache schlimm ausgehen, sehr schlimm!

Das andere Mädchen vertilgte die letzten Krümel des Kuchens. Dann schnappte es sich Trotwoods Tasche und durchwühlte die Seitentaschen, fand aber nicht mehr als ein paar schrumpelige Äpfel. Einen reichte sie Esther, in den anderen biss sie geräuschvoll hinein. Fasziniert beobachtete Esther, wie die kleinen weißen Zähne an dem Apfel nagten. Dem Mädchen war das Kopftuch zurückgerutscht. Im Licht der Laterne sah Esther, dass das Haar nahe am Ansatz auf der Kopfhaut heller war, aber aussah, als wäre es mit Schmutz oder Holzteer verschmiert. Rasch zog das Mädchen das Kopftuch wieder nach vorn, als es den neugierigen Blick bemerkte.

Esther fing an, durch den Raum zu marschieren, rieb sich über die Arme, um sich zu wärmen. Die Gedanken wirbelten ihr durch den Kopf wie die Schneeflocken draußen durch die Luft. Was sollte sie tun? Nirgendwohin konnte sie sich wenden. Die Dienerschaft war nicht in der Lage, ihr zu helfen. Sie dachte an Matt. Nein, sie durfte ihn nicht in Gefahr bringen. Plötzlich traf es sie wie ein Schlag, dass sie wahrhaft mutterseelenallein auf der Welt war.

»Esther«, stieß das Mädchen aus, sagte etwas in ihrer fremden Sprache und zeigte auf die Treppe.

»Willst du, dass ich mit dir komme?«, fragte Esther. Das Mädchen nickte, richtete den Blick dann auf die Pistole und die Apfelkerne.

Esther begriff. Sie legte die Pistole wieder in die Tasche, die sie gegen die Wand lehnte, genauso, wie sie sie vorgefunden hatten. Dann machte sie sich daran, jeden auch noch so kleinen Beweis dafür, dass sie in letzter Zeit hier gewesen war, zu vernichten. Sie stellte die Tinte in den Schrank zurück und verstaute alles, was sie mitgebracht hatte, in ihrer eigenen Tasche. Bei dem Journal zögerte sie, entschloss sich dann, es in Ölpapier zu wickeln und in das Versteck in der Mauer zu stopfen. Als sie das Versteck öffnete, sah sie die samtene Schachtel mit ihrer Halskette. Den Schmuck hatte sie vollkommen vergessen; es konnte aber sein, dass sie ihn brauchen würde. Sie klappte die Schachtel auf und holte die an der Kette aufgereihten Sterne heraus. Ihr Herz machte einen Sprung, als sie das schöne zauberhafte Funkeln sah. Rasch löste sie ihren Umhang, legte sich die Kette um den Hals. Als sie aufschaute, sah sie Rowans erstaunten Gesichtsausdruck, und, ja, ihr Ver-

langen. Die Schachtel wanderte in Esthers Tasche, und dann musste sie es irgendwie fertigbringen, das Journal in dem Mauerloch zu verstecken. Es wollte einfach nicht hineinpassen. Unentschlossen stand sie da und rang mit sich. Einerseits war das Tagebuch sehr kostbar, enthielt den Bericht ihrer Entdeckung, andererseits gehörte es zu den anderen, die sich in Starbrough Hall befanden. Sie würde es dort in einem Schrank verstecken. Niemand würde sagen können, seit wann es sich dort schon befand. Aber der Bericht, den sie über sich selbst geschrieben hatte, würde eines Tages vielleicht noch nützlich sein.

Schließlich legte Esther das Tagebuch auf den Tisch und riss die Seiten heraus, die sie in den vergangenen Tagen geschrieben hatte, wickelte sie in Ölpapier und verstaute sie in ihrer Tasche. Dann ließ sie den Blick ein letztes Mal durch den Raum schweifen und folgte dem Zigeunermädchen die Treppe hinab.

Draußen schneite es inzwischen heftig, doch der Wind hatte nachgelassen. Gemeinsam beluden sie den Karren und bahnten sich ihren Weg über die Lichtung. Ihnen war klar, dass der Schnee ihre Spuren bedecken würde. Einmal rutschte Esther aus und stürzte. Als Rowan ihr aufhalf, spürte sie, wie ihr die Kette vom Hals glitt. Sie zog ihren Handschuh aus und schob ihn zwischen die Zähne, während sie nach der Stelle tastete, wo die Kette sich in der Spitze ihres Kleides verfangen hatte, und zog sie heraus. Sie hielt den Schmuck mit den Fingern umklammert, genau so, wie sie es vierzehn Jahre zuvor getan hatte. Zusammen mit dem anderen Mädchen verschwand sie im Wald.

Die einzige Spur, die von Esther zeugte, war ein kleiner goldener Stern, der funkelnd im Schnee lag.

Als Summer erwachte, lag sie zusammengerollt unter einem Baum. Das frühe Sonnenlicht sickerte durch das Laubdach. Sie war aufgewacht, weil sie fror. Die letzten Fetzen ihres Traums verflüchtigten sich, als sie sich überrascht und erstaunt aufsetzte, nach ihrer Mutter rief und sich umschaute. Als niemand antwortete, rief sie wieder und wieder, warf sich auf den Boden und krümmte sich zusammen wie eine Raupe, die wartete, bis die Gefahr vorüber war. Tränen strömten ihr über das Gesicht. Eine Weile trieb sie zwischen Träumen und Wachen hin und her. Dann spürte sie eine unendlich zarte Berührung an ihrer Schulter, so zart wie ein herabfallendes Blatt. »Mummy?« Sie hob den Kopf. Zuerst konnte sie niemanden sehen. Schließlich hörte sie ein Kichern und bemerkte eine Bewegung hinter dem nächsten Baum. Nein, nicht Mummy. Ihre Neugier war stärker als die Angst, und sie stand auf. Ein anderes Kind, wenn es denn ein Kind war, rannte zum nächsten Baum. Summer nahm nur die Bewegung wahr, aber das Mädchen selbst – sie spürte, dass es ein Mädchen war – sah sie nicht.

»Wer bist du?«, rief Summer und jammerte dann: »Ich will zu meiner Mummy.«

Sie dachte, dass das Mädchen sie herangewunken habe, sah dann, wie die Blätter sich bewegten, und hörte ein Kichern weiter oben am Weg. Summer lenkte ihre Schritte in diese Richtung. »Wohin gehen wir?«, fragte sie, aber das Mädchen gab keine Antwort. Das Licht wurde nun stärker, die Vögel zwitscherten aus voller Kehle. Summer fühlte sich wesentlich ruhiger. Sie hatte keine Ahnung, wohin das Mädchen sie führen wollte, aber sie spürte, dass alles gut werden würde. Sie stellte sich das Gesicht ihrer Mutter vor und wusste, wusste einfach, dass sie sie bald finden würde. Als sie sich einmal im Supermarkt verloren hatten, hatte ihre

Mutter hinterher gesagt: »Wenn du dich jemals verlassen fühlst, mein Schatz, hab keine Angst. Ich suche dich. Ich suche immer nach dir.« Ihre Mutter würde sie suchen, und sie würde sie finden. Und bis es so weit war, würde das Mädchen – inzwischen konnte sie es genau sehen – ihr helfen. Den ganzen Tag lang wanderten sie gemeinsam umher, das Mädchen zeigte Summer, wo die Brombeeren wuchsen und wo das klare Wasser floss. Sie spielten zusammen, Verstecken und Fangen, und einmal bauten sie einen Damm in einem seichten sprudelnden Fluss. Es gab auch Momente, in denen Summer bewusst wurde, dass sie sich immer noch verirrt hatte, und dann geriet sie in Panik und weinte, aber das Mädchen machte besänftigende Geräusche und tollte herum und versuchte, sie aufzuheitern. Als der zweite Abend anbrach, sank sie erschöpft auf ein Moosbett, und das Mädchen bedeckte sie mit trockenen Blättern.

Am Montagmorgen – nicht dass sie wusste, dass Montag war – erwachte sie vom Geräusch eines vorbeifahrenden Wagens. Summer setzte sich auf und schaute sich um und stellte fest, dass sie in der Nähe einer Straße gelegen hatte. Von dem anderen Mädchen war weit und breit keine Spur. Als sie aufstand, erkannte sie, wo sie sich befand. Ein kleines Stück weiter die Straße entlang standen auf der anderen Seite die Wohnwagen der Zigeuner. Sie konnte Liza erkennen, die auf den Stufen ihres Wohnwagens saß, Zeitung las und einen Toast aß. Plötzlich fehlte Summer der Mut, und sie wusste nicht, was sie tun sollte – Erleichterung und Angst durchfluteten sie gleichermaßen. Sie setzte sich ins Gras und weinte.

Das Geräusch eines weiteren Wagens dröhnte herauf, Musik schepperte. Der Wagen fuhr langsamer, die Musik brach ab und eine Männerstimme rief: »Hallo, du da! Geht es dir gut?« Summer schaute verwirrt auf und sah einen schicken Sportwagen in ihrem Lieblingsblau. Das Verdeck war heruntergeklappt. Auf dem Rücksitz stand ein kleiner Hund mit undefinierbarem Stammbaum und wedelte mit dem Schwanz. Schon immer hatte sie sich einen kleinen Hund gewünscht. Der Fahrer hatte lockige blonde Haare wie sie und trug eine Sonnenbrille. Als er sie abnahm, konnte sie sein Gesicht sehen, die Stupsnase und wie er lächelte. Sie mochte ihn auf Anhieb, erinnerte sich aber daran, dass ihre Mutter sie ermahnt hatte, nicht zu anderen Leuten ins Auto zu steigen, auch dann nicht, wenn sie sie kannte. Nur fragte dieser Mann gar nicht, ob sie einsteigen wolle. Stattdessen sagte er: »Tut mir leid, dass du traurig bist. Wohnst du da drüben?« Er deutete in Richtung der Wohnwagen. Summer schüttelte den Kopf. »Ich will zu meiner Mummy«, flüsterte sie.

Der Mann dachte kurz nach. »Hör zu«, sagte er dann, »kannst du bitte genau da bleiben, wo du jetzt bist, neben meinem Auto, und auf es aufpassen? Ich würde die Lady da drüben gern um Hilfe bitten.«

Summer nickte. Der Mann schaute, ob die Straße frei war, und stieg dann aus, der kleine Hund sprang nach ihm heraus. Dann überquerte der Mann die Straße und lief zu den Wohnwagen hinüber. Summer beobachtete, wie er mit Liza sprach. Anschließend eilten beide auf sie zu.

Und Liza schloss sie in die Arme und nannte sie Schätzchen, und Summer wusste, dass sie in Sicherheit war.

33. Kapitel

Niemals würde Jude diese erste Welle der Erleichterung vergessen, die sie durchflutete, als die Polizistin sagte: »Man hat sie gefunden. Es geht ihr gut.« Als die Anspannung nachließ, war es, als würde ihr Körper sich mit sprudelndem Champagner füllen. Es gab nichts mehr im Leben, worüber sie sich zu sorgen brauchte, nie wieder. Sie und Claire klammerten sich aneinander, Claire lachte und weinte abwechselnd. An das Allerschlimmste hatten sie gedacht, und das Allerschlimmste war an ihnen vorübergegangen. Dann ebbte die Euphorie ab, und Fragen tauchten auf. Wann konnten sie Summer sehen? Wo war sie in den letzten beiden Nächten gewesen? Ging es ihr wirklich gut?

»Sie haben sie ins Krankenhaus gebracht, damit sie durchgecheckt wird. Wir sollen sie da abholen. Komm.«

Als Claire und Jude in dem großen Krankenhaus in der Nähe von Great Yarmouth eintrafen, wurden sie in ein kleines weiß gestrichenes Büro geführt, wo Summer neben einer Krankenschwester saß, die sie mit allerlei grellfarbigem Spielzeug zu unterhalten versuchte. Sie rannte sofort auf ihre Mutter zu, die beiden schlossen sich in die Arme, und Claire fing wieder an zu weinen.

»Es geht mir gut, Mummy, reg dich nicht auf«, sagte Summer, und es war Claire, die getröstet werden musste.

Draußen auf dem Flur saßen ein jüngerer Mann mit lockigen blonden Haaren und eine ältere Frau mit goldenen Ohrringen und warteten geduldig. Auf dem Weg nach drinnen war Jude zu aufgeregt gewesen, um einen Blick auf sie zu werfen, aber jetzt erkannte sie Liza, und auch der Mann kam ihr irgendwie bekannt vor. Claire, die immer noch Summers Hand hielt, schien ihn auch zu kennen. »Du!«, rief sie, und ihre Hand flog an ihre Wange. Jude konnte ihn nicht recht einordnen. War er einer von den Zigeunern?

»Hallo, Claire«, sagte der Mann leise. »Ich bin es gewesen, der sie gefunden hat. Ja, und natürlich Liza. Ist jetzt alles in Ordnung, Kleine?«

Summer nickte und schmiegte sich eng an ihre Mutter.

»Sie haben sie zuerst entdeckt, junger Mann«, sagte Liza. »Meine Augen sind nicht mehr so scharf wie früher.«

»Claire, das ist Liza«, sagte Jude. »Weißt du noch, dass ich dir neulich gesagt habe, ich würde Summer mal gern zu ihr mitnehmen?«

»Danke, Liza. Ich danke Ihnen allen beiden«, flüsterte Claire, drehte sich um und sagte: »Jude, du erinnerst dich an Jon?« Unsicher schaute sie Jude an, und Jude konnte sich tatsächlich erinnern. Erstaunt wandte sie sich an den Mann. »Ja, ich glaube, ich habe dich mal zu Weihnachten gesehen. Wir waren … äh, wir waren besorgt, weil du verschwunden bist, ohne dich zu verabschieden.« Damals nach dem Tod ihres Vaters, als Jon mit Claire ausgegangen war, hatte er anders ausgesehen. Er hatte so angestrengt versucht, cool zu sein, dass er einfach nur unhöflich gewirkt hatte.

»Ja, das tut mir leid«, murmelte er. »Ich fürchte, du hast mich damals nicht unbedingt von meiner besten Seite kennengelernt.«

»Treffer«, bemerkte Claire trocken.

Er hatte sich sehr zu seinem Vorteil verändert, trug sauber gebügelte helle Chinos und ein frisches blassblaues Hemd. Seine Haare waren zwar immer noch ziemlich lang, aber ordentlich gekämmt, und seine blauen Augen blickten lebhaft und intelligent, aber mit einem Hauch Ernsthaftigkeit. Und als Jude ihn genauer anschaute, erkannte sie sofort die Wahrheit, und eine große Last fiel von ihr ab.

Claire schien seine Gegenwart zu verunsichern, und sie schaute nervös auf Summer.

»Wie kam es, dass …? Woher wusstest du … ich hatte keine Ahnung …«, fing sie immer wieder an, bis Jon sie unterbrach.

»Hör zu, es wird lächerlich klingen, aber ich versuche es trotzdem. Deine Schwester Jude … also, ich wusste nicht, dass sie mit Nachnamen Gower heißt. Als ich den Brief las, sagte mir der Name nichts.«

»Was für einen Brief?«, fragte Claire verwirrt.

»Den Brief in der Zeitung. Wegen Tamsin Lovall.«

»Ach du liebe Güte«, sagte Jude, »der Brief. Ich habe gar nicht mitbekommen, dass er schon abgedruckt ist.«

»Wovon redet ihr bloß?«, fragte Claire und sah die beiden an, als ob sie den Verstand verloren hätten. Summer war müde, zappelte hin und her und drohte, ihre Mutter aus dem Gleichgewicht zu bringen.

»Kann sein, dass ich vergessen habe, es dir zu erzählen. Liza und ihr Sohn haben mir geraten, in der Lokalzeitung eine Anfrage zu veröffentlichen, ob irgendjemand die Lovalls kennt und ganz besonders Tamsin.«

»Und was hat das mit Jon zu tun?«, fragte Claire. »Summer, hör auf zu zappeln. Ich weiß, dass du total erschöpft bist. Wir sind gleich fertig.«

»Ich war also auf der Suche nach Judith Gower«, sagte Jon und erklärte dann schlicht: »Es ist nämlich so, dass Tamsin Lovall meine Großmutter war.«

»Du musst es ihm sagen, Claire«, verlangte Jude mit verschränkten Armen und betrachtete ihre Schwester nachdenklich. Sie waren zusammen im Blacksmith Cottage und hatten gerade Sergeant Bride und deren Vorgesetzten aus dem Haus begleitet, nachdem sie zwei erschöpfende Stunden lang diskutiert und Formulare ausgefüllt hatten. Nachdem die Polizisten sich Summers eigene ausschweifende Geschichte über Zigeunermädchen und Türme angehört hatten, hatten sie sich auf die einfachere Erklärung verständigt, das Mädchen habe einen Albtraum gehabt, sei schlafgewandelt und habe sich dabei gründlich verlaufen. Wie Sergeant Bride berichtete, hatte man Euan umgehend auf freien Fuß gesetzt und den Fall mehr oder weniger für abgeschlossen erklärt. Während Claire immer weiter redete, hatte Jude ihre Nichte gebadet und ihr etwas zu essen gemacht. Inzwischen war Summer tief und fest eingeschlafen.

»Was soll ich ihm sagen?«, knurrte Claire.

»Ja nun, die Wahrheit.«

»Und das wäre ...?«

»Das liegt doch auf der Hand, oder? Du hattest recht, mich als verrückt zu bezeichnen, weil ich dachte, Mark wäre es. Dabei ist es so, wie Mum und ich damals vermutet haben. Komm schon, Claire. Jon ist Summers Vater, oder?«

Claire brummte vor sich hin und wandte sich ab.

Einen Moment später sagte sie: »Ja. Ja, das ist er. Und ja, du hast recht, ich werde es ihm wohl sagen müssen.«

»Es würde mich nicht wundern, wenn er es sowieso schon

erraten hat. Schließlich sehen sie sich ziemlich ähnlich, und rechnen kann er auch, nehm ich mal an.«

»Großartig!«, sagte Claire düster. »Ab jetzt wird er uns überhaupt nicht mehr in Ruhe lassen.«

»Hast du gesehen, wie liebevoll er sie angeschaut hat?«, fragte Jude und konnte es nicht lassen, ein bisschen zu spotten. »Eine weitere Eroberung der Prinzessin Summer.«

»Also wirklich, Jude!«

»Deine Tochter ist einfach hinreißend.«

»Sie wird noch mehr Ärger bekommen als ich. So, und jetzt sage ich es ihm. Und ihr auch. Und dann?«

»Ich nehme an, dass er sie von Zeit zu Zeit sehen möchte.«

»Und sich einmischen. Genau das, wovor ich Angst hatte.«

»Ach, komm schon, Claire, was ist so schlimm daran, wenn er einbezogen wird? Summer bekommt einen Vater. Und einen wunderbaren noch dazu. Ich hoffe, du nimmst es mir nicht übel, dass ich das sage, aber ich finde, dass er ein bisschen erwachsener geworden ist, seit er uns das letzte Mal mit seiner Anwesenheit beehrt hat.«

»Ja«, sagte Claire und versank einen Moment lang in Gedanken. »Das glaube ich auch«, seufzte sie dann. »Okay, ich erzähl es ihm. Aber bitte, Jude, sag noch niemandem was davon, auch nicht Gran oder Mum. Summer muss es als Erste erfahren, und dazu möchte ich mir so viel Zeit nehmen, wie ich brauche. Vielleicht sollte sie Jon erst ein bisschen kennenlernen. Es wird für uns alle nicht einfach werden.«

»Okay, das klingt sinnvoll.«

Eine halbe Stunde später, als Claire oben war, rief Euan auf Judes Handy an. Jude nahm das Telefon mit in den Garten. »Geht es Summer gut?«, fragte er als Erstes.

»Ja, es ist wirklich ein kleines Wunder, aber ihr fehlt nichts,

Gott sei Dank.« Weil er offenbar noch keine Einzelheiten gehört hatte, berichtete sie ihm, dass ein alter Freund von Claire das Mädchen neben dem Zigeunerlager entdeckt hatte.

»Bist du wieder zu Hause? Wie geht es dir?«

»Mir geht's gut. Gleich nachdem Summer gefunden war, haben sie mich gehen lassen. Im Polizeiwagen nach Hause, viele Entschuldigungen, Sir, solche Sachen.«

»Ich kann es gar nicht fassen, dass sie dich überhaupt festgenommen haben.«

»Das ist Routine, Jude. Zerbrich dir darüber nicht den Kopf.«

»Und dass du immer noch so freundlich bist.«

»Ach ...«, sagte er, »deine Schwester stand eben stark unter Stress.« Beide dachten an Claires anklagende Worte.

»Ich glaube nicht, dass sie es wirklich so gemeint hat. Sie hatte einfach aufgehört zu denken.«

»Ich weiß«, sagte er, »aber es hat wehgetan. Sehr sogar.«

»Euan, es ist vielleicht nicht der richtige Zeitpunkt, aber was ist zwischen euch passiert? Ich meine, an dem Abend, an dem Summer verschwunden ist. Ich bin ins Wohnzimmer gekommen, und, tja, die Luft war zum Schneiden dick.«

»Ich denke, da musst du Claire fragen. Es wäre nicht sehr galant von mir ...«

Jude seufzte und schloss die Augen. »Das hab ich mir schon gedacht«, sagte sie, während eine köstliche Erleichterung in ihr aufstieg, die von einem Schuldgefühl begleitet war. Euan wechselte das Thema.

»Hat Summer gesagt, wohin sie gegangen ist?«

»Das wissen wir immer noch nicht so genau. Sie scheint sich gar nicht richtig zu erinnern. Jemand war im Turm eingesperrt, hat sie erzählt, und sie musste ihn herauslassen. Dann hätte ein Mädchen sich im Wald um sie gekümmert, sie hätten gespielt, und dann sei sie in der Nähe der Zigeunerwagen aufgewacht. Den Rest kennen wir. Klingt alles ziemlich außergewöhnlich, aber ... alles, was sie gesagt hat, ist in einen Traum verwoben, den ich in der Nacht geträumt habe, in der sie verschwunden ist. Nur dass ich es morgens vergessen hatte. Das heißt, den Traum. Es muss an einem Schock oder so gelegen haben. Tut mir leid, ich rede dummes Zeug. Es ist alles auf einmal passiert, und es ist so ... ach, verwirrend.«

Mit seiner geduldigen Art brachte Euan sie wieder auf den Boden zurück. »Mit anderen Worten, Summer denkt, dass sie die ganze Zeit über im Wald gewesen ist? Und sie hat nicht gehört, wie wir nach ihr gerufen haben?«

»Offenbar nicht. Außerdem hätte sie eigentlich vollkommen unterkühlt sein müssen, aber du solltest sie mal sehen, es geht ihr prächtig. Sie behauptet, dass das Mädchen sie mit Laub bedeckt hat. Euan, hast du gehört? Mit Laub. Wie in der Volkssage.«

»Das klingt nach den Kindlein im Wald, nur dass die zwei diesmal ein Riesenglück hatten. Was meinst du, wer das Mädchen war?«

»Keine Ahnung. Summer glaubt, dass es ein Zigeunermädchen gewesen ist. Aber mit Sicherheit nicht Lizas Urenkelin, denn die war gestern den ganzen Tag mit ihrer Mutter unterwegs und hat nachts tief und fest im Wohnwagen ihrer Eltern geschlafen. Warte mal kurz.«

Claire war nach draußen gekommen und wollte ihr offensichtlich etwas sagen.

»Ist Euan dran?«, flüsterte sie. »Kann ich mit ihm sprechen, wenn du fertig bist? Natürlich nur, wenn er es ertragen kann.«

»Ich frage ihn«, erwiderte Jude mit ausdruckslosem Gesicht. »Euan, möchtest du noch ein paar Worte mit Claire wechseln?«

Erst herrschte Schweigen. »Ja, warum nicht«, sagte er dann und fügte hinzu: »Wir sehen uns bald, nicht wahr?«

»Natürlich«, antwortete Jude. »Ich rufe dich an.«

Sie gab ihr Handy an Claire weiter und ging nach drinnen, denn sie wollte das Gespräch nicht mithören. Dennoch konnte sie nicht anders, als Claire zu beobachten, die aufgeregt im Garten auf und ab ging. Einmal drückte sie den Unterarm vor ihre Augen, als wollte sie Tränen zurückhalten. Dann hörte Jude sie schreien: »Nein, du hast mich vollkommen falsch verstanden!«

»Hallo.« Jude wirbelte herum, als sie die Männerstimme hörte. »Verdammt, wer hat das da hingemacht?« Jon rieb sich die Stirn und schaute stirnrunzelnd auf den niedrigen Türrahmen des Wohnzimmers. »Tut mir leid, dass ich dich erschreckt habe, Jude. Die Tür stand offen, aber niemand hat mein Klopfen gehört.«

»Oje!«, sagte Jude. »Hast du dir wehgetan? Ich bin froh, dass du hier bist.«

»Ich wollte mich erkundigen, wie es dem kleinen Mädchen geht«, sagte er.

»Prächtig«, wiederholte Jude, »und das haben wir nicht zuletzt dir zu verdanken.«

»Sie schläft wahrscheinlich«, sagte er, als er bemerkte, wie Jude nach oben schaute.

»Wie im Grab«, sagte Jude und hätte sich am liebsten auf die Zunge gebissen, als sie merkte, wie unglücklich ihre Wortwahl unter den gegebenen Umständen war. »Bist du wirklich ein Lovall?«

»Das war die andere Sache, weswegen ich euch beide sprechen wollte. Ja, das bin ich. Jedenfalls ein Nachkomme.«

In diesem Moment hatte Claire ihr Telefonat beendet und kehrte langsam aus dem Garten ins Haus zurück. Sie sieht erschöpft aus, dachte Jude zärtlich, erschöpft und traurig.

»Oh«, sagte Claire, als Jon aufstand, um sie zu begrüßen. »Du schon wieder. Es tut mir leid ... ich wusste nicht, dass du noch zu uns kommen wolltest.«

»Alles in Ordnung?«, fragte Jude und streckte die Hand nach ihrem Blackberry aus.

»Ja«, erwiderte Claire mit fester Stimme und reichte ihr das Telefon. »Ich erzähl dir alles später.« Sie fiel fast aufs Sofa, zog die Beine unter sich und hockte da wie ein armes verlorenes Waisenkind.

»Ich glaube, wir könnten einen Tee gebrauchen«, sagte Jude entschieden und ging in die Küche, um welchen zu kochen. Sie schob die Küchentür zu und machte absichtlich Krach, freute sich, als der blubbernde Wasserkocher das Auf und Ab der Stimmen im Wohnzimmer übertönte. Aber sogar dann, als der Kocher sich abschaltete, konnte sie nicht umhin, den gequälten Schrei zu hören: »Du hättest mir sagen müssen, dass ich ein Kind habe! Ich hatte ein Recht, es zu erfahren.«

»Verstehst du nicht?«, erwiderte Claire heftig. »Ich musste sie beschützen!«

»Vor mir?«, warf er ein. »Vor *mir?* Glaubst du etwa, dass ich sie im Stich gelassen oder versucht hätte, sie dir wegzunehmen oder so etwas?«

»Ich *wusste* es nicht. Ich konnte nicht wissen, wie du dich verhalten würdest. Jon, damals hatte ich kein Vertrauen zu dir. Damals konnte ich noch nicht mal mir selbst vertrauen.«

Jude stand in der Küche wie festgeklebt und wusste nicht, ob sie so tun sollte, als lauschte sie nicht, oder unbekümmert hereinplatzen. Das Problem löste sich von selbst, denn

Claire tauchte in der Küche auf. »So, nun weiß er es«, sagte sie und schnappte sich zwei Becher mit Tee.

Jon war in den Garten hinausgegangen, wo er breitbeinig und mit verschränkten Armen die voll aufgeblühten Rosen betrachtete, die allmählich schon die Blütenblätter abwarfen.

Jude sah zu, wie Claire mit dem Tee nach draußen ging und Jon am Ärmel zupfte. Die Geste war so zärtlich und gleichzeitig selbstverständlich, dass Jude sich fragte, woher Claire sie holte. Jon wandte sich ihr zu, und Jude war wie gebannt, als die beiden einen ungezwungenen Blick austauschten, obwohl Jon immer noch verärgert aussah und Claire gereizt. Wie ein altes Ehepaar, dachte Jude, was wirklich ungewöhnlich war, denn soweit sie wusste, hatten sie sich seit sieben oder acht Jahren nicht gesehen. Jude und Mark hatte das gleiche Gefühl verbunden. Manchmal hatten sie sich wie in der Zeit vor ihrer Verlobung – damals war er ständig auf Reisen gewesen, ein ganzes Jahr lang – monatelang nicht gesehen, und doch hatten sie jedes Mal genau dort weitergemacht, wo sie aufgehört hatten. Trotzdem hätte sie es nicht vor Mark geheim gehalten, wenn sie unerwartet ein Baby von ihm bekommen hätte. Und das, so vermutete Jude, würde Claire und Jon entweder zusammenbringen oder noch weiter auseinandertreiben. Sie fragte sich, ob es in Ordnung war, wenn sie auf das Erste hoffte. Mit dem lässigen jungen Mann, dem sie an Weihnachten vor beinahe acht Jahren begegnet war, hatte Jon kaum noch etwas gemein.

Jude trank ihren Tee aus und beschloss zu gehen. Obwohl sie es kaum abwarten konnte, mehr über Tamsin Lovall zu erfahren und Claire von ihrem Traum über Esther zu erzählen – ganz zu schweigen davon, dass sie zu gern gewusst hätte, was zwischen Claire und Euan vorgefallen war, wollte sie bei Claire und Jon nicht den Anstandswauwau spielen. Doch diesmal war es Jude, die von Jon gerettet wurde.

Sie ging in den Garten und sagte: »Ich muss jetzt langsam mal nach Hause fahren.«

»Aber du hast mir doch noch gar nichts erzählt!«, rief Jon. »Warum bist du auf der Suche nach meiner Großmutter? Deshalb bin ich doch überhaupt hergekommen. Nur deshalb bin ich diese Straße entlanggefahren und habe Summer entdeckt. Verdammt, und gerade hat mir Claire gesagt, dass ich meine eigene Tochter gerettet habe! Dabei wollte ich doch eigentlich zu *dir.*«

»Wo wir gerade dabei sind ... ich versteh es immer noch nicht ganz. Wie kann es sein, dass Tamsin deine Großmutter ist?«

»Also«, begann Jon, »ich fang ganz von vorn an.« Er lehnte sich an das Trampolin und erzählte ihnen die Geschichte.

»Ein alter Freund unserer Familie hat meinem Dad deinen Brief über Tamsin Lovall gezeigt, der am Freitag in der Zeitung erschienen ist. Bis dahin hatte ich keine Ahnung, dass sie Lovall geheißen hat, aber dieser Freund konnte sich an sie erinnern und sagte, es müsse sich um sie handeln. Ich war erstaunt, weil ich nicht wusste, dass sie eine Roma gewesen war. Dad hat es nie erwähnt, weil sie, wie er sagte, ein Geheimnis daraus gemacht hat und er das respektieren wollte.«

»Das heißt, Tamsin ist tot?«, fragte Jude leise.

»Ja, sie ist schon vor vielen Jahren gestorben, als ich fünf oder sechs war«, sagte Jon. »Ich kann mich überhaupt nicht an sie erinnern.«

»Ach, das ist so traurig!«, rief Jude. All die Jahre, die Gran sich umsonst den Kopf zerbrochen hat. Tamsin, das Mädchen, dem sie die Halskette weggenommen hatte, war tot. Und sie musste vergleichsweise jung gestorben sein. »Wann war das?«, fragte sie. »Tut mir leid, ich kann nicht nachrechnen, weil ich nicht weiß, wie alt du bist.«

»Genauso alt wie du«, warf Claire ein. »Vierunddreißig, oder, Jon? Am fünfzehnten April, wenn ich mich recht erinnere. Widder. Ein Feuerzeichen, genau wie ich.«

Jon warf ihr einen erstaunten Blick zu.

»Ist schon in Ordnung«, fügte Claire hastig hinzu. »Ich erwarte von Männern nicht, dass sie sich an Geburtstage und so weiter erinnern. Ich bin Löwe – zwanzigster August.«

Jude achtete kaum auf diese Unterhaltung, sondern dachte nach: Tamsin war also vor fast dreißig Jahren gestorben. Und Gran hatte es nicht erfahren. Fast dreißig Jahre also, in denen die Halskette ihr auf dem Gewissen lastete. Jessie würde sie dennoch Tamsins Familie zurückgeben wollen.

»Wie auch immer«, sagte Jon, »Dad hat versucht, dich über die Telefonnummer anzurufen, die in der Zeitung angegeben ist. Aber es stellte sich heraus, dass sie nicht verfügbar ist.«

»Wirklich?«, sagte Jude überrascht.

»Ja, schau mal.« Er zog eine Brieftasche aus seinem Jackett, entnahm ihr einen kleinen Zeitungsausschnitt und reichte ihn ihr.

»Verdammt, sie haben meine Nummer falsch abgedruckt«, sagte sie verärgert.

»Ja, und da steht nur Starbrough Hall, Norfolk. Dad wollte dir keinen Antwortbrief schicken, der dort vielleicht gar nicht ankommt. Und weil er oben in Sheringham wohnt und ich einen Tag Urlaub hatte, habe ich ihm gesagt, dass ich in Starbrough Hall vorbeischauen würde. Hier ist der Brief.«

Er reichte Jude einen weißen Umschlag, auf dem ihr Name stand. Sie öffnete den Brief, las ihn und verfiel in tiefes Nachdenken.

»Lass mich auch mal sehen«, sagte Claire, und Jude gab ihr den Brief.

Sehr geehrte Miss oder Mrs. Gower,

ich habe den Brief gelesen, in dem Sie nach Tamsin Lovall fragen. So lautete der Name meiner Mutter, bevor sie geheiratet hat. Sie hat immer gesagt, dass sie eine Roma sei, und im Alter von achtzehn oder neunzehn Jahren ist sie meinem Vater in Great Yarmouth begegnet, wohin sie im Krieg gegangen war, um Krankenschwester zu werden. Er war bei der Marine. Sie haben sich beim Tanzen kennengelernt und kurz darauf geheiratet, ich glaube, ich war schon unterwegs. Zu ihrer Familie ist sie nie zurückgekehrt. Ich nehme an, dass sie sich mit ihr wegen der Krankenpflege zerstritten hatte. Sie hatte drei Kinder, meinen Bruder, meine Schwester und mich. Traurigerweise ist sie 1980 gestorben, an Krebs, kurz vor ihrem siebenundfünfzigsten Geburtstag. Mein Vater George starb 1999. Ich fürchte, ich kann mich nicht daran erinnern, dass sie jemals ein Wort über Ihre Großmutter verloren hat; aber sie hat überhaupt nur selten über ihre Kindheit gesprochen. Ich nehme an, sie wollte verhindern, dass die Leute etwas über ihre Abkunft aus einer Zigeunerfamilie erfahren und dann glauben, sie sei irgendwie anders. Sie war eine zurückhaltende Frau, die es nie geschätzt hat, in irgendeiner Weise aus der Menge herauszustechen. Ich wäre jedoch daran interessiert, jemanden kennenzulernen, der weiß, wie sie als Kind gewesen ist. Bitte scheuen Sie sich nicht, mit mir in Verbindung zu treten.

Mit herzlichen Grüßen, Ihr
Frank Thetford

Claire gab Jude den Brief zurück. »Ich bin völlig durcheinander«, sagte sie. »Wer ist George, wer ist Frank?«

»George war mein Großvater. Der Mann, der Tamsin geheiratet hat. Frank ist mein Dad.«

»Und du bist ihr Enkel.«

»Was zu bedeuten hat«, sagte Jude und sprach es endlich aus, »dass Summer niemand anders ist als Tamsins Urenkelin. Jessies und Tamsins Urenkelin. Du lieber Himmel!«

»Und du bist gerade im rechten Moment aufgetaucht, um Summer zu retten.«

Die Zufälle fügten sich auf so erstaunliche Weise zusammen, dass sie alle einfach nur im Garten standen und einander anstarrten.

Als Jude später nach Starbrough Hall zurückfuhr, sehnte sie sich nach ihrem Bett. Trotzdem hielt sie kurz an, als sie das Cottage des Jagdaufsehers erreichte, weil sie dachte, sie sollte vielleicht aussteigen und Euan helfen, mit dem ganzen Durcheinander zurechtzukommen. Aber es standen keine Autos vor dem Haus, auch nicht Euans Wagen. Sie klopfte an die Tür, aber niemand öffnete. Sie ging an den Tieren vorbei zur Wiese. Das Zelt war verschwunden und der Wohnwagen verschlossen. Von Euan keine Spur. Plötzlich fühlte Jude sich sehr traurig und allein. Sie ging zu ihrem Wagen zurück und fuhr weiter.

Am nächsten Morgen war Jude gerade dabei, Chantal zu erzählen, was alles geschehen war, als ihr Telefon klingelte. Die Frau aus dem Juwelierladen in Norwich rief an, um ihr zu sagen, dass die Halskette fertig war.

»Das Stück stammt mit Sicherheit aus der Zeit um 1760«, erklärte die Juwelierin, als Jude den Schmuck später abholte.

»Und unser Rechercheur konnte den Stempel des Goldschmieds bis zu einem Laden in Hatton Garden zurückverfolgen. Vollständig und in gutem Zustand ist ein solches Stück sehr wertvoll, oh, bestimmt etwa neun- oder zehntausend Pfund, aber jetzt gewiss nicht mehr als fünftausend. Ich habe Ihnen ein Schreiben beigelegt, in dem ich Ihnen alles erkläre. Wir sind in der Lage, für die Anfertigung eines Ersatzsterns zu sorgen, falls Sie sich dazu entscheiden.«

»Erstaunlicherweise haben wir den fehlenden Stern gefunden«, erklärte Jude der Juwelierin. In dem Traumfetzen, der ihr durch den Kopf schwebte, funkelte ein kleiner Stern im frischen weißen Schnee.

»Oh, das ist wunderbar! Das verleiht der Halskette natürlich einen zusätzlichen Wert. Vielleicht möchten Sie das aufgefundene Stück vorbeibringen? Es wäre uns eine Ehre, die Reparatur vorzunehmen. Es ist wirklich ein sehr hübsches Stück.«

»Ja, nicht?«, sagte Jude und zog ihr Portemonnaie aus der Tasche, um zu zahlen. »Eine Frage habe ich noch. War diese Form damals gängig?«

»Das steht alles in dem Schreiben. Hier hab ich's: ›Obwohl Sterne im achtzehnten Jahrhundert mit dem wachsenden Interesse an der Astronomie ebenfalls in Mode kamen, sind sie zu diesem frühen Zeitpunkt eher selten. Wir haben Grund zu der Annahme, dass es sich um ein Einzelstück handelt, nicht zuletzt deshalb, weil der fragliche Juwelier sich auf die Anfertigung individuellen Schmucks spezialisiert hatte.‹«

Die Halskette hatte also mit großer Wahrscheinlichkeit Esther gehört. Aber von wem hatte Esther sie als kleines Kind bekommen? Jetzt würde sie Frank gehören. Dann Jon. Und eines Tages vielleicht … Summer.

In diesem Moment gewann ihr Traum allmählich wieder klarere Konturen.

Statt zum Parkplatz zu gehen, auf dem sie ihr Auto abgestellt hatte, machte Jude sich auf den Weg zum Schlossmuseum. Sie musste ein paar Formulare ausfüllen.

Es wurde Mittwoch, bis Euan sie anrief. Sie hatte einen anstrengenden Tag mit dem Fotografen hinter sich, den Bridget aus dem Büro nach Starbrough Hall geschickt hatte, um das Anwesen im Allgemeinen und die Bibliothek im Besonderen zu fotografieren.

»Im Moment wohne ich bei Fiona und Paul«, sagte er. »Irgendwie brauchte ich eine Auszeit. Hast du morgen schon was vor?«

»Ja«, sagte Jude, »aber es wäre schön, wenn du dazukommst und dich anschließt.«

»Wem oder was?«, fragte er.

»Einer ganz außergewöhnlichen Zusammenkunft«, erwiderte Jude. »In Starbrough Hall. Die Wickhams waren so freundlich. Wir haben sonst keinen Ort, der groß genug wäre. Und Starbrough Hall ist für die Geschichte so wichtig.«

Dann erklärte sie ihm alles.

Teil III

34. Kapitel

»Die ganze Sache ist wie ein riesiges 3-D-Puzzle«, erklärte Jude Euan am Donnerstagmorgen. Sie saßen in der Bibliothek von Starbrough Hall, wo sie ihm ihre Transkriptionen von Esthers Erinnerungen zeigte. »Mir brummt der Schädel, wenn ich nur daran denke.«

»Vielleicht hilft es, alles aufzuschreiben«, schlug Euan vor. »Kann ich dieses Blatt hier nehmen? Ein Schaubild wäre am besten. Schau, hier ist Esther, ganz oben links.«

»Und rechts das Zigeunermädchen. Ich nenne sie Rowan, nach dem Namen, den Summer ihr gegeben hat.«

»Unter Esthers Namen schreiben wir ›Halskette‹ und machen einen Pfeil zu Rowan, weil sie die Kette an Rowan weitergegeben haben muss.«

»Und dann nehmen wir an, dass sie nach Rowan über Generationen in der Familie weitergereicht wurde. Die Leute gehörten alle zu den Roma. Und in den 1930er-Jahren ist sie dann in Tamsins Hände gelangt.«

»Das war der Zeitpunkt, als deine Gran, die Tochter des Jagdaufsehers, ihr den Schmuck weggenommen und behalten hat. Ihre Namen schreiben wir nach fast ganz unten links. Jessie. Dann kommt Valerie, der Name deiner Mum, dann Claires und deiner, dann Summers.«

Es lag Jude auf der Zunge, Euan von Summer und Jon zu erzählen, aber sie hatte Claire versprochen, sich zurückzuhalten.

»Und unter Tamsins Namen notieren wir Frank und Jon.«

Beide starrten auf das Schaubild, das sie gezeichnet hatten. »Daraus folgt, dass wir die Kette an Frank weitergeben sollten. Weil er Tamsins ältestes Kind ist.«

»Es gibt immer noch so viel, was wir nicht wissen«, sagte Jude. »Also, Esther schreibt, dass sie im Turm eingesperrt wurde, aber wir wissen immer noch nicht, wie sie herausgekommen und was danach aus ihr geworden ist. Es sei denn, wir vertrauen auf meinen merkwürdigen Traum. Nichts lässt darauf schließen, dass sie je wieder etwas mit Starbrough Hall zu tun hatte. Augustus hat alles geerbt. Chantal hat mir den Familienstammbaum gezeigt, da gibt es keine Esther. Und natürlich können wir nur vermuten, dass Tamsin eine Nachfahrin von Rowan war.«

»Obwohl alles dafür spricht«, sagte Euan. »Wie sonst sollte Tamsin an die Halskette gekommen sein?«

»Die einzigen Anhaltspunkte, die wir haben«, sagte Jude, »dürften also kaum einer genauen historischen Überprüfung standhalten. Es sind nur meine eigenen Vorstellungen und das, was nach Summers Erinnerung passiert ist, als sie verschwunden war. Sie beharrt immer noch darauf, dass jemand aus dem Turm befreit werden musste und dass sich anschließend ein anderes kleines Mädchen um sie gekümmert hat. Euan, wenn ich als Kind nicht auch solche seltsamen Träume gehabt hätte wie Summer, könnte ich das alles leichter wegwischen. Aber hier ist etwas sehr Merkwürdiges am Werk, und ich bin nicht bereit, einfach darüber hinwegzusehen.«

»Aber du wirst das wohl nicht in deinem Artikel für das Magazin über Esther schreiben. Das kannst du nicht machen.«

»Natürlich nicht. Abgesehen von der Frage nach historischen Beweisen wäre es Summer gegenüber nicht fair. Aber vielleicht, nur vielleicht, können wir das alles als Hypothese nehmen, die uns irgendwann zu harten Fakten führt. Lass uns davon ausgehen, dass Esther entkommen ist. Es leuchtet doch ein, dass sie mit Rowan und deren Familie weggezogen ist. Besonders, weil Alicia sie aus dem Testament ihres Vaters ausgeschlossen hat und Esther um ihr Leben fürchten musste.«

»›Lustig ist das Zigeunerleben, faria, faria, ho!‹«, sang Euan leise. »Nein, Jude, ich mache mich nicht über dich lustig. Es hört sich so, ich weiß nicht, romantisch an, das ist alles. Kannst du dir vorstellen, dein Leben auf der Straße zu verbringen, nachdem du die Tochter in einem vornehmen Haus gewesen bist?«

»Es wäre unglaublich hart für sie gewesen.«

»Also hat sie vielleicht auch etwas anderes gemacht, aber ich habe keine Ahnung, wie wir das herausfinden sollen.«

»Ich im Moment auch nicht.«

Beide schwiegen, in ihre Gedanken versunken.

Euan schaute auf seine Uhr. »Wann müssen wir Mrs. Catchpole abholen?«

»Gran? Gleich nach dem Mittagessen. Es ist wirklich freundlich von den Wickhams, uns alle einzuladen.«

»Bei deiner Gran wäre es ziemlich eng geworden. Außerdem hast du recht, es ist angemessen, weil die ganze Geschichte sich schließlich in Starbrough Hall abgespielt hat. Aber möchtest du wirklich, dass ich mich auch noch dazwischenquetsche?«

»Natürlich«, sagte Jude und legte die Hand auf seinen Arm, »irgendwie gehörst du doch dazu.«

»Weißt du was?«, erwiderte er lächelnd. »Das Gefühl habe ich langsam auch.«

Sie sieht aus wie ein nervöses kleines Kind, dachte Jude, als sie ihre Gran im Salon in dem riesigen, mit Kissen ausgepolsterten Armsessel sitzen sah. Chantal benahm sich überaus charmant, schenkte Tee in hübsche Porzellantassen, und sogar Miffy zeigte ihr bestes Benehmen, als sie zu Gran hinüberlief und ihren warmen Hundekörper an ihre Beine presste.

»Wann kommen sie denn?«, erkundigte Gran sich zum dritten Mal und drehte besorgt an ihrem abgegriffenen Ehering.

»Jeden Augenblick«, antwortete Jude, und Euan, der am Fenster stand, fügte hinzu: »Da sind sie schon!« Jons blauer Sportwagen rollte die Auffahrt hinauf, und ein paar Minuten lang herrschte ein wüstes Durcheinander, weil die Zwillinge die Setter herausgelassen hatten und Summer Angst hatte, aus dem Wagen zu steigen. Aber Robert schnappte sich einen Hund, und ein gepflegter, leicht übergewichtiger Mann, der nur Jons Vater sein konnte, stieg aus und packte das andere Tier, sodass Claire und Summer den Rücksitz verlassen konnten. Jon holte eine Tragetasche aus dem Kofferraum und reichte sie seinem Vater. Dann wurde die Tür an der Front von Starbrough Hall geöffnet, wie es dem besonderen Anlass angemessen war. Würdevoll wie eine Schlossherrin, die sie ja tatsächlich auch war, schritt Alexia die Treppe hinunter und bat ihre Gäste ins Haus.

Frank und Jon wurden Gran vorgestellt, die, als nun endlich alle anwesend waren, ihre Nervosität abgelegt hatte und die Leute begrüßte wie eine Königin. Chantal ließ Frank auf dem Stuhl neben Gran Platz nehmen. Während Alexia verschwand, um Summer das Spielzimmer der Zwillinge zu zeigen, versuchten die Erwachsenen, das Gespräch in Gang zu bringen, das Gran über so viele Jahre lang so dringend gebraucht hätte. Sie erfuhren, dass Frank als Fahrer für eine große Autowerkstatt mit Ausstellungsräumen in Yarmouth arbeitete. Er war ein ruhiger Mann mit sehr lebhaften Augen – genau wie Tamsins, sagte Gran plötzlich an einer Stelle des Gesprächs. »Ich kann sie in Ihnen erkennen.« Die beiden schienen sich an denselben Orten auszukennen, sich an dieselben Veranstaltungen in der Gegend zu erinnern und an dieselben bekannten Leute. Jude merkte, wie stolz er auf Jon war.

Es gelang ihr, die einzelnen Fäden der Familiengeschichte miteinander zu verflechten. Franks Frau hatte ihn verlassen, als Jon dreizehn gewesen war. Zu der Zeit hatte Frank keinen Job gehabt und alles schleifen lassen. Jon hatte die Schule mit einem armseligen Abschluss verlassen. Als er mit Ende zwanzig Claire begegnet war, hatte er in mehreren Bands gespielt – erfolglos – und ließ sich durchs Leben treiben. Ein paar Jahre später hatte sich ihm eine Gelegenheit geboten. Er hatte ein paar Jungen aus der Gegend in einem Pub spielen gehört und dachte, dass an ihnen etwas dran sei. Er bot den Jungs an, ihnen ein paar Tipps zu geben, mit wem sie reden und wie sie sich präsentieren sollten. Es dauerte nicht lange, bis sie in ihm ihren Manager gefunden hatten. Jetzt, nach zwei erfolgreichen Alben, tourten sie durchs Land, und er war dabei, sein eigenes kleines Musiklabel aufzubauen.

»Er macht richtig was aus der Sache, stimmt's, mein Junge?«, sagte Frank.

Jon sah beschämt aus.

»Deshalb also der schicke Manager-Wagen«, bemerkte Claire, war aber sichtlich beeindruckt.

Frank warf Claire einen Blick zu und sah aus, als wolle er noch etwas sagen, entschied sich dann aber dagegen. Stattdessen griff er in die Tragetasche, die er mitgebracht hatte, und zog ein Fotoalbum heraus. »Da sind Fotos von meiner Ma drin«, sagte er und hielt Gran das Album so hin, dass sie hineinschauen konnte. »Das ist sie in ihrer Schwesterntracht. Und das ist natürlich ihre Hochzeit. Hier hat sie mich als kleinen Knirps auf dem Arm, und das sind wir am Strand von Sheringham, glaub ich.«

Schweigend und mit seltsamem Gesichtsausdruck blätterte Gran die Seiten um, fast so, als wolle sie die Fotos zwar ansehen, habe aber Angst vor den Gefühlen, die sie in ihr weckten.

»Ihr Dad sieht aus, als ob er ein guter Mann gewesen wäre«, sagte sie zu Frank, und dieser nickte. »Waren sie glücklich?«

»Ich glaub schon, ja«, erwiderte er.

»Sie hatte es verdient, glücklich zu sein«, murmelte Gran. Das Album wurde herumgereicht. Zuletzt konnte auch Jude einen Blick auf Tamsin werfen – das dunkle Haar streng unter die Schwesternhaube geschoben, tief liegende dunkle Augen, eine schüchterne, ernste Miene.

»Wie genau haben Sie sich kennengelernt?«, fragte Frank. »Sie hat nicht viel erzählt von ihrem Leben, bevor sie meinen Dad getroffen hat, außer dass sie in einem *vardo* gewohnt hat. Das war ihr Wort für Wohnwagen. Sie hat gern über den *vardo* geredet und die verschiedenen Pferde, die ihn gezogen haben. Irgendwo gibt's ein Foto davon. Ich hab es wiedergefunden, nachdem sie gestorben war. Muss irgendwo hier hinten sein.«

Das Foto war in den hinteren Umschlag gesteckt. Gran starrte es eine Weile an und bemerkte es kaum, als Frank ihr sanft das Buch abnahm und es an Jude weiterreichte. Die Schwarz-Weiß-Aufnahme war zerknittert und ein wenig verschwommen. Sie zeigte einen Wagen, der fast genauso aussah wie der von Euan. Ein schmächtiges Mädchen, wahrscheinlich Tamsin, saß ganz vorn neben einem muskulösen, wettergegerbten Mann, der in einer Hand die Zügel hielt und in der anderen eine Zigarette.

»Das ist Ted, einer ihrer Onkel«, sagte Jessie.

»Der Wohnwagen sieht aus wie deiner«, murmelte Jude Euan zu, der genau hinschaute, bevor er Claire das Album hinhielt.

»Ja, stimmt, aber das wäre nun wirklich ein zu großer Zufall«, entgegnete er.

Claire reichte Jon das Album und dann Chantal, bevor sie aufstand.

»Mrs. Wickham, wären Sie so freundlich, mir zu zeigen, wo Summer ist?«, bat sie, und die beiden Frauen verließen das Zimmer. Im Moment konnte Claire es nur schwer ertragen, von Summer getrennt zu sein. Jon murmelte, dass er nach ihnen sehen wolle, und verschwand ebenfalls. Euan stand auf und stellte sich schweigend an das gegenüberliegende Fenster, die Hände in die Taschen gestopft, und schaute in den Park hinaus. Gran saß still im Armsessel und drehte immer noch an ihrem Ehering.

»Was ist los, Gran?«, fragte Jude sanft.

Frank, der offenbar annahm, dass sie müde war, entschuldigte sich und wollte das Zimmer verlassen, aber Gran bat ihn zu bleiben. Trotzdem sagte sie immer noch nichts, sodass Frank nur ein unbestimmtes Geräusch machte und sagte: »Mrs. Catchpole, ich weiß, dass meiner Ma etwas Schlimmes zugestoßen ist. Sie war immer ein sehr verschlossener Mensch, und irgendwas hat sie bedrückt, würd ich sagen. Mein Dad hat das auch gemeint. Jemand muss ihr sehr wehgetan haben.«

Gran schaute Jude an, die sehr berührt war, als sie ungeweinte Tränen in den Augen ihrer Großmutter glitzern sah.

»Diese Fotos zu sehen … das bringt natürlich alles wieder zurück. Aber ja, es stimmt, es ist etwas passiert. Es geschah, als wir beide fünfzehn waren.«

Gran schwieg wieder einen Moment lang und blickte Frank dann direkt in die Augen. »Ich habe sehr lange nicht darüber gesprochen. Ich hoffe, Sie verstehen. All die Jahre war es mir eine Last. Wenn ich ihn früher verraten hätte, wäre es vielleicht nicht so weitergegangen.

Einmal sind wir allein in den Wald gegangen. Wir sind einigen Soldaten begegnet, dreien. Einen kannte ich aus der Schule, er hieß Dicky Edwards und war schon immer ein ziemlicher Tyrann gewesen. Wir sahen auf den ersten Blick, dass sie getrunken hatten. Wie sie uns schon anschauten! Wir haben Angst bekommen, und es sollte sich zeigen, dass wir allen Grund dazu hatten.«

Jude konnte es kaum ertragen, Gran die Geschichte erzählen zu hören. Die Mädchen rannten los, aber die Männer fingen sie ein. Sie schlugen um sich, und Gran hatte das große Glück, einen Tritt zu landen, der ihren Peiniger dazu zwang, sie loszulassen und sich vor Schmerz zu krümmen. »Lass sie laufen, wir haben doch die Zigeunerschlampe«, schrie Dicky, und die junge Jessie taumelte in Richtung ihres Zuhauses, entsetzt über die Schreie und dumpfen Geräusche hinter ihr. Atemlos keuchend kam sie zu Hause an und war kaum in der Lage, ihrer erschrockenen Mutter die Geschichte zu erzählen. Der Vater wurde gerufen und der Bauer, die beide hinauf in den Wald rannten; dann benachrichtigte jemand Starbrough Hall, und von dort wurde die Polizei verständigt. Aber für Tamsin war es zu spät. Jessies

Mutter erzählte Gran, dass Tamsin in ihr Lager zurückgestolpert sei, blutig und verletzt. Mrs. Wickham habe den Arzt zu ihr geschickt; die Suche nach den Kerlen wurde sofort eingeleitet. Man schnappte sie, als sie aus einem Zug stiegen. Aber als am nächsten Morgen die Sonne aufging, waren Tamsin und ihre Familie verschwunden, und viele Jahre lang schlugen Zigeuner nicht mehr ihr Lager in den Wäldern von Starbrough auf.

»Und als sie nicht zurückkam, habe ich ihren Schmuck genommen«, murmelte Gran. »Ich wusste ja, wo sie ihn versteckt hatte, und habe ihn mitgenommen. Jude, du hast ihn doch noch, oder?«

Jude holte die Schachtel aus ihrer Handtasche und gab sie Gran, die sie öffnete.

»Frank«, sagte Gran, »das hier hat Ihrer Ma gehört. Ich weiß nicht, woher sie es hatte. Aber nachdem sie verschwunden war, habe ich die Kette in das Versteck im Turm gelegt, weil ich dachte, dass sie zurückkommt. Und als sie nicht kam, habe ich die Kette genommen. Ich habe sie all die Jahre behalten. Es tut mir leid.«

Jude konnte nicht einschätzen, wie Frank dieses wirre Geständnis auffasste, aber er nahm Jude die Schachtel aus der Hand und senkte den Blick auf die wundervolle Kette. Der Juwelier hatte den siebten Stern, den das Museum an Jude zurückgegeben hatte, vorsichtig gereinigt und an seinen Platz gesetzt, sodass die Kette wieder vollständig war. Auf seinem Gesicht spiegelten sich Unsicherheit und Verwunderung. »Ist das echt?«, fragte er.

»Ja, selbstverständlich«, sagte Jude und lächelte über Grans empörte Miene. »Der Juwelier vermutet, dass die Kette etwa aus den Jahren um 1760 stammt.«

»Was könnte ich damit anfangen?«

»Es ist eine Art Familienerbstück. Ich würde vorschlagen, dass Sie es behalten und in Ihrer Familie weitergeben.«

»Da gibt's nur Jon.« Wieder betrachtete Frank die Halskette, legte sie dann auf den Tisch und fuhr sich mit der Hand über das Gesicht. »Das alles«, sagte er, »ich kann's kaum fassen. Es ist entsetzlich ... was meiner Ma zugestoßen ist, wollte ich sagen. Grauenhaft. Kein Wunder, dass Dad nichts davon gesagt hat.«

»Wahrscheinlich wurde das damals als noch viel schändlicher angesehen.«

»Ich weiß nicht«, sagte Frank. »Ich weiß nicht. Ich glaub, er wollte sie beschützen. Das hat er gut gemacht.«

Gedankenverloren saß er eine Weile da, bis Gran sagte: »Sie müssen wissen, dass ich mir das nie verzeihen konnte. Ich hätte früher über Dicky sprechen müssen. Außerdem bin ich weggerannt und habe sie allein gelassen.«

»Aber was hättest du tun sollen, Gran? Vielleicht wäre es dir sonst auch passiert!«

»Das habe ich mir auch eingeredet. Aber trotzdem fühle ich mich immer noch entsetzlich dabei. Einfach entsetzlich.«

Während sie sprachen, verließ Euan seinen Beobachtungsposten am Fenster, setzte sich zu ihnen und blätterte das Fotoalbum noch einmal durch. »Wissen Sie was, Frank«, sagte er in das Schweigen hinein, »ich kann mir vorstellen, dass dieser Wohnwagen in meinem Garten tatsächlich Ihrer Mutter gehört hat. Ich habe gerade gesagt, dass es Zufall ist, Jude, aber sieh dir doch nur mal das Dekor an. Außerdem ist hier eine Schnitzerei und dort ein Stück mit der Laubsäge herausgesägt, kannst du es erkennen?«

»Woher haben Sie den Wohnwagen?«, fragte Frank.

»Er gehört mir nicht, ich habe ihn nur geliehen«, erklärte Euan. »Mein Cousin besitzt ein Bauernhaus weiter oben bei

Sherington, in der Nähe der Küste. Er hat den Wagen in einer Scheune gefunden. Können Sie sich vorstellen, dass die gesamte Familie Ihrer Mutter sich irgendwann an einem festen Wohnsitz niedergelassen hat?«

»Ich weiß nicht«, erwiderte Frank, »aber ich könnte es vielleicht herausfinden. Ich nehme an, dass es entsprechende Websites gibt.«

»Das ist wieder eine ganz andere Geschichte«, sagte Jude, und Euan lächelte, sichtlich erfreut über den Gedanken.

Robert und Alexia hatten im alten Esszimmer für diese Gelegenheit zum Tee ein großes Büfett aufgebaut.

»Ich kann Ihnen gar nicht genug für all das danken«, sagte Jude zu den beiden. »Es ist so wichtig für Gran.« Sie schauten zu, wie sie am Ende des Tisches Hof hielt, wie Frank und Chantal sie über ihre Kindheit auf dem Anwesen ausfragten. An einer Stelle hörte Jude, wie ihre Großmutter Euan fragte, wie er das Cottage verändert hatte, in dem sie aufgewachsen war.

»Es ist uns ein Vergnügen, Sie alle hier zu haben«, sagte Alexia und schob die übrig gebliebene Pizza ihres Sohnes aus dem gierigen Blick der Hunde. »Das ist die erste richtige Gesellschaft, die wir zu Gast haben, nicht wahr, Robert? Natürlich außer den Geburtstagsgesellschaften der Zwillinge.«

»Ja, ich glaube, das stimmt. Und es ist höchst angemessen, dass es sich um eine kleine Feier aus Anlass dessen handelt, was man das Erbe der Wickhams nennen könnte. Jude, es ist wunderbar, dass Sie eine so interessante Episode aus unserer Vergangenheit ans Tageslicht gebracht haben.«

»In der Geschichte gibt es immer noch Lücken, aber ich tue mein Bestes, um sie zu schließen. Dann kann ich auch meinen Artikel fertig schreiben.«

»Den für das Magazin von ›Beecham's‹?«, fragte Alexia.

»Ja, er wird ordentlich dazu beitragen, das Interesse an dem Verkauf zu steigern.«

Am kommenden Tag sollte Jude nach Hause fahren – am Montag wurde sie im Büro erwartet. In den letzten Tagen hatte sie angefangen, den Artikel für Bridget zu entwerfen. Am Wochenende, so hoffte sie, konnte sie ihn fertigstellen. Die Herausforderung bestand darin, die zulässige Zahl der Wörter nicht zu überschreiten. Ansonsten schrieb sich der Artikel praktisch von allein.

Sie ließ den Blick noch einmal durch den Raum schweifen. Es war schrecklich, diesen Ort verlassen zu müssen. Es gab immer noch lose Enden, die verknüpft werden mussten. Ja, sie freute sich darauf, den Artikel zu beenden und den Verkauf vorzubereiten, aber sie würde es auch vermissen, hier zu sein, Teil des Lebens von Starbrough Hall und von Claire und Summer und Gran.

Sie hatte eine wundervolle Geschichte ausgegraben: über ein Mädchen, das einen Vater gefunden und ihm bei seinen Entdeckungen geholfen hatte und das selbst etwas entdeckt hatte, was eine enorme Bedeutung besaß, nämlich einen anderen Planeten – nur damit ihm am Ende alles entrissen werden sollte. Nach Summers Erfahrungen war Jude inzwischen ernsthaft davon überzeugt, dass Esther tatsächlich aus dem Turm entkommen war. Aber was danach geschehen war, war noch immer ein Rätsel, das sie lösen musste. Niemand wusste, woher Esther gekommen – oder wohin sie gegangen war. Wie bei einem Kometen schien ihr Leben nur als kurzes helles Strahlen in ihren schriftlichen Erinnerungen auf, bevor sie wieder im Schatten verschwand.

Jude ging hinüber zu Frank, der allein dastand und an einem Glas Bier nippte. »Frank, ich hoffe, Sie empfinden es nicht als unverschämt, dass ich Sie darum bitte, aber dürfte ich mir den Schmuck für kurze Zeit ausleihen, wenn ich nach London zurückfahre? Ich muss ihn ordentlich fotografieren lassen, für den Artikel, den ich über dieses Haus schreibe.«

»Klar, ist in Ordnung, nehmen Sie ihn. Es ist wirklich nicht mein Ding. Ich hab die Kette nur angenommen, weil sie Ma gehört hat. Ich hab keine Ahnung, was ich damit machen soll. Jon will sie doch bestimmt nicht haben, oder? Ich wünschte, er würde sich eine junge Frau suchen. Höchste Zeit, dass er eine Familie gründet, würd ich sagen. Liz und ich waren verheiratet und hatten ihn um unsere Füße krabbeln, als ich so alt war wie er.«

Jude sehnte sich danach, ihm zu sagen, dass er ein Enkelkind hatte, Summer, das sie genau in diesem Moment beobachteten. Sie rannte nicht herum, sondern kümmerte sich um die Zwillinge und wies sie an, endlich auszutrinken, damit sie mit ihr Verstecken spielen konnten.

»Nettes kleines Mädchen«, bemerkte Frank. »Ich kann mich erinnern, dass ich Ihre Schwester mal mit Jon gesehen habe. Hat sich sehr verändert, oder?«

»Genau wie Ihr Sohn«, sagte Jude voller Sympathie.

»Gut, wenn sie wissen, was sie mit ihrem Leben anfangen sollen«, sagte Frank. »Aber dieses kleine Mädchen …« Er sprach nicht weiter, und Jude fragte sich, ob er von selbst darauf gekommen war.

Als ob sie zugehört hätte, erschien Claire an ihrer Seite. »Gran ist so glücklich, dass sie Sie kennengelernt hat«, sagte sie zu Frank. »Ich kann es kaum glauben, wie anders jetzt alles aussieht.«

»Sie ist wirklich eine sehr interessante Lady«, sagte Frank. »Wir haben auf die gute alte Art geplaudert und die Welt wieder in Ordnung gebracht. Und sie ist sehr stolz auf ihre Enkelinnen. Besonders auf Sie, Claire, auf Sie ist Ihre Gran stolz, hat sie gesagt, mit Ihrem Laden und dem wunderbaren kleinen Mädchen.«

»Nun, ja«, sagte Claire und wurde ein bisschen rot. Aber Frank hatte genau das Richtige gesagt, um sie glücklicher und selbstbewusster aussehen zu lassen. »Ich habe nicht immer auf der Sonnenseite gestanden«, sagte sie, »aber es kommt ja auch darauf an, was man aus dem Leben macht und aus den Chancen, die sich einem bieten, ist es nicht so?«

Jude lächelte in sich hinein, als sie Grans altes Sprichwort aus Claires Mund hörte, und überließ die beiden ihrem Gespräch. Es gab noch vieles, worüber zu reden war.

Genau in diesem Moment trat Alexia ein. In der Hand hielt sie die Handtasche, die Jude in der Halle liegen gelassen hatte. »Ich habe Ihr Handy klingeln hören«, sagte sie, »aber ich bin zu spät gekommen.«

»Oh.« Jude kramte nach dem Apparat.

Sie verließ das Zimmer, schaute erstaunt auf das Display und drückte auf den Rückruf-Knopf. »Hallo, Mum, wie geht es dir?«, fragte sie, als abgenommen wurde.

»Danke, mir geht's gut, aber wir fragen uns, wo ihr alle abgeblieben seid. Deine Gran ist nicht zu Hause, bei Claires Telefon springt sofort der Anrufbeantworter an, und du hinterlässt mir diese komische Nachricht. Ist alles in Ordnung? Wo steckst du?«

»Norfolk«, erwiderte Jude. »Mach dir keine Sorgen wegen der Nachricht. Entwarnung. Claire und Gran sind bei mir. Wie geht's euch da unten?«

»Wir sind nicht mehr in Spanien, Liebes, sondern wieder zu Hause. Ich hab das alles nicht verkraftet. Die Hitze, die

Wasserknappheit ... es war einfach schrecklich. Nein, wir sind heute Morgen zurückgeflogen. Ich habe dir eine E-Mail geschickt, dass wir uns am Flughafen treffen könnten. Aber die hast du offenbar nicht gelesen.«

»Nein, leider nicht.« Jude musste unwillkürlich lachen – ihre Mutter glaubte, die ganze Welt drehe sich nur um sie. »Also bist du jetzt zu Hause?«

»Nur für eine Tasse Tee. Dann müssen wir kurz raus und noch was für das Abendessen einkaufen.«

»Warte mal kurz«, bat Jude. Rasch suchte sie Alexia, fand sie in der Küche und erklärte die Lage. »Macht es Ihnen etwas aus, wenn die beiden hierherkämen? Natürlich nur kurz. Wir sind jetzt alle beisammen, und es wäre eine gute Gelegenheit. Douglas wohnt nur fünf oder sechs Meilen nördlich von hier.«

»Warum nicht?«, sagte Alexia. »Je mehr, desto lustiger.« Trotzdem fand Jude, dass Alexia ausnahmsweise ein ganz klein bisschen erschöpft aussah, und sie tat ihr leid. Aber es war eine Chance, die sie einfach nicht verpassen durfte.

»Mum«, sagte sie in den Hörer, »trink deinen Tee aus und komm mit Doug hierher. Du weißt doch, wo Starbrough Hall liegt, oder? Es wartet eine kleine Überraschung auf dich.«

»Starbrough Hall?«, sagte Valerie skeptisch, und Jude erinnerte sich plötzlich daran, dass Claire ihr erzählt hatte, dass ihre Mutter den Turm kannte. »Ich glaub schon.« Jude hörte, wie sie sich kurz mit Douglas besprach, bevor sie sagte: »Wir kommen kurz vorbei, wenn du meinst, dass niemand was dagegen hat.«

Nach dem Tee folgte die Besichtigung des Hauses. Chantal führte die Gruppe, zu der Frank und Jon sowie Claire, Euan und Summer gehörten. Gran sagte, dass sie lieber sitzen bleiben wolle; außerdem wollte Jude ihr die Bibliothek zeigen.

»Wenn ich noch jung wäre, hätte ich mir das Haus gern mal genauer angesehen«, erklärte sie Jude. »Früher hab ich kaum mehr als die Küche zu Gesicht bekommen. Aber einmal gab es ein Gartenfest, und da hab ich, als niemand geguckt hat, heimlich einen Blick in den großen Salon geworfen.«

Später erschienen auch die anderen in der Bibliothek. Gran saß in dem großen Sessel am Kamin und hatte alle im Blick.

Frank stand neben der Planetenmaschine und lauschte fasziniert, als Chantal erklärte, wie sie funktionierte. Claire verkündete, dass ihr die Decke am besten gefiele, wegen der Verkörperungen der verschiedenen Sternbilder. Euan zeigte Summer, wo sie sich jeweils befanden. »Zwillinge, Wassermann, Widder«, sagte sie wie ein Mantra immer wieder vor sich hin. Max und seine Schwester rannten herum oder krabbelten über die Möbel. Robert war sichtlich besorgt, dass sie etwas kaputt machen könnten.

»Warum gibt es hier nur sechs Planeten?«, fragte Frank, und Chantal erklärte, dass zum Zeitpunkt der Konstruktion des Orrery noch nicht mehr bekannt gewesen seien. »Und deshalb ist Esther wichtig. Sie und ihr Vater waren es, die den siebten als Erste entdeckt haben. Aber den beiden selbst ist nicht bewusst gewesen, was sie da gefunden hatten, und außerdem ist es niemals öffentlich bekannt gemacht worden.«

»Aha«, sagte Frank.

»Chantal, wenn es dunkler wird, können wir vielleicht versuchen, die Maschine mit einer Lichtquelle in Bewegung zu setzen«, schlug Euan vor.

»Eine gute Idee!«, erwiderte sie.

In der Zwischenzeit zeigte Jude ihrer Schwester das Journal und holte dann die Denkschrift aus dem Schrank. »Das hier hat Esther geschrieben, als sie im Turm gefangen war«, erklärte sie. »Manches davon scheint Summer zu wissen.« Claire betrachtete die Blätter so ängstlich, als ob sie einen schrecklichen Fluch aussenden könnten, sobald sie sie berührte.

»Ich kann das alles immer noch nicht so recht glauben«, sagte Claire und warf Summer, die mit Frank das Orrery betrachtete, einen Blick zu. »Ich weiß nur, dass sie in den letzten Nächten, seit sie … seit sie verschwunden war, keine Albträume mehr gehabt hat. Ich drücke die Daumen …«

Das heißt, was es auch immer war, es ist vorbei, dachte Jude, wagte aber nicht, es auszusprechen, weil es Claire wieder beunruhigen könnte. Allein der Gedanke, dass da etwas hätte gewesen sein können … irgendetwas. Ein Psychologe könnte es vielleicht einleuchtend erklären, Jude konnte es ganz sicher nicht.

»Wann kommt Grandma?«, fragte Summer, die nicht im Geringsten an den Büchern und Papieren interessiert war, die Jude um sie herum ausgebreitet hatte. Das Telefonat mit Valerie lag inzwischen anderthalb Stunden zurück.

»Sie sind bestimmt bald hier«, sagte Claire. »Sie haben jede Menge zu tun, weil sie gerade erst nach Hause gekommen sind.«

»Vielleicht sind sie auch erst einkaufen gegangen«, sagte Jude und schaute auf die Uhr. »Trotzdem wird es langsam ein bisschen spät.«

Sie hörte, wie Frank zu Chantal sagte: »Ja, wir sollten langsam aufbrechen, damit unsere lieben Gastgeber sich endlich einen ruhigen Abend machen können.«

»Oh, wir genießen es, nicht wahr, Robert?«, mischte Alexia sich ein. »Bleiben Sie doch noch ein bisschen, wenn Sie können.«

»Ich glaube, da kommen sie!«, schrie Summer, rannte zum Fenster und hob den Vorhang. »Ja, Grandma! Grandma!« Mit ihrer kleinen weichen Faust schlug sie gegen die Fensterscheibe und rannte dann zur Tür, wo sie wartete, bis Alexia sie geöffnet hatte. Chantal folgte ihr mit Jude und Claire, die hinaus auf den Flur und die Treppe hinuntereilten. Ein sehr elegantes Paar stieg aus einer polierten marineblauen Limousine. Summer stürmte vorwärts.

»Darling!«, rief Valerie in ihrer wunderbar heiseren Stimme und breitete die Arme aus, um sie aufzufangen. »Wie hübsch du bist! Lass dich anschauen! Wie schön dein Haar ist mit diesen Strähnen. Oh, und ich wünschte, ich könnte solche Schuhe finden wie deine. Für erwachsene Ladys gibt's so was nicht, Darling.«

Valerie wandte sich den Frauen zu, die sich lächelnd aufgereiht hatten. »Claire, Jude, meine Lieben, es tut mir leid, dass wir so spät kommen. Und …«, sagte sie, während sie sie eine nach der anderen umarmte. Douglas, freundlich und korrekt, schüttelte Hände und drückte Küsschen auf Wangen, und Jude stellte ihn Chantal und Alexia vor. Chantal bewunderte sofort Valeries hübsches Kleid und zog sie ins Haus. Summer hüpfte vor ihnen die Stufen hinauf. Jude sah ihrer Mutter nach und bemerkte zu ihrer Überraschung, dass an ihren hochhackigen Schuhen Dreck klebte. Sehr merkwürdig. Dann nahm sie Douglas ein paar von den Tüten im Kofferraum ab, aus denen in Geschenkpapier gewickelte Päckchen schauten.

»Tut mir leid, dass wir uns so verspätet haben«, sagte er mit ernster Miene. »Ich nehme an, dass Valerie dir alles erklären wird. Wir mussten unterwegs kurz Halt machen.«

»Oh«, sagte Jude und dachte an den Schmutz an den Schuhen ihrer Mutter. »Nichts Schlimmes, hoffe ich.«

»Nein, davon hatten wir vorher zur Genüge. Die Fluggesellschaft hat meine Golfausrüstung verschlampt. Verdammt ärgerlich, ich musste endlose Formulare ausfüllen. Nein, Valerie hatte eine kleine Besichtigung vorzunehmen. Kurios, wirklich. Kannst du bitte diese Geschenke nehmen ... du kennst doch Valerie, sie kann an keinem Laden vorbeigehen.« Er schlug die Kofferraumklappe zu und verlor kein Wort mehr über den rätselhaften Umweg, sodass Jude sich auf dem Weg ins Haus nach Spanien erkundigte und er ihr kurz erzählte, wie anstrengend es dort gewesen war. »Wir hätten wirklich warten sollen, bis die Villa fertig renoviert ist. Ich bedaure, dass ich so früh mit ihr dorthin gefahren bin. Sie fand es einfach unmöglich – heiß und verwirrend –, und ich werfe ihr das nicht vor. Ich kann es mir selbst kaum verzeihen.«

In der Bibliothek wirkte Valerie wie ein duftender Paradiesvogel mitten in den düsteren Farben eines englischen Landhauses, als sie ihrer Mutter zur Begrüßung auf die Wangen küsste und dann Robert die Hand schüttelte. »Die kleinen Süßen«, murmelte sie beim Anblick der Zwillinge.

»Mum, das ist Frank Thetford«, sagte Jude, und Frank begrüßte Valerie mit einem kräftigen Händedruck. »Meine Ma war eine alte Freundin von Ihrer Ma, deswegen sind wir hier«, erklärte er kurz. »Und das ist mein Sohn.«

Es wäre untertrieben, zu sagen, dass Valerie überrascht war, als ihr Blick auf Jon traf. Das Blut wich ihr aus den Wangen. Claire war so gnädig, sich einzumischen und Jon aus der Klemme zu helfen. »Mum, du erinnerst dich doch bestimmt noch an ihn, nicht wahr? Wir sind uns kürzlich wieder über den Weg gelaufen. Um ehrlich zu sein, er war es, der uns mit Summer geholfen hat. Und ...« Unwillkürlich klammerte sie sich an Jons Arm. Sanft nahm Jon ihre Hand in seine. Valerie ließ den Blick von Jon zu Jude und wieder zurückschweifen. Ihre geschminkten Lippen formten ein ungläubiges O. Jude beobachtete, dass es Frank nicht anders erging. Claire verdrehte die Augen.

»Weiß sie Bescheid?«, fragte Valerie schließlich.

»Summer?«, sagte Claire, die locker zu sein versuchte, aber einfach nur trotzig klang. »Nein.«

»Was?«, fragte Summer. Sie spürte, dass die Erwachsenen irgendein Geheimnis vor ihr hatten.

»Nichts, Schätzchen. Ich erkläre es dir später«, sagte Claire ernst.

»Also, ich glaube, er ist ein sehr netter junger Mann«, ließ sich Gran vernehmen, deren Hörgerät heute ausgezeichnet funktionierte.

»Alle haben es geahnt«, sagte Claire mit finsterem Blick.

»Wir haben es vermutet«, platzte Robert heraus und wurde rot. »Die Ähnlichkeit ist … frappierend.«

»Nun«, sagte Frank, »ich bin erfreut, junge Dame, höchst erfreut.« Claire und er umarmten sich unbeholfen.

»Worüber redet ihr eigentlich?«, fragte Summer und wurde wütend, als alle nur lachten.

»Ich erkläre es dir später, mein Schatz«, sagte Claire, bückte sich und umarmte ihre Tochter. »Versprochen.«

Jude hörte, wie Frank zu Gran sagte: »Und jetzt habe ich ein kleines Mädchen, dem ich die Halskette geben kann!«

In diesem Moment betraten Alexia und Chantal das Zimmer. Sie trugen Tabletts mit Getränken und Essen vom Büfett für Valerie und Douglas. Es bildeten sich kleine Gruppen, und es wurde entspannt geplaudert. Die Kinder verkündeten, dass sie von den langweiligen Gesprächen der Erwachsenen genug hätten. Alexia stellte die Getränke ab und ging mit den Kindern ins Spielzimmer, wo sie DVDs anschauen wollten.

»Mum und Douglas, es gibt jemanden, den ihr noch nicht kennengelernt habt«, sagte Jude und trat mit Euan zu ihnen. Euan hatte schweigend in einer Ecke des Raumes gewartet und beobachtet, was vor sich ging, sich dabei aber offenbar sehr wohlgefühlt.

»Vermutlich habt ihr schon mal was von Euan Robinson gehört. Er ist Naturforscher und Autor.«

»Ah, ja, einer unserer Nachbarn war bei der Lesung im Buchladen«, sagte Douglas, als Euan Valerie und ihrem Ehemann auf höchst charmante Art die Hand schüttelte, und eine Weile unterhielten sie sich über Bücher und Spanien. Euan schien das Land nicht besonders gut zu kennen. Jetzt war es an Jude, die Augen zu verdrehen, denn Valerie musterte ihn mit größtem Interesse und fragte ihn an einer Stelle, wie lange er Jude schon kannte.

»Mum«, sie versuchte, die Unterhaltung auf ein anderes Thema zu lenken, »du wirst staunen, aber Euan lebt in dem Haus, in dem Gran aufgewachsen ist.«

»Im Cottage des Jagdaufsehers? Daran sind wir doch gerade vorbeigefahren, nicht, Doug? Und ich wollte noch anhalten und gucken, weil Claire gesagt hatte, dass es renoviert worden ist. Aber Doug wollte weiterfahren.«

»Wir hatten doch schon einmal angehalten, Val.«

»Und wo, Mum?«, warf Jude dazwischen.

Valerie schaute Claire an, als sie antwortete. »Ich wollte den Starbrough Folly sehen.«

»Ich wusste nicht, dass Sie den Turm kennen«, sagte Chantal und kam mit einem Tablett mit Getränken und Snacks herüber.

»Oh, doch, ich kenne ihn ganz gut«, erwiderte Valerie und begegnete Chantals Blick mit hochgezogenen Brauen. Chantal sah verwirrt aus.

»Ich habe sie gewarnt, dass wir bestimmt unbefugt auf das Gelände eindringen, das habe ich doch?«, mischte Doug sich leise ein, während er die Drinks herumreichte.

»Das Land, das Sie betreten haben, befindet sich nicht mehr in unserem Besitz«, erklärte Chantal. »Es macht mich traurig, sagen zu müssen, dass es nun jemand anderem gehört.«

»Woher der Sinneswandel, Mum?«, fuhr Claire dazwischen. »Letztes Mal wolltest du nicht da hingehen.«

»Mir fehlte der Mut. Aber seither habe ich darüber nachgedacht, und als wir vorhin daran vorbeigekommen sind, hatte ich dieses komische Gefühl, dass wir anhalten müssen und nachsehen, wo es geschehen ist.«

»Wo was geschehen ist, Mum?«, hakte Jude nach.

»Sie sind es gewesen, nicht wahr?«, bemerkte Chantal mit leiser Stimme und klammerte sich an dem leeren Tablett fest. »Sie waren bei der gerichtlichen Untersuchung. Eben erst habe ich Sie erkannt.«

Valerie ließ den Blick durch das Zimmer wandern. Gran kraulte Miffy. Euan, Frank, Jon und Robert waren verschwunden, um das Grundstück von Starbrough Hall zu besichtigen. Nervös fingerte sie an ihrem Glas herum. »Ich habe nie mit Claire und Jude darüber gesprochen«, sagte sie. »Es war zu schrecklich.« Sie nahm einen großen Schluck von ihrem Kir und blickte sich zerstreut um.

»Mum?«, sagte Jude, als sie Tränen in den Augen ihrer Mutter sah.

»Bitte entschuldige, mein Liebes. Ich bin ein bisschen müde. Es war ein langer Tag.«

»Vielleicht sollten wir aufbrechen«, schlug Douglas vor und schaute besorgt von Valerie, in deren Augen Angst stand, zu Chantals blassem Gesicht.

»Nein, Douglas«, rief Claire empört. »Mum, du kannst nicht verkünden, dass etwas Schreckliches geschehen ist, und dann einfach verschwinden, ohne uns zu sagen, was es war. Meinst du, wir kriegen heute Nacht ein Auge zu, wenn wir die ganze Zeit darüber nachgrübeln, was es ist? Du bist so egoistisch!«

Douglas öffnete den Mund und schloss ihn gleich wieder, als Valerie gereizt erwiderte: »Vermutlich hast du recht. Trotzdem muss ich mich setzen.«

Nachdem alle Platz genommen hatten, der treue Douglas neben Valerie, hatte Jude den Eindruck, dass ihre Mutter all diese Aufmerksamkeit in gewissem Maße genoss. Doch sie vergaß diesen lieblosen Gedanken, sobald Valerie zu erzählen anfing. Sie erkannte sofort, dass es zu der größeren Geschichte gehörte, in die ihre Familie vollkommen verstrickt war.

»Als ich noch sehr jung war«, begann Valerie, »war ich ein bisschen wild, nicht wahr, Mutter?«

»Das kann man wohl sagen.« Gran hatte schweigend zugehört. Sie kennt die Geschichte schon, dachte Jude überrascht.

»Aber wir hatten so viel Spaß. Es passierte, als ich zwanzig war. Im Juli hatte jemand aus unserer Gruppe Geburtstag, ein Junge namens Ian. Sein Nachname war Hayes, glaube ich. Seither habe ich ihn nicht mehr gesehen. Er hatte den tollsten Ort für eine Party entdeckt. Einen alten verlassenen Turm, wie er verkündete, und, was das Beste sei, die Eigentümer seien nicht da. Also hat er alles organisiert – Musik, Alkohol und so weiter –, und ich bin mit dem hübschen Jungen hingegangen, mit dem ich mich damals traf. Ehrlich gesagt, ich war ziemlich verliebt in ihn. Er hieß Marty.« Sie hielt inne, mit einem traurigen, abwesenden Ausdruck in den Augen.

Marty. Jude erinnerte sich. Der Name auf der Bank im Dorf. Der Junge, der gestorben war.

»Mum«, sagte Claire ungeduldig, »erzähl weiter.«

»Nachdem die Pubs geschlossen hatten, fuhren wir alle in der Dunkelheit hinauf, und es war, als wären wir mitten im Nichts gelandet. Es war wirklich ziemlich gespenstisch, und wir ließen die Autos unten an der Straße stehen und folgten den Lichtern, die Ian auf dem Weg durch den Wald aufgestellt hatte. Es war ein bisschen verrückt, wir Mädchen in unseren albernen Schuhen und den kurzen Röcken und Marty, der diese Kiste Bier trug. Ian hatte ein großes Lagerfeuer angezündet, und dann war da dieser Turm – ja, sehr romantisch, aber auch sehr gespenstisch, wie gesagt. Dann haben wir das getrieben, was man auf Partys so treibt, und natürlich sind auch ein paar ungezogene Dinge passiert …«

»Der Arzt hat bei der gerichtlichen Untersuchung gesagt, dass die meisten von Ihnen Cannabis geraucht hätten«, unterbrach sie Chantal in sachlichem, eisigen Ton.

»Ja, klar«, sagte Valerie mit einer wegwerfenden Handbewegung. »Haben Sie etwas anderes erwartet?«

»Es hat eine Rolle gespielt, als seine Familie uns verklagen wollte«, sagte Chantal in die Runde.

»Diese ganze Angelegenheit hat nichts mit mir zu tun.« Valerie wollte den Saum ihres Rockes über ihre rundlichen Knie ziehen, aber es reichte nicht ganz.

»Mum«, flehte Claire, »erzähl bitte weiter.«

»Ich weiß nicht mehr, wie viel Zeit vergangen war, bis Marty vorschlug, wir sollten auf den Turm steigen. Ian sagte, er sei abgeschlossen, aber Marty hatte sich noch nie etwas sagen lassen, und irgendjemand hatte Werkzeug im Wagen, und sie schafften es, die Tür aufzubekommen. Ungefähr ein halbes Dutzend von uns ging rein. Ich wollte nicht, aber

Marty stieg hoch, also folgte ich ihm, zusammen mit Ian und ein paar anderen. Der Weg nach oben war lang, und wir waren alle ein bisschen angetrunken und albern, und die Mädchen kreischten ununterbrochen, und dann kamen wir zu dem kleinen Raum und quetschten uns alle hinein. Marty fand es fantastisch, aber uns Mädchen hat es nicht gefallen, und wir wollten wieder runtergehen. Es hat sich nicht gut angefühlt da, mehr kann ich nicht dazu sagen, so als ob wir den Ort mit unserem ganzen Krach aufgestört hätten. Die anderen Mädchen und einer der Jungen gingen hinunter, aber Marty hat mit seiner Taschenlampe herumgeleuchtet und die Leiter entdeckt, die zu einer Art Falltür in der Decke führte. Ian hielt die Leiter, und Marty kletterte hoch. Er öffnete die Luke, schob sich nach oben und ... das ist das letzte Mal, dass ich ihn lebend gesehen habe.« Sie hielt inne. Ihre manikürte Hand lag auf ihrem Mund.

»Er ist hinuntergestürzt, nicht wahr?«, sagte Chantal mit leiser Stimme. »Das hat man jedenfalls behauptet. Er hätte nicht hinaufsteigen dürfen, schon gar nicht in seinem Zustand. Er ist zu nahe an den Rand gegangen und hat das Gleichgewicht verloren.«

»Ja, er ist runtergefallen«, sagte Valerie und warf Chantal einen trotzigen Blick zu. »Aber wir wissen nicht, warum. Niemand hat Ian zugehört, als er bei der gerichtlichen Untersuchung ausgesagt hat. Er hat gesagt, er wäre auch die Leiter raufgeklettert und hätte gerade noch den erstaunten Ausdruck auf Martys Gesicht sehen können. Er hat nicht Ian angeschaut, sondern auf irgendwas, was Ian nicht sehen konnte, weil die Falltür im Weg war. Marty ging einen Schritt zurück, verlor das Gleichgewicht und kippte über die Brüstung. Ich hörte ihn die ganze Zeit schreien, bis er unten aufschlug. Oh, diesen Schrei werde ich niemals vergessen. Ich hab versucht, die Leiter raufzusteigen, aber Ian kam schon nach unten. Die Leute unten haben einen entsetzlichen Lärm gemacht. Also sind wir die Treppe runtergerannt. Als ich fast unten war, habe ich den Tritt verloren und bin durch die Luft geflogen. Danach weiß ich nichts mehr, bis ich am nächsten Tag im Krankenhaus aufwachte, mit bandagiertem Kopf und furchtbaren Schmerzen in meinem Inneren.«

»Es war schrecklich, einfach nur schrecklich«, sagte Gran, »und wir haben den Jungen noch nicht einmal kennengelernt. Wir wussten nichts über ihn. Valeries Vater war außer sich, aber ich sagte ihm, dass wenigstens sie in Ordnung sei. Vielleicht ist es ihr eine Lehre, hab ich gesagt.«

»Aber manche Leute haben behauptet, es wäre unsere Schuld gewesen«, stieß Chantal sichtlich aufgebracht hervor. »Das ist das Problem. Natürlich konnte ich die Familie verstehen ... sie waren untröstlich. Aber zu verlangen, dass wir den Turm abreißen und eine Entschädigung zahlen? Das war unangemessen. Glücklicherweise war der Richter auch dieser Meinung. Mein Mann war sehr großzügig und hat die Kosten des Verfahrens übernommen.«

»Alles in Ordnung mit dir, Darling?« Douglas streichelte die Hand seiner Frau.

Valerie nickte. »Mit mir hatte das alles nichts zu tun«, sagte sie und presste die Lippen aufeinander, »und es hätte Marty nicht zurückgebracht.«

»Nein, natürlich nicht.«

Einen Moment lang herrschte Schweigen. Wie heftig die Gefühle fast vierzig Jahre nach dieser Tragödie immer noch waren! Jude fragte sich, warum ihre Mutter nie darüber gesprochen hatte, über ein so einschneidendes Ereignis in ihrem Leben.

»Mum, was glaubst du, was da oben auf dem Turm passiert ist?«, fragte Claire.

»Marty und Ian hatten sicher getrunken, das kann ich nicht bestreiten. Und bestimmt hatten sie auch irgendwas geraucht. Ich mochte diese Joints nicht, mir ist davon immer schlecht geworden. Deshalb kann ich mich ziemlich genau an alles erinnern. Im Turmzimmer herrschte eine merkwürdige Atmosphäre, das kann ich dir sagen. Ich weiß nicht recht, was ich mit Ians Version anfangen soll. Vielleicht hat Marty einfach das Gleichgewicht verloren und ist runtergestürzt. Ian kann ihn nicht geschubst haben oder so, denn er stand noch auf der Leiter. Aber dass Marty irgendwas gesehen haben soll, was ihn überrascht oder ihm Angst gemacht hat ... ich weiß immer noch nicht, ob ich das glaube. Trotzdem hat Ian mir leidgetan – der Gerichtsmediziner hat sich überhaupt nicht für seine Aussage interessiert.

Ein paar Monate später bin ich weg von zu Hause. Ich bin nach London gezogen, wo ich einen Job als Sekretärin gefunden habe. Kurz darauf bin ich eurem Vater begegnet. Leider habe ich ihm das ganze Geheimnis vorenthalten. Vermutlich dachte ich, ich würde ihn damit abschrecken. Er war so ... so anständig und geradeheraus, euer Dad. Als wir geheiratet hatten, fiel es mir noch schwerer, darüber zu sprechen. Besonders seit ... also, es gab da etwas, das ich niemandem erzählt habe, außer Marty. Eure Gran wusste es natürlich, dafür hatte das Krankenhaus gesorgt. Damals, als der Unfall geschah, war ich schwanger. Dritter Monat, sagten sie. Ich habe Martys Baby verloren.«

Danach herrschte schockiertes Schweigen, bis Jude schließlich murmelte: »Mum, das ist furchtbar!«

»Furchtbar!«, echote Claire und fragte ihre Mutter dann rundheraus: »Hat Marty sich gefreut, dass du schwanger bist?«

»Nein, hat er nicht«, gestand Valerie, »aber er war dabei, sich an den Gedanken zu gewöhnen. Ich möchte mir gern vorstellen, dass wir es zusammen geschafft hätten.«

Jude warf einen Blick auf Douglas, aber es schien ihn nicht im Geringsten zu stören, dass seine Frau von einem verflossenen Geliebten träumte. Bestimmt hatte er seine eigenen Liebesgeschichten – sogar Douglas mit seinen Schildkröten und den Golfclubs. Andere Männer wären vielleicht nicht so gelassen geblieben, sondern hätten automatisch mit Eifersucht reagiert. Glück für Mum. Jude war von ihrem neuen Stiefvater mehr und mehr beeindruckt.

»Das gibt mir ein komisches Gefühl«, flüsterte Claire. Vielleicht wären Jude und sie niemals geboren worden, wenn Marty nicht gestorben wäre.

Sie sah, dass Gran langsam eindöste. Chantal zog sich taktvoll zurück und murmelte, sie wolle die Hunde füttern. Nur Douglas hörte zu, als Valerie, Claire und Jude die vielen Missverständnisse der Vergangenheit entflochten.

»Ich hatte große Angst, als ich merkte, dass du unterwegs warst«, sagte Valerie zu Claire. »Verstehst du, es hat alle Erinnerungen zurückgebracht, und ich konnte nicht mit deinem Vater darüber sprechen, dafür war es zu spät. Ich hatte solche Angst, dass ich mich zu sehr auf dich freute – falls es wieder schiefging. Und dann wurdest du geboren, mit deinem armen Bein, und ich, ich hatte diese Vorstellung, dass es meine Strafe dafür war, dass ich beim letzten Mal alles falsch gemacht hatte, und ich war völlig durcheinander. Ich hatte so große Angst ...«

»... dass du vergessen hast, dass da ein kleines Baby war,

das gekuschelt und geliebt werden wollte«, brachte Claire schwer atmend hervor.

»Ja, so war es wahrscheinlich«, sagte Valerie, »aber du warst auch ein leicht reizbares kleines Baby. Du wolltest nicht saugen, und dann hast du Koliken bekommen. Das Zahnen war schlicht grauenvoll. Ich hatte keine Ahnung, dass ein Kind so viele Zähne bekommt.« Sie zog ein Taschentuch aus ihrer Handtasche und wischte sich über die Augen. In der Art, wie sie dasaß und ihre Handtasche auf dem Schoß umklammert hielt, sah sie aus wie eine jener tapferen Frauen aus einem Film aus den 1940er-Jahren, die nach tragischen Ereignissen und Enttäuschungen ihr Haar in eine Dauerwelle legten, sich die Lippen mit dem Lippenstift nachzogen und mit ihrem Leben weitermachten. Den Schein aufrechterhalten. Das war Valerie, und sie würde sich auch jetzt nicht ändern. Jude spürte einen Anflug von liebevoller Wärme für ihre Mutter. Valerie war auf ihre eigene Art tapfer. »Man muss das Beste draus machen«, hatte sie immer gesagt.

Zur Überraschung aller brach Claire in Lachen aus. Es begann als bitteres Gelächter, gewann dann an Geschwindigkeit und Fülle, verwandelte sich in ein Lachen der Erleichterung und schließlich in ein unkontrolliertes Kichern. Als Nächstes erwischte es Jude, dann Valerie. Nur Douglas saß ein wenig irritiert daneben, aber immerhin, mit seinem Lächeln bewies er guten Willen.

»Oh, Mum, tut mir leid«, sagte Claire und wischte sich die Tränen fort. »Eigentlich ist es überhaupt nicht witzig. Wenn ich Summer nicht hätte und nicht genau wüsste, wie sich das alles anfühlt, wäre ich inzwischen bestimmt voller Wut aus dem Zimmer gestürmt.«

»Darin warst du immer sehr gut«, sagte Valerie. »Mir ist

nie ein weniger fügsames Kind begegnet. Ich wusste einfach nicht, wie ich mit dir umgehen sollte. In diesen Dingen war dein Vater so viel besser als ich. Also habe ich es ihm überlassen. Aber sieh dich jetzt an – wie schön du bist und was für eine wundervolle Tochter du hast. Ich bin so stolz auf dich! Ja, das bin ich wirklich. Aber mir kann ich es nicht zugutehalten.« Wieder fing sie an zu lachen. »Tut mir leid, Douglas, du musst glauben, dass wir verrückt geworden sind. Jude, Darling, es tut mir auch so leid, ich wollte nicht, dass du dich ausgeschlossen fühlst.«

»Ich fühle mich nicht ausgeschlossen«, sagte Jude schlicht, die nie an der Liebe ihrer Mutter gezweifelt hatte. »Ganz ehrlich! Aber jetzt sollten wir uns besser rasch ein bisschen zurechtmachen, ich höre die Männer zurückkommen!«

Summer öffnete die Tür und kam ins Zimmer gelaufen. Dann folgten Robert und Frank mit den Zwillingen, Max, der einen Fußball trug, danach Euan und Jon tief in ein Gespräch versunken, das sie abbrachen, als sie die Frauen mit geröteten Wangen und aufgeregt in der Bibliothek sitzen sahen. Gran erwachte mit einem Ruck.

»Alles in Ordnung?«, fragte Euan.

»Oh, ja«, antwortete Claire und fing wieder an zu kichern.

»Liegt wohl am Kir«, sagte Jude und bemühte sich, nicht dem Beispiel ihrer Schwester zu folgen.

Douglas stand auf und sagte: »Ich hoffe, Sie haben eine schöne Tour über das Gelände gemacht?«

»Ja, wir haben uns über die Verwaltung des Anwesens unterhalten«, sagte Robert, »und natürlich ein paar Elfmeter geschossen. Nein, nicht hier drin, Max.« Er schnappte sich den Fußball und stopfte ihn in eine leere Kohlenschütte.

»Es wird allmählich dunkel«, sagte Euan.

Robert wollte das Licht anschalten, doch Summer rief: »Nein! Euan hat es versprochen!«

Irritiert schaute er Euan an.

»Stimmt, das hab ich«, sagte Euan, »Robert, haben Sie vielleicht eine Laterne? Vielleicht eine mit einer Kerze?«

»Das müsste Alexia wissen«, sagte er, »oder meine Mutter.«

Er ging aus dem Zimmer und kehrte kurz darauf mit den beiden Frauen zurück. Alexia trug eine Laterne mit einer Kerze und hielt in der anderen Hand eine Streichholzschachtel. »Die haben wir bei dem schönen Adventssingen benutzt, weißt du noch?«, fragte sie ihren Mann.

Chantal zog die Vorhänge zu, sodass der Raum im Halbdunkel lag. Euan zündete die Kerze an und trug sie zum Orrery hinüber, wo er sie in die Mitte des Kreises platzierte.

»Nun versammelt euch rundherum«, sagte er mit melodramatischer Stimme, und alle stellten sich so hin, dass sie gut sehen konnten. Nur Gran blieb in ihrem Sessel sitzen und beharrte darauf, dass sie genügend erkennen konnte.

»Die Kerze ist die Sonne. Komm hierher, Georgie, dann siehst du besser. Jetzt stellt euch die sechs Planeten vor ... das hier ist die Umlaufbahn des Merkur, das ist Mars, hier Venus, Jupiter und Saturn ...«, er berührte jede Holzstrebe des Orrery, während er sprach, »und alle kreisen um die Sonne. Ihr könnt sehen, wo das Licht auf jeden einzelnen Planeten fällt und welcher Teil in der Dunkelheit liegt.«

Jude schaute in die halb von der flackernden Kerze erhellten Gesichter – alle warteten gespannt auf das, was Euan ihnen zeigen würde. Es war wunderbar, diese Gruppe von Menschen zusammen zu sehen – ihre Familie, die langsam wieder mit sich ins Reine kam, nachdem so viele Geheimnisse aufgedeckt worden waren.

Durch einen kurzen Moment hatte sie ihre Mutter in einem ganz anderen Licht sehen gelernt. Nicht nur die selbstbezogene, eher extrovertierte Frau, die ihr Dasein als Mutter als nervenaufreibende, verwirrende Angelegenheit empfunden und die Verantwortung in erster Linie ihrem Mann zugeschoben hatte, sondern eine ziemlich verletzbare Frau, die nach einer frühen Tragödie niemals ganz zu sich selbst zurückgefunden hatte. Jude erinnerte sich, wie Valerie nach Dads Tod auf dem Tiefpunkt angelangt war und Claire und sie gezwungen gewesen waren, die eigene Mutter zu bemuttern. Der unerwartete und schmerzliche Verlust musste die Wunde wieder aufgerissen haben, die Martys Tod geschlagen hatte. Und der Verlust eines Kindes konnte ebenfalls noch lange nachwirken.

Jude sah hinüber zu Jon und Frank, die auch bald zur Familie gehören würden, falls Jons Fürsorglichkeit für Summer und Claire nicht vorübergehend war. Und dann gab es noch ihre neuen Freunde in Starbrough Hall. Es tat ihr in der Seele weh, dass die Planetenmaschine und all die anderen Instrumente und die Bücher schon bald in Kisten verpackt und in ihr Büro nach London geschickt werden würden. Traurig – und doch waren die Wickhams sehr mit ihr zufrieden. Sie hatte professionell gearbeitet. Auch sie sollte mit sich zufrieden sein, denn für »Beecham's« würde es ein sehr erfolgreicher Verkauf, das spürte sie instinktiv. Es gab keinen Grund, sentimental zu werden.

Und jetzt schaute sie zu Euan auf, dessen Gesicht im Schatten lag und wie das eines Zigeuners wirkte. In seinen Augen glitzerte das mitternachtsblaue Charisma eines Magiers, der ihnen die Wunder der Welt erklärte und einen unsichtbaren Umhang schwang, während er sich verbeugte. Sie konnte kaum den Blick von ihm wenden. Und dann sah er sie an, und seine Augen sandten ihr ein Lächeln, das wie ein Geheimnis zwischen ihnen schwebte. Als Erwiderung senkte sie kaum merklich die Lider und spürte, wie eine prickelnde Energie durch ihren gesamten Körper strömte. Marks Gesicht tauchte in ihrem Kopf auf, aber es war verschwommener als früher. Sie konnte sich kaum an seine Züge erinnern und ließ das Bild zerfließen. Aber es brachte sie doch ein wenig aus der Fassung. Sie wollte nicht mit Euan den gleichen Fehler machen wie mit Caspar. Euan war etwas Besonderes. Es wäre nicht gut, ihn noch mehr zu verletzen, als er ohnehin schon verletzt worden war. Inzwischen hörte sie seinem Vortrag kaum noch zu, sondern löste sich still von der Gruppe und setzte sich neben Gran.

»Das war ein wunderschöner Tag!«, sagte Jessie und tätschelte ihr die Hand. »Dieser Junge, Franks Sohn, das ist ein guter Junge. Das kann ich sehen. Meinst du, es wäre falsch, zu hoffen ... für Claire, dachte ich.«

»Ganz und gar nicht, Gran. Aber bis jetzt hat noch niemand Claire vorschreiben können, was sie tun soll. Lass uns hoffen, dass er sie anlocken kann.« Wie ein Nachtfalter, der ins Licht flattert, oder wie eine Forelle, die geködert wird, dachte Jude und merkte, dass Euan wohl solche Metaphern benutzen würde.

»Ich weiß nicht, warum deine Mutter ausgerechnet jetzt mit all dem herausgerückt ist. Ich war immer überzeugt, dass man diese Dinge am besten vergessen sollte. Das Leben geht weiter. Obwohl ... also, diese Geschichte mit Tamsin. Weißt du, jetzt geht es mir besser damit. Der Gedanke daran saß immer wie ein harter Knoten in mir, genau hier, aber nun ist es leichter. Vielleicht geht es Valerie auch bald so.«

Jude drückte Gran zustimmend die Hand. Dann fiel ihr etwas ein. »Sag mal, Gran, hast du eigentlich jemals merkwürdige Träume gehabt, als du ein kleines Mädchen warst? Träume, in denen du durch den Wald gerannt bist.«

Gran schüttelte den Kopf. »Nein.«

»Oder sonst jemand in unserer Familie? Wenn du weiter in der Zeit zurückgehst. Deine Mutter zum Beispiel.«

»Sie hat nie so was erwähnt, soweit ich mich erinnern kann.«

»Dann war ich also die Erste.« Warum? Warum war Esthers Geschichte in diesen Wochen aufgetaucht, zwei Jahrhunderte nach ihrem Tod, wann genau auch immer das gewesen sein mochte?

Später am Abend, als sie oben in ihrem Bett lag und über alles nachdachte, was an diesem bedeutsamen Tag geschehen war, fiel es ihr ein. Tamsins Tod. Sie musste gestorben sein, als Jude fünf oder sechs war, und damals hatten die Träume angefangen. Es konnte ein lächerlicher Zufall sein, aber auch eine Annahme, mit der man arbeiten konnte. Durch den Wald rennen und nach der Mutter rufen. Tamsin und Jessie hatten vor den Soldaten flüchten müssen. Summer hatte sich verirrt, auch wenn sie das nicht übermäßig beunruhigt hatte. Irgendjemand, und zwar ein Mädchen, war dort gewesen und hatte sie beschützt, hatte dafür gesorgt, dass sie sich nicht ängstigte. Alle nahmen an, dass es sich wirklich um ein Mädchen gehandelt hatte, aber vielleicht stimmte das gar nicht? Esther, Rowan, Tamsin und andere unbekannte kleine Mädchen, die als Schatten durch den Wald liefen. Wahrscheinlich würde sie es nie erfahren.

35. Kapitel

Am Freitagmorgen wachte Jude in trübseliger Stimmung auf. Die Freude, die sie am Tag zuvor noch empfunden hatte, verdunstete wie Morgentau. Am Vormittag sollte der Spediteur kommen, um die Bücher und die Instrumente abzuholen. Anschließend musste sie Abschied nehmen von all den Menschen hier, die sie liebte, und nach London zurückkehren.

Als sie um acht Uhr die Treppe herunterkam, war Robert in geschäftsmäßiger Stimmung. Nur sein irritierendes, unmelodiöses Pfeifen verriet seine Nervosität. Es geschah nicht jeden Tag, dass er das Familienerbe verkaufte. Alexia war mit Max und Georgie in einen Kinder-Ferienclub im Nachbardorf gefahren. Chantal erschien um halb neun zum Frühstück, ging danach aber mit Miffy wieder hinauf in ihr Zimmer.

»Sie ist aufgeregt«, sagte Robert, »verständlich. Ich vermute, dass sie in ihrem Zimmer bleiben wird, bis die Männer wieder verschwunden sind. Das habe ich ihr jedenfalls geraten. Wann wird der Transporter Ihrer Meinung nach eintreffen?«, fragte er.

»Gegen zehn, hat man mir gesagt, aber das hängt vom Verkehr aus London heraus ab. Machen Sie sich keine Sorgen, die Männer übernehmen das Einpacken komplett selbst. Sie kennen sich damit aus. Wir müssen ihnen nur zeigen, wo alles ist. Oh, möchten Sie, dass der vordere oder der rückwärtige Eingang benutzt wird?«

»Der vordere, würde ich sagen. Wenn wir beide Türflügel öffnen, haben sie viel Platz für ihr Manöver. Sind Sie wirklich sicher, dass die Männer vorsichtig sind und nichts beschädigen?«

»Ganz sicher«, erwiderte sie mit fester Stimme.

Die gesamte Operation verlief geräuschlos, genau wie sie es vorhergesagt hatte, aber es war unendlich traurig mitanzusehen, wie der Orrery und der Globus in Verpackungsmaterial gehüllt, die Bücher eingeschlagen und in Kisten gelegt wurden.

Als der Transporter verschwunden war, ließ Jude den Blick ein letztes Mal durch die Bibliothek schweifen. Am liebsten hätte sie geweint, als sie die geisterhaften Konturen sah, die die Bücher im Staub zurückgelassen hatten, und die abgeschabten Stellen auf dem Marmorfußboden, wo die Planetenmaschine gestanden hatte. »Ich fühle mich, als hätte ich jemanden ermordet«, flüsterte sie Miffy zu, die die Treppe nach unten gewandert war, nachdem der Aufruhr sich gelegt hatte. Chantal folgte ein wenig später, sah elend aus und vermied es, sich überhaupt in der Nähe der Bibliothek aufzuhalten. Robert hingegen wirkte fröhlicher, jetzt, nachdem die Tat vollbracht war, und als Alexia gegen Mittag mit den Zwillingen zurückkehrte, hatte die Atmosphäre sich fast wieder normalisiert.

Nach dem Mittagessen kam auch für Jude die Zeit, nach London aufzubrechen. Robert brachte ihren Koffer nach unten und verstaute ihn im Kofferraum. Sie legte den Laptop und die Aktentasche daneben, bevor sie sich umdrehte, um sich von der Familie Wickham zu verabschieden, die sich an der Treppe aufgereiht hatte.

»Ich kann mich gar nicht genug bedanken, dass ich bei Ihnen bleiben durfte«, sagte sie und küsste Alexia und Chantal auf die Wange, schloss die Zwillinge in die Arme und schüttelte Robert die Hand. »Natürlich melde ich mich in Kürze bei Ihnen. Wir möchten unsere Klienten gern in jeder Phase beraten und begleiten. Machen Sie sich deswegen also keine Sorgen.«

»Und es wäre wunderbar, wenn Sie bald wieder ein paar Tage bei uns bleiben könnten«, sagte Alexia. »Sie sind ein sehr pflegeleichter Gast. Und vielen Dank für das schöne Bild!«

»Keine Ursache«, sagte Jude. »Und ich würde gern wiederkommen. Ach, ich werde Sie alle vermissen!«

Als Jude davonfuhr, sah sie im Spiegel, wie sie alle winkten, bevor ihr der Blick vor nicht vergossenen Tränen verschwamm.

Als sie das Ende der Auffahrt erreicht hatte, tat sie das, womit sie die ganze Zeit über insgeheim gerechnet hatte: Statt nach links auf die Hauptstraße nach London abzubiegen, fuhr sie nach rechts. Sie wollte nur nachsehen, ob Euan zu Hause war. Sie hatte nicht das Gefühl, dass sie sich am Abend zuvor richtig verabschiedet hatte.

Weder an der Straße noch in der Auffahrt stand ein Auto. Trotzdem hielt sie an, ging den Weg hinauf und klingelte vorn am Cottage. Sie wartete, aber niemand kam. Als letzte Hoffnung stapfte sie hintenherum auf die Wiese. Der Wohnwagen war verschlossen, genau wie neulich, als sie vorbeigeschaut hatte, nachdem sie Summer wiedergefunden hatten. Aber vielleicht hatte Euan auch gar nicht dort übernachtet – das Haus war ja fertig renoviert. Sie konnte es ihm nicht verdenken, nicht nach den erschütternden Ereignissen der letzten Woche und in dem Bewusstsein, dass Summer die Letzte war, die hier geschlafen hatte.

Widerstrebend trottete sie zurück zu ihrem Wagen. Ihre

Enttäuschung war unangemessen groß. Niemand hatte ihm angekündigt, dass sie käme. Warum also hatte sie damit gerechnet, dass er zu Hause war und auf sie wartete, für den Fall, dass sie vorbeischaute? Vielleicht wohnt er immer noch bei seiner Schwester, fiel ihr ein.

Jude fuhr weiter, anstatt umzukehren, und tat vor aller Welt so, als habe sie absichtlich diesen Weg eingeschlagen. An der Einmündung zur Foxhole Lane hielt sie an und lehnte sich an das Lenkrad. Ihre Augen blieben trocken, aber innerlich fühlte sie sich ein bisschen leer. Sie hatte Euan wirklich sehen wollen. Ist schon in Ordnung, beschwichtigte sie sich, er hat gesagt, dass er dich anruft. Dann zog sie ihre Landkarte hervor und suchte sich einen anderen Weg zur Straße nach London.

36. Kapitel

»Jude, wenn Sie kurz Zeit haben, könnten wir uns zusammensetzen und über Ihren Text sprechen? Ich habe ihn durchgesehen, gleich gestern, nachdem ich ihn bekommen habe. Er gefällt mir sehr gut.« Am Montag bei »Beecham's« hatte Jude es kaum am Empfang vorbeigeschafft, als sie Bridget begegnete, die auf dem Weg zu einem Meeting war.

»Unglaublich, Bridget. Ich hatte nicht damit gerechnet, dass Sie sich den Text noch am Wochenende anschauen.«

»Unglaublich muss ich auch sein. Viel Zeit bleibt mir nicht mehr«, erwiderte sie und tätschelte ihren Babybauch. »Um elf, einverstanden? Ich komme zu Ihnen.« Ihr Handy klingelte, und sie fummelte an dem Apparat herum. »Die Fotos von dem Anwesen sind übrigens fantastisch.«

In der Abteilung Bücher und Manuskripte hatte Jude kaum Gelegenheit, Suri und Inigo zu begrüßen, als Klaus auch schon hereinstürmte. »Morgen, zusammen! Jude, wie läuft's? Meeting bei mir im Büro in zehn Minuten?«

»Okay«, sagte sie, wie benommen von all der Geschäftigkeit. Das rasante Tempo des Büroalltags brachte sie ziemlich aus dem Gleichgewicht.

»Ich hole dir einen Kaffee, wenn du möchtest.« Suri stand auf. Erfreut stellte Jude fest, dass ihre Kollegin den hübschen silbernen Armreif trug, den sie ihr geschickt hatte.

»Oh, das wäre nett«, sagte sie, gab ihr ein paar Münzen für den Automaten und sank auf ihren Stuhl. Einen Moment lang fühlte sie sich außerstande, den Computer hochzufahren. Und doch wusste sie aus Erfahrung, dass die geschäftliche Routine sie am Ende des Tages wieder vollkommen aufgesogen haben würde.

Es war schrecklich gewesen, am Freitag nach London zurückzukehren und sich zur Hauptverkehrszeit schleichend durch die Straßen zu quälen. Ihr kleines Haus fühlte sich auch nicht mehr an wie ein sicherer Hafen. Es roch muffig, und offensichtlich hatten ein paar Mäuse eine Party gefeiert – überall in der Küche lagen Köttel.

Außerdem – und das war viel wichtiger – hatte sich das Gefühl eingeschlichen, dass etwas fehlte, nicht mehr vorhanden war. Mark. Noch nie zuvor hatte sie es sich eingestanden, aber nun war es so weit. Er war nicht mehr da. War aus ihrem Leben verschwunden wie ein Hausgespenst, das sie endlich gebannt hatte. Und doch fühlte sie sich nicht einsam. Sie hatte das Gefühl, sie selbst zu sein.

In der Post fanden sich fast nur Rechnungen – sieh an, eine Postkarte von Caspar war auch dabei. Sie zeigte ein mittelalterliches Dorf, das hoch oben an einer Felswand klebte. Die Nachricht war in schmalen, sauberen Großbuchstaben geschrieben, als wäre er so sehr an die Computertastatur gewöhnt, dass er vergessen hatte, wie man richtig schrieb.

WÜNSCHTE WIRKLICH, DU WÄRST HIER. HAB'S DOCH NICHT MEHR BIS DONNERSTAG GESCHAFFT. BIN AM SAMSTAG ZURÜCK. FALLS DU DEINE MEINUNG ÄNDERST, WEISST DU JA, WO DU MICH FINDEST CIAO C.

Jude dachte darüber nach, während sie in der Badewanne lag. Das mit Caspar schien eine Ewigkeit her zu sein; sie verspürte nicht den geringsten Impuls, ihre Meinung zu ändern. Stattdessen ging ihr Euan durch den Kopf.

Er rief sie abends an, als sie an ihrem Artikel arbeitete, und sie war überglücklich, seine Stimme zu hören. »Du hältst mich wahrscheinlich für blöd«, sagte sie, »aber auf dem Weg nach Hause habe ich bei dir vorbeigeschaut.«

»Was?«, rief er. »Wann denn?«

»Ich verrate dir, wo ich war«, sagte er, nachdem sie es ihm erzählt hatte. »Oben am Starbrough Folly. Ich habe herausgefunden, wer sich hinter unserem Fallensteller-Phantom verbirgt. Erinnerst du dich an die Gewehrschüsse, vor denen du davongerannt bist, an dem Tag, als wir uns das erste Mal begegnet sind?«

»Wie könnte ich das vergessen? Sag nichts, es ist Farrell. Der Eigentümer des Geländes.«

»Falsch. Ich glaube nicht, dass du draufkommst. Es ist dieser ›Mann für alle Fälle‹, den sie auf Starbrough Hall für die Fasanen angeheuert haben. George Fenton. Draußen in der Nähe des Turmes bin ich über ihn gestolpert. Er hatte ein Kaninchen bei sich, das er geschossen hatte.«

»Das war der Kerl, der Barney und Liza des Diebstahls bezichtigt hat, oder?«

»Genau. Ich habe mit Robert darüber gesprochen. Klingt so, als hätte man hier den Bock zum Gärtner gemacht. Robert hat erzählt, dass Fenton kurz bei Farrell angestellt war. Aber Farrell hat ihn vor ein paar Monaten entlassen, weil es Streit ums Geld gab. Deshalb war er sauer. Ich glaube, er ist einfach durch die Gegend gezogen und hat auf alles geschossen, was ihm in die Quere kam. Außerdem hat er hier und da ein bisschen randaliert. Robert kann sich vorstellen, dass Fenton die Fasanen sogar selbst gestohlen hat. Wie auch immer, Robert hat die ganze Sache der Polizei erzählt.«

»Dann ist wenigstens das aufgeklärt. Zum Glück. Es war nicht lustig, mich als Zielscheibe zu fühlen.«

»Ganz bestimmt nicht. Ich wünschte nur, dass man mit Farrells Plänen ebenso leicht fertig werden könnte.«

»Hm.«

»Jude, es tut mir wirklich leid, dass wir uns vor deiner Abreise nicht mehr gesehen haben. Es war ... also, in der letzten Woche ging alles reichlich drunter und drüber, nicht wahr?«

»Gelinde gesagt.«

»Ich dachte, wir beide könnten eine Auszeit gebrauchen. Aber vielleicht hast du Lust, bald wieder hierherzukommen. Sollen wir das mal festhalten? Wenn wir beide wieder ein bisschen klarer sehen?«

»Euan, das wäre wundervoll.«

Als Jude am Montag im Büro darauf wartete, dass ihr Computer hochfuhr, schwelgte sie in Tagträumen über das Wiedersehen.

»Hier kommt dein Kaffee«, sagte Suri, und Jude zuckte zusammen. Suri schob einen großen Cappuccino im Pappbecher zu ihr hinüber. »Du siehst aus, als könntest du was Kräftiges gebrauchen.«

»Oh, Suri«, seufzte Jude, »du bist wirklich ein Schatz.«

»Wie war dein Urlaub?«, erkundigte Inigo sich steif vom Nebentisch aus.

»Erholsam in jeder Hinsicht«, erklärte Jude, »wenn es auch nicht unbedingt ein Urlaub war. Und interessant. Sogar faszinierend. Wenn du möchtest, erzähle ich dir von Starbrough Hall. Es ist ein bisschen wie in einem historischen Kriminalroman.«

»Danke, ich würde mich freuen«, sagte er niedergeschlagen. Er tat Jude ein bisschen leid.

»Heute beim Mittagessen?«, fragte sie, ohne nachzudenken. Er nickte. Verdammt. Jetzt würde sie sich damit arrangieren müssen, dass er eine Stunde lang über Klaus lamentierte. Sie musste wirklich lernen, ihr Mitgefühl für andere Menschen im Zaum zu halten.

»Gut«, sagte Klaus, bat Jude in sein Zimmer und schloss die Bürotür hinter sich, bevor er seinen schlaksigen Körper hinter den Schreibtisch manövrierte. »Der Verkauf aus Starbrough. Angesetzt auf den ersten Dienstag im November, wie ich sehe. Erzählen Sie mir alles.«

Jude begegnete seinem ernsten Blick. Das wird keine freundschaftliche Plauderei, stellte sie fest. »Also«, begann sie, »wir haben eine Geschichte. Ich habe Ihnen ein Exposé meines Artikels gezeigt. Inzwischen liegt mehr vor, und am Samstag habe ich den Entwurf abgeschlossen.« Dann erzählte sie ihm alles über Anthony Wickham, über dessen verlorene Adoptivtochter Esther und über die Entdeckung, die die beiden gemacht hatten. Und sie erzählte die Geschichte so, wie Esther sie geschrieben hatte, natürlich ohne Summer oder deren Träume oder die merkwürdigen Erlebnisse ihrer Familie zu erwähnen – das wäre nicht fair gewesen.

»Der siebte Planet, was? Aber Uranus wurde doch kurz darauf entdeckt, oder? William Herschel hat ihn mit einem seiner außergewöhnlichen Teleskope erspäht.«

»Ja, das hat er. Und ich habe nicht die Absicht, sein Verdienst zu schmälern. Darum geht's hier auch nicht, sondern darum, dass der Ruhm für eine wissenschaftliche Entdeckung oder für einen Durchbruch ziemlich oft nur einer einzigen Person zuerkannt wird. Aber häufig bauen sie auf den Entdeckungen anderer Menschen auf, die weniger bekannt sind. Oder verschiedene Leute arbeiten auf dem gleichen

Gebiet, aber nur einer hat Glück oder die richtige Eingebung oder schafft die richtigen Verknüpfungen und kennt die richtigen Leute, um seine Vermutung zu untermauern. Wie bei der Entdeckung des Penicillins. Den größten Teil des Ruhms hat Alexander Fleming kassiert, aber zwei Kollegen waren an der Grundlagenarbeit beteiligt, und andere wussten vor ihm darüber Bescheid. Das ist die eine Sache, die ich betonen möchte. Und dann ist da noch die Tatsache, dass Esther eine Frau war, die gegen den Strom der Zeit auf einem Gebiet gearbeitet hat, das damals als Männerdomäne galt, als Assistentin eines Mannes. Und am Ende, ohne ihn, wurde sie leider besiegt. Aber das schmälert nicht ihre heldenhafte Rolle. Und nicht zuletzt handelt es sich um eine wunderbare, romantische Geschichte von einem Vater und seiner Adoptivtochter, die beide ihr Leben der Beobachtung des Sternenhimmels gewidmet haben. Von einem Turm im Wald aus.«

»Am Ende ist sie verschwunden, sagen Sie.«

Jude biss sich auf die Lippe. »Ja. Ich wünschte, wir wüssten, wohin sie gegangen ist. Oder woher sie ursprünglich kam.«

»Verstehe. Wirklich ein kleines Rätsel. Und was jetzt? Den Termin für den Verkauf haben wir natürlich schon bekannt gegeben.«

»Bridget hat meinen Artikel durchgesehen. Die Bücher und der Globus müssten hier irgendwo sein.«

»Ja, der Eingang ist verbucht worden, und alles lagert sicher im Raum nebenan.«

»Dann mache ich weiter mit der Katalogerstellung. Und ich habe jemanden, der zu uns kommt und die Globen untersucht. Das heißt, wir können wirklich loslegen.«

»Ausgezeichnet«, sagte Klaus.

Als Jude an ihren Schreibtisch zurückkam, fand sie eine E-Mail von Cecelia vor, die ein paar nützliche Kommentare zu ihrem Artikel enthielt.

Der Alltag, so schien es, kehrte wieder ein.

Den restlichen Vormittag verbrachte Jude mit der Korrespondenz, die während ihrer Abwesenheit eingetroffen war, ließ sich in Sachen Bürotratsch auf den neuesten Stand bringen und saß lange mit Bridget zusammen, einer unbarmherzigen Lektorin, die den Artikel akribisch mit ihr durchsah, sie auf unbeholfene Sätze hinwies und mehrdeutige Formulierungen unterstrich. Bridget ließ sie mit einer Reihe Daten zurück, die Jude zu überprüfen hatte, Namen, deren Schreibweise kontrolliert werden musste, und Literaturangaben, die nachgeschlagen werden mussten. Abgabetermin war das Wochenende.

»Ihr Artikel endet ziemlich abrupt, verstehen Sie«, hatte Bridget gesagt. »Sie lassen das arme Mädchen einfach so in dem Turm stehen. Haben Sie mal in einer Lokalzeitung nach Artikeln rund um Wickhams Todestag gesucht? Bestimmt können Sie noch etwas über die ganze Angelegenheit herausfinden.« Das war ein Punkt, der Jude insgeheim schon Kopfzerbrechen bereitet hatte, aber sie hatte keine Ahnung, was sie in der Sache unternehmen sollte. Schließlich konnte sie kaum so tun, als würde es sich bei ihren Träumen um historische Tatsachen handeln. Seufzend lud sie sich den Artikel auf den Bildschirm und fing an, an den früheren Fassungen herumzuflicken. Müde starrte sie auf den Text und schloss die Datei bald wieder. Eine Weile ließ sie die Gedanken schweifen. Unter Umständen konnte die Recherche einen weiteren Besuch in Norfolk bedeuten. Ein wunderbar warmes Gefühl breitete sich in ihr aus.

Zusammen mit Inigo ging Jude in eine Pizzeria, die bei den Angestellten von »Beecham's« sehr beliebt war, und tatsächlich sprudelte eine Leidensgeschichte aus ihm heraus. Klaus hatte ihn angezählt. Inigo hatte nicht das Gefühl, dass seine Zukunft in der Abteilung lag. Außerdem hatte seine Freundin kürzlich die Beziehung beendet, und er fragte sich ernsthaft, ob er nicht kündigen solle und sich einen Job an der Hochschule suchen.

»Oh, Inigo, sei nicht albern«, sagte Jude, »du bist gut! Du hängst nur momentan ein bisschen durch. Wenn du in einem Jahr zurückblickst, wirst du es genauso sehen.« Jetzt, wo es ihr offensichtlich recht gut ging, konnte sie ihm gegenüber großzügig sein. Für ihn war der Job gleichbedeutend mit seinem Leben, während sie in den vergangenen paar Wochen festgestellt hatte, dass ihr auch noch andere Dinge wichtig waren – ihre Familie, Freunde und vielleicht sogar, sich irgendwann noch einmal mit jemandem häuslich einzurichten. Und Inigo beherrschte sein Metier. Er hatte dem Auktionshaus viele Aufträge verschafft. Seine umsichtige und gründliche Arbeit sowie sein charmanter, wenn auch manchmal etwas öliger Umgang mit den Kunden zahlte sich normalerweise aus. Okay, Suri und sie lachten über ihn, wenn sie unter sich waren, und mit seinem Modebewusstsein war er ungefähr ein Jahrhundert hinter der Zeit. Aber manche Leute schätzten das altmodische Dandy-Image bei einem Mann, der mit kostbaren Familienerbschaften zu tun hatte. Gewollt moderne Anzüge konnten leicht ein bisschen geldgierig wirken.

»Wie auch immer«, sagte Inigo. »Erzähl mir von dieser Starbrough-Sammlung.« Sie berichtete alles, was sie über Anthony und Esther wusste. Als sie merkte, dass er sich wirklich für die Geschichte interessierte, und weil sie ihn jetzt ein bisschen mehr mochte, seit er sich ihr anvertraut hatte, beschloss sie, ihm ebenfalls zu vertrauen, und erzählte ihm von Gran und Tamsin und Summer.

»Es kommt mir vor, als hätte das Schicksal mich auserkoren, diesen Auftrag zu übernehmen«, sagte sie und verspürte sofort den Anflug eines schlechten Gewissens, weil ihr einfiel, dass Robert Wickham bei seinem ersten Anruf nach Inigo gefragt hatte. Nein, das wollte sie lieber nicht erwähnen. »Es hat mir die Gelegenheit gegeben, alle möglichen Dinge ins Reine zu bringen. Wenn du willst, zeige ich dir die Halskette, wenn wir wieder im Büro sind. Ich gebe sie bald aus den Händen, weil sie noch fotografiert werden soll.«

Die Schachtel mit der Halskette hatte Jude im Safe der Abteilung deponiert. Zurück im Büro, holte sie den Schmuck aus dem Safe und legte ihn sich aus Spaß um den Hals. Sie trug ein Top mit tiefem rundem Ausschnitt, und die Kette lag warm und leicht auf ihren Schlüsselbeinen.

»Was meinst du?«, fragte sie und drehte sich zu ihm hin.

»Oh, sie ist wirklich schön«, sagte Suri. »Passt zu deinem Teint.«

Jude freute sich. Summers Haut war wie ihre, also würde die Kette auch zu ihr passen.

Inigo sah verwirrt aus.

»Stimmt irgendwas nicht?«, fragte Jude.

»Nein«, sagte er, »alles in Ordnung. Ich denke nur gerade nach. Kommt mir irgendwie bekannt vor, das ist alles, aber ich kann nicht sagen, warum. Darf ich mal sehen?« Er streckte die Hand aus, und sie ließ die Kette in seine schmale Handfläche gleiten. Inigo hob sie ins Licht, sodass sie funkelte und schimmerte, und gab sie Jude zurück. »Nein«, sagte er kopfschüttelnd, »es fällt mir nicht ein.«

Jude brachte die Kette zurück in den Safe und vergaß die Angelegenheit.

37. Kapitel

Die nächsten Tage verflogen in reger Geschäftigkeit. Ein Experte für historische astronomische Instrumente reiste aus Oxford an und versprach, bis zum Ende der Woche einen schriftlichen Bericht zu schicken. Jude katalogisierte einen weiteren Stapel Bücher aus Starbrough Hall und versuchte, an ihrem Artikel zu arbeiten. Sie überprüfte ein paar Quellenangaben und klärte verschiedene Fragen, wurde aber trotzdem das quälende Gefühl nicht los, dass sie sich noch mehr anstrengen müsste, um herauszufinden, was mit Esther passiert war. Die Suche nach Archiven von Zeitungen aus Norfolk im Internet ließ zunächst einen weiteren Besuch in Norwich notwendig erscheinen, aber dann fand sie heraus, dass das vielversprechendste Blatt, der *Norwich Mercury*, im Zeitungsarchiv in Colindale im Norden Londons verfügbar war. Laut dessen Online-Katalog waren dort Ausgaben von der Mitte des siebzehnten Jahrhunderts archiviert, und so vereinbarte sie einen Besuch.

Am Donnerstagnachmittag fuhr sie mit dem Zug in Richtung Norden nach Edgware. Das Archiv war in einem großen Haus aus rotem Backstein untergebracht, das über den zusammengedrängten Kleinstadthäusern auf der gegenüberliegenden Seite herausragte. Im Obergeschoss führte man sie zu dem entsprechenden Regal – einer von mehreren hundert Reihen, die große, dicke, in Leder gebundene Ordner mit vergilbten Kopien enthielten. Sie fand den Band, der den

Norwich Mercury von 1778 bis 1779 enthielt, und nahm ihn mit zu einem Tisch in der Nähe.

Jede Zeitung bestand nur aus ein paar Seiten, weshalb es nicht besonders aufwendig war, alles durchzusehen. Jude begann an Wickhams Todestag, verfolgte sorgfältig die Spalten, in denen gesellschaftliche Veranstaltungen der Aristokratie angekündigt wurden, Geburtstagsbälle und Jagden, dass ein Mann wegen Mordes an seinem Nachbarn gehängt werden sollte, und die Vorgänge im örtlichen Gericht, bis sie zu einer Stelle kam, in der Starbrough Hall erwähnt wurde. Es handelte sich um den Bericht einer gerichtlichen Untersuchung im Dorf Starbrough:

Gestern Abend wurde von dem Leichenbeschauer der Gemeinde Holt im Dorf die Untersuchung der Leiche von Mr. Titus Trotwood durchgeführt, der an jenem Morgen auf der obersten Plattform des Starbrough Folly, welcher zu den Ländereien von Starbrough Hall gehört und sich bis zu seinem Ableben in der vergangenen Woche im Besitz des Esq. Anthony Wickham befunden hatte, tot aufgefunden worden war. Mr. Trotwood, offensichtlich der Verwalter der Ländereien des Mr. Wickham, war seit der Nacht zuvor vermisst worden. Seine Witwe, Mrs. Jane Trotwood, gab an, er habe sich zu dem Turm begeben, um dort nach einem merkwürdigen Licht zu sehen, welches in der Nacht zuvor zu sehen gewesen sei. Mrs. Adolphus Pilkington, die Schwester des verstorbenen Mr. Wickham, welche gegenwärtig auf Starbrough Hall residiert, bestätigte, ihm einen solchen Auftrag erteilt zu haben, und erwähnte, dass eine junge Frau namens Esther Wickham, von manchen als Adoptivtochter Mr. Wickhams bezeichnet, verschwunden sei. Man nehme an, dass ihr Geist durch die Trauer sehr verwirrt sei. Wegen des kürzlichen heftigen Schneefalls kostete es den behandelnden

Arzt Dr. Jonathan Brundall große Mühe, die Ursache des Todes zu ermitteln. Aber man geht davon aus, dass Mr. Trotwood an einer Kopfverletzung verstorben sei. Es ist möglich, dass er ausrutschte und dergestalt seinen Tod selbst herbeiführte. Der Verbleib der Esther Wickham bleibt ein Rätsel. Selbiges gilt für die Frage, wie Mr. Trotwood auf dem Dach des Turmes in Gefangenschaft geraten konnte, da die Falltür geschlossen war, obgleich nicht verschlossen, und so seine Flucht verhinderte. Mr. Trotwood wurde gerühmt, seine Pflichten als Landverweser stets treu und sorgfältig erfüllt zu haben. Es wurde zu den Akten genommen, dass die Todesursache unbekannt blieb.

Jude dachte angestrengt nach. Esther war also entkommen, genau wie sie geträumt hatte, aber Mr. Trotwood war gestorben. Der Bericht des Leichenbeschauers ließ die Frage offen, ob die Ereignisse miteinander verknüpft waren. Es schien allerdings wahrscheinlich. Sie war überzeugt, dass Mr. Trotwood abgestritten hätte, Esther in den Turm eingesperrt zu haben, und das klang durchaus glaubwürdig. Trotwood war ein direkter Mann, jemand, der gleich zur Tat schritt. Es passte nicht zu ihm, Esther einzuschließen und drei Tage und Nächte verstreichen zu lassen, bevor er das erste Mal nach ihr schaute. Nein, das war viel zu verschlagen und entsprach nicht dem Bild, das Jude sich von ihm gemacht hatte. Wenn er Esther hätte tot sehen wollen, hätte er sie umgehend aus dem Weg geräumt, genauso, wie er ein Kaninchen in der Schlinge beseitigt hätte oder Anthonys armen altersschwachen Windhund. Und überhaupt, warum sollte er ihren Tod gewollt haben? Es sei denn, Alicia hatte ihn dafür bezahlt, ihr unglückseliges Hindernis auf dem Weg zum Besitz von Starbrough Hall loszuwerden. Die Frage blieb: Wer hatte die Tür des Starbrough Folly verschlossen?

Jude durchsuchte die folgenden Ausgaben des *Norwich Mercury*, aber nichts von Bedeutung fiel ihr ins Auge.

Während sie auf die Fotokopie des Artikels wartete, kam ihr ein weiterer Gedanke. Esther war im Juli 1765 als sehr kleines Kind aufgefunden worden. Man hatte angenommen, dass sie etwa drei Jahre alt gewesen war. In diesem Zusammenhang waren zwei Fragen aufgetaucht, die sie bisher nicht zu beantworten versucht hatte. Erstens, warum hatte Anthony Wickham niemals versucht, herauszufinden, wer dieses Kind war und zu wem es gehörte? Laut Esthers Tagebuch hatte er gesagt, er wolle das nicht wissen. Vielleicht hatte er sie gleich auf den ersten Blick ins Herz geschlossen. Zweitens, hatte irgendjemand nach einem verlorenen Kind gesucht, insbesondere nach einem in seidenen Lumpen?

Jude kehrte zu den Regalen zurück und fand den Band mit den Ausgaben des *Norwich Mercury* von 1765. Es schien sinnvoll, die Suche mit dem 21. Juli zu beginnen – denn der 21. Juli galt als Esthers »Geburtstag« – aber es war auch möglich, dass ihre Familie sie schon früher vermisst hatte. Jude begann, die Ausgaben ab Mitte Juni durchzusehen.

Sie las und las, fand aber nichts über vermisste Kinder und praktisch nichts über Starbrough und über die Nachbarschaft, was auch nur andeutungsweise wichtig zu sein schien. Ein eifersüchtiger Lakai hatte eine Zofe aus einem Landhaus in der Nähe der Küste ermordet. Zwei Mädchen waren nach dem Tod eines wohlhabenden Händlers in Great Yarmouth verwaist, aber sie waren schon älter, sieben und neun Jahre alt. Jude wühlte sich durch den gesamten Juli, aber das einzige Ereignis, das überhaupt die Aufmerksamkeit des *Norwich Mercury* im Gebiet Starbrough Hall hatte auf sich lenken können, war die grausige Entdeckung einer weiblichen Leiche in den Wäldern nahe Holt. Die Frau war bereits seit einigen Wochen tot, und der Arzt, der die Leichenschau durchführte, sagte aus, dass sie durch einen einzigen Schuss in die Brust, der ihr ins Herz gedrungen war, den Tod gefunden hatte. Über der Identität der Frau lag der Schleier des Geheimnisses, obwohl ihr Haar und die Kleidung darauf schließen ließen, dass sie nicht zum arbeitenden Teil der Bevölkerung gehörte; sie trug immer noch den schlichten goldenen Ehering, was darauf verweisen könnte, dass nicht Raub das Motiv für die Tat gewesen war. Die Tatsache, dass jegliche Hinweise auf ihre Identität von ihrem Körper entfernt worden waren, stürzte den Untersuchungsrichter sichtlich in Verwirrung. Jude blätterte durch die Seiten der nächsten Wochen, hoffte darauf, dass der Fall noch einmal erwähnt würde, fand aber nichts. Trotzdem war sie beunruhigt. Mit beiden Artikeln kehrte sie in das Büro zurück, in dem die Fotokopien angefertigt wurden.

Jude saß wieder an ihrem Platz bei »Beecham's« und kümmerte sich um die letzten Korrekturen an ihrem Artikel für das Magazin, als Inigo, der schweigend an seinem Computer gearbeitet hatte, sagte: »Mir ist eingefallen, wo ich die Halskette schon mal gesehen habe.«

38. Kapitel

Madingsfield Hall, Lincolnshire, ist der Sitz des Earls of Madingsfield, einer ungebrochenen Linie, seit Sir Thomas Madingsfield Elizabeth I. mit solcher Freigebigkeit bewirtet hat, dass es ihn beinahe in den Bankrott getrieben hätte. Als Entschädigung gewährte sie ihm den lang ersehnten Ritterschlag. Außerdem betraute sie ihn mit dem Amt eines Gentleman Usher am königlichen Hofe, der Zutritt zu den Privatgemächern des Herrscherin besaß und die übrige Dienerschaft beaufsichtigte.

Jude las in dem Handbuch, das Inigo ihr geliehen hatte.

»James ist der fünfzehnte Lord M.« Inigo versorgte sie immer noch mit Informationen, als er mit ihr nach Madingsfield Hall fuhr. Er war kein guter Fahrer. Durch das Kissen, das er sich in den Rücken gestopft hatte, saß er viel zu nah vor dem Lenkrad seines kleinen schwarzen Wagens, und so schlängelte er sich im Zickzack zwischen den anderen Wagen die Straße entlang, als befänden sie sich im Autoscooter. »Er war der jüngere Sohn. Ein kluges Kerlchen. Eton, Prädikatsexamen in Neuerer Geschichte in Oxford, bei der City – ja, sogar bei der Baring-Bank, bevor die pleitegegangen ist. In den Achtzigerjahren hat er den großen Reibach gemacht, dann aber, als sein älterer Bruder an einem Weihnachtstag vom Pferd gestürzt war, erbte er Madingsfield Hall. Die Finanzen waren eine Katastrophe. Das Beste, was er tun konnte, war, das Anwesen in eine Touristenattraktion und einen Ort für Kunstfestivals zu verwandeln.«

Lord Madingsfield war auch als Sammler berühmt geworden und galt als gewitzter Kunst- und Antiquitätenhändler. Trotz der Enttäuschung, die Inigo kürzlich erlebt hatte, gehörte er weiterhin zu den Leuten, die von »Beecham's« umworben wurden, selbst wenn er sich aalglatt gab. Und Madingsfield seinerseits brauchte »Beecham's«.

Daher war er die Freundlichkeit in Person gewesen und hatte einen Nachmittag gleich zu Anfang nächster Woche vorgeschlagen, als Inigo ihn angerufen und gefragt hatte, ob er mit einer Kollegin vorbeikommen dürfe, die sich wegen einer Forschungsarbeit einige Gemälde ansehen wolle.

Sie waren angekommen und parkten den Wagen auf dem großen Touristenparkplatz. Aber anstatt sich in die Schlange vor dem Tickethäuschen einzureihen, durchquerten sie einen Hof mit Stallungen, dann einen zweiten und gelangten an eine Tür mit der Aufschrift »Privat« – die Verwaltungsbüros der Ländereien der Madingsfields. Von dort aus führte die Empfangsdame sie über den Flur eine Treppe hinauf in ein großes, elegant eingerichtetes Empfangszimmer, das Lord Madingsfield als Büro nutzte. Madingsfield selbst war eine kleine, gepflegte Erscheinung in einem milchkaffeebraunen Anzug und mit einer gebogenen Nase in dem klugen, lebhaften Gesicht. Er saß am Schreibtisch, als sie hereingeführt wurden, erhob sich sofort und schüttelte ihnen die Hand. Es ist zwar ein Klischee, dachte Jude, als sie den Griff seiner Finger spürte, aber der Mann strahlt wirklich Macht aus und eine Art quecksilbrige Energie.

Sie breitete die Halskette mit den Sternen auf dem Tisch aus und erzählte kurz ihre Geschichte.

Er betrachtete den Schmuck, schaute sie anschließend an

und lächelte sie breit an. »Ich glaube, Sie haben gerade ein großes Rätsel meiner Familie gelöst«, sagte er herzlich. »Wie schön, dass Sie hergekommen sind!«

»Wer war sie?«, fragte Jude.

Sie standen vor einem Gemälde, einem Porträt, das in chronologischer Folge zwischen andere Familienbildnisse in einer mahagonigetäfelten Bibliothek aufgehängt war, die sich über die gesamte Breite des Hauses erstreckte. Es handelte sich um das Ganzkörperbild einer jungen Frau in der Kleidung des achtzehnten Jahrhunderts. Die Frau war hübsch, sehr hübsch, mit blondem Haar, das ihr über den Rücken floss, einem rosa und weißen Teint und riesigen, weichen und gefühlvoll dreinblickenden braunen Augen. Das Mieder war tief ausgeschnitten, und um den Hals trug sie eine Kette mit Sternen – exakt die Halskette, die Jude in der Hand hielt.

»›Die Lady mit der Sternenkette.‹ Ihr Name war Lucille. Lucille de Fougères«, erklärte Lord Madingsfield, »aber in der Familie spricht man nur über sie als *la fugitive* – französisch für Ausreißerin. Bestimmt wissen Sie den Witz zu würdigen.«

Inigo lächelte höflich, aber Jude starrte auf das Gemälde, unfähig, auch nur ein Wort über die Lippen zu bringen. Unendlich viele Mosaiksteinchen fielen an ihren Platz.

»Ich nehme an, dass sie Französin war?«

»*Très française*, wie ich vermute. Viscount St. John, der spätere neunte Earl, ist ihr auf seiner Kavalierstour irgendwann in den 1750er-Jahren begegnet, das genaue Datum habe ich vergessen. Er war es, der die Halskette in Auftrag gegeben und ihr als Verlobungsgeschenk überreicht hat. 1759 haben sie geheiratet, aber 1765, ein paar Jahre nachdem dieses Gemälde angefertigt worden war, verschwand sie mit ihren beiden kleinen Töchtern. Man erzählte sich, dass sie vor ihrer Hochzeit einen Liebhaber gehabt hatte und das Paar immer noch in Leidenschaft verbunden und durchgebrannt sei. Natürlich hat die Familie nach ihr suchen lassen. Obwohl ich mich frage, wie gründlich diese Suche wohl gewesen sein mag, denn der Skandal wäre entsetzlich gewesen. Aber man hat nie wieder eine Spur von ihnen gefunden. Als sieben Jahre verstrichen waren, hat das Gericht sie für tot erklärt, und St. John, der inzwischen in den Stand des Earls erhoben worden war, heiratete seine heimliche Geliebte, eine Hester Symmonds. Schauen Sie, hier haben wir sie, verkleidet für eine Maskerade. Ein netter kleiner Flirt, habe ich immer gedacht. Was für ein Nest voller Singvögelchen, alle miteinander.« Lord Madingsfield sieht eher so aus, als wolle er mit seiner Familie Nachsicht walten lassen, dachte Jude, aber insgeheim war sie mit den Gedanken schon ganz woanders.

Wie merkwürdig! Zwei kleine Mädchen. Nicht nur eines. Wenn eine der beiden Esther gewesen ist – und falls das stimmte, wie hat es passieren können, dass sie auf einer schlammigen Straße mitten in Norfolk endete – was war dann mit dem anderen Mädchen? War Lucille mit ihr entkommen? Wohin um alles in der Welt waren sie gegangen? Vielleicht zurück nach Frankreich. Und wie hatte es geschehen können, dass das Kind, das Esther war, verloren ging? Zu viele unbeantwortete Fragen. Nur eins konnten sie mit Sicherheit sagen, nämlich dass es nun eine unabweisbare Vermutung gab, wessen Kind Esther gewesen sein könnte.

»Warum hätte Lucille in den Norden von Norfolk gehen sollen?«, fragte sie und erinnerte sich plötzlich an die nicht identifizierte tote Frau. Wer war diese Frau? Vielleicht hielt Jude noch ein Puzzlestück in den Händen.

»Vermutlich war sie auf dem Weg zu einem Hafen. Nach Great Yarmouth vielleicht?«

»Aber wäre das wirklich die direkteste Route nach Frankreich gewesen?«

»Wir haben nicht die leiseste Ahnung, wer ihr Geliebter war oder wohin sie gehen wollten. Wir können nicht unterstellen, dass es Frankreich gewesen ist. Vielleicht auch die Niederlande. Falls Sie daran interessiert sind, kann ich Ihnen Kopien von ein oder zwei Briefen aus der Zeit zeigen, die ich für einen Katalog unserer Gemälde zurate gezogen habe. Die Menschen erkundigen sich oft nach Lucille. Aber ich befürchte, dass Sie darin nur wenig Bedeutendes finden werden.«

»Ich denke, ich muss mir die Briefe auf jeden Fall anschauen«, sagte Jude, »schon weil ich gründlich recherchieren will.«

»Und während Sie damit beschäftigt sind, könnte ich Inigo etwas zeigen, was ihn vielleicht interessiert.« Ein amüsiertes Lächeln umspielte Lord Madingsfields Lippen.

»Natürlich«, sagte Inigo, der plötzlich wieder munter wurde.

O Gott, dachte Jude, hoffentlich wickelt der verschlagene alte Fuchs Inigo nicht wieder um den Finger. »Pass auf!«, formte sie auf dem Weg nach unten lautlos mit dem Mund, und er gab mit einem Nicken zu verstehen, dass er verstanden hatte.

Die Briefe, die Lord Madingsfield erwähnt hatte, befanden sich in einem Ordner mit Korrespondenzen aus der Epoche. Jude saß in einem klimatisierten Archivzimmer im Untergeschoss, wo der Earl sämtliche Papiere aufbewahrte, die mit dem Anwesen zu tun hatten – obwohl die meisten der Madingsfield-Papiere sich inzwischen in den Archiven in Cambridge befanden, wie er erklärte. Sie blätterte die Sichthüllen um, bis sie zu den fraglichen Briefen gelangte. Beide datierten von 1764, stammten von der Gräfin von Madingsfield, Lucilles Schwiegermutter, und waren an ihren Sohn gerichtet, den Viscount, der sich offenbar geschäftlich in London aufhielt. Es kostete Jude ein wenig Mühe, sich an die Handschrift zu gewöhnen, die noch verschnörkelter war als Esthers. Der erste Brief handelte überwiegend von der schwachen Gesundheit des alten Earls, gesellschaftlichen Ereignissen und den Angelegenheiten des Anwesens, bis sie unten auf der zweiten Seite angekommen war:

Ich habe Lucille unseren Beschluss überbracht, dass sie das Haus unter keinem Vorwand verlassen darf, welcher auch immer es sein möge. Sie hat die Nachricht ruhig aufgefasst und den größten Teil der Woche tatsächlich in ihren Räumlichkeiten verbracht; nur nachmittags ist sie im Garten spazieren gegangen, sofern das Wetter es gestattete.

Der zweite Brief stammte vom Monat darauf und bezog sich auf irgendeine »neue Medikation«, die Lucille verschrieben worden sei und »heilsame Wirkungen zu zeitigen scheint. Sie ist ruhiger und fügsamer.«

Als ob sie ein Pferd gewesen wäre, wie Jude empört dachte. Falls es wegen Lucilles Verschwinden ein Jahr später eine Korrespondenz gegeben hatte, musste sie entweder verloren gegangen sein oder in Cambridge lagern, denn aus dieser Zeit fanden sich keine weiteren Briefe in dem Ordner.

Jude lehnte sich auf dem Stuhl zurück und tippte sich nachdenklich mit dem Stift an die Lippen. Lucille musste sehr unglücklich gewesen sein: beschränkt auf dieses riesige

Palastgefängnis, wo ihr weiß der Himmel was für eine Substanz verabreicht worden war. Die beiden kleinen Töchter wurden überhaupt nicht erwähnt. Sie sollte also nach einem Familienstammbaum fragen, nur für den Fall, dass er die Namen verzeichnete. Jude klingelte mit der Glocke am Tresen im Empfangsbüro, durch das sie mit Inigo das Haus betreten hatte, und die Frau führte sie in einen weiteren Raum mit Akten, in dem eine riesige gerahmte Karte an der Wand hing. Zusammen suchten sie den neunten Earl und seine Ehefrauen, Lucille und Hester, Mutter von Söhnen; aber auf der Linie der Abkömmlinge von Lucille hieß es nur: »Zwei Töchter, im Kindesalter verstorben.«

»Oh, sie haben noch nicht einmal Namen«, sagte Jude und war ziemlich schockiert über die Unterstellung, dass die Kinder gestorben waren. Es war, als wären sie aus der Geschichte ausradiert worden.

»Sie hießen Amelie und Geneviève.« Jude fuhr zusammen, als die Stimme des Earls an ihr Ohr drang. »Mein Ahnenforscher hat die Register der Pfarrei durchgesehen und ihre Taufeinträge entdeckt.«

»Er muss sie sehr geliebt haben, dass er ihr erlaubt hat, den Kindern französische Namen zu geben«, sagte Jude und erläuterte, was sie in den Briefen entdeckt hatte.

»Das war wohl so«, erwiderte der Earl, »allerdings waren es auch nur Töchter. Ich glaube nicht, dass es ihn besonders interessiert hat.« Inigo, der hinter ihm stand, gab ein wieherndes Lachen von sich.

»Ich werde mit der Hypothese weiterarbeiten, dass es sich bei Esther um Lucilles ältere Tochter Amelie handelt«, erklärte Jude ihrem Kollegen auf dem Weg nach Hause. »Sie war drei, als sie gefunden wurde. Aber ich habe nicht die geringste

Ahnung, wie sie da draußen in Norfolk auf der Straße gelandet ist und was aus Lucille und dem anderen Mädchen wurde.«

»Was ist mit der toten Frau?«

»Inigo, wir sind ein bisschen zu nah an diesem Lkw. Puh. Was hast du gesagt?«

»Du hast gesagt, dass du in der Bibliothek in Colindale etwas über einen Mord an einer unbekannten Frau gelesen hast.«

»Ja. Es hieß, dass sie aus gutem Hause stammte. Aber das wäre reine Spekulation.«

»Könnte für den Anfang aber doch eine gute Hypothese sein.«

»Vermutlich. Wie bist du mit Seiner Lordschaft zurechtgekommen?«

Jude beobachtete, wie sich langsam ein Lächeln auf seinem Gesicht ausbreitete. »Der alte Madingsfield? Hat mir aus der Hand gefressen.«

»Inigo, du musst auf der Hut sein!«

»Jude, ich weiß, was du sagen willst«, sagte Inigo, schwenkte auf die Überholspur und raste an ein paar Sportwagen vorbei, die selbst schon das Tempolimit überschritten haben mussten, »aber das Leben steckt nun mal voller Risiken. Er besitzt eine Sammlung Karten von Entdeckern aus dem Elisabethanischen Zeitalter und möchte, dass wir sie verkaufen. Weil er meint, dass wir besser damit zurechtkommen als ›Sotheby's‹. Ich glaube, dass er sich mit seinem Cousin dort wegen irgendwas zerstritten hat.«

»Klaus wird begeistert sein. Gut gemacht! Aber pass auf den alten Fuchs auf, Inigo.«

»Das habe ich vor«, erwiderte Inigo und überquerte zwei Fahrstreifen, um sich in die nördliche Ringstraße einzufädeln. »Wie ein Habicht.«

Wenn er noch ein bisschen schneller in die Kurve geht, fahren wir auf zwei Reifen, dachte Jude und schloss die Augen.

Auf ihrem Handy kam eine SMS an. Sie schlug die Augen auf. Von Euan.

»›Sehen wir uns am WE?‹«, stand da. »›Habe was gefunden. Außerdem Nachtfalterjagd am Freitag.‹«

Eine Welle des Glücks durchflutete sie. Sobald sie zu Hause war, wollte sie ihn anrufen – sie hatte ihm so viel zu erzählen! Nicht nur ihm – den anderen auch!

39. Kapitel

Diese Nacht ist perfekt für Falter und Sterne, dachte Jude, als sie in die Straße nach Starbrough einbog. Diesmal fuhr sie geradewegs an Starbrough Hall vorbei und schaute nur kurz an seinen würdevollen Mauern empor, war aber in Gedanken schon ganz woanders. Vor ihr über dem Hügel glühte die untergehende Sonne bernsteinfarben an einem golden schimmernden Himmel. Und als sie den Wagen auf dem Seitenstreifen draußen vor dem Cottage des Jagdaufsehers parkte und ausstieg, hielt sie einen Moment lang inne. Sie lauschte, wie sich der Wald um sie herum auf den Abend einstimmte. Die Luft war leicht und ruhig und vom Zwitschern der Vögel erfüllt. Die Mauersegler über ihrem Kopf stürzten sich in die Tiefe und stiegen wieder hoch, und es war, als würde irgendetwas in ihr darauf antworten, mit ihnen fliegen, beschwingt und frei.

»Jude.«

Sie drehte sich um. Und da war Euan, er kam ihr entgegengeeilt, lebendig und warm. Alles war, wie sie es erhofft hatte. Als er sie erreichte, zögerte er für den Bruchteil einer Sekunde, und fast hätte sie den Mut verloren. Immer noch stand etwas zwischen ihnen, etwas Unausgesprochenes. Sie umarmten sich. Jude atmete den köstlichen Duft nach Seife und frisch gemähtem Heu ein, und ihre Haut prickelte, als seine Wange über ihre strich. Sie standen beieinander, schauten sich an. Sein Gesicht war gebräunter als je zuvor, wie sie bemerkte. Sein zart blau und cremefarben gemustertes Hemd, das er salopp über ein graues T-Shirt gezogen hatte, ließ die Farbe seiner Augen dunkler erscheinen. Dazu trug er die üblichen Jeans.

»Willst du denn nicht reinkommen?«, fragte er und hob ihre Tasche aus dem Kofferraum. Sie folgte ihm ins Haus.

»Diese Sache, über die du mir am Telefon nichts verraten wolltest …«, sagte Jude. Sie hatte ihm alles über Lucille erzählt, aber er wollte unbedingt noch warten, bis er ihr seine Neuigkeiten mitteilte. Sie saßen auf Gartenstühlen draußen vor dem Zigeunerwagen, ein Glas kühlen Weißwein in der Hand, und Euan versuchte, den Grill anzufeuern. Die Wiese müsste mal wieder gemäht werden, dachte sie und zog ihre nackten Beine aus dem kratzigen Gras.

»Deine Großmutter hat mich am Dienstag besucht«, erwiderte Euan und schüttete Kohlen in die hungrigen Flammen.

»Sie ist hergekommen? Wirklich? Ich hatte den Eindruck, dass sie nicht sehen wollte, wie sich das Haus verändert hat.«

»Der Grund war wohl, dass sie nun weiß, was aus Tamsin geworden ist. Sie hat Claire meine Telefonnummer abgeschwatzt. Und mich gefragt, ob es mir etwas ausmachen würde, sie abzuholen. Also habe ich sie hergeholt und auf einen Tee eingeladen.«

»Das war sehr nett von dir.«

»Nein, überhaupt nicht. Es war faszinierend. Sie hat mich in meinem eigenen Haus herumgeführt und mir erklärt, wie alles ausgesehen hat, als sie klein war. Sie kann ein paar wunderbare Geschichten erzählen, und als ich sie wieder nach Hause gebracht hatte, haben wir uns noch ein paar

Fotos angesehen, aus einer Schachtel, die wir vom Dachboden geholt haben. Sie hat mir auch noch etwas anderes gezeigt. Und das ist der Schlüssel zu allem. Hast du irgendwann mal eure alte Familienbibel gesehen?«

»Ja, aber das ist schon Jahre her.« Gran verwahrte die Bibel zusammen mit Telefonbüchern und ein paar alten Segelhandbüchern von Grandad im Küchenschrank. Wie in vielen Familien üblich, waren auf den leeren Seiten vorne und hinten in der Bibel die Sterbefälle und Hochzeiten der Bennetts im Laufe der Generationen eingetragen.

»Es ist ein spannendes Dokument. Wir haben es uns zusammen angesehen. Es sieht so aus, als wäre nicht nur ihr Vater hier Jagdaufseher gewesen, sondern vor ihm auch sein Vater. Und der, dein Ururgroßvater William Bennett, ist 1870 geboren. Ich habe keine Ahnung, was seine Eltern gearbeitet oder wo sie gelebt haben. Aber, und das ist der eigentlich interessante Teil, zwei oder drei Generationen vor ihm fand ich einen James Bennett, der die Tochter eines Arztes geheiratet hat. Hugh Brundall hieß dieser Arzt. Den Namen kennst du, oder?«

»Brundall war der Name … von Anthony Wickhams Arzt.« Überrascht riss Jude die Augen auf. »Aber er hieß nicht Hugh, sondern irgendwie anders. Jonathan, glaube ich. Warte, es gab auch einen Hugh. Esther ist mit ihm in die Dorfschule gegangen. Willst du sagen, dass er mein soundsovielter Großvater ist?«

»Das habe ich mich jedenfalls gefragt. Aber lass mich mal weitermachen. Da stand auch der Name der Mutter des Mädchens, also Hugh Brundalls Ehefrau. Sie hieß Stella.«

Jude schaute Euan direkt in die Augen und schwieg schockiert, als sie versuchte zu begreifen. »Stella bedeutet Stern. Genau wie Esther. Oh, Euan! Das kann nur ein Zufall sein!«

»Möglich, vielleicht aber auch nicht. Am Mittwoch bin ich zu der Kirche in Starbrough gegangen und habe mir die Grabsteine angesehen. Und tatsächlich, da gab es einen Hugh Brundall, dessen Ehefrau Stella 1815 gestorben ist.«

»Natürlich! Ich habe den Stein auch gesehen, als ich über den Friedhof spaziert bin«, rief Jude. »Ich weiß nicht mehr genau, ich glaube, der Nachname war Brundall, aber an Stella kann ich mich sehr gut erinnern, weil ich nach ›Esther‹ gesucht habe. Oh, Euan, meinst du wirklich, dass es so weitergegangen ist mit ihr? Dass sie den Sohn des Arztes geheiratet hat?«

»Es könnte natürlich purer Zufall sein, aber es ist eine Spur, die man verfolgen sollte. Andere Hinweise haben wir nicht.«

»In den Kirchenbüchern könnten wir weitere Daten finden«, flüsterte sie, »Megan aus dem Museum hat gesagt, dass sie wahrscheinlich im Bezirksarchiv lagern. 1815 ist zu früh für amtliche Registraturen von Geburten, Todesfällen und Eheschließungen. Du meine Güte, wenn Esther 1815 gestorben ist, dann ist sie dreiundfünfzig geworden. Nicht besonders alt.«

»Stimmt. Die Register der Pfarrei Starbrough liegen tatsächlich im Bezirksarchiv. Ich habe mich bei einem Kirchenältesten erkundigt. Du kannst doch morgen hingehen, oder? Wenn du möchtest, begleite ich dich.«

»Oh, Euan, das wäre großartig, vielen Dank. Aber ... du hast gesagt, dass Stella in unserer Familienbibel eingetragen war. Das würde bedeuten, dass die Bennetts ihre Vorfahren waren. Dass Esther meine Ahnin ist.«

»Sieht so aus, oder?«

Jude schwieg eine Weile und versuchte, sich an den Gedanken zu gewöhnen. »Und das würde heißen – o Gott! –, dass ich entfernt mit Lord Madingsfield verwandt bin! Was für eine grässliche Vorstellung!«

»Ich hab mir schon gedacht, dass du das ziemlich lustig finden würdest. Schau mal, die Kohlen sind endlich ordentlich durchgeglüht. Wenn es dir nichts ausmacht, mir zu helfen, das Essen rauszutragen, können wir mit der Show anfangen.«

Sie beschäftigten sich mit dem Grillen, verspeisten dann eine köstliche Mahlzeit aus Steaks, Würstchen und Salaten, während die Welt um sie herum im Dämmerlicht versank und die Fledermäuse herumzuflitzen begannen. Jude sprach nicht viel. Sie dachte immer noch über das nach, was Euan entdeckt hatte. Nach all den Anstrengungen hatte sie in Esther nicht eine Ahnin der Wickhams gefunden, sondern ihre eigene. Sie konnte es einfach nicht fassen.

»Euan, warum ist all das passiert?«, fragte sie. »Diese ganze Geschichte, meine ich. Die Träume und Esther und Tamsin und ... einfach alles. Wozu ist das alles gut? Was hat es zu bedeuten? Es kommt mir fast so vor, als wären wir in einem Strudel gefangen.«

Er lachte. »Wie um alles in der Welt kommst du darauf, dass ich dir das sagen kann? Ich bin nur ein einfacher Mann, Euer Ehren.«

»Aber trotzdem, wenn man die Geschichte immer weiter zurückverfolgt, dann gelangt man zu Esther, die verängstigt und verloren durch den Wald rennt.«

»Oder noch früher zu Lucille, die in Frankreich ihrer Familie weggenommen wird. Vielleicht kannst du sogar noch weiter zurückgehen. Jude, ich glaube nicht, dass es darauf eine einfache Antwort gibt. Du wirst verrückt, wenn du dir noch länger darüber den Kopf zerbrichst.«

»Das stimmt wohl«, sagte sie und hielt ihm das Weinglas hin.

»Mm, einfach köstlich«, sagte sie schließlich um neun Uhr, nachdem sie eine Schale Himbeeren mit Sahne verzehrt hatte. »Und was ist jetzt mit diesen Nachtfaltern?«

»Willst du wirklich? Ich hab alles vorbereitet.«

»Ja, natürlich. Ich habe doch nicht diesen weiten Weg auf mich genommen, um dann die Falter zu verpassen. Wo gehen wir denn auf die Jagd?«

»Oben am Turm. Da ist es ziemlich geschützt, und ich versuche, regelmäßig über den Bestand Buch zu führen.«

»Was glaubst du, wie viele wir sehen werden?«, fragte Jude, stand auf und reckte sich.

»Oh, bestimmt Hunderte.«

»Hunderte? Wirklich?« Sie hatte mit Dutzenden gerechnet.

»Du wirst schon sehen. Aber ich habe dich noch gar nicht gefragt, ob du für mich die Notizen machen würdest.«

»Als deine Assistentin?«, fragte sie und verschränkte mit gespielter Empörung die Arme. Er lachte.

»Niemals. Wir sind auf Augenhöhe, du und ich«, erwiderte er sanft.

Wenn es nicht schon dunkel gewesen wäre, hätte sie den zärtlichen Ausdruck in seinen Augen sehen können. Denn mit der hereinbrechenden Nacht veränderte sich die Stimmung zwischen ihnen. Die Luft war so dicht wie Sirup, und sie bewegten sich wie im Traum, als sie das Geschirr und die Essensreste wegräumten und sich auf den Ausflug vorbereiteten.

Jude half Euan, mehrere wuchtige Reisetaschen mit Ausrüstung im Kofferraum seines Wagens zu verstauen. Schweigend fuhren sie den kurzen Weg zum Hügel hinauf und dann über die Foxhole Lane. Sie stellten den Wagen in der Nähe des Starbrough Folly ab. Als sie ausstiegen, atmeten sie die frische und kühle Luft unter den Bäumen ein, die kräftigen Düfte der Erde und des Laubs. Es sah nicht so aus, als würde es regnen.

»Es wird eine gute Flugnacht werden«, bemerkte Euan und reichte ihr die kleinste Tasche. Dabei berührte er sie kurz mit der Hand, und wieder spürte sie dieses prickelnde Gefühl. »Bist du sicher, dass es in Ordnung geht? Nachtfalter sind wählerisch. Nässe oder Wind oder Kälte mögen sie gar nicht. Und es gibt kaum Mondlicht, das unserem Licht Konkurrenz machen könnte.«

Zusammen streiften sie durch den Wald, der im abnehmenden Licht in elegantem Schwarz und Gold schimmerte. Als sie auf die Lichtung hinaustraten und sich der Turm vor ihnen abzeichnete, wurde Jude aufs Neue überrascht von seiner schroffen Fremdartigkeit. Heute Nacht gehörte er wieder ihnen, dieser Ort, an dem sie sich das erste Mal begegnet waren und an dem sich so viele wichtige Dinge abgespielt hatten.

»Wir müssen uns hier niederlassen, bei den Bäumen«, sagte Euan und stellte die Taschen ab. Aus einer Tasche holte er einen Gegenstand heraus, der aussah wie eine schwere Autobatterie. »Nachtfalter mögen es nicht, wenn alles offen ist. Hier, nimm das andere Ende.« Sie half ihm, ein weißes Tuch auf dem Boden auszubreiten, und sah zu, wie er eine große Box aufklappte, sie auf dem Tuch abstellte und anschließend einen Holzstab einpasste, auf dessen Spitze eine große Glühlampe saß. Dann hockte er sich hin, und Jude beobachtete irritiert, wie er die Innenwände der Box mit drei oder vier Eierkartons auskleidete.

»Und wofür ist das?«, fragte sie.

»Die Falter werden eine Weile um das Licht flattern. Und dann mögen sie es, sich nahe der Lichtquelle im Schatten zu verstecken, ohne etwas zu berühren. Die Eierkartons eignen sich perfekt dazu. Vielleicht sind Falter wie Menschen«, sagte er. »Sie haben Angst, sich zu verbrennen.«

»Verstehe«, sagte sie leise.

Er lächelte sie an. »Ich weiß«, sagte er. »Kannst du mir die zwei Platten Plexiglas aus der Tasche da drüben raussuchen?« Sie kramte in der Tasche herum, reichte ihm die Platten, die er oben an der Box auf beiden Seiten der Glühlampe befestigte, sodass sie als Deckel fungierten, den Faltern aber einen Spalt ließen, um nach unten in die Box zu gelangen.

»Das ist eine Quecksilberdampflampe«, erklärte Euan, »ihr Licht ist sehr, sehr hell. Viel heller, als unsere Augen es verkraften können. Aber die Falter mögen das blaue Ende am Lichtspektrum. Wir wissen nicht genau, warum sie vom Licht angezogen werden, aber wir nehmen an, dass sie den Mond und die Sterne zur Orientierung nutzen. Es sind ihre Navigationsinstrumente. Und los geht's.« Als er das Anschlusskabel der Lampe mit der Batterie verband und anschaltete, glühte die Lampe zuerst pink und schließlich blau-weiß, so grell, dass sie sich abwenden musste.

»Jetzt brauchen wir nur noch ein bisschen herumzulungern und auf die Falter zu warten.« Mit einer Laterne in der Hand kam Euan auf sie zu. »Sollen wir einen kleinen Spaziergang machen? Nachts im Wald ist es wunderschön.«

Nun wurde es allmählich richtig dunkel. Schaurig, dachte sie, die Silhouette der Bäume in diesem fremdartigen weißen Licht zu sehen. Er hielt ihr die Hand hin, und es war ganz natürlich, dass sie sie nahm.

»Können wir oben auf den Turm steigen?«, fragte sie.

»Wenn du willst«, erwiderte er überrascht.

Sie gingen die Treppe hinauf in das kleine Zimmer. Seit dem Tag, an dem sie Summer vermisst hatten, war Jude nicht mehr hier oben gewesen. Den Raum fand sie so vor, wie er gewesen war, als sie ihn zum ersten Mal gesehen hatte – Euans Papiere lagen ausgebreitet auf dem Tisch. Es fühlte sich ruhig und friedlich an.

»Können wir nach oben aufs Dach?«, fragte Jude.

»Sicher«, erwiderte er, kletterte die Leiter hinauf und stieß die Luke auf und half ihr, als sie ihm folgte. Als sie sicher oben war, knipste er die Laterne aus, sodass ihre Augen sich an die Dunkelheit gewöhnen konnten.

Jude stand nahe neben ihm, ohne sich an ihn zu lehnen. Sie hatte keine Angst mehr, sich so weit oben aufzuhalten und den Blick über den dunklen Wald schweifen zu lassen. Sie konnte gerade noch die obere Hälfte von Starbrough Hall erspähen. Hier und da schimmerte ein Licht. Das sanfte Nachtlicht – das muss das Kinderzimmer sein, dachte sie und stellte sich vor, dass es sich bei dem Schatten, der sich vor dem Fenster bewegte, um Alexia handelte, die Max und Georgie ins Bett brachte, ihr Spielzeug wegräumte oder ihre Sachen faltete. Zwischen den Wolkenfähnchen am dunkelblauen Himmel über ihr leuchteten ein paar Sterne auf.

Und die ganze Zeit über war ihr bewusst, dass Euan neben ihr stand und wartete.

»Ich musste hier raufsteigen«, sagte sie, »um herauszufinden, wie es jetzt ist.«

»Und wie ist es jetzt?« Jude konnte den Ausdruck in seinen Augen nicht erkennen, hörte aber an seinem Tonfall, dass sich hinter der Frage mehr verbarg als das Offensichtliche.

»Es fühlt sich friedlich an. Ich kann es nicht genau ausmachen.«

»Du hast keine Albträume mehr?«, fragte er wie beiläufig.

»Nein. Claire sagt, dass Summer auch keine mehr hat.«

»Das ist gut.« Aber sie hatte Claire erwähnt, und das stand zwischen ihnen.

»Du weißt, dass es mir nie um Claire ging«, sagte er leise.

»Jetzt weiß ich es«, erwiderte sie.

»Hätte sie was dagegen, wenn …«, murmelte er. »Ich weiß nicht, wie ich es sagen soll …«

»Willst du wissen, ob ich mich zurückziehe, falls es ihre Gefühle verletzt? Meinst du das?«

»Du hast dich immer so um ihre Gefühle gesorgt.«

Jude war überrascht, dass er nicht bemerkt hatte, wie sehr sich ihre Einstellung zu Claire in den vergangenen Wochen verändert hatte. Aber wenn du es ihm nicht erzählst, wie soll er es auch merken, du Dummkopf?, schimpfte sie in sich hinein. Wie auch immer, jetzt gab es ja Jon.

»Ich habe darüber nachgedacht, was du mir gesagt hast. Dass ich sie bemitleide.« Was war seit jenem Gespräch nicht alles passiert! »Inzwischen denke ich ganz anders über sie. Ich empfinde kein Mitleid mehr für sie. Du hattest recht. Wir müssen unser eigenes Leben leben, unsere eigenen Entscheidungen fällen. Claire und ich empfinden die Dinge unterschiedlich.«

Euan schwieg einen Moment lang. Schließlich sagte er mit einem Hauch Zärtlichkeit in der Stimme: »Und wie empfindest du … die Dinge?«

Jude streckte die Hand aus und berührte sein Gesicht in der Dunkelheit. Er trat einen Schritt vor und hielt sie jetzt dicht an sich, und ihre Gesichter waren nur einen Hauch voneinander entfernt. Und dann zog er sie an sich, und seine Lippen verteilten lauter kleine flatternde Küsse auf ihrem Gesicht und trafen ihren Mund, und dann klammerten sie sich aneinander. Jude spürte, wie ihr Körper sich wunderbar an seine Konturen schmiegte, und einen Moment lang pressten sie sich aneinander und spürten den Herzschlag des anderen. »Wenn du schon fragst, ich fühle mich …«, flüsterte sie, »unheimlich glücklich.« Sie schwankte leicht, wie aus einem Übermaß an Glück, und er hielt sie fest.

»Ich mich auch«, sagte Euan, küsste sie wieder und sagte schließlich: »Komm mit. Wir sollten lieber runtergehen, bevor uns schwindlig wird und wir abstürzen.« Sie kicherte.

Am Fuß der Leiter blieben sie stehen und umarmten sich wieder, bevor er sie die Treppe hinunterführte. Unten stellte Euan die Laterne ab, und mit einer raschen, impulsiven Bewegung schwang er sie die letzten Stufen hinunter und drückte sie an die Wand. Er küsste sie äußerst leidenschaftlich, bis sie sich darüber beklagte, dass die verdammten Ziegelsteine sich ihr in den Rücken bohrten.

Er lachte, streifte ihr Laub aus dem Haar, und zusammen traten sie in die Nacht hinaus.

»Sieh nur!«, rief er, und sie schrie auf vor Überraschung.

Im hellen Licht auf der anderen Seite der Lichtung wirbelte ein großer Schwarm Nachtfalter. »Komm mit.« Hand in Hand liefen sie zu der Falle hinüber.

»Das sind ja Hunderte!«, rief Jude und drehte sich um die eigene Achse, um alles zu sehen.

»Das habe ich dir doch gesagt. Wo ist das Notizbuch? Hier, halt mal fest, und hier hast du Stift und Taschenlampe. Jetzt lass uns mal einen Blick darauf werfen.« Er kniete sich hin, ganz geschäftsmäßig mitten in den Insektenschwarm, und zog eine Plexiglasscheibe weg. Dutzende Nachtfalter hatten sich in den Eierkartons niedergelassen und breiteten ihre wunderhübschen Flügel aus wie Damen in Krinolinen.

»Hier, sieh mal, was ist das denn für ein großes Ding?«, rief Jude beim Anblick eines großen pelzigen goldfarbenen Falters.

»Das ist eine Trinkerin. Sie heißt so wegen ihrer durstigen Raupe«, erklärte er. »Mach schon, schreib auf, Trinkerin.«

Jude gehorchte. »Und das hier ist ein gewöhnlicher Smaragd-Grünspanner.« Ein kleiner hellgrüner Falter. Sie notierte. »Zwei gesprenkelte Falter, drei satinweiße.«

»Oh, die sind wirklich wunderschön«, rief Jude, »die gefallen mir am besten!«

»Hier sind noch zwei. Und schau nur, wer hier kommt! Ein mittlerer Weinschwärmer.«

»Wie schön!« Sie starrte auf das große, pelzige Geschöpf in Pink und Braun, das wie verrückt herumflatterte, bevor es sich auf dem Plexiglas niederließ.

Euan stellte einen Eierkarton ab und nahm den nächsten. »Diese kleinen hier sind primitiver. Man nennt sie auch Mikrofalter, im Gegensatz zu den evolutionär weiterentwickelten Makrofaltern. Ah!«

Er wühlte in einer Tasche und zog ein Plastikgefäß heraus. Ganz vorsichtig verfrachtete er ein zartes Insekt hinein, das er Jude noch nicht beschrieben hatte, und verschloss den Behälter. »Wie ich mich über die hier freue! Eine *Catoptria pinella.* Der Beweis für meine Vermutung, dass Migration stattfindet, das heißt, dass die Insekten aus einer Region in die andere einwandern. Dieser kleine Kerl hier muss ziemlich weit geflogen sein. In dieser Gegend gibt es nämlich keine Kiefern. Erst in der Nähe des Dorfes.«

»Wie kommt er wieder nach Hause?«

»Überhaupt nicht, fürchte ich. Die ausgewachsenen Falter leben nicht besonders lange. Sie pflanzen sich rasch fort, nachdem sie aus den Puppen geschlüpft sind, und damit haben sie ihren Job auch schon erledigt.«

»Und all die Anstrengung, zum Falter zu werden, nur um

sich fortzupflanzen und danach zu sterben? Das ist ja schrecklich!«

»Findest du?«, fragte er und tat so, als würde er einen Nonnenfalter untersuchen. »Hm, mir gefällt der Gedanke.«

Sie lachte auf, brach dann ab. »Oh!« Außerhalb des Lichtkreises war es jetzt rabenschwarz. Immer mehr Falter drängten sich in den Lichtschein, ließen sich auf dem Tuch nieder oder kreisten wie verrückt oberhalb des Lichts. Viele tauchten in die Box und schlugen mit den Flügeln, bevor sie in den Eierkarton krochen, wo sie darauf warteten, identifiziert zu werden. Euan rief ihr einen Namen nach dem anderen zu, und Jude notierte die seltsamen Worte nach Gehör, wenn sie nicht wusste, wie man sie buchstabierte.

Eine Stunde vor Mitternacht hatte sie sechsundfünfzig Arten aufgeschrieben. Um Mitternacht waren es einhundertzehn.

»Unglaublich!«, sagte Jude, nachdem sie gezählt hatten.

»Und zu jeder Jahreszeit gibt es andere«, erklärte Euan. »Seit ich hier hergekommen bin, habe ich allein hier im Wald fast fünfhundert Arten gefunden.«

»Ich hatte keine Ahnung, dass es so viele sind.«

»Im Vereinigten Königreich gibt es zweitausendsiebenhundert verschiedene Falter«, fuhr er fort, »aber nur vierundsechzig Schmetterlinge. Ein oder zwei verlieren wir wegen des Klimawandels oder aus anderen Gründen, aber dann entdecken wir auch immer wieder neue Arten.«

»Und du protokollierst all diese Ergebnisse?«

»Ja, natürlich. Hier in der Gegend gibt es viele Leute, die sich sehr für Falter interessieren, und wir bündeln unser Wissen. Aber jetzt haben wir genug gesehen, findest du nicht? Wenn du die Laterne anknipst, schalte ich das Licht aus, und wir können wieder einpacken.«

Jude hielt die Laterne und schaute zu, wie er die Falle mit geschickten Fingern wieder abbaute und die Falter herausschüttelte, die sich hartnäckig weigerten, die Eierkartons oder das Tuch zu verlassen. Sie hingen sogar in ihren Haaren und in der Kleidung, und sie strichen sie sich gegenseitig lachend ab. Dann sammelten sie alles ein und gingen zurück zum Wagen.

Über ihren Köpfen wurden die letzten Wolkenfetzen weggeweht.

»Sieh nur die Sterne!«, rief Jude. »Oh, sieh nur die Sterne!«

Sie standen nebeneinander, hatten die Arme umeinandergeschlungen und schauten hinauf zu dem Licht über ihren Köpfen. »Es sind so viele heute Nacht.« Ja, es waren Hunderte und Aberhunderte. Allein vom Hinschauen wurde ihnen schwindlig.

»Hier.« Euan holte das Tuch aus der Tasche, das sie für die Falter benutzt hatten, schüttelte es nochmals aus und breitete es über den Boden. Zusammen legten sie sich hin, hielten einander an den Händen und blickten hinauf zum Himmel.

»Ein wahrer Ozean an Sternen«, flüsterte Euan.

»Ich bin mir sicher, dass sie sich bewegen. Der ganze Himmel bewegt sich«, rief Jude.

Er lachte und drückte ihr die Hand. »Nicht der Himmel, Jude. Die Erde. Die Erde dreht sich.«

»Ja, natürlich.«

»*Rolling onwards into the light.* Ich glaube, das stammt aus einem Kirchenlied.«

»Da, ich hab was gesehen. Was war das?«

»Eine Sternschnuppe. Das sind die Plejaden. Ein Meteoritenschauer. Oh, da ist noch einer.«

Und dann hielt sie Ausschau nach Sternschnuppen, überall gab es welche, plötzliche Lichtspuren, sehr klein, wie Funken eines Feuerwerks, die kurz aufschienen und wieder verloschen.

»Ein komisches Gefühl, so als ob sie ihre Vorführung nur für uns abhielten«, flüsterte Jude.

»Natürlich tun sie das«, sagte Euan entschieden.

Schweigend lagen sie da, jeder in seine eigenen Gedanken versunken. Und dann fiel Jude ein, wann sie schon einmal zu den Sternen hinaufgeschaut und ein überwältigendes Glücksgefühl empfunden hatte. Es war nach der Abschlussfeier in der Schule gewesen, mit Mark, als er ihr bei einem Stern ewige Freundschaft gelobt hatte. Es war einer der wichtigsten Augenblicke in ihrem Leben gewesen. Aber nun war es Zeit für sie zu akzeptieren, dass es vorbei war. Lange vorbei. Versunken in der Vergangenheit, wie auch Mark in der Vergangenheit versunken war. Sie versuchte, das Glücksgefühl wiederzuerlangen, das sie damals empfunden hatte ... die beiden Momente, damals und jetzt, verschmolzen kurz in einer Intensität, die ihr die Tränen in die Augen trieb. Mark war fort, hingegangen in die Obhut des Hüters der Sterne. Aber die Sterne waren immer noch da. Und Euan, der dicht neben ihr wartete.

Sie rollte sich zu ihm, schmiegte sich in seine Armbeuge, und bald begann er sie wieder zu küssen. Jude und Euan liebten sich, während die Erde sich unter dem uralten Sternenhimmel drehte.

In dieser Nacht blieb sie bei Euan. Nicht dass sie viel geschlafen hätten.

Am nächsten Morgen fuhren sie zu dem Archivzentrum in Norwich, um herauszufinden, was mit Amelie Madingsfield geschehen war, aus der erst Esther Wickham geworden war, und dann … da hatten sie es schon auf dem Mikrofiche. Stella Brundall, geborene Esther Wickham, die am 10. März 1815 auf dem Friedhof in Starbrough beerdigt worden war. Außer dem Namen fanden sie nichts.

»Weißt du, was mir wieder eingefallen ist?«, fragte Jude Euan, als sie gemeinsam in seiner neuen Küche zu Abend aßen. »Da war doch dieser Atlas des Sternenhimmels in der Starbrough-Sammlung. Vielleicht kannst du dich nicht an ihn erinnern, aber er enthält Bilder von Sternzeichen. Die Deckenbemalung in der Bibliothek von Starbrough Hall wurde danach gestaltet.«

»Nein, erinnern kann ich mich nicht, aber du hast mir davon erzählt.«

»Da ist eine Sache, die ich nicht verstehe.«

»Nur eine? Sieht eher danach aus, als hätten wir noch viele Rätsel zu lösen.«

»Ja, nicht wahr?« Jude beugte sich vor und zerzauste ihm das Haar, bis er sie zu sich zog und küsste. Als sie wieder zu Atem gekommen war, fuhr sie fort: »Also, das Rätsel ist diese handschriftliche Widmung vorn im Buch. Da steht: ›Für AW von SB‹. Ich dachte, AW wäre Anthony Wickham. Aber angenommen, es wäre Augustus Wickham – Chantal hatgesagt, dass Augustus seinen Nachnamen in Wickham geändert hat – und SB wäre Stella Brundall?«

»Was? Du meinst, dass sie Freunde geworden sind, nach all dem, was geschehen war?«

»Beweisen können wir das natürlich nicht. Es ist eine Spinnerei.«

»Ein Luftschloss.«

»Nur Unsinn …«

»Aber eine gute Hypothese.«

In dieser Nacht weilte Jude zwischen Wachen und Schlafen in jenem verwunschenen Land und versuchte sich vorzustellen, wie es hätte passiert sein können.

Eines Tages begegneten sie sich wieder, genau wie sie es immer vorausgesehen hatte.

In der ersten Zeit nach der Eheschließung hatte sie zurückgezogen in ihrem Cottage in Felbarton gelebt und neugierige Blicke gemieden, aber nachdem die Jahre ins Land gegangen und ihre Angst vor Entdeckung verblasst war, häuften sich die Gelegenheiten, wo eine Besorgung oder eine gesellschaftliche Einladung sie in die Nähe von Starbrough Hall führten.

Einmal, als sie in einer Kutsche vorbeifuhr, lehnte sie sich nach vorn und ließ den Blick über die wunderschönen Konturen des Gebäudes schweifen, so neugierig wie jemand, der lange begrabene Gefühle wieder erwecken will, indem er das Gesicht eines früheren Geliebten mustert. Sie hoffte darauf, einen Bewohner zu erblicken – Susan vielleicht, die sich aus dem Fenster lehnte und den Staublappen ausschüttelte, oder Sam, der den Rasen stutzte – doch vergeblich. Die Kutsche rollte vorbei, und sie fühlte sich trostlos.

Und dann, an Pfingsten, fast neuneinhalb Jahre nach Anthonys Tod, als sie nach einem Abend bei Hughs Vater nach Hause zurückkehrte, kamen sie an der Kirche von Starbrough vorbei. Das Gespann musste langsamer fahren, weil der Gottesdienst zu Ende war und die Menschen auf die Straße strömten. Hugh stupste sie an und deutete auf eine ernst dreinblickende junge Frau mit himmelblauem Umhang und dunkelblauen Locken, die ihr unter der Haube hervorlugten. Die Lady scheuchte zwei sich balgende kleine Jungen in Richtung der wartenden Kutsche. »Das ist Mistress Wickham«, flüsterte er. Und dann tauchte Augustus aus der Menge auf, um sich seiner Frau anzuschließen. Obwohl er nicht mehr der schüchterne, magere Junge war, an den sie sich erinnerte, sondern ein dünner, unbeholfener Mann mit benommener Miene, erkannte sie ihn sofort. Das Gespann ruckte wieder an, und die Szene verschwand. Aber aufs Neue begannen beunruhigende Bilder sie bis in den Schlaf zu verfolgen.

Ein weiteres Jahr verging. Ein prächtiger Sommernachmittag kam, an dem sie mit ihren zwei kleinen Töchtern und deren Amme Molly über die Wiese spazierte, um Hughs verheiratete Schwester in Holt zu besuchen. Wo der Fußweg am Wald entlangführte, sah sie einen Mann näher kommen, einen Mann mit gesenktem Kopf und verträumtem Schritt, und als er noch näher kam, sah sie, dass er ein Buch las. Beinahe wären sie aneinander vorbeigegangen, ohne sich wahrzunehmen, so tief war er in sein Buch versunken, aber dann erkannte sie ihn. Und beinahe hätte sie die Gelegenheit verstreichen lassen, aber dann konnte sie es doch nicht ertragen.

»Augustus!«, rief sie.

Er straffte sich und schaute auf, blieb dann stehen und starrte sie an, als wäre sie eine Chimäre, die aus seinem Buch ins Leben entwichen war. »Esther?«, flüsterte er.

»Ich heiße jetzt Stella«, gab sie zurück und verfluchte Mollys Neugier. Jedoch beschlossen die kleinen Mädchen sogleich, dass der Mann von keinerlei Interesse war, und jagten lieber einem Schmetterling nach, der sich erschöpft auf dem matschigen Feldweg niedergelassen hatte.

»Stella«, wiederholte er und lächelte schwach, »immer noch ein Stern.«

»Molly«, sagte sie mit fester Stimme, »wollen Sie mit den

Kindern schon mal vorausgehen? Mr. Wickham und ich sind alte Freunde und wünschen, allein miteinander zu sprechen.«

Sie schaute den Mädchen nach, die davonsprangen, die ältere mit einem sterbenden Schmetterling oben auf einem Stock, den sie wie ein Banner vor sich hertrug.

»Was ist mit dir geschehen?«, fragte Augustus in dringlichem, beinahe verzweifeltem Tonfall. »Ich dachte ... ich hatte befürchtet, dass du tot bist. Und dass alles meine Schuld ist.«

»Deine Schuld? Wie das? Wir waren Kinder, Gussie. Wir waren machtlos. Deine Mutter ...«

»Du weißt doch, dass meine Mutter tot ist?«

»Nein, es ...« Aber nein, sie konnte nicht sagen, dass es ihr leidtue, nicht, wo eine solche Welle der Erleichterung sie durchflutete. »Wann?«

»Vor drei, nein, vor vier Sommern. Eine Krankheit am Kehlkopf. In den letzten Wochen konnte sie nicht mehr sprechen.«

Das muss wunderbar gewesen sein, dachte Esther, sagte aber natürlich nichts. »Und dein Vater?«

»Er lebt noch, aber Lincolnshire verlässt er nicht. Esther ... Stella ... warum Stella, um Gottes willen?«

»Ich musste meinen Namen ändern. Augustus, ich habe Trotwood nicht getötet, aber Dr. Brundall hat uns trotzdem zur Vorsicht geraten. Ich habe seinen Sohn Hugh geheiratet. Wir leben sehr zurückgezogen. Ich möchte niemandem Ärger machen. Am wenigsten dir und deiner Familie.«

»Und doch«, rief er aus, »hast du mir, wenn auch, ohne es zu wollen, Ärger verschafft, der mir für mein ganzes Leben reicht!«

»Wie kann das sein?«, rief sie erschrocken. Doch dann erinnerte sie sich an die schrecklichen Ereignisse zehn Jahre zuvor, und kalte Wut stieg in ihr hoch. Sie war doch diejenige gewesen, die Mühsal erduldet hatte! Ausgestoßen und ohne ein Heim war sie viele Monate lang mit den Zigeunern umhergezogen, oft hungrig und krank vor Erschöpfung, immer vor Kälte zitternd. Dafür, dass sie sie aufnahmen, hatte sie ihnen die Halskette überlassen – wie schade, dass sie einen Stern verloren hatte! –, dann besaß sie überhaupt nichts mehr. Und sie entdeckte ein Geheimnis: Rowan war gar nicht eine von ihnen, sie hatten sie als Roma getarnt, indem sie ihr das Haar färbten. Ob Rowan ein Findelkind gewesen war wie sie selbst oder ein Wechselbalg, das man irgendeiner reichen Familie aus der Wiege ihrer Ahnen gestohlen hatte, verriet man ihr nicht, und sie wusste, dass es nicht klug war, danach zu fragen.

Schließlich wurde ihr Flehen erhört, und die Zigeuner lieferten Esther an der Tür des einzigen Menschen auf der Welt ab, von dem sie annahm, dass er ihr helfen würde: Jonathan Brundall. Und er hatte sich um seines alten Freundes Anthony willen um sie gekümmert, und er war großzügig gewesen, als Hugh sich in sie verliebte, wo zahlreiche andere Väter die Verbindung verboten hätten. Nach Jahren des Studiums gründete Hugh eine Praxis in der benachbarten Pfarrei, wo sie schließlich in aller Stille heirateten.

»*Ich* hätte *dir* Kümmernis bereitet, Gussie?«, fragte sie wieder, diesmal aber mit leiser, leidenschaftlicher Stimme. »*Du* bist derjenige, der mein Erbe angetreten hat, es war *deine* Familie, die mir meinen Namen und mein Zuhause genommen hat. Wenn ich dir Ärger bereitet habe, dann muss es wegen meiner bloßen Existenz gewesen sein, und für diese kann ich mich kaum entschuldigen.«

Augustus wagte es nicht, ihrem Blick zu begegnen. Sie

hatte recht, wenn sie den Einfluss seiner Mutter für alles verantwortlich machte. Denn der war größer, als Esther es ahnte, und die Schande würde auf ewig auf ihm lasten.

Nun, da er sie gefunden hatte, wollte er sie gerne wiedersehen. Aus Starbrough Hall traf eine Einladung zum Essen ein, und Hugh hielt es für klug, dass sie zusagten. Nach dem Dinner nahm Augustus sie mit in die Bibliothek ihres Vaters und verkündete, dass sie so oft herkommen dürfe, wie sie wolle. Und manchmal tat sie es auch. Er hatte den Raum genau so belassen, wie er in ihrer Erinnerung gewesen war, und sie empfand es als tröstlich, dort zu sitzen und an ihren Vater zu denken. Es gab keinen anderen Ort, an dem sie das tun konnte. Manchmal ging Augustus hinaus, um die Sterne zu beobachten, aber niemals wieder in ihrem Leben würde sie sich einverstanden erklären, den Turm aufzusuchen. Für sie war er ein Ort der Angst und des Schreckens geworden.

Als Friedensangebot und im Gedenken an ihren Vater schenkte sie Augustus ein Buch für die Bibliothek, einen neuen Druck des *Atlas Coelestis*, welcher ihn erfreute, aber nie fand er den Mut, ihr sein Geheimnis anzuvertrauen … das Geheimnis, das Esther beinahe das Leben gekostet hatte. Stattdessen gab er, nachdem sie an der Influenza verstorben war, das wundervolle Deckengemälde in Auftrag, den krönenden Glorienschein der Bibliothek. Hugh fand unter ihren Papieren einen dicken Umschlag, auf dem geschrieben stand: *In der Bibliothek auf Starbrough Hall unterzubringen.* Er öffnete den Umschlag und las: *Ein Bericht von Esther Wickham.* Er übergab ihn Augustus persönlich. Und nachdem Augustus die Seiten gelesen hatte, vertraute er Hugh erschüttert an, was er getan hatte.

Durch die halb geöffnete Tür hatte Augustus beobachtet, wie sie den Brief Bellinghams in die Schreibtischschublade stopfte, und brannte vor Neugier. Später am Tag holte er den Brief hervor und las ihn. Er verstand nicht mehr von seinem Inhalt, als dass seine Rivalin um Starbrough Hall irgendetwas im Schilde führte, irgendetwas, was die Pläne seiner Mutter durchkreuzen konnte.

Während des restlichen Tages beobachtete er Esther, ihre heimlichen Vorbereitungen, und als sie an jenem Abend zum Starbrough Folly schlich, folgte er ihr. Nachdem sie mit dem letzten Stück des Teleskops die Treppe zum Turm hinaufgestiegen war und der Karren leer vor der Tür stand, war es, als würde er die Stimme seiner Mutter in seinem Ohr hören: Du weißt, was du zu tun hast, Junge!

Die Frage war lediglich, ob er den kleinen Karren draußen stehen lassen sollte, wo er jemanden hätte alarmieren können, der zufällig vorbeikam, oder ob er es riskieren sollte, dass sie ihn hörte und seinen Anschlag vorausahnte. Wenn ich schnell genug bin, beschloss er … und rollte den Karren in den Turm hinein, schlug die Tür zu und verriegelte sie, bevor er in den Schutz der Bäume zurücksprang.

Zwei Nächte lang war ihm angst und bange, und er hielt seine Tat geheim. Und dann überrollten ihn die Ereignisse. Esthers Verschwinden wurde als Fortlaufen gedeutet, als Eingeständnis ihrer Niederlage, und genau so verkündete Alicia es auch dem Haushalt. Anwälte kamen, neue Dokumente wurden aufgesetzt, durchgesprochen, unterzeichnet. Der Streit hätte sich in die Länge gezogen, denn Anthonys Anwalt beharrte auf seiner Treuepflicht, aber Esthers Verschwinden ließ seinen Einsatz für den Fall erlahmen.

In der dritten Nacht, als auf dem Turm ein Licht zu sehen war, brach Augustus schließlich zusammen und gestand seiner Mutter, was er getan hatte. Zuerst war sie erschrocken. Wer hätte es für möglich gehalten, dass ein schwächliches dummes Kind wie er zu solch entschlossenem Handeln fähig wäre? Aber dann trat ein verschlagener Ausdruck in ihre Augen, und ihn erfasste kalte Furcht. Als Alicia Mr. Trotwood zu sich rief und ihm den Auftrag erteilte, zog Gussie sich in sein Zimmer zurück. Nicht in seinen schlimmsten Albträumen hätte er damit gerechnet, dass seine Tat solch entsetzliche Folgen nach sich ziehen würde. Und obwohl er erleichtert war, dass sie hatte entkommen können, verfolgte ihn die Tat sein ganzes Leben lang, bis zu jenem Nachmittag auf dem Pfad, als seine Augen Esther wieder erblickten.

40. Kapitel

Es war die Woche vor Ostern, die Zeit, in der Lord Madingsfield die Türen seines herrschaftlichen Anwesens öffnete, um die Sommersaison einzuläuten. Jedes Jahr gestaltete er mit Stücken aus seinen Archiven und Sammlungen eine Ausstellung, die einen bestimmten Aspekt der Geschichte des Hauses und der Familie präsentierte. Der dreizehnte Earl, ein Arktisforscher, hatte ihn zu der letztjährigen Ausstellung »White Out« inspiriert. Im Jahr davor hatte er den Beitrag des zehnten Earls zur Agrarrevolution des achtzehnten Jahrhunderts gewürdigt. Und in diesem Jahr, 2009, dem internationalen Jahr der Astronomie, bot sich die perfekte Gelegenheit, die Geschichte der Esther Wickham zu erzählen, der verlorenen Tochter von Lucille, besser bekannt als die »Lady mit der Sternenkette«.

Auf dieses Porträt fiel Judes Blick als Erstes, als sie das herrlich getäfelte Morgenzimmer betrat, in dem die private Vernissage stattfand. Schön und lächelnd und ohne jede Andeutung des Ärgers, der sie in Kürze in Bedrängnis bringen sollte, schaute Lucille auf das hinunter, was sich unter ihrem neuen Platz über dem geschnitzten Holzkamin abspielte.

»Euan, das ist Lucille«, sagte Jude und schaute sich um, wo er abgeblieben war. Ah, er hatte Cecelia entdeckt und kam mit ihr herüber.

»Ich hab dich gar nicht kommen sehen«, sagte Cecelia und küsste Jude. »Hey, was für ein tolles Kleid! Kommt mit, ich führe euch herum, bevor die Massen in die Ausstellung strömen. Und dann gibt es Champagner und Kanapees.«

»Es sind natürlich viele Stücke hier, die mir vertraut sind«, sagte Jude, schaute sich wieder um und entdeckte den Orrery und Anthony Wickhams großes Teleskop. Sie hatte Cecelia in der frühen Phase der Ausstellungsvorbereitung beraten, und es war wunderbar, alles an seinem Platz zu sehen. »Oh, und da ist Anthonys Porträt aus Starbrough Hall. Es ist wirklich eine Schande, dass es kein Bild von Esther gibt.«

»Aber wir haben eine ganze Menge über sie. Warum fangen wir nicht ganz am Anfang an?«, sagte Cecelia und führte Jude zum ersten Ausstellungsstück. Jude erstarrte. Es war die Halskette, gesäubert und repariert, die auf grünem Samt in einem alarmgesicherten Kasten lag. Im Licht der Kronleuchter funkelten die Diamanten wie zartes Feuer. »Sie sieht … atemberaubend aus«, hauchte sie.

»So makellos, wie sie war, als sie angefertigt wurde«, sagte Euan. »Irgendwie kann ich mir nicht vorstellen, dass Summer sie in ihrem Kinderzimmer aufbewahren darf!«

»Aber trotzdem ist es ein fantastisches Erbstück, das sie besitzt«, sagte Cecelia. »Also, hier geht's los, und dann folgt ihr der Ausstellung rundherum. Ich weiß, dass ihr manches schon kennt.«

»Ich nicht«, sagte Euan lächelnd. »Und hetz mich nicht. Ich möchte jedes Wort genau lesen.«

Cecelia und Jude lächelten sich liebevoll an. Diese Ausstellung war Lord Madingsfields Idee gewesen. Im November war er bei der Auktion der Starbrough-Sammlung aufgetaucht und hatte zahllose Stücke ersteigert. Seither hatte er mit der ihm eigenen Energie verschiedene Möglichkeiten erwogen, Esthers Geschichte einem größeren Publikum bekannt zu machen.

Seine Presseerklärung kurz nach der Auktion hatte den Ton vorgegeben:

Lord Madingsfield ist erfreut anzuzeigen, dass er die wertvolle Starbrough-Sammlung von Büchern, Manuskripten und astronomischen Instrumenten erworben hat. Die Observationsjournale und das autobiografische Material, betreffend Anthony Wickham und seine Adoptivtochter Esther aus Starbrough Hall, Norfolk, bieten sowohl Einblick in ein faszinierendes Familiengeheimnis der Madingsfields als auch einen ausgezeichneten Beitrag zu unserem Wissen über die astronomischen Entdeckungen des achtzehnten Jahrhunderts.

Die Auktion selbst hatte großes Interesse erregt. Judes Artikel im Magazin von »Beecham's« hatte weitere Berichte in Wochenzeitschriften und Tageszeitungen angeregt, und sie wurde zu Interviews in Funk und Fernsehen eingeladen, um über Esthers Geschichte zu sprechen. Trotz der ungünstigen wirtschaftlichen Lage erschienen am Tag der Auktion viele Sammler, um mitzubieten. Um manche Stücke gab es einen scharfen Wettbewerb – wie um die seltenen Bände von Sir Isaac Newton, den *Atlas Coelestis*, den Orrery –, aber in den meisten Fällen erhielt Lord Madingsfield den Zuschlag.

Beim Sektempfang am Abend nach der Auktion stellte Jude ihm Robert Wickham vor – den Einzigen aus der Familie, der sich ein Herz gefasst hatte und zur Auktion erschienen war – und Cecelia, die den Lord bezirzte, und danach kam alles rasch in Schwung. Eine Woche später hatte er Kontakt zu Cecelia aufgenommen und sie gebeten, eine ganz besondere Ausstellung auf Madingsfield zu kuratieren, auf der sämtliche Stücke, die er auf der Auktion erstanden hatte, zu sehen sein würden – Esthers Geschichte sollte endlich erzählt werden.

Jude warnte Cecelia, nicht zu vergessen, dass Geoffrey Madingsfield immer ans Geldverdienen dachte, auch wenn es um kulturelle Dinge ging. Bei der Starbrough-Sammlung verbanden sich diese beiden Interessen jedoch noch mit einem dritten, tieferen und mächtigeren Motiv: seiner Leidenschaft für den Namen der Familie. Sein ganzes Leben lang hatte er sich für das Geheimnis der Madingsfields interessiert – dafür, was aus Lucille, der Lady mit der Sternenkette, geworden war und aus ihren Töchtern –, und die Starbrough-Sammlung hatte die Lösung des Rätsels geboten. Diese dreifache Motivation erwies sich als äußerst kreativ und erfolgreich, nicht zuletzt, weil Lord Madingsfield rasch Kontakte zu den heutigen Vertretern der Familie Wickham knüpfte. Sein Besuch auf Starbrough Hall kurz vor Weihnachten verursachte in der Gegend einen großen Aufruhr, und er selbst bekundete, dass die Bibliothek ihn »überaus fasziniert« habe. John Farrell war erfreut, ihm die Erlaubnis zu erteilen, sich in seinem klassischen Bentley zum Turm chauffieren zu lassen, um den Ort zu besichtigen, an dem Anthony und Esther die Sterne beobachtet hatten. Kurz darauf legte Lord Madingsfield eine selten gesehene Großzügigkeit an den Tag, als er Farrell eine überwältigende Summe für die Instandsetzung des Starbrough Folly zur Verfügung stellte.

Diese Wendung übte eine beinahe magische Wirkung auf Farrells Pläne aus. Wie in der Gemeindeversammlung vorhergesehen, hatten die Behörden die ersten Entwürfe für die Umgestaltung der Wälder von Starbrough im September abgelehnt. Das galt auch für die folgenden veränderten Entwürfe. Als Farrell schließlich einen wesentlich bescheideneren Vorschlag vorstellte, der zwei umweltfreundliche

Ferien-Cottages an der Foxhole Lane vorsah, und anbot, mit Madingsfields Geld ein Schmuckstück aus dem Turm zu machen und ihn fürs Publikum zu öffnen, schienen die Behörden wenigstens bereit, ihn anzuhören. Alexia und Robert nutzten die Gelegenheit, ihre eigenen Pläne zu verkünden, um ihr Einkommen aufzubessern: ein paar leer stehende Schlafzimmer des Anwesens für zahlende Gäste einzurichten. Und Robert hatte vor, sich einen lang gehegten Traum zu verwirklichen: seinen eigenen exklusiven Weinhandel auf dem Gelände zu eröffnen. Jude wollte wissen, wo Chantal ihren Platz in all den Veränderungen finden sollte.

»Robert und Alexia haben gesagt, dass ich mich bei ihnen immer zu Hause fühlen darf«, hatte sie an einem frostigen Nachmittag im Januar erzählt, als Jude auf einen Tee zu Besuch gekommen war. Sie hatten im Wohnzimmer gesessen, denn Chantal konnte die leere Bibliothek nicht ertragen. »Und ich wäre hier auch sehr glücklich, ich könnte Alexia bei der Arbeit und mit den Kindern helfen. Aber zuerst will ich mir das gönnen, was in diesen dummen modernen Zeitschriften eine ›Auszeit‹ genannt wird. Im Mai fahre ich zur Frau meines verstorbenen Bruders, die in der Nähe von Toulouse wohnt. Dort werde ich meine gesamte Familie treffen. Im Juni besuche ich dann meine Schulfreundin Audrie in Paris. Anschließend habe ich eine Kreuzfahrt gebucht. Was halten Sie davon?«

»Eine Kreuzfahrt! Das ist ja toll! Wohin geht die Reise?«

»Ich gehe in Nizza an Bord, und wir fahren überall im Mittelmeer herum. Das Schiff ist bescheiden, aber elegant, nicht einer von diesen Riesenkähnen. Es gibt so viele Orte, die ich mit William besichtigen wollte, als er noch lebte. Aber William liebte nur Norfolk. Das heißt, dass ich die Gelegenheit am Schopf fassen muss, jetzt, wo ich allein bin.«

Das neue Funkeln in Chantals Augen bei dem Gedanken an die aufregende Reise veranlasste Jude, sich insgeheim zu fragen, ob sie wohl für immer allein bleiben würde. Sie war so schön und anmutig, eine äußerst liebenswürdige Person, und es war sehr wahrscheinlich, dass sie die Menschen anziehen und neue Freunde und vielleicht auch Verehrer finden würde.

»Das klingt großartig!«, rief Jude. »Eine hervorragende Idee! Aber Euan und ich hoffen natürlich, dass Sie zu unserer Hochzeit im Juni wieder zu Hause sind.«

»Sie heiraten! Aber warum überrascht mich das eigentlich? Oh, Jude!« Chantals Umarmung gab Jude zu verstehen, wie sehr sie sich freute, und sie besprachen eifrig, wie Chantal für die Hochzeit in der Kirche von Starbrough aus Frankreich einfliegen konnte, bevor sie im Juli auf ihr Schiff ging.

Der Gedanke an die Ausstellung und die Renovierung des Turmes hatten Chantal besänftigt. »Aus traurigen Ereignissen kann wieder neues Glück entstehen, das dürfen wir nie vergessen, Jude.«

Es war ihr vorgekommen, als habe sie eine Ewigkeit auf die Eröffnung der Ausstellung warten müssen, bis es an diesem Tag endlich so weit war.

»Oh, da sind sie!«, rief Jude und winkte. »Wow, die ganze Familie!«

Robert stand in der Tür, Chantal folgte ihm und hielt die kleine Georgie an der Hand. Direkt hinter ihr kamen Alexia und Max, nein, sie mussten stehen bleiben, denn Max' Köfferchen mit der Holzeisenbahn hatte sich geöffnet, und sie mussten das Spielzeug wieder einsammeln. Die Erwachsenen schüttelten Hände zur Begrüßung, drückten sich gegenseitig Küsschen auf die Wangen und umarmten einander.

Cecelia führte Chantal, Georgie und Alexia zur Halskette und überließ es Robert, mit Max und dessen hölzerner Spielzeuglokomotive zurechtzukommen und Lord Madingsfield, der gerade in strahlender Laune die Ausstellung betreten hatte, Honig um den Bart zu schmieren.

Jude und Euan nutzten die Gelegenheit, sich die Ausstellung auf eigene Faust anzuschauen, und fingen bei der ersten Tafel an. Cecelias Geschichte über Esther begann, wie alle wirklich guten Geschichten, ganz am Anfang. Falls man überhaupt sagen kann, dass es einen Anfang gab, denn Lucille, die junge, unglückliche Ehefrau aus Frankreich, brachte bereits eine eigene Geschichte mit, als sie bei den Madingsfields eintraf. Vielleicht konnte man nur raten, wie sie von ihrer Familie und aus ihrer Heimat fortgerissen worden war und, das war entscheidend – fortgerissen von dem unbekannten Mann, der ihr Herz erobert hatte –, nur um mit einem wohlhabenden englischen Aristokraten eine gute Partie zu machen.

Die Tafel zeigte das Porträt eines sinnlichen jungen Burschen. Er lächelte nicht, und ein Anflug von Grausamkeit spielte um seinen Mund. Das war Lucilles neuer Ehemann, der Viscount und Erbe der Grafschaft der Madingsfields, der Liebling seiner Mutter, der noch niemals im Leben das Wörtchen Nein gehört hatte. Es war unübersehbar, dass es Cecelias größtes Vergnügen gewesen war, sich in die Archive der Madingsfields und anderer zu vergraben und dieses Bild von ihm aufzubauen. Aber sie war natürlich auch wissenschaftlich vorgegangen und hatte die hieb- und stichfesten Informationen von bloßen Andeutungen und Gerüchten genau zu trennen gewusst.

Jude hatte sie unterstützt, indem sie alles recherchierte, was mit der toten Frau zu tun hatte, die im Waldgebiet des nördlichen Norfolk im Jahr 1765 aufgefunden worden war. Es galt, die Zeitungen von damals durchzusehen, denn der Bericht des Leichenbeschauers war nicht erhalten. Obwohl man nicht mit Bestimmtheit sagen konnte, dass es sich bei der Frau um die durchgebrannte Lucille handelte, gab es mehrere Details, die diese Vermutung nahelegten: ihre Kleidung, ihre körperliche Erscheinung und die Tatsache, dass Haut und Finger sich in einem gepflegten Zustand befanden und dass es im Bericht des Leichenbeschauers geheißen hatte, sie sei »möglicherweise ausländischer Herkunft«. Die Frau war aus kurzer Distanz erschossen worden, wahrscheinlich nicht, um ausgeraubt zu werden, denn der goldene Ehering saß ihr immer noch auf dem Finger, und auf dem Boden wurden ein paar Münzen gefunden. Niemand wusste, wer sie war und woher sie kam. Und obwohl festgestellt wurde, dass sie mindestens ein Kind geboren hatte, wurde nirgends erwähnt, dass man auch zwei kleine Mädchen aufgefunden hatte.

Eines von ihnen war Esther gewesen.

Die nächste Tafel zeigte ein Gemälde von Starbrough Hall und zitierte die Stelle aus Esthers Denkschrift, in der sie beschrieb, wie sie als Kleinkind auf der Straße gefunden worden war und dabei Lucilles Sternenkette umklammert hielt. Es gab auch Vermutungen, was mit dem anderen kleinen Mädchen geschehen sein mochte. Jude sah, dass Euan die Stirn runzelte.

»Hat Cecelia nicht darüber nachgedacht, dass das Zigeunermädchen Esthers Schwester sein könnte?«, fragte er.

»Das habe ich mich auch gefragt. Aber es gibt keine hinreichenden Beweise.«

»Aber Summer glaubt, dass es so war. Obwohl wir Träume vermutlich nicht als Beweis werten dürfen.«

Jude schüttelte heftig den Kopf. »Nein, wohl kaum.«

Die dritte Tafel beschrieb Anthonys Leidenschaft für die Astronomie. Zwei der Observationsjournale lagen geöffnet in der Vitrine, daneben die Transkriptionen, die Jude angefertigt hatte. Sogar ein Video mit eingesprochener Stimme gab es, das den Betrachter in den Turm führte, wo Cecelias Team das Teleskop aufgebaut hatte, das hier zu sehen war.

In der Ausstellung ging es damit weiter, dass die Bedeutung der Starbrough-Entdeckungen sorgfältig erläutert wurden. Ein weiteres Video zeichnete nach, wie Herschel den siebten Planeten, Uranus, identifiziert hatte, und in der nächsten Vitrine konnte man die Eintragungen im Observationstagebuch studieren, die von Esthers Hand stammten. Damit war bewiesen, dass sie und niemand sonst den Planeten zuerst beobachtet hatte. Einer der Briefe von Josiah Bellingham samt Transkription lag neben dem Tagebuch.

Jude wusste, dass sie im letzten Video sich selbst begegnen würde. Sie steckte in einem Kostüm aus dem achtzehnten Jahrhundert und erzählte, was schließlich mit Esther geschehen und warum sie eine wichtige Frau gewesen war. Aber es stand schon jemand anders vor dem Video – Claire!

»Hallo, Fremde, bist du schon länger hier?«, sagte Jude und berührte ihre Schwester am Arm.

»Oh, entschuldige«, sagte Claire und wandte sich lächelnd um, »ich wollte gerade zu dir kommen, als ich das Video gesehen habe. Es ist so komisch.«

»Komisch?« Claire schaffte es immer noch, das Falsche zu sagen.

»Nein, nicht ha ha, nicht zum Lachen komisch«, murmelte sie, als sie Judes Gesicht sah, »ich wollte sagen, irgendwie merkwürdig …«

»Ja, das ist wohl so.«

»Summer wird es gefallen. Da ist sie. Summer, komm her und schau dir Tante Jude in dem schicken Kleid an.«

Jude drehte sich um und sah, dass Summer hoheitsvoll anmarschiert kam. Die kleine Georgie verließ sofort ihre Mutter und tapste bewundernd hinterher. Dann folgte Jon, dessen Gesicht so frisch und offen wirkte wie ein Frühlingstag. Er trug Summers Rucksack, denn er war längst ihr demütiger Page geworden. Jude schaute zu, wie er und Euan sich freundschaftlich die Hand schüttelten, bevor sie sich in seiner bärenhaften Umarmung wiederfand.

»Tolle Sache, das muss ich wirklich sagen!« Jon meinte das Haus und das Anwesen der Madingsfields. »Guter Platz für ein Rockfestival.«

»Ich glaube, Mozart ist eher Madingsfields Ding«, sagte Euan, »aber sonst hast du recht. Ich habe keine Ahnung, wie man einen Ort wie diesen hier bewirtschaftet und damit Geld verdienen kann.« Dann schlenderten die beiden Männer plaudernd durch die Ausstellung und überließen Jude und Claire und die Mädchen sich selbst.

»Ach, bevor ich's vergesse«, sagte Claire und zog einen Umschlag und ein Päckchen aus ihrer Handtasche. »Herzlichen Glückwunsch zum Geburtstag vor zwei Tagen. Ich habe vergessen, das hier in die Post zu geben. Es war so viel los.«

Jude öffnete zuerst die Karte. »Einem echten Stern die herzlichsten Glückwünsche!« stand auf der Vorderseite.

»Summer hat die Karte ausgesucht«, sagte Claire. Während Jude das Päckchen auswickelte, fügte sie hinzu: »Ich hoffe, es gefällt dir. Ich hätte es schon längst getan, aber ich dachte, dass du gar nicht an so etwas glaubst. Ich hatte Angst, dass du darüber lachen würdest. Aber jetzt wollte ich es doch tun.«

Jude nahm die hübsche Geschenkschachtel heraus, die

über und über von goldenen Sternen bedeckt war, und öffnete sie. Ihr Herz floss über vor Freude. Es war ein Stern. Ihr eigener Stern, und er hieß »Judith«.

Claire sah überrascht aus, als Jude sie heftig umarmte. »Weinst du etwa?«, sagte sie ungläubig.

»Oh, ich bin einfach nur dumm. Vielen Dank, Claire!«

»Und bei mir musst du dich auch bedanken«, beharrte Summer.

»Natürlich, Summer, bei dir auch. Wie geht es dir, Schätzchen?«

»Danke, gut.« Sie wandte sich an Georgie. »Ich bin Tante Judes Blumenmädchen.«

Georgie staunte und verlangte sofort: »Ich will auch ihr Blumenmädchen sein!«

Euan hörte Georgies Worte, als er gerade vorbeischlenderte und Jude ihm einen fragenden Blick zuwarf. »Warum nicht!«, formte er mit dem Mund, sodass sie Georgie fragte: »Du möchtest auch Blumenmädchen sein? Summer kann dir alles erklären.« Georgie platzte beinahe vor Freude, und sie rannte gleich los, um es ihrer Mutter zu erzählen.

»Die beiden werden zusammen richtig süß aussehen«, sagte Claire.

»Wie wäre es mit Max als Page?«, fragte Euan.

»Fragen wir ihn doch einfach«, erwiderte Jude. Die Wickhams hatten freundlicherweise angeboten, den Empfang auf Starbrough Hall auszurichten, und deshalb lag es nahe, dass die Kinder an der Hochzeitszeremonie teilnahmen.

»Habt ihr euch schon überlegt, wo ihr wohnen werdet?«, fragte Claire, pragmatisch wie immer.

Jude und Euan, die Claires Geschenk betrachteten, lächelten einander zu.

»Kommt darauf an, ob es mit einem Jobangebot klappt«,

sagte Jude. Die Frau in dem Auktionshaus in Norwich, das sie wegen der Schätzung der Halskette aufgesucht hatte, hatte ihr erzählt, dass dort eine Stelle frei wäre. Jude hatte sich beworben, und das letzte Gespräch sollte in der kommenden Woche stattfinden.

»Du kannst Euan also nicht bewegen, nach London zu ziehen?«, fragte Jon. Seine Augen funkelten amüsiert.

»Wir würden bestimmt damit klarkommen«, sagte Euan, »aber es wäre großartig für Jude, wenn sie diese Stelle bekäme.«

»Es wäre ein Schritt vorwärts. Mehr Verantwortung«, erklärte Jude ihrer Schwester.

In den letzten Monaten war es immer schwieriger geworden, bei »Beecham's« zu arbeiten. Die Starbrough-Auktion war ein voller Erfolg gewesen, wenn auch nicht in dem Maße, das ihr Vorgesetzter Klaus der Geschäftsführung angekündigt hatte. Aber die Rezession machte sich deutlich bemerkbar, und in anderen Abteilungen war es schon zu Entlassungen gekommen. Darüber hinaus hatte Klaus den jüngsten Spekulationen einen Riegel vorgeschoben und angekündigt, dass er sich nicht, wie eigentlich geplant, in absehbarer Zukunft zurückziehen würde. Die Stelle, um die Jude sich beworben hatte, bedeutete also eine echte Chance für sie. Es war merkwürdig, wie sich alles immer weiter so entwickelt hatte, dass Jude schließlich ihr kleines Haus in Greenwich verkaufen und mit Euan ein neues Leben beginnen wollte. Wenn es mit diesem neuen Job nicht klappte, dann mit einem anderen, da war sie sich seltsamerweise sicher. Und irgendwann in ihrem Leben, dachte sie, würde sie sich nur noch dem Forschen und Schreiben widmen, und das war etwas, was sie auf dem Land mit Gewissheit tun konnte.

Im Ausstellungsraum wurde es langsam voll. Jude winkte Inigo zu, der lebhaft mit einem von Madingsfields Protegés sprach, einer ernst dreinblickenden jungen Frau, die, wie sie wusste, intensiv an einer Geschichte der Madingsfields arbeitete und Inigos Geschmack für eine bestimmte Kleidung zu teilen schien. Plötzlich schoss Jude der boshafte Gedanke durch den Kopf, dass die Kleidung der beiden – ihr Kostüm und sein Anzug, die sich sehr ähnlich waren – zusammen in der Reinigung landen würden.

»Worüber lächelst du?«, sagte Euan.

»Oh, über gar nichts. Ich dachte nur gerade, was das hier für eine schöne Veranstaltung ist.«

»Jude, Euan, kommen Sie her und lassen Sie uns etwas trinken«, sagte Lord Madingsfield und winkte ihnen zu wie ein Verkehrspolizist. »Was halten Sie von der ganzen Sache hier?«

»Wirklich fantastisch«, gab Jude zurück. »Es ist ein gutes Gefühl, dass Esther endlich den Platz in der Geschichte einnimmt, der ihr gebührt.«

»Und dass wir, wie sich herausgestellt hat, alle zu einer Familie gehören«, sagte er und lächelte sein fuchsartiges Lächeln.

»Oh, die Bennetts sind nur ein unbedeutender Zweig«, erwiderte Jude hastig. So unbedeutend, dass sie sich niemals anmaßen würde, mit dem großen Lord M. und seinen aristokratischen Manieren etwas gemeinsam zu haben. »Da ist nur eine Sache, die uns Kopfzerbrechen bereitet«, fuhr sie fort, »und das ist die Frage, wie es mit Esthers kleiner Schwester weiterging. Es ist ein Jammer, dass es in dieser Geschichte so wenig Beweise gibt.«

»Dann haben Sie die Vitrine mit der astrologischen Karte noch gar nicht gesehen?«

»Nein. Die hatte ich Cecelia vor einiger Zeit geliehen. Wo ist sie denn?«

»Da drüben.« Er führte sie zu einer Vitrine fast ganz am Ende der Ausstellung, und dort lag es, das kleine Pergament, über das Claire und sie sich vor einiger Zeit gebeugt hatten.

»Cecelia hat die Karte einem Experten vorgelegt, und der sagte, sie sei im Herbst 1763 angefertigt worden. Das ist zwar kein wichtiges Datum für Amelie beziehungsweise Esther, weil sie im Sommer 1762 geboren wurde. Aber für ihre kleine Schwester Geneviève, die im Jahr danach zur Welt kam.«

»Aber wie ist die Karte in das Versteck im Turm gelangt?«

»Das können wir natürlich nicht sagen.«

Jude drehte sich um und rief nach Claire, die mit Summer zu ihr kam.

»Claire, sieh mal. Lord Madingsfield sagt, dass die Karte, die ich gefunden habe, Esthers kleiner Schwester gehört haben muss.«

»Sie ist restauriert worden«, sagte Claire und starrte auf das Dokument.

»Darf ich auch mal sehen? Ich will das sehen!«

Summer stellte sich auf Zehenspitzen. Ihr Atem hauchte auf das Vitrinenglas. »Oh, das Papier gehört Rowan«, verkündete sie Sekunden später. »Sie hat es mal im Turm versteckt.«

Die Erwachsenen starrten sich sprachlos an. Wieder einmal hatte das kleine Mädchen ihnen die Schau gestohlen.

Und hoch über ihren Köpfen lächelte Lucille durch den ganzen Raum und bewahrte ihr Geheimnis stumm für sich.

Sie hatte darüber nachgedacht, sie zurückzulassen. Denn sie wusste, dass sie in Sicherheit sein würden. Gleich drei Ammen würden sich um sie kümmern, und sie würden auf diese engstirnige Weise aufgezogen, die für die Töchter eines englischen Earls schicklich schien. Wie die Dinge lagen, war es ihr ohnehin kaum gestattet, sich in ihrer Nähe aufzuhalten. »Für den Fall, dass es dich ermüdet, meine Liebe«, hatte ihre Schwiegermutter stets als Ausrede vorgebracht, und in der Tat, an jenen Tagen, an denen man sie zwang, die Medizin zu schlucken, war ihre Welt ohnehin auf den Kopf gestellt. Dann wünschte sie nichts anderes, als sich niederzulegen oder zu Boden zu sinken. »Hysterisch«, hatte sie einmal vernommen, als der Arzt ihren Zustand beschrieb, »das kommt bei diesen ausländischen Frauen häufig vor. Vielleicht liegt es ihnen im Blut. Man weiß es nicht.«

»St. John hätte sie niemals heiraten dürfen«, schnaubte die Countess. »Es war ein Komplott der Eltern des Mädchens, wir ahnten nichts.«

Hysterisch.

Lucille spürte, wie ihr die Tränen über die Wangen liefen. Welches siebzehnjährige Mädchen wäre nicht hysterisch, wenn man es aus dem Heim ihrer Kindheit risse und aus den Armen eines attraktiven jungen Liebhabers und zwangsweise mit einem vorbeireisenden Fremden verheiratete, einem Mann, der von einem Augenblick aus heißer Leidenschaft in kalte Herzlosigkeit wechseln konnte und der sie in ein fremdes Land verschleppte, wo die Landschaft grau und gesichtslos dahinrollte und die Feuchtigkeit ihr in die Knochen kroch? Zwei Kinder wurden geboren, nach grausamen Taten im Schlafzimmer, die man niemals als Liebesakte bezeichnen konnte, bevor seine Besessenheit für ihre Schönheit sich in Gleichgültigkeit verwandelte und er sich eine Geliebte nahm. Es war, als würde ein Licht aufglimmen, als ein Brief von ihrem geliebten Guillaume ankam, den ihre kleine Zofe Suzette zu ihr schmuggelte. Der Brief besagte, dass er kürzlich zu einer Erbschaft gekommen sei. Sie solle ihn im *White Horse Inn* in Great Yarmouth treffen, und dann würden sie gemeinsam in die Freiheit segeln.

Sie würde gehen müssen – oder sterben.

Aber ihre Töchter konnte sie nicht zurücklassen. Suzette würde ihr helfen, die quirlige kleine Suzette. Und das tat sie auch.

Sorgfältig trafen sie ihre Vorbereitungen. Das schlichteste ihrer Kleider, ihre Wertsachen in einem Beutel unter ihrem Umhang, einen kleinen Koffer mit Kleidung und den wichtigsten Dingen, einen Beutel mit Essen und Trinken. Es war eine dunkle, mondlose Nacht, als sie durch das Fenster im Esszimmer ins Freie schlüpften, Suzette und sie, und durch den Park stolperten, jede mit einer Tasche in einem Arm und im anderen ein schlafendes Kind, bis zum Tor in der Mauer und der Kutsche, die Guillaume ihr geschickt hatte, um in die Nacht hinauszufahren.

Wie hatte ihr Ehemann sie ausfindig gemacht? Das Gasthaus in Lynn, glaubte sie, wo sie anhielten, um die Pferde zu wechseln. Der Inhaber hatte sie neugierig angestarrt und seiner Frau ein paar unverständliche Worte zugemurmelt. Ja, die beiden konnten sich an ein ausländisches Mädchen mit feinen Gesichtszügen und wildem Gesichtsausdruck erinnern, an eine Zofe und zwei hübsche kleine Mädchen, mit denen sie ohne Begleitung auf Reisen war. Und sie mochten St. John auch erzählt haben, wohin die Frau aufgebrochen war. Dieser Tage trieben sich überall Spione herum. Die

Steuereintreiber waren auf der Suche nach Schmugglern, das Militär brachte Straßenräuber zur Strecke. Sie drängte den Kutscher, eine weniger befahrene Straße zu nehmen.

In Fakenham verschwand Suzette. Einfach so. Lucille hatte ihr Geld gegeben, um Schlafdecken für die Kinder zu kaufen, aber sie kam nicht zurück. Unmöglich zu sagen, ob sie fortgelaufen oder ermordet oder entführt worden war. Lucille wusste nur noch, dass sie vorwärtseilen musste, oder sie würde ihre Verabredung verpassen.

Sie waren auf der Straße südlich von Holt, als St. John die Kutsche überholte. Seine Pistolen blitzten silbrig im Dämmerlicht. »Halt auf der Stelle an!«, schrie er den Kutscher an. »In deinem Wagen befindet sich meine Frau!« Der Kutscher war zutiefst erschrocken, die Pferde stiegen panisch hoch. Aber während ihr Ehemann aus dem Sattel stieg und die Kutsche zur Umkehr zwang, öffnete Lucille den Schlag, stolperte mit den Kindern hinaus und zerrte die Mädchen zitternd und weinend in Richtung der Bäume.

Keinesfalls würde sie nach Madingsfield zurückkehren, in ihr Gefängnis.

St. John ließ die Zügel des Gespanns fallen und nahm hitzig die Verfolgung auf. Sein Fehler.

Der Kutscher erkannte seine Chance und drosch mit der Peitsche auf die Pferde ein. Die Kutsche sprang vorwärts, ratterte leer in Richtung Yarmouth. Bloß nicht umschauen, dachte er, geht mich alles gar nichts an. Seinem Auftraggeber würde er erzählen, dass das Liebesvögelchen seine Meinung geändert hatte.

Am Waldrand verfing sich Lucilles zierlicher Fuß in einem Kaninchenbau. Sie verdrehte sich den Knöchel und stürzte zu Boden. »Lauft weiter, *mes petites!*«, rief sie, die Augen schmerzgetrübt, sodass sie kaum noch klar sehen konnte.

»Versteckt euch!« Sie zog den Beutel mit den Juwelen hervor, vielleicht, weil eine Ahnung sie beschlich, und drückte ihn Amelie in die Hand. »Nimm das und renn los. Ich … ich werde dich finden. Jetzt lauf doch endlich!«

Amelie gehorchte schluchzend, ergriff Genevièves kleine Hand, und gemeinsam taumelten sie in den Wald hinein. »Komm mit, Genna, wir spielen Verstecken«, beruhigte sie ihre Schwester, während sie ihr half, sich in einer Art Tunnel im Unterholz zu verbergen.

Sie hörten einen Schuss, wussten aber nicht, was er zu bedeuten hatte.

Die Leiche ihrer Mutter sahen sie niemals, und dafür hätte sie der Maria und allen Heiligen gedankt.

Die Mädchen hörten, wie der Mann, den sie Vater nannten, durch den Wald tobte und ihre Namen rief. Aber sie waren zu verängstigt, um ihr Versteck zu verlassen. Nachdem eine lange, lange Zeit verstrichen war, hörten sie ihn nicht mehr.

Es wurde dunkel im Wald, sehr, sehr dunkel. In ihrem Versteck schmiegten sich Amelie und Geneviève aneinander, um sich zu trösten und zu wärmen. Nach und nach sanken sie in den Schlaf. Mitten in der Nacht wachte Amelie zitternd auf. *»Maman!«*, rief sie. Aber es kam keine Antwort. Sie lag eine Weile da und wimmerte, bevor sie wieder in einen unruhigen Schlaf sank.

Als das kalte Licht der Morgendämmerung durch das Laub drang, wachte sie abermals auf. Sie musste sich erleichtern, löste sich von ihrer immer noch schlafenden Schwester und krabbelte aus dem Versteck. *»Maman!«*, rief sie. *»Maman!«* Sie umklammerte den Beutel, den ihre Mutter ihr gegeben hatte. Was auch immer geschehen würde, den Beutel durfte sie nicht verlieren.

Sie regelte ihre Sache, so gut sie es vermochte, ging dann ein kleines Stück den Pfad hinauf und rief abermals nach ihrer Mutter. Aber ihre Mutter kam nicht, obwohl sie es doch versprochen hatte, und das war überaus beängstigend. War es hier entlang, wo sie sie das letzte Mal gesehen hatten? Amelie stolperte vorwärts, hoffnungsvoll, bog um die nächste Kurve und dann wieder um die nächste. Aber es gab keine *Maman.* Sie entdeckte einen Strauch mit roten Beeren, pflückte eine und steckte sie in den Mund. Die Beere schmeckte scheußlich. Amelie spuckte sie aus, war aber so hungrig, dass sie noch eine probierte und noch eine und die Beeren einfach hinunterschluckte.

Sie hörte einen Schrei und erinnerte sich an Geneviève. Also drehte sie sich um, rannte den Weg entlang und hielt links und rechts nach ihrem Versteck Ausschau, konnte es aber nicht entdecken. Dann gabelte sich der Weg, und sie wusste nicht, wohin sie sich wenden sollte. Wieder ein Schrei. Es musste Geneviève sein, die erwacht war, durchnässt und hungrig und allein. Sie folgte dem Geräusch, konnte es aber nie genau ausmachen. Vielleicht war es auch ein Vogel. Und sie konnte den Tunnel in dem Unterholz nicht mehr finden, in dem sie geschlafen hatten. Schon bald warf sie sich auf den Weg und überließ sich hoffnungslosen Schluchzern, erschöpft und vollkommen verängstigt.

Der Tag verstrich in einer endlosen Quälerei mit unruhigem Schlaf und grausamem Erwachen. Einmal trottete sogar ein Fuchs in ihre Nähe und schnüffelte an ihr, wie sie da zusammengerollt auf dem Weg lag. Er zog sich zurück, als sie schrie. Ein andermal prickelte ihre Haut, als eine Schlange vorbeiglitt, dann aber unter den Blättern verschwand. Oft rief sie *»Maman!«* oder *»Genna!«*, aber als die Stunden verstrichen und die Sonnenstrahlen streifig über das Blätterdach des Waldes zogen, waren ihr die Worte mehr ein tröstendes Mantra, als dass sie noch auf Antwort hoffte. Zu der Zeit, als das Tageslicht schwand, war *»Maman«* das einzige Wort, an das sie sich noch erinnern konnte, und als sie, bereits halb ohnmächtig, am grasbewachsenen Fahrdamm entlangstolperte und in die matschige Spur stürzte, war auch das vergessen.

Wie im Traum dringen die Schwingungen von donnernden Hufen näher, das lebhafte Klirren des Geschirrs und der Schrei eines Mannes. Dann nehmen starke Arme sie hoch, der Mann sagt: »Was haben wir hier?«, und ein neues Leben beginnt.

Anmerkung der Autorin

Das Dorf Starbrough, Starbrough Hall und Starbrough Folly sind Produkte meiner Fantasie, aber sie sind aus der Landschaft im Norden von Norfolk erwachsen. Die Gegend um das zauberhafte georgianische Städtchen Holt hat mich ganz besonders inspiriert, genau wie der arme zerstörte Pavillon in Wickham, nahe Worsted, dessen Ursprünge merkwürdigerweise in dem Märchen zweier eifersüchtiger Schwestern liegen. Ich habe mir eine kleine Freiheit bei der geografischen Lage und der Fahrtstrecke der Kutsche in der letzten Szene erlaubt.

Während ich die Geschichte um einen Astronomen und seine Adoptivtochter entwickelte, habe ich in Richard Holmes' wunderbarer Geschichte der wissenschaftlichen Entdeckungen des achtzehnten Jahrhunderts, *The Age of Wonder*, alles über William Herschel und seine Schwester Caroline gelesen. Im Jahr 1781 hat Herschel Uranus entdeckt, den siebten Planeten, und für mich war nicht nur der enorm große Beitrag interessant, den Caroline zur Arbeit ihres Bruders beigetragen hat, sondern auch die Tatsache, dass vor ihm mindestens ein anderer Astronom das helle Objekt in der Nähe der Zwillinge beobachtet hatte, ohne zu wissen, worum es sich handelt. Nimmt man an, dass es noch mehr waren, und nimmt man an, dass sich unter diesen eine Frau befand, mehr noch, eine Frau ohne Namen, deren Herkunft geheimnisvoll war – das ist Esthers Geschichte.

Ich möchte einer Reihe von Menschen danken, die mir geholfen haben, während ich dieses Buch schrieb, für dessen Fehler und Irrtümer allerdings ich allein verantwortlich bin. Dr. Hilary Johnson für ihre Vorschläge und ihre Unterstützung, Dave Balcombe, Astronom, für seinen ausgezeichneten Rat. Jaqi Clayton, die alles darüber weiß, wie man Sterne benennt, dem Team vom Auktionshaus Bonham's und ganz besonders Simon Roberts für die Informationen über den Ablauf einer Auktion, dem Team am Sculthorpe Moor Community Nature Reserve für Informationen über Nachtfalter, bei Cindy Hurn für Visualisierungstechniken. Großer Dank gebührt wie immer meiner Agentin Sheila Crowley und ihren Kollegen bei Curtis Brown, allen bei Simon & Schuster, UK, aber ganz besonders Suzanne Babonneau, Libby Yevtushenko, Sue Stevens und Jeff Jamieson, außerdem meiner Lektorin Clare Parkinson. Danke schön an David, auch an Felix, Benjy und Leo, die genau wie der kleine Max Wickham darauf bestehen, auch drinnen mit ihrem Fußball zu spielen!

Rachel Hore

Der Zauber des Engels

Roman

Aus dem Englischen
von Barbara Ritterbach

Weltbild

Für Felix,
Benjy und Leo –
non angeli sed Angli.
(Keine Engel, sondern Engländer)

In früheren Zeiten gab es Engel, die kamen und Menschen an die Hand nahmen und von der Stadt der Zerstörung wegführten. Heute sehen wir keine Engel mit weißen Flügeln mehr. Und dennoch werden Menschen von drohender Zerstörung weggeführt: Eine Hand legt sich sanft um ihre und geleitet sie in ein friedliches, helles Land, sodass sie nicht mehr zurückblicken; und die Hand könnte die eines kleinen Kindes sein.

George Eliot, *Silas Marner*

Eine Frau ist wie der Erzengel Michael, der auf der Engelsburg in Rom steht. Sie ist ausgestattet mit mächtigen Flügeln, die aussehen, als würden sie sie über Erde und Himmel hinwegtragen, aber wenn sie versucht, sie zu benutzen, erstarrt sie zu Stein, und ihre Füße bleiben fest verhaftet mit dem Bronze-Podest.

Florence Nightingale, *Cassandra*

Prolog

London, 3. September 1993

Das Schild mit der Aufschrift Geschlossen *hing nun schon seit fast einer Woche an dem Laden für Glaskunst. Aber es hatte die Passanten nicht davon abgehalten, an der Tür zu rütteln oder durch die Fenster ins Innere zu spähen, ob es drinnen nicht doch ein Lebenszeichen gab. Schließlich brannten ein paar Lichter, und die exquisiten Auslagen im Schaufenster hatten sie aus ihrer frühmorgendlichen Trance gerissen: ein Engel, der in der Mitte eines bogenförmigen Glasbildes schwebte; Sonnenfänger – zarte Libellen und Feen, die bei jeder Luftbewegung erzitterten; eine Vielzahl von Lampenschirmen im Tiffany-Stil, die wie üppige Blüten im Baumkronendach eines tropischen Regenwaldes von der Decke herabhingen.*

Ein junges Mädchen, das jeden Tag vorbeikam, bemerkte, dass die Tür hinten im Laden manchmal offen und manchmal geschlossen war und dass einmal zwei oder drei Kartons auf der Theke standen, die später wieder verschwunden waren.

Noch eine andere Person besuchte den Laden in dieser Woche gleich mehrfach: ein Mann mittleren Alters, der eine Tweedjacke trug, unter der der Kragen eines Geistlichen zu erkennen war. Beim ersten Mal rüttelte er an der Tür und fand sie verschlossen vor. Er trat einen Schritt zurück und las die

Worte Minster Glass *über dem Eingang, dann rückte er seine Brille zurecht, um die Öffnungszeiten zu studieren. Anschließend ging er stirnrunzelnd durch die Grünanlage des gegenüberliegenden Platzes davon. Am nächsten Tag schob er einen weißen Umschlag durch den Briefkastenschlitz. Beim dritten Mal, als er gerade die Telefonnummer auf dem Schild in ein Notizbüchlein kritzelte, kam eine Frau mit Schürze und dicker Geldbörse aus dem Café nebenan.*

»Möchten Sie zu Mr. Morrison?«, rief sie und musterte den Mann von oben bis unten, als wolle sie sich vergewissern, dass er nicht nur ein hergelaufener Landstreicher war. »Er ist krank. Letzte Woche war der Krankenwagen da.« Mehr wusste sie auch nicht. Er bedankte sich höflich, steckte sein Notizbuch in die Tasche und wandte sich zum Gehen.

Am Freitagnachmittag schließlich scherte ein schwarzes Taxi aus dem Verkehrsstrom aus und hielt vor dem Laden. Eine schlanke, hübsche Frau mit schulterlangen dunklen Haaren und blasser Haut stieg aus und zerrte ein paar Gepäckstücke auf den Gehweg.

Anita war im Café und schaute gerade aus dem Fenster, während sie darauf wartete, dass die Kaffeemaschine einen Espresso brühte. Sie betrachtete die abgewetzte Reisetasche und den vollgestopften Rucksack und fragte sich, was wohl in dem anderen, seltsam unförmigen Behälter stecken mochte. Sicher irgendein Musikinstrument, überlegte sie. Entweder das oder ein ziemlich kleiner Elefant, der Form nach zu schließen.

Die Frau wartete, bis das Taxi davongefahren war, und blickte versonnen auf das Ladenschild. Minster Glass. *Mit dem kurzen Mantel, dem gestreiften Schal und den ernsten braunen Augen sah sie aus wie ein schüchternes Schulmädchen am ersten Tag nach wundervollen Sommerferien. Anita war neu im Café, sonst hätte sie die Identität der jungen Frau vielleicht erahnt und begriffen, dass Fran Morrisons ganzes Leben an ihrem geistigen Auge vorüberzog, während sie das Geschäft ihres Vaters betrachtete.*

1. Kapitel

Tränen, wie von Engeln, fließen heraus.

John Milton, *Paradise Lost*

Manchmal, wenn ich an einem Sommermorgen früh erwache und alle anderen noch schlafen, liege ich wie in einem Tagtraum da und denke daran, wie alles begann. Ich erinnere mich genau an jenen Augenblick vor zehn Jahren, an jene Millisekunde, als ich beim Blick auf den geschlossenen, verlassenen Laden erkannt habe, dass alles anders geworden war, unwiederbringlich und für immer.

Normalerweise ist eine Rückkehr nach Hause ein Rückschritt. Genau das hatte ich auch befürchtet, aber in diesem Fall entpuppte es sich als Schritt nach vorn in ein neues Leben. Ich habe häufig nachgedacht über diese Geschichte, die meine ganz persönliche Geschichte einer – ja, einer Engelsuche ist. Und nachdem ich so lange darüber gegrübelt und zugesehen habe, wie sich alles entwickelte – wie konzentrische Kreise, die entstehen, wenn man einen Stein ins Wasser wirft –, ist nun der Zeitpunkt gekommen, alles niederzuschreiben. Und so steige ich jeden Abend die Treppe zum Dachgeschoss hinauf, setze mich an Dads alten Schreibtisch und nehme den Füllhalter zur Hand. Und während es draußen noch lange hell ist, vertiefe ich mich in meine Arbeit.

Mein altes Zuhause war das allerletzte, wo ich in jenem wunderbar milden Herbst 1993 sein wollte. Wenn ich die Wahl gehabt hätte, hätte ich mir eine Wohnung in einem alten Palazzo in Venedig ausgesucht, eine hübsche Pension in Heidelberg oder ein vornehmes Luxushotel in New York oder Tokio. Irgendwas ganz anderes jedenfalls, etwas Exotisches, wo ich ganz und gar in der Gegenwart leben und die Vergangenheit vergessen konnte. Aber manchmal lässt uns das Leben keine Wahl. So fand ich mich in London wieder – eine traurige Heimkehr angesichts der Umstände. Und trotzdem: Wenn ich es vom heutigen Standpunkt aus betrachte, erkenne ich, dass es genau richtig war.

Am Tag zuvor, als Zac mich endlich erreicht und mir die Nachricht übermittelt hatte, befand ich mich in Athen. Ich dämmerte an einem brütend heißen Nachmittag in meinem Hotelzimmer in einem der älteren Stadtteile vor mich hin. Der Hausmeistersohn, ein mürrischer Sechzehnjähriger, hatte an meine Tür geklopft und mich dann zu einem Telefon in der kühlen, gefliesten Hotellobby geführt.

»Fran! Endlich!«, rief die Stimme am anderen Ende der Leitung.

»Zac, was ist denn los?« Den schottischen Akzent hätte ich überall auf der Welt erkannt. Zac war Dads Mitarbeiter bei *Minster Glass*.

»Wieso zum Teufel liest du deine Nachrichten nicht?«

Kein »Wie geht's dir?« oder »Ich hab ja ewig nichts von dir gehört«. Er klang so aufgeregt, dass ich ihn nicht mal fragte, wo er denn Nachrichten für mich hinterlassen und wie er meine Nummer ausfindig gemacht habe.

»Ich habe keine Nachrichten bekommen, deshalb. Was ist denn los, Zac?« Dabei ahnte ich längst, was los war.

Die Gereiztheit in Zacs Stimme verschwand, an ihre Stelle

trat Verzweiflung. »Du musst unbedingt nach Hause kommen. Sofort! Dein Vater liegt im Krankenhaus – und diesmal ist es sehr ernst, Fran. Er hatte einen schweren Schlaganfall.«

Ich versuchte, klar zu denken, als ich an diesem Abend packte. Es gab niemanden in Athen, den ich benachrichtigen musste, denn die Konzerttournee war seit einigen Tagen beendet. Die anderen Mitglieder des Orchesters waren gleich am nächsten Morgen weitergereist, hatten sich in der Lobby mit lautstark auf die Wange gehauchten Küsschen verabschiedet und sich gegenseitig versprochen, in Kontakt zu bleiben. Auch Nick war abgereist. Ich hatte einige Tage zuvor beschlossen, mir eine preiswertere Bleibe zu suchen und noch ein bisschen Urlaub zu machen, und er war genau in dem Augenblick aufgetaucht, als es mir gerade mies ging und ich die anderen darum beneidete, dass sie aufgeregt nach Hause fuhren. Er hatte gelächelt, mich züchtig auf die Wange geküsst und gemurmelt: »Auf Wiedersehen. Pass auf dich auf.«

»Das tue ich immer. Auf Wiedersehen, Nick«, hatte ich, so cool ich nur konnte, geantwortet und zugesehen, wie er sein Gepäck nach draußen schleppte. Um mich noch ein bisschen mehr zu quälen, spähte ich durch die Topfpflanzen im Fenster, sah zu, wie er sein Cello im Kofferraum des Taxis verstaute und aus meinem Leben verschwand – für immer.

Als alle fort waren, reiste ich mit meinen Taschen und meiner Tuba in das schäbige *Hostel Aphrodite.* Ursprünglich hatte ich vorgehabt, ein bisschen Sightseeing zu machen, bis ich erfuhr, wo ich als Nächstes musizieren würde – irgendwas Schickes, hoffte ich. München zum Beispiel oder Rio oder Paris. Aber dann war ich so erschöpft gewesen, dass ich nicht mehr die Energie aufbrachte, mir die Sehenswürdigkeiten anzuschauen. Schließlich hatte Zac angerufen, und alles war ganz anders geworden.

Nun stand ich also vor unserem alten Laden am Greycoat Square. *Minster Glass*, der Ort, an dem ich geboren wurde. Das meine ich natürlich nicht wörtlich. Meine Geburt hatte vor dreißig Jahren in demselben Krankenhaus stattgefunden, in dem mein Vater nun lag, vermutlich auch in demselben Krankenhaus, in dem meine Mutter gestorben war, als ich noch klein war.

Es ist eine geheimnisvolle Gegend, dieser Teil von Westminster, mit der gewaltigen gotischen Westminster Abbey und der im italienischen Stil verschnörkelten katholischen Kathedrale, zwischen der geschäftigen Victoria Street im Norden und der Themse im Süden; eine Gegend voller versteckter grüner Plätzchen wie unserem, mit viktorianischen Häusern, deren Vorgärten mit schwarzen schmiedeeisernen Zäunen umgeben waren. An den Türen hingen Messingschilder der seltsamsten Organisationen und Firmen: die Theosophische Gesellschaft London, der Königliche Orden der Griffins, die *Bookbinders Gazette*. Vermutlich war auch *Minster Glass* so eine Seltsamkeit. Aber ich liebte sie alle.

Ein Geschäft für viktorianische Glaskunst mit tiefen Erkerfenstern und einem gefliesten, herrlich altertümlichen Eingang entsprach sicher nicht der gängigen Vorstellung eines gemütlichen Heims. Dad und ich hatten in der Wohnung über dem Laden gehaust – treffender konnte man unsere chaotischen Wohnverhältnisse wirklich nicht beschreiben. Ein Wohnzimmer, eine große Küche, drei Schlafräume und ein riesiger Dachboden hätten für uns beide eigentlich ausreichen müssen, aber jede Ecke und jede Nische war mit irgendwelchem Gerümpel vollgestellt: Bücher, Kisten,

Aktenordner, die die gesamte Geschichte von *Minster Glass* ausmachten.

Die Tür, die in die Wohnung hinaufführte, erreichte man von der kleinen Werkstatt hinter dem Ladenlokal. Ich erinnerte mich noch gut, wie ich an düsteren Wintermorgen die nackte Holztreppe hinunterging, durch die eiskalte Werkstatt mit den dunklen Ecken und dem beißenden Geruch, in ständiger Angst, etwas kaputt zu machen und mir Dads Zorn zuzuziehen, um meine Freundin Jo zu treffen und mit ihr zusammen zur Schule zu gehen. Jos Familie wohnte in einem Stadthaus ganz in der Nähe, ihr Vater war ein erfolgreicher Rechtsanwalt in der City.

Draußen auf dem Gehweg blieb ich immer kurz stehen und warf einen Blick auf das Ladenlokal, weil es so schön war. Ich liebte das wechselnde farbige Licht, vor allem wenn die Sonne durchs Fenster schien und rubinrote, smaragdgrüne und saphirblaue Muster auf den Holzfußboden malte, sodass es wie ein geweihter Ort aussah.

Die stille Schönheit beruhigte mich auch jetzt, als ich den Schlüssel umdrehte, die Klinke herunterdrückte und eintrat. Das Glöckchen bimmelte traurig über meinem Kopf. Einen Moment lang blieb ich stehen, atmete die vertrauten Gerüche ein, den Moder des alten Holzes, den Hauch irgendeiner Chemikalie. Einen flüchtigen Augenblick fühlte ich mich wieder wie das kleine Mädchen, das früher in den staubigen Strahlen des bunten Lichts getanzt hatte.

Etwas erregte meine Aufmerksamkeit – ein praller weißer Briefumschlag, der auf der Fußmatte lag. Ich hob ihn auf und registrierte ein Wappen, das auf der Rückseite eingeprägt war. Der Brief war an Dad adressiert, daher legte ich ihn ungeöffnet auf die Verkaufstheke.

Das Letzte, wonach mir jetzt der Sinn stand, war irgendein nervender Kunde. Daher schloss ich ab, zerrte mein Gepäck durch den Laden, öffnete die Tür hinter der Theke und betrat die Werkstatt.

Während das Ladenlokal immer warm und einladend war wie eine Kirche, war die Werkstatt so kühl wie die dazugehörende Krypta. Ich schaltete die Deckenlampen ein und blinzelte kurz in das gleißend helle Licht. Scherben knirschten unter meinen Füßen, als ich über den Betonfußboden lief.

Durch das rechteckige Fenster schaute ich in den rumpeligen Hinterhof mit der Garage, die man über eine Einfahrt rechts vom Laden erreichen konnte. Auf der Arbeitsfläche neben mir lag ein bleiverglastes Fenster, bereits teilweise verlötet. Sicher hatte Dad daran gearbeitet, als es passierte. Zac hatte erzählt, er hätte in dem winzigen Büro gesessen, als er Dad stöhnen und Sekunden später einen Stuhl polternd zu Boden krachen gehört hatte.

Traurig blickte ich nun auf den Stuhl. Mit dem Finger fuhr ich über das keltische Flechtmuster, das Dad gemacht hatte und das er besonders gern zur Umrandung oder zum Füllen von kleinen Flächen benutzte und manchmal sogar als seine Künstlersignatur. Er mochte es deshalb so, wie er immer sagte, weil er es in einer einzigen ununterbrochenen Linie zeichnen konnte. Unter der Arbeitsfläche stieß ich mit dem Fuß an irgendetwas, das daraufhin wegzurollen begann. Ich bückte mich. Es war die Spitze eines zerbrochenen Lötkolbens. Das restliche Teil lag auch dort unten. Zac schien es aus der Steckdose gezogen und in der Hektik einfach liegen gelassen zu haben. Ich hob die Einzelteile auf und betrachtete sie. Dabei bemerkte ich noch etwas anderes, etwas Glitzerndes, zwischen den Staubflocken unter der Werkbank. Ich streckte die Hand danach aus.

Es war eine kleine goldene Brosche in Form eines Engels,

mit funkelnden blauen Steinchen. Sehr hübsch und vielleicht auch wertvoll. Ich hatte die Brosche noch nie zuvor gesehen und nicht die leiseste Ahnung, woher sie stammen könnte. Ich legte sie auf die Werkbank neben die Teile des Lötkolbens und Dads fleckiges Arbeitsmesser.

An einem Farbklecks am Messer war Dads Fingerabdruck zu erkennen, und ganz plötzlich wurde ich mir bewusst, wie sehr er hier fehlte. Ich barg mein Gesicht in den Händen und gestattete mir endlich, daran zu denken, wie ich ihn ein paar Stunden zuvor gesehen hatte.

Niemand hatte mich vom Flughafen Heathrow abgeholt, aber ich hatte Zac ja nicht mal meine Flugzeiten durchgegeben. Ich war sofort ins Krankenhaus gefahren, wo mich eine Schwester in ein kleines Zimmer und dort zum Bett am äußersten Ende geführt hatte.

Es dauerte einen Moment, ehe ich begriffen hatte, dass die Gestalt in diesem Bett Dad war, mein Dad. Er war so hilflos, wie ich ihn noch nie erlebt hatte. Die Augen hatte er geschlossen. Schläuche, die einer Kanüle in seinem Handrücken entsprangen, waren über seinem Bett befestigt. Unwillkürlich musste ich an die langen Streifen Bleilot denken, die in seiner Werkstatt an Haken aufgehängt waren. Die roten, gleichmäßig pulsierenden Zickzackkurven auf dem Monitor neben seinem Bett waren das einzige erkennbare Lebenszeichen.

Ich setzte mich auf einen Stuhl neben dem Bett und betrachtete das blasse schlafende Gesicht. »Dad. Daddy«, flüsterte ich. Kein Anzeichen, dass er es gehört hätte. Mit dem Handrücken berührte ich seine Wange. Sie fühlte sich kühl an.

Ein bisschen ist er wie immer, versuchte ich mir einzureden, um mich zu beruhigen. Sein schütteres graues Haar war wie üblich ordentlich zurückgekämmt; der lange, schmale Kopf mit den hohen Wangenknochen und der Hakennase besaß noch immer dieselbe Würde. Aber seine durchscheinende Haut, der Speicheltropfen auf den grauen Lippen, das zuckende Augenlid, all das ließ mich befürchten, dass ein schreckliches fremdes Wesen Besitz von ihm ergriffen hatte. Und nicht zum ersten Mal in meinem Leben fragte ich mich, wie dieser Mann, mein Vater, eigentlich wirklich war.

Man sagt, dass man einen Menschen nie ganz und gar kennt, und große Teile des Innenlebens von Edward Morrison waren mir, seinem einzigen Kind, immer verschlossen geblieben. Er war kein böser Mensch, aber häufig distanziert, leicht reizbar, rau und unsensibel. Alles konnte ihn nerven – wenn jemand anrief, während wir gerade beim Essen saßen, wenn ein benachbarter Ladenbesitzer Müll auf dem Gehweg stapelte, obwohl die Müllabfuhr an dem Tag gar nicht kam. Im Laufe des Alters wurde das immer schlimmer, und ich hatte mich oft gefragt, wie Zac damit zurechtkam.

Jetzt machte Dad einen umso friedlicheren Eindruck. Ich saß neben ihm und wartete auf einen Gefühlsausbruch, auf Tränen. Aber alles, was ich spürte, war Taubheit.

»Wir glauben, dass er bald wieder zu sich kommt.« Dr. Bashir, der Arzt, der wenig später auftauchte, war ein ruhiger, untersetzter Pakistani mittleren Alters. »Es gibt Anzeichen dafür, dass er allmählich aus dem Koma erwacht. Aber die Untersuchungen deuten auf einen schweren Hirnschlag hin. Wir wissen daher nicht, was sein wird, wenn er aufwacht.«

»Er ist doch erst einundsechzig«, antwortete ich. »Ist das nicht viel zu jung?«

Dr. Bashir schüttelte den Kopf. »Leider ist das nicht ungewöhnlich, zumal Ihr Vater an Diabetes Typ I litt. Dazu kam noch der erhöhte Blutdruck.« Seit ich denken konnte, hatte Dad Diabetes gehabt, und ich erinnerte mich an die schlechten Phasen, wenn er sich die Insulinspritze zu spät gesetzt hatte, was zum Glück nur selten passierte. Doch dieser Schlaganfall war unbekanntes Terrain für mich.

Als Dr. Bashir wieder weg war, schaute ich aus dem Fenster in den klaren Himmel. Wenn Dad aufwachte – und er würde aufwachen, davon war ich überzeugt –, würde er wenigstens das wechselnde Licht sehen können, das er so sehr liebte. Er würde die Vögel sehen und die Wolken, die am Himmel vorüberzogen, die Abendröte, die in die Dunkelheit überging, die funkelnden Sterne und die blinkenden Positionslichter der Flugzeuge.

Dieser Gedanke tröstete mich, als ich mich flüsternd verabschiedete und seine kühle, leblose Hand streichelte.

Erst am späten Nachmittag fiel mir der offiziell aussehende Brief wieder ein, den ich auf die Ladentheke gelegt hatte. Ich hatte die Wohnung inspiziert, die aufgeräumt, wenn auch nicht sonderlich sauber war, hatte in meinem alten Zimmer das Bett gemacht, ausgepackt und ein paar Lebensmittel im Supermarkt an der Ecke gekauft. Als ich mit meinen Einkaufstüten zurückkam, fiel mein Blick wieder auf den Brief. Das Wappen, dachte ich, es könnte also wichtig sein, und riss den Umschlag auf.

Die einzelne Seite war überschrieben mit *Pfarrei St. Martin's Westminster. Pfarramt* und stammte offenbar vom Pfarrer selbst, denn es gab weder Absätze noch einen Seitenrand.

Lieber Ted,

ich wollte dich gestern im Geschäft besuchen, aber es war leider geschlossen. Bist du vielleicht unterwegs? Wenn ja, so hoffe ich, dass du diesen Brief bei deiner Rückkehr findest.

Es wäre jedenfalls schön, wenn du mich bei nächster Gelegenheit anrufen würdest, denn ich habe eine Entdeckung gemacht, die dich sicher interessieren wird. Auf jeden Fall erfordert sie deinen fachmännischen Rat, da deine Firma ja einige unserer Kirchenfenster angefertigt hat. Das könnte auch eine gute Gelegenheit für dich sein, die Fenster einmal in Augenschein zu nehmen – bezüglich der Befunde in unserem jüngsten Fünfjahresgutachten, von denen ich dir ja berichtet hatte.

Ich freue mich darauf von dir zu hören. Unsere Gespräche bedeuten mir sehr viel.

Beste Grüße

Jeremy

REVEREND JEREMY QUENTIN

St. Martin's war die viktorianisch-gotische Sandstein-Kirche in der Vincent Street, die den Greycoat Square an der gegenüberliegenden Ecke streifte und in etwa parallel zur Victoria Street verlief. Ich erinnerte mich nicht daran, die Kirche je betreten zu haben, weil sie immer geschlossen ausgesehen hatte, wenn ich an ihr vorbeikam. Aber die vergitterten bunten Fenster waren mir schon häufiger aufgefallen, und ich hatte mich gefragt, welche Szenen darauf wohl dargestellt sein mochten. Vage erinnerte ich mich daran, dass Dad mir mal erzählt hatte, *Minster Glass* habe sie hergestellt – irgendwann in viktorianischer Zeit.

Er hatte mir auch erzählt, dass ich dort getauft worden bin, aber bei den wenigen Gelegenheiten, bei denen wir einen

Gottesdienst besuchten, gingen wir immer in die Westminster Abbey. Wir beide liebten die Musik, und Dad fand die Predigten intellektuell anspruchsvoller. Außerdem konnten wir uns dort nach dem Gottesdienst leichter hinausschleichen, ohne dass er in aufdringliche Gespräche verwickelt wurde. Denn in spirituellen Angelegenheiten bevorzugte er es ebenso wie sonst im Leben eher privat. Es wunderte mich, dass er sich mit Reverend Quentin angefreundet hatte.

Ich steckte den Brief zurück in den Umschlag und ließ ihn auf der Theke liegen. Zugleich nahm ich mir vor, den Pfarrer so bald wie möglich anzurufen und über Dads Zustand zu informieren.

An diesem Abend putzte ich die Wohnung gründlich, auch um mich ein bisschen abzulenken. Ich warf alte Lebensmittel fort, wischte den verblichenen Linoleumboden, schrubbte das alte Bad und staubsaugte das Wohnzimmer, so gut es mit Dads altersschwachem Gerät möglich war. Der lange Tag, die aufwühlenden Gefühle und die ungewohnte körperliche Anstrengung hatten mich vollkommen erschöpft. Ich ließ mich in den Sessel am Wohnzimmerfenster fallen und stocherte in einem abgepackten Hühnersalat herum.

Die Gärten am Greycoat Square färbten sich im Sonnenuntergang erst golden, dann silbrig, als die Dunkelheit hereinbrach. Der Reihe nach gingen in den Häusern ringsum die Lichter an, und die Gehwege schimmerten im schwefelgelben Schein der Straßenlaternen. Ich hatte ganz vergessen, wie friedlich und schön der Platz sein konnte. Kaum zu glauben, dass man sich im Herzen einer Großstadt befand.

Ein paar Häuser weiter, neben einem Antiquariat, gab es eine neue Weinbar. Die Gäste kamen heraus und traten in die milde Abendluft. Durch das allgemeine Stimmengewirr registrierte ich in der Ferne die erhabenen Klänge von Elgars

Cello-Konzert. Ich stand auf, um genauer hinzuhören. Die Musik drang von irgendwo auf der anderen Seite des Platzes an mein Ohr. Plötzlich überfiel mich der Wunsch, noch einmal mit Nick zu sprechen, mit solcher Heftigkeit, dass es fast körperlich schmerzte.

Ich hatte ihn vor drei Wochen in Belgrad kennengelernt, als ich zum Royal London Orchestra stieß, das sich auf einer Osteuropa-Tournee befand. Nick Parton war ein paar Jahre jünger als ich, ein sehr begabter und ebenso ehrgeiziger Cellist. Seine ungeheure Energie gefiel mir ebenso wie die sanfte, immer etwas spöttische Stimme, die glatte, olivfarbene Haut und das perfekte Profil, das ich jeden Abend von meiner Position im hinteren Teil des Orchesters bewundern konnte.

»Ich kann gar nicht glauben, dass Sie stark genug sind, dieses Monstrum zu spielen«, waren seine ersten Worte gewesen. Dabei hatte er auf die Tuba in meinem Arm gezeigt.

»Dann schauen Sie mal genau zu«, hatte ich kühl geantwortet. Ich hatte die Lippen gespitzt und einen derart ohrenbetäubenden Ton auf dem Instrument erzeugt, dass der mürrische Orchesterleiter seinen Notenständer umwarf und erbost fluchte. Nick warf bloß den Kopf in den Nacken und lachte.

Danach spürte ich die ganze Zeit seine Blicke auf mir. Er behandelte mich mit übertriebener Fürsorge, bot mir spöttisch an, meinen Instrumentenkoffer für mich zu tragen, weil ich viel zu zart dazu sei, und hielt mir, als ich gereizt ablehnte, trotz seines eigenen schweren Gepäcks mit einer galanten Verbeugung die Tür auf. Nach ein paar Tagen wurde ich etwas zugänglicher, und eines Abends teilten wir uns nach einem späten Essen im Restaurant erschöpft ein Taxi und genehmigten uns an der Hotelbar noch einen Absacker.

Danach gab es nur noch einen Abend in Belgrad, denn das Orchester reiste weiter nach Prag, Zagreb und Budapest, einem wunderbaren Ort nach dem nächsten, sodass unsere Romanze nie alltäglich werden konnte. Nur ein Problem gab es, von dem ich jedoch erst an unserem letzten Abend in Athen erfuhr: die Existenz seiner Verlobten Fiona zu Hause in Birmingham. Es stellte sich heraus, dass Nick unsere Liaison als letztes »Abenteuer« vor seiner Hochzeit im Oktober betrachtete. Und daher war der letzte Abend unserer Tournee zugleich unser persönliches Finale, das mit Tränen und Vorwürfen von meiner und Unverständnis von seiner Seite endete.

Als ich in meinem klapprigen Bett in der griechischen Pension lag und noch einmal über das nachdachte, was Nick in den Wochen zuvor gesagt und getan hatte, wurde mir klar, dass er immer Andeutungen gemacht hatte, die ich jedoch nie verstehen wollte. Auch wenn ich wütend und enttäuscht war, als er mir von Fiona erzählt hatte, war ich nicht wirklich überrascht gewesen, denn in diesem Moment ergab vieles plötzlich einen Sinn. Seine Weigerung zum Beispiel, noch länger mit mir in Athen zu bleiben, die Telefongespräche, die er dauernd führte, sein Unwillen, darüber zu sprechen, wie es nach der Tournee weitergehen würde.

Ich versuchte mich mit der Vorstellung zu trösten, wie schrecklich das alles für die arme, betrogene Fiona sein musste und wie ich mich fühlen würde, wenn die Sachlage umgekehrt gewesen wäre und ich herausgefunden hätte, dass mein Verlobter mich hintergangen hatte. Sie musste doch Verdacht geschöpft haben. Was wäre schlimmer? Wenn sie es nicht hatte – oder aber, wenn sie doch einen Verdacht hatte und ihn trotzdem heiratete? Ich wusste es nicht. Wenigstens hatte ich die Wahrheit erfahren, ehe unser Verhältnis zu eng geworden war. Und es war nicht das erste Mal, dass ich in solch einem Schlamassel steckte. Man konnte behaupten, ich hatte ein Talent dazu.

Ich hatte nicht die Absicht gehabt, mich in einen unerreichbaren Mann zu verlieben; es war einfach so passiert. Vielleicht besaß ich eine Antenne, die auf irgendwelche seltsamen Schwingungen reagierte, die sie allesamt aussandten – diese Männer, die entweder immer verheiratet waren oder aber niemals vorgehabt hatten, bis zum Ende durchzuhalten.

Ich lauschte den aufwühlenden Klängen des Cellos und grübelte über meine Vorliebe für Kinofilme nach, in denen Liebende zusammenfanden, während Schiffe versanken, Städte von feindlichen Truppen erobert wurden oder ein Asteroid die Erde traf … Situationen, in denen die Liebe verzweifelt und leidenschaftlich war und nichts mit der eintönigen Realität gemein hatte.

Ich war erwachsen genug, um den schmerzhaften Prozess zu durchschauen, in den ich mich immer wieder selbst hineinmanövrierte, und ich wusste auch, dass es allmählich Zeit wurde, mich ihm zu entziehen. Während ich allein in der schäbigen alten Wohnung saß, die immer noch mein Zuhause war, weil ich kein anderes hatte, kämpfte ich gegen den Drang, Nicks Nummer ausfindig zu machen und ihn anzurufen. Das Einzige, was mich davon abhielt, war der Gedanke, die arme Fiona könne abheben. Ich sehnte mich verzweifelt nach Nick. Aber nicht nach einem Nick, der kommen und wieder gehen würde. Ich wusste inzwischen, dass ich mich nach jemandem sehnte, der auf immer und ewig und ganz und gar zu mir gehören würde.

2. Kapitel

Und der Engel sagte: »Ich habe gehört, dass der Mensch nicht durch sich selbst, sondern durch die Liebe lebt.«

Leo Tolstoi, *Wovon die Menschen leben*

In dieser Nacht schlief ich, als stände ich unter Drogen, und als ich wach wurde, fühlte ich mich hungrig und elend. Als ich, noch immer im Pyjama, ungefähr fünf Zentimeter Fett von Dads Grillpfanne kratzte, die ich bei meinem Großreinemachen gestern offenbar übersehen hatte, klingelte das Telefon. Es war das Krankenhaus. Dad sei in der Nacht kurz wach geworden, berichtete eine Krankenschwester. Ich war ungeheuer erleichtert. Er würde wieder gesund werden. Alles würde gut!

Hastig aß ich einen Bissen Toast, schlüpfte in Jeans und Jacke und machte mich auf den Weg. Als ich die Horseferry Road hinablief, begegneten mir ein paar frühmorgendliche Jogger und ein Trupp Müllarbeiter. Eine dicke Inderin fegte mit langsamen Bewegungen den Gehweg vor einem Blumenladen. Spontan bat ich sie, mir ein paar Freesien einzupacken. Vielleicht würde Dad sich ja über den Duft freuen, auch wenn er die Farben nicht wahrnehmen konnte.

Auf der Lambeth Bridge wehte mir ein kräftiger Wind vom Fluss entgegen, der meinen Optimismus gehörig dämpfte. Ein Gefühl der Angst machte sich in mir breit.

Als ich in Dads Krankenzimmer kam, sah ich, dass die

Vorhänge um sein Bett herum zugezogen waren. Aus meiner Angst wurde Panik. Hoffentlich hatte er keinen Rückfall erlitten. Als eine Schwester mit einer Schüssel Seifenlauge und einem Handtuch erschien und lächelte, legte sich meine Panik wieder. Doch ich war voreilig. Im nächsten Moment erkannte ich, dass längst nicht alles gut war.

Dad sah genauso aus wie am Tag zuvor. Er hatte die Augen geschlossen, den Mund geöffnet und schnarchte leise. Ich zog den Stuhl heran und suchte nach Anzeichen für irgendeine Veränderung. Hatte er mehr Farbe im Gesicht? Möglich. Auf einmal öffnete er die Augen einen Spalt breit und blinzelte ins Licht.

»Dad«, flüsterte ich und setzte mich genau so, dass er mich praktisch direkt anschauen musste. Er schien verwirrt zu sein, sein Mund zuckte leicht, als versuchte er zu sprechen.

»Schsch«, sagte ich hilflos. Weil seine linke Hand, die mir am nächsten war, ein bisschen zitterte, legte ich meine Hand ganz vorsichtig auf seine. Wir schauten einander an; und er hatte den unschuldigen Blick eines kleinen Kindes an sich. Ich wandte mich zuerst ab, wollte die Tränen in meinen Augen verbergen.

Etwas Positives gab es immerhin. Er hatte mich erkannt, das wusste ich ganz genau. Er war noch derselbe, trotz meiner Befürchtungen. Und doch beschlich mich das Gefühl, dass er mich inständig um etwas bitten wollte, wie ein Tier, das gefangen war.

»Dad, alles ist gut. Ich bin bei dir.« Beruhigend redete ich auf ihn ein. »Ich kümmere mich um den Laden, mach dir keine Sorgen. Zac wird mir sicher helfen.« Dabei hatte ich seit meiner Rückkehr noch keinen Ton von Zac gehört.

Ich blieb, bis Dad wieder eingeschlafen war. Mein Rückweg vom Krankenhaus dauerte doppelt so lange, weil ich auf der Lambeth Bridge herumtrödelte, in das graue Wasser unter mir starrte und froh war, dass der beißend kalte Wind meinen seelischen Schmerz betäubte. Auch in mir stieg eine Flut, die mich forttrug ... aber wohin? Ich hatte keine Ahnung. Mein Leben war hoffnungslos ins Trudeln geraten.

Als ich in den Laden kam, stand Zac in der Werkstatt und schnitt ein Stück leuchtend rotes Glas zurecht. Er schaute auf, als ich hereinkam, den schmalen Körper gebeugt, den Glasschneider einsatzbereit in der Hand. Ich blieb in der Tür stehen, als ich spürte, dass die alte Unbeholfenheit zwischen uns sofort wieder da war, wie ein undurchdringlicher Nebel.

»Hallo, Fremde«, murmelte er schließlich und lächelte mühsam. »Wie sieht's aus?«

»Ich war gerade bei Dad«, antwortete ich so fest wie möglich. Zac legte das Messer aus der Hand und musterte mich. Zerstreut rieb er sich eine Schwiele am Zeigefinger.

»Wie geht es ihm?«, fragte er. Seine Stimme klang so heiser, als hätte er seit ein paar Tagen nicht mehr gesprochen. Was mich nicht überrascht hätte. Ich hatte nie viel über Dads Mitarbeiter in Erfahrung bringen können. Er arbeitete für Dad, seit ich vor zwölf Jahren das Haus verlassen hatte. Damals war er Anfang zwanzig gewesen, ein dünner, blasser Mann mit dunklen Augen, dichten schwarzen Haaren, Glasgower Akzent und jener typisch keltischen, geheimnisvollen Aura. Er war sehr verschlossen. Heute, zwölf Jahre später, war er ein wenig rundlicher geworden und sein Akzent nicht mehr so ausgeprägt, aber ansonsten war er unverändert – wie *Minster Glass.*

Die ungewöhnlichen Arbeitszeiten, die Dad verlangte, schienen Zac nie gestört zu haben. Es machte ihm weder etwas aus, sich die Nachmittage freizunehmen, wenn das Geschäft schleppend lief, noch vor einem knappen Liefertermin sieben Tage durchzuarbeiten. Zu anderen Zeiten kam und ging er, wie er Lust hatte, womit beide klarzukommen schienen; mich hätte es gestört, wenn ich sein Boss gewesen wäre. Und jetzt, wo Dad nicht da war, war ich wohl sein Boss. Dieser Gedanke irritierte mich. Was sollte ich Zac beibringen? Abgesehen von ein wenig Charme – nichts. Er könnte wenigstens so tun, als würde er sich freuen, mich zu sehen.

»Du hattest recht mit dem Schlaganfall, Zac«, sagte ich. »Es ist wirklich ernst.«

Ich berichtete ihm, dass Dad zu sich gekommen sei und die Ärztin, mit der ich heute gesprochen hatte – leider nicht der nette Dr. Bashir, sondern eine junge Frau mit kurzem, abstehendem Haar –, mir gesagt habe, dass die bisherigen Untersuchungen keinen Aufschluss darüber ergeben hätten, wie schlimm die Folgen des Schlaganfalls bleiben würden. Als ich sie fragte, wie schnell Dad sich wohl erholen würde, weigerte sie sich, darüber zu spekulieren, bestätigte aber, dass sein Erwachen ein gutes Zeichen sei.

Zac steckte die Hände in die Taschen seiner speckigen Lederhose und starrte zu Boden. Nach einer Weile sagte er: »Das ist schrecklich. Es tut mir leid, Fran.« Und dann fügte er zögernd hinzu: »Ich habe wirklich getan, was ich konnte. Seine Atmung kontrolliert und sofort den Notarzt verständigt. Die Rettungskräfte waren innerhalb weniger Minuten hier. Vielleicht hätte ich noch etwas anderes ...« In seinem Gesicht spiegelte sich die pure Verzweiflung.

»Ich bin sicher, dass du alles richtig gemacht hast«, antwortete ich. »Und du warst bei ihm, das ist das Wichtigste. Wer weiß, was passiert wäre, wenn er allein gewesen wäre.«

»Ja, da hast du sicher recht«, antwortete er düster. Einen Moment lang standen wir in Gedanken versunken da, dann sagte er: »Was hast du nun vor?«

»Vor?«, wiederholte ich.

»Ich meine, wie lange bleibst du hier? Du weißt ja, ich tue was ich kann, aber …« Er machte eine hilflose Handbewegung.

»Darüber habe ich noch gar nicht nachgedacht. Ich schätze, ich werde vorläufig erst mal bleiben. Wir wissen ja nicht, wie lange es dauert, bis es Dad wieder besser geht.« Wieder herrschte Schweigen. Dabei wurde mir bewusst, dass er mich ansah, mitleidig, aber auch forschend. Ich versuchte mir klarzumachen, dass es lange, sehr lange dauern konnte, bis Dad wieder arbeitsfähig war, wenn es überhaupt je wieder so weit kam. Ich verdrängte den Gedanken.

»Es gibt genug Arbeit, um das Geschäft über Wasser zu halten«, meinte Zac langsam. »Und ich könnte etwas Hilfe im Laden gut gebrauchen.«

Die Gedanken drehten sich in meinem Kopf, bis mir ganz schwindelig wurde. War es das, was Dads Krankheit für mich bedeutete? Hierzubleiben und meine Musik bis auf Weiteres aufzugeben?

»Was für Arbeit?«, fragte ich, um mir Zeit zu verschaffen.

»Diese hier zum Beispiel.« Er hob die rote Glasscheibe hoch, damit ich die Zeichenschablone darunter sehen konnte. »Ein Fenster für eine dieser Penthouse-Wohnungen am Themse-Ufer. Die Kundin wünscht einen Sonnenaufgang. Offenbar reicht ihr der echte nicht. Schau mal.« Er nahm eine Papierrolle vom Tisch und zeigte mir die Skizze, die er angefertigt hatte – die farbige Darstellung eines Sonnenaufgangs über einer Fantasielandschaft.

»Das ist sehr hübsch«, sagte ich. »Was sonst noch?«

Er beschrieb mir ein paar weitere Aufträge, die er zu bearbeiten hatte. Danach schaute ich mir die Reparaturaufträge an, die auf dem Regal aufgereiht waren: zerbrochene Lampenschirme, verstaubte Spiegel und Bilderrahmen mit gesprungener Zierleiste. An einer Wand lehnte ein hässlicher Paravent, dessen mittlerer Teil eingerissen war. Obwohl ich gar nicht die Absicht gehabt hatte, ertappte ich mich dabei, darüber nachzudenken, wie viel Arbeit die Reparatur wohl kosten würde. Ja, es waren einige Jahre vergangen, aber ich konnte sie übernehmen – wenn ich es denn wollte.

»Und dann gibt es noch eine ganze Reihe Aufträge für Fensterreparaturen in Privathäusern«, erklärte Zac.

»Was ist denn hiermit?« Ich ging zu Dads keltischem Entwurf, der immer noch unter dem Fenster lag. Auf einmal wollte ich mich gern nützlich machen. »Soll ich das fertigstellen?«

»Wenn du möchtest.« Zac sah mich überrascht an. »Aber keine Eile. Schließlich bist du gerade erst …«

»Ich würde es gern machen, sobald ich die Zeit dazu finde. Dann kann ich wenigstens etwas tun. Für Dad.«

»Gut.« Er zuckte mit den Schultern. »Wenn du magst, schaue ich mir mal den Papierkram an.«

»Danke. Ach, übrigens …«, mein Blick fiel auf die Anstecknadel, die ich neben der unfertigen Scheibe liegen lassen hatte, »weißt du zufällig etwas über diese Brosche? Ist sie Dad vielleicht runtergefallen?«

Zac nahm das Schmuckstück in die Hand, betrachtete es einen Moment lang und gab es mir kopfschüttelnd zurück. Ich drehte es herum, wunderte mich noch einmal über seine Herkunft und steckte es schließlich in die Tasche.

Er ging ins Büro und begann, Dads großes Auftragsbuch auf dem Schreibtisch durchzublättern. »Sieht so aus, als wäre dieses Bild der letzte Teil einer Bestellung für eine neue Kirche in Süd-London«, sagte er schließlich.

Eine Kirche. Der Brief des Pfarrers fiel mir wieder ein.

»Das erinnert mich an was!« Ich lief los, um das Schreiben von Reverend Quentin von der Ladentheke zu holen. Aber es lag nicht mehr dort, weder auf der Theke noch irgendwo auf dem Fußboden.

»Hast du zufällig einen weißen Briefumschlag gesehen?«, fragte ich Zac.

»Meinst du den hier?« Zac zog den Brief aus der Tasche seines Overalls. »Du brauchst dich nicht darum zu kümmern. Ich habe ihn schon angerufen.«

»Wie bitte?« Ich wusste, dass mein Ärger völlig unangemessen war, besonders weil ich vor Kurzem noch befürchtet hatte, überhaupt in die Sache hineingezogen zu werden, aber irgendwie nervte mich Zacs eigenmächtige Art. »Was hat er denn gesagt?«

»Seine ›aufregende Entdeckung‹ hat er mit keiner Silbe erwähnt. Wollte bloß wissen, wie es deinem Vater geht. Anita aus dem Café hatte ihm erzählt, dass er im Krankenhaus liegt. Ich habe ihm vorgeschlagen, vorbeizukommen und ihm über den Stand der Arbeit an den Fenstern zu berichten. Am Montag um fünf bin ich mit ihm verabredet.«

»Reicht das Licht um diese Zeit denn noch aus, um gut zu sehen?«, fragte ich scharf. Vielleicht war es albern, aber ich fühlte mich übergangen. Schließlich war ich diejenige gewesen, die den Brief geöffnet hatte, es war mein Vater, mit dem der Absender befreundet war, und wenn ich Reverend Quentin selbst angerufen hätte, hätte ich ganz sicher herausgekriegt, worum es sich bei seiner geheimnisvollen Entdeckung handelte.

»Ja, es wird schon reichen.« Wir belauerten uns plötzlich

wie zwei Preisboxer. Es war absurd. Ich wusste, dass Zac nur seinen Job machte; aber irgendein sturer Impuls in mir wollte unbedingt die Oberhand behalten.

»Ich fahre mit dir«, entschied ich und verließ die Werkstatt, ehe Zac widersprechen konnte.

Es war eine Zeit lang still, dann setzte das hässlich quietschende Geräusch des Glasschneidens ein. Ich hatte mich unmöglich benommen, und ich schämte mich dafür. Aber wenn ich heute zurückblicke, erkenne ich, dass ich viel zu niedergeschlagen und wegen Dad viel zu besorgt gewesen war, um vernünftig zu handeln.

Ich versuchte die Scharte auszuwetzen, indem ich mich nützlich machte, die Ladentür aufschloss und alle Lichter anschaltete. Auf dem Fußboden stapelten sich mehrere Kartons mit Glasscheiben, die unser Großhändler gebracht hatte. Ich schnitt den obersten auf. Zumindest heute würde bei *Minster Glass* alles sein wie immer. Ich würde den Platz meines Vaters hinter der Verkaufstheke einnehmen.

Während ich die farbigen Rechtecke seitlich in die dafür vorgesehenen Rillen der Regalfächer schob, damit man sie leichter durchsehen konnte – so wie früher die Vinylschallplatten –, kam Zac von Zeit zu Zeit vorbei, um irgendetwas zu holen. Er schien sich jedes Mal zu freuen, wenn er mich sah.

Als Nächstes packte ich einen Stapel kleiner verzierter Spiegel aus und hängte sie an die hintere Wand, während ich an meine Tuba oben in der Wohnung dachte. Seit meiner Ankunft hatte ich sie noch nicht aus ihrem Kasten genommen. Auch mit Jessica von der Konzertagentur, die meine Engagements buchte, hatte ich noch nicht gesprochen. Sie wusste nicht, was passiert war und wo sie mich erreichen konnte. Ich dachte an Dad, wie er in seinem Krankenbett lag, und wieder kroch diese dunkle Angst in mir hoch und drohte mich zu ersticken. Ich hatte wahnsinnige Angst um Dad, aber auch um mich. Mein Leben kreiste in einer Art Warteschleife – aber im Moment konnte ich nichts tun. Nichts außer warten und mich damit beschäftigen, Glas auszupacken.

Zac verschwand um die Mittagszeit; er murmelte etwas davon, dass er auf dem Weg zu einem Geschäftstermin bei Dad vorbeischauen wolle. Ich sah ihm nach, wie er über den Greycoat Square verschwand, und war froh, allein zu sein.

Der Nachmittag im Laden verlief ruhig. Ich überprüfte die Vorräte an Werkzeugen, die wir verkauften, und machte mir Notizen für Nachbestellungen. Danach suchte ich mir in der Werkstatt einen Platz, von dem aus ich sehen konnte, wenn jemand hereinkam. Ich steckte den Lötkolben ein und versuchte, einen Lampenschirm zu reparieren. Aber ich hatte so lange kein Blei mehr verlötet, dass ich erst an ein paar Reststücken üben musste, ehe ich mich an die Lampe wagte. Anschließend betrachtete ich mein Werk und kam zu dem Schluss, dass es gar nicht so schlecht geworden war. Ich stellte den fertigen Lampenschirm zur Seite. Dann nahm ich mir einen Spiegel mit zersplittertem Zierrand vor. Die Arbeit nahm meine ganze Aufmerksamkeit gefangen und beruhigte mich.

Nur wenige Kunden kamen an diesem Nachmittag in den Laden. Ein kleiner Junge mit seinem Vater, der seiner Mutter zum Geburtstag einen der kleinen Spiegel kaufte. Eine Frau mittleren Alters mit blassroten Haaren und Kreol-Ohrringen brauchte Glas für ein Projekt in einem Abendkurs. Sie zog jede einzelne Scheibe aus dem Regal, ehe sie sich für eine schlichte blaue entschied. Eine junge Frau mit Jogginghose, strähnigen schwarzen Haaren und dunklen Augen stand lange vor dem Schaufenster herum, betrachtete die Auslagen und kaute an ihren Fingernägeln. Als ich herausging, um mir im Café einen Cappuccino zu holen, lächelte sie scheu und lief davon. Dabei schaute sie sich ängstlich um. Wie ein streunender Hund, dachte ich plötzlich mitleidig, sicher ist sie es gewohnt, ständig davongejagt zu werden.

Am Abend fühlte ich mich plötzlich schrecklich einsam. Ich nahm mein Adressbuch aus der Handtasche und wählte die Nummer einer alten Freundin von der Musikhochschule, von der ich seit Jahren nichts gehört hatte. Ich erfuhr, dass sie weggezogen war, wohin konnte man mir nicht sagen. Als Nächstes rief ich einen Musiker-Kollegen in Süd-London an, danach eine Frau von der Konzertagentur, mit der ich locker befreundet war. Aber es war Samstagabend, und niemand war zu Hause. Niemand außer mir.

Während ich die zerfledderten Seiten durchblätterte, wurde mir klar, dass ich alte Freundschaften zu wenig gepflegt hatte. Es war kaum noch jemand übrig.

Unter ›P‹ stieß ich auf den Namen meiner alten Schulfreundin Jo Pryde. Rochester Mansions 11 lautete ihre Adresse, es war ihr Elternhaus. Aber ich hatte Jo ewig nicht gesehen, sie war sicher längst ausgezogen. Ich überlegte kurz, die Nummer trotzdem zu probieren, aber der Gedanke an ein mühsames Gespräch mit ihrem Vater oder ihrer Mutter hielt mich schließlich davon ab. Vielleicht war zu viel Zeit vergangen. Genauso wie bei allen anderen hatte ich mich auch bei ihr nicht mehr gemeldet, seit ich die Schule verlassen und mein unstetes Arbeitsleben begonnen hatte. Jetzt quälte mich deshalb ein schlechtes Gewissen. Doch damals war es mir wichtig gewesen, alles aufzugeben, alle Brücken abzubrechen und es auf eigene Faust zu versuchen.

Schließlich gab ich die Suche nach alten Freunden auf und ging stattdessen nach oben, um ein paar Sachen einzupacken, die ich Dad am nächsten Tag ins Krankenhaus mitnehmen würde.

Sein Schlafzimmer wirkte traurig und verlassen. Die goldene Anstecknadel mit dem Engel hatte ich auf seinen Nachttisch gelegt, gleich neben das Foto von mir. Es zeigte mich als Zwölfjährige, auf einem Walliser-Pony, während einem unserer seltenen Urlaube in der Nähe von Aberystwyth. Es war der einzige persönliche Gegenstand, den ich entdecken konnte. Nur an der Wand hing noch ein Bild, der gerahmte Druck eines Gemäldes von Alma Tadema, das eine unnatürlich blasse Badende in klassizistischer Umgebung zeigte. Das Wasser im Pool schimmerte märchenhaft blau, das Bild war handwerklich perfekt, aber ich hatte Alma Tademas Arbeiten schon immer kühl und emotionslos gefunden. Vielleicht war das der Grund, weshalb Dad das Bild gefiel. Denn auch er zeigte nur selten Gefühle. Und trotzdem wusste ich, dass er kein kalter Mensch war. Er versteckte seine Gefühle nur.

Es gab nirgends ein Foto von meiner Mutter, was mich schon gewundert hatte, als ich noch sehr klein gewesen war. Ich wusste schlicht nicht, wie sie aussah, und Dad sorgte dafür, dass es in der Wohnung nichts gab, was an sie erinnerte. Er sprach kaum von ihr und wich meinen Fragen beharrlich aus. Einmal beim Abendessen erwähnte ich eine Freundin aus der Grundschule, die an Heiligabend Geburtstag hatte. »Es ist so unfair«, sagte ich damals, »von manchen Leuten bekommt sie immer nur ein Geschenk.« Zu meinem Entsetzen sah ich, wie ein Anflug gequälter Traurigkeit über sein Gesicht huschte.

»Darüber hat sich deine Mutter auch beklagt«, murmelte er und legte Messer und Gabel aus der Hand. »Sie hatte auch an Weihnachten Geburtstag. Einmal hatte ich nur ein Geschenk für sie, und darüber hat sie sich schrecklich aufgeregt.« Wie ein Häufchen Elend starrte er auf das Essen, das ich ihm gekocht hatte. Und dann erhob er sich so langsam und bedächtig, als sei ich gar nicht da, kratzte die Reste auf seinem Teller zusammen, leerte sie in den Mülleimer und verließ das Zimmer. Ich saß allein am Tisch, und die Tränen liefen mir über die Wangen. Mir war klar, dass ich etwas Falsches gesagt hatte, verstand aber nicht, wieso.

Nur weil ich irgendwann an der Tür lauschte, erfuhr ich, wie meine Mutter gestorben war. In meinem ersten Jahr an der weiterführenden Schule hatten wir Besuch, was nur sehr selten vorkam. Es war Mrs. Webb, meine Klassenlehrerin. Sie war gekommen, um sich zu erkundigen, warum Dad sich geweigert hatte, mir die Erlaubnis zu einer einwöchigen Klassenfahrt in den Peak District zu unterschreiben. Vermutlich hatte er Angst, mich so lange wegzulassen. »Sie ist doch alles, was ich habe«, hörte ich ihn von meinem Versteck vor der Wohnzimmertür zu Mrs. Webb sagen und strahlte förmlich vor Freude über diesen Liebesbeweis. Natürlich würde ich zu Hause bleiben, wenn er nicht ohne mich sein konnte. Aber das, worüber sie als Nächstes sprachen, beunruhigte mich.

Mrs. Webb erkundigte sich nach meiner Mutter. »Ein Unfall. Frances war noch klein.« Dad sprach so leise, dass ich ihn kaum verstehen konnte. »Sie ist im Krankenhaus gestorben. Mit meiner Tochter habe ich nie darüber gesprochen. Es würde sie nur belasten.«

Dad gab nicht preis, wann, wie oder wo der Unfall geschehen war. Mrs. Webb überredete ihn schließlich dazu, die

Einwilligung zur Klassenfahrt zu unterschreiben, und war im Übrigen sensibel genug, ihn nicht weiter zu bedrängen.

Meine Mutter. Ich sehnte mich danach, mehr über sie zu erfahren, wusste aber nicht, wie ich es anstellen sollte; aus Rücksicht auf Dad traute ich mich nicht, ihn anzusprechen.

Obwohl ich mich nicht an sie erinnern konnte, war mir ihre Abwesenheit immer äußerst schmerzlich bewusst. »Malt eine Karte zum Muttertag«, sagte die Lehrerin in der Grundschule zum Beispiel, ehe sie mein angespanntes Gesicht bemerkte und verlegen zu stottern begann, während die anderen Kinder mich neugierig anstarrten. »Äh ... Vielleicht malst du stattdessen eine für deine G... Großmutter, Frances.«

Manchmal, wenn ich abends im Bett lag und gerade einschlafen wollte, versuchte ich mich an sie zu erinnern, an irgendwas von ihr, aber es gelang mir nicht. Hin und wieder erregte das Stoffmuster eines Kleids meine Aufmerksamkeit oder der Hauch eines bestimmten Parfums ... aber nie konnte ich den Zipfel der Erinnerung einfangen, so schnell war er schon wieder verflogen.

Und als ich ungefähr zehn war, brachte ich den Mut auf, Dad zu fragen, wie meine Mutter ausgesehen hatte. »Wie du«, sagte er, und das gefiel mir. Aber er könne sich keine Fotos von ihr anschauen, fügte er hinzu, das mache ihn zu traurig. Damals fand ich mich damit ab. Ich kam nicht auf die Idee, dass ich in dieser Angelegenheit irgendwelche Rechte haben könnte. Erst als Teenager wurde ich zunehmend aufsässig und unzufrieden und redete mir ein, Dad zu hassen – denn ganz offensichtlich schien es ihn nicht zu interessieren, ob *ich* traurig war oder nicht!

Kurz darauf fand ich ein Album mit Fotos von mir, erst als Baby, dann als pausbäckiges, fröhliches Kleinkind. An manchen Stellen hatte offensichtlich jemand Fotos herausgerissen. Fotos meiner Mutter, so vermutete ich. Ich musste mich damit begnügen, nur Details von ihr zu sehen – ihre Arme, die mich umschlossen; ein elegantes Beinpaar, das sichtbar war, weil sie hinter mir stand, während ich meine ersten Schritte machte; wellige schwarze Haare, geschwungene Lippen, die über meinen Babylocken zu erkennen waren.

Einige Monate später war es dann endlich so weit – mir gelang der große Glücksgriff. Ich interessierte mich zunehmend für Dads Arbeit, beschäftigte mich mit Kunstgeschichte und las häufig in den vielen Büchern, die er in der Wohnung aufbewahrte. Einmal hievte ich einen besonders schweren Band über Edward Burne-Jones aus dem Regal und schlug ihn auf. Auf der Titelseite stand geschrieben:

Meinem eigenen geliebten Edward zum Geburtstag
In Liebe, Angie
29. März 1963

Staunend blätterte ich weiter, spürte, wie kostbar dieser Beweis der Liebe zwischen meinen Eltern mir war, bis ich auf eine Serie von Engelsgemälden stieß. Dort steckte – zwischen einem Engelsbild mit dem Titel *Glaube* und einem anderen namens *Hoffnung* – ein kleines Schwarz-Weiß-Foto einer Frau. Diese Lippen, diese Haarpracht hätte ich überall erkannt.

Ich steckte das Foto zurück zwischen die Seiten, legte das Buch unter mein Bett und erfreute mich daran, es jede Nacht bei mir zu haben. Als ich zum ersten Mal auf Tournee ging, hatte ich das Buch zur Sicherheit in meinem Kleiderschrank versteckt; und nun, nachdem ich die Krankenhaustasche für Dad gepackt hatte, schaute ich nach, ob es noch da war. Das Buch lag tatsächlich noch immer an derselben Stelle. Ich zog es heraus, setzte mich aufs Bett und betrachtete das Foto.

Es war eine Studioaufnahme im Dreiviertelprofil. Das Licht fiel ihr schräg ins Gesicht. Ich vermutete, dass sie leicht geschminkt war, denn ihre Haut war einfach makellos. Aber auch sonst konnte niemand bestreiten, dass sie sehr hübsch war. Das dichte schwarze Haar war zu einer Ponyfrisur geschnitten, wie sie 1963 modisch gewesen war. Es war die Art Foto, wie man sie auf Theater- oder Konzertprogrammheften sah, und mir fiel plötzlich auf, dass ich eigentlich nie darüber nachgedacht hatte, was sie gemacht hatte, ehe sie Mutter geworden war. Für mich war sie immer und zuallererst meine Mutter gewesen, nie eine eigenständige Person mit einem eigenen Leben und einer eigenen Geschichte.

Wie kann ich die Einsamkeit in meiner Kindheit beschreiben? Mein Vater liebte mich, das erkannte ich an der Art und Weise, wie er sich um meine körperlichen Bedürfnisse kümmerte, wie er mich behütete. Später merkte ich es an der gründlichen Ausbildung, die er mir in der Werkstatt zuteilwerden ließ, und daran, wie er mir mehr und mehr Verantwortung übertrug, mich im Laden bedienen und auch eigene Entwürfe machen ließ, die er sorgfältig ausführte und den Kunden stolz präsentierte, obwohl er sie auch als seine eigenen hätte ausgeben können.

Einerseits vertraute ich ihm, bewunderte ihn. Aber ich konnte nie herausfinden, was an den Tagen in ihm vorging, an denen er verschlossen und in Depressionen versunken schien oder mich gereizt anfuhr. Ich lernte, keine Fragen zu stellen. Vielleicht wäre es anders gewesen, wenn ich einen

Bruder oder eine Schwester gehabt hätte, mit denen ich die Last der Einsamkeit hätte teilen können, vielleicht sogar nur einen anderen Erwachsenen, der sich für mich interessierte. Aber Dad war selbst ein Einzelkind gewesen; seine Eltern waren schon vor meiner Geburt gestorben, und wenn es noch lebende Angehörige meiner Mutter gab, hatten wir den Kontakt zu ihnen verloren. Ich hatte also keine Großmutter, für die ich zum Muttertag ein Bild hätte malen können, malte stattdessen eins für Dad.

Ich kannte ihn als stolzen, würdevollen Mann, der immer sehr gepflegt gekleidet war. Unter seinem Arbeitsoverall trug er stets Hemd und Krawatte, und seine Lederschuhe waren immer frisch geputzt. Kein Wunder, dass er auch mit sechzig noch attraktiv für Frauen war. Seine tief liegenden Augen schienen in weite Ferne zu blicken, geheimnisvoll und unergründlich, und die leise, wohlklingende Stimme ließ auf unverbrauchte Leidenschaft schließen. Mit seiner körperlichen Präsenz – er war über eins achtzig groß – und seiner offenkundigen Überheblichkeit fiel er auf und wurde mit Respekt behandelt.

Trotzdem glaube ich, dass er nach meiner Mutter nie wieder eine andere Frau angeschaut hat. Mit größter Leidenschaft stürzte er sich in den Entwurf wunderbarster Glasbilder und strebte in der Ausführung immer die höchste Perfektion an. Diese Kunstfertigkeit war es, die mich und ihn verband. Wir konnten stundenlang über die Herkunft irgendwelcher Kirchenfenster reden; sein Erinnerungsvermögen war phänomenal. Darüber hinaus galt sein Interesse der klassischen Musik. Er war es, der darauf bestanden hatte, dass ich zuerst Klavier und danach ein Orchesterinstrument meiner Wahl spielen lernte. Als ich mich für ein Blechblasinstrument entschied, war er etwas überrascht, aber er bezahlte mir die Stunden und kam zu jedem meiner Konzerte in der Schule. Allerdings hielt er sich anschließend auch mit seiner Kritik nicht zurück, und ich wünschte mir manches Mal, er wäre nicht gekommen. Und was die eher persönlichen oder gefühlsmäßigen Seiten meiner Erziehung betraf – ich kann mich nicht daran erinnern, dass er mir je gesagt hätte, er würde mich lieben.

Später war Dad unverhohlen eifersüchtig auf meine männlichen Freunde. Ich war sechzehn, als ein Hornspieler aus dem Schulorchester allen Mut zusammennahm und mich fragte, ob ich mit ihm ausginge. Ich war überrascht, dass jemand es gewagt hatte, meine Zurückhaltung zu durchbrechen, und sagte Ja. Wir gingen ein- oder zweimal ins Kino und einmal in ein Konzert, aber die Beziehung bröckelte, als Dad darauf bestand, dass Alan mich zu Hause abholte, damit er ihn kennenlernen könne. Dad war unwirsch und Alan mächtig eingeschüchtert, der arme Junge verlor in meinen Augen, und ich beendete die Beziehung kurze Zeit später. Danach weigerte ich mich, noch mal jemanden nach Hause mitzubringen, und gewöhnte mir stattdessen an, heimliche Affären zu haben – heimlich, aber köstlich.

Ich will meine Probleme nicht übertreiben, denn die meiste Zeit kamen Dad und ich gut miteinander zurecht. Was führte also dazu, dass ich mich schließlich abseilte und nach einem Leben suchte, das mit ihm nichts zu tun hatte? Die Verhaltensmuster, die in der Kindheit geprägt werden, die Hochs und Tiefs einer Beziehung, sind nicht immer leicht zu beschreiben, aber ich will es versuchen.

Ich schätze, mir wurden die zunehmende Sprachlosigkeit und die Heimlichkeiten zwischen uns immer stärker bewusst. Als ich älter wurde und neue Erfahrungen machte, musste ich so viel vor ihm verbergen – wie auch er immer so viel vor mir verborgen hatte. Außerdem nahm ich es ihm übel, dass er mein Älterwerden als Unglück zu empfinden schien, nahm es ihm übel, dass er sich beharrlich weigerte, Veränderungen zu begrüßen. Selbst wenn wir uns nicht schlimm gestritten hatten, als ich achtzehn wurde, war mir klar, dass die Trennung unvermeidlich war. Damals musste ich einfach fortgehen, genau so, wie ich jetzt zurückkommen musste.

3. Kapitel

Welcher Engel hinterlässt in diesem endlos gefrorenen Schnee nachts seine Spur?

Emily Brontë, *The Visionary*

Am nächsten Morgen weckten mich wie an jedem Sonntag während meiner Kindheit die Kirchenglocken. Und auch auf dem Weg zum Krankenhaus rief die einzelne klare Glocke von St. Martin's beharrlich zum Gottesdienst.

Ich fand meinen Vater zwischen mehrere Kissen gebettet halb aufrecht sitzend vor. Traurig schaute er aus dem Fenster. Eine Gesichtshälfte hing schlaff herab, es war fürchterlich anzusehen. Aber wenigstens war er wach, und nachdem es mir gelungen war, seine Aufmerksamkeit auf mich zu lenken, war ich mir sicher, dass seine Augen aufleuchteten.

Ich packte sein Waschzeug aus, saubere Schlafanzüge und einen Bademantel. Ich hatte sogar einen Abenteuerroman seines Lieblingsautors mitgebracht, weil ich dachte, ich könne ihm vielleicht daraus vorlesen, sobald es ihm besser ging. Wie lange mochte das noch dauern? Nachdenklich legte ich das Buch neben die Freesien auf den Nachttisch.

Ganz unten in der Tasche stieß ich mit der Hand an ein Päckchen aus Papiertüchern. Ich zögerte, dann packte ich die blaugoldene Brosche aus und zeigte sie ihm.

»Gehört sie dir?«, fragte ich.

Seine Augen signalisierten mir ein klares Ja – aber es lag unübersehbar Unruhe darin.

»Ist sie etwas ganz Besonderes?«

Anstelle einer Antwort drang ein qualvoller Laut aus seiner Kehle.

»Du musst nicht sprechen«, sagte ich schnell. »Ich nehme sie wieder mit nach Hause, damit sie hier nicht gestohlen wird. Ich passe gut auf sie auf.«

Verzweifelt suchte ich nach einem neuen Gesprächsthema. Der Mann im Nachbarbett schrie plötzlich im Schlaf, wie ein Kind, das einen bösen Traum hatte.

»Im Geschäft läuft alles bestens«, begann ich schließlich und bemühte mich, meine falsche Fröhlichkeit zu zügeln, »ich kümmere mich darum, das Fenster für dich fertigzustellen.« Das sollte meine Aufgabe für den Nachmittag sein. »Und Zac arbeitet gerade an einem wunderschönen Sonnenaufgang. Gestern habe ich ein Stück Glas verkauft.« Ich redete immer weiter, erzählte ihm alles, was mir gerade einfiel. Von der rothaarigen Frau, die im Laden so lange alles durchwühlt hatte, dem Lampenschirm, den ich repariert hatte, von Anita aus dem Café, die sich nach ihm erkundigt hatte.

Irgendwann fielen ihm die Augen zu. Ich wartete ein paar Minuten, aber er war in tiefen Schlaf gesunken. Ich verstaute die Brosche wieder sicher in meiner Handtasche, dann beugte ich mich vor und drückte meine Lippen an seine Wange. Wie viele Jahre waren vergangen, seit ich das zum letzten Mal getan hatte?

Ich wollte mich noch nach seinen Fortschritten erkundigen, aber weit und breit war kein Arzt zu sehen. Auf dem Weg nach draußen fragte ich im Schwesternzimmer nach; dort riet man mir, morgens anzurufen, wenn Dr. Bashir Dienst hatte.

Erst als ich das Krankenhaus verließ, fiel mir ein, dass ich Dad gar nichts von Reverend Quentins geheimnisvoller Entdeckung und unserem geplanten Besuch in St. Martin's erzählt hatte.

Nach einem kurzen Mittagsimbiss schaute ich mir die Zeichnungen für das keltische Fenster an und überprüfte, welche Maße es verlangte. Anschließend maß ich die Glasscheibe, die Dad dafür vorgesehen hatte, und nahm ein paar kleinere Anpassungen vor, ehe ich alles miteinander verlötete und verkittete. Das Ergebnis gefiel mir gut, offenbar hatte ich nichts verlernt. Ob das auch für mein Tuba-Spiel galt, stand auf einem ganz anderen Blatt. Kurz entschlossen ging ich nach oben und nahm sie aus dem Kasten. Ich zerlegte sie in ihre Einzelteile, reinigte sie gründlich, fettete die Ventile ein und spielte ein paar Übungsstücke.

Am späten Nachmittag unternahm ich einen Spaziergang. Ich ging am Innenministerium vorbei bis zum Parliament Square. Diesen Weg waren Dad und ich früher oft gegangen, und er hatte mir erzählt, wie es früher in dieser Gegend ausgesehen hatte. »Da, wo wir heute wohnen, waren Obstwiesen«, hatte er zum Beispiel gesagt. Oder: »In viktorianischer Zeit stand das Royal Aquarium an der Stelle, wo sich heute das Hotel befindet.«

Heute ging ich auf dem Rückweg an der Kirche St. Martin's vorbei. Offenbar fand dort gerade die Abendmesse statt. Mit neuem Interesse betrachtete ich die Fassade. In den Schlussstein über dem Hauptportal war das Jahr der Grundsteinlegung eingemeißelt. 1851. Wann genau mochte *Minster Glass* die Fenster gefertigt haben? Wer wohl der Künstler gewesen war? Nachdenklich setzte ich meinen einsamen Nachhauseweg fort. Ich musste es herausfinden.

Dad hatte solche Recherchen immer sehr genau genommen, und ich wusste, dass es wichtig war, die Originalunterlagen ausfindig zu machen, um das richtige Material beschaffen und die Restauration fachgerecht ausführen zu können. Heutzutage gab es da klare Richtlinien: Konservierung – Einhalt des Verfalls lautete das Gebot. Alle Restaurationsprozesse mussten genau dokumentiert werden; sie mussten substanzerhaltend und reversibel ausgeführt sein.

Minster Glass existierte seit 1865. Ich wusste das seit meinen frühen Teenagerzeiten, jenen unbeschwerten Tagen, als es mir Spaß gemacht hatte, Dad im Laden zu helfen, die Techniken des Glasschneidens, der Glasbemalung und der Bleiverlötung zu erlernen und seinen Anekdoten über die Geschichte des Ladens zu lauschen. Es dauerte nicht lange, bis ich die verschiedenen Sorten Rohglas schon auf den ersten Blick unterscheiden und auch bei einem komplizierten Entwurf die benötigte Menge Blei exakt berechnen konnte. Ich wusste, dass mein Großvater nach dem Krieg an den Glasarbeiten für die neue Kathedrale von Coventry beteiligt gewesen war. Dessen Großvater wiederum hatte *Minster Glass* geerbt, nachdem mein Ur-Ur-Großvater nach dem Sturz von einem Gerüst gestorben war.

Die Bücher, Aktenordner und Papiere, die sich in unserer Wohnung türmten, dokumentierten zum größten Teil die Geschichte unserer Firma, aber nur Dad wusste, wo genau man was finden konnte. Wie durch ein Wunder hatte alles die Feuchtigkeit und den Blitzkrieg überlebt und war unbeschadet von Vater oder Mutter an den Sohn und an den Enkel weitergegeben worden. Nach Granddads Tod vor einigen Jahren hatte Dad den riesigen Dachboden zu einem zusätzlichen Arbeitszimmer umgebaut. Neben allem möglichen anderen Zeug bewahrte er dort die Originalentwürfe und die handgeschriebenen Kontobücher auf, die jeden einzelnen Auftrag verzeichneten, den die Firma je ausgeführt hatte.

Vor einem Jahr hatte Zac ihn dazu überredet, unten im Büro einen PC zu installieren. Dennoch bevorzugte Dad es, weiterhin seine Kontobücher und Auftragsjournale zu führen, in denen er jeden Handgriff in schwungvoll gewundenen schwarzen Lettern verzeichnete. »Das geht viel schneller, als zu warten, bis dieser blöde Computer endlich hochgefahren ist«, hatte er geringschätzig gebrummt, als ich vor einigen Monaten nach einem seiner Schwindelanfälle von Paris aus mit ihm telefoniert hatte.

Als ich von meinem Spaziergang zurückkam, stieg ich die schmiedeeiserne Wendeltreppe hinauf und stieß die Feuertür zum Dachboden auf, die sich mit einem leisen Seufzer öffnete.

Durch das Dachfenster fiel die untergehende Sonne auf Kisten und Aktenschränke und tauchte den riesigen Raum in eine orangefarbene Glut, vom vollgepackten Fußboden bis zur Dachschräge. Ich knipste die nackte Glühbirne an, deren Licht die lange Reihe schwarzer Auftragsbücher in den Wandregalen ins Blickfeld tauchte.

Dort, wo eigentlich die beiden ersten Bände hingehörten, klaffte eine Lücke. Nach kurzer Zeit entdeckte ich sie auf Dads Mahagonischreibtisch zwischen Büchern, Papierstapeln und Pappordnern, die auf der Lederunterlage gestapelt waren.

Ein Auftragsbuch war aufgeschlagen. Als ich es näher heranzog, kam darunter ein weiteres, ebenfalls in dünnes Tuch gebundenes Buch zum Vorschein, und die Seiten, die plötzlich vom Gewicht befreit waren, fächerten sich auf. Sie waren dicht mit Dads ausgeprägten schwarzen Lettern übersät.

Ich nahm das Fundstück und schlug die erste Seite auf. Der Titel war in Versalien geschrieben und sorgfältig unterstrichen. Ich las und staunte. Dad hatte mir gar nicht erzählt, dass er angefangen hatte, die Geschichte von *Minster Glass* aufzuschreiben. Willkürlich blätterte ich irgendwo auf. Ein vertrauter Name fiel mir ins Auge:

Im Januar 1870 wurde Mr. Ashe von seiner Kundin Lady Faulkham beauftragt, drei Fenster für die Nordkanzel der St. Barnabas's Church in Wandsworth zu entwerfen. Das Thema sollte Das letzte Abendmahl *sein. Er schrieb sogleich an Edward Burne-Jones und bat ihn, ihm einige Vorschläge zu unterbreiten. Der Künstler lieferte sie innerhalb von zwei Wochen, doch ein Brief von Lady Faulkham deutet an, dass sie Einwände gegen die Gestaltung der Gesichter erhoben hatte …*

Die Firma hatte tatsächlich versucht, Edward Burne-Jones zu beauftragen? Meinen Lieblingskünstler? Das hatte ich nicht gewusst!

Aufgeregt zog ich einen dünnen zerfledderten Ordner von einem Stapel auf dem Schreibtisch und schaute hinein. Er enthielt Zeichnungen für ein Heiligen-Triptychon. Im Ordner darunter entdeckte ich Rechnungen und Briefe, die mit einer vergilbten Kordel zusammengebunden waren. Dad hatte seine Hausaufgaben offensichtlich gemacht. Noch einmal blätterte ich das Notizheft durch und blieb an der ersten Seite hängen.

Das erste erwähnte Datum war Mai 1865: Ein gewisser Reuben Ashe hatte die Firma gegründet. Aber Dad war noch weiter zurückgegangen und hatte Ashes Werdegang bis zu diesem Zeitpunkt recherchiert. Erst einige Seiten später kam er auf die Fortschritte des jungen Unternehmens am

Greycoat Square zurück. Ich blätterte weiter bis zu der Stelle des Hefts, an der er den Federhalter aus der Hand gelegt hatte.

Obwohl das dicke Heft schon zur Hälfte beschrieben war, war er nur bis ... Nein, das konnte nicht sein! Es dauerte ein paar Sekunden, bis ich begriff. Ich schaute noch einmal hin. Zufällig war Dad bis 1880 gekommen, und der letzte Abschnitt, den er geschrieben hatte, betraf just das Gebäude, das Zac und ich uns anschauen wollten: die St.-Martin's-Kirche. Dann fiel mir Jeremy Quentins Brief wieder ein, auch der Hinweis auf die Diskussionen, die er und Dad geführt hatten, und ich erkannte, dass es eigentlich gar nicht so überraschend war.

Ich las weiter:

Der Bau von St. Martin's Westminster geht auf den Auftrag einer reichen Stifterin zurück. Ihr Anliegen war es, sich um die Tausenden gottlosen Armen zu kümmern, die unter den verächtlichen Blicken der Reichen und Mächtigen in den engen Elendsquartieren im Schatten der Westminster Abbey und der Houses of Parliament hausten.

Das große Ostfenster, eine imposante Kreuzigungsszene, wurde 1870 von Charles Kempe für Minster Glass *entworfen. Die Szene ersetzte eine ältere Krippendarstellung, die zu diesem Zeitpunkt als profan und altmodisch galt. 1880 bekam der zuständige Reverend, ein Mr. James Brownlow, die Gelegenheit, neue Fenster für die Marienkapelle in Auftrag zu geben ...*

Leider endete der Bericht hier, auch wenn Dad noch ein paar Anmerkungen an den Rand gekritzelt hatte. »Prüfen, wann Burne-Jones für Morris & Co. gearbeitet hat«, lautete eine, »Wer war Laura Brownlow?« eine andere.

Ich zog das Auftragsbuch zu mir, um einige Einträge zu überprüfen. Das Ostfenster, so stellte sich heraus, war 1870 von einem gewissen Reverend Truelove in Auftrag gegeben worden. Ich brauchte eine Weile, um auch die anderen Einträge zu finden. Da waren sie, im April 1880: »Zwei bleiverglaste Fenster für St. Martin's Westminster, geordert von Mr. James Brownlow. Noch nicht besprochen.« Das war alles.

Nachdenklich betrachtete ich die Stapel auf dem Schreibtisch. Irgendwo dort mussten sich nützliche Informationen verstecken. Ich begann die staubigen Ordner zu durchsuchen, achtete genau darauf, die Reihenfolge nicht durcheinanderzubringen. Ich fand jedoch nichts, was irgendwie aufschlussreich war. Da ich nicht mal wusste, was ich genau suchte, gab ich bald auf.

Ich schaltete das Licht aus und nahm Dads Notizheft mit ins Wohnzimmer hinunter. Dort machte ich es mir in einem Sessel am Fenster bequem und begann zu lesen.

Reuben Ashe, so erfuhr ich, hatte die Firma gegründet, als farbiges Glas gerade wieder groß in Mode gekommen war. Einige hastig errichtete Kirchbauten hatten die im Viktorianischen Zeitalter neu erwachte Besessenheit für das Mittelalter befeuert. Dad beschrieb kleine Restaurationsprojekte, bescheidene Aufträge für öffentliche Gebäude, dann ein oder zwei Kirchenfenster auf der anderen Seite der Themse in Vauxhall, ein paar weitere für die Kapelle eines großen Landhauses in Essex, ein Triptychon für ein Rathaus.

Das Unternehmen wuchs rasch und beanspruchte schon bald die Räumlichkeiten im Nachbarhaus – in dem sich inzwischen das Café befand. Mitte der 1870er-Jahre, so schrieb Dad, beschäftigte Ashe bereits zehn Männer, manchmal auch mehr, und man bewarb sich um immer größere Aufträge – Bleiarbeiten für die neuen Kirchen in den Vorstädten und für die öffentlichen Gebäude zum Beispiel, die sich unablässig auf die grünen Wiesen und Felder rund um London ausdehnten. Das Glas kauften sie bei großen Herstellern wie James Powell im East End.

Dad beschrieb viele dieser Aufträge ganz akribisch. Zu akribisch, dachte ich liebevoll, während ich weiterblätterte, und erinnerte mich an einen seiner Lieblingssprüche: »Der Teufel steckt im Detail.« Jeder unkundige Leser hätte sich mit den endlosen Materiallisten und den Auszügen aus Briefen der Architekten rasch gelangweilt. Ich stellte mir vor, wie er Stunde um Stunde allein auf dem Dachboden gesessen und seine Einsamkeit mit endlosen Recherchen in der staubigen Vergangenheit gefüllt hatte. Vielleicht irrte ich mich, was die Einsamkeit anging, aber ich machte mir trotzdem Vorwürfe, dass ich ihn in den letzten elf oder zwölf Jahren so wenig besucht hatte.

Die Passagen über das Kreuzigungsfenster waren sehr aufschlussreich. Man hatte keine Kosten gescheut, und *Minster Glass* war angewiesen, nur allerbestes Antikglas zu verarbeiten. Das großartige Ergebnis hatte zu vielen weiteren Aufträgen für verschiedene Kirchen geführt. Ich fragte mich, welche Entwürfe der viktorianische Reverend Brownlow wohl verlangt hatte. Nun, morgen würde ich es erfahren. Zu meinem eigenen Erstaunen freute ich mich unbändig auf den Besuch.

4. Kapitel

Engel sind intelligente Reflexionen des Lichts, jenes ursprünglichen Lichts, das keinen Anfang kennt. Sie können erleuchten. Sie benötigen weder Zungen noch Ohren, denn sie können ohne Sprache, nur mit Gedanken kommunizieren.

Johannes von Damaskus,
Genaue Darlegung des orthodoxen Glaubens

»Wusstest du, dass Dad ein Buch über die Geschichte von *Minster Glass* schreibt?«, fragte ich Zac am Montagmorgen mitten in den Lärm seines elektrischen Schleifgeräts hinein. Nachdem er alle Teile für das Sonnenaufgang-Fenster zurechtgeschnitten hatte, feilte er nun die rauen Kanten glatt.

»Ja, das hat er mir erzählt«, antwortete Zac und unterbrach kurz seine Arbeit. Er war heute Morgen keine Spur freundlicher als am Samstag, was mich allmählich nervte.

»Ist er schon lange damit beschäftigt? Er ist nämlich noch nicht sehr weit gekommen.«

»Ein paar Monate vielleicht, ich weiß nicht genau.« Das Schleifgerät kreischte erneut.

»Zac!« Meine Stimme klang gereizt, und das Kreischen hörte auf.

»Hm?«, fragte er, ohne sich umzudrehen.

»Zac, kannst du mir vielleicht mal zuhören?« Ich wusste, dass ich ziemlich ungeduldig klang. »Ich bleibe hier und helfe dir, zumindest bis es Dad ein bisschen besser geht. Aber ich darf meine Musik nicht allzu lange vernachlässigen.« Vermutlich klang ich nicht sehr überzeugend. Das ärgerte mich, weil ich die halbe Nacht wach gelegen und alles genau durchdacht hatte.

Endlich drehte Zac sich zu mir um. Aber da er eine Sicherheitsbrille trug, konnte ich seinen Gesichtsausdruck nicht erkennen. Plötzlich riss er die Brille herunter. Sein Blick traf meinen, und ich war erschrocken über die Wut in seinen Augen.

»Und dann verschwindest du wieder und lässt dich bis in alle Ewigkeit nicht blicken.« Seine Worte trafen mich wie eine kalte Dusche.

»Das ist doch Unsinn«, giftete ich zurück, »warum bist du so böse? Du weißt doch genau, dass mein Vorschlag vernünftig ist.«

»Du kannst tun und lassen, was du willst. Was geht's mich an?«

»Was geht dich nichts an? Und was fällt dir ein, so mit mir zu reden?«

»Wann du kommst und wann du gehst. Dein Dad musste viel zu lange allein zurechtkommen. Es geht ihm schon seit Jahren nicht gut.«

»Aber er war nicht allein. Er hatte doch dich.«

Zac verdrehte die Augen. »Entschuldige, wenn ich das so offen sage, aber du bist ganz schön schwer von Begriff. Ich rede nicht von der Arbeit. Er braucht eine Familie, Fran. Er braucht dich. Du hättest ihn häufiger besuchen sollen. Ich habe getan, was ich konnte, habe ein Auge auf ihn gehabt. Aber das ist nicht so einfach. Es steht mir nicht zu, ihn an seine Medizin zu erinnern oder zu ermahnen, dass er anständig essen soll.«

Das war also der Grund für seine Wut. Er hielt mich für eine pflichtvergessene Tochter. Natürlich hatte er nicht ganz unrecht, aber er hatte ja keine Ahnung, was dahintersteckte. Vielleicht hätte ich es ihm erklären sollen, aber dazu war ich viel zu verärgert und viel zu stolz. Ich hatte nie mit jemandem über die Beziehung zu meinem Vater gesprochen, nicht mal mit meiner ältesten und besten Freundin Jo. Die ganze Geschichte war zu persönlich und zu kompliziert.

Also antwortete ich nur mit gesenkter Stimme: »Du verstehst das nicht. Und überhaupt, was ist mit *meinem* Leben, Zac? Ich habe das getan, was Kinder üblicherweise tun. Sie werden erwachsen, sie gehen aus dem Haus, sie führen ihr eigenes Leben.«

»Ja, aber sie sollten ihre Eltern trotzdem nicht einfach im Stich lassen. Er hatte doch sonst niemanden.« Er funkelte mich aus zusammengekniffenen Augen an, hatte die Handflächen auf den Arbeitstisch vor sich gestützt.

»Zac, jetzt gehst du wirklich einen Schritt zu weit. Was ist denn mit deinen Eltern? Sie leben schließlich auch ein ganzes Stück von Glasgow entfernt.«

»Es tut mir leid, Fran, ich wollte dir nicht zu nahe treten.« Seine Stimme klang besänftigt. »Meine Ma ist schon lange tot … seit zwölf Jahren. Mein Dad hat wieder geheiratet, eine viel jüngere Frau. Sally und ich verstehen uns nicht besonders. Sie denkt wohl nicht so gern daran, dass Dad alt genug ist, um einen dreißigjährigen Sohn zu haben. Jedenfalls braucht er mich nicht. Das ist etwas ganz anderes.«

Dann war sein Leben also genauso einsam wie meins, zumindest was die Familie anging. Trotzdem hatte er nicht das Recht, mir Vorträge über meine Familienpflichten zu halten.

Ich versuchte noch einmal, meinen Standpunkt deutlich

zu machen. »Zac, als Musikerin muss ich da hingehen, wo ich Engagements bekomme.«

Auch darauf wusste er eine Antwort. »Du hattest oft genug Gelegenheit, zwischen deinen Engagements nach Hause zu kommen und deinen Vater zu besuchen. Oder du hättest für irgendein Orchester in London spielen können. Wie auch immer, in den Jahren, in denen ich hier arbeite, bist du nur selten zu Besuch gewesen. Seit Weihnachten nicht mehr. Und davor … ich kann mich gar nicht mehr erinnern.«

Offen gestanden, ich mich auch nicht, aber darum ging es jetzt nicht. Ich arbeitete. Oder reiste. Tat all das, was man tat, wenn man jung war und sich um Erfolg im Beruf bemühte.

Allerdings musste ich zugeben, dass Dad mir ziemlich gebrechlich vorgekommen war, als ich ihn das letzte Mal gesprochen hatte. Mir war klar, dass ich mich mehr darum hätte bemühen müssen, ihn zu sehen. Zac hatte recht. Ich hatte Dad genauso vernachlässigt wie meine alten Freunde – und das war eine Erkenntnis, bei der mich eine Welle tiefer Trostlosigkeit durchflutete.

»Aber jetzt bin ich doch hier, oder?«, sagte ich müde und erschöpft. »Ich besuche ihn und kümmere mich um alles, oder? Wie gesagt, bis auf Weiteres werde ich dir helfen, den Laden weiterzuführen …«

»Schon. Aber was ist, wenn …«, er zögerte und korrigierte sich, »*falls* er aus dem Krankenhaus kommt und rund um die Uhr gepflegt werden muss?«

»Ich …« Dieser Gedanke versetzte mich in Panik. »Na, dann würde ich natürlich bleiben und ihm irgendwie helfen. Aber als Krankenschwester tauge ich ganz und gar nicht.« Die Vorstellung, mich um einen schweren Pflegefall zu kümmern, noch dazu in der schäbigen Wohnung im Obergeschoss, war entsetzlich. »Zac, ich weiß es auch nicht. Darüber werde ich mir erst den Kopf zerbrechen, wenn es so weit ist. Und das ist es schließlich noch nicht.«

Zac seufzte. »Das stimmt.« Plötzlich wurde er ganz friedlich. »Es tut mir leid. Vielleicht hätte ich das alles nicht sagen sollen. Ich bin so aufgebracht, weil ich es kaum ertragen kann, deinen Dad in diesem Zustand zu sehen. Gestern im Krankenhaus ... er ist nur noch ein Schatten seiner selbst.«

»Hm.« Ich sah, wie sehr Zac unter der Situation litt, und verzieh ihm.

»Dein Dad war immer sehr gut zu mir. Man könnte fast sagen, er hat mich gerettet.«

»Wirklich?«, hakte ich neugierig nach. Kannte Zac vielleicht eine andere Seite von Dad? In diesem Augenblick beendete die Ladenglocke jedes weitere Gespräch. »Ich schaue mal nach, wer das ist.«

»Natürlich.« Er nickte und widmete sich wieder seinen Schleifarbeiten, während ich in den Laden ging, um mich um den Kunden zu kümmern.

Es wurde ein sehr arbeitsreicher Tag. Erst um kurz vor fünf schlossen wir ab, um uns auf den Weg nach St. Martin's zu machen. Zac packte sein Werkzeug ein, dann gingen wir zusammen über den Platz zur Vincent Street. Die Stimmung zwischen uns war viel besser, durch den Streit hatten wir zweifellos reinen Tisch gemacht.

»Kennst du den Mann näher, den wir gleich treffen?«, fragte ich ihn.

»Jeremy Quentin? Nein, nie gesehen. Aber am Telefon klang er ganz nett.«

»Ich hab den Namen auch noch nie gehört. Dem Brief nach zu urteilen, scheinen er und Dad eng befreundet zu sein. Seltsam, oder? Ich vermute, dass Dad wegen seines Buchs Kontakt zu ihm aufgenommen hat. Er hat nämlich mitten in einem Abschnitt über St. Martin's mit dem Schreiben aufgehört.«

»Mir war nicht klar, dass sie befreundet sind«, antwortete Zac, »dein Dad hat nie darüber gesprochen. Aber du weißt ja selbst, wie verschwiegen er sein kann.«

»Wem sagst du das«, bestätigte ich, »stell dir doch bloß mal vor, wenn sich die Geschichte zu diesen Fenstern irgendwo dort oben auf dem Dachboden verbirgt und nur darauf wartet, entdeckt zu werden. Dabei fällt mir ein, wusstest du eigentlich, dass Burne-Jones einige Entwürfe für *Minster Glass* gemacht hat? Burne-Jones! Tatsächlich! Ist das nicht fantastisch?«

»Oh, ich weiß, wie sehr du für ihn schwärmst.« Zacs Augen funkelten belustigt. »Das hat dein Dad mir erzählt.«

Ich lachte. Was Dad ihm wohl sonst noch alles erzählt hatte? Immerhin war Zac ihm in den letzten zwölf Jahren viel näher gewesen als ich. Aber auch Zac hatte seine Geheimnisse. Was zum Beispiel hatte er heute Nachmittag gemeint, als er gesagt hatte, Dad habe ihn gerettet? Ich überlegte, ihn darauf anzusprechen, aber in diesem Moment hatten wir die Kirche erreicht.

St. Martin's und der dazugehörige Pfarrsaal waren durch einen Vorraum miteinander verbunden. Eine Doppeltür zur Straße diente als Haupteingang. Sie stand offen. Wir durchquerten den Vorraum und gingen gleich weiter durch die nächste Tür bis in den hinteren Teil der Kirche. Eine tiefe, wohltuende Ruhe legte sich auf uns, als wir aus dem Sonnenlicht in die Dämmerung traten; der Verkehrslärm war plötzlich nur noch gedämpft zu hören. Wir verharrten einen Moment, ließen den riesigen Raum auf uns wirken und lauschten auf den Widerhall der Geräusche in der Stille, atmeten den schwachen Duft des Weihrauchs ein, der in der Luft hing. Ich wünschte, ich hätte keine hochhackigen Schuhe angezogen, denn auf den nackten Steinen klackerten meine Schritte schrecklich laut.

Von Reverend Quentin war nichts zu sehen, also liefen wir noch etwas umher, bewunderten die hohen, klarglasigen Fenster über dem Mittelschiff, die neugotischen Spitzbögen des Viktorianischen Zeitalters, das schwere steinerne Deckengewölbe.

Gedenktafeln für gefallene Soldaten, Stifter und ehemalige kirchliche Würdenträger schmückten die Wände aus hellem Sandstein. Weiter vorn am Hochaltar zog uns ein farbiges Rundbogenfenster unaufhaltsam in Richtung Osten.

»Das könnte eins von uns sein«, flüsterte ich Zac zu. »Komm!«

Zac folgte mir, vorbei am kostbar geschnitzten Chorgestühl rechts und links, bis wir an der Altarschranke standen. Wir schauten empor … und erstarrten.

Es war die Kreuzigungsszene von Charles Kempe. Thematisch durchaus nicht ungewöhnlich. Aber das hier war keine der üblichen stilisierten Darstellungen eines sterbenden Christus mit ausgestreckten Armen, der aussah, als wollte er Segen spenden. Nein, diese Szene zeigte seine ganze Qual im Augenblick des Todes. Geschunden und erschöpft hing Christus am Kreuz. Neben ihm stand seine Mutter Maria und flehte verzweifelt einen Gott an, der sie nicht zu erhören schien; auf der anderen Seite blickte Johannes entsetzt und mitleidend hin, war wie gebannt, während unterhalb des Sockels, auf dem das Kreuz stand, eine haltlos schluchzende Maria Magdalena sich gegen die spöttisch lächelnden Soldaten wehrte, die sie zurückzerrten. Das schwache Spätnachmittagslicht fiel auf die blassen, ausdrucksvollen Gesichter. Die Farben glühten förmlich vor Leben: Smaragd, Rubinrot, Blau und Gold. Im vollen Tageslicht musste diese Szene ungeheuer dramatisch wirken. Stumm und ergriffen verharrten wir vor dem Fenster und schauten hinauf.

Das Quietschen einer Tür erlöste uns aus der Erstarrung.

»Entschuldigen Sie bitte meine Verspätung.« Die warme Stimme des Pfarrers drang lebhaft durch das Mittelschiff. Er setzte einen Stapel Bücher ab, den er mitgebracht hatte, schaltete ein paar Leuchten an und wieder aus, bis er mit dem Ergebnis zufrieden war, dann eilte er uns entgegen. Unter seinem Arm klemmte ein blauer Plastikordner, den er auf eine Kirchenbank legte.

»Wenn man es eilig hat, kommt irgendwie immer was dazwischen, habe ich recht?« Er schüttelte uns die Hände, die haselnussbraunen Augen funkelten hell in seinem leicht zerfurchten Gesicht. »Dieses Mal waren es ein paar Mädchen aus unserem Heim, die sich über irgendwas aufgeregt haben. Zum Glück kümmert sich meine Frau Sarah jetzt um sie.« Mit seinen beiden Händen umschloss er meine, hielt sie etwas länger fest und sah mir direkt in die Augen. »Das, was ich über Ihren Vater gehört habe, tut mir sehr leid, Miss Morrison.«

»Fran.« Ich brachte nur ein Flüstern zustande, so sehr berührte mich sein mitfühlend trauriges Gesicht.

»Also gut, Fran. Ich schätze seine Freundschaft wirklich sehr, und es bricht mir das Herz, wenn ich mir vorstelle, wie sehr ihn meine jüngste Entdeckung interessiert hätte. Ich wollte sie ihm unbedingt zeigen. Verstehen Sie?«

Ich hätte ihn zu gern gefragt, worum es sich handelte, doch er war nicht zu bremsen. »Aber ich freue mich sehr, Sie endlich kennenzulernen. Edward hat mir so viel über Sie erzählt.«

Mehrmals tätschelte er mir tröstend die Hand, dann gab er sich einen Ruck und wandte sich an Zac. »Nun, mein lieber Mr. McDuff, ich denke, wir sollten nun zum Geschäftlichen kommen. Das Gutachten.« Er nahm den Ordner, zog ein paar Blätter heraus und schaute uns über den Rand seiner Brille hinweg mit väterlichem Blick an, beinahe so, als wollte er gleich mit der Predigt beginnen. »Sie wissen vielleicht, dass die anglikanischen Kirchen alle fünf Jahre gründlich auf ihren baulichen Zustand hin überprüft werden. Ich habe hier das Gutachten der letzten Inspektion. Der zuständige Ingenieur hat ein paar Fragen zu den Fenstern. Ich möchte Sie bitten, sich zunächst das Altarfenster anzuschauen und dessen Zustand zu beurteilen.«

Er las die Anmerkungen des Ingenieurs vor, dann rückte er zusammen mit Zac den schweren Altartisch nach vorn. Zac stellte sich auf einen Stuhl, um das Fenster besser in Augenschein nehmen zu können, aber es reichte nur für das unterste Drittel.

»Ich fürchte, wir brauchen eine Leiter«, meinte der Reverend. »Könnten Sie mir vielleicht helfen, Mr. McDuff? Die Leute vom Chor bereiten nebenan die Probe vor, wir müssen sie wohl kurz stören.« Zac nickte und folgte ihm in den Vorraum. Ich hörte, wie die Tür zum Pfarrsaal aufging, vernahm gedämpfte Stimmen, allerlei Geklapper und Gepolter, dann kehrten die beiden mit einer langen Aluminiumleiter zurück.

Ein paar Minuten später rief Zac von ziemlich weit oben herunter: »Die Glasfarbe ist an einigen Stellen tatsächlich in sehr schlechtem Zustand. Sehen Sie hier, am Kopf von Johannes. Oder da unten, am Soldaten. Im Gesicht kann man die Zeichnung gar nicht mehr erkennen. Aber ich habe schon Fenster gesehen, die in einem wesentlich übleren Zustand waren. Mit etwas Glück müssen wir das Glas nicht mal entfernen.«

»Das höre ich gern«, antwortete der Pfarrer erleichtert.

Nachdem Zac sich ein paar Notizen gemacht hatte, schoben die Männer den Altar zurück an seinen alten Platz.

»Die anderen Fenster sind hier drüben.« Der Pfarrer öffnete die Tür zu einer kleinen Seitenkapelle auf der Südseite des Mittelschiffs. »Das ist die Marienkapelle; wie der Name schon sagt, ist sie der Heiligen Jungfrau Maria geweiht«, erklärte er und verbeugte sich kurz vor dem schlichten Messingkreuz über dem Altar. Daneben befand sich eine Marienstatue aus Holz. Sie war stark beschädigt, quer über ihren Nacken verlief ein tiefer Riss.

Wir schauten zu den beiden bemalten Fenstern hinauf; das an der Südseite in düsteren Gelb- und Brauntönen nahm ich kaum wahr. Aber das andere, über dem Altar, war so wunderschön, so klar und leuchtend, dass es mir den Atem raubte.

Mit offenem Mund starrte ich es an, und die Welt um mich herum schien stillzustehen.

Es war die schönste Darstellung einer Jungfrau mit Kind auf Glas, die ich je gesehen hatte. Das Kind saß bei seiner Mutter auf dem Schoß und hatte ihr die speckigen Ärmchen um den Hals geschlungen. Aber es war beileibe keines dieser grob gezeichneten Kinderbilder, die darauf schließen ließen, dass der Künstler noch nie ein Kind gesehen hatte. Im Gegenteil. Maria hielt es zärtlich, beschützend; Mutter und Kind blickten sich verzückt in die Augen, und ihre Gesichter strahlten eine heitere Gelassenheit aus. Es war bewegend, beinahe ergreifend. Der Anblick ihres Kindes hielt sie vollkommen gefangen, fast so, als sei sie einzig dazu geschaffen, es zu lieben und zu ehren. Unwillkürlich dachte ich an die Maria vom Kreuzigungsfenster. Ihr Sohn – ein erwachsener Mann, und trotzdem ihr Kind, für das sie alles hergeben würde – wurde ihr entrissen, vor ihren Augen erniedrigt und brutal getötet. Der Kontrast war ungeheuer. Aber das Bild regte noch mehr in mir an: die schmerzliche Sehnsucht nach meiner eigenen Mutter.

»Alles in Ordnung, Fran?« Vorsichtig berührte Zac mich an der Schulter.

Ich drehte mich um, sah, dass beide Männer mich irritiert anschauten. »Es ist wunderschön, nicht wahr?«, flüsterte ich schließlich.

»Das ist es«, bestätigte Reverend Quentin, »eine Schande, dass …«, fuhr er fort, und ich versuchte, mich auf die Details der technischen Herstellung des Fensters zu konzentrieren. Der Pfarrer zeigte auf die Gewänder, in die Maria sich gehüllt hatte – es sah aus, als würde sich auf der anderen Seite der Scheibe so etwas wie Schimmel über das üppige Blütenmuster verbreiten.

»Ich frage mich, ob wir versuchen sollten, das zu stoppen.«

»Auf jeden Fall«, bekräftigte Zac. »Sehr merkwürdig. Ich muss es mir näher ansehen, von draußen, gleich wenn wir hier fertig sind.« Diesmal konnte er den größten Teil des Fensters von den unteren Sprossen der Leiter aus betrachten.

Während er die Lupe zur Seite legte, um sich Notizen zu machen, betrachtete ich das zweite Fenster.

Mein erster Eindruck hatte mich nicht getäuscht. Künstlerisch war es nur Mittelmaß, ein Fenster zum Gedenken an den Zweiten Weltkrieg in düsteren Braun- und Ockertönen. Eine pathetische Britannia hielt eine zerschlissene Regimentsfahne in der Hand. »Den tapferen Helden aus unserer Mitte, die im Kampf für ihr Vaterland ihr Leben geopfert haben. 1939–1945« stand in gotischen Lettern darunter. Vermutlich hatte es den trauernden Familien auf irgendeine Weise Genugtuung verschafft, ohne sie aber wirklich berührt zu haben.

»Über dieses Fenster wollte ich gern mit Ihrem Vater sprechen«, sagte Reverend Quentin, der neben mich getreten war.

»Ach.« Ich war enttäuscht. Deshalb die ganze Aufregung? Wegen dieses kitschigen alten Kriegerdenkmals?

»Oder besser gesagt«, korrigierte er sich, »über das Fenster, das sich vorher an dieser Stelle befunden hat.«

»Hier war früher ein anderes Fenster?«, fragte ich erstaunt.

Der Reverend nickte. »Das denkt zumindest Ihr Vater. Und ich glaube, er hat recht. Sehen Sie nur.« Er kniete sich vor den Altar, hob das weiße Tuch hoch und zerrte einen großen zerbeulten Pappkarton hervor, der grau vor Ruß und Schmutz war. Ich griff eine Ecke, half ihm, den Karton hervorzuzerren und fragte mich, was um alles in der Welt sich darin befinden mochte.

»Der Ingenieur, der bei uns war«, keuchte der Pfarrer, »hat uns gebeten, nebenan unter der Treppe im Pfarrsaal alles wegzuräumen, weil er sich eine feuchte Stelle ansehen wollte, die er an der Außenmauer entdeckt hatte. Es war ganz schön anstrengend; dort hatte sich eine Menge Müll angesammelt. Aber dabei haben wir das hier gefunden.«

Die Verschlusslaschen des Kartons waren so altersschwach, dass sie sich leicht auseinanderbiegen ließen. Der Pfarrer zog eine alte Zeitung heraus, dann starrten wir alle in das Innere des Kartons.

»Was ist das?«, fragte ich enttäuscht. Es sah aus wie ein Haufen Scherben und verbogenes Metall. Sicher auch bloß ein Teil des Mülls, von dem Jeremy Quentin gesprochen hatte. Er griff mit beiden Händen hinein und zog ein Stück heraus. Als er es ins Licht hob, begriff ich, wieso er so aufgeregt war. Ich erkannte einen schmalen grünen Streifen, der mit lauter weißen Blüten besetzt war. Ein bisschen erinnerten sie mich an Zehen, die in einer Sandale steckten. Ich war erstaunt. In dem Karton befand sich ein zerbrochenes altes Glasfenster.

»Ich schätze, es wurde im Krieg zerstört«, sagte der Pfarrer und legte das Glas vorsichtig zurück. »Irgendwo auf der Zeitung steht ein Datum. Schauen Sie mal nach.«

Zac zog die Zeitung heraus und strich sie glatt. »14. September 1940«, las er laut vor. »Ja, das könnte das Datum sein, an dem es passiert ist und jemand die Einzelteile gerettet hat.«

Über Zacs Schulter las ich mit. Es war eine Titelseite, und ich konnte ein vergilbtes Foto erkennen, auf dem Feuerwehrleute ein ausgebombtes Gebäude durchsuchten.

»Ich habe mir ein paar alte Chroniken angesehen«, fuhr Jeremy fort. »Leider konnte ich nichts Brauchbares finden, bis auf eine Passage über die *Britannia*, die später an die Stelle des zerstörten Fensters gesetzt worden ist. Irgendeine Müttervereinigung hatte sie nach dem Krieg in Auftrag gegeben.«

»Ich frage mich, ob es in Ihrer Pfarre noch Leute gibt, die sich an das alte Fenster erinnern.« Zac bückte sich, nahm ein paar Stücke aus der Schachtel und drehte sie nachdenklich hin und her.

»Ja, allerdings, ein oder zwei Leute könnte es noch geben«, murmelte Jeremy Quentin. »Ich werde mich umhören.«

»Ob Dad wohl etwas davon wusste?«, überlegte ich laut. »Ich meine natürlich nicht damals, da war er ja noch ein kleines Kind, aber vielleicht später. Er weiß doch so viel über die Firma.«

»Deshalb dachte ich ja auch, dass es ihn interessieren würde, Fran. Bei den Recherchen zu seinem Buch hatte er irgendwo gelesen, dass hier noch ein anderes Kirchenfenster existiert haben musste. Er wollte versuchen herauszufinden, welches es war – danach habe ich leider nicht mehr mit ihm gesprochen.«

Wir sahen uns traurig an. Dann fiel mir etwas ein, das ich in seinen Aufzeichnungen gelesen hatte. »Diese Jungfrau mit dem Kind könnte zu den Fenstern gehören, die ein Pfarrer um 1880 in Auftrag gegeben hatte.«

»Ja. Aber Ihr Vater glaubte, dass zur selben Zeit noch ein weiteres entstanden sein könnte.«

»Und zwar dieses kaputte hier.« Zac hielt eine rubinrote Scherbe hoch, die im Spätnachmittagslicht wunderschön funkelte.

»Genau.«

»Sie haben recht«, flüsterte ich. »Dad hätte dieser Anblick fasziniert.«

»Wie geht es dem armen Kerl eigentlich?«, fragte Jeremy Quentin. Erneut rührte mich das tiefe Mitgefühl in seinem Blick. »Ich würde ihn gern besuchen, wenn das möglich ist. Ich mag Ihren Vater sehr gern. Er ist ein ausgesprochen interessanter Mann und ein sehr tapferer dazu.«

Tapfer? Was meinte er damit? »Ich muss gestehen, ich wusste nicht, dass Sie so eng befreundet sind«, sagte ich zögernd.

»Oh, wir haben uns auch erst in letzter Zeit näher kennengelernt.«

»Er … er ist sicher kein einfacher Mensch«, antwortete ich. Ich fragte mich, wie viel mein Vater ihm wohl erzählt hatte; der Pfarrer spürte, in welcher Stimmung ich mich befand.

»Das kann ich mir vorstellen.« Er nickte. »Er ist sehr reserviert, nicht wahr? Und das habe ich natürlich respektiert. Deshalb bin ich auch nicht sicher, ob er sich über einen Besuch freuen würde.«

»Bestimmt. Nur kann er es leider nicht zeigen. Er kann im Moment nicht kommunizieren. Ich mache mir große Sorgen um ihn.«

Zac zog sich taktvoll zurück und erklärte, dass er sich die Fenster gern mal von außen ansehen würde. Er nahm die Leiter mit, und wenig später hörten wir ihn die schützenden Gitter abschrauben. Ich sprach eine Weile mit Jeremy und schilderte ihm Dads Zustand, dann gingen wir beide hinaus, um Zac zu helfen.

Als Zac fertig war und die Leiter wieder weggeräumt hatte, versammelten wir uns noch einmal in der Marienkapelle.

Reverend Quentin sah uns an: »Ich habe mir etwas überlegt. Die Kirche hat kürzlich eine Spende erhalten, die wir für die Reparatur des zerstörten Fensters verwenden könnten. Kirchenfenster sind wichtig. Im Gottesdienst und bei der Anbetung können sie mit ihrer Farbenpracht eine nicht zu unterschätzende Hilfe sein. Im Mittelalter soll das bemalte Glas bei manchen Gläubigen sogar ekstatische Visionen ausgelöst haben.«

Ich warf einen Blick auf die Jungfrau mit dem Kind, dachte noch einmal an den Ausdruck der Todespein auf dem Kreuzigungsfenster, daran, wie jede Szene für sich genommen eine jeweils andere Seite der allumfassenden göttlichen Liebe darstellte. Ich verstand, was er meinte. Niemand konnte beim Anblick dieser Kunstwerke unberührt bleiben.

»Es wäre jedenfalls wunderbar, wenn Sie den Karton mitnehmen würden«, schlug Jeremy vor. »Schauen Sie sich an, ob Sie was damit anfangen und erkennen können, was das Ganze überhaupt darstellen sollte. Wenn Sie eine Restauration für möglich halten, müssen wir natürlich erst den Pfarrgemeinderat und die Diözese informieren. Wenn es um Kircheneigentum geht, sind die bürokratischen Hürden nicht zu unterschätzen …« Er brach ab und blickte wieder auf den Karton. Vermutlich dachten wir in diesem Moment alle das Gleiche: Würde sich der ganze Aufwand lohnen? Konnten wir diesen Scherbenhaufen tatsächlich wieder in ein Fenster verwandeln, das in seiner ganzen Schönheit erstrahlte?

»Also, wir werden auf jeden Fall recherchieren, was es gewesen ist«, sagte ich schließlich. »Danach sehen wir weiter.«

»Gut.« Jeremy Quentin nickte.

»Sie haben nichts zur Hand, was uns dabei helfen könnte, oder? Bilder zum Beispiel oder alte Kirchenführer.«

»Nicht dass ich wüsste. Aber ich werde mich noch einmal auf die Suche machen«, versprach der Pfarrer.

Ich versuchte mir vorzustellen, was unter Umständen inmitten der Akten auf Dads vollgestopftem Dachboden zu finden wäre. Nicht gerade ein erheiternder Gedanke, die Papierhaufen durchwühlen zu müssen.

Zac schaute auf seine Armbanduhr und räusperte sich

vernehmlich. »Fran, was meinst du, haben wir für heute genug gesehen?«

Ich nickte, daraufhin bückte er sich, verschloss den Karton und versuchte, ihn hochzuheben.

»Um Gottes willen, tun Sie das nicht«, rief der Pfarrer. »Wir haben ihn zu zweit hierhergetragen.«

»Ich habe nur Angst, dass er reißen könnte«, sagte Zac. »Wissen Sie was? Ich komme morgen mit unserem Lieferwagen.« Die beiden Männer vereinbarten einen Termin, dann schoben sie die Kiste wieder unter den Altar, und der Pfarrer zog das Tuch darüber glatt.

»Dann verabschiede ich mich jetzt«, sagte Jeremy. »Ich habe noch etwas in der Sakristei zu erledigen.«

Es war bereits nach sechs, und wir hatten mitbekommen, dass sich am Eingang etwas regte. Leute kamen herein und gingen in den Pfarrsaal nebenan.

Als Zac und ich das Gebäude verließen, sagte er plötzlich: »Geh schon mal vor, Fran. Ich habe mein Notizbuch liegen lassen.« Rasch lief er noch einmal in die Kapelle zurück.

Ich ging zur Tür, um zu sehen, was da draußen los war. Der Pfarrsaal war voller Menschen. Irgendjemand spielte ein paar Akkorde auf einem Klavier. Mich bemerkte niemand.

»Dominic sammelt den Mitgliedsbeitrag ein. Er ist unser Finanzchef«, erklärte ein rotgesichtiges Mädchen einem anderen. »Dafür besorgt er uns die Noten. Ich finde, *Der Traum* ist so ein schönes Stück.«

Das musste der Chor sein, von dem Pfarrer Quentin gesprochen hatte. Offenbar probten sie *Der Traum des Gerontius*, eines der berühmtesten Oratorien von Elgar. Es gehörte zu meinen Lieblingsstücken, genau wie sein Cello-Konzert. Interessiert trat ich einen Schritt näher.

»Franny, bist du es wirklich?«

Erstaunt drehte ich mich um. Eine junge Frau mit strubbeligem blonden Haar, lässiger Cargohose und engem Top kam gerade herein. Ich konnte ihr Gesicht nicht sehen, aber diese Stimme hätte ich überall erkannt. Niemand sonst hatte mich jemals Franny genannt.

5. Kapitel

Neben jedem Menschen, der auf Erden geboren wird, nimmt ein Schutzengel seinen Platz ein, um ihn durch die Irrungen des Lebens zu geleiten.

Menander

»Jo! Was machst du denn hier?«

Ich sah das vertraute Lächeln, das ihr ganzes Gesicht erstrahlen ließ, und es kam mir vor, als hätte ich sie erst gestern das letzte Mal gesehen.

Leute drängten sich an uns vorbei und schimpften, dass wir den Weg versperrten, bis wir schließlich hinausgingen. Ein oder zwei Sekunden lang schauten wir uns nur an, ein bisschen unsicher, doch dann streckte sie die Arme aus. Ich ließ mich in die Umarmung fallen und drückte sie fest an mich. Erstaunlich, wie gut es tat, sie wiederzusehen, vor allem weil ich gestern Abend so gezögert hatte, sie anzurufen.

»Du hast dich kein bisschen verändert«, sagte ich und ließ den Blick ausgiebig über sie schweifen. Die Worte waren leicht dahingesagt, aber in diesem Fall absolut zutreffend: dieselbe rundliche Figur, dasselbe strubbelige hellblonde Haar, das jeder Bürste und jedem Festiger widerstand, dasselbe ungeschminkte Sommersprossengesicht – kurz gesagt, dieselbe Jo.

»Du auch nicht«, antwortete sie weniger überzeugend.

Wir wussten beide, dass ich vor zwölf Jahren, als wir uns das letzte Mal gesehen hatten, ganz anders gewesen war, nämlich ein schüchternes, unsicheres Mädchen mit abgekauten Fingernägeln, das sich nur für Musik und Kunst interessierte und sich scheute, Fremden gegenüber den Mund aufzumachen. Und nun … na ja, in diesen zwölf Jahren hatte ich verdammt viel gelernt – auch wenn ich immer noch an den Nägeln kaute.

»Was machst du so?«, fragte sie mich. »Das Letzte, was ich von dir gehört habe, war, dass du auf die Musikhochschule gegangen bist. Dein Dad hat mir erzählt, wie gut du warst.«

Schuldbewusst erinnerte ich mich daran, dass sie mir von der Universität Briefe und Postkarten geschickt hatte, von denen ich nicht eine einzige beantwortet hatte. Auf welcher Uni war sie noch gewesen? Sussex? Keine Ahnung. Ich wusste bloß noch, dass sie Sozialpädagogin werden wollte. Jo war immer eine gewesen, die für andere da sein und Gutes tun wollte.

»In all den Jahren war ich ein- oder zweimal bei euch im Laden«, erzählte sie, und ihre unschuldigen blauen Augen durchbohrten mich mit einem Blick, »aber dein Dad hat mir jedes Mal gesagt, du wärst nicht da.«

»Ich war freiberuflich unterwegs, habe für verschiedene Orchester gespielt, die eine Tuba brauchten«, erklärte ich ihr. »Ich schätze, ich bin mit meinem Instrument einige Male um die Welt gereist.«

»Na, das erklärt natürlich alles.« Sie zuckte mit den Schultern. »Du warst ja immer gern auf Reisen.«

In diesem Moment drängte sich Zac durch die Menge zu uns. Er sah Jo, sah, dass wir uns unterhielten, und sagte nur: »Bis morgen.« Dann entfernte er sich in Richtung Vauxhall

Bridge Road, seine Werkzeugtasche hatte er über die Schulter geschlungen.

»Wer war das?«, fragte Jo neugierig.

»Ach, nur Zac«, antwortete ich. »Ein Angestellter von Dad. Der Pfarrer hat uns gebeten, die Kirchenfenster anzusehen. Was machst du denn inzwischen so?«

»Ich arbeite im St.-Martin's-Heim.« Es war das Heim für junge obdachlose Frauen, von dem Jeremy Quentin gesprochen hatte. »Ich bin dort Gruppenleiterin.«

»Wohnst du auch dort?«

»Oh nein.« Sie schüttelte den Kopf. »Das wäre zu viel. Ich wohne immer noch in der Wohnung von Mom und Dad. Sie haben inzwischen ein Haus in Kent, wollten die Wohnung in den Rochester Mansions aber behalten, weil Dad immer noch regelmäßig in London ist. Eigentlich bin ich zu alt, um noch in der Wohnung meiner Eltern zu wohnen, aber bei meinem Gehalt ist das durchaus sinnvoll.«

»Ich bin auch wieder zu Hause«, antwortete ich und erzählte ihr von Dads Krankheit.

»Oh Gott, das ist ja schrecklich!« Das Mitgefühl in ihrer Stimme traf mich unvorbereitet. »Wenn ich irgendwas für dich tun kann …«

»Danke«, erwiderte ich unbeholfen.

Irgendwer hinter uns rief etwas. »Ist das da drüben nicht der neue Chorleiter?« Wir verdrehten den Hals, weil es ziemlich voll war, aber ich wusste nicht, nach wem wir überhaupt suchten.

»Es tut mir leid, Fran«, sagte Jo. »Unser neuer Chorleiter ist da. Ich muss meine Noten zusammensuchen.«

»Was ist das für ein Chor?«

»Die Chorgemeinschaft St. Martin's. Ich bin erst seit zwei Jahren dabei, aber es macht mir riesigen Spaß. Wir geben zwei Konzerte im Jahr. Das nächste findet im Dezember statt. Ben ist der neue Leiter, der alte ist in Rente gegangen. Hey, vielleicht willst du sogar mitmachen? Wir proben gerade *Der Traum des Gerontius*, und ich weiß, dass wir noch einen Sopran suchen. Du singst doch Sopran, oder?«

»Ja, stimmt. Aber ich bin nicht sicher, ob ich das im Moment packe.« Dabei klang es ziemlich verlockend. Ich war zwar Instrumentalistin, aber ich sang schrecklich gern. »Ich überlege es mir, ja? Wie lang dauert die Probe denn?«

»Zwei Stunden. Um halb sieben fangen wir an, und danach gehen ein paar von uns immer noch in den Pub. Warum schaust du es dir nicht einfach mal an, wo du gerade hier bist? Die Leute sind echt nett.«

»Hi, Ben!«, rief jemand. »Hattest du einen schönen Sommer?«

Ein Mann an der Tür drehte sich um, und ich sah ihn interessiert an. Er wirkte ziemlich jung, hatte sehr helle Haut, eine weizenblonde Mähne und feine Gesichtszüge. Es kam mir vor, als hätte ich so ein Gesicht schon mal irgendwo gesehen – ja, auf italienischen Renaissance-Gemälden. Er würde einen perfekten Botticelli-Engel abgeben. Auf jeden Fall strahlte er etwas aus, das die Blicke auf sich zog.

»Hallo, Ben!«, rief Jo, als er vorbeiging. Er blieb stehen, drehte sich um und sah sie fragend an. »Ich bin Jo, wahrscheinlich kennst du mich nicht«, sagte sie ein bisschen atemlos. »Ich hab vielleicht einen neuen Sopran für uns. Das ist Fran, eine frühere Schulfreundin.«

Ben musterte sie mit ernstem Blick. »Jo«, sagte er dann und schüttelte ihre Hand. »Natürlich kenne ich dich.« Sie wurde rot, und ich lächelte über seinen einstudierten Charme.

Aus der Nähe stellte ich fest, dass Ben etwas älter war, als ich anfangs geglaubt hatte, eher um die dreißig, so wie ich. Seine Haut wirkte nicht mehr ganz so strahlend jung, und unter den Augen lagen schwache Schatten. Aber das verlieh ihm eher einen Hauch von Bodenständigkeit und machte ihn sogar noch attraktiver.

»Hallo, Fran.« Er sah mir eine Sekunde lang tief in die Augen, und jetzt bekam ich wackelige Knie.

»Ich weiß noch gar nicht …«, begann ich, aber er schnitt mir einfach das Wort ab.

»Schön, dich kennenzulernen. Heute Abend kannst du doch einfach mal mitsingen, dann können wir hinterher reden. Und vor der Probe musst du wirklich keine Angst haben, glaub mir.« Damit eilte er weiter. Die Menge wich auseinander, offenbar strahlte er große Autorität aus. Ich war irritiert und fasziniert zugleich.

»Tja …«, sagte ich zu Jo, nachdem mir die Entscheidung offenbar aus der Hand genommen worden war.

»Und? Machst du mit?«, fragte sie aufgeregt. »Natürlich musst du erst noch vorsingen, aber ich kann mir nicht vorstellen, dass dir das Probleme bereitet. Mich haben sie schließlich auch genommen, und Miss Logan hat mir mal gesagt, meine Stimme würde sich anhören, als hätte ich Sand im Getriebe.«

Lachend erinnerte ich mich an die vornehme ältere Musiklehrerin, die den Schulchor geleitet hatte. Hatte ich wirklich Lust, hierzubleiben, mitzusingen und vielleicht einem Chor beizutreten? Es würde bedeuten, dass ich eine erhebliche Verpflichtung einging. Ich dachte an die Alternative: nach Hause zu gehen und wieder allein zu sein. Warum also nicht Singen? Schließlich brauchte ich ja nicht wiederzukommen, wenn es mir nicht gefiel.

Ich folgte Jo zurück in den Pfarrsaal.

»Dominic, hi, wie geht's dir? Das hier ist Fran, eine frühere Freundin aus der Schule«, erklärte sie einem dicken lächelnden Mann mit hellen Babylocken und einem maßgeschneiderten Anzug, der hinter einem Schreibtisch saß, auf dem sich Notenhefte türmten. »Gerade eben bin ich ihr zufällig in die Arme gelaufen. Nach zwölf Jahren. Ist das nicht unglaublich?«

»Schön, dich kennenzulernen, Fran.« Dominic stand auf und schüttelte mir die Hand. Der Blick aus seinen blauen Augen war genauso eindringlich und arglos wie zuvor bei Jo. Er notierte meinen Namen und meine Telefonnummer und reichte mir die Noten von *Der Traum* mit einer kleinen Verbeugung. Dann meinte er so beiläufig wie möglich zu Jo: »Wie sieht's aus? Gehst du nachher noch mit was trinken?«

»Na klar«, antwortete sie.

»Du natürlich auch, Fran«, fügte er höflich hinzu. Ich lächelte und nickte unverbindlich.

Der kleine Saal war zu drei Vierteln mit Stühlen vollgestellt, den Rest der Fläche nahmen ein kleines Dirigentenpodest und ein Flügel ein. Ich schätzte die Anzahl der Leute im Raum auf sechzig bis siebzig. Sie entledigten sich ihrer Jacken und Mäntel, verstauten Wasserflaschen unter ihren Stühlen, blätterten in den Noten oder schwatzten mit den anderen Chormitgliedern, die sie seit der letzten Probe nicht mehr gesehen hatten. Jo und ich setzten uns auf zwei freie Plätze in der letzten Reihe, die den Sopranstimmen vorbehalten war. Wir redeten ein wenig über ihre Arbeit und über gemeinsame alte Schulfreunde, bis sich eine Frau vor uns umdrehte und Jos Aufmerksamkeit beanspruchte. Nachdem sie uns gegenseitig vorgestellt hatte, saß ich schweigend daneben, während sie plauderte, und tat so, als würde ich mich auf die mir vertraute Musik einstimmen. Den faszinierenden Ben, der inzwischen das Podium bestiegen hatte und seinen Notenständer justierte, ließ ich dabei keinen Moment aus den Augen.

Die Leute in dem vollen Saal schien er nicht wahrzunehmen, als er ungeduldig in seinen Noten blätterte, versunken ein paar Takte schlug und hier und da ein paar kleine Bleistiftnotizen aufs Blatt kritzelte. Jackett und Krawatte hatte er abgelegt, das Hemd geöffnet und die Ärmel aufgekrempelt – jetzt sah er wieder so jungenhaft aus wie vorhin. Das wellige Haar kringelte sich über den hochgeschlagenen Hemdkragen und schimmerte goldblond auf dem weißen Stoff.

Nach einem kurzen Wortwechsel mit dem Klavierspieler, einem grauhaarigen Mann, den Jo mit Graham angesprochen hatte, war Ben plötzlich bereit. Er stand ruhig da und begrüßte ein paar Zuspätkommende, die sich nach hinten schlichen, mit einem Stirnrunzeln. Dann begann er zu sprechen. Ich hörte nur mit halbem Ohr auf die Worte, denn die Klangfarbe seiner weichen, musikalischen Stimme, die Art, wie er die Konsonanten präzise über die Lippen brachte, schlug mich in den Bann. Er wirkte unglaublich elegant und selbstsicher.

»Also. *Der Traum des Gerontius*«, begann er, und alle wurden mucksmäuschenstill. »Wir haben insgesamt nur zwölf Proben, das heißt, wir müssen zügig arbeiten. Falls also jemand mit dem Gedanken spielen sollte, eine Probe zu schwänzen, dann ist meine Botschaft eindeutig: Nein! Für uns ist das ein großes Konzert, und ich verlange nichts weniger als völlige Hingabe.« Er sah sich im Raum um, aber niemand schien sich an seinen klaren Worten zu stören. Im Gegenteil. Die meisten nickten ernst.

»Wer von euch hat das Stück schon mal gesungen?« Er

überflog die erhobenen Hände. »Ein Viertel ungefähr. Gut. Für diejenigen, die es nicht kennen, es ist Elgars berühmtestes Oratorium. Neben *Messias* und *Elias* ist es sogar eines der bekanntesten Oratorien überhaupt. Das bedeutet, dass es dem Publikum vertraut ist und dass es hohe Erwartungen an unsere Aufführung richten wird.

Vielleicht interessiert ihr euch für den Hintergrund. *Gerontius* wurde 1900 zum ersten Mal aufgeführt. Elgar hatte sein ganzes Herzblut in die Komposition gelegt, all sein Können. Er hat einmal geschrieben, dass es das Beste von ihm sei. Leider geriet die erste Aufführung aus verschiedenen Gründen zu einer Katastrophe, was ich ganz sicher nicht wiederholen möchte.« Ich bewunderte Bens rhetorisches Geschick. Er wartete nicht ab, bis das Gelächter verstummte, sondern redete einfach weiter. »*Der Traum des Gerontius* ist die musikalische Inszenierung eines berühmten Gedichts von Kardinal Newman. Es handelt von einem Mann, der die Grenze ins Reich des Todes überschreitet und somit die schwierigste aller Heldenfahrten antritt.« Er hielt kurz inne.

»Okay. Wir beginnen auf Seite elf mit dem Kyrie. Semichorus. Hebt bitte die Hände, damit ich euch sehen kann. Gut. Crispin«, er zeigte auf einen großen schmalen Tenor mit langem Hals, »hat sich freundlicherweise bereit erklärt, während der Proben den Gerontius zu übernehmen. Ansonsten freue ich mich, euch mitteilen zu können, dass ich meinen Freund Julian Wright dazu überreden konnte, beim Konzert die Rolle zu singen, und zwar für einen Bruchteil seines sonst üblichen Honorars.« Beifälliges Gemurmel wurde laut – kein Wunder, denn es war ein echter Glückstreffer, den renommierten Tenor Julian Wright für den Part zu gewinnen.

»Im orchestralen Prélude führt Elgar eine Reihe Leitmotive ein. Es ist wichtig, dass ihr sie kennt und im Ohr habt. Daher möchte ich Graham bitten, die Prélude als Erstes einmal komplett durchzuspielen.«

Gericht, Furcht, Gebete, Schlaf und Verzweiflung. Während Graham ein Thema nach dem anderen anspielte, erinnerte ich mich wieder an die einzelnen Phasen, die Gerontius auf seinem Sterbebett durchlebt, während wir, der Chor, zu Gott sangen und ihn um Gnade anflehten. Crispin führte den Semichorus an, zögernd zunächst, aber dann zunehmend sicherer, bis mich die Schönheit der gewaltigen Musik überrollte und gefangen nahm. Die zwei Stunden vergingen wie im Flug.

Am Ende bat Ben alle Neuen, die gern vorsingen wollten, noch zu bleiben. Ich und die zweite Kandidatin, eine Jamaikanerin mittleren Alters, warteten am Klavier, bis Ben zu uns kam. Die Jamaikanerin sang als Erste, sie hatte eine reiche Altstimme.

»Wunderbar, Elizabeth«, lobte Ben. »Sie sind eine begnadete Sängerin.«

Sie nickte erfreut, flüsterte mir »Viel Glück« zu und verschwand dann, um ihren Zug zu erreichen.

»Sehen wir uns gleich im *The Bishop?*«, rief Dominic, als er mit Jo verschwand. Sie winkte mir zu. »Du kommst doch mit, oder, Fran?«

Und dann waren Ben und ich plötzlich allein. Er spielte ein paar Akkorde auf dem Klavier an, und ich trällerte mich durch eine Folge von Arpeggios.

»Sorry, irgendwie habe ich gerade einen Frosch im Hals«, haspelte ich. »Aber das geht sicher jedem so, oder?« Ben lächelte bloß und blätterte in einem Buch mit Stimmübungen.

»Versuch mal das hier«, meinte er und reichte es mir. Ohne zu warten, bis er den Takt am Klavier vorgab, sang ich die Passage, die er mir gezeigt hatte, fehlerlos.

Er sah mich überrascht an. »Bist du Musikerin?«

»Blechbläserin. Die Tuba ist mein Hauptinstrument.«

»Das ist ja ungewöhnlich.« Ich war froh, dass er nicht »für eine Frau« hinzufügte. Denn die meisten taten das und krönten es noch mit »vor allem für so eine kleine«, als wäre ich mit meinen eins sechzig ein Zwerg.

»Ich habe damals mit dem Waldhorn angefangen«, erzählte ich ihm. »Aber dann hat mir an der Musikhochschule jemand seine Tuba geliehen, und ich fand das viel einfacher. Das breitere Mundstück war mir wesentlich angenehmer.«

Sein Blick ruhte ganz kurz auf meinen Lippen. Hastig redete ich weiter. »Außerdem finde ich, dass die Tuba als Orchesterinstrument viel besser zur Geltung kommt.«

»Der Klang stützt alles andere, stimmt's?«

»Genau.«

»Für wen spielst du denn?«

Ich zählte einige Orchester auf, die mich bereits engagiert hatten.

Er nickte beeindruckt. »Du hast eine sehr schöne Stimme. Ich würde mich freuen, wenn du uns verstärken würdest.« Ben begann, seine Bücher in einer altmodischen Aktentasche zu verstauen. Wieder trafen sich unsere Blicke, und ich hatte das unangenehme Gefühl, als würde er tief in meine Seele blicken. »Kommst du noch mit auf einen Drink? Ich muss nur schnell ein bisschen aufräumen.«

Ich wartete, bis er abgeschlossen hatte.

»Ich bin der neue Organist von St. Martin's«, erklärte er mir, als ich ihn auf dem Weg zum Bishop Pub in der Rochester Row fragte, was er sonst noch so mache. »Die Chorleitung gehört zu meiner Aufgabe. Ansonsten bin ich Pianist und unterrichte Privatschüler an einer Schule hier in der Nähe.«

Er hatte eine nette Art zu sprechen, ganz anders als vorhin auf dem Podium in seiner Rolle als Dirigent. Ein Hauch Arroganz blieb zwar, und es machte mich ziemlich nervös, wie er mich ansah, aber er wurde mir zunehmend sympathischer.

»Wie kommt es denn, dass Jo dich mitgebracht hat?«, fragte er, und ich erklärte ihm, dass ich erst kürzlich nach London zurückgekehrt und ihr ganz zufällig in die Arme gelaufen sei.

»Meinem Vater gehört das Glaskunst-Geschäft am Greycoat Square«, sagte ich. »Ich habe mir heute Nachmittag die Fenster in der Kirche angesehen.«

»Ah, dann hast du also Jeremy Quentin getroffen.« Er nickte. »Wie findest du ihn?«

»Er ist ... sehr nett. Oder nicht?«

»Ja, schon.«

Es klang nicht unbedingt begeistert, und ich fragte mich, ob hinter seinen Worten noch etwas anderes steckte. In diesem Moment hatten wir den Pub erreicht.

Er hielt mir die Tür auf, und als ich an ihm vorbeiging, berührte er mich zufällig am Arm. Dann befanden wir uns schon mitten zwischen den anderen Chormitgliedern, die uns freundlich begrüßten.

Ben sah ich kaum noch an jenem Abend. Nur einmal erblickte ich ihn kurz, als er mit zwei anderen Männern an der Theke stand, eine große, würdevolle Gestalt, tief in ein lebhaftes Gespräch verstrickt.

Irgendjemand aus einer Gruppe, die an einem großen Tisch saß, rückte ein Stück, damit ich mich neben Jo in die

Ecke quetschen konnte. Dominic stand sofort auf, um mir ein Glas Wein zu besorgen.

Da saß ich nun wieder inmitten einer Horde freundlicher Menschen, die mich jedoch, abgesehen von Jo, am Ende des Abends wieder vergessen haben würden. So viele Leute, alle redeten wild durcheinander und stellten mir immer wieder dieselben Fragen – woher ich Jo kannte und was ich von ihrem Chor hielt. Es war ziemlich anstrengend. Außerdem schmeckte der Wein säuerlich, und ich sehnte mich danach, allein zu sein. Vielleicht war es ein Fehler gewesen mitzukommen, vielleicht war so ein Chor doch nicht das Richtige für mich.

Sobald es nicht mehr unhöflich wirkte, stand ich auf, um mich zu verabschieden. Ich umarmte Jo und versprach ihr, sie diese Woche noch anzurufen. Als ich schon fast aus der Tür war, spürte ich, dass mich jemand an der Hand berührte. Es war Ben. Überrascht fragte ich ihn, ob er auch ginge; aber nein, er war extra gekommen, um mir auf Wiedersehen zu sagen.

»Bis nächste Woche, oder?« Wieder dieser durchdringende Blick.

»Natürlich«, brachte ich mühsam hervor. Merkwürdig, aber meine Zweifel am Chor waren plötzlich verflogen. »Du hast uns ja geraten, keine Proben zu versäumen.«

»Sehr gut.« Seine Stimme klang warm. »Schön, dass du mitmachst. Mach's gut.«

Der kurze Heimweg beruhigte mich, aber ich war froh, dass ich allein war. Doch wie immer stürzten in der Wohnung tausend Gedanken auf mich ein. Ich legte mich aufs Bett und dachte an Dad, der wahrscheinlich längst schlief. Ein alter Mann in Gesellschaft eines anderen alten Mannes in der schimmernd weißen Sterilität eines Krankenhauses.

Ich dachte an die Fenster der St.-Martin's-Kirche, an Jo, an die lärmende Gruppe, mit der ich an diesem Abend kurz zusammen gewesen war. Ohne dass ich irgendetwas unternommen hatte, schien sich ein neues Leben um mich herum zusammenzubrauen; es riss mich einfach in seinen Sog hinein. Und ich war mir nicht sicher, wie ich das finden sollte.

Als ich endlich einschlief, träumte ich, ich läge in den Armen eines majestätischen Engels, der hoch über der Stadt schwebte. Unter uns waren funkelnde Lichter zu sehen, der Fluss, der sich wie eine glänzende Schlange im Mondlicht wand, die silbrigen Kirchtürme, die glitzernden Fassaden der hoch aufragenden Bürohäuser. Das alles lag ausgebreitet unter mir – wir aber flogen so weit oben, dass außer dem rhythmischen Schlagen der Flügel kein Geräusch mehr zu hören war.

6. Kapitel

Vergesst die Gastfreundschaft nicht; denn durch sie haben einige, ohne es zu ahnen, Engel beherbergt.

Brief an die Hebräer 13, 2

Als Teenager bin ich, wenn ich nicht Musik geübt oder meinem Vater im Geschäft geholfen habe, häufig in der Tate Gallery gewesen. Sie heißt heute Tate Britain und liegt nur ein paar Straßen weiter südlich in Richtung Themse. Mein Lieblingsraum war der, in dem die Präraffaeliten und die Gemälde aus dem späten 19. Jahrhundert hängen, und mein liebstes Bild war natürlich eins von Edward Burne-Jones: *König Kophetua und das Bettlermädchen.* Es zeigt das Bettlermädchen, das in einem holzgetäfelten Boudoir sitzt und den Betrachter anstarrt. Trotz der Lumpen, in die sie gekleidet ist, ist sie von der Aura einer Königin umgeben. Unter ihr auf einer Stufe sitzt der gut aussehende König, mit der Krone im Schoß, und schaut sie voller Bewunderung an. Aber sie würdigt ihn keines Blickes. Stattdessen hält sie einen Strauß Anemonen in der Hand und sagt ihm auf diese Weise, dass sie seine Liebe nicht erwidert.

Diese dramatische Geste unerwiderter Leidenschaft hat in mir so tiefe Gefühle aufgewühlt, dass ich in dem Buch über Burne-Jones, in dem das Foto meiner Mutter versteckt war, alles über das Bild nachgelesen habe.

Es basiert auf einer alten Legende über einen König, dem

die unsterbliche Liebe zu einem schönen Bettlermädchen wichtiger war als all seine Macht und sein ganzer Reichtum. Burne-Jones ist vermutlich durch die Lektüre von Tennysons Gedicht *Das Bettlermädchen* auf die Geschichte gestoßen, die er dann in eine Umgebung gemalt hat, zu der ihn ein italienisches Gemälde aus dem 15. Jahrhundert inspiriert hat. Angeblich hat er das Bild nach einer schwierigen Phase in seiner Ehe geschaffen; manche behaupten, der König selbst sei der Künstler – und das Bettlermädchen Georgiana seine Frau, die er mit der hinreißenden Schönheit Mary Zambaco betrogen hatte. Andere wiederum glauben, dass es sich bei dem Mädchen um Frances Graham handelt, ein Mädchen, mit dem Burne-Jones eine innige romantische Freundschaft verband und die zu seinem Verdruss 1883, während seiner Arbeit an dem Bild, heiratete. War das Gemälde vielleicht Ausdruck seiner Gefühle angesichts des Verlusts von Frances?

Ich habe mir damals ein Poster von *Kophetua* gekauft und es über mein Bett gehängt. Damals betrat mein Vater aus Respekt vor meiner Privatsphäre nur noch selten mein Zimmer. Einmal kam er doch herein, und zwar, um mir eine Zeitschrift zu bringen, die mit der Post gekommen war. Fassungslos starrte er auf das Bild an der Wand. Als ich ihn fragte, was los sei, keuchte er bloß: »Nichts!«, und wie immer schaltete er innerlich vollkommen ab.

Als ich am nächsten Tag aus der Schule nach Hause kam, war das Poster verschwunden. Auch wenn das vielleicht unverständlich klingt, ich habe Dad gegenüber nie ein Wort darüber verloren. Ja, natürlich war ich überrascht und auch wütend, besaß aber trotz meiner pubertären Selbstsüchtigkeit so viel Feingefühl, dass ich begriff, wie schrecklich traurig das Plakat ihn gemacht haben musste. Also biss ich mir auf die Lippen und nahm es hin.

Am Tag nach unserem Besuch bei Jeremy Quentin kam Zac um neun Uhr in den Laden, machte sich jedoch nicht die Mühe, die Jacke auszuziehen.

»Muss heute Vormittag ein paar Fenster einpassen«, sagte er. »Kannst du mir helfen, sie in den Wagen zu tragen?«

»Klar.« Das bedeutete, dass ich alleine für den Laden verantwortlich sein würde. Aber ich beklagte mich nicht, sondern half ihm, die beiden Fenster mit den Pfauenmotiven, die er zum Trocknen in die Garage im Hof gestellt hatte, hinauszutragen, sie noch einmal zu polieren und einzupacken. Dann fuhr er rückwärts aus dem Hof, ich schloss das Garagentor hinter ihm und ging zurück in den Laden.

Es war ein wunderschöner sonniger Morgen. Früher hätte ich an einem Tag wie diesem meine Musikübungen geschwänzt; jetzt zwang ich mich, im Laden zu sitzen und Sonnenfänger zu bauen. Gestern hatten wir eine Libelle und eine Fee aus dem Schaufenster verkauft; mithilfe von Dads altem Musterbuch konnte ich sie leicht kopieren. Ich schnitt einfache Formen aus Glas, säumte sie mit Kupferfolie, lötete sie zu Feen, Vögeln oder Schmetterlingen zusammen und versah sie mit einer Kupferschlinge zum Aufhängen. Das Ganze ging mir so leicht von der Hand, dass es sich fast wie eine meditative Übung anfühlte.

Nachdem ich meine Sonnenfänger im Schaufenster arrangiert hatte, schaute ich mich um. Im hellen Sonnenlicht sah plötzlich alles so staubig aus. Also suchte ich mir einen Pinsel und ein weiches Tuch und machte mich ans Staubwischen. Ich unterbrach meine Arbeit nur einmal, um eine unentschlossene Kundin zu überreden, zwei Lampenschirme mit Mohnblütenmuster als Hochzeitsgeschenk für ihre Nichte zu kaufen.

Offensichtlich war der Laden schon ewig nicht mehr

gründlich gereinigt worden, denn die Luft war bald voller Staub, den ich aufgewirbelt hatte. Hustend öffnete ich die Tür, um zu lüften, ehe ich damit begann, die Ausstellungsstücke im Schaufenster der Reihe nach herauszunehmen und ebenfalls zu entstauben. Als ich das hübsche Engelsbild in der Hand hielt, schaute ich zufällig auf und blickte geradewegs in ein dunkles Augenpaar, das ich nicht kannte. Es war das herumlungernde Mädchen, das ich vor ein paar Tagen schon einmal gesehen hatte. Doch dieses Mal wirkte sie nicht so scheu, sondern eher aufgeregt: Noch ehe ich den Engel auf die Theke gelegt hatte, stand sie bereits in der offenen Tür.

»Hallo«, sagte ich freundlich. »Kann ich Ihnen helfen?«

»Sie wollen den Engel doch nicht verkaufen, oder? Bitte, Sie dürfen ihn nicht verkaufen.« Ihre Stimme zitterte, und ihre dunklen Augen sahen mich flehend an.

»Nein, ich mache ihn nur sauber«, beruhigte ich sie.

»Ah, dann ist es gut. Ich dachte schon …« Sie lächelte so süß und unwiderstehlich, dass ich zurücklächelte. Es war schwer, ihr Alter zu schätzen, siebzehn oder achtzehn vielleicht. Auf jeden Fall war sie unglaublich zart und zerbrechlich. Unter ihren aufmerksamen Blicken legte ich den Engel auf die Ladentheke und begann, ihn vorsichtig zu reinigen.

Nachdem es nun einmal im Laden war, schien das Mädchen unschlüssig, ob es gehen oder bleiben solle. »Der Engel gefällt Ihnen, nicht wahr?«, sagte ich schließlich. »Er ist wirklich sehr schön. Mein Dad hat ihn gemacht. Wenn Sie sich die Figur genauer ansehen wollen, dann kommen Sie nur.«

Ihre frühere Schüchternheit war zurückgekehrt, sodass sie nur zögernd näher trat. Staunend betrachtete sie die Spiegel und Lampenschirme und die Regale voller Glas; ein bisschen erinnerte sie mich an Alice im Wunderland. Dann kam sie auf Zehenspitzen zur Ladentheke. Vorsichtig hob ich das Glasbild und hielt es so, dass das Licht darauffiel. Gemeinsam betrachteten wir den Engel.

Es war eine weibliche Gestalt in weißer, rosa und goldener Kleidung und mit rosa Flügelspitzen. Das karamellbraune Haar fiel ihr in das herzförmige Gesicht, sie stand mitten in einer Blumenwiese. Kurz bevor ich von zu Hause weggegangen war, hatte Dad das Bild nach einem eigenen Entwurf gefertigt, der an der Art, wie dem Engel das Haar ins Gesicht wehte, sehr an die 1970er-Jahre erinnerte.

»Wissen Sie, wie man solche Glasbilder macht?«, fragte ich das Mädchen.

Sie schüttelte den Kopf. »Nein. Aber ich ... ich mag einfach Engel. Und das Glas ist so hübsch. Ich wünschte, ich könnte es kaufen. Wie teuer ist es?«

»Er ist leider nicht zu verkaufen«, antwortete ich, sah an ihrem Gesichtsausdruck, dass sie enttäuscht und erleichtert zugleich war, aber die Erleichterung schließlich die Oberhand gewann.

»Dann kann ich wenigstens immer vorbeikommen und ihn anschauen.«

»Ja, ganz bestimmt.«

»Es ist nämlich *mein* Engel.«

Jetzt staunte ich.

»Jeder Mensch hat einen Schutzengel, wussten Sie das nicht? Und das hier ist meiner.«

»Ich glaube, wir können alle ab und zu ein bisschen Extrahilfe im Leben gebrauchen«, antwortete ich vorsichtig, weil ich die ungewöhnlichen Gedanken weder ermutigen noch das Mädchen aufregen wollte.

»Das stimmt.« Sie lächelte wieder, und ihr Gesicht veränderte sich völlig. Ihre Ängstlichkeit war auf einmal verflogen. »Unsere Schutzengel begleiten uns auf Schritt und Tritt. Damit uns nichts passiert, verstehen Sie? Und manchmal …«, sie zögerte und schaute weg, »helfen sie uns auch, wenn uns etwas wehtut.«

Plötzlich wirkte sie so unglücklich, dass ich sofort begriff, über wen sie sprach – über sich selbst. Oje, jetzt würde sie mir gleich eine schreckliche Geschichte erzählen, und ich würde weder wissen, ob ich sie glauben, noch, wie ich darauf reagieren sollte.

»Wie heißen Sie?«, fragte ich sie und verriet ihr meinen Namen.

»Amber«, antwortete sie. »Ich wohne in dem Heim von St. Martin's.«

Ich nickte langsam. »Da arbeitet meine Freundin. Jo Pryde. Kennen Sie sie?«

»Oh ja, die ist echt nett.« Die Antwort überraschte mich nicht. Ich konnte mir nicht vorstellen, dass es jemanden gab, der Jo nicht mochte. »Ich bin nur so lange dort, bis ich mich wieder auf die Reihe gekriegt habe. Einen Job gefunden und so.«

»Ah ja«, sagte ich. »So, Amber, jetzt muss ich aber weitermachen. Es war nett, mit Ihnen zu reden.«

»Danke, dass Sie mir den Engel gezeigt haben.« Sie nickte und entschwand in einer Staubwolke, was natürlich nur ein Spiel des Lichts war.

Ich dachte noch einmal über Schutzengel nach, während ich den Engel reinigte, den ich von nun an nur noch als Ambers Engel bezeichnen konnte. Eine rührselige Vorstellung, wie aus einem viktorianischen Kinderbuch. Aber was war mit all den Kindern, die bei einem Feuer ums Leben gekommen, unter die Hufe eines Pferds geraten oder an Scharlach gestorben waren? Hatten deren Schutzengel zum falschen Zeitpunkt in die falsche Richtung geschaut? Dad hatte in Engeln eine Quelle der Inspiration gesehen. Manchmal, wenn er eine gute Idee für einen neuen Entwurf gehabt hatte, sagte er: »Ich glaube, ein Engel ist gerade über mich hinweggeflogen.«

Ja, wirklich, dachte ich, während ich unseren Engel ins Schaufenster zurückhängte, sie sind sehr hübsch. Aber die Zeiten haben sich geändert. Engel gehörten in Geschichten, auf Bilder und Träume – das war alles.

Erst am späten Nachmittag hörte ich Zac mit dem Wagen in den Hof fahren. Ich öffnete die Hintertür, sah, dass er einen schweren Karton aus dem Kofferraum hievte, und lief raus, um ihm zu helfen. Ich hatte ganz vergessen, dass er das zerbombte Fenster von St. Martin's abholen wollte. Der Karton wölbte sich an einer Seite bedenklich, und ich legte schnell die Hand an die aufgerissene Seite, damit er nicht platzte. Zusammen schleppten wir ihn in den Laden und stellten ihn auf den Tisch.

Einen Moment standen wir nur da und sahen ihn an, dann öffnete Zac die Laschen, zog erst das Zeitungspapier heraus und danach den Teil einer Spitze. Dabei brach ein Stück Glas ab, weshalb er alles hastig in den Karton zurücklegte.

»Jetzt hab ich sowieso keine Zeit, es mir in Ruhe anzusehen«, murmelte er. Er griff nach Dads Auftragsbuch und blätterte darin, nicht ohne immer wieder sehnsüchtige Blicke auf den Karton zu werfen.

Um fünf schloss ich die Tür ab. Ich hatte vor, sofort zu Dad ins Krankenhaus zu gehen. Doch als ich mich von Zac verabschieden wollte, sah ich, dass er Glas- und Bleiteile aus dem Karton nahm und vorsichtig auf einem Stück Kaschierpapier sortierte, das er auf dem Tisch ausgelegt hatte.

Warum konnte er nicht warten? Ich stellte meine Tasche ab und beschloss, meinen Besuch bei Dad auf später zu verschieben.

»Soll ich helfen?«, fragte ich zögernd und freute mich, als Zac lächelte.

»Wenn du gut puzzeln kannst, gerne.« Mit seinen langen kräftigen Fingern schob er die Teile auf dem Papier herum.

Schweigend betrachteten wir die Elemente vor uns auf dem Tisch. Einige Goldfragmente waren darunter, die offensichtlich nur dekorative Funktion besaßen. Ein Stück Weiß mit Rot entpuppte sich als eine Hand, die einen Stock umfasste. Bei einem weißen Teil mit wellenförmigen Goldlinien schien es sich um Haare zu handeln. Zac schob die Scherben auf dem Papier herum und ordnete sie den möglichen Stellen zu, dann versuchten wir, kleinere Teile rundherum zu legen und ein größeres Bild daraus zu bauen.

Ich stöhnte. »Dieses Muster ist wie der Himmel in einem Puzzle. Schau mal, da ist ein Teil mit einem Auge, und das hier scheint eine Nase zu sein. Kannst du mir noch ein paar Gesichtsteile raussuchen?«

Zac hob die größeren Stücke aus dem Karton und begann, vorsichtig in den Scherben darunter zu suchen.

Schließlich hatten wir den größten Teil des Gesichts zusammen, aber dieser Teil des Fensters hatte erheblichen Schaden erlitten. Obwohl das Glas früher einmal ein einziges Stück gewesen sein musste, war es jetzt so stark zersplittert, dass es aussah, als läge ein feiner Spitzenschleier über dem Gesicht. Es war unmöglich, es als Ganzes zu erkennen. Frustriert schauten wir es eine Zeit lang an. Dann wickelte Zac ein großes goldenes Fragment aus einer weichen Umhüllung, das ganz offensichtlich Federn darstellen sollte. Wir grinsten uns an. »Ein Engel!«, riefen wir gleichzeitig.

Irgendwie schienen plötzlich überall um mich herum nur noch Engel zu sein.

Wir arbeiteten eine weitere halbe Stunde, bis wir keine Teile mehr hatten. Das Bild war aber erst zu drei Vierteln fertig. Weite Teile des gemusterten Hintergrunds und der Kleidung waren noch unvollständig, außerdem konnten wir nicht erkennen, wo Hände, Füße oder der Kopf hingehörten, obwohl Zac ein paar schlimm zersplitterte Anschlussteile zurückgelegt hatte, damit wir es wenigstens versuchen konnten.

»Eigentlich ist das Glas in gar keinem so schlechten Zustand«, erklärte Zac. »Vermutlich ist das Fenster nicht direkt getroffen worden, sondern durch die Druckwelle einer Explosion zersplittert. Oder siehst du irgendwo Rußspuren?«

Ich schüttelte frustriert den Kopf. »Auf jeden Fall kommen wir ohne Vorlage jetzt nicht mehr weiter.«

Zac schien auch mehr als genug zu haben. »Wir können nur hoffen, dass der Reverend irgendwo einen alten Kirchenführer mit einer Abbildung findet, sonst müssen wir selbst die Bibliotheken durchsuchen. Gibt es denn oben auf dem Dachboden nichts Brauchbares? Hattest du nicht gesagt, dein Dad hätte alle Unterlagen herausgesucht?«

»Den Originalentwurf, meinst du? Kann sein. Ich sehe noch mal nach, wenn ich später wieder hier bin.«

Als ich von meinem Besuch bei Dad zurückkam, war es fast neun. In der Wohnung klingelte das Telefon. Ich beeilte mich ranzugehen, weil ich dachte, es könne was mit Dad sein. Aber es war Jo.

»Ich habe mich so gefreut, dass wir uns gestern wiedergesehen haben«, sagte sie. »Ich habe morgen Abend nichts vor. Hast du Lust, dich mit mir zu treffen?«

»Ja, gerne«, antwortete ich erfreut.

Nachdem ich aufgelegt hatte, übte ich eine Zeit lang Tonleitern und Arpeggios auf der Tuba. Der Klang in dem engen Raum war überwältigend, auch wenn die Nachbarn das möglicherweise anders sahen. Ich legte das Instrument zurück in den Kasten.

Ich erinnerte mich wieder an den zerstörten Engel und stieg auf den Dachboden. Dort setzte ich mich an Dads Schreibtisch, überließ mich kurz der bangen Ahnung, welch immense Arbeit vor mir lag, und fing dann an, die alten Aktenstapel zu durchsuchen. Einige Akten waren in verblasstem Kupferdruck datiert, andere trugen Dads Bleistiftkritzeleien – »überwiegend Rechnungen« zum Beispiel, oder »St Ethelberga's« oder einfach ein Datum. Dann gab es Papierfragmente, die nur mit einem verschlissenen Band zusammengebunden waren. Auf dem Fußboden neben dem Schreibtisch lagen Papierrollen in allen möglichen Größen; einige rollte ich vorsichtig auseinander. Es waren viele Entwürfe für Fenster darunter, aber nicht das, wonach ich suchte. Ich wusste, dass sich in dem großen Schrank an der Kopfwand des Dachzimmers noch Hunderte weitere befanden, dazu jede Menge große Musterbücher. Die sprichwörtliche Rede von der Suche nach der Nadel im Heuhaufen traf hier wirklich zu.

Welche Informationen hatten wir bisher? Der Eintrag im Auftragsbuch ließ darauf schließen, dass die Fenster der Marienkapelle von St. Martin's um 1880 entstanden waren und dass es sich insgesamt um zwei handelte; weitere Einzelheiten waren nicht genannt worden. Daher nahm ich mir mehrere Ordner, die auf 1880 datiert waren, und blätterte sie systematisch durch.

Wie ich befürchtet hatte, war es keine leichte Arbeit. *Minster Glass* schien jeden Fetzen Papier über seine Aufträge aufbewahrt zu haben – Rechnungen der Lieferanten, Angebote –, und ich musste nur einen kurzen Blick auf das Material werfen, um festzustellen, dass es wertlos war. Aber dann fand ich plötzlich etwas, das interessant war: einen Brief von Reverend Brownlow, dem Pfarrer von St. Martin's, auf den ich schon einmal gestoßen war. Er stammte vom April 1880.

Sehr geehrte Damen und Herren,

Bezug nehmend auf unser Gespräch kürzlich sehe ich mich nun endlich in der Lage, Sie zu bitten, Mr. Philip Russell mit Zeichnungen für zwei Fenster in der Marienkapelle von St. Martin's zu beauftragen. Auf dem einen soll eine Jungfrau mit Kind dargestellt sein, auf dem anderen ein Engel, für das südlich einfallende Licht gedacht.

Ich würde mich freuen, in dieser Angelegenheit baldmöglichst von Ihnen zu hören.

Mit ergebenen Grüßen
JAMES BROWNLOW (Reverend)

Ein Engel! Auf dem zerstörten Fenster war tatsächlich ein Engel abgebildet gewesen. Endlich hatte ich eine brauchbare Spur in die Vergangenheit gefunden; eine Spur, die mir, wenn ich ihr folgte, möglicherweise die ganze Geschichte entwirren würde.

Als ich den Brief vorsichtig in den Ordner zurücksteckte, rutschte mir das sperrige Ding plötzlich aus der Hand. Ich fing es auf und schob den Inhalt zurück, aber ein Stück Zeichenpapier hatte sich gelöst und segelte langsam in Richtung Holzfußboden.

Vorsichtig hob ich es auf. Als ich es umdrehte, sah ich sofort, dass es offenbar aus einem kleinen Skizzenbuch geschnitten worden war. Es handelte sich um die grobe Bleistiftskizze eines Bogenfensters. Nur ein Vorentwurf, dachte ich, denn er war über und über mit Notizen und Zahlen beschrieben, die vermutlich nur dem Künstler etwas sagten.

Auf der Seite befanden sich weitere Zeichnungen. In einer Ecke das Gesicht einer jungen Frau, in der anderen eine Art Muster. Das Muster erinnerte mich an etwas ... an Dads keltischen Knoten; dann wurde mir auf einmal bewusst, dass es sich tatsächlich um nichts anderes handelte als um Dads keltischen Knoten. Die Signatur von *Minster Glass.* Während ich mich über die Entdeckung freute, fiel mein Blick auf die kleine Skizze einer jungen Frau. Sie war gekonnt gezeichnet: In der Art, wie sie ihr entschlossenes, beinahe quadratisch anmutendes Gesicht zur Seite neigte, lag eine ungeheure Lebhaftigkeit, Klugheit und Witz in dem offenen Blick, den sie direkt auf den Betrachter richtete. Das dichte Haar war streng zurückgekämmt. Sie war nicht im klassischen Sinne schön, stand aber in der Blüte der Jugend, und ihre Ausstrahlung war irgendwie fesselnd. Der Künstler hatte mit krakeliger Schrift etwas daruntergeschrieben. *Lana* konnte das heißen oder *Laura.* Danach kam noch ein zweites Wort, das mit einem B begann. Auf einmal tauchte in meiner Erinnerung eine Anmerkung in Dads handschriftlichen Notizen auf. Was war es noch, was er an den Rand seines Hefts geschrieben hatte? »Wer war Laura sowieso?« Natürlich, der Name in dem Brief, den ich gerade gelesen hatte. Brownlow, ja, das war's. »Wer war Laura Brownlow?«, hatte Dad geschrieben. Er musste diese Zeichnung ebenfalls gesehen und sich die Frage gestellt haben. Wer also war sie? James Brownlows Frau? Oder seine Tochter? Und wieso hatte dieser *Minster-Glass*-Künstler sie gezeichnet?

Noch einmal studierte ich ihr Porträt. Ihre Augen schienen mich förmlich anzustarren. Als wollte sie mir ihre Geschichte erzählen.

Ich legte das Papier wieder in den Ordner und den Ordner zurück auf den Stapel. Ich hatte keine Ahnung, wo ich als Nächstes suchen sollte. Aber ich war ohnehin müde. Vielleicht half es, einige der Ordner in die Schublade zurückzuräumen.

Ich streckte mich, weil ich vom vielen Sitzen ganz steif war, dann ging ich zu den großen metallenen Aktenschränken hinüber. Die Schublade mit der Aufschrift »1879–81« ließ sich ganz leicht öffnen, und als ich hineinspähte, wusste ich auch, warum. Nur die hinteren Hängeregister enthielten irgendwelche Unterlagen.

Ich kehrte zum Schreibtisch zurück, sortierte die Ordner nach dem Datum und trug sie dann hinüber, um sie in die Hängeregister einzuordnen. Als ich bei 1880 angelangt war, wo ich den Brief von Reverend Brownlow und die Zeichnung gefunden hatte, stieß ich gegen ein Hindernis. Ich legte den Ordner auf den Schrank ab und untersuchte das Fach.

Meine Finger berührten etwas Hartes – eine Art Buch. Ich packte es und zog es heraus. Es hatte die Größe eines schmalen Hardcovers, und als ich es aufschlug, sah ich sofort, dass es sich um eine Art Tagebuch handeln musste, denn die einzelnen Seiten waren mit einer sauberen weiblichen Handschrift gefüllt. Im Umschlag stand ein Name, und ich brauchte einen Moment, um zu begreifen.

Denn es war der Name, den ich nun schon mehrmals gelesen hatte, der Name unter der Zeichnung der jungen Frau, der Name, der Dads Interesse geweckt hatte. *Wer war Laura Brownlow?* Es sah aus, als würde ich nun endlich die Antwort bekommen.

Die Einträge begannen im Juni 1879, die erste Seite war ziemlich verblasst und kaum noch zu lesen. Ich setzte mich wieder an Dads Schreibtisch und begann im Schein der Lampe die gleichmäßig schrägen, sepiafarbenen Buchstaben zu entziffern.

Sonntag, 18. Mai 1879

Herzlichen Glückwunsch zu Deinem Geburtstag, meine liebe Schwester Caroline! Unvorstellbar, dass Du nun achtzehn wärst! Mama und Papa, Harriet, George und ich haben heute einen besonderen Gottesdienst für Dich gefeiert. Und Tom ist extra von Oxford nach Hause gekommen. Hast Du uns gesehen und gehört? Ich glaube schon. Du kamst mir so nah vor, so als wärst Du dort »zwischen Luft und Engeln« gewesen, für uns just nicht zu greifen.

Ich denke immer noch ständig an dich. Wenn ich aufwache, muss ich mich daran erinnern, dass das Zimmer nebenan leer ist, dass ich heute nicht zu Dir gehen kann, um Dir vorzulesen oder mit Dir Karten zu spielen. Ich werde nachts oft wach, weil ich mir einbilde, Du hättest meinen Namen gerufen, und die Wahrheit lastet dann so schwer auf mir wie die Dunkelheit.

So vieles erinnert mich an Dich. Eine Zeile aus einem Lied, das Du immer gesungen hast. Letzte Woche hat Mrs. Jorkins ein paar alte Stiefel von Dir gefunden und Mama gefragt, ob sie sie wegwerfen soll. Aber das habe ich nicht zugelassen und sehr geweint. Du bist nun seit drei Monaten fort, und die Taubheit, die ich anfangs gespürt habe, legt sich ganz allmählich. Stattdessen empfinde ich einen beständigen Schmerz über Deinen Verlust, über das Bewusstsein, dass unser gemeinsames Leben nun vorüber ist, für immer. Als ich diese Stiefel sah, dachte ich einen Moment lang, ich könne Dich noch einmal festhalten. Ich habe mich geirrt.

Langsam blätterte ich die Seiten um, bewegt über die Trauer der Verfasserin. Laura Brownlow war also offenbar die Tochter von Reverend James Brownlow, dem Mann, der die Fenster von St. Martin's in Auftrag gegeben hatte. Und sie richtete ihre Tagebucheinträge an Caroline, die tote Schwester, der zu Ehren das Engelfenster gefertigt worden war. Laura schrieb an Caroline, als wäre sie noch am Leben – oder als glaubte sie, ihre Schwester jenseits des Grabes erreichen zu können. Wie tief musste ihre Trauer gewesen sein.

Ich las weiter. Die Einträge waren sporadisch, so als hätte Laura nur dann geschrieben, wenn sie das Bedürfnis danach verspürte oder wenn etwas passiert war, was sie ihrer Schwester unbedingt mitteilen wollte. Im Juni 1879 freute Laura sich über eine erfolgreiche akademische Prüfung ihres Bruders Tom. Im August berichtete sie, dass ein Grabstein auf dem Grab des toten Mädchens errichtet worden war. Im November folgte die aufregende Nachricht, dass ihre verheiratete Schwester Harriet im April Mutter werden würde.

Ab dem neuen Jahr 1880 wurden Lauras Einträge regelmäßiger und ausführlicher, und schon bald war ich voll und ganz in ihre Geschichte versunken ...

7. Kapitel

Der Engel im Haus

Coventry Patmore

LAURAS GESCHICHTE

An diesem kühlen Februarmorgen hoffte Laura das Löwenbaby wiederzusehen. Der Weg zum Westminster Hospital führte sie über die Victoria Street in Richtung der Abtei, und als sie gestern diesen Weg gegangen waren, hatten sie und Mama gesehen, wie ein Junge mit gebrochener Nase und mürrischem Gesichtsausdruck das arme Tier am Zaun des Royal Aquariums entlanggezerrt hatte. Aber das Jungtier, kaum dem Säuglingsalter entwachsen, hatte eher erstaunt als verängstigt gewirkt. Es hatte an seinem Seil gezogen und war über seine viel zu großen Pfoten gestolpert. Der Junge hatte es zurückgerissen und zugleich eine Horde Bengel beschimpft, die den Kleinen aus sicherer Entfernung abwechselnd lockten und mit Steinen bewarfen.

»Das arme kleine Ding.« Laura hatte ihre Mutter dazu gebracht, einen Moment stehen zu bleiben. Bewegt hatte sie dem Tier zugesehen, das in einer Umgebung gefangen war, für die es nicht geschaffen war, und zweifellos dazu gezwungen wurde, sich mit den anderen Löwen einer heulenden Zuschauermeute zu präsentieren. Nicht dass Laura diese Meute je erlebt hätte. Sie hatte bisher noch nie einen Fuß in das Aquarium gesetzt, um sich den Zirkus oder die Monstrositätenschaus anzuschauen, auf dem Eis Schlittschuh zu laufen oder staunend den Fischen zuzusehen. »Drittklassige Unterhaltung für drittklassige Menschen«, hatte ihr hochnäsiger Schwager George verächtlich geschnaubt, als sie das Thema gestern Abend beim Essen angeschnitten hatte – aber die grellen Titel auf den Plakaten reichten ihr, um sich die fantastischsten Dinge auszumalen.

Zu ihrer Enttäuschung war der kleine Löwe nicht da. Vielleicht überstieg ein Spaziergang durch den eisigen Nebel heute selbst die Grausamkeiten, die er sonst erdulden musste. Gut, wenn das der Grund war. Aber vielleicht war der Löwentrupp auch einfach weitergezogen und hatte das Junge mitgenommen. Laura blieb stehen, um sich von einem frierenden kleinen Jungen einen Prospekt in die Hand drücken zu lassen. »Zwei spektakuläre Luftakrobaten« standen heute auf dem Programm. Von Löwen war keine Rede.

»Trödele nicht so herum, Laura«, mahnte ihre Mutter. »Gib mir die Tasche.« Dankbar reichte Laura ihr die schwere Segeltuchtasche und folgte ihrer Mutter zum Krankenhaus, das ihr mit seinen Schutzwällen und den Flaggen immer eher wie eine Burg vorkam.

Der Besuch bei den Frauen auf der Station für die unheilbar Kranken dauerte heute doppelt so lange wie geplant. Nach der üblichen Bibellesung und den Gebeten hatte eine junge Mutter ihnen das Herz ausgeschüttet und anvertraut, wie sehr sie sich um ihre Familie sorge; eine andere hatte Laura einen weitschweifigen Abschiedsbrief an ihren Sohn, einen Matrosen, diktiert, den sie jahrelang nicht gesehen hatte.

Mutter und Tochter verließen das Krankenhaus erst in dem Moment, als der in dichten Nebel gehüllte Big Ben elf

Uhr schlug. »Haben wir jetzt noch genug Zeit für unsere Einkäufe, Mama?«, fragte Laura hoffnungsvoll. Ihre Mutter hatte ihr versprochen, Stoff für ein neues Kleid zu kaufen. Ihr altes war inzwischen vier Jahre alt und so abgetragen, dass es schon Löcher hatte. Aber sie ahnte die Antwort bereits.

»Ich fürchte, damit werden wir bis zum nächsten Mal warten müssen, Liebes. Wir haben ja kaum noch Zeit, bei den Coopers vorbeizuschauen. Und du weißt doch, dass dein Vater Mr. Bond zum Mittagessen eingeladen hat.«

Laura seufzte, aber als sie die Sorgenfalten auf der Stirn ihrer Mutter sah, schluckte sie die Enttäuschung hinunter.

Sie bahnten sich einen Weg zurück durch die Menschenmassen auf der Victoria Street, wo an fast jeder Haustür Messingschilder von Architekten und Anwälten glänzten – alles solche Mr. Bonds. Dann bogen sie nach links ab und gingen weiter südlich in Richtung Fluss. Wenig später befanden sie sich in einer anderen Welt. Männer lungerten zwischen Schmutz und Unrat herum, es war laut, Kinder schrien, Frauen stritten sich, Türen wurden geknallt. Der Gestank war unbeschreiblich. Laura hatte jedes Mal den Eindruck, dass ihre Kleider lange nach einem Besuch im Armenviertel der Gemeinde ihres Vaters muffig rochen. Diese düsteren Gassen erinnerten sie an die Beschreibung der Unterwelt in dem Buch über griechische Sagen, das sie Caroline in den Zeiten ihrer langen Krankheit immer vorgelesen hatte.

Während die beiden Frauen sich vorsichtig einen Weg durch Matsch und Lehm bahnten, rief ihnen ein Rüpel, der in einem Hauseingang herumlungerte, etwas zu, und Laura sah ihre Mutter unsicher an. Mama hielt den Kopf hocherhoben, aber zwei hektische Flecken auf ihren Wangen verrieten ihre Verärgerung.

»Komm, Laura«, befahl sie und zog sie mit, vorbei an einem Grundstück, auf dem einige besonders baufällige Häuser abgerissen worden waren, um Raum für neue zu schaffen. Inzwischen waren jedoch mehrere Familien auf das Gelände eingedrungen und hatten sich notdürftige Unterkünfte gebaut. Als Nächstes kamen sie an der alten Schule vorbei. Durch die kaputten Fenster sah man die Lehrerin Miss Pilkington mit ihrem Vogelgesicht. Sie zeigte auf eine zerschlissene Landkarte an der Wand. Dann ging es durch eine noch engere und dunklere Gasse und durch eine ramponierte Haustür ein paar Stufen hinauf in eine Diele, in der es zusätzlich zu den anderen widerwärtigen Gerüchen nach feuchtem und verschimmeltem Holz roch. Laura konzentrierte sich darauf, nur durch den Mund zu atmen, während sie ihrer Mutter eine weitere Treppe hinauffolgte.

Die Tür zu den Räumen, in denen die Coopers hausten, stand weit auf, aber die Mutter klopfte höflich an und wartete. Ein kleines Mädchen steckte ängstlich den Kopf heraus, ehe sie die beiden eintreten ließ.

»Hallo Ida«, sagte Mama. »Das ist meine Tochter, Miss Laura. Wie geht es deiner Mutter denn heute, meine Kleine?«

»Nicht gut, Madam, aber sie hat die Brühe geschlürft, die Sie und die andere Frau ihr dagelassen haben«, antwortete das kleine Mädchen und sah Laura schüchtern an. Beim letzten Mal hatte Mama das Hausmädchen Polly mitgenommen.

Als Lauras Augen sich etwas an das trübe Licht gewöhnt hatten, erkannte sie, dass der Raum voll von schmutzig aussehenden Kindern war, die auf dem Holzboden auf widerwärtig aussehenden Strohmatten lagen oder in zerrissene Decken eingehüllt waren und die Besucher mit hungrigen Augen anschauten. Ebenso wie Ida in ihrem zerlöcherten

Kleidchen. Laura erinnerte sich, dass ihre Mutter gesagt hatte, sie sei zwölf. Dabei hätte sie leicht für acht durchgehen können.

Die Mutter reichte Laura die Tasche, und Laura packte die Brotpakete von der Köchin Mrs. Jorkins aus, um sie an die Kinder zu verteilen. Sie hatten kaum die Kraft, die Wohltaten in Empfang zu nehmen. Es gab auch eine Flasche Milch, deren Inhalt Laura in Emaillebecher goss und an die kleineren Kinder verteilte. Alles war viel zu schnell weg. Als Nächstes würde sie Ida bitten müssen, ihr beim Waschen zu helfen; aber erst musste sie wissen, wie es deren Mutter ergangen war.

Durch den Korridor gelangte man in ein zweites Zimmer. Auf einer Matratze auf dem Fußboden lag eine Frau mit zerzausten roten Haaren unter einer dünnen Decke. Ihr Gesicht glühte fiebrig. Ihre Mutter wollte ihr Bett machen, und Laura half, die Kranke vorsichtig auf die Seite zu drehen, damit Mama das alte durchgeschwitzte Laken entfernen konnte. Laura merkte, wie ihr übel wurde, als sie die Lache aus frischem Blut erblickte.

»Wir müssen den Arzt holen, Molly«, sagte die Mutter leise, und als die Frau etwas von den viel zu hohen Kosten murmelte, fügte sie hinzu: »Mach dir keine Sorgen, wir kümmern uns schon darum. Du musst jetzt an dich denken. Und an dein Baby.«

Laura kniete neben dem jüngsten Mitglied der Familie Cooper, einem neugeborenen Jungen, der regungslos in einer Holzkiste neben der Matratze lag. Seine Haut war fahl, der Blick ziellos, als suche er nach etwas, das er in diesem heruntergekommenen Haus, in dem er unglücklicherweise zur Welt gekommen war, niemals finden würde. Vorsichtig hob sie das Kind heraus und dachte daran, wie sie früher ihren kleinen Bruder Ned, ein sonniges, pausbäckiges Baby, gehalten hatte. Ihr Herz quoll über vor Mitleid für dieses stumme kleine Würmchen. Das Tuch, in das er eingewickelt war, war völlig verschmutzt. Sie bat Ida, ihr etwas Wasser zu bringen, und suchte in der Tasche nach sauberen Windeln.

Als alle gefüttert, gewaschen und umgezogen waren, gingen sie wieder. Ihre Mutter versprach noch einmal, einen Arzt zu schicken.

»›Auf der Suche nach Arbeit‹, sagt sie jedes Mal, wenn ich mich erkundige«, lautete die bittere Antwort auf Lauras Frage nach Mr. Cooper, während sie in Richtung Greycoat Square eilten. »Ich jedenfalls habe den Jammerlappen noch nie zu Gesicht bekommen.«

Laura war erstaunt über den Ton ihrer sonst so sanftmütigen Mutter. Nach diesem Besuch waren sie beide sehr niedergeschlagen, aber Laura dachte auch, dass ihre Mutter jetzt weniger angespannt wirkte, obwohl sie beide sehr erschöpft waren.

»Danke, dass du mitgekommen bist, Laura. Du besitzt ein großes Herz und viel Mitgefühl, und du siehst, wie viel in dieser Pfarre zu tun ist.«

»Ja, Mama.« Laura seufzte und hatte sofort ein schlechtes Gewissen, dass sie nicht vor Zufriedenheit glühte, sondern einfach nur froh war, wieder auf dem Heimweg zu sein. Sie überholten einen Jungen mit einem struppigen Welpen an der Leine, und sie musste gleich an das verunsicherte Löwenjunge denken, das in einer Welt gefangen war, in die es nicht hineingehörte. Wie das Cooper-Baby, dessen Aufenthalt auf dieser Erde vielleicht nur kurz war. Auf dieser Welt schien es mehr Leid zu geben, als man ertragen konnte.

Lauras Vater war der Reverend James Brownlow, und die Familie bewohnte seit acht Jahren das Pfarrhaus von St. Martin's am Greycoat Square. Der Platz selbst war ruhig und hell, mit einer kleinen Grünanlage in der Mitte, wo im Sommer Kindermädchen Babys spazieren fuhren und Kinder im Gras tollten. In der Nachbarschaft lebten Ärzte, Rechtsanwälte, Geschäftsleute und der eine oder andere Parlamentsabgeordnete, von denen die meisten jedoch die modernere St.-Mary's-Kirche auf der anderen Seite des Platzes besuchten. St. Martin's hingegen war schon vor dreißig Jahren vor allem für die Armen gebaut worden. Die Kirche lag abgewandt von den eleganten Stadthäusern am Platz, in Richtung des Armenviertels zwischen Old Pye Street und Duck Lane, das zwar Stück für Stück saniert wurde, was aber für Menschen wie die Familie Cooper viel zu langsam ging.

Während Laura sich ihr Arbeitskleid auszog und angesichts der Schmutzflecken und des Geruchs die Nase rümpfte, warf sie einen Blick aus ihrem Schlafzimmerfenster. Ein kleiner Junge tippelte an der Hand seines Kindermädchens durch die Grünanlage auf dem Greycoat Square. Er hatte weizenblonde Haare, lachte und riss fröhlich an der Hand des Mädchens. Zum zweiten Mal an diesem Tag musste sie an Ned denken.

Er war ungefähr im selben Alter gewesen, vier Jahre, als er starb. In Lauras Gedächtnis war er fest verankert – als strahlendes, lachendes Kind, das nie älter wurde, jedoch genauso Teil ihrer Gedanken war wie Tom, ihr älterer Bruder, der inzwischen in Oxford Theologie studierte und sich anschickte, in die Fußstapfen seines Vaters zu treten.

Laura sah dem Kind nach, bis es verschwunden war. Dann schaute sie in ihren winzigen Spiegel (er war deshalb so klein, weil ihre Mutter es schändlich fand, sich mit seinem Äußeren zu beschäftigen) und steckte die Haarnadeln fest, erst auf der einen, dann auf der anderen Seite ihres Kopfes.

Im Haus war es ruhig; es war ein Freitag während der Fastenzeit, und der unangenehme Geruch gekochten Fischs kroch die Treppe hinauf. Laura blieb kurz vor Carolines Zimmer stehen und stellte fest, dass die Tür, die normalerweise verschlossen war, einen Spalt aufstand. Sie spähte kurz hinein und rechnete damit, ihre Mutter zu sehen oder Polly mit dem Staubwedel, aber es war niemand da. Sie ging hinein, schloss die Tür hinter sich und atmete den leichten Hauch von Bienenwachs ein.

Das Zimmer war noch genau so, wie Caroline es verlassen hatte. Das Bett war ordentlich gemacht, der Kamin gefegt, die Möbel entstaubt. Carolines Kinderschätze – ein Teddybär, ihre Puppe mit dem weißen Porzellangesicht, eine Kiste mit hübschen Knöpfen – waren auf der Kommode aufgereiht. Auf einer Handarbeit an der Wand, die sie im Alter von acht Jahren mühevoll selbst bestickt hatte, standen ihr Name und ihr Geburtsdatum: 18. Mai 1861. Bücher, Zeichenblöcke, ein Buch mit gepressten Blüten waren auf dem Bücherregal aufgereiht. Auf dem Spitzendeckchen auf dem Waschtisch lagen die silberne Haarbürste, der Kamm und der Spiegel, die sie zum sechzehnten Geburtstag geschenkt bekommen hatte.

Alles sah so aus, als würde Caroline im nächsten Augenblick ins Zimmer treten.

Dabei würde sie es nie wieder tun.

Laura legte sich aufs Bett, vorsichtig, um die Laken nicht zu zerknittern, und zog die Tagesdecke ein Stück zurück, um die Wange aufs Kissen zu drücken. Mit geschlossenen Augen atmete sie hoffnungsvoll ein, von Carolines Lieblings-Veilchen-Eau de Toilette war allerdings nichts mehr übrig. »Caroline«, flüsterte sie leise und lauschte. Aber es gab kein Gespenst, das eine Antwort wisperte.

Carolines Tod mit fast siebzehn Jahren lag nun ein Jahr zurück. Es war ein langer, schleichender Tod gewesen, nach einer Jahre dauernden Blutkrankheit, die aus dem einst fröhlichen, rundgesichtigen Kind ein blasses, mageres Mädchen gemacht hatte, das nie richtig zur Frau geworden war.

Der kleine Ned dagegen war ganz schnell gestorben. Eines Tages war er im Pfarrgarten in Hampstead hinter dem Hund der Nachbarn hergejagt, der durch den Zaum geschlüpft war, und im nächsten Moment hatte er im Koma gelegen, mit einem knallroten Ausschlag, der sich wie Feuer auf seiner Haut ausgebreitet hatte. Das war nun acht Jahre her. Ihre Mutter hatte es nicht ertragen, in dem Haus zu bleiben, in dem er gestorben war, und ihr Vater hatte eine Versetzung beantragt. James Brownlow hatte gehofft, die seelischen Wunden seiner geliebten Theodora würden verheilen, wenn sie sich um ihre anderen Kinder kümmerte sowie um die geistig und körperlich verkümmerten Angehörigen ihrer neuen Pfarre. Vielleicht hätte es funktioniert, wenn nicht auch noch Caroline krank geworden wäre.

Laura merkte, wie ihr eine Träne über die Wange rollte und auf Carolines Kissen tropfte. Im nächsten Augenblick hörte sie, dass es an der Haustür klingelte und Mrs. Jorkins rief: »Polly? Wo ist das Mädchen? *Polly!*« Die Tür wurde geöffnet, und dann vernahm man eine tiefe Männerstimme und Stiefelschritte. Mr. Bond war gekommen. Laura sprang auf und wischte sich die Augen mit dem Handrücken trocken. Sie zog die Bettdecke glatt, schloss die Tür leise hinter sich und lief nach unten.

Anthony Bond, Dads Anwalt und Kirchenvorsteher, war ein fünfunddreißigjähriger Mann, nicht attraktiv, aber auch nicht hässlich, weder groß noch klein, weder dick noch dünn. Eigentlich konnte man ihn in jeder Hinsicht als durchschnittlich bezeichnen. Sein glattes braunes Haar und der Bart waren ordentlich geschnitten, seine Bewegungen weder besonders elegant noch ungeschickt. Er hatte nichts an sich, was die Aufmerksamkeit auf sich zog. Auf der Straße würde man ohne einen zweiten Blick an ihm vorbeigehen – was Laura häufig tat.

Papa hatte ihn zum Mittagessen eingeladen, weil er und Bond vor einem Termin mit einem Architekten am Nachmittag noch einiges zu besprechen hatten. Laura tat es leid, dass der Besucher ein Fastenessen aufgetischt bekam, auch wenn Mrs. Jorkins als Konzession an den Besuch eine weiße Soße zum Fisch servierte und es Zwetschgenkompott zum Grießpudding gab.

Als sie nach unten kam, stellte sie fest, dass Papa mit seinem Gast im Arbeitszimmer verschwunden war. Sie blieb einen Moment stehen und lauschte auf den Klang der Stimmen, die trotz des Geklappers aus der Küche zu ihr drangen.

Die geschlossene Tür war ihr nur allzu vertraut. Seit Carolines Tod zog sich Papa immer häufiger in sein Arbeitszimmer zurück. Er schreibe an einer Geschichte über die Kirche von England, hatte er ihnen erzählt, aber einmal, als sie ihn zum Abendessen holen sollte, hatte sie ihn fest schlafend im Sessel erwischt. Sie hatte das Buch aufgehoben, das zu Boden gefallen war, und es umgedreht. Es war Kardinal Newmans Gedicht über eine Seelenreise, geöffnet an der Stelle, wo der Schutzengel eines Toten dessen Seele vors Jüngste Gericht begleitet. Sie las das Lied des Engels.

Dieses Kind aus Ton
anvertraut war es mir
zu erziehen und zu geleiten
durch Sorgen und Schmerz
auf dem steinigen Pfad.

Armer Papa! Sie sah zu, wie er schlief. Schmerz und Sorge gruben sich in tiefen Falten in sein Gesicht. Seit dem Verlust von Caroline wirkten ihre Eltern hinter der vorgespielten Tapferkeit so ... so klein und zerbrechlich. Natürlich hatten sie noch ihre anderen Kinder, aber Tom hatte das Elternhaus bereits verlassen, würde bald die Priesterweihe erlangen und seinen eigenen »steinigen Pfad« beschreiten. Harriet war verheiratet, erwartete ihr erstes Kind und raufte sich die Haare über ihre geschwätzige Schwiegermutter. Nur sie, Laura, war noch übrig – »meine ungepflückte Rose«, wie ihr Vater sie manchmal liebevoll nannte. Vielleicht war es ihr vorbestimmt, niemals zu heiraten und für immer bei ihnen zu bleiben. Würde sie das stören? Ein bisschen vielleicht. Aber sie war erst zweiundzwanzig; es wäre schön zu erleben, wie sich die Liebe eines Mannes anfühlte.

Beim Essen pflückten Mama und sie das Fleisch des Kabeljaus von der schmutzig schwarzen Haut, während Mr. Bond und Papa über Mr. Gladstones Vorstoß diskutierten, verheirateten Frauen mehr Rechte und mehr Eigentum zuzugestehen. Mr. Bond meldete durchaus einige Vorbehalte an, aber er dachte auch pragmatisch. Papa sorgte sich jedoch, dass eine größere Unabhängigkeit der Frauen das heilige Sakrament der Ehe, das Mann und Frau zu einem Fleisch vereinte, weiter schwächen würde.

Mama stocherte in ihrem Essen herum, die beiden Falten

auf ihrer Stirn wurden immer tiefer. Ob sie wieder ihre Kopfschmerzen bekommt?, fragte Laura sich besorgt. Der Kopfschmerz fesselte Theodora Brownlow meist für mehrere Tage ans Bett, mit zugezogenen Vorhängen. Aber Mama aß immerhin ein paar Gabeln Fisch, was ein gutes Zeichen war. Vermutlich war sie bloß müde.

»Wie soll es einem Mann so gelingen, eine junge, eigensinnige Frau zu führen?« Papa richtete die Frage allgemein in die Runde.

»Warum sollte eine gebildete Frau nicht selbst einige Entscheidungen treffen und über ihr Vermögen verfügen können, Papa?«, fragte Laura ruhig.

Ihr Vater schluckte einen Bissen hinunter und runzelte die Stirn. »Du bist noch viel zu jung für so eine Diskussion, Laura«, antwortete er. »Wenn du mit einem Mann verheiratet wärst, dem du mit Leib und Seele vertraust, so wie deine Mama mir vertraut, würdest du vielleicht verstehen, wieso die jetzige Gesetzeslage durchaus sinnvoll ist.«

Er wechselte einen Blick mit Mr. Bond, der seltsam lachte. Was ist so lustig an meinen Worten?, rätselte Laura.

»Eine gebildete und pflichtgetreue Ehefrau ist durchaus aufgefordert, ihren Ehemann beratend zu unterstützen, Miss Brownlow«, sagte Mr. Bond freundlich. »Und dann kann ihr Mann für sie beide entscheiden.« Er steckte seine letzte Gabel Fisch in den Mund, legte Messer und Gabel zusammen auf den Teller und tupfte sich den Mund mit der Serviette ab. »In der Mehrheit der Fälle«, fuhr er fort, »wird eheliche Eintracht herrschen. Doch das neue Parlament könnte sich von den monströsen Beispielen leiten lassen, in denen der Mann seine Verantwortung vernachlässigt oder gar missbraucht.«

Laura gab angesichts des Durcheinanders von Gräten auf

ihrem Teller auf. Während sie höflich darauf warteten, dass auch Mrs. Brownlow mit dem Essen fertig wurde, wanderten ihre Gedanken zu einer Geschichte, die sie gern schreiben würde, über eine Frau, die von ihrem Mann verlassen wurde. Vielleicht würde sie noch heute Abend damit beginnen, jetzt wo das bestickte Altartuch für die Osterzeit, das sie so viele lange Abende beschäftigt hatte, endlich fertig war.

Als sie sich wieder auf die Unterhaltung konzentrierte, sprach Mr. Bond gerade über einen Nachlass, der der Kirche vor Kurzem zugefallen war. »Mrs. Fotheringtons Neffe hat mir ihr Testament gezeigt. Sie wünscht sich ein Fenster für die Marienkapelle mit einem angemessenen Thema.«

Laura vermisste Sarah Fotherington, die vor weniger als zwei Wochen bei einem Missionarskränzchen für Damen tot umgefallen war. Nicht weil sie sie besonders gemocht hätte, sondern weil sie sich mit Mama die Arbeit in der Gemeinde geteilt und die Sonntagsschule geleitet hatte. Nun erwartete man offenbar, dass Laura diese Aufgaben übernahm. Niemand hatte sie gefragt, es wurde einfach vorausgesetzt, dass sie das tat.

Als Mama schließlich Messer und Gabel aus der Hand legte, hatte sie kaum etwas gegessen. Polly trat vor, um die Teller abzuräumen, und Mama sagte mit verträumter Stimme: »Eine Mutter mit ihrem Kind. Das wäre genau das Richtige für eine Marienkapelle – die Jungfrau mit dem Kind.«

Laura und Papa schauten sich erschrocken an, denn sie kannten Mrs. Brownlows Neigung zur Melancholie. Aber Mamas Blick war fest, ohne jede Spur von Tränen.

»Eine sehr gute Idee, meine Liebe«, antwortete Papa.

Mrs. Jorkins brachte die Schüsseln mit Grießbrei herein

und stellte feierlich eine Schale mit ihrem besten Zwetschgenkompott auf den Tisch.

Nervös schaute Mr. Bond zwischen Mann und Frau hin und her. »Ich kann Mrs. Brownlows Vorschlag gern mit Mrs. Fotheringtons Neffen Mr. Stuart Jefferies besprechen, wenn Sie das wünschen, Herr Pfarrer.«

»Ja«, antwortete Mr. Brownlow und reichte ihm das Kompott. Laura sah zu, wie Mr. Bond sich eine kleine Portion auf den Teller häufte, dabei aber ein Gesicht machte, als würde er gern mehr nehmen. »Jefferies scheint ein sehr vernünftiger Mann zu sein.«

»Gibt es in der Marienkapelle denn nicht mehrere Fenster, James?«, fragte Mrs. Brownlow leise und nahm sich einen winzigen Löffel Zwetschgen.

»So ist es, meine Liebe, aber eins ist halb zugestellt von einem Schrank. Eine Jungfrau mit Kind würde gut in das Fenster über dem Altar passen, findest du nicht auch?«

»Oh ja, und das Kind ... James, ihr solltet auf jeden Fall nur einen Künstler beauftragen, der sich auf das Zeichnen von Babys versteht.«

»Die Babys sind meist so hässlich«, stimmte Laura zu und häufte sich eine ordentliche Menge Zwetschgen über den verhassten Grießbrei. »Die größten Künstler waren immer weitaus mehr an ihrem weiblichen Modell als an der lebendigen Darstellung des Christuskindes interessiert.«

»Oh Laura.« Ihr Vater lächelte. »Natürlich ist die Darstellung des Kindes wichtig. Wir werden uns jemand Gutes suchen, Theodora.«

»Danke, James. Und noch etwas. Das Geld, das mein Vater mir vererbt hat ... würde es für das zweite Fenster reichen?«

Papa wehrte die Zwetschgen ab, die Laura ihm hinhielt, und runzelte die Stirn. »Wir haben noch nicht besprochen, was wir mit dem Geld machen werden«, antwortete er. »Da stellt sich natürlich zunächst die Frage nach den steigenden Kosten für Toms Ausbildung.«

»Ich weiß. Aber ich hätte gern ein Fenster zur Erinnerung an Caroline«, fuhr Mama mit leicht gebrochener Stimme fort.

»Oh, Papa«, rief Laura dazwischen. »Das ist eine großartige Idee! Lass uns noch ein zweites Fenster in Auftrag geben!«

Mr. Brownlow warf seiner Frau einen so mitfühlenden Blick zu, dass Mr. Bond, der geduldig auf ein Zeichen wartete, um mit dem Essen zu beginnen, mit rotem Kopf auf seinen Grießbrei starrte.

»Es ist wirklich eine exzellente Idee, Dora. Vielleicht sollten wir sie später unter vier Augen besprechen«, sagte Mr. Brownlow mit fester Stimme und nahm endlich den Löffel zur Hand.

»Ein Engel, James«, flüsterte Mrs. Brownlow, und ein verzücktes Lächeln erhellte ihr müdes Gesicht. »Ein Engel zu Ehren Carolines. Bitte, denk darüber nach.«

»Ein Engel zu Ehren *Gottes*, Dora«, korrigierte James Brownlow sie behutsam und verzog das Gesicht, als er den ersten Löffel klebrigen, ungesüßten Milchpuddings in den Mund schob.

Es war bereits nach elf, als Lauras Stimme in meinem Kopf allmählich verstummte. Ich musste länger als eine Stunde gelesen haben, war aber so vertieft gewesen, dass ich gar nicht mitbekommen hatte, wie die Zeit verging. Lauras Geschichte war wie ein Ausflug in eine andere Welt.

Ich wollte gern noch mehr erfahren, aber ich war schrecklich müde. Also stellte ich den letzten Ordner in den Schrank zurück, verschloss die Schublade und ging nach unten. Das Tagebuch ließ ich auf dem Schreibtisch liegen, um morgen weiter darin zu lesen. Noch einmal dachte ich an die Einträge über die geplanten Kirchenfenster. Sie faszinierten mich. Vielleicht fand ich ja etwas, das uns bei den Restaurationsarbeiten half. Ich musste Zac und Jeremy unbedingt von meiner Entdeckung berichten.

8. Kapitel

Ich sitze eine lange Zeit auf der siebenten Stufe
Und ich bin sicher, dass der Engel da ist.
Ich kann ihm alles erzählen, was man seinem Vater und seiner Mutter nicht erzählen kann.

Frank McCourt,
Die Asche meiner Mutter

Am nächsten Morgen rief ich Jeremy Quentin an. Ich wollte ihm vom Fortschritt unserer Arbeit an dem zerstörten Fenster und von Lauras Tagebuch berichten, aber er schnitt mir gleich das Wort ab.

»Ich war gestern bei Ihrem Vater«, sagte er.

»Oh, tatsächlich? Das ist wirklich sehr nett von Ihnen. War er wach? Was ... was denken Sie, wie geht es ihm?«

»Ja, er war wach. Ich bin mir auch ziemlich sicher, dass er mich erkannt hat. Er hat versucht zu sprechen, aber es hat ihn so angestrengt, dass ich ihm gesagt habe, er solle es nicht tun. Und dann habe ich eine Zeit lang an seinem Bett gesessen. Fran, ich glaube, es geht ihm gut. Man kümmert sich sehr liebevoll um ihn. Viele Menschen erholen sich von einem Schlaganfall erstaunlich gut. Wir dürfen die Hoffnung nicht aufgeben.«

»Nein«, antwortete ich ein wenig dumpf, »das dürfen wir nicht.«

»Es ist sehr schwer für Sie, ich weiß das. Wenn Sarah und

ich irgendwas tun können, um zu helfen, lassen Sie es uns bitte wissen. Wir sind immer für Sie da.«

»Danke, das ist sehr freundlich von Ihnen.«

Wir schwiegen beide und hingen unseren Gedanken nach. Dann fiel mir wieder ein, weshalb ich ihn angerufen hatte. »Zac und ich haben versucht, die Teile des Fensters zusammenzusetzen. Es sind Engelflügel und goldenes Haar zu erkennen …«

»Dann ist es also tatsächlich ein Engel, ja? Ich könnte mir vorstellen, dass es sich um den Erzengel Gabriel handelt.«

»Weil er derjenige war, der Maria verkündet hat, dass sie Jesus gebären würde?«

»Genau. Wenn er eine Lilie in der Hand hält, ist er es ganz sicher. Die Lilie ist das Symbol für Gabriel. Und er würde gut zu dem Fenster von Maria und dem Kind passen. Ich habe mich hier nach alten Kirchenführern umgeschaut, aber bisher leider nichts gefunden. Als Nächstes will ich jemanden von den Diözesan-Archiven bitten, ein wenig nachzuforschen. Aber das wird natürlich dauern.«

»Es gibt noch etwas. Ich habe ein Tagebuch gefunden. Es scheint Reverend Brownlows Tochter Laura gehört zu haben.«

»Tatsächlich?«

»Darin sind Pläne für den Auftrag des Fensters erwähnt. Noch nichts wirklich Brauchbares, aber ich werde auf jeden Fall weiterlesen.«

»Klingt spannend. Halten Sie mich auf dem Laufenden.«

Nachdem ich aufgelegt hatte, saß ich noch eine Weile da und dachte an Dad. Der Pfarrer hatte natürlich recht. Viele Menschen konnten sich nach einem Schlaganfall wieder sehr gut erholen, aber darüber hatte man im Krankenhaus bisher noch kein Wort verloren. Ich würde einfach weiter hoffen müssen. Und warten.

Am Ende vergaß ich ganz, Zac von meinem Fund zu berichten, zumal ich ihn an diesem Tag kaum sah. Er war erneut mit dem Lieferwagen unterwegs zu verschiedenen Kunden. Er musste nach Clapham, um dort ein Fenster in einem Privathaus zu begutachten, danach fuhr er ins nördliche London, wo er Material von der Glaswerkstatt eines Freundes abholte.

Ich verbrachte den Tag im Laden, erledigte ein paar Reparaturen und bediente zwischendurch Kunden. Ich öffnete die Post und überlegte, was ich mit den Rechnungen und den eingehenden Zahlungen machen sollte. Zac schaute sie kurz durch, als er zurückkam, dann brachte er die Tageseinnahmen und ein paar Schecks in ein Schließfach bei der Bank.

Später schloss er für mich ab, weil ich zu Dad ins Krankenhaus wollte. Dieses Mal erwachte er nur kurz, und ich erzählte ihm ein bisschen von meinem Tag. Ich wartete, bis er wieder einschlief, dann ging ich. Ich war froh, dass ich den Abend mit Jo verbringen konnte.

Um halb acht tauschte ich meine Jeans gegen eine schickere Hose und ein Jackett und machte mich auf den Weg zu der Tapas-Bar, die Jo für unser Treffen vorgeschlagen hatte.

Als ich am schwarz umzäunten Kirchengrundstück von St. Martin's vorbeikam, sah ich einen Mann aus der Kirche treten und die Tür hinter sich zuziehen. Ich schaute genauer hin, registrierte den blonden Haarschopf. »Ben?«

»Hallo.« Überrascht drehte er sich um. »Fran, nicht wahr? Verdammt!« Er versuchte, einen großen Schlüsselbund aus seiner Tasche zu angeln, wobei einige der Notenblätter, die er unter dem Arm trug, auf die Erde segelten. Ich lief zu ihm, um ihm beim Aufheben zu helfen.

»Sind die für Sonntag?«, fragte ich, als ich die Titel einiger Kirchenlieder las.

»Ja. Vor der Probe des Kirchenchors am Freitag spiele ich die Stücke immer gern zu Hause durch«, erklärte er, »ich wohne gleich um die Ecke. Wo willst du denn hin? Du siehst so schick aus?«

»Irgendwo in die Victoria Street. Ich bin mit meiner Freundin Jo verabredet. Ich wusste gar nicht, dass du auch hier am Greycoat Square wohnst. Auf welcher Seite denn?«

»Ich zeig's dir.« Wir blieben an der Ecke des Platzes stehen. »Nummer 61, das ist gleich da drüben auf der linken Seite. Ich könnte auch rasch in die Kirche gehen, um dort auf der Orgel zu üben, aber auf meinem eigenen Klavier ist es noch einfacher.«

»Verstehe.« Ich fragte mich, welches der viktorianischen Reihenhäuser wohl seins war.

»Lach jetzt nicht«, fuhr er fort, »aber manchmal kann ich morgens früh ab fünf Uhr nicht mehr schlafen, und dann finde ich es sehr beruhigend, Kirchenmusik zu spielen.«

»Das kann ich gut verstehen.« Ich stellte mir vor, wie seine langen Finger im silbrigen Morgenlicht über die Tasten flogen, und verspürte ein zartes Kribbeln. »Aber das bedeutet doch, dass die Nachbarn auch nicht schlafen, oder?«

Er lachte. »Zum Glück sind die Wände auf der einen Seite sehr dick. Und die alte Dame auf der anderen Seite ist fast taub. Wo wohnst du denn?«

»Siehst du den schwarz-silbrigen Laden da drüben an der Ecke neben dem orangefarbenen Café-Schild? Das ist *Minster Glass.* Ich wohne in der Wohnung direkt darüber. Natürlich nur, solange ich bei meinem Vater zu Besuch bin.«

Er runzelte die Stirn. »Ah, stimmt, *Minster Glass.* Jeremy hat mir von dem Fenster erzählt, das er gefunden hat. Seid ihr damit schon weitergekommen?«

»Eigentlich nicht sehr. Aber immerhin wissen wir jetzt, dass es sich um einen Engel handelt. Wir brauchen unbedingt irgendeine Abbildung, an der wir uns orientieren können.«

»Ich kann mir vorstellen, wie schwierig das ist. Ein aussichtsloses Unterfangen, wenn du mich fragst.«

»Meinst du?« Ich war überrascht über die plötzliche Verbitterung in seiner Stimme.

»Es ist vierzig Jahre her, seit die Orgel das letzte Mal überholt worden ist«, antwortete er, »aber sie – also Jeremy und der Kirchenvorstand – schieben es immer wieder auf. Jetzt reden sie plötzlich davon, alte Fenster zu restaurieren. Wie soll ich anständige Musik machen, wenn die Orgel quietscht und stöhnt wie ein angestochenes Schwein?«

»Ich verstehe, dass das frustrierend sein muss. Es geht nur entweder – oder, stimmt's? Entweder das Fenster oder die Orgel.«

»So würde ich das nicht sagen. Aber es ist natürlich ärgerlich, dass ein Haufen alter Scherben, von dem bisher niemand was wusste, auf einmal in der Prioritätenliste ganz oben steht. Jeremy Quentin liebt Musik, aber seine bemalten Fenster liebt er noch mehr.«

»Das tut mir leid«, antwortete ich unbehaglich. »Ich fürchte zwar, dass ich zum Glas-Lager zähle, aber als Musiker-Kollegin kann ich gut nachvollziehen, wie du dich fühlst.«

Er lächelte, fuhr sich mit den Händen durch das dichte Haar und bedachte mich mit einem seiner durchdringenden Blicke. »Hör zu«, sagte er schließlich leise. »Du hältst mich sicher für unhöflich, weil ich das gesagt habe. Ich wollte eure Arbeit bestimmt nicht abwerten, im Gegenteil, ich mag die alten Glasfenster auch sehr gern. Wo wir doch so enge Nachbarn sind, solltest du irgendwann mal zu mir zum Abendessen kommen.«

»Danke, sehr gern«, antwortete ich erfreut.

»Okay. Heißt du eigentlich Frances oder Francesca?«

»Frances, aber so nennt mich niemand. Jedenfalls nicht, wenn ihm sein Leben lieb ist.«

»So geht's mir auch mit meinem Namen. Benedict.« Er lachte. »Gut, dann sage ich auch besser Fran.«

In diesem Moment schaute er über den Greycoat Square und winkte heftig. »Ah, da kommt ja Nina zu unserer Stunde. Ich muss los. Wir sehen uns Montag bei der Probe.«

»Ja.« Ich folgte seinem Blick. Vor Nummer 61 stand eine ernst dreinblickende junge Frau und wartete. Sie trug einen Geigenkasten in der Hand. Vermutlich bloß eine Schülerin, überlegte ich. Aber als er näher kam, strich sie ihm mit der freien Hand über die Wange und strahlte ihn an. In diesem Moment wusste ich, dass Ben ihr etwas bedeutete.

Ich sah zu, wie er sie auf die Wange küsste. Dann drehte er sich um und winkte mir noch einmal zu. Ich winkte zurück und setzte meinen Weg durch die Vincent Street fort. Doch auf einmal war alles anders. Noch vor wenigen Minuten hatte ich mich fröhlich und unbeschwert gefühlt, jetzt kam mir alles öde und trostlos vor. Der schwarz glänzende Zaun neben mir ragte bedrohlich auf, die glatten Eingangstüren wirkten abweisend. Was war los mit mir? Ich war froh, als ich die Straße erreichte, die Jo mir genannt hatte. Von hier musste ich in die Victoria Street abbiegen. Die Tapas-Bar befand sich genau an der Ecke. Ich ging hinein. Von Jo war weit und breit nichts zu sehen.

Ich wurde an einen Ecktisch geführt und trank ein Glas Rioja, während ich versuchte, meine Gedanken zu ordnen. Vermutlich bin ich wegen Dad ein wenig aus dem Tritt geraten, schloss ich, deshalb fühle ich mich angegriffen und verwundet. Ich sollte mich wirklich ein bisschen am Riemen reißen.

»Es tut mir schrecklich leid!« Zwanzig Minuten später ließ Jo sich seufzend auf den Stuhl gegenüber fallen. »Ja, bitte«, sagte sie, als ich ihr Wein anbot. »Sollen wir was zu essen bestellen? Du musst kurz vor dem Verhungern stehen. Ich tue es jedenfalls.«

»Ist dir bei der Arbeit was dazwischengekommen?«, fragte ich und schob ihr den Brotkorb hin.

»Eine Besprechung, die endlos gedauert hat.«

Sie gab dem Kellner ein Zeichen. Das Essen kam ziemlich schnell, und wir machten uns hungrig über gefüllte Oliven, spanischen Schinken und Calamares her. Dabei schwatzten wir ununterbrochen und versuchten, zwölf Jahre aufzuholen. Jo hielt noch Kontakt zu einer Reihe von Mädchen aus unserer Schule und berichtete von diesen beständigen Freundschaften, während ich es wieder bereute, dass ich die Brücken hinter mir abgebrochen hatte.

»Du musst unbedingt mitkommen, wenn wir uns das nächste Mal treffen«, sagte sie begeistert, »bestimmt würden sich alle sehr freuen.« Ich war mir nicht sicher, ob das nach dem jahrelangen Schweigen tatsächlich so einfach war.

Anschließend sprachen wir über ihre Arbeit. »Ich bin seit zwei Jahren Gruppenleiterin im St. Martin's Heim für Frauen«, erzählte sie. »Vorher habe ich mit AIDS-Patienten gearbeitet, aber als mir diese Stelle angeboten wurde, habe ich sofort zugegriffen.« Ihre Augen glänzten. »Am meisten Spaß macht es mir, den Mädchen zuzuhören und zu versuchen, ihnen zu helfen. Du kannst dir gar nicht vorstellen, was manche von ihnen hinter sich haben. Und sie sind so dankbar, wenn sich jemand um sie kümmert.«

»Ich glaube, du bist ein richtiger Engel.«

»Unsinn!« Sie schüttelte energisch den Kopf, schien sich aber insgeheim zu freuen.

»Apropos Engel. Ich habe gestern ein Mädchen aus eurem Heim kennengelernt«, sagte ich, denn ich erinnerte mich plötzlich. »Sagt dir der Name Amber was?«

»Und ob.« Jo nickte. »Amber Hardwick.«

»Sie kam gestern zu uns in den Laden. Sie war völlig fasziniert. Vor allem ein Engelbild im Schaufenster hatte es ihr angetan.«

»Ja, das ist typisch Amber. Sie ist völlig verrückt nach Engeln. Im Moment hat sie im Heim keinen leichten Stand. Ein paar andere Mädchen machen ihr das Leben schwer, stehlen ihr Sachen, beschimpfen sie.« Jo seufzte. »Das ist wirklich sehr böse. Dabei ist das Schlimmste, was man über Amber sagen kann, dass sie sich für eine Neunzehnjährige sehr unreif verhält. Aber Lisa, die Anführerin der Gruppe, die sich gegen sie verschworen hat, kann sie einfach nicht in Ruhe lassen. Vor einigen Tagen hatten wir einen ziemlich üblen Vorfall. Ein Schmuckstück, an dem Amber sehr hing, war plötzlich verschwunden. Es war ein Kettenanhänger. Sie ist fast hysterisch geworden. Irgendwann haben wir es dann in der Mülltonne gefunden. Jeder weiß, dass es Lisa war, aber wir können ihr nichts beweisen.«

»Sie ist ein schrecklich nettes Mädchen, aber du hast recht, sie ist unreif für ihr Alter. Wie um alles in der Welt ist sie denn zu euch ins Heim gekommen?«

Jo schenkte noch einmal Wein ein.

»Ich darf dir das eigentlich gar nicht sagen, aber wem solltest du es schon weitererzählen? Amber hatte es als Kind furchtbar schwer. Ihre Mutter war behindert, sie saß im Rollstuhl, und Amber hat ständig in der Schule gefehlt, weil sie sich um sie kümmern musste. Anstatt Hilfe zu suchen, hat die Mutter den Schuldirektor angelogen und behauptet, Amber sei krank. Irgendwann hat er aufgegeben, und dann hat sich keiner mehr um Amber gekümmert. Ihre Mutter ist gestorben, als sie vierzehn war, daraufhin ist sie zu ihrer Großmutter gekommen. Als die im letzten Jahr in ein Pflegeheim musste, wusste Amber nicht wohin. Da sie in der Schule so viel versäumt hatte, bekam sie keinen Ausbildungsplatz.«

»Was für eine Stelle hat sie denn gesucht?«

»Irgendwas im Supermarkt oder im Gaststättengewerbe. Für beides wäre sie durchaus geeignet. Sie ist praktisch begabt, funktioniert bloß nicht, wenn sie unter Druck gerät. Außerdem hat sie künstlerisches Talent. Sie fertigt gerne Schmuck aus Draht und Perlen an. Vielleicht sollte sie das als Nächstes probieren. Ich werde es ihr mal vorschlagen.«

»Für unsere Glasarbeiten hat sie sich jedenfalls sehr interessiert«, sagte ich.

»Wirklich?«

»Ja, ich habe ihr ein bisschen erklärt, und sie hat alles begierig aufgesogen.«

»Dem sollte man vielleicht nachgehen.« Ich sah, wie Jos Augen blitzten, und dann wurde mir klar, dass ich mir selbst eine Falle gestellt hatte.

»Oh, nein, versteh das bitte nicht falsch. Ich bin im Moment nicht in der Lage, jemandem etwas beizubringen. Die Verantwortung für eine junge Auszubildende wäre wirklich das Letzte, was ich mir zurzeit aufbürden möchte.«

»Amber könnte sich um den Laden kümmern, wenn du keine Zeit hast. Oder Zac. Und dann könnte sie dir über die Schulter schauen. Du bräuchtest ihr auch nicht viel zu zahlen, und sie ist sehr willig. Sie kann sicher großartig mit Kunden umgehen. Denk einfach mal darüber nach, Fran.«

»Jo, hör mir zu«, wehrte ich lachend ab, »du überrennst mich förmlich.« Nur zu gut konnte ich mich noch daran erinnern, wie sie mir in der Schulzeit meinen letzten Rest Taschengeld für ein Tierheim aus der Tasche geleiert hatte, wie ich dringend eine Petition gegen die Fuchsjagd unterschreiben musste und natürlich auch am Charity-Schwimmwettbewerb teilnehmen.

»Natürlich, du hast recht. Es tut mir leid, dass ich dich damit belästigt habe.«

Jo wirkte plötzlich so bestürzt, dass ich seufzte. »Okay, ich denke darüber nach. Aber ich kann dir nichts versprechen.«

Sie lächelte glücklich. »Es ist eine gute Idee, das weiß ich genau.«

Entschlossen wechselte ich das Thema. »Wie geht's deinen Eltern?«

»Eigentlich wie immer. Sie bauen sich gerade dieses riesige Haus auf dem Land, in der Nähe von Tunbridge Wells. Ich glaube manchmal, sie sind ein bisschen enttäuscht, dass ich mich mit diesen Unterprivilegierten abgebe.«

»Sie sind sicher stolz auf dich.«

»Sie sind immer noch eisern konservativ. Dad glaubt, nur weil er sich selbst aus dem Dreck gezogen hat, dürften auch andere Leute nicht durchgefüttert werden, wie er es nennt.«

Ich lächelte und dachte an Jos Vater, einen charmanten, freundlichen Mann. Seine Frau und er waren immer sehr nett zu mir gewesen. Aber vermutlich förderte es nicht gerade die fürsorgliche Seite in einem Menschen, wenn man als Spitzenanwalt in einer renommierten Kanzlei arbeitete, zumal Kevin Pryde als Aufsteiger immer unter dem Druck stand, sich selbst beweisen zu müssen, dass er so gut war wie »der Kerl am nächsten Schreibtisch auch«, wie ich ihn mal hatte sagen hören.

»Außerdem macht Mom sich Sorgen, dass ich mich nicht in den richtigen Kreisen bewege, in denen ich Männer kennenlerne, die genug verdienen, um für mich ›zu sorgen‹. Aber ich liebe meinen Job. Ich weiß, dass ich mit einem goldenen Löffel im Mund geboren bin und dass meine Eltern mich jederzeit raushauen würden, falls ich mal ernsthaft verschuldet sein sollte. Aber ich habe auch nichts dagegen, meinen eigenen Weg zu gehen. Geld ist mir einfach nicht so wichtig, verstehst du.«

Wir lachten beide, und sie berührte mich am Arm, auf ihre freundschaftliche, natürliche Art, um die ich sie immer beneidet hatte. »Es ist so schön, dass du wieder da bist.«

Und plötzlich war es mir möglich, einfach zu vergessen, dass ich unsere Freundschaft und vieles andere so lange vernachlässigt hatte. Zwölf Jahre lang waren wir getrennte Wege gegangen und hatten uns zu eigenständigen Persönlichkeiten entwickelt. Aber vielleicht schafften wir es ja, noch einmal ganz von vorne anzufangen.

»Erzähl mir doch ein paar Geschichten von diesen unpassenden Männern«, bat ich sie spöttisch.

»Ach, weißt du.« Sie lachte, aber es klang nicht richtig echt. »Mama scheint einfach nur auf eine große Hochzeit zu warten.« Zu meiner Überraschung sah ich einen Hauch von Traurigkeit in ihrem Blick.

»Vielleicht lernst du ja bei der Arbeit oder im Chor jemanden kennen«, sagte ich und dachte daran, wie Dominic sie die ganze Zeit angeschaut hatte. Offenbar hatte ich einen wunden Punkt getroffen, denn sie wurde über und über rot.

»Im Heim arbeiten nur Frauen«, sagte sie. »Bis auf Ra, und der ist mit einem netten Mädchen verlobt.«

»Was ist denn mit Dominic aus dem Chor?«, ermutigte ich sie, »der scheint doch wunderbar zu sein.«

»Oh, ja, das ist er. Echt nett.«

»Mehr nicht?«

»Wir sind bloß Freunde. Ich glaube nicht, dass er mehr will. Ben ist natürlich auch ein Prachtkerl, findest du nicht?«

»Prachtkerl ist genau der richtige Ausdruck. Zu prächtig für uns Normalsterbliche.«

»Verstehe, was du meinst.« Jo seufzte. »Gibt es für dich im Moment jemand Besonderes?«

Ich verdrehte die Augen, aber es war mir gewissermaßen zur zweiten Natur geworden, nicht allzu viel über mich preiszugeben. »Das ist bei mir eine Katastrophe, das willst du gar nicht hören. Und überhaupt«, ich wechselte das Thema, »im Moment habe ich andere Dinge um die Ohren.«

Sie nickte mitfühlend. »Wie geht's denn deinem Dad inzwischen?«

Ich kratzte an einigen Wachsflecken auf dem Tischtuch. »Wenn, und das ist das entscheidende Wort, wenn es eine Verbesserung gibt, dann nur ganz langsam. Er ist manchmal bei Bewusstsein, aber ich ... ich bin mir nicht sicher, ob er mich versteht, wenn ich mit ihm spreche.«

»Das tut mir so leid, Fran. Aber du solltest trotzdem weiter mit ihm sprechen. Das soll angeblich helfen.«

»Ich weiß. Es ist bloß so schwierig ... na ja, du weißt ja sicher noch, dass wir nie ein besonders enges Verhältnis hatten.«

Jo nickte. Auch wenn wir früher nur selten über die Beziehung zu meinem Vater oder über die Trauer wegen meiner Mutter gesprochen hatten, hatte Jo, wenn sie mich besuchte, oft registriert, wie distanziert er war, und mich getröstet.

»Seit ich zu Hause ausgezogen bin, habe ich ihn kaum gesehen, Jo.« Heftig rieb ich an einem besonders hartnäckigen Wachsfleck.

Jo beugte sich vor, sah mich aus ernsten blauen Augen an und fragte: »Warum bist du damals so plötzlich weggegangen, Fran? Warum bist du einfach verschwunden und hast alle Brücken hinter dir abgebrochen? Gab es einen bestimmten Grund?«

»Eigentlich wollte ich das gar nicht«, antwortete ich ausweichend. »Aber die Musik war damals einfach unglaublich anstrengend. Ich musste mich ganz und gar auf meine Arbeit konzentrieren, auf mich selbst. Für anderes blieb mir keine Kraft mehr.«

Aber Jo ließ nicht locker. »War das nur eine Entschuldigung?«, fragte sie und sah mich eindringlich an. »Oder ist etwas passiert – mit deinem Dad vielleicht? In meinen ersten Semesterferien war ich bei euch im Laden, um zu sehen, ob du zu Hause bist. Als ich nach dir gefragt habe, hat dein Dad bloß mit den Schultern gezuckt und war ziemlich abweisend. Damals dachte ich, ihr hättet euch vielleicht gestritten.«

Bisher hatte ich niemandem anvertraut, was geschehen war, doch jetzt verspürte ich plötzlich das Bedürfnis, es zu tun. Und ich wusste, dass Jo mich verstehen würde.

»Du hattest recht«, antwortete ich leise. »Ich hatte damals herausgefunden, dass er mich angelogen hatte, und zwar in einer sehr wichtigen Angelegenheit.«

Jo sagte nichts, sondern sah mich nur an. Und nun, nachdem ich zwölf lange Jahre geschwiegen und die Geschichte in mir vergraben hatte, brach es förmlich aus mir heraus.

»Du erinnerst dich vielleicht nicht«, begann ich und trank einen großen Schluck Wein, »aber in unserem letzten Jahr an der Schule hatte ich mich für einen zweiwöchigen Sommer-Musikkurs in Paris beworben. Ich wollte im Herbst ans College, um Musik zu studieren, und mein Musiklehrer meinte damals, Paris sei für mich eine grandiose Chance, um mit anderen Musikern aus aller Welt zusammen zu spielen.«

»Doch, ich glaube, ich erinnere mich«, sagte Jo stirnrunzelnd.

Als ich Jo die ganze Geschichte erzählte, durchfluteten mich der Schmerz und die Enttäuschung von damals so deutlich, als sei es erst gestern gewesen.

Es hatte sich 1981 abgespielt. Ich war achtzehn geworden und volljährig, aber für Dad zählte das nicht. Im Februar hatte er mir erlaubt, nach Paris zu fahren, und die Anzahlung überwiesen, aber als der Mai gekommen war, schien er seinen Entschluss plötzlich zu bereuen. Als ich ihm erzählte, dass ich einen neuen Pass benötigte, kam alles heraus. Er sagte, er sei überzeugt, ich wäre noch nicht alt genug, um alleine ins Ausland zu gehen. Ich protestierte natürlich, sagte, er solle nicht solchen Unsinn reden, und er schwieg mich eine Woche lang beleidigt an. Schließlich sah es so aus, als würde er mich doch gehen lassen; also fragte ich ihn nach meiner Geburtsurkunde, um den Pass zu beantragen. Ich war fassungslos, als er behauptete, er hätte sie verlegt – wie konnte er ein so bedeutsames Dokument verlegt haben, wenn er es doch zusammen mit all seinen anderen Geschäftsunterlagen sicher hätte wegschließen müssen?

Am Ende musste ich zum Amt, um mir eine Ersatzurkunde ausstellen zu lassen. Ich rechnete fest damit, irgendeine grässliche Entdeckung im Hinblick auf meine Geburt zu machen, aber das geschah nicht. Warum nur hatte er solch ein Theater gemacht?

Es dauerte lange, bis der Groschen fiel – Jahre, um genau zu sein. Er hatte ganz einfach Angst gehabt, mich zu verlieren. Er wollte nicht, dass ich erwachsen wurde und fortging. Vermutlich hatte er gehofft, dass ich bei ihm bleiben und das Geschäft irgendwann übernehmen würde. Und dass die Musik, die wir beide liebten, nur eine Nebenbeschäftigung bliebe anstatt einer Laufbahn, die ich ernsthaft einschlagen wollte. Aber er hatte keine Ahnung, wie er all das ausdrücken sollte; wenn es anders gewesen wäre, hätten wir über alles reden und reinen Tisch machen können. Stattdessen versuchte er mich zu manipulieren, und das war das Schlimmste, was er machen konnte. Ich vertraute ihm nicht mehr und sehnte mich verzweifelt danach, endlich das Haus zu verlassen.

Ich beendete die Schule mit dem Abitur und ging nach Paris. Dort hatte ich eine wunderbare Zeit, und als ich Anfang August nach Hause zurückkehrte, stellte ich zu meiner Erleichterung fest, dass Dad sich offenbar beruhigt hatte. Doch im September brach seine Angst erneut durch. Eines Abends kam ich nach Hause und fand ihn halb bewusstlos vor. Er kam mit dem Rettungswagen ins Krankenhaus. Dort stellte sich heraus, dass er mehrere Insulinspritzen vergessen hatte, was ganz und gar nicht typisch für ihn war. Ich war heilfroh, dass mein College in Kensington lag und ich weiter zu Hause wohnen und ein Auge auf ihn halten konnte. Aber später glaubte ich, dass er diesen medizinischen Notfall absichtlich herbeigeführt hatte. Wenn ich heute zurückblicke, bin ich mir da allerdings nicht mehr sicher. Vielleicht war er ja tatsächlich ein bisschen durcheinander, als ich fort war. Wie auch immer, er erholte sich rasch.

Danach stritten wir uns häufig um Geld, zumindest war Geld der Ausgangspunkt vieler Auseinandersetzungen. Im September erfuhr ich, dass ich ein Stipendium bekommen würde, das meine Lebenshaltungskosten deckte. Trotzdem benötigte ich noch Geld für Noten und Bücher. Und dann ließ Dad eine echte Bombe hochgehen. Er zauberte ein Sparbuch hervor, das auf meinen Namen eingetragen war. Auf dem Konto befanden sich zwölftausend Pfund.

Zwölftausend Pfund! Anfangs war ich außer mir vor Freude und glaubte, Dad hätte die Summe im Laufe der Jahre für mich angespart. Aber als ich genauer hinschaute, sah ich, dass es, abgesehen von den Zinsen, nur eine einzige Zahlung gegeben hatte – 1972. Ich sprach ihn darauf an. Und dann erzählte er es mir endlich. Die Mutter meiner Mutter war gestorben, als ich neun Jahre alt gewesen war, und hatte mir einen gewaltigen Batzen Geld hinterlassen. Und Dad hatte mir nichts davon gesagt, hatte es auf dem Sparbuch ruhen lassen, bis ich achtzehn geworden war.

Die Tatsache, dass ich nichts von diesem bedeutenden Erbe wusste, war an sich schon schlimm genug. Aber es kam noch viel, viel schlimmer. Er hatte mir nicht erzählt, dass meine Großmutter gestorben war. Erst viel später, als ich ein Teenie war und anfing, nach ihr zu fragen, sagte er mir, sie sei tot. Und er tat so, als sei sie bereits gestorben, als ich noch ein Kleinkind gewesen war. Ich vermute, es war ihm peinlich, dass er es mir zum tatsächlichen Zeitpunkt ihres Todes nicht gesagt hatte, daher hat er mich angelogen. Erst über dieses Sparbuch erfuhr ich nun also die ganze Geschichte.

Es war nicht leicht, Jo – deren Vater ein offener, mitteilsamer Mann war – klarzumachen, wie sehr die Entdeckung mich schockierte. Doch damals hatte ich wirklich das Gefühl, mein ganzes Leben sei auf den Kopf gestellt und die Beziehung zu meinem Vater gründe nur auf Lügen.

Ich hätte ihn gleich konfrontieren sollen, ihn auffordern, mir alles über meine Mutter zu erzählen und mir die gesamte Wahrheit zu sagen. Aber dazu war ich ihm zu ähnlich. Ich entschied mich für den Weg des geringsten Widerstands. Beleidigtes Schweigen. In den letzten Wochen, bevor ich aufs College ging, sprachen wir so gut wie kein Wort miteinander. Dann nahm ich mein Sparbuch, ging damit zur Bank und hob die Summe ab, die ich für ein Zimmer im Studentenwohnheim benötigte.

»Indem er mir das Geld gab«, erklärte ich Jo, »versetzte Dad sich selbst den Todesstoß. Er hatte mir damit sowohl die Mittel als auch den Grund geliefert, ihn zu verlassen.«

Ich machte eine Pause, erschöpft vom vielen Reden, aber zugleich auch nervös, wie Jo darauf reagieren würde. Ich hätte mir keine Sorgen zu machen brauchen.

»Warum hast du mir das alles nicht schon damals erzählt?«, flüsterte sie. »Ich hätte dir doch geholfen. Ganz bestimmt.«

»Ich hatte dich den ganzen Sommer über kaum gesehen. Erst kam Paris, und dann bist du mit deinen Eltern in Urlaub gefahren. Und ich war mir nicht sicher … ob du das wirklich alles verstehen würdest. Du warst immer so glücklich in deiner Familie, ich habe dich oft beneidet, wirklich. Du hättest mit mir gestritten, alle hätten ihren Senf dazugegeben, und das wär's dann gewesen.«

»Natürlich hätte ich versucht, dich zu verstehen.«

»Heute weiß ich das auch«, bestätigte ich sanft, »aber damals war für mich nichts sicher außer meiner Musik. Ich war froh, dass ich mich in das Studium stürzen konnte. Das hat mich damals gerettet.«

»Was war mit deinem Dad? Hattest du ihn danach noch besucht?«

»Ja. Ich brachte es nicht übers Herz, ihn voll und ganz allein zu lassen. Ich sagte ihm, wir müssten eine Weile auf Abstand gehen, aber ich habe vieles zu Hause gelassen und ihn regelmäßig besucht. Er veränderte sich, zog sich mehr und mehr zurück, wurde immer schweigsamer und gab mir das Gefühl, ihn im Stich gelassen zu haben. Ich wurde sauer. Jahrelang sprachen wir kaum über etwas Wichtiges, schon gar nicht über unseren Streit. Erst vor wenigen Wochen, kurz vor seinem Schlaganfall, wurde er wieder zugänglicher. Manchmal, wenn ich mit ihm telefonierte, wirkte er so … verletzlich … wollte gar nicht auflegen. Vielleicht spürte er, dass ihm etwas passieren würde. Wenn ich eher nach Hause gekommen wäre, hätten wir vielleicht …« Ich schluckte und starrte auf meine abgekauten Fingernägel.

»Red dir nicht ein, dass es deine Schuld ist, Fran.« Jo legte ihre Hände auf meine. Wieder einmal rührte ihre Wärme mich tief im Innern. »Es ist vielleicht noch nicht zu spät. Versuch mit ihm zu reden. Es könnte euch beiden helfen.«

Ich nickte und lächelte verzagt. Trotz meiner Traurigkeit verspürte ich Erleichterung. Es hatte gutgetan, Jo alles anzuvertrauen. Ich wünschte, ich hätte ihr die Geschichte schon vor Jahren erzählt.

9. Kapitel

Dann zeige Mitleid, damit du nicht einen Engel von deiner Tür weist.

William Blake, *Lieder der Unschuld*

Wenn ich heute zurückblicke, erkenne ich, dass dieses Gespräch mit Jo den Wendepunkt brachte. Ich hatte mich meiner Freundin geöffnet; ihre warmherzige Reaktion hatte den Eiszapfen, der mein Herz durchbohrt und in ewige Kälte getaucht hatte, endlich zum Schmelzen gebracht.

Ich dachte noch einmal an ihre Worte, als ich einem zögernden Zac den Laden anvertraute und Dad am nächsten Tag um die Mittagszeit besuchte. Ich liebte meinen Vater, das wusste ich genau. Auch wenn wir uns oft stritten und ich ausgezogen war, um mein eigenes Leben zu leben. Er war trotz allem immer noch mein Dad, der mich als kleines Kind umsorgt und mich getröstet hatte, wenn ich traurig war, der voller Stolz »mein Mädchen!« gebrummt hatte, wenn ich eine Prüfung erfolgreich bestanden oder eine bescheidene Rolle in einem Schultheaterstück ergattert hatte.

Als ich nun neben seinem Bett saß und zusah, wie er darum kämpfte, bei Bewusstsein zu bleiben, versuchte ich, das Krankenhaus zu vergessen und an das zu denken, was wir gemeinsam erlebt hatten. Es fiel mir schwer.

Vielleicht war Jos Idee, mit ihm zu reden, gar nicht so falsch. Es erschien mir im Moment unangebracht, mit den düsteren Dingen zu beginnen, den Bitterkeiten und Geheimnissen, aber vielleicht konnte ich Dad an die glücklichen Momente erinnern und ihm sagen, dass ich ihn liebte.

»Weißt du noch, Dad?«, begann ich zögernd. »Weißt du noch, als ich die Masern hatte und du mit mir Brettspiele gespielt hast und mich immer gewinnen lassen musstest? Und wie du mir Geschichten aus deiner Kindheit erzählt hast? Du hattest einen Hund, nicht wahr, der mit im Laden war – es war ein Windhund, und er hieß Silky, stimmt's?«

Ich wartete, und dann – war es bloß ein Zufall? – blinzelte Dad auf einmal und sah mich direkt an. Verzweifelt überlegte ich, was ich ihm noch erzählen sollte. Von dem Engelfenster ... das würde ihn bestimmt interessieren. Also berichtete ich ihm von Jeremy Quentins Entdeckung und davon, wie Zac und ich versucht hatten, die Einzelteile wieder zusammenzusetzen.

»Ich wünschte, du könntest uns dabei helfen, Dad«, sagte ich. »Ich wette, du wüsstest genau, wo wir die Originalzeichnung finden.«

Wieder zögerte ich. Es war seltsam, mit jemandem zu sprechen, der keine Antwort gab. Außerdem hatte ich noch nie zu den Menschen gehört, die endlos plappern konnten.

Außerdem war mir die Kluft zwischen uns bewusst. Es gab so vieles zu besprechen. Ich sehnte mich verzweifelt danach, mit ihm über meine Mutter zu reden; aber wie sollte ich das anfangen? Ich würde keine Worte über die Lippen bringen, die nicht gestelzt oder kitschig klangen. Und ich hatte Angst, ihn aufzuregen, wenn er mich hören oder gar verstehen konnte. Vielleicht sagte ich ja unbeabsichtigt etwas, das ihn verletzte oder nicht der Wahrheit entsprach, und er konnte sich nicht mal wehren. Am Ende sagte ich daher bloß: »Wenn es dir wieder besser geht, Dad, werden wir uns in Ruhe unterhalten. Ich werde häufiger bei dir sein, das verspreche ich dir.«

Sein Blick wich nicht von meinem Gesicht; er wirkte so ängstlich, dass ich erschrak. Hatte er Schmerzen? Doch dann entspannten sich seine Züge. Mit erstickter Stimme flüsterte ich: »Es tut mir leid, Dad. Es tut mir so leid.«

Als ich in den Laden zurückkam, war Zac in ein Gespräch mit einem teuer gekleideten jungen Paar vertieft. Oder besser gesagt, mit der Frau. Der Mann lief im Geschäft auf und ab und schaute sich stirnrunzelnd die Preisschilder an, während seine Frau, eine temperamentvolle Blondine mit Hornbrille, sich mit Zac über eine Serie von Fotos unterhielt, die sie auf der Theke ausgebreitet hatte. Zac betrachtete sie eingehend, nickte, unterbrach ihren Redefluss durch hartnäckige Fragen. Ich erinnerte mich, dass er ungern über Aufträge verhandelte. Ihm war die künstlerische Arbeit lieber.

Ich lächelte sie kurz an und versuchte, an ihnen vorbei in die Werkstatt zu huschen, aber Zac warf mir einen verzweifelten Blick zu.

»Fran, Mr. und Mrs. Armitage wüssten gern, ob wir etwas in dieser Art hier machen können. Was meinst du?«

Auf den Fotos waren zwei bunte Glasfenster zu sehen. Eins zeigte einen Jungen mit Tirolerhut, der in einem See fischte, das andere ein Mädchen, das sich in einem viel zu kurzen Rock streckte, um mit dem Netz einen Schmetterling zu fangen. Beide Abbildungen waren umrahmt von Teddys, Puppen, Blumen und Früchten; sehr kitschig, aber manche Leute mochten das.

»Wir haben sie in New Jersey gesehen, stimmt's, mein Schatz?«, sagte Mrs. Armitage. »Unsere Freunde waren gerade erst in ihr neues Haus gezogen und wussten nicht, von wem sie stammten. Deshalb haben wir ein paar Fotos gemacht und uns gedacht, wir könnten sie für die Zimmer der Zwillinge vielleicht nachmachen lassen, stimmt's, mein Schatz?«

Ihr Schatz grunzte zustimmend.

»Wir könnten ein paar ähnliche Entwürfe machen, oder, Zac?« Ich sah ihn an.

»Ja, ich habe erklärt, dass wir Schwierigkeiten bekommen könnten, wenn wir die Bilder einfach nur kopieren. Aber mit ein paar kleinen Änderungen ...«

»Das wäre wunderbar!« Mrs. Armitage tippte mit ihren krallenartigen Nägeln auf die Theke. »Was meinen Sie, wie viel würde das ungefähr kosten? Außerdem hätten wir die Fenster gern bis Ende Oktober fertig. Da haben die Zwillinge nämlich Geburtstag.«

Zac zeigte ihnen einige Muster und nannte den ungefähren Preis. Ich beobachtete den Mann eingehend, der sich aber nur danach erkundigte, welchen Unterschied im Preis es ausmachen würde, wenn man anderes Glas wählte; ansonsten schien er die absehbare Belastung seines Portemonnaies ungerührt hinzunehmen.

Als die beiden den Laden schließlich verlassen hatten, gingen Zac und ich zusammen in die Werkstatt. Während ich Tee kochte, schrieb er den Auftrag in Dads Auftragsbuch. Dann warf er noch einen Blick auf die Fotos und schüttelte den Kopf.

»Was ist?«, fragte ich ihn.

»Sagen wir mal so: Das trifft einfach nicht meine Vorstellung von anspruchsvoller Kunst.«

Ich lachte. »Komm schon, du wirst deine Sache sicher gut machen, wie immer.«

»Hm.« Er nickte. »Ich werd's versuchen.«

»Was macht dir denn am meisten Spaß?«, fragte ich, wobei mir einmal mehr klar wurde, wie wenig ich über Zac wusste.

»Die künstlerischen Aufträge, meine eigenen Entwürfe. Und die Arbeiten für die Kirche, weil sie nicht nur der Zierde dienen, sondern einen tieferen Sinn haben.«

»Was meinst du denn mit deinen eigenen Entwürfen?«, fragte ich. »Diesen Sonnenaufgang zum Beispiel?«

»Nein. Da habe ich nur das gezeichnet, was die alte Dame mir vorgegeben hat. Ich habe angefangen, andere Dinge zu machen, aber das sind im Grunde genommen bisher nur Experimente. Wir haben hier nicht die richtige Ausrüstung, deshalb nutze ich das Studio meines Freunds David.«

»Ich wusste nicht, dass du auch andere Arbeiten machst.«

»Die mache ich auch nicht während meiner Arbeitszeit«, antwortete er. Offenbar hatte er mich missverstanden. »Und das Material zahle ich selbst. Allerdings hat dein Vater mir hin und wieder einzelne Teile geschenkt.«

»Das ist völlig in Ordnung, Zac. Ich wollte dich keinesfalls kritisieren.«

»Ich weiß. Ich wollte es nur klarstellen.«

»Ich würde deine Arbeiten gerne mal sehen.«

»Ehrlich?« Er schaute mich überrascht an. »Ich stelle gerade eine Mappe zusammen, vielleicht ist sie uns hier einmal nützlich. Sobald sie fertig ist, zeige ich sie dir.« Seine Augen leuchteten, erhellten sein Gesicht, sodass ich unwillkürlich daran denken musste, wie melancholisch er sonst immer wirkte. Ob die Arbeit mit Glas sein ganzes Leben erfüllte? Hatte er eigentlich Familie und Freunde in London? Aber ich fragte nicht laut. Solange ich mein eigenes Leben nicht im Griff hatte, war ich wohl kaum berechtigt, anderen Menschen mit einem klugen Rat zur Seite zu stehen.

In diesem Augenblick bimmelte wieder die Ladenglocke.

»Ach, das hätte ich fast vergessen«, rief Zac, als ich nachschauen ging, wer gekommen war, »es hat jemand für dich angerufen. Eine Jessica Eldridge. Du möchtest sie bitte zurückrufen.«

»Oh, Jessica! Ich muss mich dringend bei ihr melden.« Sofort hatte ich ein schlechtes Gewissen. »Sie bucht meine Engagements«, fügte ich hinzu, als ich seine verständnislose Miene sah. Anscheinend hatte ich ihr irgendwann mal die Nummer von *Minster Glass* gegeben. »Danke, Zac. Ich rufe sie nachher an.«

Als ich wenig später einer jungen Kunststudentin preiswerte Glasreste heraussuchte, die sie für eine Skulptur brauchte, und die Reste sorgfältig in Zeitungspapier einwickelte, bemerkte ich, dass Amber wieder vor dem Laden herumlungerte.

Ich hielt der Studentin, die beide Hände voll hatte, die Tür auf. Als sie weg war, winkte ich Amber herein.

»Haben Sie gerade viel zu tun?«, fragte sie ängstlich, schlüpfte in den Laden und sah sich ausführlich um. Nach einer Weile nahm ich sie mit in die Werkstatt und stellte sie Zac vor, der damit beschäftigt war, Spiegelglas in kurze Streifen zu schneiden.

»Amber ist eine Bekannte meiner Freundin Jo«, stellte ich vor.

Zac schien überrascht. Dann lächelte er.

»Was machen Sie da?«, fragte Amber neugierig.

»Ein Kaleidoskop«, antwortete er und nahm ein fertiges Exemplar aus dem Regal. »Schauen Sie mal rein«, sagte er und hielt ihr ein Ende des rhombenförmigen Instruments hin.

Sie hielt es gegen das Licht. »Wie schön!«, murmelte sie ergriffen.

»Drehen Sie mal die Murmel.« Am anderen Ende des Kaleidoskops befand sich eine große, von einer Metallfolie umschlossene Glasmurmel. Ich wusste, dass die Farben in den Spiegeln innen reflektierten und wunderschöne Muster bildeten, wenn man die Murmel drehte.

»Wie macht man so was?«, fragte Amber. In diesem Augenblick ging schon wieder die Ladenglocke.

Als ich die Kunden bedient hatte und zurückkam, waren Zac und Amber ins Gespräch vertieft. Zac zeigte ihr gerade, wie man einen Glasschneider hielt, und Amber versuchte, ein Stück Treibhaus-Glas zu bearbeiten, das Zac ihr gegeben hatte.

»Sie dürfen keine Angst vor dem Glas haben«, meinte er, »es beißt nämlich nicht. Jedenfalls nicht, wenn Sie es mit Respekt behandeln. Halten Sie es einfach so zwischen Daumen und Zeigefinger und ... ja, und jetzt abbrechen, gut gemacht!«

»Das Glas fühlt sich an, als wäre es aus Zucker.«

»Ja, es lässt sich ganz exakt bearbeiten. Aber nicht jedes Glas ist so leicht zu schneiden. Manchmal bricht es genau an der falschen Stelle, und dann muss man wieder von vorn anfangen.«

»Wie machen Sie das farbige Glas? Wird es hier produziert?«

»Oh nein«, antwortete Zac. »Heutzutage wird fast alles aus dem Ausland importiert. Es gibt die unglaublichsten Farben, Muster und Oberflächen.«

»Dieses pink- und goldfarbene gefällt mir.« Sie zeigte auf das Stück, aus dem Zac die Hülle des Kaleidoskops gemacht hatte.

»Das ist ein sehr kostbares Glas. Die warmen Farben wie Rot sind immer besonders kostspielig, weil man für ihre Herstellung teure Chemikalien benötigt. Im Rot zum Beispiel ist manchmal sogar echtes Gold enthalten. Die Blau- und Grüntöne sind einfacher und preiswerter.«

In diesem Augenblick merkte Zac, dass ich hereingekommen war. »Was ist los?«, fragte er.

Ich stand mit verschränkten Armen in der Tür und versuchte zu verhindern, von einem Ohr zum anderen zu grinsen.

»Nichts«, antwortete ich. »Lasst euch nicht stören. Ich habe dich noch nie so viel auf einmal reden hören.«

Zac lächelte nur selten; aber diesmal strahlte er beinahe über das ganze Gesicht. Er drehte sich wieder zu Amber. »Wenn ich mit dem letzten Stück fertig bin, zeige ich Ihnen, wie man schleift. Und danach vielleicht noch, was man mit Kupferfolie macht.«

Ich war froh, dass Zac trotz seines engen Zeitplans die Gelegenheit nutzte, sich ein bisschen um Amber zu kümmern, und ließ die beiden allein.

»Zac«, begann ich später, als Amber wieder fort war. Zum Abschied hatten wir ihr noch einen Sonnenfänger geschenkt. »Was würdest du sagen, wenn ich Amber fragen würde, ob sie uns ab und zu aushelfen möchte?«

Er sah mich misstrauisch an. »Du meinst, wenn sie hier arbeiten würde? Was sollte sie denn tun?«

»Auf den Laden aufpassen, wenn wir unterwegs sind, Material auspacken, ans Telefon gehen, all diese Dinge. Dann könnten wir uns mehr um anderes kümmern. Außerdem könnten wir ihr ein paar einfache Handgriffe zeigen, vielleicht auch Muster entwerfen und so weiter.«

»Sie ein bisschen anlernen, meinst du? Stimmt, es ist wichtig, neue Leute anzulernen. Wir sollten mal darüber nachdenken.«

»Ja. Denn ich fürchte, du hast recht. Dad wird nicht mehr …«

»Ich weiß.« Sein Blick war voller Mitgefühl, und ich musste wegschauen. Es war höchst unwahrscheinlich, dass Dad jemals wieder in der Werkstatt arbeiten würde; aber das Eingeständnis kam mir trotzdem vor wie ein Verrat.

»Fran, es gibt etwas, worüber wir reden müssen. Hat dein Dad dir je eine Vollmacht ausgestellt? Es … es gibt da ein paar unbezahlte Rechnungen. Und ich bin nicht zeichnungsberechtigt.«

Ich zuckte mit den Schultern. »Keine Ahnung, Zac. Ich werde mich bei der Bank erkundigen. Und bei Dads Anwalt.«

Nachdem ich den Laden abgeschlossen hatte, fiel mir Jessicas Nachricht wieder ein. Sie war um diese Zeit meist noch in ihrem Büro; also machte ich mich auf die Suche nach meinem Adressbuch.

»Fran!«, rief sie, als sie meine Stimme hörte. »Ich glaube, ich habe alle Nummern probiert, die du mir je gegeben hast. Ich habe mir schon Sorgen gemacht, du wärst vielleicht gekidnappt worden oder so. Wie geht's dir?«

Ich entschuldigte mich, erzählte ihr von Dad und warum ich in London gebraucht wurde. Während ich redete, fiel mir auf, dass mein früheres Leben – mit Orchestern um die Welt zu touren und alle paar Tage in einem anderen Hotel zu wohnen – schon jetzt Lichtjahre entfernt zu sein schien. Meine ganze Energie, alles, was für mich wichtig war, konzentrierte sich hier.

»Ich fürchte also, dass ich eine Zeit lang nicht verfügbar sein werde. Außer vielleicht in London«, fügte ich bedrückt hinzu.

»Das ist schlecht. Ich hätte da nämlich was Interessantes in New York für dich gehabt. Die Halliwell gehen auf Tournee, und der Tuba-Spieler liegt mit einer Rippenfellentzündung flach. Aber ich verstehe dich natürlich. Wenn ich irgendwas in der Nähe reinkriege, sage ich dir Bescheid. Ansonsten warte ich, bis du dich wieder bei mir meldest.«

»Danke, Jess.«

»Aber warte nicht zu lange, ja?« Es klang locker, aber ich hörte deutlich die Warnung hinter ihren Worten.

»Nein, ganz bestimmt nicht«, versicherte ich. Schließlich wusste ich, wie leicht man in der Musikbranche in Vergessenheit geriet.

Mit einer Mischung aus Bedauern und Erleichterung legte ich auf. Bedauern, weil ich immer noch zu jener Welt dort gehören wollte; Erleichterung, weil mir klar war, dass ich, zumindest im Augenblick, in diese Welt hier gehörte.

Ich toastete mir gerade ein Käsesandwich zum Abendessen, als Reverend Quentin anrief.

»Meine Frau Sarah hat in den letzten Tagen sämtliche Kisten und Schränke in der Sakristei und im Pfarrbüro durchsucht«, sagte er.

»Das ist sehr nett von ihr«, antwortete ich. »Hat sie Glück gehabt?«

»Sie hat eine Chronik der Kirche aus dem Jahr 1927 gefunden, aber darin werden die Fenster nur beschrieben. Leider gibt es keinerlei Abbildungen. Also habe ich einen Mitarbeiter des Diözesan-Archivs gebeten, nachzuschauen, ob er uns helfen kann, aber wie ich schon befürchtet hatte, meinte er, das würde eine Weile dauern.«

»Was steht denn in der Beschreibung?«, fragte ich.

»Moment mal bitte. So, da habe ich es. ›Die Marienkapelle.

Ostfenster: *Maria mit dem Kind*, kostbares farbiges Glas aus dem späten 19. Jahrhundert von *Minster Glass*, Stifterin Mrs. Sarah Fotherington ... Südfenster, *Engel*, ebenfalls von *Minster Glass*, Stifter Reverend James Brownlow, im Gedenken an seine Tochter Caroline‹. Das ist alles.«

»Okay.«

Ich musste geseufzt haben, denn er fügte hinzu: »Tut mir leid, das war nicht sehr hilfreich, oder?«

»Das macht nichts. Ich werde später noch mal in Dads Unterlagen suchen.«

Nach ungefähr einer Stunde hatte ich Glück. Ich fand etwas, das man im Fachjargon »Vidimus« nannte, wörtlich übersetzt: »Lass uns sehen«. Es handelte sich um eine kleine Farbskizze für das Fenster mit der Jungfrau und dem Kind. Vermutlich hatte der Künstler sie angefertigt, um seinem Auftraggeber schon zu einem sehr frühen Zeitpunkt eine Vorstellung zu verschaffen, wie er das Fenster gestalten wollte. Die Skizze war wunderschön ausgeführt, die Farben ungeheuer ausdrucksvoll.

Erstaunlicherweise hing eine Notiz daran, die mich zu einem großen Aktenschrank im hinteren Teil des Raumes führte. Darin befanden sich, sorgfältig gefaltet und sortiert, Hunderte wesentlich größerer Zeichnungen. Ich stieß einen regelrechten Triumphschrei aus, als ich zwanzig Minuten später eine Zeichnung mit dem Titel *»Jungfrau mit dem Kind im Glorienschein*, St.-Martin's-Kirche« herauszog. Aufgeregt faltete ich sie auseinander und breitete sie auf dem Fußboden aus. Es war eine viel größere Version der Vidimus-Skizze, die ich vorher gefunden hatte, in der tatsächlichen Größe des Fensters, aber nur in Umrissen gezeichnet, ohne Farbe. Vermutlich diente sie als Schablone für das Fenster. Deutlich konnte man die Größe jedes einzelnen Glaselements erkennen, das zugeschnitten werden musste, ebenso die Details der Gesichtszüge und der Kleidung und die Stellen für die Querstreben, die das Ganze stabilisieren sollten. Ich blickte abwechselnd auf die farbige Skizze und die große Zeichnung und fragte mich, ob sie vielleicht von derselben Hand stammten, was sehr ungewöhnlich wäre. Meist wurde ein Künstler nur damit beauftragt, die Skizze zu zeichnen und die Farben anzulegen; dieses Vidimus wurde dann dem Handwerker übergeben, der es vergrößerte und das eigentliche Fenster schuf. Der entwerfende Künstler bekam also normalerweise nicht mit, was aus seinen Entwürfen wurde, bis das Fenster fertig war – es sei denn, er hegte ein ausgeprägteres Interesse an seiner Arbeit.

Ich betrachtete die Gesichter auf der Zeichnung, die akribisch gezeichneten Linien, das sorgfältig arrangierte Spiel mit Licht und Schatten. Der Jubelglanz in den Augen der Jungfrau spiegelte sich in denen des Kindes, und ich staunte, wie gut es dem Künstler gelungen war, überwältigende Gefühle auszudrücken. Vorsichtig faltete ich beide Zeichnungen wieder zusammen und legte sie zurück in die entsprechenden Ordner. Dann setzte ich meine Suche nach dem Engel fort. Dort, wo ich die Skizze gefunden hatte, befanden sich noch mehrere Briefe, Rechnungen und Materiallisten, die zwar alle einen Bezug zum Fenster hatten – aber von einem Engel war nirgends die Rede. Es war frustrierend. Trotzdem würde es den künstlerischen Prozess erhellen, den der Künstler zur Schaffung des Engels hinter sich gebracht hatte und dem wir bei unserer Arbeit ebenfalls folgen mussten.

Ich nahm Laura Brownlows Tagebuch mit nach unten ins Wohnzimmer. Dort suchte ich nach einem Vergrößerungsglas und machte es mir bequem, um weiterzulesen. Laura schrieb so anschaulich, dass man kaum glauben konnte, dass sich dies alles vor über hundert Jahren abgespielt hatte. Fast konnte ich mir einbilden, ich wäre dabei gewesen …

Sonntag, 15. Februar 1880

Wärst Du doch bloß hier, Caroline! Wir hätten uns so viele Geheimnisse anvertrauen können. Stell Dir vor, Caro, ich habe meinen ersten Heiratsantrag bekommen! Aber ich habe ihm Nein gesagt, weil ich ihn weder lieben noch sonst ihm Zuneigung entgegenbringen kann. Es ist Mr. Anthony Bond – Papas Kirchenvorsteher, wenn Du Dich erinnerst –, ein sehr distinguierter und vornehmer Herr mit – wie Mama mir versichert – entfernten Verbindungen zu den Herzögen von Norfolk! (Allerdings so entfernt, dass man sie nur mit einem Opernglas erkennen kann!)

Aber ich sollte Dir lieber der Reihe nach erklären, wie sich alles zugetragen hat. Es war eine Riesenüberraschung, denn Mr. Bond hatte mir gegenüber nichts von seinen Absichten verlauten lassen. Am Freitag hat er mit uns zu Mittag gegessen, und noch am selben Abend sagte Dad mir, dass der Mann die Absicht habe, am Sonntag zum Tee zu uns zu kommen, dass er vor allem meinetwegen käme und dass ich ganz ernsthaft über seinen Antrag nachdenken solle.

Mir wäre nie in den Sinn gekommen, dass seine häufigen Vorwände, uns zu besuchen, etwas mit mir zu tun haben könnten. Seine Miene drückt nie irgendetwas außer Verlegenheit aus. Glaub mir, ich war fest davon überzeugt, dass er bloß über ein Buch mit mir sprechen wolle, welches ich ihm geliehen hatte.

Als er da war, entschuldigte Mama sich, und wir blieben allein im Morgenzimmer zurück. Er machte einen recht nervösen Eindruck und verschüttete seinen Tee. Als ich ihm die

Tasse abnehmen wollte, hielt er meine ausgestreckte Hand fest und murmelte: »Oh, Miss Brownlow. Laura«, und zwar mit derart zittriger Stimme, dass ich meine Hand zurückzog und wir einander erschrocken angestarrt haben. Daraufhin hat er sich umständlich geräuspert und geflüstert: »Hat Ihr Vater Ihnen denn nichts von meinen Absichten angedeutet?« In dem Moment wurde mir klar, was er meinte.

Sein Gesicht begann zu glühen. »Ich hatte gehofft ...«, begann er stotternd.

»Nein, Mr. Bond, ich flehe Sie an, sagen Sie nichts mehr! Es kann nicht sein!«, schrie ich in Panik. Ich war wütend auf Papa und Mama, weil sie mich nicht gewarnt hatten, und so wurde es noch schlimmer für Mr. Bond, als es ohnehin schon gewesen wäre.

Ich dachte, ich würde mich über meinen ersten Antrag freuen – weißt Du noch, als wir darüber gesprochen haben, wie es sein würde? Stattdessen bin ich nun furchtbar durcheinander. Ich trage die Schuld an Mr. Bonds Elend, obwohl ich gar nichts falsch gemacht habe. Ich habe nie um seine Aufmerksamkeit gebuhlt.

Montag, 16. Februar

Ich habe endlich mit meiner neuen Geschichte angefangen. Die junge Frau ist eine Waise und heiratet aus Liebe einen jungen Mann, der fälschlicherweise glaubt, sie sei sehr vermögend. Als er erfährt, dass ihre Liegenschaften unveräußerlich sind und dass er das Geld nicht anrühren darf, verlässt er sie, und sie verliert ihre gesellschaftliche Stellung. Ich muss noch überlegen, wie es weitergeht, aber ich stelle mir vor, dass sie ihr Leben trotz der öffentlichen Schmach selbst in die Hand nimmt.

Mittwoch, 18. Februar

Als wir gestern Abend vom Dinner bei George und Harriet zurückkamen, sahen wir eine grässliche Szene. Mrs. Jorkins hat sich mit einem betrunkenen Mann gestritten, der sich als der mysteriöse Mr. Cooper entpuppte. Erinnerst Du Dich, dass ich Dir von den Coopers erzählt habe? Es ist so traurig. Das Baby ist gestorben, und der Arzt hat Molly Cooper ins Krankenhaus eingewiesen.

Mr. Cooper hat geflucht und gebrüllt und wollte unbedingt Geld haben. Papa wollte ihm keins geben, weil er genau wusste, dass er es ohnehin nur für Schnaps ausgeben würde. Stattdessen hat er uns alle ins Haus geschoben und damit gedroht, den Constable zu holen. Zum Glück ist der Mann daraufhin gegangen, aber wir konnten ihn noch in weiter Ferne toben und fluchen hören. Mama war ziemlich mitgenommen, aber Du kannst Dir sicher denken, wie entschlossen sie reagiert hat. »Die Kinder sind ganz allein, James«, rief sie und wollte nicht ins Bett gehen, sondern sofort nach der verlassenen Familie sehen. Aber Papa untersagte es ihr. »Bis morgen wird ihnen schon nichts passieren«, meinte er. »Was willst du jetzt ausrichten? Du holst dir den Tod, wenn dieser Mann uns nicht vorher umbringt.«

Also sind wir am nächsten Morgen alle früh aufgestanden und haben die Familie Cooper besucht. Was für ein Elend! Keine Spur von dem verschwundenen Papa. Und obwohl Ida ihr Bestes getan hatte, hatten die Kleinen nichts mehr gegessen, seit der Arzt am Tag zuvor da gewesen war. Mama bat mich, bei ihnen zu bleiben, während sie mit Ida zum Krankenhaus ging. Doch heute Abend sind die Nachrichten nun richtig schlecht. Molly Cooper ist ihrem Fieber erlegen, und die Kinder sind nun praktisch Waisen. Die Behörden werden morgen über ihr weiteres Schicksal entscheiden.

Freitag, 20. Februar

Ein weiterer grässlicher Tag. Die fünf Cooper-Kinder sind ins Waisenhaus gebracht worden, und Ida soll vorläufig als Küchenmagd bei uns arbeiten. Sie sitzt nur da und weint, die Ärmste. Mrs. Jorkins ist so nett, sich ihrer anzunehmen.

Samstag, 21. Februar

Dieser Schurke Cooper ist wieder aufgetaucht und hat erneut gebrüllt und verlangt, seine Tochter zu sehen. Und dann hat er Mama und Papa verflucht, weil sie ihm seine Familie weggenommen haben. Er hat Mama sogar vorgeworfen, seine Frau umgebracht zu haben – der Mann ist ungeheuerlich. Irgendwann kamen zwei Wachtmeister, um ihn zu verhaften, wer weiß, was nun mit ihm geschieht. Ida hatte sich die ganze Zeit versteckt, so groß war ihre Angst. Sie hat Mama erzählt, dass er ihre Mutter immer geschlagen hat, wenn er zu viel Schnaps getrunken hatte. Mama verhält sich großartig, wie immer in so schwierigen Situationen. Aber sie hat dabei denselben Ausdruck aufopfernder Verzweiflung im Gesicht wie die Heilige Jungfrau auf dem Kreuzigungsfenster. Ich weiß nicht, wie lange es dauern wird, bis ihre Gesundheit leidet.

Danach folgte eine lange Tagebuch-Pause von einigen Monaten. Der nächste Eintrag war auf den 15. April 1880 datiert. Ich las weiter ...

10. Kapitel

Wir sollten zu den Engeln beten, denn sie sind uns zum Schutz gegeben.

Hl. Ambrosius, *De Viduis*

LAURAS GESCHICHTE

Der Türknauf drehte sich langsam, die Tür sprang quietschend auf, und Laura betrat die Kirche. Die Luft roch nach Lilien und Weihrauch und erschien einem besonders kühl, wenn man aus der warmen Frühlingssonne kam. Laura brauchte einen Moment, bis sich ihre Augen an die Dunkelheit gewöhnt hatten. Sie stand da und lauschte in die erschreckende Stille. »Das ist die Gegenwart Gottes«, hatte ihre Mutter ihr einmal zugeflüstert. Die Geräusche, die von der Straße hereindrangen, wie der Besen, der rhythmisch über den Boden fegte, das eilige Hufgetrappel einer vorbeifahrenden Pferdekutsche, das Bellen eines aufgeregten Hunds – all das störte die Stille kaum.

Auf Zehenspitzen lief Laura das Mittelschiff hinauf, ihr Rock streifte die Kirchenbänke. Am Altar mit dem neuen goldbestickten Tuch verbeugte sie sich kurz, bekreuzigte sich und kniete sich dann unbeholfen in die erste Kirchenbank. Den Blick fest auf die Kreuzigungsszene vor sich gerichtet, versuchte sie die sich überschlagenden Gedanken in ihrem Kopf so weit zu beruhigen, dass sie beten konnte.

Zwei Monate nach seinem ersten Antrag hatte Mr. Bond erneut darum gebeten, sie allein sprechen zu dürfen, und hatte um ihre Hand angehalten. Dieses Mal war er unverblümter gewesen und hatte seine Liebe zu ihr mit einer Leidenschaft erklärt, die sie ihm nie zugetraut hätte. Wie hatte sie solche Gefühle in diesem spröden, ernsten Mann wecken können, sie, die doch immer schlicht, ja beinahe schäbig gekleidet war, blass und ohne Harriets offene Koketterie oder Carolines goldige Zerbrechlichkeit? »Du bist sehr hübsch«, hatte die Mutter ihrer geliebten ältesten Tochter häufig versichert, aber Lauras winziger Spiegel verriet ihr die Wahrheit. Sie besaß die Frische der Jugend und der Gesundheit – glänzendes kastanienbraunes Haar, strahlende Augen und eine beneidenswert reine Haut. Aber ihr Mund war zu breit, die Nase zu unregelmäßig und ihre Bewegungen eckig und unelegant.

»Überleg es dir gut«, hatte ihr Vater gesagt, als er ihr angekündigt hatte, dass Mr. Bond seinen Heiratsantrag wiederholen würde. »Er ist ein anständiger Mann, und er ist gut situiert. Deine Mutter und ich wären glücklich, wenn du Ja sagen würdest. Hör ihn an, mehr verlangen wir nicht. Wir werden dich nicht bedrängen.«

»Aber ich empfinde nichts für ihn …«

»Die Liebe kann wachsen, mein Schatz. Mit Gottes Hilfe kann die Liebe wachsen. Wir würden eine solche Verbindung jedenfalls sehr begrüßen. Mr. Bond hat einen guten Charakter. Ich kann mich in der Pfarre auf ihn verlassen.« Trotzdem spürte Laura, dass ihr Vater nicht glücklich war. Er tätschelte ihr die Schulter, als wollte er sie trösten. Sie war verwirrt.

»Du würdest uns fehlen, Liebes«, sagte ihre Mutter. »Aber du musst an dein Glück denken, und wir sind dankbar, dass ihr beide, du und Harriet, in der Nähe wohnen bleibt.«

Laura betrachtete das Gesicht Marias vor sich im Fenster. Es wirkte gespenstisch blass. Maria hatte damals alles, was mit ihr geschehen war, widerspruchslos hingenommen. Welches Leben sollte sie selber wählen? Einen Mann heiraten, für den sie keine Wärme verspürte, und hoffen, dass die Liebe sich schon irgendwie einfinden würde? Oder bei ihren Eltern bleiben, sie bei ihren Sorgen trösten und ihnen bei der Arbeit behilflich sein?

»Gibt es denn sonst niemanden, den du magst?«, hatte Harriet sie verzweifelt gefragt, als Laura sie das letzte Mal besucht hatte. Seit das Kind in die Geburtslage geglitten war, verließ ihre Schwester kaum noch das Haus.

»Nicht so richtig«, antwortete Laura. Da war Papas junger Vikar Gilbert Osborn, der die Pfarre vor zwei Jahren verlassen hatte. Eine Zeit lang hatte es so ausgesehen, als würde er sich für sie interessieren, aber dann hatte sie plötzlich erfahren, dass er eine Cousine zweiten Grades aus Hampshire heiraten und eine Stelle in der Pfarre von deren Vater antreten würde. Es sei doch ganz offensichtlich, hatte Harriet mit all ihrer Lebenserfahrung damals gemutmaßt, dass diese beiden Ereignisse miteinander in Beziehung ständen. Wahrscheinlich hatte ihre Schwester recht, aber Laura wollte ihm einfach nichts Schlechtes unterstellen. Sie erinnerte sich an seine schönen dunklen Augen, an die warme Art, mit der er ihre nagenden Ängste um Caroline zerstreuen konnte. Nach der Nachricht über seine Verlobung hatte sie eine Woche lang still und heimlich in ihre Kissen geweint.

Aus dem hinteren Teil der Marienkapelle hörte sie plötzlich einen Seufzer, dann Holz, das auf dem Steinboden knarrte. Dort war jemand. Laura stand auf und strich ihren Rock glatt, weil sie vermutete, dass es sich um den Küster handelte. Aber die Gestalt, die sich nun aus der Dunkelheit löste, war nicht der alte gebeugte Mr. Perkins, sondern jemand Größeres, Aufrechteres und viel Jüngeres.

»Entschuldigung, ich wollte Sie nicht stören. Ich habe nicht gemerkt, dass jemand hier ist«, sagte der Mann mit weicher Stimme. Er machte eine kurze Verbeugung. In einer Hand hielt er seinen Hut, in der anderen ein großes Buch. Er kam auf sie zu, und sein Haar glänzte golden, als ihn ein plötzlicher Lichtstrahl traf. Sie atmete tief ein und senkte den Blick. Das Buch, erkannte sie nun, war ein Skizzenbuch.

Sie schüttelte hastig den Kopf. »Nein, nein, Sie stören mich gar nicht. Haben Sie die Kirche gezeichnet? Darf ich mal sehen?«, brach es neugierig aus ihr heraus.

Er blieb stehen, schaute sie zögernd an, dann wieder auf das Buch, schien unentschlossen abzuwägen. »Ich sammle nur Ideen für einen bestimmten Auftrag«, antwortete er schließlich, »ein paar erste Skizzen.«

Er trat ganz ins Licht. Beinahe hätte sie mit offenem Mund nach Luft geschnappt, so gut sah er aus. Das goldbraune Haar und der Schnurrbart ließen seine Haut blass wirken; als ihre Blicke sich trafen, sah sie, dass in seinen haselnussbraunen Augen grüne Sprenkel funkelten. Er öffnete das Buch, und sie blickte auf die Seite, die er ihr zeigte. Die Bleistiftzeichnung eines Bogenfensters mit den Umrissen einer Figur war durchgestrichen und mit Kritzeleien versehen.

»Du liebe Güte, Sie müssen … Mr. Russell sein«, sagte sie. Ihr Vater hatte den Namen schon mal erwähnt. »Der Künstler, der die Entwürfe für unsere Fenster macht.«

»Das bin ich tatsächlich«, antwortete er. »Und Sie sind …?«

»Die Tochter von Reverend Brownlow«, erklärte sie hastig. »Miss Laura Brownlow.«

»Nun, dann ist dies ja ein überaus glücklicher Zufall, Miss Brownlow.« Seine Hand schloss sich kurz um ihre

Rechte; trotz des Handschuhs spürte sie, wie warm er sich anfühlte.

»Das ist mein erster Besuch in dieser Kirche«, sagte Mr. Russell. »Ich schaue mir gerne vorher alles an und lasse die Umgebung auf mich wirken, ehe ich mit der Arbeit beginne.«

Sie stellte sich vor, wie er wie eine Steinstatue im Halbdunkel stand, schaute und horchte.

Da sie nichts sagte, fuhr er fort: »Ich finde es wichtig, die Kirche zu verschiedenen Tageszeiten zu betrachten. Nur so sehe ich, wie das Licht auf die Fenster fällt.«

Laura nickte. »Ich verstehe.«

»Natürlich schaue ich mir auch die verschiedenen Farben in der jeweiligen Kirche an und versuche mir vorzustellen, was am besten dazu passt – ein tiefes Rubinrot zum Beispiel oder silbriges Weiß.«

»Und was stellen Sie sich für diese Kirche vor?«

»Der Kalkstein verlangt weiche Farbtöne. Nichts zu Grelles.«

»Ich nehme an, Sie schauen sich vorher auch die Fenster an, die es schon gibt?«

»Oh ja. Das hier über dem Altar ist besonders schön. Es stammt von Mr. Kempe. Sehen Sie dieses Zeichen, die Weizenbündel, versteckt in der Ecke, links von Maria Magdalena? Das ist seine Signatur.«

Er machte einen Schritt nach vorn. Rotes, blaues und grünes Licht fiel nun auf ihn, als sollte er gesegnet werden.

Auch Laura trat in den Farbregen, ließ den Blick der Linie seines ausgestreckten Fingers folgen und nickte. »Das ist mir vorher noch nie aufgefallen.« Der Ärmel seines Mantels war ein Stück hochgerutscht, und die Tatsache, dass die Manschette seines Hemds ziemlich ausgefranst war, berührte sie seltsam. Allerdings verwandelte das flirrende Licht die Faser in etwas Kostbares.

»Haben Sie auch so eine Signatur, Mr. Russell?«, fragte sie und sah ihn mit festem Blick an.

Er lächelte, dann zog er geschickt die Schöße seines Mantels hoch und setzte sich in die erste Bank. Er war Linkshänder, wie sie registrierte, seine Finger bogen sich wie die Scheren eines Krebses, als er zeichnete. Ein paar rasche Bewegungen, dann war er fertig. »Ich benutze meist diese hier«, sagte er und reichte ihr das Skizzenbuch.

Laura betrachtete das komplizierte Knotenmuster auf dem Papier, drehte es herum. »Es ist von allen Seiten gleich«, stellte sie erstaunt fest.

»Und ich kann es zeichnen, ohne den Stift vom Papier zu nehmen«, erklärte er. »Man findet dieses Muster auf alten keltischen Kreuzen, allerdings ist das hier meine eigene Erfindung. Der Gedanke der Unendlichkeit fasziniert mich.«

Verliere nie den Blick auf die Unendlichkeit ... Die tiefe, ernste Stimme ihres Vaters beim Lesen des alten Gebets hallte in Laura wider.

»Mich auch«, antwortete sie feierlich. »Sie erinnert einen an die wichtigen Dinge im Leben, an das, was wir verloren haben und das nun jenseits dieser Welt bis in alle Ewigkeit weiterlebt.«

Eine Zeit lang schwiegen sie beide. Laura dachte an ihren Bruder Ned, einen kleinen Jungen, der in Ewigkeit lachend durch einen grünen Garten laufen würde. Woran Mr. Russell wohl dachte? Sein Gesicht war angespannt, und seine Halsschlagader pochte heftig. Rasch schaute sie wieder weg, aus Angst, er könne merken, dass sie ihn anstarrte.

»Ich habe für das Fenster ein Bild der *Jungfrau mit dem Kind* vor Augen«, sagte er schließlich. »Aber der Engel ... ich nehme an, das Fenster ist zu Ehren Ihrer Schwester gedacht?«

»Caroline, ja.«

»Können Sie mir ein bisschen über sie erzählen? Natürlich nur, wenn es Ihnen recht ist.«

»Oh ja, ich rede gerne über sie. Dann habe ich immer das Gefühl, dass sie noch bei uns ist. Caroline war vier Jahre jünger als ich, fast siebzehn, als sie starb. Sie hatte etwas an sich, das sich schwer beschreiben lässt. Eine Sanftheit, eine Güte.«

Russell, der rasch etwas in die Ecke seines Blattes zeichnete, während er zuhörte, nickte ihr aufmunternd zu.

Sie fuhr fort: »Wir waren nie eifersüchtig auf sie, sondern haben sie immer geliebt. Das ist für Geschwister ganz schön erstaunlich, oder? Mit Harriet habe ich mich manchmal gestritten – sie ist die Schwester zwischen Caroline und mir. Und dann ist da noch Tom, der Älteste. Er studiert in Oxford und möchte einmal Pfarrer werden, so wie Papa. Wir hatten noch einen Bruder. Ned war der jüngste von uns, aber leider haben wir ihn auch verloren.«

Mr. Russells Gesichtsausdruck war voller Mitgefühl. Laura hielt den Atem an.

»Mama sagt, man würde es heute nicht mehr sehen, weil er so grau ist, aber Papa hätte früher auch so hellgoldene Haare gehabt. Das von Caroline war so ähnlich, bevor es anfing auszufallen. Sie war so dünn wegen ihrer Krankheit, dass ihre Haut ganz durchscheinend war. Man konnte das Blut in ihren Adern fließen sehen.«

»Gibt es vielleicht eine Fotografie oder ein Gemälde von ihr?«

»Es gab einige Fotografien, aber meine Mutter hat sie versteckt. Sie kann es nicht ertragen, sie anzusehen. Wenn Sie möchten, kann ich sie danach fragen.«

»Glauben Sie, eine Engelsdarstellung zum Gedenken an Ihre Schwester würde ihr gefallen?« Er wirkte auf einmal unsicher. »Oder ... wäre das zu schmerzhaft?«

Laura wusste nicht, was ihrer Mutter gefallen würde. Wie stand es um sie selbst? Es würde merkwürdig sein, Carolines Gesicht im Fenster zu sehen. »Ich weiß nicht«, antwortete sie. »Am besten, Sie fragen sie selbst.«

»Ja, das werde ich tun«, antwortete er und klappte sein Skizzenbuch zu.

Laura stand auf und zog ihren Umhang fester. Er erhob sich ebenfalls, und als sie kurz zur Rückenlehne der Bank griff, um nicht das Gleichgewicht zu verlieren, hielt er sie am Arm fest. Einen Moment lang war er ihr so nah, dass ihr ganz schwindelig wurde.

»Kommen Sie schon bald?«, fragte sie ihn.

»Natürlich. Vielleicht Dienstagmorgen, wenn das angenehm ist.« Mit einer leichten Verbeugung trat er zurück, um sie vorbeizulassen.

»Oh, das Baby hat schon wieder Schluckauf. Sieh mal!«

Harriet lag ausgestreckt auf der Chaiselongue, auf die Miss Stephens, die Hebamme, sie mit Kissen unter Kopf und Füßen sorgfältig gebettet hatte. Fasziniert starrte Laura auf den riesigen Bauch ihrer Schwester, der sich unter den weiten Röcken deutlich abzeichnete. Im nächsten Augenblick zuckte der Bauch leicht, und beide lachten.

»Oh, Laura, es ist so langweilig, die ganze Zeit hier rumzuliegen. Ich sehe kaum noch jemanden. Und Georges Mutter schickt mir täglich irgendwelche guten Ratschläge. Wenn sie mir noch einmal schreibt, wie wunderbar George als Baby war, nur weil sie keine schwere Kost zu sich genommen hat und täglich mit ihm an der frischen Luft war … und, ich weiß auch nicht … ihn wahrscheinlich ausschließlich mit Quark gefüttert hat, dann bekomme ich einen Schreikrampf, das schwöre ich. Hilf mir mal bitte hoch, ja? Ich habe Schmerzen unten im Rücken, schon den ganzen Tag. Ah, das ist besser. Das Baby hat sich bewegt. Leg mal deine Hand hierhin, dann kannst du sein Füßchen spüren.«

Vorsichtig legte Laura ihre Finger auf Harriets Bauch. Wie hart er ist, dachte sie. »Oh!« Das Baby trat gegen ihre Hand. »Harriet!«

Aufgeregt drückten die Schwestern sich die Hände.

»Glaubst du, es wird sehr wehtun?« Laura sah ihre Schwester an. »Wenn das Baby kommt, meine ich?«

»Die Hebamme sagt Ja, aber es sei nun mal das Schicksal von uns Frauen, und ich müsse tapfer sein. Aber ich weiß nicht, ob ich tapfer sein kann, Laura.« Harriets sonst so makellose Haut, die in letzter Zeit sehr fleckig war, nahm auf einmal die Farbe von Weizen an.

»Ich könnte das nie«, flüsterte Laura, mehr zu sich selbst als zu ihrer Schwester. »Aber wenn Mama dabei ist, wird es vielleicht gehen.«

»Ich hoffe, dass sie dabei sein kann. Die Hebamme sagt, manche Ärzte würden das nicht erlauben. Laura, ich habe solche Angst. Ich habe das Gefühl, dass es nicht mehr lange dauert, ich fühle mich heute so eigenartig. Mein Bauch zwickt wie verrückt.«

»Du Ärmste! Was hältst du davon, wenn ich mich zu dir setze und dir ein bisschen erzähle, um dich abzulenken?«

»Danke, Laura, das wäre sehr nett. Ich wollte dich schon die ganze Zeit etwas fragen. Mama sagt, Mr. Bond hätte dir wieder einen Antrag gemacht. Was hast du ihm geantwortet?«

»Noch gar nichts. Mein Verstand sagt zwar Ja, aber mein Herz sagt Nein.«

»Ich wünschte, du würdest Ja sagen. Dann könnte ich dir bei der Auswahl des Hochzeitskleides helfen und dein Haus einrichten, und du würdest in meiner Nähe wohnen, und wir würden uns amüsieren.«

»Aber ich wohne doch auch jetzt in deiner Nähe, und ich glaube nicht, dass ich mich amüsieren möchte, Harriet. Jedenfalls nicht so, wie du meinst. Es würde mir keinen Spaß machen, andere Leute bei sich zu Hause zu besuchen oder sie bei mir zu empfangen. Im Gegenteil. Ich möchte Zeit für mich selbst haben, zum Lesen, Schreiben und Nachdenken. Und ich liebe Mr. Bond nicht. Ich glaube, ich mag ihn nicht einmal. Ich könnte ihn nicht ›mein geliebtes Herz‹ nennen, wie du zu George sagst. Und noch weniger könnte ich mit ihm das Bett teilen.«

Harriet lachte. »Ich habe George auch nicht geliebt, als er mich damals gefragt hat. Aber das hat sich geändert.« Sie lächelte geheimnisvoll, dann zuckte sie zusammen und legte die Hand auf ihren Bauch.

Nach Lauras Geschmack war George zu aufgeblasen und zu selbstsicher, aber sie hatte von Anfang an ein Knistern zwischen Harriet und ihm bemerkt. Harriet beherrschte es meisterhaft, mit ihm zu spielen, sie verzauberte ihn, schmollte nie, zumindest nicht in der Öffentlichkeit. Der Funke zwischen ihnen hatte gezündet, und die anfänglich lodernde Flamme ihrer Liebe hatte sich in ein beständiges, warmes Feuer verwandelt.

Zwischen ihr und Mr. Bond sprühten keine Funken. Sie war ganz einfach nicht interessiert an ihm. Aber außer ihr schien niemand der Meinung zu sein, dass das eine Rolle spielte.

»Dann musst du eben auf immer und ewig zu Hause hocken«, meinte Harriet schließlich. »Mamas Kopfschmerzen behandeln, dich mit Mrs. Jorkins darüber streiten, wie man Rindfleisch am besten brät, und sämtliche Coopers aus der Pfarre besuchen.«

»Mr. Bond oder die Coopers«, antwortete Laura nachdenklich. »Das ist wirklich keine Alternative.« Aber sie fühlte sich unwohl, als sie das sagte. Die Coopers dieser Welt brauchten Menschen wie die Brownlows. Papa hatte recht. Um Gottes Werk zu tun, musste man selbstlos sein.

Aber sie war jetzt lange genug selbstlos gewesen. Sie wollte endlich leben.

Und genau das wollte auch Harriets Baby, denn sie stieß plötzlich einen scharfen Schmerzensschrei aus.

»Geht es los? Soll ich Mama rufen?« Während Laura ihrer Schwester half, sich bequemer aufzusetzen, kam bereits Hebamme Stephens ins Zimmer geeilt.

Der kleine Junge kam zur Welt, als die ersten Sonnenstrahlen am Morgenhimmel auftauchten. Als der Arzt fort war, durften Laura und Mama ins Zimmer. Harriet lag erschöpft im Bett, verlangte jedoch nach Brot und Milch. George stand nervös neben der Wiege. Laura betrachtete den winzigen Arthur (benannt nach Georges verstorbenem Vater), der in Windeln gewickelt fest schlief, und hatte das Gefühl, ihre ganze Welt wäre plötzlich aus den Angeln gehoben worden. Mit einem Schlag war ihre Schwester Mutter geworden, ihre Mutter Großmutter und sie selbst Tante. Die Familie Brownlow hatte einen großen Schritt auf dem Weg in die Zukunft hinter sich gebracht.

»Fünf Minuten, mehr nicht«, befahl Hebamme Stephens ihrem Wachtposten am Bett. »Die junge Mutter braucht jetzt Ruhe.«

Ich las Lauras Tagebuch, bis ihre ordentliche Handschrift vor meinen Augen zu verschwimmen begann. Der Stoff war so reichhaltig, dass ich dringend eine Pause brauchte, um über das nachzudenken, was ich gelesen hatte. Noch immer konnte ich Lauras Stimme hören und ihre Gegenwart im dämmrigen Zimmer beinahe spüren.

Wie einsam Laura gewesen sein musste, eingeschlossen in diesem Haus mit zwei trauernden Eltern. Vielleicht war das Schreiben die einzige Möglichkeit gewesen, allem zu entfliehen.

Laura konnte gut schreiben; sie besaß die Gabe, eine Szene durch gefühlvolle Beobachtungen und manchmal auch durch einen Anflug von Humor lebendig zu gestalten. Und dennoch war ihr Bericht von tiefer Traurigkeit geprägt. Sie hatte miterlebt, wie zwei ihrer Geschwister gestorben waren und wie diejenigen, die überlebt hatten, das Haus verlassen, geheiratet, eine Karriere eingeschlagen hatten. Sie war übrig geblieben, vielleicht vom Schicksal dazu erwählt, sich um ihre Eltern zu kümmern – auch wenn es den Eindruck machte, als hätte sie mindestens einmal die Gelegenheit gehabt zu heiraten.

Als ich das Tagebuch auf den Schreibtisch zurücklegte, fragte ich mich zum wiederholten Mal, was es hier bei *Minster Glass* zu suchen hatte. Und ob Dad etwas von seiner Existenz wusste. Seine an den Rand gekritzelte Frage »Wer war Laura Brownlow?« ließ darauf schließen, dass es nicht so war. Aber alle seine Unterlagen waren so sorgfältig beschriftet, dass es mir schwerfiel zu glauben, dass er es nicht gesehen hatte. Vielleicht war ihm die Bedeutung des Berichts einfach nicht bewusst gewesen.

11. Kapitel

»Jedes Mal, wenn du ein Glöckchen klingeln hörst, bedeutet das, dass ein Engel seine Flügel bekommt.«

Ist das Leben nicht schön?

Am Freitagmorgen stellte ich zu meinem Unmut fest, dass ich wieder den ganzen Tag allein im Laden verbringen musste. Um halb neun kam Zac, fuhr jedoch gleich weiter, um ein paar Zeichnungen, die er angefertigt hatte, nach Clapham zu bringen. Danach wollte er noch weiter Richtung Süden und Dads keltische Glasbilder anbringen. Jos Idee, Amber einzustellen, wurde immer verlockender.

In Gedanken war ich noch immer bei Lauras außergewöhnlichem Tagebuch. Ich suchte den Brief, den Jeremy Quentin an Dad geschickt hatte, und wählte die Nummer des Pfarramts. Leider erreichte ich nur einen Anrufbeantworter mit freundlicher Frauenstimme. Als ich Namen und Adresse hinterließ, registrierte ich den Absender auf dem Brief: 44 Vincent Street. Wie seltsam! Ich war mir sicher, dass Laura geschrieben hatte, das Pfarramt läge am Greycoat Square.

An diesem Morgen hatte ich viel zu tun. Ich sehnte mich danach, nach oben zu gehen und weiterzulesen. Aber offenbar hatten überall neue Abendkurse begonnen, denn ständig kamen Hobbybastler mit Materiallisten herein, die Werkzeug und Glas und gute Ratschläge brauchten. Während ich sie bediente, stellte unser Großhändler eine größere Kiste bei uns ab. Als ich endlich Zeit fand, sie auszupacken, stellte ich jedoch fest, dass die Sendung falsch war. Genervt hockte ich inmitten von offenen Kartons und Füllmaterial auf dem Fußboden und telefonierte, als ein Schatten durch das Fenster in den Laden fiel. Ich schaute auf und erkannte Ben. Hastig sprang ich auf und winkte ihn herein, während ich dem schwerfälligen Händler am anderen Ende zu erklären versuchte, dass er das falsche opalisierende Glas geliefert hatte und ich einen Tiffany-Lampenschirm mit Mohnblumen und nicht mit Glyzinien bestellt hatte.

Ben spazierte unterdessen durch den Laden und schaute sich in Ruhe um, bevor er sich einen alten Holzstuhl heranzog, sich rittlings daraufsetzte und mir mit einem amüsierten Lächeln zusah. Es fiel mir äußerst schwer, mich noch auf das zu konzentrieren, was ich sagen wollte.

»Dann erwarte ich die neue Lieferung also am Dienstagmorgen um acht«, sagte ich schließlich mit betont eisiger Stimme und beendete das Gespräch.

»Mit dir möchte ich nichts zu tun haben, wenn du einen schlechten Tag erwischst«, meinte Ben und grinste.

»Eigentlich sind wir sehr zufrieden mit ihnen.« Schulterzuckend wandte ich mich wieder meinen Kartons zu. »Offenbar haben sie einen neuen Mitarbeiter, der alles durcheinanderbringt. Schön, dich zu sehen. Bist du aus einem bestimmten Grund gekommen oder einfach nur so?«

»Halb und halb.« Bens Blick schweifte zur Werkstatttür. »Ich würde das berühmte zerstörte Fenster gern mal sehen.«

»Hat der Pfarrer es dir denn nicht gezeigt?«

»Nur den Karton, in dem es sich befunden hat. Es muss in einem ziemlich üblen Zustand gewesen sein.«

»Ist es noch«, antwortete ich frustriert.

Die Teile des Engels lagen sorgfältig ausgebreitet auf dem Kaschierpapier, so wie wir sie hinterlassen hatten. Ben betrachtete sie interessiert, einen Finger im Aufhänger seiner Cordjacke, die er lässig über die Schulter geschwungen hatte. Heute trug er ein hellblaues Leinenhemd. Ich schaute aus den Augenwinkeln, um zu sehen, wie es zu seinen Haaren passte. Wie reifes Getreide vor einem Sommerhimmel.

»Korrigiere mich, wenn ich mich irre«, sagte er und holte mich auf den Boden der Tatsachen zurück. »Aber für mich sieht das nach einem völlig aussichtslosen Unterfangen aus. Zumal es ja nicht nur darum geht, alle Teile zu einem Ganzen zu fügen. Und überhaupt, woher weißt du, was an welche Stelle muss und was möglicherweise fehlt?«

»Tja, genau das ist das Problem«, antwortete ich. »Wenn wir irgendwo ein Foto oder den Originalentwurf finden könnten, hätten wir eine wesentlich bessere Chance ...«

»Das ist noch längst nicht alles«, unterbrach er mich, »denn die Szene auf dem Fenster, das jetzt in der Kirche installiert ist, kann sich durchaus sehen lassen. Hat schon mal jemand darüber nachgedacht, was daraus werden soll?«

»Keine Ahnung. Ich vermute, darüber muss der Kirchenvorstand entscheiden.« Bestimmt war er sauer, weil er die Orgel gern restauriert haben wollte, aber warum machte er mich dafür verantwortlich?

Er zuckte mit den Achseln. »Ja, wahrscheinlich.«

Ich sah zu, wie er durch die Werkstatt lief, die Tür des Trockenofens öffnete, um hineinzusehen, auf kleine Dosen mit Farbe und Säcke mit Zement zeigte und wissen wollte, was man damit macht. Ich hielt ihm eins von Zacs Kaleidoskopen ins Licht. Überrascht brummte er ein paar Worte vor sich hin, während er hineinschaute und die Murmel drehte.

Ein Mann kam herein, um einen Paravent abzuholen, den ich für seine Frau repariert hatte. Als ich in die Werkstatt zurückkam, betrachtete Ben gerade eine Serie wunderschöner kleiner Rauten aus mehrfarbigem Glas, die Zac auf einem Regal aufgereiht hatte. Das Glasschmelzen war bei Leuten, die eigenen Schmuck herstellten, sehr beliebt. Es machte großen Spaß, kleine Stücke zu formen und dann in der Mikrowelle zu brennen, auch wenn es ziemlich kompliziert war, die richtige Temperatur und die richtige Brenndauer zu ermitteln.

Ein blaugrün schimmerndes Stück, das so irisierend war wie ein Schmetterlingsflügel, faszinierte Ben besonders. Spontan schenkte ich es ihm.

»Meinst du wirklich?«, fragte er überrascht. »Tausend Dank.« Er steckte es vorsichtig in seine Jackentasche und bedachte mich mit einem seiner tiefen Blicke, an die ich mich inzwischen schon gewöhnt hatte.

Ich folgte ihm aus der Tür und wartete darauf, dass er das Abendessen erwähnte. Stattdessen sagte er nur: »Nochmals vielen Dank. Wir sehen uns dann zur Chorprobe.« Dann war er fort, und ich fragte mich, warum er in Wahrheit gekommen war.

Ich blickte ihm nach, wie er die Straße überquerte. Als er die kleine Grünanlage erreichte, drehte er sich um, sah, dass ich ihm nachschaute, und winkte mir kurz zu.

Als Zac am Nachmittag zurückkam, zeigte ich ihm Laura Brownlows Tagebuch und berichtete, dass es sich bei dem Künstler um Philip Russell handelte.

»Ich habe noch nie was von ihm gehört«, sagte er nachdenklich, nahm mir das Buch aus der Hand und versuchte, die Handschrift zu identifizieren. Dann gab er es mir schulterzuckend zurück. »Du musst mir alles erzählen, was du über das Fenster herausfindest.«

»Das werde ich tun. Außerdem muss ich es unbedingt dem Pfarrer zeigen.« Wieder rief ich im Pfarrhaus an. Dieses Mal war der Anschluss besetzt. Offenbar war jemand zu Hause, daher beschloss ich, kurz vorbeizugehen. Zac versprach, solange ein Auge auf den Laden zu werfen. Mit dem Tagebuch in einer Plastiktüte marschierte ich los. Das Haus Vincent Street 44 entpuppte sich als kleines Reihenhaus aus roten Ziegelsteinen im edwardianischen Stil. Es konnte sich also definitiv nicht um das Pfarrhaus von Lauras Vater handeln.

Sarah Quentin bat mich herein. Ihr Mann sei unterwegs, sagte sie, sie würde ihn aber jeden Moment zurückerwarten.

»Er wollte nur schnell den Kopierer im Pfarramt benutzen«, ergänzte sie. Sie war eine kleine, rundliche Frau etwa Mitte fünfzig, die eine große Ruhe ausstrahlte.

Aus dem Moment wurden zwanzig Minuten. Ich saß am Tisch in der unordentlichen Küche und trank Tee, und als ich sie auf einen Stapel Papiere ansprach, den sie offenbar gerade sortierte, berichtete sie mir von einem Projekt der Pfarre, eine weitere Unterkunft für Obdachlose einzurichten.

»Wir warten noch auf eine Entscheidung über Zuschüsse vom Land«, erklärte sie. »Der Papierkrieg ist unvorstellbar. Jeremy ist ständig bei irgendwelchen Besprechungen zu diesem Thema.«

Ab und zu schaute sie mich neugierig an. Und dann sagte sie plötzlich Worte, bei denen ich mich fast an meinem Tee verschluckte.

»Wissen Sie was? Sie sehen Ihrer Mutter ziemlich ähnlich.«

»Meiner Mutter?« Ich sah sie fassungslos an. »Sie kannten meine …?«

»Nein, nein.« Die Frau schüttelte den Kopf. »Ich habe sie nie wirklich kennengelernt. Aber Ihr Vater hat uns mal ein Foto von ihr gezeigt.«

»Ein Foto?«, wiederholte ich. Ich wusste natürlich, dass mein Vater irgendwo Fotos von meiner Mutter haben musste, aber ich selbst hatte sie nie gesehen. Wieso zeigte er sie dann diesen … fremden Leuten?

Mrs. Quentin merkte sofort, dass ich völlig verstört war. Vorsichtig sagte sie: »Vielleicht wussten Sie nicht, dass Ihr Vater und mein Mann sich angefreundet haben. Ich habe keine Ahnung, worüber sie so gesprochen haben, denn Jeremy redet kaum über das, was man ihm anvertraut hat, nicht mal mit mir. Aber eines Tages hat Ihr Vater ein Bild von Ihrer Mutter mitgebracht. Ich habe es auf dem Schreibtisch liegen sehen, als ich den beiden Tee gebracht habe. Es ist mir sofort aufgefallen, weil sie mit ihren dunklen Haaren und den dunklen Augen so außergewöhnlich hübsch war. Sie sind ihr sehr ähnlich. Die Form des Gesichts … der ganze Ausdruck. Ich habe Schönheit immer bewundert, vielleicht weil ich selbst nie besonders ansehnlich war. Na ja, jetzt wo ich alt werde, ist das nicht mehr so wichtig.« Sie lachte und berührte ihr faltiges, ungeschminktes Gesicht. Nein, sie war tatsächlich nicht hübsch im klassischen Sinn, aber sie besaß eine innere Schönheit und Würde, die wesentlich anziehender war als Äußerlichkeiten.

»Schönheit kann auch ein Fluch sein«, murmelte ich. Ich haderte immer noch mit der Erkenntnis, dass mein Vater Fremden offensichtlich Dinge anvertraut hatte, die er eigentlich mit mir, seiner Tochter, hätte besprechen müssen. Vor allem, da es um meine Mutter ging. Es tröstete mich etwas, dass ich ihr ähnlich sah, und ich erinnerte mich daran, dass mein Vater das auch mal gesagt hatte. Aber die außergewöhnliche Schönheit, von der Sarah gesprochen hatte, konnte ich auch nicht vorweisen. Meine Haare waren zwar auch dunkel, aber fein und flusig, und ich hasste meinen Mund, auch wenn sich die vollen Lippen gut zum Tuba-Spielen eigneten.

»Es gibt auch schöne Menschen, die innerlich kalt und leer sind.« Sarah nickte nachdenklich. »Zum Beispiel diese Supermodels, von denen man überall liest. Ich verstehe gar nicht, wie Männer auf sie fliegen können, wenn es doch so zauberhafte Mädchen gibt wie Ihre Freundin Jo.«

Ich stutzte. Aber natürlich, sie würde Jo vom Heim kennen. Unwillkürlich musste ich lächeln. Offenbar teilte Mrs. Quentin die Sorge von Jos Mutter, Jo möglichst bald verheiratet zu sehen.

Man hörte, wie die Haustür geöffnet wurde, dann eine Stimme. »Kommst du jetzt mit rein oder nicht? Ich hab nicht den ganzen Tag Zeit.« Eine große weiße Katze kam in die Küche geschlichen. Sie warf mir einen misstrauischen Blick aus ihren grünen Augen zu und verschwand dann durch die Katzenklappe.

»Ach, Luzifer!«, schimpfte Sarah. »Leider hat er Angst vor Fremden.«

Mit einem fröhlichen »Hallo!« kam Jeremy hinterher und warf einen großen braunen Umschlag auf den Tisch. »Das blöde Vieh mag niemanden«, meinte er lächelnd.

»Ich dachte, ein Luzifer müsse schwarz sein.«

»Keineswegs. ›O Luzifer, mein heller Morgenstern‹«, stimmte er an und fügte dann frustriert hinzu: »Niemand kennt mehr das Alte Testament. Im Buch des Jesaja ist der Teufel als rebellischer Engel beschrieben, und sein Name bedeutet Lichtbringer. Unser kleiner Luzifer ist definitiv rebellisch, jedenfalls macht er, was er will. Ist noch Tee übrig, Liebes? Tut mir leid, dass ich so lange weg war. Mrs. Taylor war in Plauderstimmung. Sie wollte mich gar nicht mehr weglassen.« Er setzte sich an den Tisch und schaute seine Post durch, während Sarah eine Tasse holte. »Ich freue mich, Sie zu sehen, Fran.«

»Ich möchte Sie nicht lange aufhalten«, sagte ich. »Sie haben offenbar viel Arbeit. Ich wollte Ihnen nur schnell das Tagebuch zeigen, von dem ich erzählt habe.« Ich zog das in Leder gebundene Buch hervor und gab es ihm.

»Ich habe es in einem Aktenschrank auf dem Dachboden gefunden«, fuhr ich fort. »Laura muss Reverend Brownlows Tochter sein. Sie hat das Tagebuch für ihre verstorbene Schwester Caroline geschrieben, zu deren Gedenken der Engel entstanden ist. Die ganze Geschichte hinter dem Fenster könnte sich also hier verbergen, aber ich habe noch nicht alles gelesen.«

Jeremy blätterte in dem Buch. Zwischendurch stoppte er regelmäßig, um ein paar Absätze zu lesen. Schließlich gab er es mir zurück. »Sieht wirklich interessant aus«, bestätigte er. »Wenn Sie fertig sind, würde ich es mir gern genauer anschauen. Ich habe ein bisschen über Brownlow in Erfahrung bringen können. Er war zwischen 1870 und 1880 hier Pfarrer.«

»Meinen Sie, er hat tatsächlich hier gewohnt?« Ich sah ihn zweifelnd an. »Dieses Haus ist doch jünger, oder?«

»Sie haben natürlich recht. Das alte Haus am Greycoat Square wurde irgendwann als zu groß befunden. Es ist heute in zwei Einheiten aufgeteilt. Eine davon ist für den Hilfspfarrer reserviert, aber da wir im Moment keinen haben, wohnt der Organist dort.«

»Sie meinen Ben?«

»Ja. Er ist seit Juni bei uns. Aber es stimmt, die Familie Brownlow hat früher in dem Haus gewohnt. Nach allem, was man hört, hatte Pfarrer Brownlow keinen leichten Stand. Er hat sich sehr um die Armen in der Pfarre gekümmert, aber irgendwie gab es trotzdem einige Missstimmungen.«

»Ehrlich? Welche denn zum Beispiel?«

»St. Martin's hat immer der Hochkirche angehört und sich dem Mysterium Gottes verpflichtet gefühlt und der Bedeutung der Sakramente – also eher der mystischen Seite.«

Ich nickte. »Verstehe.«

»Nun, Brownlow hat das alles sehr ernst genommen, aber ihm lagen auch die Tradition und die Doktrin der Kirche am Herzen. Ich habe mal ein ziemlich trockenes Buch über die Kirchengeschichte gefunden, das er geschrieben hat. Er war zwar Anglikaner, fand aber auch großen Gefallen an der römisch-katholischen Kirche. Er hat sich sehr intensiv mit den Schriften des High Church Victorian Oxford Movement beschäftigt, vor allem mit John Newman, der ja irgendwann katholischer Kardinal geworden ist, wie Sie sicher wissen. Später fühlte Brownlow sich bemüßigt, in St. Martin's Dinge zu tun, die andere Pfarrangehörige völlig unakzeptabel fanden. Er stellte zum Beispiel Marien- und Heiligenstatuen auf, was bei einigen Mitgliedern der Kirchengemeinde auf ziemliche Kritik stieß. ›Götzendienst‹, wie die weniger klugen Mitglieder der Gemeinde es nannten.« Jeremy machte eine kurze Pause. »Ich glaube, es hat eine Menge Auseinandersetzungen gegeben.«

»Wurden seine guten Taten denn gar nicht anerkannt?« Nachdem ich Lauras Bericht gelesen hatte, ergriff ich nun sofort Partei für ihren Vater.

»Ich schätze, die hat man bei all der Aufregung übersehen. Leider. Aber Pfarrer müssen immer daran denken, dass sie in erster Linie der Gemeinde dienen. Wenn ein Priester anfängt, eigenmächtig zu handeln, führt das immer zu Problemen.«

Der arme Mr. Brownlow. Ich blickte auf das Tagebuch seiner Tochter und fragte mich, wie das alles wohl ausgegangen war. Nachdenklich sagte ich: »Wirklich rätselhaft ist ja, wie dieses Tagebuch zu *Minster Glass* gekommen ist.«

»Ich habe keine Ahnung«, antwortete Jeremy Quentin. »Vielleicht hat es was mit der Anfertigung des Fensters zu tun.«

»Wahrscheinlich.«

»Ich muss Ihnen übrigens noch was erzählen«, fuhr der Reverend fort, »ehe ich es vergesse. Ich habe ein Schwätzchen mit einer der Damen in unserem Altenheim gehalten, mit einer gewissen Mrs. Muriel Trask. Sie hat ihr Leben lang in unserer Gemeinde gelebt, daher wende ich mich immer an sie, wenn ich irgendwas wissen will. Vor allem bei Begräbnissen ist sie mir ausgesprochen hilfreich. Sie hat ein Gedächtnis wie ein Elefant, das kann ich Ihnen sagen. Und sie erinnert sich auch daran, wie das Engelfenster damals zerstört worden ist. Eine Bombe hat 1940 eines der Häuser hinter der Kirche getroffen, und die Druckwelle hat unseren Engel in Scherben gelegt.«

»Unglaublich, dass sie sich daran erinnert. Haben Sie sie gefragt, wie das Fenster ausgesehen hat?«

»Natürlich, aber da war sie leider ziemlich vage. Sie erinnert sich noch genau daran, wer mit wem Streit hatte, welcher Sohn mit welcher Tochter durchgebrannt ist und all diese Dinge. Aber wie das Fenster genau aussah, weiß sie nicht mehr. Sie sagt, es sei sehr schön gewesen, gold und weiß und sehr hell, und es hätte eine ungeheure Ruhe ausgestrahlt. Sie sei ja damals noch ein Kind gewesen, hat sie gesagt, und sie hätte immer gedacht, es sei ein echter Engel, nicht bloß ein Bild. Angeblich hat sie schrecklich geweint, als es zerstört wurde.«

Ich wusste, dass der Pfarrer viel zu tun hatte, daher stand ich auf, um zu gehen. Aber eines musste ich unbedingt noch wissen. Als ich etwas unentschlossen von Jeremy zu seiner Frau Sarah blickte, spürte sie sofort, dass ich ihn gerne kurz unter vier Augen sprechen wollte.

»Wenn Sie mich bitte entschuldigen würden«, sagte sie liebenswürdig. »Es war schön, mit Ihnen zu plaudern, aber jetzt muss ich die Wäsche reinholen.« Sie entriegelte die Hintertür, und wir sahen durchs Fenster zu, wie sie trotz ihrer rundlichen Figur mit ruhigen Schritten durch den winzigen Garten ging.

»Meine Frau freut sich, dass Sie uns besucht haben«, sagte der Pfarrer. »Sie vermisst unsere Töchter sehr.«

»Wie viele Töchter haben Sie denn?«

»Zwei. Fenella ist fünfundzwanzig. Sie arbeitet in Manchester und ist mit einem netten jungen Mann verlobt, den sie dort kennengelernt hat. Und Miranda geht in Bristol aufs College. Das sollte sie zumindest, aber sie hat sich ein Jahr Auszeit genommen. Miranda macht uns leider eine Menge Probleme.« Er unterbrach sich traurig. »Das ist nicht leicht für uns. Aber ich will mein Herz nicht auf der Zunge tragen. Sie hatten noch eine Frage, oder?«

»Ja.« Ich holte tief Luft. »Jeremy, was würden Sie sagen, wie gut kennen Sie meinen Vater?« Ich wollte die Wahrheit wissen, auch wenn ich Angst vor ihr hatte.

Er schwieg einen Moment, klappte seine Brille zusammen und schob sie in die Hemdtasche. »Ich bin froh, dass Sie mir diese Frage stellen, Fran. Bis letztes Jahr hatten wir ein- oder zweimal beruflich miteinander zu tun. Er interessierte sich für die Fenster. Aber dann kam er vor ungefähr einem Jahr zu mir und bat mich um meinen Rat als Priester. Wir haben uns ein paarmal zum Gespräch getroffen, und ich hatte das Gefühl, dass wir Freunde geworden sind. Wir sind gleich alt, und wie ich bereits sagte, er ist ein interessanter Mensch. Er kennt sich in seinem Metier ungeheuer gut aus – ich finde das faszinierend. Wussten Sie ...?«

»Ja, ja«, unterbrach ich ihn. Er schien meine Verzweiflung zu registrieren, denn plötzlich widmete er mir seine ganze Aufmerksamkeit.

»Wie soll ich sagen«, fuhr ich fort, »mein Vater war mir immer ein Rätsel, und wir haben uns ... ziemlich auseinandergelebt. Ich kann nicht wirklich behaupten, viel über ihn zu wissen und ihn gut zu kennen.«

»Niemand von uns kann sagen, dass er jemanden gut kennt, oder?«, meinte Jeremy nachdenklich.

»Das ist sicher richtig. Aber er hat mir eine Menge verschwiegen, vor allem im Hinblick auf meine Mutter. Dinge, die zu wissen ich ein Recht habe.«

»Sie möchten also, dass ich Ihnen verrate, was er mir in strengstem Vertrauen erzählt hat«, meinte er schließlich. »Das hatte ich befürchtet. Aber ich muss Ihnen leider sagen, dass ich das nicht kann. Sie müssen verstehen ...«

»Ich weiß ja. Aber Sie haben ihn doch selbst gesehen. Vielleicht wird er nie wieder gesund.«

»So Gott will, doch«, antwortete Jeremy. »Ich habe großes Mitgefühl mit Ihnen, glauben Sie mir. Aber die Richtlinien meines Berufs sind in dieser Angelegenheit klar und eindeutig. Ich würde das in mich gesetzte Vertrauen missbrauchen.«

»Und was ist mit mir? Muss ich jetzt leiden, wegen Ihrer Richtlinien?«

»Meine liebe Fran, wir hoffen alle, dass Ihr Vater wieder gesund wird. Und solange es keine ungünstige Prognose gibt, wäre es falsch, etwas anderes anzunehmen. Was ist, wenn es ihm wieder besser geht, und er dann erfährt, dass ich seine größten Geheimnisse ausgeplaudert habe? Das könnte die Beziehung zwischen Ihnen für immer zerstören – und mir würde er ganz sicher auch nicht mehr vertrauen. Ich kann mir gut vorstellen, wie ungeheuer schwer es für Sie ist ...« Er klang auf einmal ungeduldig.

Wütend verließ ich schließlich das Pfarrhaus, sehr wütend. Natürlich war mir klar, dass Jeremy recht hatte und seine Schweigepflicht nicht verletzen durfte. Trotzdem erschien es mir in dieser besonderen Situation ungerecht, und ich war tief verletzt. Wie hatte Dad sich ihm anvertrauen können, ohne je mit mir zu sprechen? Was um alles auf der Welt war es, dass er es seinem einzigen Kind nicht erzählen konnte? Ein weiterer Gedanke kam mir, der mich verbitterte – vielleicht lernte ich Dad erst nach seinem Tod richtig kennen. Nein, natürlich wollte ich nicht, dass er starb. Aber was gab es für eine Alternative? Vielleicht würde er noch jahrelang leben, und ich wäre mit ihm in dieser unglücklichen Situation gefangen, vertraut mit seinen körperlichen Bedürfnissen, ihm als Person aber nie nahe. Das konnte nur heißen, ich würde niemals etwas über meine Mutter erfahren; und ich würde niemals wirklich wissen, wer *ich* eigentlich war.

Als ich zurückkam, hatte Zac die Tür bereits abgeschlossen und zählte die Tageseinnahmen. Er ließ mich ein; aber offenbar sah ich ziemlich schlecht gelaunt aus, denn er machte einen großen Bogen um mich und ging wenig später nach Hause.

Missmutig stieg ich die Treppe hinauf. Heute Abend hätte ich es nicht ertragen, Dad zu sehen, auch wenn ich deswegen ein schlechtes Gewissen hatte. Eine lähmende Benommenheit machte sich in mir breit. Am Ende öffnete ich eine staubige Flasche Bordeaux, die ich im Schrank gefunden hatte, und machte es mir im Sessel am Fenster gemütlich, um ein paar Tränen zu weinen. Dann holte ich mir Laura Brownlows Tagebuch und las weiter.

12. Kapitel

Je materialistischer die Naturwissenschaften werden, desto mehr Engel werde ich malen. Ihre Flügel sind mein Plädoyer für die Unsterblichkeit der Seele.

Sir Edward Burne-Jones

LAURAS GESCHICHTE

April 1880

An dem Dienstagmorgen, nachdem er Laura kennengelernt hatte und der kleine Arthur auf die Welt gekommen war, stattete Mr. Russell der Pfarrersfamilie einen Besuch ab. Man sagte ihm, dass der Reverend in einer dringlichen Angelegenheit unterwegs sei, Mrs. Brownlow und Laura ihn jedoch im Morgenzimmer empfangen würden. Nach einer kurzen Nacht waren beide Damen müde; Mrs. Brownlow erklärte, dass sie bei der Familie eines Pfarrangehörigen gewesen seien, der am Tag zuvor bei einem Unfall in der Gerberei ums Leben gekommen war.

Auf Russells vorsichtiges Nachfragen holte Mrs. Brownlow zwei gerahmte Fotografien von Caroline aus einer verschlossenen Schublade in ihrem Sekretär. Eins war ein Porträt aus der Zeit vor ihrer Krankheit, das andere, leider etwas verwackelte, war nur wenige Wochen vor ihrem Tod im Garten aufgenommen worden. Mr. Russell betrachtete sie einige Minuten lang, und sein Gesicht wurde ganz weich.

Mit sanfter Stimme sagte er: »Auf der ersten Fotografie ist sie ein Kind, und auf dem zweiten wirkt sie ... sehr zerbrechlich, ja schon fast vergeistigt. Es ist wirklich außergewöhnlich.« Er schüttelte den Kopf, als fehlten ihm weitere Worte, dann gab er Mrs. Brownlow die Bilder zurück.

»Mein Mann hat ausdrücklich darum gebeten, dass Sie die Fenster entwerfen, Mr. Russell.« Theodora Brownlows Augen wirkten riesengroß in ihrem müden Gesicht.

Mr. Russell nickte ernst.

Laura hatte bisher nur wenig gesagt. Vorsichtig wagte sie einen Blick in seine Richtung. Seine ausdrucksvollen Hände ruhten auf den Oberschenkeln; er strahlt so viel Leichtigkeit aus, dachte sie, als gehorche sein Körper den üblichen Gesetzen der Schwerkraft nicht. Sein Rücken war gerade, der Kopf leicht nach vorne gebeugt, die Konzentration gänzlich auf Mrs. Brownlow gerichtet. Als er sich über den gestutzten Bart strich, entstand ein leicht raspelndes Geräusch, bei dem sich Lauras Nackenhaare aufrichteten.

Mrs. Brownlow setzte sich auf ihrem Stuhl zurück. Sie wirkte erschöpft, und aus der Art, wie sie sich an die Schläfe fasste, schloss Laura, dass sie Kopfschmerzen bekam. Sie würde ihre Mutter wieder ins Bett schicken, sobald Mr. Russell fort war. Als sie jedoch über Caroline sprach, glühten Theodoras Augen förmlich vor Lebhaftigkeit und zeugten davon, dass tief in ihrem Innern eine Energiequelle sprudelte.

Sie fuhr fort: »Mr. Brownlow und ich haben Ihre Entwürfe für St. Aloysius gesehen.«

»Ah, die Marienfenster«, antwortete er.

»Ja. Wir haben sie bewundert, Mr. Russell. Sehr sogar. Ich nehme an, sie sind auch bei *Minster Glass* gefertigt?«

»Ich habe sie selbst gemacht, Mrs. Brownlow. Bei *Minster*

Glass in der Werkstatt. Wenn Sie erlauben, schildere ich Ihnen gern, wie ich arbeite.«

Sie nickte. »Bitte.«

»Wissen Sie, ich bin davon überzeugt, dass Kunsthandwerk nur dann richtige Kunst sein kann, wenn das Werk von einer einzigen Person entworfen und gefertigt wird. Das erspart dem Künstler die Enttäuschung, dass seine Visionen und die Inspiration beim eigentlichen Schaffensprozess umgesetzt werden und verloren gehen. Ich habe mich häufig geärgert, dass ein Detail des Gesichts, ein bestimmter Farbton oder die spirituelle Energie, die ich in meine Zeichnungen gelegt habe, in der endgültigen Arbeit nicht zu erkennen waren. Daher habe ich das Handwerk selbst erlernt und fertige die Fenster eigenhändig an.«

»Tatsächlich«, antwortete Mrs. Brownlow abwesend.

Laura sah, dass die Aufmerksamkeit ihrer Mutter nur noch den Fotografien von Caroline galt, die auf ihrem Schoß lagen. »Dann denken Sie diesbezüglich also wie Mr. William Morris«, meinte sie und spürte seinen warmen Blick.

»Meine Frau ist entfernt verwandt mit Mr. Morris«, sagte er. »Ich hatte das große Glück, viele Diskussionen über dieses Thema mit ihm führen zu dürfen. Ich nehme ab und zu Aufträge seiner Firma an.«

Die Worte »meine Frau« überraschten Laura. Andererseits wusste sie nicht, wieso sie angenommen hatte, er sei Junggeselle. Vielleicht wegen seiner verschlissenen Manschetten.

»Nehmen Sie denn beim Anfertigen der Fenster keinerlei Hilfe in Anspruch?«, fragte sie.

»Natürlich bin ich nicht in der Lage, das Glas herzustellen. Aber ich berate gern hinsichtlich der genauen Farbgebung, zeichne die Umrisse selbst, schneide das Glas zu, bemale es und brenne das fertige Stück. Um das Fenster am Ende einzusetzen, engagiere ich natürlich einen Handwerker, aber auch diese Arbeit überwache ich persönlich.«

»Besitzen Sie ein eigenes Atelier?«

»Selbstverständlich, Miss Brownlow. Ich male auf dem Dachboden meiner Wohnung in der Lupus Street, aber meine Tätigkeit führt mich häufig zu *Minster Glass*, wo ich die Werkzeuge und Materialien finde, die ich benötige.«

»Ihre Engel«, sagte Mrs. Brownlow und schaute von den Fotografien auf, »sind so lebendig, nicht nur spirituelle Wesen aus Luft. Ich stelle mir gerne vor, dass Caroline ...« Sie stockte, als sei sie unfähig, die richtigen Worte zu finden.

»Was stellst du dir gerne vor, Mama?«, flüsterte Laura und beugte sich vor, um die Hand ihrer Mutter zu streicheln.

»Dass Caroline an einem schöneren Ort als diesem hier ist. Dass sie zu der Frau herangereift ist, die sie geworden wäre, wenn sie am Leben geblieben wäre. Warmherzig und voller Energie ... keine fleischlose Gestalt.«

Eine Zeit lang war es ganz still, dann neigte Mr. Russell den Kopf zur Seite und sagte: »Ich glaube, ich sehe sie vor mir, Madam. Wünschen Sie und Ihr Mann, dass die Gesichtszüge des Engels Ähnlichkeit mit Ihrer Tochter haben? Das Gesicht auf der zweiten Fotografie ist sehr unscharf, und vielleicht halten Sie es ja für unangemessen ...« Er brach ab.

Mrs. Brownlow hatte den Kopf gesenkt. An ihren bebenden Schultern erkannte Laura, dass sie weinte. Sie stand rasch auf.

»Meine Mutter ist erschöpft von der anstrengenden Nacht, die hinter uns liegt. Sie haben sicher Verständnis ...«

Mr. Russell erhob sich sofort. »Natürlich. Ich habe ohnehin noch einen weiteren Termin. Mrs. Brownlow, Sie haben mein uneingeschränktes Beileid und meinen Respekt für Ihre tiefe Trauer. Ich versichere Ihnen, dass ich für dieses Denkmal mein Bestes geben werde, zu Ehren Ihrer Tochter.«

Nach einer knappen Verbeugung und einem hastigen »Auf Wiedersehen« folgte er Laura hinaus in die Diele. Glücklicherweise erschien Polly sofort und brachte ihm Hut und Mantel. Er nahm Lauras Hände in seine, und sie senkte den Blick. Ein Knopf an seinem Mantel hing nur noch an einem Faden. Vielleicht hatte seine Frau es noch nicht bemerkt.

»Danke für Ihr Verständnis«, sagte sie leise. »Ich glaube, Mama wollte Sie auch um den Entwurf des anderen Fensters bitten. Und Papa hätte Sie bestimmt ebenfalls gern kennengelernt.«

»Bitte versichern Sie Ihren Eltern, dass ich mein gesamtes Können in diese Arbeit legen werde. Was die Jungfrau mit dem Kind angeht, werde ich, wie vereinbart, den Neffen der Stifterin, Mr. Jeffrey …«

»Jefferies.«

»Mr. Jefferies, natürlich. Ich werde ihn morgen Nachmittag aufsuchen. Am Vormittag beabsichtige ich, noch einmal in die Kirche zu gehen, um einige Vermessungen vorzunehmen. Halten Sie es für unverschämt, Miss Brownlow, wenn ich darum bitten würde, dass jemand aus Ihrer Familie mir dabei beratend zur Seite steht?«

»Das lässt sich sicher arrangieren. Vater hält um acht das Morgengebet, es ist gegen halb neun beendet. Warum kommen Sie nicht anschließend?«

»Vielleicht komme ich bereits zum Morgengebet. Ich sollte den Angelegenheiten der Seele mehr Aufmerksamkeit schenken.« Seine Augen funkelten fröhlich. »Guten Tag, Miss Brownlow.«

Und dann war er fort. Sobald Polly verschwunden war, rannte Laura in den Salon, um durchs Fenster zu spähen; aber der Wagen des Bäckers, der vor ihrem Haus hielt, verhinderte, dass sie ihm einen letzten Blick nachwerfen konnte.

13. Kapitel

Siehe, ich sende einen Engel vor dir her, der dich behüte auf dem Wege und dich bringe an den Ort, den ich bestimmt habe.
Exodus 23, 20

Am Samstag war es eine Woche her, dass ich wieder zu Hause angekommen war, aber es kam mir viel länger vor. Nach einigen Diskussionen entschieden Zac und ich, Amber einen Teilzeitjob anzubieten. Wir brauchten dringend Hilfe. Wenn Zac unterwegs war, war ich an den Laden gebunden. Das war manchmal nicht nur sehr einsam, sondern bedeutete auch, dass ich nichts anderes tun konnte, zum Beispiel mich dem Papierkram widmen oder Besuche machen. Also telefonierte ich am Wochenende ein paarmal mit Jo, Amber kam am Sonntag vorbei – und fing am nächsten Tag an, bei uns zu arbeiten. Wir verabredeten eine wöchentliche Arbeitszeit von achtzehn Stunden.

Amber war ein sehr schüchternes Mädchen, aber sie besaß eine natürliche Freundlichkeit und großes Einfühlungsvermögen. Ich war sicher, dass sie die Kunden schnell für sich einnehmen würde. Was mir allerdings von Anfang an Kopfzerbrechen bereitete, war ihre Vertrauensseligkeit.

»Wie kommst du mit den anderen Mädchen im Heim zurecht?«, fragte ich sie und rechnete damit, dass sie sich darüber beklagen würde, schikaniert zu werden.

»Sie sind ganz okay«, antwortete sie schulterzuckend.

»Eigentlich sind sie sogar sehr lustig.« Es blieb mir verborgen, ob sie ihnen gegenüber eine seltsame Form der Loyalität empfand oder ob sich die Situation tatsächlich gebessert hatte. Doch während sie das sagte, hob sie ihre Hand an den Hals und berührte den merkwürdig geformten Kettenanhänger in ihrem Ausschnitt.

»Du hast eine schöne Kette an, Amber. Was ist das für ein Anhänger?«

Sie zeigte ihn mir. Es war ein winziger silberner Engel. Er hatte den Kopf gesenkt, die Flügel waren über dem Kopf gefaltet. »Ich habe ihn von meiner Großmutter und trage ihn die ganze Zeit. Er beschützt mich.«

Zac war amüsiert und fasziniert zugleich. Ihr Interesse an seiner Arbeit schmeichelte ihm. In einer ruhigen Minute beobachtete ich, wie er ihr beibrachte, das Glas mit dünnem Kupferdraht einzufassen und einen einfachen Sonnenfänger herzustellen, indem er die Teile zusammenlötete. Aufgeregt plapperte sie vor sich hin. »Hab ich alles richtig gemacht? Hält man das so ... oh! Das tut mir jetzt wirklich leid! Ich hab alles vermasselt, oder?« Er forderte sie auf, es noch einmal zu versuchen, bis sie es konnte, und das mit so viel Geduld und Zuspruch wie ein Vater bei seiner kleinen Tochter.

»Du liebst deinen Beruf, Zac, habe ich recht?«, hörte ich sie einmal sagen. »Dein Gesicht leuchtet richtig, wenn du arbeitest.«

Danach beobachtete ich Zac genau, wenn ich durch die Werkstatt ging. Amber hatte recht. Wenn er sich darauf konzentrierte, Muster zu zeichnen oder Glas zu bemalen, war sein sonst üblicher Missmut wie weggeblasen.

Im Laufe des Vormittags brachte der Briefträger eine Stromrechnung, die drohend mit »Letzte Mahnung« überschrieben war. Beunruhigt lief ich nach oben, um die Finanzen zu überprüfen. Amber konnte ich getrost ein paar Minuten allein im Laden lassen.

Zac hatte mir geraten, mich mit Dads Steuerberater in Verbindung zu setzen, aber ich wollte mir erst die Kontoauszüge anschauen. Ich zog die Dokumentenmappe unter dem Bett hervor, klopfte den Staub ab und versuchte sie zu öffnen. Sie war verschlossen, aber ich fand den Schlüssel in der Schublade seiner Nachtkommode. Ich steckte ihn in das Schloss, und nach kurzer Zeit hatte ich die Mappe geöffnet.

Es war ein seltsames Gefühl, auf die ordentlich sortierten Unterlagen zu blicken, die mit »Hypothek«, »Krankenkasse«, »Testament«, »Zeugnisse« und »Verschiedenes« beschriftet waren. Ich war mir ziemlich sicher, dass sie wertvolle Informationen über Dad und vielleicht sogar über meine Mutter enthielten. Aber offenbar war Jeremy Quentins Vortrag über vertrauenswürdiges Verhalten am Tag zuvor nicht ohne Wirkung auf mich geblieben. Ich wusste, dass es einem Verrat an meinem Vater gleichkäme, in seinen Unterlagen zu kramen, während er hilflos im Krankenhaus lag. Wenn ich das tat, würde ich ihm nicht mehr ins Gesicht schauen können. Aber es gab noch einen weiteren Grund für mein plötzliches Zögern: Ich hatte Angst vor dem, was mir in die Hände fallen würde. Also ignorierte ich die persönlichen Unterlagen und suchte weiter, bis ich das fand, was Zac und ich brauchten.

Die Kladde enthielt einen länglichen braunen und einige große weiße Umschläge. Auf dem braunen stand: »Testament und letzter Wille von Edward James Morrison«. Auf einem der weißen Umschläge las ich: »Vollmacht«. Auf dem dritten las ich mit seltsamem Kribbeln: »Patientenverfügung«.

Ich legte das Testament ungeöffnet zurück und überflog

rasch die beiden anderen Dokumente. Die Vollmacht ermächtigte mich, in Dads Namen zu handeln, wenn er selbst dazu nicht in der Lage war. Das war gut.

Als ich die Patientenverfügung las, stockte mir der Atem. Er hatte alle Kästchen angekreuzt und verfügt, dass er keine lebensverlängernden Maßnahmen wünschte und Jeremy Quentin letztlich die Entscheidungen treffen sollte. Jeremy, nicht ich! Meine Empörung legte sich etwas, als ich darüber nachdachte, dass es problematisch sein konnte, mir als Alleinerbin zugleich die Macht über Leben und Tod zu verleihen. Und wahrscheinlich würde Dad sein Eigentum mir vermachen.

Ich legte die Dokumente zurück, verschloss die Mappe wieder, schob sie unters Bett und ging hinunter, um die nötigen Telefonate zu führen und die Vollmacht in Kraft zu setzen. Die Patientenverfügung würde ich am Abend mit ins Krankenhaus nehmen.

Ich verbrachte den Nachmittag mit Amber im Laden, erklärte ihr die verschiedenen Glassorten und die dazugehörigen Preise sowie ein paar Werkzeuge, die wir ebenfalls verkauften. Sie war fasziniert von den verschiedenen Farbeffekten, die man mit dem Glas erzielen konnte, und wiederholte die einzelnen Sorten und Fabrikationen wie ein Mantra.

Was sie ebenso faszinierte, war das zerstörte Engelfenster. »Es ist so traurig«, flüsterte sie, als Zac ihr die Einzelteile zeigte, die er aus Platzgründen inzwischen in die Ecke geschoben hatte. »Kriegt ihr das wirklich wieder hin?«

»Wir wissen es noch nicht«, antwortete er. »Wir brauchen dringend mehr Hinweise darauf, wie es früher einmal ausgesehen hat.«

Es war fast fünf, und ich holte die Schlüssel aus dem Büro, um den Laden abzuschließen. Als ich zurückkam, betrachtete Amber noch immer den kaputten Engel. Ich sah zu, wie sie ein Stück goldenes Glas in die Hand nahm und versuchte, es mit einem anderen zusammenzusetzen. Ohne Erfolg.

»Du musst jetzt nach Hause gehen«, sagte ich. »Für heute hast du genug gearbeitet. Wir sind sehr zufrieden mit dir.«

»Danke«, antwortete sie und lächelte schüchtern. »Es macht mir auch riesigen Spaß.«

»Bis morgen«, meinte Zac.

»Einen schönen Abend«, sagte sie, als ich sie zur Hintertür begleitete.

»Den habe ich hoffentlich«, antwortete ich, und dann fiel mir ein, dass um halb sieben Chorprobe war.

Mir blieb gerade noch genug Zeit, um vorher kurz bei meinem Vater vorbeizuschauen.

Als ich im Krankenhaus eintraf, fand ich Dad zu meinem Schrecken mit einer Plastikmaske über Mund und Nase vor. Die Schwester, die mir die Patientenverfügung abnahm, um sie zu fotokopieren und zu Dads Akte zu legen, erklärte mir, sein Atem sei flacher geworden und die Sauerstoffsättigung gesunken. Inzwischen habe er sich jedoch schon wieder etwas erholt.

Aber er war wach und sah mich über die Maske hinweg an, als ich mich zu ihm ans Bett setzte. Ich erzählte ihm von Amber und von meinem Besuch im Pfarrhaus, erwähnte jedoch nicht, was ich von seinen Gesprächen mit Jeremy Quentin wusste. Dieses Mal fiel es mir schwer, mich zu verabschieden. Irgendwie hatte ich heute stärker als je zuvor das Gefühl, dass die Zeit kostbar war, die ich mit Dad verbrachte.

In der einsetzenden Dämmerung machte ich mich seltsam energielos auf den Weg nach Hause. Mein früherer Enthusiasmus war verschwunden. Am liebsten wäre ich auch nicht zum Chor gegangen, aber ich zwang mich dazu. Sonst würde ich nur zu Hause sitzen und ein schlechtes Gewissen haben. Außerdem heiterte mich das Singen auf.

Obwohl ich ein paar Minuten zu spät kam, war ich froh über meine Entscheidung, überhaupt an der Probe teilgenommen zu haben. Dieses Mal machte Ben einen Schnelldurchlauf des Teufelschors, wo sich Dämonen, »hungrig und gierig, sich ihres Eigentums zu bemächtigen«, am Gerichtshof versammelt hatten und die Seelen der frisch Verstorbenen verhöhnten. Wenn die Stelle richtig gesungen wird, läuft es einem kalt den Rücken hinunter. Aber an diesem Abend sangen viele Bässe vom Blatt, und der Rest des Chors brach jedes Mal in hilfloses Gekicher aus, wenn die Männer mit ihren tiefen Stimmen sich am johlenden »Ha-Ha« versuchten.

»Das klingt ja jämmerlich! Wie Weihnachtsmänner, nicht wie Teufel«, polterte Ben irgendwann, »legt mal etwas Pathos in eure Stimmen, verdammt noch mal!«

Seine Stimme klang nach echter Verzweiflung, und ich hörte, wie jemand in meiner Nähe flüsterte: »Er nimmt das alles ein bisschen zu ernst, oder?«

Jo überredete mich, noch mit in den Pub zu gehen. Wieder stellte sich heraus, dass das die richtige Entscheidung war, denn alle waren fest entschlossen, sich nach der anstrengenden Probe zu amüsieren. Irgendwann lachte ich über eine der vielen Anekdoten von Dominic, bis mir die Tränen über die Wangen rollten.

Er arbeitete im Innenministerium, und ohne etwas preiszugeben, das ihn in Schwierigkeiten bringen könnte, erzählte er herrliche Geschichten über persönliche Begegnungen mit dem einen oder anderen bekannten Politiker. Dabei fiel mir auf, wie häufig er Jo anschaute. Sie lächelte zurück. Aber ansonsten schien sie es nicht zu bemerken.

Ben saß an seinem üblichen Platz an der Theke, trank ein Bier und unterhielt sich mit einem der Tenöre, einem großen schlanken Mann in einem eng geschnittenen dunklen Anzug. Er war ungefähr in Bens Alter, hatte kurzes, an den Schläfen bereits silbriges schwarzes Haar und ein lebhaftes, intelligent wirkendes Gesicht.

»Kennst du Michael schon?«, fragte Ben, nachdem ich eine Runde Drinks bestellt und an Dominic weitergereicht hatte.

»Nein. Hallo.« Wir schüttelten uns die Hände.

»Michael ist Mitglied des Chorausschusses«, erklärte Ben. »Im wahren Leben ist er Beamter.«

»Tja, hier in Westminster begegnet man uns an jeder Ecke.« Michael lächelte. Er strahlte etwas Großstädtisches aus, aber der harte Zug um seinen Mund ließ darauf schließen, dass er in Wahrheit sehr sensibel war.

»Außenministerium«, fügte Ben hinzu. »Sieht man gleich, oder? Michael ist mit mir zur Schule gegangen. Er kennt also meine strengsten Geheimnisse. Wo die Leichen im Keller liegen, was, Michael?« Er frotzelte in einer Weise mit ihm, die mir irgendwie unangenehm war. Ich hatte das Gefühl, dass sich hinter der Neckerei etwas Tieferes, Dunkleres verbarg.

»Früher habe ich die Schulferien regelmäßig bei Bens Eltern verbracht«, erklärte Michael. »Meine eigenen Eltern waren viel im Ausland, müssen Sie wissen, und Bens großherzige Mutter hatte Mitleid mit mir und hat mich daher oft eingeladen. Seine Familie besaß dieses wunderbar große Haus in Herefordshire. Voll mit Antiquitäten und Bildern.

Ich kam mir immer vor wie Charles Ryder zu Besuch in Brideshead.« Seine Stimme klang leicht spöttisch.

Ben brach in Gelächter aus. »Er übertreibt maßlos«, sagte er. »Leider mussten meine Eltern das Haus am Ende verkaufen. Wir hatten immer Geldprobleme. Mein Großvater musste die Schulgebühren regelrecht zusammenkratzen.«

Ich fand Michael nicht so besonders sympathisch. Er war nett, aber aus irgendeinem Grund verbittert, und ich verstand nicht, wieso er Ben unbedingt als verwöhntes reiches Kind darstellen wollte. Das erschien mir unhöflich, zumal Michael von der Gastfreundschaft seiner Familie profitiert hatte. Ich fragte mich, welche Geschichte sich wohl in Wahrheit hinter allem verbarg.

»Es hat mich gefreut, dich kennenzulernen, aber ich muss jetzt wieder zurück zu meiner Freundin«, sagte ich schließlich und ließ die Männer allein.

Gegen halb elf war ich müde und verabschiedete mich. Ich versprach Jo, mich am Mittwoch mit ihr zu treffen, um mit ihr etwas trinken zu gehen. Zu meiner Überraschung brach Ben mit mir zusammen auf. Von Michael war weit und breit nichts zu sehen.

»Ist er deinetwegen in den Chor eingetreten?«, fragte ich, als wir zum Greycoat Square zurückschlenderten.

»Nein, er war schon länger Mitglied«, antwortete Ben. »Michael hat mich damals als Nachfolger vorgeschlagen, nachdem der vorherige Organist gekündigt hatte.«

Das verstand ich nicht. Wenn Michael eifersüchtig auf Ben war, warum hatte er sich dann so für ihn eingesetzt? Aber ich kannte Ben nicht gut genug, um diese Frage laut auszusprechen. Außerdem wechselte er gerade das Thema.

»Wie hat dir die Probe heute Abend gefallen?«

»Gut«, antwortete ich ausweichend, »obwohl wir noch ziemlich am Anfang stehen.«

»Kann man wohl sagen«, brummte er. »Leider haben wir längst nicht so viel geschafft, wie ich mir vorgenommen hatte. Heute war erst die zweite Probe, und schon liegen wir hinter dem Zeitplan.«

»Das holen wir bestimmt wieder auf«, antwortete ich beruhigend.

Als wie uns schließlich trennten, meinte Ben: »Wie ist es, hast du am Freitag vielleicht Zeit? Ich habe Karten für ein Konzert am St. John's Smith Square. Die *Fantastische Symphonie* von Berlioz. Und eine Rossini-Ouvertüre, ich glaube *La gazza ladra.* Zum Schluss noch irgendwas von Mozart.«

»Oh ja, ich mag Berlioz sehr. Und die *Diebische Elster* ebenfalls«, antwortete ich, aber das hätte ich auch gesagt, wenn es nicht so gewesen wäre. »Ich komme gerne mit.«

»Prima. Das Konzert beginnt um halb acht. Vorher habe ich noch eine Kirchenchorprobe, aber die ist meist gegen sieben zu Ende. Am besten, du kommst zur Kirche, dann gehen wir zusammen.«

Als ich mich fürs Bett fertig machte, dachte ich noch einmal über Bens Einladung nach. Es schien mir ein gutes Zeichen zu sein, dass ich in der letzten Woche kaum an Nick gedacht hatte, aber eine kleine Stimme in mir warnte mich, vorsichtig zu sein und mich nicht Hals über Kopf in eine neue Beziehung zu stürzen. Trotzdem freute ich mich auf das Konzert. Ich schüttelte mein Kissen auf und nahm Lauras Tagebuch zur Hand. Wie schnell ich mich an mein neues Leben in London gewöhnt habe, dachte ich und war mir doch bewusst, dass meine Unsicherheiten und Zukunftsängste unter der Oberfläche weiterschwelten.

14. Kapitel

Engel sind Geister … Sie werden zu Engeln, indem sie gesandt werden, denn der Name Engel bezieht sich auf ihre Aufgabe: Bote zu sein.

Augustinus, Stadt Gottes

LAURAS GESCHICHTE

Gewöhnlich erwartete der Pfarrer von seiner Familie nicht, dass sie ihn zum Morgengebet begleitete. Schließlich wurde zu Hause um neun Uhr das Familiengebet gesprochen. Aber am Morgen nach Mr. Russells Besuch frühstückte Laura mit ihrem Vater und ging mit ihm zur Kirche. Sie gab Polly strikte Anweisung, Mrs. Brownlow erst dann das Frühstück ins Zimmer zu bringen, wenn sie von allein erwachte, und sie zu überreden, im Bett zu bleiben und sich auszuruhen. Da der Kopfschmerz ihrer Mutter gestern Abend überaus stark gewesen war, konnte Laura sich nicht vorstellen, dass dies großer Überredungskunst bedurfte.

Mr. Perkins, der Kirchendiener, empfing sie bereits an der Kirchentür. Er bebte vor Empörung. »Dieses Gesindel, Reverend«, schimpfte er. »Niemand hat mehr Respekt vor dem Haus Gottes.«

»Was ist denn passiert?«, fragte Mr. Brownlow. »Jetzt beruhigen Sie sich doch.«

Schließlich beruhigte Perkins sich tatsächlich so weit, um

erklären zu können, dass er vor wenigen Minuten gekommen war und festgestellt hatte, dass in der Nacht einige Scheiben im Nordfenster zertrümmert worden waren.

Erschrocken folgten Laura und ihr Vater ihm ins Innere der Kirche. Vorsichtig traten sie über die Glasscherben am Boden, um den Schaden zu begutachten.

»Sie sind aber nicht hier drin gewesen, oder, Mr. Perkins? Wurde etwas gestohlen?« Der Kirchendiener schüttelte den Kopf.

»Die Tür war wie üblich verschlossen, Herr Pfarrer, und durch das kleine Loch konnten sie unmöglich reinkommen.«

»Wahrscheinlich nicht.« James Brownlow seufzte und überlegte einen Moment. »Wir werden den Constable erst nach dem Gebet benachrichtigen«, erklärte er schließlich. »Ich werde es nicht zulassen, dass wegen solcher Vandalen unser täglicher Gottesdienst beeinträchtigt wird. Zünden Sie bitte die Kerzen in der Marienkapelle an, Mr. Perkins. Dort stören uns wenigstens keine Glassplitter.« Damit verschwand er in der Sakristei.

Laura wartete allein in der Kapelle und versuchte sich zu beruhigen. Flackerndes Kerzenlicht spiegelte sich auf der frisch bemalten Madonnenfigur auf dem Altar. Draußen hantierte Mr. Perkins, er kehrte Scherben zusammen und beklagte sich lautstark bei jemandem, der gerade hereingekommen war. »Räuber und Diebe!«

Einen Augenblick später betrat Mr. Bond die Kapelle. Als er Laura sah, blieb er verlegen stehen und zog sich mit einer gestammelten Entschuldigung zurück. Sie rief ihn zurück, ihr Gesicht glühte trotz der kühlen Luft. Unbehaglich saßen sie nebeneinander, ohne ein Wort zu reden. Sein Heiratsantrag stand immer noch unbeantwortet zwischen ihnen.

Man hörte ein paar Menschen näher treten, kurz darauf kamen Mrs. Fotheringtons Cousine Miss Badcoe, die so streng und ernst dreinblickte wie ihre hagere, schwarz gekleidete Gestalt vermuten ließ, Miss Pilkington, die Lehrerin, Mr. Perkins und schließlich Mr. Russell, der außer Atem zu sein schien. Lauras Vater, der sich inzwischen den Talar übergestreift hatte, folgte seiner Herde und schloss die Tür.

»Erhebet die Herzen ...«, begann er mit einer Stimme, die für die kleine Kapelle viel zu laut war.

Laura bekam von den Gebeten kaum etwas mit. Sie war viel zu sehr darauf konzentriert, wie Mr. Bond rechts neben ihr auf dem Stuhl herumrutschte und Mr. Russell links neben ihr in seinem Gebetbuch blätterte.

Anschließend gingen die älteren Damen leise plaudernd hinaus. Mr. Bond stand auf, nickte Laura zu und schaute zögernd zu Mr. Russell, der höflich grüßte. Laura machte die beiden Männer miteinander bekannt und erklärte den Anlass von Mr. Russells Besuch.

»Sie benötigen sicher eine Leiter«, sagte Mr. Bond. »Ich werde Mr. Perkins bitten, Ihnen eine zu bringen.« Mit einem bedeutungsvollen Blick in Lauras Richtung verabschiedete er sich. Sie lauschte auf den Nachhall seiner sich entfernenden Schritte.

Von irgendwoher rief ihr Vater. »Haben Sie die Briefe gelesen, die ich Ihnen gegeben habe, Mr. Bond?«

Bond antwortete mit seiner tiefen Stimme: »Ja. Es ist eine ernste Angelegenheit, Reverend, wirklich sehr ernst. Und nun diese Scherben überall.« Die Stimmen ebbten ab, dann schlug die Kirchentür zu.

Laura war allein mit Mr. Russell.

Er legte seinen Hut ab, nahm den Skizzenblock zur Hand, schritt durch die Kapelle und betrachtete der Reihe nach die

Fenster. Das Sonnenlicht ließ seine Haut und die Haare ganz hell erscheinen und ihn wie ein ätherisches Geschöpf wirken.

»Sehen Sie, wie das Licht hier an der Südseite hereinfällt?«, fragte er. »Es ist weniger direktes Sonnenlicht, sondern eher ein tiefes Glühen. Das wesentlich hellere Licht wird durch das östliche Fenster mit dem Jungfrau-mit-Kind-Motiv kommen. Der Engel wird weicher erscheinen. Ich stelle mir vor, wie das Licht in weiß-goldenen Tönen auf sein Gesicht fällt, was meinen Sie? Hier unten sollen dunklere, geheimnisvollere Farben vorherrschen – Rubinrot vielleicht und Smaragdgrün.«

Laura nickte stumm und sah das Bild genau vor sich.

Im nächsten Augenblick erschien Mr. Perkins mit der Leiter, dann kehrte auch ihr Vater zurück. Er wirkte irgendwie abwesend. »Mr. Bond holt gerade einen Constable. Und ich … nun … ich muss mich einer anderen dringlichen Angelegenheit widmen. Verzeihen Sie bitte, Mr. Russell, aber ich bin augenblicklich nicht in der Lage, mit Ihnen zu sprechen. Falls Sie irgendwelche Fragen haben, möchte ich Sie bitten, mich im Laufe des Vormittags im Pfarrhaus aufzusuchen.«

»Vater«, sagte Laura. »Wenn es dir eine Hilfe ist, kann ich gerne bei Mr. Russell bleiben, solange er Maß nimmt.«

»Wie du meinst, meine Liebe. Mr. Russell und ich wären dir sicher sehr dankbar. Aber ich muss jetzt los.«

Laura hielt ein Ende des Maßbandes und notierte Zahlen, während Mr. Perkins die Leiter stützte. Als sie fertig waren, verschwand der Küster mit der Leiter.

Russell setzte sich, um mit seinen merkwürdig verkrampften Handbewegungen ein paar rasche Skizzen anzufertigen.

»Entstammen Sie einer Künstlerfamilie, Mr. Russell?«, fragte Laura.

»Nein, ganz und gar nicht. Mein Vater war ein reisender Baptisten-Pfarrer. Er ist vor Kurzem wegen gesundheitlicher Probleme in den Ruhestand getreten.«

»Sie sind ein Baptist?« Laura fragte sich, was ihr Vater dazu sagen würde, wenn er erfuhr, dass seine Kirchenfenster ausgerechnet von einem Andersgläubigen entworfen wurden.

»Kurz vor meiner Eheschließung wurde ich in die Kirche von England aufgenommen«, sagte er. Als schien er ihre Gedanken zu erraten, fügte er hinzu: »Nein, nicht nur wegen Marie. Die anglikanischen Anbetungsriten faszinierten mich schon immer, und es ist mir eine große Ehre, mit meiner Arbeit ein wenig zu dieser Schönheit beitragen zu können. Wissen Sie, dass die frühen christlichen Mystiker geglaubt haben, das Licht Gottes würde durch sämtliche Reihen der Engel in alle Kreaturen und als optisches Licht in Gemmen und Edelsteine dringen? Überlegen Sie mal, was das bedeutet: dass das Licht, das farbiges Glas durchdringt, von den Engeln des Allerheiligsten und somit letztlich direkt von Gott kommt.«

»Glauben die Baptisten denn nicht an Engel?«, fragte Laura erstaunt. Die Sonne war hinter einer Wolke verschwunden, und sie zog sich den Schal enger um die Schultern, weil sie plötzlich fröstelte.

»Doch, natürlich. Sie sind die Boten Gottes. Die Bibel ist voller … Sagen Sie, Miss Brownlow, machen Sie sich etwa über mich lustig?«

»Nein, nein, keineswegs, es ist mir vollkommen ernst. Es ist nur so ungewöhnlich, dass Sie Ihre Religionszugehörigkeit von der Schönheit ihrer Darstellungsformen abhängig machen. Somit würde ja Ihr Glaube allein auf der Macht der Verführung gründen.«

»Oh nein. Meine Seele reagiert auf Schönheit, natürlich, wie soll man das verhindern? Ich verstehe durchaus, dass die Schlichtheit der Religion, in die ich hineingeboren wurde, auf dem Wunsch beruht, sich auf geistige Dinge zu konzentrieren. Aber ich fühle mich förmlich ausgehungert. Ich finde, man kann Gott auch durch Schönheit preisen.«

»Und was, wenn es keine Schönheit gibt? Wo ist Gott dann?« Laura hatte plötzlich das Bild der Coopers in ihrem Elendsquartier vor Augen und ein weiteres ihrer Mutter, die mit gebeugtem Kopf dasaß, während ihr die Tränen in den Schoß tropften. »Wo ist Gott, wenn es nur Armut, Elend und Tod gibt?«

Schweigend standen sie nebeneinander. Er betrachtete sie. »Ich weiß, wie es ist, wenn man leidet«, sagte er schließlich mit tiefer Stimme. »Kommen Sie.« Er nahm ihren Arm und führte sie aus der Kapelle bis zu der Kreuzigungsszene.

»Fragen Sie den Mann, der das hier geschaffen hat. *Dort*, sagt er uns, dort, inmitten des Todes und des Schmerzes, ist Gott.«

»Ich ... ich weiß. Das sagt Papa auch immer. Aber ... ich sehe Gott nicht immer«, flüsterte Laura. »Und das macht mir Angst.«

Hinter ihnen öffnete und schloss sich die Tür zur Sakristei, als Mr. Perkins kam und ging.

Durch die Kirche schien ein Seufzer zu gehen. Draußen rumpelte ein Pferdewagen vorbei, eine Frau begann zu lachen, ein tiefes, irres Lachen, das langsam in der Ferne verklang.

»Meine Eltern haben ihr Leben Gott gewidmet, Mr. Russell. Sie geben ihr Herzblut für die Mittellosen, für die Menschen, die keine Hoffnung haben. Dennoch haben sie wenig Dank erhalten, im Gegenteil, Gott hat ihnen ihre Kinder genommen. Meine Mutter ... meine Mutter, Mr. Russell ... ist krank vor Trauer. Sie findet keinen Trost mehr in ihrer Arbeit.«

»Aber denken Sie doch an die Menschen, denen sie helfen. Nur einer der zehn Leprakranken ist zu Gott zurückgekommen, um ihm für seine Heilung zu danken, aber das bedeutet ja nicht, dass seine Tat sinnlos gewesen ist.«

»Ich denke manchmal, die Armen und Gottlosen sind tatsächlich arm und gottlos«, sagte Laura leise. Sie wusste, dass das unchristlich war. Aber manche von ihnen zeigten keine Dankbarkeit; im Gegenteil, sie verachteten die Hilfe nur und sahen darin eine Form der Einmischung und der Moralisierung. Sie dachte an Mr. Cooper, der nach Fürsprache ihres Vaters erst kürzlich aus der Zelle freigekommen war, jedoch keinerlei Reue zeigte.

Plötzlich erregte etwas auf einer Bank unter dem eingeworfenen Fenster ihre Aufmerksamkeit. Es war ein Kieselstein. Sie zeigte ihn Mr. Russell. »Manche haben ein Herz wie dieser Stein hier.«

»Selbst ein Stein nutzt sich mit der Zeit ab.«

»Stellen Sie sich vor, Mr. Russell, mein Vater erhält gelegentlich Beschwerden über seine Priestertätigkeit. Böse, hasserfüllte Briefe, die gegen Weihrauch, Bildnisse und jegliche Form des Schmucks in der Kirche wettern. Manche sind anonym. Wer auch immer sie schreibt, scheint nicht zu verstehen, dass dies Symbole für den Glauben meines Vaters sind. Mein Vater betet keine Statuen an. Er gibt kein Geld für sich selbst aus, sondern nur zu Ehren Gottes.«

»Es tut mir leid, das zu hören. Jeder, der Ihren Vater erlebt, erkennt sofort, dass er ein Mann Gottes ist.«

»Er ist auf jeden Fall der letzte, der die Schläge verdient hat, die das Leben ihm versetzt. Das gilt ebenso für meine

Mutter. Die beiden haben immer ihre Pflicht getan, und ich kann es nicht ertragen, sie so leiden zu sehen. Haben Sie und Ihre Frau auch Kinder, Mr. Russell?«

Er nickte. »Wir haben einen Sohn, John, er ist fünf und lebt bei seiner Mutter.«

»Lebt bei seiner Mutter?«

»Meine Frau und ich sind getrennt, was mich mit großer Traurigkeit erfüllt.«

»Es tut mir leid, ich wollte nicht indiskret sein.«

»Das sind Sie nicht, Miss Bronwlow. Ich wollte, dass Sie das wissen. Es war nicht meine Entscheidung. Ich hätte es gern anders gehabt.«

»Sehen Sie Ihren Sohn manchmal?«

»Ich versuche es, aber es ist nicht leicht. Er ist noch zu jung, um zu verstehen. Wenn seine Mutter oder das Kindermädchen nicht in der Nähe sind, weint er. Ich bin für ihn praktisch ein Fremder, so erscheint es mir zumindest.«

»Vielleicht wird es einfacher, wenn er älter ist.«

»Ich kann es nur hoffen.«

»Möglicherweise versöhnen Sie sich ja auch mit Ihrer Frau.«

»Miss Brownlow, ich habe ungestüm und zu sehr geliebt. Ich habe Marie mit jeder Faser meines Wesens verehrt. Das tue ich immer noch. Wenn ich mich hier nicht in einem Haus Gottes befände und es nicht Blasphemie wäre, würde ich sagen, ich bete sie an. Aber sie besitzt eine wilde Schönheit und leidenschaftliches Temperament, und andere Männer mit niedrigeren Instinkten konnten dem, was mir gehört, nicht widerstehen, und so habe ich sie verloren.«

»Sie meinen …«

»Dass sie mich wegen eines Liebhabers verlassen hat, ja. Allerdings wohnt sie im Moment bei ihren Eltern, weil der

Mann mittellos ist. Er hat ebenfalls seine Frau verlassen, sodass zwei Familien zerstört wurden. Wenn ich meine Arbeit nicht hätte, wüsste ich nicht, was ich tun sollte. Wahrscheinlich würde ich verrückt. Ich bin durch die Hölle gegangen, Miss Brownlow. Vielleicht schockiere ich Sie. Wenn das so ist, dann bedaure ich es sehr. Aber wir sprachen über das Leiden.« Er redete leise, sein Gesicht war ausdruckslos.

»Nein, ich bin nicht schockiert. Ich empfinde nur ein großes, großes Mitgefühl.« Laura konnte nur flüstern, und sie hatte Angst, ihre Stimme würde gänzlich versagen. Eine plötzliche Zärtlichkeit für ihn überkam sie.

»Danke. Ihr Mitgefühl bedeutet mir viel. Es gibt viele, die Schuldzuweisungen aussprechen. Meine Eltern schämen sich. Sie waren von Anfang an gegen die Hochzeit und warfen mir damals vor, ein Leben jenseits ihres eigenen Horizonts anzustreben. Daher sagen sie, es sei alles meine Schuld. Ihre Freunde empfangen mich nicht mehr. Das bedeutet mir nicht viel. Vor allem trauere ich um John, mehr als um alles andere auf der Welt.«

»Kann man denn gar nichts mehr tun?«

»Nichts, das ihn nicht noch mehr verletzen würde. Ich will versuchen, nicht um ihn zu kämpfen, auch wenn das Gesetz vielleicht auf meiner Seite wäre, denn schließlich wurde mir Unrecht angetan.«

Man hörte Schritte, dann ging die Tür auf. Es war Mr. Bond in Begleitung eines Polizisten.

»Sie sind immer noch hier?« Mr. Bond warf Mr. Russell einen misstrauischen Blick zu.

»Schauen Sie, ich habe eines der Geschosse gefunden«, antwortete Laura hastig. Mr. Bond hielt die Hand auf, und Laura legte den Kieselstein hinein. Ihre Blicke trafen sich, aber die Finger berührten sich nicht.

Eine Zeile aus der Geschichte, die sie gerade las, kam ihr in den Sinn. *Ich habe um dein Herz gebeten, und du hast mir einen Stein gegeben.* Es war fast so, als hätte sie die Worte laut ausgesprochen, denn ein Ausdruck der Enttäuschung trat in sein Gesicht.

Sie würde ihm ihre Entscheidung bald mitteilen müssen.

15. Kapitel

Jedes sichtbare Ding auf dieser Welt untersteht der Verantwortung eines Engels.

Augustinus, *Gottesstaat*

Am Dienstag rief Jeremy Quentin an.

»Ich schreibe gerade die Tagesordnung für die Pfarrgemeinderatssitzung am Sonntag«, sagte er. »Ich möchte gerne das Thema Engelfenster ansprechen. Sind Sie weitergekommen?«

»Ich habe am Sonntag noch mal in Dads Papieren gesucht«, antwortete ich. »Aber ich brauche noch mehr Zeit. Tut mir leid. Ich werde mich sofort bei Ihnen melden, wenn ich etwas Neues finde.«

»Danke, Fran.« Er räusperte sich und fuhr zögernd fort: »Ich habe gemerkt, dass Sie am Freitag sehr durcheinander waren, und hatte deshalb ein schlechtes Gewissen. Es muss schwer für Sie sein. Bitte vergessen Sie nicht, dass wir an Sie denken.«

»Danke«, antwortete ich steif. Ich war immer noch verärgert, dass Dad sich ihm und nicht mir anvertraut hatte, aber ich wusste, dass es nicht Jeremys Schuld war.

»Sarah und ich sind immer für Sie da, wenn Sie uns brauchen«, schloss er.

»Danke«, sagte ich, dieses Mal etwas herzlicher. Schließlich taten sie ihr Bestes, um mir zu helfen.

Später an diesem Morgen kam die neue Lieferung des Großhändlers. Amber und ich verbrachten einige Stunden damit, die Kisten auszupacken und zu prüfen, ob die Ware dieses Mal die richtige war. Anschließend stapelten wir das neue Glas und hängten die Lampenschirme auf, während Zac sich in die Werkstatt zurückzog, um inmitten von Büchern und Papieren einen Entwurf für ein Kirchenfenster zu machen.

»Wie schön.« Fasziniert betrachtete ich seine Zeichnung, den Regenbogen über der Arche Noah, aus der die Tiere strömten.

»Der Auftraggeber wünscht sich etwas ganz Schlichtes in Antikglas«, erklärte er mir. »Als Pendant zu einer mittelalterlichen Adam-und-Eva-Darstellung an derselben Wand. Wenn sie sich für diesen Entwurf entscheiden, muss ich Davids Studio benutzen, um die feinen Schneidearbeiten zu machen.« Während er sprach, sah er sich in der Werkstatt um, und ich verstand plötzlich, was er meinte. Wir konnten die technischen Raffinessen, die für die modernen Stücke nötig waren, nicht bieten. In diesem Moment wurde mir klar, wie loyal Zac meinem Vater gegenüber gewesen war, und ich fragte mich, ob David je versucht hatte, ihn abzuwerben. Ich empfand auf einmal große Dankbarkeit.

»Ich bin so froh, dass du da bist, Zac«, sagte ich spontan.

Er schien zu merken, dass ich es ehrlich meinte, denn er antwortete: »Dein Dad war immer so gut zu mir.«

»Ja, das hast du schon einmal gesagt.« Ich wartete, dass er fortfuhr.

Nach kurzem Zögern sagte er: »Es gab mal eine Zeit, da war ich ganz unten. Ich hatte kein Geld, keine Bleibe, und er hat mich aufgenommen und mir eine Chance gegeben. Ich würde ihn niemals im Stich lassen.«

»Was ist denn geschehen?«, fragte ich erstaunt. Zac hatte noch nie über diese Zeit gesprochen. In diesem Moment klingelte das Telefon, und wir hörten, wie Amber ranging. Wenig später streckte sie den Kopf zur Tür herein. »Eine Mrs. Armitage. Sie möchte wissen, wann ihr Entwurf fertig ist.«

»Mrs. Armitage!« Zac und ich schauten uns an.

»Du meine Güte, die Kinderfenster! Darum haben wir uns noch gar nicht gekümmert. Okay, ich werde selbst mit ihr sprechen, Amber.«

Mrs. Armitage war beunruhigt, weil sie noch nichts von uns gehört hatte, denn bis zum Geburtstag der Kinder dauerte es nur noch wenige Wochen. Sie wollte wissen, ob sie die Entwürfe so schnell wie möglich sehen könne. Ich beruhigte sie und sagte, uns bliebe noch genügend Zeit.

»Ich werde mich sofort daransetzen, wenn ich hiermit fertig bin«, versprach Zac. Aber er hatte noch eine Menge Arbeit mit seiner Arche und klang nicht sehr begeistert.

»Was wollen die Leute denn?«, fragte Amber zaghaft. Ich zeigte ihr die Fotos von dem Jungen mit der Angel und dem Mädchen mit dem Schmetterling.

»Wie schön!«, rief sie atemlos. »Kann ich nicht mal versuchen, etwas zu zeichnen?«

Ich war so überrascht, dass ich spontan Ja sagte. Dann zeigte ich ihr einige Musterbücher, in denen sie nach Anregungen suchen konnte, und sie legte sie auf die Theke und arbeitete fast den ganzen Nachmittag mit ihnen.

Sie machte ihre Sache gut. Das kleine Mädchen, das sie zeichnete, fütterte einen Vogel, der Junge trug ein Chelsea-Trikot und trat gegen einen Fußball. Trotzdem war ich nicht sicher, ob die Vorschläge Mr. und Mrs. Armitage gefallen würden. »Ich weiß nicht, was sie dazu sagen werden«, meinte ich. »Ich hatte eher den Eindruck, sie hätten gern etwas …« Mir kam nur in den Sinn, dass die beiden es wohl gern »niedlicher« hätten, aber ich sprach das Wort nicht aus, sondern nannte es »weltfremd«.

Amber schien es nichts auszumachen, dass ich ihre Arbeit kritisierte. Sie begann sofort wieder in einem Musterbuch zu blättern und zeigte mir wenig später die Zeichnung eines Jungen, der in einem Boot über einen See segelte.

»Das ist super!«, rief ich. »Zac, das werden sie nehmen, glaubst du nicht auch?«

Zac betrachtete die Zeichnungen und nickte. »Sie sind sehr gut, Amber. Wenn du damit fertig bist, zeige ich dir, wie du deine Entwürfe in eine Schablone umsetzt. Danach suchen wir uns Glasmuster raus und versuchen, für das Projekt eine Kostenrechnung zu erstellen.«

Amber strahlte und sah aus, als würde sie im nächsten Moment vor Stolz platzen.

Als sie fort war, rief Zac aus der Werkstatt: »Fran, warst du an unserem Engel?«

»Nein.«

»Dann muss es Amber gewesen sein.«

»Was ist denn passiert?«

»Komm her und sieh es dir an.«

Zac strich das Kaschierpapier auf dem Tisch glatt, und ich sah zu meinem Entsetzen, dass die sorgsam zusammengesetzten Teile durcheinandergeraten waren.

»Sicher ist jemand versehentlich darangestoßen«, vermutete ich und überlegte, ob ich es gewesen sein könnte, als ich am Tag zuvor den Paravent bewegt hatte. Eigentlich nicht. Ich war besonders vorsichtig gewesen.

Zac brummte etwas und begann geschickt, die Teile neu zusammenzuschieben.

»So«, sagte er schließlich, dann runzelte er die Stirn. »Aber wo ist der Rest des Gesichts?«

»Was meinst du damit?«

»Ein paar Teile fehlen. Die Augen. Die Augen sind weg.«

»Bist du sicher? Liegen sie vielleicht auf dem Boden?«

Wir schauten nach. Nichts.

»Im Karton?«

Zac zog den Karton vom Regal, und wir nahmen die übrigen Glasstücke heraus. Ohne Erfolg.

»Das ist seltsam. Es könnte sein, dass ich aus Versehen gegen das Papier gestoßen bin. Aber sonst habe ich ganz bestimmt nichts gemacht, Zac, ich schwöre es.«

»Aber irgendwer war es, so viel ist sicher.«

»Ist das denn wirklich so wichtig? Das Gesicht war doch ohnehin so ramponiert, wir hätten es nie mehr hingekriegt.«

»Aber wir hätten es versuchen können. Verdammt, Fran, wir hätten besser aufpassen sollen.«

»Amber hat gestern in der Werkstatt gekehrt«, fiel mir plötzlich ein. »Jetzt sag nicht, dass wir den Müll durchsuchen müssen. Das wäre ja schrecklich.«

Zac sah mich wild entschlossen an.

»Zac, nein!«

»Es muss sein.«

Im Hinterhof schüttete Zac nacheinander drei große schwarze Säcke auf eine ausgebreitete Zeitung. Dutzende von Glasabfällen mussten durchsucht werden, und Zac achtete streng darauf, dass wir jedes einzelne Stück umdrehten. Aber keins davon war das, was wir suchten. Schließlich gab Zac auf.

»Wir müssen uns damit abfinden, Zac. Wie schade. Aber ich bin mir auch sicher, dass wir diese Teile ohnehin nicht mehr gebrauchen können. Wer will schon einen Engel mit ramponiertem Gesicht haben?«

»Darum geht es nicht, Fran. Man erwartet von uns, dass wir es versuchen. Dass wir die Lücken mit Kunstharz füllen.«

»Es ist ja nun nicht so, dass wir in der Sache überhaupt einen Schritt weitergekommen wären«, hielt ich dagegen. Wir waren beide ziemlich mutlos.

Abgesehen von einigen Stunden am Sonntag hatte ich keine Gelegenheit mehr gehabt, die Akten auf dem Dachboden zu durchsuchen. Ich würde zwar nicht behaupten, dass ich aufgegeben hatte, aber im Moment gab es einfach zu viel anderes, das mich beschäftigte. Zac hatte seine Aufgabe erledigt, er war in der Hoffnung, irgendeine Abbildung zu finden, in ein oder zwei Bibliotheken gewesen. Aber auch er hatte nichts erreicht.

»Der geheimnisvolle verschwundene Engel«, sagte ich seufzend.

»Tja, und jetzt verschwinden auch noch die Einzelteile«, brummte er kopfschüttelnd.

Den ganzen nächsten Tag lief er gedankenverloren durch die Gegend. Ab und zu ertappte ich ihn dabei, wie er einfach nur dastand und mit besorgtem Blick auf den zerstörten Engel starrte. Als wir Amber befragten, schwor sie Stein und Bein, nicht in seiner Nähe gewesen zu sein, und es gab keinen Grund, ihr nicht zu glauben.

Der Mittwoch ging vorbei. Um sechs fiel mir ein, dass ich zugesagt hatte, mich mit Jo zu treffen, aber ich hatte nichts mehr von ihr gehört. Ich wählte ihre Nummer.

»Oh Fran, es tut mir leid. Ich habe gerade erfahren, dass ich heute Abend doch arbeiten muss.«

Ich war enttäuscht. »Wie schade.«

»Hast du vielleicht am Freitag Zeit?«, fragte sie.

»Nein. Ben hat mich gefragt, ob ich mit ihm in ein Konzert gehe.«

»Nein!«, kreischte sie. »Das ist ja fantastisch!«

»Er hatte eine Karte übrig, das ist alles«, antwortete ich. »Was ist denn mit dem Wochenende? Samstag zum Beispiel.«

»Ich fürchte, da bin ich beschäftigt«, antwortete sie zögernd, ohne genauer zu sagen, was sie vorhatte. »Sonntag geht auch nicht. Können wir vielleicht nächste Woche mal telefonieren? Es tut mir echt leid. Ach, jetzt hätte ich es fast vergessen«, plapperte sie hastig weiter. »Wie macht Amber sich eigentlich? Ich habe den Eindruck, sie ist richtig begeistert von ihrer Arbeit.«

»Wir sind sehr zufrieden mit ihr«, antwortete ich. »Sie lernt sehr schnell.«

Ich legte auf und fühlte mich ein bisschen irritiert, wenn nicht sogar verletzt. Jo war plötzlich so distanziert gewesen – oder bildete ich mir das bloß ein? Immerhin hatte sie ja vorgeschlagen, sich Freitag mit mir zu treffen. Nun, an dem Abend hatte ich etwas anderes vor, und ihre aufgeregte Reaktion verstärkte nur noch das angenehme Gefühl, das mich bei dem Gedanken an den bevorstehenden Abend mit Ben sowieso schon durchpulste.

16. Kapitel

Musik wird zu Recht als die Sprache der Engel bezeichnet.
Thomas Carlyle

Am Freitagabend brach ich um Viertel nach sieben auf, um mich mit Ben in der Kirche zu treffen. Gerade als ich losgehen wollte, begann es heftig zu regnen. Dicke Tropfen klatschten auf den staubigen Gehweg, und ich wünschte mir, ich hätte keine offenen Sandalen angezogen. Aber es waren die einzigen Schuhe, die zu meinem roten Lieblingsrock und der Jeansjacke passten. Tja, jetzt war es ohnehin zu spät.

Schon aus der Ferne hörte ich die Orgel, die lauter wurde, als ich in die Vincent Street einbog; und als ich schließlich die Kirchentür öffnete, schwappten die Klänge wie eine Woge über mich und schienen meinen ganzen Körper in Schwingungen zu versetzen. Es war die Fuge von Bach – in F, wie ich rasch feststellen konnte. Die dröhnenden Orgelpfeifen brachten die Lobpreisung Gottes viel besser zum Ausdruck, als es mit Worten je möglich wäre.

Auf Zehenspitzen lief ich das Mittelschiff entlang und setzte mich ins Chorgestühl, um eine Weile zuzuhören. Das Abendlicht fiel durch die Fenster, und der schwere Geruch von Weihrauch und Lilien verstärkte die geheimnisvolle Stimmung. Ob das vor über hundert Jahren, als Laura hier gesessen hatte, genauso gewesen war?

Oben auf der Orgelempore konnte ich von Ben bloß den

blonden Haarschopf erkennen. Also lehnte ich mich entspannt zurück, schloss die Augen und ließ mich von der Musik forttragen. Als er am Ende eines Satzes kurz innehielt, applaudierte ich spontan.

»Hallo!«, rief er herunter. Seine Stimme hallte durch den Kirchenraum. »Tut mir leid, ich habe gar nicht mitbekommen, dass du schon da bist. Eine Sekunde bitte.«

Als Nächstes hörte ich Papierrascheln und Schritte auf der Holztreppe, dann stand er vor mir und strich sich den Kragen seines silbergrauen Sportjacketts glatt.

»Das war wundervoll«, sagte ich, »obwohl ich von Kirchenorgeln nicht viel verstehe. Aber es hat sich großartig angehört.«

»Es war grässlich. Hast du das Quietschen nicht gehört? Die Register müssen dringend erneuert werden. Es ist eine original Willis-Orgel. Das wird nicht billig.« Aber er lächelte; offenbar schienen die Musik und die Atmosphäre ihn genauso zu berauschen wie mich. Der Mann war in seinem Element.

Seine Finger strichen kurz über meinen Arm. »Komm, wir müssen los.«

Es regnete immer noch. Wir teilten uns einen rotkarierten Schirm, den er aus der Sakristei geholt hatte, und bahnten uns den Weg durch den strömenden Regen.

»Ihr Frauen seid doch verrückt«, meinte er, während er mich um die Pfützen herumdirigierte. »Warum könnt ihr euch nicht vernünftig anziehen?«

»Du meinst, vernünftige Schuhe? Tja, weißt du, mein Motto heißt ›Sei elegant oder stirb‹«, antwortete ich, und er lachte. Er war mir sehr nah, ein betäubender Hauch von Weihrauch und Lilien aus der Kirche hing immer noch in seiner Kleidung.

Wir liefen durch den dichter werdenden Regen, sprangen über Pfützen und kreischten vor Lachen. Als wir am Smith Square ankamen, mischte sich unser rotkarierter Schirm unter die ernst aussehenden schwarzen Schirme, die in die Kirche drängten. Ein paar Leute warfen uns warnende Blicke zu, vermuteten wohl, dass wir betrunken seien; daher rissen wir uns zusammen und hörten auf zu kichern.

»Kennst du jemanden aus dem Orchester?«, fragte ich, nachdem wir unsere Plätze eingenommen hatten und zusahen, wie das kleine Orchester Aufstellung nahm.

»Ehrlich gesagt, hat Nina mir die Karten geschenkt. Du hast sie kurz kennengelernt, oder? Na ja, zumindest gesehen. Da kommt sie ja.«

Wir applaudierten der Ersten Geigerin, die gerade hereinkam. Ich verspürte einen winzigen Stich, als ich feststellte, dass es sich um das schlanke braunhaarige Mädchen handelte, das ich mit Ben am Greycoat Square gesehen hatte. Sie machte eine Verbeugung, setzte sich und stimmte ihre Geige. Dann nahm sie das Instrument auf den Schoß und wartete darauf, dass der Dirigent seinen Platz einnahm. Suchend sah sie sich nach Ben um und nickte ihm erfreut zu. Mich schien sie nicht zu bemerken.

Es war ein wunderbares Konzert. Dachte ich jedenfalls, auch wenn ich nicht allzu viel mitbekam, weil ich die ganze Zeit mit Ben beschäftigt war, der neben mir saß. Aus den Augenwinkeln versuchte ich zu erkennen, ob er Nina beobachtete oder mich anschaute. Aber er schien völlig in die Musik versunken zu sein, hatte manchmal die Augen geschlossen und die Stirn konzentriert in Falten gelegt, um dann wieder versonnen in das dunkle, gewölbte Kirchendach zu starren.

In der Pause reihten wir uns in die Schlange an der Getränkeausgabe ein. Ein paar Leute kamen auf Ben zu und sprachen ihn an. Er stellte sie mir vor; langsam wurde mir klar, dass er offenbar das musikalische Herz der Gemeinde bildete. Ich selbst erkannte nur eine Sopranistin aus dem Chor, die mit ihrem Mann gekommen war; wieder einmal war Ben mit den Leuten vertrauter als ich – weil er offenbar deren Sohn in der Schule unterrichtete –, sodass ich mich noch einsamer fühlte. Erleichtert winkte ich jemandem zu, den Ben nicht kannte, einem Blechbläser, mit dem ich ein- oder zweimal in London gespielt hatte. Aber ehe ich zu ihm gehen und mit ihm reden konnte, sagte eine Stimme hinter mir: »Das ist ja eine Überraschung! Schon das zweite Mal in dieser Woche! Wie schön!«

Ich drehte mich um und sah Bens Schulfreund Michael. Um seine Lippen spielte ein Lächeln, das in den Augen jedoch nicht ankam. Er verbeugte sich spöttisch.

»Hallo, Michael!«, rief Ben. »Wo sitzt du? Ich hab dich gar nicht gesehen.«

»In derselben Reihe wie ihr, aber am anderen Ende«, antwortete Michael. »Ich habe vorhin versucht, dir zuzuwinken. Sie sind richtig gut, nicht wahr? Und Nina spielt prima. Es gibt nichts zu meckern, aber wenn doch, dann würde ich sagen, dass sie den letzten Satz von Mozart in einem ziemlichen Galopp gespielt haben.«

Das hatte ich gar nicht bemerkt, daher fand ich Michaels Äußerung ein bisschen kleinlich. Aber mir blieb keine Zeit, mich dazu zu äußern. Ben nahm mir das leere Glas ab, weil wir zu unseren Plätzen zurückkehren mussten.

Nach einer grandiosen zweiten Hälfte, in der ich ganz in Berlioz' wunderbare *Fantastische Symphonie* eintauchen konnte, hoffte ich, dass Ben vorschlagen würde, sich für einen gemütlichen Drink abzuseilen. Stattdessen sagte er: »Komm, wir sagen Nina kurz Hallo.«

»Natürlich«, antwortete ich, obwohl ich am liebsten das Gegenteil verkündet hätte. Aber ich wollte nicht unhöflich sein, und da sie ihm ja die Eintrittskarten besorgt hatte, folgte ich ihm zur Tür. Michael war auch schon da, und meine Hoffnungen auf einen Abend zu zweit waren endgültig dahin, als der Vorschlag auf den Tisch kam, gemeinsam zu Ben nach Hause zu gehen.

»Nina, Darling, du warst einfach großartig!«

Ben umarmte sie warmherzig, während Michael sie ein wenig steif und förmlich auf die Wange küsste. Anschließend schüttelte sie mir die Hand.

»Sie sind in Bens Chor, stimmt's?«, fragte sie. »Ich finde den *Traum des Gerontius* ganz wunderbar, aber ich habe im Moment so viel mit der Geige zu tun, dass ich einfach keine Zeit zum Singen finde.«

Sie hielt sich immer noch sehr aufrecht. Erst jetzt fiel mir auf, dass dies ihre natürliche Haltung war; mit ihrem langen, zierlichen Rücken und der schmalen Taille hätte sie perfekt eines dieser Etuikleider aus den Fünfzigerjahren tragen können. Diese Eleganz, ihr langes, glattes Haar und der blässliche Teint verliehen ihr einen sehr femininen Charme.

Gemeinsam liefen wir zurück in Richtung Greycoat Square. Der Regen hatte inzwischen nachgelassen, aber die Straßen glänzten noch nass. Wie so häufig in gemischter Gesellschaft schritten die Männer voran – Michael trug Ninas Geige –, und wir Frauen eilten hinterher.

»Habe ich sehr nervös gewirkt?«, fragte Nina, als ich ihr zu ihrem Auftritt gratulierte. Ich war überrascht, dass sie ihre Unsicherheit einer fremden Frau offenbarte.

»Kein bisschen«, antwortete ich. »Im Gegenteil.« Es stimmte; auf mich hatte sie den Eindruck gemacht, dass sie sich voll und ganz auf die Musik konzentrierte.

»Es war das erste Mal, dass ich die Erste Geige gespielt habe. Dass Michael und Ben im Publikum saßen, hat mich ganz schön unter Druck gesetzt. Die beiden kennen sich in der Musik so gut aus.«

»Gibt es denn keine Familie, die du hättest einladen können?« Ich wollte gern wissen, ob ihre familiäre Situation ähnlich war wie meine.

»Ich komme von Jersey«, antwortete sie. »Für meine Mutter ist das inzwischen eine weite Reise. Mein Dad ist vor einigen Jahren gestorben.« Sie klang ein bisschen traurig, und trotz aller Vorbehalte wurde sie mir langsam sympathisch. Sie schien ein sehr sensibler Mensch zu sein.

»Wann hast du Jersey verlassen?«, fragte ich sie, und sie erzählte mir von ihrem Studium in Paris und London.

»Ich fahre auf die Insel, sooft es geht«, sagte sie. »Außerdem versuche ich, jeden Abend mit meiner Mutter und meiner Schwester zu telefonieren. Lily hat gerade ihr zweites Kind geboren, einen kleinen Jungen. Ich habe ihn mir noch gar nicht richtig anschauen können.«

»Wie hast du Ben und Michael kennengelernt?«, fragte ich. Wir waren inzwischen in der Page Street angekommen. Die schwarz-weißen Fassaden der Wohnhäuser glänzten feucht in der Dunkelheit, wirkten ein bisschen wie gigantische Schachbretter aus einem Albtraum, eine bedrohliche Welt, die die Männer mit sicherem Schritt zu durchqueren schienen.

»Michael ist mit jemandem aus meinem Quartett befreundet«, erklärte sie, »und als ich mal erwähnt habe, dass ich eine Klavierbegleitung suche, schlug er Ben vor. So ist das alles gekommen.«

Offenbar schien Michael seinem Freund Ben häufiger zu helfen, denn schließlich hatte er ihn auch als Organisten und Chorleiter vorgeschlagen. Sie waren wohl enger befreundet, als es aussah. Ich fragte mich, was Nina mit »So ist das alles gekommen« gemeint hatte. Was war so gekommen? Irgendwie waren alle drei einfach nur verwirrend.

Vielleicht lag es an diesem Gefühl des Ausgeschlossenseins oder an den bedrohlich wirkenden Schachbrettern oder an der Tatsache, dass Ben und Michael sich immer mehr entfernten – jedenfalls fühlte ich mich plötzlich fürchterlich einsam. »Komm«, sagte ich entschlossen zu Nina. »Lass uns versuchen, die Männer einzuholen.«

Als wir endlich in Bens Wohnung ankamen, waren meine Schuhe und der Rocksaum völlig durchnässt. Ben führte uns ein paar Stufen hinauf zur Eingangstür des großen viktorianischen Hauses, in dem einst Laura Brownlow gelebt hatte. Wie Pfarrer Quentin gesagt hatte, war es inzwischen in zwei Hälften unterteilt, und es war schwer, sich vorzustellen, wie es im Originalzustand ausgesehen haben könnte. Von der Diele aus schaute man in einen Raum, in dem ein auf Hochglanz poliertes schwarzes Piano stand, aber Ben führte uns weiter in den Wohnraum dahinter. Zwei große gestreifte Sessel und ein passendes Sofa waren um einen kleinen Kamin gruppiert. An den Wänden standen Bücherregale, die hohen Stuckdecken schienen noch original erhalten zu sein. Inzwischen konnte ich nicht mehr leugnen, dass ich fror.

»Um Himmels willen, Fran, du zitterst ja«, meinte Ben. »Das Bad ist oben, und im Schrank liegen saubere Handtücher. Trockne dich ab, ich feuere inzwischen den Kamin an.«

Im Bad zog ich meine Schuhe aus, dann öffnete ich den Schrank, um mir ein Handtuch rauszusuchen, damit ich mir die Füße und den Rocksaum trockenrubbeln konnte. Ich räumte ein paar Badelaken zur Seite und zog ein kleineres pinkfarbenes Handtuch heraus. Als es zu Boden fiel, sah ich, dass es überhaupt kein Handtuch war, sondern ein Damenbademantel. Wem mochte er gehören? Nina? Oder besaß Ben ihn nur, falls er mal einen unerwarteten Übernachtungsgast hatte? Ich stopfte ihn wieder zurück in den Schrank und zog ein unverdächtig aussehendes braunes Handtuch hervor.

Barfuß tapste ich zurück ins Wohnzimmer. Ben stellte meine Schuhe ans Feuer und zeigte auf den Sessel, der Nina gegenüberstand. Er selbst setzte sich auf die Sofakante und entkorkte eine Flasche Rotwein, während Michael Gläser auf dem Beistelltisch verteilte. Er schien sich hier völlig zu Hause zu fühlen.

»Danke«, sagte ich, als Ben mir ein Glas reichte. »Das Haus ist wirklich sehr schön. Die Decke ist viktorianisch und noch original erhalten, oder?« Ob er die Geschichte des Hauses kannte?

»Ich glaube, ja. Das Haus gehört der Kirche. Ich wohne hier seit Juni, als ich Organist wurde. Bitte, Michael.«

»Danke. Ben fällt immer auf die Füße«, meinte Michael mit seinem verzerrten Lächeln. »Er darf kostenlos in diesem tollen alten Haus wohnen, während wir anderen atemberaubende Hypotheken abstottern müssen.«

»Oder Mieten zahlen«, seufzte Nina. Sie trank einen Schluck Wein und verzog das Gesicht – schwer zu sagen, ob es am Wein lag oder an ihrer Miete.

Ben runzelte die Stirn. »Das gleicht nur die schlechte Bezahlung und die unsozialen Arbeitszeiten aus«, brummte er.

»Wusstet ihr, dass dies Haus mal das Pfarrhaus war?«, fragte ich. »Reverend Quentin hat es mir erzählt.«

»Ja, das wusste ich. Das war in viktorianischer Zeit, richtig?« Ben sah mich an. »Nach dem letzten Krieg hat die Diözese dann ein kleineres edwardianisches Haus erworben, in dem die Quentins heute wohnen. Und das hier haben sie in zwei Hälften geteilt. Die andere Hälfte wurde verkauft, und diese hier ist eigentlich für den Hilfspfarrer gedacht. Aber im Moment kann sich die Kirche leider keinen Hilfspfarrer leisten. Ich hoffe, dass das noch lange so bleibt, sonst muss ich zu dir in deine winzige Absteige ziehen, Nina.« Seine Augen funkelten.

Nina schlug sich die Hand vor den Mund und kicherte. »Oh, es wäre dir verhasst«, antwortete sie.

Ich betrachtete den Stuck an der Decke und versuchte mir vorzustellen, wie es hier vor hundertzwanzig Jahren ausgesehen haben mochte. Es war schwierig. Da das Zimmer nach Osten ging, war es vielleicht das Morgenzimmer gewesen. In diesem Fall war es der Ort, an dem der arme Mr. Bond seinen ersten Heiratsantrag gemacht und sich eine Abfuhr geholt hatte. Oder war das im Salon gewesen? Das könnte der Raum gewesen sein, in dem ich das Piano gesehen hatte.

Ich beschloss, den anderen von Laura zu erzählen. »Bei meinen Recherchen zu dem Fenster …« Ich stockte und warf einen kurzen Blick in Bens Richtung, der sich auf dem Sofa lümmelte. »Hat er euch von dem Engelfenster erzählt?«, fragte ich.

»Das Fenster, das schuld ist, dass die Orgel nicht repariert wird? Klar«, antwortete Michael. »Er hat sich endlos darüber aufgeregt, stimmt's, Nina?« Michael hatte gerade im Bücherregal gestöbert, ab und zu ein Buch rausgenommen und darin geblättert. Jetzt stellte er sich hinter Ninas Sessel und schaute mit leicht besitzergreifendem Blick auf sie herab. Sie schien es nicht zu bemerken.

»Das klingt auf jeden Fall sehr aufregend«, sagte sie zu mir. »Ein altes, zerbrochenes Fenster zusammenzusetzen, das ist ja fast so, als würde man ein Stück Geschichte neu entdecken.«

»Es wird ein Stück Vergangenheit bleiben, wenn wir nicht herausfinden, wie es mal ausgesehen hat«, antwortete ich. »Immerhin, ich habe das Tagebuch der Frau gefunden, die hier gelebt haben muss. Ihre Familie hat das Fenster damals in Auftrag gegeben.«

»Ehrlich? Wer war sie denn?«, fragte Nina, und ich berichtete ihnen alles über Laura und die unglückselige tote Caroline.

»Ziemlich gespenstisch, wenn man so darüber nachdenkt.« Schaudernd ließ Nina den Blick durch das Zimmer schweifen, so als könne Laura plötzlich aus dem Nichts auftauchen.

Michael sah Ben grinsend an. »Hast du hier je Geister gesehen?«

Ben schüttelte den Kopf. Er war der Einzige, der sich nicht für Lauras Tagebuch zu interessieren schien. Nach einer Weile stand er auf und begann an der Stereoanlage herumzufummeln. Kurz darauf schwiegen wir zu den leidenschaftlichen Klängen von Gershwins *Rhapsody in Blue.*

»Das vertreibt den Spuk«, sagte er und drehte den Ton wieder leiser. »Michael, kannst du uns noch etwas Wein nachschenken? Ich besorge uns was zum Knabbern, sonst verhungere ich noch.«

Die Unterhaltung plätscherte munter weiter. Michael erzählte eine komplizierte Geschichte über einen gemeinsamen Schulfreund von ihm und Ben, der Boko hieß, bei irgendeinem finanziellen Täuschungsmanöver erwischt worden war und dem jetzt eine Gefängnisstrafe drohte. Nina riss Augen und Ohren auf, und es machte den Eindruck, als hörte sie zum ersten Mal eine solche Geschichte, die sich weit jenseits der Grenzen ihrer watteweichen Welt abzuspielen schien.

Ich war froh, in einem warmen Zimmer zu sitzen, Wein zu trinken, Käse und Brot zu essen und Ben zuzusehen, der Michaels jämmerlicher Erzählung mit ernster Miene lauschte und ab und zu einen Kommentar einwarf. Die beiden brauchten nicht viele Worte, um sich zu verständigen, weil ihr gemeinsamer Hintergrund sie verband. Ich war ein bisschen eifersüchtig. So ein Verhältnis hatte ich mit niemandem, außer vielleicht mit Jo.

Als die Geschichte zu Ende war, herrschte allgemeines Schweigen. Nina gähnte. »Und wie kommt ihr mit dem *Gerontius* voran?«, erkundigte sie sich schließlich.

»Ganz gut«, antwortete Ben und goss noch einmal Wein nach. »Ich bin nur überrascht, wie schlecht sich die meisten vorbereiten. Letzten Montag haben immer noch viele vom Blatt gesungen, und ich finde, das reicht einfach nicht.«

Michael stellte die Weinflasche zur Seite. »Das siehst du falsch, Ben. Die Leute kommen, weil sie Spaß am Singen haben, nicht weil sie eine glänzende Aufführung hinlegen wollen.«

»Aber wir brauchen ein größeres Publikum, um die Kosten zu decken, Michael. Und die Leute zahlen heutzutage nur für hervorragende Qualität. Es gibt in London einfach zu viele Alternativen. Außerdem macht es doch Spaß, richtig gut zu sein.«

»Da hast du natürlich recht«, gab Michael zu und biss in einen Käsecracker. »Trotzdem rate ich dir zu größerer Vorsicht. Sonst kommt irgendwann keiner mehr.« Die Uhr auf dem Kaminsims schlug leise, als die Zeiger auf elf vorrückten. »Mist!«, rief er mit einem Blick auf seine Armbanduhr. »Ich muss morgen den Frühzug nach Gloucestershire erwischen und habe noch nicht mal gepackt. Nina, sollen wir uns ein Taxi teilen?«

»Ja, gern.« Sie schaute von Ben zu Michael, dann wieder zu mir und wirkte ein bisschen hilflos. »Ich komme mit. Um diese Zeit fahren kaum noch Züge nach Wimbledon.«

»Und du solltest auf keinen Fall alleine fahren«, fügte Ben hinzu und stand gähnend auf. »Ich rufe uns ein Taxi.«

Endlich ging sie, und irgendwie fühlte ich mich innerlich entspannt. Das änderte sich schlagartig, als das Taxi kam, Ben Ninas Hände nahm, sie vorsichtig hochzog und auf beide Wangen küsste.

»Ciao, Darling«, sagte er.

»Ich gehe jetzt auch besser«, sagte ich, nachdem Michael mir kurz zugenickt hatte.

Nina umarmte mich kurz. Sie roch nach etwas Leichtem, Blumigen. »Es war schön, dich kennenzulernen«, murmelte sie zerstreut, »bist du wirklich sicher, dass ich nicht nervös gewirkt habe?«

»Du warst perfekt«, antwortete ich ernst, und sie lächelte erfreut.

Ben brachte die beiden noch zur Tür, dann kam er zurück. Ich begutachtete gerade meine Schuhe. Sie waren immer noch feucht, aber es blieb mir nichts anderes übrig, als sie wieder anzuziehen.

»Willst du etwa auch schon gehen?«, fragte er.

Wir standen uns gegenüber und schauten uns an. Er war unübersehbar müde, und das verlieh ihm etwas Weiches, Empfindsames. Irgendwann am Abend hatte er sich die Krawatte ausgezogen. Das Hemd war ihm aus der Hose gerutscht. Er sah leicht zerzaust aus, aber irgendwie anziehend. Ich zögerte, kam aber zu dem Schluss, dass er nur höflich sein wollte.

»Der Samstag ist für mich ein normaler Arbeitstag. Ich muss dringend ins Bett.«

Er setzte ein charmant enttäuschtes Gesicht auf, dann zuckte er mit den Schultern und öffnete die Tür.

»Vielen Dank, dass du mich mitgenommen hast«, sagte ich. »Das Konzert hat mir großen Spaß gemacht.«

»Dann sollten wir das unbedingt bald wiederholen. Bist du sicher, dass ich dich nicht nach Hause bringen soll?«

Ich lächelte. »Wenn du willst, kannst du ja einfach von hier aus zusehen, ob ich sicher ankomme.«

»Das mache ich.«

Vor dem Laden drehte ich mich noch einmal um. Er stand in der halbrunden Türöffnung auf der anderen Seite des Platzes, im Schein des Lichts aus der Diele, und sah aus wie eine zum Leben erwachte Engelsfigur in einer Wandnische. Ich winkte ihm zu, und der Engel hob lässig den Daumen.

17. Kapitel

Seht zu, dass ihr nicht einen von diesen Kleinen verachtet. Denn ich sage euch: Ihre Engel im Himmel sehen allezeit das Angesicht meines Vaters im Himmel.

Matthäus 18, 10

Am Samstagnachmittag beschäftigte Zac sich erneut mit unserem Engel. Selbst für seine Verhältnisse war er den ganzen Tag ungewöhnlich schweigsam gewesen, aber jetzt wirkte er völlig frustriert. Ich fragte mich, ob das nur an den immer noch fehlenden Augen lag.

»Keiner weiß genau, welche Teile in dem Karton waren«, versuchte ich ihn aufzumuntern. »Es wird sie also niemand vermissen.«

»Es reicht, dass wir es wissen, Fran«, antwortete er nur.

»Du hast sicher recht, Zac, aber es lässt sich nun mal nicht ändern. Ist sonst noch was?«

»Nein.« Er warf mir einen finsteren Blick zu und stapfte davon, um sich einer neuen Arbeit zu widmen. Um die schlechte Stimmung nicht noch weiter anzuheizen, zog ich mich in den Laden zurück.

Abgesehen von Zacs düsterer Laune verlief der Samstag ohne besondere Vorkommnisse. Gegen drei schlug ich vor: »Warum machen wir nicht einfach Feierabend? Wir könnten beide ein bisschen Ruhe vertragen.«

Zac schien den Engel einfach nicht vergessen zu können.

Ich hatte ihn noch einmal dabei erwischt, wie er den Karton durchsuchte, dabei hatten wir das in den letzten Tagen schon zweimal gemacht und ihn sogar ausgeschüttet, um ja nichts zu übersehen. Danach hatte er versucht, eine Zeichnung anzufertigen, wie der Engel seiner Meinung nach aussehen musste; irgendwann hatte er schließlich aufgegeben und angefangen, Kerzenhalter zu formen, die sich vor Weihnachten immer gut verkauften. Bis zum frühen Nachmittag hatte er ein Dutzend davon fertig, aber als ich ihn das nächste Mal sah, stand er schon wieder nachdenklich über den Engel gebeugt.

Auf meinen Vorschlag hin blickte er auf. »Ich würde gern deinen Vater besuchen«, sagte er. »Oder wolltest du das tun?«

»Wenn du möchtest, können wir gerne zusammen ins Krankenhaus gehen.«

Er schien sich zu freuen. »Einverstanden.«

Das Laub der Bäume am Platz begann sich rot und braun zu färben, und jedes Mal, wenn sich eine Wolke vor die Sonne schob, wurde es empfindlich kühl. Im Schaufenster des Blumengeschäfts in der Horseferry Road standen Büsche aus Dahlien und Chrysanthemen. Sie erinnerten an Herbst und Verfall, dabei waren Chrysanthemen in Wahrheit Symbole für Leben und Glück. Dad hatte sie immer gerngehabt, daher bat ich Zac, kurz zu warten, während ich einen Strauß kaufte.

Als wir im Krankenhaus ankamen, trug Dad immer noch eine Sauerstoffmaske. Zac setzte sich zu ihm ans Bett, während ich losging, um eine Vase zu holen. Als ich am Schwesternzimmer vorbeikam, erkundigte ich mich kurz nach Dads Zustand. Aber auch dieses Mal schüttelten sie bloß den Kopf und baten mich, am nächsten Tag anzurufen, weil im Moment kein Arzt erreichbar sei. Frustriert ging ich weiter. Wieso gab mir niemand eine ausführliche Auskunft?

Als ich mit der Vase ins Zimmer zurückkam, hatte Zac sich nach vorn gebeugt und redete mit leiser Stimme auf Dad ein. Offenbar erklärte er ihm etwas Kompliziertes. Dad, der nie ein besonders guter Zuhörer gewesen war, war anscheinend zum perfekten Geheimnisträger geworden. Wer konnte wissen, wie sehr es ihn in seinem Dämmerzustand quälte, dass man ihn jetzt ins Vertrauen zog? Rasch zog ich mich zurück, um die Blumen in die Vase zu stellen.

»Setz du dich doch mal ein bisschen zu ihm«, sagte Zac, als ich einige Minuten später zurückkam. »Ich warte unten im Café auf dich.«

Dad schlief die ganze Zeit, während ich an seinem Bett saß. Ich dachte an Gerontius, den alten Mann, der angesichts des Todes Gott ängstlich um Hilfe anflehte. Ob Dad mit dem, was ihm von seinem Verstand geblieben war, ahnte, in welchem Zustand er sich befand? Oder dämmerte er bloß vor sich hin? Ich fühlte mich schrecklich hilflos; dabei wirkte er eigentlich sehr friedlich.

Zwanzig Minuten vergingen, dann fiel mir wieder ein, dass der arme Zac unten wartete. »Auf Wiedersehen, Dad. Ich komme morgen wieder.« Ich küsste ihn auf die Stirn, sie fühlte sich kühl und trocken an.

Endlich entdeckte ich Zac in dem überfüllten Krankenhaus-Café. Er war in ein dickes Taschenbuch vertieft und schien die bewundernden Blicke von zwei jungen Krankenschwestern am Nebentisch gar nicht zu bemerken.

»Möchtest du noch einen Kaffee, Zac?«

Er stopfte das Buch in seine ausgebeulte Jackentasche. »Ich hole einen«, sagte er und stand auf.

Ich sah zu, wie er sich den Weg zwischen den Tischen hindurch zur Theke bahnte. Er müsste mal zum Friseur gehen, dachte ich mütterlich, und eine neue Jacke wäre auch nicht schlecht.

»Was liest du denn?«, fragte ich ihn, als er mit zwei Bechern Kaffee und ein paar Stücken Hefegebäck zurückkehrte.

»Trollope«, antwortete er.

»Anthony oder Joanna?«

Lächelnd zog er das Buch aus seiner Jackentasche und zeigte es mir. *Die Pallisers.* Ich schlug es auf, und ein Briefumschlag, den er als Lesezeichen benutzte, segelte heraus. Bei dem Versuch, ihn aufzufangen, berührten sich unsere Hände, und die Köpfe stießen zusammen.

»Entschuldige«, sagte er und hob den Umschlag auf. »Alles in Ordnung?« Dabei war er derjenige, der angeschlagen aussah.

»Alles okay. Was ist los mit dir?«, flüsterte ich. »Sag es mir.«

Seufzend gab er mir den Briefumschlag. Er war an eine Miss Olivia Donaldson in Melbourne, Australien, adressiert, aber die Adresse war durchgestrichen und darüber stand geschrieben: »Empfänger unbekannt. Zurück an Absender.«

»Olivia ist meine Tochter«, erklärte Zac niedergeschlagen. Er fing meinen Blick auf und versuchte zu lächeln, aber es gelang ihm nicht.

»Deine Tochter? Zac, ich hatte ja keine Ahnung ...«

»Warum hätte ich es erwähnen sollen ...«

»Hm.« Das bewies, wie wenig wir miteinander redeten. »Wie alt ist sie denn?«

»Sie wird demnächst zwölf. Das war eine Karte zu ihrem Geburtstag.«

Zac hatte also eine zwölfjährige Tochter namens Olivia. Ein hübscher Name, den ich mir für eine Tochter auch gut vorstellen konnte. Ich dachte daran, wie sanft er mit Amber umging. Sicher war er ein liebevoller, fürsorglicher Vater.

»Als ich sie zuletzt gesehen habe, war sie drei Monate alt.«

»Du meine Güte, Zac ...«

»Ich habe ihr jedes Jahr zum Geburtstag eine Karte geschickt, aber nie eine Antwort bekommen. Und jetzt das hier.«

Wir starrten beide auf den Umschlag.

»Ich weiß nicht mal, wann sie umgezogen sind«, sagte er resigniert.

Ich gab ihm den Umschlag zurück. »Wie erträgst du es nur, sie so lange nicht zu sehen?«

»Wenn ich ehrlich sein soll, ich versuche, nicht an sie zu denken. Trotzdem möchte ich ihr wenigstens zum Geburtstag gratulieren, aber ich weiß nicht, ob ihre Mutter ihr die Karten je gezeigt hat. Jedenfalls hat sie sich nie gemeldet. Das ist eigentlich das Schlimmste ... nicht zu wissen, ob Olivia von mir weiß.«

»Glaubst du denn, dass ihre Mutter ihr nichts von dir erzählt hat?« Es fiel mir schwer, die richtigen Worte zu finden. Schließlich waren wir daran gewöhnt, unser Privatleben respektvoll voneinander abzuschirmen.

Er zuckte mit den Schultern. »Keine Ahnung. Shona und ich sind uns früher sehr nahe gewesen, aber am Ende hat sie sich immer mehr zurückgezogen. Ich wusste nicht mehr, wie sie tickt, sie hatte sich völlig verändert.« Er saß da, vollkommen in seine Gedanken versunken, und schien ganz weit weg zu sein. Ich aß ein Stück von dem Hefegebäck, das Zac bisher nicht angerührt hatte. Schließlich sagte er: »Ich habe es deinem Dad vorhin erzählt. Das mit der Karte. Ich weiß, dass das blöd klingt.«

»Nein, nein, gar nicht.« Es rührte mich, dann dämmerte es mir. »Kannte Dad die Geschichte mit Olivia?«

»Ja. Er hat mir damals sehr geholfen. Nachdem Shona mit Olivia nach Australien verschwunden war, war ich völlig verzweifelt. Ich wusste nicht wohin, und ich hatte keinen Job. Dein Dad hat mich gerettet, Fran.«

Vor zwölf Jahren also. Damals war ich gerade aufs College gekommen. Ich erinnerte mich daran, wie ich Dad einmal besucht und erschrocken festgestellt hatte, dass er einen Zettel an die Ladentür gehängt hatte, weil er einen Mitarbeiter suchte. Als ich das nächste Mal zu Besuch kam, war nicht Dad, sondern nur dieser stille junge Mann im Geschäft gewesen.

»Ich erinnere mich noch gut, wie ich dich zum ersten Mal gesehen habe«, sagte ich. »Du hast damals kaum ein Wort mit mir gewechselt.«

»Hm.« Er lächelte. »Du wirktest ja selbst wie ein verängstigtes Kaninchen.«

»Stimmt gar nicht.«

»Stimmt doch.«

In Wahrheit war ich vermutlich nur nervös gewesen, weil ich Zac als unfreundlich, ja sogar als ruppig empfunden hatte. Und ich war sauer gewesen, als Dad mir erklärt hatte, er wohne im Gästezimmer.

»Das lag nur daran, dass ich so überrascht war. Dad hatte dich ja sogar bei uns wohnen lassen. Das war für mich einfach merkwürdig, schließlich waren wir so lange zu zweit gewesen. Ja, ich weiß, ich war ausgezogen, aber es hat eine Weile gebraucht, bis ich mich daran gewöhnt hatte.«

»Ich habe nicht lange bei ihm übernachtet. Komisch, ich

dachte schon, dass ich damals ein bisschen war wie Amber. Heimatlos. Als ich deinem Dad erzählt habe, was passiert war, sagte er, ich könne bei ihm wohnen, bis ich mich ein bisschen gefangen hätte. Das habe ich dann auch getan.«

»Wo hast du denn vorher gewohnt?«

»Das ist eine lange Geschichte. Und dafür ist das hier nicht der richtige Ort.«

Ich sah mich um. Es wurde immer voller im Café. Die jungen Schwestern waren fort, dafür saß nun ein mittelaltes Paar an ihrem Tisch. Leute mit Tabletts liefen umher und hielten Ausschau nach einem freien Tisch. Eine müde aussehende Frau mit einer Horde dunkeläugiger Kinder zeigte auf einen der freien Stühle bei uns und fragte: »Ist der noch frei?«

»Natürlich.« Wir stellten unser Geschirr zusammen, um ihr Platz zu machen. Dann nahm Zac sein Buch und sah mich an. »Gehen wir?«

Als wir draußen waren, fragte er: »Hast du was vor? Wir könnten ein bisschen an der Themse entlangspazieren und irgendwo was trinken gehen.«

»Gute Idee.« Ich hatte an diesem Abend nichts vor und wollte unbedingt mehr über Zacs Geschichte erfahren.

Es war noch früh und überraschend sonnig, auch wenn vom Fluss eine kühle Brise heraufwehte. An der Bar des National Film Theatre besorgten wir uns ein paar Dosen Bier, setzten uns ans Fenster und schauten den Seglern auf dem Fluss zu. Am Ufer stand ein junger Jongleur und machte ein paar müde Kunststücke.

»Das könnte ja sogar ich besser«, meinte Zac und trank einen Schluck. Ich lächelte. Er kramte seine Brieftasche hervor, zog etwas heraus und gab es mir. Es war das verblichene Farbfoto eines blonden Babys mit einem Sonnenhütchen.

»Olivia?«, fragte ich. Er nickte, und ich sah Stolz in seinem Gesicht aufblitzen. Es war ein hübsches Baby, das über das ganze Gesicht lächelte.

»Sie ist wirklich süß, Zac«, sagte ich und meinte es auch so.

»Es war ihr erster Geburtstag. Shona hat es mir aus Australien geschickt. Danach habe ich nie wieder von ihr gehört.«

Ich gab ihm das Foto zurück und sah zu, wie er es sorgsam in seine Brieftasche zurücksteckte.

»Du und Shona«, begann ich zögernd und hoffte, dass ich ihm nicht zu nahe trat, »wart ihr verheiratet?«

Er schüttelte den Kopf. »Nein. Obwohl ich sie mal gefragt habe.«

»Ist sie Australierin? Habt ihr euch dort kennengelernt?«

Er lachte. »Ich bin nie weiter als bis nach Frankreich gekommen. Ja, sie stammt aus Melbourne, aber wir haben uns in Glasgow kennengelernt, da waren wir beide zwanzig. Damals habe ich gerade eine Ausbildung in einer Werkstatt für Glasmalerei gemacht. Shona arbeitete in dem Pub, in den ich manchmal ging, um sich neben dem Studium etwas Geld zu verdienen. Sie war unheimlich hübsch und aufgeschlossen; ich bin sofort mit ihr ins Gespräch gekommen.« Ich stellte mir vor, wie sie Zac dazu gebracht hatte, aus sich herauszugehen. Bestimmt war er damals noch schüchterner gewesen als heute.

»Keine Ahnung, was sie in mir sah.« Sein Gesicht sprühte plötzlich vor Freude, als er sich an sie erinnerte. Ich dachte an die beiden Krankenschwestern im Café, die versucht hatten, ihn auf sich aufmerksam zu machen, und verstand den Grund. Mit seinen dunklen Augen, der hellen Haut, dem Bart und seiner nachdenklichen Art war er für viele Frauen attraktiv. Ich hatte das noch nie zuvor bemerkt, aber Zac hatte auch nie den Versuch unternommen, es mir zu zeigen. Er merkte plötzlich, dass ich ihn anstarrte, und ich sagte hastig: »Und dann seid ihr zusammengekommen?«

»Ja. Habe ich dir erzählt, wie meine Mutter gestorben ist? Sie war damals krank geworden und musste unendlich viele Untersuchungen über sich ergehen lassen. Dann stellte sich heraus, dass Shonas Dad auch krank war, und da haben wir uns irgendwie ein bisschen gegenseitig geholfen. Unsere Sorgen haben das Band zwischen uns geschmiedet. Wir wussten, was der andere durchmacht, verstehst du? Ich kam mit meinem Dad nicht allzu gut klar und hatte keine Geschwister. Da tat es gut, jemanden zu haben, mit dem ich reden konnte.«

Ich dachte an meinen eigenen Vater und daran, wie schwer es war, mit der Krankheit eines Elternteils zurechtzukommen. Zac trank einen großen Schluck Bier. Der Jongleur packte bereits seine Bälle zusammen, um nach Hause zu gehen.

»Wir waren fast das ganze letzte Jahr ihres Studiums zusammen«, fuhr er fort. »Sie war die erste richtige Freundin, die ich hatte, und ich war total verliebt. Als sie davon sprach, nach London zu ziehen, war ich völlig dagegen. Damals war Moms Lateralsklerose schon diagnostiziert, und ich brauchte Shona ganz dringend. Im Nachhinein hätte ich mehr auf sie achten und sie gehen lassen sollen. Sie war unruhig, brauchte eine Veränderung. Aber ich dachte, es gäbe eine Zukunft für uns.«

»Was war mit ihrem Vater?«

»Er hatte Herzprobleme, der Ärmste. Aber er hatte gerade eine Operation hinter sich, und es schien ihm besser zu gehen. Daher hatte sie nicht das Gefühl, dringend nach Hause zu müssen. Sie wollte unbedingt eine Zeit lang in London leben. Am Ende hing ich meinen Job an den Nagel und ging mit ihr. Ich hatte ein schlechtes Gewissen, Mom allein zu lassen, aber ich nahm mir vor, sie häufig zu besuchen. Ich dachte nicht darüber nach, was langfristig passieren würde, ob Shona nach Australien zurückkehren und was ich dann tun würde. Wenn man jung ist, lebt man einfach für den Augenblick, oder?«

Ich nickte. Genau das hatte ich auch getan, jahrelang. Für den Augenblick gelebt, ohne zu wissen, worauf ich sonst hoffen konnte. Und jetzt erschien mir die Zeit kostbar. Die Zeit mit Dad und die Zeit, um über meine Zukunft nachzudenken. Ich grübelte darüber nach, während Zac uns neue Getränke besorgte.

Als er zurückkam, fragte ich: »Du bist also auch nach London gezogen?«

»Ja. Wir fanden eine kleine Wohnung in Cricklewood. Shona bekam einen Job in einem Reisebüro in der Nähe der Oxford Street, aber ich hatte kein Glück. Ich hatte meine Ausbildung nicht beendet, und es war Anfang der Achtzigerjahre. Damals hatten wir eine Rezession, und es gab eher Entlassungen als Neueinstellungen. Es war alles schwierig, und Shona und ich begannen, uns auseinanderzuleben. Ich war immer noch verrückt nach ihr, aber ich spürte genau, dass sich ihre Gefühle für mich abgekühlt hatten. Sie fand es schrecklich, dass ich den ganzen Tag zu Hause rumhing, und war der Meinung, dass ich nicht genug im Haushalt half. Das stimmte vermutlich auch, aber ich war von früher gewöhnt, dass meine Mom sich um alles kümmerte. Ich sah nicht, wenn der Mülleimer voll war und sich der Abwasch türmte, und warf ihr vor, sich anzustellen.«

Ich lachte. »Erinnere mich daran, falls ich mal auf die Idee kommen sollte, mit dir zusammenzuziehen.«

»Keine Sorge, inzwischen bin ich der perfekte Hausmann. Wie auch immer, als Nächstes platzte Shona damit heraus, dass sie schwanger sei. Ich war entsetzt, denn das war nicht geplant gewesen. Aber als ich mich an den Gedanken gewöhnt hatte, freute ich mich. Ich dachte, es würde bedeuten, dass Shona und ich zusammenblieben. Aber es kam anders.«

»Wollte sie das Baby denn überhaupt haben?«

»Ja. Ihr Dad hatte einen zweiten Herzanfall gehabt, und sie überlegte, nach Australien zurückzugehen. Das Baby nahm ihr die Entscheidung ab. Am Ende kann man also sagen, dass Olivia uns nicht zusammengeschweißt, sondern auseinandergerissen hat. Shona verließ mich, als Olivia drei Monate alt war. Ich hatte einen Job in einem Supermarkt gefunden, und als ich eines Tages von der Arbeit nach Hause kam, war sie weg.«

Ich war entsetzt. »Ohne dir vorher etwas zu sagen?«

»Sie hat mir einen Brief mit ihrer Adresse in Melbourne hinterlassen, wollte aber nicht, dass ich ihr folgte. Sie habe nicht gewagt, mir das ins Gesicht zu sagen, schrieb sie, weil sie das zu sehr aufwühlen würde. *Sie* würde das zu sehr aufwühlen!« Er ballte die Hand zur Faust, und ich sah noch heute, zwölf Jahre später, dass der Schmerz dieses Tages ihn nie losgelassen hatte.

»Was um alles in der Welt hast du dann gemacht?«, flüsterte ich. »Ich glaube, ich wäre verrückt geworden.«

»Es hätte nicht viel gefehlt. An die nächsten Monate habe ich nur noch flüchtige Erinnerungen. Ich habe sie so unendlich vermisst, Fran. Beide, Shona und Olivia. Und dann verdiente ich nicht genug, um die Miete zu zahlen. Bekam Probleme mit meinem Vermieter.«

»Warum bist du nicht nach Glasgow zurückgegangen?«

»Das hätte ich fast getan, aber Mom war inzwischen tot. Sie starb ein paar Monate vor Olivias Geburt. Ich wusste, dass Dad mich nicht bei sich wohnen haben wollte, ich hatte ihn seit der Beerdigung auch nicht mehr gesehen. Meine alte Stelle in Glasgow war längst besetzt, und es wäre für mich ein Eingeständnis des Versagens gewesen, zurückzugehen.«

Er hielt kurz inne. »Wenn ich heute zurückblicke, ist mir klar, dass ich unendlich getrauert habe – um Mom und um Shona und Olivia. Daher konnte ich mich auf nichts anderes konzentrieren. Ich machte Fehler an der Kasse im Supermarkt, dann ging ich irgendwann gar nicht mehr hin. Schließlich hat mich mein Vermieter auf die Straße gesetzt. Ich hatte praktisch nichts mehr, und in der Nacht habe ich in einem Heim der Heilsarmee geschlafen. Am nächsten Morgen beschloss ich, London noch eine Woche zu geben, dann würde ich Dad anrufen und ihn bitten, mir Geld für die Heimfahrt zu schicken. Am Tag darauf sah ich die Anzeige an der Tür von *Minster Glass.* Dein Vater hat mir auf der Stelle den Job gegeben.«

»Das ist unglaublich«, sagte ich nachdenklich. Kein Wunder, dass er Dad gegenüber so loyal war.

»Er ließ mich eine Weile bei sich wohnen, aber ich merkte, dass er nicht gern einen Untermieter hatte. Eine Kundin bekam irgendwann mit, dass ich eine Bleibe suchte. Sie hatte eine Freundin in Lambeth, die eine Untermieterin suchte, weil sie für einige Zeit nach Spanien gehen wollte. Ich griff zu. Die Gegend ist ein bisschen heruntergekommen, aber die Wohnung passt großartig zu mir.«

»Hast du Shona und Olivia denn seither nie mehr gesehen?«

»Nein«, antwortete er leise. »Ich schrieb Shona, um ihr

meine neue Adresse mitzuteilen, und ein paar Wochen später bekam ich einen langen Brief, in dem all die Dinge standen, die sie mir eigentlich hätte persönlich sagen sollen. Dass es ihr leidtäte, aber dass sie wisse, dass es zwischen uns nicht mehr funktionieren würde und sie deshalb keinen Sinn sähe, wenn wir uns noch einmal träfen. Die letzte Operation ihres Dads sei erfolgreich gewesen, aber er sei immer noch sehr schwach. Sie würden in Melbourne bleiben, und sie betonte noch einmal, dass ich sie nicht besuchen solle. Und dann habe ich noch ein einziges Mal etwas von ihr gehört, als Olivia ein Jahr alt wurde. Damals hat Shona mir das Foto geschickt.«

Er zog es erneut aus seiner Brieftasche, und wir schauten es uns zusammen an. »Shona schrieb, Olivia sähe genauso aus wie sie in dem Alter. Von mir war keine Rede.« Er klang bitter.

Ich betrachtete den kleinen verlorenen Engel. Natürlich würde Olivia heute nicht mehr so aussehen – schließlich waren elf Jahre vergangen –, aber trotzdem war es, als würde das Foto dieses süßen kleinen Mädchens einen Hauch von Ewigkeit ausstrahlen. Einen Verlust. Die verblichene Farbe des Bildes rückte sie in noch weitere Ferne ... wie eines jener Kinder, die uns auf der Erde verloren gehen und niemals erwachsen werden dürfen, aber irgendwo in der Schwebe unserer Einbildung existieren, ohne für uns erreichbar zu sein.

Als ich das Bild an Zac zurückgab, war sein Gesicht völlig reglos.

»Hast du nie versucht, sie wiederzusehen?«

»Nein. Ich war ja völlig pleite. Andererseits hätte ich das Geld sicher irgendwo hergekriegt, wenn Shona mich nicht so entschlossen gebeten hätte, sie nicht zu besuchen. Lange Zeit plagte mich der Albtraum, ich würde plötzlich wie ein

Wahnsinniger vor ihrer Tür stehen und ihre Familie würde mich verjagen. Aber ich habe auch meinen Stolz.«

»Dein Stolz sollte dich nicht abhalten, deine Tochter zu sehen, Zac«, sagte ich ernst.

Er überlegte kurz. »Vielleicht hast du recht. Aber es fällt mir schwer, irgendwo aufzutauchen, wo ich nicht erwünscht bin. Shona könnte inzwischen wieder verheiratet sein, und dann würde es richtig unangenehm, wenn ich auch noch einem anderen Kerl in die Augen schauen müsste.«

»Zac, sag mal … liebst du sie eigentlich noch?«

Er schüttelte den Kopf. »Allerdings weiß ich nicht, wie es wäre, wenn ich sie noch einmal sähe. Aber diese Gefahr besteht ja nicht, da ich nicht mal weiß, wo sie sich aufhalten.«

»Es muss doch möglich sein, das herauszufinden.« Ich war wütend. Warum war es ihm denn nicht erlaubt, seine Tochter zu sehen? »Hast du denn nie an Shona geschrieben und verlangt, Olivia zu sehen? Du hast doch sicher ein Recht darauf.«

»Ich glaube nicht. Außerdem ist es so einfacher für alle.« Er klang resigniert, und das machte mich traurig. Als er sein Bier austrank, sah ich, dass seine starken Finger vernarbt und die Nägel ganz kurz geschnitten waren. Und dennoch hatte ich erlebt, wie er mit zerbrechlichen Scheiben funkelnden Glases umgegangen war und zarte Details von Lippen, Augen und Blütenblättern gezeichnet hatte, und konnte mir gut vorstellen, wie er die Hand eines kleinen Kindes hielt.

18. Kapitel

Da hatte er einen Traum. Er sah eine Treppe, die auf der Erde stand und bis zum Himmel reichte. Auf ihr stiegen Engel Gottes auf und nieder.

Genesis 28, 12

In dieser Nacht schlief ich unruhig, immer wieder verfolgten mich Träume von einem verloren gegangenen Kind. Ich kann mich zwar noch an die ersten trostlosen Streifen Helligkeit am Nachthimmel erinnern, dann als Nächstes aber erst wieder an das Telefonklingeln, das mich aus dem Tiefschlaf riss. Ich blinzelte in strahlendes Sonnenlicht und stellte entsetzt fest, dass es schon zehn Uhr war.

»Es tut mir unendlich leid, aber ich muss für Mittwoch absagen«, sagte Jo, als ich ranging. »Hast du vielleicht heute Zeit? Eigentlich war mein ganzes Wochenende verplant, aber meine Verabredung ist geplatzt. Ich habe schon bei Mom angerufen und gefragt, ob ich zum Essen kommen kann, aber sie sagte, es ginge nicht, weil sie unterwegs seien.«

Ich musste über Jos Empörung lachen. Ich hatte vage vorgehabt, den Sonntag damit zu verbringen, weiter in den Papieren zu suchen und dann später ins Krankenhaus zu gehen. Doch zu meiner eigenen Verwunderung hörte ich mich sagen: »Seit Jahren war ich nicht mehr in der Tate Gallery. Hättest du Lust hinzugehen?« Auf einmal sehnte ich mich danach, mein Lieblingsbild *König Kophetua* wiederzusehen.

»Großartige Idee!«, rief sie. »Wie war's eigentlich am Freitag mit Ben?«

»Interessant«, antwortete ich und erzählte ihr, dass wir anschließend noch bei ihm zu Hause gewesen waren. »Es waren noch zwei andere dabei, Michael aus dem Chor und eine Geigenspielerin namens Nina.«

»Und? Magst du Ben?«, forschte sie.

»Ja«, antwortete ich und fügte mit fester Stimme hinzu: »Aber er ist nur ein Freund.«

In der Tate-Gallery stellte ich erleichtert fest, dass *König Kophetua* noch an der ursprünglichen Stelle hing. Ich wäre empört gewesen, wenn das Bild ausgerechnet heute für eine Ausstellung verliehen gewesen wäre. Wir betrachteten Burne-Jones' hübsches stolzes Bettlermädchen und den König, der ihr bewundernd, aber unbeachtet zu Füßen lag, und ich fragte mich zum hundertsten Mal, wieso mein Vater damals nicht wollte, dass das Poster in meinem Zimmer hing.

Jo interessierte sich mehr für *The Golden Stairs*, ein rätselhaftes Gemälde mit achtzehn hübschen jungen Frauen, die eine goldene Treppe hinunterstiegen. »Sie sehen aus wie verzauberte Feen aus einem Traum«, sagte sie seufzend.

»Burne-Jones hat nur ein einziges Modell für sämtliche weiblichen Figuren benutzt«, erklärte ich ihr. »Interessant, nicht wahr? Es war eine Italienerin. Sie hieß Antonia Caiva.« Die Gesichter stammten jedoch von verschiedenen Frauen aus Burne-Jones' Bekanntenkreis. »Es ist ein bisschen so, als würde er sie in den Status von Engeln erheben, findest du nicht auch? Sieh mal, die da oben ist seine Tochter Margaret. Er hat sie vergöttert. Und das da ist Frances Graham, die er zu der Zeit angebetet hat, und das da May Morris, die Tochter von William Morris. In die waren alle verliebt: Ruskin, George Bernard Shaw und Stanley Baldwin.«

»Wie wunderbar es sein muss, so schön zu sein und Menschen zu einer solch tiefen Liebe inspirieren zu können.« Jo seufzte, als wir weitergingen. Ich wollte gerade eine lockere Antwort geben, als ich sah, dass sie es ernst meinte.

»Jo, das ist doch Unsinn. Du würdest Gefahr laufen, nichts anderes zu sein als ein Objekt der Begierde, eine Sache und keine Persönlichkeit. Ich glaube, May Morris fand diese Anhimmelei eher nervend. Sie soll eine sehr unzufriedene Person gewesen sein.«

»Trotzdem finde ich es toll, wenn man so begehrt wird.«

Jo klang plötzlich so frustriert, dass ich sie fragte: »Stimmt was nicht?«

»Oh nein, es ist alles in Ordnung«, antwortete sie hastig. »Am besten, du hörst mir gar nicht zu. Mir ist gerade nur eine Verabredung geplatzt. Heute geht irgendwie alles schief. Und meine Eltern wollen offensichtlich auch nichts mehr mit mir zu tun haben.«

Daraufhin lachten wir beide, und ich drückte ihr den Arm. »So wie du bist, bist du perfekt.«

»Danke«, sagte sie. »Ich ... ich bin bestimmt ein ganz nettes Mädchen. Aber ich wäre lieber ein bisschen hübscher. So wie du.« Sie lächelte traurig.

»Jetzt werde ich aber langsam böse«, schimpfte ich. »Du bist absolut süß. Und ich finde überhaupt nicht, dass ich hübsch bin.«

Sie lachte. »Hast du Lust, noch zum Mittagessen mitzukommen?«, fragte sie mich. »Meine Kollegin Effie hat angerufen, nachdem wir telefoniert hatten. Sie hat heute Nachmittag keine Hilfe, deshalb habe ich ihr versprochen, um drei zu ihr zu kommen, aber bis dahin ...«

»Ich wollte sowieso noch zu Dad«, sagte ich schnell. »Aber ein Mittagessen vorher wäre super.« Wir gingen unterwegs in einen kleinen Supermarkt, um ein paar Dinge einzukaufen.

Die Wohnung von Jos Eltern lag im ersten Stock eines edwardianischen Mietshauses mit einem riesigen, mit Teppichboden ausgelegten Treppenhaus. Die Wohnung war noch genau so, wie ich sie in Erinncrung hatte, opulent ausgestattet mit Mustertapeten und Brokatvorhängen, die zurückgebunden waren, um das bisschen Licht durchzulassen, das von der düsteren Straße hereinfiel.

Wir aßen in der Küche mit Blick über einen öffentlichen Park, in dem zwei verschleierte Frauen auf einer Bank saßen und schwatzten. Drei kleine dunkeläugige Mädchen in weißen Kleidern spielten auf der Wiese.

»Komisch«, meinte Jo und stellte mir eine Schale mit Salat hin, »aber ich hatte immer vor, spätestens dann Kinder zu haben, wenn ich dreißig bin. Im Moment ist das weit weg. Willst du mal Kinder haben, Fran?«

Ich verzog das Gesicht. »Ich finde die Vorstellung eher beängstigend. Denk doch nur an meine schwierige Kindheit. Was, wenn ich auch alles falsch mache?«

Jo legte die Gabel aus der Hand. »Aber dein Dad hat doch immer sein Bestes getan. Es ist nicht seine Schuld, dass deine Mom so früh gestorben ist.«

»Nein, sicher nicht. Aber es ist seine Schuld, dass er alle Erinnerungen an sie ausgelöscht hat und mir nichts als ... als eine Leere hinterlassen hat.« Ich dachte an mein gestriges Gespräch mit Zac. Seine Freundin Shona hatte mit ihrer Tochter genauso gehandelt. Sie hatte ihr den Vater vorenthalten.

»Haben deine Eltern dir eigentlich je etwas über meine Mutter erzählt?«, fragte ich plötzlich. »Dad muss doch mal mit anderen Erwachsenen über sie gesprochen haben. Einmal habe ich mitbekommen, wie eine Lehrerin sich nach ihr erkundigt hat.«

Jo, die gerade den Mund voll hatte, schüttelte langsam den Kopf. Als Kind hatte es mich immer erstaunt, wie viel Macht Erwachsene in Situationen hatten, in denen ich mich ziemlich hilflos gefühlt hatte. Ich erinnerte mich noch gut, wie schnell Dad meine erste Klavierlehrerin rausgeschmissen hatte, nachdem ich ihm erzählt hatte, dass die schreckliche Frau mir immer mit einem Lineal auf die Hand schlug, wenn ich eine falsche Note spielte. Ich hatte die Sache wochenlang mit mir herumgeschleppt, hatte Angst gehabt, er würde die Sache runterspielen, wenn ich es ihm sagte. Aber Eltern hatten auch Geheimnisse, wie ich nur allzu gut wusste; und Dinge, die sie für gering erachteten, konnten gigantische Ausmaße annehmen. Mrs. Pryde hatte uns anvertraut, sie wisse genau, warum ein ruhiges, fleißiges Mädchen namens Kathy nach den Sommerferien nicht mehr in die Schule gekommen war, aber »Es wäre nicht fair gegenüber ihrer Mutter, das herumzuerzählen« war alles, was sie preisgab, als Jo sie bat, uns Genaueres zu erklären.

»Wie war das damals noch mit dieser Kathy-Maybury-Geschichte?«, fragte ich Jo, die mich bei dem plötzlichen Themenwechsel verständlicherweise verwirrt anschaute. »Weißt du noch, wir waren damals sicher, dass sie schwanger sein müsste oder in irgendeine Drogengeschichte oder einen Mord verwickelt sein könnte.«

»Ja, Kathy. Es war albern, wie geheimnisvoll damals alle taten. Heute klingt das alles so normal. Das arme Mädchen hatte einfach nur zu viel gearbeitet und war davon krank geworden. Alle dachten, etwas Schreckliches wäre passiert, ein Nervenzusammenbruch oder so etwas. Aber das galt als

Versagen. Dabei hat sie nur nach den Sommerferien die Schule gewechselt, und Mom hat gehört, dass es ihr am Ende richtig gut gegangen ist.«

Der Ausdruck »krank vor Trauer« kam mir in den Sinn. Er stammte aus Laura Brownlows Tagebuch, Laura hatte ihn im Zusammenhang mit ihrer Mutter benutzt. »Hab ich dir eigentlich schon von dem Tagebuch erzählt, das ich gefunden habe?«, fragte ich Jo. Sie schüttelte den Kopf und schob ihren noch halb vollen Teller von sich. Ich erklärte es ihr. »Lauras Mutter, Theodora, hat zwei Kinder durch Krankheiten verloren. Dabei ist irgendwas in ihr zerbrochen, aber damals wusste niemand, wie man damit umgehen sollte.«

»Es muss schrecklich gewesen sein«, antwortete Jo, den Blick voller Mitgefühl. »Aber damals dachten die Leute, es sei Gottes Wille, wenn sie ein Kind verloren.«

»Das klingt heute unvorstellbar, oder? Aber wie hätten sie auch sonst damit fertigwerden sollen? Schließlich gab es damals für die meisten Kinderkrankheiten keine Heilung. Der Glaube hat auch Lauras Eltern am Leben gehalten. Denk nur an all die Grabsteine von Kindern mit den Worten ›friedlich eingeschlafen‹ oder von Statuen mit Kindern, die in den Armen von Engeln ruhen. Uns erscheint das heute sentimental, aber es hat den Eltern geholfen, ihrer Trauer Ausdruck zu verleihen.«

Plötzlich drang von der kleinen Gruppe in der Grünanlage ein Schrei herauf. Eins der kleinen Mädchen war gestürzt und lag weinend am Boden. Eine der Frauen hob sie auf und wiegte sie in den Armen, als sei sie das Kostbarste auf der Welt. Jo zog ein besorgtes Gesicht. Dann blickte sie auf ihre Armbanduhr. »Wir haben noch eine Stunde«, sagte sie, und dann begann sie mit völlig unnötiger Eile, die Teller abzuräumen.

Auf ihre Bitte machte ich uns eine Kanne Tee. »Hast du

schon für die Chorprobe morgen geübt?«, fragte ich sie. »Ben wird bestimmt schimpfen. Er hat sich beklagt, dass die Leute sich nicht genügend vorbereiten.«

»Ich hatte keine Zeit«, antwortete sie trotzig. »Außerdem haben wir kein Klavier, so wie du. Vielleicht hätte ich eins der Bänder bestellen sollen, die Val angeboten hat, aber mir war ehrlich gesagt nicht klar, dass das alles so ernst genommen wird.«

»War der letzte Chorleiter auch so?«, fragte ich.

»Nein, der war viel lockerer. Wir hatten gedacht, Ben wäre ihm ähnlich. Er hat im Juni eine Probestunde mit uns gemacht, damals wirkte er sehr entspannt.«

»Und jetzt nimmt er die Sache auf einmal viel ernster?«

»Ja, er ist definitiv ehrgeiziger, als wir geglaubt haben. Das Problem ist, dass eine Menge Leute nur aus Spaß am Singen kommen. Die meisten von uns sind keine Musiker, und wir haben keine Lust, unsere Freizeit mit Üben zu verbringen. Es käme bestimmt nicht gut an, wenn Ben zu streng würde. Wenn er so weitermacht, werde ich jedenfalls schnell die Lust verlieren.«

»Das wäre schade«, antwortete ich. »Dominic würde dich sicher vermissen.«

»Sei nicht albern.«

»Wieso? Er lässt dich doch keine Sekunde aus den Augen.«

»Unsinn, er ist nur nett. Er hat niemals die leiseste Andeutung gemacht, dass ...«

»Vertrau mir, ich merke so etwas. Nicht bei mir selbst, leider, aber bei anderen.«

Jo lächelte traurig und begann an ihrem Daumennagel zu fummeln. »Er ist wirklich ein sehr netter Mann. Aber ich glaube, du irrst dich. Außerdem bin ich nicht interessiert.«

Ich dachte an Dominic. Er war einer dieser auf Anhieb sympathischen Menschen, die vor Aufrichtigkeit und Gutherzigkeit nur so strotzten. Außerdem sah er noch gut aus. Nicht im klassischen Sinne schön oder, das fiel mir erst jetzt auf, sexy wie Ben. Vor allem war ihm, anders als Ben, nicht klar, wie attraktiv er war; er war einfach nur ein Mensch, den man auf Anhieb mochte, eine liebenswerte Person, die wunderbar zu Jo passen würde.

»Wieso bist du denn nicht interessiert?«, fragte ich Jo, merkte aber sofort, dass ich zu weit gegangen war.

Sie riss den losen Nagel ab. Blut sickerte heraus. »Na ja, wer weiß schon, warum man sich zu manchen Leuten hingezogen fühlt und zu anderen nicht. Ich kann das nicht erklären.«

»Verzeihung«, sagte ich, aber anstatt sich umständlich zu entschuldigen, wie sie es sonst tat, wenn sie das Gefühl hatte, jemanden irritiert zu haben, saugte sie nur an ihrem Daumen und goss mit abwesender Miene Tee ein.

Geräuschvoll stellte sie die Tasse vor mich hin. »Wie macht Amber sich?«, fragte sie und setzte sich.

»Super«, antwortete ich. »Sie hat Zac längst um den Finger gewickelt, er ist völlig begeistert von ihren Fortschritten. Sie hat zwei Entwürfe für Kinderzimmerfenster gemacht, die wunderschön geworden sind.«

»Das freut mich.« Jetzt war sie wieder die alte, unbeschwerte Jo mit den funkelnden Augen. »Ich merke, dass sie sich verändert. Ich glaube zwar nicht, dass die Arbeit ihr das Leben im Heim unbedingt erleichtert, aber sie kommt besser damit klar. Gestern ist sie losgezogen, um sich neue Klamotten zu kaufen. Ich bin gespannt, was sie mitgebracht hat.«

»Bei dem Gehalt, das ich ihr zahlen kann, kann es nicht

viel sein«, antwortete ich. »Muss sie von ihrem Geld im Heim etwas abgeben?«

»Nur ganz wenig«, antwortete Jo. »Sag mal, hast du das Heim eigentlich schon gesehen? Wenn du Zeit hast, kannst du ja noch kurz mitkommen, ehe du deinen Vater besuchst.«

»Gern.«

In dem Moment, als wir die Wohnung verlassen wollten, klingelte das Telefon. Jo ging ran. »Mom«, sagte sie, und ein genervter Ausdruck huschte über ihr Gesicht, »alles ist bestens, wirklich. Fran ist hier, aber wir wollen gerade gehen. Ich muss noch arbeiten.«

Sie legte den Hörer auf. »Sie hat von der Party aus angerufen, auf der sie sind, weil sie Angst hatte, ich würde allein hier rumsitzen. Ehrlich!«

Ich dachte daran, wie sehr es Jo vorhin empört hatte, dass ihre Eltern ein eigenes Leben führten, und verkniff mir jeden Kommentar.

An die Stelle des düsteren Gebäudes aus den 1930er-Jahren, das ich aus meiner Kindheit kannte, war ein helles, freundliches Haus getreten. Das St. Martin's Heim für Frauen war heute eine zeitgemäße, moderne Einrichtung. Aus irgendeinem Grund hatte ich mir kahle, eintönige Schlafsäle vorgestellt; umso überraschter war ich, als ich in farbenfroh eingerichtete Einzelzimmer schaute, zu denen oft ein eigenes Bad gehörte. Im Erdgeschoss gab es eine Küche und eine Cafeteria, die zu bestimmten Stunden geöffnet war, und in einem großen Wohnraum plärrte in der Ecke der unvermeidliche Fernseher.

»Das ist ja richtig schön!«, sagte ich zu Jo.

»Es ist nur ein zeitweiliges Zuhause«, nickte sie, »hier wohnen die jungen Frauen, bis sie eine Ausbildung absolviert haben und ihren Weg allein weitergehen können. Wir können ungefähr dreißig aufnehmen; wie du dir vorstellen kannst, gibt es eine Warteliste. Aber wer gegen die Regeln verstößt, ist sofort draußen. Wie akzeptieren weder Trunkenheit noch Drogen oder Gewalt. Nichts dergleichen.«

Da Sonntagnachmittag war, waren nicht viele Leute zu sehen. Nur eine kleine Gruppe Mädchen hockte in einer Ecke der Cafeteria und trank irgendwelche sprudelnden Getränke aus dem Automaten. Eine von ihnen, bekleidet mit einem T-Shirt und einer Hose, die aussah wie eine Schlafanzughose, lehnte an der weißen Wand und rauchte eine Zigarette. Sie hatte ein hübsches, blasses Gesicht, aber harte Züge um den Mund und dunkle Schatten unter den Augen. Ihre Lippen waren grell geschminkt. Der Blick, mit dem sie mich und Jo bedachte, war so verächtlich, dass es schmerzte.

Die anderen Mädchen hingen herum und schauten nur kurz auf, als Jo Hallo sagte.

»Das ist meine Freundin Fran. Ich führe sie ein bisschen rum. Lisa, du weißt, dass du hier drinnen nicht rauchen darfst. Geh bitte raus.«

Eine unangenehme Stille entstand, die endlos zu dauern schien. Dann machte Lisa langsam einen letzten Zug und warf die Kippe in eine Coladose. Anschließend ging sie in Richtung Treppe, alle Blicke folgten ihr. Keiner sagte ein Wort.

»Tja«, sagte Jo allgemein in die Runde, und die Spannung legte sich etwas.

»Hast du heute Abend Dienst?«, fragte eins der anderen Mädchen, eine dicke, unglücklich aussehende Blondine, die stark geschminkt war, um ihre schlimme Akne zu überdecken, was ihr jedoch nicht gelang.

»Stimmt genau, Cassie.« Jo blickte sich um. »Weiß jemand, wo Amber steckt? Fran … besser gesagt, ihrem Dad, gehört der Laden, in dem Amber arbeitet.«

Die Mädchen schauten mich mit größerem Interesse an. Nach einer Weile sagte Cassie: »Sie hat sich mit Lisa gestritten. Danach ist Amber wütend weggerannt, keine Ahnung, wohin.«

»Ah ja?« Jo sah sie an. »Worüber haben sie sich denn diesmal gestritten?«

»Ach, das Übliche. Lisa hat Amber beschimpft, und Amber hat angefangen zu heulen. Sie ist ein echtes Baby.«

»Oh Cassie …«, begann Jo.

»Sie müsste endlich lernen, sich zu wehren«, meinte ein dünnes Mädchen, das seine Haarspitzen auf Spliss untersuchte. »Lisa ist einfach nur genervt, dass Amber sich alles gefallen lässt.«

Jo und ich gingen weiter durch die Eingangshalle. »Leider beschränkt sich das nicht auf böse Worte«, flüsterte Jo mir zu. »Lisa kann ziemlich gemein sein, und viele hier haben Angst vor ihr und kuschen, wenn sie etwas befiehlt. Aber es sind keine schlechten Mädchen, und im Großen und Ganzen kommen wir zurecht.«

Ich umarmte Jo zum Abschied und machte mich auf den Weg zu meinem Vater.

Heute trug Dad keine Sauerstoffmaske, und eine Krankenschwester sagte mir, dass seine Atmung viel stabiler geworden sei. Er lag gegen einen Stapel Kissen gelehnt und sah mich mit ängstlichem Blick an. Dann öffnete er den Mund. Ich dachte, er würde versuchen zu sprechen, aber es wurde nur ein Gähnen daraus.

»Ich habe dir doch von Amber erzählt, oder?«, fragte ich ihn. »Das ist das Mädchen, das uns seit einiger Zeit im Laden hilft. Sie lebt im Heim. Heute Nachmittag habe ich es mir mal angesehen, es ist ganz anders, als man es erwartet.« Ich setzte mich. »Es war eine gute Idee von Jo, Amber einzustellen. Sie hat ein gutes Gespür für die Arbeit mit Glas. Sie hilft Zac sogar bei den Entwürfen. Er erledigt alle schwierigen Arbeiten, aber sie hilft ihm schon, das passende Glas auszusuchen.«

Konnte es tatsächlich sein, dass Dads Augen interessiert aufgeblitzt hatten? Oder bildete ich es mir nur ein? Was immer es war, es motivierte mich, weiterzureden. »Amber ist eine echte Erleichterung für unseren Alltag. Wir sind viel flexibler geworden. Und die Kunden mögen sie auch.«

Dann fiel mir ein, was Zac mir über Olivia anvertraut hatte. »Ich habe von Zac erfahren, warum du ihn damals eingestellt hast«, sagte ich zu Dad. »Davon hast du mir nie etwas gesagt. Ich finde es toll, wie du ihm geholfen hast.«

Ich wartete, als ob ich mit einer Antwort rechnete. Was hätte er denn gesagt? »Er war genau der Richtige für den Job.« Oder: »Na ja, das war ja auch vernünftig.« Irgendeinen knappen Satz, eine Behauptung, die für große Gefühle keinen Raum ließ.

Am frühen Abend rief Ben an.

Mit dem Telefon am Ohr ging ich zum Wohnzimmerfenster und schaute über den Platz, ob ich ihn sehen konnte. Aber das Abendlicht spiegelte sich in den Scheiben seiner Wohnung.

»Kommst du morgen zum Chor?«, fragte er.

»Keine zehn Pferde könnten mich davon abhalten«, witzelte ich.

»Prima. Ich wollte dich um deinen Rat als Musikerin bitten. Was hältst du von Stimmübungen?«

»Stimmübungen?«

»Ja, für den Chor. Atemübungen, Entspannungsübungen, Tonleitern, all so was. Ich dachte, wir könnten die erste halbe Stunde der Chorprobe damit verbringen.«

»Hm.« Ich überlegte, ob Jo sich darüber freuen würde.

»Es würde den Chor sehr weiterbringen.«

»Wieso fragst du mich? Ich bin neu. Ich kenne doch kaum jemanden.«

»Genau deshalb frage ich dich ja. Du bist objektiv. Und wie gesagt, du bist auch Musikerin.«

»Okay. Also, ehrlich gesagt, ich würde es nicht übertreiben. Ein paar Minuten gehen bestimmt in Ordnung, aber alles, was darüber hinausgeht, würden viele als harte Arbeit empfinden. Und auch als ein bisschen langweilig. Eine halbe Stunde wäre viel zu lang.«

Ben atmete hörbar ein: »Das denkt Michael auch. Wahrscheinlich habt ihr beide recht. Okay, dann versuchen wir es mit zehn Minuten.« Mit sanfter Stimme fügte er hinzu: »Das mit Freitagabend tut mir übrigens leid.«

»Was meinst du damit?«

»Es muss sehr ermüdend für dich gewesen sein, dir Geschichten über Leute anzuhören, die du gar nicht kennst. Nina hat sich inzwischen an uns gewöhnt, aber ...«

»Nein, das war gar kein Problem, wirklich nicht. Aber es ist nett, dass du das sagst.« Ich war echt gerührt.

»Gut.« Er schwieg einen Moment, und ich überlegte, ob es noch einen anderen Grund für seinen Anruf geben könnte, doch dann fuhr er fort: »Ich muss jetzt los. In zwanzig Minuten fängt die Pfarrgemeinderatssitzung an. Bis morgen also. Vielleicht können wir dann noch mal was ausmachen.«

»Ja, das ist eine gute Idee.« Ich legte auf und wusste nicht, ob ich glücklich oder genervt sein sollte; ob ich mich über seinen Anruf freute oder nicht. Er war attraktiv, keine Frage. Wir teilten das Interesse an Musik, und ich hatte das Gefühl, dass es zwischen uns knisterte.

Wenn ich heute zurückblicke, wird mir klar, dass ich sehr schnell über Nick hinweggekommen war. Unsere Beziehung war nicht besonders innig gewesen. Aber unsere Trennung und meine Angst um Dad hatten mich unvorsichtig gemacht.

An diesem Abend konnte ich mich auf nichts mehr konzentrieren. Ich versuchte, ein paar Passagen aus *Gerontius* auf dem alten Klavier zu spielen, aber es war völlig verstimmt. Dann betrachtete ich meine Tuba, die in der Ecke stand, aber irgendwie hatte ich keine Lust, sie herauszunehmen. In der Wohnung sah es trist und einsam aus, mit den verschlissenen Möbeln und der Leere, die überall herrschte. Es war, als würden sich Erinnerungsfetzen aus meiner Kindheit ausbreiten. Am Ende trottete ich frustriert auf den Dachboden. Schon bald stellte sich heraus, dass ich keine bessere Entscheidung hätte treffen können; denn ich war rasch in die restlichen Aktenordner vertieft, die in dem Schrank standen, in dem ich Lauras Tagebuch gefunden hatte.

Als ich irgendwann auf die Uhr schaute, war es bereits elf. Wieder hatte ich nichts Brauchbares gefunden, obwohl ich sämtliche Dokumente von 1880, 1881 und sogar 1882 durchwühlt hatte, mehrfach sogar, und auf der Suche nach einer Zeichnung des Engelfensters jeden einzelnen Brief rumgedreht und unzählige Entwürfe und Skizzenblätter aufgerollt hatte.

Ich hatte Zeichnungen von Heiligen und Jüngern entdeckt, von Kreuzigungsszenen und Heiligen Familien, Darstellungen der Auferstehung und der Apokalypse und auch

Engel. Ja, ich sah Dutzende von Engeln, in allen Variationen – den Engel des Herrn, der als Personifikation des Herrn selbst galt und Shadrach, Meshach und Abednego aus der babylonischen Gefangenschaft rettete; Botenengel, die Jungfrauen und Schäfer aufsuchten; ganze Chöre von Engeln, die Gott im Himmel lobpreisten – aber meinen Engel fand ich nicht.

Vorsichtig faltete ich eine zerrissene Skizze für einen Putten-Reigen zusammen und steckte sie wieder an ihren Platz in dem Ordner »Juni 1882«. Bis auf den Brief von Reverend Brownlow schien Lauras Engel aus allen offiziellen Archiven verschwunden zu sein. Jeder Hinweis auf seine Entstehung und Ausführung war verschwunden. Warum?

Wo konnte ich sonst noch nachschauen? Irgendwo musste es doch eine Abbildung geben. Oder vielleicht ... Plötzlich fiel mir das Museum of Stained Glass in Ely ein. Vielleicht konnte mir dort jemand weiterhelfen.

Ich nahm mir vor, gleich am nächsten Tag im Museum anzurufen, und ging nach unten, um noch ein paar Seiten in Lauras Tagebuch zu lesen.

19. Kapitel

Vier Engel an meinem Bett,
Vier Engel an meinem Kopf,
Einer zum Wachen und einer zum Beten,
Und zwei, um meine Seele fortzutragen.

Thomas Ady, *Candle in the Dark*

LAURAS GESCHICHTE

Der erste Brief von Mr. Russell traf Ende April ein. Polly brachte ihn an den Frühstückstisch. Laura erkannte die seltsam staksige Handschrift auf dem Umschlag sofort, und ihr Herz begann schneller zu schlagen. Hastig murmelte sie eine Entschuldigung und nahm den Brief mit in ihr Zimmer, wo sie ihn vorsichtig öffnete. Ein unterdrückter Freudenschrei entfuhr ihr. Der Rand des dicken cremefarbenen Papiers war mit lustigen kleinen Engel- und Tierzeichnungen verziert.

Ich hoffe, Sie verzeihen mir, dass ich mit Ihnen korrespondiere, Miss Brownlow, hatte Mr. Russell geschrieben, *aber ich brauche dringend Ihren Rat. Es geht um das alte Problem, zwei Herren gleichzeitig zu dienen, und da Sie im vorliegenden Fall beide Parteien kennen, können Sie sich vielleicht freundlicherweise bereit erklären, Salomon zu spielen.*

Es geht um meinen Entwurf für das Fenster Maria mit dem Kind. *Ich habe ihn an Mr. Jefferies, den Neffen der Stifterin, ge-*

schickt, und zu meinem Verdruss habe ich heute erfahren, dass er keinen Gefallen daran findet. Wenn es sich um eine Maria mit Kind in der Glorie handelt, schreibt er mir in seinem Brief, möchte er auch mehr Glorie sehen. Harfen, Putten, rosafarbene Wolken und all dieser sentimentale Tand waren offenbar nach dem Geschmack seiner verstorbenen Tante, aber so etwas kann ich nicht machen. Ihr Vater hat meinen Entwurf letzte Woche gesehen und für gut befunden, daher stecke ich jetzt in einem ziemlichen Dilemma. Wie soll ich fortfahren?

Überrascht las Laura den Brief ein zweites Mal. Mr. Russell bat sie um ihren Rat! Sie hatte den fraglichen Entwurf gesehen, eine Farbskizze, die der Pfarrer Laura und ihrer Mutter gezeigt hatte. Sie hatten seine Schlichtheit und seine Natürlichkeit bewundert. Laura war sich ihres Urteils sicher. Also setzte sie sich an ihren Sekretär und nahm den Füllhalter zur Hand.

Sir, schrieb sie, *Ihre Maria ist bereits in tiefen Blau- und Goldtönen dargestellt, wie es ihr königlicher Status verlangt. Vielleicht genügt Mr. Jefferies eine schlichte Krone, um ihre Stellung als Himmelskönigin noch zusätzlich zu verdeutlichen. Das würde Ihr künstlerisches Selbstverständnis doch nicht berühren? Zwei Putten, wie Sie sie unten auf diesen Brief gezeichnet haben, könnten die Krone über ihrem Kopf halten.*

Aber so leicht ließ Russell sich nicht beruhigen. *Bei meinem Leben, Putten und Kronen zeugen von den schlimmsten Exzessen des Barocks*, lautete seine prompte Antwort noch am selben Nachmittag. *Vielleicht sollten wir uns treffen, um zu überlegen, wie wir das Problem beheben können. Wenn das Wetter es zulässt, könnten wir einen Spaziergang durch den Park machen. Würde Ihnen morgen um zwei Uhr passen?*

Etwas beklommen schrieb Laura zurück und schlug einen Zeitpunkt am nächsten Tag vor, von dem sie wusste, dass weder ihr Vater noch ihre Mutter zu Hause sein würden. Den Grund konnte Laura sich selbst nicht erklären, aber sie wollte Philip Russell unbedingt alleine sehen.

Am nächsten Tag erschien er pünktlich, und sie führte ihn ins Arbeitszimmer ihres Vaters. Überraschenderweise hatte sich seine Irritation über das Fenster aufgelöst wie die letzten Morgennebel. Er hatte sogar eine Zeichnung dabei, in die er Lauras Vorschläge eingearbeitet hatte, wenn auch etwas anders, als sie es sich vorgestellt hatte. Die Engel erinnerten eher an androgyne Halbwüchsige als an kleine Kinder. »Lassen Sie es hier, damit mein Vater es sich ansehen kann«, schlug sie vor, und Russell willigte sofort ein.

»Was halten Sie davon, wenn wir jetzt einen kleinen Spaziergang machen?«, fragte er. »Es ist etwas windig, aber ansonsten ganz angenehm.« Sie holte ihre Haube und einen Paisleyschal, dann gingen sie los.

Während sie durch den St. James's Park schlenderten, den Kindern beim Fangenspielen und einer kichernden Gruppe junger Frauen beim Ballwerfen zusahen, dachte Laura, dass sie noch nie in ihrem Leben so glücklich gewesen war.

Sie und Russell unterhielten sich angeregt, sprachen über Bilder und Bücher, die ihnen gefielen. Zögernd berichtete sie ihm von ihren eigenen Schreibversuchen. »Ich weiß nicht, ob das, was ich schreibe, einen Wert hat«, gestand sie. »Einmal habe ich eine meiner Geschichten an ein Journal geschickt, aber sie wurde mir mit dem Vermerk, sie hätten in den nächsten Ausgaben keinen Platz dafür, wieder zurückgesandt.«

»Ich würde Ihre Geschichten gern lesen, wenn Sie gestatten«, antwortete er. »Gelegentlich lese ich etwas für einen befreundeten Verleger; ich weiß also, worauf man achten muss.«

»Das ist sehr freundlich von Ihnen.« Sie lächelte dankbar. »Aber nur, wenn es Ihnen auch wirklich keine Umstände bereitet.« Er war ihr so sympathisch, dass sie ganz sicher war, er würde ihre Werke mit dem nötigen Respekt behandeln. Ihre Lebensweisen waren zwar völlig unterschiedlich – er bewegte sich unter Künstlern und Schriftstellern, traf wohlhabende Mäzene wie die Familie seiner Frau Marie –, aber dennoch hatten sie so viel gemeinsam. Zum Beispiel die Erfahrung, Pfarrerskinder zu sein.

»Wir sind viel mehr herumgezogen als Sie«, sagte er. »Mein Vater war ein reisender Pfarrer und nur selten zu Hause. Alle zwei oder drei Jahre wurde er in eine andere Gegend versetzt, und dann war meine Mutter außer sich, änderte die Vorhänge und ließ die Möbel für das nächste Haus ausmessen, beklagte sich über den Zustand der Räume, das Niveau der Nachbarschaft und die Schwierigkeiten, eine neue Köchin zu finden. Als ich acht wurde, kam ich in ein Internat und entging so den Turbulenzen der vielen Umzüge. Aber es blieb die Erfahrung, nirgends ein Zuhause zu haben.« Auch er entstammte einer Familie mit fünf Kindern, war jedoch der einzige Sohn. »Meine Eltern sind äußerst bestürzt über meine Berufswahl, und erst recht über die Wahl meiner Ehefrau.«

»Was ist denn der Grund ihrer Einwände?«

»Sie ist ihnen zu exotisch, zu fremd. Ihre Mutter ist Italienerin, und obwohl Marie in der Kirche von England erzogen wurde, hätte man glauben können, sie wäre der Papst höchstpersönlich, so sprach mein Vater über sie.«

Laura spürte seinen Ärger und seine Verbitterung. Trotz des Schmerzes, den sie ihm bereitet hatte, sprach er noch immer voller Respekt über seine Frau. Maries Vater sei ein wohlhabender Schiffsmagnat gewesen, erzählte er, und sie habe die leidenschaftliche, wankelmütige Art ihrer Mutter geerbt.

»Manchmal denke ich, sie kann nicht anders«, sagte er traurig. »Sie hat etwas, das auf Männer anziehend wirkt.«

Nach dieser Verabredung wartete Laura auf einen weiteren Brief von Mr. Russell. Er kam bereits am nächsten Tag; darin bot er ihr noch einmal an, ihre Geschichten zu lesen. Sie packte die Papiere zusammen und schickte sie ihm, mit einem stummen Gebet, dass sie ihm gefallen mögen. Das taten sie. Einige Tage später schrieb er ihr erneut und fragte, ob er sie seinem Freund, dem Verleger, zeigen dürfe. »Es könnte allerdings etwas dauern«, warnte er sie. »Mein Freund ist immer sehr beschäftigt.« Laura freute sich, aber noch mehr freute sie sich über seinen Vorschlag, sich in zwei Tagen noch einmal zu einem Spaziergang zu verabreden.

Bei dieser Gelegenheit trafen sie auf der Straße zwei Frauen aus der Kirche, die Laura grüßten und Mr. Russell höchst neugierige Blicke zuwarfen. Während des gesamten Spaziergangs befürchtete Laura, dass sie unter strenger Beobachtung standen. Als sie sich am Greycoat Square verabschiedeten, war Laura sicher, Mr. Bond hinter sich die Straße überqueren zu sehen. Sie eilte rasch ins Haus, um eine Begegnung mit ihm zu vermeiden.

Nicht dass es ein Vergehen wäre, mit Mr. Russell spazieren zu gehen, redete sie sich selbst zu, während sie rasch nach oben lief, um sich ihr lehmbeschmutztes Kleid auszuziehen. Es war schließlich kein Skandal, sich in der Öffentlichkeit mit einem verheirateten vierzigjährigen Mann zu unterhalten, der der Familie bekannt war. Trotzdem zweifelte sie daran, dass ihre Eltern die Angelegenheit ebenso beurteilen würden. Aber er war ein Freund, und nur ein Freund, auch wenn sie eine Wärme zwischen sich und ihm verspürte, eine wachsende Nähe, die sie gleichermaßen erfreute und verwirrte.

Während sie sich die Haare kämmte, überlegte sie, dass sie ihm half, indem sie ihm zuhörte, wenn er von Marie sprach, und ihm Trost spendete. Im Gegenzug öffnete sie sich ihm zunehmend, vertraute ihm ihre Trauer um Caroline an, etwas, worüber ihre Eltern nur selten sprachen. Mr. Russell hörte stets aufmerksam zu, und dabei wurde ihr bewusst, wie sehr ihr gute Freundinnen fehlten, vor allem seit Harriet ganz mit ihrer Mutterrolle beschäftigt war. Sie betrachtete ihr erhitztes Gesicht im Spiegel und musste sich eingestehen, dass sie sich schon jetzt danach sehnte, ihn bald wiederzusehen.

Nachdem Mr. Russell einen neuen Entwurf für eine *Jungfrau mit dem Kind* gezeichnet hatte, kam die Arbeit an den Fenstern vorübergehend zum Stillstand. Mr. Brownlow gefielen die Änderungen, aber Mr. Jefferies begab sich wegen einer Geschäftsreise ins Ausland, ehe er sie ansehen konnte. Als er zurückkehrte, war Mr. Russell unterwegs. Er und Laura hatten vereinbart, sich eines Nachmittags wiederzusehen, doch am Morgen erreichte sie eine hastig geschriebene Nachricht von ihm.

Ich habe schlechte Nachrichten von Zuhause, lautete sie, *und ich fürchte, ich muss unsere Verabredung absagen. Mein Vater ist ernstlich erkrankt, und ich werde sofort nach Manchester aufbrechen.*

Laura war enttäuscht und musste sich zwingen, für Mr. Russell senior zu beten.

Der Ton seiner nächsten Botschaft fünf Tage später war zornig.

Meine Reise war nicht erfreulich. Mein Vater hat sich glücklicherweise von seinem Anfall erholt. Dass seine Stärke zurück ist, merke ich an seinen ständigen Ausfällen mir gegenüber. Er gibt mir die Schuld daran, dass Marie mich verlassen hat, ja, mir, und er sagt, ich hätte sie niemals heiraten sollen. Ich kann das nicht länger ertragen und werde nach London zurückkehren, sobald es mir meine Pflichten als Sohn erlauben.

Bitte sagen Sie Ihrem Vater, dass ich fest entschlossen bin, die Arbeit an den Fenstern unverzüglich wieder aufzunehmen.

20. Kapitel

Heilig, heilig, heilig
Herrgott Sabaoth
Himmel und Erde sind Deiner Ehre voll.

Engelsgebet aus der Abendmahlfeier

»Sind Engel männlich oder weiblich?«, fragte ich Reverend Quentin, als er am frühen Montagmorgen den Laden betrat. »Diese Frage beschäftigt mich schon die ganze Zeit.«

»Tja«, antwortete er stirnrunzelnd. »In den religiösen Texten steht gewöhnlich ›er‹, aber im Allgemeinen geht man davon aus, dass sie geschlechtslos sind. Das Ganze wird noch komplizierter durch die Tatsache, dass viele künstlerische Darstellungen weiblich sind. Ich fürchte, ich kann Ihnen da nicht so richtig weiterhelfen. Aber ich bin wegen unseres Engels gekommen. Leider habe ich schlechte Nachrichten. Wie Sie ja wissen, fand gestern Abend die Sitzung unseres Pfarrgemeinderats statt und ... nun, ich bin überstimmt worden.«

»Das heißt?«

»Man hält es nicht für notwendig, das Fenster zu restaurieren.«

»Oh nein!«

»Doch. Der Rat hat nicht unbedingt unrecht. Inzwischen ist ja das Kriegerdenkmal-Fenster an der Stelle, und die Damen der Müttervereinigung wären zutiefst gekränkt, wenn man es entfernen würde. Aber hauptsächlich geht es ums Geld. Wir müssen dringend mehr in unsere sozialen Projekte investieren, außerdem ist mir zu Ohren gekommen, dass die Orgel reparaturbedürftig ist. Unter diesen Bedingungen ist es schwierig, für die Reparatur des Engelfensters zu argumentieren. Natürlich müssen wir unserer Pflicht zur Erhaltung des Kirchengebäudes nachkommen, aber Schönheitsreparaturen auf Kosten der Bedürftigen sind im Moment sehr unpopulär. Es gab leider eine klare Mehrheit gegen unser Projekt.«

Er starrte düster zu Boden.

»Daher fürchte ich, ich muss ihn … oder sie … wie auch immer …«, er lachte plötzlich, »von Ihnen zurückfordern. Wir sind nicht in der Lage, Sie für die Arbeit zu bezahlen, ebenso wenig wie für die Arbeit an den anderen Fenstern.«

»Das ist eine Schande«, antwortete ich. Während ich mir klarmachte, was die Nachricht zu bedeuten hatte, erschrak ich darüber, wie sehr es mich mitnahm, die Arbeit am Fenster aufgeben zu müssen. »Wirklich eine Schande. Ich weiß gar nicht, was ich dazu sagen soll.«

Er nickte. »Ich werde also in den nächsten Tagen mit dem Auto kommen, um den Karton abzuholen, es sei denn, Zac kann ihn mit dem Lieferwagen kurz vorbeibringen.«

»Hm«, antwortete ich und suchte fieberhaft nach einer anderen Lösung.

Der Pfarrer starrte unglücklich auf Dads Engelbild, das im Fenster hing. Ich dachte an Lauras Tagebuch. Plötzlich hatte ich das Gefühl, als befände ich mich selbst auf einer Reise, und bei der Suche danach, wie der Engel wohl ausgesehen haben mochte, erfuhr ich mehr und mehr über die Geschichte von *Minster Glass.* Vielleicht konnte ich anschließend Dads Buch für ihn zu Ende zu schreiben.

Und es hätte mir große Freude gemacht, das Fenster zu restaurieren, genau wie Zac. Das Geld wäre sicher willkommen gewesen, aber da ich nun wusste, dass Dads Finanzen in Ordnung waren, spielte das Honorar nur eine untergeordnete Rolle.

»Jeremy?«

»Hm?«

»Wir könnten es trotzdem machen. Ich würde das Fenster trotzdem gerne instand setzen. Ohne Bezahlung, meine ich. Die Sache fasziniert mich einfach. Irgendwie habe ich das Gefühl, auch zu dieser Geschichte zu gehören. Vor allem seit ich in Lauras Tagebuch lese.«

»Das verstehe ich natürlich. Aber ich kann es wirklich nicht annehmen«, antwortete er. »Es ist unglaublich viel Arbeit, dazu kommen noch die Materialkosten.«

Ja, es würde viel Zeit kosten, das konnte ich nicht bestreiten. Die Suche nach den Originalentwürfen, das Erforschen der Herstellungsmethoden, die Beschaffung des richtigen Glases und des Bleis. Und, nicht zu vergessen, das tatsächliche Zusammensetzen. Und was, wenn uns das alles gelänge?

»Aber es ist eine Arbeit, in die wir viel Herzblut investieren würden«, entgegnete ich. »Es wäre genau das, was Dad gern machen würde, wenn er gesund wäre. Er würde sich freuen, wenn wir es übernähmen, da bin ich ganz sicher.«

»Das glaube ich auch, Fran. Es ist ein wunderbarer Vorschlag, ich bin überwältigt. Sie wissen ja, dass ich an dem Projekt auch sehr hänge. Und wenn ich den Pfarrgemeinderat schon nicht dazu bewegen kann, finanzielle Mittel bereitzustellen, dann könnten Sarah und ich vielleicht privat etwas beisteuern.«

»Darüber können wir gerne reden. Aber erst mal wäre ich

froh, wenn Sie uns die Aufgabe übertragen würden. Natürlich müsste ich vorher noch mit Zac sprechen.« Ich lachte. »Schließlich kommt auf ihn die meiste Arbeit zu.«

»Und ich muss beim Generalvikariat anfragen, das Fenster ist ja immerhin Eigentum der Kirche. Aber ich wüsste nicht, wer dagegen Einwände erheben sollte, nicht wahr?«

»Da wäre nur noch eines«, sagte ich. »Wenn wir die Restauration übernehmen, wüsste ich gerne im Voraus, dass der Engel anschließend auch irgendwo zu sehen sein wird. Ich habe ja Verständnis dafür, dass das Fenster mit dem Kriegerdenkmal nicht entfernt werden darf, aber ich wäre sehr enttäuscht, wenn der Engel keine Heimat bekäme und in irgendeinem Museumskeller vergammeln würde.«

»Das kann ich gut nachvollziehen.« Der Reverend nickte. »Mir fallen da auch sofort ein, zwei Möglichkeiten ein, aber ich muss erst sehen, ob sie umsetzbar sind. Neben dem Fenster der Müttervereinigung gibt es noch ein weiteres, das im Moment von einem Schrank verstellt ist. Es könnte genau die richtige Größe haben. Ich werde das prüfen und überlegen, wo wir den Schrank stattdessen unterbringen können. Dann müssen wir natürlich noch die Einwilligung haben. Jedenfalls freue ich mich über Ihr großzügiges Angebot.«

Ich sah ihm nach, als er wenig später mit schnellen Schritten durch die Grünanlage davoneilte. Lächelnd beobachtete ich, wie er plötzlich mit der Frische eines dreißig Jahre jüngeren Mannes einem Kleinkind den Ball zurückschoss.

Ich schaltete die Lichter in der Werkstatt an. Beschwingt und glücklich über meine gute Idee, beschloss ich, mein Versprechen vom Vorabend sogleich in die Tat umzusetzen. Ich ging ins Büro, um die Nummer des Museum of Stained Glass in Ely herauszusuchen, ließ mich mit einer Kunsthistorikerin verbinden und erzählte ihr die ganze Geschichte. Sie bat mich, verschiedene Namen zu buchstabieren und Daten zu wiederholen. »Ich rufe Sie so schnell wie möglich zurück«, versprach sie. Zufrieden legte ich auf. Vielleicht würde ich nun endlich Erfolg haben.

»Natürlich machen wir das«, lautete Zacs spontane Antwort, als ich ihm erklärte, dass wir kein Geld für die Rekonstruktion des Engels bekommen würden. »Es gibt einfach Dinge, bei denen Geld zweitrangig ist. Ich freue mich auf die Arbeit!«

»Wir müssen die Arbeit neben allen regulären Aufträgen erledigen«, sagte ich, »und du bist schon ziemlich überlastet.«

»Es gibt Aufträge, die es einfach wert sind«, entgegnete er entschlossen, »ich freue mich darauf.«

Der gute alte Zac! Aber natürlich hatte ich von ihm auch gar nichts anderes erwartet.

Am selben Abend war Chorprobe, und Ben war in Kampfstimmung.

»Können wir mit dem *Tutti* auf Seite einundvierzig beginnen. ›Geh, im Namen der Engel und Erzengel‹ ... Das ist ein *Fortissimo!* Wir schicken die Seele mit einem Fanfarenchor aus der Welt. Ich will hier vorne von der Kraft eurer Stimmen umgeblasen werden. Also ... drei, vier ...«

»Geh ...«, sangen wir zögerlich, weil alle Probleme hatten, die richtige Tonlage zu finden.

»Nein, nein, nein! Umgeblasen, sagte ich! Das war viel zu dünn! Ihr müsst euch auch so anhören, als meintet ihr es ernst mit dem, was ihr singt. Graham, spiel bitte mal ein A an. Also, jetzt noch einmal ... drei, vier ...«

»Geh!«, kreischten wir alle. Ben verdrehte die Augen, ließ uns aber weiterkreischen.

»Die Tenöre bitte auf den richtigen Einsatz achten!«

Danach verlief die Probe einigermaßen ruhig. Die meisten waren überrascht gewesen, als Ben die Stimmübungen ankündigte, hatten aber zunächst bereitwillig mitgemacht. Doch nach zehn Minuten begann eine Gruppe Altstimmen, die Michael mal spöttisch als »Häkelkränzchen« bezeichnet hatte, zu reden, und ich sah, wie ein Sänger ungeduldig auf die Uhr schaute. Als Ben die Unruhe bemerkte, kehrte er sofort zum *Gerontius* zurück.

»Das war wirklich nicht schlecht«, sagte er, als wir den alten Gerontius schließlich in den Tod geschickt hatten. »Ein paar von euch haben offensichtlich mehr geübt als andere.« Die vorderen Sopran-Reihen richteten sich auf. Sie waren die Eifrigen, angeführt von Val, die das Orchester organisierte. Jo und ich fühlten uns hinten, außerhalb des Schussfelds, bedeutend wohler.

Ich war etwas erstaunt, dass Jo nicht gekommen war, zumal sie mir nicht abgesagt hatte. Bei Jo wusste man wirklich nie, woran man war.

Später betrat ich zusammen mit Dominic den Pub.

»Schade, dass Jo nicht kommen konnte«, sagte er, und es klang so enttäuscht, dass ich mich wieder fragte, wie viel sie ihm wohl bedeuten mochte.

»Vielleicht kam in ihrem Job was dazwischen«, vermutete ich.

»Es ist ungewöhnlich, dass sie nicht auftaucht«, antwortete er. »Ich kann heute Abend auch nicht lange bleiben. Ich habe meiner Schwester versprochen, sie noch vor elf abzulösen.«

Ich sah ihn verständnislos an. »Wobei denn?«

»Auf meine Mutter aufzupassen«, erklärte er. »Leider ist Mom inzwischen ziemlich hilflos. Wenn der Pfleger geht, teile ich mir mit meiner Schwester die Betreuung. Montags ist normalerweise mein freier Abend, aber heute kann meine Schwester nur bis elf bleiben, weil sie morgen in Urlaub fährt. Deshalb muss ich pünktlich sein.«

»Das wusste ich nicht«, antwortete ich bewegt. »Es ist sicher eine schwierige Situation.«

»Ich möchte mich nicht beklagen, Fran, aber ehrlich gesagt stehen wir kurz vor dem Kollaps. Meine Schwester und ihr Mann erwarten ihr erstes Kind, und ich habe keine Ahnung, wie es weitergehen soll, wenn es auf der Welt ist. Wir werden wohl nicht darum herumkommen, einen Heimplatz für Mom zu suchen, auch wenn das für uns alle sehr unbefriedigend ist. Ich habe meinen Chef um Urlaub gebeten, um mich um alles kümmern zu können. Leider ist der Zeitpunkt gerade sehr ungünstig, denn ich hatte eigentlich auf eine Beförderung gehofft. Aber was soll ich machen? Sie war uns immer eine wunderbare Mutter, da können wir sie doch jetzt nicht alleinlassen, wo sie uns braucht.«

Ich schaute zu ihm auf, in Erwartung eines bedrückten Gesichts, aber er lächelte.

»Vielleicht sollte ich sie im Rollstuhl mit zur Arbeit nehmen«, sagte er. »Sie würde meine Kollegen mal so richtig aufmischen. Denn sie steckt immer noch voller Energie.«

Offenbar hatte die Frau dafür gesorgt, dass ihre Kinder ein starkes Pflichtgefühl empfanden. Ich kannte nicht viele Männer, die die Chance auf eine Beförderung aufgeben würden, um sich um einen hilfebedürftigen Elternteil zu kümmern.

»Leider bleibt mir dadurch nicht mehr viel Zeit für andere Dinge«, meinte er schulterzuckend. »Montag ist mein einziger freier Tag. Schade, dass Jo nicht da ist.«

Inzwischen hatten wir den Pub erreicht. Da Ben noch nicht eingetroffen war, hatten wir uns rasch in ein Gespräch über die Probe vertieft. Von den ungefähr zehn Chormitgliedern, die sich um den Tisch versammelt hatten, hielt die Hälfte die Stimmübungen für eine gute Idee. »Ben hat recht, wir müssen professioneller werden«, meinte Crispin, unser ernster Gerontius. Er war dankbar, dass er bei den Proben den Solopart singen durfte, und verlor nie ein böses Wort über Ben. Aber eine Frau aus dem »Häkelkränzchen« fand es völlig überflüssig. »Ben nimmt das alles viel zu ernst«, schimpfte sie. Dominic verhielt sich diplomatisch; er sagte nicht viel, sondern hörte nur zu.

Als Ben wenig später gehetzt und außer Atem dazukam, sah ich, dass einige der Beschwerdeführer aufstanden, um sofort eine hitzige Diskussion mit ihm zu beginnen. Irgendwann hob er beschwichtigend die Hände.

Bei alledem fiel mir auf, dass Michael allein herumstand. Ich ging zu ihm, um Hallo zu sagen.

»Ich fürchte, einige sind ziemlich unzufrieden«, sagte er und machte eine Kopfbewegung in Richtung der Gruppe um Ben. »Das habe ich ihm ja gleich gesagt.«

»Das ist sicher nur ein Sturm im Wasserglas«, sprang ich Ben bei. Ich durchschaute die Beziehung zwischen den beiden einfach nicht. Einerseits schienen sie sehr eng verbunden zu sein, wie Brüder fast, andererseits wirkte es auf mich, als würde Michael sich über Bens Probleme geradezu freuen. Vorsicht war geboten.

»Der Konzertabend war sehr schön«, begann ich, um das Thema zu wechseln. »Ich hoffe, du hast deinen Zug am nächsten Morgen bekommen.«

»Am Ende bin ich gar nicht gefahren«, gestand er.

»Oh.«

»Nina hatte mich gebeten, den Tag mit ihr zu verbringen.«

»Verstehe«, antwortete ich, dabei verstand ich gar nichts.

»Es muss alles ziemlich undurchsichtig für dich sein«, meinte er schließlich und sah mich an. Er machte ein unglückliches Gesicht. »Für mich ist es das auch.«

»Bist du mit Nina zusammen?«

Er zuckte mit den Schultern. »Ja. Besser gesagt, wir waren zusammen. Bevor sie Ben kennengelernt hat. Es war ein Fehler gewesen, sie ihm vorzustellen.«

»Dann ist sie also ... mit Ben zusammen?« Zu meinem Erstaunen verspürte ich maßlose Enttäuschung.

»Ich glaube nicht, dass Ben das so sieht«, antwortete Michael. »Sie ist ziemlich verknallt in ihn, wenn du mich fragst, aber das gibt sie nicht zu. Ich ... ich sollte mich vielleicht zurückhalten, aber ... na ja, ich mag sie halt sehr.« Michael sah plötzlich so verletzt aus, dass er mir zum ersten Mal richtig sympathisch war.

Wir standen schweigend da, und ich versuchte, meine Gefühle zu ordnen. Ben war nicht mit Nina zusammen. Aber Nina wollte es gern. Und der arme Michael litt schrecklich. Es war wie eine Komödie von Shakespeare, nur leider nicht so witzig. Und ich stand daneben, fühlte mich, als würde ich von draußen durch ein Fenster hineinblicken. Aber wie lange noch?

Ich ging zu Dominic rüber und unterhielt mich mit ihm, bis er fortmusste, dann verabschiedete ich mich ebenfalls. Als ich Ben zuwinkte, der sich nun angeregt mit Michael unterhielt, folgte er mir zur Tür.

»Ich hatte heute Abend gar keine Gelegenheit, mit dir zu reden«, sagte er. »Hat du vielleicht Lust, Donnerstag oder Freitag nach der Probe des Kirchenchors zum Essen vorbeizukommen? Ich würde mich freuen.«

»Donnerstag wäre nicht so stressig für dich, oder?«, fragte ich zurück, und wir einigten uns auf Donnerstag.

Ich freute mich sehr. Meine Stimmung war sogar so gut, dass ich über die Pfiffe einiger Arbeiter, die auf dem Platz um einen dröhnenden Generator herumstanden, lächeln konnte.

Wenig später betrat ich den Laden, schaltete die Lichter ein und ging durch in die Werkstatt, um nach unserem Engel zu sehen. Zac hatte den Tisch in die Ecke geschoben, und ich sah, dass er einige der größeren Teile poliert hatte. Gold- und Grüntöne funkelten im Licht. Aus dem Karton daneben ragte ein Stück Zeitung heraus. Ich zog vorsichtig daran und betrachtete kurz darauf das verblasste Foto eines zerbombten Hauses.

Wer wohl im September 1940 in den Räumen von *Minster Glass* gewohnt hatte? Mein Vater war damals zehn Jahre alt gewesen. Mein Großvater musste derjenige gewesen sein, der mit der Kirchengemeinde in Kontakt gestanden hatte, aber ansonsten wusste ich nichts über ihn. Wo sich die Familie wohl zur Zeit des Bombenangriffs aufgehalten hatte? Wir hatten keinen Bunker in der Nachbarschaft, und die nächste U-Bahn-Station lag ein Stück weit entfernt. Vielleicht war man zu einem der nahen Schutzräume gegangen oder hatte sich bis zur Entwarnung unter den Tisch in der Werkstatt geduckt.

In dieser Nacht schlief ich sehr unruhig. Vermutlich drang der ferne Lärm des Generators in meinen Schlaf, denn ich träumte von Flugzeugen, heulenden Sirenen, Explosionen und zersplitterndem Glas. Dann schrie eine Frau. Schweißgebadet schrak ich mitten in der Nacht auf, rief im Aufwachen nach meiner Mutter und war überzeugt, dass ich irgendein grässliches Unheil geträumt hatte.

Draußen war der Generator verstummt und nur noch das ferne Rauschen des nächtlichen Straßenverkehrs zu hören.

Ich lag in der Dunkelheit und versuchte, meinen Traum zu rekonstruieren. Bruchstücke kamen zurück. Es war um Bomben und das zersplitternde Engelfenster gegangen.

Ich stellte mir vor, wie jemand, vielleicht der Pfarrer, sich am nächsten Tag einen Weg durch das Chaos gebahnt und vorsichtig die Scherben und das verbogene Blei aufgesammelt hatte. War das Fenster zugenagelt worden, so wie es war? Oder hatte man zuerst das restliche Glas ausgeschlagen? Hatte man sich die Mühe gemacht, fachkundigen Rat einzuholen?

Mal angenommen, das hatte man getan ... Plötzlich glaubte ich genau zu wissen, wo ich als Nächstes suchen musste.

Mein seltsamer Traum verfolgte mich noch durch den ganzen nächsten Tag, aber ich hatte so viel zu tun, dass ich keine Gelegenheit hatte, meinen Entdeckungen nachzugehen.

Als ich später nebenan ins Café ging, bekam ich zumindest teilweise eine Erklärung für meine unruhige Nacht. Anita erzählte mir, was sie von dem Mieter eine Treppe höher erfahren hatte. »Er hat heute Nacht einen Streit auf dem Platz beobachtet. Mit Polizeiautos und allem Drum und Dran. Und dieser Herr aus dem Buchgeschäft, wie heißt er doch gleich, hat mir heute Morgen erzählt, er hätte Blut auf dem Gehweg gesehen. Bestimmt hatte es mit diesem Heim zu tun.«

»Aber das ist doch ein Heim für Frauen.«

»Um die Ecke gibt es doch auch eins für Männer, oder nicht?«

»Es können genauso gut betrunkene Leute aus der Stadt gewesen sein, Anita. Obwohl es eigentlich nicht üblich ist, sich am Montagabend volllaufen zu lassen.«

»Hm. Ich weiß nur eins, nämlich dass ordentliche Leute noch nicht mal mehr in ihren Betten in Sicherheit sind. Aber jetzt erzähl mir doch endlich, wie geht's eigentlich deinem Vater?«

Normalerweise plauderte ich gern mit der geschwätzigen Anita, aber ihre vorurteilsbeladenen Bemerkungen gerade eben gefielen mir gar nicht. Es war natürlich einfach, die Schuld auf die Frauen aus dem Heim zu schieben, besonders deshalb, weil Anita selbst nichts mitbekommen hatte. Ich auch nicht, aber der ganze Lärm war sicher ein Grund für meinen unruhigen Traum gewesen, genau wie der dröhnende Kompressor der Arbeiter auf der Straße.

Als kurze Zeit später ein großer Lastwagen vor *Minster Glass* hielt, klingelte das Telefon. Es war Jo.

»Jo! Ich habe leider nicht viel Zeit, wir bekommen gerade eine Lieferung. Ich habe dich gestern Abend bei der Chorprobe vermisst.«

»Deshalb rufe ich ja an«, antwortete sie. »Mir ist was dazwischengekommen. Wie war's denn?«

»Ziemlich anstrengend, aber sonst ganz okay.«

»Sollen wir uns in den nächsten Tagen mal treffen? Hast du noch einen Abend frei?«

»Was haben wir denn heute? Dienstag. Wie wär's morgen?«

»Mal sehen, ich weiß noch nicht genau. Ich rufe dich an.«

»Klar«, antwortete ich. Ihre Hinhaltestrategie irritierte mich ein bisschen. »Eh, Jo …?« Ich wollte sie fragen, ob der Lärm heute Nacht etwas mit ihrem Heim zu tun gehabt hatte. Aber sie hatte schon aufgelegt.

Erst abends, nachdem ich Dad besucht hatte, hatte ich Gelegenheit, das zu tun, was ich den ganzen Tag im Sinn gehabt hatte. Ich stieg hinauf auf den Dachboden und räumte die Unterlagen fort, um Platz für das zu schaffen, was ich als Nächstes vorhatte.

Dad war wach gewesen, als ich bei ihm war, und ich hatte ihm von meinem Traum erzählt. Ich war mir sicher, dass er mich verstanden hatte. Sein Mund war leicht geöffnet gewesen, und er hatte einen Laut von sich gegeben, der sich angehört hatte wie ein »Oh«. Hatte er versucht, mir etwas zu sagen? Wir hatten uns angeschaut, und ich hatte geflüstert: »Glaubst du, ich bin auf der richtigen Spur, Dad?« Aber er war stumm geblieben.

Ich öffnete eine Schublade mit der Aufschrift »1940« und ging die Ordner durch, bis ich zum September kam. Den geöffneten Ordner legte ich auf den Schreibtisch. Ich hatte eine ganz einfache Idee: Wenn irgendjemand von St. Martin's nach dem Bombenangriff Kontakt zu *Minster Glass* aufgenommen hatte, hatte man vielleicht die alten Unterlagen herausgesucht und einen neuen Ordner angelegt.

Schon bald stieß ich auf einen dicken braunen Umschlag mit der Aufschrift »Betr.: Zerstörte Scheibe, St. Martin's«. Ich zog die Papiere heraus und blätterte sie aufgeregt durch. Der vergilbte Brief ganz oben trug das Datum Juni 1880. Er enthielt Listen mit Zahlen, die sich auf irgendwelches Material bezogen. Als ich schließlich ein großes, dickes Stück Zeichenpapier auseinanderfaltete und die Skizze betrachtete, wusste ich, dass ich endlich gefunden hatte, wonach ich suchte.

Lauras Engel.

Später saß ich im Wohnzimmer am Fenster. Es hatte geregnet, und der Platz draußen glänzte vor Nässe. Irgendwo da hinten, wo die Lichter brannten, war Lauras Zuhause gewesen. Ich verschmolz ganz und gar mit der Vergangenheit, als ich das Tagebuch zur Hand nahm und erneut zu lesen begann.

21. Kapitel

Wenn du nicht lieben kannst, wie die Engel es tun, mit dem Atem des Himmels zwischen euch …
Dann nenne es niemals Lieben!
Elizabeth Barrett Browning, *A Woman's Shortcomings*

LAURAS GESCHICHTE

Juni 1880

»Oh, wie süß er ist!« Baby Arthur lächelte seine Tante Laura an, die ihn in seiner weißen Spitzendecke in den Armen hielt, erst noch ein bisschen unsicher, aber dann immer breiter.

»Er erkennt mich, ich bin mir ganz sicher!«

»Natürlich tut er das, Dummerchen, er hat dich ja schon oft gesehen. Arthur, sag ›Herzlichen Glückwunsch zum Geburtstag, liebe Tante‹.« Harriet, die es sich im Sessel bequem gemacht hatte, gab Arthurs neuem Kindermädchen, der kleinen Ida Cooper, ein Zeichen, sich auf den Hocker am Fenster zu setzen.

Fasziniert betrachtete Laura ihren sechs Wochen alten Neffen. Seine Augen, die bei der Geburt dunkelblau gewesen waren, verwandelten sich allmählich in ein durchscheinendes Meeresblau. Seine makellose rosige Haut fühlte sich noch weicher an als Mr. Russells Geschenk zu ihrem dreiundzwanzigsten Geburtstag, eine in Seide gebundene Schreibmappe.

Die dazugehörige Karte hatte er mit einem in Tinte gezeichneten Muster aus Vögeln und Pflanzen umrahmt.

Ich hoffe, dass es Sie dazu ermuntert, mir häufiger zu schreiben, meine liebe Laura. Ihre Freundschaft ist mir sehr wertvoll, hatte er notiert. In der Abgeschiedenheit ihres Zimmers hatte sie sorgfältig einige Dankesworte formuliert, das Geschenk in der Schublade versteckt und den Brief anschließend höchstpersönlich zur Post gebracht.

»Jetzt gib ihn mal seiner Großmutter, Laura«, sagte Harriet, und Ida eilte herbei, um den in weiße Spitze gebetteten Arthur in Theodoras ausgestreckte Arme zu legen.

Ergriffen sah Laura, wie die erschöpften Augen ihrer Mutter vor Freude erstrahlten, während sie den Kleinen sanft wiegte und beruhigend auf ihn einredete. Mit einer regelmäßigen Dosis Arthur würde sich der Zustand ihrer Mutter vielleicht wieder bessern.

»Bitte, öffne dein Geschenk, Laura«, rief Harriet als Nächstes. Wie kam es, dass sie plötzlich so viel älter wirkte als Laura? Die Ehe und das Muttersein verliehen ihr eine ganz neue Ausstrahlung, und Laura kam sich neben ihr klein und unbedeutend vor.

Selbst ihre Geschenke waren nun extravagant, jedenfalls verglichen mit den bescheidenen Federhaltertüchlein und den Nadelkissen, die Harriet früher zu nähen pflegte. Laura hob die große Schachtel hoch, die Harriet neben sie gestellt hatte, löste die Schleife und öffnete den Deckel. Sie zog das Seidenpapier weg und nahm ein wunderschönes goldenes Teekleid heraus.

»Oh Harriet!«, rief Laura. »Das ist ja wunderschön!«

»Geh, und zieh es sofort an!«, verlangte ihre Schwester. »Wir wollen sehen, wie es dir steht. Mama hat mir dein altes Arbeitskleid gegeben, damit ich deine Maße habe.«

Das Kleid saß perfekt. Laura stand vor dem Spiegel im Ankleidezimmer ihres Vaters, schloss die Knöpfe, bewunderte die Rüschen an den Seiten und die plissierten Stoffbahnen, die schmeichelnd von den Hüften herabfielen und, ganz gewagt, ein gutes Stück über dem Boden endeten. Der warme Goldton passte hervorragend zu ihrer Gesichtsfarbe, wie sie erfreut feststellte, und reflektierte das Kastanienbraun ihrer Haare. Solch ein Kleid hatte sie noch nie besessen.

»Also wirklich«, sagte ihre Mutter, als Laura einige Minuten später schüchtern ins Zimmer zurückkam.

»Laura! Du meine Güte, Kind!«, kommentierte ihr Vater.

In der Zwischenzeit waren zwei Gentlemen ins Zimmer gekommen. Einer kniete gerade nieder, um Arthur zu bewundern, der andere saß steif mit dem Rücken zu ihr da. Beide drehten sich um, als Laura eintrat. Entsetzt starrte sie von Mr. Russell, der sich gerade wieder aufrichtete, zu Mr. Bond und wäre am liebsten davongelaufen. Mr. Bonds Blick wanderte sekundenlang über ihren Körper, er sperrte erstaunt den Mund auf; Mr. Russell betrachtete sie lächelnd. Lauras Gesicht brannte, und einen Moment lang konnte sie sich nicht regen. Noch nie zuvor hatte sie so im Mittelpunkt der Aufmerksamkeit gestanden.

»Darling, du siehst einfach wunderbar aus.« Harriet erhob sich und nahm ihre Hand. »Komm, setz dich hierher, Mama. Ida, bitte nimm du Arthur jetzt. Mr. Russell möchte uns gern seine Entwürfe zeigen.«

Mr. Russell räusperte sich und kramte in einer Ledermappe. Laura saß aufrecht auf dem Sofa, ihre Gedanken rasten. Warum war dieser Bond hier? Noch dazu an ihrem Geburtstag. Wie konnte ihr Vater nur so unsensibel sein?

»Diese hier ist so fein, sieh nur, Harriet.« Theodora hielt ihrer Tochter die Zeichnung hin.

»Oh!«, rief Harriet.

Laura vergaß alle Verlegenheit und beugte sich vor, um ihrer Mama über die Schulter sehen zu können.

Es war der Entwurf für das Fenster über dem Altar; eine detailliertere Zeichnung in Aquarelltechnik. Maria hielt das Kind zärtlich auf dem Schoß. Mutter und Sohn schauten sich in gegenseitiger Bewunderung in die Augen. Über Marias Kopf schwebten zwei Engel und hielten ihre Krone.

»Das Morgenlicht wird so durch das Fenster scheinen«, erklärte Mr. Russell, »dass ihr Mantel blassgold wirkt, etwas weniger gelb als auf der Zeichnung. Das Maßwerk schimmert antikgold und weiß, und ihr Gewand im tiefsten Blau. Die Bleiverlötungen werden das Jesuskind hier umgeben und Marias Heiligenschein dort und somit die Gesichter umrahmen.«

Alle murmelten begeistert vor sich hin.

»Hat Jefferies die Version schon gesehen?«, fragte Bond.

»Ja«, antwortete Russell knapp.

»Er hat mir gestern geschrieben und seine Zustimmung gegeben«, erklärte Lauras Vater. »Können wir jetzt bitte den Engel sehen?«

Russell entrollte den zweiten Entwurf und hielt ihn hoch. Zunächst war es mucksmäuschenstill. Laura riss den Mund auf. Es war ganz anders, als sie erwartet hatte, aber sie konnte nicht erklären, warum. Die Figur war wunderschön. Mit seinen über dem Kopf gefalteten Flügeln passte der Engel perfekt in die hohe schmale Fensternische. Das Gesicht sah nicht so aus wie das von Caroline, und Laura verspürte zu ihrem Erstaunen Erleichterung. Schließlich wollte sie nicht jede Woche in der Kirche das Gesicht ihrer toten Schwester sehen. Dieser Engel war ein starker, schützender Engel, er hatte eine Hand zum Segensgruß erhoben. Er gefiel ihr, er beruhigte sie, aber er war nicht das, was sie erwartet hatte, und sie wusste nicht, wie sie darauf reagieren sollte.

Ihr Vater brach schließlich das Schweigen. Als er sprach, merkte sie, dass seine Vorstellungen wiederum ganz anders gewesen waren als ihre. »Das ist nicht der Erzengel Gabriel, der als Bote zu Maria kommt, oder? Er trägt statt der Lilie einen Pilgerstab und sieht eher aus wie ein Pilger, ein Reisender.«

Russell machte eine knappe Verbeugung. »Ich erinnere mich nicht, dass Gabriel gewünscht war, Sir.«

»Nein, da haben Sie sicher recht. Aber weil er für die Marienkapelle gedacht ist, ist es naheliegend, dass es Gabriel ist, der Engel, der Maria verkündet hat, dass sie Jesus unter dem Herzen trägt.«

»Sir, ich habe ganz kurz mit dem Gedanken gespielt, einen Gabriel darzustellen. Das war schwierig, weil für Maria kein Platz im Fenster ist. Ich habe einige frühe Versionen verworfen, ehe mich die Inspiration hierzu überkam. Wenn ich meine Meinung so frei äußern darf, ich glaube, dass Raphael gut in eine Marienkapelle passt. Raphael ist der Schutzengel, der Beschützer der Jugend, der Reisenden. Im Alten Testament war Raphael der Begleiter des jungen Tobias. Und, Sir, sehen Sie dieses Spruchband zu Füßen des Engels? Es ist in dieser Zeichnung schwer zu lesen, aber die Bedeutung von Raphaels Name erscheint mir für die Gedenkstätte einer geliebten Tochter perfekt geeignet.«

Mit zusammengekniffenen Augen starrte Lauras Vater auf das Spruchband zu Füßen des Engels.

»Der Name Raphael bedeutet ›Gott heilt‹«, erklärte er den versammelten Familienmitgliedern anschließend mit ungewöhnlich belegter Stimme. Er räusperte sich, fuhr sich mit der Hand durch das schütter werdende Haar. »Was meinst du, meine Liebe?«, fragte er und reichte seiner Frau die Zeichnung.

Schweigend studierte sie den Entwurf. Ihr Gesicht war ausdruckslos, so als sei sie mit den Gedanken weit weg. Dann lächelte sie plötzlich und blickte ihren Mann an. Zu ihrem Erstaunen sah Laura, dass die Augen ihrer Mutter vor Glück leuchteten.

»Der Schutzengel Raphael. Es gefällt mir, James«, sagte sie. »Es ist gut. Wir sind alle Pilger auf dieser Erde, und unsere Engel beschützen uns auf unserer Reise. Vor allem die Ausführung der Flügel gefällt mir, Mr. Russell. Sie haben sich so viel Mühe mit den Einzelheiten gegeben. Ich danke Ihnen.«

»Keine Ursache, Madam«, antwortete er leise.

Laura schaute zu Mr. Russell, der sie unverwandt anschaute. Er wartete. »Und Sie, Miss Brownlow? Ihre Meinung ist mir ebenfalls sehr wichtig.«

»Ihr Raphael gefällt mir«, sagte sie nach einer Weile. »Sehr sogar.«

Alle schienen vergessen zu haben, dass der Engel eigentlich wie Caroline aussehen sollte. Oder aber, überlegte Laura, sie waren genau wie sie selbst erleichtert, dass es nicht so war.

»Warum hast du das gemacht, Dad? Warum hast du ihn eingeladen?«, schrie Laura und folgte ihrem Vater in sein Arbeitszimmer, als alle fort waren.

Sie blickte auf das Paket im braunen Packpapier herab. Beim Gehen hatte Mr. Bond es ihr in die Hand gedrückt. »... eine Kleinigkeit zu Ihrem Geburtstag«, hatte er gebrummt.

»Du weißt, wie unbehaglich ich mich in seiner Nähe fühle. Und für ihn muss es die reinste Quälerei sein.«

»Laura, das tut mir leid, aber du musst auch mich verstehen. Er ist mein Kirchenvorsteher, meine Stütze in diesen schwierigen Zeiten. Er muss die Entscheidung über die Baumaßnahmen in St. Martin's mittragen. Es ist sein Recht, die Entwürfe zu sehen. Und was die persönlichen Qualen betrifft, er hätte ja mit einer Entschuldigung fernbleiben können.«

»Aber ihn zu meinem Geburtstag einzuladen! Zu einem Familienfest!«

Ihr Vater ließ sich schwer auf seinen Stuhl fallen. »Vielleicht war es unsensibel von mir«, räumte er ein. »Bitte verzeih, ich habe im Moment einfach zu viel im Kopf. Aber da wir gerade über ein heikles Thema reden, ich würde gern noch ein anderes ansprechen. Mr. Bond war kürzlich wegen eines Anliegens bei mir.«

»Wegen eines Anliegens?«

»Deinetwegen, meine Liebe.«

»Meinetwegen? Welches Recht hat er, mit dir über mich zu sprechen?«

»Er hat nur die besten Absichten, was unsere Familie betrifft. Und er hat dich noch immer sehr gern, Laura. Was er zu sagen hatte, hat mich und deine Mutter sehr besorgt gemacht.«

»Was hat er …? Was meinst du damit?«

»Dass du dich so offen in Mr. Russells Gesellschaft sehen lässt. Nein!« Er hob die Hand, um ihre Einwände abzuwehren: »Ich weiß, dass du in dieser Angelegenheit noch sehr unschuldig bist, meine Liebe. Dennoch musst du bedenken, dass deine Stellung als junge Dame mit, nun ja, Hoffnungen und Erwartungen verknüpft ist.«

»Mr. Russell ist ein verheirateter Mann, Papa! Es besteht keine Möglichkeit zu irgendetwas anderem. Wir sind Freunde, das ist alles.«

»Das weiß ich natürlich. Aber die öffentliche Meinung verkennt häufig das Naheliegende und nimmt gern das Schlimmste an. Und als Tochter eines Geistlichen der Kirche von England musst du über jeden Verdacht erhaben sein. Bond hat mir etwas berichtet, das mir bisher unbekannt war. Dieser Mann ist in einen öffentlichen Skandal verwickelt. Seine Frau hat ihn verlassen, allerdings vermute ich, dass er derjenige ist, der die Schuld daran trägt. Es ist meine Pflicht als Christ, ihn in meinem Haus zu empfangen, aber es schickt sich nicht, dass du mit ihm gesehen wirst, Laura. Ich habe es nie über mich gebracht, dir etwas zu verbieten, das weißt du. Und auch, wenn du eine junge Frau mit eigenem Kopf bist, hast du uns nie Anlass zur Sorge gegeben.«

»Papa, das tue ich auch jetzt nicht!«

»Vielleicht nicht. Aber ich rate dir, vorsichtig zu sein. Er wird unsere Fenster anfertigen und dann aus unserem Leben verschwinden. Und noch etwas, Laura: Ich akzeptiere deine Gefühle hinsichtlich Mr. Bonds Avancen, aber ich bitte dich, auch meine Situation zu sehen. Er ist ein wichtiger Unterstützer unserer Pfarre, und ich werde nicht verhindern können, dass ihr euch von Zeit zu Zeit begegnet.«

»Ich will ja auch nicht, dass er aus der Kirche verbannt wird, Papa. Ich möchte bloß nicht, dass ich ihn ausgerechnet an meinem Geburtstag in unserem Salon künstlich anlächeln muss.«

Jetzt lachte ihr Vater und drückte ihr die Hand. »Ah, meine Liebe, es tut mir wirklich leid. Insgeheim bin ich ja auch ein bisschen froh, dass du noch eine Weile bei uns bleibst – auch wenn Mr. Bond ein ganz ausgezeichneter Ehemann für dich wäre. Aber jetzt muss ich mich um die Sonntagspredigt kümmern. Das Thema ist dieses Mal besonders schwierig.« Er klopfte ihr noch einmal auf die Schulter und begleitete sie hinaus.

Laura stand in der Diele und versuchte, ihre Gefühle zu ordnen. Aus dem Salon kamen die beruhigenden Klänge von Chopins *Regentropfen-Prélude*, gespielt von ihrer Mutter mit aller Leidenschaft, deren sie fähig war.

Wieso musste dieser Mann, dieser Bond, sich einmischen? Warum musste er verderben, was so gut begonnen hatte? Noch immer hielt sie sein Paket in ihren Händen. Als sie das Papier aufriss, sah sie, dass es ein Buch war, *Sesam und Lilien* von John Ruskin. Über dieses Geschenk hätte sie sich sehr gefreut, wenn es von jemand anderem gestammt hätte.

»Oh, dieser schreckliche Mann!«, weinte sie und warf das Buch auf einen Konsoltisch, wo es gegen eine Bronzestatue des heiligen Christophorus mit dem Jesuskind auf den Schultern stieß. Die Figur fiel mit lautem Klirren zu Boden.

Das Chopin-Stück brach ab. Eine lange Stille folgte, dann drangen die krachenden Eröffnungsakkorde von Beethovens *Pathétique* zu Laura herüber.

Sie hörte eine Zeit lang zu und ließ sich von der Musik forttragen. Dann hob sie die Statue auf, stellte erleichtert fest, dass sie noch heil war, und stieg die Treppe hinauf.

Als sie sich erneut im Spiegel ihres Vaters betrachtete, begannen ihre Gedanken zu kreisen. Das Mädchen, das sie anblickte, konnte nicht als schön bezeichnet werden, aber es besaß Geist und Kraft. Das vorgereckte Kinn ließ auf eine gewisse Sturheit schließen. Plötzlich wusste Laura, was sie tun musste.

Als die Dämmerung hereinbrach, saß sie in ihrem Zimmer und schrieb einen Brief an Mr. Russell, in dem sie ihm versicherte, wie viel Zustimmung seine Entwürfe in ihrer

Familie gefunden hätten. Sie zögerte einen Augenblick, dann setzte sie hinzu: *Es würde mich sehr interessieren, die Herstellung der Fenster zu verfolgen – natürlich nur, wenn Sie keine Einwände erheben.*

22. Kapitel

Denn er bietet seine Engel für dich auf, dich zu bewahren auf allen deinen Wegen.

Psalm 91, 11

»Zac, ich hab's gefunden! Sieh nur!« Am nächsten Morgen wartete ich nicht mal, bis er sich die Jacke ausgezogen hatte. Aber Zac war genauso begeistert wie ich, als er die Zeichnungen sah.

»Fran, das ist ja genau das, was wir gesucht haben! Er ist großartig!«

»Glaubst du, es ist ein *Er*?«

Zac dachte einen Moment nach und zuckte die Achseln. »Könnte beides sein. Aber die Gesichtsform ist eher maskulin, findest du nicht auch? Mit kantigem Kiefer, wie ein Renaissanceengel. Und die Hände sind für eine Frau auch zu kräftig.«

»Aber die Gesichtszüge ...«

»... sind sehr zart, da stimme ich dir zu. Nein, es könnte tatsächlich beides sein.«

»Es ist Raphael, Zac. In Lauras Tagebuch gibt es einen Abschnitt darüber. Schau da, der Pilgerstab und die zum Segensgruß erhobene Hand. Und der Spruch ›Gott heilt‹. Gabriel würde eine Lilie in der Hand halten.« Ich schwenkte die Zeichnung und veranstaltete einen kleinen

Freudentanz, der Zac zum Lachen brachte. »Ist das nicht fantastisch? Komm, wir müssen unbedingt Jeremy anrufen!«

Der Pfarrer befand sich gerade in einem Etatgespräch mit dem Pfarrgemeinderat, versprach aber, so schnell wie möglich vorbeizukommen.

Amber kam zu spät.

»Es tut mir leid, aber heute Morgen war die Polizei da. Wegen irgendeiner Prügelei heute Nacht. Lisa kennt die Typen, aber keiner macht den Mund auf.«

»Wurde jemand ernsthaft verletzt?«, fragte ich.

Sie zuckte mit den Schultern. »Soweit ich weiß, nicht. Oh, was ist das denn?« Sie bewunderte das Bild von Raphael. Ihrer Meinung nach handelte es sich eindeutig um einen männlichen Engel.

Doch Jeremy blieb bei seiner Ansicht, Engel seien androgyn.

»Aber man kann zu einem Engel doch nicht ›es‹ sagen«, protestierte Amber. »Das klingt ganz merkwürdig.« Am Ende entschieden wir uns für ›er‹, und bei ›er‹ für Raphael blieben wir dann auch.

Der Pfarrer hatte noch einen weiteren Termin und nur wenig Zeit. Daher vereinbarten wir, uns am Donnerstagmorgen erneut zu treffen, um zu überlegen, wie es nun weitergehen solle.

Als er fort war, fiel mir ein, dass Jo und ich an diesem Abend verabredet waren. Ich hatte nichts mehr von ihr gehört, daher wählte ich ihre Nummer, um ihr eine Nachricht zu hinterlassen. Zu meiner Überraschung war sie zu Hause. »Ach je, wie blöd. Es tut mir wirklich unendlich leid«, sagte sie. »Ich hab's völlig vergessen, und jetzt hab ich was anderes vor. Ich bin gerade dabei, mich anzuziehen, Fran. Ich kann das unmöglich absagen.«

»Das ist schade«, antwortete ich niedergeschlagen. Die Zeiten, in denen man sich felsenfest auf Jo verlassen konnte, schienen ein für alle Mal vorbei zu sein. Ich war enttäuscht. Aber nachdem ich aufgelegt hatte, fiel mir ein, dass ich Ben morgen sehen würde, und das munterte mich wieder auf.

Um fünf Uhr, als ich endlich mit dem Auspacken der morgens bestellten Ware fertig war und das Ladenschild auf »Geschlossen« gedreht hatte, rief die Kunsthistorikerin aus Ely an, um mir mitzuteilen, was sie über Philip Russell herausgefunden hatte.

»Am meisten wird Sie sicher die Beziehung zu *Minster Glass* interessieren«, sagte sie. »Wussten Sie, dass Philip Russell die Firma irgendwann übernommen hat?«

Vor Erstaunen wäre mir fast das Telefon aus der Hand gefallen.

»Das habe ich in irgendeiner Fußnote gelesen. Reuben Ashe, dem die Firma damals gehörte, hat ihm 1885 angeboten, sein Partner zu werden.«

»Aber das bedeutet ja«, rief ich atemlos, »dass er ein Mitglied meiner Familie sein könnte!« Ich erklärte ihr, dass das Geschäft von Generation zu Generation weitervererbt worden war. Dabei wurde mir jedoch klar, dass ich nicht mal wusste, ob meine Vorgänger Ashe oder Russell hießen.

»So eine Kontinuität ist heutzutage nur selten«, antwortete sie. »Aber es ist definitiv möglich.«

»Da wir den Engel praktisch aus dem Nichts rekonstruieren, ist es schwierig, so zu arbeiten, als sei das Ganze eine reine Konservierung.«, erklärte Zac dem Pfarrer am Donnerstag. »Aber natürlich werden wir möglichst viel Originalglas verwenden und uns so weit wie möglich an den Richtlinien für die Erhaltung orientieren.«

Wir standen in der Werkstatt, der Engel lag vor uns auf dem Tisch; wir hätten ebenso gut Chirurgen sein können, die gerade besprachen, wo sie bei ihrem narkotisierten Patienten den ersten Schnitt ansetzten.

»Und wenn Sie nicht ein rein viktorianisches, dafür aber nur halb fertiges Fenster haben wollen, das in irgendeinem Museumskeller herumsteht, werde ich die fehlenden Stellen durch neues Glas ersetzen. Und dann passen wir es in einen Bronzerahmen ein, der vor dem jetzigen Klarglasfenster aufgehängt werden kann.«

Reverend Quentin nickte. »Was wissen wir denn über den Künstler?«, fragte er und setzte sich umständlich auf einen Hocker.

»Ich vermute, Sie möchten gern wissen, ob das Fenster irgendeinen künstlerischen Wert besitzt?«

»Ja. Wenn es ein wichtiger Künstler war – ich meine damit nicht unbedingt vom Format eines Burne-Jones –, würden wir dann nicht, wenn ich es so ausdrücken darf, in Teufels Küche kommen, wenn wir die Lücken einfach ausfüllen? Haben Sie eigentlich etwas über Philip Russell herausfinden können, Fran?«

Ich hatte Jeremy bereits erklärt, dass Laura Brownlows Tagebuch uns vielleicht helfen könnte, die Fertigung des Fensters zu dokumentieren. Aber leider hatte mein Kontakt zum Museum of Stained Glass mir bis auf die mögliche Verbindung zu *Minster Glass* nicht viel über Russell sagen können.

»Sie kannte nur zwei oder drei andere Fenster, die noch unversehrt und ihm direkt zuzuschreiben sind.« Eine Geburtsszene in St. Helen's in Brighton und eine Verkündigung in St. Aloysius in Islington. »Aber für uns ist seine Verbindung zu unserer Firma noch wichtiger. Er ist eine Partnerschaft mit dem damaligen Besitzer Reuben Ashe eingegangen und hat die Firma schließlich übernommen. Daher war er zweifellos indirekt für viele weitere Fenster verantwortlich.«

»Das ist etwas, was dein Vater vielleicht gewusst haben könnte ... äh, ich meine, wissen könnte.« Zac errötete über seinen Versprecher.

»Ja«, antwortete ich lächelnd, »obwohl ich in seinen Papieren oben im Dachgeschoss keinen Hinweis darauf gefunden habe.«

»Wie war denn sein Ruf als Künstler?«, fragte Jeremy mich.

»Die Kunsthistorikerin meinte, er sei nicht sehr bekannt gewesen. Aber angesichts der Qualität des Marienfensters hat er doch mehr Aufmerksamkeit verdient, oder?«

»Tja, die Frage ist, ob es sich lohnt, sein Werk zu erhalten.«

»Auf jeden Fall!«, rief Zac, und ich sagte gleichzeitig: »Unbedingt!«

»Hm.« Wir warteten. Jeremy klopfte mit den Fingern auf den Tisch, schließlich meinte er: »Ich denke, wir sollten das tun, was Zac vorgeschlagen hat. Das Fenster restaurieren und notfalls neues Glas einsetzen. Ich möchte das Fenster gern wieder in der Kirche sehen. Ich bin sicher, wir können den Schrank verschieben und das andere Fenster freimachen. Es wird etwas dauern, bis wir alle überzeugt haben, aber wir werden es schaffen.« Seine Augen funkelten vor Begeisterung.

»Gut.« Zac nickte. »Glauben Sie, dass dieses andere Fenster genauso groß ist wie das nebenan?«

»Ich denke, ja. Aber ich helfe Ihnen beim Ausmessen, wenn Sie morgen zu mir kommen. Ich werde fast den ganzen Vormittag im Pfarrbüro sein.«

»Ist das okay, Zac?«, fragte ich. »Wenn Amber kommt, kann ich dich natürlich begleiten. Aber wir haben sie bis Montag eigentlich nicht mehr eingeplant.«

»Kein Problem«, antwortete er. »Oder glaubst du etwa, ich schaffe das nicht?« Dieses Mal verkniff er sich das Lächeln.

»Nein, nein«, wehrte ich hastig ab. »Ich meinte nur ...« Er lachte, und ich runzelte die Stirn wegen seines Spotts.

Zac kam mir in dieser Woche viel gelöster vor als sonst. Sicher hatte das mit den Fortschritten an unserem Engel zu tun, aber vielleicht hatte es ihm auch geholfen, dass er mir die Sorgen um seine Tochter anvertraut hatte.

Als Ben mir an diesem Abend die Tür öffnete, trug er eine Schürze, die mit lauter kleinen Musiker-Cartoons bedruckt war. Er wirkte erhitzt, seine Haare waren zerzaust.

»Am besten kommst du gleich mit in die Küche, Fran«, sagte er, nachdem er mir zur Begrüßung ein eiliges Küsschen auf die Wange gedrückt hatte. »Ich bin gerade an einem entscheidenden Punkt beim Kochen. Kannst du gut Béchamelsoße machen? Ich kriege das irgendwie nie richtig hin.«

Ich folgte ihm und fand die Küche in völligem Chaos vor. Das Buch eines Promikochs war aufgeschlagen, offenbar gab es *Onkel Pepes berühmte Gemüselasagne*. Die Seite war mit Mehl und geriebenem Parmesan beschmutzt und mit einer Pfeffermühle beschwert. Eine Ratatouille-Spur zog sich zwischen Tisch und Spüle über den Fußboden, wo Gemüseschalen zwischen schmutzigen Besteckteilen schwammen. Ich stieg über ein zerbrochenes Ei, das auf dem Boden lag, und spähte in einen Topf mit zähem weißem Brei.

»Wo hast du ein Sieb?«, fragte ich und begann mit einem Löffel in der Soße zu rühren.

Ben wischte das Ei auf dem Boden inklusive Schalen mit einem Geschirrtuch weg, und ich sah entsetzt zu, wie er alles zusammen einfach in die Waschmaschine stopfte. Anschließend bestand sein einziger weiterer Beitrag zur Gestaltung des Abendessen darin, dass er zwei große Gläser voll Rotwein goss und mich mit Geschichten über seinen hektischen Tag unterhielt, während ich die klumpige Soße bearbeitete und abwechselnd Lagen aus Gemüse, Béchamel, Lasagneblättern und schließlich Parmesan in eine bereitgestellte Auflaufform schichtete.

»Lässt du deine Gäste ihr Essen immer selbst kochen?«, fragte ich, nachdem ich die Backofentür geschlossen hatte.

Er lachte. »Es tut mir leid, ich bin wirklich ein hoffnungsloser Koch. Du weißt gar nicht, wie dankbar ich dir bin.« Schuldbewusst setzte er den Blick eines kleinen Lausejungen auf, so rührend, dass ich ihm nicht böse sein konnte.

»Wo essen wir denn? Vielleicht sollten wir den Tisch decken? Gibt es Salat oder irgendwas dazu?« Ben sprang auf und kramte in der Besteckschublade. Grüner Salat und Brot, Gabeln und Löffel kamen auf den Küchentisch.

»*Et voilà!* Fran, was hältst du davon, wenn du es dir schon mal im Wohnzimmer bequem machst, während ich schnell ein bisschen aufräume? Wenn du Lust hast, kannst du auch ein paar Takte auf dem Klavier klimpern.«

Ich protestierte, aber davon wollte er nichts wissen. »Auf keinen Fall. Du hast jetzt wirklich genug getan.«

Als ich die Treppe hinaufstieg und den langen schmalen

Flur durchquerte, ertappte ich mich dabei, dass ich mir vorzustellen versuchte, wie das Haus einmal ausgesehen haben musste.

Vermutlich hatten die Architekten das frühere Treppenhaus einfach entfernt und eine Trennwand eingezogen, um das alte Pfarrhaus in zwei kleinere Hälften zu verwandeln. Und nun bewohnte Ben die Hälfte der alten Diele und die Hälfte der Räume des ursprünglichen Hauses, mit eigenem Eingang zur Straße hin. Die zweite Hälfte auf der anderen Seite der Mauer war vermutlich genau spiegelverkehrt. Falls doch noch irgendwelche Gespenster aus der viktorianischen Zeit hier herumspuken, grübelte ich, werden sie wahrscheinlich hin und her durch die Trennmauer schlüpfen und sich fragen, welcher Dummkopf es ihnen so schwer gemacht hatte.

Ich spähte um die Ecke in den vorderen Raum, wo der ebenholzfarbene Flügel im Abendlicht schimmerte. In dem Raum herrschte ein heiteres Durcheinander, überall auf den nackten Holzdielen waren Notenblätter verstreut. Die Anordnung der Holzstühle und der Notenständer ließ darauf schließen, dass kürzlich eine Kammermusikprobe stattgefunden haben musste. An einer Wand hatte Ben eine eindrucksvolle Sammlung gerahmter Zeugnisse aufgehängt. Es gab auch ein paar Konzertbroschüren und einige Plakate, die Klavierkonzerte bei bekannten Musikfestivals ankündigten; das jüngste lag zwei oder drei Jahre zurück.

Ich ging zum Flügel, auf dem ein aufgeschlagener Kalender lag, und konnte mir nicht verkneifen, einen Blick hineinzuwerfen. Ninas Name tauchte ein paarmal auf. Frustriert klappte ich das Buch zu.

Ich stellte mein Weinglas auf den Tisch und setzte mich

auf den Hocker. Der Flügel, ein Bechstein, war wunderschön und in makellosem Zustand. Ich stimmte ein paar Akkorde an, dann überflog ich die Noten des Stücks auf dem Notenständer. Ich versuchte ein paarmal, das Stück zu spielen, bis ich plötzlich merkte, dass Ben in der Tür stand und mir zusah.

»Klavierspielen ist nicht meine Sache. Spiel du etwas«, bat ich, stand auf und zog wahllos ein Notenblatt aus dem Stapel. »Ravel. Kannst du das?«

Es war *Jeux d'Eau*, ein schnelles, unglaublich schwieriges Stück, das sich anhören sollte wie fließendes Wasser. Als ich es aufschlug und gegen das Liederbuch tauschte, registrierte ich, dass auf dem Umschlag mit Bleistift ein Name geschrieben stand: Beatrix Claybourne. Wegen seiner altmodischen Eleganz setzte sich der Name in meinem Kopf fest.

»Das Stück habe ich seit Jahren nicht probiert«, sagte Ben. Aber er fing selbstsicher zu spielen an und ignorierte den einen oder anderen falschen Ton, während er flott durch die Vierundsechzigstel-Noten marschierte. Als er fertig war, lachten wir ausgelassen.

»Okay, das muss ich also noch ein bisschen üben. Kann ich irgendwas anderes für dich spielen?«

»Was probst du denn im Moment?«, fragte ich zurück. »Irgendwas für eine Aufführung vielleicht?«

»Ich begleite Nina«, antwortete er. »Mit Schubert und Brahms. Sie hat eine wichtige Solo-Vorstellung auf einem kleinen, aber viel beachteten Musikfestival in Sussex.« Er begann aus dem Gedächtnis eine wunderbar fließende Sonate von Schubert zu spielen. Die schwermütige Melodie war sehr ergreifend. Als er zu Ende gespielt hatte, saßen wir eine Zeit lang schweigend da.

Ein herrlicher Kräuterduft breitete sich allmählich im Zimmer aus. Sekunden später piepste die Backofenuhr und unterbrach uns rüde.

»Wie geht's deinem Dad?«, fragte Ben beim Essen. Besorgt hörte er zu, als ich ihm von meinem Besuch an diesem Nachmittag erzählte und berichtete, dass es keine Besserung gab. Ich hatte das Gefühl, mich ihm anvertrauen zu können.

»Es klingt merkwürdig, Ben, aber irgendwie fühle ich mich ihm so nah wie seit Jahren nicht mehr. Wir hatten nie eine sehr enge Beziehung, aber jetzt kann ich neben ihm sitzen und ihm erzählen, was ich den ganzen Tag so mache und wie ich mich fühle, und er kann weder das Thema wechseln noch den Raum verlassen. Das hat er früher immer getan, wenn ich etwas sagte, das ihm nicht gefiel. Nun muss er mir zuhören. Wenn es das ist, was er tut, da kann ich mir ja nie sicher sein. Vielleicht ist er auch ganz weit weg an einem anderen Ort.«

»Aber man sagt doch, es hilft den Patienten, wenn man mit ihnen redet und sie stimuliert, oder? Du hast deine Mutter bisher nie erwähnt. Ist sie …?«

»Sie ist gestorben, als ich ein kleines Kind war.«

»Das tut mir leid«, antwortete er bestürzt.

Ich hatte mich längst an die Reaktion der Leute gewöhnt. Manche waren verlegen, wussten nicht, was sie erwidern sollten; und dann war es meine Aufgabe, sie zu beruhigen. »Mach dir keine Sorgen«, sagte ich zu Ben, »das alles ist schon fast dreißig Jahre her. Ich kann mich überhaupt nicht an sie erinnern.«

»Trotzdem, ohne Mutter aufzuwachsen … das ist hart«, sagte er.

Ich nickte. »Was ist denn mit deinen Eltern?«

»Ich bin nur selten in Herefordshire, um sie zu besuchen«, antwortete Ben und bot mir noch etwas Salat an. »Zum Glück wohnt meine Schwester Sally in der Nähe. Ich fahre ein paarmal im Jahr hin, Weihnachten zum Beispiel, aber das wird mit meinen neuen Pflichten als Organist bestimmt nicht mehr so einfach sein. Ich habe wirklich Glück, dass Sally sich so kümmert.«

»Aber es ist eine Schande, wenn du sie wegen deines Jobs nicht mehr besuchen kannst.«

»Ehrlich gesagt, wir waren uns auch nie besonders nah. Ich kam schon mit sieben ins Internat und war es daher gewohnt, auf mich selbst aufzupassen.« Mit versteinerter Miene schob er seinen Teller von sich.

»Sieben ist noch schrecklich jung«, antwortete ich. Vor meinem geistigen Auge sah ich auf einmal einen rotwangigen Ben mit kurzer Hose und Blazer, der einsam und allein an einem Bahnhof auf seinem Koffer hockte. Muttergefühle überschwemmten mich. »War das die Schule, wo du Michael kennengelernt hast?«

»Nein, das war viel später, mit dreizehn. Bei ihm war es noch schlimmer. Seine Eltern waren Diplomaten, das hat er dir erzählt, oder? Im Sommer flog er jedenfalls immer dahin, wo sie sich gerade aufhielten, und die restliche Zeit wurde er zwischen Verwandten hin und her geschoben. Meine Mutter mochte ihn gern, daher war er häufig bei uns. Er besucht sie heute noch; er ist ihr ein besserer Sohn als ich.«

Ben wirkte plötzlich so niedergeschlagen, dass ich schnell einwarf: »Das kann ich mir nicht vorstellen. Aber er hat regelmäßigere Arbeitszeiten als du, oder? Vergiss nicht, ich weiß, wie es ist, als Musiker zu arbeiten. Man hat da nicht viel Zeit für andere Dinge im Leben.«

Er nickte. »Das kann man wohl sagen. Ich habe manchmal das Gefühl, gar keine Freizeit zu haben. Andererseits mache ich etwas, was mir Spaß macht, und ich weiß nicht, ob Michael das von sich behaupten kann.«

»Glaubst du, er mag seinen Job nicht?«

»Nein, versteh mich nicht falsch.« Ben schüttelte den Kopf. »Er findet seine Arbeit sicher interessant. Aber natürlich lebt er nicht so sehr für seinen Beruf wie ich. Für mich ist die Musik mein ganzes Leben, Fran.« Als er das sagte, lag eine große Entschlossenheit in seinem Blick, und ich begriff, dass die Musik für Ben tatsächlich über allem stand. Diese bedingungslose Leidenschaft machte ihn umso interessanter.

»So habe ich das noch nie betrachtet«, antwortete ich langsam. »Ich liebe die Musik auch, aber ich glaube, ich könnte auch ohne sie leben.«

Er schüttelte den Kopf. »Ich nicht. Ganz und gar nicht.«

»Ich bin überrascht, wie viel Spaß mir die Arbeit mit Glas wieder macht.«

»Dann gibt es also gleich zwei Gebiete, auf denen du gut bist. Heißt es nicht, dass Menschen, die zweierlei Talente haben, besonders glücklich sind?« Er stand auf. »Wie wär's jetzt mit etwas Tiramisu?«

»Muss ich es machen?«, fragte ich müde.

»Nein, nein, bloß essen.« Er öffnete den Kühlschrank und inspizierte den Inhalt einer Glasschüssel. »Ich hoffe, das Dessert ist noch gut«, meinte er mit zweifelnder Miene.

Irgendwann später ging ich hoch ins Bad. Und als ich herauskam, bemerkte ich ein paar Bilder, die im Flur an die Wand gelehnt waren, als warteten sie darauf, aufgehängt zu werden. Neugierig hob ich das erste hoch. Es war ein großes

Schulfoto. »Wellingsbury 1978« stand darauf. Bens blonder Haarschopf in der letzten Reihe war leicht zu erkennen. Hinter diesem Foto stand ein anderes, das ich einen Moment anschaute. Es zeigte einen atemberaubend attraktiven Ben mit kürzeren Haaren, perfekt modellierten Gesichtszügen und gebräunter Haut. Dann folgten noch einige gerahmte Konzertplakate und zum Schluss eine Broschüre für eine Ravel- und Debussy-Konzertreihe bei einem Musikfestival vor vier Jahren. Bens Name war aufgeführt, doch darunter war der Name einer weiteren Pianistin gedruckt: Beatrix Claybourne. Ich betrachtete das dramatisch beleuchtete Porträt einer ernst aussehenden jungen Frau mit streng zurückgebundenen schwarzen Haaren. Ihr Gesichtsausdruck war sehr eindringlich. Etwas irritiert stellte ich die Bilder wieder zurück und ging nach unten.

Ben hatte im Wohnzimmer die Vorhänge zugezogen. Wir setzten uns an den Kamin und tranken Kaffee wie ein altes Ehepaar.

»Was ist eigentlich am Montagabend nach der Chorprobe im Pub passiert?«, fragte ich ihn, während ich meine Schuhe abstreifte und gemütlich die Beine anzog. »Ich hatte den Eindruck, dass du ziemlich belagert worden bist.«

»Ah, du meinst das ›Häkelkränzchen.‹« Er leerte seine Tasse in einem einzigen Zug. »Die Damen, die sich zur Probe Kissen mitbringen und sich gegenseitig Plätze frei halten.«

Ich lachte, erinnerte mich aber an etwas, das Dominic mir erzählt hatte. »Sei nicht so böse, Ben. Der Montag ist für sie wahrscheinlich der Höhepunkt der Woche.«

»Mag sein. Aber sie gehören zu der Sorte Menschen, die keinerlei Veränderungen ertragen, auch wenn das manchmal nötig ist. Sie kriegen einfach nicht mit, was um sie herum passiert und dass sie sich an neue Bedingungen gewöhnen müssen. Da draußen herrscht eine Friss-oder-stirb-Mentalität, Fran. Vor allem, wenn man Auftritte auf größeren Bühnen oder vielleicht sogar im Fernsehen anstrebt.«

»Aber das tun wir doch nicht, oder?«, fragte ich erstaunt.

»Vielleicht doch. Unser Chor besitzt großes Potenzial. Wir haben ein paar richtig gute Stimmen und Musiker wie dich oder Val und Crispin. Und eine Menge Kontakte. Ich finde, wir könnten ruhig etwas ehrgeiziger sein.«

»Und was sagt der Beirat dazu?« Ich hatte festgestellt, dass es einen Ausschuss gab, der sich regelmäßig traf. Michael gehörte dazu, Dominic und ein paar andere. Sie organisierten Auftritte und halfen Val, das Orchester zusammenzustellen.

»Morgen findet ein Treffen statt, vor der Probe des Kirchenchors. Dann werde ich ein paar meiner Ideen ansprechen.«

»Na dann, viel Glück.« Ich unterdrückte ein Gähnen und schaute auf meine Armbanduhr. »Du meine Güte, ich muss gehen. Ich muss morgen früh aufstehen.«

Als wir uns wenig später an der Tür verabschiedeten, küsste Ben mich auf die Wangen und hielt mich einen Moment an sich gedrückt. »Der Abend war fantastisch«, sagte er mit wunderbar samtiger Stimme. »Wir müssen das unbedingt bald wiederholen.«

Auf der Hälfte des Platzes drehte ich mich noch einmal um. Er stand in der Tür wie ein bezaubernder Engel. Ich winkte, und er winkte zurück. Aber als ich mich das nächste Mal umschaute, war die Tür geschlossen.

Die Gedanken wirbelten mir wie verrückt im Kopf herum, als ich nach Hause ging. Ja, es war ein schöner Abend gewesen. Aber irgendwie wurde ich aus Ben nicht schlau. Sah er in mir nur eine Freundin? Oder war da noch mehr? Wie auch immer, nach diesem Abend fühlte ich mich ihm näher als zuvor. Das Bild des siebenjährigen Ben auf dem Weg ins Internat bewegte mich noch immer. Trotz seiner ungeheuren Attraktivität und seines Selbstvertrauens war Ben ein verlorener kleiner Junge, der den Beschützerinstinkt in mir geweckt hatte.

23. Kapitel

Mögen ... die besseren Engel unseres Wesens ... triumphieren.
Abraham Lincoln, Erste Antrittsrede

Am Freitagnachmittag widmeten Zac und ich uns Raphael. Um drei Uhr schlossen wir den Laden ab, und ich half Zac, ein riesiges Blatt Papier auszurollen. Darauf zeichnete er unter Zuhilfenahme der Ergebnisse seiner Messungen, die er morgens in der Kirche vorgenommen hatte, die Umrisse des Fensters, in das unser Engel passen musste. Später sah ich zu, wie er ein Raster aus Quadraten über ein Foto von Russells Originalskizze zeichnete und ein ähnliches Gitter über das Bild im Maßstab 1:1 legte. Das ermöglichte es ihm, die Zeichnung Quadrat für Quadrat zu vergrößern. Nachdem ich noch einmal den Dachboden durchsucht hatte, hatte ich den original viktorianischen Karton gefunden; aber der war so häufig auseinander- und wieder zusammengefaltet worden, dass er völlig brüchig war.

»Vielleicht hat man ihn als Schablone für das andere Engelfenster benutzt«, sagte ich zu Zac, aber er war nicht sicher.

Er benötigte fast den gesamten Nachmittag, um die neue Zeichnung anzufertigen, weil er immer wieder messen und rechnen und dann wieder messen und mit der viktorianischen Zeichnung vergleichen musste. Zwischendurch schrieb er ständig etwas in ein kleines schwarzes Buch, das er sich extra zu diesem Zweck gekauft hatte, und machte Fotos.

»Wenn man ein Fenster restauriert, muss man jeden einzelnen Schritt genau dokumentieren«, erklärte er, als ich ihn darauf ansprach. »Für den Fall, dass künftige Generationen sie nachvollziehen wollen oder weitere Maßnahmen nötig sind.«

Wir nannten es nur noch das *Engelbuch*. In den nächsten Wochen füllten sich die Seiten mit Zacs gestochen scharfer Handschrift, mit Illustrationen und Fotos.

»Die Frau vom Museum war ganz fasziniert, als sie von unserem Archiv gehört hat«, berichtete ich Zac. »Offenbar gibt es nur wenige Dokumentationen über Firmen, die viktorianische Glasarbeiten gemacht haben. Sie würde gern einmal vorbeikommen und sich unsere Unterlagen anschauen.«

»Hast du schon mit dem Gedanken gespielt, sie komplett dem Museum zur Verfügung zu stellen?«, fragte Zac, während er sorgfältig ein Muster aus bourbonischen Lilien kopierte. »Wir können nicht viel damit anfangen, aber sie könnten es vielleicht katalogisieren und für alle zugänglich machen.«

»Zac!« Ich war empört. »Das Material gehört Dad, und er schreibt gerade eine Chronik. Da können wir doch nicht einfach was weggeben. Als Dad ...«

»Du hast recht, Fran«, sagte er leise. »Es tut mir leid.«

In einvernehmlichem Schweigen arbeiteten wir weiter.

Als der Nachmittag zu Ende ging, sagte er: »Hast du was dagegen, wenn ich übermorgen reinkomme, auch wenn Sonntag ist?«

»Das ist doch nicht dein Ernst, oder?«

»Wieso nicht? Ich habe nichts Besonderes vor und würde gern ein bisschen weiterkommen.«

»Weißt du was«, schlug ich vor. »Ich habe auch nichts vor, kann dir also helfen, wenn du möchtest.«

»Das wäre toll«, antwortete Zac.

Am Sonntag übertrug Zac die Zeichnung auf ein großes Stück Transparentpapier und zeichnete die Stellen für die Bleiverlötungen und die Lage der Eisenhalterungen, die das fertige Fenster später befestigen sollten.

Meine Aufgaben als Handlangerin waren wesentlich unspektakulärer: Ich musste Zacs Arbeit fortsetzen und das alte Glas vorbereiten – eine knifflige Arbeit, zu der das Schmelzen alten Lötzinns gehörte, das Ablösen alter Bleistreifen und das Säubern von Blei und Glas von Zementresten. Zac beobachtete mit Argusaugen, wie ich jedes fertige Stück zurück an seinen Platz auf das Papier legte.

Zwischendurch, wenn er sich nicht so sehr konzentrieren musste, gab Zac mir einige faszinierende Einblicke in die viktorianischen Methoden der Glasbearbeitung.

»Interessant, dass viktorianische Techniken und Materialien sich im Grunde nicht von denen des Mittelalters unterscheiden.«

»Wirklich nicht?« Ich sah ihn überrascht an. »Man sollte doch meinen, dass sich im Laufe der Jahrhunderte viel verändert hat. Aber woher weißt du das alles?« Als Teenager hatte ich Stunden damit verbracht, alles über die kunstgeschichtliche Entwicklung dieser Zeit zu lesen. Mich hatte vor allem die Neugotik interessiert, die dem Mittelalter sehr zugetan gewesen war und eine Renaissance der Glaskunst ausgelöst hatte. Ich hatte gelesen, wie Burne-Jones, William Morris und ihr gesamter Kreis das Kunsthandwerk in eine Kunstform verwandelt hatten, in der die romantischen Wertvorstellungen des Zeitalters gefeiert wurden. Aber über die speziellen Techniken wusste ich kaum etwas.

»Tja, ich liebe meinen Job nun mal. Ich habe viel gelesen, Kurse belegt.«

Ich fragte Zac, wie er seine Sonntage sonst verbrachte, und rechnete halb damit, dass er antwortete: mit Arbeit. Doch stattdessen sagte er: »Das kommt drauf an. Ich treffe mich mit Freunden oder gehe ins Kino. Ich gehe gerne spazieren. Manchmal fahre ich mit dem Bus oder der U-Bahn ein Stück durch London und laufe einfach durch die Stadt. Richmond, Hampstead, Docklands, egal wo. Ich besuche gerne die Hawksmoor-Kirchen im East End. Zumindest die, die geöffnet sind.«

»Eine Schande, dass du bei dem Wetter heute nirgends warst«, sagte ich. Als ich früh um acht Uhr die Morgenandacht in St. Martin's besucht hatte, war es sonnig gewesen. Es handelte sich nur um eine schlichte, nur gesprochene Liturgie ohne Orgel oder Lobpreisungen, sodass Ben weit und breit nicht zu sehen war ... natürlich redete ich mir ein, dass er nicht der Grund für meinen Besuch gewesen war.

Gegen vier Uhr begannen wir die Werkstatt aufzuräumen, als plötzlich die Ladenglocke ging. Ich hatte gerade beide Hände im Waschbecken, daher öffnete Zac. Sekunden später kam er mit Ben herein.

»Ich wollte nur mal kurz vorbeischauen«, meinte Ben. »Du hast das hier am Donnerstagabend liegen gelassen.« Er hielt meinen gestreiften Schal hoch, den ich bisher noch gar nicht vermisst hatte.

»Wie dumm von mir.« Ich trocknete meine Hände und nahm ihm den Schal ab. »Danke. Auch noch mal für das Essen.« Es war mir ein bisschen unangenehm, dass Zac alles mithörte.

Ben schlenderte durch die Werkstatt und schaute sich um, misstrauisch beäugt von Zac. Als Ben vor dem Engel stehen blieb und die Hand danach ausstreckte, rief Zac: »Nein, lass das!«

Ben sah ihn überrascht an. »Sorry«, sagte er, drehte sich zu mir und lächelte mich an. »Ihr arbeitet also sogar am Sabbat?«

»Nein, das machst du.« Ich kam zu ihm und tat so, als würde ich auf einer unsichtbaren Orgel spielen.

»Touché.« Ben lachte. Betrachtete wieder das unvollständige Fenster. Ich war sicher, dass er eigentlich noch etwas sagen wollte, es sich dann aber anders überlegte. Ich fragte mich, ob er nur gekommen war, um mir den Schal zurückzubringen, oder ob es noch einen anderen Grund gab.

Zac blieb misstrauisch. Er trat einen Schritt näher an die Arbeitsfläche, als müsse er den Engel vor Ben beschützen.

Um die Stimmung aufzulockern, sagte ich rasch: »Wir sind für heute so gut wie fertig. Habt ihr zwei noch Lust, auf einen Tee raufzukommen? Für ein Glas Wein ist es wohl noch zu früh?«

»Gute Idee«, antwortete Ben. »Ich habe ohnehin noch eine Frage an dich, Fran.«

»Tatsächlich?« Ich sah ihn überrascht an. Ben warf Zac einen kurzen Blick zu.

»Ich komme gleich nach, sobald ich aufgeräumt habe«, meinte der. Einerseits tat er mir leid, andererseits war ich auch ein bisschen sauer. Er bemühte sich gar nicht erst, freundlich zu Ben zu sein. Ich fand das ziemlich unhöflich.

»Ich hoffe nur, du verschwindest nicht einfach«, zischte ich Zac zu, bevor ich Ben in die Wohnung folgte. Er warf mir einen seiner bösen Blicke zu.

Ben und ich entschieden uns für einen Tee. »Ich komme gerade von einem ziemlich alkohollastigen Mittagessen mit ein paar alten Schulfreunden«, erklärte er.

Wir standen in der Küche und warteten, dass das Wasser kochte. Ben schaute sich um, und ich schämte mich ein wenig für mein schäbiges altes Zuhause.

»Mir war gar nicht klar, dass man mein Haus von hier aus so gut sehen kann«, sagte er mit einem Blick aus dem Fenster.

»Wir könnten uns abends Lichtsignale schicken«, scherzte ich.

Ben tat so, als würde er ernsthaft darüber nachdenken. »Ja, wie in dieser Oper, in der jemand als Signal für den Liebhaber ein Licht ins Fenster stellt. Welche war das noch?«

»Keine Ahnung«, antwortete ich und versuchte, meine Stimme ruhig zu halten. »Es gibt eine solche Oper?«

Ich wartete, während er näher kam. »Und was sollten wir uns gegenseitig signalisieren?«, fragte er leise. Dabei streifte seine Fingerspitze leicht über meine Wange.

Ich schaute weg. Mir war plötzlich schwindelig, als hätte ich die Kontrolle über meinen Körper verloren – genauso war es damals auch bei Nick gewesen. Und plötzlich wusste ich, dass ich dazu nicht bereit war. Ich war völlig verängstigt.

»Ich hole schnell das Wasser«, murmelte ich, denn der Kessel hatte zu pfeifen angefangen. Ben trat zurück.

»Du hattest doch eine Frage«, erinnerte ich ihn und versuchte zur Normalität zurückzukehren, während ich das Wasser auf die Teebeutel goss.

»Ach ja.« Meine Zurückweisung schien ihn nicht im Mindesten zu berühren. »Es geht um die Besprechung mit dem Beirat gestern. Jemand hat den Vorschlag gemacht, dass ich einen größeren Kreis zusammentrommeln soll, um die künftige Ausrichtung des Chors zu diskutieren.« Das klang reichlich offiziell. Warum setzten wir uns nicht einfach in einem Pub zusammen und diskutierten?

»Ich möchte dich gerne dabeihaben«, fuhr er fort. »Schließlich bist du sehr objektiv und hast eine Menge musikalischen Sachverstand.«

»Oh«, antwortete ich überrascht. Eigentlich fand ich, dass ich bei allem, was Ben betraf, kein bisschen objektiv war. Ich reichte ihm eine Teetasse, und dann setzten wir uns ans Fenster. »Und ich dachte, du würdest mich nur besuchen, weil du Lust hast, mich zu sehen.«

Er lachte. »Das ist natürlich auch richtig«, erwiderte er und kniff die Augen auf umwerfende Art zusammen, »aber es schien auch der passende Moment, die Sache anzusprechen.«

»Das heißt, der Beirat hat deinen Vorstellungen gestern zugestimmt?«

»Sie fanden die Idee mit den Stimmübungen ganz vernünftig«, antwortete er zurückhaltend. »Also, machst du mit?« Er beugte sich vor und schenkte mir einen seiner tiefgründigen Blicke.

Ich lächelte.

»Und?« Er streckte die Hand aus und strich sanft über meine.

»Ich weiß nicht«, antwortete ich zögernd. »Du verstehst es, andere Leute um den kleinen Finger zu wickeln.«

»Also machst du mit?«

»Ich werd's mir überlegen. Und ich bin nicht besonders gut in solchen Sitzungen. Außerdem könnte es durchaus sein, dass ich nicht immer mit deinen Vorschlägen einverstanden bin. Wer ist denn sonst noch dabei?«

»Val und Dominic. Der ist vernünftig.« Er klopfte mit den Fingern auf den Tisch. »Vielleicht sollten wir noch einen bitten. Crispin, unseren Solisten. Wäre nicht schlecht.«

»Und Michael?«

»Der wahrscheinlich auch.«

»Warum so zurückhaltend?«

»Ich kenne seine Meinung schon. Er findet, dass man nichts verändern sollte.«

»Ah ja.« Insgeheim dachte ich, dass sein Standpunkt unbedingt berücksichtigt werden sollte. »Was soll dieser Beirat denn konkret tun?«

»Brainstorming. Ideen sammeln.« Er sah mich an. »Natürlich muss Reverend Quentin auch dabei sein. Ich werde ihn einladen müssen. Aber ich bin mir sicher, er hat nichts dagegen, dass wir unsere Flügel ein wenig spreizen, sofern wir die Kirche nicht um finanzielle Unterstützung bitten.«

»Ben, ich habe nichts dagegen, dir einen Rat zu geben. Aber wenn du große Veränderungen ins Werk setzen willst, dann solltest du besser den gesamten Chor hinter dich bringen, meinst du nicht auch?«

»Das«, stimmte er zu, »ist Teil der Herausforderung.« Als er mich dieses Mal anlächelte, glitzerte es entschlossen in seinem Blick. Mir wurde unbehaglich.

In diesem Augenblick hörten wir Schritte auf der Treppe, gefolgt von einem zögernden Klopfen. Ich stand auf und öffnete Zac die Tür.

Er lächelte gequält und nickte Ben zu. Seine Stimmung hatte sich offensichtlich nicht gebessert, was mich nervte.

In der Küche gab es nur zwei Stühle, deshalb schlug ich vor, ins Wohnzimmer umzuziehen. Ich brühte eine dritte Tasse Tee auf und war froh, für einen Moment in der Küche allein zu sein. Neugierig sperrte ich die Ohren auf und versuchte mitzuhören, worüber die beiden Männer redeten – aber sie schwiegen. Als ich die Milch aus dem Kühlschrank nahm, hielt ich den kühlen Karton kurz an mein erhitztes Gesicht.

Ben und Zac, Zac und Ben. Sie standen für die beiden verschiedenen Seiten meines Lebens. Musik und Kunst, und ich kam weder mit der einen noch mit der anderen zurecht. Am wenigsten dann, wenn sie aufeinandertrafen. Nachdenklich nahm ich die Teetasse und trug sie nach nebenan. Die beiden verharrten in einem finsteren Schweigen, das den ganzen Raum zu erfüllen schien.

»Bitte schön«, sagte ich übertrieben fröhlich, um die schlechte Stimmung etwas aufzuheitern.

Beide sahen mich irritiert an. Wir tranken in unangenehmer Stille, dann stellte Zac seine halb volle Tasse ab und stand auf. Ich war fast ein bisschen erleichtert, als Ben ihm kurze Zeit später folgte.

»Also gut«, versprach ich. »Ich komme morgen zu eurer Besprechung.«

»Super!« Er küsste mich flüchtig auf die Wange und verschwand.

24. Kapitel

Horcht auf diese Klänge!
Sie stammen von zarten, engelsgleichen Wesen!
Kardinal Newman, *Der Traum des Gerontius*

»Ich habe schon mal 'nen echten Engel gesehen.«

Als Amber am Montag zur Arbeit erschien, war sie völlig fasziniert von der Rekonstruktion Raphaels. Sie nutzte jede Gelegenheit, ihre eigentliche Beschäftigung zu unterbrechen und mir und Zac bei der Arbeit zuzusehen. Während ich noch immer damit zu tun hatte, das Glas zu reinigen und das Blei zu entwirren, nahm er die Teile, die ich fertig hatte, und legte sie auf das Papier. Dieses wiederum hatte er auf dem großen Leuchtkasten ausgebreitet, eine nützliche Lichtquelle von unten. Wenn er diesen Arbeitsschritt hinter sich gebracht hatte, würde er entscheiden müssen, welche fehlenden Stücke wir mit neuem Glas ersetzten.

»Erzähl uns ein bisschen von deinem Engel, Amber«, bat Zac, während er die Puzzleteile aus Glas hin und her schob. Er sagte das ganz ernst, aber seine Augen blitzten vergnügt.

»Ich weiß, dass ihr euch über mich lustig macht, aber ich habe wirklich einen gesehen. Er hat mir das Leben gerettet.«

Inzwischen hatten wir uns längst an Ambers verrückte Ideen gewöhnt. Ihr persönlicher Schutzengel tauchte mal in dieser, mal in jener Gestalt auf, war aber immer rot, und er war besonders begabt darin, ein Auge auf Waisenkinder zu werfen, wie sie mir versicherte. Aber diese Geschichte, die Amber uns nun erzählen wollte, kannten wir noch nicht.

»Es war, kurz nachdem meine Mom gestorben war.« Wir hörten beide gespannt zu. »Ich war damals noch völlig benommen, vergaß ständig Sachen, war unkonzentriert und durcheinander. Einmal bin ich, ohne vorher zu schauen, über die Straße gelaufen. Irgendjemand hat mir plötzlich einen heftigen Stoß verpasst, und im nächsten Augenblick saß ich auf dem Gehweg, während ein Auto an mir vorbeiraste. Es hätte mich um ein Haar erwischt. Kaum zu glauben.«

»Wie schrecklich!«, sagte ich und fragte mich, worauf sie hinauswollte. Hatte das Auto sie gestreift und zu Boden geworfen? Oder hatte sie die Gefahr im letzten Moment erkannt und war noch zurückgesprungen?

Sie sah unsere amüsierten Blicke.

»Wenn ich sage, jemand hat mir einen Stoß gegeben, meine ich damit, dass es sich so angefühlt hat. Aber außer mir ist niemand in der Nähe gewesen. Bis auf meinen Schutzengel natürlich.«

»Wie kommst du auf diese Idee?«

»Ich war so erschrocken, dass ich eine Zeit lang auf dem Gehweg sitzen blieb. Und dann habe ich auf einmal Musik gehört, sie kam irgendwo aus der Ferne. Ich schaute auf und sah einen Kerl mit Gitarrenkasten mitten auf der Straße stehen. Überall wirbelten weiße Federn durch die Luft und um mich herum, ein klares Zeichen für einen Engel. Als ich wieder hinsah, war der Typ verschwunden, er hatte sich in Luft aufgelöst. Ich hätte doch sehen müssen, wie er weggeht, wenn er … na ja, wenn er ein Mensch gewesen wäre, oder?«

Zac und ich warfen uns einen vielsagenden Blick zu, und er zog kaum merklich die Brauen hoch.

Da ich Amber nicht verärgern wollte, sagte ich: »Wer auch

immer es war, ich bin jedenfalls froh, dass er so gut auf dich aufgepasst hat, Amber.« Kurz überlegte ich, was der Pfarrer zu dieser Geschichte sagen würde. Ich würde ihn danach fragen. Pfarrer mussten sich mit Engeln schließlich auskennen.

»Mit den Teilen, die wir haben, kommen wir nicht weiter«, meinte Zac, und ich war froh, dass er das Thema wechselte. Zu dritt betrachteten wir das Glasmosaik vor uns auf dem Tisch. Es war erstaunlich, was Zac geleistet hatte. Irgendwie war es ihm gelungen, den größten Teil des Bildes aus Originalbestandteilen zusammenzusetzen. Wer auch immer die Scherben nach dem Bombenangriff zusammengeräumt hatte, er hatte gründliche Arbeit geleistet, auch wenn einige Stellen offenbar so schwer beschädigt gewesen waren, dass sie sich nicht mehr rekonstruieren ließen. Diese Stellen befanden sich in der oberen Gesichtshälfte, im Gras, an der roten Umrandung und an einem Teil des Flügels. Schade, dass wir die Augen nicht gefunden hatten.

»Die Farbe passt zu Raphael«, meinte Amber.

»Engel tragen häufig goldene Gewänder«, murmelte ich.

»Trotzdem. Raphaels Farbe ist Gold«, beharrte Amber. »Manchmal auch Smaragdgrün. Sein Kristall ist der Smaragd und sein Element die Luft. Und er ist einer der Erzengel. Das ist alles, was ich noch weiß. Die Worte sind auch richtig.«

Das Spruchband war ebenfalls ein bisschen kaputt, aber man konnte die Losung »Gott heilt« gut entziffern. Amber seufzte zufrieden. »Der hübsche Engel in eurem Schaufenster gefällt mir am besten, Fran. Der, den dein Dad gemacht hat. Aber der hier ist auch sehr schön.«

»Zum Glück«, antwortete Zac und lächelte sie an. »Kann es sein, dass gerade ein Kunde reingekommen ist?«

»Sie ist süß, nicht?«, flüsterte ich, als Amber im Laden verschwunden war.

»Aber ziemlich naiv.«

»Schon, aber vergiss nicht, was sie alles mitgemacht hat.«

Später, als Amber nach Hause gegangen war, begann Zac im Laden nach Glas zu suchen, das geeignet war, um die fehlenden Teile unseres Engels zu ersetzen. Das Grün für das Gras unter den Füßen war leicht zu finden. Zac hielt ein Stück ans Licht, das dem ursprünglichen Material sehr ähnlich sah und sogar dieselben Einschlüsse und Unreinheiten aufwies, die ihm Schönheit und Patina verliehen. Als Zac es neben das alte legte, bestätigte sich die Ähnlichkeit.

Mit dem rubinroten Glas hatte er mehr Schwierigkeiten. »Der Farbton stimmt einfach nicht«, murmelte er, oder: »Das ist zu durchsichtig«, oder: »Das ist viel blasser, siehst du das?« Nachdem wir erfolglos unseren gesamten Vorrat durchforstet hatten, packte er einige Teile des Engels sorgfältig ein, um sie in Davids Studio mitzunehmen. Vielleicht konnte sein Freund ihm einen Tipp geben.

»Wenn du einverstanden bist, fahre ich gleich morgen früh zu ihm«, sagte er, während er seinen Overall auszog und seine Jacke überstreifte. »Vielleicht müssen wir noch Glas extra anfertigen lassen.«

»Okay, dann sehen wir uns nach dem Mittagessen.« Ich spürte seinen Blick auf mir, und dabei wurde mir bewusst, dass unsere Beziehung sich verändert hatte. Wir gingen inzwischen viel entspannter miteinander um, auch wenn ich ihm immer noch übel nahm, dass er so unhöflich zu Ben gewesen war.

»Hast du heute Abend was vor?«, fragte er, und es klang ein bisschen zu beiläufig.

Ich nickte. »Chorprobe.«

»Ah. Dann viel Spaß. Bis morgen.«

Ich sah zu, wie er einsam und allein über den Platz davonging. Plötzlich verspürte ich eine große Traurigkeit. Es war, als hätte ich etwas verloren – ohne je gewusst zu haben, wie viel es mir eigentlich bedeutete.

Die Melancholie ließ mich den ganzen Abend nicht mehr los und schnürte mir die Kehle zu. Ich hatte meinen Vater seit zwei Tagen nicht besucht; auch das war ein Grund. Aber irgendwie kam mir alles so vor, als würde es unter meinen Füßen schwanken – als wäre mein Leben von einem Meteoriten getroffen und völlig verändert worden. Das musste mit meinen wirren Gefühlen für Ben zu tun haben.

Wie konnte ich mein wachsendes Interesse an ihm beschreiben? Ich war wie verzaubert, wie eine der wohlig aussehenden Frauen auf den Bildern von Edward Burne-Jones. Vielleicht hatte es in der Kirche begonnen, mit all dem Weihrauch und dem Lilienduft und der erregenden Orgelmusik, die meine Sinne betört hatte. Ich war fasziniert von seiner Leidenschaft für die Musik und seinem Charisma als Dirigent, von der Art, wie er den Chor zusammenhielt und uns unter seinen Willen beugte. Und er sah so verdammt gut aus. Es war unmöglich, nicht fasziniert zu sein von einem Mann, der aussah wie die weltliche Version eines florentinischen Engels, noch dazu eines köstlich verdorbenen, der so verschwenderisch mit seiner Kunst umging, unter der Oberfläche aber zugleich zart und verwundbar war … Aber ich hatte nicht die leiseste Ahnung, was er für mich empfand oder ob es eine andere Frau in seinem Leben gab.

Jo nahm heute Abend an der Probe teil, kam aber zu spät, sodass wir nicht zusammensitzen konnten. Ein- oder zweimal erhaschte ich einen kurzen Blick auf sie. Wenn sie nicht vor sich hinstarrte, schaute sie angestrengt auf die Noten, um zu verfolgen, wann ihr Einsatz war.

Ben ließ uns wieder zehn Minuten lang Stimmübungen machen, dieses Mal, ohne dass jemand protestierte; anschließend sangen wir den *Chor der Engel.* Unser Dirigent schien zunächst gut gelaunt zu sein, aber dieser Zustand dauerte nicht an.

»Ich weiß ja, dass so viele Stimmen gleichzeitig kompliziert sind«, sagte er. »Aber es muss absolut perfekt sein. Ihr müsst das Publikum in den Himmel singen. Elgar befand sich in einem nahezu ekstatischen Zustand, als er den *Gerontius* schrieb; er fühlte sich, als sei er selbst im Himmel bei den Engeln gewesen. Ihr müsst also quasi alle Engel sein.«

Daraufhin gab es einiges Gekicher, und einige der jüngeren Männer verzogen das Gesicht. Aber das Lachen legte sich bald, als wir den Part durcharbeiteten. Ben musste uns immer wieder unterbrechen, weil die eine oder andere Stimme ihre Tonlage verloren hatte. Schließlich sangen wir die Fuge *Lob dem Heiligen in der Höhe* und sanken dankbar auf unsere Stühle.

»Das war absolut grauenvoll«, stöhnte Ben gequält. »Ganz einfach grauenvoll. Ich habe keine Ahnung, wie wir das in der kurzen Zeit, die uns noch bleibt, hinkriegen sollen. Die Tenöre und Bässe waren völlig daneben. Die Altstimmen haben sich zwischendurch angehört wie ein Muhen. Ja, Muhen! Aber ihr seid keine Kühe, du meine Güte, ihr seid Engel! Und die Sopranstimmen! Die erste Stimme war gar nicht so übel«, bei diesen Worten lächelte die erste Reihe selbstgefällig, »aber die zweite hat mir gar nicht gefallen.

Warum achtet ihr nicht auf mich? Jetzt schlagt bitte noch mal alle Seite fünfundneunzig auf. Graham, spiel noch einmal von Takt fünfundsechzig an. Und ihr konzentriert euch bitte.«

Ich blickte mich um, um zu sehen, wie der Chor auf die Schimpftirade reagierte. Einen Moment lang hörte man nur das Umblättern der Seiten. Eine düstere Stimmung hatte sich ausgebreitet. Ein paar Leute sahen richtig sauer aus.

An diesem Abend ließ Ben uns sehr hart arbeiten. Wir übten und übten, bis wir es nicht mehr hören konnten. Aber während ich ihn beobachtete, wie er sich mit der Hand durchs Haar fuhr, leise den Takt zählte, sich auf die Musik konzentrierte, merkte ich, was für ein guter Chorleiter er war. Er besaß den Willen und die Vision, um das Beste aus uns herauszuholen. Und, was noch wichtiger war, es interessierte ihn nicht, ob wir ihn dafür hassten.

»So!«, meinte er schließlich, nachdem er zehn Minuten überzogen hatte. »Zum Schluss war es ganz passabel. Und das ist das beste Kompliment, das ihr mir heute Abend entlocken könnt. Danke, Graham, du warst sensationell.« Und dann drehte er uns den Rücken zu.

Ich suchte meine Sachen zusammen und rechnete mit missmutigem Grummeln um mich herum, aber alle schienen ein schlechtes Gewissen zu haben.

»Wir sind richtig mies, oder?«, sagte die Frau neben mir zu ihrer Nachbarin. »Ich muss vor der nächsten Probe unbedingt mehr üben.«

»Das habe ich eigentlich getan«, antwortete die alte Dame und steckte ihre Brille in ein Häkeletui. »Aber irgendwann bin ich völlig aus dem Tritt gekommen. Ich werde mir mal die CD von Deirdre leihen.«

»Was meinst du, Jo?«, fragte ich und ging auf sie zu. Sie saß völlig erschöpft auf ihrem Stuhl.

»Ich bin ziemlich müde. Ehrlich gesagt, habe ich auch etwas Kopfschmerzen.« Sie lächelte verkrampft. »Ich werde heute Abend nicht mehr in den Pub mitkommen, das muss ich nur noch Dominic beibringen.«

Ich sah zu, wie die beiden miteinander sprachen. Dominic legte fürsorglich den Arm um ihre Schulter, und Jo sagte zu mir: »Dominic will mich nach Hause bringen. Ich rufe dich an, okay?«

Ich nickte. »Tu das. Gute Besserung.«

»Fran?« Ben bahnte sich einen Weg durch eine Gruppe Baritone, die Stühle aufeinanderstapelten. Seine Haare standen struppig ab, und er sah ziemlich mitgenommen aus.

Ehe er mich erreichte, kam Michael auf uns zu. »Ihr zwei wollt nicht zufällig noch in den Pub, oder?« Ich sah ihn erstaunt an. Ich konnte mir zwar nicht vorstellen, dass Michael seine Coolness jemals ablegte, aber heute Abend schien er irgendwie durcheinander zu sein. Und als Ben knapp antwortete: »Nein, ich jedenfalls nicht«, und ich die Enttäuschung in Michaels Gesicht sah, wusste ich, dass es zwischen ihnen Streit gegeben haben musste.

»Was ist mit dir, Fran?«, fragte Michael, schaute aber immer noch Ben an, der mich am Handgelenk festhielt, als wollte er verhindern, dass ich zusammen mit Michael aus der Tür rannte.

»Wir lassen den Pub heute Abend mal ausfallen. Ich bringe Fran nach Hause, oder, Fran?« Er sah mich eindringlich an, und ich wusste nicht, was ich tun sollte. Dann starrte er Michael an, der starrte mit ausdrucksloser Miene zurück, zuckte mit den Schultern und ging.

»Was sollte das?«, fragte ich Ben, verärgert über sein Benehmen.

»Ich habe keine Lust, heute Abend ins *Bishop* zu gehen«,

antwortete er, als hätte er mir gar nicht zugehört. Er schnappte sich seine Noten und sah sich um. Die Stühle waren nun ordentlich gestapelt, der Flügel in die Ecke geschoben. »Du kannst dir sicher vorstellen, was mich da erwarten würde. Einige Altstimmen haben ziemlich scharfkantige Handtaschen.« Wir gingen hinaus in die Lobby.

»Sei nicht albern. Sie lieben dich.«

»Nein, sie hassen mich. Nicht dass es mir was ausmachen würde.« Mit übertriebener Geste hielt er mir die Tür auf.

»Sie reagieren doch auf deinen Führungsstil«, sagte ich. »Einige von ihnen verstehen allmählich, was du meinst.«

»Glaubst du das wirklich?« Er sah mich durchdringend an. Heute Abend lag ein leichter Nebel in der Luft, der eine unwirkliche Atmosphäre schuf.

Ich spürte, dass Ben auf eine Bestätigung wartete, und nickte. »Ja, das glaube ich.«

»Na ja.« Er steckte seinen Schlüssel ein. »Ich brauche jetzt dringend was zu trinken. Komm, wir machen bei mir zu Hause eine Flasche auf.« Er sagte das ziemlich bestimmend, was mich zutiefst irritierte.

»Nein, ich gehe jetzt lieber nach Hause.«

»Bitte komm mit.« Auf einmal klang er richtig verzweifelt.

»Vielleicht musst du jetzt einfach mal allein sein«, sagte ich leise. Aber irgendwie schaffte ich es nicht, einfach wegzugehen.

»Das ist das Allerletzte, was ich jetzt will. Tut mir leid, dass ich dich so angeherrscht habe. Lass mich mal genau hinschauen ... Habe ich dich verletzt?« Natürlich hatte er das nicht, aber ich ließ es zu, dass er mir den Jackenärmel hochschob und mein Handgelenk streichelte. Es kitzelte köstlich auf meiner Haut. »Bitte komm doch mit auf einen Drink«, flehte er noch zärtlicher. »Bitte, bitte.« Mit der Fingerspitze berührte er mein Kinn, sodass ich ihn anschauen musste. Dabei lächelte er spitzbübisch. Ich konnte nicht anders und lächelte zurück.

»Also gut.« Ich willigte ein. »Aber nur auf ein einziges Glas.« Er hakte sich bei mir unter, und wir tauchten in den Nebel ein.

Als wir es uns mit einer Flasche Wein vor dem Kamin gemütlich gemacht hatten, fragte ich: »Worüber hast du dich mit Michael gestritten?«

Er sah mich überrascht an. »Hat man das gemerkt?«

»Ja.«

»Michael kann einem manchmal ziemlich auf die Nerven gehen.«

Ich lachte. »Du aber auch.«

»Danke.« Er verzog das Gesicht. »Nein, eigentlich ist das richtige Wort ›besitzergreifend‹. Er bildet sich ein, er habe das Recht, sich in mein Leben einzumischen. Wahrscheinlich hat es damit zu tun, dass meine Eltern ihn damals quasi adoptiert haben und er als Teenager so viel Zeit bei uns zu Hause verbracht hat. Es macht mich ganz kirre, dass er meint, er müsse mich ständig bewachen.«

»Du meinst, wie ein älterer Bruder?«

»Genau. Dabei ist er weder älter als ich noch mein Bruder.«

»Aber er fühlt sich dir offenbar sehr verbunden. Er hat dich nicht vor dem Ertrinken gerettet oder so etwas?«

»Nein. Aber er meint, er hätte mich vor etwas anderem gerettet. Und das Problem ist, dass ich mich ihm ganz und gar nicht verbunden fühle.«

»Ich denke, ihr seid Freunde?«

»Das sind wir auch. Er ist der Mensch, der mich am besten kennt. Besser noch als meine Eltern und Geschwister.«

»Du kannst dich glücklich schätzen«, antwortete ich bedrückt und dachte an meine eigenen Beziehungen. »Auf jeden Fall solltest du nicht leichtfertig damit umgehen.«

»Bei Michael gibt es keine Leichtfertigkeit, das kannst du mir glauben.«

Der Alkohol und die unwirkliche Stimmung an diesem Abend machten mich mutig. »Was hast du denn dieses Mal angestellt, dass er meint, sich einmischen zu müssen?«

Halb hoffte ich, er würde sagen, es hätte was mit mir zu tun. Denn irgendwie gefiel mir die Vorstellung, dass ich Ben wichtig genug war, um einen Streit vom Zaun zu brechen. Aber zu meiner Enttäuschung antwortete er: »Es hat was mit Nina zu tun. Er findet, ich würde zu viel Einfluss auf sie ausüben und lasse sie zu abhängig von mir werden. Er meint das in Bezug auf die Musik und die Karriere, aber er hat mir noch mehr Vorwürfe gemacht, die völlig ungerechtfertigt sind.«

»Wie kompliziert!« Plötzlich wollte ich gar nichts mehr wissen. Ich machte mich nur lächerlich. Rasch trank ich mein Glas leer und stand auf. »Jetzt muss ich wirklich gehen.«

Als wir an der Haustür standen, wussten wir plötzlich beide nicht, was wir sagen sollten.

»Dieses Mal habe ich meinen Schal nicht vergessen«, meinte ich und wickelte ihn mir fest um den Hals.

Ben zögerte, dann zog er mich auf einmal an sich und küsste mich rasch auf die Wange.

»Danke, dass du es heute Abend mit mir ausgehalten hast«, sagte er leise.

»Schon gut«, antwortete ich schnell. »Ich verstehe dich.« Er öffnete die Tür und trat einen Schritt zurück, um mich vorbeizulassen.

Das war's jetzt, dachte ich aufgewühlt, als ich die Straße

überquerte. Ich würde vermutlich nie wieder allein mit ihm sein.

Wie im Nebel nahm ich eine Alarmanlage wahr, die quer über den Platz schrillte, ohne dass mir das Geräusch wirklich ins Bewusstsein drang. Ich drehte mich um und winkte Ben zu, zum letzten Mal, wie ich dachte. Als ich die kleine Parkanlage erreicht hatte, schaute ich noch einmal zurück, aber er hatte die Tür bereits geschlossen. Ich fühlte mich schrecklich einsam.

Die Alarmanlage schrillte immer weiter. Wieso steht nicht endlich jemand auf und stellt sie ab, dachte ich genervt und lief weiter.

Erst ganz allmählich dämmerte es mir, dass die Alarmanlage aus der Richtung von *Minster Glass* kam. Als ich den Laden erreichte, blieb ich wie erstarrt stehen. Im Schaufenster, direkt über Dads Engel, war ein tellergroßes Loch. Scherben glitzerten auf dem Gehweg.

Ein langgezogener Schrei übertönte den Alarm. Ich brauchte einen Moment, ehe mir klar wurde, dass er von mir stammte. Während ich durch die Grünanlage zu Bens Wohnung zurückrannte, schrillte der Alarm immer weiter.

Als ich mit Ben zu *Minster Glass* zurückkehrte, hatten sich ungefähr ein halbes Dutzend Leute vor dem Laden versammelt.

»Natürlich habe ich sofort die Polizei benachrichtigt«, sagte ein älterer Mann in einem Morgenmantel mit Paisleymuster und Hausschuhen. Beim näheren Hinsehen erkannte ich, dass es Mr. Broadbent war, der Besitzer des Antiquariats. Er war mal bei uns gewesen, um sich nach Dad zu erkundigen. »Das erschien mir das einzig Sinnvolle zu sein, damit hier wieder Ruhe herrscht.«

»Es tut mir leid«, sagte ich schwach, aber eine Frau, die in ihrem kurzärmeligen Top sicherlich fror, wies ihn sofort zurecht.

»Es ist doch nicht ihre Schuld, wenn irgendjemand einfach einen Stein in ihr Schaufenster wirft.«

Ben kümmerte sich sofort um alles. Er achtete darauf, dass niemand etwas anrührte, schaute im Hof nach, ob es Hinweise auf einen Einbruch gab, und berichtete dann, dass es nicht so war. Er legte mir eine Decke, die irgendwer herausgebracht hatte, um die Schulter, denn ich zitterte vor Kälte und Schock.

Wenige Minuten später erschien die Polizei – ein Inspektor und seine gelangweilt dreinblickende Kollegin in einem winzigen Streifenwagen. Unter ihrer Aufsicht durfte ich den Laden aufschließen und die Alarmanlage abstellen. Dann warteten Ben und ich, bis die Beamten den Schaden aufgenommen und die Nachbarn befragt hatten. Niemand hatte etwas Verdächtiges gesehen. Sekunden später drang plötzlich die Stimme des Inspektors aus dem Laden. »Kommen Sie und sehen Sie sich das an!«

Man hörte Glas unter seinen Schuhen knirschen.

»Die Tatwaffe!« Der Inspektor hob etwas auf, das aussah wie eine mit einem Stück Stoff umwickelte Glaskugel. »Sie muss mit ziemlicher Wucht geworfen worden sein.« Er steckte sie in einen Zellophanbeutel, den er hochhielt und genau betrachtete. Die Kugel hatte ungefähr die Größe einer Grapefruit und sah aus, als sei sie mit pinkfarbenem und violettem Dampf gefüllt.

Ben sah ihn interessiert an. »Ein Briefbeschwerer, oder?«

»Woher kommt der?«, fragte ich. »Und wieso ist er nicht zerbrochen, als er zu Boden fiel?« Die Antwort auf die zweite

Frage war einfach – er war einigermaßen sanft auf einem Stuhl gelandet, der nun umgestürzt war.

»Das hier brauchen Sie für Ihre Versicherung. Sie sind doch versichert, oder?« Der Inspektor kritzelte seine Initialen auf das Schriftstück und riss den oberen Teil für mich ab.

»Ich denke schon.«

»Sie sollten das Fenster lieber vergittern lassen. Wir melden uns, falls wir etwas hören.«

»Aber … versuchen Sie denn nicht herauszufinden, wer das getan hat?« Ich war verwirrt.

»Doch, natürlich.« Der Inspektor sah seiner Kollegin zu, die mit wichtiger Miene etwas in ihr Funkgerät sprach.

»Wir müssen los«, sagte sie und nickte ihm zu. Sie stiegen ins Auto, stellten das Martinshorn an und rasten bereits davon, noch ehe er richtig die Tür geschlossen hatte.

Der Besitzer des Antiquariats verschwand, um ein Stück Pappe zu besorgen, das er auf das Loch kleben wollte, während ich Besen und Schaufel holte. Alle packten mit an, und es dauerte nicht lange, bis die Spuren beseitigt und die Leute wieder nach Hause gegangen waren. Bis auf Ben.

»Möchtest du heute Nacht lieber bei mir bleiben?«, bot er mir an.

»Aber ich kann den Laden doch so nicht einfach alleinlassen.«

»Okay, dann bleibe ich bei dir. Natürlich schlafe ich auf dem Sofa«, versprach er.

»Da musst du dich aber ziemlich zusammenrollen. Hast du gesehen, wie klein es ist? Nimm lieber das Gästebett.«

Am Ende holte er einen Schlafsack und eine Tasche mit ein paar Dingen und warf sie auf unser Gästebett. Wir setzten uns zusammen auf das kleine Sofa und tranken Tee ohne

Milch, weil ich keine mehr hatte. Ben musste den Tee kochen, denn ich zitterte noch immer am ganzen Leib.

»Das hat mir gerade noch gefehlt«, sagte ich mit bebender Stimme. »Nach der Geschichte mit Dad und allem anderen. Wer tut so etwas?«

»Irgendein Idiot. So was passiert immer wieder.« Beruhigend legte Ben den Arm um meine Schulter. Ich schmiegte mich an ihn, weil er so schön warm war. Wir saßen in der Dunkelheit, und nur ab und zu huschte der Scheinwerfer eines Autos durch den Raum.

»Gut, dass du in der Nähe warst. Ich hätte mich zu Tode gefürchtet.«

»Seltsam. Du machst auf mich immer so einen starken, unabhängigen Eindruck. Schließlich reist du allein durch die ganze Welt.«

»Damit habe ich auch normalerweise kein Problem. Aber dann passiert so etwas, und ich habe das Gefühl, der Boden würde mir unter den Füßen weggerissen. Ich falle, und niemand fängt mich auf.«

»Es war mir ein Vergnügen, dich heute Abend aufzufangen.«

Danach erschien es mir nur natürlich, mich noch näher an ihn zu schmiegen und ihn auf die Wange zu küssen. »Danke, Ben«, sagte ich und gähnte. »Oh, tut mir leid.«

Er küsste mich zurück und drückte mir beruhigend die Schulter. Ich schlief ein, wurde immer wieder wach und versuchte, meine Gedanken zu ordnen. Ben hatte heute Abend so viele verschiedene Rollen gespielt: den göttlichen Dirigenten auf dem Sockel, den unnachgiebigen Streithahn, den charmanten Verführer. Und dann hatte er sich in diesen netten, hilfsbereiten Mann verwandelt, der sich in meiner Not um mich gekümmert hatte. Wer war er wirklich?

Und dann passierte es: Während ich schläfrig in seinen Armen lag, verliebte ich mich in ihn. So einfach und so kompliziert war das.

Irgendwann musste ich in tiefen Schlaf gefallen sein. Vage erinnerte ich mich daran, dass Ben mich halb getragen hatte und mit den Lippen über meine Stirn gestreift war. Als ich wieder klar denken konnte, war es acht Uhr und Tag, und ich lag vollständig angezogen in meinem Bett. Keine Spur von Ben, aber als ich ins Gästezimmer blickte, sah ich seine blonden Locken aus dem Schlafsack herausschauen. Ich widerstand der Versuchung, mit den Fingern hindurchzufahren.

Mein nächster Gedanke war Erleichterung, dass Zac heute Morgen frei hatte und daher nicht mitbekommen würde, dass Ben hier übernachtet hatte.

Der übernächste war, dass ich losmusste, um etwas zum Frühstück einzukaufen.

25. Kapitel

Ein solcher Unterschied
wie zwischen der Reinheit der Luft und der Engel
wird zwischen Mann und Frau immer bestehen.

Johne Donne, *Songs and Sonnets*

LAURAS GESCHICHTE

Eines Morgens Ende Juni blätterte Mr. Brownlow beim Frühstück mit besorgter Miene die Post durch. Dann seufzte er plötzlich zufrieden. »Endlich! Ein Brief von Tom!« Aufgeregt schlitzte er den Umschlag auf und begann zu lesen.

»Dora«, flüsterte er auf einmal, und sämtliches Leuchten in seinen Augen erlosch wieder. Laura und ihre Mutter erstarrten.

»Was ist los?«, hauchte Theodora. *»James?«*

Er las den Brief zu Ende und reichte ihn ihr mit dem Gesicht eines schwer getroffenen Mannes.

»Was ist los, Papa? Sag es uns«, bat Laura.

»Was hat der Junge bloß getan?«, rief er und presste die Hände vors Gesicht.

»Papa!« Laura schob polternd den Stuhl zurück und eilte ihm zu Hilfe.

Mrs. Brownlow hatte den Brief inzwischen ebenfalls gelesen. »Oh, Tommy«, keuchte sie.

Jetzt war Laura an der Reihe. Sie nahm das billige Blatt

Papier und las mit zunehmendem Entsetzen. Ihr Bruder hatte alle Pläne, Priester zu werden, aufgegeben. Nicht nur das. Er hatte auch Oxford den Rücken gekehrt.

Wenn ihr das hier lest, werde ich bereits in Liverpool sein, weil ich plane, ein Schiff nach New York zu besteigen. Bitte folgt mir nicht. Ich muss meine neue Rolle in dieser Welt finden. In Oxford konnte ich kaum noch atmen; ich zwang mich auf einen Weg, den ich nicht gehen konnte, nicht gehen durfte. Ich weiß nun sicher, dass die Kirche nicht meine Berufung ist, und es ist besser, jetzt noch einen anderen Weg einzuschlagen, ehe alles zu spät ist. Ich weiß, dass euch das sehr schmerzen wird, schließlich habt ihr so viel für mich getan und große Hoffnungen in mich gesetzt. Das Gefühl der Schuld zerreißt mich, aber die Alternative wäre am Ende noch viel schlimmer für alle gewesen, das versichere ich euch. Ein Priester ohne Glauben kann seine Herde nur zugrunde richten.

Ohne sein Frühstück zu beenden, brach Mr. Brownlow in Richtung Bahnhof auf und fuhr mit dem nächsten Zug nach Liverpool. Er hoffte, den Landungssteg noch früh genug zu erreichen, um Tom vor seiner Dummheit zu bewahren.

Seine Hoffnung war vergeblich. Ein alter Matrose aus dem Schifffahrtsbüro zeigte auf die Rauchwolken der *SS Alexandria* am fernen Horizont. Verzweifelt sah James Brownlow zu, wie das Schiff auf die andere Seite der Welt verschwand.

Eine Zeit lang war er nicht in der Lage, sich zu rühren oder zu sprechen. Schließlich tippte ihm der Matrose auf die Schulter und nahm ihn mit in sein Büro, wo er ihn zwang, einen Brandy zu trinken.

Auf dem Nachhauseweg unterbrach der erschöpfte und verzweifelte Reverend seine Reise, um in Oxford zu übernachten. Dort traf er sich mit dem Tutor seines Sohns, in der Hoffnung, irgendeine Erklärung für die Katastrophe zu finden. Der Mann war zwar zutiefst bestürzt über sein Versagen, wusste aber auch keine Erklärung für das plötzliche Abtrünnigwerden seines intelligenten und immer pflichtbewussten Studenten.

Als Mr. Brownlow den Raum des Tutors verließ, wäre er fast mit einem jungen Mann zusammengestoßen, den er sogleich als einen von Toms Freunden identifizierte. Verzweifelt berichtete er ihm von seinen Sorgen. Der junge Mann hatte Mitleid und führte Mr. Brownlow in einen schäbigen Raum, bot ihm Tee und trockenen Kuchen an und erklärte ihm so schonend wie möglich, was er glaubte, das seinen Freund bewogen hatte, diesen folgenschweren Schritt zu tun.

Tom hatte sich einer Gruppe von Intellektuellen angeschlossen, Rationalisten, die das Werk von Charles Darwin bewunderten. Sie hatten Tom dazu gebracht, alles infrage zu stellen, woran er bisher geglaubt hatte.

»Er hat nicht nur seine Berufung in Zweifel gezogen, sondern die gesamte Grundlage seines Glaubens an Gott«, sagte der junge Mann elendig. Er wusste, dass jedes Wort wie eine Ohrfeige für Toms Vater war.

Danach blieb ihm nichts anderes übrig, als am nächsten Morgen nach Hause zurückzukehren und auf den nächsten Brief von Tom zu warten. Die Wochen vergingen, und nichts geschah.

Wenn Mr. Brownlow schon vorher niedergeschlagen gewesen war, dann zerstörte dieser letzte Schlag ihn vollends. Sämtliche Investitionen der Familie in Tom – nicht nur finanzieller Art, auch wenn nicht zu leugnen war, dass man sehr hatte sparen müssen, um ihm das Studium zu ermöglichen – und auch all ihre Hoffnung für die Zukunft waren dahin.

Laura warf sich im Bett von einer Seite auf die andere und fragte sich, warum er nicht wenigstens geblieben war, bis er seinen Eltern alles erklärt hatte. Litt auch er unter der dunklen Schwermut, die die gesamte Familie zu bedrücken schien?

Inzwischen hatten Mr. Brownlows Trauer und Ärger so weit geführt, dass er Toms Namen nicht einmal mehr hören wollte. Immer mehr versank er in seiner *Geschichte der Kirche* und in seinem Glauben an Gott.

Er besaß kaum die Kraft, sich mit den ständigen Anzeichen der Unzufriedenheit in seiner Pfarre auseinanderzusetzen.

Es waren weitere anonyme Briefe eingegangen, deren Absender sich über den Weihrauch und den Zustand der Madonna beklagten. Ein offenbar sehr gebildeter Autor eines solchen Schreibens bezeichnete sie gar als »Streiche von Papisten; als Sakrileg und unenglisch«.

Und dann stand eines Abends auf einmal Mr. Perkins, der Kirchendiener, leichenblass bei Brownlows vor der Tür. »Sie haben uns mit Dreck beworfen! Sie haben uns mit Dreck beworfen!«, war alles, was aus ihm herauszubekommen war. Mrs. Brownlow setzte ihn an den Küchentisch und schenkte ihm ein Glas von *Jorkins' Bester Medizin* ein, bis er sich beruhigt hatte. Anschließend begleitete Mr. Brownlow ihn zur Kirche, wo er entsetzt feststellte, dass tatsächlich jemand Straßenschmutz auf den allerheiligsten Altar geworfen hatte. Aber ein noch schlimmerer Anblick stand ihm bevor: Als sie die Marienkapelle betraten, lag die Statue der Madonna auf dem Steinboden, der Kopf war in eine Ecke voller Mäusekot gerollt.

Untersuchungen wurden angestellt. Die alte Blumenhändlerin, die den größten Teil des Tages draußen vor der Kirche auf der Straße saß, schwor, dass sie in ihrem ganzen Leben noch nie eine Kirche betreten hätte, und berichtete dem Constable, dass am Tag zuvor drei Betrunkene vor der Kirche herumgelungert hätten. Allerdings konnte sie nicht mit Sicherheit sagen, ob sie die Kirche auch betreten hatten.

»Könnte einer von ihnen dieser Cooper gewesen sein?«, fragte Mr. Bond den Constable, aber Nachforschungen ergaben, dass der Vater des Kindermädchens Ida wegen Hausfriedensbruchs im Gefängnis saß.

Auf Mr. Bonds Anweisung hämmerte Mr. Perkins eine Notiz an die Tür: »Diese Kirche wird zum Schutz gegen Vandalismus künftig außerhalb der Gottesdienstzeiten geschlossen bleiben.«

Über Nacht wurde die Notiz abgerissen.

Am nächsten Sonntag hielt Lauras Vater eine wütende Predigt, in der er die Tat als »blasphemisch und anarchisch« verdammte. Er forderte jedes Mitglied der Gemeinde, das etwas über die Identität des Täters wisse, auf, Mr. Bond die Namen unverzüglich zu melden. Die Predigt erwies sich als Fehler. Einige ungehobeltere Elemente der Pfarre nahmen daran Anstoß und glaubten, sie stünden unter Verdacht. Die wohlhabenderen Mitglieder, die von den anonymen Briefen gehört hatten, waren bestürzt, dass jemand aus ihrer Mitte so etwas getan haben sollte. Jeder begann, jeden zu verdächtigen, auch wenn der Pfarrer mehrfach darauf hinwies, dass der Vandalismus ebenso ein Akt von Außenstehenden gewesen sein könnte.

Am kommenden Sonntag hatten sich alle wieder halbwegs beruhigt, als der Morgengottesdienst durch großes Geschepper und Geschrei von draußen gestört wurde.

Mr. Bond und Mr. Perkins eilten hinaus und erwischten ein paar kleine Jungen am Tor, die auf Töpfe und Dosen schlugen. »Haut ab!«, brüllte der Anführer. Alle waren in Windeseile verschwunden, bis auf einen, den Mr. Bond am Kragen packte.

»Sie haben uns sechs Pence dafür gegeben«, keuchte der Übeltäter, wollte oder konnte jedoch nicht sagen, wer sie zu diesem Unsinn angestiftet hatte. Am Ende hatte Mr. Bond Mitleid mit dem abgerissen aussehenden Bengel und ließ ihn laufen.

»Einige der Armen hassen uns«, meinte Mr. Brownlow düster, als sie an diesem Tag beim Essen saßen. »Dabei sollten sie uns dankbar sein. Anstatt Gott zu preisen, wie wir es tun, verhöhnen sie ihn und zerstören das Eigentum der Kirche.«

»Wir sollten bedenken, dass es sich nur um ein paar wenige handelt, die dafür verantwortlich sind, James«, antwortete seine Frau. »Die meisten schätzen unsere Bemühungen.«

Der Pfarrer seufzte tief. »Dann müssen wir uns eben gegen diese wenigen schützen, die das nicht tun.«

Ein weiterer anonymer Brief traf ein. Der Pfarrer hatte ihn geöffnet auf dem Schreibtisch liegen lassen, und Laura musste ihn einfach lesen. »Anhänger der Hure Babylon werden in der Hölle schmoren. Du sollst dir kein Bildnis machen.« Der Anfangsbuchstabe S in »schmoren« hatte die Form einer kleinen Harfe. Stammte das von derselben Person, die den Schmutz geworfen und das Glas zertrümmert hatte? Laura war wie ihr Vater der Meinung, dass dies höchst unwahrscheinlich war. Der Briefeschreiber zeigte zumindest noch einen gewissen Respekt vor der Kirche, während den Vandalen gar nichts heilig war.

»Papa ist zum Bischof bestellt worden.« Atemlos stand Laura eines Tages in der Werkstatt von *Minster Glass* vor Mr. Russell.

Sie war schon ein- oder zweimal im Geschäft gewesen und hatte Mr. Reuben Ashe, den schmalgesichtigen, Brille tragenden Eigentümer kennengelernt, der selber ein sehr begabter Glasmaler war. Polly hatte beim zweiten Besuch ihre Abneigung gegen den Schmutz und den Geruch der Chemikalien so deutlich zum Ausdruck gebracht, dass Laura dieses Mal allein gekommen war.

Heute waren die schwarzen Vorhänge an den Fenstern zugezogen. Nur durch das mittlere drang etwas Tageslicht, das genau auf die Staffelei schien, auf die Russell ein großes Stück Glas gestellt hatte. Darauf hatte er mit Bienenwachs die farbigen Glasstücke geklebt, die das Marienfenster ergeben sollten. Letzte Woche hatte Laura ihm zugesehen, wie er die Formen ausgeschnitten und die Kanten vorsichtig abgeschliffen hatte. Heute zeigte er ihr, wie er die Rückseite der Glasscheibe mit Flammruß bemalt hatte, um die Stellen zu markieren, auf die das Blei aufgetragen werden sollte. Jetzt, als das Licht von hinten durch die Glasscheibe fiel, zeichnete er Einzelheiten auf die farbigen Formen; dazu hatte er die Originalskizze neben sich gelegt.

Laura saß im Halbdunkel, sah ihm bei der Arbeit zu und redete über alles, was ihr in den Sinn kam. Ihr Vater nahm manchmal im hinteren Teil der Kirche hinter einem Wandschirm die Beichte ab; eine weitere »Papisten-Mode«, die der Briefschreiber bemängelte. Laura selbst hatte diese Möglichkeit nie genutzt. Es gab nun Dinge, die sie ihrem Vater nicht erzählen wollte; und hier im Halbdunkel bei Philip, dessen Gestalt sich schemenhaft gegen das schwache Licht abzeichnete, malte sie sich aus, wie das sein würde. Wie leicht hatte man zu viel gesagt. Und Worte, die einmal ausgesprochen waren, konnte man nicht wieder zurücknehmen.

»Der Bischof könnte Papa die Schuld geben und ihn dazu auffordern, Dinge zu verändern«, vertraute sie ihm an. »Papa fürchtet sich vor der Schande.«

Mr. Russell gab keine Antwort. Daher erhob Laura sich von dem unbequemen Holzstuhl und ging näher zu ihm, um besser sehen zu können, was er machte. Er arbeitete an den Gesichtern, die bisher nur Kreise aus weiß getöntem Glas waren. Mit einem ganz dünnen Pinsel zeichnete er das Auge von Maria vor, nahm dann einen dickeren Pinsel aus dem Glas, tauchte ihn in die Farbe und zeichnete eine Augenbraue. Fasziniert sah Laura zu, wie unter seinen Händen nach und nach das ganze Gesicht entstand. Aber es war noch unfertig, ohne jegliche Tiefen oder Strukturen.

»Die braune Farbe muss jetzt erst trocknen«, erklärte er und wischte den Pinsel an einem Lappen ab, der aus der Hosentasche seines Overalls hing. Er nahm noch einmal den feinen Pinsel, mit einer raschen Bewegung seiner langen schmalen Finger; wie ein Fischreiher, den sie einst im Park beim Fischen gesehen hatten. »Sobald ich mit den Gesichtern fertig bin, fange ich mit den Linien des Gewands an. Danach kommen die Bordüren an die Reihe. Morgen werde ich die Haut zart mattieren. Wenn alles trocken ist, tüpfele ich sie mit einem Pinsel, um die Textur der Haut herauszubringen.«

»Und die Haare?«

»Silbernitrat. Es wird beim Brennen golden. Das kommt ganz zuletzt an die Reihe.«

»Das dauert ja Ewigkeiten! Können Sie nicht jemanden um Hilfe bitten, um zum Beispiel die Ränder für Sie zu malen?«

»Doch, natürlich.« Er nickte und zeichnete mit dem feinen Pinsel den Umriss des Kindermunds. »Aber das tue ich nicht gern.«

Laura seufzte ungeduldig. Er war so vertieft in seine Arbeit, dass er sie kaum ansah. Sie ging zurück zu ihrem Stuhl. Dabei achtete sie sorgsam darauf, ihre Röcke hochzuhalten, damit sie nicht über die Farbdosen streiften.

»Das langweilt Sie sicher«, sagte er nach einer Weile.

»Überhaupt nicht«, protestierte sie. »Aber ich muss jetzt gehen. Ich habe Mama versprochen, sie ins Waisenhaus zu begleiten.« Sie wollten mit Ida Cooper deren Brüder und Schwestern besuchen.

»Hm.« Stirnrunzelnd betrachtete er das Gesicht des Babys, ließ den Blick von der Zeichnung zum Glas schweifen.

Sie stand auf, schüttelte ihren Schal aus und zog ihn um sich. Als sie sich verabschiedete, legte er endlich den Pinsel aus der Hand und drehte sich zu ihr um. Lächelnd wischte er sich die Finger an dem schmutzigen Lappen ab. Er sieht heute aus wie ein gewöhnlicher Arbeiter, dachte sie. Es irritierte sie, dass er ihre Stimmung nicht bemerkte.

Als sie mit schnellen Schritten den Platz überquerte, bereute sie ihre Gedanken bereits und machte sich Vorwürfe, ihn aus dem Blickwinkel ihrer Eltern betrachtet zu haben. Und das nur, weil sie gereizt war. Aber sie konnte sich ihre Gereiztheit nicht erklären.

Sie genoss das Zusammensein mit ihm immer noch. Gleichwohl wurde ihr zunehmend bewusst, dass er, noch während sie sprachen, mit den Gedanken nicht bei ihr war.

Was konnte daran falsch sein? Er war verheiratet. Sie hatte keinen Anspruch auf ihn. Alles, was über eine bloße Freundschaft hinausging, war schlicht unmöglich. Sie hatte einfach nur keine Lust mehr, von seiner Frau Marie zu hören, das war alles. Sie wollte nicht daran erinnert werden, dass Marie immer noch seine Träume beherrschte, auch wenn sie ihn betrogen hatte. Vielleicht würde Marie eines Tages zu ihm zurückkehren. Laura wusste, dass es ihre Pflicht war, für diesen Tag zu beten, ohne daran zu denken, welche Folgen dies für ihre Freundschaft haben würde. Wenn doch nur das Licht, das auf seine rotgoldenen Haare schien, ihr Herz nicht so zum Rasen bringen würde, würde sie das alles viel besser ertragen können.

An einem milden Julinachmittag machten sie einen Spaziergang zur Westminster Abbey, vorbei am Royal Aquarium. Sie trug ihr goldenes Kleid, in dem sie sich immer besonders schön fühlte.

»Ich war mal mit Marie zu einer Hochzeit hier«, sagte er, als sie gemeinsam die schwindelnden Höhen des Westwerks betrachteten. »Damals habe ich zum ersten Mal bemerkt, was für eine wunderschöne Stimme sie hat. Aber sie hat nur ganz selten gesungen. Eine Schande.« Seine Augen waren traurig.

Laura verspürte einen Stich. Sie raffte die Röcke zusammen und lief auf die Treppe zu. Dabei scheuchte sie ein paar Tauben auf, die so plötzlich aufflogen, dass sie sich schützend die Hände vors Gesicht halten musste.

Ich will nichts mehr von Marie hören, wollte sie ihm sagen. Er griff nach ihr und hielt sie fest.

»Warum haben Sie das getan?«, fragte er ärgerlich.

»Ich hatte Lust dazu«, antwortete sie möglichst unbefangen, erlaubte ihm jedoch kleinlaut, wieder ihren Arm zu nehmen.

»Sie hätten sich verletzen können«, sagte er nun etwas sanfter, so als rügte er ein Kind. »Aber jetzt muss ich Ihnen noch eine Neuigkeit erzählen.« Seine Augen funkelten. Bitte nicht noch mehr von Marie, flehte sie stumm. Aber es war etwas ganz anderes. »Ich habe meinem Freund Ihre Geschichten gezeigt. Sie gefallen ihm. Er kann sie zwar nicht selber verlegen, weil sie nicht in sein Programm passen, sagte er. Aber er rät Ihnen, sie an Alfred Loseley von *Ladies' World* zu schicken. Er glaubt, dass sie genau sein Stil sind, vor allem die mit den toten Blumen und der verzweifelten Frau.«

Laura sah ihn an. War sprachlos. Freude und Angst wechselten sich in ihr ab. Ihre Geschichten gefielen einem richtigen Verleger! Aber was war, wenn dieser Loseley diese Meinung nicht teilte? Oder wenn doch, und er veröffentlichte sie? Was würden ihre Eltern dazu sagen? Nicht dass die beiden im Moment ihre Kraft daran verschwenden konnten, über etwas anderes als ihre eigenen Probleme nachzudenken.

»Meinen Sie, ich soll sie tatsächlich an Mr. Loseley schicken?«

»Natürlich.«

»Ich werde darüber nachdenken«, antwortete sie. Dann lächelte sie ihn an. »Danke.«

Lauras Eltern mochten tatsächlich zu sehr mit anderen Dingen beschäftigt sein, um etwas vom Treiben ihrer Tochter mitzubekommen. Ihre Schwester jedoch nicht.

Als Laura an diesem Nachmittag zu Hause eintraf, stellte sie fest, dass Harriet spontan zu Besuch gekommen war. Sie reichte Polly ihren Mantel und die Handschuhe und hörte Gelächter aus dem Salon. Zu ihrer großen Überraschung stellte sie fest, dass es von ihrer Mutter stammte. Sie spähte um die Ecke und sah Mrs. Brownlow auf dem Sofa sitzen. Im

Schoß hielt sie Baby Arthur, der inzwischen vier Monate alt war und krähend vor Freude mit seinen speckigen Beinchen auf ihrem Schoß strampelte. Als Laura ins Zimmer kam, drehte er ihr den Kopf zu und verzog den kleinen Mund zu einem zahnlosen Lächeln.

»Laura, wo warst du?«, fragte Harriet und kam auf sie zugelaufen, um sie zu umarmen.

»Nur ein bisschen spazieren«, antwortete Laura ausweichend. »Ist Ida heute nicht da?«

»Sie fühlt sich nicht wohl. Ich habe sie zu Polly in die Küche geschickt.«

»Ich hoffe, sie ist nicht ernsthaft krank.« Alle schauten besorgt zu Arthur, der nun friedlich auf Theodoras Schoß saß.

»Du solltest ihn auf jeden Fall vorerst von ihr fernhalten, Harriet«, riet Theodora. »Wo ist denn mein Süßer?«, flötete sie und lachte, als Arthur einen tiefen Seufzer ausstieß, der sich in ein Jammern verwandelte. Bald wurde klar, dass er Hunger hatte. Theodora machte sich auf den Weg zu Mrs. Jorkins, um sie zu bitten, eine Flasche Milch aufzuwärmen.

Harriet lief im Zimmer umher und versuchte, ihren Sohn zu beruhigen. »Wo warst du, Laura?« Ihre Stimme klang streng.

»Wann?«

»Gerade eben. Ich habe ihn vom Fenster aus gesehen. Den Glaskünstler.«

»Ah, Mr. Russell. Wir haben einen Spaziergang zur Westminster Abbey gemacht, das ist alles.«

»Warum hast du Polly nicht mitgenommen?«

»Weil sie viel zu tun hatte. Harriet, bitte halt mir keine Vorträge. Ich habe nichts Unrechtes getan.«

»Aber du weißt doch, was Vater gesagt hat. Du solltest vorsichtig sein.«

»Nicht du auch noch, Harriet. Ich habe mich anständig verhalten.«

»Mutter sagt, du seist auch in der Werkstatt gewesen. Allein. Laura, wir haben hier schon genug Probleme, ohne dass du die Familie in den Schmutz ...«

»Ich weiß. Ich habe nichts Falsches gemacht. Er ist ein Freund, das ist alles.«

Sie wurden unterbrochen, als ihre Mutter mit einer Flasche Milch zurückkam, und wenig später hörte man nur noch Arthurs zufriedenes Saugen.

Ein Tag verging und noch einer, ohne dass Laura etwas von ihm hörte. Sie fühlte sich elendig. Am dritten Tag, als ihre Mutter sie bat, sie ins Krankenhaus zu begleiten, schnappte sie: »Kann denn nicht mal eine der anderen Frauen gehen?« Im nächsten Moment tat es ihr leid, und sie entschuldigte sich.

»Ich werde noch verrückt«, murmelte sie. Russells Anwesenheit irritierte sie, seine Abwesenheit besorgte sie. Was sollte sie nur tun?

Dann kam endlich ein Brief. Sie nahm ihn rasch von dem Tablett in der Diele, ehe ihre Eltern ihn sehen konnten, und lief damit in ihr Zimmer.

Meine liebste Laura,

Maria ist nun fertig gemalt, das Kind und die Putten sind ebenfalls so gut wie vollendet. Jetzt muss ich nur noch die Einzelheiten drumherum und die Bordüre beenden. Ich finde es heilsam, eine Mutter mit Kind zu malen, nicht irgendeine Mutter mit Kind, auch nicht Marie und unseren Sohn, son-

dern die Mutter der Welt mit unserem Erlöser. Es ist eine große Ehre für mich.

Er hatte sie also nicht vergessen. Aber schon wieder war er mit den Gedanken bei Marie gewesen.

26. Kapitel

Im Himmel ist ein Engel nichts Besonderes.
George Bernard Shaw, *Maxims for Revolutionists*

»Das war Lisa. Ganz bestimmt! Sie will sich an mir rächen.«

Amber kam, als Ben gerade fort war. Entsetzt betrachtete sie das zersplitterte Schaufenster.

»Du kannst doch nicht einfach irgendwelche Leute verdächtigen«, antwortete ich müde, »es passiert doch alle naselang, dass Ladenfenster eingeworfen werden.«

»Ich weiß genau, dass sie es war«, beharrte Amber. »Sie hasst mich.«

»Aber wieso?«

»Keine Ahnung. Ich habe ihr jedenfalls nichts getan. Es sieht so aus, als würde ich sie auf die Palme bringen, ohne dass ich auch nur den kleinen Finger rühre. Es ist völlig unfair.«

»So ist das Leben nun mal«, entfuhr es mir. Sicher hatte Amber das oft genug selbst erfahren. Dieser Job war vermutlich die einzige richtige Chance, die man ihr bisher gegeben hatte, und bislang nutzte sie sie sehr gut. Sie besaß künstlerisches Geschick und ein natürliches Talent für die Arbeit mit Glas. Es wäre wirklich eine Schande, wenn jemand versuchen würde, das zu zerstören.

»Amber, gibt es denn tatsächlich irgendeinen Hinweis darauf, dass Lisa letzte Nacht das Heim verlassen und einen

Briefbeschwerer in unser Schaufenster geworfen hat? Wenn das so ist, würde ich natürlich die Polizei verständigen. Vielleicht haben sie ja Fingerabdrücke gefunden.« In Wahrheit bezweifelte ich jedoch, dass die Person, die das Verbrechen verübt hatte, so dumm gewesen war, an dem Wurfgeschoss irgendwelche Spuren zu hinterlassen. »Ansonsten ... es würde dir das Leben noch viel schwerer machen, wenn du sie für etwas beschuldigst, was sie nicht getan hat.«

»Du hast wahrscheinlich recht.« Amber zuckte resigniert mit den Schultern. Sie war nicht nur geschockt über das, was passiert war, sie fühlte sich auch dafür verantwortlich, was natürlich unsinnig war.

»Versuch doch mal, dich unauffällig zu erkundigen, ob jemand weiß, wo sie gestern Abend war.«

»Ihre Freundinnen kann ich schlecht fragen. Sie würden sicher wissen wollen, wieso mich das interessiert.«

»Dann wende dich doch einfach an die Aufsicht, die gestern Dienst hatte. Blöd, dass Jo nicht da war. Sie wüsste sofort Bescheid.« Jo war gestern Abend bei der Chorprobe gewesen und anschließend sofort nach Hause gegangen.

»Effie und Ra hatten Dienst. Ich könnte Ra fragen. Er hat vorne am Empfang gesessen und gesehen, wer rein- und rausgegangen ist.«

»Aber denk dran, Amber.« Ich sah sie beschwörend an. »Du musst ihn so fragen, dass er keinen Verdacht schöpft, warum du dich ausgerechnet an ihn wendest. Und denk dran, selbst wenn Lisa noch spät unterwegs war, beweist das gar nichts. Sie kann kommen und gehen, wann sie will.«

»Stimmt. Aber es wäre schon ungewöhnlich, wenn sie an einem Montagabend um elf noch draußen war.«

»Vielleicht war sie in der Disco? Oder hatte einen Job?«

»Ja, vielleicht.«

Wir unterbrachen das Gespräch, um einen Kunden zu bedienen. Dann kamen die Glaser, und wir mussten die Schaufensterauslagen, die wie durch ein Wunder unbeschädigt geblieben waren, wegräumen. Anschließend half ich Amber bei den Fenstern für die Armitage-Kinder. Sie wurden richtig schön. Mit Zacs Hilfe hatte Amber die Glasstücke ausgeschnitten. Jetzt zeigte ich ihr unter dem Gehämmer, das aus dem Laden zu uns drang, wie man lange Streifen weichen Bleis dehnte, indem man ein Ende in einem Schraubstock befestigte und am anderen Ende vorsichtig zog. Dadurch wurden sie gerader und somit leichter zu verarbeiten. Zac und ich würden es für sie zusammenlöten müssen, weil man das unbedingt ganz sorgfältig machen musste, und sie, wie jede Anfängerin, noch viel mit dem geschmolzenen Metall herumkleckerte. Auf jeden Fall war sie ganz begeistert, dass wir sie so viel selbstständig machen ließen.

»Früher habe ich meiner Mom immer geholfen, Weihnachtsschmuck zu basteln«, erzählte sie, als wir anfingen, die Glasteile in die Bleistreifen einzupassen. »Sie konnte die Wohnung nicht mehr verlassen, und daher war das ihr Job während des ganzen Jahres, sogar an Ostern. Jede Woche kam ein Typ mit Kisten voller Dekomaterial – Glasperlen, Goldfäden und Lametta –, und sie setzte es zu glitzerndem Schmuck zusammen. Die fertigen Sachen hat er dann wieder mitgenommen. Manchmal, wenn es Mom nicht gut ging oder ihre Finger ganz steif waren, bin ich nicht zur Schule gegangen, sondern zu Hause geblieben, um ihr zu helfen, weil sie Angst hatte, nicht genug Geld zu verdienen.«

Es war nicht das erste Mal, dass Amber etwas von ihrer Kindheit erzählte. Ich stellte mir das Mädchen sehr einsam vor – mit ihrer Mutter allein in der Wohnung in einem trostlosen Hochhaus an der Commercial Road, inmitten von veraltetem Weihnachtsschmuck. Aber immer, wenn sie davon sprach, klang sie ein bisschen wehmütig, so als wäre es eine verlorene Zeit des Glücks.

»Was war denn mit deinem Dad?«, fragte ich.

»Ich habe ihn nie kennengelernt«, antwortete sie. »Meine Eltern haben sich in der Arztpraxis kennengelernt. Das war, bevor Mom multiple Sklerose bekam. Sie hat mal gesagt, die Begegnung mit ihm wäre das Romantischste gewesen, was sie je erlebt hätte. Er hatte ihr die Tür zum Sprechzimmer aufgehalten, und am Ende war sie in der Limousine seines Chefs nach Hause gefahren worden. Er war Chauffeur, musst du wissen. Ein Ägypter.«

Ich lächelte. »Das erklärt also, warum du so schöne schwarze Haare hast.«

»Ja. Amber war der Name seiner Mutter. Aber es hat irgendwie nicht funktioniert mit den beiden. Er hatte Sehnsucht nach Ägypten, und Mom wollte nicht mit ihm gehen. Dann fand sie heraus, dass er schon verheiratet war. In Ägypten ist das so üblich, dort darf man mehrere Ehefrauen gleichzeitig haben, aber das kam für Mom natürlich nicht infrage. Also hat sie mich allein großgezogen.«

Ich konnte das alles kaum so schnell verarbeiten. Dann fragte ich Amber, ob sie danach je wieder etwas von ihrem Vater gehört habe. Sie schüttelte den Kopf.

»Ist das schlimm für dich?« Sofort musste ich an Zac und seine Olivia denken, aber Amber versicherte mir, dass sie kein Interesse an ihm habe.

»Er scheint sich ja auch nicht sonderlich für mich interessiert zu haben. Er hat uns nie Geld oder irgendwas geschickt. Er war einfach nur irgendein Typ, der …«

»… der zufällig dein Vater war«, ergänzte ich. Vielleicht würde irgendwann, wenn sie älter war und selbst Kinder hatte, eine Zeit kommen, wo sie mehr über ihn und ihre ägyptische Herkunft wissen wollte. Ich betrachtete Ambers hübsches herzförmiges Gesicht, die dunklen Augen mit dem dichten Wimpernkranz, die sanft im Schimmer des Leuchttisches glühten, und beneidete sie fast um ihre Sorglosigkeit. Dagegen schwirrten meine Familiengeheimnisse in mir wie ein böser Strudel, der mich unablässig in die Tiefe zog.

»Wie geht es deinem Dad eigentlich?«, fragte Amber. Ich spürte ihren aufmerksamen Blick auf mir, während ich die zerbrechlichen hellen Kreise, die die Zehen des Jungen darstellen sollten, zusammenlötete.

»Unverändert. Die Ärzte wollen sich auch nach wie vor nicht festlegen, ob und wie weit er sich wieder erholt. Mist!« Ein Klecks Lötzinn tropfte wie eine Träne auf das Glas.

»Das muss sehr schwer für dich sein«, sagte sie mitfühlend. »Zumal du ja auch keine Mom hast.« Sie berührte mich sanft am Arm. Aus dieser kleinen Geste wurde deutlich, dass sie wirklich verstand, was mit Dad los war. Denn mit ihrer Mutter hatte sie ähnliche Erfahrungen gemacht. Natürlich wusste sie nicht genau, wie es mir tief im Innern ging, aber sie ahnte es, und das empfand ich als sehr tröstlich.

Eine Zeit lang konzentrierten wir uns auf die Arbeit. Ich gestattete Amber, einige der Glasstücke in die Kerben der Bleistreifen einzupassen, während ich weiterlötete und von Ben träumte. In Gedanken ging ich noch mal alles durch, was er am Abend zuvor gesagt und getan hatte. Ob er wohl auch daran dachte? Heute Morgen hatte er es zwar eilig gehabt, aber versprochen, sich zu melden.

»Macht dir die Arbeit Spaß, Amber?«, fragte ich nach einer Weile.

»Und wie.« Sie nickte eifrig. »Seit ich klein war, habe ich

mir gewünscht, schöne Dinge zu machen. Mom hat immer gesagt, der Weihnachtsschmuck, den ich gemacht habe, sei der beste gewesen. Daher wusste ich, dass ich das gut kann. Aber dann ist sie gestorben, und ich musste bei Grandma wohnen und mich um sie kümmern, und dann habe ich meinen Schulabschluss verhauen.«

»Du könntest versuchen, neben deiner Arbeit hier noch ein paar Kurse zu belegen«, schlug ich vor. »Auf einer Abendschule oder so etwas.« Vielleicht hatte Zac ja eine gute Idee.

»In Theorie bin ich leider ziemlich schlecht.« Amber sah mich besorgt an. »Glaubst du, das spielt eine Rolle?«

»Vermutlich nicht«, antwortete ich. »Aber du kannst dir doch helfen lassen, oder? Ich glaube, du wirst es schon schaffen.«

Als Zac gegen Mittag mit einem in Zeitungspapier eingewickelten Paket zurückkam, waren die Glaser längst verschwunden, und wir hatten ein schönes neues Schaufenster. Die Hälfte des Fensters hatten Amber und ich schon wieder eingeräumt; wieder einmal plauderten wir fröhlich über Engel. Anscheinend war es ihre Großmutter gewesen, die ihr den Floh ins Ohr gesetzt hatte. Wir machten uns einen Spaß daraus, zu überlegen, wer meine Sternzeichen-Engel sein könnten, auch wenn ich das offen gestanden nicht sonderlich ernst nahm.

»Nicht dass ich dir nicht glauben würde, dass du einen Engel gesehen hast, Amber. Aber …«

»… du glaubst mir nicht.« Sie lächelte, und mir war verziehen.

»Vielleicht gibt es ja tatsächlich eine andere Erklärung. Wie bist du vorangekommen?«, fragte ich Zac. Er zog sich gerade seinen Overall über und wirkte erschöpft und genervt.

»Es war ziemlich frustrierend. David hat mir Glas für den Rand gegeben, aber das mit dem Gold scheint ziemlich schwierig zu sein. Er schickt jetzt ein Musterstück nach Ungarn zu einem Glasmacher, der vielleicht ein passendes Stück haben könnte. Ich hoffe nur, dass das nicht allzu teuer wird. Wir können nur abwarten.«

»Kannst du denn in der Zwischenzeit an Raphael weiterarbeiten?«

»Ja, ich werde die Malarbeiten fortsetzen und schon mal mit dem Brennen anfangen. Aber natürlich wäre es am besten, wenn ich zuerst alle Teile an ihrem Platz hätte.« Sein Blick fiel auf den kleinen Jungen für das Armitage-Fenster. »Ihr habt heute Morgen ja richtig gut gearbeitet.«

»Nicht wahr? Und dann hat Amber auch noch herausgefunden, dass Ambriel und der Erzengel Uriel meine Sternzeichen-Engel sind. Ist das nicht unglaublich?«

»Wenn du willst, kann ich auch deine herausfinden, Zac«, schaltete Amber sich sofort ein. »Wann hast du Geburtstag?«

»Am dritten August. Aber ehrlich gesagt interessiert mich das nicht so.« Offenbar hatte auch Zac seinen unhöflichen Tonfall bemerkt, denn er fügte rasch hinzu: »Tut mir leid, aber ich glaube einfach nicht an so etwas. Man hat mich dazu erzogen, mich nur auf mich selbst zu verlassen.«

Ich glaubte auch nicht an »so etwas«, aber ganz zustimmen konnte ich Zac trotzdem nicht. Jetzt wo Dad so krank war und ich keine Ahnung hatte, wie es weitergehen würde, erlebte ich, dass ich mich keineswegs wie früher auf mich selbst verlassen konnte. Da waren all diese neuen Leute um mich herum, Zac und Joe und Amber und jetzt auch noch Ben, sogar Reverend Quentin und seine Frau, und alle waren zu einem Teil meines Lebens geworden, ob ich es wollte oder nicht. Wie schnell hatte ich hier Wurzeln geschlagen.

Ich widmete mich wieder den Schaufensterauslagen. Zum Schluss hängte ich Dads Engelbild vorsichtig an den Haken zurück und ging dann nach draußen, um mir das Ergebnis anzusehen. Er hing nicht ganz gerade. Ich ging wieder rein und kniete mich hin, um ihn leicht zu drehen, als mir etwas auffiel, was ich vorher noch nicht gesehen hatte. In den Blumenteppich zu Füßen des Engels war ein kleines verwirbeltes Zeichen eingewebt, kaum sichtbar, sodass man glauben konnte, es handele sich um Laub. Aber es war ein keltischer Knoten. Der gleiche Knoten, den auch Philip Russell benutzt hatte, wenn man Lauras Tagebuch Glauben schenken konnte. Wirklich seltsam. Ich dachte an die Scheibe, an der Dad gearbeitet hatte, als er zusammengebrochen war, und dann fiel der Groschen. Offenbar hatte Dad diesen Knoten schon immer gekannt ... denn schließlich gehörte er zur Familie.

Viel später, als ich die Hoffnung schon fast aufgegeben hatte, etwas von Ben zu hören, klingelte das Telefon.

»Fran?« Es reichte schon, wenn er meinen Namen in diesem leicht spöttischen Tonfall aussprach.

»Ben?«, antwortete ich in derselben Tonlage, und wir mussten beide lachen.

»Wie geht's dir?«

»Ich bin ein bisschen müde«, antwortete ich. »Aber jetzt wo du anrufst, fühle ich mich schon viel besser.«

»Das ist gut. Hättest du Lust, heute Abend vorbeizukommen?«

»Der Abend ist doch fast vorüber.« Es war bereits halb zehn.

»Ich bin gerade erst von der Arbeit gekommen. Ein Konzert in der Schule. Von Schülern«, fügte er hinzu.

»Oh. Wie war es?«

»Sehr schön. Die Eltern schienen glücklich, und das ist doch das Wichtigste, oder?«

»So kann man es auch betrachten.«

»Also, was ist? Kommst du?«

»Ja«, sagte ich leise, und es waren genau die Worte, die ich eigentlich schon die ganze Zeit über hatte sagen wollen.

»Noch mal danke, dass du mich gestern Abend gerettet hast.«

»Die Jungfer in Bedrängnis liegt mir stets am Herzen.«

»Du warst sehr ritterlich und hilfsbereit.«

»Danke. Ist das Fenster wieder repariert?«

»Hm.« Wir standen in seiner Küche, und ich trank einen großen Schluck von dem Rosé, den er mir eingeschenkt hatte. Er war so süß, dass ich ihn runterstürzte wie Fruchtsaft.

»Hast du schon was von der Polizei gehört?« Ben fuhr mit der Fingerspitze über den Rand des Glases.

»Nein, keinen Ton.«

»An deiner Stelle würde ich es abhaken. Schließlich ist nichts gestohlen worden. Sicher waren es irgendwelche Kinder.«

»Es gefällt mir trotzdem nicht, Ben. Es ist nicht nur ein Geschäft, es ist auch mein Zuhause, und ich fühle mich angegriffen. Amber glaubt, dass ein Mädchen aus dem Heim es getan hat. Aber ich weiß es nicht so recht. Es könnte jeder gewesen sein.«

»Du Ärmste.« Er umarmte mich kurz mit seinem freien Arm.

Wir waren gerade auf dem Weg nach oben ins Wohnzimmer, als Ben sagte: »Ach, ich hätte es fast vergessen. Wir brauchen noch einen Termin für den Beirat. Ich schaue mal gerade in meinem Kalender.« Ich hatte halbwegs gehofft, er hätte die Angelegenheit vergessen, aber jetzt konnte ich mich nicht mehr aus der Affäre ziehen.

Ich setzte mich im Musikraum an den Flügel, während er in seinem schwarzen Taschenkalender blätterte. Im Notenständer befand sich ein Heft mit Duetten, und ich klimperte ein bisschen herum, während er vor sich hinmurmelte: »Morgen, nein. Freitag Kirchenchor, dann bin ich am Wochenende unterwegs ... Mist, nach dem Chor geht es auch nicht. Es ginge nur am Dienstag.« Er drehte sich zu mir. »Ich muss erst noch die anderen fragen, aber lass uns mal Dienstag am frühen Abend festhalten.«

Ich nickte. »In Ordnung.«

Er setzte sich zu mir an den Flügel. »Auf vier«, befahl er, und wir begannen gemeinsam zu spielen. Er war natürlich perfekt, während es bei mir ein bisschen holprig klang.

»Das liegt am Wein«, meinte ich, als mein Timing nach der Hälfte der Seite völlig versagte.

»Egal, spiel weiter, der Wein macht dich locker.« Er spielte weiter, aber ich stand kopfschüttelnd auf, um ihm mehr Platz zu machen.

Als Nächstes begann Ben mit einem Stück, das ich nach kurzer Zeit als Chopins sogenanntes *Regentropfen-Prélude* identifizierte. Und dann passierte auf einmal etwas Seltsames ... Es kam mir so vor, als hörte ich die Musik in Stereo. Irgendwas drängte sich mir plötzlich ins Bewusstsein, der Widerhall eines längst Vergangenen, und es hatte mit Laura und dem leidenschaftlichen Klavierspiel ihrer Mutter zu tun. Denn das war ebenfalls das *Regentropfen-Prélude* gewesen.

Mit geschlossenen Augen stand ich mitten im Zimmer und lauschte den rasch aufeinanderfolgenden Noten, die mich durchdrangen, bis ich das Gefühl hatte, mein ganzer Körper würde vibrieren. Schließlich verebbten die letzten Akkorde. Ich öffnete die Augen und sah geradewegs auf ein Paar Schuhe, das in einer Ecke stand. Frauenschuhe, schwarz, mit hohen Absätzen und spitz zulaufend. Nicht neu, sondern getragen.

Ben sah, dass ich die Schuhe anstarrte, stand auf und kam zu mir. Ich spürte seine Hand an meinem Arm, seinen Atem an meiner Wange. »Fran?« Er versuchte, mich zu sich herumzuziehen, aber ich machte mich steif. Ich starrte bloß auf diese verdammten Schuhe.

»Wem gehören die?«, fragte ich.

»Ach, nur Nina«, antwortete er.

»Warum lässt Nina ihre Schuhe hier?«

»Sie bringt oft ein Paar zum Wechseln mit, wenn sie Auftritte hat. Das letzte Mal muss sie sie wohl vergessen haben.«

»Verstehe.« Ich hätte ihm gerne geglaubt, aber irgendwie gelang mir das nicht.

»Ben, darf ich dich mal was fragen ... Du und Nina, seid ihr ...?«, begann ich. Mein Mund war wie ausgetrocknet. »Ich meine, habt ihr ...?«

»Ich bin Ninas musikalischer Begleiter, und, wie ich hoffe, ihr Freund«, antwortete Ben steif. »Genau wie ich es Michael erklärt habe.«

»Dann hast du dich also mit ihm versöhnt?« Er nickte. »Oh, das ist gut.«

Er rückte näher zu mir.

Und ich platzte mit der nächsten Frage heraus. »Wem gehört der pinkfarbene Morgenmantel oben im Bad?« Am liebsten hätte ich mir auf die Zunge gebissen, aber nun war es zu spät. Und ich brauchte Gewissheit.

Ben schaute mich schweigend an. Dann lachte er. »Dir entgeht wohl gar nichts. Meiner Schwester Sally, wenn du es genau wissen willst. Sie hat ihn das letzte Mal, als sie hier war, vergessen.«

Eine schlüssige Erklärung. Warum nur gelang es mir nicht, mich zu entspannen? Im Nachhinein glaube ich, dass es einerseits an meinem Ärger über die Schuhe lag und andererseits an dem seltsamen Erlebnis, als ich seinem Klavierspiel gelauscht hatte. Und dann war da noch Bens charmantes Lächeln, das »Komm her« und »Geh weg« zugleich zu sagen schien und mich vollkommen irritierte.

»Fran. Bitte sieh mich an.« Das war ein Befehl.

Ich gehorchte. Er starrte mich an, die Augen zusammengekniffen, und über die sinnlichen Lippen spielte ein Lächeln. Ein winziger Tropfen Wein schimmerte an seiner Oberlippe. Ohne nachzudenken, hob ich die Hand, um ihn mit der Fingerspitze wegzuwischen. Dabei schloss er seine Hand um meine, fühlte sich warm und fest an.

»Keine Sorge«, flüsterte er, ohne meine Hand loszulassen. »Es gibt wirklich nichts, weswegen du dir Sorgen machen müsstest.«

»Nein«, flüsterte ich. »Natürlich nicht.« Wir standen dicht zusammen, und dann zog er mich plötzlich in einen langen, geübten und sehr leidenschaftlichen Kuss. Ich küsste ihn zurück, und er umfasste mich noch enger. »Du bist wunderbar«, flüsterte er, als wir beide Luft holten.

»Du auch«, murmelte ich, und dann trafen sich unsere Lippen erneut. Schließlich fuhr ich mit den Händen durch seinen goldblonden Haarschopf.

Als ich mich schließlich aus seiner Umarmung befreite

und sagte, ich müsse nun gehen, sah er mich enttäuscht an. »Bitte bleib noch.«

Ich lächelte und küsste ihn noch einmal, dann schüttelte ich den Kopf. Ich kannte ihn noch zu wenig.

»Weißt du was«, sagte ich, als wir uns in der Diele verabschiedeten, »wenn du so in der Tür stehst und mir nachsiehst, wie ich über den Platz nach Hause gehe, siehst du aus wie ein Engel, der meinen Heimweg bewacht.«

»Ich muss wirklich ein Engel sein«, murmelte er dicht an meinem Ohr. »Ganz besonders heute Abend. Denn sonst würde ich dich niemals gehen lassen.«

27. Kapitel

Heiliger Erzengel Michael, beschütze uns im Krieg. Schütze uns vor dem Bösen und den Tücken des Teufels.

Katholisches Gebet

In jener Nacht konnte ich kaum schlafen, so glücklich war ich. Wenn ich doch mal kurz eindämmerte, träumte ich von Ben, meinem höchstpersönlichen Engel auf Erden.

»Was halten Sie von Engeln?«, fragte ich Jeremy Quentin, als er am nächsten Tag kam, um sich Raphael anzusehen.

»Sie meinen, ob sie tatsächlich existieren?«

»Genau.«

»Das ist ausgerechnet in dieser Woche eine besondere Frage. Morgen ist der 29. September, das Fest des heiligen Michael und aller Engel.«

»Und der heilige Michael ist …?«

»Einer der Erzengel. Er wird meist mit einem Schwert dargestellt, wie er Satan im Kampf der letzten Tage ersticht. Raphael ist auch ein Erzengel. Und Gabriel. Es sind die Engel, die in der Bibel am häufigsten auftauchen. Die Erzengel waren nämlich die Boten Gottes. Sie hatten den engsten Kontakt zu normalen Menschen wie Tobias und Maria – das könnte der Grund sein, weshalb sie in menschlicher Gestalt porträtiert werden, wie Raphael hier. Aber bei denen, die sie sahen, verbreiteten sie trotzdem Angst und Schrecken.«

»Heißt das, dass Engel in Wahrheit gar nicht unbedingt

wie Menschen ausgesehen haben?« So hatte ich noch gar nicht darüber nachgedacht.

»Das weiß man nicht. Vielleicht sind sie nur Luftgeister, die für das Auge unsichtbar sind. In den Visionen der Propheten aus dem Alten Testament, wie zum Beispiel Ezechiel oder Jesaja, werden Engel als wilde Tiere beschrieben, als brennende, fliegende Schlangen, die den Thronwagen Gottes ziehen, oder als riesige lebendige Wesen, die sich gegenseitig Lobpreisungen Gottes zurufen. Ganz anders also, als sie heute dargestellt werden.«

»Eher wie Weihnachtsbaumanhänger«, sagte ich und dachte an die Arbeit von Ambers Mutter.

»Oder Feen.«

»Oder Schutzengel.«

»Ja. Auf jeden Fall haben wir heute stark vereinfachte Engel, die wir an unser überschaubares Schubladendenken angepasst haben. Meine Lieblingsgeschichte, die ich mal im Radio gehört habe, handelt von einem Parkplatzengel. Eine Frau aus Bristol betet jeden Tag zu ihrem Engel, dass er ihr hilft, einen Parkplatz zu finden, damit sie pünktlich zur Arbeit kommt. Und tatsächlich findet sie jeden Tag einen. Fantastisch, oder?« Jeremy lachte kopfschüttelnd, dann wurde er wieder ernst. »Ich will damit nicht sagen, dass es keine Engel gibt. Ich habe selbst keinerlei Erfahrung damit, aber ich kenne Leute, bei denen das anders ist. Vertrauenswürdige Leute, intelligente Leute, die ihre Erlebnisse gründlich hinterfragt haben und trotzdem zu dem Schluss kommen, dass es etwas … Überirdisches geben muss.«

»Aber das klingt in der heutigen Zeit ziemlich albern.«

»Nur weil wir alles wegrationalisieren? Es besteht die Gefahr, dass wir absolut alles in materialistischen Zusammenhängen sehen. Und dennoch gibt es andere Möglichkeiten der Erkenntnis. Gehen Sie durch die Welt, sprechen Sie mit verschiedenen Menschen – ganz gleich, welcher Religion sie angehören und ob überhaupt – über ihre Erfahrungen, und Sie werden feststellen, dass das Universum ein viel größerer und fremderer Ort ist, als wir je begreifen werden. Für mich sind Engel ein Symbol für alles, was sich außerhalb unserer normalen Wahrnehmungs- und Vorstellungskraft befindet; sie sind Teil des universalen Lobgesangs, der uns ständig umgibt.«

Ich dachte darüber nach. Eigentlich hatte Jeremy meine Frage nicht beantwortet, aber er hatte mir eine neue Sichtweise aufgezeigt.

»Und was soll ich von Ambers Geschichten halten?«, fragte ich.

»Keine Ahnung. Offenbar hat sie in einer extremen Gefahrensituation ein ganz besonderes Erlebnis gehabt. Ob die Federn und die Musik und der schöne junge Mann wirklich waren und miteinander in Beziehung gebracht werden können, weiß man natürlich nicht. Aber Amber glaubt das. Allerdings möchte ich nicht in die Falle tappen, alles für wahr zu halten, was andere Menschen glauben, einfach nur, weil sie es tun.«

»Meinen Sie denn, dass wir alle auf verschiedene Weise zu ein und derselben Sache hingezogen werden?«

»Bis zu einem bestimmten Punkt, ja. Zugleich ist uns die Macht der Vernunft verliehen worden, um unsere Erfahrungen einzuordnen. Ich bin überzeugt, dass wir nicht alles, was uns widerfährt, als Zauber oder Wunder verbuchen sollten. Das klingt erst mal ziemlich egoistisch. Aber überlegen Sie doch mal, kann sich das Universum wirklich so emsig um die Bedürfnisse einer Parkplatz suchenden Mutter bemühen? Ich bin mir da nicht so sicher.«

»Glauben Sie denn, dass wir alle einen Schutzengel an der Seite haben? Der uns auf Schritt und Tritt bewacht und uns leitet, so wie Gerontius?«

»Das ist eine schöne Vorstellung, nicht wahr? Und es gibt durchaus Stellen in der Bibel, die sie stützen. Auch wenn es uns in unserer Kurzsichtigkeit manchmal scheinen mag, als würden unsere Schutzengel in die falsche Richtung blicken. Vermutlich ist es am sichersten anzunehmen, dass unser Leben für Gott wichtig ist, wir aber zugleich Teil eines größeren Plans sind, der am Ende gut für uns ist.«

»Das klingt aber ganz schön bevormundend. Als würde man uns die Verantwortung für uns selbst abnehmen und uns wie bei *Big Brother* überwachen.«

»Gott ermuntert uns zu wachsen, aber auch, unsere Grenzen zu erkennen und uns von ihm lenken zu lassen. Wie wäre es, wenn wir ihn als eine Art Big Father betrachteten?«

Seufzend dachte ich an meinen eigenen Vater, der immer distanziert, wenn auch fürsorglich gewesen war, aber keinesfalls fähig, sich auf mich einzulassen.

Jeremy schien mich verstanden zu haben, denn er klopfte mir auf die Schulter. »Stellen Sie sich das eher als eine Art idealisierte Vaterschaft vor. Und denken Sie nicht an einen weltlichen, fehlbaren Vater, auch wenn die Väter ihren Kindern durchaus helfen, erwachsen zu werden und ein freies, verantwortungsbewusstes Leben zu führen.«

»Manchmal werde ich das Gefühl nicht los, dass ich bis dahin noch einen weiten Weg zu gehen habe«, antwortete ich, und wir mussten beide lachen.

Am späten Mittwochabend rief Ben an, um sich dafür zu entschuldigen, dass er mich ein paar Tage nicht sehen könne;

und danach am Sonntag, um mir zu sagen, dass das Chortreffen nun tatsächlich am Dienstag stattfinden sollte.

»Vielleicht hast du ja Lust, anschließend noch ein bisschen länger zu bleiben«, schlug er vor. »Zu der Besprechung werde ich einen kleinen Imbiss servieren, weil die meisten ja direkt von der Arbeit kommen.«

Ich bot ihm an, etwas früher bei ihm zu sein und bei der Vorbereitung zu helfen.

»Und dann sehen wir uns natürlich noch bei der Chorprobe. Allerdings muss ich anschließend gleich weg, da ich beruflich noch etwas zu erledigen habe. Schade, dass wir uns so lange nicht sehen können, Fran.«

»Finde ich auch«, antwortete ich matt.

Am Montag dachte ich noch einmal an mein Gespräch mit Jeremy zurück, als wir von Gerontius' Schutzengel sangen, der dessen Seele vors Jüngste Gericht brachte. Ich begriff plötzlich, dass die Aufgabe des Engels nicht darin bestand, die Seele des alten Mannes vor dem gefährlichen Pfad zu bewahren, sondern Gerontius durch die Gefahr hindurchzuhelfen. Vielleicht war es das, was Schutzengel taten: ihre menschlichen Schützlinge durch die Schwierigkeiten des Lebens begleiten, durch die Täler des Schattens des Todes und noch darüber hinaus.

Ben war an diesem Abend sehr viel nachsichtiger mit uns. »Mehr Zuckerbrot als Peitsche«, brummte Dominic in der Pause, aber der Grund wurde bald klar. Offenbar hatte Ben das Gefühl, uns allen ein wenig Honig ums Maul schmieren zu müssen.

»Einige von uns treffen sich morgen Abend, um über die künftige Entwicklung unseres Chors an St. Martin zu diskutieren. Nächste Woche werde ich einen Fragebogen verteilen und euch bitten, ihn auszufüllen. Unter anderem sollten wir darüber nachdenken, wie der Chor heißen könnte. Vielleicht überlegt ihr alle mal, mit welchem Namen wir uns ein besseres Image verleihen könnten. So was wie ›St. Martin's Singers‹ zum Beispiel.«

Es erstaunte mich, dass Ben die Dinge vorantrieb, noch bevor wir das erste Gespräch hinter uns hatten.

Dann ließ er uns mit den verunsicherten Chormitgliedern allein. »Bis morgen«, rief er mir zu und eilte davon.

Dominic und ich gaben uns anschließend im Pub große Mühe, die Fragen zu beantworten, mit denen die anderen uns bestürmten. Heute Abend wirkte er irgendwie anders als sonst. Jo und ich warfen ihm immer wieder irritierte Blicke zu. Sein Arbeitgeber hatte ihm ein Sabbatjahr genehmigt; anstelle des dunklen Anzugs trug er Jeans und einen hellblauen Kaschmirpulli unter dem Cordsakko. Sein dünner werdendes blondes Haar fiel ihm wirr ins Gesicht.

»Ich finde, heute sieht er besonders süß aus«, flüsterte ich Jo zu.

»Ach, hör mir auf mit Dominic«, antwortete sie, ziemlich erschöpft, wie ich fand.

Am Dienstagabend erschien Crispin, unser Gerontius, ein bisschen zu früh bei Ben und machte sich gleich über die mit Speck umwickelten Pflaumen her, die ich vorbereitet hatte. Sein Adamsapfel hüpfte jedes Mal beim Schlucken auf und ab. Um halb sieben kamen auch Val und der Pfarrer, danach Michael und schließlich Dominic, der sich ein bisschen verspätet hatte. Er war ganz außer Atem, weil er wegen einer ausgefallenen U-Bahn hatte rennen müssen, wirkte aber zwischen all den anderen so normal, dass ich ihm fast um den Hals gefallen wäre.

Es war ziemlich eng in Bens Arbeitszimmer, und alle aßen, tranken und redeten durcheinander. Irgendwann gelang es Ben, uns auf Stühle, Sitzkissen und Sofas zu platzieren und anzufangen.

Natürlich hatte er mir vorher ein wenig von dem erzählt, was er vorhatte. Aber als ich jetzt über das volle Ausmaß seiner Pläne informiert wurde, wurde mir klar, wie gefährlich ehrgeizig sie waren.

»Ich möchte gern, dass wir uns weiterentwickeln, bis wir ein Niveau erreicht haben wie zum Beispiel ...« Er nannte zwei oder drei der bekanntesten Amateurchöre. »Das bedeutet, dass wir uns um ein Drittel verstärken müssen, was wiederum die Werbung neuer Mitglieder voraussetzt. Außerdem müssen wir unsere finanziellen Mittel aufstocken.«

Pfarrer Quentin räusperte sich. »Der Chor finanziert sich im Moment selbst. Wo soll das zusätzliche Geld denn Ihrer Meinung nach herkommen?«

»Zum einen natürlich durch die neuen Mitglieder«, antwortete Ben. »Aber wenn wir für größere Veranstaltungsorte zahlen müssen wie etwa die Queen Elizabeth Hall, brauchen wir zusätzlich Geld, und zwar einiges. Da wäre die Erhöhung des Mitgliedsbeitrags nur ein Anfang.«

Dominic, der sich nachdenklich übers Kinn gestrichen hatte, rutschte unruhig auf dem Sofa herum. »Das geht nicht, Ben. Für manche bewegt sich der Beitrag schon jetzt an der Schmerzgrenze. Wir haben einige Rentner und ein oder zwei Arbeitslose unter uns. Und ein halbes Dutzend bezahlt schon jetzt in Monatsraten.«

»Dann müssen wir andere Möglichkeiten diskutieren. Ich bin kein Experte für solche Dinge. Michael, vielleicht kannst du dich darum kümmern?«

Michael runzelte die Stirn. »Ja, wenn du willst, mache ich mich da mal schlau.«

»Wie stehen denn die Chancen auf finanzielle Zuschüsse durch die Kirche, Jeremy? Ich weiß, dass der Pfarrgemeinderat beschlossen hat, die Orgel zu restaurieren …«

»Hat er das?« Ich war überrascht. »Das wusste ich ja gar nicht, Ben.«

»Das habe ich dir doch erzählt.«

»Nein, hast du nicht.«

Jeremy Quentin schaute von mir zu Ben und meinte dann: »Das war auf der Versammlung über die Verwendung dieser Schenkung, von der ich Ihnen erzählt habe. Ich konnte leider nicht hingehen, aber Ben war dort. Ich schätze, er hat sehr überzeugend dafür argumentiert, das Geld für die Instandsetzung der Orgel zu verwenden. Hier ist weder der passende Zeitpunkt noch der richtige Ort, noch mehr Worte darüber zu verlieren, aber ich brauche Ihnen nicht zu versichern, in welch peinliche Situation mich das in Bezug auf den Engel bringt.«

»Oh«, antwortete ich irritiert. »Ich dachte, Sie hätten beschlossen, das Geld dem Heim zur Verfügung zu stellen.«

»Ja, das hatten wir auch. Aber dann hat der Kirchenvorsteher letzte Woche mit unserem Anwalt gesprochen und erfahren, dass die Summe nur unter einer Bedingung ausgezahlt wird: Die Kirche muss das Geld für sich selbst verwenden. Es tut mir leid, dass ich da etwas ungenau war, aber ich habe es selbst gerade erst erfahren.«

Ich dachte an die Zeit und das Geld, das wir bereits in das Fenster investiert hatten, und fühlte mich hintergangen. Dann hätte es also vielleicht doch finanzielle Mittel für das Engelfenster gegeben, aber Ben hatte sie für seine Orgel abgezweigt. Von *Minster Glass* war niemand zu dem Gespräch eingeladen worden. Wieso hatte man uns nicht benachrichtigt?

Bei Jeremy mochte es Vergesslichkeit gewesen sein. Aber bei Ben? Vielleicht war es ihm unangenehm, dass sein Projekt bevorzugt wurde. Trotzdem hätte er den Mut haben müssen, mich zu informieren, zumal es hier um mein privates Geld und meine private Zeit ging. Je mehr ich darüber nachdachte, desto verärgerter wurde ich. Ich war innerlich so in Rage, dass ich gar nicht mitbekam, was Val über das Orchester sagte, das sie immer für die Chorkonzerte buchte.

Ich zwang mich, wieder zuzuhören. »Wir bräuchten gute Instrumentalisten, die bestimmt auch höhere Gagen verlangen.« Val seufzte; ich konnte ihre Frustration nur zu gut verstehen.

Crispin, der sich gerade durch eine Platte mit Wurstbrötchen arbeitete, hustete plötzlich. Wir schauten ihn an und rechneten damit, dass er etwas sagte, aber er lächelte Ben nur aufmunternd zu und aß weiter. Ich verstand nicht, wieso er überhaupt hier war; ich fand, dass er den anderen nur den Platz wegnahm. Wahrscheinlich hatte Ben ihn nur deshalb eingeladen, weil der ihn so offensichtlich vergötterte.

Eine kurze Stille entstand, dann rutschte Dominic auf seinem Stuhl herum und erhob die Stimme. »Du hast ein paar gute Ideen vorgetragen, Ben, und du hast tolle Dinge mit dem Chor vor.« Er lächelte. »Ja, du hast hart mit uns gearbeitet. Aber wir müssen uns fragen, was der Sinn und Zweck der Chorgemeinschaft St. Martin's sein soll.«

Jetzt schaltete sich der Pfarrer ein. »Vielleicht kann ich hier weiterhelfen. Wie einige von Ihnen wissen, wurde der Chor vor fünf Jahren als zusätzliches Freizeitangebot unserer Pfarrei gegründet. Ben als Organist hat die Leitung inne. Über diese Gemeinschaft wollten wir Menschen aus der

Umgebung enger an unsere Kirche binden. Natürlich rechnen wir nicht damit, dass allzu viele den Sonntagsgottesdienst besuchen werden, aber wenigstens kommen sie so überhaupt in die Kirche. Ich mache mir Sorgen, Ben, dass die von Ihnen beabsichtigte Professionalisierung des Chors weit über unsere ursprüngliche Absicht hinausgeht. Der Chor würde sich unweigerlich von der Kirche lösen, und einige der jetzigen Mitglieder, die weder das Niveau halten noch höhere Mitgliedsbeiträge zahlen können, würden vielleicht ausgeschlossen. Das wäre eine Schande. Mir ist natürlich klar, dass solche Dinge demokratisch geregelt werden sollten, und wenn die Chormitglieder diesen Weg gehen wollen, wäre es falsch, sie daran zu hindern.«

Michael nickte. »Ja, vielleicht sollten wir warten, bis wir alle befragt haben«, schlug er vor. »Ben hat ja einen Fragebogen entworfen.«

»Auf keinen Fall glaube ich«, fuhr Pfarrer Quentin mit ernster Stimme fort, »dass von der Kirche zusätzliche Mittel kommen werden. Wir stellen unsere Räumlichkeiten zur Verfügung und den Organisten. Aber unsere Gemeinde ist klein, und wir haben noch viele andere soziale Aufgaben zu erfüllen. Da kann man nicht damit rechnen, dass die Zuschüsse für den Chor aufgestockt werden.« Er trank einen Schluck Wein und setzte sich zurück.

Bens Miene war finster. »Zweifellos würde für uns alles teurer«, begann er. »Wir müssten bessere Solisten bezahlen, ein größeres Orchester, größere Spielstätten. Und dann wären da natürlich noch die zusätzlichen Kosten für mehr Werbung und Öffentlichkeitsarbeit.«

»Ich weiß gar nicht, wo man mit einem größeren Chor proben sollte«, gab Val zu bedenken. »Der Pfarrsaal würde nicht mehr ausreichen.«

»Ein paar mehr würde man sicher noch reinquetschen können«, meinte Ben.

»Dann sollten wir vorher aber auf jeden Fall die Versicherungssituation prüfen.« Jeremy machte sich eine Notiz.

Ben stand auf. Es gelang ihm kaum, seinen Frust zu verbergen. »Gibt es jemanden, der meine Vision teilt?«, fragte er und schaute jeden einzeln an.

Crispin nickte eifrig, und ich sagte rasch: »Ben, es gibt sicher Möglichkeiten, etwas zu verändern. Du hast den Leuten ja gezeigt, dass sie zu viel mehr in der Lage sind. Sie können sich verbessern. Sie kommen ja nicht mehr nur, um sich einen schönen Abend zu machen, sondern um etwas dazuzulernen. Das wird irgendwann auch das Publikum merken, und du wirst auf ein viel größeres Interesse stoßen. Wäre das denn nicht an sich schon eine tolle Leistung?«

»Absolut«, bestätigte Dominic. »Fran hat den Nagel auf den Kopf getroffen. Wir können uns sehr glücklich schätzen, dich zu haben, Ben, und deine Ideen sind wirklich toll. Wir sollten die Auswertung der Fragebögen abwarten und sehen, was die anderen denken. Aber ich persönlich bin der Meinung, dass wir uns im Moment nicht vergrößern sollten. Wie Jeremy schon sagte, führt es zu weit von unseren ursprünglichen Zielen weg. Natürlich sollten wir immer für alles offen sein, aber ich glaube, unsere Mitglieder fühlen sich mit der jetzigen Konstellation wohl. Es wäre eine Schande, ihnen das zu nehmen.«

»Ich spreche sicher für alle, Ben, wenn ich sage, dass du als Chorleiter vielen Freude schenkst«, sagte Michael leise, und alle murmelten zustimmend. »Unterschätz das nicht. Du musst vorsichtiger sein, Schritt für Schritt vorgehen.«

Ben hob beide Hände, ließ sie dann auf die Knie fallen und

sank in seinem Stuhl zurück. »Okay«, meinte er, »ich habe verstanden.«

»Wir schätzen deine Arbeit wirklich sehr«, betonte Val noch einmal. »Lass uns einfach warten, was die Umfrage bringt.«

»Genau.« Pfarrer Quentin schaute auf seine Armbanduhr. Er stand auf und zog sich die Jacke an. »Ich muss jetzt leider gehen. Um acht habe ich noch einen Ehevorbereitungskurs.«

Danach blieben auch die anderen nicht mehr lange. Crispin stopfte sich noch ein paar Petit Fours rein, und selbst Michael schien zu merken, dass es nun an der Zeit war zu gehen. Ben und ich blieben zurück. Frustriert starrten wir auf die Essensreste. Ich überlegte, ob ich auch verschwinden sollte. Aber vielleicht brauchte Ben mich noch.

»Ben.« Ich ging auf ihn zu, aber er wandte sich enttäuscht ab. »Es tut mir leid. Ich weiß, wie wichtig das für dich ist.«

»Tatsächlich?« Er sah mich finster an. »Warum hast du mir dann nicht mehr den Rücken gestärkt? Das wäre doch das Mindeste gewesen, oder? Ich dachte, du wärst auf meiner Seite, dabei hast du dich genauso verhalten wie die anderen.«

»Sei nicht ungerecht. Ich habe versucht, mich auf deine Seite zu stellen, aber man darf die Probleme nicht einfach ignorieren. Außerdem wollte ich nicht lügen.«

»Trotzdem habe ich mir mehr Unterstützung von dir erhofft. Meiner Meinung nach sind die Leute entweder für oder gegen mich. Und du warst heute Abend definitiv gegen mich.« Gereizt verzog er die Lippen.

»Nimm das doch nicht so persönlich.« Einerseits schockierten mich seine Vorwürfe, andererseits wollte ich ihn trösten. »Wir haben nur versucht, die Diskussion objektiv zu führen, mehr nicht. Und deine Arbeit haben alle nur gelobt.«

Bens Augen glitzerten eisblau. »Du warst gegen mich, Fran, und das hat mich zutiefst verletzt. Ich dachte, wir wären Freunde.«

Jetzt wurde ich böse. »Das ist doch Unfug! Du bist ungerecht.« Wieso benahm er sich plötzlich wie ein bockiges Kleinkind? »Wenn überhaupt, dann könnte ich mich von dir hintergangen fühlen. Schließlich hast du dafür gesorgt, dass die Orgel statt des Fensters restauriert wird, ohne mir gegenüber ein Wort darüber zu verlieren.«

»Aber die Orgel ist viel wichtiger als dein Engel, das musst du doch verstehen.«

»Darum geht es nicht. Ich fühle mich einfach nur über den Tisch gezogen, das ist alles.«

Darauf gab er keine Antwort.

»Ben«, begann ich schließlich noch einmal. »Lass uns nicht streiten, bitte.«

»Wer streitet denn?« Ganz plötzlich änderte sich seine Laune. »Es ist immer dasselbe.«

»Was?«

»Ich komme mit einer Sache gut voran, und dann baut sich plötzlich eine Wand vor mir auf. So als würde jemand versuchen, mich aufzuhalten.«

Ich fragte mich, welche Sachen er meinte, und erinnerte mich an die Plakate und Broschüren für seine Soloauftritte im anderen Zimmer, die alle ein paar Jahre alt waren.

»Wie meinst du das?«

»Es sieht so aus, als würde ich mit dem, was ich vorhabe, einfach nie weiterkommen.«

»Das stimmt doch nicht. Du hast einen Beruf, um den dich viele beneiden würden. Du hast so viel geschafft.«

»Aber ich bringe nichts voran.« Er nahm eine CD vom Stapel und steckte sie mit theatralischer Geste in ein Abspielgerät. Sekunden später waren die Geräusche eines Konzertsaals zu hören. Leute nahmen ihre Plätze ein, hüstelten, raschelten mit den Programmheften. Es ertönte lauter Applaus, als der Künstler die Bühne betrat, dann herrschte vollkommene Stille. Dann setzte Klavierspiel ein, brillant, berauschend, leidenschaftlich.

Ich warf einen Blick auf die Hülle, die Ben in der Hand hielt – Ashkenazy, einer der begabtesten Pianisten der Welt. Und Ben hatte es nie auch nur annähernd so weit gebracht. War es das, was er mir sagen wollte?

Ein kurzer Tastendruck, und die Musik verstummte. Ben drehte sich um und ging hinaus, knallte nebenan eine Tür zu. Im nächsten Moment begann er, Beethoven zu spielen. *Fortissimo.*

»Oh!« Ich hätte am liebsten auf etwas geschlagen oder wäre weggelaufen, zwang mich aber, bis zehn zu zählen. Nein, ich wollte mich nicht so kindisch benehmen wie er. Frustriert begann ich, Gläser und Teller auf ein Tablett zu stellen, war sauer, dass er mich stehen gelassen hatte.

Es beruhigte mich, die Teller in die Spülmaschine zu räumen und die Gläser mit der Hand zu spülen. Vor Bens Küchenfenster hingen keine Gardinen, und draußen war es dunkel. In den Häusern ringsherum waren die Lichter an. Die Londoner kochten, legten Wäsche zusammen, brachten ihre Kinder ins Bett oder schauten einfach nur in den Himmel. Hoch über mir blinkten die Positionslichter eines Flugzeugs. Das Leben ging weiter.

Als ich das letzte Glas polierte, erschien Ben in der Küchentür. Ich beobachtete sein Spiegelbild im Fenster.

Schließlich murmelte er: »Fran, es tut mir leid.« Ich drehte mich um, und mein Ärger war komplett verflogen, als ich sein jungenhaftes Lächeln sah. Unbeholfen hob er die Hand.

»Du hast mich sehr verletzt«, sagte ich leise.

»Ich weiß. Es tut mir wirklich leid.«

»Während der Diskussion vorhin wollte ich dir nur helfen. Und genau das wirfst du mir vor.«

»Ja. Ich weiß auch nicht, was über mich gekommen ist.«

Er kam in die Küche und nahm mir vorsichtig das Glas aus der Hand, griff dann nach einem zweiten von der Arbeitsplatte. Ich sah zu, wie er eine Rotweinflasche entkorkte, die beiden Gläser vollgoss und mir eins davon zuschob. Er trank einen großen Schluck aus seinem Glas, wischte sich mit dem Handrücken den Mund ab, was sehr sexy aussah. Er grinste mich an.

Ich verschränkte die Arme vor der Brust. »Glaubst du, mit einem charmanten Lächeln wäre alles erledigt?«

»Du lächelst doch auch.«

»Nein, tue ich nicht.«

Tat ich doch. Er stellte sein Glas ab, kam auf mich zu und nahm mich endlich in die Arme. Als er mich küsste, fühlte ich mich wie eine sich öffnende Blüte. Eine Sekunde später glitt seine Hand unter mein Top, seine Lippen fuhren sanft über meinen Hals, bis es wunderbar zu kribbeln anfing.

»Ben!«, protestierte ich. »Die Nachbarn können uns sehen!«

»Dann lass sie doch!«, raunte er und küsste mich weiter. Nach einer Weile schob er mich zum Sofa im Wohnzimmer, wo er mich wieder leidenschaftlich küsste. In der einbrechenden Dunkelheit kuschelten wir uns aneinander.

»Was meintest du vorhin, als du sagtest, andere würden dich immer davon abhalten, bestimmte Dinge zu tun?«, fragte ich schläfrig.

Er zog den Arm zurück, setzte sich auf und sagte eine Zeit lang gar nichts. Gerade als ich fürchtete, ihn schon wieder beleidigt zu haben, küsste er mich schnell. »Ich weiß, es klingt komisch, aber ich habe manchmal das Gefühl, ich bin verhext. Es ist wie heute Abend. Ich weiß, dass ich Talent habe und gute Ideen und hart arbeite, aber es funktioniert einfach nicht. So als würde eine unsichtbare Macht dauernd sagen: ›Lass Ben bloß keinen Erfolg haben.‹«

»Aber du hattest doch schon so viel Erfolg«, widersprach ich. »Als Organist, als Chorleiter, als Pianist, als Lehrer. Die Leute finden dich großartig.«

»Ja, aber das ist es nicht, was ich wirklich bin. Ich war Solist. Das ist es, was ich am liebsten gemacht habe, aber irgendwie war ich nie so richtig erfolgreich. Immer kam was dazwischen. In der Jury hat jemand gegen mich gestimmt, eine Aufnahme kam aus irgendwelchen Gründen nicht zustande oder sonst was. Das ist einfach nicht fair. Ich hätte ein bisschen Glück gebrauchen können, aber das hat sich nie eingestellt. Ich spiele gern mit Nina zusammen. Das Mädchen hat so viel Talent. Sie ist brillant, Fran, und sie hat großartige Lehrer.«

»Dann hoffe ich, dass es funktioniert. Für euch beide«, sagte ich leise. Denn mir war klar, dass er nicht nur von Ninas Karriere sprach, sondern auch von seiner, als ihre Begleitung.

An diesem Abend fühlte ich mich Ben so nahe wie noch nie zuvor einem Menschen. Er öffnete sich mir, und das tat mir gut und rührte mich zutiefst. Was machte es schon, wenn er ab und zu launisch war? Das kannte ich schließlich von meinem Vater. Aber während mein Vater mich immer auf Abstand gehalten hatte, ließ Ben mich an sich ran, zumindest an diesem Abend.

Nach diesem Abend trafen wir uns regelmäßig. Aber ich war sehr mit dem Laden und mit Dad beschäftigt, und Ben hatte ebenfalls viele Termine, in der Schule, zu Chorproben, zu Proben mit Nina. Es war frustrierend. Ein- oder zweimal, als ich bei ihm klingelte, hörte er mich nicht, weil er in ein Musikstück vertieft war. Also lehnte ich mich über den Zaun und klopfte ans Fenster, um ihn auf mich aufmerksam zu machen. Ich wusste nie, was mich erwartete. Manchmal riss er mich in die Arme, wenn er die Tür aufmachte, und küsste mich leidenschaftlich, bis mir die Luft wegblieb. An anderen Tagen war er weit weg bei seiner Musik, schenkte mir nur ein abwesendes Lächeln und gab mir ziemlich unpersönlich zu verstehen, dass ich im Wohnzimmer warten solle, bis er mit dem fertig war, was er gerade tat. Ich war dann jedes Mal sehr enttäuscht, versuchte aber, mir nichts anmerken zu lassen.

Manchmal stritten wir uns, meist über banale Dinge. Und dann wieder, wenn wir uns versöhnten, umarmte er mich, als stünde das Ende der Welt bevor. Einmal, nach solch einem Streit, bemerkte ich zu Hause einen blauen Fleck am Arm. Aber ich konnte mich nicht von ihm fernhalten. Bei anderen Gelegenheiten kam ich mir eher wie seine Mutter und nicht wie seine Geliebte vor, räumte hinter ihm auf und beruhigte ihn. Aber oft war ich auch diejenige, die getröstet werden musste, weil ich mir Sorgen um Dad machte.

Als ich später auf diese Zeit zurückblickte, fragte ich mich oft, was mich damals zum Bleiben bewogen hat. Es war zu einem großen Teil Leidenschaft, reine physische Leidenschaft. Ich war verrückt nach ihm, und die Tatsache, dass er mit meinen Gefühlen spielte, steigerte mein Begehren nur noch mehr. Aber ich glaube, es war auch ein Stück Verzweiflung. Ich stürzte mich in eine intensive Beziehung, um meine tiefe Traurigkeit und Einsamkeit zu vergessen.

Uns verband etwas, eine tiefe Verletzung, die in uns steckte, eine zerstörerische dunkle Macht. Er war ein dunkler Engel. Und wir verletzten uns gegenseitig.

Eines Nachmittags Anfang Oktober saß ich an Dads Bett und hielt seine Hand. Er schlief, seine Atemzüge waren tief und laut.

Ein Schatten fiel über das Bett, dann hörte ich ein diskretes Hüsteln, und als ich aufschaute, sah ich Dr. Bashir. Er stand am Fußende, las ein paar Akten durch und zeichnete sie kurz ab. »Kommen Sie bitte mit«, sagte er und schob mich in ein kleines Sprechzimmer am Ende der Station.

»Miss Morrison, wir haben bei Ihrem Vater heute Morgen wieder einige Untersuchungen vorgenommen, und die Ergebnisse sind leider nicht ermutigend.« Er sah mich ernst an. »Offenbar hat er einen weiteren kleineren Schlaganfall erlitten. Wir haben Anlass zu der Befürchtung, dass er ganz allmählich in einen Zustand der Bewusstlosigkeit hinübergleiten wird.«

Ich schluckte und sah ihn stumm an.

»Es tut mir leid, Ihnen sagen zu müssen, dass die Prognose sehr schlecht ist. Ich kann auch nicht sagen, wie lange es dauern wird, Tage oder Wochen oder Monate. Wir werden die aktuelle Medikation zunächst fortsetzen, aber ich fürchte, es wird das Unausweichliche nur hinauszögern. Ihr Vater wird immer weiter in die Bewusstlosigkeit sinken, und früher oder später wird es zu irreparablen Schädigungen kommen. Ich fürchte, er wird nicht wieder zu uns zurückkehren.«

Er reichte mir eine Box mit Papiertüchern, denn inzwischen konnte ich meine Tränen nicht länger zurückhalten. »Gibt es jemanden, den Sie anrufen möchten?«, fragte er.

Ich schüttelte den Kopf. »Nein, niemanden«, antwortete ich automatisch, doch im selben Moment wurde mir klar, dass das nicht stimmte. Ich wusste sofort, wen ich jetzt brauchte. Weder Ben, der Dad nie kennengelernt hatte, noch Jo oder Jeremy, sondern Zac. Ich wollte Zac anrufen.

Dr. Bashir redete weiter. »Ich muss Sie um Ihre Zustimmung bitten, Miss Morrison, dass Ihr Vater aus unserem Haus entlassen wird.«

Er machte eine Pause. Panik überkam mich. Wie sollte ich mich in der Wohnung mit all den Treppen und dem alten Bad anständig um Dad kümmern? Das ging doch nicht. Aber Bashir redete weiter. »Er braucht nun die Pflege, wie sie nur ein Hospiz leisten kann. Wenn Sie möchten, können wir Ihnen einige Häuser empfehlen. Wissen Sie, die Betten hier ... na ja, für eine Langzeitversorgung ...«

»Ja.« Ich machte mir Vorwürfe, dass ich nur an mich gedacht hatte.

»Diese Einrichtungen sind ausgezeichnet«, fuhr der Arzt fort. »Ihr Vater wird dort sehr gut aufgehoben sein, Sie werden sehen.«

Wir sprachen noch kurz über Dads Patientenverfügung. Er hatte angegeben, dass er nicht weiterleben wollte, wenn sein Leben nur noch von Maschinen abhängig sein würde. Dann bat ich den Arzt, die nötigen Vorkehrungen für eine Verlegung in ein Hospiz zu treffen.

Im Foyer fand ich ein öffentliches Telefon. Ich wählte die Nummer des Ladens. Beim zweiten Klingeln antwortete Zac.

»Zac«, flüsterte ich. »Gott sei Dank! Ich bin im Krankenhaus. Ich muss dringend mit dir sprechen. Wegen Dad. Es ist schlimmer geworden.«

»Warte dort«, sagte er. »Ich komme sofort. Ich nehme ein Taxi.«

Ich wartete im Foyer und sah ungeduldig zu, wie ein Taxi nach dem anderen vorfuhr. Endlich stieg Zac aus, und ich war erstaunt über die große Erleichterung, die mich in dem Augenblick überkam. Er eilte auf mich zu, und wir fielen uns in die Arme. Jetzt fühlte ich mich nicht mehr allein. In den vier oder fünf kurzen Wochen, die ich zu Hause war, war Zac für mich fast ein Familienmitglied geworden. Dad und er waren sich auf die ihnen eigene, schüchterne Art nähergekommen, und Dad bedeutete ihm genauso viel wie mir. Vielleicht sogar noch mehr, dachte ich manchmal, weil er nicht so viele alte Lasten mit sich herumschleppte.

Das einzige Hospiz, das wir für Dad fanden und das ihn sofort aufnehmen konnte, befand sich in Dulwich. Das bedeutete zwar eine längere Zugfahrt, aber der grüne Vorort und das Gebäude – ein vornehmes edwardianisches Haus auf einem schönen Grundstück – gefielen mir gut. Durch die Fenster fiel Licht, das durch das Herbstlaub der Bäume gefiltert wurde. Dr. Bashir hatte recht. Hier war Dad gut aufgehoben. Die Schwestern, einige von ihnen waren Nonnen, verrichteten ihre Arbeit ruhig und umsichtig, sie schienen Dads Bedürfnisse und auch unsere genau zu kennen. Es war auch für Zac und mich ein angenehmer Ort, um an Dads Bett zu sitzen und zuzusehen, wie er friedlich schlief.

Die ersten beiden Oktoberwochen vergingen in einer Art Schwebezustand. Auf dem Platz begannen die Bäume ihr Laub zu verlieren. Es segelte herab und bedeckte den Boden beinahe wie ein sanftes Grabtuch, während ich miterlebte, wie mein Vater immer mehr ins Koma sank. Morgens, wenn ich die Zeitung holte oder Milch kaufte, lief ich durch die raschelnden Blätter; später dann hatten Regen und Wind und die Füße der Passanten ihre zarte Schönheit zerstampft, bis sie irgendwann von einer Kehrmaschine weggefegt wurden.

In den ersten Tagen nach seiner Ankunft im Hospiz regte Dad sich manchmal, um dann jedoch wieder in völliger Bewusstlosigkeit zu erstarren. Aber wenn ich ihm von all den kleinen Begebenheiten in meinem Leben erzählte – wie wir mit dem Engel vorankamen, dass Amber sich für das nächste Semester am College für einen Kurs eingeschrieben hatte, dass Anita von nebenan Großmutter geworden war –, hatte ich fast immer das Gefühl, dass er mir zuhörte. Dennoch schien er im Laufe der Wochen mehr und mehr im Dämmerzustand zu verleben, und tief im Herzen wusste ich, dass er nichts mehr hörte.

Zac war mein Freund und Kollege, mit ihm verbrachte ich die Tage. Aber meine Gedanken waren nur bei Ben. Falls Zac über unsere Beziehung Bescheid wusste, was er vermutlich tat, sagte er nichts dazu. Stattdessen vertiefte er sich ganz in die Arbeit an unserem Engel, und es gelang uns, Raphael Zentimeter für Zentimeter und Stück für Stück zu rekonstruieren.

Zac hatte Glück gehabt und doch noch das richtige Glas gefunden – dem Kollegen in Ungarn war es gelungen, das passende Material aufzutreiben –, und während die herrlichen Herbstfarben draußen allmählich verblassten, erwachte unsere Werkstatt zu neuem Leben.

»Es sieht aus, als sei Licht darin gefangen«, meinte Amber atemlos, als Zac die funkelnden Stücke hochhielt.

Ja, unsere Arbeit war wirklich faszinierend. Eigentlich setzten wir einen zerbrochenen Engel neu zusammen, aber was dabei herauskam, war mehr als ein schönes Stück aus Glas und Licht. Wie durch ein Wunder verwandelte es sich in etwas Zauberhaftes und Lebensbejahendes.

28. Kapitel

Seltsam, was ein Mann alles tun kann, und eine Frau hält ihn immer noch für einen Engel.

William Thackeray, *The History of Henry Esmond*

Am zweiten Montag im Oktober kam Jo schon wieder nicht zur Chorprobe. Ich rief sie am nächsten Abend an, aber sie war nicht zu Hause. Ich hinterließ ihr eine Nachricht auf dem Anrufbeantworter, doch sie rief nicht zurück. Irgendwie war ich anschließend mit zu vielen anderen Dingen beschäftigt, um es noch einmal zu versuchen; außerdem hatte Dominic versprochen, sie mit Unterlagen von der Probe zu versorgen. Als daher am nächsten Sonntagmorgen das Telefon klingelte, ich abnahm und ein krächzendes »Fran?« hörte, hatte ich sofort ein schlechtes Gewissen.

»Jo? Jo, bist du das? Ist alles okay?«

»Nein, Fran, ist es nicht. Ich weiß nicht, was ich tun soll.«

»Was ist denn los?«, fragte ich sie. Aber anstatt mir eine Antwort zu geben, fing sie an zu weinen. »Ich komme sofort vorbei«, sagte ich schnell: »Bleib, wo du bist.«

Jo öffnete mir die Tür zu ihrem Apartmenthaus und wartete oben an der Treppe auf mich. Sie sah aus wie ein Häufchen Elend. Ob jemand gestorben ist?, überlegte ich. Ich glaubte ihr sofort, als sie mir sagte, sie habe die ganze Nacht geweint. Ihr Gesicht war völlig verquollen, sie trug keine

Kontaktlinsen, und die Augen hinter den Brillengläsern waren rot und geschwollen.

»Du wirst mich für ganz schrecklich halten«, sagte sie und warf sich auf das Sofa im Wohnzimmer ihrer Eltern. »Du wirst mich hassen. Ich hasse mich ja selbst. Ich weiß auch nicht, wie ich da reingeraten bin. Ich hätte das nie von mir geglaubt.«

Ich setzte mich neben sie. »Was um alles in der Welt hast du denn angestellt?«, fragte ich entsetzt.

»Es ist so schrecklich, und es wird so viele Probleme geben. Warum habe ich das nur zugelassen?«

Was konnte sie denn nur getan haben? Jo, die doch vor Unschuld und Gutmütigkeit nur so triefte.

»Warum erzählst du nicht einfach von Anfang an?«, schlug ich leise vor und reichte ihr ein Papiertuch.

Ein Seufzer schüttelte sie, bevor sie nickte und sich die Augen trocken wischte. »Es war damals im Juni«, begann sie und knetete das Papiertuch in ihrem Schoß. »Am Vierundzwanzigsten. Das Datum werde ich nie vergessen. Er war damals gekommen, um sich das Heim anzuschauen.«

»Wer?«

»Ein Parlamentsabgeordneter, der unter anderem für Obdachlose zuständig ist. Johnny Sutherland, vielleicht hast du schon mal von ihm gehört.« Hatte ich nicht. »Anfang des Jahres hatte die Kirche Staatsmittel beantragt, um unser Heim zu vergrößern. Johnny saß im Entscheidungsgremium und war bei uns, um sich unsere Einrichtung anzusehen. Ich habe ihn damals herumgeführt. Er war supernett und sehr interessiert. Er hat ziemlich gute Fragen gestellt, und man hatte das Gefühl, als würde er unsere Probleme tatsächlich verstehen. Das war allerdings alles, was ich damals über ihn gedacht habe.«

Sie hielt kurz inne. »Wie auch immer, ein paar Tage später bin ich ihm auf der Rochester Row begegnet. Er hatte gerade versucht, ein Taxi zu bekommen, aber alle, die vorbeifuhren, waren belegt. Ich sagte Hallo und freute mich, dass er sich noch an mich erinnerte. Ich schlug ihm vor, es mal an der Victoria Station zu versuchen, und da wir die gleiche Richtung hatten, sind wir zusammen gegangen. Als ich zu Hause ankam, unterhielten wir uns gerade so gut. Also habe ich ihn eingeladen. Wir haben wirklich nur Kaffee getrunken, aber uns prächtig verstanden. Er war einfach supernett.

Eine Woche später, Anfang Juli, hat er angerufen, um mich zu fragen, ob ich Lust hätte, mit ihm was trinken zu gehen. Er wolle gern noch ein paar Einzelheiten über das Heim wissen, sagte er, ein paar Fakten hinter den nüchternen Zahlen auf dem Antragsformular. So hat es dann angefangen. An dem Abend hat er mir erzählt, dass er Probleme mit seiner Frau habe. Ich habe ihm angeboten, darüber zu sprechen, weil ich dachte, es würde ihm vielleicht helfen. Er hat mir leidgetan, ganz besonders deshalb, weil er drei Kinder hat. Es wäre doch eine Schande, wenn die Ehe zerbrechen würde, nur weil er niemanden hat, mit dem er reden kann.«

»Ach, Jo.« Das war typisch für sie, immer versuchte sie zu helfen. Doch dieses Mal war sie in die Honigfalle getappt: ein Mann in Schwierigkeiten, der angeblich nur die sanfte Hand eines guten Engels brauchte, um wieder auf den rechten Pfad zurückzufinden.

»Wir haben uns ein paarmal getroffen, und dann ... Es war ein echter Schock, als er mir auf einmal sagte, dass er seine Frau verlassen würde. So einfach aus dem Nichts heraus. Er meinte, er hätte sich in mich verliebt.«

»Und was hast du dazu gesagt?«

»Was hätte ich sagen sollen? Dass ich sehr geschmeichelt

sei, natürlich, und ihn sehr nett fände und alles, aber dass ich auf keinen Fall dafür verantwortlich sein wollte, dass seine Familie zerbrach. Ich habe ihm gesagt, dass wir uns nicht mehr treffen könnten.«

»Ich nehme an, ihr habt es trotzdem getan?«

»Ja. Er hat ständig angerufen und mir Blumen ins Heim geschickt – es war unglaublich peinlich. Ich weiß nicht, was meine Kollegen gedacht haben.« Aber das Lächeln in Jos Gesicht ließ mich vermuten, dass sie es genossen hatte, ein Mal im Leben im Zentrum der Aufmerksamkeit zu stehen.

»Ich habe einem weiteren Treffen nur zugestimmt, weil ich ihm sagen wollte, dass es vorbei ist. Aber du kannst dir sicher denken, was passiert ist.«

»Es war nicht vorbei.«

»Ich habe ihm geglaubt, Fran. Ich war ganz sicher, dass er mir die Wahrheit sagt. Er war ehrlich unglücklich mit seiner Frau, er wollte sie ganz bestimmt verlassen. Plötzlich liebten wir uns, und alles war wunderschön. So glücklich bin ich noch nie gewesen. Aber jetzt werde ich es vermutlich nie mehr sein.« Sie sah mich verzweifelt an. »Wie auch immer, während des ganzen nächsten Monats hat er mir immer wieder versichert, nach dem Familienurlaub in der Toskana würde er mit seiner Frau reden. Als er im August zurückkam, war die Party zum dreizehnten Geburtstag seiner Tochter die nächste Entschuldigung; er meinte, vorher könne er ihr das auf keinen Fall antun. Und so ging es immer weiter. Ich liebe ihn so, und ich dachte, er würde für mich dasselbe empfinden. Ich habe wirklich geglaubt, alles würde gut.« Jo fing wieder an zu weinen.

Also einmal mehr die alte Leier. Und trotz ihrer hehren Prinzipien war die gute alte Jo darauf hereingefallen.

»Aber es kam anders?«, fragte ich behutsam.

Sie nickte. »Ich kann einfach nicht glauben, dass ich so dumm sein konnte, Fran. Wir konnten uns nur selten sehen. Es hieß immer Arbeit hier, Kinder da, wir verabredeten uns, und er sagte im letzten Moment ab. Oder er kündigte spontan seinen Besuch an, und ich musste meine anderen Verabredungen absagen. Ständig saß ich wie auf heißen Kohlen. Immer wenn das Telefon klingelte, fing mein Herz an zu hämmern. Ich wäre verrückt geworden, wenn ich meinen Job nicht gehabt und mich nicht gezwungen hätte, wenigstens ab und zu zur Chorprobe zu gehen. Aber vielleicht ist es schon zu spät. Vielleicht bin ich schon verrückt.« Ein tiefer Schluchzer schüttelte sie.

»Du bist vielleicht aufgeregt und verletzt, aber du bist nicht verrückt«, beruhigte ich sie.

»Das Schlimmste weißt du ja noch gar nicht, Fran. Ich durfte ihn nie anrufen. Aber letzten Montag, nachdem ich seit Tagen nichts von ihm gehört hatte, habe ich ihn doch einfach im Büro angerufen. Als ich sagte ›Ich bin's‹ und er so merkwürdig zögerte, wusste ich sofort, dass was nicht stimmte. Er kam nach der Arbeit hier vorbei und benahm sich ganz seltsam. Er schien in großer Hektik zu sein und wollte offensichtlich nicht, dass ich ihn anrührte. ›Yvonne weiß alles über uns‹, sagte er. ›Sie hat es mir auf den Kopf zugesagt, und ich musste mit der Wahrheit herausrücken.‹ Sie hat gedroht, ihn zu verlassen, und das will er plötzlich nicht. Er hat mich … einfach fallen gelassen. Wenn ich anrufe, geht er nicht ans Telefon. Ich weiß einfach nicht, was ich machen soll, ich werde noch wahnsinnig. Du bist die Erste, der ich davon erzähle.«

»Ich wünschte, du hättest mir schon früher was gesagt.« Ich dachte an die letzten sechs Wochen. Jos Unzuverlässigkeit, ihre Ausflüchte, alles ergab plötzlich Sinn. Und das nur, weil Johnny sie wie eine Marionette behandelte. Arme Jo!

»Das hätte ich gern, aber ich musste Johnny schwören, mit niemandem über uns zu sprechen.« Ich fragte mich, ob ihr das gefallen hatte, diese Geheimnistuerei, die Intrige. Vielleicht hatte es die Sache besonders aufregend gemacht.

»Warum bittest du nicht deine Eltern um Hilfe?« Sie würden sicher nicht begeistert sein, ihre Tochter doch aber bestimmt unterstützen.

»Das ist unmöglich! Sie würden Johnny wahrscheinlich öffentlich auspeitschen lassen. Fast hätte ich es Dominic erzählt, an dem Abend, als er mir den Fragebogen vorbeigebracht hat. Er hat gemerkt, dass mit mir was nicht stimmte, und war total süß zu mir. Aber dann habe ich ihm nur gesagt, dass ich gerade Beziehungsprobleme hätte. Er hat mir Tee gekocht und mich ein bisschen aufgemuntert. Er ist wirklich nett, findest du nicht auch?«

»Ja«, antwortete ich seufzend. Armer Dominic. Er war offensichtlich in Jo verliebt. Aber um die machte ich mir im Moment die größeren Sorgen.

»Ich wünschte nur, Johnny würde mal mit mir reden. Ich fühle mich so schrecklich hilflos.«

Ganz gleich, ob die Affäre richtig war oder nicht, er verhielt sich ziemlich grausam. Ich sah Jo an. »Glaubst du, es liegt hauptsächlich daran, dass er seine Familie nicht verlieren will?«

»Keine Ahnung. Wahrscheinlich. Aber er hat mich geliebt, Fran. Das weiß ich ganz genau. Wie kann ich ihn nur zurückbekommen? Was soll ich tun?« Sie sah so verzweifelt aus, dass ich sie spontan in die Arme nahm. Sie klammerte sich an mich und fing wieder an zu weinen.

Als sie sich ein bisschen beruhigt hatte, sagte ich: »Jo, ich kann dir leider auch keinen Rat geben. Aber für mich sieht es so aus, als würde er seine Familie nicht verlassen wollen. Du würdest dir eine Menge Frust ersparen, wenn du das akzeptieren und die Sache auf sich beruhen lassen würdest.«

Es war, als hätte sie mich gar nicht gehört. »Wenn ich ihn doch nur noch einmal sehen könnte«, jammerte sie.

»Bestimmt darf er dich nicht sehen«, gab ich zu bedenken. »Kannst du dir nicht vorstellen, dass seine Frau es ihm verboten hat?«

»Keine Ahnung. Vielleicht ist es ja auch nur wegen seines Jobs?«

»Weil er Abgeordneter ist? Meinst du, er hat Angst, eine Affäre könnte seine Karriere zerstören?«

»Wer weiß? Vielleicht hat seine Frau damit gedroht, alles öffentlich zu machen und vielleicht sogar zur Presse zu gehen.«

»Möglicherweise hat er ja auch Angst, *du* könntest dich an die Presse wenden.« Diese Version erschien mir wesentlich wahrscheinlicher. Seine Frau würde die Affäre ganz sicher nicht öffentlich machen, sondern sich und die Kinder um jeden Preis beschützen wollen.

»Oh, nein.« Jo schüttelte empört den Kopf. »Johnny weiß, dass ich gegen alle meine Grundsätze verstoßen würde, wenn ich so etwas täte.«

Der glückliche Johnny, dachte ich bitter. Er würde völlig unbeschadet aus der Sache rauskommen. Jo würde sich niemals an ihm rächen. Für einen wie ihn war sie viel zu gut.

Jo starrte auf das zerrupfte Papiertuch in ihrem Schoß. Ich umarmte sie noch einmal. »Wir sollten nicht die ganze Zeit hier herumsitzen und grübeln. Lass uns was Schönes machen. Irgendwo hingehen, was Nettes essen und viel trinken.«

»Du klingst ja, als hättest du Übung in so was«, antwortete sie und schnäuzte sich die Nase.

»Das kannst du mir glauben, Jo.« Wenn sie nur wüsste, wie recht sie hatte.

Also machte Jo sich ein bisschen hübsch, und dann fuhren wir mit dem Bus zum Trafalgar Square und gingen zu Fuß zu einem Restaurant in der Nähe von Covent Garden. Nach einigen tröstenden Cocktails und einer großen Peperonipizza ging es Jo langsam besser.

»Ich war wirklich am Ende«, sagte sie. »Diese ständige Ungewissheit war unerträglich. Ich bin froh, wenn ich endlich wieder normal leben kann. Aber er war so nett«, fügte sie dann hinzu und fing wieder an zu weinen.

»So nett kann er gar nicht sein, wenn er dir das Leben zur Hölle macht«, antwortete ich. Doch dann dachte ich an Ben und an das, was ich mir von ihm gefallen ließ. »Weiß im Heim jemand von ihm?«

»Sie vermuten, dass da was läuft, aber ich habe nie ein Wort darüber verloren.« Jo zuckte mit den Schultern. »Weißt du was? Amber war so süß. Ich habe ihr zwar nicht erzählt, was los ist, bloß, dass es was mit einem Mann zu tun hat, aber sie ist so ... sensibel und nett, findest du nicht auch?«

Ich nickte. »Amber ist ein ganz besonderes Mädchen.« Dann nahm ich allen Mut zusammen und erzählte ihr von Ben. »Ich habe ein ganz schlechtes Gewissen, dich damit zu belasten. Aber ich möchte nicht, dass du denkst, ich würde dir etwas verheimlichen. Ich bin mit Ben zusammen.«

Ich hätte mir keine Sorgen zu machen brauchen. »Ehrlich?«, antwortete sie mit großen Augen. »Das hab ich mir gleich gedacht. Wie schön! Ich freue mich für dich!«

»Danke.«

Sie leckte ihren Dessertlöffel ab. »Aber ich bin überrascht, dass du noch nicht zur ersten Sopran-Reihe gehörst, die ihn immer so anhimmelt. Anders als ich brauchst du dich doch nicht mehr in der letzten Reihe verstecken und hoffen, dass er dich nicht hört.«

»Ich schwöre dir, ich werde mich auch weiterhin in der letzten Reihe verstecken«, antwortete ich lachend.

Es tat gut, ihre Augen wieder blitzen zu sehen. Vielleicht steckte sie doch nicht so tief im Schlamassel und würde rasch über die Enttäuschung hinwegkommen.

Aber ich irrte mich. Die Sache mit Johnny war längst noch nicht vorbei. Sie lauerte im Verborgenen und wucherte dort zu einem bösen Geschwür heran. Und es dauerte nicht mehr lange, bis auch ich endlich den Tatsachen ins Auge blicken musste: Die Beziehung zwischen mir und Ben lief keineswegs gut.

29. Kapitel

Schöner und unwirksamer Engel, der in der Leere vergebens mit seinen leuchtenden Flügeln schlägt.

Matthew Arnold über Shelley, *Vorwort zu Byrons Poems*

An einem Montagabend mitten im Oktober rief Ben mich vor der Chorprobe an und sagte mir, er habe Michael und Nina für den nächsten Abend zum Essen eingeladen. Ob ich auch Lust hätte zu kommen?

»Heißt das, du möchtest, dass ich koche?«, scherzte ich.

»Natürlich nicht! Wie kannst du so was denken?« Er schien ernsthaft empört zu sein. Ich kam dennoch früher, und natürlich sah die Küche aus, als hätte eine Bombe eingeschlagen. Schlimmer noch, Ben hatte sich gerade mit einem Gemüsemesser in den Finger geschnitten.

Ich beruhigte ihn und schickte ihn nach oben, um sich ein Pflaster zu holen, dann kümmerte ich mich ums Essen. Ich beschloss, das Hähnchen zu braten, ehe alles in eine Auflaufform kam, sonst würde es ewig dauern.

Es war der schlechte Auftakt eines zunehmend anstrengenden Abends.

Nina und Michael kamen zusammen, und man merkte sofort, dass zwischen ihnen Spannungen herrschten. Nina, die sich mit einem Wespentaillenkleid im Fünfzigerjahre-Schick zur Schau stellte, saß steif da; unter dem dünnen Stoff zeichnete sich jeder einzelne Wirbel ab. Michael und mich würdigte sie kaum eines Blickes, schaute stattdessen immer wieder zu Ben. Michael wiederum konnte den Blick nicht von ihr lösen; die Verzweiflung war ihm deutlich ins Gesicht geschrieben. Ben schien gar nicht zu bemerken, dass was nicht stimmte, während mir lediglich die Rolle der Zuschauerin blieb. Beklommen verfolgte ich die Farce, die sich vor mir abspielte, während ich hin- und herlief, das Essen servierte und mich von Minute zu Minute unwohler fühlte. Aus den Gesprächsfetzen schloss ich, dass irgendwas passiert sein musste. Ich ahnte, was es gewesen sein könnte, wollte es jedoch nicht wahrhaben.

»Weißt du, wen ich gestern in der Barbican Hall gesehen habe?«, fragte Michael. »Bea.«

»Tatsächlich?« Ben zuckte kaum merklich, während er die Gabel zum Mund führte. »Wie geht's ihr denn?«

»Sie sah gut aus. Ihr Mann war dabei – Ivan oder Ian oder so ähnlich. Sehr netter Typ. Sie haben einen kleinen Sohn.«

»Hm.« Ben nickte. »In letzter Zeit lese ich ihren Namen kaum noch.«

»Sie spielt viel im Ausland, hat sie gesagt. Auf mich hat sie jedenfalls einen sehr zufriedenen Eindruck gemacht.«

»Und wer ist Bea?«, fragte Nina lächelnd.

»Eine alte Freundin von Ben. Von der Musikhochschule«, antwortete Michael rasch.

»Wer möchte noch einen Schluck Beaujolais?«, fragte Ben. »Nina, du siehst aus, als könntest du noch ein Gläschen vertragen. Komm, zier dich nicht so.«

»Nein, Ben, wirklich nicht. Danke.« Nina legte die Hand über ihr Glas und kicherte. »Du weißt ja, wie ich auf das Zeug reagiere.«

Michael warf ihr einen alarmierten Blick zu. »Lass sie, Ben«, sagte er.

»Und wenn ich doch will«, sagte Nina und hielt ihr Glas hin. Michael runzelte die Stirn.

»Ich nehme auch noch ein Glas, Ben«, sagte ich. Vielleicht konnte man diesen Abend tatsächlich nur beschwipst überstehen.

Sie gingen früh. Nina rutschte im Taxi an das eine Ende der Rückbank, Michael an das andere.

»Sieht so aus, als wäre Michael ziemlich chancenlos«, kommentierte ich, nachdem Ben die Tür geschlossen hatte.

Er zuckte mit den Schultern. Ich wusste, dass es ihn nerven würde, aber der Wein hatte meine Zunge gelockert. »Ich bin nicht sicher, ob ich ihre beste Freundin bin.«

»Wieso?« Er ließ sich in einen Sessel fallen und gähnte.

»Ben, das musst du doch merken.«

»Was?«

»Dass sie dich anhimmelt.«

Dieses Mal lachte er nicht und wies alles von sich, sondern sagte bloß: »Ach, das« – mit ziemlich düsterer Stimme.

Ich setzte mich auf einen Stuhl gegenüber. Wieso war mir selbst neben dem Kaminfeuer so kalt? Er begann mit den Fingern auf die Sessellehne zu trommeln, als würde er irgendeinen Takt zählen, den ich nicht hören konnte. Eins, zwei, drei, vier; eins, zwei, drei, vier. Die Uhr tickte dazu im Rhythmus, sodass es sich am Ende anhörte wie eins-Tick, zwei-drei-Tick, vier-eins-Tick, zwei-drei-Tick, vier ... bis es mich völlig wahnsinnig machte. Ich stand auf.

»Ich räume den Tisch ab«, verkündete ich.

»Nein, lass nur«, protestierte Ben, aber ich fing trotzdem an, das Besteck in die Spülmaschine zu räumen. Nach einer Weile kam er in die Küche und half mir. Er pfiff leise vor sich hin. Heute Abend wirkte er distanziert und fremd, und ich wusste nichts zu sagen, was nicht völlig verkrampft gewesen wäre.

Schließlich überraschte er mich, indem er den Arm um mich legte. »Bleibst du über Nacht?«

Aber mir war die Lust vergangen. »Eigentlich nicht. Ich muss morgen arbeiten.«

Er lächelte. »Einer von uns muss am nächsten Morgen immer früh raus, oder?« Aber er nahm seinen Arm weg und steckte die Hände in die Hosentaschen. Irgendwie wirkte er enttäuscht.

Es war, als wäre irgendwas zwischen uns zerbrochen. Ich wandte mich ab, war aber nicht in der Lage, mich dem Gedanken zu stellen. Ben ging weg, und Sekunden später hörte ich sanfte Klaviertöne. Sicher war es eins der Kirchenlieder für Sonntag, aber dann begann er eine Nocturne von Chopin.

Ich verschwand nach oben auf die Toilette.

Er hatte das Licht im Bad angelassen. Auf dem Waschbecken waren frische Blutspuren zu sehen; ein offenes Päckchen mit Pflastern lag auf dem Rand. Ich schob die Streifen, die herausgerutscht waren, wieder in die Schachtel zurück. Dann sah ich, dass der Badezimmerschrank offen war; also legte ich die Pflaster ins oberste Fach. Dabei stieß ich etwas um, eine kleine Holzschale. Ich versuchte, sie festzuhalten, aber es war zu spät: der Inhalt rollte über den Fußboden.

»Mist!« Ich ging in die Hocke. Etwas Glitzerndes erregte meine Aufmerksamkeit. Ich wusste sofort, was es war. Das Stück Glas, das ich Ben geschenkt hatte, als er damals bei uns in der Werkstatt gewesen war. Ich hielt es hoch und betrachtete fasziniert das schöne Pfauenblau.

Unten erreichte die Nocturne das Finale. Dann war es still. Ich legte das Stück Glas wieder zurück in die Schale und hob die anderen Teile auf – ein paar Sicherheitsnadeln, der Deckel einer Zahnpastatube, eine Nagelschere, ein Uhrenarmband. Vorsichtig stellte ich die Schale in den Schrank zurück. Aber sie war irgendwie nicht gerade, und dann sah ich, dass sie mit einer Seite auf irgendetwas stand. Ich tastete ein wenig und zog zwei viereckige Stücke weiß bemaltes Glas von der Größe eines Kekses heraus. Mit zunehmender Erkenntnis betrachtete ich die beiden Teile. Eins hatte ein Muster. Ich drehte das andere um und schaute schockiert in ein Augenpaar. Es waren Raphaels Augen.

Unten setzte unter Bens langen Fingern eine traurige Ballade von Chopin ein.

Ewigkeiten, so schien es mir, stand ich im Bad und starrte auf die beiden Augen, die auf mich zurückstarrten. Meine Gedanken rasten. Dann schloss ich vorsichtig die Hand über ihnen, nahm auch das Stück blaues Glas und ging langsam nach unten.

Ben saß im Lichtschein einer einzelnen Tischlampe, die Augen geschlossen, völlig versunken in der Musik. Ich sah, wie das Pflaster an seinem Daumen sich auf und ab bewegte, während er spielte. Das sanfte Licht dämpfte die harten Ecken des Notenständers und spiegelte sich auf den gerahmten Zeugnissen an der Wand. Ich lehnte mich gegen den Flügel. Ben spürte meine Anwesenheit, öffnete erstaunt die Augen, spielte jedoch weiter. Schließlich kam er zum Ende, und wir hörten zu, wie die letzten Töne verebbten.

Ich zeigte ihm, was ich in der Hand hielt. »Die habe ich gefunden«, sagte ich. »Du hast sie mitgenommen, stimmt's?«

»Oh Gott«, antwortete er entsetzt, »das habe ich ganz vergessen. Fran, das ist ja schrecklich. Es tut mir wirklich leid.«

»Ich verstehe das nicht.«

»Es war damals, als ich bei euch im Laden war und du mir dieses schöne …«, ich holte das blaue Stück Glas hervor, »… ja, das.« Er nickte. »Für mich war das ein Zeichen, weißt du. Dass du mich gernhast.«

»Das habe ich auch«, antwortete ich leise. »Aber die Augen? Warum? Wir hatten schon befürchtet, sie aus Versehen weggeworfen zu haben. Zac hat tagelang nach ihnen gesucht. Warum um alles in der Welt hast du sie einfach weggenommen? Ich verstehe das nicht. Du musst doch gewusst haben, dass sie wichtig sind.«

Er senkte den Kopf, seine Füße scharrten an den Pedalen des Flügels. Er wirkte echt zerknirscht, das musste ich ihm zugestehen. »Keine Ahnung. Es sollte ein Art Spaß werden.« Er hob den Kopf und schaute mich an. »Damals war ich wütend auf das verdammte Fenster, und diese Augen sahen in dem Haufen Scherben so blöd aus, so höhnisch. Da habe ich sie einfach aufgehoben und … mitgenommen. Fran, es tut mir wirklich leid.«

»Ben.« Ich suchte nach den passenden Worten. »Du hättest sie nicht einfach mitnehmen dürfen. Nicht mal zum Spaß.«

»Ich weiß. Ich wollte sie auch nicht behalten, aber dann … ich hatte vergessen, wo ich die blöden Dinger hingeräumt hatte. Ich habe sie überall gesucht. Wo hast du sie denn her?«

»Aus dem Badezimmerschrank.«

»Ich kann mir gar nicht erklären, wie sie da hingekommen sind«, antwortete er knapp. »Echt zu blöd.«

»Du hättest mir wenigstens sagen können, dass du sie hast«, hörte ich mich lamentieren. »Ach, was soll's.« Dann zwang ich mich zu glauben, dass es nur ein Spaß werden sollte und keine böse Absicht war. Aber es gelang mir nicht. Und er tat so, als wäre es nur eine Belanglosigkeit.

Ben stand auf, klappte den Deckel des Flügels zu und trat hinter mich. Er fing an, mir die Schultern zu massieren, presste sein Gesicht in mein Haar und flüsterte erneut, wie leid ihm alles täte. Unwillkürlich drängte ich mich an ihn.

»Es war doch nur ein dummer kleiner Scherz, Liebling«, raunte er.

Es war das erste Mal, dass er mich Darling nannte. Genau genommen hatte es noch nie zärtliche Worte zwischen uns gegeben. Und nun dieses »Liebling«. Aber vielleicht war es jetzt zu spät.

Ich konnte in dieser Nacht nicht bei Ben bleiben und so tun, als sei nichts gewesen. Als ich quer über den Platz nach Hause ging, überlegte ich, wie ich Zac alles erklären sollte.

Am Ende sagte ich ihm die Wahrheit. »Ich glaube, es war nur ein blöder Scherz«, sagte ich und merkte, dass ich Ben verteidigte.

»Sehr spaßig«, murmelte Zac und drehte die Stücke in den Händen. Er sah mich nicht an, sondern lief sofort los, um die Augen an ihren Platz zu legen. Mir war klar, dass er mir ein wenig die Schuld an allem gab. Und ich akzeptierte es.

Dem Zufall, dass ich Michael zwei Tage später auf einer Dinnerparty traf, verdankte ich, dass ich endlich begriff.

Ich hatte Amber den Laden überlassen und einen Spaziergang zum St. James's Park gemacht, um mal was anderes zu sehen. Es war einer dieser klaren kalten Herbsttage, an denen der Winter schon in der Luft liegt. Ich zog meinen Mantel enger um mich, während ich einigen japanischen Touristen zusah, wie sie Enten auf dem See fotografierten.

Auf einer Bank in der Nähe saß ein Mann. Er war über

eine Zeitung gebeugt und aß ein Sandwich. Erst als er die Seite umschlug und aufblickte, erkannte ich ihn.

»Hallo, Michael! Heute kein Powerlunch mit irgendwelchen Diplomaten?«

Er lachte. »Ich glaube, du hast ziemlich romantische Vorstellungen von dem, was ich den ganzen Tag so treibe. Glaub mir, ich bin nur ein kleiner Bürohengst.«

Trotz des strahlenden Sonnenlichts wirkte er blass und müde.

»Hast du Zeit für einen Kaffee?«, fragte ich spontan.

»Gerne.« Wir gingen hinüber zum Parkcafé, setzten uns an einen Tisch am See und wärmten uns die Hände an den Kaffeebechern. Ich befragte ihn ein bisschen zu seiner Arbeit, wir unterhielten uns eine Zeit lang, dann kamen wir unausweichlich auf Ben zu sprechen.

»Das an dem Abend neulich tut mir leid.« Er tupfte sich die Oberlippe mit einem blütenweißen Taschentuch ab. »Du hast sicher gemerkt, dass Nina und ich ziemlich verkracht waren.«

»Ah.« Es erinnerte mich entfernt an Dad, wie Michael sich davor drücken wollte, über seine Gefühle zu sprechen.

»Ja.« Er betrachtete sein Taschentuch, dann steckte er es umständlich in seine Hosentasche. »Ich mag Nina sehr gern. Aber das habe ich schon gesagt, oder?«

»Man sieht es auch«, antwortete ich leise.

»Dann ist es also so offensichtlich?« Er lächelte verlegen.

»Ja.«

»Ich dachte … sie würde mich auch mögen.«

»Aber sie steht immer noch mehr auf Ben?«

»Ja«, antwortete er. Seine Gesichtszüge drohten ihm zu entgleiten.

»Und er … steht auf mich.«

»Tja. Weißt du, vielleicht sollte ich das jetzt nicht sagen, aber er ist bei Frauen immer so. So geschickt, meine ich.« Er lachte leise.

»Verstehe.« Mir war auf einmal so kalt, dass ich nicht länger sitzen bleiben konnte. »Sollen wir noch ein Stück spazieren gehen?«

»Es tut mir leid, wenn ich dich verletzt habe«, sagte Michael und stand ebenfalls auf.

»Nein, das hast du nicht.« Einerseits wusste ich, dass ich das, was er sagen würde, nicht hören sollte, dass es ein Verrat an Ben war. Ich sollte ihm die Chance geben, mir alles selbst zu erzählen. Aber ich konnte nicht anders.

»Ben ist ein Glückspilz, immer schon gewesen. Aber du musst wissen, dass er die Menschen benutzt, Fran.«

Ich war schockiert. »Ich dachte, er wäre dein Freund?«

»Das ist er auch. Ich war immer für ihn da, und das wird auch immer so bleiben. Ich habe ihm schon oft geholfen. In der Schule habe ich für ihn gelogen, wenn er für irgendwas ein Alibi brauchte. Einmal, in der zehnten Klasse, ist er mit einem Mädchen, das er gerade kennengelernt hatte, zu einem Ball an ein College in Oxford gefahren. Er hat sich einfach abends unerlaubt aus dem Internat geschlichen. Ich habe ihn gedeckt.«

»Warum hast du das getan?«

»Weil ich ihn gernhatte. Er war für mich so etwas wie ein kleiner Bruder. Wirkte immer jünger als ich, dabei ist er in Wirklichkeit drei Monate älter. Und ich mochte seine Eltern und seine Schwester. Sie haben sich rührend um mich gekümmert.«

»Aber wenn du dich doch wie ein großer Bruder gefühlt hast, hättest du doch verantwortlicher handeln müssen. Ihn davon abhalten, solche Dinge zu tun.«

Michael seufzte. »Vielleicht hast du recht. Aber er hat mir irgendwie immer leidgetan. Ben ist ein außergewöhnlich begabter Musiker; für andere Fächer wie Sport hat er sich dagegen nie interessiert. Und da wir an einer Schule waren, in der Rugby und Kricket eine große Rolle gespielt haben, hatte er es oft schwer. Manchmal kam es sogar zu Prügeleien mit den anderen Jungs. Das war der Grund, weshalb wir Freunde wurden.«

»Du wurdest also auch gemobbt?«

»Nicht lange. Ich habe schnell gelernt, mich zu wehren. Ich war ziemlich gut in der Schule und habe daher den anderen Jungs bei den Prüfungen geholfen. Ben und ich waren ungewöhnlich sensible Teenager. Aber wenn er sich aufregte, wirkte er oft arrogant, was die anderen abstieß.«

Für mich war die Freundschaft zwischen den beiden immer noch schwer nachvollziehbar. Aber dann erklärte Michael: »Wir wurden immer wieder zusammengeworfen. Wir wohnten damals beide im Magdalen House und teilten uns ein Zimmer. Bei einem Sportfest lernten sich unsere Eltern kennen, und dann wurde ich zum ersten Mal zu Ben eingeladen. Das war der Anfang von allem.«

So langsam begann ich zu verstehen. Ben hatte die Freundschaft nicht gesucht – sie war einfach passiert. Und doch schienen sie sich sehr nahe gewesen zu sein – wie Brüder, die sich zwar stritten, aber trotzdem fest zusammenhielten.

Dann sagte Michael etwas, das mich völlig erschütterte. »Ich bin nicht sicher, ob er begeistert ist, wenn ich dir das erzähle. Aber manchmal habe ich seine Geschichte, dass die anderen Jungs ihn verprügelt haben, nicht geglaubt.«

»Wie meinst du das?«, stammelte ich.

»Er hatte Schnittwunden am Oberschenkel, Fran. Du glaubst doch nicht, dass das jemand Fremdes getan hat.«

»Wie schrecklich!« Ich versuchte, das zu verarbeiten. »Der arme Ben.« Dann schwiegen wir eine Zeit lang.

»Danach kamen wir beide nach London, sahen uns also häufig. Ich habe an der Universität Englisch studiert, und er hatte ein Stipendium am Royal College of Music.«

»Da war ich auch«, sagte ich. »Aber ich habe ihn dort nie gesehen.« Wahrscheinlich war er mir einige Semester voraus gewesen.

»Ben hat immer sehr hart gearbeitet, aber ab und zu war er auch völlig frustriert«, fuhr Michael fort. »Dann mussten wir, das heißt seine Familie und ich, ihn wieder aufrichten. Er leidet unter Versagensängsten, fürchtet, die Leute könnten ihn auslachen oder Mitleid mit ihm haben. Häufig gibt er einfach auf und schiebt die Schuld auf jemand anders«, erklärte Michael. »Es ist, als würde er versuchen, eine nie geheilte Wunde in seinem Innern zu schützen. Wenn es schlecht läuft, kneift er. Aber wenn es gut läuft, gerät er in Ekstase und ist zu allem fähig.«

Ich dachte daran, wie er den Chor dirigierte, an sein nicht zu leugnendes Talent, dann daran, wie frustriert er nach dem Gespräch über die Zukunft seines Chors gewesen war. »Ich glaube, ich weiß, was du meinst«, sagte ich langsam.

»Tja, das ist es wohl im Wesentlichen.« Michael schüttelte nachdenklich den Kopf. »Er sehnt sich nach den Früchten des Erfolgs, nach Anerkennung. Aber irgendwie fehlt ihm das nötige Selbstbewusstsein, es zu erreichen. Und dann manipuliert er andere Menschen, um das zu bekommen, was er will. Ich glaube nicht, dass er das böswillig tut, aber er tut es. Und dann geht alles schief. So war es auch bei Bea.«

»Bea. Die Frau, die du neulich abends auch erwähnt hast. Wer ist sie?«

»Beatrix Claybourne.«

Ich erinnerte mich an die elegante Handschrift auf Bens Notenblatt, an das gerahmte Plakat in der Diele.

»Hat er dir von ihr erzählt?« Michael sah mich an. »Sie ist ebenfalls Pianistin, und zwar eine ganz ausgezeichnete. Er war auf dem College eine Zeit lang mit ihr zusammen. Es war sogar schon die Rede davon, dass sie sich verloben würden. Aber dann wurde schnell klar, dass sie ihm überlegen war. Bei ihr lief alles perfekt, sie gewann einen Preis nach dem anderen, wurde von den besten Lehrern unterrichtet. Irgendwann konnte sie seine Eifersuchtstiraden einfach nicht mehr ertragen, und sie haben sich getrennt.«

Ich starrte ihn ungläubig an, bis mir einfiel, dass Ben mal was über Ninas Erfolg gesagt hatte. Auch da hatten seine Augen vor Eifersucht nur so gesprüht.

»Du hast gesagt, er würde Menschen benutzen«, flüsterte ich. Sicher würde Ben das nie zugeben, aber offensichtlich hoffte er, als Ninas musikalischer Partner an ihrem Erfolg teilhaben zu können.

»Ja«, antwortete Michael leise.

»Du hast ihn mit Nina bekannt gemacht, oder?«

Er nickte zerknirscht.

»Ich habe sie vor einem Jahr bei einem Konzert getroffen, danach sind wir eine Weile zusammen gewesen. Ich war superglücklich. Und dann hat sie Ben kennengelernt. Ihr Lehrer ist ein alter Bekannter von Ben, und er fand, dass sie musikalisch gut zusammenpassen würden. Aber natürlich hätte ich bedenken müssen, dass sie sich in ihn verlieben könnte. Irgendwas an ihm ist verdammt attraktiv. Aber das brauche ich dir ja nicht zu sagen.«

Wir waren inzwischen stehen geblieben und hatten uns auf eine Bank gesetzt. Ein kleiner Junge warf Stöckchen für seinen Hund.

»Aber weißt du, Michael«, sagte ich, »wenn Ben nicht an ihr interessiert ist, dann muss sie das irgendwann akzeptieren. Vielleicht kommt sie dann zu dir zurück.«

Der Junge hatte nun keine Lust mehr zu dem Stöckchen-Spiel und lag erschöpft im Gras. Der Hund bellte, weil er gern weitermachen wollte, aber der Junge beachtete ihn nicht.

Als Michael mich dieses Mal anschaute, war sein Gesichtsausdruck bitter. »Was ist?«, fragte ich unbehaglich, aber ich sah es seinem Gesicht an. Er öffnete den Mund, brachte aber keinen Ton heraus.

»Michael.«

»Ich muss jetzt gehen, Fran, ich habe gleich einen wichtigen Termin.« Er stand auf, verabschiedete sich und ging über das Gras in Richtung St. James's Palace.

Ich schaute ihm nach. Es ergab keinen Sinn, ihm nachzulaufen und ihn zu bedrängen. Ich ahnte auch so, was er mir hatte sagen wollen.

»Es war irgendwann letzte Woche. Ich weiß nicht mehr genau, wann. Ich habe sie bloß geküsst, sonst nichts.« Ben starrte angestrengt zu Boden. »Wir waren nicht … im Bett oder so. Das würde ich dir nie antun, Fran.«

Aber er war eiskalt mit Nina umgegangen. Sie war verrückt nach ihm, und er hatte sie an sich herangelassen. Wie konnte er so etwas tun? Und wieso hatte ich so lange gebraucht, um es zu merken?

Ich kniff die Augen zusammen, um klar denken zu können. Als ich sie wieder öffnete, saß er lässig und cool vor mir. In diesem Moment war er mir vollkommen gleichgültig. Ich war wieder frei.

»Ben«, sagte ich. »Du hast nicht begriffen, was läuft, oder?«

Ich öffnete die Eingangstür, ging hinaus – und zog die Tür

mit einem Knall ins Schloss, der sich hoffentlich endgültig anhörte.

Tagelang ging es mir schlecht. Ich hoffte, dass Ben anrufen und mich bitten würde, zu ihm zurückzukommen. Zugleich war ich natürlich fest entschlossen, Nein zu sagen, wenn er es tat. Er rief nicht an, was mich in noch größere Verzweiflung stürzte. Wenn ich in der Werkstatt arbeitete, kämpfte ich gegen die aufsteigenden Tränen, und wenn ich allein war, ließ ich ihnen freien Lauf. Ich war immer noch sauer auf Ben und wütend auf mich selbst, weil ich mich schon wieder auf einen wie ihn eingelassen hatte, trotz aller Versprechen mir selbst gegenüber. Doch die ganze Zeit überfielen mich völlig unerwartet die Erinnerungen: Ben beim Dirigieren, mit hochgerollten Ärmeln, schön, intensiv, konzentriert. Oder beim Klavierspielen, mit geschlossenen Augen, versunken in seine Musik. Ich träumte von seinen langen, leidenschaftlichen Küssen, und mein Körper sehnte sich nach ihm. Obwohl ich ihn nur so kurz kannte, hatte ich mich viel zu schnell viel zu sehr auf ihn eingelassen.

Es war schwer, in seiner Nähe zu wohnen. Manchmal ertappte ich mich dabei, wie ich über den Platz schaute und hoffte, ihn zu sehen. Einmal, eine Woche nach unserem Streit, erblickte ich ihn tatsächlich; er kam gerade aus seiner Wohnung, einen langen Schal um den Hals geschlungen, der im Wind flatterte. Er schaute in meine Richtung, sah mich aber nicht, da ich im Wohnzimmer hinter der Gardine stand. Mit schnellen Schritten lief er in Richtung Kirche. Ich war nicht in der Lage gewesen, bei den Chorproben zu erscheinen. Ob er mich vermisst hatte? Ob er überhaupt an mich dachte? Ich ließ den Vorhang fallen und wandte mich ab.

»Ich habe Wichtigeres zu tun«, sagte ich zu Jo, als ich ihr

alles erzählte. Weil ihr ebenfalls das Herz gebrochen war, verstand sie besser als jeder andere, wie ich mich fühlte. Meine größte Sorge galt meinem Vater.

Inzwischen besuchte ich Dad mehrmals in der Woche. Zac kam häufig mit, und dann saßen wir an seinem Bett und erzählten ihm, was es Neues gab, als könnte er uns hören. Obwohl wir uns da überhaupt nicht sicher waren.

Zac sprach nicht ein einziges Mal von Ben. Aber er musste mitbekommen haben, dass ich mich nicht mehr mit ihm traf. Er war besonders nett zu mir, und manchmal, wenn ich von meiner Arbeit aufschaute, sah ich, dass er mich nachdenklich beobachtete.

Seit Wochen arbeitete er nun in jeder freien Minute an Raphael. Amber und ich halfen, so viel wir konnten, verfügten aber einfach nicht über seine Erfahrung. Er hatte inzwischen die Mal-Phase erreicht. Es erforderte großes Geschick, die Umrisse auf die neuen Glasstücke zu zeichnen und einige der alten nachzuziehen.

»Die goldene Farbe des Haars hat man hinbekommen, indem man das Glas mit Silbernitrat bemalt und anschließend gebrannt hat«, erklärte er Amber eines Morgens und machte sich eine Notiz ins *Engelbuch.* »Aber zuerst muss man die Umrisse von Haaren und Federn direkt auf das Glas zeichnen.« Er würde das Originalglas nicht brennen können, fügte er hinzu, falls künftige Generationen das, was er gemalt hatte, wieder ändern müssten.

Da die Augen bisher gefehlt hatten, hatte er keine richtige Lust gehabt, viel am Gesicht zu arbeiten. Aber jetzt war er in der Lage, es komplett zu rekonstruieren und die Lücken mit gefärbtem Harz zu füllen. Auf Russells Vidimus-Skizze waren die Züge zwar regelmäßig, aber ausdruckslos gewesen.

Nun endlich war für Zac die Chance gekommen, seine eigene Handschrift zu hinterlassen.

Eines Tages gegen Ende Oktober waren wir beide allein in der Werkstatt. Zac erzählte mir von einem Kunden, der morgens im Laden gewesen war, als ich nicht da war. Er wollte einen Kristallzauberstab kaufen. »Stell dir vor«, sagte Zac, »er braucht ihn für irgendein seltsames magisches Ritual. Ich habe mich nicht wohl dabei gefühlt, also habe ich gesagt, der Stab würde fünftausend Pfund kosten. Da ist er zum Glück wieder verschwunden.«

Ich lachte über Zacs Taktik, und es kam mir vor, als würde ich zum ersten Mal seit Ewigkeiten lachen. Vielleicht kam ich allmählich über Ben hinweg. Ich lächelte erleichtert, und Zac beobachtete mich aufmerksam.

»Bleib genau so«, sagte er. Und dann zeichnete er rasch etwas auf ein Blatt Papier.

Anschließend zeigte er es mir. »Findest du, dass ich so aussehe?«, fragte ich. Ich war nicht unzufrieden, denn er hatte mich viel hübscher gemalt, als ich in Wirklichkeit war; aber irgendwie erkannte ich mich nicht wieder.

Als Amber die Zeichnung am nächsten Tag sah, rief sie: »Der Engel sieht dir ein bisschen ähnlich, Fran!«

»Nein, tut er nicht«, widersprach ich leicht gereizt. »Außerdem darfst du Philip Russells Vorlage gar nicht verändern, Zac.« Ich war mir nicht sicher, ob ich als Engel dargestellt werden wollte. Es würde ziemlich anstrengend sein, diesem Anspruch gerecht zu werden.

»Die Originalzeichnung hat auf jeden Fall Ähnlichkeit mit dir«, antwortete Zac ernst. »Das liegt an den vollen Lippen, die Russell gezeichnet hat. Und auch an den Augen. Das sind hundertprozentig deine.«

»Hat schon mal jemand gehört, dass es einen Engel gibt, der Fran heißt?«, fragte ich.

»Ich habe schon mal von einem gelesen, der Eric hieß«, antwortete Amber todernst. »Irgendein Mädchen hat in ihrer Umgebung immer wieder den Namen Eric gelesen, und ihr spiritueller Begleiter sagte ihr, dass das vermutlich der Name ihres Schutzengels sei.«

Danach musste selbst Amber lachen.

»Fertig!«, verkündete Zac einige Tage später. Amber und ich liefen aufgeregt zu ihm. Ich war überrascht, wie wunderbar er das Gesicht rekonstruiert hatte. Es war ein komplizierter Prozess gewesen. Er hatte zunächst eine vorgeformte Stützplatte aus Klarglas hergestellt, um das Ganze zu halten, dann die Originalteile bemalt und mit einem Spezialkleber fugenlos aneinandergesetzt. Dann hatte er das gesamte Fenster in einen Bronzerahmen eingepasst.

Mithilfe eines Bretts trugen wir das schwere Fenster auf den Leuchttisch. Zac schaltete das Licht ein, und Raphael erstrahlte in seiner ganzen goldenen Pracht.

Amber kreischte vor Begeisterung.

Er war perfekt, von den Spitzen seiner goldenen Flügel, die er über dem Kopf gefaltet hatte, bis zu den Füßen inmitten eines Blumenteppichs: eine schlanke, feingliedrige Gestalt in einem weiß-goldenen Gewand, das ruhige lächelnde Gesicht umrahmt von weißblonden Locken. Eine Hand war zum Segensgruß erhoben, und ganz unten in der rubinroten Schmuckleiste war die Inschrift »Gott heilt« so klar und deutlich zu lesen wie vor hundert Jahren. Der Sprung war kaum zu sehen.

»Und?«

Die Frage riss mich aus meiner Erstarrung. Zac sah mich erwartungsvoll lächelnd an.

»Es ist fantastisch! Kaum zu glauben, dass es nicht das Original ist.«

»Das ist es größtenteils. Und jeder, der es in Zukunft noch einmal auseinandernehmen muss, kann das tun.«

Ich nahm das *Engelbuch* von der Arbeitsplatte neben mir und blätterte es durch. Zac hatte jeden seiner Arbeitsschritte sorgfältig dokumentiert, Zeichnungen und Fotos eingeklebt und Beschreibungen des neuen Glas- und Bleimaterials und der Farbzusammensetzungen, die er benutzt hatte.

»Und hier unter dem Blei«, er beugte sich vor, um auf die linke untere Fensterecke zu zeigen, »habe ich *Minster Glass* eingezeichnet. Und da ist das Stück mit Philip Russells keltischem Knoten, damit künftige Generationen uns die Schuld zuschieben können, wenn es ihnen nicht gefällt.«

»Dazu wird es keinen Anlass geben«, antwortete ich und schüttelte fasziniert den Kopf. »Zac, es ist großartig. Jeremy wird begeistert sein.«

Er hantierte schon wieder mit der Kamera, weshalb mein Versuch, ihn zu umarmen, leider missglückte. Aber er drückte mich ebenfalls ganz kurz, und ich spürte seinen Atem an meinem Haar, roch den salzigen Duft seiner Haut. Ich zuckte zurück, wir waren beide ein wenig erstaunt.

»Danke«, sagte er und lächelte. »Ich hoffe nur, Jeremy reagiert nicht genauso.«

Jeremy kam am Nachmittag. Er umkreiste den Engel ein paarmal und sagte dann: »Er ist wundervoll! Danke!«

In den nächsten Tagen kam ein regelrechter Pilgerstrom aus der Pfarrgemeinde zu uns in den Laden, um das Fenster zu bewundern. Alle waren der Meinung, es gehöre unbedingt wieder in die Kirche. Jetzt mussten wir nur noch die offizielle Erlaubnis abwarten.

Unwillkürlich ging ich immer wieder zu dem Engel, betrachtete ihn, spürte die Kraft seines ruhigen, starken Blicks. Wie nahe Zac mit seiner Arbeit wohl an das Original herangekommen ist?, fragte ich mich. Vielleicht würden wir es nie erfahren.

30. Kapitel

Oh, mehr fürwahr
ist doch als irgendein gemalter Engel
das Leben.

Oscar Wilde, *Humanitad*

LAURAS GESCHICHTE

Es war bereits Ende Juli, als Philip Russell Laura bat, ihn in die Grosvenor Gallery in der New Bond Street zu begleiten, damit sie sich dort Burne-Jones' sensationelles neues Gemälde *Die goldenen Stufen* ansehen konnten. Sie war noch nie in ihrem Leben dort gewesen. Schon der sonntägliche Besucheransturm und die olivgrünen, mit Möbeln und Dekorationsstücken vollgestellten Räume fesselten sie, ehe sie sich schließlich den Bildern zuwandte.

Als sie das riesige leuchtende Bild betrachteten, stellte Laura erstaunt fest, wie zart, wie faszinierend diese barfüßigen Frauen waren, die in endloser Reihe eine geheimnisvolle Treppe hinunterstiegen. Das hier war Mystik auf eine völlig andere Art, als sie sie in der Kirche ihres Vaters erlebte. Was würde James Brownlow dazu sagen? Sie konnte sich nicht vorstellen, dass ihr Vater diese entfernt heidnische Szene zu verstehen versuchte, geschweige mögen würde. Ebenso wenig konnte sie die wunderbar irritierenden Gefühle beschreiben, die das Gemälde in ihr auslöste.

Philip erklärte ihr flüsternd die Gesichter – die eine war Mr. Morris' Tochter May, das Mädchen im Profil ganz oben Mr. Burne-Jones' eigenes Kind, Margaret. Laura versuchte sich vorzustellen, wie es sein würde, auf einem Gemälde unsterblich zu sein. Es war eine Form der Unsterblichkeit, die ihr Vater ganz gewiss verurteilen würde.

Aus der Tiefe des Galerie-Raums drang weibliches Gelächter zu ihnen. Eine große schlanke Frau in einer fließenden salbeifarbenen Robe, über und über bestickt mit Vögeln und Blüten, löste sich aus einer Gruppe von Damen, die vor dem *Alma-Tadema*-Bild standen, und Philip atmete hörbar ein. Sie ist eine echte Schönheit, dachte Laura. Die schimmernden dunklen Locken, die im Nacken zu einem Knoten gebändigt waren, tiefschwarze Augen, eine lange gerade Nase, perfekt geschwungene Lippen und ein faszinierender Gesichtsausdruck. Die Frau ließ den Blick durch den Raum schweifen und blieb schließlich bei Philip hängen. Erst stand sie einen Moment wie erstarrt, dann bewegte sie sich langsam auf ihn zu. »Philip, wie geht es dir?«, fragte sie und legte ihm eine Hand auf den Arm. Er wirkte nervös.

»Marie. Ja, es geht mir gut, danke. Das hier ist Miss Brownlow.« Die Frau musterte Laura kurz, ohne großes Interesse. Lauras Wangen brannten.

Eine ihrer Begleiterinnen rief: »Marie, hast du schon den *König Arthur* gesehen?«, und sie sagte rasch zu ihm: »Nett, dich getroffen zu haben.« Als sie davonging, fiel Lauras Blick auf die lange Reihe irisierender Knöpfe, die die geschmeidigen Bewegungen ihrer Wirbelsäule noch betonten.

»War das …?«, murmelte sie und wandte sich an Philip. Dabei kannte sie die Antwort längst.

Russell nickte, riss den Blick von Marie und zwinkerte heftig, als sei er gerade aus einem Zauber erwacht. »Meine

Frau.« Er sah sich hektisch um. »Hier ist ein weiteres Bild, das Sie interessieren wird«, sagte er und zog sie unsanft in den angrenzenden Raum.

»Bitte nicht.« Sie kam sich vor wie ein an der Leine geführter Welpe.

Alles war zerstört. *Ich will weg, ich will weg*, hämmerte es in ihrem Kopf, während sie an gemalten Gesichtern und Landschaften vorbeistolperte und weder Künstler noch Thema richtig wahrnahm. Sie dachte daran, wie Marie sie gemustert hatte, wie einen lästigen, tristen braunen Vogel, der gegen ihr eigenes exotisches Federkleid verblasste. Als Philip schließlich vorschlug zu gehen, nickte sie stumm.

Sie liefen durch den Green Park. Feuchter Nebel stieg aus dem Gras. Russell war so tief in Gedanken versunken, dass er auf Lauras halbherzige Versuche, eine Unterhaltung zu beginnen, nur einsilbig reagierte.

Als sie die Victoria Street erreichten, schien er allmählich aus seiner Melancholie zu erwachen. »Sie haben mein Atelier noch gar nicht gesehen, oder?«, fragte er. »Manche Künstler öffnen es fürs Publikum, und ich frage mich, ob ich das auch tun sollte. Ich wüsste gern, was Sie davon halten.«

»Aber ich muss nach Hause. Mein Vater …«

»Bitte, kommen Sie noch mit. Ich möchte jetzt nicht allein sein.« Er klopfte ihr in ungeschickter Zuneigung auf den Arm. Schmerzhafte Erinnerungen an ihren Bruder Tom wurden dabei in ihr wach, und sie gab nach.

»Aber nur ganz kurz.«

»Es ist nicht weit. Die Wilton Street hinab, dann ein Stück in Richtung Fluss.«

Er führte sie am Bahnhof vorbei und an weiß getünchten Reihenhäusern, die in der Spätnachmittagssonne lagen. Aus geöffneten Fenstern hörte man den Gesang von Vögeln in ihren Käfigen. Ein kleines Mädchen lehnte auf einer Fensterbank und winkte ihnen zu. Laura winkte zurück. Weiter entfernt hörte man aus einem Wohnzimmer die Eröffnungstakte eines Bach-Prélude, die wieder und wieder gespielt wurden. Der unsichtbare Pianist stolperte jedes Mal an derselben Stelle.

In der Lupus Street standen Blumenkästen vor den Häusern. Philip führte sie zu Nummer 13, dann eine Treppe hinauf ins oberste Stockwerk, wo ihm ein riesiges Dachzimmer mit einem nach Norden gehenden Fenster als Atelier diente.

Leinwände in allen möglichen Formen und Größen standen an der Wand aufgereiht. Auf einem Tisch lag achtlos ein aufgeschlagenes Skizzenbuch. Laura warf einen Blick darauf und betrachtete dann die kleine Leinwand auf einer Staffelei direkt unter dem Dachfenster. Ihr Entsetzen wuchs. Wohin auch immer sie schaute, überall begegnete ihr Maries Gesicht. Da er seine Frau nicht als Person besitzen konnte, versuchte er offenbar, ihr Bild festzuhalten.

Sie wich zurück zur Tür, tastete nach der Klinke. »Ich hätte nicht mitkommen dürfen.« Ihre Stimme klang unnatürlich laut.

»Warum nicht?« Er sah sie erstaunt an. »Was ist los?«

»Ich kann Ihnen keinen Rat geben, was die Öffnung des Ateliers betrifft. Und nicht mit … Ihrer Frau konkurrieren.«

»Mit meiner Frau? Was hat Marie mit Ihnen zu tun?«

»Philip, sie ist überall. Schauen Sie doch nur!«

Er sah sich im Raum um, dann trat er auf die Staffelei zu und berührte sanft Maries gemalte Wange. Er hat einen wilden Geist aus ihr gemacht, dachte Laura – eine Wassernymphe vielleicht. Seine Hand sank herab.

»Das alles …«, sie zeigte auf die Porträts, »… macht unsere

Freundschaft sehr schmerzhaft für mich. Es gibt in Ihrem Leben keinen Platz für einen anderen Menschen.«

»Aber ich brauche Sie.« Seine Stimme war plötzlich ganz heiser vor Gefühlen. »Selbst meine alten Freunde vernachlässigen mich inzwischen. Bitte nicht auch noch Sie.«

»Aber Sie müssen das verstehen. Ich bedeute Ihnen nichts. Nur *sie* ist Ihnen wichtig. Ich bin nur eine, der Sie von Marie erzählen können.«

»Wir sprechen doch über alle möglichen Dinge, Laura. Es tut mir leid, wenn Ihnen unsere Freundschaft so schmerzhaft erscheint.« Er sah sie an, nahm ihre Hand. »Wie kalt Sie sich anfühlen«, sagte er und wärmte ihre Hand in seiner. »Ich habe das Gefühl, offen und ehrlich mit Ihnen reden zu können.«

Sie machte ein Geräusch, das ebenso gut ein Lachen wie ein Schluchzer gewesen sein könnte. »Das schmeichelt mir nicht, Philip.« Sie zog ihre Hand fort.

»Oh, ich wollte damit nicht sagen … Ich wollte nur andeuten, dass ich mich in Ihrer Nähe überaus wohl fühle. Und nicht ständig darauf achten muss, welche Worte mir über die Lippen kommen … wie bei Marie.«

Und dennoch nimmst du mich kaum wahr, nicht richtig jedenfalls. Du siehst mich nicht so, wie du sie siehst. Du malst mich nicht, wie du sie malst. Die Gedanken schrien in ihr, aber Laura wagte nicht, sie laut auszusprechen. Um ihre Verunsicherung zu verbergen, nahm sie ein kleines Vögelchen aus Holz von einem Regalbrett neben der Tür und umschloss es schützend mit den Händen. So wollte sie sich gern fühlen: behütet und umsorgt und nicht verunsichert und durcheinander.

Als sie sich etwas beruhigt hatte, sagte sie: »Philip, Sie müssen lernen, Marie zu vergessen. Nicht ganz und gar, das meine ich gar nicht. Sie ist Ihre Frau und die Mutter Ihres Kindes. Aber Sie müssen lernen, mit dem Verlust fertigzuwerden. Es ist über ein Jahr her. Sie wird nicht zu Ihnen zurückkehren. Sie werden verrückt, wenn Sie das nicht akzeptieren. Denken Sie an den Schaden, den Sie bei Ihrem Sohn anrichten.«

Sein Gesicht war wie versteinert. Einen Moment lang fürchtete sie, sich zu weit vorgewagt zu haben.

»Ich kann sie nicht vergessen. Genauso wenig wie Ihre Familie Caroline vergessen kann.«

»Das ist etwas ganz anderes.« Laura seufzte. »Caroline ist tot. Wir werden sie in diesem Leben nie wiedersehen.«

»Wenigstens starb sie im besten Wissen um Ihre gegenseitige Liebe zueinander!«, schrie er. »Diese Genugtuung bleibt Ihnen!«

»Und deshalb schmerzt uns ihr Verlust umso mehr!« Sie erhob nun ebenfalls die Stimme. »Nein, so habe ich das nicht gemeint«, fügte sie hastig hinzu, als sie sein verzweifeltes Gesicht sah. »Sie können unseren und Ihren Verlust nicht miteinander vergleichen. Ich weiß, dass es unsere Pflicht ist, dankbar zu sein für das, was wir haben, und aus dem, was uns geschenkt worden ist, das Beste zu machen. Und ich bin sicher, dass unser Engel uns dabei hilft. Sobald er fertig ist.«

»Er *ist* fertig.« Philip ging wieder zur Staffelei, von der Maries Gesicht auf sie beide herabschaute.

»Was haben Sie gesagt?«

»Ich wollte es Ihnen schon früher sagen. Ihr Fenster ist fertig. Wenn Sie möchten, zeige ich es Ihnen.«

»Philip, das ist ja fantastisch!«

»Ich dachte mir, dass Sie sich freuen würden.« Er nahm das Bild von der Staffelei und legte es in eine Schublade.

Dann nahm er langsam und vorsichtig die anderen Porträts seiner Frau und verstaute sie in einem Schrank. Laura sah fasziniert zu.

Er schloss den Schrank und drehte sich lächelnd zu ihr um. Es war ein zögerliches, unglückliches Lächeln, so als fiele es ihm sehr schwer, sich von dem Zauber zu befreien, den Marie über ihn gelegt hatte.

31. Kapitel

Und es ward ausgeworfen der große Drache, die alte Schlange, die da heißt der Teufel und Satanas … und seine Engel wurden auch dahin geworfen.

Offenbarung des Johannes 12,9

Ich hätte die ganze Geschichte nicht mitbekommen, wenn nicht Jo am 28. Oktober angerufen und aufgelöst etwas von einem Zeitungsartikel gesagt hätte. Nachdem ich ihr versprochen hatte, sie zurückzurufen, legte ich auf und rannte los, um mir eine Ausgabe zu kaufen. Der Bericht stand auf Seite acht – ich breitete die Zeitung auf dem Tisch aus, um ihn zu lesen. Ein wenig schmeichelhaftes Foto von Jo, die gerade aus dem Heim kam, und das gestellte Foto eines eleganten Paars, das, mit riesigen Hüten auf dem Kopf, durch einen Konfettiregen schritt. »Parlamentarier – Liebesnest im Mädchenheim«, lautete die Schlagzeile.

»Du meine Güte«, flüsterte ich. Es kam noch schlimmer. »Wieso setzt er für dieses Mauerblümchen alles aufs Spiel?«, wurde eine Freundin von Mrs. Sutherland zitiert. »Eine Kollegin beschreibt Miss Pryde als ›ernst und zurückhaltend. Ein echter Gutmensch. Ganz bestimmt nicht die Person, der man so etwas zutrauen würde …‹«

Als ich Jo entsetzt zurückrief, sprang der Anrufbeantworter mit der üblichen Nachricht an. »Jo, ich bin's. Fran«, begann ich, dann wurde ich von einer Männerstimme unterbrochen. Sie kam mir bekannt vor. »Fran? Hier ist Kevin Pryde. Ich vermute, Sie haben die Zeitung gelesen. Wir befinden uns in einem regelrechten Belagerungszustand. Journalisten, Fotografen, die ganze verdammte Meute. Jo unterhält sich gerade mit ihrer Mutter. Wollen Sie sie sprechen?«

Ich war froh, dass Jos Eltern bei ihr waren. Als Anwalt hatte Kevin Pryde reichlich Erfahrung mit den Medien. Jo war zu genervt, um ans Telefon zu kommen, daher vereinbarte ich mit Kevin, sie später zu besuchen. Bis dahin hatte sich die ganze Aufregung ein wenig gelegt. Allerdings musste ich mich an einem abgehärmt aussehenden Mann vorbeidrängen, der hastig in ein Mikrofon sprach.

Ich saß auf der Couch und hielt Jos schlaffe Hand. Sie war leichenblass und wirkte wie in Trance.

»Ich habe gelesen, was sie über mich geschrieben haben«, hauchte sie. »›Fade und wertlos. Und zerstört eine Ehe.‹«

»Sie sind nicht daran interessiert, dich so darzustellen, wie du wirklich bist«, antwortete ich fest. »Sie wollen nur ihre Auflage verkaufen.«

»Allerdings«, sagte Kevin von seinem Wachtposten am Fenster. »Das sind doch alles bloß Ratten und Schmeißfliegen, lasst euch das gesagt sein.«

»Ich bin immer noch der Meinung, dass wir mal mit dieser Journalistin reden sollten, Kevin. Dann würde sie den Artikel sicher richtigstellen.« Jos Mutter, die neben ihr auf dem Sofa saß, sah noch genauso aus, wie ich sie in Erinnerung hatte.

»Unsinn, Claire, sei nicht naiv.«

Die arme Jo. Ich erinnerte mich an unser Gespräch, als wir ein paar Sonntage zuvor von der Tate Gallery zurückgekommen waren und sie sich so sehr gewünscht hatte, schön zu sein. Das musste ungefähr der Zeitpunkt gewesen sein, als mit Johnny alles schiefzulaufen begann. Obwohl sie immer so fröhlich und zuversichtlich war, hatte Jo denselben Fehler gemacht wie viele von uns. Sie hatte sich eingebildet, glücklicher sein zu können, wenn sie einfach jemand anders war.

»Bevor ich Johnny kennengelernt habe, war ich glücklich«, sagte sie jetzt elendig. »Ich wünschte, ich könnte das alles ungeschehen machen.«

Jo fuhr zum Haus ihrer Eltern nach Kent, und ich dachte, die ganze Sache würde sich beruhigen. Aber vier Tage später, an Halloween, stand Pfarrer Quentin bei uns im Laden. Er hielt eine Ausgabe des *Guardian* in der Hand und zog ein ziemlich ernstes Gesicht.

»Wissen Sie, wo Jo ist?«, fragte er. »Wir können sie nicht erreichen. Es ist ziemlich wichtig.«

»Hat sie denn im Heim nicht Bescheid gegeben? Sie ist bei ihren Eltern«, antwortete ich. »Wenn Sie möchten, suche ich die Nummer schnell raus.«

Ich holte meine Handtasche aus dem Büro, und er folgte mir in die Werkstatt. Während ich mein Adressbuch durchblätterte, schaute er sich den Engel an. Vorsichtig berührte er das Glas, ein entrückter Ausdruck trat in sein Gesicht.

»Ich hoffe, er wird Ihnen hier nicht mehr lange wertvollen Platz wegnehmen. Gestern habe ich den Generalvikar angerufen, um mich zu erkundigen, wie weit das Genehmigungsverfahren gediehen ist ... ah ja, danke.« Jeremy steckte den Zettel mit Jos Nummer bei ihren Eltern in Kent ein. »Das hier haben Sie sicher gelesen, oder?« Er legte die Zeitung auf die einzige freie Stelle der Werkbank und zeigte auf einen Artikel mit der Überschrift »Mädchen-Heim. Korruptionsverdacht gegen Parlamentarier«.

Hastig überflog ich den Text.

Im Zusammenhang mit der Enthüllung der Affäre zwischen Hinterbänkler Johnny Sutherland und einer Angestellten des St.-Martin's-Heims in Westminster hat ein Mitglied des Bewilligungsausschusses gestern versucht, Vorwürfe zu entkräften, Sutherland habe eine viertel Million Pfund an das Heim gezahlt. Sutherlands Geliebte, Jo Pryde, arbeitet dort als Betreuerin. »Wir behaupten nicht, dass das St.-Martin's-Heim den Zuschuss nicht verdient hätte«, sagte Mary Coltrane, eine Sprecherin des Innenministeriums, »lediglich die Umstände, unter denen dieser Zuschuss gewährt worden ist, erscheinen fragwürdig. Jegliche Zahlungen an das Heim sind bis zur Klärung der genannten Umstände vorübergehend ausgesetzt.

»Das ist ganz schön hart, oder?« So deprimiert hatte ich Jeremy noch nie gesehen, nicht einmal damals, als er mir die Nachricht überbracht hatte, dass die Kirche die Restauration des Engels nicht bezahlen würde. »Von diesem Zuschuss hängt sehr viel für uns ab. Sie verstehen jetzt sicher, warum wir Jo unbedingt erreichen müssen.«

»Weil Sie ihr einige Fragen stellen wollen.«

»So ist es.«

Wenig später bedankte er sich und ging. Mit hängenden Schultern lief er durch die kleine Grünanlage zurück zum Pfarrhaus.

Es war ein seltsamer Tag. Zac kam nicht ins Geschäft; sein Arche-Noah-Projekt war angenommen worden, und er traf sich mit einigen Leuten von der Kirche, um die Einzelheiten zu besprechen. Amber tauchte wider Erwarten auch nicht auf, was mich ein wenig beunruhigte, denn sie war sonst immer so zuverlässig.

Irgendwann machte eine dünne Frau ein Foto von unserem Laden, aber als ich hinauslief, um sie zur Rede zu stellen, lächelte sie bloß und ging. Ein junger Asiat im Mantel stieg aus einem Taxi, streckte den Kopf in den Laden und sagte, er würde mir gern ein paar Fragen über Jo stellen. Aber ich warf ihn raus, ohne auch nur danach zu fragen, für wen er arbeite und woher er meine Adresse habe.

Am späten Vormittag versuchte ich bei Jos Eltern anzurufen, aber das Telefon war ständig besetzt. Dann rief Dominic an.

»Ich hoffe, ich störe nicht«, sagte er. »Ich habe deine Nummer aus dem Mitgliederverzeichnis des Chors. Ich habe die Zeitung gelesen und mache mir große Sorgen um Jo. Weißt du, wie's ihr geht? Ich will sie nicht anrufen, weil ich ihr nicht zu nahe treten möchte.«

»Ich habe nichts von ihr gehört, aber sie würde sich bestimmt freuen, wenn du dich bei ihr melden würdest.« Ich gab ihm die Nummer in Kent. »Du kannst bestimmt nichts unternehmen, Dominic. Oder vielleicht doch? Du arbeitest ja im Innenministerium.«

»Leider nicht«, antwortete er. »Es würde die Sache nur noch schlimmer machen, wenn ich anfangen würde, Nachforschungen zu betreiben.«

Im Geiste sah ich schon die Schlagzeilen in der Boulevardpresse vor mir: »Korruption erreicht Innenministerium.«

»Natürlich«, sagte ich. »Du hast recht.«

»Wie läuft's denn eigentlich bei dir?«, fragte ich, ehe er auflegen konnte.

»Wir kommen voran, danke, dass du fragst. Wir haben inzwischen in der Nähe meiner Schwester ein Heim für Mom gefunden. Jetzt sind wir damit beschäftigt, den Umzug zu organisieren. Aber zum Glück haben wir keine Eile.«

»Das muss eine riesige Erleichterung für euch sein.«

»Ja, und ich glaube, Mom ist auch bereit für den Schritt. Aber das Warten war furchtbar. Es hat sie ziemlich verunsichert.«

Verunsichert, dachte ich und legte auf. So fühlte ich mich auch.

Amber erschien am frühen Nachmittag. Sie war völlig außer Atem und schaute sich ängstlich um, als sie in den Laden kam.

»Lisas Clique«, keuchte sie und schloss die Tür. »Ich dachte, sie wären hinter mir her, aber zum Glück habe ich sie abgehängt. Draußen vor dem Heim sind die ganze Zeit so viele Leute. Typen mit Kameras und diese ätzende Frau vom Fernsehen. Effie hat versucht, sie zu verscheuchen, aber es hat nichts genützt. Lisa ist so blöd. Sie tut so, als wäre das alles meine Schuld, nur weil ich mich so gut mit Jo verstehe. Sie hat es tatsächlich geschafft, sich aufzumotzen und vor die Kamera zu kommen.« Amber imitierte Lisa, reckte die Brust vor und warf die Haare nach hinten.

Ich lachte, dann sagte ich: »Ich bin froh, dass du es endlich hierhergeschafft hast.«

Sofort zog Amber ein schuldbewusstes Gesicht. »Es tut mir leid, früher ging es wirklich nicht. Es war ziemlich schwierig für mich.«

»Das habe ich mir schon gedacht«, antwortete ich. »Ist kein Problem. Kannst du mir vielleicht ein bisschen bei der Inventur helfen?«

Bei dem ganzen Theater tat es gut, konzentriert zu arbeiten. Aufregend wurde es erst wieder, als es dunkel wurde und Horden von Kindern, die sich als Hexen, Geister und Vampire verkleidet hatten, lachend und lärmend von Tür zu Tür liefen.

Um Viertel vor sechs hörte man ein Krachen und ärgerliches Gezeter, danach rannten zwei Jungs in flatternden schwarzen Gewändern an unserem Schaufenster vorbei. Mr. Broadbent aus dem Buchladen kam mit erhobener Faust herausgelaufen. An seinem Schaufenster lief eine schleimige Masse aus Mehl und Eiern herunter. Ich half ihm, die Schweinerei zu beseitigen.

»Es wird jedes Jahr schlimmer«, beklagte er sich. »Ich werde mich hüten, denen was zu geben. Als wir Kinder waren, gab es diesen Süßes-oder-Saures-Unfug noch nicht. Das ist eine blöde Unart aus Amerika.«

An diesem Abend ging ich endlich wieder zur Chorprobe, um mir zu beweisen, dass ich über Ben hinweg war. Allerdings machte ich mich anschließend sofort auf den Nachhauseweg. Auf gar keinen Fall wollte ich mit den anderen in den Pub gehen, endlos über diesen verfluchten Fragebogen diskutieren, Ben sehen und so tun, als sei nie etwas zwischen uns gewesen.

Es war halb neun, eine mondlose Nacht. Die schwarz gewandeten Gestalten, die mir jetzt noch auf dem Platz begegneten, waren älter und sahen finsterer aus.

»Willste ’nen Schluck, Süße?«, rief ein Mann, der sich mit zwei anderen eine Flasche Whisky teilte. Die beiden anderen lachten anzüglich.

Ich schüttelte den Kopf und war froh, als ich den Laden sicher erreicht hatte.

Als ich die Vorhänge zuzog, um ins Bett zu gehen, gingen ein paar Straßen weiter einige Feuerwerksraketen hoch. Ich sah ein paar Minuten zu, wie die Funken vom Himmel regneten, dann hatte ich genug. Als ich wenig später in den Schlaf sank, hörte ich in der Ferne immer noch die Böllerei.

Ich träumte, ich ginge durch einen in psychedelisches Licht getauchten Tunnel. Es war warm. Es roch wunderbar, betörend und vertraut zugleich, und doch nicht fassbar. In der Ferne sang eine Frau mit tiefer Stimme. Mit jedem meiner Schritte wurde das Singen schwächer. Als Nächstes rief jemand meinen Namen. »Frances! Frances!« Der Tunnel öffnete sich in ein weites Tal, das von der aufgehenden Sonne in ein tiefes Rot getaucht wurde. Aber alles, was ich hörte, war diese Stimme. »Frances, Frances, wach endlich auf!« Ich trieb nach oben in Richtung Himmel, dann erst kam ich zu Bewusstsein. »Frances!« Ich war wach. Aber es war niemand da.

Ich schoss senkrecht hoch und spürte sofort, dass etwas nicht stimmte. Ein beißender Geruch lag in der Luft, und es war zu warm. Ich hörte ein fernes Rauschen, dann ein Knistern und ein plötzliches Krachen. Ich wusste es, noch ehe meine Füße den Boden berührten. Erschrocken zog ich sie zurück. Die Dielen waren glühend heiß. Feuer! Der Laden stand in Flammen! In diesem Moment hörte ich unten das grässliche Geräusch von berstendem Glas.

Es war zu dunkel, um viel zu erkennen. Ich tastete nach Schuhen und fand ein Paar Turnschuhe unter dem Bett. Ganz kurz überlegte ich, mich anzuziehen, verwarf die Idee aber sofort wieder. Irgendwelche Zellen in meinem Gehirn listeten hektisch Dinge auf, die ich unbedingt retten musste; ich besänftigte sie, indem ich meine Handtasche von einem Stuhl nahm. Vorsichtig berührte ich die Tür. Sie fühlte sich kühl an, also öffnete ich sie. Das Rauschen wurde stärker. Mondlicht schien durch Dads Zimmer in die Diele. Ich sah, dass unter der Wohnungstür Rauch hindurchdrang. Instinktiv rannte ich ins Wohnzimmer und riss das Fenster auf. Ein kurzer Blick nach unten, dann zuckte ich vor der ungeheuren Hitze zurück. Es hatte gereicht, um zu sehen, dass die Flammen bereits die Mauer hinaufschlugen und das neue Schaufenster zersplittert auf dem Gehweg lag. Ich überschlug meine Möglichkeiten. Ich hatte genau eine, und mir blieb nicht viel Zeit. Als Erstes griff ich nach einem Sofakissen und warf es hinaus, dann nach dem zweiten. Einige kleinere Kissen flogen hinterher.

Gut, dass ich einen Pyjama trug und kein Nachthemd. Ich kletterte auf die schmale Fensterbrüstung, sah noch einmal kurz nach unten, schloss die Augen und sprang.

Ich verfehlte die Kissen. Der Schmerz war grässlich, dann wurde alles um mich herum dunkel. Ich lag da, unfähig zu atmen, meine Lungen schmerzten und die Augen brannten. Irgendwann atmete ich Luft ein, heiße, verrußte Luft. Als ich mich vorsichtig aufrichtete, sah ich eine Wand aus Rauch und Flammen. Dicht neben mir ging ein Kissen in Flammen auf. Hustend rutschte ich davon. Erstaunlicherweise hielt ich immer noch meine Handtasche umklammert. Auf dem Gehweg mitten zwischen den Glasscherben sah ich etwas liegen. Entsetzt erkannte ich Dads Engelbild, das zu einem einzigen Haufen aus Glas und Blei verschmolzen war.

Engel. Raphael. Feuerwehr. Um die Ecke war eine Telefonzelle. Auf einmal sprang mein Verstand an und arbeitete wie rasend. Dann hörte ich eine Stimme hinter mir, eine Männerstimme mit irischem Akzent. »Machen Sie sich keine Sorgen, die Feuerwehr ist schon unterwegs.«

Ich drehte mich um und schaute auf. Es war ein junger Mann mit blassem Gesicht und kurzen Haaren, die im Feuerschein golden schimmerten. Er hockte sich neben mich und nahm meine Hand. »Sind Sie gesprungen? Sie haben großes Glück gehabt. Glauben Sie, Sie haben sich was gebrochen?«

»Nein, ich denke nicht.« Ich betrachtete meine schmerzenden Hände und sah, dass sie zitterten, vermutlich wegen des Schocks. Der Mann zog seinen Mantel aus und legte ihn mir fürsorglich um die Schultern.

»Danke. Aber ich muss …«, begann ich, bekam die Worte aber nicht über die Lippen. Ich versuchte aufzustehen. Meine Beine waren schwach, aber es schien nichts gebrochen zu sein. »Ich bin sofort wieder zurück«, sagte ich zu dem Mann.

»Nein, es ist zu gefährlich«, rief er, aber ich stolperte schon zurück zum hinteren Teil des Ladens. Zum Glück hatte ich die Schlüssel in meiner Tasche. Ich fummelte eine Sekunde am Schloss herum, dann war die Werkstatttür offen. Dichter schwarzer Rauch schlug mir entgegen, und ich zuckte zurück. Meine Augen tränten.

Wie aus dem Nichts tauchte der junge Mann neben mir auf und zog die Tür wieder zu. »Sie dürfen da nicht rein«, befahl er. »Atmen Sie tief durch. Ja, so ist es gut.« Hustend und weinend sank ich gegen die Mauer. Er wartete, bis ich mich beruhigt hatte.

»Sie können da nicht mehr reingehen. Aber es ist alles okay, sehen Sie? Nur Rauch, keine Flammen.« Gemeinsam spähten wir durch das Fenster in die schwarze Finsternis. Er hatte recht. Das Feuer war nicht durch die dicken viktorianischen Wände und die moderne Feuerschutztür gedrungen und hatte die Werkstatt daher noch nicht erreicht. In der Ferne hörten wir eine Sirene. Ich spürte seine Hand am Arm. »Kommen Sie, es wird alles gut.« Halb auf ihn gestützt, schleppte ich mich zurück zur Straße, wo sich ein Feuerwehrwagen mit zuckendem Blaulicht gerade den Weg zwischen den parkenden Autos hindurchbahnte.

»Danke«, sagte ich zu dem jungen Mann. Er lächelte und

ließ mich los. Ich drehte mich wieder zu der Feuerwehr um und vergaß ihn total.

»Wissen Sie, ob da noch jemand drin ist?«, fragte der untersetzte Feuerwehrmann, der als Erster aus dem Wagen gesprungen war. Die anderen folgten, kletterten in Windeseile auf den Wagen, lösten Haken und entrollten Schläuche.

»Nein. Nur ich war im Haus.« Ich begann wieder zu zittern und zog den Mantel enger.

»Kommen Sie, Miss.« Ein anderer Feuerwehrmann legte mir eine Decke um. Aus den Schläuchen schoss Wasser in die Flammen.

Ein Polizeiwagen hielt vor dem Laden. Um den gesamten Platz herum waren die Lichter angegangen, Leute kamen aus ihren Häusern oder lehnten sich aus den Fenstern. Mr. Broadbent aus dem Buchladen tippte mir auf die Schulter und bot mir an, mir in seiner Wohnung einen Kakao zu kochen. Irgendwie bizarr. Ich schüttelte den Kopf.

»Fran«, rief eine bekannte Stimme neben mir. Ich fuhr herum. »Ben!« Noch nie war ich so froh gewesen, ihn zu sehen. Er hatte sich Jeans und einen Pulli über den Schlafanzug gezogen. Dankbar fiel ich ihm in die Arme, und sein unrasiertes Kinn kratzte an meiner Wange. Wir standen eng umschlungen da, unfähig, an etwas anderes zu denken als an das Flammenmeer um uns herum.

Auch Pfarrer Quentin und seine Frau waren inzwischen eingetroffen, angezogen, aber ungekämmt, außerdem der Besitzer der Weinbar, der aussah, als wäre er noch gar nicht im Bett gewesen. Ein Polizist drängte uns ein Stück zurück, um den Feuerwehrmännern mehr Platz zu verschaffen. Ganz allmählich erlagen die Flammen der Kraft des Wassers, und dann war es vorbei.

Zwei Feuerwehrmänner drangen in den Laden ein, um

nachzusehen, ob die Flammen tatsächlich alle erstickt waren, während andere das Gebäude mit Plastikbändern sicherten. Ein junger Polizist stellte mir jede Menge Fragen und füllte sorgfältig einen Bogen aus, während mich ein Sanitäter kurz untersuchte.

»Bitte, darf ich kurz hineingehen? Ich muss nachschauen, ob …«, begann ich, aber ein Feuerwehrmann schüttelte den Kopf. »Tut mir leid, Miss, aber da drinnen ist es noch viel zu heiß. Außerdem wissen wir nicht, ob Einsturzgefahr besteht.«

Wir sahen, wie einer der Männer sich bückte und im Eingang etwas aufhob. Er rief einen Kollegen hinzu, zeigte es ihm, und dann begannen sie, gemeinsam zu suchen. Nach einer Weile kamen sie zu uns und zeigten uns, was sie gefunden hatten.

»Ein Feuerwerkskörper, Miss. Er wurde in Ihren Briefkasten gesteckt. Ein böser Halloween-Streich. Wir hatten heute Abend noch zwei weitere Einsätze dieser Sorte.«

»Oh«, stammelte ich und dachte an die Schweinerei an Mr. Broadbents Fensterscheibe und die unheimlichen Gestalten auf dem Platz. Irgendwie ergab das alles keinen Sinn, aber ich war viel zu erschöpft, länger darüber nachzudenken.

Die Passanten verzogen sich allmählich wieder. Einige, wie Mr. Broadbent, kamen zu mir, versicherten mir, wie leid ihnen alles täte, und boten mir ihre Hilfe an. Ich bedankte mich bei allen und war zum zweiten Mal in diesem Monat froh, so viele nette Nachbarn zu haben.

Erst als Sarah Quentin zu mir kam und mich in die Arme nahm, brach ich endgültig zusammen. Ich schluchzte an ihrer Schulter wie ein kleines Kind, und sie beruhigte mich, wie sie es früher vermutlich bei ihren Töchtern getan hatte.

Ben wollte mir anbieten, über Nacht bei ihm zu bleiben, aber sie unterbrach ihn und bestand darauf, dass ich mit zu ihnen kam und im Zimmer ihrer ältesten Tochter schlief. Sie würde mir auch etwas Frisches zum Anziehen raussuchen, versprach sie. Bemuttert zu werden war genau das, was ich jetzt brauchte. Ich informierte einen Polizisten und gab den Feuerwehrleuten ihre Decke zurück. In diesem Augenblick registrierte ich, dass ich noch immer den Mantel des Fremden anhatte. Ich schaute mich nach dem jungen Mann mit dem goldblonden Haar um, aber er war nirgends zu sehen.

»Komm jetzt«, sagte Sarah mit fester Stimme. Ich gehorchte und ließ mich wegführen. Ben und der Pfarrer folgten uns in einiger Entfernung.

Als wir Bens Haus erreichten, sagte er: »Gute Nacht, Fran. Es tut mir so leid. Das mit deinem Laden … und alles. Ich weiß, ich war nicht …« Aber ich unterbrach ihn einfach und umarmte ihn zum Abschied kurz. Jedes weitere Wort war jetzt zu viel.

Es war drei Uhr morgens, und ich war hellwach. Meine Nerven waren aufs Äußerste gespannt. Als ich bei den Quentins am Tisch saß und eine Tasse Tee trank, sprang Luzifer auf den Stuhl neben mir und schaute mich aufmerksam an. Es hat keinen Sinn, wieder ins Bett zu gehen, dachte ich. Aber offenbar hatte Sarah mir was in den Tee getan, denn nachdem sie mich nach oben in ein hübsches rosa-weißes Zimmer gebracht und mit einer Wärmflasche versorgt hatte, schlüpfte ich ins Bett und war sofort tief und fest eingeschlafen.

32. Kapitel

Es erschien ihm aber ein Engel vom Himmel und stärkte ihn.
Lukas 22,43

Meine Träume waren schrecklich, voller Geschrei und Rauch und dämonischem Lachen. Als ich erwachte, war es bereits hell. Meine Hände und das Gesicht waren knallrot und brannten. Als ich sie im Bad unter kaltes Wasser hielt, dachte ich an Zac. Ich musste ihn dringend anrufen, um ihm zu berichten, was geschehen war. Mein nächster Gedanke galt Raphael. Wir durften ihn auf keinen Fall in der Werkstatt lassen; dort war er nicht sicher.

Sarah war schon aufgestanden und bereitete das Frühstück, als ich in einem Morgenmantel, den ich an einem Haken an der Schlafzimmertür gefunden hatte, herunterkam. Ich warf einen Blick auf die Küchenuhr: kurz vor acht.

»Amber hat angerufen«, sagte sie. »Wir wollten dich nicht wecken, deshalb ist Jeremy zu ihr ins Heim gegangen.«

»Wieso?«, fragte ich verwirrt.

»Sie war völlig außer sich«, erklärte Sarah. »Irgendwer im Heim hat ihr von dem Brand erzählt. Sie glaubt, dieses Mädchen, diese Lisa, hätte was damit zu tun. Jeremy wollte die Wogen glätten.«

»Glaubt er etwa auch, Lisa könnte das Feuer gelegt habe?«

»Ich bin sicher, dass Amber voreilige Schlüsse zieht. Die

Polizei geht offensichtlich von einem bösen Streich aus, oder? So, Fran, jetzt werfen wir erst einmal einen Blick in Fenellas Kleiderschrank. Da finden wir bestimmt was Passendes zum Anziehen für dich.«

Die älteste Tochter der Quentins war um einiges fülliger als ich, und ich kam mir in den zu weiten Klamotten ein bisschen komisch vor. Aber für den Moment musste es reichen. Inzwischen war es neun Uhr, und ich sagte Sarah, ich müsse dringend zum Laden, um Zac zu treffen.

Wahrscheinlich war er noch nie in seinem Leben so schockiert gewesen. Sein Lieferwagen hielt draußen, und ich lief sofort zu ihm, als er heraussprang. »Wie um alles in der Welt ist das passiert?«, fragte er.

»Oh, Zac«, war alles, was ich herausbekam, dann fing ich schon wieder an zu weinen.

Er zog mich an sich. »Ich kann es nicht glauben«, flüsterte er.

Stotternd erzählte ich ihm die Geschichte, dann sahen wir uns zusammen die Überreste von *Minster Glass* an.

Auch die Passanten blieben stehen, um sich das heruntergebrannte Haus anzusehen. Es war ein schrecklicher, desolater Anblick: eine rußgeschwärzte Masse aus verzogenen Holzbalken, zerbrochenem Glas und verbogenem Metall, die in der kühlen Morgenluft immer noch leicht vor sich hin qualmte. Irgendwer hatte die Scherben auf dem Gehweg zusammengekehrt, sie lagen nun auf einem Haufen im Eingang. Zac bückte sich, um ein Teil von Dads Engel herauszuziehen, das aus dem Haufen ragte, warf ihn dann jedoch frustriert zurück. Das Bild war nicht mehr zu retten. Amber würde am Boden zerstört sein.

»Zac«, bat ich leise. »Können wir mal nach hinten gehen?

Ich möchte gern sehen, in welchem Zustand sich die Werkstatt befindet.«

Er sah mich an. »Du denkst dasselbe wie ich, oder?« Ich nickte.

Ich steckte den Schlüssel in die Werkstatttür. Dabei stellte ich fest, dass ich vergessen hatte, die Tür zuzuschließen, nachdem der Fremde mich am Vorabend zurückgezogen hatte. Erneut fragte ich mich, wer er war. Sein Mantel musste im Pfarrhaus liegen, ich musste ihn unbedingt zurückgeben.

Schweigend betraten wir die Werkstatt. Rauchschwaden hingen in der Luft, alles war mit einer feinen Rußschicht überzogen – aber offenbar hatte nichts gebrannt. Ich wagte es kaum, mich Raphael zu nähern, aber Zac stand schon bei ihm. Vorsichtig fuhr er mit dem Finger über das Glas. Lächelnd blickte er auf. »Er ist heil geblieben. Komm, schau ihn dir an!«

Wie alles andere war auch Raphael mit einem schwarzen Rußfilm bedeckt. Aber das würde mit einem weichen Tuch und einem Pinsel leicht zu beheben sein, wie ich sofort sah. Meine Erleichterung war ungeheuer. Ein zweites Mal in seiner turbulenten Geschichte hatte der Engel überlebt.

»Zum Glück hatte ich das hier weggeräumt.« Zac öffnete einen Schrank und zog das *Engelbuch* hervor.

»Lass uns kurz nachschauen, wie es oben aussieht.« Ich wurde nun mutig. »Ich glaube nicht, dass die Flammen bis dorthin gedrungen sind.«

Ich lief bereits in Richtung Treppe, aber Zac hielt mich auf: »Nein! Tu das nicht! Es ist schon riskant genug, hier unten herumzulaufen.«

»Ach, komm schon«, drängte ich. »Ich bin sicher, dass die Flammen der Bausubstanz nichts anhaben konnten.« Ob meine Tuba noch unversehrt war? Und ich brauchte frische

Kleidung. Meine Gedanken überschlugen sich. Was war mit den ganzen Büchern und den Papieren und mit Lauras Tagebuch? Und mit dem Foto von meiner Mutter?

Zac packte mich am Arm. »Fran, ich weiß, du bist hier der Boss, aber jetzt hörst du trotzdem mal auf mich. Du gehst da *nicht* rauf!«

»Wie du meinst«, antwortete ich patzig und schüttelte ihn ab. Er wirkte ein wenig geknickt, und ich hatte ein schlechtes Gewissen. »Es ist so schrecklich, oder? Die Vorstellung, dass der Laden anderthalb Jahrhunderte überlebt hat, und plötzlich passiert so was.« Und dann brach meine Fassade zusammen. Ich hatte geglaubt, es könne nicht mehr schlimmer werden – erst die Sache mit Dad, dann die mit Ben –, doch jetzt musste ich auch noch diesen Schlag verkraften. In meinen Augen, die ohnehin vom Rauch brannten, schwammen auf einmal Tränen.

»Komm«, sagte Zac leise. »Lass uns hier rausgehen. Raphael können wir später noch in die Garage schaffen.«

Wir gingen nach nebenan ins Café. Als Anita uns unseren Cappuccino brachte, setzte sie sich zu uns. »Der geht natürlich aufs Haus«, sagte sie. »Das ist das Mindeste, was ich tun kann. Aber jetzt möchte ich gern wissen, wie das passiert ist.«

»Ich hatte einen ganz seltsamen Traum«, begann ich und stockte. Für einen Wimpernschlag war der Traum aufgetaucht und sofort wieder verschwunden. »Ich bin aufgewacht – wahrscheinlich, weil ich den Rauch gerochen habe. Aber wenn es tatsächlich ein Feuerwerkskörper war, wie die Polizei vermutet, hat mich vielleicht auch der Lärm geweckt.«

»Hast du den Brand denn sofort bemerkt?«

»Ja. Die Luft war ganz heiß und voller Qualm, und ich habe so ein komisches Knarren und Knacken gehört.«

»Du musst einen höllischen Schreck bekommen haben.« Anita schauderte. »Ich glaube, ich hätte das ganze Haus zusammengeschrien. Ich hole uns noch einen Kaffee, ja?«

Ich berichtete Zac von dem Fremden mit den goldenen Haaren, der mir seinen Mantel gegeben und mich davon abgehalten hatte, die Werkstatt zu betreten. Ich hatte zu sehr unter Schock gestanden, um klar zu denken, aber ich hätte an einer Rauchvergiftung sterben können. »Mein Verstand hat völlig ausgesetzt«, brachte ich kläglich hervor.

»Wenn ich bedenke, wie ich dich gerade im Laden erlebt habe, bin ich nicht ganz sicher, dass er schon wieder funktioniert«, bemerkte Zac.

»Sehr charmant«, knurrte ich und trat ihm unter dem Tisch vors Schienbein. Er trat zurück, und unsere Beine blieben einen Moment aneinander hängen. Meine Wangen brannten noch mehr als vorher.

»Ich konnte es kaum glauben, als ich heute Morgen reinkam.« Anita brachte noch eine Runde Cappuccino und einige Gebäckstücke und setzte sich wieder. »Ich war zu Tode erschrocken. Du hast in letzter Zeit wirklich eine Menge mitgemacht. Erst die Sache mit deinem Dad und jetzt auch das noch.«

Mein Dad. Es traf mich wie ein Messerstich.

»Wir können es ihm nicht erzählen, Zac«, flüsterte ich.

»Ich weiß«, antwortete er.

Als wir gegen eins alle im Pfarrhaus saßen und Sarahs Lauch-Kartoffel-Suppe aßen, kam Jeremy nach Hause. Er wirkte müde und erschöpft.

»Die Polizisten sind gerade erst gegangen«, sagte er. »Sie haben zwei Mädchen aus dem Heim mitgenommen.«

»Lisa?«, fragte ich.

»Und eine namens Cassie.«

»Ich erinnere mich an sie.« Das pummelige Mädchen mit dem traurigen Gesicht und der Kinderstimme.

»Sie ist eine Freundin von Lisa. Cassie sagt, sie und Lisa wären gestern Abend mit einer Gruppe Jungs zusammen gewesen. Einer der Jungs hatte Feuerwerk dabei. Sie haben so lange auf Cassie eingeredet, bis sie es getan hat.«

»Aber wieso ausgerechnet bei uns?«

»Ich schätze, Amber hatte recht. Lisa hat ihre Abneigung Amber und Jo gegenüber sehr präzise zum Ausdruck gebracht. Sie sind eine Freundin von Jo, und Amber arbeitet für Sie. Ein perfektes Motiv also. Nachdem man Lisa ein wenig unter Druck gesetzt hatte, hat sie Cassie verraten, ohne mit der Wimper zu zucken. Eine unangenehme Person. Jetzt könnte es sein, dass Cassie ins Gefängnis kommt.«

»Das ist ja furchtbar!« Ich meinte es ernst, auch wenn mein Mitleid mit Cassie begrenzt war. Beinahe hätte ich Dads Laden – *meinen* Laden – verloren und wäre dabei ums Leben gekommen. Ich war wütend. Und froh, dass der Übeltäter beziehungsweise die Übeltäterin dingfest gemacht werden konnte. »Und warum haben sie auch Lisa mitgenommen?«

»Sie werfen ihr Mittäterschaft vor. Aber da ist noch was. Ein anderes Mädchen aus dem Heim war entsetzt, dass Lisa Cassie so einfach verraten hat. Deshalb hat sie verraten, dass Lisa hinter der Aktion mit dem Ladenfenster steckt.«

»Dann war es also doch Lisa, die den Briefbeschwerer in unser Schaufenster geworfen hat.«

»Ja, nur dass es gar kein Briefbeschwerer war, sondern eine Kristallkugel, die Amber mal von ihrer Mutter geschenkt bekommen hatte und die nach Ambers Einzug ins Heim auf mysteriöse Weise verschwunden war. Jetzt steht Lisa also auch noch eine Anklage wegen Zerstörung fremden Eigentums ins Haus. Es ist wirklich traurig.«

»Ja.« Ich zuckte betrübt mit den Schultern. »Offenbar habe ich eine Menge Probleme bereitet.«

»Das ist doch nun wirklich nicht Ihre Schuld«, widersprach Sarah.

»Amber ist sicher völlig aufgelöst«, sagte ich. »Ist die Polizei schon mit ihr fertig?«

»Ich schätze, ja. Sie haben nur Cassie und Lisa mit zur Wache genommen. Effie, die Heimleiterin, ist mit ihnen gefahren. Ihnen wird dort ein Rechtsanwalt zur Seite gestellt.«

»Sollen wir nachsehen, wo Amber ist, Zac?«

Er nickte und aß rasch seine Suppe auf.

Als wir ankamen, saß Amber mit einer der Angestellten im Aufenthaltsraum. Sie machte einen ruhigen und gefassten Eindruck. Erst als wir sie zum Laden mitnahmen, brach sie in haltloses Schluchzen aus. Sie hob die Bruchstücke von Dads Engel auf und versuchte, sie irgendwie zusammenzusetzen. Es war hoffnungslos.

»Amber, es ist doch nicht zu schlimm«, sagte ich und fühlte mich selbst gestärkt, als ich versuchte, sie zu trösten. »Niemand ist verletzt worden, und der Schaden könnte noch viel größer sein.« Ich hoffte nur, dass das wirklich stimmte. Für mein ungeschultes Auge hatte das Feuer sich zwar in das Ladenlokal gefressen, aber die Wände und die Decke waren unversehrt. Alles war nur ein widerwärtiges Chaos.

Wir kehrten zum Pfarrhaus zurück. Dabei fiel mein Blick auf den Mantel, den ich mir am Abend geliehen hatte. Er hing in der Diele an der Garderobe und stank nach Rauch. Ich musste ihn reinigen lassen, ehe ich ihn meinem Retter zurückgab – wer auch immer es sein mochte.

»Ich habe gestern Abend auch einen Engel gesehen«, sagte ich zu Amber, in der Hoffnung, sie damit ein wenig aufzumuntern. Sie sah mich so fasziniert an, dass ich meine Worte sofort bedauerte. Rasch berichtete ich ihr von dem jungen Mann, der mir geholfen hatte und dann plötzlich verschwunden war.

»Kennst du jemanden, auf den die Beschreibung passen könnte?«, fragte ich Zac, aber der schüttelte bloß den Kopf. »Er hatte einen südirischen Akzent«, fügte ich hinzu.

»Er kann trotzdem ein Engel gewesen sein«, sagte Amber mit ernster Stimme.

»Aber er sah nicht aus wie ein Engel. Eigentlich eher ganz normal.«

»Du hast doch gesagt, er hätte goldfarbene Haare gehabt. Hast du vielleicht auch Musik gehört?«

»Natürlich nicht, Amber«, antwortete ich, aber irgendwas tauchte ganz kurz in meiner Erinnerung auf.

»Da war doch was, stimmt's?«

»Vielleicht.«

»Was denn? Eine Feder? Oder Glocken? Viele Menschen hören Glocken, wenn sie eine Erscheinung haben.«

»Nein, Glocken waren es auf keinen Fall.« Aber ich konnte mich an Gesang erinnern. Wann war das nur gewesen? Ganz plötzlich erinnerte ich mich wieder an meinen Traum – an die singende Frau, die meinen Namen gerufen hatte. War er das gewesen, der Mann mit den goldenen Haaren? Nein, ich sah einfach nicht klar. Und er war nicht das einzige Rätsel, das ungelöst blieb.

An diesem Abend kam Jo ins Pfarrhaus. Die Quentins zogen sich taktvoll zurück.

»Heute Nachmittag habe ich Jeremy getroffen«, erklärte

sie. »Er hat mir alles erzählt. Oh Fran, du glaubst gar nicht, wie froh ich bin, dass dir nichts passiert ist.« Sie umarmte mich und fügte dann hinzu: »Aber das mit deinem Laden tut mir so leid. Jeremy hat mir auch von der Sache mit Lisa und Cassie berichtet. Ich war nicht mehr arbeiten, seit ... na ja, du weißt schon ... daher hatte ich nicht die leiseste Ahnung von dem, was sich da zusammenbraut.«

»Es ist schrecklich, oder?« Ich schüttelte den Kopf. »Ich weiß noch gar nicht, wie groß der Schaden ist. Ein Statiker kommt morgen, um sich das Haus anzusehen.«

»Kommst du hier zurecht?« Sie sah sich in der Küche der Quentins um. »Es ist ja sehr nett von Jeremy und Sarah, dich aufzunehmen, aber was hältst du davon, wenn du eine Zeit lang zu mir ziehst?«

»Danke, im Moment komme ich hier ganz gut klar. Darf ich es mir überlegen?«

»Natürlich.«

»Wie geht es dir denn so?« Seit der Skandalgeschichte hatte ich nichts mehr von Jo gehört; sie war die meiste Zeit bei ihren Eltern gewesen.

»Langsam erhole ich mich«, antwortete sie. Ich fand, dass sie traurig aussah. »Aber ich habe Jeremy gesagt, dass ich kündigen möchte.«

»Jo, das ist unmöglich!«, rief ich entsetzt. »Du liebst doch deinen Job!«

»Aber ich sehe einfach nicht, wie ich mich je wieder dort blicken lassen kann. Und dieses Feuer macht alles nur noch schlimmer.«

»Wie meinst du das?«

»Na ja, ich vermute, du bist nur deshalb angegriffen worden, weil du mit mir befreundet bist. Jeremy ist übrigens auch dieser Meinung.«

»*Und* weil ich Amber beschäftige«, fügte ich hinzu. »Aber wahrscheinlich fühlst du dich dafür auch verantwortlich. Das ist doch Unsinn! Lisa und Cassie sind die Schuldigen, sonst niemand.«

»Ja, aber meine Affäre mit Johnny hat Konsequenzen, oder? Ich habe eine Menge Menschen unglücklich gemacht – seine Frau und seine Familie, seine Partei, alle im Heim.«

»Trotzdem warst du nicht diejenige, die den Feuerwerkskörper in meine Tür geschoben hat.«

»Nein.«

»Warum willst du dann kündigen?«

»Weil ich diesem Heim Schaden zugefügt habe, ob beabsichtigt oder nicht. Mit der Gewissheit kann ich doch hier nicht mehr arbeiten.«

Ich seufzte. Das war natürlich nachvollziehbar.

»Dominic war die ganze Zeit unheimlich nett zu mir«, sagte Jo. »Er hat mich ein paarmal in Kent besucht.«

»Das ist schön«, antwortete ich. »Tut mir leid, dass ich das nicht getan habe, aber hier war einfach die Hölle los.«

»Na, wir haben doch wenigstens telefoniert. Auf jeden Fall habe ich mich nicht im Stich gelassen gefühlt.«

»Dann ist es gut.« Ich sah sie an. »Was hast du jetzt vor?«

»Ich werde mir einen neuen Job suchen. Und nachholen, was ich im Chor verpasst habe. Dominic will mir dabei helfen.«

33. Kapitel

Was wissen wir von den Seligen da oben, außer dass sie singen und dass sie lieben?

William Wordsworth

Am Mittwochmorgen kam der Statiker und erklärte das Gebäude für sicher. Ängstlich öffnete ich die Wohnungstür. Es stank wie überall nach Rauch und Feuchtigkeit. Der Teppich wellte sich an einigen Stellen, aber erstaunlicherweise hatten die vorderen Räume ansonsten vom Feuer nichts abbekommen,

Das Wohnzimmer, durch dessen Fenster ich geflüchtet war, hatte einen ziemlichen Wasserschaden erlitten. Die Tapete wellte sich, das Sofa war feucht, und auf dem Teppich standen Wasserlachen.

Oben auf dem Dachboden war alles wie immer. Allerdings war der widerliche Rußgeruch auch bis hierher gedrungen.

Mir wurde rasch klar, dass es keinen Sinn machte, die Kammer aufzuräumen. Heute konnte ich nur versuchen, zu retten, was zu retten war.

Gestern Abend nach dem Essen hatten Jeremy und seine Frau mich angesprochen. »Wir würden Ihnen gern anbieten, bei uns zu wohnen, solange Sie möchten. Ihr Haus ist sicher noch eine Weile unbewohnbar.« Damit hatten sie definitiv recht.

»Sehr gern«, hatte ich dankbar geantwortet. »Bis ich etwas Neues gefunden habe.«

»Seit die beiden Mädchen ausgezogen sind, fühlt sich das Haus so leer an, nicht wahr, Jeremy? Es wäre nett, noch eine Tochter zu haben. Bleiben Sie, so lange Sie möchten.«

»Das ist wirklich sehr freundlich von Ihnen. Natürlich werde ich für die Kosten aufkommen.« Ich hatte hastig nachgerechnet und mich gefragt, wo ich das Geld hernehmen sollte. Denn eigentlich hatte sich nichts geändert. Während der ganzen Zeit, die ich für *Minster Glass* gearbeitet hatte, hatte ich mir kein Gehalt ausgezahlt, sondern von meinen Ersparnissen gelebt. So konnte es nicht ewig weitergehen. Ich würde mir irgendwann einen Job suchen müssen. Hoffentlich hatte Jessica von der Agentur mich nicht vergessen.

Ich schaute mich noch einmal in der Wohnung um und überlegte, was ich ins Pfarrhaus mitnehmen musste. Ich brauchte alles Mögliche: Kleidung, Waschzeug, meine Tuba, Lauras Tagebuch, alles, was irgendwie wertvoll war. Und natürlich musste ich auch überlegen, was Dad eventuell benötigte.

Ich nahm einige Kleidungsstücke aus dem Schrank und rümpfte die Nase über den Rauchgeruch. Meinen kleinen Koffer hatte ich oben auf den Kleiderschrank gelegt. Ich zog ihn herunter und legte vorsichtig alles hinein, was nicht knittern sollte. Als ich meine Reisetasche aus der Ecke zog, stellte ich fest, dass sie feucht war. Die kleine Tasche, die ich immer ins Krankenhaus mitgenommen hatte, war nicht groß genug. Ob Dad noch irgendwo einen Koffer hatte? Ich konnte mich nicht erinnern, ihn je mit einem gesehen zu haben, schließlich war er nie verreist.

Ich betrat sein Zimmer. Hier, im hintersten Teil der Wohnung, war der Teppich völlig unversehrt geblieben. Ich warf einen kurzen Blick in den Kleiderschrank und die Kommode, fand jedoch nichts Brauchbares. Anschließend kniete ich mich nieder und schaute unters Bett. Dort befand sich die Dokumentenmappe. Die nahm ich wohl besser mit. Dahinter blinkte das Metallschloss eines Koffers. Ich streckte die Arme aus, tastete nach dem Griff und zog. Der Koffer ließ sich ganz leicht herausziehen. Eine gute Größe und – ich ließ das Schloss aufschnappen – leer. Genau das, was ich brauchte.

Ich bückte mich, um noch einmal unter das Bett zu schauen. Ganz hinten in der letzten Ecke lagerte noch ein Koffer. Ich musste mich unter die Sprungfedern zwängen, um an ihn zu gelangen. Sie drückten sich schmerzhaft in meinen Rücken. Der Koffer blieb erst an den Sprungfedern hängen, doch dann hatte ich ihn. Er entpuppte sich als altmodischer Kosmetikkoffer aus feinstem Leder. Zunächst dachte ich, er sei verschlossen. Aber der Verschluss klemmte nur und sprang schließlich auf. Ich öffnete den Deckel.

Im nächsten Moment schlug mir ein Hauch des Duftes entgegen, der meine tiefsten Erinnerungen begleitete. Es war, als hätte ich durch das Öffnen des Koffers den Geist meiner Mutter heraufbeschworen. Offenbar hatte sie in dem Koffer ihr ganzes Schminkzeug aufbewahrt – Glasfläschchen mit Nagellackentferner und Parfum waren an den Seiten befestigt, Tiegel mit Feuchtigkeitscreme, Lidschatten und Lippenstift und verklumptem Make-up standen in kleinen Fächern. Ich nahm einen nach dem anderen heraus, schraubte ihn auf, erkannte vertraute Namen: Revlon, Max Factor, auch wenn die Materialien, Farben und Gerüche in eine andere Zeit gehörten. Und dann öffnete ich den Drehverschluss ihres Parfums: *Arpège* von Lanvin. Ich schnüffelte daran. Es war auch nach all den Jahren noch intensiv, aber nicht mehr so, wie ich es in Erinnerung hatte. Und nicht annähernd so, wie es auf ihrer warmen, lebendigen Haut gewesen sein musste.

Doch dafür verspürte ich etwas ganz anderes: das Gefühl von Wärme, Sicherheit und Geborgenheit. Ich hörte das Lachen einer Frau, eine tiefe Stimme. Den Klang eines leise gesungenen Schlaflieds. Und dann war die Erinnerung wieder weg.

Meine Haut kribbelte. Ich sah mich im Zimmer um. Seltsame Vorstellung, dass meine Mutter hier einst gewohnt hatte. Ob dies ihr Schlafzimmer gewesen war? Jetzt stand hier nur noch ein einzelnes Bett, aber es war das größte der Schlafzimmer, daher war es vermutlich das Elternschlafzimmer gewesen. Nicht unbedingt glamourös. Ob es sie gestört hatte?

Als ich den Deckel anhob, um den Kosmetikkoffer wieder zu schließen, entdeckte ich im dunklen Futterstoff einen langen Schlitz. Eine Seitentasche. Ich langte mit den Fingern hinein und berührte Papier. Es war ein völlig vergilbtes Programmheft für ein Chorkonzert in der St. Andrew's Hall in Norwich im März 1963. Auf der Titelseite stand der Name Angela Beaumont. Fieberhaft blätterte ich weiter, bis ich auf die Biografien der Solisten stieß. Und dann sah ich ihr Bild, es war dasselbe wie in meinem Schlafzimmer. Gedankenverloren saß ich eine Zeit lang nur da. Meine Mutter war Sängerin gewesen. Das hatte mein Vater mir nie erzählt. Oder hatte er es getan, und ich hatte es nicht verstanden? Ich erinnerte mich, dass er einmal gesagt hatte, mein musikalisches Talent käme nicht aus seiner Familie. Aber hatte er gesagt, es käme aus der Familie meiner Mutter?

Ich las die biografischen Angaben:

Angela Beaumont (Alt) war Stipendiatin am Royal College of Music. Sie studierte zusammen mit Nerys Sitwell und gewann verschiedene Auszeichnungen, darunter den College Song Recital Prize sowie den Preis der Princess-Isabella-Stiftung. In den letzten Jahren hat sie in Großbritannien in zahlreichen Oratorien und Konzerten mitgewirkt…

Es folgte eine lange Liste mit Chören, in denen sie gesungen, und besondere Auftritte und die Einspielungen, bei denen sie mitgewirkt hatte. Eine sehr eindrucksvolle Liste für eine Frau, die damals erst acht- oder neunundzwanzig Jahre alt gewesen sein konnte und deren Karrierehöhepunkt noch bevorstand.

Sie hatte ihn nie erreicht.

Ich las das Programm noch einmal genauer. Unter anderem war das *Magnificat* von Bach darunter, etwas von Händel und Haydn. Ich stellte mir vor, wie sie unter lautem Applaus strahlend die Bühne verließ, ihre Schminksachen zusammenpackte, sich das Haar bürstete und das Programmheft rasch in ihren Koffer steckte, ehe sie zur After-Show-Party eilte oder einfach nur zum nächsten Zug, der sie zurück zu Dad nach London brachte.

Wie hatte Dad in ihr Leben gepasst? Der gute alte Dad, der zu Hause in seinem Laden saß und mit den Händen schöne Dinge machte. Wo mochten sie sich kennengelernt haben, und was hatte sie zueinandergezogen? Meine Mutter war lebhaft, leidenschaftlich gewesen. Und Dad? Ich hatte Fotos gesehen, auf denen er noch jung war, sie waren in den späten 1950er-Jahren auf einer Reise zu einigen französischen Kathedralen entstanden. Er wirkte darauf groß, ernst, schüchtern, gut aussehend, kultiviert. Vielleicht würde ich es nie mehr erfahren, nun, da Dad so krank war und im Sterben lag. Aber ich musste es einfach wissen.

Dads Dokumentenmappe lag neben mir auf dem Fußboden. Ich hatte leichte Gewissensbisse, aber ich öffnete sie trotzdem und zog eine Kladde nach der anderen heraus. Sein Testament. Ich blätterte es rasch durch. Bis auf eine großzügige Summe für Zac hinterließ er alles mir. Ich freute mich für Zac, denn das hatte er verdient. Die Patientenverfügung und die Vollmacht kannte ich ja bereits. Ich steckte sie zurück und wandte mich der nächsten Kladde zu. Sie enthielt Dads Führerschein und seinen Pass, der längst abgelaufen war; ein paar Unterlagen seiner Krankenversicherung, Bankunterlagen, Zeugnisse und Sparbücher. Er hatte seinen Ordnungssinn auch ins Alltagsleben übertragen. Sämtliche Dokumente, die mit seinem Geschäft zu tun hatten, musste er an einer anderen Stelle aufbewahrt haben. Ich fand seine Heiratsurkunde – und las zum ersten Mal die Namen meiner Großeltern mütterlicherseits: John und Lily Beaumont.

Hastig zog ich die übrigen Mappen heraus, blätterte durch meine alten Schulzeugnisse und Schwimmurkunden, die Taufurkunde, die von einem Pfarrer von St. Martin's unterzeichnet war. Ich legte alles auf einen Stapel – schließlich waren das meine Dokumente. Nun war nur noch eine einzige Kladde übrig. Ich zog sie heraus und stellte enttäuscht fest, dass sie sehr dünn war. Als ich sie aufschlug, flatterten ein paar Zeitungsausschnitte zu Boden. Ich hob einen von ihnen auf. Es war ein Nachruf meiner Mutter aus dem *Daily Telegraph.* Ich begann ihn zu lesen, aber alles in meinem Kopf drehte sich so, dass ich nichts verstand und von vorne anfangen musste. Die Information kannte ich aus dem Programm. Man lobte den reichen und vollen Klang ihrer

Stimme; außerdem stand dort geschrieben, dass sie nach einem Verkehrsunfall im Krankenhaus gestorben war.

Ein weiterer Nachruf, diesmal aus der *Times*, verglich ihre Stimme mit der von Kathleen Ferrier, andere, zumeist von musikalischen Fachzeitschriften, waren ebenfalls voll des Lobes. Es gab sogar einen kurzen Artikel aus Deutschland. Die Worte »wunderbar!« und »Alt« in der ersten Zeile konnte ich entziffern, aber leider reichten meine Sprachkenntnisse nicht aus, um alles zu begreifen. In meinem Kopf hörte ich auf einmal das Singen einer Frau, und ich erinnerte mich wieder an meinen Traum in der Brandnacht. Es musste ein Zufall gewesen sein.

Sorgfältig legte ich alles wieder zurück in die Kladde, steckte diese wieder in die Dokumentenmappe und überprüfte noch einmal, ob ich auch wirklich nichts übersehen hatte. Hatte ich nicht.

Jetzt, wo man mir ein paar Krumen hingeworfen hatte, war ich hungrig. Ich musste wissen, ob es noch mehr Informationen gab. Meine früheren Skrupel, in Dads Privatsphäre einzudringen, waren verflogen. Ich untersuchte die Regale, zog ein paar Ordner heraus, die zwischen Kunstbüchern und Romanen längst vergessener Autoren standen, und begann zu suchen. Wonach? Das wusste ich selbst nicht genau; irgendwas über meine Mutter.

Dad schien alles aufbewahrt zu haben, nur nicht das, was mich interessierte. In einem Ordner befanden sich Erinnerungen an seine Zeit an der Kunsthochschule, Notizen von Freunden zu einer Einladung zum Tee, Broschüren von irgendwelchen Ausstellungen, ein geliehenes Buch, kleine Zeichnungen. Verschiedene alte Fotoalben, die ich schon früher ansehen durfte, hielten seine Kindheit in Sepia fest. Da war er, ungefähr drei Jahre alt, an Grandmas Hand, beide in Wollmänteln, die bis zum Kinn zugeknöpft waren. Dort stand Granddad im Overall neben einem neuen Bogenfenster in der Werkstatt. Ich blätterte weiter und stieß auf Personen, die mir unbekannt waren – Freunde vielleicht oder Verwandte. »Gerry und Cynthia« stand unter einem Hochzeitsfoto aus den 1960er-Jahren, die etwas plumpe Braut trug ein viel zu kurzes Kleid. »Großtante Polly/Cuckmere Haven« zeigte eine forsche alte Dame mit einem Foxterrier an der Leine. Im Hintergrund waren die Seven-Sisters-Klippen, die weißen Kreidefelsen, zu erkennen.

Ich blätterte weiter, schaute mir Dads altes Briefmarkenalbum an, vergilbte Schulzeichnungen, eine Kiste mit Zeugnissen, darunter auch die Urkunden, die er für seine Glasarbeiten bekommen hatte. In einer weiteren Kiste lag ein Foto von Dad als jungem Mann, der etwas unsicher in die Kamera lächelte. Er wirkte so verletzlich, so unberührt von allem Leid, dass ich mir plötzlich sehnlichst wünschte, ihn immer so zu sehen und nicht als den Mann, der reglos im Bett lag und an dem die Zeichen der Zeit und der Krankheit genagt hatten.

Schließlich fehlte mir die Kraft, noch weiterzusuchen. Ich hatte nur wenig über meine Mutter in Erfahrung bringen können, dafür umso mehr über meinen Vater. Vielleicht sollte das so sein, dachte ich und schämte mich auf einmal.

In diesem Augenblick fuhr ein Auto mit der Werbeaufschrift unserer Versicherung vor dem Haus vor. Zwei Männer stiegen aus und betraten den Laden. Ich hörte, wie sie sich unterhielten und Gegenstände hin- und herrückten. Rasch stellte ich die letzte Kiste zurück ins Regal und ging nach unten.

34. Kapitel

Wir sind nie so verloren, dass unser Schutzengel uns nicht finden könnte.

Stefanie Powers, *Angels – Beyond the Light*

Später half Jeremy mir, meine Koffer und Kisten über den Platz zum Pfarrheim und dort in mein Zimmer zu schleppen. Nach einem kurzen Mittagsimbiss kehrte ich in die Werkstatt zurück, wo ich mich mit Zac verabredet hatte. Gemeinsam hievten wir Raphael in die Garage und gingen dann einen Kaffee trinken.

Im Café war es sehr ruhig. Da Anita heute frei hatte und das junge Mädchen, das uns bediente, mit ihrem Freund telefonierte, hatten wir den Raum für uns.

Zac sah müde und erschöpft aus. Offenbar hatte er nicht viel geschlafen. Das Feuer war ein gewaltiger Schock für ihn gewesen, vielleicht noch schlimmer als für mich. Schließlich arbeitete er seit zwölf Jahren bei *Minster Glass*, und sein Lebensunterhalt hing davon ab.

»Du wirst natürlich weiter bezahlt«, sagte ich und hoffte, dass unsere finanzielle Lage dies auch zuließ. »Bis wir wissen, wie es weitergeht und den Laden wieder öffnen können.«

Er sah mich durchdringend an. »Dann willst du also unbedingt durchhalten?«

Ich hatte die halbe Nacht darüber nachgedacht, und als ich heute Morgen wach geworden war, war ich mir sicher gewesen. »Ja«, erklärte ich mit fester Stimme. »Auch wenn Dad nicht zurückkehren wird. Ich möchte gern, dass du den Laden übernimmst, wenn ich unterwegs bin.«

Ich beobachtete sein Gesicht und stellte erleichtert fest, dass die Anspannung etwas nachließ.

Ich berührte seine Hand. »Ich muss mich wieder mehr um meine Musik kümmern, Zac. Natürlich hoffe ich wegen Dad, dass ich nicht zu oft ins Ausland muss, aber das kann ich natürlich nicht versprechen. Ich muss nehmen, was mir angeboten wird.« Die Erkenntnis, dass meine Mutter auch Musikerin gewesen war, bestärkte mich in meinem Entschluss. Die Musik war ein Teil von mir; ich würde sie niemals aufgeben.

»Aber Fran, glaubst du, ich könnte die Werkstatt jetzt schon wieder nutzen? Um den Geschäftsbetrieb einigermaßen aufrechtzuerhalten? Das wäre wichtig für unsere Kundschaft.«

»Ich bin nicht sicher, ob es so schön ist, in dem Gestank zu arbeiten«, gab ich zu bedenken. »Außerdem könnte es gefährlich sein, und vielleicht wärst du den Handwerkern im Weg.«

»In dem Zusammenhang würde ich dich gerne noch etwas fragen.« Er beugte sich vor. »Wenn wir jetzt renovieren, könnten wir gleich einiges modernisieren. Wir könnten zum Beispiel die ganze Elektrik auf den neuesten Stand bringen.«

Plötzlich tat es mir leid um unseren alten kleinen Laden mit dem abgenutzten Holzboden und dem gefliesten Eingang. »Natürlich. Aber eigentlich hat es mir immer gut gefallen, so wie es war.«

»Wir könnten den nostalgischen Look ja bewahren und einfach nur mit moderner Technik in der Werkstatt ergänzen. Mit großartiger Beleuchtung.«

Ich wusste, dass er recht hatte. Anstatt das Unglück als Tragödie zu sehen, sollten wir es als Chance begreifen. »Lass uns noch mal darüber reden, sobald wir was von der Versicherung gehört haben.«

Ich wurde das Gefühl einfach nicht los, dass mir just in dem Moment, als ich mir ein neues Leben aufgebaut hatte, als ich mich daran gewöhnt hatte, den Laden zu managen und Wurzeln zu schlagen, alles fortgenommen wurde. Aber ich würde dafür kämpfen. Und ich würde es zurückbekommen. *Minster Glass* war Dad. Und ich würde es mir wieder zu eigen machen.

Während wir unseren Kaffee austranken, wurde die Tür neben der Theke geöffnet, und ein Mann kam herein. Ich sah, wie er die Kellnerin begrüßte, die kurz ihr Telefongespräch unterbrach, um seine Bestellung entgegenzunehmen. Er war schlank und groß, mit leicht hängenden Schultern, einem sympathischen Gesicht und kurzen blonden Haaren. Er zückte seine Brieftasche, aber die Kellnerin winkte ab und begann, mit dem Telefon zwischen Kopf und Schulter Bacon zu braten.

Der Mann drehte sich um, und ich stellte fest, dass ich ihn kannte. Unsere Blicke trafen sich. Auch in seinen Augen flackerte Erkenntnis auf.

»Hallo. Haben wir uns nicht …?«, meinte er.

»Sie waren an dem Abend hier«, sagte ich und stand auf.

»Das Feuer. Ja, es war schrecklich. Geht es Ihnen wieder besser?« Er kam näher und sah mich besorgt an.

»Es geht mir wieder gut, danke. Zac, das ist …«

»Larry. Larry Finnegan. Ich wohne über dem Café.« Das

war also der mysteriöse Mieter, den Anita manchmal erwähnte. Ganz und gar kein Engel. Ich lachte, stellte mir Ambers enttäuschtes Gesicht vor.

»Was ist so witzig?«, fragte er mich, und ich erklärte es ihm.

»Ich ein Engel? Da wäre meine Ma in Killarney sicher anderer Meinung. Nein, ich bin kein Engel. Ich fand eher, Sie sahen an dem Abend aus, als wären Sie vom Himmel gefallen.«

»Na ja, in gewisser Weise kann man das wohl auch behaupten.«

Das Mädchen, das immer noch telefonierte, stellte einen Teller auf die Theke. Er holte ihn und trug ihn zu unserem Tisch.

»Das mit dem Laden tut mir wirklich leid«, sagte er.

»Ein Glück, dass Sie nicht in Ihrem Bett verbrannt sind, Larry.«

»Ein Glück, dass ich nicht mal drin gelegen habe. Tut mir leid, dass ich so schnell weg war. Aber ich wäre sonst zu spät zur Arbeit gekommen. Außerdem hatte ich das Gefühl, dass Sie in guten Händen sind.«

»Sie arbeiten nachts?«

»An der Rezeption des Hyde-Park-Hotels. Aber ich mache bald eine Fortbildung zum Hotelkaufmann, dann hört das Nachteulenleben endlich auf.« Er hatte etwas Nettes, Warmes, Beruhigendes an sich. »Dieses Mädchen, das an Engel glaubt …«, sagte er zögerlich.

»Kennen Sie sie? Sie arbeitet bei uns im Laden.«

»Ist das die hübsche Dunkelhaarige?«

»Die *andere* hübsche Dunkelhaarige«, betonte Zac und lächelte.

»Ja, das ist Amber«, sagte ich und sah Zac irritiert an.

»Sie ist mir noch nie vorgestellt worden, aber sie sieht sehr nett aus«, erklärte Larry ernst. »Und meiner Ma würde das mit den Engeln gefallen.«

»Ich kann Amber gern mit Ihrem Mantel vorbeischicken, wenn Sie möchten.«

Sein Gesicht strahlte. »Tun Sie das!«

Der Pfarrer und seine Frau waren unglaublich nett. Sarah Quentin schien davon überzeugt zu sein, dass gutes Essen Herzschmerz heilte, denn zum Abendessen gab es riesige Pies und zum Dessert einen Apfel-Crumble mit Äpfeln aus dem Garten des Pfarrhauses. Als ich den beiden von Larry erzählte, war der Pfarrer äußerst amüsiert.

»Er erinnert mich an unseren Patronatsheiligen. Sankt Martin hat auch einem Bettler seinen Mantel gegeben. Was meinst du, Sarah?«

»Wollen Sie damit sagen, dass ich eine Bettlerin bin?« Ich tat entrüstet. »Na gut, im Moment bin ich ja tatsächlich obdachlos.«

Nach dem Abendessen schob Jeremy seine Serviette durch den Serviettenring und stand auf. »Ich habe um acht noch einen Gottesdienst. Ein Gottesdienst zu Allerheiligen im Gedenken an die Toten. Die Musik ist sehr schön. Vielleicht haben Sie ja Lust zu kommen, Fran.«

Ich kam und saß in der letzten Bank. Die Musik war wirklich schön. Bens kleiner Sonntagschor sang zwischen den Texten Auszüge aus Faurés *Requiem.* Trotzdem fiel es mir schwer, mich zu konzentrieren, denn ich musste die ganze Zeit an das denken, was passiert war und was ich über meine Mutter herausgefunden hatte. Ich nahm mir fest vor, mit Jeremy darüber zu sprechen.

»Wie geht's dir?«, fragte Ben mich anschließend. Er kam

mit dem Arm voller Gewänder und Gesangbücher auf mich zu. Es fiel mir schwer, ihn anzusehen.

»Ich schätze, ich stehe immer noch unter Schock. Danke für deine Hilfe.«

»Gern geschehen. Ich wünschte, ich hätte mehr tun können.«

Ich auch, hätte ich fast gesagt. Wir blickten beide verlegen zu Boden.

»Danke, Ben, das war sehr bewegend«, sagte Jeremy, der in diesem Augenblick aus der Sakristei kam. »Fran, ich würde Ihnen gern zeigen, wo ich den Engel am liebsten hätte.«

Er bat Ben abzuschließen und führte mich in die Marienkapelle. Ohne einfallendes Sonnenlicht war das farbige Glas dunkel und leblos. Er zeigte auf den hässlichen alten Schrank, der vor dem dritten Fenster aufgebaut worden war. »Den hier könnten wir ganz rausnehmen«, erklärte er. »Notfalls könnten wir ihn an die gegenüberliegende Wand stellen. Dann könnte der Engel dort drüben hin.«

Das Fenster, auf das er zeigte, hatte ungefähr dieselben Ausmaße wie das, aus dem der Engel ursprünglich stammte.

»Ich weiß, das ist jetzt eine blöde Frage, aber glauben Sie, die Farben passen zu dem Fenster der Kriegswitwen?«

»Das müssen wir uns bei Tageslicht noch mal ansehen«, schlug Jeremy vor. »Bringen Sie Raphael mit, und stellen Sie die beiden nebeneinander.«

Ich nickte. »Wenn das nicht klappt, bringt Zac mich um.«

Jeremy lachte. »Das glaube ich Ihnen gern.«

Die Kirche hatte sich inzwischen geleert, auch Ben war fort.

»Jeremy …« Ich stockte, weil er gleichzeitig angesetzt hatte.

»Fran …« Er sah mich auffordernd an. »Sie zuerst.«

»Ich habe heute etwas gefunden, wozu ich Sie gern befragen würde. Es geht um meine Mutter.«

»Natürlich, gern. Sollen wir uns einen Moment setzen?«

»Ich bin in der Wohnung auf einige Papiere gestoßen. Darunter war auch ein Programmheft für ein Konzert, an dem meine Mutter beteiligt war. Ich wusste bisher gar nicht, dass sie Musikerin war.«

»Ich glaube, sie hatte eine sehr gute Altstimme«, antwortete er. Ich fand, dass er ein bisschen besorgt aussah, so als quälte ihn etwas. In der stillen Dämmerung schaute ich hinauf zum Marienfenster, spürte das ruhige Glück, das es ausstrahlte.

»Ich möchte mehr über sie wissen, Jeremy.«

Er nickte nachdenklich. »Seit unserem letzten Gespräch über Ihre Mutter habe ich viel über diese Angelegenheit nachgedacht.«, begann er. »Ich habe mir überlegt, was Ihr Vater gewollt hätte. Also habe ich ihn letzte Woche besucht und ihn um Erlaubnis gebeten, Ihnen bereits jetzt einen Brief zu geben, den er geschrieben hat und den ich Ihnen nach seinem Tod aushändigen sollte. Ich bin zwar nicht ganz sicher, ob er mich gehört hat und schon gar nicht, ob er mir seine Zustimmung gegeben hat, aber danach habe ich mich sehr viel wohler gefühlt. Ich weiß aus einem Gespräch, das ich vor einigen Monaten mit ihm geführt habe, dass er vorhatte, den Mut zu fassen und mit Ihnen zu sprechen. Daher glaube ich fest daran, dass ich etwas tue, was er gewollt hätte.«

»Ein Brief? Das hatten Sie noch nie erwähnt.«

»Nein. Vielleicht hätte ich das tun sollen, aber ich war mir nicht sicher, ob es Ihrem Vater recht gewesen wäre. Lassen Sie es mich erklären. Im Mai kam Ihr Vater in einem sehr beunruhigten Zustand zu mir. Er sagte, sein Gewissen belaste etwas, das er mir gern anvertrauen würde, um meinen Rat dazu zu hören. Ich glaube, allein die Tatsache, dass er sich jemandem mitteilen konnte, hat ihn bereits ungeheuer erleichtert. Er fühlte sich schuldig; ein bohrendes Schuldgefühl hatte ihn innerlich erfrieren lassen. Ja, das waren genau die Worte, die er benutzt hat: ›innerlich erfrieren lassen‹. Er sagte, aus diesem Grund hätte er sein Leben verschwendet.

Es bedurfte einiger Überredungskünste meinerseits, ihn dazu zu bringen, mehr zu sagen. Sie wissen ja selbst, wie verschlossen er ist und wie schwer es ihm fällt, über Gefühle zu reden. Ich glaube, er hatte vor allem Ihnen gegenüber ein schlechtes Gewissen und fürchtete, Ihnen nie genug von sich gegeben zu haben. Die Vergangenheit hat ihn immer verfolgt. Er konnte nie einfach nur nach vorn schauen, sich auf das konzentrieren, was hier und jetzt geschieht. Vor allem im Hinblick auf Sie.«

»Oh Dad!«, rief ich. »Jeremy, warum hat es denn nur so lange gedauert, bis er das erkannt hat?«

»Das ist sehr traurig, nicht? Ich habe versucht, ihn zu trösten. Kinder großzuziehen ist oft schwer, sehr schwer, und es gibt auch in meinem Leben Dinge, die ich heute bedauere, vor allem in Bezug auf meine Töchter. Aber ich hatte immer meine wunderbare Sarah, während es für ihn niemanden gab, dessen Rat er einholen konnte. Und trotzdem, wenn ich Sie so vor mir sehe, denke ich, eigentlich hat er seine Sache sehr gut gemacht.«

Offenbar wirkte ich sehr niedergeschlagen, denn Jeremy klopfte mir aufmunternd auf den Arm, ehe er weitersprach.

»Ehe ich Ihnen den Brief gebe, würde ich Ihnen gern erklären, in welchem Zustand sich Ihr Vater befand, als er den Brief damals geschrieben hat. Vielleicht hilft Ihnen das, ihn besser zu verstehen.«

Ich nickte stumm, und er fuhr fort.

»Ihr Vater hat immer wieder auf ein Geheimnis verwiesen, das offenbar die Ursache für all seine Probleme war. Er wollte unbedingt wissen, welche Sünden meiner Meinung nach verzeihlich sind. Ich versuchte ihm zu erklären, dass es keine Sünde gibt, die Gott einem Menschen, der aufrichtig Reue zeigt, nicht verzeiht. Aber damit gab er sich nicht zufrieden. Er beharrte darauf, dass es in manchen Fällen einfach nicht reichen würde, um Entschuldigung zu bitten, und man sich Vergebung durch harte geistige Arbeit erst verdienen müsse. Aber dafür sei es viel zu spät.«

Jeremy schüttelte den Kopf. »Daraufhin habe ich ihm zu erklären versucht, dass wahre Reue natürlich bedeutet, sein altes Verhalten aufzugeben und bereit zu sein für geistige Erneuerung im Zeichen des Kreuzes. Und dass es kein leichter Weg sein wird. Ich drängte ihn zur Beichte, denn das ist der erste Schritt: seine Fehler zu sehen und anzuerkennen und sich von ihrer Last zu befreien. Und dann ging er eines Tages diesen Schritt. Er erzählte mir von Ihrer Mutter und von den Umständen ihres Todes.«

Jeremy schien um Atem zu ringen und schloss die Augen, um neue Kraft zu schöpfen. Ich wartete; zugleich wollte ich irgendwie nicht, dass er weitersprach. *Der Tod meiner Mutter.* Ich wusste nur, dass sie nach einem Verkehrsunfall im Krankenhaus gestorben war. Was, wenn das alles nicht stimmte? Was, wenn ich nun etwas erfuhr, das völlig unerträglich war? Ich wäre am liebsten aus dem Zimmer gelaufen.

Jeremy öffnete die Augen, als hätte er das gespürt. »Ihre Mutter war wunderschön, atemberaubend schön. Er hat mir mal ein Foto von ihr gezeigt …«

»Ich weiß«, antwortete ich patzig, denn ich war immer noch sauer, dass er mir das Bild nie gezeigt hatte.

»Natürlich. Natürlich wissen Sie das. Sarah hat recht. Sie sehen Ihrer Mutter sehr ähnlich.«

»Glauben Sie, das war einer der Gründe des Problems?« Der Gedanke kam mir zum ersten Mal. »Habe ich ihn zu sehr an sie erinnert?«

»Das könnte natürlich sein. Aber vor allem hatte er Angst, Sie könnten ihm nicht verzeihen, dass er Ihnen die Mutter genommen hat.«

»Wie meinen Sie das?«

»Er fühlte sich verantwortlich für ihren Tod, Fran.«

Jetzt war mir beinahe schlecht vor Angst. Aber ich konnte die Unsicherheit nicht länger ertragen. »Jeremy, wo ist der Brief? Ich muss ihn unbedingt lesen.«

»Ich habe ihn bei mir, Fran.« Er zog einen Umschlag aus der Tasche und reichte ihn mir.

»Frances Morrison«, stand darauf. »Bitte erst nach dem Tod des Vaters öffnen.«

Nach kurzem Zögern öffnete ich den Umschlag und faltete das Blatt Papier auseinander, das sich darin befand. Das Schreiben war auf den 1. Juli 1993 datiert; das lag vier Monate zurück.

Meine liebe Fran,

wenn Du diesen Brief liest, habe ich endgültig versagt und meine Pflicht versäumt, Dir Dinge zu erzählen, die zu erfahren Du ein Recht hast. Während ich das nun schreibe, bete ich daher zu Gott, dass Du diese Worte nie wirst lesen müssen, sondern dass ich den Mut finde, sie Dir von Angesicht zu Angesicht zu sagen, und den Brief anschließend vernichten kann. Aber ich fürchte mich immer noch, persönlich vor Dich zu treten, meine geliebte Tochter, weil ich Angst habe, auch das letzte bisschen Liebe zu verlieren, das mir geblieben ist. Ich habe

Angst, dass Du die Achtung vor mir verlierst. Ich habe Angst, dass Du mich zurückweist. Und ich habe vor all diesen Dingen deshalb Angst, weil ich Dich so sehr liebe. Du wirst das vielleicht nicht glauben, zumal es von Deinem alten, brummigen Dad stammt, aber es ist wahr. Seit ich Dich das allererste Mal in den Armen gehalten habe, wollte ich Dich vor allem Übel bewahren, Dir alles geben, was ein Vater seinem Kind geben sollte. Ich ahnte damals nicht, dass ich so schnell und so gründlich versagen würde.

Die Worte verschwammen mir vor den Augen, und ich konnte nicht weiterlesen. Endlich sagte mir Dad all die Dinge, nach denen ich mich so gesehnt hatte. »Jeremy«, flüsterte ich und hielt ihm zitternd den Brief hin. »Können Sie mir das bitte vorlesen? Ich kann nicht …«

»Natürlich.« Er nahm den Brief, hielt ihn ins Licht und fing an, mit lauter, klarer Stimme zu lesen.

Ich bin stolz auf Dich, Fran. Trotz meines Versagens bist Du zu einer schönen, begabten und unabhängigen Frau herangewachsen. Ich weiß, dass wir uns auseinandergelebt haben, und ich bereue meine Dummheit, meine Lügen und Ausreden zutiefst. Ich vermisse Dich und würde mir so wünschen, Du kämst zurück nach Hause. Wenn wir miteinander telefonieren, wieso kann ich meinen Stolz dann nicht überwinden und Dich bitten, mich zu besuchen? Stolz, Schuldgefühle und Trauer halten mich nun schon so lange gefangen. Jeremy hat mir die Augen geöffnet, aber vielleicht ist nun alles zu spät. Alles, was mir nun bleibt, ist, Dir die Wahrheit zu sagen, die Wahrheit, die ich Dir schon vor Jahren hätte erzählen müssen, und Dich um Verzeihung zu bitten.

Ich werde damit beginnen, Dir zu berichten, wie ich Deine

Mutter kennengelernt habe. Es war auf einem Weihnachtskonzert in einer Kirche in Nord-London. Sie hat das alte deutsche Lied Es ist ein Ros entsprungen *mit solcher Inbrunst gesungen, dass ich völlig fasziniert war. An jenem Abend war sie besonders schön. Sie trug ein langes schwarzes, rot durchwirktes Kleid, das perfekt zu ihren Lippen passte. Ihr Haar war auf dem Kopf zusammengesteckt und glitzerte vor Schmuck.*

Nach dem Konzert haben die Sänger sich unters Publikum gemischt; es gab Wein und kleine Pasteten. Angela stand mit einigen Freunden zusammen. Sie unterhielt sich zwar mit ihnen, wirkte aber ein bisschen müde. Mein Musiker-Freund, mit dem ich zusammen zu dem Konzert gekommen war, bemerkte, dass ich sie die ganze Zeit anstarrte, und bot an, sie mir vorzustellen. Aus der Nähe wirkte sie noch hübscher; sie hatte so ein nettes Lächeln. Irgendwie gelangen mir ein paar halbwegs intelligente Sprüche über die Musik, und sie war herrlich unkompliziert. Wir unterhielten uns eine Zeit lang über Bach und über ihren Beruf. Aus ein oder zwei flüchtigen Bemerkungen schloss ich, dass sie sich in dieser eleganten, kultivierten Welt nicht so richtig zu Hause fühlte. Ihr Vater arbeitete als Beamter bei der County-Verwaltung von Suffolk; es war ihm sehr schwergefallen, ihre Ausbildung zu finanzieren. Sie löste bei mir Bewunderung und einen Beschützerinstinkt aus. Später, als ich ging, sah ich sie ganz verloren auf den Stufen vor der Kirche sitzen. Ich bestellte ein Taxi für sie, doch dann teilten wir es uns, weil Westminster nur ein paar Meter von Pimlico entfernt war, wo sie ein Zimmer hatte.

Als ich zu Hause aus dem Taxi stieg, hatte ich ihre Telefonnummer. Sie war auf dem Konzertprogramm vermerkt, das ich sorgfältig in meiner Brusttasche verstaut hatte.

Wir trafen uns regelmäßig. Damals fand Angelas Unterricht in London statt, und ich war bei jeder ihrer Aufführungen da-

bei. Manchmal sind wir auch zusammen zu Kunstausstellungen oder in die Oper gegangen. Ich habe versucht, sie für meine Liebe zur Kirchenarchitektur und zur Glaskunst zu begeistern.

Ehe ich mich's versah, war ich zum ersten und einzigen Mal in meinem Leben verliebt. Und ich konnte mein Glück kaum fassen, als sie mir sagte, dass sie dasselbe empfände.

Unsere erste gemeinsame Zeit war wunderbar – voller Kunst und Musik und aufregender Entdeckungen. Wir dachten damals nicht an die Zukunft, wir wussten nur, dass wir zusammen sein wollten. Sie war eine sehr leidenschaftliche Person – impulsiv und lebendig. Aber sie hatte auch eine zerbrechliche Seite, die sich in Unsicherheiten zeigte. Ich war froh, ihr helfen zu können. Ich versuchte, stark und zuversichtlich zu sein, und war stolz, dass sie sich auf mich zu verlassen schien.

An Weihnachten, ein Jahr, nachdem wir uns kennengelernt hatten, haben wir geheiratet. Es war eine ganz schlichte Hochzeit in der Kirche ihrer Eltern in Ipswich. Ihre jüngere Schwester war Brautjungfer. Da meine Eltern beide tot waren, waren von meiner Seite nur Dads Tante Polly gekommen und der Musiker-Freund, der uns miteinander bekannt gemacht hatte. Wir zogen in die Wohnung über Minster Glass.

Anfangs waren wir unglaublich glücklich. Ich arbeitete den ganzen Tag im Laden, während sie bei ihren Proben war. Abends besuchte ich häufig ihre Konzerte. Sie hatte eine Stimme wie ein Engel. Angie – mein Engel. Irgendwann hat sie mir eine Krawattennadel mit einem Engel geschenkt; ein kleiner, in Gold gefasster Lapislazuli. Ich habe ihn noch immer …

»Daher stammt sie also«, stieß ich hervor und kramte in meiner Tasche nach der kleinen Anstecknadel, die ich in der Werkstatt auf dem Boden gefunden hatte.

»Ja, das ist sie.« Jeremy nahm sie mir aus der Hand und

hielt sie so, dass sie im Kerzenlicht funkelte. »Er hatte sie immer bei sich.«

Er gab sie mir zurück und nahm den Brief wieder zur Hand.

In den nächsten Jahren ging es mit Angies Karriere steil bergauf. Sie bekam Engagements auf der ganzen Welt, dabei erwartete man damals noch von einer Ehefrau, dass der Mann ihr wichtiger ist als der Beruf. Trotzdem tat ich alles, um sie zu unterstützen. Wenn meine Arbeit es erlaubte, begleitete ich sie auf ihren Reisen. Leider war das nicht sehr oft möglich.

Zwei Jahre vergingen, und die ersten Unstimmigkeiten machten sich breit. Sie war so oft fort. Mit ihrer Abwesenheit hätte ich durchaus leben können; es war ihre Art, die mich immer mehr verletzte. Ich bekam mit, wie sie sich veränderte. Sie schien immer unzufriedener mit unserem gemeinsamen Leben zu sein und begann, sich zu beklagen. Die Wohnung gefiel ihr auf einmal nicht mehr. Ob wir nicht umziehen könnten, wollte sie wissen. Dabei bemühte sie sich gar nicht erst, es nett zu machen. Sie sagte immer, Hausarbeit und Kochen würden sie langweilen. Sie wollte ausgehen, in teuren Restaurants essen und Spaß haben, was mir wiederum nicht so lag. Außerdem konnte ich es mir nicht leisten, mochte es jedoch auch nicht, wenn sie zahlte. Dann sagte sie, sie brauche eine größere Wohnung, weil sie gern Leute einladen würde. Dabei waren ihre Musiker-Freunde sehr eigen, und ich fühlte mich oft ausgeschlossen, wenn wir mit ihnen zusammen waren.

Natürlich wünschte ich mir am Ende, ich hätte ihrem Wunsch nach einem Umzug entsprochen, selbst wenn ich jeden Penny hätte zusammenkratzen müssen. Aber wer von uns kann schon in die Zukunft schauen? Damals kam es mir vor, als würde sie nicht nur die Wohnung, sondern auch mich kritisieren, also habe ich mich beharrlich geweigert.

»Vielleicht hat sie es gar nicht so gemeint«, gab ich zu bedenken. »Vielleicht wollte sie nur, dass Dad auch an ihrem aufregenden Leben teilnimmt.« Dieser Brief war aus der Warte meines Vaters geschrieben, und ich verspürte das Bedürfnis, meine Mutter zu verteidigen. »Entschuldigung«, sagte ich. »Bitte, lesen Sie weiter.«

»Und dann«, las Jeremy, »stellte Angela fest, dass sie schwanger war.«

Wir waren völlig überrascht. Wir hatten natürlich darüber gesprochen, eine Familie zu gründen, und beschlossen, noch ein paar Jahre zu warten.

Deine Mutter war während der ganzen Schwangerschaft sehr unsicher. Sie machte sich Sorgen, wie sich ein Baby auf ihre Arbeit auswirken würde, denn sie würde nicht mehr so viel reisen können. Aber das war nicht alles. Sie hatte Angst um ihre Gesundheit, schlief nicht mehr gut und war davon überzeugt, dass Leute bei uns einbrachen, während wir im Bett lagen. Doch trotz dieser Ängste hofften wir, dass unsere Beziehung nach Deiner Geburt wieder harmonischer verlaufen würde, dass Du uns wieder enger zusammenschweißen würdest.

»Das ist eine große Verantwortung für ein kleines Baby«, meinte Jeremy seufzend. Er las weiter.

Nach Deiner Geburt waren wir eine Zeit lang glücklich. Du warst ein zufriedenes Baby und hast fast von Anfang an nachts durchgeschlafen. Und nach einigen Monaten war Deine Mut-

ter mit der Hilfe eines Kindermädchens in der Lage, wieder mit dem Singen anzufangen. Sie stellte fest, dass es ihr Spaß machte, ein Baby zu haben. Wir waren beide völlig begeistert von Dir.

Tränen liefen mir übers Gesicht. Jeremy sah mir schweigend zu. Eine der Kerzen auf dem Altar flackerte und erlosch dann. Er schaute auf seine Armbanduhr und faltete den Brief langsam zusammen. »Kommen Sie«, sagte er leise. »Wir gehen jetzt besser zurück, sonst schickt Sarah noch ein Suchkommando los. Sollen wir später weiterlesen? Oder lieber erst morgen?«

»Morgen«, antwortete ich. »Ich bin erschöpft. Danke.«

Er schloss die Tür ab, und ich war unendlich dankbar, dass er bei mir war.

In dieser Nacht schlief ich schlecht. Der Gedanke an den Brief meines Vaters wollte mir nicht mehr aus dem Kopf gehen. Am nächsten Morgen suchte ich alles zusammen, was ich über meine Mutter finden konnte, und betrachtete es mit ganz anderen Augen. Das Foto, das noch immer in dem Burne-Jones-Buch steckte, das sie Dad gegeben hatte. Ihre Augen waren voller Leben und Hoffnung. So musste sie ausgesehen haben, als sie sich kennenlernten.

Ich nahm das Foto und das Programmheft mit, als ich an diesem Nachmittag mit Zac zu Dad ging. Auch wenn Dad das Bild nicht sehen und nicht hören konnte, was ich ihm zu sagen hatte, half es mir, in Dads Anwesenheit mit Zac über meine Mutter zu reden. Wer wusste schon, ob Dad nicht doch etwas von unserer Unterhaltung mitbekam? Zac sagte außer »Sie ist sehr hübsch« nicht viel, als ich ihm das Porträt zeigte.

An diesem Abend zogen Jeremy und ich uns in die gemütlichen Sessel in seinem Arbeitszimmer zurück. Er hantierte eine Weile, um den Gaskamin in Gang zu setzen, und fluchte dabei auf ziemlich unchristliche Weise. Schließlich nahm er Dads Brief aus der Schreibtischschublade und setzte sich.

»Sind Sie sicher, dass Sie das wollen?«, fragte er.

»Ich muss«, entgegnete ich.

Er begann zu lesen.

Als Du ein Jahr alt warst, hat Deine Mutter Dich zurückgelassen und ist zu einer Konzerttournee nach Deutschland gereist. Deine Großmutter kam solange zu uns, weil ich selber arbeiten musste und mich mit Dir als Baby überfordert fühlte. Heutzutage wechseln die jungen Väter im Nu eine Windel, aber ich hatte das noch nie getan.

Eine Woche später kam Deine Mutter zurück, und ich merkte sofort, dass irgendwas anders geworden war. Sie wirkte mir gegenüber so verschlossen. Zu Dir war sie immer noch zärtlich, aber mir gegenüber benahm sie sich häufig distanziert und abwesend. Ich stellte zu meinem Entsetzen fest, dass wir uns immer mehr auseinanderlebten, aber ich wusste nichts dagegen zu tun. Ich wurde zunehmend ungeduldig und war bitter enttäuscht.

Danach hat sie Dich jedes Mal bei mir gelassen, wenn sie auf Tournee ging. Sie hat mich nie wieder gebeten, sie zu begleiten. Sie sagte, es sei nicht gut für Dich, wie eine Einkaufstasche herumgetragen zu werden, es sei besser, wenn Du bei mir zu Hause bliebest, auch wenn sie Dich vermisste. Wenn Deine Großmutter nicht kommen konnte, bat ich das Kindermädchen, uns auszuhelfen. Aber irgendwie war ich mehr und mehr allein verantwortlich für Dich und stellte zu meiner Überraschung fest, dass ich es genoss.

Das ging so bis zu Deinem zweiten Geburtstag. Und dann kam der 23. Juni 1965, jener grauenvolle Abend. Ich bin ihn in Gedanken so häufig durchgegangen, dass ich mich kaum noch an Einzelheiten erinnere, aber ich werde es versuchen. Angela kam in den frühen Morgenstunden nach Hause und weckte mich völlig aufgelöst. Aber sie wollte mir nicht sagen, was passiert war, und wir stritten uns. Nach und nach kam alles raus. Sie hatte eine Affäre mit einem Musiker-Kollegen gehabt – einem jungen englischen Tenor, den sie in Berlin kennengelernt hatte. Sie habe sich in ihn verliebt, sagte sie. Sie war leichenblass und erschöpft, aber ihr Zustand hat mich nicht interessiert. Ich war außer mir vor Wut, doch fest entschlossen, mir nichts anmerken zu lassen. Ich bat sie zu gehen. Sie erzählte mir, dass die Affäre vorüber sei, dass sie zurückgekommen sei, um die Beziehung mit mir wieder in Ordnung zu bringen. Ich hörte ihr nicht zu. Ich war sauer, wollte nichts wissen. Sie hatte alles verdorben. Ich hatte sie angebetet, hatte ihr alles gegeben, und sie hatte es einfach weggeworfen. Ich konnte es nicht mehr ertragen, sie zu sehen.

Ich schrie leise auf, und Jeremy hörte auf zu lesen. »Typisch Dad«, flüsterte ich und erinnerte mich an die wenigen Male, als er so richtig böse auf mich gewesen war. Sein Ärger konnte eiskalt sein, und er hatte sich tagelang zurückgezogen, bis ich vor lauter Traurigkeit nicht mehr konnte. Vielleicht war das der Grund, weshalb er am Ende so wenige Freunde hatte. Wenn er loyal zu jemandem war, erwartete er auch umgekehrt bedingungslose Loyalität und Gehorsam. Wie König Kophetua, dessen Bild er von der Wand gerissen hatte, hatte er sein Bettlermädchen verehrt, und das hatte ihn bitter enttäuscht. Meine Mutter bekam keine zweite Chance.

»Lesen Sie weiter«, bat ich Jeremy leise.

Ich ging aus dem Zimmer und kam ein oder zwei Sekunden später mit Dir in den Armen zurück. Ich wollte Angela wehtun, ihr zeigen, was sie verlor. Ich sagte ihr, sie solle sich von Dir verabschieden und gehen. Und ich sagte ihr auch, dass ich die Scheidung einreichen und das Sorgerecht für Dich erstreiten würde. Da sie so viel Zeit weg von zu Hause verbracht hatte, war ich sicher, dass es mir gewährt würde.

Angela schrie verzweifelt auf und versuchte, Dich mir zu entreißen, aber ich schob sie weg. Sie weinte, sie wisse nicht, wohin sie sollte, und ich sagte ihr barsch, sie solle zu ihrem Liebhaber gehen. Da gestand sie mir, dass diese Möglichkeit nicht mehr bestände. »Dann geh zu deinen Eltern«, rief ich, riss ihren Koffer vom Kleiderschrank und warf ihn ihr vor die Füße. Ich sah zu, wie sie ein paar Kleidungsstücke einpackte und dann ihre Handtasche und ihren Kosmetikkoffer nahm. Sie schluchzte Dir ein Adieu zu, ein verzweifeltes Adieu, das mich noch heute in meinen Träumen verfolgt, und lief aus der Wohnung.

Es ist sinnlos, darüber zu spekulieren, wie alles ausgegangen wäre, hätte sich das nicht ereignet, was als Nächstes passierte. Aber glaub mir, diese Spekulationen haben mich für den Rest meines Lebens verfolgt. Vielleicht hätten wir beide noch eine Chance gehabt, wenn wir uns erst einmal beruhigt hatten. Aber leider kam es nicht dazu.

Ich ging mit Dir ans Fenster. Die Szene, die sich dann vor meinen Augen abspielte, hat sich für immer in mein Gedächtnis eingebrannt. Ich sah sie auf die Straße treten und zu mir hinaufschauen, mit einem Ausdruck der Verzweiflung, der mich bis heute nicht loslässt. Aus der Verzweiflung wurde Entsetzen, als ein Auto um die Ecke geschossen kam und sie umriss. Wir rannten auf die Straße, aber es gab nichts mehr, was ich tun konnte. Sie ist noch in derselben Nacht im Krankenhaus gestorben.

Jeremy stockte. Ich starrte auf die gegenüberliegende Wand und ließ in Gedanken alles noch einmal Revue passieren. *Ich bin dabei gewesen.* Ich hatte sie streiten hören. Aber zum Glück besaß ich keine Erinnerung daran. Ich war bei meinem Vater gewesen, als er auf die Straße gerannt war, als der Krankenwagen gekommen war, als sie sie weggebracht hatten. Meine Mutter. Ich stellte mir vor, wie ich geweint habe, nach ihr geschrien, wie ich mitbekommen habe, dass etwas Schreckliches passiert sein musste, ohne zu begreifen, was. Aber ich konnte mich an nichts erinnern. Ich konnte mich nur daran erinnern, wie sie mich immer an sich gedrückt hatte, an das Muster eines Kleiderstoffs, an ihren Duft.

»Alles okay?«, fragte Jeremy leise.

Ich nickte stumm. Und nach einer Weile sagte ich: »Er hat sie getötet – das ist es, was er gedacht hat, stimmt's? Dass er sie getötet hat.«

»Das ist die Last, mit der ich jahrelang gelebt habe«, las Jeremy weiter.

Dass meine Wut und meine Unnachgiebigkeit zu ihrem Tod beigetragen haben. Ich habe Dir Deine Mutter genommen, Fran, und das kann ich mir nie verzeihen. Ich habe mich nie getraut, Dir von ihr zu erzählen, nicht weil das so schmerzhaft für mich ist, sondern weil ich Angst hatte, Dich auch noch zu verlieren. Ich dachte, Du würdest mich hassen, wenn Du erfährst, dass auch ich Schuld habe an ihrem Tod. Wenn Du aufwachsen würdest, ohne davon zu wissen, dachte ich, würdest Du sie nicht vermissen und vielleicht trotzdem glücklich sein. Erst kürzlich ist mir klar geworden, dass ich mich geirrt habe. Ich bedaure das tiefe Schweigen zwischen uns, die Kluft, die zwischen uns entstanden ist. Ich bete, dass ich genug Mut habe, sie zu überwinden, ehe es zu spät ist. Und bleibe, trotz allem, Dein Dich liebender Vater Edward.

Jeremys Stimme verstummte. Wir saßen beide eine ganze Zeit lang schweigend da.

Mein Vater hatte den Tod von Angela, seinem schönen Engel, mit verursacht. Ich erinnerte mich an den Engel im Schaufenster, der jetzt nur noch ein Haufen Scherben und verbogenes Blei war. Er war zu ihrer Erinnerung entstanden, zur Erinnerung an meine Mutter. Plötzlich war ich mir ganz sicher. *Jeder tötet, was er liebt.* Von wem stammte das noch? Oscar Wilde? Die Gedanken in meinem Kopf überschlugen sich.

»Wussten Sie alles, was er geschrieben hat, Jeremy?«, fragte ich.

»Ja, er hat mir das meiste erzählt«, antwortete er.

»Glauben Sie seine Version der Ereignisse? Dass er Schuld hatte, meine ich?«

»Wichtig ist, dass er selber sich noch immer für schuldig hielt, auch nach all den Jahren. Natürlich hat der Gerichtsmediziner die Sache anders gesehen. Eine Frau ist achtlos auf die Straße gelaufen und von einem Auto erfasst worden, an dessen Steuer ein Betrunkener saß, der offensichtlich zu schnell gefahren ist. Wenn man es so sieht, trifft Ihren Vater keine Schuld. Der Autofahrer hat angeblich eins seiner drei Jahre Haftstrafe im Gefängnis verbüßt. Ihr Vater hat sein restliches Leben in der Hölle verbüßt. Es hat die Beziehung zur Familie Ihrer Mutter zerstört. Er konnte es nicht ertragen, sie leiden zu sehen, und am Ende war es für ihn am einfachsten, sie gar nicht mehr zu sehen.«

Auch ich hatte die Familie verloren. Ich erinnerte mich an meinen Streit mit Dad, weil er mir nichts vom Tod meiner

Großmutter erzählt hatte. Ich hatte keinerlei Erinnerung an die Eltern meiner Eltern.

Nachdenklich ließ ich die Finger über den verblichenen Chintz der Sessellehne gleiten und zupfte an einem losen Faden.

»Was haben Sie ihm gesagt?«, fragte ich. Ich wusste nicht, was ich fühlen sollte. War ich wütend auf meinen Vater? Oder tat er mir leid? Mein Leben war beeinflusst von den Ereignissen jener Nacht, dennoch fühlte ich mich emotional unbeteiligt. Mein Vater hatte die Schuld auf sich genommen. Er hatte genug gebüßt. Jetzt war er ein alter Mann, der im Koma lag. Und bereit war für die Erlösung.

»Ich habe ihm viele Fragen über diese Version der Ereignisse gestellt«, fuhr Jeremy fort. »Es war wichtig, dass er das alles für sich selbst hingekriegt hat – das finde ich grundsätzlich. Er schien erleichtert zu sein, dass er sich jemandem anvertraut hatte. Man sagt nicht umsonst, dass man sich etwas von der Seele redet. Denn es kann sich anfühlen, als würde einen etwas gigantisch Schweres belasten, und dann ist es einem plötzlich von der Seele genommen, und man ist endlich befreit.

Schließlich begriff er, dass die Situation viel komplexer war, als er sie gesehen hat, dass auch Ihre Mutter ein Teil der Schuld trifft. Es half natürlich nicht, dass er kurz nach ihrem Tod einen Brief von Angelas Liebhaber bekam, einem Mann, der trauerte und der Ihrem Vater jegliche Schuld zuschieben wollte. Er erklärte darin, wie die Beziehung zu Ende gegangen war. Dass er verlangt habe, dass sie ihren Mann und ihr Kind verlassen und zu ihm kommen solle und dass sie sich geweigert habe. Der Mann unterstellte, Angela hätte zu viel Angst vor Ihrem Vater gehabt, um ihn zu verlassen. In seinem Brief hat er alles verdreht und Edward zu einem Unmenschen gemacht. Leider hat Edward sich davon beeindrucken lassen und geglaubt, dass alle diese Anschuldigungen nur die gerechte Strafe für ihn seien.«

»Aber er war kein Unmensch, oder? Nach allem, was Sie erzählt haben, habe ich nicht das Gefühl, dass er das verdient hat.«

»Schauen Sie in Ihr Herz, Fran«, sagte Jeremy leise. »Was glauben Sie, was Ihr Vater für ein Mensch war?«

Ich brauchte nicht lange, um eine Antwort zu finden. »Einer wie die meisten von uns. Also im Grunde ein guter Mensch.« Dad war nie einfach gewesen. Manchmal launisch. Er war einer, der nur schwer verzeihen konnte und der Angst hatte, man könne auch ihm nicht verzeihen. Ich dachte daran, wie zärtlich er sein konnte; aber ebenso gut konnte er ungerecht sein, streng, ja böse. Aber ein Unmensch? Niemals.

»Das sehe ich auch so«, bestätigte Jeremy. »Ich bin mir sogar ganz sicher. Und ich bin mir auch sicher, dass er auf einem guten Weg war, dies alles zu begreifen. Aber er befand sich erst am Anfang einer langen inneren Reise, als er von den Beinen gerissen wurde. Jetzt müssen wir darauf vertrauen, dass Gott in seiner unendlichen Gnade ihm dabei hilft, diese Reise zu beenden.«

Ich sehnte mich an einen ruhigen Ort, wo ich in Ruhe um das kleine Mädchen weinen konnte, das vor langer Zeit seine schöne Mutter verloren und dessen Vater sich in Selbstvorwürfen gefangen hatte.

Aber es gab noch eine Frage, auf die ich keine Antwort wusste. Ich erzählte Jeremy von meinem Traum in der Brandnacht, von der singenden Frauenstimme und dem lauten Rufen, mit dem ich geweckt worden war. »Glauben Sie, es war mehr als ein Traum?«

»Es gibt viele Stellen in der Bibel, wo Engel in Träumen zu Menschen sprechen. Warum sollte das nicht auch heute noch geschehen?«

Ich war froh, dass Jeremy mir glaubte.

»Ich würde das gern als Erklärung hinnehmen«, sagte ich schließlich. »Es ist die einzige, die Sinn ergibt.«

35. Kapitel

Wenn manche Menschen Engel sehen, wo andere nur einen leeren Raum sehen, lass sie die Engel malen: Es soll nur niemand sonst denken, er könne ebenfalls Engel malen.

John Ruskin

LAURAS GESCHICHTE

Es war September. Die Fenster waren seit zwei Monaten fertig, aber in der allgemein unruhigen Stimmung war Mr. Bond unsicher, ob er mit dem Einsetzen fortfahren sollte. Mrs. Brownlow war außer sich. Der Neffe der Stifterin war relativ pragmatisch. Mr. Brownlow fühlte sich hin- und hergerissen.

»Es ist ja nicht so, als würden die Fenster nie eingebaut.« Laura zog sich in der Diele Hut und Handschuhe an und hörte die Stimme ihres Vaters aus dem Salon. »Bond hat bloß vorgeschlagen, es angesichts der unberechenbaren Situation noch eine Weile hinauszuschieben.«

»Hast du nicht gesagt, wir würden uns von diesen Leuten nicht beeinflussen lassen?« Laura musste genau hinhören, um die sanfte Stimme ihrer Mutter zu verstehen.

»Nein, das tun wir auch nicht. Aber erinnere dich an das, was der Bischof geraten hat. Wir sollen der Polizei helfen, die Schuldigen zu finden, und auf keinen Fall weitere Unzufriedenheit schüren.«

»Aber James, wir haben das Engelfenster selbst bezahlt, und das andere ist ebenfalls eine Schenkung. Diese Leute können also nicht behaupten, dass wir Kirchengeld verschwendet und anderen etwas genommen hätten. Alle können die Kirche nutzen und sich an diesen schönen Fenstern erfreuen.«

»Ich stimme dir ja zu, Dora. Doch diese Menschen sehen das nicht so. Es besteht die Gefahr, dass sie die neuen Fenster gleich zerstören, und was dann? Dann waren all unsere Bemühungen umsonst. Ich bin der Letzte, der unser Licht unter den Scheffel stellen möchte, aber ich muss mich dem Rat des Bischofs beugen – den übrigens auch Mr. Bond teilt.«

Laura musste rasch zur Seite springen, als ihr Vater aus dem Salon trat. Er murmelte eine Entschuldigung und zog sich in sein Arbeitszimmer zurück. Sie wusste, dass er bis zum Mittagessen nicht mehr auftauchen würde. Rasch warf sie einen Blick in den Salon, wo ihre Mutter am Sekretär saß. »Mama, brauchst du Polly heute Morgen?«

Ihre Mutter schaute auf. »Ah, Laura. Ich dachte, du wärst bereits zu deinem Spaziergang aufgebrochen. Ich bin froh, dass du noch hier bist. Ich habe eine Nachricht erhalten von …«, sie schaute auf ein dünnes Blatt Papier, »… einem Mr. Murray, einem Nachbarn unserer Miss Badcoe. Offenbar liegt die Ärmste mit Brustschmerzen im Bett und verlangt nach mir. Da ich heute Vormittag eine Verabredung habe, wollte ich dich bitten, für mich hinzugehen. Nimm Polly mit. Und bitte die Köchin, dir einen Korb zu packen.«

Laura hatte eigentlich vorgehabt, über die Vauxhall Bridge Road nach Pimlico zu spazieren und dann weiter in die Lupus Street zu Mr. Russell; die Bitte ihrer Mutter kam ihr äußerst ungelegen. Aber sie konnte sie unmöglich ablehnen, zumal sie dann den wahren Grund für ihren Spaziergang hätte preisgeben müssen.

Als sie die Adresse las, die ihre Mutter ihr gab, war sie sofort wieder fröhlicher gestimmt, denn sie war gar nicht so weit von ihrem eigentlichen Weg entfernt. Sie würde als Erstes nach der älteren Dame sehen und von da weiter zu Philip gehen. Er hatte ihr gesagt, dass er ihr gern jemanden vorstellen würde. Und das wollte sie auf keinen Fall verpassen.

Die Goose Lane war ein Wohngebiet, das auf der anderen Seite der Kirche in Richtung Westminster Abbey von der Greycoat Street abzweigte. Der Name, der in Großbuchstaben an der Mauer des Eckhauses prangte, war Laura schon häufiger aufgefallen, aber sie war noch nie dort gewesen. Es war feucht, düster und totenstill; die hohen Häuserreihen verdeckten die Sonne.

Laura und Polly mussten viermal den Türklopfer betätigen, ehe sie schlurfende Schritte auf der Treppe hörten. Ein gebeugter alter Mann öffnete die Tür.

»Mr. Murray?«, fragte Laura. Erleichterung erhellte das Gesicht des Mannes, als Laura sich vorstellte.

»Passen Sie auf das Loch auf«, sagte er, als er sie nach oben führte. Sie hob ihre Röcke über die Stelle im Dielenboden, wo das Holz einen tiefen Riss bekommen hatte, den jemand nur notdürftig geflickt hatte. Dann gingen sie eine scheinbar endlose Holztreppe hinauf; Mr. Murray verharrte mehrmals kurz, um Luft zu holen. Vor einer Tür im zweiten Stock blieben sie schließlich stehen. Mr. Murray klopfte zweimal, und nach einem stöhnenden Laut von drinnen drückte er die Klinke herunter. Er ließ die beiden Damen eintreten und zog sich zurück.

Im Zimmer gab es einen blanken Holzfußboden. Der Geruch von feuchten Kleidern und Naphtalin konnte den eines ungewaschenen menschlichen Körpers nicht überdecken. In einem einzelnen Bett gleich neben dem Kamin dämmerte eine zerbrechliche Gestalt unter einem Berg aus Decken und Mänteln. Ihr Atem ging rasselnd, dazwischen bekam sie grässliche Hustenanfälle.

»Miss Badcoe, ich bin's, Laura Brownlow. Mama hat mich geschickt … Es tut mir sehr leid, dass Sie so krank sind …« Lauras Stimme stockte, als sie Miss Badcoes verzweifelten Gesichtsausdruck sah. Die Miss Badcoe, die sie aus der Kirche kannte, war eine strenge Dame mit aufrechtem Gang, immer perfekt gekleidet, wenn auch ein wenig hinter der Mode. Ihre Stiefel waren stets poliert, die Handschuhe sauber, der Hut saß gerade.

Wenn Laura der Frau je einen zweiten Gedanken gewidmet hatte, was sie vermutlich nie getan hatte, wie sie sich eingestehen musste, hätte sie nie vermutet, dass sie in einem solch kargen Zimmer wohnen würde. Es war kein richtig düsteres Loch, sondern … Laura sah sich um, während Polly der alten Dame half, sich aufzusetzen, und begann, das Bett für sie zu richten und die dünnen, lumpigen Kissen aufzuschütteln.

Im Kamin lag kalte Asche, der Kohleeimer war leer. Immerhin gab es ein Waschbecken mit kaltem Wasser, wie Laura feststellte. Es befand sich neben dem einzigen Fenster, dessen Vorhänge halb geöffnet waren und einen Blick durch trübes Glas auf die düstere Rückansicht eines Hauses boten, das genauso aussah wie dieses.

»Soll ich losgehen und neue Kohle kaufen, Miss?«, fragte Polly sie.

Laura drückte ihr Geld für Kohle, Milch und Seife in die Hand. Dann fragte sie Miss Badcoe, welches Zimmer Mr. Murray bewohne, damit sie nachsehen konnte, ob es dort heißes Wasser gab. Es stellte sich heraus, dass er gleich nebenan zu erreichen war. Er versprach ihr, sofort welches zu kochen. »Ich mache ihr morgens immer Tee«, sagte er. »Aber ich komme ja selbst kaum noch zurecht. Ich tauge einfach nicht mehr für eine Dame, verzeihen Sie, Miss.« In seinen Augen blitzte es, und Laura zog sich erschrocken zurück. Wenige Minuten später kam er mit einem dampfenden Kessel zurück. Sie bat ihn, den Kessel neben den Kamin zu stellen, und drückte ihm ein paar Münzen in die Hand.

Ihre Gedanken kreisten, während sie sich an die Arbeit machte, eine Kanne Tee kochte und die Lebensmittel auspackte, die Mrs. Jorkins ihr mitgegeben hatte. Sie goss warmes Wasser in eine Schüssel, fand ein altes Handtuch, einen winzigen Rest Seife und begann Gesicht und Hals der Kranken sanft abzuwaschen. Anschließend bürstete sie ihr das strähnige aschblonde Haar. Polly kehrte zurück, und schon bald knisterte ein Feuer im Kamin, dessen Rauch Miss Badcoe jedoch zum Husten brachte. Der Kamin musste dringend gefegt werden.

Die ganze Zeit gingen Laura Gedanken über Miss Badcoe im Kopf herum: Miss Badcoe, die an jedem Sonntagsgottesdienst teilgenommen hatte. Miss Badcoe, die in der Kirche Messing poliert und Blumen arrangiert hatte. Miss Badcoe, die die Gebetskissen gemieden und sich immer direkt auf den nackten Steinboden gekniet hatte. Miss Badcoe, die Mrs. Fotheringtons Cousine war – »väterlicherseits«, wie Miss Badcoe gern betonte. Laura konnte sich nicht daran erinnern, die beiden Damen je zusammen gesehen zu haben. Sie dachte an Mrs. Fotherington, lebhaft, lautstark, mit festen Ansichten zu allem und jedem, und an ihr schönes Haus am Vincent Square. Mrs. Fotherington hatte ihr gesamtes Vermögen der Kirche und ihrem geliebten Neffen Stuart

Jefferies (mütterlicherseits) hinterlassen, aber offenbar nichts dieser verarmten Cousine. Natürlich kannte man den Hintergrund nicht – wer sich mit wem zerstritten hatte und ob Mrs. Fotherington die näheren Umstände gekannt hatte, unter denen die Tochter der Schwester ihres Vaters lebte –, aber trotzdem war das alles eine große Ungerechtigkeit, fand Laura.

Auf der Suche nach Zucker für den Tee griff sie nach einem der schmuddeligen Vorratsbehälter. »Salz«, »Gries«, »Zucker« stand in sorgfältig gemalten Lettern auf den Aufklebern. Das S in Salz war wie eine kleine Harfe gezeichnet. Irgendwas daran irritierte sie. Sie hatte das doch schon mal gesehen ... in einem Brief! Einem Brief, den sie vom Schreibtisch ihres Vaters genommen hatte. S wie in »schmoren«. *In der Hölle schmoren.*

Plötzlich dämmerte es ihr. Miss Badcoe war die geheimnisvolle Briefeschreiberin. Das verzweifelte Gesicht ihrer Mutter tauchte im Geiste vor ihr auf, sie sah die Niedergeschlagenheit in den Augen ihres Vaters. Einen Moment lang war sie so wütend, dass sie Miss Badcoe den heißen Tee am liebsten in den Schoß gegossen hätte. Dann wurde das Bild in ihrem Kopf klarer, und sie zwang sich, dem Häufchen Elend vor ihren Augen wieder Mitleid entgegenzubringen. Hier lag eine alte Frau, die niemanden hatte, der sie liebte, niemanden, den sie lieben konnte; sie würde unbeachtet und unbeweint sterben, wenn sie, Laura Brownlow, nichts dagegen tat.

Sie kniete sich neben das Bett und half Miss Badcoe, an ihrem Tee zu nippen. Hinter ihr wartete Polly, dass das Feuer zu brennen begann, und hängte einen Topf Brühe zum Aufwärmen darüber. Danach schickte Laura sie los, um Mr. Murray den Kessel zurückzubringen. Als die Tür hinter ihr ins

Schloss fiel, sagte sie: »Miss Badcoe, Sie sind diejenige, die meinem Vater diese gemeinen Briefe schreibt, habe ich recht?«

Die kranke Frau gab keinen Laut von sich; sie presste fest die Lippen zusammen und starrte vor sich hin. Laura nahm ihr die Tasse aus den Händen. »Miss Badcoe, ich weiß, dass Sie es sind, und ich werde es meinem Vater sagen. Er wird es Mr. Bond erzählen, und bald werden es alle wissen.«

Sie wartete auf Miss Badcoes Reaktion. Schließlich brach die Frau zusammen und fing an zu weinen.

»Was ist denn los?«, fragte Polly, als sie ins Zimmer zurückkam. Ein Blick auf Lauras ernstes Gesicht ließ sie zurückzucken. Laura bat sie, einen Arzt zu holen.

»Miss Badcoe, warum haben Sie das getan?«, zischte Laura. »Wissen Sie, welch großes Leid Sie verursacht haben?«

Zwischen Tränen und Hustenanfällen legte die alte Dame ein Geständnis ab.

Seit Jahr und Tag hatte Ivy Badcoe immer ihre Pflicht getan. Als ihre Eltern krank geworden waren, hatte sie sie bis zu deren Tod gepflegt und dadurch jede Aussicht auf eine Ehe und eine eigene Familie vertan. Ihr Vater hatte sein Geld schlecht verwaltet, und Ivy war praktisch mit nichts außer ihrem Stolz zurückgeblieben. Jeden Sonntag hatte sie den Gottesdienst besucht, ihre Münze in den Opferstock geworfen, ihre Pflichten erfüllt. Und dennoch hatte man sie nie zur Kenntnis genommen, sich nie um sie gekümmert; denn ihre steife, distanzierte Art hatte alle abgeschreckt. Sie war eine von denen, für die es in der Gesellschaft keine andere Rolle zu geben schien, außer der, den anderen zu dienen. Sie selbst schien kein Recht auf irgendwas zu haben – weder auf Liebe noch auf Freundschaft oder auch nur Aufmerksamkeit. Sie hatte zugesehen, wie die Armen von der Kirche Almosen erhielten, hatte selbst, soviel sie konnte, dazu beigesteuert und nie daran gedacht, dass sie ebenfalls um Hilfe hätte bitten können. Nein, ihre Eltern hätten sich im Grabe umgedreht.

Sie musste irritiert zugesehen haben, wie Reverend Brownlow ein Vermögen für die Kirche ausgab: für schöne neue Altartücher in unterschiedlichen Ausführungen für das gesamte Kirchenjahr, für goldene Kerzenhalter, ein mit Juwelen besetztes Vortragekreuz. Ihre Augen seien angesichts dieser ganzen Pracht geblendet gewesen, berichtete sie Laura, aber im Laufe der Jahre, als ihre Glieder immer stärker zu schmerzen begonnen hatten, habe sie Angst bekommen, und der Widerstand in ihr sei gewachsen. Als dann auch noch Sarah Fotherington starb und einen großen Teil ihres Vermögens für ein Fenster vermachte und nichts für ihre verarmte Cousine Ivy, sei in ihrem Herzen etwas zerbrochen.

Auf Lauras Nachfragen versicherte Miss Badcoe, sie habe mit den Anschlägen auf das Kircheneigentum nichts zu tun, nein, so etwas verabscheue sie. Aber die Akte hätten sie auf eine Idee gebracht, ihren eigenen Gefühlen Ausdruck zu verleihen. In anonymen Briefen konnte sie ihrer Wut und ihrer Enttäuschung Luft machen, ohne dass jemand erfuhr, wer dahintersteckte. Aber nun würde es jeder erfahren, schloss sie bedrückt, da könne sie ebenso gut sterben.

»Nein, nein, so schlimm ist das nicht«, versicherte Laura ihr leise. Sie fand, dass die Frau nun genug gelitten hatte. »Wenn Polly zurückkommt, muss ich gehen, aber bitte machen Sie sich keine Sorgen. Ich muss es natürlich meinen Eltern sagen, aber ich werde sie bitten, Ihr Geheimnis für sich zu behalten. Ich weiß, dass sie Ihnen außer Mitleid nichts entgegenbringen werden. Aber sie müssen mir versprechen, noch einen einzigen Brief zu schreiben: eine Entschuldigung an meinen Vater. Und ich möchte, dass sie ihn darin um etwas bitten.«

Miss Badcoe hatte ihre kranken Augen ängstlich auf Laura gerichtet.

»Sie müssen ihn um einen Platz in einem der Armenhäuser bitten. Hier dürfen Sie nicht länger bleiben.«

Miss Badcoe lag eine Weile schweigend da. Dann sagte sie leise: »Ich werde tun, was Sie verlangen.«

Polly kehrte zurück mit dem Versprechen, dass der Arzt bald komme, und willigte ein, solange bei Miss Badcoe zu bleiben. Laura drückte der Kranken die Hand und ging. Trotz ihrer Eile stieg sie vorsichtig durch das Treppenhaus. In ihrer Hast nahm sie ihre Umgebung kaum wahr. Sie war sich sicher, dass ihre Lösung für Miss Badcoes Problem ihren Eltern gefallen würde. Sie würden erleichtert sein, dass der Verfasser der anonymen Briefe endlich gefunden war, und froh, dass diese kranke, sonst so respektierte alte Frau nicht weiter erniedrigt wurde. Es stand auf einem ganz anderen Blatt, ob Laura ihr einen der begehrten Plätze im Armenhaus besorgen konnte; aber sie würde ihren Vater bitten, die Verantwortlichen zu beeinflussen.

Um zehn Uhr war sie in Russells Haus in der Lupus Street erwartet worden. Stattdessen war es bereits halb zwölf, als sie dort ankam, außer Atem, und ihr war schlecht vor Hunger. Wenn sie doch nur Polly nicht gesagt hätte, ihre Eltern sollten mit dem Essen nicht warten.

Ein mageres Mädchen in Schwesterntracht empfing sie an der Haustür und führte sie in einen großen, hellen Salon. Rasch wurde Laura klar, dass es das Kindermädchen von

Philips Sohn war und der kleine Junge somit der geheimnisvolle Gast, den Philip ihr angekündigt hatte. Er kniete auf dem Fußboden, sein dunkler Haarschopf war gleich neben Philips rotgoldenem zu sehen. Beide waren damit beschäftigt, Löwen und Tiger zu zeichnen. Das Kindermädchen zog sich zurück und erklärte, sie wolle das Essen für den Jungen vorbereiten.

»Laura.« Philip erhob sich steif und nahm ihre Hände.

»Es tut mir leid, dass ich so spät komme«, sagte sie. »Ich konnte leider keine Nachricht mehr schicken.« Sie berichtete ihm von Miss Badcoes Erkrankung.

»Jetzt sind Sie ja hier, Laura, das ist alles, was zählt. Das ist mein Sohn John.«

»Hallo.« Laura musterte die glatte olivfarbene Haut des Jungen, seine großen schwarzen Augen und die perfekt geschwungenen Lippen. Sie schluckte. Er sah seiner Mutter wirklich verblüffend ähnlich.

John schaute sie aus seinen großen Augen an. »Mein Papa malt mir einen Nelefant, nicht wahr, Papa?« Seine Stimme war fest, die Worte sorgfältig formuliert, und trotzdem machte er einen ängstlichen Eindruck, sodass sie schnell versicherte: »Natürlich tut er das. Philip, wir möchten beide, dass Sie einen Elefanten malen.«

Als schließlich ein seltsam aussehender Dickhäuter mit großen Stoßzähnen und hervortretenden Augen über das Papier galoppierte, nahm das Kindermädchen den Jungen mit in die Küche. Danach sollte er etwas schlafen, bevor er mit seinem Vater spazieren gehen durfte.

»Er war sehr brav«, flüsterte Philip und zündete sich eine Pfeife an, was Laura bei ihm noch nie gesehen hatte. »Das ist nicht immer so. Ich glaube, er mag Sie.«

»Meinen Sie?« Sie freute sich sehr.

»Ja, das meine ich. Ich habe ihm versprochen, ihm die Eisenbahn an Victoria Station zu zeigen und anschließend die Pferde der Königin auf dem Königlichen Gestüt. Danach bringt das Mädchen ihn zu seiner Mutter am Eaton Place zurück. Haben Sie Lust, uns zu begleiten?«

Laura sagte sofort zu. Wie sehr er sich seit dem Tag im Atelier verändert hatte. Er schien plötzlich so besorgt um sie, bemühte sich so, ihr zu gefallen.

Sie aßen kalte Fleischpastete, während John schlief, und um halb zwei brachen sie auf. Der Kleine hüpfte ausgelassen zwischen ihnen. Kitty, das Kindermädchen, eilte hinterher.

Gerührt stellte Laura fest, welche Harmonie zwischen Vater und Sohn herrschte, während sie den Eisenbahnen zusahen, die in den Bahnhof ein- und ausfuhren. Philip fand sogar einen freundlichen Lokführer, der den Kleinen in sein Führerhaus nahm und ihm die Armaturen zeigte.

Als sie irgendwann weitergehen wollten, beklagte John sich erst, aber dann ging er fröhlich plappernd an der Hand seines Vaters die Buckingham Palace Road hinauf in Richtung des Königlichen Gestüts, wo die Pferde und Kutschen von Königin Victoria standen.

Auf der gegenüberliegenden Seite der sehr belebten Straße hielt ein Fiaker, um die Passagiere aussteigen zu lassen. Ein herausgeputzter Gentleman mit Zylinder und Gehstock bezahlte den Kutscher. Hinter ihm war eine Frau zu erkennen; ihr Gesicht war für kurze Zeit verdeckt, während sie sich das Kleid glatt strich. Dann schaute sie auf. Laura hielt den Atem an.

Der Junge folgte ihrer Blickrichtung. »Mama!«, rief er, schüttelte die Hand seines Vaters ab und rannte auf die Straße.

»John!«, brüllte Philip sofort und hastete ihm nach.

Eine weitere Kutsche kam herangefahren und schickte sich an, die erste zu überholen; das Schnauben der Pferde klang wie ein drängender Warnlaut. Zu spät.

»John, bleib stehen!«, kreischte Marie und stürzte sich vor die Kutsche.

In letzter Sekunde riss Philip seinen Sohn vor den wirbelnden Hufen fort. Marie stolperte. Laura würde ihren Schrei nie vergessen; langgezogen, schrill, animalisch. Dann wurde sie von den Rädern überrollt.

Der Schrei beherrschte ihre Träume für Wochen und Monate. Sie erwachte in den frühen Morgenstunden, zitternd und schwitzend. Danach lag sie wach, durchlebte das Unglück wieder und wieder und wünschte sich, sie hätte irgendetwas tun können. Sie hätten Johns Unaufmerksamkeit vorhersehen müssen, wissen müssen, dass er müde war und Sehnsucht nach seiner Mutter hatte. Wenn sie Marie doch nur etwas eher als John erkannt hätten. In einer winzigen, fatalen Sekunde hatten sie versagt und dem kleinen Jungen die Mutter genommen. Philip war untröstlich; Maries Eltern hatten ihre schöne Tochter verloren. So viele Menschen litten nun.

Die Verzweiflung zog sie hinab. Es kam ihr vor, als hätte die ganze Traurigkeit der letzten Zeit, ihre Unsicherheit, auf diesen letzten Schlag gewartet.

Sie schrieb einen kurzen Satz an Philip: »Ich trauere so sehr mit Ihnen beiden. Ich bete nur für Sie …« Täglich wartete sie auf den Eingang der Post, aber sie erhielt keine Antwort.

Die Beerdigung kam und ging vorüber. Harriet las ihr den Bericht aus der Zeitung vor. Das Begräbnis hatte am beliebten St. George's Hanover Square stattgefunden, wo Marie und Philip auch geheiratet hatten. Die Liste der Trauergäste enthielt viele bekannte Namen: Edward Burne-Jones, William Morris, John Ruskin, Alma Tadema, selbst der Dichter Swinburne hatte sich zu diesem Ereignis aus seiner Höhle gewagt.

Laura berichtete ihren Eltern von dem Unfall. Sie hatte gar keine andere Wahl gehabt, denn am Ende war sie stumm und mit leichenblasser Miene von einem Polizeiwagen nach Hause gebracht worden und schluchzend in die Arme ihrer Mutter gesunken. Harriet jedoch gestand sie ihre tiefsten Schuldgefühle. Im Laufe der Zeit, als sie Gelegenheit zum Nachdenken hatte, war sie zu der Überzeugung gelangt, dass sie nicht nur mitverantwortlich an dem Unglück war, weil sie dort gewesen war, obwohl sie es nicht hätte sein dürfen; nein, ihre Mitschuld hatte bereits damit begonnen, dass sie ihre Freundschaft zu Philip die Grenzen des Anstands und der Vernunft hatte überschreiten lassen.

Fran las Lauras verzweifelte Ergüsse und weinte mit ihr. »Durch diesen Skandal habe ich alle, die ich liebe, zutiefst verletzt«, hatte Laura geschrieben. Ich habe die zarten Fäden zerschnitten, die uns aneinander binden.

Ihre Eltern sagten kein einziges Wort. Aber Laura wusste, dass sie enttäuscht waren. Am Sonntag in der Kirche war offensichtlich, dass der tragische Vorfall in der gesamten Pfarre bei Kaminabenden und Tischgesprächen ein beliebtes Gesprächsthema war. Nur wenige Frauen sahen Laura offen an, die Männer warfen ihr verstohlene Blicke zu. Niemand sagte etwas, aber als Laura sich hinkniete, um zu beten, spürte sie alle Blicke auf sich.

Auch der Brief von Miss Badcoe, den ihr Vater am Tag zuvor am Frühstückstisch herumgereicht hatte und in dem Miss Badcoe ihre falschen Anschuldigungen gestand und um Verzeihung bat, tröstete Laura nicht.

Erst die Intervention Ihrer Tochter hat mir die Augen dafür geöffnet, dass ich mich in meiner Einstellung geirrt habe. Ich bitte Sie demütig um Ihr Verständnis und Ihre Vergebung. Ich habe nicht mehr verdient, außer dass ich Sie um Ihre Diskretion bitte.

Sogar jetzt noch war die alte Dame zu stolz, um Hilfe zu bitten, daher tat Laura es an ihrer Stelle. Mr. Brownlow nickte nur, dann ging er, ohne ein Wort zu sprechen, in sein Arbeitszimmer und schloss die Tür hinter sich.

Seine Frau drückte ihre Gefühle genauer aus. »Ich hätte nie geglaubt, dass eine Dame eine solche Sprache kennt, geschweige denn benutzt.«

»Sie ist alt und einsam … und vielleicht ein bisschen verrückt, Mama«, verteidigte Laura sie. »Sie verdient unser Mitgefühl.«

»In der Tat.« Ihre Mutter gab seufzend nach, so wie Laura es geahnt hatte. »Aber ich werde sie nie wieder mit dem gleichen Blick wie vorher betrachten können. Und erklärt das den übrigen Schaden? Nein. Was soll nur aus uns allen werden?«

Es dauerte nicht lange, bis auch das restliche Geheimnis gelüftet wurde. Drei Abende später, am Fest St. Michael und Allerheiligen, wurde ein gewisser Alfred Cooper betrunken vor dem Kirchenportal festgenommen. Zwei weitere Fenster seien beschädigt worden, berichtete der Polizist, der dem Pfarrhaus am nächsten Morgen einen Besuch abstattete, und die Taschen des Mannes seien voller Steine gewesen. Er habe bereits gestanden und die Namen weiterer Komplizen preisgegeben.

Später an diesem Morgen fuhr ein Vierspänner vor dem Haus vor. Harriet stieg aus. Von Baby Arthur war weit und breit nichts zu sehen. Stattdessen zerrte sie eine widerspenstige Ida am Arm heraus.

»Ida, erzähl meinen Eltern, was du mir erzählt hast, du widerwärtiges Gör«, befahl sie, zog sich die Handschuhe aus und ließ sich auf einen Stuhl fallen. Mr. und Mrs. Brownlow warfen sich einen Blick zu. Laura stand schweigend am Fenster.

»Was ist denn, Ida?«, fragte Mr. Brownlow, und nach und nach brach die Geschichte aus dem blassen Dienstmädchen heraus.

»Ich habe nichts Böses getan, Sir«, beteuerte sie. »Ich wurde gezwungen. Ich wusste nicht, was richtig war.«

»Es geht um diesen Mann, den sie festgenommen haben«, erklärte Harriet. »Ihren Vater. Komm schon, Ida, erzähl es ihnen. Ich habe euch gestern Abend erwischt, nicht wahr? Als du ihm etwas zu essen gegeben hast. Das du vorher aus meiner Küche gestohlen hattest.«

»Es tut mir leid, Madam, ich habe Ihnen doch gesagt, dass es mir leidtut«, rief Ida verzweifelt. Sie war jetzt den Tränen nahe.

»Beruhige dich doch, Mädchen, du bist hier bei freundlichen Menschen«, schaltete Mrs. Brownlow sich ein. »Es gibt nichts, was du uns nicht erzählen kannst.«

Stück für Stück entlockten sie ihr die ganze Geschichte.

»Er hat mich bedroht. Er hat mir gesagt, ich müsste meine Brüder und Schwestern vor dem Waisenhaus bewahren und die Familie zusammenhalten, sonst würde ich irgendwann in der Hölle schmoren.« Alfred Cooper hasste die Brownlows, so viel war klar.

Ein Polizeibeamter wurde hinzugeholt, um mit Ida zu sprechen.

Beim Mittagessen berichtete Mr. Brownlow seiner Frau und Laura: »Die Polizei sagt, dass Cooper Mrs. Brownlow beschuldigt hätte, Molly und das Baby umgebracht und ihm seine Kinder weggenommen zu haben.«

»Was für ein Unsinn!«, ereiferte sich Mrs. Brownlow und breitete die Serviette auf ihrem Schoß aus. »Dieser Mann ist selbst nicht in der Lage, sich um Frau und Kinder zu kümmern, und gibt einfach anderen die Schuld am Unglück seiner Familie. Nein, sogar der ganzen Pfarre. Nun, jetzt kommt er wohl hinter Gitter, und dann hat die Sache ein Ende.«

Gedankenverloren zupfte Laura an der Tischdecke. Sie dachte an das stinkende Loch, in dem die Coopers gehaust hatten, und fragte sich, ob Mr. Cooper auch eine Vorgeschichte hatte, so wie Miss Badcoe. Natürlich ließ sich nicht bestreiten, dass er bei seiner Familie versagt hatte. Er war böse und gewalttätig gewesen, das war mit nichts zu entschuldigen. Aber unter welchen Umständen war Alfred Cooper selbst aufgewachsen? Was hatte ihn zu dem Mann gemacht, der er heute war?

»Was wird nun mit Ida geschehen?«, fragte sie, während sie ihre Suppe löffelte.

»Harriet ist sehr verärgert, dass sie ihr Lebensmittel gestohlen hat«, antwortete ihr Vater. »George möchte, dass sie sie entlässt. Ein solches Vergehen sei nicht zu dulden. Aber ich habe ihm einen Brief geschrieben und ihn gebeten, die Sache noch einmal zu überdenken. Kann man einem jungen Mädchen mit einem weichen Herz Vorwürfe machen, weil es seinem Vater gehorcht hat? Doch sicher nicht. Ich habe vorgeschlagen, es zu bestrafen, aber nicht ohne Referenz auf die Straße zu setzen. Ich hoffe, George wird Gnade vor Recht ergehen lassen.«

»Ich hoffe es auch.« Laura seufzte. »Irgendetwas Gutes muss dieses ganze Elend doch haben.« Dass auch ihr eigenes Schicksal etwas Gutes haben könnte, konnte sie sich im Moment nicht vorstellen.

Und noch während sie über all das nachdachte, machte Anthony Bond ihr zum dritten Mal einen Heiratsantrag. Im Hinblick auf das Wohl ihrer Familie und zermürbt von seiner Hartnäckigkeit, versprach Laura ihm zu Weihnachten eine Antwort.

Mitte Oktober, als auf dem Platz die Blätter von den Bäumen zu fallen begannen, erhielt sie einen Brief von Philip.

Seit unserem schmerzhaften Verlust ist ein Monat vergangen, und ich komme erst jetzt langsam wieder zur Besinnung. Ich muss Sie sehen, Laura.

Aber sie hatte sich entschieden. Sie schrieb ihm zurück und teilte ihm mit, dass es das Beste für sie beide sei, wenn sie sich nicht mehr träfen.

36. Kapitel

Es ist nicht ungewöhnlich, dass Engel dann erscheinen, wenn Menschen an der Schwelle zum Tod stehen.

Gary Kinnaman, *Engel – Hell und Dunkel*

Nachdem ich den Brief meines Vaters gelesen hatte, ging ich jeden Tag ins Krankenhaus. Seit ich Dads Geschichte kannte und verstanden hatte, wie er mir gegenüber immer empfunden hatte, wollte ich so viel Zeit wie möglich mit ihm verbringen. Vielleicht ließ sich die Kluft des Schweigens zwischen uns, von der er geschrieben hatte, doch noch überwinden. Ich sagte ihm, dass Jeremy mir den Brief gezeigt habe und dass ich mir wünschte, mein Dad hätte nicht so viel vor mir verborgen, dass ich aber trotzdem froh sei, nun endlich alles zu wissen.

Dabei war ich in Wahrheit völlig verwirrt. Ich war auch böse auf ihn, und je mehr ich darüber nachdachte, desto übler nahm ich ihm, dass er mein Leben beherrscht und mit seinen Geheimnissen und seinen Schuldgefühlen meine Kindheit belastet hatte. Aber er war nun ein hilfloser alter Mann, der im Sterben lag, und es erschien mir unangemessen, ihm Vorwürfe zu machen. Ich wurde immer frustrierter, dass wir nun, wo die Wahrheit endlich aufgedeckt war, unsere Gedanken und Gefühle nicht mehr austauschen konnten. Wir hatten die Gelegenheit verpasst, die Wunden unserer Vergangenheit zu heilen und uns auszusprechen.

Am Ende konnte ich ihm nur aufmunternde Worte zuflüstern, ihm sagen, dass ich ihn liebte und ihm alles verzieh. Jeremy sagte, dass mehr nicht nötig sei, und ich nahm ihn beim Wort. Was hätte ich auch sonst tun sollen?

Zac begleitete mich manchmal. Ich zeigte ihm Dads Brief, wenige Tage nachdem ich ihn von Jeremy bekommen hatte. Unter den misstrauischen Blicken Luzifers saßen wir in der Küche der Quentins, während er ihn las. Mit bestürzter Miene gab er ihn mir zurück. »Davon hatte ich keine Ahnung«, sagte er. »Dein Vater hat nie ein Wort darüber verloren.«

»Ich bin so froh, dass er sich Jeremy anvertraut hat«, antwortete ich.

Zac und ich waren bei Dad, als er starb. An einem Freitagmorgen in der zweiten Novemberwoche rief mich eine Schwester aus dem Hospiz an, um mich zu informieren, dass er immer schwächer würde. Ich benachrichtigte Zac und erklärte ihm, ich sei bereits auf dem Weg nach Dulwich.

Wir verbrachten den ganzen Tag dort, und in jener schrecklichen Zeit des Wartens kamen mir immer wieder Passagen aus *Der Traum des Gerontius* in den Sinn. Dad würde vermutlich nicht mitbekommen, dass er starb. Aber wer wusste das schon so genau? Vielleicht spürte er doch unbewusst, wie er ins Licht und ins Freie hinüberglitt. Vielleicht spürte er unsere Anwesenheit; aber vielleicht hatte er uns auch bereits verlassen und befand sich in den Armen eines starken Engels, der ihn in die Ewigkeit forttrug.

Ein Schatten draußen erregte meine Aufmerksamkeit. Ein Schwarm Wildgänse erhob sich mit lautem Geschnatter und Flügelschlagen, um die Reise in den Süden anzutreten. Als ich Dad erneut anschaute, sah ich, dass auch er nun fort war.

Zac legte seine Hand auf meine, und ich lehnte mich an ihn und weinte.

Am Montag hatten wir im Chor die Passage über Gerontius' Todesstunde gesungen, in der der Priester und seine Messdiener weinend singen: »Tritt nun deine letzte Reise an … Geh im Namen der Engel und der Erzengel.« Als ich jetzt in Dads lebloses Gesicht blickte, konnte ich den Chor wieder hören. Wir sagen, dass die Toten »in Frieden ruhen«. Aber was wäre, wenn Dad, ähnlich wie Gerontius, nach seinem Tod eine große Reise machte? Vielleicht war er noch nicht bereit, in Frieden zu ruhen. Ich betete, dass es eines Tages so weit sein würde.

Irgendwann sprach ich mit Jeremy darüber. Er schien ähnlich zu denken wie ich. »Glauben Sie, dass er meine Mutter wiedersehen wird?«, fragte ich ihn.

»Oh ja, davon bin ich überzeugt.«

»Sie werden sich sicher viel zu erzählen haben.«

»Allerdings.«

»Ich glaube, anfangs werden sie ganz schön sauer aufeinander sein.«

Jeremy lächelte. »Ja, aber ich schätze, dieses Mal wird ihnen nichts anderes übrig bleiben, als sich zusammenzuraufen und ihre Probleme zu klären.«

Nur wenige Trauergäste waren am darauffolgenden Mittwoch im Krematorium versammelt: Zac, Sarah, Anita, Mr. Broadbent, der Buchhändler, ein Angestellter von Dads Notar und ich. Jo konnte nicht kommen, und an der Orgel saß nicht Ben, weil er an diesem Tag in der Schule unterrichtete. Doch trotz dieser eher kleinen Trauergemeinde und der anonymen Umgebung schaffte es Jeremy, die Abschiedsfeier für Dad ganz besonders zu machen. Seine eigene Trauer um den Verlust seines Freundes berührte uns alle.

»Setz deinen Weg fort. Mögest du ewigen Frieden finden«, sagte er, als sich die Vorhänge um den Sarg schlossen.

Anschließend standen wir draußen frierend zusammen und starrten auf die Kränze und Blumen, die vor uns im Gras lagen. Nur ein Gebinde war fremd. Es war ein einfacher Strauß Chrysanthemen von Amber. Als ich ihre bewegenden Worte las, schossen mir die Tränen in die Augen. *Möge dein Engel dich sanft nach Hause geleiten.*

37. Kapitel

Ab und zu, wenn der Raum ansonsten lichtlos war
Erschien eine vage graue Gestalt und setzte sich auf diese Bank im Alkoven
Es war die zarte und melancholische Figur eines Engels.
Tennessee Williams, *One Arm and Other Stories*

In den wirren Tagen nach Dads Tod trafen Zac und ich uns regelmäßig. Ich hatte Unmengen von Papierkram zu erledigen, und er half mir dabei. Wenn ein Tag verging, an dem wir uns nicht sahen, rief er abends an, um zu hören, ob es mir gut ging.

Und dann rief er mich eines Tages Ende November nicht an, und er fehlte mir. Ich erinnerte mich daran, dass er am Tag zuvor, als wir einige finanzielle Dinge geregelt hatten, blass und nachdenklich gewirkt hatte. Daher griff ich dieses Mal zum Telefon, um mich nach ihm zu erkundigen. Es klingelte lange, dann hörte ich ein heiseres »Ja?«

»Zac? Zac, ich bin's.«

»Moment mal. Autsch.« Ich hörte ein Rascheln.

»Rufe ich zu einem ungünstigen Zeitpunkt an?«

»Ich habe geschlafen. Bin nicht so schnell aus dem Bett gekommen. Ich glaube, ich habe die Grippe oder so was.«

Am frühen Nachmittag rief ich ihn erneut an. Dieses Mal klang er noch schlimmer.

»Ich komme vorbei«, entschied ich und ignorierte seine

Proteste. Seltsam, dass ich ihn noch nie zu Hause besucht habe, dachte ich, ehe ich rasch in den Supermarkt lief, um ein paar dringend notwendige Dinge zu besorgen.

Der Name Burberry Mansions ließ mich an großzügige edwardianische Wohnhäuser denken wie das von Jos Eltern, aber Zacs Wohnung befand sich in einem schäbigen Mietshaus. Mit dem altersschwachen Aufzug fuhr ich in den siebten Stock, klopfte an Tür Nr. 72 und wartete, wie mir schien, eine kleine Ewigkeit auf dem zugigen Betonflur.

Endlich öffnete Zac die Tür. Er sah schrecklich aus. Die Haare standen in alle Richtungen ab, sein Gesicht war fleckig, die Augen blutunterlaufen. In der Wohnung roch es streng; es war warm und stickig. Ich folgte ihm in sein Wohnzimmer.

Ich brauchte eine Weile, bis ich begriff. Wir waren in einen schillernden Regenbogen des Lichts getaucht. An fast allen Fenstern hingen Glasbilder. Eines bestand aus Blau- und Grüntönen in einem durchgängigen Muster. Auf einem anderen schwammen Wassernymphen in einem geheimnisvollen Fluss aus Braun- und Bernsteintönen, in dem Blaufische blitzten; aus einem runden Bild, das von der Decke herabhing und sich langsam drehte, trat die silberne Silhouette eines Hirschs aus einem blauen Nebel. Ich machte einen Schritt auf einen riesigen Spiegel zu, der über dem Kamin hing. Der Rahmen bestand aus abstrakten Formen aus rubinrotem, goldenem und weißem Glas, das aussah wie Wüstensand, auf dem kleine goldene Eidechsen und Schlangen spielten.

»Es heißt *Traumzeit*«, sagte Zac und bekam einen schrecklichen Hustenanfall.

»Es ist … faszinierend. Zac, du zitterst ja. Geh sofort wieder ins Bett!« Er schwankte leicht, daher half ich ihm zurück in sein Schlafzimmer. Der Raum war dunkel, die Vorhänge zugezogen.

»Schau dich bitte nicht um«, sagte er und taumelte geradezu ins Bett. »Hier sieht es grauenhaft aus.« Er stöhnte, als ich die Vorhänge trotzdem ein Stück aufzog, um etwas erkennen zu können.

Er hatte recht, es sah wirklich grauenhaft aus. Überall lagen Kleidungsstücke herum, die Bettwäsche musste dringend gewechselt werden, und auf dem Nachttisch und dem Fußboden stapelte sich schmutziges Geschirr.

»Tja«, sagte ich ein wenig unsicher. Ich war keine begnadete Krankenschwester, aber Zac half mir, indem er überraschend gehorsam war. Ich führte ihn zur Dusche und hoffte, dass er nicht zusammenbrach, während ich sein Bett neu bezog, einen sauberen Pyjama heraussuchte und eine Packung Paracetamol fand. Eine Grippe schien mir die nächstliegende Diagnose zu sein; daher gab ich ihm ein paar Tabletten mit einem Glas Wasser, steckte ihn wieder ins Bett und wandte mich dann der Küche zu.

Nachdem ich alles gespült und aufgeräumt hatte, versuchte ich erfolglos, ihn dazu zu bringen, eine Champignoncremesuppe und ein Stück Brot zu essen. Als er schließlich eingeschlafen war, lüftete ich und stopfte eine Ladung Wäsche in die Waschmaschine. Er schlief immer noch, als ich ging. Daher legte ich ihm einen Zettel auf den Nachttisch, mit der Nachricht, dass ich ihn am nächsten Morgen anrufen würde.

Ich besuchte ihn täglich, bis er über das Schlimmste hinweg war. Am zweiten Tag rief ich Zacs Arzt an, der ebenfalls der Meinung war, dass es sich um eine ernste Grippe handelte, und mir einige Tipps zur Krankenpflege gab. In den ersten Tagen schlief Zac die meiste Zeit. Wenn er wach war,

war er verwirrt und durcheinander, aber er ließ zu, dass ich ihm beim Wechseln des Pyjamas half und ihm die Haare kämmte. Er verriet mir, wo ich den Ersatzschlüssel finden würde, damit ich selbstständig in die Wohnung kommen konnte.

Am dritten Tag traf ich draußen im Hausflur eine nordafrikanische Frau mit mehreren kleinen Kindern, die sich besorgt nach ihm erkundigte und anbot, abends nach ihm zu schauen. Am nächsten Morgen sah ich, dass sie ihm einen köstlich aussehenden Auflauf in den Kühlschrank gestellt hatte. Ich versuchte ihn dazu zu bringen, etwas davon zu essen, aber er schaffte es nicht, daher aß ich ihn. Es tat mir weh, den Mann, auf den ich mich in den letzten Wochen so häufig gestützt hatte und der sonst so würdevoll und so selbstständig war, derart hilflos vor mir zu sehen.

Ich war froh, dass er nicht ganz allein war. Abgesehen von seiner Nachbarin Etha riefen eine ganze Reihe Freunde an. Amber begleitete mich ein- oder zweimal, und bei einer anderen Gelegenheit, als ich am frühen Abend kam und die Tür aufschloss, öffnete ein junger Mann mit dünnen blonden Haaren und stellte sich als David vor.

Ich erinnerte mich an den Namen. »Sie kommen aus diesem anderen Glasstudio, nicht wahr?«, fragte ich. »Schön, Sie kennenzulernen.«

Wir saßen im Wohnzimmer und unterhielten uns flüsternd, um Zac nicht aufzuwecken. Dabei schauten wir die ganze Zeit auf den wunderbaren Londoner Himmel, der sich vor dem Fenster ausstreckte. Wir konnten von hier aus Big Ben sehen, der zwischen einigen Hochhäusern aufragte, und dahinter die gotischen Türmchen der Houses of Parliament.

David erzählte mir, wie er Zac kennengelernt hatte. Zac

sei eines Tages zu ihm gekommen und habe ihn um Hilfe gebeten, weil er für einen ganz speziellen Auftrag in der Werkstatt meines Vaters nicht die nötige Ausrüstung besaß. Daraufhin habe sich eine Freundschaft zwischen ihnen entwickelt, und Zac habe viel Zeit mit David, dessen Frau und den Kindern verbracht. Janie, Davids Frau, war Flötistin bei den Philharmonikern.

»Zac ist unglaublich talentiert«, flüsterte David, als wir die vielen wunderbaren Glasstücke im Raum betrachteten.

»Ich weiß.« Ich fing an, ihm von Raphael zu erzählen, bis mir einfiel, dass er das ja schon alles wusste, weil er für Zac Material besorgt hatte.

Ich fragte mich, ob David Näheres über Zacs Privatleben wusste, auch über seine Tochter, wagte aber nicht, ihn zu fragen.

Irgendwann bot er mir jedenfalls an, uns bei den neuen Entwürfen für *Minster Glass* zu helfen, und ich nahm sein Angebot erfreut an.

»Wenn es Zac wieder besser geht, musst du unbedingt mal zum Essen zu uns kommen«, sagte er. »Janie würde sich freuen.«

Es dauerte sechs Tage, bis Zacs Temperatur wieder normal war, und nochmals ein paar Tage, bis er kräftig genug war, um im Bett zu sitzen. Aber er wirkte matt und niedergeschlagen und immer noch viel zu schwach, um etwas zu tun. Nicht mal lesen konnte er. Im Laufe der Zeit wurde er zunehmend stabiler, aber die Niedergeschlagenheit ging nicht weg.

»Das sind die Nachwirkungen der Grippe«, versuchte ich, ihn aufzumuntern. »Es wird sicher bald besser.«

»Vielleicht«, antwortete er seufzend, und ich fragte mich, ob etwas anderes dahintersteckte.

Inzwischen war es für mich zur Gewohnheit geworden, jeden Tag mit dem Bus zu ihm zu fahren. Ich hatte ein Engagement bei einem Orchester, dessen Tuba-Spieler sich den Arm gebrochen hatte. Daher musste ich jeden Tag zur Probe und fuhr meist erst gegen Abend zu Zac.

Einmal versuchte er gerade, etwas zu zeichnen, als ich kam. Als ich Interesse bekundete, schob er den Block schnell unter einen Topf mit Hyazinthen, den Janie ihm mitgebracht hatte.

»Ich kann mich auf nichts konzentrieren«, beklagte er sich und gähnte, aber dann lächelte er plötzlich. Zu meinem Bedauern stellte ich fest, dass er endgültig auf dem Weg der Genesung war. Bald würde ich nicht mehr herkommen müssen, was mich irgendwie traurig stimmte.

Um mir nichts anmerken zu lassen, ging ich in die Küche und räumte die Lebensmittel ein, die ich mitgebracht hatte. Durch das Fenster sah ich einer Möwe zu, die sich ziellos im Wind treiben ließ. Sie erinnerte mich ein bisschen an mich selbst. In meinem Leben hatte es so viele Veränderungen gegeben, dass ich jegliche Orientierung verloren hatte.

»Wie läuft's im Laden?«, fragte Zac, als ich ihm Tee brachte. Er rückte ein Stück, damit ich neben ihm auf dem Sofa Platz hatte. Es war ganz natürlich, mich an ihn zu lehnen, so wie ich mich damals an Ben gelehnt hatte. Wir waren einfach gute Freunde.

»Die Renovierungsarbeiten beginnen nach Weihnachten«, sagte ich.

Ich war gern mit ihm zusammen. Seine frühere Unbeholfenheit wertete ich inzwischen als Schüchternheit und als Sorge um meinen Vater.

»Du hattest recht, was mich und Dad angeht«, sagte ich ein wenig traurig. »Ich war nicht oft genug bei ihm, oder? Du hast sicher gedacht, ich würde mich nicht für ihn interessieren.«

»Er hat gewusst, dass du ihn liebst«, antwortete Zac und drückte meinen Arm. »Du hattest es schwer mit ihm. Er hat nie jemanden an sich herangelassen, oder?« Er nieste plötzlich und griff nach einem Papiertuch. »Ich fühle mich immer noch grässlich«, seufzte er.

Er sah auch noch immer schrecklich aus. Seine Nase war geschwollen, die Haut fahl und grau, die Haare fettig und leblos.

»Glaub mir, du wirst bald wieder ganz der Alte sein«, versprach ich ihm. »So, jetzt muss ich aber gehen. Ich habe heute Abend eine wichtige Probe. Morgen ist das Konzert, da kann ich leider nicht kommen.«

»Ich werde dich vermissen«, sagte Zac. »Aber ich werde morgen mal versuchen, hier rauszukommen, notfalls auf allen vieren. Ich bin jetzt seit zehn Tagen in der Wohnung eingesperrt. Und noch was, Fran«, er hievte sich hoch, um mich zur Tür zu bringen, »sobald ich fit genug bin, werde ich dich zum Essen einladen. Nimmst du an?«

»Na klar.« Ich wollte ihn umarmen, aber genau in diesem Moment nieste er wieder.

Zur Abwechslung kam der Aufzug dieses Mal sofort. Bevor ich unten aussteigen konnte, drängte sich eine Horde furchterweckend aussehender Teenager hinein, sodass ich mir erst mühsam einen Weg hinausbahnen musste. Als ich danach instinktiv meine Handtasche überprüfte, stellte ich fest, dass ich noch immer Zacs Schlüssel bei mir hatte. Verdammt! Nun, ich würde jetzt nicht mehr nach oben fahren. Außerdem gefiel mir die Vorstellung, seinen Wohnungsschlüssel zu behalten.

38. Kapitel

O sprich noch einmal, holder Engel!
Denn über meinem Haupt erscheinest du
Der Nacht so glorreich, wie ein Flügelbote.
William Shakespeare, *Romeo und Julia*

»Das Generalvikariat hat sich nun endlich doch für unser Fenster entschieden«, rief Jeremy am letzten Samstag im November, hängte seinen Mantel auf und setzte sich zu uns an den Küchentisch. Er war im Pfarrbüro gewesen, um ein paar Dinge zu regeln, und hatte einen Brief vom Büro des Bischofs geöffnet.

Bei verschiedenen Gelegenheiten hatten diverse Offizielle die Kirche besucht, um Raphael zu besichtigen, der inzwischen in der Kapelle an die Wand gelehnt stand. Schließlich hatte man Jeremy gestattet, den viktorianischen Schrank zu verrücken und Raphael aufzuhängen.

»Also, Fran, ich werde wegen des Schranks mit dem Schreiner Kontakt aufnehmen«, sagte Jeremy und rührte sich Süßstoff in den Kaffee. »In der Zwischenzeit können Sie und Zac vielleicht die nötigen Vorbereitungen treffen, um das Fenster einzusetzen.«

Zac, der nun wieder ganz gesund war, David und ein paar Monteure installierten das neue Fenster eines Morgens gegen Ende November. Der Pfarrer, der Kirchendiener und ich sahen dabei zu und versuchten, uns irgendwie nützlich zu machen. Es gab eine Schrecksekunde, in der wir alle dachten, das Maß sei falsch, aber am Ende passte alles perfekt. Ein letztes Polieren, dann traten wir alle einen Schritt zurück, um das Werk zu betrachten.

Das Ergebnis war atemberaubend. Im kalten Licht unseres nördlichen Winters glühte das Fenster ganz leicht. Der Engel schwebte über uns, schaute auf uns herab und segnete uns mit ausgestreckter Hand.

»Ich bin so froh, dass wir das noch vor Weihnachten geschafft haben«, sagte der Pfarrer freudestrahlend.

»Und vor der *Gerontius*-Aufführung«, ergänzte ich. Unser Konzert würde nächsten Sonntagabend stattfinden. Außerdem sollte das neue Fenster feierlich eingeweiht werden. Das Ereignis war für den Abend des 13. Dezembers geplant.

»Das Fest der heiligen Luzia«, erklärte der Pfarrer. »Das Fest des Lichts. Passender geht es nicht.«

Da ich so viel anderes zu tun hatte, hatte ich lange nicht mehr in Lauras Tagebuch gelesen. Doch an diesem Abend nahm ich es von dem Bücherstapel, den ich mit ins Pfarrhaus gebracht hatte. Es waren nur noch wenige Seiten bis zum Ende. Raphael war fertig und meine Reise mit Laura so gut wie beendet. Beides würde mir fehlen.

Überrascht stellte ich fest, dass unser Termin für die Einweihung genau derselbe war wie der der ursprünglichen Segnung, nur ungefähr ein Jahrhundert später.

39. Kapitel

Führ mich in das Land der Engel.

Carmina Gadelica

LAURAS GESCHICHTE

An einem Mittwoch Anfang Dezember 1880 brachte Philip Russell einige Männer von *Minster Glass* mit, um die beiden Fenster einzubauen. Laura, die seit ihrer brüsken Antwort auf Philips Brief im Oktober nichts mehr von ihm gehört hatte, vermied es bewusst, an diesem Tag die Kirche zu betreten. Aber ihr war klar, dass sie der offiziellen Segnung am kommenden Sonntag, dem Fest der heiligen Luzia, nicht fernbleiben konnte. Schließlich war eins der Fenster Caroline gewidmet, und viele Mitglieder und Freunde der Familie Brownlow würden anwesend sein.

Am nächsten Tag huschte sie jedoch vor dem Morgengebet rasch in die Kapelle, um einen kurzen Blick auf die Fenster zu werfen. Wie viel schöner und lebendiger sie an diesem Ort sind, dachte sie. Die Figuren schienen in der dunklen Kapelle regelrecht zu schweben, und Laura hatte das Gefühl, ihre Anwesenheit förmlich zu spüren. Rasch verwarf sie die Gedanken wieder. Selbst ihr Vater mit seiner Vorliebe fürs Mystische würde das für Unsinn halten.

Es waren vor allem die Gesichter, die sie faszinierten. Sie hatte Marias freudigen Blick studiert; ihre Anbetung spiegelte sich im Ausdruck des kleinen Jungen; dann hatte sie plötzlich festgestellt, wie vertraut sie ihr waren. Es war ihr zuvor gar nicht aufgefallen: Maria war ihre Mama. Sie hatte diesen Gesichtsausdruck gesehen, wenn sie Arthur auf dem Schoß gehalten hatte. Und das göttliche Kind? Auch wenn es etwas älter war als Arthur, hatte Philip ihn offenbar vor Augen gehabt, als er das Jesuskind gezeichnet hatte.

Aber was war mit dem Engel? Lediglich die Augen erinnerten an Caroline – groß, tief, mit dichten Wimpern. Dieser Engel hatte ein viel eckigeres Gesicht, als Caroline je gehabt hatte. Der Engel war auch nicht wie Marie – sie war eine dunkle, exotische Schönheit gewesen. Nun, Philip musste massenhaft Modelle zur Auswahl gehabt haben, vermutlich besuchten die Frauen scharenweise die Grosvenor Gallery.

Während Laura so dasaß und über Caroline nachdachte, überkam sie plötzlich ein tiefes Gefühl der Ruhe. Der Engel schien heller zu leuchten, sie zu wärmen. Das bildete sie sich doch nicht ein, oder? Sie hatte ein ganz seltsames Gefühl, so als ob sie gesegnet würde.

Am Nachmittag des St.-Luzia-Tages ging Laura zutiefst beunruhigt in die Kirche, denn sie wusste, dass sie Philip wiedersehen würde.

Als sie mit ihrer Mutter und Mr. Bond das Gebäude betrat, sah sie, dass die hinteren Bankreihen von älteren Männern in Schwarz besetzt waren: Freunde und Bekannte von Mr. und Mrs. Fotherington, vermutete sie. Die Kirche war gut gefüllt. Bis auf die flackernden Kerzen war es winterlich dunkel.

Zum eigentlichen Akt der Segnung wurden alle in die Marienkapelle gebeten. Aus der Menge hörte man überraschte Laute. Andächtig bewunderten die Besucher die anmutigen Gesichter von Maria und dem Jesuskind über dem Altar und betrachteten Raphael mit der zum Segen erhobenen Hand, der in dem schwachen Licht geheimnisvoll leuchtete.

Laura hielt sich höflich zurück, als sich die Kirchenbesucher nach vorn drängten, um besser sehen zu können. In diesem Moment traf ihr Blick auf Philip, der etwas entfernt an die Kapellenwand gelehnt stand. Als er ihren Blick bemerkte, lächelte er.

Das Kerzenlicht spiegelte sich in seinen Augen, brachte sein rotgoldenes Haar zum Glänzen. Seine blasse Haut schimmerte, was ihm die Aura eines Engels verlieh, eines Engels in Mantel und weißem Kragen. Dann verschwamm sein Gesicht in einem Tränenschleier, und sie musste wegschauen.

Danach waren viele Leute da, die sie begrüßen musste – Menschen, die Caroline gekannt hatten, Freunde ihrer Eltern, Schulfreunde der Brownlow-Schwestern. Schließlich kam Mr. Bond, um sich zu verabschieden, weil er in sein Büro zurückmusste. Laura sprach mit Mrs. Fotheringtons Neffen, Mr. Jefferies, ein Mann mit klaren Ansichten, und seiner Tochter Prudence.

»Ein ganz außerordentlicher junger Mann, Ihr Vater, Miss Brownlow«, sagte Mr. Jefferies. »Meine verstorbene Tante hat immer gut über ihn gesprochen. Und die Angelegenheit mit dem Fenster ist zu unserer Zufriedenheit vonstattengegangen. Sie werden feststellen, dass wir in Zukunft häufiger zum Beten kommen werden.«

»Wir würden uns freuen, Sie zu sehen«, versicherte Anthony Bond.

»Normalerweise besuchen wir St. Mary's«, flüsterte Prudence Laura zu. »Aber ich fürchte, Papa hat an dem neuen Pfarrer Anstoß genommen.«

»Verdirbt einem den Appetit mit seinen verfluchten liberalen Ansichten«, wetterte Jefferies. »Ich lasse mir doch nicht vorschreiben, was ich mit meinem schwerverdienten Geld zu machen habe.«

»Oh Papa.« Besänftigend tätschelte Prudence seinen Arm. »Du tust nur deine christliche Pflicht. Hören Sie nicht auf ihn«, bat sie die anderen. »Mein Vater ist der freundlichste, großzügigste Mensch, den man sich vorstellen kann.«

»Ich bin ganz sicher, dass Sie recht haben, Miss Jefferies«, antwortete Anthony ernst, aber mit funkelnden Augen.

»Was soll ich mit ihr machen?«, fragte Jefferies mit freundlichem Gesichtsausdruck. »Seit dem Tod meiner Frau vor drei Jahren gibt sie mir Halt und Trost.«

Prudence wurde rot. »Das ist eine leichte Aufgabe.«

»Die Tugenden einer Frau«, sagte Anthony kopfschüttelnd. Und dann lächelte er Miss Jefferies so freundlich an, dass Laura auf einmal ein bisschen eifersüchtig wurde.

Später sah sie zu, wie er sich verabschiedete und sich vor einer Gruppe kichernder Mädchen an der Tür steif verbeugte. Er war unglaublich ernst, fast langweilig, aber ihre Zuneigung zu ihm wuchs. Tag für Tag entdeckte sie neue Qualitäten an ihm. Sie wusste, wie loyal er in den dunkelsten Momenten ihrem Vater gegenüber gewesen war; wie hart er arbeitete, wie aufmerksam er ihr gegenüber war. *Sesam und Lilien* hieß eins der ersten Werke von John Ruskin, das er ihr geschenkt hatte. Sie hatte immer noch nicht den Mut gefasst, ihm das zu zeigen, was sie selbst geschrieben hatte, aus Angst, ihre eigenwilligen Frauenfiguren könnten ihn irritieren. Ebenso wenig hatte sie es gewagt, etwas davon an den Verleger des Magazins zu schicken, den Philip ihr genannt hatte. Ihre Familie brauchte im Augenblick weniger öffentliches Interesse, nicht noch mehr.

Sie wollte nicht zugeben, dass sie sich nun, da Anthony fort war, befreiter fühlte. Die Jefferies unterhielten sich mit George und Harriet, und sie war eine Zeit lang allein. Aus den Augenwinkeln beobachtete sie Philip. Er war umgeben von Bewunderern, die Männer schüttelten ihm begeistert die Hand, die Frauen lächelten scheu.

»Miss Brownlow! Ich bin froh, dass ich Sie gefunden habe.« Ihre Gedanken wurden unterbrochen, als Miss Badcoe auf sie zukam. Die Frau war inzwischen von ihrer Krankheit genesen und so streng wie eh und je. Ergeben ertrug Laura Miss Badcoes Klagen über einen Nachbarn im Armenhaus, der ihre empfindliche Seele mit ungeschickten Freundschaftsbekundungen beleidigt hatte. Dabei schaute sie ein- oder zweimal kurz zu Philip hinüber, und ihre Blicke trafen sich. Als er sie das zweite Mal anschaute, schien er näher gekommen zu sein. Sie zwang sich, seinem Blick standzuhalten, und lächelte.

»Miss Brownlow?« Wieder beanspruchte Miss Badcoe ihre Aufmerksamkeit. »Sie sehen ein wenig spitz aus, meine Liebe. Vielleicht tragen Sie die falsche Farbe.« Die Frau war wirklich unglaublich.

»Miss Badcoe, ich versichere Ihnen, es geht mir gut. Viele Menschen finden, dass mir dieser Goldton perfekt steht. Wir können nicht alle Schwarz tragen.«

»Aber Miss Brownlow. Ich wollte Ihnen nicht zu nahe treten.«

Laura nickte. »Schon gut. Ich hoffe, Sie fühlen sich wohl in Ihrem neuen Zuhause und freunden sich mit den Nachbarn an. Guten Tag.« Und noch ehe Miss Badcoe Luft holen konnte, war Laura weg.

Philip arbeitete sich immer näher in Lauras Richtung vor, bis sie sich schließlich gegenüberstanden. Erst jetzt sah sie die Spuren der Trauer, die sich in sein Gesicht gegraben hatten, die dunklen Schatten unter seinen Augen; die tiefen Falten. Er nahm ihre Hand und hielt sie eine Weile fest.

»Miss Brownlow«, sagte er. »Laura. Endlich. Wie geht es Ihnen?« Seine Augen erforschten ihr Gesicht, intensiver als je zuvor, so schien es ihr. Es war fast so, als versuchte er, in ihr Herz zu schauen.

»Mr. Russell, was für ein wunderbares Fest.« Lauras Mutter war plötzlich an ihrer Seite erschienen. Philip ließ Lauras Hand los, der Bann war gebrochen. »Wir sind sehr glücklich über unser neues Fenster. Es bedeutet uns so viel.« Während sie sprach, nahm Lauras Mutter besitzergreifend den Arm ihrer Tochter.

»In der Tat«, murmelte Laura. Sie wusste, dass ihre Mutter sie nur schützen wollte. Wie dumm von ihr, immer noch mit Philip sprechen zu wollen. Jetzt würden sie nie wieder allein zusammen sein. Er würde seiner Wege ziehen, und ihre Pfade würden sich nicht mehr kreuzen. Vielleicht würde sie ihn mal auf der anderen Platzseite sehen, wenn er *Minster Glass* besuchte. Das würde alles sein.

Ihre Mutter erkundigte sich nach dem Gesundheitszustand seines Vaters. Sie sah in letzter Zeit ein wenig glücklicher aus, fand Laura. Die Unruhe in der Gemeinde hatte sich gelegt. Vor wenigen Wochen war der Bischof gekommen, um die Kirche neu zu weihen und für die Einheit und Geschlossenheit der Pfarrgemeinschaft zu beten. Ganz allmählich verlief das Leben wieder in seinen gewöhnlichen Bahnen.

Auch die Stimmung ihres Vaters hatte sich deutlich gebessert, nachdem ein Schreiben ihres Bruders Tom angekommen war. In New York hatte er Arbeit als Lehrer gefunden. Er lebte in einer der ärmeren Gegenden der Stadt und verdiente nicht viel, glaubte aber fest daran, dass er zum Wohle seiner Mitmenschen beitrug. Er habe sich kürzlich verlobt, schrieb er, mit der Tochter eines Kollegen, und bat seine Eltern um ihren Segen. Lauras Vater sorgte sofort dafür, dass ihm Geld überwiesen wurde, und brachte sein Bedauern darüber zum Ausdruck, dass sie nicht zur Hochzeit kommen konnten.

»Wir haben allen Anlass, Gott dankbar zu sein«, sagte ihre Mutter zu Philip. »Meinem Sohn Tom geht es gut in Amerika, unser kleiner Enkel Arthur ist ein goldiges Kind, und wir können Weihnachten auf ein zweites glückliches Ereignis hoffen. Nicht wahr, Laura?« Sie richtete den Blick auf ihre Tochter. »Sie kennen doch sicher Anthony Bond, den Kirchenvorstand meines Mannes?«

»Mama.« Laura atmete tief durch. Ihre bevorstehende Verlobung war nun wirklich Privatangelegenheit.

Philip, der von Mrs. Brownlows triumphierendem Gesicht in Lauras verlegenes sah, benötigte keine weitere Erklärung. »Ich freue mich, mehr zu erfahren.« Ein kurzes eisiges Schweigen folgte, und Laura wäre am liebsten im Erdboden versunken. Dann zog ihre Mutter sie fort.

»Komm, Laura, wir müssen uns dringend um Cousine Clarice kümmern. Sie kennt kaum jemanden hier und ist inzwischen stocktaub, die Ärmste. Sicher fühlt sie sich sehr einsam. Auf Wiedersehen, Mr. Russell.«

»Auf Wiedersehen«, flüsterte Laura. Philip sah sie seltsam an – so als hätte er vergessen, ihr etwas Wichtiges zu sagen.

Am nächsten Tag erhielt sie einen Brief von ihm.

Liebe Laura, schrieb er, *es ist nicht gut. Ich habe die ganze Nacht kein Auge zugetan. Ich muss Sie dringend sprechen, in einer wichtigen Angelegenheit, allein. Wo kann ich Sie treffen?*

Bitte nennen Sie einen Ort, ganz gleich, wo und wann. Laura, bitte tun Sie das für mich. Ihr Philip.

Ihr erster Gedanke war, seiner Bitte nicht zu entsprechen. Ihr zweiter, dass sie ihn noch einmal allein sehen würde. Ihr dritter war eine Frage: Wo konnten sie sich treffen, privat und ohne Anstoß zu erregen?

Lieber Philip, schrieb sie zurück, *wir treffen uns um drei am Kirchenportal.*

Sie huschte aus dem Haus, als ihre Mutter schlief. Mit schnellen Schritten lief sie durchs Halbdunkel.

Als sie die Pfeiler des Kirchenportals im Nebel vor sich aufragen sah, bereute sie plötzlich, ohne Polly gekommen zu sein. Ob er schon da war? Wer wohl sonst noch in der Nähe herumlungerte? Aber sie sah nur die schlanke Gestalt Philips. Er zog sie in den Eingang. »Die Tür ist verschlossen«, sagte er, und seine Stimme klang dicht und warm an ihrem Ohr.

»Das machen wir inzwischen immer so.« Sie drückte ihm einen Schlüssel in die Hand. Als die Tür aufsprang und ihnen der intensive Weihrauchgeruch entgegenschlug, musste sie an jenen ersten Nachmittag vor vielen Monaten denken, als er zum ersten Mal wie ein steinerner Heiliger aus der Nische getreten war.

Die Tür fiel hinter ihnen ins Schloss. Gemeinsam gingen sie durchs Mittelschiff, ihre Schritte hallten durch den Kirchenraum. In der Marienkapelle brannten zwei dicke Kerzen. Die beschädigte Marienstatue war auf einen Seitentisch gestellt worden, am Hals konnte man die Bruchstelle noch deutlich erkennen. Die Figuren in den Fenstern leuchteten geheimnisvoll. Philip betrachtete sie einen Moment lang, schweigend und verträumt.

»Verzeihen Sie, aber ich habe sie in diesem Licht noch nicht gesehen. Ein seltsamer Gedanke, dass sie durch meine Hand entstanden sind. Sie scheinen irgendwie ein eigenes Leben entwickelt zu haben, ganz anders als alles, was ich bisher gemacht habe. Es ist so, als habe Gott Leben in das Glas gehaucht.«

»Ich glaube, ich verstehe, was Sie meinen. Wissen Sie noch, was Sie über den alten Glauben gesagt haben, dass Gottes Glorie in Form von Licht durch durchscheinende Objekte fällt?«

Sie schwiegen. Laura wartete, dass er ihr den Zweck ihres Treffens erklärte.

Schließlich drehte er sich zu ihr um und nahm ihre Hände in seine. »Werden Sie Mr. Bond heiraten?«

Seine Stimme klang so leidenschaftlich, dass sie ihre Hände erschrocken zurückzog.

»Das ist meine Privatangelegenheit. Aber wie Mama bereits angedeutet hat, ich werde ihm zu Weihnachten meine Antwort geben.«

»Laura, bitte nicht. Ich könnte das nicht ertragen … Er ist nicht der Richtige …«

»Es ist nicht Ihre Angelegenheit, wen ich heirate, Mr. Russell.«

»Lieben Sie ihn?«

»Jetzt übertreten Sie alle Grenzen. Ich schätze ihn sehr.«

»Schätzen? Was ist das für eine Grundlage für eine Ehe?«

Ärger flammte in ihr auf. »Nach Ihrer eigenen Erfahrung doch wohl eine solidere als reine Leidenschaft.«

»Tja, das habe ich vermutlich nicht anders verdient«, murmelte er und fuhr sich mit der Hand durchs Haar. »Verzeihen Sie bitte. Ich bin einfach nur etwas durcheinander.«

»Durcheinander?«

»Sie haben mir mal gesagt, ich müsse meine Frau vergessen.«

Hufgeklapper erklang in ihrem Kopf, dann endlos lang dieser schrille Schmerzensschrei. Laura schloss die Augen, um das Bild der stürzenden Marie auszublenden.

»Es war dumm von mir, das zu sagen«, sagte sie. »Damals wusste ich noch nicht, was kommen würde.«

»Ich werde es lernen«, sagte er leise. »Ich weiß, dass ich das tun muss, um mein Leben weiterzuleben. Ich *muss* sie vergessen.«

»Aber was ist mit John?«

»John lebt inzwischen meist bei seinen Großeltern, das ist einfacher so. Aber ich sehe ihn häufig. Seine Großmutter bringt ihm Italienisch bei, eines Tages wird er einen Palazzo in der Nähe von Verona erben. Ich fürchte, er wird sich von mir entfernen.«

»Aber er bleibt immer Ihr Sohn – ein Junge, der seine Mutter vermisst. Er braucht Sie.«

»Ja, er vermisst Marie, aber ich kann nichts tun, um sie zu ersetzen. Es hört sich vielleicht schrecklich an, aber ihr Tod hat mich befreit. Ich sehe nun manchmal Licht in der Dunkelheit. Dieses Licht ist noch weit entfernt, aber zumindest weiß ich, dass es da ist.«

»Das freut mich«, antwortete Laura leise.

»Und genau hier liegt der wesentliche Punkt in dieser Angelegenheit, Laura. Ich brauche Sie in meiner Nähe. Es ist mir erst gestern klar geworden, als ich Sie wiedergesehen habe. Sie können Anthony Bond nicht heiraten. Bitte tun Sie das nicht.«

»Philip, es hat sich zu viel verändert. Er liebt mich. Er ist ein guter Mann, und meine Eltern möchten, dass ich ihn heirate.«

»Aber Sie lieben ihn nicht.«

»Es gibt viele verschiedene Arten von Liebe.«

»Können Sie nicht eine Art finden, um … mich zu lieben?«

»Philip …« Jedes Wort, das er nun sagte, war ein Schlag, der die harte Schale zerstörte, die sie seit Maries Tod um sich herum aufgebaut hatte. Und dennoch, das Wichtigste hatte er bisher für sich behalten. Denn er hatte nicht gesagt, dass er sie liebte. »Was wäre ich nach Marie denn für Sie? Was könnte ich sein? Eine Freundin? Nichts als ein bloßer Schatten der Liebe.«

»Nein, nein.« Er sah sie erschrocken an. In diesem Moment musste sich der Nebel draußen kurzfristig gehoben haben, denn das Licht, das durch das Engelfenster fiel, war heller geworden und bildete eine Lache aus goldenem Licht auf dem Steinfußboden.

Jetzt fühlte sie sich auf einmal stark und tapfer. »In der Liebe dulde ich keine Konkurrenz. Ich will die Einzige sein.«

Sie trat in das einfallende goldene Licht, sodass es wie ein Schleier über sie fiel, wie ein Schleier von Gott, und dann spürte sie Raphaels heilende Wärme durch ihren Körper strömen.

Er starrte auf das veränderte Bild vor sich. Laura war in Licht gebadet, verwandelt, und endlich fiel es ihm wie Schuppen von den Augen. »Laura! Mein Liebling!«

Und als sie so dastand, stark und golden und schön, wusste sie, dass sie die Entscheidung in der Hand hatte.

Ich hatte nun die letzte Seite von Lauras Tagebuch erreicht.

Und so gehört er nun mir, Caroline, und ich gehöre ihm. Heute hat Philip mit Papa gesprochen, und das ganze Haus ist in Aufruhr. Mama hat den ganzen Nachmittag Beethoven in die

Tasten des Klaviers gehämmert und ist nun erschöpft ins Bett gegangen. Harriet hat mir zwei wütende Briefe geschickt mit lauter unterstrichenen Wörtern, und Mrs. Jorkins schüttelt ständig den Kopf und beißt sich auf die Lippen. Aber am schlimmsten war mein Zusammentreffen mit Anthony heute Abend.

Ich habe ihn sehr verletzt. Er trägt an alledem keine Schuld. Indem wir uns vom Leben nehmen, was wir uns wünschen, zerstören wir ein anderes. Ich glaube, das ist es, was Mama so böse macht – mein Egoismus, mein fester Wille. Vielleicht hat sie recht. Aber vielleicht ist es auch einfacher, anderen Menschen Gutes zu tun, wenn man selbst glücklich ist. Wer weiß, möglicherweise lernt Anthony eine Frau kennen, die ihn so liebt, wie er es verdient hat. Caroline, das wünsche ich mir wirklich von ganzem Herzen. Ich frage mich, ob Du auf meiner Seite stehen würdest, wenn Du noch hier wärst. Aber Du bist nicht hier. Ich glaube, Dein Fenster hat für mich alles verändert. Ich werde immer an Dich denken, Caroline. Und meine Erinnerungen werden immer voller Liebe und Zärtlichkeit sein. Aber jetzt müssen wir den Blick nach vorn richten und Dich in Gottes Händen belassen, so wie ich es auch Philip geraten hatte. Adieu, meine geliebte Schwester.

Danach kamen nur noch leere Seiten.

Laura hat also ihren Philip geheiratet. Und ich verstand nun, weshalb ich das Tagebuch zwischen den Geschäftsunterlagen von *Minster Glass* gefunden hatte. Philip hatte das Geschäft von Reuben Ashe übernommen, und Laura hatte ihn geheiratet. Das wiederum bedeutete ... ja, was bedeutete es? Wie war das Geschäft im Laufe der Jahre in die Hände unserer Familie gelangt? Vielleicht war Philip ja mehrfacher Urgroßvater und Laura eine Großmutter? Nicht, wenn Philip und Maries Sohn John die Firma geerbt hatten. Wie konnte ich das nur herausfinden?

Ich freute mich für Laura, aber der arme Anthony Bond tat mir leid. Er war treu und loyal gewesen, aber das hatte ihm am Ende nichts genutzt. Was wohl aus ihm geworden war? Vielleicht hatte er der netten Prudence Jefferies den Hof gemacht und in ihr eine Frau gefunden, die besser zu ihm passte. Ich hoffte es sehr für ihn.

40. Kapitel

Ob gut oder schlecht, unsere Taten sind unsere Engel.

Ralph Waldo Emerson

Wie es uns gelungen war, uns am Sonntag während des Konzerts samt Orchester in den Altarraum zu zwängen, war mir rätselhaft. Aber irgendwie hatten Michael und Dominic es organisiert.

Generalproben sind immer grässlich, nicht zuletzt weil sie an einem ungewohnten Ort mit ungewohnter Akustik stattfinden und alle anders sitzen als bei den vorherigen Proben. Die stärksten Sänger, die Woche für Woche vorn gesessen hatten, verschwanden aus irgendeinem Grund plötzlich nach hinten; Leute wie ich und Jo, die sich gern im Hintergrund halten, fanden sich auf einmal ganz vorn wieder, ausgesetzt und orientierungslos, mit den Ellbogen der Geiger im Gesicht.

Ben sah angespannt aus, was kein Wunder war. Die Probe am letzten Montag war eine Katastrophe gewesen. Die meisten kannten ihre Partien zwar inzwischen, aber nicht gut genug, um ohne Notenblatt auszukommen.

Heute, im Beisein des Orchesters und der Solisten, musste er sich zusammenreißen. Val und er hatten ihre Sache gut gemacht. Wir hatten nicht nur Julian Wright als ausdrucksstarken Gerontius gewinnen können, sondern außerdem einen fantastischen Mezzosopran als seinen Schutzengel und einen tiefen Bass-Bariton, der den Leidensengel sang. Ihre Lebensläufe im Programmheft lasen sich jedenfalls fantastisch. Unglaublich, dass es Ben und Val gelungen war, sie für solch ein Amateurkonzert zu verpflichten.

Am Ende des Nachmittags erinnerte Val uns noch einmal an die Kleiderordnung für die Aufführung – schwarz und weiß – und daran, dass wir für die Party danach etwas zu essen mitbringen sollten. Wein würde gestellt. Wir packten plaudernd zusammen und ich verabschiedete mich von Jo. Dabei registrierte ich zufrieden, dass sie mit Dominic verschwand. Aber meine Aufmerksamkeit galt eigentlich Ben. So grimmig hatte ich ihn noch nie gesehen. Ich wartete vor der Tür und hielt ihn am Arm fest, als er kam.

»Oh, hi«, sagte er, und ein Lächeln umspielte seine Lippen. »Wie geht's?« Er nahm meine Hand und bedachte mich mit einem seiner intensiven Blicke.

»Gut«, antwortete ich und zog meine Hand fort. »Aber du siehst gar nicht glücklich aus. Waren wir denn wirklich so schlecht?«

»Nein. Na ja, ich werde schon ein bisschen nervös. Aber ich bin sicher, es wird alles klappen.«

»Es sind ja nur zwei Stunden«, beruhigte ich ihn. »So, ich muss jetzt los. Und du solltest dich ein bisschen ausruhen.«

»Das tue ich auch, aber erst muss ich was essen. Fran, du kommst doch hinterher noch mit zur Party, oder?«

»Klar«, antwortete ich und ärgerte mich, dass meine Stimme so zittrig klang.

»Dann bis später«, sagte er, und ich spürte wieder dieses flattrige Gefühl im Magen. Fing die Geschichte etwa wieder ganz von vorn an?

Es war zwar nur ein Amateurkonzert, doch das schönste, an dem ich je teilgenommen hatte.

Da es inzwischen Advent war, gab es in der Kirche keinerlei Blumenschmuck. Dafür brannten auf jeder Fensterbank und an dem riesigen Weihnachtsbaum im Altarraum Kerzen und verbreiteten eine wunderbar romantische Stimmung. Auch unsere Zuschauer waren fasziniert. Staunend sahen sie sich um, während sie sich in die letzten Ecken zwängten und darauf warteten, dass wir anfingen. Ganz vorn saßen Jeremy und seine Frau, dahinter Amber mit einer Freundin aus dem Heim, und schließlich – war er das tatsächlich? Ja. Erleichtert sah ich, dass Zac in der letzten Minute hereinkam und sich in eine Bankreihe auf den wirklich allerletzten Platz setzte.

Dann betrat das Orchester unter Applaus die Bühne, gefolgt von der Ersten Geige – Nina, elegant und streng gekleidet –, den Solisten, der Mezzosopranistin in funkelndem Mitternachtsblau, die Männer in Fräcken. Aber neben Ben verblassten alle. Ich hielt den Atem an, als er auf seinen Platz in der Bühnenmitte eilte und sich tief verneigte. Das blonde Haar fiel ihm auf den hohen weißen Kragen; ein Kummerbund in derselben Farbe wie das Kleid der Mezzosopranistin betonte seine schmalen Hüften.

Die Streichinstrumente setzten als Erste ein. Warm und wunderschön schwebten die Klänge der Celli über unsere Köpfe hinweg.

Als wir sangen, wurde mir klar, dass wir nun ein kleiner Teil eines großen Dramas waren; des größten Dramas von allen, einer Seelenreise. Denn auch wenn wir zusammengehören, zusammen singen, lachen, weinen und streiten, müssen wir jene letzte Reise in die Dunkelheit am Ende doch allein antreten. Gerontius zeigte uns den Weg, verließ seine trauernden Freunde; aber dann trug ihn sein Engel, stützte ihn und geleitete ihn sicher an den Teufeln am Tor zum Jüngsten Gericht vorbei und half ihm bei seiner Reise durch Reue zur Erlösung und zur Verheißung ewiger Freude.

Ich musste die ganze Zeit an meinen Vater denken, natürlich. Insgeheim hatte ich ihm dieses Konzert gewidmet. Ich wünschte mir, dass auch er frei würde von Schuld und Erlösung. Und vielleicht sogar meine Mutter, so wie er sie anfangs gekannt und geliebt hatte. Ich erinnerte mich auch an meinen Traum in der Brandnacht. Ob es tatsächlich ihr Gesang gewesen war, den ich gehört hatte; ob sie der Engel gewesen war, der meinen Namen gerufen hatte?

In der Pause hielt ich Ausschau nach Zac. Aber er war in der Menge verschwunden, die in den Pfarrsaal drängte, wo kühle Getränke bereitstanden. Also nahm ich eine Flasche Wasser und ging zu unserem Engelfenster. Raphael war in der Dunkelheit ungewöhnlich leblos, ganz ohne Ausdruck. Aber ich wusste, dass er bei Sonnenaufgang erneut zum Leben erwachen würde.

Ich spürte, dass jemand hinter mir stand, und drehte mich um. Es war Michael, der mir mit einem Glas Rotwein in der Hand zusah.

»Ich weiß nicht, wie es dir geht, aber ich finde, es läuft fantastisch«, sagte er, und seine Augen funkelten im Licht der Altarkerzen. »Dieser Wright ist einfach sensationell.«

»Das finde ich auch. Ben müsste glücklich sein. Hast du schon mit ihm gesprochen?«

Er schüttelte den Kopf. »Nein. Ihr habt übrigens tolle Arbeit geleistet«, fügte er mit einem Blick auf den Engel hinzu. »Ich habe ihn mir heute Nachmittag vor der Generalprobe in Ruhe angeschaut. Gratulation!«

»Danke.« Ich lächelte. »Dieses Fenster ist für mich etwas ganz Besonderes.«

»Natürlich, dein Vater.« In seiner Stimme lag echtes Mitgefühl.

»Ja, mein Vater, aber noch vieles mehr, was in den letzten Monaten geschehen ist. Für mich war das in mehrfacher Hinsicht eine Art Wendepunkt.«

Er nickte nachdenklich. »Wie kommt ihr mit dem Laden voran?«

»Bestens, danke. Die Handwerker kommen gleich nach Weihnachten. Ich schätze, sie werden im Februar fertig sein, dann können wir Wiedereröffnung feiern.«

»Michael, da bist du ja! Es geht gleich weiter, wir sehen uns später, oder?« Nina berührte ihn kurz am Arm und küsste ihn auf die Wange. Er lehnte sich einen Moment an sie, seine Züge wurden ganz weich. Sie lächelte mir kurz zu, ehe sie ging; ich fand, dass sie traurig aussah.

»Wie du siehst, starten Nina und ich einen neuen Versuch«, meinte Michael. »Ben war sehr erschüttert, als du ihn verlassen hast. Ich habe ihm klargemacht, dass er Nina mit seinem Verhalten genauso wehgetan hat. Er war so anständig, sich bei ihr zu entschuldigen.«

»Machen die beiden noch zusammen Musik?«

»Nur noch bis zur nächsten Aufführung direkt nach Weihnachten. Es ist für uns alle nicht einfach.«

»Das kann ich mir vorstellen.« Im Stillen dachte ich, dass es das Beste wäre, wenn sie Ben eine Zeit lang möglichst ganz aus dem Weg ginge. »Ich hoffe, es läuft alles so, wie du es dir wünschst, Michael.«

»Danke«, antwortete er, aber es klang unsicher. Dann nahmen wir wieder unsere Plätze ein.

In der zweiten Hälfte machte Ben einen wesentlich entspannteren Eindruck. Beim *Ehre dem Heiligsten in der Höhe*, das mit Orchesterbegleitung nahezu perfekt klang, lächelte er sogar. Als die fernen Stimmen auf der Erde flehten »Sei gnädig, sei großzügig, verschone ihn, o Gott«, dachte ich an den Engel, der meinen Vater in seinen »liebevollen Armen« hielt und auf seiner weiten Reise behutsam begleitete.

Als die letzten Töne des finalen Amens verklungen waren, stand Ben mit geneigtem Kopf da, ehe der Applaus einsetzte. Er steigerte sich zu einem Tosen. Die Leute standen auf, klatschten und riefen laut Bravo. Auch wir applaudierten Ben und den Solisten, bis unsere Hände ganz wund waren.

Als sich die Kirche schließlich langsam leerte, sah ich, wie Jeremy zu Ben ging und ihm die Hand schüttelte. »Gut gemacht«, hörte ich ihn sagen. »Das war das beste Konzert, das wir hier je hatten.«

Ich wandte mich an Jo. »Es war wunderbar, oder?«

Sie lächelte. »Es hat mir jedenfalls Riesenspaß gemacht. Komm, ich nehme deine Noten und gebe sie Dominic. Gina?«, sie drehte sich zu der Frau hinter sich um, »deine kann ich auch gern mitnehmen.« Und dann sammelte sie die Notenblätter ein, fröhlich und unbeschwert wie früher. Ich hoffte, dass alles gut würde. Jeremy hatte mir gestern Abend erzählt, dass die Anträge auf Bewilligung zusätzlicher finanzieller Mittel für das St.-Martin's-Heim komplett neu gestellt werden mussten. Man hatte ihm zwar versichert, dass er gute Erfolgsaussichten hätte, doch es bedeutete trotzdem weitere Verzögerungen um mindestens ein Jahr. Vielleicht würden sie auch neue Planungen vorlegen müssen.

»Ich wünschte, Jo hätte nicht gekündigt«, hatte Jeremy

erst letzte Woche gesagt. »Sie ist eine ausgezeichnete Sozialarbeiterin – genau die richtige Person für diese Stelle.«

»Sie hat eine Reihe Bewerbungsgespräche vor sich«, konnte ich ihm berichten. »Sie wird schon klarkommen.«

Jetzt sah ich zu, wie sie sich an den Notenständern vorbei zur ersten Bank schlängelte, wo sie Dominic half, die Notenhefte in Kartons zu stapeln. Sein langer Schal war ihm im Weg, und sie nahm ihn und schlang ihn einmal um seinen Hals. Vielleicht waren sie noch immer bloß Freunde – das hatte sie mir jedenfalls gesagt. Aber ihr fürsorglicher Blick und die Art, wie er sie ansah, als sie die Fransen in den Kragen steckte, ließen darauf schließlich, dass ihre Freundschaft sich zu etwas Neuem entwickelte. Der gute alte Dominic. Ich war sicher, dass Mrs. Pryde mit ihm zufrieden sein würde.

Ich reichte meinen Stuhl gerade an jemanden aus Michaels Helferteam weiter und nahm meinen Mantel, als ich hinter mir eine Stimme hörte. »Fran?«

»Hallo.« Ich wirbelte herum. »Zac!« Nach kurzem Zögern umarmten wir uns.

»Ihr wart absolut fantastisch«, sagte er. »Ich habe das Stück noch nie gehört. Es ist faszinierend.«

»Danke.« Ich lachte und fühlte mich auf einmal sehr glücklich.

»Ich …«, er zögerte schon wieder, »ich wollte dich fragen, ob du Lust hast …«

»Fran, da bist du ja!« Ben eilte strahlend auf mich zu und fiel mir um den Hals. »Entschuldigung, dass ich störe«, murmelte er in Zacs Richtung, ehe er mich einfach mitriss. Ich drehte mich um und versuchte, Zac ein Zeichen zu geben. Er sah wütend aus, aber Ben zog mich gnadenlos weiter.

»Du kommst doch noch mit auf die Party, oder?«, fragte er. »Ich will dir unbedingt ein paar Leute vorstellen. Den Mann, der im Moment die Philharmoniker dirigiert, und seine Frau. Sie arbeitet in irgendeiner gehobenen Position an der Oper.« Er tat so, als sei nie etwas passiert, und wickelte mich in Sekundenbruchteilen um den kleinen Finger. Sein Charme war einfach unwiderstehlich. Ich spürte seine warme, kräftige Hand durch den Stoff meiner Seidenbluse, atmete seinen herben Geruch ein. Wir bewegten uns in Richtung Tür. Ich sah das Licht im Pfarrsaal und die anderen Chormitglieder, die Folien von Platten mit Snacks zogen.

Ben redete immer weiter auf mich ein. »Dieser Mann, den du gleich kennenlernen wirst ... er hat mich eingeladen, die Orgel in ...«

An der Schwelle zum Pfarrsaal blieb ich kurz stehen und hatte plötzlich ein Déjà-vu-Erlebnis. Erst vor drei Monaten hatte ich hier gestanden und auf Zac gewartet. Ich hatte zugeschaut, wie sich der Chor im Pfarrsaal versammelt hatte, hatte Jo wiedergesehen und wenig später Ben zum ersten Mal getroffen. Ich hatte auf Zac gewartet ...

Trotz Bens festem Griff drehte ich mich um, schaute zurück in die Kirche. Dort stand Zac mit verschränkten Armen. Sein sonst so strubbeliges Haar war glatt gekämmt, er sah uns stirnrunzelnd nach und wirkte sehr einsam.

»Komm schon, Fran«, drängte Ben und zerrte mich weiter. Aber das wäre falsch, wie mir schlagartig klar wurde. Ben konnte mich nicht mehr fesseln.

»Ben«, sagte ich und entzog mich ihm. »Es tut mir leid, ich komme nicht mit auf die Party.«

»Was?« In diesem Augenblick sah auch er Zac. »Oh«, meinte er überrascht. »Verstehe.« Und dann lief er weiter und tauchte ein in das Meer seiner Bewunderer.

Langsam ging ich zurück in die Kirche. »Es tut mir leid«, sagte ich zu Zac und fühlte mich plötzlich befangen. »Ben lässt einfach keine Zurückweisung zu.«

Zacs versteinerter Blick verwandelte sich in ein Lächeln. »Es hat aber reichlich lange gedauert, bis du das kapiert hast.«

Ich lachte. »Also, wohin gehen wir?«

»Ich dachte schon, du würdest nie fragen.« Nun lachte auch er. »Ich hab doch versprochen, dich zum Essen einzuladen. Zehn Uhr ist zwar schon ziemlich spät, aber ich möchte gern etwas mit dir besprechen.«

»Okay.« Wie geheimnisvoll. »Ich kenne eine gute Tapas-Bar«, sagte ich. Der Laden, in dem ich zusammen mit Jo gewesen war, fiel mir wieder ein. »Dann brauchen wir keine komplette Mahlzeit mehr zu bestellen.«

»Klingt perfekt. Dann los.« Er half mir in den Mantel.

»Hätte ich mich umziehen sollen?« Ich schaute auf meinen langen schwarzen Rock.

»Unfug, du siehst super aus.« Und er meinte es auch so.

Er wartete, bis ich fertig war, dann eilten wir in die eisige Nacht hinaus, ohne einen Blick auf die Party zu werfen.

41. Kapitel

Ich sah Gabriel, wie eine Jungfrau oder wie der Mond über dem See. Sein Haar fiel lang herab, wie das einer Frau … Er ist der schönste der Engel … sein Gesicht ist wie eine rote Rose.

Ruzbehan Baqli

Auf der Straße war es ganz still. Arm in Arm liefen wir unter den Laternen entlang und schauten in die hell erleuchteten Wohnungen. Dort, wo die Bewohner vergessen hatten, die Vorhänge zuzuziehen, konnte man Bücherregale erkennen, geschmückte Weihnachtsbäume und flackernde Fernsehbildschirme. Andere Leben, andere Welten. Wir bogen in eine Straße, wo die alten Häuser im kalten Dunkel lagen, in ihre Geheimnisse versunken. Einen Moment lang schien der Nebel, der Vergangenheit und Gegenwart trennte, so dünn zu sein, dass es mich nicht überrascht hätte, wenn Laura vor uns die Straße überquert hätte.

Wir öffneten die Tür zur Tapas-Bar und tauchten in die Gegenwart ein: verrauchte Luft, laute Flamencomusik, schrille Stimmen. Ein Paar machte gerade einen Ecktisch frei. Wir setzten uns, bestellten Speisen und Getränke, ehe der Kellner, der gekommen war, um den Tisch abzuräumen, wieder entwischen konnte. Er brachte uns sofort eine Flasche Wein.

Wir sprachen über das Konzert, scherzten über das Leben im Pfarrhaus. Heute Morgen hatte Jeremy seine Brille verlegt und wie verzweifelt danach gesucht, bis seine Frau sie an der Stelle gefunden hatte, wo sie hingehörte.

»Hast du nicht das Gefühl, dass du dich besonders gut benehmen musst, solange du dort bist?«, fragte Zac und goss uns noch etwas Wein ein. Im Kerzenlicht sah er mit seinen schwarzen Haaren, den funkelnden Augen und dem Dreitagebart beinahe selbst wie ein Spanier aus.

Ich nickte. »Am Anfang schon, aber nun nicht mehr. Die Quentins sind wirklich sehr nett, und wir kennen uns nun schon so gut, dass inzwischen richtige Familienrituale entstanden sind.« Familienrituale. Die hatten Dad und ich auch gehabt. Jetzt, wo er tot war, kehrten die Erinnerungen daran zurück. Jeden Tag fielen mir neue schöne Episoden aus der Vergangenheit ein. Ich dachte an unsere gemütlichen Sonntagsfrühstücke, an Spaziergänge am Fluss, als er mich immer an die Hand genommen hatte, an Kirchenbesuche, bei denen er mir die bunten Fenster erklärt hatte. Es waren kostbare Erinnerungen voller Zärtlichkeit.

»Jeremy und Sarah vermissen ihre Töchter. Ich bin so etwas wie ein Ersatz für sie«, erklärte ich Zac. »Ich glaube, es lenkt Sarah von ihren Sorgen um Miranda ab, wenn sie sich um mich kümmern kann.«

»Das ist die jüngere Tochter, oder?«

»Genau. Sie leidet an Magersucht. Und ihre Eltern können ihr kaum helfen, weil sie sie nicht an sich ranlässt.«

Zac nickte. »Das muss sehr schwer für sie sein.«

»Jo hat mir angeboten, bei ihr einzuziehen«, sagte ich. »Aber ich habe abgelehnt.«

»Würdest du dich bei ihr denn nicht wohler fühlen?«

»Seltsamerweise nicht. Jos Wohnung erinnert mich viel zu sehr an das Haus ihrer Eltern. Außerdem will ich ihr und Dominic nicht im Weg stehen.«

Zac lächelte und schaute in die Ferne.

»Was ist los?«, fragte ich. Ich hatte das Gefühl, dass nun alle Barrieren zwischen uns aus dem Weg geräumt waren. Er hielt seinen Finger dicht an die Flamme der Kerze, dachte offenbar nach; dann schien er eine Entscheidung getroffen zu haben.

»Fran«, sagte er, ohne mich anzusehen. »Ich muss dir etwas sagen. Ich werde von hier weggehen.«

»Weggehen? Was meinst du damit?«

»Während meiner Krankheit hatte ich Zeit nachzudenken. Über Olivia. Ich muss sie suchen, Fran.«

Ich sah ihn erstaunt an. »Aber du hast doch gesagt, du würdest niemals dorthin gehen, wo …«

»… ich nicht erwünscht bin. Ja, das stimmt.« Er nickte. »Aber Amber hat etwas gesagt, was mich nachdenklich gestimmt hat. Sie ist ein sehr kluges Mädchen. Sie hat mich gefragt, ob ich zufrieden damit sei, Olivia nicht zu sehen. Und ich sagte: ›Nein, natürlich nicht. Es macht mich verrückt.‹ Darauf meinte sie … Sie meinte, ich solle meinen Stolz überwinden, mich auf den Weg machen und sehen, was passiert. Sie sagte, wenn man eine Person liebt, müsse man um sie kämpfen. Natürlich gibt es auch eine Zeit, wo man sich zurückhalten und abwarten muss, aber das habe ich jetzt lange genug getan.«

»Ja.« Ich war wie betäubt. »Aber wo willst du sie suchen? Ich dachte, sie wäre umgezogen. Wie lange wirst du weg sein?«

»Ich werde mit ihrer letzten Adresse anfangen. Keine Ahnung, wie lange ich unterwegs sein werde, auf jeden Fall habe ich noch diese Woche einen Flug gebucht. Am Freitag, um genau zu sein. Danach steigen die Preise rapide an, wegen Weihnachten. Ich musste mich schnell entscheiden.«

»Freitag«, wiederholte ich tonlos. »Aber Zac, das kommt alles so schnell.« So viele Fragen schwirrten mir plötzlich durch den Kopf. Ich wusste nicht, welche ich zuerst stellen sollte, und spürte Panik in mir aufsteigen.

»Ich brauche eine Auszeit, Fran. Um alles hinter mir zu lassen. Ich kann von dir nicht verlangen, mir den Job freizuhalten, das wäre nicht fair. Aber vielleicht sollte ich ohnehin einen Neuanfang wagen. Ich habe eine schwere Zeit hinter mir.«

»Ohne dich hätte ich es nicht geschafft, Zac.« Tränen stiegen mir in die Augen. Ich wandte mein Gesicht ab, damit er sie nicht sehen konnte. »Ich will nicht, dass du gehst. Das ist so schrecklich.«

»Es ist nicht schrecklich, Fran. Ich freue mich darauf. Ich werde Olivia suchen. Natürlich werde ich nicht unangekündigt bei ihr vor der Tür stehen. Ich werde herausfinden, wo sie sich aufhält. Dann spreche ich mit Shona und bitte sie, dafür zu sorgen, dass wir uns sehen können.«

»Und was passiert, wenn sie dich nicht lässt?« Inzwischen schaute ich ihm tapfer in die Augen. Mühsam riss ich mich zusammen. Nein, ich würde nicht heulen. Auf keinen Fall.

Er trank einen Schluck Wein und starrte in die Kerzenflamme, als könnte er darin etwas erkennen. »Keine Ahnung«, antwortete er schließlich schulterzuckend. »Aber dann habe ich es wenigstens versucht. Das ist doch immerhin etwas, oder?«

»Wann kommst du zurück?«

»Keine Ahnung. Ich habe ein Visum für drei Monate. Meine Wohnung werde ich solange behalten, die Sachen aber einlagern. David kümmert sich um meine Glasarbeiten. Wenn ich dort einen Job finde und eine Arbeitserlaubnis bekomme … Vielleicht bleibe ich dann und löse hier alles auf. Aber ich schätze, das wird nicht so einfach sein.«

Er würde fort sein, aus meinem Leben verschwinden. Vielleicht sah ich ihn nie wieder. Jetzt konnte ich die Tränen nicht länger zurückhalten. Ich versuchte wegzuschauen, aber er streckte die Hand aus und berührte meine Wange.

»Hey«, sagte er leise. »Du weinst ja. Was ist los? Es ist nicht das Ende der Welt.«

»Doch.« Ich schluckte. Die Tränen kullerten nun in dicken Tropfen. »Du darfst nicht gehen. Nicht jetzt.« Ich griff nach einer Papierserviette und putzte mir die Nase.

»Du Dummerchen. Du kommst auch ohne mich zurecht, warte nur ab. Du hast doch jetzt Amber. Und du findest sicher auch noch jemand anders, um mich zu ersetzen.«

»Das ist es nicht, Zac. Ich werde *dich* vermissen.«

Er saß da und schaute mich an. Ich sah, wie er langsam verstand und ein Leuchten über sein Gesicht huschen.

»Du wirst *mich* vermissen? Wirklich? Aber du hast doch Ben, oder nicht?« Sein Blick war unergründlich.

»Nein, Zac, ich habe Ben nicht. Es war nie wirklich Ben. Na ja, eine Zeit lang habe ich gedacht, es wäre so, aber ich habe festgestellt, dass ich mich geirrt habe.« Alles, was ich für ihn empfunden hatte, war nun verschwunden. Plötzlich erkannte ich die Wahrheit. »Es wird mir erst jetzt klar, hier wie in der Kirche. Es ist wie … oje, Zac, ich weiß nicht, wie ich das sagen soll.«

Er sah mich über den Tisch hinweg forschend an. Ich versuchte, irgendwie zu lächeln, aber mein Mund gehorchte einfach nicht. Jetzt hatte ich mich komplett lächerlich gemacht.

»Du möchtest nicht, dass ich weggehe?«, fragte er leise. »Ganz sicher nicht?«

»Ich möchte, dass du Olivia suchst, es wäre egoistisch von mir, dir das auszureden. Aber ich will nicht, dass du weggehst. Oder besser gesagt, ich will, dass du zurückkommst. Und zwar so schnell wie möglich. Ich brauche dich. Nicht nur im Laden, meine ich. Na ja, da natürlich auch. Aber vor allem für mich. Ich brauche dich für *mich.*«

Zac starrte mich eine Zeit lang wortlos an. In seinem Gesicht spiegelten sich die unterschiedlichsten Gefühle. Schließlich lächelte er, ein schiefes Lächeln, das sich in ein Lachen verwandelte. Seine Augen leuchteten, und jetzt wusste ich, dass alles gut würde. Er griff nach meiner Hand, und wir saßen da und lächelten uns an.

Dann brachte der Kellner eine Platte mit Tapas. Wir aßen, ohne viel zu sagen, schauten uns dabei aber ständig an. Einmal hob er die Hand und streichelte mir über das Gesicht. Ich hielt seine Finger fest, führte sie an meine Lippen und biss zärtlich hinein. Danach legte ich seine große, kühle Handfläche an meine heiße Wange und schloss die Augen. Ich fühlte mich sicher und beschützt.

»Dessert? Kaffee?«, fragte der Kellner, als er die leeren Teller abräumte.

Zac sah mich fragend an. »Nein«, antwortete ich hastig. »Danke.«

Ich ließ Zac die Rechnung begleichen und mir in den Mantel helfen. Dann standen wir draußen auf der Straße. Dieses Mal legte Zac den Arm um mich und hielt mich fest. Ich war nicht mehr allein.

An der nächsten Ecke, wo uns niemand sah, zog er mich in den dunklen Eingang eines Bürogebäudes, und wir küssten uns. Es waren lange, sehnsüchtige Küsse, die mich schwindelig machten. Jetzt wusste ich, wie sein Haar sich anfühlte, dick und lockig, wie rau sein Kinn war, wie seine

Augen glühten. Ich hatte keine Ahnung, wie viel Zeit vergangen war. Als wir uns endlich voneinander lösten, wickelte er mich in seinen Mantel, um mich gegen die Kälte zu schützen. Aber ich zitterte trotzdem noch.

»Was sollen wir jetzt machen?«, flüsterte er. »Bei mir herrscht großes Chaos, weil ich schon alles gepackt habe. Ich schlafe im Moment auf dem Sofa.«

Es war fast Mitternacht – zu spät, um ihn ins Pfarrhaus mitzunehmen. Aber wir wollten uns noch nicht trennen.

»Ich habe eine Idee«, antwortete ich.

In der Wohnung über *Minster Glass* war es genauso kalt wie draußen, weil der Strom abgestellt worden war. Aber wir wärmten uns gegenseitig. Irgendwie schien es richtig zu sein, die Wohnung wieder zu einem Ort der Liebe zu machen, uns unter eine Decke aufs Sofa zu kuscheln und den Geruch von Feuchtigkeit und Qualm einfach zu ignorieren.

In Zacs Armen fühlte ich mich sicher. Endlich war ich nach Hause gekommen, richtig nach Hause. Ich vergoss ein paar Tränen – vor lauter Glück und weil er bald eine Weile weg sein würde.

»Wein doch nicht«, flüsterte er und küsste mich wieder. Und dann raunte er mir ins Ohr. »Ich liebe dich.«

»Ich liebe dich auch.« Ich schaute in sein Gesicht, das im Licht der Straßenlaternen ein bisschen fremd und sehr ernst aussah. Sanft strich ich ihm über die Wange.

»Ich liebe dich schon so lange, Fran.«

»Wie lange?«, fragte ich, dabei wusste ich die Antwort längst. So vieles ergab nun plötzlich einen Sinn. Zacs barsche Art. Seine Traurigkeit. Ich hatte alles auf Dad und Olivia geschoben, dabei waren sie gar nicht der alleinige Grund gewesen.

»Erst seit du im September zurückgekommen bist«, sagte er. »Traurig, oder?«

»Oh Zac.«

»Ja, aber du hast es nicht gemerkt, oder?«

Warum nicht? Warum merkt man so etwas nicht? Weil wir auf andere Dinge achten, auf andere Menschen. Dabei ist das, was wichtig ist, oft so nah.

»Ich war mir erst nicht sicher«, fuhr er fort. »Ehrlich gesagt, bist du mir ziemlich auf die Nerven gegangen. Ich fand dich nett, aber auch ziemlich egoistisch.«

Egoistisch. Noch vor drei Monaten hätte ich das weit von mir gewiesen. Jetzt tat es immer noch weh, aber ich verstand, wieso er diesen Eindruck gewinnen konnte. Ich war innerlich sehr verschlossen gewesen. Wie eine unreife Nuss. »Du bist ein stilles Wasser, Zac McDuff«, sagte ich zu ihm. »Und du bist schrecklich, ehrlich.«

Er legte den Kopf in den Nacken und lachte. Seine Augen leuchteten in dem goldenen Licht.

»Aber die ganze Zeit, als ich mit Ben zusammen war …« Es musste ihm schrecklich wehgetan haben.

»Ich konnte nie glauben, dass du den Typen nicht durchschaut hast«, sagte Zac aufbrausend. »Das Wort ›Mogelpackung‹ steht ihm doch mitten ins Gesicht geschrieben.«

Ich dachte kurz darüber nach. Armer alter Ben. Ja, er war arm, denn auch wenn er Menschen benutzte, er konnte es nicht selbst erkennen. Er war blind vor Ehrgeiz, und am Ende würde er daran zugrunde gehen. Trotzdem musste es für Zac schwer gewesen sein, mich mit ihm zu sehen und nichts sagen zu können. Denn wenn er es versucht hätte, hätte ich ihn mit Sicherheit in die Schranken gewiesen.

Trotz der Kälte schliefen wir erstaunlicherweise zusammen ein, bis am nächsten Morgen die Sonne aufging und der

Hunger uns aus dem Bett trieb. Wir gingen auseinander und versprachen, dass wir uns abends wieder treffen würden. Ich schlich zurück ins Pfarrhaus und huschte die Treppe hinauf, obwohl ich Sarah in der Küche hantieren hörte. Nur Luzifer, der auf der Heizung in der Diele lag, sah mich. Er hielt in seinen Putzbewegungen inne und warf mir vorwurfsvolle Blicke zu. Inzwischen hatte er sich an mich gewöhnt, aber ich hatte nicht den Eindruck, dass er mich mochte.

Jeremy und Sarah ließen keinen Ton über meine Abwesenheit verlauten. Aber vielleicht hatten sie gar nicht mitbekommen, dass ich nicht im Bett gewesen war.

In den nächsten Tagen verbrachten wir so viel Zeit wie möglich zusammen. Allerdings handelte es sich wegen der Proben zu einem Weihnachtskonzert in der Wigmore Hall, an dem ich teilnehmen würde, und Zacs Reisevorbereitungen nur um wenige Stunden.

»Ich bleibe nur so lange weg, wie ich muss«, beteuerte er und strich mir übers Haar. Es war Dienstagnachmittag, und wir saßen auf einer Bank im St. James's Park. Es war dieselbe Bank, auf der Michael damals gesessen hatte. »Dann komme ich sofort zurück, ich versprech's.«

Ich öffnete den Mund, um zu protestieren, doch dann sah ich sein Gesicht. Er hielt seine Gefühle zurück, und ich wusste, dass ich nichts sagen durfte. Mir stand eine schwere Zeit bevor, aber für ihn würde sie noch viel schwerer sein. Er befand sich vor einer Reise ins Unbekannte, und ich musste ihn unterstützen. Ich umarmte ihn wortlos, und er drückte mich so fest an sich, dass es wehtat.

An seinem letzten Abend kam Zac zum Abendessen ins Pfarrhaus. Jo kam ebenfalls und brachte Dominic mit. Auch wenn wir nie darüber gesprochen hatten, war klar, dass meine neuen Ersatzeltern Zac in den letzten Wochen ins Herz geschlossen hatten. Als ich ihnen etwas verlegen gestanden hatte, dass sich unsere Beziehung verändert hatte, hatte Sarah ihn sofort in die Familie integriert. Sie hatte ihm die Adresse von Freunden gegeben, die in Melbourne lebten und sofort angeboten, ihn bei sich aufzunehmen. Außerdem nähte sie einen Riss in seiner alten Jacke, was ich niemals gekonnt hätte. Und er erst recht nicht.

Sowohl Jo als auch Dominic hatten sich auf ihre ganz eigene Weise verändert. Jo wirkte glücklicher, ja, sie war fast wieder die Jo, die ich aus Schulzeiten kannte, auch wenn ab und zu noch eine gewisse Zurückhaltung aufblitzte. Dominic schien das nicht zu belasten. Er ging wieder zur Arbeit, sein Leben war entspannter, seit seine Mutter in einem Heim untergebracht war. Jo wollte in der Zeit, bis sie ihren neuen Job antrat, eine Weile nach Horsham fahren, um seiner Schwester beim Ausräumen des Hauses zu helfen. Maggie wurde in diesem Stadium ihrer Schwangerschaft schnell müde.

»Was proben wir denn als Nächstes im Chor?«, fragte ich Dominic irgendwann.

»Den *Messias*«, antwortete er. »Der ist sehr beliebt und relativ leicht zu singen. Übrigens habe ich mir die ausgefüllten Fragebogen mal angesehen.«

»Und?«

»Ganz unterschiedlich«, erklärte er. »Einerseits hat Ben Grund, sich zu freuen, denn alle finden, dass er ein hervorragender Chorleiter ist. Aber er wird auch enttäuscht sein. Einige teilen zwar seine Vision und wünschen sich, dass der Chor groß und berühmt wird, aber die meisten möchten, dass alles so bleibt, wie es ist. Manche beklagen sich auch, dass die Mitgliedsbeiträge schon jetzt zu hoch sind.«

»Also das, was wir erwartet haben«, meinte Jeremy Quentin und schnitt ein Stück Lammbraten ab. »Ich hoffe bloß, Ben ist darüber nicht allzu frustriert. Er ist ein ausgezeichneter Organist. Wir können uns glücklich schätzen, ihn zu haben.«

»Willst du weiter im Chor mitsingen?«, fragte Zac mich in einem ruhigen Moment, als Jo und Dominic gegangen waren.

Ich überlegte kurz. Eigentlich schon, denn das Singen in der Gemeinschaft hatte mir viel Spaß gemacht. »Hättest du was dagegen?«

Er antwortete nicht gleich, und ich wusste, dass ihm die Vorstellung nicht gefiel, dass ich Ben weiterhin regelmäßig begegnete. »Du musst das tun, was du tun möchtest«, sagte er schließlich und lächelte. »Was es auch ist, ich habe nichts dagegen.« Damit sagte er *Ich vertraue dir*, und dafür liebte ich ihn.

»Vielleicht habe ich mit meinen Orchesterverpflichtungen und der Arbeit im Laden gar nicht die Zeit dazu. Aber ich würd's gern versuchen. Ich liebe den *Messias.*« Tatsächlich kannte ich ihn in- und auswendig. Vielleicht würde es ja reichen, wenn ich nur ab und zu zur Probe erschien.

Am nächsten Morgen fuhren Zac und ich mit dem Taxi durch die frühmorgendliche Dunkelheit zum Flughafen. Es war schrecklich zuzusehen, wie er zum Sicherheitsbereich ging, sich umdrehte, ein letztes Mal winkte und dann in der Menschenmenge verschwand.

Weihnachten war eine schwere Zeit für mich. Kein Dad, kein Zac, kein Zuhause. Auch für die Quentins war es nicht ganz einfach. Sie hatten gehofft, ihre beiden Töchter kämen zu Besuch, aber an Heiligabend, kurz bevor Fenella und ihr Verlobter kamen, erhielten sie einen Anruf von Miranda. Sie würde nicht kommen. Jeremy und ich saßen in der Küche und hörten, wie Sarah bettelte und flehte, ihr anbot, ihr Vater würde sie in Bristol abholen, aber sie weigerte sich. Vielleicht könnten sie sie ja zu Silvester besuchen, schlug Miranda vor, aber wir hatten alle das Gefühl, dass sie bloß versuchte, ihre Mutter abzuwimmeln. Als das Gespräch beendet war, weinte Sarah, und Jeremy musste sie trösten. Ich betrachtete das Foto von Miranda auf der Kommode: ein glücklich strahlendes Kind in Schuluniform. Keine Spur davon, dass sie einmal an Magersucht leiden könnte.

Ich überlegte, wie Zac wohl mit seiner Suche nach Olivia vorangekommen war. Zu Anfang hatten wir noch regelmäßig miteinander telefoniert. Er hatte aus Melbourne angerufen, manchmal mitten in der Nacht, und einsam und elendig geklungen. Nachdem er jedoch den ersten Abend bei den Freunden der Quentins verbracht hatte, hatte er sich wesentlich besser angehört.

Es dauerte eine Woche, ehe er Shona und Olivia ausfindig gemacht hatte, und eine weitere, bis er mit Shona reden konnte. Es stellte sich heraus, dass sie gar nicht mehr an der Adresse wohnte, an die er all die Jahre seine Karten geschickt hatte. Die ältere Nachbarin, die ihn darüber informierte, wusste nicht, wo sie hingezogen, sondern nur, dass sie verheiratet war. Shonas Vater sei vor zwei Jahren gestorben, berichtete sie, seine Witwe sei letztes Jahr an Weihnachten in ein kleineres Haus auf der anderen Seite der Stadt gezogen. Es war noch zu früh, um ihre Adresse in einem der Telefonbücher zu finden, wie Zac feststellte, als er nach E. Donaldson suchte. Also rief er sämtliche anderen Donaldsons an, und endlich, kurz vor Weihnachten, hatte er

Shonas Onkel ausfindig gemacht, ihm die Nummer des kleinen Hotels gegeben, in dem er wohnte, und gewartet.

Als Zac Heiligabend anrief, klang er nervös und resigniert. Den ersten Weihnachtstag wolle er bei den Freunden der Quentins verbringen, erzählte er, und ich war erleichtert. Trotzdem dachte ich am nächsten Tag ununterbrochen an ihn.

Eine Woche verging, in der der Donaldson-Clan beratschlagte, dann erfuhr Zac eines Abends, als er ins Hotel zurückkam, dass Shona angerufen hatte.

Wenig später rief Zac erneut an und berichtete, dass er Olivia getroffen habe. Er war viel zu aufgewühlt, um zusammenhängend zu erzählen, aber ein paar Dinge bekam ich mit. Shona war mit einem Mann verheiratet, der ebenfalls Kinder aus einer früheren Beziehung hatte. Sie hatte Olivia erklärt, dass sie einen Vater in England habe, den sie jedoch nicht sehen könne.

»Sie hat es nicht mal versucht, Fran, das ist es, was mich am meisten schmerzt«, sagte er.

»Aber heute hat sie erlaubt, dass du deine Tochter treffen kannst?«

»Ja, ihre Mutter hat sie offenbar dazu überredet. Sie sagte, Olivia würde sonst vielleicht eines Tages erfahren, dass ich extra gekommen sei, um sie zu besuchen; vielleicht würde sie ihrer Mutter nie verzeihen. Aber Shona wollte auf keinen Fall, dass ich zu ihnen nach Hause komme. Also haben wir drei uns in einem Café getroffen. Es war unglaublich, meine Tochter nach so langer Zeit wiederzusehen. Ich meine, sie war damals noch ein kleines Baby. Sie ist Shona sehr ähnlich, aber die Art, wie sie sich bewegt – das erinnert mich sehr an meine Mom. Dabei haben sie sich nie im Leben gesehen. Wie funktioniert das mit den Genen?«

»Keine Ahnung.« Ich lachte. »Wie ist sie denn sonst so?«

»Sehr selbstsicher und sehr ernst. Sie hört ganz genau zu. Ich kam mir vor wie … wie ein Fremder, zu dem sie einfach nur nett und höflich war. Trotzdem glaube ich, dass sie sich gefreut hat, mich zu sehen. Shona behütet sie sehr, aber in ein paar Tagen darf ich sie noch einmal sehen. Ich habe ja keine Ahnung, was man mit einem Mädchen so macht. Shona hat vorgeschlagen, zum Rollerskaten mit ihr zu gehen. Hoffentlich kann ich das noch.«

Bei der Vorstellung, wie Zac auf Rollerskates herumstolperte, musste ich lachen. »Verletz dich um Himmels willen nicht«, sagte ich. »Ich hätte dich gern heil zurück.«

»Du kriegst mich heil zurück«, versicherte er leise. »Ich fürchte nur, mein Herz wird zerrissen sein, eine Hälfte wird hier bei meiner Tochter bleiben.«

Darüber dachte ich lange und intensiv nach. Viele Frauen hätte das sicher verunsichert, aber ich wusste, wie es war, mit nur einem Elternteil aufzuwachsen. Ich war stolz auf Zac und auf das, was er tat; und ich würde ihn dabei unterstützen, wo ich nur konnte.

Ich wünschte mir nur, dass er endlich nach Hause kam.

Jeremy und Sarah fuhren über Silvester zu ihrer jüngeren Tochter und ließen mich allein im Haus. Es wurde eine sehr produktive Zeit. Die Handwerker würden am ersten Montag im neuen Jahr bei *Minster Glass* anfangen, und bis dahin hatte ich noch eine Menge zu tun.

Es war seltsam, nach so langer Zeit auf Dads Dachboden hinaufzugehen. Alles war genau so, wie ich es zurückgelassen hatte – das Manuskript über die Geschichte der Firma lag auf seinem Schreibtisch, zwischen Aktenstapeln und Papierrollen. Ich wusste, dass ich aufräumen musste.

Als ich auf der Suche nach Gummiringen die Schreibtischschubladen aufzog, erwartete mich eine Überraschung. Eine Schublade war mit kleinen Taschenkalendern aus der Zeit zwischen 1920 und 1930 vollgestopft. Aber ich hatte jetzt keine Zeit, sie mir genauer anzuschauen. In der nächsten befand sich eine Schachtel mit Postkarten, auf denen bunte Glasfenster aus der ganzen Welt abgebildet waren. Wer wohl »Jim« gewesen war, derjenige, der sie geschickt hatte?

In der untersten Schublade entdeckte ich schließlich ein Kästchen mit Gummiringen, und dort fand ich auch eine Pappröhre mit einer Papierrolle. Es war ein Familienstammbaum, in Dads Handschrift sorgfältig beschriftet. Ich rollte sie auseinander und breitete sie auf dem Schreibtisch aus. Da waren wir alle, die Ashes und die Russells und die Morrisons in hundertdreißig Jahren Geschichte. Und es war so, wie ich gehofft hatte. Laura, die Frau von Philip, war meine Ur-Ur-Großmutter. Ihr Sohn Samuel, geboren 1882, hatte die Enkelin von Reuben Ashe geheiratet; somit war ich auch mit Reuben verwandt.

Dad hatte die Namen derjenigen, die je im Besitz von *Minster Glass* gewesen waren, unterstrichen. Samuel war einer von ihnen, Philip und Maries Sohn John jedoch nicht. Neben seinen Namen hatte Dad geschrieben: »In das Reedereigeschäft seiner Familie mütterlicherseits eingestiegen.« Vielleicht hatte John ja tatsächlich den Palazzo in Verona geerbt.

Laura hatte fünf Kinder bekommen, die alle das Erwachsenenalter erreicht hatten. Doch dann hatte es einen ersten Schicksalsschlag gegeben. Ihr dritter Sohn starb 1915 im Alter von dreißig Jahren. Aus der einfachen Zeichnung war nicht zu erkennen, woran er gestorben war, aber vermutlich war er in Belgien oder Frankreich an der Front gefallen.

Ich sah mich auf dem Dachboden um und fragte mich, welche Geheimnisse hier wohl noch verborgen sein mochten. Vielleicht gab es ja irgendwo im Haus ein Foto von Laura; wenn nicht hier oben, dann möglicherweise in den unteren Räumen. Sobald ich Zeit hätte, würde ich danach suchen. Und vielleicht würde ich eines Tages Dads Chronik von *Minster Glass* zu Ende schreiben. Das hätte er sich bestimmt gewünscht.

42. Kapitel

Möge der Erzengel Raphael uns auf dem langen Weg begleiten; und mögen wir in Frieden und Freude in unsere Häuser zurückkehren.

Katholisches Gebet

»Halt es höher! Noch höher! Okay, jetzt nicht mehr bewegen.«

Amber lief nach draußen, stemmte die Hände in die Hüften und betrachtete stirnrunzelnd die Schaufensterauslage. Dann machte sie eine weitere kleine Handbewegung, und Anitas Mieter Larry, der auf einem Stuhl stand, hob die Eisenkette mit dem Engelbild noch ein paar Millimeter höher. Amber kniff die Augen zusammen und justierte erneut. Jetzt rutschte der Engel wieder nach unten, und sie nickte zufrieden. Larry befestigte die Kette am Haken und stieg dann erleichtert vom Stuhl.

»Amber ist nicht leicht zufriedenzustellen«, seufzte er und rieb sich die schmerzenden Arme.

»Glaub ja nicht, dass du schon fertig bist, Larry. Als Nächstes muss der Champagner ausgepackt werden«, erklärte ich lächelnd. Er begann, die Flaschen auf den Tisch neben die Gläser zu stellen, während ich zu Amber hinausging.

Zufrieden betrachteten wir den neuen Engel. Amber hatte ihn ganz allein gemacht; er war in Farbe und Form Dads Engel sehr ähnlich. Aber natürlich trug er auch ein bisschen

Ambers Handschrift. Er sah jünger aus und viel lebendiger als Dads Version von 1970.

»Er ist wunderschön«, versicherte ich Amber. Erst jetzt, wo er an seinem Platz hing, war der Laden wirklich fertig. Ich schaute auf meine Uhr. »Nur noch eine halbe Stunde, bis die Gäste kommen.«

»Ich werde Anita helfen, die belegten Brötchen reinzutragen«, sagte Amber. Ich sah zu, wie sie im Café verschwand. Wie selbstbewusst sie in der letzten Zeit geworden war. Es war nun Anfang Februar, und sie hatte einige Fortbildungskurse an einem nahe gelegenen College besucht und eine Menge Zeit in ihr ganz persönliches Projekt investiert, in diesen Engel. Ihre Beziehung zu Larry war noch zart und scheu, aber sie waren glücklich zusammen. Larry hatte vor Kurzem eine Ausbildung im Hotelmanagement begonnen. Was wohl Mrs. Finnegan in Kerry dazu sagen würde, dass ihr geliebter jüngster Sohn sich eine Halbägypterin ausgesucht hatte? Ich hoffte, dass Ambers natürlicher Charme und ihre Liebe zu Engeln alles gut werden lassen würde.

Ich warf noch einen letzten Blick ins Schaufenster. Dann ging ich zurück in den Laden, um Larry zu helfen.

»Hier drinnen wird es sicherlich gleich eng«, sagte ich, während er Gläser polierte. »Aber notfalls können wir ja in die Werkstatt ausweichen.«

Larry nickte. »Oder nach draußen. Wir haben riesiges Glück mit dem Wetter.«

Er hatte recht. Es war ein wunderbarer, ungewöhnlich warmer Samstag. Als ich am Morgen draußen gewesen war, hatte zwar noch leichter Frost auf den Bäumen und auf der Wiese im Park gelegen, aber der war inzwischen verflogen. Und jetzt schien die Sonne von einem strahlend blauen Himmel herab.

Die Party zur Wiedereröffnung von *Minster Glass* war auch Ambers Idee gewesen. Die Handwerker hatten in den letzten fünf Wochen unglaublich hart gearbeitet, Kabel neu verlegt, die Dielen restauriert, tapeziert und gestrichen. Der muffige Brandgeruch war dem Geruch von frischer Farbe gewichen. Die Regale waren vollgepackt mit neuem Glas, an der Decke hingen bunte Lampenschirme, an den Wänden Spiegel und Bilderrahmen aus Glas. Wie Ambers Engel war alles so restauriert worden, dass es aussah wie früher, aber trotzdem komplett neu war. Damit konnte ich gut leben.

Ich war rundum zufrieden. Vor allem die neue Beleuchtung gefiel mir, und ich hoffte, dass sich Zac, wenn er nach Hause kam, über die Werkstatt mit den großen Regalen, den praktischen Arbeitstischen und den vielen neuen Geräten freute. *Falls* er nach Hause kommt, dachte ich traurig.

Neujahr hatte er angerufen und mir gesagt, dass er beschlossen hätte, noch ein wenig durchs Land zu reisen. »Es wäre verrückt, das nicht zu tun, wo ich einmal hier bin«, hatte er gesagt. Ich war zwar enttäuscht gewesen, hatte aber versucht, mir nichts anmerken zu lassen. Seine Stimme hatte irgendwie anders geklungen als sonst, unbeschwerter. Er habe Olivia zwischen den Feiertagen noch ein paarmal gesehen, erzählte er mir, und habe dann spontan einen Flug nach Sydney gebucht.

Eine Woche später war eine Postkarte mit der Hafenansicht angekommen. An der Stelle, an der sich sein Hotel befand, hatte er ein kleines Kreuzchen eingezeichnet. Eine Woche danach lag ein Foto von Ayers Rock bei Quentins auf der Fußmatte. Und letzte Woche schließlich eine Karte mit bunten Fischen – offenbar war er inzwischen am Barrier Reef angekommen. Auf die Rückseite hatte er geschrieben:

Du glaubst gar nicht, was für erstaunliche Dinge ich gesehen habe. Die Landschaft ist spektakulär, das Blau des Meers wie Licht, das durch opaleszierendes Glas fällt. Bis bald, Zac.

Ich stellte die Karte zu den anderen ins Bücherregal, nahm sie dann noch einmal in die Hand und las sie. Von Rückkehr war keine Rede. Er hatte seit einigen Wochen nicht mehr angerufen, nur einmal eine Nachricht hinterlassen, als keiner zu Hause gewesen war. Darin sagte er etwas davon, dass er noch lebe und sich bald wieder melden würde. Das hatte er aber nicht getan. Und ich hatte keine Adresse von ihm, bloß die von den Freunden der Quentins in Melbourne. Am Ende war ich das Warten leid und schrieb ihnen einen Brief, dem ich einen Umschlag für Zac beilegte. Das Schreiben an ihn hielt ich betont locker und unverbindlich, in der Hoffnung, dass er nicht merkte, wie sehr ich litt. Ich erinnerte Zac daran, wie schön London im blassen Januarlicht war, berichtete ihm, dass man mir angeboten hatte, bei einem Musikfestival nächsten Monat in Birmingham das Vaughan-Williams-Tuba-Konzert zu spielen, und richtete ihm Grüße von David aus. Außerdem schrieb ich ihm, dass der Laden fast fertig und unsere Auftragsbücher gut gefüllt seien. Ihn zu bitten, bald nach Hause zu kommen, erschien mir als nicht fair. Er brauchte seine Freiheit. Aber ich hoffte, dass die Erinnerung an das Leben hier ihn dazu bewegen würde, bald zurückzukehren.

Ich warf den Brief in den nächsten Briefkasten und wandte mich zum Gehen. Plötzlich wünschte ich, ich hätte etwas liebevoller geschrieben und ihn doch gebeten, sich zu melden und nach Hause zu kommen. Aber nun war es zu spät.

Jetzt öffnete ich die Ladentür, damit Anita und Amber die

Tabletts mit den belegten Brötchen hereintragen konnten. Zusammen stellten wir sie auf die Theke, neben den Stapel Teller und die Servietten.

»Ich freue mich so, dass du wieder eröffnest«, sagte Anita und wehrte meinen Dank ab. »Das ist gut für uns alle. Aber ich verstehe gar nicht, wie du mit all diesen Spiegeln leben kannst. Ich würde ständig nur davorstehen.«

Ich lachte.

»Wie alles funkelt und blitzt!«, rief Amber und tanzte ausgelassen durch den Raum.

»Amber …«

»Vorsicht! Glas!«, rief Larry gerade noch rechtzeitig.

»Schaut nur, die ersten Gäste!« Ich sah Jo und Dominic Hand in Hand näher kommen. »Und da kommen auch die Quentins.« Jeremy hielt einen riesigen Blumenstrauß in der Hand.

»Keine Sorge, ich bin geübt«, sagte Larry. Er wollte gerade eine Sektflasche öffnen und hatte mein besorgtes Gesicht gesehen.

Bald war der Laden voller Menschen. Zacs Freunde David und Janie hatten ihre Kinder mitgebracht, die im Hof spielten. Ra aus dem Heim war gekommen. Dort war inzwischen wieder Ruhe eingekehrt. Cassie und Lisa waren wegen Hausfriedensbruchs verurteilt worden und gegen eine Auflage von einer Haftstrafe verschont geblieben. Beide waren inzwischen in anderen Einrichtungen untergebracht, wo Sarah sie ein- oder zweimal besucht hatte. Sie berichtete, dass Cassie ihre Tat sehr bereue. Die Chancen standen also gut, dass sie irgendwann als das gesehen würde, was sie war: ein dummer Streich, der unglücklich verlaufen war. Mit Lisa war es etwas schwieriger; sie reagierte aggressiv auf alle Angebote, ihr zu helfen. »Aber auch sie hat es nicht verdient, ins Gefängnis zu kommen«, sagte Sarah seufzend, und ich stimmte ihr zu.

»Amber ist so glücklich«, flüsterte Ra mir zu und nippte an ihrem Glas Sekt. »Das Mädchen hat sich unglaublich verändert.«

Ich lächelte. »Ja, es ist wirklich erstaunlich.«

»Sie hat großes Glück gehabt, auf jemanden wie Sie zu treffen. Jemanden, der ihr eine Chance gegeben hat.«

»Fran, wie geht es Ihnen? Das ist ja großartig geworden!« Mrs. Armitage segelte in einer Duftwolke herein, ihr Mann folgte ihr dicht auf den Fersen. »Ich habe die Kinderbilder allen meinen Freunden gezeigt. Wundern Sie sich nicht, wenn Sie demnächst mit Aufträgen überschüttet werden.«

»Danke«, antwortete ich. »Amber wird sich freuen, das zu hören.«

Michael und Nina kamen etwas später. »Entschuldige, dass wir uns verspätet haben, aber Nina hatte noch eine Probe.« Michael schüttelte mir die Hand. »Sie arbeitet jetzt mit einem neuen Pianisten zusammen«, flüsterte er mir zu, während Nina ihm etwas zu trinken besorgte. »Hast du das mit Ben schon gehört?«

»Was denn?« Ich sah mich nach Ben um. Nach langem Hin und Her hatte ich mich entschlossen, ihn auch einzuladen. Aber er war nirgends zu sehen.

Ehe Michael antworten konnte, wurden wir unterbrochen. »Eine ausgezeichnete Party, Miss Morrison. Der Sekt ist ganz hervorragend.« Es war der Buchhändler, der seine wirren Haare extra für diesen Anlass glatt gekämmt hatte. Er stellte sich Michael vor, und die beiden waren schon bald in ein Gespräch über James Joyce vertieft. Ich nutzte die Gelegenheit, um zu Jeremy rüberzugehen, der sich eine Lampe im Schaufenster genauer anschaute. »Sie gefällt Sarah so«, sagte er. »Glaubst du, das wäre etwas für ihren nächsten Geburtstag?«

»Sie würde perfekt in euer Wohnzimmer passen«, bestätigte ich. »Aber ich würde sie euch gern schenken. Als kleinen Dank für alles.«

»Das ist doch nicht nötig«, antwortete er rasch und wirkte plötzlich ganz verlegen.

»Wenn sie Sarah wirklich gefällt, dann bestehe ich darauf.« Ich lächelte, denn sie kam in diesem Moment auf uns zu. Jeremy erklärte ihr alles, und sie freute sich wie ein kleines Kind.

»Vielen, vielen Dank. Das ist furchtbar nett von dir! Aber wir haben dich sehr gerne bei uns gehabt.«

»Und ich war gerne bei euch. Jetzt, wo Dad tot ist, seid ihr für mich wie eine neue Familie.«

»Ich weiß.« Sarah umarmte mich. »Genauso empfinden wir es auch, stimmt's, Jeremy? Ich bin so froh, dass der Laden wieder so schön geworden ist, und die Wohnung wird sicher auch ein Traum. Die Handwerker fangen nächste Woche damit an, oder?«

»Ja, dann werde ich euch bald nicht länger im Weg sein.«

»Du kannst dir so viel Zeit lassen, wie du möchtest. Das weißt du.«

»Danke.«

Jeremy räusperte sich. »Ich habe übrigens einen seltsamen Brief von Ben bekommen. Er ... hat gekündigt.«

»Oh, dann sind das sicher die Nachrichten, von denen Michael gesprochen hat.« Ich fühlte mich auf einmal ganz seltsam. »Aber wieso?«

»Man hat ihm offenbar einen interessanten Job in den USA angeboten, die Leitung irgendeines neuen Orchesters. Ich meine, es wäre Boston gewesen. Er fängt Ostern dort an.«

»In Boston? Tatsächlich?« Ich konnte es kaum glauben. Nicht dass ich Ben das nicht zugetraut hätte, aber als Dirigent hatte er sich bisher noch keinen Namen gemacht. Wie um alles in der Welt hatte er das wieder geschafft?

Michael erklärte es uns später genauer. »Dieser Typ von den Philharmonikern war bei unserem Konzert damals und offenbar total beeindruckt von Ben. Er ist ihm sofort wieder eingefallen, als er von einem amerikanischen Kollegen gehört hat, dass sie jemanden suchen, und hat ein gutes Wort für ihn eingelegt. Das Orchester steht irgendwie in Verbindung mit einem College dort, sodass er auch noch kostenlos wohnen kann.« Michael schüttelte den Kopf. »Ben fällt immer auf die Füße.«

Der glückliche Ben. Wieder einmal floh er in die nächste Gelegenheit, ohne sich groß um das Chaos zu kümmern, das er hinterließ. Zweifellos würde er dort neues Unheil anrichten. Im Grunde genommen war ich froh. Denn es war nicht ganz leicht, in seiner Nähe zu wohnen und ständig an ihn erinnert zu werden. Wenn er weg war, hatten vielleicht auch Michael und Nina eine echte Chance.

»Für den Chor ist das sehr schade«, sagte ich trotzdem.

Michael nickte. »Für die gesamte Pfarre. Aber Jeremy Quentin hat ja noch ein paar Monate Zeit, jemand Neues zu finden, und es gibt immer Leute, die für eine Zeit lang einspringen könnten.«

Anschließend unterhielt ich mich mit David, der auch nichts mehr von Zac gehört hatte. Ziemlich enttäuscht stellte ich mich daraufhin einer Frau vor, die allein gekommen war und sich als Freundin eines unserer besten Kunden entpuppte. Sie erwähnte, dass sie möglicherweise einen großen Auftrag zu vergeben habe. Es ginge um Luxuswohnungen, zu der sie und ihr Mann eine entweihte alte Kapelle umbauen wollten. »Die alten Fenster haben eine ziemlich schlechte Qualität, und ein neues Design im Treppenhaus würde sicher toll aussehen«, sagte sie.

»Das klingt sehr interessant«, antwortete ich begeistert. »Wir sollten auf jeden Fall in Kontakt bleiben.«

Allerdings hatte ich keine Ahnung, wer die Entwürfe machen sollte, wenn Zac nicht bald zurückkam. Nun, vielleicht würde David uns notfalls aushelfen.

Um drei Uhr waren alle weg, nur Jo und Dominic, Amber und ich waren zum Aufräumen geblieben. Larry musste zur Arbeit, und Anita war ins Café zurückgegangen. Ganz am Ende war nur ich noch übrig, um den Laden abzuschließen.

Ich stand im Mantel auf dem Gehweg und betrachtete *Minster Glass* – so wie vor einigen Monaten bei meiner Rückkehr nach London. Wie viel hatte sich in dieser kurzen Zeit verändert!

Ich hatte meinen Vater verloren und meine Mutter gefunden. Ich hatte bei der Restauration eines wunderschönen alten Kirchenfensters geholfen und dabei eine Geschichte aus der Vergangenheit entdeckt, eine Geschichte über Menschen, die zu mir gehörten und zu diesem Laden, der nun meiner war. Ganz gleich, was geschehen würde – ob Zac nun zurückkam oder nicht –, ich hatte meinen Platz in der Welt gefunden.

Am darauffolgenden Dienstag saß ich am späten Nachmittag in meinem Wohnzimmer und stapelte Papiere und Bücher in einen Karton, um alles für die Renovierung vorzubereiten. Die Handwerker hatten bereits im Schlafzimmer angefangen und die meisten Möbel in Dads altes Zimmer geräumt. Ich hatte gerade ein altes Adressbuch von Dad gefunden und B wie Beaumont aufgeschlagen. In der gleichmäßigen Handschrift meiner Mutter, die mir von der Widmung in meinem Edward-Burne-Jones-Buch vertraut war, stand dort »John und Lily Beaumont« geschrieben, darunter eine Adresse in Suffolk. Meine Großeltern waren längst tot, und dort würde nun jemand anderes wohnen. Viel wertvoller war der Name darunter: Gillian Beaumont. Dad hatte in seinem Brief erwähnt, dass meine Mutter eine Schwester hatte. Die Adresse, ein Schwesternwohnheim, war sicher nicht mehr aktuell, und wenn sie verheiratet war, trug sie vermutlich einen neuen Namen. Aber vielleicht, ganz vielleicht könnte ich eines Tages versuchen herauszufinden, was aus ihr geworden war. Eine aufregende Vorstellung, dass ich möglicherweise irgendwo eine Tante hatte und vielleicht sogar Cousins und Cousinen.

Während ich so darüber nachdachte, schaute ich versonnen aus dem Fenster. Die Sonne ging bereits unter, gleich würde es dunkel sein. Die kahlen Äste bebten im Wind. Ein paar einsame Gestalten durchquerten die kleine Grünanlage. Eine Frau mit schwarzen Stöckelschuhen und einer Aktentasche; ein gebeugter alter Mann im Dufflecoat und ganz weit hinten eine große Gestalt mit einem offensichtlich schweren Rucksack.

Mein Blick blieb an dem Mann mit dem Rucksack hängen. Als er näher kam, sah ich, dass er strubbelige schwarze Haare und einen Bart hatte und es trotz des Gewichts auf seinem Rücken eilig zu haben schien. Irgendwie erinnerte er mich an Zac. Aber dann wiederum erinnerte mich vieles an Zac. Ich sah ihm weiter zu, und der Verdacht verdichtete sich zur Gewissheit: Tatsächlich, es war Zac!

Ich weiß selbst nicht, wie ich die Treppen hinunter und aus dem Laden gekommen bin. Vielleicht bin ich geflogen, wie die Engel im Himmel. Alles, was ich weiß, ist, dass ich auf dem Gehweg stand und Zac auf der anderen Straßenseite und dass wir uns anstarrten und er seinen Rucksack abstreifte und die Arme ausstreckte und ich zwischen den parkenden Autos hindurch in seine Arme rannte.

»Wann ist dein Flieger denn gelandet, und warum hast du mir nichts gesagt?«, fragte ich atemlos und befreite mich aus seinen Armen, um ihn anzusehen. Kein Zweifel, er hatte sich verändert. Es waren nicht nur die Frisur und der Bart und die Tatsache, dass seine Haut sonnengebräunt war, es war etwas anderes. Sein Blick war viel offener, er sah frei und glücklich aus.

»Moment, Moment«, bat er. »Gib mir eine Sekunde, um Luft zu holen. Ich muss erst mal ankommen.« Wir waren inzwischen im Laden, und ich sah amüsiert zu, wie er sich staunend umschaute.

»Warum hast du mir denn nicht gesagt, dass du nach Hause kommst?«, fragte ich. »Ich hätte dich doch abgeholt.«

»Ich wollte dich überraschen«, sagte er einfach.

»Das ist dir gelungen.« *Warum hast du dich so lange nicht gemeldet?*, hätte ich am liebsten gefragt. Aber irgendwas hielt mich zurück.

»Tja. Hey, das ist ja unglaublich! Wow!« Er hatte inzwischen die Tür zur Werkstatt aufgestoßen, und ich folgte ihm. Er ging schnurstracks auf den neuen Brennofen zu und begann all die kleinen Türen zu öffnen, die Bleche herauszuziehen, dann schaltete er das neue helle Deckenlicht an und aus. »Wahnsinn!«

»Wir bekommen auch neues Ätzwerkzeug«, plapperte ich. »Und wenn du sonst noch etwas brauchst, musst du es nur sagen. Das ist …« Ich stockte, als mir klar wurde, dass ich ja noch gar nicht wusste, was er vorhatte. Vielleicht wollte er ja gar nicht mehr hier arbeiten.

»Was wolltest du sagen?« Er kam auf mich zu und nahm mich wieder in die Arme. Es dauerte lange, ehe ich eine Antwort geben konnte.

»Zac«, sagte ich und schob ihn sanft von mir. »Weißt du, was wir jetzt als Erstes machen? Wir gehen nach oben und machen eine Flasche auf.«

»Es tut mir leid, dass ich mich nach Melbourne so selten gemeldet habe«, sagte er und trank einen Schluck Wein. Wir saßen nun mitten im chaotischen Wohnzimmer auf dem Sofa. »Ich glaube, ich hatte eine Art Krise. Es war natürlich wunderbar, Olivia wiederzusehen, und ich bin auch mit Shona ganz gut zurechtgekommen. Sie überlegt, nächstes Jahr mit Olivia herzukommen, wenn sie es beruflich hinkriegt. Dann kann ich ihr London zeigen. Vielleicht kann ich mit ihr auch zu Dad nach Glasgow fahren.«

»Klingt gut.«

»Nach ein, zwei Wochen Melbourne war ich plötzlich ziemlich deprimiert. Okay, mir war eine große Last von den Schultern genommen, und ich hatte das eigentliche Ziel meiner Reise erfüllt. Aber dann wusste ich nicht, was ich als Nächstes tun sollte. Die Freunde der Quentins haben mir vorgeschlagen, noch ein bisschen durchs Land zu reisen, und das war eine gute Idee. Aber es war nicht immer einfach, so ganz allein zu sein. Ich war so sehr mit mir selbst und mit all den neuen Eindrücken beschäftigt, dass ich kaum an Zuhause gedacht habe. Das klingt jetzt vielleicht blöd. An dich habe ich natürlich viel gedacht, aber ich musste mich erst selbst finden.«

»Ist dir das gelungen?«

»Ich denke, ja.«

Ich betrachtete sein liebes Gesicht, und wieder fiel mir auf, wie entspannt und glücklich er wirkte. »Weißt du was? Das glaube ich auch.« Ich beugte mich vor, und wir küssten uns, dieses Mal leidenschaftlich.

Wir hatten so viel zu bereden, aber im Augenblick war nichts auf der Welt so wichtig wie die Tatsache, dass wir zusammen waren.

4. Juni 2003

Wenn ich nun den Stift aus der Hand lege, sehe ich, dass es draußen dunkel ist. Ich sitze allein im Schein des Lichts von Dads alter Schreibtischlampe. Selbst die Geister haben mich verlassen, ihr Flüstern ist verstummt. Meine Geschichte ist beendet.

Unten sieht Zac sich die Unterlagen für die Arbeit morgen an und horcht auf den kleinen Teddy, der im vorderen Zimmer schläft. Inzwischen ist er fünf Jahre alt, unser Sonnenschein, ein kleiner Engel mit denselben dunklen Locken wie sein Vater.

Manchmal sitze ich nur neben ihm und sehe ihm beim Schlafen zu.

Und manchmal frage ich mich, was aus einem anderen kleinen Jungen geworden ist – einem Jungen ohne Mutter –, der vor über hundert Jahren zum Mann heranwuchs.

Nachtrag

April 1881

»Er will immer noch nicht sprechen.«

»Der arme Kleine. Soll ich gehen und ihm Gute Nacht sagen?«

»Du kannst es versuchen. Du wirst kein Wort aus ihm herausbekommen.«

»Er ist doch noch so klein, Philip.« Der Junge war erst fünf, nur ein Jahr alter, als Ned gewesen war.

»Er ist alt genug, um zu sprechen, wenn er dazu aufgefordert wird.«

»Aber er hat so viel durchstehen müssen.«

»Dann versuch es, meinetwegen.« Philip machte es sich mit seinem Buch in einem Sessel am Kamin bequem. Laura schloss die Wohnzimmertür leise hinter sich und horchte. Oben war alles still. Die Uhr in der Diele tickte laut vor sich hin. Die Abendröte kroch über den Fußboden.

»Hilf mir«, flehte sie stumm.

Sie ging die Treppe hinauf und öffnete die Tür zu Johns Zimmer.

Im Halbdunkel sah sie ihn im Bett liegen und den Kopf heben. Als er sie erblickte, drehte er sich auf den Bauch und verschwand unter der Bettdecke, bis nur noch sein dunkler Haarschopf zu sehen war.

»John«, flüsterte sie. Er regte sich nicht. Sie durchquerte

das Zimmer und setzte sich zu ihm auf die Bettkante. »John, mein Schatz.« Er bewegte sich leicht. Was sollte sie nun tun?

Es war die erste Nacht, die er bei ihnen verbrachte; die dritte Nacht seit ihrer Rückkehr von den Flitterwochen, eine unglaublich glückliche dreiwöchige Reise durch Italien. Sie war durch Kirchen und Galerien gelaufen und hatte sich alles genau angeschaut, während Philip gezeichnet und gemalt hatte. Und jetzt waren sie wieder zu Hause. Der Alltag hatte begonnen. Und schon lag der erste Stein im Weg, und dieser Stein war das Unglück ihres Stiefsohns.

Vor der Hochzeit war sie nie mit John allein gewesen. Er war immer in Begleitung seiner Respekt einflößenden Großeltern gewesen, meist im Salon ihres Hauses am Eaton Square. John war in seinen besten Kleidern von seinem Kindermädchen hereingebracht worden. Man erwartete von ihm, dass er seinem Vater die Hand gab und vor Laura eine Verbeugung machte. Der Junge hatte jedes Mal schrecklich eingeschüchtert gewirkt.

Und nun erwartete man von ihm, dass er häufig in die Lupus Street kam oder, besser gesagt, in das neue Haus, das sie bald suchen würden, auch wenn sein Hauptwohnsitz vorläufig noch am Eaton Square sein sollte.

»John«, versuchte Laura es noch einmal. »Dein Vater ist verärgert, weil du nicht mit uns sprechen willst. Sag mir, was los ist, vielleicht kann ich dir helfen.«

Immer noch nichts. War das gerade ein Seufzer gewesen, oder weinte er tatsächlich? Sie strich ihm sanft übers Haar und stellte fest, dass es weich und feucht war. Er zog den Kopf weg.

»John«, wiederholte sie. »Was ist los?«

Ein Schluchzer. Er weinte also.

»Oh, Liebling«, flüsterte sie hilflos. »Wein doch nicht, es wird alles gut.« Wieder strich sie ihm übers Haar, und dieses Mal wich er ihr nicht aus. Sie beugte sich über ihn und versuchte, ihn in die Arme zu nehmen. »Was ist los?«, flüsterte sie wieder.

Er murmelte ein paar Worte.

»Was hast du gesagt?«

»Ich will meine Mama.«

Seine zittrige Stimme zerriss ihr fast das Herz. »Oh, John, es tut mir so leid.«

»Ich will zu meiner Mama. Mama!« Jetzt weinte er richtig. Behutsam zog sie die Decke weg und nahm ihn in die Arme. »Meine Mama, meine Mama, meine Mama. Ich will zu meiner Mama.« Er schmiegte sich an sie, und sie hielt ihn fest an sich gedrückt, wiegte ihn sanft hin und her und flüsterte ihm beruhigende, tröstende Worte zu.

»Ich werde deine Mama sein«, sagte sie leise. »Ich verspreche es dir.«

»Du kannst nicht meine Mama sein«, schluchzte er. »Meine Mama ist bei den Engeln, und sie lassen sie nicht wieder fort. Ich hasse sie, ich hasse die Engel.«

»Die Engel beschützen sie doch nur, mein Kleiner«, sagte sie. Was hatten seine Großeltern ihm nur erzählt? »Sie hat es gut bei ihnen. Sie sieht dir vom Himmel aus zu, weißt du, und passt auf, dass ihrem kleinen John nichts zustößt. Und …«, Laura wurde immer verzweifelter, »… sie möchte, dass ich ihr dabei helfe, das weiß ich ganz genau.«

Der Junge schluchzte noch ein paarmal, dann lag er wie ein verwundetes Tier bebend in ihren Armen. Sie streichelte sein Haar und wiegte ihn stundenlang, so kam es ihr jedenfalls vor. Als ihm die Augen endlich zufielen, legte sie ihn wieder in sein Bett und deckte ihn behutsam zu. Ganz kurz schlug er die Augen auf. Er gähnte und murmelte schläfrig: »Bist du auch ein Engel?«

Erst verstand sie nicht, was er damit meinte, dann dämmerte es ihr. Sie würde ihn beschützen, so wie die Engel seine Mutter beschützten. Ja, das war eine schöne Vorstellung. Sie würde so lange auf ihn aufpassen, wie er sie brauchte.

»Ja«, antwortete sie. »Ich bin dein Schutzengel.«

Seine Augen fielen wieder zu, und er seufzte noch einmal. Sie küsste ihn zärtlich und blieb an seinem Bett sitzen, bis es im Zimmer völlig dunkel war.

Danksagung

Ich danke allen, die mir bei den Recherchen und der Entstehung dieses Romans geholfen haben. Susan Mathews, Kuratorin des Stained Glass Museum der Kathedrale von Ely, hat mir ihre Zeit und ihren Rat großzügig zur Verfügung gestellt. Ian de Arth hat einen sehr anschaulichen und interessanten Abendkurs über Arbeiten mit Kupferfolie und Blei gehalten. Colin Dowdeswell hat mir wertvolle Tipps zum Tuba-Spielen gegeben. Reverend Colin Way, Victoria Hook, Juliet Bamber und Dr. Hilary Johnson haben das Manuskript mit Adleraugen gelesen. Dem Eaton Parishes Choir verdanke ich ein genussvolles Chormusik-Erlebnis.

Unendlicher Dank gebührt auch meiner Agentin Sheila Crowley und ihren Kolleginnen bei A. P. Watt und Curtis Brown. Suzanne Baboneau und Libby Vernon von Simon & Schuster danke ich für ihr ausgezeichnetes Lektorat, ebenso dem restlichen Team, vor allem Sue Stephens und Jeff Jamieson.

Last but not least danke ich meiner Familie. Meine Mutter Phyllis ist mein größter Fan; meine Kinder haben meine Datensticks mehr als einmal vor den Zähnen unseres Welpen gerettet; mein Mann David hilft mir viel mehr, als er ahnt.

Ich habe eine Vielzahl von Büchern und Internetseiten zurate gezogen. Die folgenden waren besonders hilfreich: *Victorian Stained Glass* von Martin Harrison, *Stained Glass*